HEIMGEKEHRTEN AM TISCH: [...]
KAISERLING
IRENE HOLLENKAMP · [CO...
MARTIN LEWIN   [TO...
SEMMLER, HELMUT
NÜRENBURGER
KASPER KRAUZ 54 - - - - 55: 55/59
GÄSTE GISELINGS/ ARBEITETE W. KRIEG
SERVATIUS ———   BY "SERVATIUS"   "TRAUM...
LANDSER : NÄHMASCHINE REPARATUR, MANN DER SCHLINGEN
                                              LOOSE
HOFF   HÜTTEN VERWALTER, SPORTLER 40 J.
        FRAU . ZWEI KINDER
ORGAS ?
PAUL ZACHARIAS   S. 176, 180*   LEIPZIG
            ÜBER CZECH, SPANIEN, FRANKREICH, USSR
FRAU HAUSTEIN: P.Z. WOHNT BEI IHR
                REINHARDT
PROFESSOR KLANSCHMIDT.   VATER S. 189

FRAU SÖLLE   AM TISCH BY HAUSTEIN S. 189
             KÜMMERT SICH UM PROF. K.   PROF.
RENÉ/ MARIE-LUISE HOLLENKAMP, SCHWESTER KLANSCHMIDT
     THEO   "   MANN

        PINSELSTEIN , MITSCHÜLER DES x TIONS x

GABI REINHARDT, FREUNDIN AUS D. SCHULE, VATER IM
                                           K TOT
SEIDEL   KLUG, FLEISSIG ANSATZ S. 203
          S. 375 KRIEG MIT X'S BRIGADE

"ZEBAOTH" OTTO ZELLMER
                                    S. 230
KONRAD   SPORTPLATZ MITARBEITER RUTH/S
KLEMKER   "   "   "   "

HEUER FREUND DES PETERS AUS DES ZU HAUSES

ZITTER-ALFONS SCHWUL AUS CHEMNITZ F. V. LOOSE

L ⟩ ERWIN KAHLERT (STIEF
O   VATER VON LOOSE
O } ILSE MUTTER   ↔ PETER S. 237
S
E)   TRAUDE LANDSER, SCHLIMMSTE
   MANTHEI   ULLRICH LIEBE-BRÜDER
   GUTZEIT ⟩ FREUNDE DES PROFESSORS S. 193
   STRAUBE

250 ELSE   LOOSE'S TANTE ⟩ ILSE TOCHTER
    OTTO KAHLERT " ONKEL
                   BRUDER VON ERWIN

HECKERT "KLONO" S. 284 KARTEN SPIELEN A. 306
                                 MIT XTIAN

POLOTNIKOV S. 306

KÄRING MITARBEITER PAPIERFABRIK, URLAUS S. 361-2
                   ← TRIFFT MARTIN S. 347-8
BAUERFELDT ← KÜNSTLER AN UKRAINSINSK
                                      S. 361

DIMITRI   BRUDER DES POLITNOKOV
OLGA   SEINE FRAU
STENJA   TOCHTER

LOUIS JUNGANDRES   PRODUKTIONSLEITER PAPIER FABRIK
    VATER: JOHANN JUNGANDRES

MARGIT RADOCHLA   ARBEITS AN DER FABRIK

aufbau

AUFBAU VERLAGSGRUPPE

Werner Bräunig

Rummelplatz

Roman

Mit einem Vorwort
von Christa Wolf

Herausgegeben
von Angela Drescher

Aufbau-Verlag

Unter Mitarbeit von Sebastian Horn

ISBN 978-3-351-03210-4

Aufbau ist eine Marke der Aufbau Verlagsgruppe GmbH

4. Auflage 2007
© Aufbau Verlagsgruppe GmbH, Berlin 2007
Einbandgestaltung gold, Anke Fesel/Kai Dieterich
Druck und Binden Bercker Graphischer Betrieb, Kevelaer
Printed in Germany

www.aufbau-verlag.de

Christa Wolf

Vorwort

Wenn ich dieses Manuskript lese – denn ich habe es gelesen, ehe es ein Buch wurde –, steigt eine Fülle von Erinnerungen in mir auf. Es war das Jahr 1965. Ich sehe einen Versammlungsraum, in dem von »oberster Stelle« der Vorabdruck eines Kapitels aus diesem Manuskript scharf kritisiert wurde – eine Kritik, die, trotz Widerspruchs einiger Kollegen von Werner Bräunig, wenig später vor dem wichtigsten Gremium der Partei wiederholt wurde und, wie ich glaube, den Autor entmutigt hat, diesen Roman weiter, zu Ende zu schreiben. Er bestritt das, er wollte mit seiner Prosa »teilhaben an der Veränderung der Welt«, und er sah, nach einem schwierigen, wechselvollen Lebenslauf, in der DDR, die ihm den Weg zum Schriftsteller ermöglichte, die Voraussetzungen für diese Veränderung, wie viele unserer Generation, zu der er, etwas jünger, noch gehörte. Eben darum konnte die Kritik, die sein Manuskript als mißlungen, sogar als schädlich bezeichnete, ihn so tief treffen. Er hat in sich keinen Widerstand dagegen aufbauen können. Er hat sich nur noch an Erzählungen gewagt. Einen zweiten Romanversuch hat er früh abgebrochen.

Von diesem hier aber, der von Anfang an in der Öffentlichkeit »Rummelplatz« hieß, fand sich ein umfangreiches Konvolut im Nachlaß von Bräunig, der mit zweiundvierzig Jahren starb, an der Krankheit Alkohol. Mit wachsendem Erstaunen, bewegt las ich diese wirklichkeitsgesättigte Prosa. Die Schauplätze, die Arbeitsvorgänge, die er in erstaunlicher und wohl beispielloser Genauigkeit beschreibt, kannte ich nicht, aber mir war beim Lesen, als würde Bekanntes in mir wieder wachgerufen: die Atmosphäre jener Zeit. Der Lebensstoff, den wir als aufregend, neu, herausfordernd erlebten und dem wir mit unseren Büchern gerecht werden wollten, scheinbar in Übereinstimmung mit den Aufrufen der Partei – der Bräunig angehörte –, bis viele Autoren zu nahe, zu realistisch, vor allem kritisch an diesen Stoff herangingen und erfahren mußten: So war es nicht gemeint. Ein Buch wie dieses von Werner Bräunig hätte, wenn es nur erschienen wäre, Aufsehen erregt, es wäre in mancher Hinsicht als beispiellos empfunden worden. Noch einmal fühle ich nachträglich den Verlust, die Leerstelle, die dieses Nicht-Erscheinen gelassen hat.

Kann es heute noch wirken, nach vierzig Jahren? Nicht auf dieselbe Weise natürlich, wie es damals gewirkt hätte. Aber auch nicht nur als ein historisches Relikt, als ein Archiv-Fund. Dazu ist der Text zu lebendig und, wie ich glaube, auch zu spannend. Mag sein, daß ehemalige Bürger der DDR ihn anders, beteiligter lesen als Westdeutsche. Die aber, vorausgesetzt, sie interessieren sich dafür, wie wir gelebt haben, finden in diesem Buch wie in wenigen anderen ein Zeugnis eben dieser Lebensverhältnisse, der Denkweise von Personen, ihrer Hoffnungen und der Ziele ihrer oft übermäßigen Anstrengungen. Und vielleicht auch die Möglichkeit, dafür Verständnis und Anteilnahme aufzubringen.

Januar 2007

I. Teil

I. Kapitel

Die Nacht des zwölften zum dreizehnten Oktober schwieg in den deutschen Wäldern; ein müder Wind schlich über die Äcker, schlurfte durch die finsteren Städte des Jahres vier nach Hitler, kroch im Morgengrauen ostwärts über die Elbe, stieg über die Erzgebirgskämme, zupfte an den Transparenten, die schlaff in den Ruinen Magdeburgs hingen, ging behutsam durch die Buchenwälder des Ettersberges hinab zum Standbild der beiden großen Denker und den Häusern der noch größeren Vergesser, kräuselte den Staub der Braunkohlengruben, legte sich einen Augenblick in das riesige Fahnentuch vor der Berliner Universität Unter den Linden, rieselte über die märkischen Sandebenen und verlor sich schließlich in den Niederungen östlich der Oder.

Es war eine kühle Nacht, und die Menschen in den schlecht geheizten Wohnungen fröstelten. Die Herbstkälte schlich sich in ihre Umarmungen und ihr Alleinsein, ihre Hoffnungen und ihre Gleichgültigkeit, ihre Träume und ihre Zweifel.

Nun waren die Reden verstummt, die Kundgebungen geschlossen, die Proklamationen rotierten zwischen den Druckzylindern der Zeitungsmaschinen. Straßen und Plätze dampften im Morgenlicht. Die ersten Schichtarbeiter zogen in die Fabriken. Die Plakate welkten im Wind.

Hermann Fischer war am Morgen dieses dreizehnten Oktober früher erwacht als gewöhnlich. Zuerst dachte er, die Kälte habe ihn geweckt. Dann aber hörte er das überanstrengte Fauchen der SIS-Omnibusse, die sich im zweiten Gang den Rabenberg heraufquälten, und er dachte plötzlich ganz wach: Die Neuen kommen. Diese dreißig, vierzig Mann, ohne die sie den Schacht vielleicht noch zwei, drei Tage in Betrieb gehalten hätten, vielleicht auch noch eine Woche, falls ausnahmsweise einmal nichts passiert wäre, kein Streckeneinbruch, kein Straßenrutsch, kein Förderausfall. Seit vierzehn Tagen schrien, schrieben und telefonierten sie; Fischer hatte die Hoffnung schon fast aufgegeben. Gestern abend aber hatte ihn plötzlich der Objektleiter angerufen. Und Fischer wußte jetzt auch, daß er nicht nur der Kälte wegen so zerschlagen war, so unausgeschlafen, sondern vielmehr wegen der Ungewißheit, ob sie auch wirklich kämen, ob sie ihm nicht noch im letzten Moment irgendein anderer vor der Nase wegorganisierte.

Fischer stand auf. Wie jeden Morgen schaltete er, ohne hinzusehen, das Radio an. Er ging zum Waschraum, goß sich hastig eine Kanne Wasser über den Hals, rieb sich mit dem Leinenhandtuch ab. Als er ins Zimmer zurückkam, dröhnte der Lautsprecher die Morgennachrichten durch die Baracke. Wie wir heute arbeiten, hatte jemand gesagt, werden wir morgen leben. Nebenan klopfte jemand an die Wand. Fischer drehte etwas leiser.

Die Gummistiefel waren noch feucht, obwohl er sie gestern abend mit alten Zeitungen ausgestopft hatte. Auch die Lederjoppe roch noch nach muffigem Brackwasser. Im Vorübergehen betrachtete er sich einen Augenblick in dem alten Rasierspiegel neben der Tür, die eingefallenen, stoppeligen Wangen, die müden Augen. Dann ging er hinaus.

Der Lagerverwalter stand schon vor der Tür, er war mürrisch wie immer und erwiderte Fischers Gruß nur mit einem gleichgültigen Kopfnicken. Die Luft war weniger feucht als gestern. Fischer hörte wieder das Grollen der Sprengungen, das in den letzten Tagen vom Regen verschluckt worden war. Drüben in der Teufelsschlucht schossen sie Mundlöcher auf. Es war bereits so hell, daß er bis ins Tal hinab sehen konnte. Er erkannte den Umriß des Schornsteins der Papierfabrik, über dem die hellgrauen Wolken sehr langsam aus Böhmen herüberzogen. Es war eine der größten Papierfabriken Europas, aber davon nahm hier oben kaum jemand Notiz. Die Größenverhältnisse waren durcheinandergeraten, seit dieser unübersehbare Bergbaubetrieb, der sich über das ganze Gebirge bis hinein in das Vogtland, bis hinüber nach Thüringen zog, beinahe über Nacht in die Berge hineingestampft worden war: Wismut-AG.

In den vergangenen Regentagen war der letzte Kilometer der provisorischen Autostraße, die sie vor zwei Jahren in den Wald geschlagen hatten, unterspült worden. Die SIS hielten tausend Meter hangabwärts.

Vom Rande des Barackenlagers aus sah Fischer die Kolonne der Neuen den Berg heraufkriechen. Sie trotteten müde dahin, mit übernächtigten Gesichtern, die von hier aus bedrückkend gleichförmig erschienen; gingen gebückt und manchmal strauchelnd unter der Last ihrer Koffer und Rucksäcke. Viele trugen Halbschuhe; manchmal, wenn sie von dem schmalen Schlackestreifen abkamen, der von der Straße übrig war, blieben sie im Morast stecken. Die Mäntel waren zerdrückt und grau. Grau wie dieser Oktobermorgen mit seinem kalten Himmel, mit den reglosen Fichten und dem dumpfigen Geruch der faulenden Baumstümpfe. Fischer versuchte zu zählen, aber die Köpfe tanzten auf und nieder, gerieten immer wieder durcheinander, er gab es schließlich auf.

Er dachte: So bin ich auch einmal hier angekommen. Er sah die farblosen, lautlosen Gestalten herantrotten, und mit einem Male beschlich ihn die Müdigkeit seines halben Jahrhunderts. Er konnte ein Lied singen von diesen Aufbrüchen ins Ungewisse. Diesen Morgendämmerungen, die nicht wußten, was der Abend bringt. Gestern, als er neben Zacharias im Demonstrationszug marschiert war, hatte er sich für einen Augenblick frei und voller Kraft gefühlt. Er war für ein paar Stunden jung gewesen und ungebeugt von der Last der Prüfungen, der bestandenen und der nicht bestandenen. Aber heute war wieder Alltag. Heute war er wieder Steiger und für die Produktion verantwortlich, die schon auf 92 Pro-

11

zent herunter war. Wieder Parteisekretär und für die Neuen dort verantwortlich; hoffentlich waren wenigstens ein, zwei Genossen unter ihnen. In jenen ersten Nachkriegsjahren hing das Schicksal der Welt für eine Ewigkeitssekunde von der Produktion der deutschen Urangruben ab, und Fischer gehörte zu den wenigen, die darum wußten. Atomenergie – das war Leben oder Tod. Die Welt hatte Hiroshima erlebt. – Fischer sah den morgigen Sonntag unter einem Berg von Kleinarbeit versinken, er war müde, sehr müde, er war in den letzten vierzehn Tagen kaum aus den Stiefeln gekommen.

Aus dem Lager klang das Scheppern der Kaffeekannen herüber, das Schlurfen von Gummistiefeln auf den Holzstufen vor den Baracken, die Kumpel der Frühschicht holten sich ihren Kaffee aus der Küche. Fischer sah noch einmal zu den Neuen hinüber, er konnte die Gesichter jetzt unterscheiden, und er dachte einen Augenblick lang: Was mag in diesen Köpfen stecken, hinter den gesenkten Stirnen, unter diesen Schöpfen? Dann drehte er sich um und ging ins Lager zurück. Aus den Schornsteinen sickerte Rauch, einige Kumpel hatten die Fenster geöffnet und ließen die Morgenluft ins Zimmer. Er ging an dem grünen Lattenzaun entlang, der das Schachtgelände vom Lager abgrenzte, grüßte den sowjetischen Posten, der aus dem Luk des hölzernen Wachturmes herabsah; ein junger, vielleicht neunzehn-, vielleicht zwanzigjähriger Bursche, der sich offensichtlich langweilte in seinem Bretterverschlag. Er betrat schließlich die Aufnahmebaracke, das langweiligste von diesen dreißig Holzhäusern.

Der Lagerverwalter saß im Schreibzimmer und schnitzelte an einem Bleistift. Er sah kaum auf, als Fischer eintrat. Er schob seine Kladde zurecht und fragte: »Wieviel?«

»Vierzig ungefähr«, sagte Fischer.

Dann ging er zum Telefon und ließ sich mit dem sowjetischen Schachtleiter verbinden. Polotnikow konnte man zu jeder Tages- und Nachtzeit anrufen, auf eine geheimnisvolle

12

Weise brachte er es fertig, immer erreichbar zu sein. Er war im Krieg Panzeroffizier gewesen, er war in seinem T 34 von Moskau bis nach Berlin gerollt, über die Wolga, über die Weichsel und über die Oder. Er verhielt sich gegenüber den deutschen Kumpels zurückhaltend, fast mißtrauisch, auch gegenüber den deutschen Genossen. In Polotnikows Arbeitszimmer roch es immer ein wenig nach Wodka, und der Schachtleiter sagte: »Polotnikow säuft wie eine Schwadron Dragoner und verträgt sogar Salpetersäure.« Jedenfalls brachte er es fertig, zwanzig Stunden am Tag zu arbeiten.

Fischer informierte ihn über die Ankunft der Neuen.

»Vierzig?« sagte Polotnikow. »Kann ich Ihnen genau sagen: achtunddreißig. Suchen Sie sich fünfzehn aus für die Mittelschicht.«

Während sie sprachen, sammelten sich die Neuen draußen vor der Baracke. Fischer konnte sie durch das Fenster sehen. Sie stellten ihre Koffer und Bündel ab, einige drehten sich Zigaretten, manche standen in Grüppchen beieinander. Die meisten hockten auf ihren Koffern und starrten vor sich hin. Viele waren noch sehr jung.

Fischer sah dicht am Fenster ein mageres, höchstens achtzehnjähriges Kerlchen auf einem Bündel hocken, und er dachte: Du lieber Himmel, das neue Deutschland fängt glanzvoll an! Sah aus, als würde er im nächsten Augenblick aus den Pantinen kippen. Und das wird er auch, dachte Fischer. Dreißig Fahrten runter, dreißig rauf, hundertachtzig Meter, und das jeden Tag, und ohne Bohrstütze bohren, und Doppelschichten, und Hunte sacken ohne Sohle ... Er sah sie stehen, mit ihren Wehrmachtsrucksäcken, mit den grauen Holzkoffern aus der Kriegsgefangenschaft, er sah Zwei-, Drei- und Vierundzwanzigjährige mit den unruhigen, mißtrauischen, wachsamen Augen heimatloser Flüchtlinge, und nur hier und da ein ruhiges Gesicht, nur hier und da ein sicherer Blick. Viele von ihnen waren erwachsen, ohne eine Chance gehabt zu haben, jemals jung zu sein.

13

Der Lagerverwalter war hinausgegangen und erklärte ihnen in seiner mürrischen Redeweise, was in den nächsten Minuten und Stunden geschehen würde.

Christian Kleinschmidt dachte: Das ist also die Wismut. Baracken, Dreck, hölzerne Fördertürme, die wenig vertrauenerweckend aussahen, nochmals Dreck und dieses zerknitterte Männlein, das beim Sprechen kaum die Lippen auseinanderbrachte. Das Männlein nuschelte etwas von Einweisung, Essentalons, Wolldecken und Küchenzeiten. Es stand erhaben wie der Evangelist Markus bei der Bekanntgabe der Abfütterung der fünftausend. Er aber, Christian Kleinschmidt, er pfiff auf Evangelien. Auf das von der guten und ausreichenden Ernährung – bei ausreichender Arbeit, versteht sich – besonders. Er dachte: Hier stehst du, Abitur in der Tasche, und diesen Brief, der deine Immatrikulation auf unbestimmte Zeit verschiebt, zum Trost aber immerhin empfiehlt, dich vorläufig einem praktischen Beruf zuzuwenden. Besonders im Erzbergbau würden dringend Arbeitskräfte benötigt. Hier stehst du, du kannst nicht anders, Gott hilft dir nicht, amen. Man hatte sich leider einen für diese Zeiten völlig untauglichen Vater ausgesucht, man hätte damals vor achtzehn Jahren, als man in die Welt gesetzt wurde, vorsichtiger sein müssen.

Das Männlein sagte: Schäden an der empfangenen Wäsche werden vom Lohn abgezogen, Verlust vom Lohn abgezogen, vorzeitiger Verschleiß abgezogen, mutwillige Beschädigung ... Christian stieß seinen Nachbarn an, aber der sah nur dumpf vor sich hin.

Sehr begabt, hatte der Herr Klassenlehrer Buttgereit gesagt, sehr begabt. Immerhin durfte ›der ehemalige Herr Obergefreite‹ wieder lehren. Er hatte treu und brav getan, was ihm befohlen war, damals; wußte auch heute wieder genau Bescheid: krumm, gerade, Recht, Unrecht. »Das Kommunistische Manifest« hatte er in einer stillen Stunde gelernt. Nazi war er nicht gewesen. Betete nun die Proletarier aller Länder herunter wie einst Hans Fritzsche und den »Völkischen Beobachter«.

Er aber, Christian Kleinschmidt, er durfte Steine schippen und sich in diesem Bergwerk den Schädel einrennen. Selbstredend gab es keine Kollektivschuld, das hatte der große Stalin in jenem Artikel, den sie zweimal durchgekaut hatten, ausdrücklich gesagt. Und was der große Stalin sagte, hatte gefälligst die lautere Wahrheit zu sein, einstimmig, Punkt.

Viel Freude hatten sie ihm ja nicht bereitet. Buttgereit nicht, und Göring, dem Russischlehrer, erst recht nicht. Göring hatte die ganze Penne gegen sich. Es war eine ausgemachte Frechheit, wenn ein Russischlehrer ausgerechnet Göring hieß, darüber waren sich alle einig. Sie hatten in den zensierten und zurückgegebenen Russischarbeiten nachträglich richtige Vokabeln mit einem Rotstift als falsch angestrichen, waren damit zum Direx gegangen und hatten sich über die Qualifikation des Herrn Göring beschwert. Der Direx hatte ihnen geglaubt, und Göring war drei Tage lang ganz klein durch das Schulhaus geschlichen; er hatte gedacht, alle Tricks zu kennen, diesen aber hatte er nicht gekannt, und er hatte ihnen nicht einmal etwas nachweisen können. Christian war es einmal gelungen, Buttgereit mit Kreide ein großes leuchtendes ›PG‹ auf den Rücken seines blauen Tuchzweireihers zu malen, Buttgereit war damit die ganze Zehnuhrpause über den Hof stolziert, die anderen Lehrer hatten getan, als sähen sie nichts, Buttgereit erfreute sich auch unter ihnen keiner großen Beliebtheit. Christian war damals für Wochen der Held der Schule gewesen, Buttgereit hatte nie herausbekommen, wer ihm diesen Streich gespielt hatte. Aber er hatte sich auf seine Art an allen, die ihm verdächtig schienen, gerächt. Den kleinen Pinselstein zum Beispiel hatte er mit pausenlosen Eintragungen ins Klassenbuch und Briefen an die Eltern beim geringfügigsten Anlaß langsam, aber sicher fertiggemacht. Buttgereit wußte, daß der

Herr Rechtsanwalt Pinselstein in solchen Dingen keinen Spaß verstand.

Der Lagerverwalter hatte sich inzwischen von ihrem Transportbegleiter die Namensliste geben lassen und begann aufzurufen: Ahnert, Bertram, Billing, Buchmeier ... Nach jedem vierten Namen nannte er Baracken- und Zimmernummer, die Aufgerufenen griffen ihre Koffer und Bündel und gingen langsam ins Lager. Daumann, Dombrowski, Drescher, Eilitz ...

Das ist auch kein Beinbruch, hatte Vater gesagt. Arbeit schändet nicht. Er hatte für jede Situation sein Sprichwort parat, sein Zitat, seine Redensart. Manchmal half das auch. Erhardt, Feller, Fichtner, Fuhlgrabe ... Und er hatte gesagt: Laß dir ruhig ein bißchen Wind um die Nase wehen, das kann nicht schaden. Waren ja auch windstille Zeiten, weiß Gott. – Und dann hatten sie das Theodor-Körner-Denkmal vom Sockel geholt, weil Körner ein Kriegspropagandist gewesen war, und Buttgereit immer forsch dabei. Allerdings hatten sie es einige Zeit später wieder aufgestellt, ein Versehen sozusagen. Daß er mit dem besten Abgangszeugnis der 12 b nicht studieren durfte, während andere, die mit Ach und Krach ein schwaches Gut geschafft hatten, mit Kußhand angenommen wurden, weil ihr Vater zufällig Schlosser oder rechtzeitig in die richtige Partei eingetreten war, das war sicherlich auch nur ein Versehen. Hunger, Illgen, Irrgang, Kaufmann ... Windstille Zeiten, wahrhaftig. Nicht etwa, daß er Angst vor dem Schacht gehabt hätte, keineswegs. Und wenn schon, dann würde er sich das nicht anmerken lassen. Kleinschmidt! Gewiß doch, ich komme ja schon. Kleinschmidt, Loose, Mehlhorn, Müller ...

Sie brachen auf, das Haus vierundzwanzig zu suchen. Die Gruppe der Wartenden war zusammengeschmolzen, es mochten noch fünfzehn, sechzehn Männer sein. Es war nun völlig Tag geworden, der Himmel schimmerte sehr blau unter den hellgrauen Wolken, und manchmal warf er ein Bündel Sonnenstrahlen über das Land. Aber es roch immer noch faulig, die Straßen zwischen den Baracken waren morastig, der Boden dampfte.

Christian ging hinter den drei anderen. Der Dicke vor ihm war Mehlhorn, Christian hatte dicht neben ihm gestanden, vorhin, als der Dicke beim Aufrufen sein strammes »Hier!« gebrüllt hatte. Mehlhorn trug einen vollgepfropften Militärrucksack; er hatte sich nicht ganz schließen lassen, unter den Schnüren lugte ein Stück Zeitungspapier hervor. Christian konnte eine Schlagzeile entziffern: Margarine ist gesünder. – Immer, wenn in Deutschland die Butter knapp war, wiesen die Chemiker die Bekömmlichkeit der Margarine nach.

Die roten Ziffern an den Barackenwänden waren verblichen, von einigen waren nur ein paar Farbkratzer übriggeblieben. Der dicke Mehlhorn fragte einen Kumpel, der unter einem Gartenschlauch seine Gummistiefel abspülte, nach dem Haus vierundzwanzig. Sie waren schon zu weit gegangen, hatten die Abzweigung verfehlt, das Haus lag etwas außerhalb des Lagers auf einer Anhöhe. Sie kehrten um.

Sie schlurften über den glitschigen Boden zwischen den Baumstümpfen, zwischen den farblosen Grasbüscheln, zwischen den eintönigen Baracken, eine wie die andere kahl und kalt, wichen den Pfützen aus, glitten manchmal ab, sie zogen die Füße aus dem Schlamm und schlurften weiter. Christian war zerschlagen von der schlaflosen Nacht unten im Hof der Objektverwaltung, in dem engen, schlecht gefederten Omnibus; die Tragriemen seines Rucksackes schnitten ihm in die Schultern, der Koffer hing wie ein Bleiklumpen am gefühllosen Arm. Er spannte den Rücken, richtete sich auf und huckte den Rucksack höher, fiel aber sofort wieder in eine gekrümmte Haltung zurück, die den Atem beengte und die Rippen eindrückte. Er konnte nicht mehr sagen, in welche Richtung sie gegangen waren, ihm schien eine Ecke wie die andere, ein blindes Fenster wie jedes, die Bodendämpfe flimmerten vor seinen Augen, die Häuser kamen auf ihn zu, schwankend, gleich werden sie zusammenstürzen. Die Scheiben werden bersten, die Dächer in sich zusammensinken, nur die Flammen fehlten, die Detonationen, der rote Himmel und die Schreie, wahnsinnig von Angst und Hitze und Feuer, aber der Boden schwankte wie damals. Vor ihm ging der Vater, strauchelnd, der Rucksack preßte ihn zu Boden, dieser riesige Segeltuchklumpen, Margarine ist gesünder, aber er spürte die Mutter nicht mehr hinter sich, Mutter, wartet doch. Sie warteten nicht. Sie stolperten weiter. Dicht hinter ihm ging rauschend eine Mauer nieder, ein Stein traf ihn an der Schulter, warf ihn zu Boden, er riß sich wieder hoch, nur weiter, weiter, die vorn warteten nicht, die Stadt ging unter, die Welt ging unter, weiter. Aber er konnte nicht weiter. Er warf sich auf den rauchenden Trümmerhaufen, dorthin, wo eben noch Straße gewesen war, er scharrte sich die Hände blutig, er schrie. Ein brennender Balken zerdrückte den Mann neben ihm. Er spürte die ungeheure Welle nicht, die ihn hochhob, fallen ließ, er klammerte sich an den Sockel einer umgeknickten Laterne; Eisenträger, Fenstersimse, Menschen wirbelten vorüber, aber die Bombe war dahin gefallen, wo schon kein Haus mehr war, sie konnte nur die schon Begrabenen noch einmal in den Himmel schleudern. Von oben warfen sie Sprengbomben in die brennende Stadt, Sprengbomben hinter den Brandbomben her, und immer neue Phosphorkanister. Der kochende Phosphor fraß sich in die Steine, kroch näher, Straßenbahnschienen bogen sich aus dem Pflaster, die Luft drang wie glühende Lava in die Lungen, die tauben Trommelfelle hörten die Schreie nicht mehr, da sah er plötzlich den Hund, den kleinen schwarzen Hund mit dem versengten Fell, der sich zitternd und keuchend an ihn drängte, den Kopf unter seinen Arm schob, um nicht hören und nicht sehen zu müssen. Und er riß sich wieder hoch, ein brüllender Schatten. Etwas raste über ihn hinweg, ein brennendes Flugzeug, das die Schornsteinchen wegrasierte und einen Kilometer weiter am brennenden Turm einer bren-

18

nenden Kirche explodierte. Er taumelte weiter, in den Rauch, in die berstenden Mauern, vorbei an einer Frau, einer Fackel, die mit dem Kopf gegen eine Litfaßsäule rannte, und das versengte schwarze Hündchen umkroch winselnd seine Beine. Er kam in eine Straße, die sich vor ihm neigte, der Asphalt war heiß und klebrig; er wußte nicht, wo er war. Aber er hatte ein Ziel. Er suchte den Teich mit der kleinen Insel und den schmalen Uferpromenaden, das grüne Herz unter den steinernen Brüsten der Stadt. Er lief und taumelte unter dem roten Himmel, in dem sich die gelben Finger der Scheinwerfer kreuzten, unter dem weißen Licht der langsam niederschwebenden Christbäume. Er keuchte mit rasselnden Lungen an der Reihe der fahlgelben Straßenbahnwaggons entlang, Baracken, Straßenbahnwaggons, Baracken, weiter, weiter ...

»He, Mann, bleib doch stehen!«

Christian blieb stehen, er sah den dicken Mehlhorn neben einem geborstenen Baumstumpf, der in Manneshöhe abgebrochen war. Christian drehte sich um, ging schwer atmend, er sah die Dinge um sich wie durch einen Nebel. Den Baumstumpf. Die langgestreckte Baracke. Den schmalen Kiesstreifen vor der Tür. Er ging zu den anderen.

Sie betraten das Haus und gelangten auf einen dämmrigen Korridor. Sie fanden ihr Zimmer. Christian taumelte als letzter hinein, er ließ die Tür offen und sackte schwer auf das unbezogene Metallbett. Er zerrte sich den Rucksack vom Rükken, den Pappkoffer hatte er schon an der Tür abgesetzt; er schob den Rucksack an das Fußende des Bettes und streckte sich lang aus. Er fühlte sich von aller Last erlöst, völlig ausgelaugt, gehoben von einer plötzlichen Leichtigkeit, die ihn fast schwerelos machte. Die anderen untersuchten ihre Betten und Spinde, verstreuten Gegenstände im Raum. Christian bemerkte ein Mosaik von Zeitschriftenbildern, die über seinem Bett an die Wand gezweckt waren; Magazinfotos mit

19

nackten Frauen, der Jazztrompeter Louis Armstrong, eine hochbusige Sängerin mit aufgerissenem Mund, ein Wolkenkratzer, der steil in einen himbeerfarbenen Himmel stieß. Er verspürte ein dumpfes Knurren im Magen; plötzlich wußte er, daß er seit gestern nichts gegessen hatte.

Das Zimmer war mit vier Betten, vier Spinden, vier Stühlen und einem Tisch eingerichtet; neben jedem Bett stand ein Hocker, der als Nachttisch diente. Christian betrachtete die Einrichtung, die durch die zerschlissene Igelitgardine und die lose herabbaumelnde Glühbirne nicht freundlicher wurde. Durch die dünnen Wände hörte er, wie sich in den Nebenräumen andere Neuankömmlinge einrichteten, er hörte eine Matratze quietschen, jemand rückte einen Schrank, ein Fenster wurde aufgeschlagen, etwas fiel zu Boden. Die Neuen hatten sich inzwischen im Lager verteilt. Im Oberstock spielte jemand Mundharmonika. Auf der Heide blüht ein kleines Blümelein. Das Lied irrte lächerlich und brüchig durch die Fenster.

Mehlhorn hatte seine Wäsche in den Spind geräumt. Er hängte ein Vorhängeschloß ein, schloß ab, steckte den Schlüssel in die Hosentasche. Mehlhorn hatte ein feistes Bäckergesicht mit sehr hellen, fortwährend blinzelnden Augen. Er hatte das beste Bett belegt, am Fenster, den einzigen Spind, in dem kein Brett, kein Haken, keine Leiste fehlte. Christian dachte: Ihm entgeht nichts, er hat seine Augen überall. Der wird's wahrscheinlich hier schnell zu etwas bringen, das ist die Sorte, die immer auf die Beine fällt. Mehlhorn sagte, er gehe jetzt seine Decken in der Verwaltung abholen. Ob jemand mitkäme. Es ging aber niemand mit.

Loose zog eine Gitarre aus dem Leinwandsack. Sie war zerkratzt, auf dem Boden war ein Dreieck Lack abgesprungen, das Griffbrett hatte helle Fingerflecken. Loose klimperte einige Akkorde, hängte das Instrument dann an einen Nagel über seinem Bett. Und da erkannte Christian ihn wieder. Der war einer von denen gewesen, die gestern in Chemnitz nicht an der Kundgebung teilgenommen hatten. Sie hatten auf die Bestätigung ihres Gesundheitsattestes gewartet, auf den Stempel ›Bergbautauglich‹, und dazu hatten die Lautsprecher in den Korridoren des ehemaligen Arbeitsamtes von Viertelstunde zu Viertelstunde ihre Aufforderung geschnarrt, an der Großkundgebung für die neue Regierung teilzunehmen. Christian war nicht mitgegangen, mit ihm war noch ein gutes Dutzend von den zweihundert neuangeworbenen Kumpels zurückgeblieben, unter ihnen Loose. Christian hatte ihn in einer Ecke auf einem protzigen Ledersofa sitzen sehen, er hatte auf der Gitarre geklimpert wie jetzt, vier, fünf Kumpel umstanden ihn.

Die Kundgebung hatte die Arbeit der Ärzte für fast drei Stunden unterbrochen, erst gegen acht Uhr abends waren die Untersuchungen fortgesetzt worden. Und sie hatten bis in die Nacht gedauert. Gegen Mitternacht war jemand auf den Gedanken gekommen, daß die bereits abgefertigten Kumpel ja eigentlich abfahren könnten, die Busse standen im Hof. Man hatte die einzelnen Gruppen zu verschiedenen Bussen dirigiert, Schacht sowieso, Schacht sowieso, Erzaufbereitung. Viele waren noch zurückgeblieben. Mitten in der Nacht waren sie im Objekt Bermsthal angekommen. Dort hatte eine Menge Leute herumgestanden, von denen keiner Bescheid wußte. Erst gegen Morgen waren sie endlich in dieses Lager kutschiert worden.

Christian stand auf und begann den Inhalt seines Rucksacks in den Spind zu räumen. Dann öffnete er den Pappkoffer, obenauf lagen zehn, zwölf Bücher, er stapelte sie sorgsam auf den Nachtschemel. Axel Munthe, Traven, Tucholsky. Der Tucholsky war eine Ausgabe aus der Vorkriegszeit. Professor Reinhardt Kleinschmidt hatte ihn über den großen Zusammenbruch gerettet und eines Abends seinem Sohn geschenkt. Das mochte zwei Jahre her sein, aber Christian erinnerte sich genau.

Er hatte an einem Aufsatz über das Thema ›Ordnung‹ gesessen, einfach schlechthin ›Ordnung‹. Und hatte von

21

zivilisierten Völkern geschrieben, von Grundvoraussetzung allen menschlichen Seins. An diesem Tag nun hatte Vater, was er sonst kaum tat, sein Heft zu sehen verlangt und, als er den Satz mit der ›weißen Rasse‹ las, erklärt, es wäre an der Zeit, daß er, Christian, sich diesen Unsinn aus dem Gedächtnis streiche. Er hatte sich die Zeit genommen, seinem Sohn einen Vortrag zu halten: Die Menschen, summarisch gesprochen, könnten ohne gewisse Gottbegriffe nicht leben, es hänge aber lediglich von der Struktur der herrschenden Anschauungen ab, welche Wortgötzen zur alleinseligmachenden Religion erhoben würden: Gott, Demokratie, Rasse, Klasse. Es seien dies höchst nützliche Erfindungen zu dem Zweck, ein System zu errichten, mit dessen Hilfe man regieren könne und in den Regierten das Gefühl erzeugen, auf die einzig vernünftige Weise regiert zu werden. – Ich sah alles Tun, das unter der Sonne geschieht, und siehe, es war alles eitel und Haschen nach Wind, Salomo eins vierzehn. – Und damit hatte er Christian entlassen. Der wußte längst, daß der Vater seinen Antworten auswich wie alle Erwachsenen. Er fand das überall: fand die Ausflucht und die Halbheit, fand immer weniger Wahrheiten, es gab kaum etwas in der Welt, das der Prüfung standhielt, kaum etwas, das wirklich so war wie die großen Worte, die darüber gemacht wurden.

Christian schreckte auf. Er hörte die Tür hinter sich ins Schloß schlagen, hörte Schritte, er legte das Buch auf den Nachtschemel und drehte sich um. Den Mann, der da ins Zimmer kam, hatte er schon gesehen.

Fischer stand am Tisch, er musterte sie schweigend. Er begann in einem abgegriffenen Notizbuch zu blättern. Die Hände strichen über die Seiten, der Zeigefinger stieg zum Mund auf, blieb dort lange. Die Hände schienen zu groß für Bleistift und Papier, sie schienen gemacht für ernstere Dinge. Fischer sah sich im Zimmer um. Er stand dort auf eine dauerhafte Art, er sah Christian an, er sagte: »Kleinschmidt?«

»Ja«, sagte Christian.

22

»Oberschüler«, sagte Fischer leise, »zehnten achten zweiunddreißig.« Laut: »Was hast du in Physik?«

»Eins«, sagte Christian verblüfft. Er saß noch auf der Bettkante, saß wie vorher, dachte einen anderen Gedanken: Arbeiter reden einen immer mit *du* an. Das *Sie* war da für die
Höhergestellten, Bessergestellten, vielleicht die Alten. Also
war man ganz unten, voraussetzungslos, es galt das Hiesige.
Aber Fischer stand da, war nicht wegzudenken, nicht zu
übersehen. Er erklärte, daß sie in seinem Revier arbeiten würden, in seiner Schicht. Zunächst würden sie als Fördermän-
ner arbeiten, dann würde man weitersehen. So also sah ein
Steiger aus. Und: Hauer würden gebraucht, Schießer, Markscheider, Radiometristen. Das letzte ging deutlich in Christians Richtung. Der konnte sich aber unter einem Fördermann nichts vorstellen, nichts unter einem Radiometristen.
Im Bus war von Schichtschreibern und Schachtsanitätern die
Rede gewesen, zwei Graubärte ließen das hoffen. Hauer,
hatte es geheißen, ist eine Schinderei. Dann waren die Sitten
erörtert worden, die hier herrschen sollten. Wildwest, Sperrgebiet, ohne russischen Ausweis nicht raus und nicht rein.
Und: Saufereien, Schlägereien, Phantasielöhne, Essen zwei
bis drei. Christian hatte sich vorgenommen, nur das zu glauben, was er sah. Was er bis jetzt gesehen hatte, besagte wenig. Höchstens: Sie sind hier nicht eingerichtet auf Fisima-
tenten.

Fischer unterhielt sich mit Loose. Er fragte ihn, ob er einen
Beruf habe, und als Loose sich erkundigte, was denn gewünscht würde, schnitt er ihm das Wort ab; also ungelernt.
Er hatte das mehr für sich gesagt, ruhig, ohne Vorwurf. Sie
waren zu Dutzenden durch seine Schicht gegangen, Junge
und Alte, Nachkriegsschicksale; er hatte sich angewöhnt, die
Menschen nicht nach ihrem Fragebogen zu beurteilen. Aber
Loose fuhr auf, zog die Schultern hoch, sagte, er habe eben
überall Staub wischen müssen, wie sich's gerade gab, Ziegel

putzen, Kartoffeln ausnehmen, Kohldampf schieben, Brennholz klauen. Außerdem: er wäre ganz gern Autoschlosser geworden, wenn es nach ihm gegangen wäre – bloß leider habe es da Leute gegeben, in Fischers Alter etwa, die hätten dafür gesorgt, daß keine Autos da seien, keine Häuser, nichts zu fressen und so; hinterher seien dann Autoschlosser nicht sehr gefragt gewesen.

Fischer schwieg. Er blätterte in seinem Notizbuch, sah an ihnen vorbei, angestrengt, als gäbe es sehr weit entfernt etwas zu sehen, er blinzelte. Dann sagte er: »Was ist dein Vater von Beruf?«

Aber Loose antwortete nicht. Er schob die Hände in die Hosentaschen, ließ den Steiger einfach sitzen mit seiner Frage, ging an ihm vorbei. Denn diese Fragen kannte er: soziale Herkunft, Rubrik sowieso, aha. Er hatte das erlebt, und er war postwendend in der Wertschätzung dieser Leute gestiegen, wenn sie erfuhren, daß sein Vater Metallarbeiter gewesen war, proletarisches Element, besondere Vorkommnisse keine. Erfuhren sie hingegen, daß er als SS-Mann in einem englischen Kriegsgefangenenlager in Griechenland an Flecktyphus gestorben war, dann entgleisten alle Aussichten. Man konnte sich das aussuchen. Es handelte sich aber immer um den gleichen Vater, und Peter Loose hatte es satt, zwischen den Möglichkeiten zu balancieren; sein Schlußstrich war gezogen. Er blieb vor Christians Bett stehen und fragte, ob er fertig sei. An der Tür drehte er sich noch einmal um, zündete betont langsam eine Zigarette an, warf das Streichholz auf den Fußboden. Er gehe also jetzt seine Dekken holen. Hinter ihm verließ auch Christian das Zimmer.

Als sie gegangen waren, saß Fischer steif am Tisch, hatte das Notizbuch vor sich, saß vornübergebeugt und schwieg lange; den vierten Mann schien er nicht wahrzunehmen. Stand dann auf. Ging zum Fenster. Er lehnte sich gegen das Fensterkreuz, er kniff die Augen zusammen, er sah hinaus.

Draußen dampften die Halden. Fischer sah Loose und Kleinschmidt die Lagerstraße hinuntergehen, sie verschwanden in einer Biegung, tauchten noch einmal auf, bogen dann ab. Es war nun völlig aufgeklart, und er konnte das ganze Tal überblicken. Er sah den Schornstein der Papierfabrik, sah die Schächte und Zufahrtsstraßen und einen Teil der Bahnlinie, er konnte auch den Wolfswinkel erkennen drüben am Gegenhang, wenngleich unscharf. Hinter dem Wolfswinkel wohnte er. Dorthin fuhr er heim, wenn die Arbeit ihm Zeit ließ. Zuletzt war er vor drei Tagen drüben gewesen, Regentag und Schichtwechsel. Er blinzelte in die Sonne, die von den Halden blendete, und er wußte noch genau, wie es zugegangen war. Ausbau, der zusammenrutschte, als habe es einer darauf angelegt. Steinschlag, der ihm den Helm vom Kopf schlug, ihn niederwarf – ein Wunder war's, daß er wieder aufkam und heraus und beinahe heil. Glaubte auch etwas gehört zu haben aus dem Überhauen oben, durch die leere Rolle; aber als er hinaufkam, war alles still. – Abends, hinterm Wolfswinkel, hatte er in seiner Stube gesessen, Zacharias war dagewesen, der Kreissekretär, der hatte gesagt: Und wenn es Absicht war? Aber Fischer glaubte nicht daran. Geh, hatte er gesagt, Pfuscher sind's, das ist alles. Und seine Tochter hatte dabeigesessen, müde von ihrer Schicht in der Papierfabrik, sie kannte das nun schon auswendig: man muß es ihnen immer wieder erklären, einmal begreifen die das schon, es hat halt seine Weile. Ja, hatte sie gesagt, Fischers Tochter, bis sie dich mit den Füßen voran herausschleppen.

Er drehte sich um, er trat ins Zimmer zurück. Er sah da den letzten der vier Neuen, Müller, Siegfried Müller, siebenundzwanzig Jahre alt, Zimmermann. Ob er einen Türstock setzen könne, fragte er ihn. Müller nickte. »Gut«, sagte Fischer. Er schrieb ihm noch die Reviernummer auf und den Namen des Zimmerbrigadiers. Dann ging er. Er war erstaunt, als der Neue zurückgrüßte: Glück auf.

25

Peter Loose und Christian Kleinschmidt waren zur Aufnahmebaracke gegangen. Sie fanden sich schnell zurecht im Lager. Unterwegs hatten sie Mehlhorn getroffen, der mit einem Stapel Wolldecken zum Haus vierundzwanzig schlurfte. Sie ließen sich ebenfalls Decken, Laken und Bezüge geben, alles schon ziemlich dünn und verwaschen, gingen in ihre Bude, machten die Feldbetten zurecht. Dann erkundigten sie sich im Nachbarzimmer nach dem Weg zum Schacht 412.

Der Schacht lag eine Viertelstunde hangabwärts. Es war der älteste der drei Schächte auf dem Rabenberg. Hinter dem Förderschacht türmten sich die Halden in den Himmel, Geröll polterte von der Kippe, manchmal lösten sich schmale Steinlawinen vom Hang, die rauschten unten zwischen die Fichtenstämme. Der Schacht fraß sich immer tiefer in den Wald.

Gerümpel häufte sich, verrostete Hunte, Karbidfässer. Aus einem Ziegelbau quoll Rohrgewirr. Über dem Hauptförderschacht zitterte die Luft. Der Lärm der Kipper, der Aufzüge und Fördermaschinen flutete in die Täler. Christian sah nun: das Schachtgelände war von einem übermannshohen Bretterzaun umgeben, darauf eine rostige Stacheldrahtgirlande hing. Überall standen Postentürme. Wenn man vom Lager kam, konnte man das ganze Gelände überblicken.

Sie gingen auf das Rudel kleiner grauer SIS-Omnibusse zu, das vor dem Schachteingang parkte. Der sowjetische Posten in der Durchlaufkabine sagte ihnen, daß sie nur zu den Schichtwechselzeiten eingelassen würden, das nächste Mal um 13.00 Uhr. Sie beriefen sich auf ihre Wismutausweise, die in deutscher und russischer Sprache ausgefertigt waren, aber der Posten brummte sein stereotypes »Nje, nje, nitschewo!« und knallte ihnen die Tür vor der Nase zu.

Um 14.00 Uhr sollten sie ihre erste Schicht fahren. Christian knüllte den Laufzettel in den Händen. Sie wußten nicht, wie sie in der knappen Stunde, die ihnen bleiben würde, ihre Autogramme zusammenbekommen sollten. Hier hatte an-

26

scheinend jeder etwas zu bestimmen, keiner versäumte, seine Unabkömmlichkeit durch eine geschäftig hingekritzelte Unterschrift zu beweisen: Lohnbüro, Lagerverwaltung, Kleidungsmagazin, Werkzeugmagazin, Lampenmagazin, Kartenstelle, Revierleiter, Steiger, Schichtschreiber ... Bis 13.00 Uhr waren noch reichlich vier Stunden Zeit.

Sie beschlossen, ins Dorf zu gehen. Sie stellten sich auf die Straße, hielten einen Erzkipper an, drückten dem Fahrer zwei Zigaretten in die Hand. Der Fahrer nahm sie mit ins Dorf. Bermsthal war ein altes Reihendorf aus der Zeit des Silberbergbaus. Es gab nur wenige Bauern, viele Häusler, Arbeiter der Papierfabrik, der Nickelhütte, des Strickmaschinenwerkes, zwei, drei Morgen Land hinterm Haus. Es gab ein einst berühmtes Rathaus, einen Fachwerkbau aus dem 16. Jahrhundert, daneben ein Mansardenhaus, von dem die Sage berichtete, es sei während der Hungerjahre des großen Silberstreiks um drei Brote verkauft worden.

Sie gingen die verschlammte Dorfstraße entlang, das Pflaster war aufgerissen, pausenlos dröhnten die Erzkipper durchs Dorf. An den Hangausläufern des Rabenbergs gähnten zehn, zwölf geräumte Häuser, überall warnten Holztafeln und Stacheldrahtzäune: Einsturzgefahr, die Gangstrecken verliefen dicht unter der Erdoberfläche. Viele Häuser waren seit langem nicht getüncht; warum auch, die Kipper spritzten den Dreck ja doch wieder an die Wände, Ziegel klafften, pappvernagelte Fenster, schmutzige Vorgärten. Hin und wieder begegnete ihnen ein Kumpel in der steifen Gummimontur. Eine alte Frau ging unter ein Reisigbündel gebückt vorüber.

»So 'n Drecknest«, sagte Loose. »So 'n vergammeltes Drecknest!« Sie gingen langsam, die Hände tief in den Hosentaschen. Loose fragte sich, warum um alles in der Welt er hierhergekommen war. Aber war ihm denn etwas anderes übriggeblieben? Quatsch, dachte er, man muß das Leben nehmen, wie es kommt. Er dachte an die salbadernde Stimme des Jugendfürsorgers, der ihm eine Standpauke über die Gesetze des gesellschaftlichen Lebens gehalten hatte, Gesetze und Regeln, er lächelte verächtlich. Er sah, daß eine Kette von Zufällen sein Leben bestimmt hatte: Ein Fähnleinführer, der ihm die rotweiße Jungenschaftsführerschnur abriß – er hatte dem Fäfü am Vortag in die Fresse geschlagen, weil er beim Großangriff auf die Stadt, in der sie als Luftschutzhelfer eingesetzt waren, einfach getürmt war, hatte das aber vor dem Stammführer nicht beweisen können; ein Vater, der sich nie um ihn gekümmert hatte, ein Typhusbazillus in Griechenland, ein dahergelaufener Stiefvater, der Predigten über Mut und Ehre hielt, vor der Entnazifizierungskommission aber verschwieg, daß er Angehöriger einer Totenkopfdivision gewesen war, ein geschenktes Stück Brot, der Tobsuchtsanfall eines betrunkenen Thüringer Großbauern, ein gestohlener Sack Kartoffeln, ein hochnäsiger Jugendamtsangestellter, der gelassen grinsend ein Urteil schrieb: Verpflichtung in den Erzbergbau. Gesetze, dachte er, es gab nur ein Gesetz: Man mußte sehen, aus jeder Sache das Beste herauszuholen, das war alles. – Und Kleinschmidt? Der sah nicht aus, als ob er auf das Pütt hier angewiesen wäre. Einer mit Abitur, einer mit Büchern im Koffer, einer mit Schönschreiberhänden und solchen richtigen Lederschuhen. Höchstens, er hatte auch etwas ausgefressen. Und Peter fragte: »Sag mal, wie haben sie denn dich hierhergelockt?«

»Gott«, sagte Christian. Und hob die Schultern, legte ein paar lange Schritte ein, trat eine Papyrossi-Schachtel in den Rinnstein. »Genaugenommen aus lauter Bewußtsein. Ich wollte studieren, da muß man paar Schwielen nachweisen.«

»Na weißt du«, sagte Loose. Und dann: »Ich bin drüben gewesen, über'n Jahr lang, hab da 'ne Schwester. Weiß der Teufel, warum ich nicht dort geblieben bin. Wenn ich gewußt hätte, daß die einen wegen paar geklauter Kartoffeln gleich in die Taiga verladen!«

28

Sie gingen jetzt schneller, und Loose hatte Mühe zu folgen. Sie kamen an der Kirche vorbei, die von Einsturzgefahr bedroht war. Türen und Fenster waren über Kreuz mit Latten vernagelt. Vor dem Anschlagkasten der Pfarrgemeinde stand ein Mädchen. Aber es gab da keine Bibelsprüche zu lesen, sondern Tauschangebote, Dekadenaufrufe, amtliche Bekanntmachungen. Das Mädchen steckte in Gummistiefeln und dieser plumpen Wismut-Kluft. Sie sah herüber, als sie vorbeigingen, sie hatte ein schnippisches, lippenstiftverschmiertes Gesicht unterm bunten Kopftuch und ein bißchen strähniges Wasserstoffhaar. Aber sie drehte gleich wieder ab.

»Und«, sagte Christian, »wie war's drüben?«

»Naja«, sagte Loose. »Ganz lustig. Aber mein Schwager, das ist so 'n Nähmaschinenfritze, bei dem hab ich 'ne Zeitlang gearbeitet. Ich kann dir sagen: beschissen ist geprahlt. Da bin ich denn auf Achse gegangen. Kannste 'ne Menge erleben. Hannover, Celle, Hamburg, Lüneburger Heide, Düsseldorf. Bloß, wenn's Winter wird, da bist du aufgeschmissen. Da hab ich gedacht, man müßte mal wieder die Landschaft wechseln, ich Ochse.«

»Ja«, sagte Christian. Und sagte nicht, was das heißen sollte. Ließ bloß später, hundert Meter etwa weiter, verlauten, er habe da auch jemand wohnen, einen Onkel nämlich, am schönen Rhein. Und daß es da Briefe gäbe, von seinem alten Herrn und zurück, und daß er vielleicht hätte studieren können dort. Das verstand Loose natürlich erst recht nicht. Blieb stehen, tippte sich an die Stirn: »Mann!«

»Ja«, sagte Christian, »das hat mein alter Herr auch gesagt.« Und was sonst noch alles. Aber wenn nun einer seinen Onkel nebst Tante in so salzloser Erinnerung hat? Und wenn es womöglich hinausgelaufen wäre auf ungefähr das, was Loose mit seinem Nähmaschinenschwager erlebt hatte? Und wenn man dann, denn es haben zwei Währungsreformen stattgefunden in den beiden Ländern Deutschlands, so kahl dagestanden hätte und abhängig von denen, nämlich: wo hätte Christian jenes andere Geld hernehmen sollen?

»Tja«, sagte Peter Loose.

Es saß vor dem Bermsthaler Bahnhof ein blinder Bettler, der spielte Ziehharmonika. Und es kam einer vorbei, der holte einen Markschein aus der Tasche, faltete ihn, warf ihn – warf ihn aber vorbei an des Bettlers umgestülptem Hut. Da hob der Blinde einen Fuß. Da setzte der Blinde den Fuß auf den Schein, und zwar genau, es ragte aber auch gar nichts über. Und als sie vorbei waren, ließ der Blinde ein paar Baßtöne aus, bückte sich, hatte den Schein in der Tasche.

»Hm«, sagte Christian, »vielleicht hört er ihn fallen. Ich hab das mal gesehen, die können das, die hören noch ganz andere Sachen.«

»Bei dem Krach?« sagte Peter Loose. Und dann sagte er, was er so wußte: »Jeder sieht zu, wie er mit dem Arsch an die Wand kommt.«

Das war das eine. Außerdem stand vor dem Bahnhof ein Trupp Kumpels, die sahen dem Plakatmaler zu, der eine endlose Holztafel bepinselte. Loose ließ sich von einem Kumpel Feuer geben und sagte etwas wie: Siehste, dafür haben sie's, und dafür haben sie's nicht. Und die Kumpel, die eben noch aufeinander eingeredet hatten, waren plötzlich verstummt. Starrten in die Gegend, pafften Tabakswolken in die Luft, sie standen, als würden sie dafür bezahlt, als seien sie eigens angestellt, um hier zu stehen und Löcher in die trostlose Luft dieses Bahnhofsvorplatzes zu starren. Der Maler kleckste ein kursives I an die Wand, das folgte einem kursiven T. Vermutlich verstand er nicht viel von seinem Fach, oder er nahm's nicht so genau. Die Buchstaben fransten, torkelten über kalkige Bretter, schwarz, mit ausgelaufenen Füßen: ES LEBE DIE DEUTSCHE DEMOKRATISCHE REPUBLIK! KUMPELS! HERAUS ZU NEUEN PRODUKTI... Der Maler kleckste ein kursives O.

»Möchte wissen«, sagte Loose, »ob es irgend etwas gibt, wofür man bei denen nicht noch mehr arbeiten muß. Noch mehr und noch mehr und noch mehr!« Aber niemand ging auf ihn ein. Die Kumpel starrten weiter ihre Löcher in die Luft und bliesen Rauchwolken hindurch, sie schienen taub zu sein, ganz und gar taub, oder mit sehr ernsten und schwierigen Dingen tief in sich beschäftigt. Loose horchte hinter seiner Frage her, ihm war unbehaglich. Er zog den Kopf zwischen die Schultern und starrte mit zusammengekniffenen Augen Christian ins Gesicht, doch auch Christian antwortete nicht. Er hatte aber schon eine Ahnung von dem, was da so in der Luft lag.

Dann standen sie vor der Tür der Bahnhofswirtschaft. Aus dem geöffneten Fenster drang Lärm, Gläser klirrten, Gelächter. Eine heisere Frauenstimme sang:

»Beim erstenmal, da tut's noch weh, da glaubt man noch, daß man es nie verwinden kann … Doch mit der Zeit so pöh a pöh gewöhnt man sich daran.«

Als sie eintraten, schlug ihnen der Tabaksqualm entgegen. Überall saßen Kumpel in Gummimonturen, ein paar Eisenbahner, grelle Mädchen; niemand beachtete sie. Sie setzten sich an einen freien Tisch, dicht bei der Theke. Aus dem Aschenbecher fiel Zigarettenasche. Gegenüber verschlang ein Hilfspolizist ein Häufchen Bratkartoffeln. Christian hatte plötzlich seinen Hunger wieder, und das Blei in den Beinen, und die Watte im Kopf. Er bestellte eine Bockwurst, die kostete vier Mark, die schlang er mit drei Brötchen hinunter. Trotzdem war die Wurst ungerührt wäßrig; Gott oder die HO allein mochten wissen, woraus sie gemacht war.

Loose hatte seine Zigaretten aufgeraucht. Er ging zum Schanktisch, suchte nach Geld. Das gläserspülende Mädchen hinter der Theke musterte ihn. Loose fand nur noch eine Handvoll zerknitterter Markscheine, aber er bestellte die teuerste Sorte. Vielleicht war es noch die Truppe draußen, aber vielleicht war es auch der abschätzende Blick des Mädchens.

An der Theke stritten sich drei unrasierte Riesenkerle über einem Würfelbecher. Sie bestellten Wodka, konnten sich nicht einigen, wer die erste Runde bezahlen sollte, sie bestellten die zweite Runde, und Loose erfuhr dabei den Namen des Mädchens mit den schiefergrauen Augen, sie hieß Ingrid. Peter Loose fühlte sich an Gitta erinnert, die hatte das gleiche fahlblonde Haar, sie trug es offen, und es war sehr glatt und sehr lang, und sie hatte das gleiche hungrige Lächeln. Nur die Hände waren anders, sie waren schmal und feingeädert und durchsichtig rot von der Kälte des Spülwassers.

Die heisere Stimme begann wieder: »Mein erster, das war ein Matrose, der war auf der Brust tätowiert ...« Die Stimme girrte, röchelte, überschlug sich. »Er trug eine meerblaue Hose, uuund: ich hab mich so schrecklich geniert ...«

Die drei mit dem Würfelbecher prosteten sich zu, und das Mädchen kam zu Loose und fragte: »Auch einen?«

»Ja«, sagte er.

Es war jetzt fast Mittag, und in der Kneipe sammelten sich die ersten Kumpel der Mittelschicht, um auf die Busse zu ihren Schächten zu warten. Loose starrte auf die schmalen, durchsichtigen Hände, er bemerkte das silberne Talmikettchen am Handgelenk, am Ringfinger steckte ein Ring mit einem roten Stein, aber der Fingernagel war abgebrochen. Looses Blick hakte sich an diesem Fingernagel fest, und er dachte: Sie heißt Ingrid, und das paßt nicht hierher. Es klang angenehm kühl, nach Meer und Birkenwäldern, und Loose dachte: Gitta hatte auch so einen Ring, nur war da der Stein grün, aber es war das gleiche Blech. Er kippte den Schnaps hinunter, den sie vor ihn hingestellt hatte, und sagte: »Machst du das schon lange, mit den Gläsern hier und dem Wasser und der Kneipe?«

Das Mädchen sagte: »Ja, seit sechs Monaten.«

»Und wann hast du Feierabend?«

Das Mädchen sah ihn eine Weile an, dann verlangten die

32

Würfelbecher wieder Wodka, sie ging zu ihnen und schenkte ein und kam dann zurück, sie legte wieder die sehr schmalen Hände auf das verchromte Blech des Schanktisches und sagte leise und ohne ihn anzusehen: »Haben wir uns nicht irgendwo schon mal gesehen?«

»Nein«, sagte Loose. »Ich bin heute erst angekommen.«

Die heisere Stimme sang: »Das Treusein, so sprach er, ich kann es ... Versuch es, ich war's zwar noch nie.« Und dann mit triumphierender Lustigkeit: »Wird's ein Knabe, so nenn ihn Johannes; wird's ein Mädchen, so nenn es Marie ...«

Das Mädchen nahm das Glas von der Theke und fragte: »Noch einen?«

»Nein«, sagte er. »Ich muß dann weg. Und was ist?«

Aber sie gab keine Antwort. Sie ging wieder zu denen mit dem Würfelbecher, goß Schnaps in die Gläser, ließ Bier einlaufen, sie wischte mit einem Lappen über das verchromte Metall der Schankarmaturen, sie spülte Gläser, spießte die Kassenzettel auf einen Nagel, sie kassierte Geld für Zigaretten, sie war jetzt wirklich sehr beschäftigt, und sie schien nicht unzufrieden darüber. Dann also nicht, dachte Loose. Dann also nicht. Aber er wußte auch, daß man nicht zu früh aufgeben durfte und daß sich vielleicht gerade jetzt etwas entschied, oder daß es sich bereits entschieden hatte und nur noch nicht ausgesprochen war. Und manchmal wurde auch gar nichts ausgesprochen, das waren vielleicht sogar die besten Antworten.

Er blieb also an der Theke. Er schielte zu Christian hinüber, der vor dem zweiten Bier saß und sich mit dem Hilfspolizisten unterhielt. Es sah allerdings eher aus, als unterhielte sich der Hilfspolizist. Loose stand eine ganze Weile, und die mit dem Würfelbecher füllten indessen Schnaps in sich hinein, und die Stimme im Hintergrund schrillte immer wieder auf und stürzte immer wieder in sich zusammen, es war eine Menge Betrunkener in der Kneipe, und die mit dem Würfelbecher gehörten jetzt auch dazu, Loose wußte bereits, daß sie von der Nachtschicht gekommen waren und daß heute Lohntag war. Er konnte durch das Fenster auf den Bahnhofsvorplatz sehen, über die Dächer dieses befremdlichen Dorfes spazierte manchmal ein Sonnenstrahl. Es war ein sonderbarer Ort, er war anders als alle Dörfer, die Loose kannte, es war, als hätte jemand ein sehr altes Dorf, eine sehr schmutzige Kleinstadt und eine sehr finstere Fabrik ineinandergerührt und dann zwischen drei Bergen auf die Erde geschüttet.

Die drei würfelten immer noch, und sie waren jetzt wirklich sehr betrunken. Der, den sie Emmes nannten, stieß mit dem Ellenbogen ein Bierglas um und fluchte und sagte zu dem mit dem tätowierten Handrücken, daß er verdammt noch eins die Schnauze voll habe und daß die Wismut der Teufel holen solle und diese gottverfluchte Arbeit und die Russen sowieso, und überhaupt, und er brauche jetzt eine Frau.

Aber außer dem Mädchen Ingrid war niemand in Reichweite. Er rief ihr also etwas zu, und sie nahm die Schnapsflasche und ging zu ihm, aber er wollte jetzt keinen Schnaps. Er schlug ihr mit seiner braunen Pranke auf die Schulter, er betastete sie, und als sie sich von ihm frei zu machen suchte, lallte er vor sich hin und stieß ihr seinen Schnapsatem ins Gesicht. Sie versuchte, seine Hände abzuschütteln, und redete auf ihn ein, aber gegen diesen Griff kam sie nicht an. Sie wand sich und stemmte die Arme mit den zerbrechlichen Handgelenken gegen seine Brust, sie sah sich mit einem hilflosen Blick um, für einen Augenblick gelang es ihr, die eine Hand freizubekommen, aber er griff sofort wieder zu, und er war jetzt richtig vergnügt. Die beiden anderen standen dabei und grinsten. Niemand fand etwas dabei. Sie tranken weiter ihr Bier und führten ihre Gespräche weiter, der Lärm hing im Raum, und der Kellner schleppte sein Tablett durch die Tischreihen, die Skatspieler am dritten Tisch paßten und mauerten und mauerten und paßten, niemand interessierte sich für das, was am nächsten Tisch geschah, nur die grellgeschminkte Matrone am Ecktisch warf einen Blick hinüber, schmatzte mit den Lippen, sie hatte das ja gleich geahnt, der Große, Starke angelte sich die Kleine vom Büfett, Gottogott, wie die sich anstellte, ach ja: zwanzig Jahre jünger müßte man sein.

Als Loose vor dem Mann stand und sagte: »Laß sie in Ruhe!« – da war er selbst verblüfft. Der Mann ließ tatsächlich die Arme sinken. Es war nur eine kurze, ratlose Bewegung, aber sie genügte dem Mädchen, um hinter die sichere Barriere des Schanktisches zu gelangen; sie genügte auch, um Loose begreifen zu lassen, in was er da hineingeriet.

Und jetzt war plötzlich auch das Interesse der anderen erwacht. Die Gespräche versickerten. Einige standen auf, kamen näher, bildeten einen Halbkreis, der Kellner verschwand mit seinem Biertablett hastig im Hintergrund, das Summen des Ventilators war jetzt sehr laut, und man hörte sogar das Scheppern der Luftbleche. Loose sah, daß auch Christian und der Hilfspolizist aufgestanden waren, aber in sechs, sieben Metern Entfernung stehen blieben. Er dachte: Mist, verdammter. Er wußte, daß es keiner hier mit den dreien aufnehmen würde. Er schwitzte und fühlte den Schweiß an den Handflächen, und dann nahm er die Arme hoch. Es war nicht die erste Schlägerei, und es war auch nicht die erste, bei der er von Anfang an wußte, wer verlieren würde. Angst spürte er kaum – nur diesen Anflug von Schwäche. Aber das ging weg, sobald es losging. Jemand hatte ihm einmal gesagt, daß man immer die Augen beobachten müsse, die Fäuste auch, aber vor allem die Augen. Er hatte die Linke hochgezogen: Der erste Schlag traf ihn an der Kinnspitze, er konnte nur wenig abfangen. Er duckte sich, winkelte einen rechten Aufwärtshaken ab und drehte zurück überm Standbein, er schlug einen Geraden, der voll durchkam, er nahm den Kopf herunter, sah eine Faust vorschnellen, drückte die Ellenbogen an den Körper, drehte sich und schlug zu. Er taumelte zurück, schloß einen Augenblick die Augen und erwartete den

35

Konterschlag. In seinem Schädel dröhnte eine ungeheure Glocke, er hörte das anschwellende Rauschen, das jäh abbrach, und er dachte: Jetzt kommt es. Er zog das Kinn an den Körper und schob die Fäuste hoch. Das Gemurmel hatte sich in eine unwirkliche Ferne verloren. Er öffnete die Augen, starrte in den flackernden Nebel, er wartete noch immer, spürte ein sonderbares Staunen, der Schlag kam nicht.

Als Loose die Fäuste herunternahm, sah er den anderen an die Theke gelehnt stehen, er stützte sich mit einer Hand auf den grünlichen Blechbeschlag und wischte mit dem Rücken der Linken eine Spur Blut aus dem Mundwinkel. Die beiden anderen standen daneben, hatten ihre Biergläser in der Hand und tranken sich zu, sie sahen unbeteiligt an Loose vorbei. Auch alle übrigen saßen wieder an ihren Tischen und murmelten aufeinander ein, irgend etwas war geschehen, und alle wußten es, auch der Kellner, der wieder eilfertig mit seinem Tablett kam; nur Loose wußte nichts. Es hatte alles nur Sekunden gedauert, er hatte nur zweimal zugeschlagen und war auch nur zweimal getroffen worden, es hätte erst richtig anfangen müssen. Er konnte sich nicht erklären, was geschehen war, und ihn schwindelte. Als er sich aber umdrehte, begriff er.

Durch den Mittelgang kamen mit breiten Schritten drei Sowjetsoldaten, ein Offizier und zwei Mann. Sie trugen rote Binden der Militärstreife am Arm, sahen sich ruhig um, die Maschinenpistolen baumelten auf den Rücken. Das war alles, und es genügte. Die Saalschlacht fand nicht statt.

Loose stützte sich schwer auf die Theke. Auf einmal war er schlapp: er fühlte sich wie durch einen Lokomotivkessel voll Dampf gezogen. Das Mädchen hatte ihm ein großes Bier hingestellt, er trank es aus, ohne abzusetzen. Er sah jetzt auch Christian neben sich, und dann hörte er das Mädchen sagen: »Macht schnell, ihr müßt gleich verschwinden. Sobald die Russen weg sind, geht das wieder los.«

Sie zog ihn zur Tür hinter der Theke, die in einen dunstigen Küchenraum führte. Von hier konnte man direkt auf die

Straße gelangen. Auch Christian drängte jetzt. Sie sagte: »Das ist an jedem Lohntag so. Und paßt auf, daß sie euch draußen nicht erwischen. Der Lange war Fallschirmjäger, der hat hier schon mal die ganze Bude kurz und klein geschlagen. Und der andere hat immer ein Messer im Stiefel.«

Sie hielt seine Hand und schien noch etwas sagen zu wollen, dann aber hakte sie hastig die Türkette aus. Loose griff nach ihrem Arm, er berührte leicht ihr schmales, biegsames Handgelenk mit seinen Händen, die noch zitterten, und da hob sie plötzlich die Arme und küßte ihn. Die beiden Küchenfrauen sahen neugierig herüber. Sie schob ihn dann zurück, öffnete die Tür, drängte ihn hinaus. Er fand sich auf der Straße, hinter ihm klirrte die Türkette. Kleinschmidt war schon ein Stück vorausgegangen. Da ging auch er.

Sie schlugen den Weg zum Schacht ein, es war kurz nach Mittag, und die Wolkendecke war jetzt endgültig zerrissen. Loose sah sich noch einmal um, aber es folgte ihnen niemand.

Christian dachte: Das hätte auch ganz anders kommen können, und ich hätte es wahrscheinlich nicht getan. Er gestand sich aber, daß Loose imponiert hatte. Er greift einfach zu, dachte er. Und das hinterläßt zumindest Eindruck.

Der Wind hatte sich völlig gelegt, und die grauen Wölkchen segelten sehr hoch und sehr langsam über den Bahnhofsvorplatz. Inzwischen hatte auch der Plakatmaler sein Werk vollendet, es roch beißend nach Nitrolack. Das fängt ja gut an, dachte Loose. Das fängt ja ganz gottverdammt großartig an. Er ging neben Kleinschmidt her, und sie gingen an der Bretterwand entlang, bergwärts, da blieb alles hinter ihm zurück. Bis auf die Inschrift, die sahen sie noch lange, weiß und als sei sie für alle Zeiten geschrieben: ES LEBE DIE DEUTSCHE DEMOKRATISCHE REPUBLIK.

II. Kapitel

Das Dorf war so: Seitental, das von einem Haupttal abzweigt, bewaldete Mulden zwischen drei Bergen. Entscheidend war das Haupttal, die Bahnlinie war dort und die Fernverkehrsstraße und auch der Bach, von dem alle Namen kommen. Langenbach einerseits, andererseits Zweibrücken. Durch Bermsthal zog ein bescheidener Zufluß, das Dorf lag rechtwinklig zum Haupttal, es lag mit Bahnhof und Papierfabrik unmittelbar an Bach und Fernstraße, war freilich dort auch zu Ende: Tal, nach einer Seite geöffnet. Zwar konnte man am oberen Ausläufer zwischen Keilberg und Rabenberg heraus, aber die Straße war noch im Bau, war ehedem nur ein befestigter Weg gewesen, bevor die Wismut kam, die aber brauchte die Straße und baute sie nun, baute sie eilig. Bahnhof und Papierfabrik sind die untere Grenze des Dorfes, sechshundert Meter über NN. Am Bahnhof zweigt die Dorfstraße von der Fernstraße ab, bis Kilometer vier ist sie gepflastert. Das ist der Markt. Aber die neue Straße, die übern Berg soll und hinterm Marktplatz beginnt, muß achtzig Meter höher hinauf, bei drei Kilometern Luftlinie, und immer durch Wald, das ist das Problem.

In der Talmitte befinden sich Friedhof und Dorfkirche. Die Häuser, die dahinter am Hang stehen, sind nicht mehr bewohnt; unter der Erde verlaufen Gangstrecken. Marktplatz und Rathaus und der größere bewohnte Teil des Dorfes mit dem Gasthof »Gambrinus« liegen im Oberdorf; von hier sind es vier Kilometer abwärts zum Bahnhof, vier Kilometer aufwärts nach den drei anderen Seiten. Links ist der Rabenberg, der Wolfswinkel rechts, hinten wird das Tal begrenzt vom Keilberg. Zwischen oben und unten und rechts und links verkehren Linienbusse, die gelb gespritzt sind und selten fahren, sowie Schichtbusse der Wismut-AG, die sind grau gestrichen und fahren öfter.

Die neue Straße, die übern Berg soll, hat einen Namen: sie heißt Kirow-Straße. Ein paar Leute wissen, wer Kirow war. Sie beginnt am Markt, läßt die Großküche zwei links liegen, führt über ein Stück Feld, das schräg gestellt ist, in den Wald, führt aufwärts in Schleifen: Zechenplatz, Schacht Frisch Glück, Schacht Erster Mai, Gummibahnhof, Abzweigung zur Erzwäsche, Zentralwerkstatt, Rabenberg. Sonst weiter Richtung Holzeinschlag. Der heißt Hundshübel. Die Wismut baut da vierzig Häuser. Davon stehen vorerst drei. Die sind in Holz ausgeführt. Vier Fundamente stehen für die nächsten, die aber aus Stein sein sollen. Hundshübel ist ein Ausflugsort gewesen, mit Wirtschaft, Aussichtsturm, Kaffeegarten, die Wirtschaft steht noch. Früher kam man zu Fuß hin oder mit Pferdefuhrwerk, vielleicht noch mit dem Fahrrad. Wie man auch zur Kreisstadt, die hinterm Berg liegt, nur zu Fuß kam oder mit Gespann, weil keiner mit dem Bus zum Bahnhof fahren wollte und mit der Bahn um sieben Berge herum. Das hat doppelt und länger gedauert, selbst wenn man gleich Anschluß hatte. Die neue Straße verbindet Bermsthal mit den oberen Wismut-Objekten und der Siedlung. Und demnächst mit der Kreisstadt.

Das ist Bermsthal von oben. Seitental, das von einem Haupttal abzweigt. Mulde zwischen drei Bergen. Der Wald ist weit verdrängt. Halden rücken auf die Straße an im Unterdorf. An den Hängen schreiten Bauplätze talwärts. Überm Oberdorf wachsen die Lichtungen. Bermsthal von oben ist ein Fleck im Wald, eine Landschaft aus Beton, ein Platz für Menschen und Steine.

Unten kollerten die Sprengungen. Mit den Wettern strichen Pulvergase in die südlichen Strecken, stockten am Versatz, zogen warm zum ausziehenden Fritzschacht. Trockener

Bohrstaub stand im Gesenk. Aber das Südfeld war wenig befahren, nordöstlicher strichen die Abbaue, die Überhauen nördlicher. Dumpfe Luft stand in uraltem Silberstollen, mürbe, von Faulholz gesäuert. Der Frischwetterstrom kam da nicht hin. Der kam nur hin, wo er wieder herauskonnte: vom Hauptförderschacht durchs Revier, durch nördliche und östliche Gänge, durch Querschläge und Hauptförderstrekken, durch Rohre kam er, Lutten genannt, in Abgelegenes, er hatte Anfang und Ende und also Richtung. Das muß man wissen, wenn man sich einrichtet untertag.

Zwei gingen die Strecke entlang. Vorn ging der Alte, der Jüngere folgte. Er folgte ungeschickt, denn er kannte die Strecke nicht. Einen Stempel trug er, unter dem er gebückt ging, obwohl der Stempel nicht schwer war. Er dachte aber immer, er könnte an die Firste stoßen. Er schob die Brillenbügel zurecht, die der Helm störte. Er strich das Haar unter den Helm, das der Schweiß verklebt hatte. Er ging müde und strauchelnd.

Aber der Alte ging aufrecht. Von den nördlichen Abbauen kamen sie, da hatte der Alte den Jungen mitgenommen, weil der nicht mehr konnte. Weil der schlappgemacht hatte vor Ort. Dreimal hatte er schlappgemacht, an drei Tagen hintereinander, und hatte sich wieder aufgerafft und wieder schlappgemacht. Da hatte der Alte ihn herausgenommen aus dem Abbau, für heute wenigstens, ein bißchen verschnaufen. Naja, hatte der Alte gesagt, das dauert halt. Ich kannte mal einen, früher, der war genauso. Es war aber sehr früher gewesen, und der Alte hatte nicht gesagt, daß er das selber gewesen war. Zweites Kriegsjahr, erster Weltkrieg, zwölf Stunden Schicht. »Hätt der selber nicht geglaubt«, sagte der Alte, »der ist noch 'n richtiger Bergmann geworden.« Und ging die Strecke entlang, immer vor dem Jungen her. Aber der Junge glaubte nicht, daß er sich je gewöhnen würde an das.

Ein anderer war dort geblieben, auch ein Junger, der hatte nicht schlappgemacht. Der stand im Abbau, bolzte, sackte

Masse, und mit einem wie dem Alten sprach der gar nicht. Vor drei Tagen schon hatte er nicht mit ihm gesprochen, hatte ihn einfach sitzenlassen mit seiner Frage, als ob da bloß Luft wäre. So einer war das also. Autoschlosser hatte er werden wollen. Und hätte es nicht werden können, weil da Leute gewesen wären, in des Alten Alter etwa, die hätten die Welt kaputtgemacht, und hinterher sei keine gute Zeit gewesen für Autoschlosser. So einer war das. Der Alte wußte schon, was für einer das war. Und er hätte ein paar gute Antworten gehabt. Aber er hatte nichts gesagt. So einer war nun er wieder, der Alte. Und dann hatte er erfahren, denn er erfuhr so manches, daß der Junge hingegangen war in die Bahnhofskneipe, gleich am ersten Tag, und hatte da eine Keilerei angefangen. Und hatte auch dazu nichts gesagt. Er hatte seine Erfahrungen mit Leuten, die zuschlugen und den Mund nicht aufmachten. Und am anderen Abend hatte er sie singen gehört, den Jungen mit seiner Gitarre, und die anderen. Wir lagen vor Madagaskar. Und hatten die Pest an Bord. Lauter solche Sachen. Da war ihm manches eingefallen, dem Alten auf seinem Strohsack. Die Schläger sind rührselig, das wußte er. Die Brutalität ist sentimental. Lauter solche Geschichten waren ihm eingefallen von einer Wachmannschaft zum Beispiel, die Ukrainer und Franzosen nackt in den Schnee stellte und mit Wasser begoß, mal sehen, wer es länger aushält. Ein Ukrainer hatte es am längsten ausgehalten. Und dann hatte die Wachmannschaft in ihrer Baracke zur Ziehharmonika gesungen und gesoffen und gegrölt die ganze Nacht. Lauter solche Geschichten. Und der Alte hatte gedacht: Was ist das für eine Menschensorte, aus der man so was machen kann? Was kann man denn aus so einer Sorte machen? Und als sie endlich nicht mehr gesungen hatten, hatte er gedacht: Entweder sie sind so von Anfang an, oder etwas läßt sie so werden. Und als er sich klar darüber war, daß er an den ersten Teil der Frage nicht glaubte, hatte er endlich schlafen können.

41

Zwei gingen die Strecke entlang. Und Hermann Fischer, der vorn ging, sagte zu Christian Kleinschmidt, der hinten ging mit der Axt und dem Stempel: »Gib mal den Kaukamm her.« Denn er war aus den anderen Schächten gekommen, den doppelt tiefen, wo die Steinkohle liegt, und die Axt heißt dort so. Alles heißt dort anders. Die Arbeit ist anders. Die Menschen sind anders. Das hat der Berg gemacht in fünfhundert Jahren.

Sie hatten den Türstock erreicht, der in die Knie gebrochen war. Glitschiges Holz, das dem Druck nicht mehr standhielt; Geröll brach nach, senkrecht und seitlich. Sie räumten das Bruch. Sie schlugen den Stempel zurecht. Hermann Fischer, mit weiten Rundschlägen, trieb einen Keil heraus, der unter der Firste klemmte. Überkopfschläge, schwitzender Stein. Dann glitzerte es rot vor hochgehaltener Handlampe, eine Druse im Berg, faustgroß. »Kobalt«, sagte Fischer. In seinem Haus, im Wolfswinkel, hatte er eine ganze Sammlung. Unten in der Kohle findet man manchmal Abdrücke von Farnen und Schachtelhalm, seltsame Gebilde. Hier findet sich nichts dergleichen, eher schon Bleiglanz und Quarz, Kristalldrusen und Wismut. Zweihundertfünfzig Millionen Jahre lagert die Kohle, Braunkohle höchstens sechzig Millionen, das ist kaum der Rede wert. Wie lange liegt die Uranpechblende? Chemische Prozesse, wenn man den Markscheider fragt. Mineralogie ist schwer zu erklären. Aber nichts ist von Anfang an da. Rot blüht an der Firste die Kobaltblüte.

»So«, sagte Hermann Fischer, »der steht gut.« Und sah sich den Türstock an, Stempel, den er ausgewechselt hatte, gekehlt gegen den Druck der Firste, Kappe gegen den Stoß gekehlt. Leuchtete ihn ab mit der Handlampe. Soweit sich der Berg nicht trug, würde der Türstock ihn tragen.

Sie gingen weiter. Die Lampen warfen wenig Licht. Wasser tropfte, sickerte an Schalhölzern, sammelte sich im Wassersaig. Der Junge ging sicherer jetzt, wenig gebückt, gleichmäßig. Der Alte wußte noch, daß ihn manchmal nur so eine ruhige Stunde gerettet hatte, in seinem ersten Schachtjahr, und später bei anderer Gelegenheit. Er wußte, daß jeder Mensch seine Grenze hat, die er nur allmählich weiterrükken darf, und er sah, wenn einer hart an seiner Grenze angekommen war. Aber der Junge wußte nur, daß er morgen wieder in den Abbau mußte, Gestein sacken, Hunte schleppen, Luft aus rasselnden Lungen keuchen, niederbrechen, sich hochreißen erneut. Nachts noch träumte er von Gebirgen, die auf ihn hereinbrachen, oder träumte im Schlaf noch von Ausruhen und Schlafen. Da war der Berg, da war die Arbeit, das war alles. Prometheus war an den Felsen geschmiedet. Sisyphus wälzte den Stein bergauf. Es hatte sich nichts geändert. Es hat einer die Sprache Luthers und Shakespeares studieren wollen und hat nun keine anderen Sehnsüchte als die nach der Waschkaue, wenn sie nebeneinanderstehen und sich den Dreck abschrubben, Dreck aus rissigen Schlünden spukken, Flüche und Schleim und Gelächter. Wenn sie die Schicht in den Knochen haben und vor sich: nichts Nennenswertes. Abgestürzt in den größeren Teil der Menschheit, sah Christian Kleinschmidt: Man kam ohne alles aus, nur ohne Essen nicht, ohne Schlaf, ohne Ruhe. Und nicht einmal sich darüber Gedanken zu machen, hatte er noch Kraft. Als ob das alles abgestorben wäre mit einem anderen Leben.

Und einer hatte gelehrt: Des Körpers Arbeit befreit von der Seele Schmerz; das ist's, was den Armen glücklich macht.

So gingen sie die Strecke entlang, dem Magazin zu. Der Alte blieb manchmal stehen und leuchtete in den Ausbau. Er kannte jeden Winkel in diesem Revier, und er wußte, wo gut gearbeitet worden war und wo weniger gut, auch, wo der Berg arbeitete und wo er zur Ruhe gekommen war vorerst. Mit dem Stiefel schob er manchmal Gestein vom Fahrgleis, und einmal fanden sie einen Stempel, den hatte ein Ketcher verloren. Auch einen Hackenstiel fanden sie und ein Stück Luftschlauch. Ein Zug begegnete ihnen, und der Alte sagte dem E-Lok-Fahrer Bescheid, wo er noch Erzkisten hinbringen sollte und daß sich auf 37 die Hunte stauten. Hunte waren knapp, an manchen Tagen stockte ihretwegen die Arbeit. Der Transport mußte immer wieder neu organisiert werden und immer wieder anders. Ein Dispatchersystem hatten sie noch nicht. Überhaupt war vieles knapp: Bohrkronen, Ventilkugeln, Luftschläuche, Seile. Manchmal wurden Gezähekisten aufgebrochen und Werkzeug gestohlen. Es hatte Tage gegeben, da war kein Schaufelstiel aufzutreiben, an anderen gab es zwanzig Kilometer im Umkreis keine Lutten. Es war aber irgendwie doch immer weitergegangen. Hermann Fischer wußte selbst nicht mehr, wie sie das immer wieder geschafft hatten. Sie hatten es aber geschafft.

Kumpel kamen ihnen entgegen, mit Bohrgerät beladen, und an der Gefällestrecke trafen sie die sowjetische Geologin Rumjanzewa, die unter Tage Tanuschka hieß. »Nu«, sagte sie, »Tawarischtsch Germann, alles ist gut?« Und Hermann Fischer sagte: »Gott, es geht so.« Er gab ihr ein paar Zahlen aus seinem Steigerbuch, die eigentlich für den Markscheider bestimmt waren; irgendwo stimmten die Vermessungen nicht. Die Geologin schrieb sich alles auf in zierlicher Mädchenschrift. »Nu gut«, sagte sie, »werden wir sehen.« Als sie weiterging, sagte sie lächelnd: »Glück auf, Tawarischtsch Krieg und Frieden!«

Darauf war Hermann Fischer stolz. Er wußte, daß die Kumpel ihn heimlich so nannten, der Name hing ihm an seit seinen ersten Wismuttagen. Aber nur Tanuschka nannte ihn offen so, sie kannte den Alten genau und wußte, daß er darüber nicht böse war. Das war im Frühjahr sechsundvierzig gewesen, auf der letzten Gewerkschaftsversammlung vor dem Vereinigungsparteitag. Wer für den Frieden ist, hatte Hermann Fischer gesagt, der ist auch für die Vereinigung. Die Spaltung hat uns immer nur Krieg gebracht. Und wenig später, als Not am Mann war, hatte er gesagt: Seid ihr für den Krieg? Oder seid ihr für den Frieden ... Wer für den Frieden ist, der fährt am Sonntag Sonderschicht! Seitdem hieß er so.

44

Geh doch zu Krieg und Frieden, hieß es, wenn einer nicht weiter wußte. Krieg und Frieden war die Personalunion von Steiger und Parteisekretär. Und manchmal war Krieg und Frieden überhaupt die Partei auf Schacht 412. Viele sagten das hämisch, aber viele auch sagten es anerkennend. Und sehr oft war es die Anerkennung, die Hermann Fischer sich verschafft hatte und die nun mehr meinte als nur ihn.

Dann kamen sie ans Magazin. Bierjesus, der Magaziner, fettete Pickhämmer ein. Bierjesus, der Hiesige und Geschichtenerzähler. Bierjesus, Abtrünniger der Zeugen Jehovas. Er fettete Pickhämmer ein in seinem Verschlag, soeben gelieferte, die hatten Nässe abbekommen, Rost angesetzt, das war immer so. Preßlufthämmer sollen in einem Fettfilm transportiert werden. Preßlufthämmer sollen angeliefert werden in Ölpapier und Fichtenholzkisten. Die Kisten waren ramponiert. Das Papier zerfetzt. Der Fettfilm fehlte.

»Dene mecht ich mol«, sagte Bierjesus. Spuckte Priemsaft auf Rostspur, goß Caramba-Rostentferner auf Priemsaft. »Dene mecht ich naufgeign, do's nimmer wissn, ob's Männl sei od'r Weibl!«

Hermann Fischer besah sich alles genau. Dann entschied er: »Bleib hier, hilf ihm bissel.«

Er suchte Putzlappen und Ölkanne heraus, die gab er Christian. Er sah ihnen zu bei der Arbeit und stopfte seine Pfeife. Unterm Türstock stand er, einer, der vertraut war mit alldem. Dann nahm er seine Lampe vom Haken. Christian sah ihm nach, wie er die Strecke hinabging.

Im Berg war es still geworden. Berg, der in Gängen Erz führt: Kobalt, Nickelblüte, Wismut, Silber, Uran. Bleiglanz und Zinkblende weiter östlich, Wolfram und Molybdänit, natürlich Zinn. Entgasungsprodukt granitischen Magmas aus der Tiefe, reichend von Oberkarbon bis ins Unterrotliegende, Granit, der aus Glimmerschiefer aufsteigt, Schwerspat und Flußspat, der farblose, der milchweiße, der graue Quarz. Wer aber Glück hat, kann vielleicht einen Topas finden. Er kann den messinggelben Pyrit finden und den bleigrauen Antimonglanz, gediegen Wismut und vielleicht noch Silber. Wenn einer Glück hat.

Hermann Fischer fuhr aus als einer der letzten. In langer Reihe standen die Männer an der Seilfahrt, neben Fischer stand der Radiometrist Bergschicker. »Na?« sagte Fischer. Aber der Radiometrist winkte ab. Es war nichts zu machen in diesem Monat. Der Vortrieb kam nicht, der Erzplan kam nicht, es würde keine Prämien geben, die Stimmung war miserabel.

»Und nun noch das«, sagte Bergschicker. Er hob die Hand, die war blutverkrustet, ein schmieriger Verband ließ weiße Fingerkuppen frei. »Wühlen wie die Idioten«, sagte der Radiometrist. »Aber berissen wird nicht. Spieß, diese Arschgeige. Wo der arbeitet, da passiert immer was. Und so 'n Neuer war dabei. Wie ich reinkrieche, rutscht 'n Kaventsmann aus der Firste und zerhaut mir die Knochen.«

»Welcher Neue?« fragte Fischer.

»Der mit der Klampfe. Da haben wir uns ja was eingehandelt!«

Fischer sagte nichts. Er schob das Stangengitter hoch und ließ den Radiometristen vorangehen ins Fördergestell. Der Anschläger gab Signal. Bergschicker setzte seinen Kasten ab. »Mal isses die rechte Flosse, mal isses die linke«, sagte er. »Das muß richtig 'n blödes Gefühl sein, wenn dir mal gar nischt fehlt. Ich weiß schon nicht mehr, wie das ist.« Er drehte seine Lampe ab mit der gesunden Hand. Blechern pitschte das Tropfwasser.

Es war das Alltägliche, und war dennoch nicht annehmbar. Spieß, der gut war als zweiter Mann, er war nicht brauchbar in eigener Verantwortung. Spieß und Loose, das war ein Fehler. Aber wer denn sollte die Neuen einarbeiten, wenn nicht die paar Leute, die den Schacht kannten? Ein Klotz von einem Kerl, ehemaliger Landarbeiter, seit sechsundvierzig dabei, ein Granitschädel, der schaffen konnte und zupacken

46

und nicht zimperlich war – und dennoch behielt er die einfachsten Sachen nicht, brauchte immer noch einen, der auf ihn aufpaßte und für ihn mitdachte. Und die Neuen, was war anzufangen mit ihnen? Kleinschmidt, Loose, Mehlhorn, Müller? Es ließ sich nicht viel sagen nach drei Tagen, und mußte dennoch täglich neu entschieden werden. Das war das Steiger-Einmaleins: Den richtigen Platz finden für jeden, für jeden Platz finden den Richtigen. Eine Formel, die der Schachtleiter Polotnikow eingeführt hatte. Ein guter Satz. Nur hatte er eine Prämisse, die hieß: Zuerst für alle Plätze finden irgendeinen.

An der Hängebank trennten sie sich. Der Radiometrist ging über den zugigen Schachthof zur Baracke der Geophysiker, Fischer ging in die Steigerbude. Es erwartete ihn ein Anruf der Kreisleitung. Auf seinem Schreibtisch, der ehemals ein Ladentisch gewesen war, hatten sich während der Schicht allerhand Papiere angesammelt: Merkzettel, Formulare, eine Mitteilung des Fördersteigers, Broschüren auch.

Der Schachtleiterhelfer war da und verglich, bevor er einfuhr, die Schichtergebnisse. Jemand von der Gewerkschaft brauchte einen Mann für einen Kurzlehrgang. Geduldig hinter randvollem Aschenbecher wartete der FDJ-Sekretär Heckert.

Fischer erledigte, so gut es ging, was zu erledigen war. Dann nahm er mit Heckert noch die Liste der Neuen durch, aber für das, was sie vorhatten, war die Liste zu ungewiß: Namen nur, wenige Gesichter, noch kaum Geschichten.

»Laß gut sein«, sagte Fischer. »Es ist besser, wir warten noch.«

Er sah, daß Heckert enttäuscht war. An der Tür legte er ihm ermunternd die Hand auf die Schulter.

Dann ging auch er.

Er ging zur Durchlaßkontrolle: Draußen auf dem Vorplatz war der letzte Schichtbus lange abgefahren. Nasses Laub klebte am Straßenrand. Wasserlachen standen unter festgefahrener

47

Schlacke im Lehm. Fischer sah den Himmel zuerst vor seinen Füßen, Wind bewegte ihn, dann sah er ihn oben graublau bewölkt. Die Wolkendecke lag niedrig über dem Tal, wie ein grobes Tuch über eine Schüssel gedeckt. Das war ein Himmel, der müde macht. Fischer schritt gleichmäßig aus, er war den Weg zu oft gegangen; was jetzt galt, lag weiter ab. An der Abzweigung erwischte er einen Molotow-Kipper, der hielt an auf sein Handzeichen und nahm ihn mit.

Sechs Tage lang war Fischer vom Lager zum Schacht gefahren, vom Schacht zum Lager – heute nahm er den anderen Weg. Aber er hatte auch diesmal das Gefühl, etwas Ungewisses zurückzulassen, das seiner Gegenwart gerade jetzt bedurfte; die Heimkehr schien ihm fast unerlaubt. Und immer diese Dämmerungen, jäh hereinbrechend, ein zähes Schweigen, das vom Wald her ins Tal kroch. Die Schneise, darin die Straße lag, versank in dunklem Gummi. Die Stämme schmolzen ineinander und die niederen Büsche, die Wegränder und Hintergründe, als ob etwas auf der Lauer läge. Erst der Waldrand gab den Blick frei, an den Hängen war noch Licht, am Kirchturm, am Schornstein der Papierfabrik. Vereinzelte Lichter der Schachtanlagen flackerten; nachts manchmal war nicht auszumachen, wo die Erde aufhörte und der Sternhimmel begann. Im Armaturenlicht sah Fischer das Gesicht des Fahrers. Es war ein strenges Gesicht, versteint vor der Dunkelheit. Er sah es schlaff werden in den Scheinwerfern entgegenkommender Lastwagen, und wieder hart in der Geborgenheit. Er sah die Hände auf dem Lenkrad, und sah den Lichtkegel draußen von der Straße gleiten, wenn sie sich bewegten. Er sah Straßenschilder und Laternen und die Menschen und ihre Baulichkeiten, da war ihm, daß er sich doch freuen müsse, weil er das alles noch erlebte. Denn er hatte einmal schon abgeschlossen, vor viereinhalb Jahren, und lebte genauer seither.

Am Wolfswinkel stieg er aus. Das letzte Stück ging er zu Fuß. Das helle Fenster in seinem Haus sah er schon von weitem.

Fischers Tochter stand am Herd, als er eintrat. Sie stand schmal da und jungenhaft, hatte die störrische Strähne an der Schläfe, und blaß war sie sehr. Sie stand aber ganz in der dauerhaften Art dort, die sie von ihrem Vater hatte. Das Holzfeuer flackerte, es roch nach Fichtenholz und nach geschmorten Pilzen. Da hängte Fischer seine Joppe an den Haken im Flur.

Seine Tochter deckte auch gleich den Tisch. Er sah ihr zu, wie sie das Brot schnitt und die Pfanne vom Herd nahm und eine Flasche Bier brachte für ihn. Das schien so alltäglich, daß er vergaß, wie selten diese Abende waren. Er war immer gleich ganz zu Hause. Die Katze kam aus dem kleinen Erkerzimmer herüber, in dem Fischer seine Steinsammlung aufbewahrte, sie strich um seine Hosenbeine. Er saß an seinem großen Tisch und sah seiner Tochter zu, er dachte, daß doch etwas von ihrer Mutter dasein müsse. Er wußte aber nicht, was. Sie war ganz anders, immer in ihren grobgestrickten Pullovern, von denen die Burschen sagten: Es muß aber doch etwas drunter sein. Wenn sie so hantierte, war es, als ob sie angestrengt über irgend etwas nachdächte. Aber ihr Gesicht konnte sich von einem Ausdruck jäh ins Gegenteil verändern, von Schreck zu Spott, vom Trotz zur Fröhlichkeit. Manchmal hatte ihn das erschreckt. Er hatte auch lange nicht gewußt, wie er sich verhalten sollte: sie war vierzehn gewesen, als er heimkam bei Kriegsende, das war fast erwachsen in solcher Zeit. Dann hatte er bemerkt, daß sie sich in vielem schneller zurechtfand als er, und er hatte begriffen, daß der große Wechsel draußen das Beständige war in ihrem Leben. Sie erlebte diese Zeit anders als er.

Die Pilze waren würzig und mit viel Pfeffer gebraten, wie er sie gern aß. Er holte die grüne Flasche mit dem Klaren aus dem Schrank und nahm sich einen. Er sah auch die Zeitungen der ganzen Woche geordnet auf dem Schrank liegen, die hob seine Tochter immer für ihn auf. Was er sonst nie tat: plötzlich bot er auch ihr einen Schnaps an. Sie nahm ihn ohne Erstaunen.

49

An diesem Abend saß er lange, rauchte seine Pfeife, die Zeitungen rührte er nicht an. Er sagte ein paar Worte über die Arbeit im Schacht und über die Neuen; seine Tochter erzählte von ihrer Papierfabrik. Sonst saßen sie stumm. Die Uhr tickte laut, die Katze schnurrte. Als Ruth einmal aufstand, um ihm noch eine Flasche Bier zu holen, dachte er, daß er eigentlich eine erwachsene Tochter gehabt hatte von Anfang an. Er dachte, daß sie es anders auch gar nicht angenommen hätte. Daß sie doch manchmal einen Menschen gebraucht hätte, vor dem sie nicht erwachsen sein mußte und verständig, wußte er nicht. Es blieb ein Rest, der nicht aufging.

Es war spät, als er in seine Schlafkammer hinaufging. Licht machte er nicht. Eine Weile lag er noch wach und beobachtete den Mond im Geäst vor dem Fenster. Er hörte sein Herz schlagen, und er dachte, wieviel Zeit ihm wohl noch bliebe. Sein Vater war sechsundfünfzig geworden. Kein Mensch wurde alt in diesem Beruf. Er erschrak nicht, er war nur immer erstaunt, daß dies alles war. Es hätte schon zweimal vorbei sein können, oder öfter, wer weiß das. Dann drehte er sich zur Wand und schlief sofort ein.

Sie waren nach der Schicht zum Hundshübel gegangen: Peter Loose, Christian Kleinschmidt, Bierjesus, der Magaziner. Es war noch hell, sie hatten das ganze Tal unter sich.

»Das da ist FRISCH GLÜCK«, sagte Bierjesus, »das dort das Heimatmuseum, das ist der ›Gambrinus‹ und davor das Salzbrünnel. Da hat der Stülpner draus getrunken, heißt es.«

Er tunkte den Finger in die Bierpfütze und markierte alle Punkte auf dem Tisch, die er draußen anzeigte: Oberdorf, Unterdorf, Rabenberg, Wolfswinkel. Dann malte er die Straße quer, die der Stülpner gekommen sein sollte, an der Saigerhütte vorbei. Denn der Stülpner war mit dem Roten gekommen und dem einäugigen Hertzog, und zu Thum waren achtzig Taler ausgesetzt auf seinen Kopf, aber das störte ihn wenig.

50

Und er war aus Wolkenstein gekommen, wo sie den dürren Schneider aufs Rad geflochten hatten im Siebenjährigen Krieg, aber das war lange her. Er war nach Bermsthal gekommen und hatte Wasser getrunken vom Salzbrünnel, einen Gabelbock hatten sie abgezogen und das Fleisch unter die Leute verteilt, und dann hatten sie die Decke dem »Gambrinus«-Wirt verkauft nebst einer schönen Rehkeule: Das gab ein fideles Gelage.

Also durchs Gebirge und nicht durch die Steppe zog Stülpner-Karl, der Freischütz, der grüne Rebell aus Scharfenstein, der ein rechtschaffener Mensch sein wollte, aber sie ließen ihn nicht. Stülpner, dessen Name an den Galgenbaum geschlagen wurde, weil er sein Recht erzwingen wollte: Auf einem Hirschen ritt er im Zoblitzer Revier und ließ die Wolkensteiner Bürgerschützen ins Wasser der Zschopau springen; es lebe die wilde Jagd und Sankt Hubertus' Hund! Er zog von Annaberg nach Eibenstock, von Augustusburg nach Kaaden, verschmähte Marienberg-Gelobtland nicht, tauchte auf in Ehrenfriedersdorf, fiel von Cranzahl nach Weipert ein, ging um im Böhmischen, schoß den Rehbock am Bärenstein, ließ sich in Geyer sehen, war in Erfensiedel und vielleicht auch in Einschlag, half dem Knopfmacher zu Sehma, dem Fuhrknecht am Pöhlberg, aber dem ungerechten Beifron tränkte er's ein in Joachimsthal, soll dann länger bei Thalheim gewesen sein, mied freilich Freiberg, aber in Olbernhau war er, wie er auch in Deutschneudorf war, in Pockau, Jöhstadt, Zinnwald, Rothensehma. Es zogen die Gendarmen aus, fingen drei Pascher, fingen den Zundelheiner, den Stülpner fingen sie nicht. Der trug sein Pulver trocken übern Grenzbach, wenn sie ihm im Land auflauerten, da ist er bis Eger gekommen, bis Karlsbad und Příbam, sogar bis ins Österreichische nach Debrecen. Hat aber immer wieder heimgewußt, hat bei den Kursächsischen gedient und den Preußen und den Großherzoglich-Braunschweigischen, und als die Sachsen mit den Preußen gegen den Kaiser zogen, war

51

er auch dabei. Einmal stellten sie einen Hinterhalt bei Reitzenhain, da ging er nicht hinein. War schon auf Grünhainer Flur, goß Büchsenkugeln aus Blei, ließ Hirschtalg aus, teilte sein Wilpert mit dem Rußbuttenmann. Traf auch eine Reisigsammlerin, die hatte der Landjäger gestraft um nichts, traf eine Klöpplerin, die hatte der Zwirnfabrikant geprellt, da blieb er in der Nähe, da sah er nach dem Rechten. Einen Taler, den er hochwarf, traf er im Flug, und die Tiere des Waldes verrieten ihn nicht; die Stieglitze und die Finken nicht, die Spießer, Schmalrehe, Ricken und Kitzen, auch nicht der Kreuzschnabel, der die Krankheiten auf sich zieht, und schon gar nicht die Viertelhüfner, Löffelschnitzer, Lohgerber, Taglöhner, Ackerknechte, Korbmacher, Besenbinder, Hufschmiede, Strumpfwirker, Böttchergesellen, Stoffdrucker, Färber und Picher; erst recht nicht die Bergleute. Nur einmal kam er zur Ruh auf dem Sankt-Christophs-Hammer, aber da war's fast schon aus, da schmeckte der Klingenberger schon nicht mehr und der Rote aus Melnik, da war der Ranft Brot teurer als je, und wenn sie nicht einen Postillon und einen Akziseeinnehmer und einen Tabaksbüttel, die mit der Postkutsche reisten, von Räubern befreit hätten weitab von den Grünröcken, wer weiß, ob sie übern Winter gekommen wären. Und einmal hätten ihn die Häscher dennoch fast gefangen – er sah aber die Vögel auffliegen überm Tal, darin er lagerte, baute eine Puppe aus seinem Rock, blies das Feuer heller an. Da schossen sie lauter lustige Löcher hinein, da fielen sie übereinander her auf freier Wildbahn, dieweil er längst über alle Berge war. Oder es zog einer aus, den Rehbock zu jagen, das war aber nicht der Stülpner. Das war unser Objektleiter, sagt Bierjesus, und der hat eine verirrte Geiß erschossen, fünftausend Mark hat der Besitzer verlangt. Der Stülpner, sagt Bierjesus, der traf immer die Richtigen. Da gab's keine Justizirrtümer. Oder es ritten drei eiserne Ritter durch den Tann, schepperten Rost aus den Rüstungen: das war der Prinzenraub zu Hartenstein. Ja, sagte Bierjesus, früher, da war hier noch was los. Aber jetzt, sagte er, jetzt ist das ja rein gar nichts mehr.

So saßen sie auf dem Hundshübel, während es duster wurde draußen, und es war alles schon einmal dagewesen. Immer neue Geschichten erzählte Bierjesus, der Abtrünnige der Zeugen Jehovas, und immer neue Markierungen setzte er auf die Tischplatte mit feuchten Bierfingern, eine ganze Landkarte. Da wußte Peter Loose, daß auch das schon dagewesen war.

Er saß in der »LETZTEN INSTANZ«, die noch immer so hieß, obwohl das Amtsgericht neben der Kneipe lange abgebrannt war. Papendiek der Wirt hatte hinterm Haus den Rhein fließen, und den Stückgut-Hafen hatte er rechts, aber nach vorn heraus war bloß ein Katzenkopfpflaster und die Baracken, die der Stadt nicht recht, aber Papendiek billig waren. Es war auch andeutungsweise eine Mauer davor, dreiundvierzig von der Organisation Todt erbaut, welche dahinter Fremdarbeiter aufbewahrt hatte, vorwiegend Holländer, die arbeiteten im Hafen. Und nun waren die Ostflüchtlinge dort, Pommern, Schlesier, Ostpreußen. Und Peter Loose. Der aber seit vier Wochen erst, schwarz über die grüne Grenze gekommen, Deutschland besichtigen. Warm war's, Sommerabend, das Jahr siebenundvierzig brachte Hitzerekorde. Schlager gab's, die hießen Heat-Wave oder Hot spell oder so.

Bei Papendiek also saß er in der »LETZTEN INSTANZ«, etwas im Hintergrund, vorn aber sangen sie. Zuerst sangen die Hafenleute und die Schiffer, so ein Gegröle war das, schnapsheiser und bierselig, und Rheinisches war's und solche Allerweltsgesänge und die bekannten Marschierlieder, nicht sehr melodisch; aber wenn sie in Stimmung waren, sangen manchmal auch die Flüchtlinge, das war etwas anderes. Das kam von weit her. Lieder, die brachten fremde Gerüche mit, und die dunklen Wörter und Schnörkel, die darin vorkamen, die seltsamen Figuren, die brachten merkwürdige Landschaften

53

herein und ganz andere Leute, anderssprachige, oder zumindest so schwer verständlich wie nun diese Erzgebirgler hier.

Wenn aber der eine aus Tilsit sang und der andere aus Masuren, da konnte der dritte schon nicht mitsingen, denn der war aus Schneidemühl. Solche Weite war das. Tilsit nämlich verhält sich zu Schneidemühl wie Berlin zu Dortmund – wer weiß das? Und ein vierter war aus Breslau, welches sich zu Tilsit verhält wie Fulda zu Wien oder aber wie Bayreuth zu Rügen, und auch das hat man nicht gewußt.

Also rückte Peter heran, und der Breslauer tunkte den Finger in Bier, zeichnete die Reichsgrenze hin, die gewesene vormalige, wie auch der Breslauer ein vormaliger war und ein Oberlehrer dazu.

Dortmunder Aktienbier also: das klammerte unten Österreich aus, rechts Kongreß-Polen, und sie hatten nun ungefähr einen Gaul vor sich, dicke Vorderbeine, dünnes Hinterbein, der Schweif kam aus Tilsit, der Sattel saß über Kiel und Stralsund, und nur wo der Kopf hätte sein müssen, da war die Nordsee oder höchstens noch Helgoland. Achtzehneinundsiebzig vielleicht, sagte der Oberlehrer, oder siebzehnneunundachtzig. Auch noch neunzehnsiebzehn. Aber dann schon nicht mehr. Dann war dies schon ein Freistaat und jenes ein Korridor, da sprach man polnisch und litauisch dort, sowieso jiddisch; kaschubisch, russisch, und die ganze Idiomatik. Und was dann kam, das war vorauszusehen von spätestens neununddreißig an. Was der Oberlehrer aber sehr leise sagte, gerade so hingemurmelt, seine Landsleute sind in der Nähe, die könnten womöglich anderer Meinung sein. Noch leiser sprach er: Der deutsche Orden, das muß man mal an den Quellen aufsuchen, also das waren Leute, auf die kann man sich gleich gar nicht berufen! Indes der Bierfinger in die Danziger Bucht fuhr, die Weichsel hinmalte bis Graudenz, dann Thorn, das gab eine Gerade aufwärts bis Königsberg: da hat dieser Kant gelebt. Nun, sagte der Oberlehrer, zuerst fließt nämlich alles westnordwestlich. Dann kommt der Knick, dann kommt Nordnordost, und die Oder, mein Lieber, die fließt genau so. Polnisch Odra, Odra tschechisch, die kommt von Olmütz her durch die mährische Pforte – moravská brána – nach Ratibor, wo sie schiffbar wird und sich nach Nordwest wendet, um die Neiße aufzunehmen; kleines Flüßchen, das hat einige tausend Jahre nichts zu besagen gehabt. Weder für Oppeln noch für Opole, und für Breslau nicht, schon gar nicht für Stettin. Warum eigentlich, fragte der Oberlehrer, hat Wissarionowitsch nicht auch jene Sorben und Wenden mit eingemeindet, die da siedeln seit ungezählten Dezennien? Weil ein anderes Gesetz wirkt, danach antraten die Deutschen. Wer aber das Schwert hebt, wird durch das Schwert umkommen. Wer mein Land mit Krieg überzieht, wird mit Krieg ausgeräuchert werden aus seinem eigenen Land. Das also habe er kommen sehen, vielleicht nicht ganz so, aber doch fast. Dieses Jalta, nicht wahr, das war zu ahnen.

Einer aber, der nichts geahnt hatte, fragte: Ist das also Deutschland? Das müsse doch sagbar sein, fand Peter Loose: deutlich, unverbrämt, ruhig, beweisbar.

Wessen Land ist das Land?

Nun, sagte der Oberlehrer, vor zweitausend Jahren war hier gar keiner. Höchstens solche Schlingenleger und Spießgesellen, nomadisierende Stämme, die zogen umher und kratzten sich oder lagen auf der Bärenhaut und tranken immer noch eins, wenn sie eins hatten, was aber selten vorkam: Ein gewisser Tacitus hat das später beschrieben auf mehreren hundert Blättern. Grenzen, na ja: alle Tage 'ne andere und alle paar Jahre mal eine vorläufig endgültige. An welche also soll man sich halten? Das beste ist, man hält sich heraus. Denn, sagte der Oberlehrer schnell noch beiseite, unsereinem jedenfalls hat die Gegend nie gehört. Und dann lehnte er sich zurück, denn nun kamen welche von den Nachbartischen; lehnte sich zurück und begann vor sich hin zu trällern, Riesengebirge, deutsches Gebirge, welches ein Lied war: Dieser Rübezahl also.

55

Der war aber ein ähnlicher Fall wie dieser Stülpner, Störtebeker, Andreas Hofer, Schatzhauser im grünen Tannenwald, lauter ähnliche Fälle. Vielleicht, daß die Leute sich einen zurechtmachen, wenn keiner da ist, der hilft. Der Stülpner freilich soll gelebt haben und dieser Rübenzähler doch wohl nicht. Dennoch: je mehr einer tot ist, um so besser taugt er zu solcher Figur. Die Leute brauchen immer einen, der hoffen läßt. Und Frank Allan, den Rächer der Enterbten. Und Winnetou nebst Old Shatterhand, die immer im richtigen letzten Moment kamen, den Unschuldigen herauszuhauen aus zwölffacher Übermacht. Wenn einem selber alles schiefgeht, braucht man um so nötiger einen, dem alles gelingt. Wenn nichts sich ändert in der Wirklichkeit, erfindet man sich einen, der kommt und ändert. Und für alle war gesorgt: Hans im Glück für die Gemütlichen, denen irgendwas vom Himmel fallen muß; eine Stillhaltegeschichte für Stillhalter. Für die anderen der Stülpner, der's nicht hinnimmt, der Störtebeker, der gleiche Teile macht – dieser hier hat mit dem Glückshansel nicht viel im Sinn, der ist ihm zu fade; hingegen einer, der auszieht, die Finsterlinge zu verhauen, der ist schon eher sein Mann …

»Also«, sagte Peter Loose, sitzend am Hundshübel zu Bermsthal, »also: Hoch die Tassen, und der Stülpner soll leben!«

Da tat ihm ein jeder Bescheid.

Aber dann stülpten sie ihre Taschen um und fanden nichts mehr, und Bierjesus fand, es sei auch genug. Peter Loose sah zum Fenster hin, das war nun schwarz und fremd. Bloß ein paar blasse Lichter von den Halden sah er, wenn er lange hinsah, und ein paar Lichter vom Dorf: das schien weitab. Loose sagte: »Du kennst doch hier viele?« – »Schon«, sagte Bierjesus, »aber geborgt wird nicht.« Das war nun ein Mißverständnis. Loose hatte wissen wollen, ob der Alte vielleicht das Mädchen kenne aus der Bahnhofskneipe. Das war aber nichts für lange Erklärungen, er ließ es nun lieber. Er sagte: »Alsdann. Schluß für heute.«

Er dachte aber noch immer an das Mädchen Ingrid, als sie schon den Hundshübel hinabgingen. Er versuchte die Lichter vom Bahnhof zu finden, glaubte auch, er hätte sie, dann war er aber wieder nicht sicher. Er dachte: Ich werde morgen einfach hingehen.

Als sie den Rabenberg erreichten, bog Bierjesus zum Dorf ab. Kleinschmidt war zum Umfallen müde, auch Peter Loose ging langsamer. Die Schicht war hart gewesen, sie steckte ihm in den Knochen. Dieser Magaziner, dachte Peter Loose, das ist also die Sorte, die hier wächst. Irgendeinen Stich haben die alle. Und wenn sie nicht beim Kommiß waren, dann sind sie aus ihren Kuhdörfern nie herausgekommen. Das fiel ihm überall auf, wo er hinkam: daß die Leute so seßhaft waren. Was war es nur, das sie hielt? Unter all den Erklärungen, die er wußte, war keine einzige, die ihm gefiel.

Im Lager war noch Lärm. Mehlhorn und Müller waren nicht da, das Zimmer war dunkel. Es war genauso öde wie am ersten Tag. Loose öffnete seinen Schrank, er spürte gleich, daß etwas nicht in Ordnung war. Dann sah er, daß sein Brot fehlte und das Stück Wurst; nur die Büchse mit der Marmelade stand noch an ihrem Platz. Kleinschmidt sah auch in seinem Spind nach, aber bei ihm fehlte nichts. Allerdings hatte er seit gestern ein Vorhängeschloß davor, so leicht konnte niemand hinein. Er wollte gleich zu Fischer hinüber, Bescheid sagen. Aber im Zimmer des Alten war kein Licht.

»Laß nur«, sagte Loose. »Ich werd mir den Mehlhorn vorknöpfen!«

Kleinschmidt sagte: »Aber wie willst du das wissen? Hier kann doch jeder aus und ein gehen, wie er will.«

Darauf sagte Loose nichts. Er ärgerte sich, weil er wußte, daß Kleinschmidt recht hatte. Man konnte nur in Zukunft besser aufpassen. Und man konnte ein Schloß kaufen, wie die anderen. Das ärgerte ihn sogar am meisten. Und hätte dabei gar nicht sagen können, warum.

Anderntags, nach der Schicht, als es in Strömen regnete, riß einer die Zimmertür auf und schrie: »Es gibt Bratheringe!« Den kannte Loose schon: Er hieß Titte Klammergass und war Kipperfahrer. Er ging von Tür zu Tür mit dieser Nachricht.

Sie gingen gleich los, die Gummijacken über den Kopf gezogen.

Die Bratheringe gab es in einem Seitenraum der Küchenbaracke, der als Verkaufsraum diente. Die Kumpel kamen von allen Seiten. Loose sah zum erstenmal richtig, wie viele Menschen in diesem Lager lebten. Der Lagerverwalter stand vor dem Eingang und schrie: »Seid doch vernünftig, es ist für alle da! Wir rufen barackenweise auf!« Darauf wollte sich aber niemand einlassen. Erst als die Verkäuferin herauskam, rührten sie sich. Die Krawoleit war eine Frau von vierzig, sie war aus Ostpreußen und hatte das Lager mit aufgebaut, sie war länger da als alle. »Also macht ihr nun, oder macht ihr nicht«, sagte die Krawoleit. Und: Daß sie lieber ihr Öfchen anpäsern sollten und sich den Hintern wärmen, statt bloß so rumzustehen bei diesem Mistwetter. Sie stand massig in der Tür, hatte die Arme in die Hüften gestemmt, also: Wo sie recht hat, hat sie recht.

Erst kam die Baracke drei, dann die vier, da hatten sie Zeit bis vierundzwanzig. Sie gingen in die Küchenbaracke, da gab es ein Radio. Aber das Radio war kaputt, das erfuhren sie von den anderen, die schon da waren. Der dicke Mehlhorn kam zu ihnen und sagte: »Hol doch deine Gitarre, spiel einen.«

Loose sagte: »Wenn du sie holst …« Da war der dicke Mehlhorn schon unterwegs.

Schachtzimmermann Müller sagte: »Wie der auf einmal laufen kann!«

Dieser Müller war ein merkwürdiger Vogel. Wenn die einen auf die Politik schimpften, schimpfte er mit, er schimpfte aber auch mit den Politischen mit, man wurde nicht schlau aus ihm. Er war Tischlergeselle in einem Dorf in der Börde gewesen, und er hatte bei einem Großbauern gewohnt, der immer mit dem Ablieferungssoll in Verzug war und geizig bis dahinaus. Der Tischler hatte erzählt, wie der Bauer den Leuten aus der Stadt Radios und Teppiche abnahm für ein paar Sack Kartoffeln, er schacherte ihnen das Blaue aus dem Auge. Aber einmal war er hereingelegt worden. Da war ein Lkw auf den Hof gefahren, heraus stieg der Ablieferungs-Bevollmächtigte, der hatte einen Offizier von der sowjetischen Kommandantur dabei und ein paar Mann. Nu, wieviel du Hühner? fragte der Offizier. Vierzig, sagte der Großbauer. Und nachzählen sollten sie mal selber, das Viehzeug bekämen sie nie im Leben zusammen, das gackerte bunt durcheinander in Haus, Hof, Wiesen, Ställen, Scheuern. Aber der Offizier hatte seinen Leuten einen Wink gegeben, die hatten auf einmal alle Taschen voll Gerste, die streuten sie aus: Putputputput! Und es strömte herbei, gackerte, pickte, krähte und scharrte, gut hundert an der Zahl versammelten sich des Großbauern Leghorn- und Italienerhühner, Rhodeländer und Wyandotten, die fleißigen Eierleger und stolzen Bespringer, die braven Glucken und fetten Kapaune, und mußten nur noch abgezählt werden, vierzig nach links, der Rest auf den Lastwagen. Eitel Freude herrschte auf dem Hühnerhof, alles glänzte vor Vergnügen, der Offizier gab's schriftlich. Und das war mal ein Spaß, hatte der Schachtzimmermann gesagt, das erzählen die Leute heute noch.

Je nun. Und so einem geschah das ganz recht. Aber was soll uns das alles?

Loose sah zu Kleinschmidt hin, der schon wieder am Einschlafen war: Er konnte noch immer nicht begreifen, was der im Schacht verloren hatte. Er setzte irgendeine unbestimmte Hoffnung in den Mann. Es gab dafür keinen Namen. Es war nur ein unklarer Gedanke, oder es war nicht mal das. Er spürte aber, daß alles mit ihm zu tun hatte, all das hier, und alles an dem da. Er hatte das schon gespürt, als sie in dieses Lager eingezogen waren, und er hätte einiges dafür gegeben,

59

hätte er erfahren können, was in diesem Kleinschmidt jetzt vorging.

Der war aber ganz anderswo, die Geräusche waren weit weg, er hatte bloß den Wunsch, hier sitzen zu bleiben und nie wieder aufzustehen. Vielleicht saß er daheim in seinem Zimmer. Natürlich war er dort. Er hatte ja oft so gesessen über einem Buch, und war darüber eingeschlafen, und wußte noch genau, was darin vorgekommen war. Sie hatten also den Mehlhorn zum FDJ-Gruppenleiter der Baracke gewählt, weil kein anderer es machen wollte, und jemand hatte gesagt: Es gibt welche, die werden immer wieder gewählt, nur, damit sie neue Gelegenheit haben, etwas nicht ganz falsch zu machen. Im Grunde weiß jeder Bescheid, aber dennoch läßt man es dabei. Und der mußte also wohl den Mehlhorn von früher kennen. Es war dieser Bergschicker, und er sagte, so einen wie Krieg und Frieden müßten sie haben, aber er wußte natürlich, so einen hatten sie nicht. Und Kleinschmidt wußte: Wenn man ein Herz hätte wie der Loose, dann könnte man es vielleicht machen. Er wußte auch: Da ist etwas falsch, und sie wissen es alle. An der Schule wählten sie auch immer den, der sich anbot, denn von denen, die gut gewesen wären, bot sich keiner an. An der Schule hatten sie immer einen gehabt, der nichts weiter konnte als das. Der war auch nicht in den Schacht gegangen, der hatte schon lange seinen Studienplatz. Es kam immer so, daß einer da war, der es sah, der war aber immer der Schwächste, und er kam kaum für sich an gegen die anderen, geschweige denn noch für andere. Es war schlecht, wie es war, und falsch, aber es war so.

Kleinschmidt wurde wach, als Loose zu spielen begann, aber dann döste er weiter. Er hörte sie singen, und er hörte den Schachtzimmermann Müller sagen, die Krawoleit, die wäre schon richtig. Ihm fiel aber nicht ein, wer die Krawoleit war. Er dachte angestrengt nach, aber er konnte sich nur an das Mädchen in der Bahnhofswirtschaft erinnern, und die war es natürlich nicht. Er hob den Kopf und schlug die Augen auf, da sah er: Müller sang gar nicht mit, der gähnte. Mehlhorn saß beiseite und schien richtig vergnügt. Kleinschmidt hatte plötzlich eine ganz kalte Wut auf diesen Mehlhorn. Der hatte gut vergnügt sein, der hatte seinen Druckposten, die ganze Schicht hatte er bloß mit dem bißchen Holztransport zu tun, dem fiel dann hinterher nicht der Kopf auf die Tischplatte. Er war jetzt ganz leer, er war elend wie nie zuvor. Er hörte den Loose sagen: Na, ausgeschlafen? Er hätte sich nur aufzurichten brauchen, dann hätte er mit den anderen am Tisch gesessen und dazugehört. Er sah das sogar im Halbschlaf ein. Aber er kam einfach nicht hoch, und dann hörte er auch auf, etwas einzusehen. Er war nun endgültig ohne die anderen. Der Tisch stieg hoch mit ihm, und dann bewegte sich nichts mehr. Er schlief jetzt fest.

Loose schob dem Zimmermann plötzlich seine Marke hin und sagte: »Du kannst mal meine Heringe mitholen, die kannst du ihm geben. Ich fahr ins Dorf runter, ich muß da jemand besuchen.« Der Zimmermann steckte die Marke ein und nickte. Er fragte nichts. Nur Mehlhorn sah neugierig herüber. Aber Loose beachtete ihn nicht, er sah den schlafenden Kleinschmidt, er hatte genug von dieser Baracke. Er wäre jetzt auch im dicksten Regen gegangen, aber zum Glück nieselte es nur noch leicht. Er steckte die Gitarre in den Sack und sagte zu Mehlhorn: »Nimm sie mit rüber.«

Einen Bus oder Kipper hoffte er an der Kreuzung zu erwischen. Er hatte die Gummistiefel an, und er ging gleich quer durch den Wald. Er dachte: Sie muß doch da sein, sie wechseln die Schicht doch nicht unter der Woche. Er würde einfach warten, bis sie abgelöst wurde. Es roch stark nach frischem Holz, jetzt, da der Regen aufhörte. Er ging nicht besonders schnell, er hatte Zeit. Er war aber froh, daß er etwas vor sich hatte ganz für sich.

III. Kapitel

Der Präsident stand auf der Tribüne der Linden-Universität. Er hatte die Hände über dem Mantelknopf verschränkt, unter dem Wollschal war die altmodische Krawatte zu sehen; er sah herab auf die Menschenmenge, die sich in der Straße drängte von der Museumsinsel bis zum Brandenburger Tor. Unten trugen sie Fahnen vorbei, Spruchbänder, Transparente. Eine halbe Stunde zuvor hatte der Präsident eine Rede gehalten. Es war die erste Präsidentschaftsrede in Deutschland, die von einem Manne gehalten wurde, der Arbeiter war, bevor er Präsident wurde. Es war eine kurze Rede gewesen. Sie hatte nichts zu bieten außer der Wahrheit eines Sieges, der die Kämpfe nicht beendete.

Unten zogen sie Kopf an Kopf. Sie kamen aus der gespaltenen Hauptstadt des gespaltenen Landes, aus dem Oderbruch und den südlichen Gebirgen, den Elbniederungen und vom platten Lande. Sie kamen aus vielen Städten. Die rote Arbeiterfahne wehte; manch einer trug sie, der sich nicht zu ihr bekannte. Es zogen Sieger und Besiegte, Aufrechte und Gebeugte, Schuldige, Mitschuldige, Unschuldige. Einer schleppte sich auf Krücken vorbei. In einer Reihe gingen die eben ausgezeichneten ersten Aktivisten. Einer im Ulster kam. Schalmeienkapellen dröhnten, Holzpantinen heimgekehrter Kriegsgefangener klöppelten das Pflaster. Es gingen Trümmerfrauen. Jünglinge mit lang flatternden Haaren kamen neben Mädchen mit hungrigen Gesichtern, Eisenbahner neben Soldaten, ein Fanfarenzug marschierte auf. In den Ruinen brachen sich Sprechchöre, Fanfarenstöße, knatterndes Fahnentuch im Wind.

Der Präsident sah herab, er sah unzählige Gesichter, sah manchmal ein einzelnes. Er stand inmitten der Mitglieder der neuen Regierung, neben ihm stand der Ministerpräsident. Möwen flogen, Nahrung suchend, beständig ab und zu. Der Präsident lächelte.

Unten zog Nickel. Er trieb im Strom die Straße hinab, Hände in den Taschen seiner Joppe, die Luft war kalt und kroch an den Beinen aufwärts. Nickel ging unter den Leuten, aber er kannte hier keinen. Es waren Arbeiter, das sah er, Metallarbeiter. Es war noch ein Mädchen mit einem versilberten Kreuzchen am Revers dabei, das gehörte wohl auch nicht dazu. Man brauchte auch nur in die Gesichter zu sehen, da war auf keinen Gott zu hoffen. Ein Transparent kam vorbei, das konnte er nicht entziffern. Er ärgerte sich nun, daß er allein gegangen war. Es war anders, wenn man wußte, mit wem man ging. Er hätte noch genügend Zeit gehabt. Aber er hatte schon Abschied genommen, er war schon fort. Er sah über die Köpfe hin, sah ein Stalinporträt, das war auf dünnen Stoff gemalt. Stalins Gesicht wippte lächelnd über geschlossenem Uniformrock.

Vielleicht war es besser so. Man kann nicht ewig die gleichen Ratschläge anhören, die gleichen Hände schütteln, für die anderen war er schon unterwegs. Nur spürte er ringsum, daß diese Leute in einer gemeinsamen Erwartung marschierten, in die er nicht hineinfand. Sie war freudig bei vielen. Er war eher bedrückt. Es war nicht gut, wenn alles offen war. Dieser Tag war nicht gut zum Abschiednehmen. Er nahm sich aber nun zusammen: Er hatte ihn herbeigewünscht, er hatte daran mitgearbeitet; von heute an, wußte er, würde es leichter sein.

Der Himmel hing niedrig über der Stadt, es sah nach Regen aus. Da oben im Gebirge, dachte Nickel, wird vielleicht schon Schnee liegen. Er war nie vorher dort gewesen, er hatte keine rechte Vorstellung. Er war in dieser Stadt aufgewachsen, die war ihm vertraut. Dann kannte er noch das Land bis zur Oder hinüber: Gefangenschaft, Minenentschärfen, drei Finger der linken Hand. Das waren die letzten Kriegstage, und er hatte froh sein müssen, daß er so davonkam. Siebzehnjährig war er heimgekehrt, er hatte das Ende gesehen und keinen Anfang. Vielleicht geht das alles mit, wenn einer hier marschiert. Diese Erwartung ist vielleicht bloß der Halt, den jemand sucht in dem, was nun kommen muß: nichts gänzlich Neues vielleicht, aber doch anders als das, was war.

Er hatte immer geglaubt, daß einmal etwas Festes kommen müsse und Endgültiges, daran man sich halten könnte. Er hatte nur lange nicht gewußt, woher.

Er ging nahe am Straßenrand und sah nun schon die Fahnen vor dem Portal und die Absperrung. Der Wind kam in Böen, fuhr über die Reihen hin, es war schneidend kalt. Das Mädchen mit dem Kreuz war weit abgetrieben. Dicht vor sich sah Nickel zwei Frauen, die abwechselnd ein Kind trugen, das in eine Decke gewickelt war. Hinten kamen welche, die waren aus Sachsen herbeigeschafft worden in einem Sonderzug, er hatte vorhin schon davon gehört. Sie hatten aber einen Abstecher in den anderen Teil der Stadt gemacht, sie trugen Bücklingskisten unterm Arm, mit dem anderen winkten sie. Er sah die Frauen wieder, und er dachte, daß sie das Kind nicht hätten mitnehmen dürfen bei diesem Wetter. Das Mädchen mit dem Kreuz sah er nicht mehr. Es war gar nicht zu denken, was sie suchte bei dieser Demonstration. Aber die Frauen hätten an das Kind denken sollen, dachte er. Welcher von beiden gehörte es wohl?

Dann immer Stimmen, Gesänge, ein paar Sätze Gespräch. Jemand war der Meinung, daß es nun besser werden müsse. Ein anderer sagte, daß es schon paarmal hätte werden sollen, es würde aber nie. Und daß er nicht satt würde von Zeitungsreden. Aber von »Mein Kampf«, sagte der erste. Von »Mein Kampf« bist du ganz schön fett geworden.

Unter den Linden. Knobelsdorffsche Fassaden noch und Schinkelsche und Schlütersche, auch etwas von Schadow. S. M. der Kaiser. Der letzte hieß Wilhelm und floh in die Niederlande, wo er begraben liegt. Hingegen lebt sein Sohn.

64

Der bekam Schloß Cäcilienhof zurück 1923, dort fand die Potsdamer Konferenz statt 1945, Stalin und die anderen. Obergärige Schulstunden, das weiß man noch: Kurfürst Friedrich der Dritte wurde im Jahre 1701 zum König Friedrich dem Ersten in Preußen gekrönt, in und nicht von, weil Ostpreußen nämlich polnisch war damals. Also Nickel. Also wiederhol mal. Dann lieber Friedrich II. oder der Große, Sohn Friedrich Wilhelms des Ersten oder Soldatenkönigs. Führte die Schlesischen Kriege, welche zur ersten und zweiten polnischen Teilung führten, schlug die Schlachten bei Roßbach und Leuthen und wurde geschlagen bei Kunersdorf. Der also, und auch in Sachsen fiel er ein, und ist mal befreundet gewesen, der Alte Fritz also, mit diesem Franzosen, und hat halt französisch gesprochen und die Flöte gespielt; deutsch gesprochen wurde damals vorwiegend in Weimar. Die Schlacht bei Fehrbellin hingegen, die schlug er nicht. Die hatte bereits der Große Kurfürst geschlagen, der auch den Westfälischen Frieden schloß. Das wolln wir mal festhalten. Das reicht ungeheuer zurück.

Und nichts natürlich von den Achtundvierzigern und vom November achtzehn, Marstall nichts und Landwehrkanal, auch nichts vom Reichstag, dessen Ruine zu besichtigen ist lindenabwärts.

Ringsum reden sie.

Die Linden sind abgeholzt.

Ein schmutziges Laken hängt an den Zinnen der Schloßruine: Der Himmel.

Und Nickel sang nun doch mit, ohne die Lippen zu öffnen, stumm, merkte auch nichts, hatte nur solche Erinnerungen. Wie er heimgekommen war, kahlgeschoren, und fand die Straße noch, fand das Haus nicht mehr, ein Haufen Schutt, ein Mauerrest, fand keinen, der ihm Auskunft gab, kein Freund, keine Mädchen, keine Antwort. Irrte umher, tagelang, Tausende irrten umher. Der schwarze Markt stieß ihn aus, Bunkernächte blieben. Fand aber doch eine Spur, fand die Laube am Stadtrand, Bahndamm in Köpenick, Bodensenke, darin sammelte sich aller Nebel der Mark Brandenburg. Die Mutter lebte. Von Brennesseln und Löwenzahn. Er ging auf den Bau, er putzte Ziegel. Aber was ist einer schon für ein Arbeiter mit so einer Hand. Seinen früheren Meister suchte er und fand die Werkstatt, aber was ist einer schon für ein Schuhbesohler mit nichts und für nichts und wieder nichts. Er saß am Bahndamm, zupfte Unkraut, zählte Kartoffelstauden; eines Morgens, als er sie ausnehmen wollte, waren sie dennoch fort. Alles, hatte Fritze Coburger gesagt, bloß ums Verrecken nicht das hier. Fritze Coburger bewohnte die Laube nebenan. Mit ihm war er gegangen, kleine Tauschgeschäfte, kleine Gelegenheitsgeschichten. Drei Wochen lang, dann hatten sie ihn geschnappt. Nichts Besonderes weiter, nur die Ware, die Stange Zigaretten, das Tauschkapital, das war weg. Der Schreck saß ihm so in den Knochen, daß nicht mal die Wut ihn mehr hochtrieb. Da war ein Mann draußen am Stadtrand, der las ihn auf. Da war ein Bauer, der gab ihm Arbeit.

Im Frühjahr kamen welche, die sagten: Schön blöd, Mann! Bissel Essen und vier Mark – noch nie was von Tariflöhnen gehört? Er hatte aber nicht den Mut, sich mit dem Bauern anzulegen. Er war froh, daß er untergekommen war. Er schwieg. Nur manchmal, am Sonntagabend, wenn nichts mehr zu tun war, da ging er doch hin zu denen. Die hießen Antifa-Jugend, die hatten einen Raum ausgebaut im ausgebrannten Volkshaus, sie nahmen ihn auf ohne viel Worte. Er blieb lange fremd unter ihnen. Bis er herausfand, daß sie nicht nur so redeten, sondern ihm helfen wollten, nicht mal um seinetwillen; sie wollten einfach alles anders machen. Da ging er zu seinem Bauern und verlangte, ungeübt noch, das seine. Der Bauer verdoppelte den Lohn. Es war noch immer nicht die Hälfte von dem, was ihm zustand. Als die Ernte begann, forderte er wieder. Der Bauer sagte aber nun: Treib's nicht auf die Spitze, mit deiner Hand, was bist du mir schon für ein Arbeiter. Und warten solle er bis nach der Ernte, da wolle er weitersehen. In der Antifa-Jugend sagten sie ihm: Laß ihn doch, den Kulaken. Und wir hätten vielleicht was für dich. Er sagte erst, daß das überlegt sein müsse, aber er hatte im Grunde schon zugesagt. Er wurde Angestellter in einer Lebensmittelkartenstelle. Dann wurde er Sachbearbeiter in einem Berliner Bezirksarbeitsamt. Er besuchte Versammlungen und Schulungen, nie schloß er sich aus. Die anderen fragten ihn, ob er nicht auch den nächsten Schritt tun wolle, und er tat ihn. Fast immer waren es die anderen, die ihn auf den Weg brachten, und er dachte manchmal, daß doch irgendwas sein müsse an ihm, das sie dazu bewog – oder daß er vielleicht gar nicht der sei, für den sie ihn hielten. Oft fürchtete er, daß er etwas falsch machen könnte, und daß sie sagen würden: Er ist doch nicht der Richtige. Er tat aber weiter alles so, wie sie ihm rieten, und er erfuhr jedesmal ein bißchen mehr von ihnen, von der Welt, wie sie sie sahen, und von sich selber auch.

Die Reihen strafften sich. Trommelschläge dröhnten. Wann wir schreiten Seit an Seit. Viele marschierten jetzt im Gleichschritt.

Nickel sang mit, er mußte singen, was alle sangen. Das Stalinporträt schwankte nach links und gab den Blick zur Tribüne frei; Nickel sah den Präsidenten. Hochrufe kamen herübergeweht. Fanfarenstöße hallten. Tausende drängten nach, aber vorn ging es nicht weiter. Die Menge dröhnte, die Menschen schienen mit aller Kraft bemüht, eine unsichtbar über ihnen liegende Last hochzuheben. Alles Einzelne schwieg. Alle Stimmen hoben sich auf. Nickel stand eingekeilt, die Gesichter verschwammen. Der Lärm brodelte über den Köpfen und schwoll an, ebbte ab, hallte wider; Fahnen wurden geschwenkt, Lautsprecher krächzten. Nickel hatte keine Vorstellung mehr vom Ausmaß dieser Demonstration. Er sah weder Anfang noch Ende. Er sah Menschen, wohin er auch sah: auf Mauersimsen und Laternenmasten, an Eisenzäune gepreßt, die Absperrung hatte nicht standgehalten. Er dachte plötzlich: Das ist der Rote Platz. Da standen die Führer auf breiter Empore über dem Mausoleum vor riesigem Areal, auch die ausländischen Kommunisten, auch die deutschen; aber nun standen sie hier, und dies Land demonstrierte, das hatte es zwölf Jahre nicht, nur Paraden und Aufmärsche, und die Kunst der Paraden war die einzige Kunst gewesen; oder die Kriegskunst. Halbwüchsige kletterten in den Ruinen, einer rutschte ab, schien herabzustürzen auf das Pflaster und riß Schutt mit, da schrie die Menge auf; aber er hatte schon Halt gefunden an einem Eisenträger, zog sich hinauf, kümmerte sich nicht um die, die die Fäuste schüttelten gegen ihn. Tausend Jahre eiserne Ordnung, Heroismus, Hygiene, Wagner-Opern, gepflegte Infanteriewaffen. Nun gingen sie wieder. Keiner befahl. Drängten sich, stießen einander, kamen irgendwie voran. Tausend Jahre und eine Nacht. Und plötzlich wurde die Menge von einer irgendwo entstandenen Kraft gesprengt, ein Keil stieß vor, fing den Druck, brach eine Bresche. Nickel wurde mitgerissen, Ausweichenwollen, Weitermüssen, der Strom teilte und schloß sich, ließ Inseln aus, riß sie dann doch mit – er floß breiter dahin und nun langsamer, er gab Ausblicke frei und Umschau, zog mählich fort, stand manchmal still, versickerte sanglos-klanglos, sickerte maßlos, sickerte namenlos-endlos, versickerte spurlos in Seitenstraßen.

Er war nun draußen. Er stand allein auf breitem Gehstreifen in der Straßenmitte. Links marschierte geordnet eine Kolonne vorbei. Rechts kam ein einzelner mit eingerollter Fahne. Eingerollte Fahne mit einem einzelnen. Er fröstelte wieder. Er sah auf die Uhr: Es blieben zwei Stunden.

Er ging langsam durch die Nebenstraßen. Er ging zum S-Bahnhof. Immer noch gingen viele in den Straßen, in dieser Richtung, in Grüppchen und einzeln. Die Abendschatten krochen aus den Ruinen, es wurde sehr schnell dunkel.

68

Es gab kaum Wohnhäuser in dieser Gegend, überhaupt kaum Häuser, keine Straße war beleuchtet. Manchmal finstere Fassaden. Manchmal Geräusche. Vor einer Toreinfahrt patrouillierte ein sowjetischer Soldat, sprach leise mit einem zweiten, der am halbgeöffneten Torflügel lehnte, rauchend. Ihn bat Nickel um Feuer. Er hatte das Bedürfnis, mit jemandem zu sprechen. »Kalt«, sagte er, »cholodnij.« – »Da«, sagte der Soldat. Und dann sagte er: »Paschalissta, weitergehn.« Nickel ging weiter. Da war noch ein Nachklang. Da war schon das andere. Aber sie hatten dort alle beieinander gestanden, unübersehbar, und gingen nun irgendwohin: wenn das durcheinanderkäme, wenn jedes plötzlich einen anderen Platz einnehmen wollte, wenn jeder den seinen vergessen würde oder abgeschnitten würde von ihm … Ein Gesetz, das nirgends fixiert war. Etwas Festes auch dies. Jeder kam an, wo er immer ankam. Jeder tat, was zu tun war. Keiner, der es überschaute. Dennoch funktionierte es. Nickel stellte sich vor: Wenn aber doch einer insgeheim lenkt? Er stellte sich vor: Wenn aber doch einer Macht hätte über das alles? Er war dieser eine. Er hatte den Mechanismus geschaut, er wußte, wo einzugreifen war, er allein war vorbereitet. Er sah Wege sich kreuzen, Linien emporsteigen und andere fallen, sah diese Millionen Pünktchen und ihr Zögern und ihren Gang: Er allein konnte den Augenblick bestimmen und die Richtung. Er dachte: Ich würde alles tun, daß es gut würde für alle. Irgendwie würden sie es dann erfahren und sagen: Wir haben uns nicht getäuscht. Er hatte das immer gewollt. Und nur die Gelegenheit, die blieb immer aus.

Wenn einer diese Straßen entlanggeht, an geborstenen Mauern vorbei und verschütteten Gräbern, vielleicht ist es dies: Konturen, die nicht halten wollen – ist es die Zeit, die mit uns umgeht, gehn wir mit der Zeit um? Sprüche standen auf Fahnen und Koppelschlössern, tropften aus Lautsprechern, aus den Mündern der Lehrer. Einer, der aus Bad Kreuznach kam, hatte gesagt: Wir haben noch mal Glück gehabt, wir sind noch mal davongekommen. Oder muß jeder zahlen, so oder so? Er sah die Silhouette der Stadt gegen den farblosen Himmel, gegen die fraglose Dunkelheit – vielleicht war das alles? Diese geordnete Unordnung, sonst nichts?

Dann hörte er die Leierkastenmusik. Mitten in den Trümmern ein paar Buden, zwei, drei Karussells, das Licht spärlich, Farben keine. Ein Vorstadt-Tingeltangel mitten in der Stadt. Er kam an einem Kettenkarussell vorbei, da oben flogen sie, Mädchen mit wehenden Röcken, Burschen, die die Mädchen immer wieder zu sich heranzogen und Schwung gaben und abstießen, sie schwangen hoch hinaus. Aber es war von dort nichts anderes zu sehen als von hier. Ein paar Lichter, in die Trümmer getupft. Zu viele Menschen für den winzigen Platz. Es war ein Rechteck, halb so groß wie der Platz am Schiffbauerdamm, nur daß kein Wasser da war, und keine Brücke. Er war schon vorbei. Das Orchestrion war noch eine Weile zu hören. Da dachte er plötzlich: Als in Warschau das Ghetto brannte, haben sie an der Ghettomauer einen Rummelplatz aufgemacht. Er hatte das in einem Film gesehen. Deutsche Soldaten, die an Schießbuden standen und mit polnischen Mädchen schäkerten, die Karussell fuhren und Bier tranken, während von jenseits der Mauer der Rauch herüberzog und die Stille, und Schüsse manchmal auch ...

Er ging durch seine Stadt. Es war vielleicht das letzte Mal für lange Zeit. Morgen würde er im Gebirge sein, in dieser Papierfabrik, er hatte den Lehrgang mit Gut absolviert, obschon er auch daran erst nicht hatte glauben wollen – gab's denn da keine freundlicheren Bilder?

Und war denn alles schon so lange her? Daß er das Einmaleins gelernt hatte und die Biographie Horst Wessels? Hinter einem blassen Vorhang Vergangenheit spielte ein schmächtiger Knirps Fußball, das Fenster im Lager des Seifen-Grossisten klirrte in Scherben. Er stand auf dem Zehn-Meter-Turm des Wiking-Bades, unten das winzige Rechteck Bassin, am Beckenrand die Meute seines Jungzuges, aber die Schreie

70

drangen nicht herauf zu ihm, der stand, stand, nicht zu springen wagte. Er lag bei der Mutprobe für das Fahrtenmesser bäuchlings über der Dolchspitze, der Dolch war mit dem Griff in die Erde gerammt, Liegestütz, auf und nieder, zehn und zwanzig und weiter, bis die Ellenbogen sich nicht mehr beugen wollten, bis der Schweiß ausbrach und das Herz sich verkrampfte. Er hatte noch einmal Glück gehabt. Morgen war er wer. Ein Personalleiter, wie stolz das klingt. Und war doch immer er selber. Und hatte nur immer neu zu entscheiden. Als ob man die Dinge hätte, wenn man die Namen hat.

Er ging durch seine Stadt, und er dachte: Es ist ja doch nichts Endgültiges, natürlich komme ich wieder, ich kann ja auch ganz zurück. Ja, dachte er, es hängt doch von mir ab. Entscheidungen, dachte er, das ist doch nichts für die Ewigkeit.

Er traf die Mutter an der Gepäckausgabe, wie sie es vereinbart hatten. Sie stand schmal und gebückt vor einem Kinoplakat, sie kam ihm entgegen. Er sah die gekalkte Fläche hinter ihr und die Reklame: DIE MÖRDER SIND UNTER UNS! Er sah, wie mager sie war und wie verhärmt. Mein Gott, sie war doch erst fünfundvierzig.

Dann standen sie an irgendeinem Schalterfenster und schlürften Heißgetränk. Die Mutter sah ihm zu. Sie war nun wieder allein. Sie war allein gewesen drei Jahre nach der Geburt des Jungen, als der Mann fortgegangen war, aber eigentlich schon vorher. Sie hatte allen Mut gebraucht. Der Junge hatte nicht werden sollen, wie der Mann gewesen war. Er war's auch nicht. Er hatte ein ordentliches Handwerk gelernt, und wenn er's auch jetzt nicht ausüben konnte: wer weiß, wozu es gut war. Sie hatte immer getan, was sie konnte, und auch die Hoffnung hatte sie nie aufgegeben. Nur gegen den Krieg konnte sie nichts. Da hatte sie Nachrichten gehört, jeden Tag, das hatte sie früher nie. Sie hatte nicht gewußt, was das ist, ein Brückenkopf. Aber sie hatte sich erkundigt und hatte alles behalten: Panzerspitze, Absatzbewegung, Kesselschlacht, starke feindliche Kampffliegerverbände. Immer hatte sie gedacht: Er muß doch wiederkommen. Es muß doch einen Sinn haben. Sie dürfen ihn mir doch nicht ... Sie hatte wieder beten gelernt.

Sie holten den Holzkoffer aus der Gepäckaufbewahrung, den er aus der Gefangenschaft mitgebracht hatte. Sie stiegen die Treppe zum Fernbahnsteig hinauf im Strom der Entgegenkommenden, der Aufgang war nur halbseitig benutzbar.

Der Zug war schon eingefahren, er war hoffnungslos überfüllt. Sie gingen am Zug entlang, sie hielt seinen Ärmel fest. »Schreib mir bald«, sagte sie hastig, »und paß auf dich auf.«

An den Waggontüren drängten sich die Menschen. »Du wirst nicht mitkommen«, sagte die Mutter; das war eine Hoffnung. Sie hielt ihn noch immer am Ärmel. Er setzte den Koffer ab und sah sich ratlos um.

Sie war selten mit einem Zug gefahren in ihrem Leben, und die Bahnhöfe waren ihr immer wie Eingänge zu einer anderen Welt erschienen. Früher hatte sie manchmal den Zügen nachgewinkt, in den häßlichen Hinterhöfen am Rande der Stadt. Früher waren die Bahnhofsuhren Knotenpunkte der Zeit gewesen, die Bahnsteige Schnittpunkte der Hoffnung. Sie hatte geglaubt, daß alle Leute so denken müßten, lauter fröhliche Leute bestiegen die Züge, fuhren irgendwohin, wo es besser war, kehrten heim aus lauter fröhlichen Ländern. Sie dachte jetzt nicht mehr daran. Auch die anderen dachten wohl nicht mehr daran. Dieses Volk war den langen Irrweg einer Nation gegangen, es war des Reisens müde.

»Komm«, sagte Nickel, »wir versuchen es weiter hinten.«

Sie gingen den Bahnsteig hinab, drängten sich durch die Menge, die träge auseinanderwich. Ringsum im Lande verebbte die Flut, die letzten Rinnsale sammelten sich in den Bahnhöfen. Halbwüchsige, die nirgendhin wußten mit sich, ganze Familien auf der Suche nach einer Bleibe, einer Heimat vielleicht. Schieber und Hamsterer, schon wieder welche, die das Abenteuer suchten, manche suchten auch bloß das Gewimmel, suchten ihre Angehörigen, in Hoffnung gehalten von dreizehn Suchdiensten, Heimkehrer dort, geschorene Kriegsgefangene, schon wieder Dienstreisende, manchmal Funktionäre, Sachsen und Ostpreußen, Thüringer und Pommern, ein paar Eisenbahner. In der naßkalten Dämmerung der zerstörten deutschen Bahnhöfe vollzog sich die letzte Heerschau der Gestrandeten.

Es gab immer noch welche, die vor der ersten Klasse zurückscheuten. Hinter dem Postwagen hing ein Waggon I. Klasse, halbwegs verschont, Nickel schob seinen Koffer in den Gang. Er kam nicht weit, aber er kam mit. Er ließ das Fenster herunter. Die Mutter stand auf dem Bahnsteig. Sie redete herauf, aber er verstand sie nicht. Er nickte.

»Und rauche nicht soviel«, sagte sic. »Kauf dir lieber etwas zu essen, wenn du kannst, du kannst es gebrauchen.« Sie stand da in ihrem abgetragenen Wintermantel, ihren ausgetretenen Schuhen, ihr Gesicht war sehr klein. Sie verstand nicht viel von dem, was er da oben im Gebirge zu tun hatte. Sie wußte bloß, daß einem nirgends etwas geschenkt wurde.

Dann kam die blecherne Stimme aus dem Bahnsteiglautsprecher. Die Mutter kramte ein Päckchen aus ihrer Tasche, mehrfach eingewickelt und sorgsam verschnürt. »Es sind Äpfel drin, und Kuchen, und ein paar Zigaretten.« Sie hielt ihm das Päckchen hinauf und seufzte.

Der Zug ruckte an. Die Mutter lief mit dem Wagen mit, solange sie Schritt halten konnte, sie lief bis zum Ende der Halle, und sie lief auch noch, als ihr der Wagen lange davongefahren war. Dann stand sie an der Bahnsteigkante, hob die Hand, als ob sie winken wollte. Außerhalb der Bahnhofshalle verschwand der Zug rasch in der Dunkelheit. Eine Weile noch waren die roten Schlußlaternen zu sehen, dann auch die nicht mehr. Sie stand reglos, die Lippen aufeinandergepreßt, die

Hände gekrampft um die Bügel der Einkaufstasche. Hinter der gefältelten Stirn fuhr immer noch das breite Wagenfenster mit dem schmalen Jungenkopf, der Bahnhof begann zu verschwimmen. Lieber Gott, gib auf ihn acht. Lieber Gott, laß ihm nichts geschehen.

IV. Kapitel

1.

RUMMELPLATZ. Leierkastenmusik, plärrende Blechlautsprecher. Der Platz hinter der Bermsthaler Kirche flackert, er lärmt, er bäumt sich. Die Leichen sind ausquartiert, die Gräber evakuiert, vor zwei Jahren schon, als hier ein Schacht getäuft werden sollte. Es wurde aber nichts aus dem Schacht, niemand weiß, warum. Schlacke wurde aufgeschüttet, glattgewalzt, ein Platz für Kundgebungen und Volksbelustigungen. Diesmal heißt der Rummel Weihnachtsmarkt.

Hinter dem Platz lauert die Dunkelheit. Zwei Farben nur hat die Landschaft, weiß und grau, das Dorf ist schmutzig am Tag und schon finster am Nachmittag, abends ist es ein böses, geschundenes, heimtückisches Tier, zu Tode erschöpft und gierig. Es ist ein Tier auf der Lauer, ein Tier in der Agonie, es hat sich verborgen in der Dunkelheit, es schweigt. Der Platz aber ist hell, er täuscht Wärme vor und Lebendigkeit. Ein Triumphbogen eröffnet ihn, aufgestockt auf den Resten der Friedhofsmauer, aus groben Latten genagelt und schreiend bemalt. Links ein kerzentragender Bergknappe in der Paradeuniform des versunkenen Silberbergbaus, mit schwarzglänzendem Arschleder und hölzernem Gesicht, fröhliche Weihnacht. Rechts ein Wismutkumpel, markig, erzig, ich bin Bergmann, wer ist mehr!

Der Platz aber ist hell, und die Menschen hier hungern nach Helligkeit stärker und verzweifelter als anderswo. Im Gebirge sind sie fremd, unter Tage sind sie allein, allein mit sich und dem Berg, allein mit ihren Hoffnungen, ihren Zweifeln, ihrer Gleichgültigkeit, allein mit der Dunkelheit und der Gefahr. Die Dunkelheit ist um sie und in ihnen, und ist auch

75

kein bestirnter Himmel über ihnen, da ist nur der Berg mit seiner tödlichen Last und seiner Stille. Als Glücksritter sind sie aufgebrochen, als Gestrandete, Gezeichnete, Verzweifelte, als Hungrige. Sie sind über das Gebirge hergefallen wie die Heuschrecken. Jetzt zermürbt sie das Gebirge mit seinen langen Wintern, seiner Eintönigkeit, seiner Nacktheit und Härte. Wenn nichts sie mehr erschüttern kann, nach allem, was hinter ihnen liegt, das Licht erschüttert sie. Wenn sie nichts mehr ernst nehmen, das »Glück auf« nehmen sie ernst.

Uralte Verlockung der Jahrmärkte. Locker sitzen die Fäuste in den Taschen, die Messer, die zerknüllten Hundertmarkscheine, der Rubel rollt. Zehntausende kamen gezogen, und in ihrem Gefolge kommen die Rollwagen und die Spielbuden, kommt das Schaubudenvolk, kommen die Gaukler und die Gauner, die Narren und die Nutten. Und auch jene, die schon Fuß gefaßt haben oben an den Prozenttafeln, jene, die schon Hoffnung in die Täler tragen und ein Fünkchen Gewißheit, auch sie können sich der Lockung nicht ganz entziehen. Sie mischen sich unter die anderen, die vielen, ein Strähnchen zu erhaschen vom Glück, bestaunen gläubig den Talmiglanz, wissen noch, daß dies nur Ersatz ist für anderes, oder haben es noch vergessen. Allabendlich wälzen sich Menschenströme in die Schaubudengassen, stauen sich an den Karussells, am Bierzelt, an der Preisboxerbude. Allabendlich stehen sie vor den Lautsprechern des Riesenrades und der Berg-und-Tal-Bahn, stampfen den Schlagertakt, wippen in den Kniekehlen, grölen in die Nacht. Schnapsflaschen kreisen, Mädchen kreischen auf, zeigen auf der Luftschaukel ihre Schenkel, die Röcke hochgeschlagen vom Fahrtwind. Es gibt Papierblumen zu gewinnen an Wurf- und Ratzbuden; in den Losbuden Gipsfiguren, nackte Porzellanmädchen, Aschenbecher und Blumenvasen. Bockwürste werden verkauft, Heißgetränke, Grog und Bier und Wodka. Die Wismut ist ein Staat im Staate, und der Wodka ist ihr Nationalgetränk. Hinter den Buden blüht der Schwarzhandel, geliebt wird auf umgestürzten Grabsteinen, auf vergessenen Bänken, an einen Baum gelehnt. Hin und wieder bricht eine Schlägerei aus, dann strömen sie herbei von allen Seiten, bilden einen Ring, feuern die Kämpfer an oder schlagen selber zu. Polizisten lassen sich nach Einbruch der Dunkelheit nur selten sehen. Und wenn schon, dann allenfalls weitab vom Schuß.

2.

In der Frühschichtwoche trafen sie sich fast jeden Abend auf dem Rummelplatz: Peter Loose, Christian Kleinschmidt, der Fördermann Spieß und ein paar andere aus ihrer Baracke. Sie standen am Riesenrad, an der Boxerbude, saßen im Bierzelt. Niemals wurde ein Treffpunkt verabredet, man wußte, wo man einander finden konnte, man fand sich.

An diesem Abend saßen sie im Bierzelt. Saßen vor klebrigen Groggläsern, saßen auf Gartenstühlen an klobigen Bohlentischen, die sie quergestellt hatten im Hinterzelt, saßen im Lärmschatten der Lautsprecher. Mittelpunkt war der Fördermann Spieß, ehemaliger Landarbeiter, er war seit sechsundvierzig bei der Wismut und genoß das Ansehen und die Vorrechte des Alteingesessenen. Weiter als bis zum Fördermann hatte er es in seinen Schachtjahren allerdings nicht gebracht, er war ein bißchen schwerfällig. Spieß hatte als einziger der Runde sein Mädchen mit, seit drei Wochen ging er mit ihr. Sie hieß Radieschen, war mager und klein und zäh wie eine Katze. Sie war Verkäuferin, achtzehn Jahre alt, und Spieß war ihr siebenter Freund. Sie wußte aber, daß es diesmal der richtige war.

Dezemberluft flutete herein, Lärm der Lautsprecher und Leierkästen brach sich an den Segeltuchwänden, Karussell-lichter flackerten, Schnüre bunter Glühbirnen. Im Hinterzelt tranken sie Grog, und wenn die Gläser leer waren, tranken sie akzisefreien Bergarbeiterfusel aus mitgebrachten

77

Flaschen, zwei lagen schon leer unterm Tisch. Einer fehlte heute, der sonst immer dabei war: Müller, Siegfried Müller, Schachtzimmermann und Bewohner der Baracke vierundzwanzig, Rabenberg, jedenfalls bis vor kurzem. Kleinschmidt, Loose, Mehlhorn, Müller. Der Tischler war nämlich ausgezogen inzwischen, irgendwohin ins Unterdorf, hatte ein Bratkartoffelverhältnis mit einer Witwe. Nicht etwa deshalb aber fehlte er heute oder, genaugenommen, vielleicht doch. Er hatte sich nämlich einen Tripper geholt bei seiner Witib, man sprach gerade davon.

Der mit der Hasenscharte hieß Heidewitzka, ehemals Leichtmatrose bei der glorreichen KM, in Schleswig aus einem englischen Gefangenenlager ausgebrochen. Heidewitzka meinte: »Wer sich den Tripper holt, der ist selber dran schuld!«

Beifällig johlte die Horde, Liebling vor allem, ein spitzgesichtiger Dürrling, der Jüngste hier und deshalb besonders zotig, in Wahrheit aber war nicht viel dahinter, und wenig wußte er von den Fährnissen der Fleischeslust. Da aber auch von den anderen keiner wußte, wie derlei Unfälle zu verhüten wären, ebbte der Beifall alsbald ab, man harrte Heidewitzkas Verkündigung. Der legte seine braunen Raucherfinger auf den Tisch und sagte: »Das ist ganz einfach. Zuerst gehe ich immer mit dem Tabakfinger ran. Wenn sie da zuckt, ist die Fregatte leck.«

Das war so der Stoff, aus dem das Thema eins gemacht war. Sie saßen in ihren Wattejacken, ließen die Flasche kreisen, gierige Münder in flackerndem Halbdunkel, und dann sangen sie sich eins, ohne Looses Gitarre diesmal, die war in der Baracke geblieben. Das schöne Lied vom Polenmädchen sangen sie, vom Polenmädchen im Polenstädtchen, das innig einen Fritz liebt, heimlich natürlich und fünf Strophen lang, dann aber geht's ins Wasser, das brave Polenkind, sie liebte einmal nur und dann nicht mehr. Ein Liedchen war das, das hatten schon des Kaisers Feldgraue gesungen, jeder dritte Deutsche wenigstens kannte die Weise und kannte den Text, die Väter vererbten's den Söhnen und so fort bis auf die Kindeskinder, die Deutschen nämlich sind ein sangesfreudiges Volk, und gar hoch achten sie die kernige Poesie ihrer neueren Volkslieder. Die Horde aber ging vom Polenmädchen zu einer scharfen Tanzweise über, dünner wurde der Gesang, fürs erste war's genug. Der Zeltwirt brachte eine neue Lage.

Kleinschmidt und Loose saßen am unteren Tischende, etwas abseits von den anderen. Kleinschmidt trank wenig, Loose aber ließ sich langsam vollaufen. Loose wußte, daß sich Kleinschmidt hier nicht wohl fühlte, natürlich nicht, der Herr Oberschüler war Besseres gewöhnt. Der ging nur mit, weil er sich vor dem Alleinsein fürchtete. Wer fürchtete sich denn nicht vor dem Alleinsein, hier, in dieser Einöde, bei dieser Schinderei, wer hält denn nach acht Stunden täglicher Einsamkeit im Schacht noch sechzehn Stunden Einsamkeit über Tage aus? Nichts nützt da die Oberschule, nichts die Gescheitheit, zuerst ist der Mensch Mensch und braucht seinesgleichen. War Peter Loose etwa gern allein? Ja, manchmal schon. Aber das heulende Elend packte einen, wenn man nichts weiter hat als seine vier Barackenwände und seine acht Stunden mit der Schaufel am Stoß, der Stumpfsinn kriecht in die Gehirnwindungen und füllt den Schädel mit Blei, bis er platzt, bis man irgend etwas zerdrischt oder zur Flasche greift oder aufbrüllt wie ein Stier. Schachtkoller nannte man das. Als ob es nur der Schacht wäre! Es war das ganze Elend dieses verpfuschten Lebens, dieses Lebens ohne Aussicht, das einen herumstieß, das blindlings einprügelte auf Gerechte und Ungerechte, das wiedergeprügelt sein wollte, und wenn's nur zur Erleichterung wäre. Denn ausrichten konnte man wenig, allein gegen alle, es war einem eingetränkt worden bis hoch übern Eichstrich. Und Loose holte die Flasche aus der Jackentasche, er goß Kleinschmidts Grogglas voll bis zum Rand und dann sein eigenes, er stieß Kleinschmidt an: »Los, sauf!«

Kleinschmidt nahm aber nur einen Kinderschluck. Sogar zum Saufen ist er zu fein, dachte Loose. Na, lassen wir ihm

Gerechtigkeit widerfahren, er verträgt halt nicht viel. Immerhin, wie er sich durchgebissen hat in den ersten Wochen, das war schon ganz anständig. Loose hatte durchaus bemerkt, wie schwer Kleinschmidt die Arbeit gefallen war und wie oft er nahe daran gewesen war aufzugeben; er war überzeugt gewesen: lange macht der's nicht. Daß er dennoch durchgehalten hatte, das war eine Leistung, die Loose gelten ließ. Der Mann war nun mal nicht für den Schacht gemacht, wenn man ihn im Duschraum sah, mußte einem das einleuchten. Loose war da aus einem härteren Holz, und er war stolz darauf. Er hatte auch sonst nichts, worauf er hätte stolz sein können.

Der Steiger hatte das schnell herausgefunden: Dieser Loose war ein Bolzer, aber einer mit Verstand in den Händen, und das war selten. Er war kantig und unverträglich, ein Saufaus und Radaubruder, in der Arbeit jedoch war ihm nichts nachzusagen. Der Steiger war auf jeden Mann angewiesen und auf jede Hand – also stellte er Loose an Arbeitsplätze, an denen es darauf ankam, an denen es hart zuging und einer zupacken können mußte. Loose hatte das natürlich gemerkt, und er sah auch, daß der Steiger mit Kleinschmidt glimpflicher umsprang, ja, daß er geradezu einen Narren gefressen hatte an ihm, obwohl er weniger Leistung brachte. Er dachte: Das ist so die ausgleichende Arbeiter-und-Bauern-Gerechtigkeit. So ein Professorensöhnchen, wenn das in den Schacht kommt, dem wird der Staubzucker pfundweise in den Hintern geblasen. Dagegen unsereiner – kein Hahn kräht danach, ob man sich das Blut aus den Rippen schwitzt und die Knochen abschindet und den Nischel einrennt. Unser wertes Wohlbefinden interessiert im neuen Deutschland keinen Hund. Und dennoch war Loose stolz darauf, daß keiner sich seinetwegen eine Zacke aus der Krone zu brechen brauchte, dennoch gefiel ihm dieses Leben, er nahm die Herausforderung an.

Und nur manchmal, wenn der Alkohol sein Blut schneller durch die Adern jagte und die Bilder ihn bedrängten in schroffem Wechsel, dann brach etwas auf in ihm, brach hervor aus dem Innersten und gab Ruhe erst dann, wenn er es mit immer schärferen Schnäpsen betäubte, wenn er das Bewußtsein ertränkte in Fünfundvierzigprozentigem. Einst hatte er davon geträumt, ein kühner Forscher und Entdecker zu werden, Heldentaten zu vollbringen und Abenteuer zu bestehen, in die Stratosphäre vorzudringen und auf den Grund des Meeres wie Piccard, Afrikaforscher wollte er werden, Jagdflieger, U-Boot-Kommandant, Mount-Everest-Bezwinger. Er hatte die Abenteuerhefte und Kriegsbücher verschlungen und dem verzauberten Klang fremder Namen nachgelauscht, Narvik, Tobruk, Deutsch-Südwestafrika, er hatte vor den Kinoleinwänden gesessen und ein Held werden wollen wie Trenck der Pandur, wie Rommel und Mölders und Ohm Krüger und hatte sich gedacht, daß die Welt eigens eingerichtet sei für die Nachfahren der Goten und Welfen: und setzt ihr nicht das Leben ein, nichts wird euch gewonnen sein, heil König Widukinds Stamm! Aber nicht die Tage der Siege brachen an, sondern die Amis kamen, dann kamen die Russen. Russen kamen, zogen ein auf Panjewagen und in ausgefransten Mänteln, sie paßten genau in die Landschaft, wie sie nun war: Hunger, Seuchen, Ruinen, Flüchtlingstrecks. Sanglos, klanglos traten da die Helden ab über Nacht, die Hakenkreuze stahlen sich aus den Fahnen, im Luftschutzkeller versteckte sich der Stiefvater, versteckten alle sich, die gestern noch stramm getönt hatten: links zwo drei vier Deutschland muß leben, und wenn wir sterben müssen, verkrochen sich vor abgelumpten Muschiks, Ohnetrittmarschierern, winselten um Gnade, schworen ab, verleugneten. Übrig blieb eine Welt ohne Glanz und Schminke, und ohne Hoffnung auch. Es pfiff nun eine Tonart, die hieß: Wer nicht arbeitet, der soll auch nicht essen, eine gar einleuchtende Melodei, und am lautesten betete sie, wer sich noch nie nach Arbeit gedrängt hatte und auch fürderhin mit zwei linken Händen durchs Leben zu kommen gedachte. Der Blockwart wurde Straßenbeauftragter mit Brotkartenmonopol, HJ-Turnlehrer Grasselt wechselte zur

81

Antifa-Jugend und kommandierte bau-auf-bau-auf, auch der Stiefvater hatte bald wieder ein Pöstchen, die Care-Pakete verzehrten sie heimlich und hißten öffentlich den Freifahrschein für die neue Zeit, denn es muß einer Geld oder Macht oder wenigstens Ansehen haben, um andere für sich arbeiten lassen zu können. Immer wirst du unten bleiben mit der Nase im Dreck, Peter Loose, wirst dein Leben lang schuften in harter Mühle und dich für ein paar Stunden entschädigen auf den Rummelplätzen der Welt, beim Wodka, an der warmen Haut eines Mädchens, denn es fehlen dir ein paar Kleinigkeiten, ohne die man in dieser Zeit nicht hochkommt. Ein bißchen Anpassungsfähigkeit fehlt dir und ein bißchen Arschkriecherei, ein bißchen Gebetsmühlendreherei und ein bißchen fortschrittsträchtige Skrupellosigkeit, und hast auch keinen, der dir ermöglicht hätte, die Oberschule zu besuchen wie Kleinschmidt, denn in deinen Kreisen hat man gefälligst mitzuverdienen vom vierzehnten Jahr an. Sehen wirst du, wie sie emporkommen neben dir, und haben dir nichts voraus als eben diese Kleinigkeit. Mehlhorn, ja, der wird sich anbiedern bei der Macht, bis sie ihm gehört, während du deine Träume ausschwitzen wirst und vergessen. Die Kriecher und Musterknaben werden ins Kraut schießen, zu hohen Preisen werden die Jesuiten gehandelt werden, und für deinesgleichen werden sie die Mär vom befreiten Arbeitsmann herunterbeten von Sonnenaufgang bis Sonnenuntergang, vom Schöpfer aller Werke und Herrscher dieses Landstrichs, auf daß du bei der Stange bleibst und dir die Brust voll Ruhm und Hoffnung schaufelst, Ruhm, den sie einheimsen, Hoffnung, die sie gepachtet haben. Da flackert die ganze Wahrheit in den Gesichtern vor dir, Spieß, Radieschen, Liebling, Heidewitzka, du bist ihresgleichen, und auch sie werden dich nicht ausbrechen lassen aus der Namenlosigkeit, sie zuallerletzt. Es ist ein ewiger Kreislauf, Peter Loose, und du hast ihn längst durchschaut, betäube deine Einsichten oder schrei sie hinaus, für deinesgleichen hat das Leben nur die Brösel übrig und einen Tritt zum Schluß. Das kommt: Es gibt zu viele von euch, man notiert euch kompanieweise an den Börsen dieser Welt, unterm Tageskurs des Knochenmarks, und wo die höheren Werte beginnen, da sind die Grenzen des Proletenvaterlands. Darauf einen Dreistern mit Hammer und Sichel, Peter Loose, sto Gramm auf die Gegenwart und sto Gramm auf die Zukunft. Hurra!

Und auch die Horde ging nun zum scharfen Saufen über. Spieß visierte den Pegel an, daumenbreit unterm Glasrand, hoch die Tassen und ein Lied drei, vier, von der AG Wismut kommen wir, und Radieschen immer mittenmang, Radieschen mit dem Silberblick, sie soff manchen Familienvater untern Tisch. Der Wirt linste herüber, er könnte Stöpselgeld verlangen, steht ihm gesetzlich zu, aber meilenweit ist keiner, der ihm dabei helfen würde. Auch war die Runde gewachsen mittlerweile, Kaschau war gekommen und Titte Klammergass, Paule Dextropur und Siggi das Badergassengespenst, sie kamen von der Mittelschicht. Schwarz hockten die Gummijacken an den Bohlentischen, graue Bärte über schwarzen Kollern, Spieß Artus hebt den Humpen. Und Kleinschmidt, der einzige, der es nicht nötig hätte, Kleinschmidt nippt nur, nuckelt am Flaschenhals wie ein Milchbaby. Denn Kleinschmidt hat es nämlich wirklich nicht nötig. Man hat den Brief gelesen, sein lieber Onkel am Rhein schickte ihm liebe Grüße und fragte an, ob er nicht in seine Arme kommen wolle, er mit seinen Fähigkeiten wird doch nicht so dumm sein und sich in dieser Ostzone das Leben verhunzen, wo er drüben studieren könnte, der liebe Neffe Christian, Onkel Hollenkamp würde das schon managen. Milchbaby Kleinschmidt wollte aber nicht, das war so ein Tick von dem Mann. Lieber macht er beim Iwan den Buckel krumm, als daß er sich von der Verwandtschaft was schenken läßt. Da läßt er sich schon lieber vom Steiger Fischer was schenken, einen bevorzugten Arbeitsplatz mit einer hohen Lohngruppe und gemäßigter Schinderei, der Gute. Tja, wenn man so einen

Onkel hätte! Man hat aber bloß eine Schwester drüben am deutschen Rhein, und die ist mit einem armen Schlucker verheiratet, einem Nähmaschinenfritzen, Landser heißt der Mann und ist auch danach. Man hat schon wirklich kräftig danebengegriffen auf der Sitzbrille des Lebens, ganz schön in die Röhre hat man, das kann man wohl sagen.

Nun mußte aber das Radieschen schnell mal raus, und Titte Klammergass sah eine Gelegenheit, eine seiner handgestrickten Storys anzubringen. Titte fuhr einen Erzkipper und hatte vorher einen Studebaker gefahren, Autos und Sauereien waren das einzige, worüber man sich mit ihm unterhalten konnte. Ferner hatte er seit einem halben Jahr eine miese Tour, pendelte immer bloß die paar Kilometer vom Schacht 412 zur Zeche Stalin rauf und runter, und je langweiliger ihm die Strecke wurde, desto mehr fiel ihm ein. »Leute«, sagte Titte Klammergass, »mir ist heute eine Ische über den Weg gesegelt, mein lieber Mann! Steht da und fragt, ob ich sie nicht nach Erlhäuser mitnehmen könnte, und sie wollte es auch bestimmt nicht umsonst haben. Das sowieso, denke ich mir, aber ich habe ja nun leider in Erlhäuser nichts zu tun.

Aber das Reh war nicht zu erschüttern. Soso, sagt sie, und sie verdreht die Augen, bis ich richtig weich werde, na und da habe ich sie eben aufgeladen. Aber unterwegs überlege ich mir, dreißig fromme Kilometer, mein lieber Mann, das beste ist, du fährst übern Sommerweg, das sind mindestens zehn Kilometer weniger.«

»Kiki«, sagte da Peter Loose. Und Spieß sagte: »Übern Sommerweg, da kommste mit 'm T 34 nicht rüber, nicht mal mit 'm Hubschrauber.«

Und das Radieschen, das inzwischen wieder hereingekommen war, erklärte: »Wer mir das vormacht, der darf mal.«

»Naja«, sagte Titte Klammergass, »ich hab das ja auch nur gedacht, aber dann bin ich doch lieber die Talstraße gefahren. Jedenfalls beim Schalten fummle ich dem Reh so 'n bißchen über die Knie, und sie hält auch mucksmäuschenstill, und wie wir dann in den Wald kommen, da halte ich den Kahn an und will mein Honorar kassieren. Aber auf einmal war das Reh aus Eis. So ziemlich eine Viertelstunde habe ich's versucht. Was soll man da machen? Ortseingang Erlhäuser habe ich sie abgeliefert, und als sie mir einen Zehnmarkschein geben wollte, hab ich gesagt, den soll sie sich hinstecken, wo sie Lust hat.«

»Hahaha«, meckerte der kleine Liebling los, und Heidewitzka meckerte mit, und dann sagte er: »Die hat dich ganz schön aufs Kreuz gelegt, mein Lieber. Der hätte ich eins aufgegeigt, daß die Tannen wackeln. Und dann hätte ich sie im Wald stehenlassen, an der finstersten Stelle, Heidewitzka, Herr Kapitän!«

»Hm«, machte Titte Klammergass. Er sah sie der Reihe nach an, das Radieschen, den kleinen Liebling, Christian Kleinschmidt und auch Peter Loose, und dann sagte er: »Es geht nämlich noch weiter. Kurz und gut – ich fahre also meine Schicht zu Ende und liefere den Kahn im Objekt ab, und wie ich gerade die Kurve kratzen will, da kommt einer und sagt, daß ich beim Natschalnik antanzen soll. Schön, denke ich mir, wer weiß, was der Alte wieder mal will. Ich bin aber noch gar nicht richtig zur Tür rein, da geht das Theater schon los. ›Na, Jugendfreund‹, schnurrt der Natschalnik, ›nun erzählen Sie uns mal, wie Sie das heute wieder hingezaubert haben mit der Schwarzfahrt.‹ Na, ich gehe natürlich erst mal auf Empfang, schließlich kann ich dem Alten nicht erzählen, daß ich den Kilometerzähler abgeschaltet habe, und wie ich mir noch überlege, woher der Alte etwas wissen könnte, da sehe ich doch auf einmal so einen Spannemann von der Kripo. ›Na‹, sagt der Spannemann, ›bißchen Gedächtnisschwund, wie? Aber diesmal können wir nachhelfen.‹ Und er macht die Tür auf, und was soll ich sagen: Da steht doch mein Reh! ›So‹, sagt der Spannemann zum Reh, ›ist das der Mann?‹ Und das Reh sagt: ›Ja, Genosse Kommissar, das ist er!‹«

Hei, da johlte die Horde! Bewegte fleißig die Kinnladen. Und das Badergassengespenst japste, und das Radieschen bekam den Mund nicht zu, die Stimmung war nun perfekt. Liebling lallte schon, und angetrunken waren sie alle, Heidewitzka pöbelte den Zeltwirt an, Kaschau schoß Bierdeckel nach entfernten Köpfen, die Horde johlte bei jedem Treffer, johlte, weil keiner aufmucken wollte, denn sie waren hier die stärkste Partei: irgend etwas mußte nun geschehen. Ein Faß mußte aufgemacht werden, ein Königreich für ein Faß! Es war just die Stimmung, die noch ganz vor kurzem die glorreichen Heldentaten gezeugt hatte, von der Maas bis an die Memel und von Danzig bis Burgund, just diese Stimmung. Woher aber sollten sie ihr Faß nehmen, der unbefriedigte Schipper dreitausendelf, der zum Dreckfresser degradierte Jungsiegfried, woher? Woher, wenn die Menschheit plötzlich nur so vor Friedfertigkeit strahlte? Wenn die Moral ihr aus allen Knopflöchern quoll? Wenn sie ihre Ruhe haben wollte und alles niedersegelte, was nur irgend aus der Norm ragte? Da saßen sie nun, die Spätgeborenen des großdeutschen Schlußverkaufs, und eine Epidemie in Frömmigkeit war ausgebrochen über Nacht, und die Impotenten freuten sich halbtot, da saßen sie nun und suchten den entgötterten Himmel ab und den gestohlenen Horizont, suchten die Abenteuer und den enormen Wind, und suchten in Wahrheit ein Vaterland.

Und die Horde brach nun auf.

So brach die Horde auf, brach auf zur Überschlagschaukel, den Rekord zu brechen, den Peter Loose hielt mit zweiundzwanzig Überschlägen. Sonst war nämlich nichts mehr los. Das Kettenkarussell hatte vor zwei Tagen die Konkurrenz umgekippt, so ein bißchen zum Spaß, auch die Preisboxer von der Schaubude hatten ihre Dresche weg, die benachbarte Tobrukbande hatte es ihnen besorgt, und auch die Polizei hatte man bereits vom Platz eskortiert, am ersten Abend gleich, sozusagen freiwillig war sie abgezogen durch das Spalier, immer vor der nachrückenden Menge her, ein ergreifender Anblick. Fast so ergreifend wie die Sache mit der Bahnpolizei. Die hatte in Johannstadt nämlich den Zug nicht abfahren lassen wollen, weil er zu voll war, und daraufhin war sie verdroschen worden, so an die zehn Mann hoch. Und drei Stationen weiter talwärts waren sie wieder angerückt, so an die dreißig Mann, die über Telefon und Telegraf schnell zusammengetrommelt worden waren, und wollten den Zug anhalten, und waren selbstredend wieder verdroschen worden, aber prompt. Und als der Zug nach Schlema kam, da rückte die Polizei wieder an, diesmal mit sechzig Mann, und wieder bezog sie ihre Keile, und der Zug fuhr weiter, fuhr bis nach Zwickau, und die Kumpels im Zug waren nun auf mindestens hundertfünfzig Mann gefaßt, denn in Zwickau hatte die Bahnpolizei ein größeres Aufgebot zur Verfügung. Das Aufgebot kam aber nicht. Bewahre. Statt dessen kam ein bißchen Sowjetarmee, vierzig Mann ungefähr, Maschinenpistolen über der Brust. Und das reichte auch. Da war auf einmal Ruhe in der Landschaft. So war das gewesen. Und fast so ergreifend war dann die Sache auf dem Rummelplatz, vor ein paar Tagen, mit der freiwillig abziehenden Polizei. Aber das war nun vorbei. Das gab nichts mehr her.

Der Rekord auf der Überschlagschaukel aber, das war noch was. Da wurde sogar das Radieschen munter.

Also johlte die Horde über den Platz, über gewalzte Schlacke und evakuierte Gräber hin, der Luftschaukelbesitzer sah sie anrücken. Er schob den Jungen beiseite, der die Kähne bremste, denn der Mann kannte seine Leute: Jetzt mußte er selber ran. Zwei Überschlagkähne hatte die Schaukel und sechs harmlose, die kamen bei hundertsechzig Grad schon wieder runter. Und die Überschlagkähne, die nahm der Schaukelbesitzer jetzt selber, pflanzte sich breitbeinig an die Bremshebel, der Mann war allerhand gewöhnt in seiner Branche, Schausteller seit neunzehnhunderteinundzwanzig, hatte sich durchgeschlagen über alle großdeutschen Rummelplätze, hatte zuerst eine Schießbude besessen, dann eine Schießbude und ein Riesenrad, dann zwei Schießbuden und ein Riesenrad und eine Luftschaukel, und die Luftschaukel besaß er noch, und er wußte, daß er jetzt höchstpersönlich an die Bremse mußte, das wußte er, und da war die Horde auch schon heran. Einer aber aus der Horde kletterte auf das rotweiße Geländer und brüllte: »Eine Runde zum ersten, wer den Rekord bricht!«

So fing es an, und es fing ganz normal an. Doch ein anderer aus der Horde, so ein Langer, Schmächtiger, der drängelte sich jetzt zu dem auf dem rot-weißen Geländer durch und sagte: »Guck mal, wer da kommt!« Und Peter Loose sah hin, sah nur ganz kurz hin, und dann stieg er vom Geländer.

Sie kam geradewegs auf ihn zu, Ingrid mit dem Talmikettchen, mit Händen, die rot waren und durchsichtig von der Kälte des Spülwassers, und mit dem fahlblonden Haar, das sie sehr glatt trug und sehr lang, und mit dem hungrigen Lächeln. Er wußte, daß sie heute Dienst hatte in der Bahnhofskneipe, hinter ihrem verchromten Schanktisch mit den grüngelben Flecken, und er dachte: Da wird sie wohl blaugemacht haben. Und sie kam geradewegs auf ihn zu, sie gab ihm die Hand und lächelte, und dann nickte sie in die Richtung, wo Christian Kleinschmidt stand und die anderen, aber dabei lächelte sie nicht.

Ihre Hände waren heute anders, das sah Peter Loose, nicht wie damals in der Bahnhofskneipe und auch nicht wie an den paar anderen Tagen, an denen er sich mit ihr getroffen hatte, kalt waren sie auch, denn es war ein bißchen frostig, aber sonst waren sie ganz weiß und glatt. »Na«, sagte er, »machst wohl 'ne Fehlschicht?« Und das Mädchen Ingrid lächelte wieder, und dann sagte sie: »Ach wo, wegen Renovierung geschlossen.«

Die anderen aber fingen nun wirklich an. Es gab nur zwei in der Horde, die Chancen hatten, den Rekord zu brechen: Antraten Spieß und Heidewitzka.

88

Traten mächtig Schwung in die Kähne mit gespanntem Rücken und gebeugtem Knie, mit dem Dreieck Schulter-Armbeuge-Haltegestänge, mit dem Körpergewicht und der Schwungkraft verlagerter Belastung. Aufschwung vorwärts – und unter tauchte der Platz, sackte unterm Kahnboden weg mit Lärm und Lichtern, schoß wieder herauf beim Abschwung, wich dem Aufschwung rückwärts nach vorn aus, ließ Heidewitzka waagerecht über sich hängen, Spieß mit den Füßen schon höher, kam dann heran und blieb unter den Knien weg, gab den Blick zum Kirchturm frei und schrägab zum Riesenrad, achtmal, neunmal, und bei zehn war Spieß oben, hatte den toten Punkt, fiel nun auf der Gegenseite ab, und hatte schon zwei Umdrehungen, als der andere die erste begann, und hatte elf, als der andere die neunte begann, und die Horde zählte laut und war vorbei, kam auf und versank, siebzehn, achtzehn, neunzehn, da nahm der Kahn den toten Punkt nicht mehr, blieb stehen, mit den Füßen zielte Spieß zum Sternbild Jungfrau, mit dem Stirnbein zum Erdmittelpunkt, blieb so eine Weile, und kam dann rücklings herunter mit dem Kahn, und auch Heidewitzka fiel ab, kam herunter bei achtzehn, und hatten beide den Rekord verfehlt, und der Schaukelbesitzer bremste.

Der Platz schaukelte nach.

Der Platz schaukelte noch, als Spieß ankam mit neunzehn Umdrehungen, persönlicher Bestleistung, das Radieschen wuchs gleich ein Stück. Heidewitzka aber hielt eine Rede.

»Nämlich: das war erstens mal bloß Training. Zweitens: der Scheißkahn schlingert, von wegen dem Wind. Und drittens: machen wir eine Wette! Eine Flasche Wodka auf ex, dann zwei Mann in einen Kahn, dreißig Umdrehungen, Loose und ich!«

Loose aber stand noch immer am Geländer, stand neben dem Mädchen Ingrid, er hatte Heidewitzka natürlich gehört, und er sah, wie die Horde gespannt herüberäugte. Ganz schöne Ruhe der Mann, dachte die Horde, ganz schön großkotzig. Steht da einfach bei seiner Bahnhofsschönheit und glotzt,

89

und macht das Maul nicht auf, und läßt uns warten. Er hatte noch immer ihre Hand in seinen Händen, ihre Hand, die kalt war und weiß und glatt, und er hatte ihr Haar vor sich und ihr Lächeln und auch den Hunger in den Augen. Ingrid, dachte er, das klingt nach Meer und nach Birkenwäldern, und das paßt nicht hierher. Und dann sagte er: »Hast du gewußt, daß ich hier bin?«

Das Mädchen Ingrid lächelte und sagte: »Wo sollst du denn sonst sein?«

»Ja«, sagte er. »Wo denn sonst.«

Und ging hinüber zu den anderen.

Die Horde hatte schon die Pullen gezückt. Loose trank zuerst, trank, ohne abzusetzen, gab dann die Flasche an Heidewitzka weiter, der stemmte seine zwei Quart und knallte die Pulle über die Buden weg waldwärts. »So«, sagte er dann. »Heidewitzka, Herr Kapitän! Komm in die Schaukel, Luise!«

Aber nun hatte der Schaukelbesitzer Lunte gerochen. Er kam herüber, er schnupperte, und dann sagte er, mit so 'ner Latte im Bauch könne er keinen rauflassen, Heidewitzka schon gar nicht, der sei ja voll wie ein Stint Und zwei Mann in einem Kahn, das sei sowieso verboten. Na, da machte sich der Mann aber beliebt.

Die Horde machte Front. Er solle sich das noch mal überlegen, erklärte die Horde dem Luftschaukelbesitzer, andernfalls würden sie ihm den Laden auseinandermontieren, daß er seine helle Freude habe. Und die Leute sammelten sich rings und gafften. Und keiner rührte sich. Da überlegte der Luftschaukelbesitzer. Gab er nach und die Stenze fielen aus dem Kahn, dann saß er im Knast. Gab er nicht nach, dann machte die Bande Kleinholz aus seinem Laden. Da war nichts zu machen. Oder vielleicht war doch etwas zu machen. Wenn er einfach vorm Eingang stehenbliebe, müßte sich der Laden retten lassen. Nämlich: die Bande mußte ihn beiseite drängen, falls sie hereinwollte, dann aber war Gewalt im Spiel, und er war nicht mehr haftbar. Er sah sich noch einmal um, ob niemand in der Nähe wäre, der ihm ein bißchen Beistand leisten könnte. Er sah aber keinen. Bloß dieser Lange da, der mit dem Oberschülergesicht, der schien sich mit seinen Leuten nicht ganz einig zu sein, redete auf sie ein in seinem schönen Leipziger Sächsisch, aber er kam natürlich nicht an. So stellte sich der Schaukelbesitzer also breitbeinig vor den Eingang. So schob ihn die Horde also beiseite. Und rings die Massen gafften.

Heidewitzka, wie er so den Kahn bestieg, hatte alles in allem ungefähr einen Liter Schnaps im Bauch, und Loose hatte nicht viel weniger. Dennoch traten sie erstaunlich munter an. Der Schaukelbesitzer hatte sich seitlich abgesetzt, an der Bremse stand nun Spieß. Ganz schön Fahrt machten die beiden, hatten schon den toten Punkt, wegblieb der Platz unter ihnen und raste heran, abebbte der Lärm und schwoll, nun gab's den bekannten Knacks im Trommelfell, wie wenn der Förderkorb in den Schacht fährt, Taubheit blieb über schrillem Pfeifton, Fahrtwind plus Druck, und die Halterung knirschte, und die Horde riß die Augen auf, unheimlich Fahrt machte Loose, Heidewitzka hing schon ein wenig klamm in den Sielen, Looping the loop, orientierten sich nach Hell-Dunkel und zählten: dunkel oben hell unten eins, dunkel oben hell unten zwei, und im Abseits zählte die Horde, zählte einundzwanzig, zweiundzwanzig, dreiundzwanzig, und Loose versuchte die Gesichter zu unterscheiden, Ingrid suchte er vor allem, aber ein bißchen auch den langen Kleinschmidt, es war aber nichts zu machen, es war alles eins, und hatte vor sich Heidewitzkas verkrampftes Gesicht, das war verdammt käsig, und er dachte: Hoffentlich fällt ihm nicht das Frühstück aus dem Gesicht, und dann dachte er: Wieviel Runden haben wir denn jetzt? Aber das wußte er nicht mehr. Und von unten beobachtete der Schaukelbesitzer. Hoffentlich machen die Stenze da keinen Murks, dachte der Schaukelbesitzer. Hoffentlich übernehmen sie sich nicht. Die ganze Bande brüllte, und die Leute draußen rissen Maul und Nase auf. Als ob das eine Sensation wäre. Er, der Schaukelbesitzer, hatte schon

91

Burschen erlebt, die ihre dreißig Runden glatt wegdrehten. Allerdings nicht mit einem Liter Sprit im Bauch. Der eine hing ja ganz schön klamm im Gestänge. Dem wurde es schlecht, das war klar. Wenn der Schaukelbesitzer an der Bremse stünde, er würde jetzt abbremsen. Er kam aber nicht durch, die Menge stand wie eine Mauer. Dreißig! brüllte jemand. Und sie kamen noch einmal hoch und noch ein zweites Mal. Jetzt aber war endgültig Sense. Jetzt kam der Kahn zurück. Verdammt noch mal, der hing ja da drin wie eine Leiche! Der Kopf fiel herunter, ward vorwärts wieder hochgerissen, sackte wieder weg! Der Stenz an der Bremse hatte jetzt auch etwas gemerkt, er zog, was das Zeug hielt. Die Menge kreischte, und der Schaukelbesitzer brach nun mit Gewalt durch die Mauer. Da stand der Kahn. Loose stand da, keuchte, stieg langsam aus; Heidewitzka lehnte käsig an der Zugstange, stieg nun mit einem Bein auf die Bordkante, löste die verkrampften Finger, schlaff hing der Unterkiefer herab, aber das konnte Loose schon nicht mehr sehen, denn er war schon die Stufen hinunter, sah nicht, wie Heidewitzka zusammensackte, wie er vornüberfiel in steifer Drehung, wie er auf die Trittleiste schlug, er hörte nur die Menge aufschreien und sah ihre verzerrten Gesichter, und dann sah er, wie Heidewitzka die Stufen herabrutschte auf den Schlackeboden.

Kleinschmidt und der Schaukelbesitzer waren als erste heran. Dann kam auch Spieß. »Wasser«, befahl der Schaukelbesitzer. »Da am Hydranten!«

Loose brachte einen Eimer und ein schmieriges Handtuch. Heidewitzka lag mit dem Kopf in einer gelblichen Lache, die Augen geschlossen. Hinter dem Ohr sickerte Blut. Es roch nach Schnaps und Schweiß und Erbrochenem. Loose wischte dem Bewußtlosen vorsichtig das Gesicht ab.

Zu viert schleppten sie Heidewitzka ins Lager: Kleinschmidt, Spieß, Radieschen, Titte Klammergass. Da zeigte sich, daß die Verletzung gar nicht so schlimm war. Schlimm hingegen war die Alkoholvergiftung. Der Lagersanitäter rückte der Wunde zuleibe mit Jod und Heftpflaster.

Peter Loose war nicht mit ins Lager gegangen. Er ging mit Ingrid die Bermsthaler Dorfstraße entlang, den Weg, den er schon vier- oder fünfmal gegangen war mit ihr, und nie war das gewesen, was er anfangs gedacht hatte. Damals in der Bahnhofskneipe hatte er gedacht: das ist also so eine. So eine war sie aber nicht. Er hatte bloß keine Ahnung, was für eine sie wirklich war.

Sie gingen an der Halde entlang, hinter der Papierfabrik, und manchmal kam von sehr weit oben ein Klingelzeichen, oder es kam Geröll gerutscht; weit weg waren ein paar Lichter. Sie stiegen über die Gleise des Bahnhofsgeländes, wichen den Weichen aus, den Signaldrähten. Dann kam eine Rangierlok. Sie ließen die Lok vorbei, aber der Heizer entdeckte sie. Der Heizer hatte etwas gegen Leute, die bei Nacht im Rangiergelände herumkletterten, er fing also an mit Briketts zu schmeißen. Die trafen zwar nicht, weil Peter auswich, aber er sah nicht, wohin er auswich: auf einmal brach er ein.

Er rutschte in eine Entwässerungsrinne, der Schmerz fuhr ins Fußgelenk. Auf den Knien rutschte Peter über den Gleiskörper, tastete sich an den Schwellenstapel, tastete den Fuß ab. Ingrid kam und half ihm. Eine Verstauchung vielleicht. Er versuchte aufzustehen, das gelang erst beim dritten Versuch.

Später, als er am Bach entlang humpelte, fiel ihm ein, daß er das ungefähr schon einmal erlebt hatte. Damals, im strengen Winter fünfundvierzig. An der großen Kurve vor dem Kohlenbahnhof, Furth, Chemnitz.

Sie standen jeden Abend dort, zwanzig Mann, manchmal ein paar Mädchen, jeden Abend warteten sie auf den Zug, der in der Kurve die Geschwindigkeit verringern mußte. Sie standen in Zweiergruppen, der eine sprang, warf Briketts herunter, der andere sammelte auf, von der Konkurrenz belauert.

Peter war Springer gewesen, Sacker war sein Freund Mäcki Selbmann. Manchmal kamen sie auf einen halben Zentner pro Abend. Und manchmal mußten sie das Weite suchen, Gelände gewinnen, da rückten die Eisenbahner an mit Knüppeln, Bahnpolizei in der Hinterhand, Hilfspolizei. Manchmal blieb der Zug auch aus. Da hatte er sich also den Fuß verknackst, beim Absprung, als gerade die Eisenbahner anrückten, die holten ihn ein. Die gingen nicht zimperlich mit ihm um. Und dann brachten sie ihn zur Wache. Da saß er die ganze Nacht, bis sie schließlich doch seinen Namen heraushatten, die Anzeige kam drei Tage später. Und mit der Anzeige kam die zweite Tracht. Mit dem Militärkoppel hatte der Stiefvater ihm das elfte Gebot eingebleut: Du sollst dich nicht erwischen lassen!

Das waren so Erinnerungen. Davon ist der Mensch voll, es muß bloß ein Anlaß sein.

»Na«, sagte Ingrid, »geht's?«

»Ja«, sagte er. »Geht schon.«

So gingen sie durch das Dorf, bergauf, über den Marktplatz gingen sie und am »Gambrinus« vorbei und am Rathaus, immer bergan. Die Luft trug Nachtgeräusche von weit her, manchmal hörten sie auch die Erzkipper am Berg oder die Signale der Haldenlok, seltener Stimmen. Das Haus lag auf halbem Weg dem Hundshübel zu, wo der Wolfsgrüner Weg abzweigte. Man konnte von hier aus schon weit übers Tal sehen.

Im Oberstock war noch Licht, aber darunter, wo Zellners Untermieter wohnte, war alles dunkel. Sie hofften, unbemerkt am Eckfenster vorbeizukommen, hinter dem Ingrids Eltern schliefen. Peter kannte das schon. Die Frau Zellner lag den ganzen Tag, man wußte nie, ob sie wach war. Er hatte schon paarmal in dieser Haustür gestanden, wo der Wind nicht hinreichte, und wo man auch nicht gesehen werden konnte von irgendwem. Sie kamen auch diesmal vorbei. Sie kamen zur Haustür und standen eine Weile, er spürte wieder den Schmerz in seinem Fuß. Er schimpfte ein bißchen und versuchte den Fuß auszuruhen, aber das war nichts Rechtes. Sie sah ihm zu, und auf einmal sagte sie: »Komm.« – Sie nahm einfach den Hausschlüssel aus ihrer Tasche und öffnete. Sie machte aber kein Licht. Er war noch nie in diesem Haus gewesen. Sie nahm seine Hand und führte ihn durch den dunklen Flur.

Sie waren aber doch bemerkt worden. Als sie in Ingrids Zimmer kamen, hörten sie Stimmen nebenan, die konnte er nicht verstehen.

Ingrid sagte: »Es ist auch egal, sie hätten es ja doch erfahren.«

Sie ging durchs Zimmer und ordnete ein paar Sachen, sie hängte Peters Mantel an einen Haken, sie wollte sich nichts anmerken lassen. Das Zimmer war schmal. Von der Straße schaukelte das Licht einer Laterne herein. Aber die Stimme war nun doch zu laut, als daß sie hätte überhört werden können. »Du Schlampe!« sagte die Stimme. »Du liederliches Stück! Laß dir nur was aufhängen, da kannst du sehen, wo du bleibst! Laß dir nur so ein Balg aufhängen! Schämen würd ich mich, pfui Teufel! Ausspucken würd ich! Sag's ihm nur, von der Tripperburg, daß sie dich dortbehalten haben, damit er gleich weiß, was er an dir hat! Aber das sag ich dir: Windelweich würde ich dich prügeln, wenn ich aufkönnte! Wenn ich mich nicht totgerackert hätte für euch: Die Larve würde ich dir grün und blau hauen, daß dich keiner mehr ansieht!«

Peter Loose stand am Fenster, er rührte sich nicht, er war wie angenagelt. Er hörte die Stimme zusammenstürzen und verröcheln in einem Hustenanfall; im Oberstock klopfte jemand laut auf den Fußboden; er hatte so etwas noch nie erlebt. Er starrte auf die Straße hinaus; ihm war, als müsse er nun endlich aufwachen.

Ingrid sagte leise: »Was soll ich denn machen? Als ich siebzehn war, hatten wir einen Untermieter von der Wismut. Ich mußte immer bei ihm saubermachen. Da passierte es eben. Er nahm mich einfach mit Gewalt, und ich konnte überhaupt nichts machen. Später ist er nach dem Westen gegangen. Krank war ich nie. Das redet sie sich alles ein. Sie haben mich mal bei einer Razzia mitgenommen, auf dem Bahnhof, und ich mußte die Nacht im Krankenhaus bleiben, bis alle untersucht waren. Wenn man wirklich krank ist, da behalten sie einen doch nicht bloß eine Nacht. Das redet sie sich alles ein. Was soll ich denn machen? Ich kann doch nichts dafür, daß sie so geworden ist.«

Sie stand neben ihm, an die Wand gelehnt; er legte den Arm um ihre Schultern. Er war elend und hilflos. Er dachte: Natürlich, sie ist alt und sie ist krank – aber er konnte sich diesen Haß dennoch nicht erklären. Bei allem, was gewesen war, wußte er: Seine Mutter hätte so etwas nie über sich gebracht, nicht einmal sein Stiefvater; er hätte gleich sonst etwas anstellen können. Er hatte gedacht, daß er ganz unten wäre, und nun sah er: Es gab welche, die steckten noch viel tiefer drin. Er sah, daß es noch viel weiter runter ging und daß es vielleicht nirgends ein Ende gab. Er hielt Ingrid ganz fest, und er hielt sich an ihr fest, er strich ihr übers Haar, und dann küßte er sie. Da umarmte sie ihn mit einer Rückhaltlosigkeit, die ihm den Atem benahm.

Später lagen sie lange nebeneinander, er hatte den Arm um ihre Schultern gelegt, sie legte den Kopf auf seine Brust, sie atmete ruhig. Sie sagte leise: »Man müßte alles ganz anders machen.« Sie dachte: Man müßte heraus hier, irgendwohin, wo uns keiner kennt. Aber sie wußte schon, daß sie nicht fortgehen konnte. Es war keiner da außer ihr, der sich um die Mutter kümmern konnte. Sie sagte es ihm, und dann schlief sie ein an seiner Schulter; sie war nun ganz ruhig.

Aber Peter Loose konnte nicht schlafen. Fortgehen, dachte er. Er war immer fortgegangen. Aber war er denn angekommen irgendwo? Ein anderer Ort und andere Straßen und andere Gesichter, aber es blieb immer das gleiche, das wußte er doch. Nur die Namen waren anders, sonst nichts. Er sah das Licht von der Straße auf Ingrids Haar, und er dachte: Das

96

also ist es, was mit ihr ist. Nein, dachte er, fortgehn, das geht wirklich nicht. Nur unterwegs sein, das gab es wirklich. Man mußte wissen, daß man von nirgends fortging und nirgendwo ankam, soviel man auch ging. Unterwegs sein, das war alles.

Er war müde, aber er schlief noch immer nicht, und er sah nun alles ganz deutlich. Das war oft so vor dem Einschlafen: eine Klarheit, die alles durchsichtig macht und erkennbar, und alles hinübernimmt in dies andere. Jahrmarkt, dachte er, das bißchen Freundlichkeit und Wärme, und die anderen, ohne die man nicht sein kann. Talmi, Pappmaché, Rummelplatz – immer im Kreise. Du steigst in die Schaukel und schwingst dich hoch über den toten Punkt, aber du kommst immer wieder herunter, und es ist alles so, wie es vorher war. Das ist dann alles. Er wollte nicht, daß es alles war, aber er wußte nichts anderes. Dann war nur noch der Atem neben ihm, er dachte noch: Ich will und es muß und es wird; dann dachte er nichts mehr. Und das Licht schaukelte weiter die ganze Nacht.

II. TEIL

DIE FREIHEIT DER GEFANGENEN

V. Kapitel

Der Berg atmet. Kalte Luft stürzt in den Förderschacht. Unten die ein- und ausziehenden Wetter, der Organismus von Hauptstrecken und Querschlägen und Blindschächten, der funktioniert. Aber ein Atem, als ob einer eiserne Lungen gebaut hätte, ein ganzes Gebirge zu lüften. Und oben die Halden, die Fördertürme, Natur wie mit dem Beil behauen. Ganze Wälder, die hinabgeschickt werden. Ganze Felsmassive, die da heraufkommen.

Rasselnd fahren die Fördergestelle nieder. Drüben, am B-Schacht, fahren andere aus mit dem Sog der Pulvergase, der ausziehenden Wetter. Dazwischen die Metamorphose des Gesteins, der Gebirgsdruck, die Technik der Ingenieure. Dazwischen der Kampf, die Erschöpfung, die Dunkelheit. Die Produktionsziffern, und die Flüche dagegen. Die Planzahlen, und die Anstrengung dafür.

Und aus allem das Erz.

1.

Nach vierzehn Tagen begann Christian Kleinschmidt sich an diese Arbeit zu gewöhnen. An ihre Schwere, ihre Dunkelheit, an die Enge der Querschläge und des Überhauens. Die ersten Tage war er nach der Schicht auf seinen Strohsack gesunken, ausgelaugt, oft ohne sich gewaschen und umgezogen zu haben. Er war sofort eingeschlafen; wieder auf die Beine bekommen hatten ihn die anderen erst kurz vor der neuen Schicht, mit schmerzenden Gelenken, mit bleiernem Schädel. Er war abgemagert, das Essen schmeckte nicht, mitunter war er über der Suppe eingeschlafen. Er hatte auch kaum Hunger verspürt, nur dieses klebrige Durstgefühl.

Aber nicht der Schacht bedrückte ihn. Die zweihundert Meter Gestein über seinem Arbeitsplatz bedrückten ihn nicht und nicht ihre Masse. Auch die Sprengungen beunruhigten ihn nicht, das Flüstern des Gebirgs, der Lärm der Kompressoren. Nur die Härte der Arbeit. Der Gedanke an die täglich zu sackenden Hunte lähmte seinen Willen, ängstete seinen Schlaf, vergällte jede wache Minute zwischen den Schichten.

Wie Hermann Fischer gesagt hatte, war Christian als Fördermann eingesetzt worden. Sträflinge ritzen Kalenderstriche in die Zellenwände, für jeden abgebüßten Tag einen. Christian schnitt Kerben in die Randleiste seines Nachtschemels, eine für jeden Arbeitstag. Vierzehn Tage lang. Dann ließ er einen aus, nach einer Schicht, die so hingegangen war. Er besah sich die Kerben, zu fünfen gebündelt, er dachte: Ich bin doch kein Zwangsarbeiter. Oder ist es ein Urteil, wenn man hierher geht, freiwillig? Er kerbte aber weiter, bis zum zwanzigsten Tag.

Die einundzwanzigste Schicht fuhr er in einer hohen Novembernacht. Die ging weit über die Erzgebirgskämme, ein bleicher Mond goß Kälte in den Schachthof. Harte Schatten standen neben den Lattenzäunen, standen im Winkel zwischen Förderturm und Berglehne. Christian lehnte am Geländer der Hängebank, er konnte durch ein ausgespartes Viereck im Holzturm den Himmel sehen. Es war windstill, dennoch zog kalte Luft herein. Wasser tropfte aus dem Gebälk, auf die steife Gummijacke, Christian fröstelte.

Das Wasser war schon am ersten Tag getropft, es würde weitertropfen in alle Ewigkeit. Unerfindlich, wo es herkam, da war nichts als Holz oben und die Seilscheiben und das Stahlseil. Und das Viereck Himmel drüber. Aber von dort kam das Wasser nicht.

Das aufziehende Seil floß langsamer. Christian hörte den Korb gegen die Schachtverschalung poltern, die Trägertraverse hob sich aus dem Schachtmund. Das Stangengitter rasselte in die Höhe. Acht Männer betraten die Hängebank,

102

nacheinander, fahle Schädel über steifpanzernen Brustkollieren, sie gingen vorbei wie eine Prozession. Drei mit lehmig verschmierten Gesichtern, die kamen von der oberen Sohle.

Christian nahm sein Geleucht und kroch unter dem Gitter in den Korb, unwirklich laut wie in einer Kirche das Signal zur Mannschaftsförderung. Der Boden wippte, hob sich, sackte nach unten weg. Dann tanzten die Hölzer der Verschalung vorbei, zählbare Sprossen einer nach oben steigenden Leiter, ein Gleichmaß, in dem sich das Fallgefühl aufhob. Das war nun ein vierzigmal erlebter Vorgang. Es blieb dennoch ein Abenteuer.

Neben Christian lehnte ein buckliger Schießmeister – sie kannten sich aus dem Schichtbus, sie fuhren immer im gleichen Wagen, aber sie hatten noch nie miteinander gesprochen. Der Schießmeister trug die Handlampe an einem Riemen über der Brust, alle anderen fuhren mit den schweren Mannschaftslampen, den Bomben, zehn Pfund an einem S-Haken aus Eisendraht. Sie hielten die Lampen niedrig, das Licht schnitt kantige Schatten in die Gesichter. Der Schießmeister sprach mit keinem hier. Bis sechsunddreißig war er Obersteiger gewesen, dann Berginspektor in den oberschlesischen Gruben; wenn einer etwas vom Bergbau verstand, dann er. Degradiert nun, unter die Mannschaft geworfen, Neulinge über sich, Dilettanten. Weil er den braunen Rock angezogen hatte, Sturmführer geworden war, galt plötzlich der Fachmann nicht mehr, so sah er's. Er starrte vor sich hin, auf das rostige Eisenblech, die schwitzenden Rohrleitungen draußen, die aufwärts rasten. Die ganze Schicht starrte er vor sich hin, selbst wenn er seine Scheiben abschoß, seine Strippen knüpfte, stumm, versteinert. Er starrte vor sich hin und schwieg.

Plötzlich schwappte kaltes Wasser herein. Der Korb schlingerte. Das war jeden Tag dasselbe, jeder kannte die Stelle und fuhr dennoch zusammen, wenn sie über ihn kam. Gegen die Schalung schlug der Korb, ungleichmäßig schwang das Förderseil. Das Blut dröhnte in den Ohren, der Korb krachte und ächzte, ein bodenloser Schlund verschlang das Gleichmaß, bis der Boden sich hob, fünf Sekunden lang oder vier: sie schlingerten ins Füllort.

Und das Wasser prasselte aufs Blechdach, troff in den Sumpf, der Anschläger riß das Stangengitter hoch.

Christian betrat die Hauptfördersohle. Der Schießmeister vor ihm. An einem Trupp Kumpel vorbei, der auf die Ausfahrt wartete. Das »Glück auf« erwiderte der Schießmeister nicht. Ging schnell, bog ab, verschwand, wie auf der Flucht. Christian ging mit den anderen. An endlosen Reihen massegefüllter Hunte vorbei, an zwei rangierenden Elektroloks. Die Hauptförderstrecke war erleuchtet.

Sechs waren sie, dann fünf, bog links einer ab, bogen zwei links ab und rechts zwei, Christian ging allein. Bis ins vierte Revier waren es zwanzig Minuten Weg. Der Rhythmus der Arbeit stockte während des Schichtwechsels, die Grubenloks hielten in den Strecken, die Bohrhämmer standen still, die Kompressoren liefen gedrosselt. Nur der Luftstrom der einziehenden Wetter, der sich staute an den Wettertüren. Christian bog ab, im Querschlag war die Luft still und muffig. Und warm, nach der Kälte des Wettersogs. Der Boden war trocken, das Gleis herausgerissen und Bohlen gelegt.

Der Rhythmus stockte.

Stille in den Schlägen, Dunkelheit. Nur das Flüstern des Bergs, das Knistern der Türstöcke, splitterndes Holz unterm Gebirgsdruck. Herabrutschendes Gestein manchmal. Tropfendes Wasser. Ein Knacken in den Rohrleitungen. Christian ging allein.

2.

Sonst hatten sie immer am Werkzeug-Magazin aufeinander gewartet, Christian und sein Hauer, und der Hauer war immer zuerst dagewesen. Aber diesmal war niemand da. Auch der Magaziner nicht, die Bohlentür war verschlossen.

104

Christian setzte sich auf eine Erzkiste. Er stellte die Lampe ab, das Licht reichte bis zum Vorhängeschloß. Da er seine Schritte nicht mehr hörte, hörte er die Stille. Und er hörte die Schachtratten rascheln im Magazin, oder was das sonst war. Nach zehn Minuten hörte er Schritte. Er sah die Strecke hinab; dort, wo das Ausweichgleis in das Fahrgleis mündete, verschwamm alles in Dunkelheit. Wenn man lange hinsah, bewegte sie sich. Rote Kreise schwammen ineinander, grüne Pünktchen, seltsame geometrische Figuren. Sie blieben, auch wenn man die Augen schloß.

Aber dann sah er das Licht. Er blieb sitzen, denn er sah gleich, daß es eine Mannschaftslampe war. Sie kam langsam näher, hüpfend und pendelnd, der Magaziner konnte das nicht sein, auch nicht der Hauer. Höchstens der Fördermann vom Nachbarblock, aber der dann auch nicht mehr, der ging anders. Die Schritte plitschten in der Wassersaige. Der Mann trug schwer. Er trug einen Kübel, und Christian sah nun: Es war der Saigenreiniger Fadenschein.

»Na?« sagte Fadenschein. »Keiner da?«

Er setzte den Kübel ab, leuchtete in die Runde. Gezähe lag umher, Holz, Erzkisten. »Das sieht ja wie bei Hempels aus«, sagte Fadenschein. Er setzte sich Christian gegenüber, zog die Gummistiefel aus, wickelte die Fußlappen neu. Dann holte er Tabak aus einer Blechschachtel und Papier, er begann zu drehen. Feuer schlug er aus einem faustgroßen Aluminium-Feuerzeug. Christian sah ihm zu.

Fadenschein. Es hieß, er sei Sänger gewesen an der Breslauer Oper. Die Polen hätten ihn ausgewiesen, seine Frau vergewaltigt, die sei daraufhin dortgeblieben. Andere wollten wissen, er habe ein Konservatorium geleitet oder sonst was Künstlerisches, er sah auch so aus. Und die Russen hätten dort ihre Kommandantur eingerichtet und die Klaviere verheizt, ihr wißt ja, fünfundvierzig, dieser strenge Winter. Draufhin sei er zur Wismut gegangen, aus Protest. Der Radiometrist aber wußte: der Mann ist ausgebombter Schneidermeister aus

105

Leipzig; drei Kriegsjahre lang war er Aushilfstenor im Leipziger Opernchor. Die Alte ist ihm durchgebrannt, weil er ein bißchen plemplem ist. Und jedes Jahr Weihnachten schreibt sie ihm eine Ansichtskarte aus Wuppertal, dort hat ihr verwitweter Schwager eine Eckkneipe …

Christian starrte geradeaus.

Manchmal das Geräusch, mit dem Fadenschein den Rauch ausstieß. »Na?« sagte Fadenschein. »Riechen Sie was?« Er hielt die Zigarette andächtig zwischen den Fingern. »West-Tabak, riecht man gleich, nicht?« Er blies den Rauch herüber und ließ den Gummi um die Blechschachtel schnappen. Er dachte eine Weile nach und kicherte und sagte dann: »Also ich weiß nicht, wenn ich in Ihrem Alter wäre, also ich wüßte schon, wohin ich zu gehen hätte!«

Sie saßen nun schon über eine Viertelstunde. Noch immer kam niemand.

Wuppertal, dachte Christian. Da ist der Rhein nicht weit. Und der sagenhafte Onkel Hollenkamp. Und die Tante Luise. Keine Wismut, keine Nachtschicht, keine Hunte täglich und in alle Ewigkeit. Und keine zerschundenen Knochen. Keine Baracke und kein Mehlhorn. Vielleicht ein Studienplatz. Warum ging man nicht wirklich hin, schwarz über die grüne Grenze? Nur, weil man nicht wußte, wie die Leute dort in Wahrheit waren? Weil man Angst hatte, daß man vielleicht dreimal täglich mit einem frommen Dankeschön würde zahlen müssen, und weil sie einen anschauen würden mit jenem Wisse-das-zu-würdigen-Blick? Weil man ihn sich gar nicht vorstellen konnte als Lebewesen: Theo Hollenkamp, Familienkrösus, Haus, zwei Autos, Cousine Irene, gleichaltrig. War das ein Grund? Ein Grund für das hier?

Er hatte keine Antwort, auch diesmal nicht. Er sah nur immer, daß da etwas im Kreise ging.

Aber es kamen Geräusche auf. Kamen auf in der Strecke hinten, Klicken von Metall, Schurren von Gummistiefeln, und vorn irgendwo kamen sie auf, setzte der Rhythmus wieder ein, allmählich. Fernes Knattern von Preßlufthämmern, man hört sehr weit untertag, und ein Bohrmeißel, eine Haspel, ein Zug kam vorbei, das konnte die Bunkerstrecke sein, das war weit vorn. Aber hinten, das waren Schritte. Obschon man sehr weit hört untertag, die Luft trägt Geräusche heran, und der Berg trägt sie und bricht sie, da muß man neu hören lernen. Das jedenfalls war nah. Das war zu Christians Abbau hinüber, und zu den Blöcken dreizehn und vierzehn.

Und es kamen Lichter auf, Grubenlampen, brusthoch und tiefer gehaltene, drei oder vier oder fünf. Wenn sie von dort kamen, war etwas im Gange. Da ist etwas im Gange, wenn sie von dort kommen.

»Brack«, sagte Fadenschein.

Brack. – Das war ein Wort, das blieb in der Luft hängen. Eine Menge neuer Wörter lernte man, Glück auf und Vortrieb und karascho und Progressive. Und wenn man Glück hatte oder ein Blauhemd, lernte man drushba. Und wenn man kein Glück hatte, lernte man Brack und dawai-dawai. Was alles russisch war. Aber Brack, das war finster. Das war Ausschuß, Bruch, schlechte Arbeit. Das war manchmal Unfall. Und war manchmal Sabotage.

»Brack«, sagte Fadenschein.

Sie kamen nun näher. Drushwili vorneweg, der Reviergeophysiker, dann Hermann Fischer und der Hauer von Block dreizehn und sein Fördermann, und hinten, wie immer, Bierjesus der Magaziner. Drushwili streckte seine Georgiernase voraus und das Machorkapünktchen darunter, die verblichene Uniformbluse mit den geblähten Brusttaschen und den Segeltuchbeutel am Bauch. Fischer ging gebeugt, mürrisch, die Lippen zusammengepreßt. Man hörte sie reden. »Das vierte Mal in diesem Monat«, sagte Drushwili. »Viermal Brack, und immer zweite Schicht.« Er ging aufrecht, war nun heran, sah auf Christian herab und den Saigenreiniger; Fischer sah er nicht an. »Ich werde mit Schachtleiter sprechen«, sagte er düster. »Das sabotasch. Zweimal Zentralüberhau kaputtgeschossen, zweimal auf Erzblock, Sie werden sehen. Und Sie müssen bringen heute zwanzig Kisten Erz und fünf für zweite Schicht!«

Fischer sagte nichts. Er sah Drushwili an, er wußte: da ist nichts zu machen. In dieser Gegenwart, die sich tags anbiederte und nachts Parolen an die Wände schmierte, Hakenkreuze in die Gänge und Nagaika und Sichel und Stalin damoi. Ein Recht auf Mißtrauen? Ja. Aber kein Recht, nicht zu begreifen, daß mit Brack gerechnet werden mußte! Wenn von sechzig Mann nur vier Bergleute waren, und das übrige Bäcker, Apotheker, Landarbeiter, Berufssoldaten, Beamte, entnazifizierte Nazis, Studienräte, Stubenmaler, Buchhalter, Möbeltischler, Hilfsarbeiter, Abenteurer, Asoziale, Jugendliche, die marschieren gelernt hatten und sonst nichts. Sabotage? Gab es obendrein. Zerschnittene Luftschläuche, kurzgeschlossene Kabel, zerschossene Rollen. Aber wer sabotiert schon am eigenen Arbeitsplatz? Verdammt keiner in diesem Land, das zwölf Jahre Barras hinter sich hat und Heimatschuß und Kriegsgericht und Gestapo …

»Sie werden sehen!« sagte Drushwili. Fischer sah ihm nach, wie er davonging.

Der Magaziner schloß die Bohlentür auf. Fadenschein drückte seine Zigarette aus und schob die Kippe in die Blechschachtel. Der Hauer von Block dreizehn langte sich eine Bohrstütze.

»Brauchst du nicht«, sagte Fischer. »Du gehst auf die Vierzehn.«

Der Hauer setzte die Bohrstütze ab. Er war zwei, drei Jahre älter als Christian und war Jungaktivist, Christian wußte, daß er übertage im Blauhemd herumlief, mit einem halben Dutzend Abzeichen dran.

»Ach nee«, sagte der Hauer. »Wir sollen auslöffeln, was die vergammelt haben!«

»Wer sonst?« sagte Fischer. »Außer dir kann's keiner.«

Einen niedergeschossenen Block ausbauen, das war schwierig und war gefährlich, und es war nichts zu verdienen dabei.

108

Jeder wußte das hier. Und jeder wußte, daß es bis zum Morgen getan sein mußte und daß trotzdem Erz kommen mußte von den anderen Überhauen. Aber Fischer konnte den Hauer nicht zwingen. Der war Brigadier und hatte seinen Plan und war seiner Brigade verantwortlich für den Verdienst. Das Erz lag auf seinem Block. Erz machen war eine gute Arbeit. Und sie brachte Geld.

»So«, sagte der Hauer. »Und wer geht auf unseren Block?«

»Kleinschmidt«, sagte Fischer. Er stand jetzt vor Christian. Er sagte: »Ihr Hauer hat sich krankgemeldet. Sie gehen heute auf Block dreizehn und machen Erz. Ich zeige Ihnen, wie das gemacht wird.«

Christian brummte etwas. Er spürte, wie der Hauer mißmutig herübersah. Er dachte, daß noch etwas geschehen würde. Aber der Hauer drehte sich um und ging. Da ging auch er los.

3.

Sie bogen in den Querschlag ein und kamen an die erste Rolle.

»Gehen Sie mal hoch«, sagte Fischer. »Wenn Sie den Hammer angeschlossen haben, geben Sie ein Zeichen. Ich mache die Luft auf.«

Christian zwängte sich in die Einstiegluke. Die Fahrten waren glitschig, braungrün die Wände, Wasser troff. Das Licht der Grubenlampe reichte nicht weit. Die erste Umsteigbühne war verschüttet, es war gerade noch Platz, den Körper hindurchzuzwängen. Christian schob den Pickhammer vor sich her, die Lampe hatte er unter den Verschluß der Jacke gehakt, sie blendete ihn, er konnte über sich nichts sehen.

Christian stieg aufwärts.

Gestein schnitt in die Hände, scharfkantiger Splitt. Der Luftschlauch schlang sich um die Fahrten, sperrte manchmal den Einstieg. Die Hände tasteten blind. Aber es mußte ja ein Höher geben, solange da Ausbau war, und der Luftschlauch mußte irgendwo münden.

Als er oben war, glaubte er erst, es müsse noch weiter gehen. Aber es waren lose herumliegende Hölzer, in die er griff. Das Überhauen war hier nur ein halbes Meter hoch, der Schlauch bog links ab. Auf dem Bauch kroch Christian weiter, erst die Lampe voran, dann den Pickhammer, erst die Lampe, dann den Hammer. Immer dem Schlauch nach, der wand sich. Lag mal unter Geröll, lag mal über, zeigte plötzlich abwärts. Er fand die Schlauchmündung, das Überhauen zog sich weiter nach links. Irgendwo pickerte wer. Weit konnte das nicht sein. Christian hatte keine Ahnung, wer das sein könnte.

Er schraubte das Mundstück an den Preßlufthammer. Die Ader lag direkt vor ihm. Schwarze Körnchen im matten Grau. Das Erz war nicht sehr kompakt, soviel verstand er. Aber es lag ziemlich breit.

Er kroch zum Einstieg zurück und gab das Zeichen.

Mit der Keilhaue riß er sperrige Quader aus dem Hangenden. Kaventsmänner, dachte er, wenn du die ins Genick kriegst. Er kroch zum Erzplatz zurück und scharrte Masse in die Rolle, er beriß auch hier. Im Hangenden glomm eine rötliche Kalkspatdruse. Er ließ den Hammer auflaufen, der spuckte Öl. Christian zog den Stellring nach. Er begann zu arbeiten.

Dann kam Fischer. Er beobachtete Christian bei der Arbeit. Er leuchtete den Stoß ab, er dachte: Das schlägt bestimmt alles noch an. Die Mittelschicht war nicht hier gewesen, das wußte er, und die Frühschicht hatte vermutlich zu viel stehenlassen. Er kroch zu Christian hinüber und ließ sich den Hammer geben.

Die Meißelspitze stieß schräg in den Berg, locker, mühelos scheinbar, das Erz sprang ab in flachen Splittern. »Immer von hinten nehmen«, sagte Fischer. »Da schaffst du mehr runter.« Christian nickte. Das plötzliche Du fiel ihm nicht auf, es gehörte sich so, es gehörte hierher. Größer sprangen die Splitter, der Berg gab nach. »Immer dranhalten«, sagte Fischer. »Und immer die Plane dicht ran, das ist alles noch aktiv. Wenn uns das Erz in die Masse gerät, kriegen wir Scherereien.« Angezeichnet war auch nichts. Der Radiometrist mußte dann gleich mal raufhorchen. »Na«, sagte Fischer, »so, und so, und die Stunde zu sechzig Minuten. Da kannst du mal sehen, was Kleinvieh für 'n Mist macht.« Er verstand sich drauf. Aber die Sprüche, die kann er sich sparen, dachte Christian. Immer die Joviale, das zieht nicht. Und warte nur ab, ich werde dir das Erz schon hinlegen. Von wegen Oberschüler und bißchen dürrwänstig, das wollen wir mal sehen.

Er war schon ganz bei der Sache. Er nahm den Pickhammer, und er sah noch, wie Fischer Masse in die Rolle scharrte und wie er dann hinüberstieg ins Zentralüberhauen; die Steigerlampe verschwand in der Biegung. Er setzte den Hammer an. Die Preßluft knatterte gegen den Stoß, der Meißel stieß in den Berg, das Erz bröckelte. Es brach auf die Erzplane nieder, sprang flach ab, es kam ganz gut.

Gott, es kam viel besser, als Christian gedacht hatte. Eine von diesen weichen Stellen – aber das wußte er nicht. Er arbeitete eine Viertelstunde, und er dachte, es müsse immer so weitergehen. Locker kam das Erz, als ob es Kohle wäre, als ob es gewartet hätte auf den Pickhammer, als ob es gewartet hätte auf Christian. So auf den ersten Anhieb pickerte er gut zwei Kisten.

Und manchmal mußte er ausruhen. Ein dünner Luftstrahl pfiff, es war sehr still. Nur weiter hinten knatterte immer der andere Hammer, der vorhin schon dagewesen war. Pausen schien der Kerl dort nicht nötig zu haben. Christian hörte ihn, wann immer er seinen Hammer absetzte. Und dann hörte er noch, wie irgendwo unten jemand die Rolle abzog.

Das war ein saurer Job, wenn einer neu war. Christian hatte selber drei Tage lang Rolle abgezogen, ganz am Anfang, bevor

111

er zum Streckenvortrieb gekommen war. Diese Technik, aus Holz und Dreck gebastelt! Und die Klappe hatte sich nicht schließen lassen, ein Riesenbrocken war verkantet, der Hunt war übergelaufen, der ganze Querschlag voll. Da mußte ein zweiter Hunt ran, und dann los mit der Schippe, diesem Stück Blech, und kein glatter Grund unter den Füßen, kein Platz in der Strecke, dawai-dawai! Da kann einer das Verrecken kriegen, wenn er Zentnerbrocken stemmt, wenn er sich die Lunge aus dem Bauch schippt, wenn er sich das Fell blutig reißt, die Knochen aufschlägt, überall eingeklemmt, bis zum Gehtnichtmehr! Und dann springt der Hunt aus der Spur, und kein Stempel da und kein Hebel und kein Garnichts! Und kein Schwanz von dieser Menschheit, der sich da blicken läßt!

Ja – ganze Städte in den Himmel blasen, das ging. Da hatten sie eine Mordstechnik entwickelt, da war Geld für da, ein Riesenerfindergeist investiert, und massenhaft Leute gab's, da gab's alles. Aber hier? Große Töne spucken, von wegen Kernphysik. Aber hier, am Ursprung, da gingen sie den Fels an wie vor zweitausend Jahren. Rammelten den Berg übern Haufen mit Spitzhacke und Blechschaufel, und gerade noch, daß die alten Ägypter keine Geigerzähler gekannt hatten und keine Preßlufthämmer, das war der ganze Unterschied. Sollten sie mal künstliches Uran erfinden, statt das Maul aufzureißen. Sollten sie ihren Grips anstrengen zur Abschaffung der Knochenarbeit, der Schinderei überall, statt lange Oden zu singen: ich bin Bergmann, wer ist mehr, und der Mensch steht im Mittelpunkt, amen.

Aber der Berg wurde nun härter. Größer wurde der Widerstand, der Meißel stieß langsamer vor. Weiß Gott, dachte Christian, daß es einem bloß nicht zu gut geht, da ist vorgesorgt.

Und das gebrochene Erz war im Weg, es rutschte von der Plane, es mußte weg.

Christian holte Erzkisten. Zwei bekam er voll. Aber er bekam sie kaum vom Fleck, als sie gefüllt waren. Uran hat

238 Atomgewicht, eine hohe Dichte, die Pechblende lagert schwer. Christian zerrte die Kisten vom Erzplatz weg, höher hinauf, dem Einstieg zu. Gegen Schichtende würde er sie abseilen müssen.

Er hatte keine Ahnung, wie spät es war. Nur: Schichtende, das ist lange hin, das wußte er. Schichtende, das war eine magische Formel. Manchmal träumte er nachts davon. Wenn er nicht so müde war, daß er selbst im Schlaf noch vom Schlafen träumte. Er stieß den Meißel in den Berg, der Hammer sprang nach, er pickerte die dritte Kiste.

Dann kam der Radiometrist. Schob seinen Kasten herein, hockte sich an den Stoß, fluchte. »Wo haben sie denn dich losgelassen?« brüllte er über den Hammer weg. »Räum gefälligst mal deine Bühnen ab, da bricht man sich sämtliche Knochen!« Christian hörte ihn schreien, aber er verstand nichts. Er setzte den Hammer ab. Aber der Radiometrist sagte nun nichts mehr.

Er stülpte sich die Kopfhörer über und tastete mit dem Zählrohr die Wand ab. Christian hörte das Knattern der verstärkten Impulse. »Jup die Geige«, sagte der Radiometrist, »da ist ganz schön Saft drauf.« Er zeichnete Markierungen an die Wand; bis zur Rolle war alles aktiv. Er horchte auch den Boden ab, aber das Erz knatterte wie verrückt, sie mußten es erst beiseite räumen. »Na«, sagte der Radiometrist, »laß das Zeug bloß nicht in die Masse geraten. Olle Drushwili hat wieder mal seinen scharfen Tag. Mindestens 'n halbes Dutzend Hunte hat der schon abgefangen, weil da noch 'n Krümel Erz drin war. Hat mich glatt zwei Hunte umpakken lassen, und da war's dann jedesmal so 'n Kirschkern von der Güte.«

Es war still im Überhauen; weiter hinten hörte Christian wieder den anderen Hammer. Der Radiometrist drehte sich eine Zigarette. Er hörte den Hammer jetzt auch. »Aljoscha«, sagte er. »Der wird auch gleich rasiert.« Aber er setzte sich erst mal auf seinen Kasten und rauchte.

Überhaupt: ein seltener Vogel.

Der hatte seinen Schlag zwei Wände von Christian entfernt, oben im Lager Rabenberg, in der gleichen Baracke. Walter Bergschicker, Radiometrist. Oder aber: Geophysiker, wie manche das nannten, Ausbildung drei, vier Wochen Lehrgang, und dann so was. Und hatte eine Schußnarbe am Oberschenkel und eine Granatsplitternarbe an der Schulter und erfrorene Ohren und keinen linken Daumen. Eine ramponierte Type. Und war vielleicht Achtundzwanzig. Und war auf einem Minensucher gefahren, bis man ihn absägte in der glorreichen KM, Gründe nicht überliefert, ab an die Ostfront. »Stalingrad«, sagte er manchmal. »Haben den Namen vielleicht schon mal irgendwo gehört. Unbestritten bedeutendster Lehrstuhl für neuere deutsche Geschichte. Hab da zwei Jahre absolviert. Kann ich nur jedem empfehlen. Ein Semester Gefrierfleisch, ein Semester Heldenklau, dann ein paar Monate Birkenkreuz mit Schwertern und Brillanten. Kolossal lehrreich, meine Herren.« Verheiratet war der Radiometrist mit Schacht und Geigerzähler, und russisch sprach er besser als der Schachtleiterhelfer, und seid bereit immer bereit zu Wodka-Umtrunk wie Stoßschicht, Doppelschicht wie Wodka-Umtrunk; wenn sich aber welche in den Haaren lagen, im Lager und anderswo, stand er dabei und pfiff vor sich hin: Lieb Vaterland, magst ruhig sein, das war sein Lieblingslied. Außerdem organisierte er pausenlos solche Kurse und Versammlungen, man mußte sich wundern, wo er die Zeit hernahm. Mit Peter Loose hatte er da gleich am dritten Tag Ärger. Hatte ihn agitiert für so einen Abendkursus: Zusammenbruch des Faschismus und die historischen Aufgaben der deutschen Arbeiterklasse oder so. »Geh doch zu denen, die dabeigewesen sind«, hatte Loose gesagt. Der Radiometrist hatte sich's angehört und gegrient. »Sieh da, ein weißer Rabe. Nicht dabeigewesen, folglich nicht dran schuld, folglich nicht interessiert. Ihr hättet natürlich alles ganz anders gemacht an unserer Stelle, nicht? Erkennt man daran, daß ihr auch heute alles ganz anders macht. Mütze über die Ohren, Augen zu, Schnauze auf: Muh! Eine liebliche Generation, kann man wohl sagen. Und Sie, Herr Nachbar?« Das ging an Christian. Aber der glaubte nicht, daß irgendwas so und nur so sein könnte, es gab immer noch eine andere Lösung, oder wenigstens einen anderen Weg. »Macht ihr euch euren vorgedruckten Versammlungsvers, ich mach mir meinen selber«, hatte er gesagt. Und der Radiometrist hatte die Augen zusammengekniffen und gemurmelt: »Verstehe, Intellektueller.« Und hatte ihn stehenlassen.

»Meine Herren«, sagte der Radiometrist, »woll'n wir mal wieder.« Er drückte seine Kippe aus und griff seinen Kasten. »Ich komme dann und helfe dir die Kisten abseilen.«

Christian sah ihm nach, wie er nach hinten kroch, immer in die Richtung, aus der der andere Hammer tuckerte. Dann arbeitete er weiter.

Und es geschah etwas Seltsames.

Der Pickhammer arbeitete ruhig und gleichmäßig, Splitter um Splitter nahm der Vierkantmeißel den Berg. Christian hockte am Stoß, vor seinen Knien brach das Erz nieder und häufte sich, die Luft donnerte von den Wänden wider, das Wasser schmatzte. Das kam, weil die angesaugte Luft im Kompressor zu feucht war. Aber unablässig fraß sich die Stahlspitze tiefer, unablässig wich der Berg zurück. Nach und nach vergaß Christian alles um sich her.

Die Arbeit überkam ihn wie ein Rausch, plötzlich und ungeheuer. Er setzte den Meißel an und stemmte ihn mit aller Kraft in den Berg, der Druck der Preßluft schüttelte seinen Körper, der Rückschlag lief wie ein Schauder durchs Fleisch und spannte die Muskeln. Christian spürte den Rhythmus dieser Arbeit. Nun gab der Berg seine Geheimnisse preis. Christian begriff, wie der geringste Spalt zu nutzen war, der winzigste Vorsprung. Er setzte den Hammer von unten an und lernte, das Knie als Hebel einzusetzen. Er drückte den Hammer von oben in den Fels und lernte, sein Körpergewicht

115

zu nutzen. Er jagte den Meißel seitlich ins Gestein und begriff plötzlich, welche Spannkraft in einer Armbeuge wohnt, wenn man den Oberarm an den Körper preßt und den Druck abwinkelt. Er kniete am Stoß, den Spann des linken Fußes an den Boden gepreßt, er ließ den Hammer über den rechten Oberschenkel laufen. Dann wechselte er den Stützfuß, ruhte Fußgelenk und Schenkel aus, klemmte sich mit der Schulter hinter den Hammer. Er begriff die Mechanik seines Körpers, begriff den Wechsel von Ruhe und Anstrengung, den Austausch von Spannung und Reserve. Er verlagerte die Belastung systematisch und verausgabte sich nicht. Er ordnete sich einem Rhythmus ein, den er nicht erfunden hatte, der in ihm war, oder zwischen ihm und dem Berg und der Maschine.

Er arbeitete.

Hätte er sein Gesicht sehen können, er hätte ihm weder die Erregung geglaubt noch die Gelöstheit. Er hätte die Konzentration nicht geglaubt, die Spannung nicht, und schon gar nicht die Freude. Der Schweiß lief ihm übers Gesicht, der Hemdrücken war durchnäßt, er arbeitete, als könne er nie müde werden und als gäbe es keine Erschöpfung. Er fühlte sich imstande, den Berg zu besiegen, fertig zu werden mit dieser Arbeit und mit jeder; in der tiefsten Anspannung fühlte er sich entspannt.

Also arbeitete er. Und spürte den Berg nicht mehr und die Dunkelheit nicht und nicht die Einsamkeit. Er war ein Anderer. Die Fremdheit war in sich selbst zurückgefallen für diese Nacht, er war eins mit sich und den Dingen ringsum, er war er. Aber einmal hielt er inne, als er hinter sich jemand sprechen hörte.

Zwei- oder dreimal hatte er ihn gesehen im Revier, wußte zwar den Namen nicht, dachte aber gleich: Aljoscha. Das ist der, zu dem der Radiometrist hinwollte. Das ist er also, der von nebenan.

»Slusch«, sagte Aljoscha. »Prassnij, ich nix mehr Erz.« Die Uniformbluse stand ihm offen bis zum Gürtel, er kam hereingerutscht auf Christians Erzplatz und griente. Rundes Gesicht unterm Helm, unterm Rund der Kopflampe. Hinter sich zurrte er seinen Luftschlauch, den Hammer angeschlossen, der blaffte. Er zählte die leeren Erzkisten und griente noch immer. »Nu tak, wir zusammen, charascho?«

»Charascho«, sagte Christian.

Zum Wundern war nicht die Zeit.

Dann waren sie am Berg. Christian arbeitete über der Rolle, Aljoscha rechts neben ihm, drei Meter vielleicht, und immer aufwärts. Und wieder stieß der Meißel in den Berg, brach das Erz nieder, häufte sich. Manchmal arbeiteten sie einander zu, manchmal voneinander weg. Christian sah, daß Aljoscha schneller vorankam, daß sein Vorsprung zunahm, aber er gab nicht nach. Aus zwei Hämmern donnerte jetzt die Luft gegen den Berg, hallte wider in dem engen Überhauen und brach sich. Nichts war zu hören sonst und nichts zu verstehen. Die Luft dröhnte.

Dann zerrten sie Kisten heran und packten Erz. Christian sah die vollen Kisten neben den leeren, und plötzlich spürte er das Verlangen, den Stapel der vollen Kisten wachsen zu sehen. Er klopfte die Erzplane ab. Er ging wieder an den Berg.

Und entdeckte jetzt auch hier die Magie des Abnehmenden und Zunehmenden: er sah den Berg zurückweichen, der Erzhaufen wuchs. Ein freier Raum entstand, den es nie vorher gegeben hatte. Da hatten sie Höhlen gebaut als Kinder, und waren hineingekrochen, und hatten sich einen Platz geschaffen und ein Dach überm Kopf für ihre Spiele, die alle den größeren Spielen der Erwachsenen abgeguckt waren – so war das auch hier. Noch lagerte die Ader, aber Christian konnte den Raum schon sehen, wie er sein würde, wenn er sie bezwungen hätte. Und da kniete Aljoscha am Berg, und war nun einfach einer wie damals Pitt oder Hannes, als sie den Entdeckerspielen eine Unterkunft gemauert hatten. »Nu tak«, brüllte Aljoscha, und noch irgend etwas, dieses Wismut-Idiom aus Deutsch und Russisch und gutem Willen, aber

Christian verstand schon, nahm den Hammer auf die andere Seite, Aljoscha entgegen, und sie brachen den Brocken weg, der zwischen ihnen stand. Der kam, und wie sie das Erz packten und die Hämmer schwiegen, und Aljoscha, wie er grinste übers ganze Gesicht, da sang der doch was, etwa: Griuss zum chletzten Mal, so ein Liedchen, wie mit dem Fuchsschwanz zersägt, irgend so was sang er. So stießen sie vor, und die Hämmer donnerten wieder, und die Luft dröhnte, der Berg wich zurück.

Das muß man sich vorstellen: Seit Jahrmillionen lagert das Erz, unzugänglich, unnütz, und nun kamen sie und wußten damit umzugehen und ließen sich nicht aufhalten. Unerschlossen lag der Fels, unpersönlich, aber morgen würde es die rötliche Kalkspatdruse nicht mehr geben, oben, unter der Firste, und auch die beiden Bohrpfeifen nicht. Wieder ein Stück höher würden sie morgen sein, Masse in die Rolle scharren und die Strahlungsgrenze markieren, und würden ihre Leinwandplane ausbreiten und die Hämmer aufdonnern lassen, immer dem Erz nach. Bloß eins, dachte Christian, bloß etwas einfallen lassen müßte man sich, es muß doch auch einfacher gehen, und leichter, verdammt noch eins. Es muß doch etwas zu machen sein, das gibt's doch gar nicht, daß man eine Sache nicht einfacher machen kann. Bloß wie. Bloß wie, das ist immer die Frage.

Aber er sah nun, daß Aljoscha den Hammer abgesetzt hatte, daß er am Stoß saß und Zeichen gab. Er richtete sich auf. »Genug«, sagte Aljoscha. »Schluß, panimajesch?«

Auf Erzkisten saßen sie, Aljoscha hatte ein paar Stückchen »Prawda« und losen Machorka, sie drehten Zigaretten. »Katorij tschas?« fragte Christian. Aljoscha holte eine Kapseluhr aus der Tasche, es war eine halbe Stunde vor Schichtwechsel. Christian wollte das nicht glauben. Er schüttelte den Kopf, und dann schüttelte er die Uhr, aber sie ging. Aljoscha sagte: »Schlechte Arbeit – lange Schicht, gute Arbeit – kurze Schicht.«

Und auch der Radiometrist kam. Seinen Kasten hatte er unten in der Strecke stehen lassen, er brauchte ihn heute nicht mehr. »Na«, sagte er, »ihr Rekordhacker?« Er zählte die Erzkisten und sagte: »Das könnt ihr dann plumpsen hören, wenn Fischers Hermann der Stein vom Herzen fällt.« Es waren dreizehn Kisten, und zwölf Kisten waren es drüben auf Aljoschas altem Erzplatz gewesen, die hatte der Radiometrist schon abgeseilt. Er nahm die Hälfte von Aljoschas Zigarette und tat ein paar Züge.

Christian atmete tief, er saß zurückgelehnt, es war, als käme er von weit her. Der Berg wurde langsam wieder der Berg.

Dann seilten sie die Kisten ab und verluden sie auf zwei Hunte und einen Ketcher. »Macht mal«, sagte der Radiometrist, »wir sind die letzten.« Sie schoben die Strecke lang und am Bunker vorbei, bergab rollte es ein bißchen. Sie fanden aber doch noch einen Zug, der sie mitnahm.

Nun spürte Christian die Müdigkeit. Er war überwach, wie oft am Ende der Nachtschicht, gleichzeitig war er erschöpft und zerschlagen. Aber so müde wie an anderen Tagen war er nicht.

Sie kamen in den kalten Sog der einziehenden Wetter, dem Füllort zu. Die Strecke war versperrt. Sie koppelten ihre Hunte ab und warteten.

Und plötzlich dachte Christian: Großer Gott, was ist denn geschehen? Er sah auf einmal diese Schicht, wie sie vergangen war und was sie gebracht hatte, und er dachte: Wir haben fünfundzwanzig Kisten gemacht, gerade fünfundzwanzig, und ich habe mitgemacht, als sei das meine Sache. Aber was geht mich denn das alles an? Was geht mich die Wismut an, und dieser Drushwili, und dieser Fischer? Dieser Parteisekretär, der zu denen gehört, die mich nicht studieren lassen. Und Aljoscha, was geht mich das alles an, und warum hilft er diesem Fischer, und warum hat er mir geholfen? Mein Gott, dachte er, was ist denn über mich gekommen, daß ich

119

alles vergessen habe ... Er sah diese Schicht, und er sah, daß etwas geschehen war, in ihm, mit ihm – aber was? Er setzte die Füße schwer und schleppend. Er fand keine Antwort.

»Nu mach man«, sagte der Radiometrist. Die Strecke war frei. Sie schoben die Hunte ins Füllort.

Nein, dachte Christian. Nein.

4.

Der Winter stieg aus den Bergen herab, blies Schneewolken vor sich her, die schlitzten sich an den Bergzinnen die Bäuche. Verschüttete Straßen, verwehte Talschneisen. Tags schritt er klirrend über die Äcker, er wölbte den Himmel höher in den Sternnächten.

Im Lager Rabenberg war ein weiterer Trupp neuangeworbener Kumpel eingetroffen. Der Schacht 412 erfüllte wieder den Plan.

Christian Kleinschmidt und Peter Loose gehörten nun schon zu den Alteingesessenen. Die Neuen gackerten aufgeregt durchs Lager; im Schacht erkannte man sie von ferne an ihrem nagelneuen Aufputz, an ihrer Unbeholfenheit. Da kehrten Christian und Peter die Würde der alten Auskenner heraus.

Hermann Fischer hatte auf einmal Zeit. Da war der Plan gewesen, der nicht kam: jetzt kam er. Da waren Einsatzlisten und Unfallziffern, dreimal täglich geänderte Unabdingbarkeiten, waren Normen und Prämien und Fehlschichten und Saufereien. Da war die Stimmung im Lager: Duschanlagen, die kein Warmwasser hergaben, ein Großküchenchef, der Lebensmittel unterschlug, Schichtbusse, die immer wieder steckenblieben. Dagegen die Handvoll Genossen, die lächerlich kleine FDJ-Gruppe. Und da war eine Schlägerei der Baracke vier gegen die sechzehn, ausgetragen im Dorfgasthof »Gambrinus«, der Wirt klagte auf dreitausend Mark Schadenersatz.

Und war ein Mädchen eines Tages, das von einem spurlos verschwundenen Lokfahrer ein Kind bekam.

Auch anderes. Konterrevolutionäre Sprüche beispielsweise, nachts an Barackenwände geschmiert. Heckert, der FDJ-Sekretär, zusammengedroschen auf dem Weg vom Schacht zum Lager. Der ewige Kleinkrieg mit Drushwili, das ewige Palaver um Bohrkronen und fehlende Hunte und geklautes Holz.

Aber die Produktion lief. Stieg von neunzig Prozent auf fünfundneunzig und neunundneunzig und hunderteins. So um hundertfünf herum schaukelte sie sich schließlich ein. Freundliche Gesichter, wo man schon keine mehr erwartet hatte. Entspannung in der Atmosphäre. Dabei dieselben Schwierigkeiten wie immer, oder fast dieselben: mit dem Material, mit den Kumpels, mit der Abrechnung und der Planung. Aber der Erfolg spricht die Erfolgreichen frei; was immer Ursache gewesen war, war jetzt nur noch Begleiterscheinung, eine Frage der Zeit, man würde auch das schaffen. Und man gönnte sich eine Atempause, gestattete sich mal einen Blick zurück und einen voraus, und auch mal einen rechts und links vom Wege. Manches erledigte sich nun von selbst, weil nicht mehr von elf Seiten dran herum gefuhrwerkt wurde, von jeder Seite anders. Manches sah man klarer im Aufschauen. Vieles blieb, das der Anstrengung bedurfte, aber es hob sich nun deutlicher ab.

Hermann Fischer hatte auf einmal Zeit.

5.

Er saß in der Fahrerkabine eines Molotow-Kippers. Knapp hinterm Zechenplatz war der ihm übern Weg gekommen. Er kannte viele von den Fahrern, und fast alle nahmen ihn mit, wenn er winkte. Der hier hieß Titte Klammergass. So saublöde Namen legten sich die Kerle zu.

Er fuhr nach Hause.

Vier Wochen hatte er im Lager kampiert, und waren doch bloß acht, neun Kilometer zur Siedlung hinauf, vom Lager zum Wolfswinkel, den Rabenberg runter und das Tal lang und drüben den Berg wieder hoch. Aber man denkt immer, es geht nicht. Man traut sich nicht weg vom Schuß, weil man nie sicher ist, ob nicht gerade in dem Augenblick der Teufel losgeht, wo man mal den Rücken wendet. Und überhaupt: Hermann Fischer hatte zu lange in Lagern gelebt, in solchen und solchen. Es litt ihn nicht in dem Siedlungshäuschen, das die Partei ihm zur Verfügung gestellt hatte. Wo die Geräusche der anderen fehlten hinter dünnen Bretterwänden, der Männergeruch, wo die Gemeinschaft fehlte und die Unruhe und die Spannung und auch die Gefahr.

Aber heute fuhr er nach Hause.

Ruth würde warten.

Und draußen der Schnee, über einen Meter hatte es gesetzt, zwei hatten Schneepflug und Fräse getürmt am Straßenrand. Da konnte man gerade noch drüberhinsehen von der Kabine aus, und manchmal auch nicht. Schmale Gänge, zu den Häusern geschaufelt, die steckten fest bis über die Fenster. Und immer die Bermsthaler Dorfstraße lang. Erst das Oberdorf, das lag tot. Da wohnte kaum noch jemand. Dann das Niederdorf. Mit der Kirche und dem evakuierten Friedhof. Mit Bahnhof und Papierfabrik und zwei Kneipen. Ziemlich verwinkelt alles. Bloß den Schornstein konnte man übers ganze Tal hin sehen, beinahe von jedem Punkt aus.

Und Ruth würde warten. Er hatte sie gestern angerufen, hatte sie freilich nicht selber sprechen können, es gab kein Telefon in ihrer Maschinenhalle. Aber man hatte es ihr ausrichten lassen. Sicher hatte sie nun schon die Pellkartoffeln auf dem Herd, die aß er gern, das wußte sie. Hat's Erdäppel un Brot, solang hat's a kaa Not. Was das Mädel halt so wußte von ihm. Und das war nicht so besonders viel. Aber wie, wenn er nie da war? Und das, solang sie denken kann ...

Aber immer noch die Papierfabrik. Hallen, Holzplätze, Transportanlagen, Kesselhäuser. Gott ja, ein ganz ordentlicher Betrieb. Mit eigenem Kraftwerk und eigenen Bahnanschlüssen, dicht an der Straße. Und wenn die Waggons offen standen, konnte man auf den Papierrollen die Exportzettel lesen: Holland, Belgien, Ungarn, Rumänien, Indien. Da gingen sie hin.

Aber wie, wenn er nie da war?

Es war ein Leben im Trab gewesen, immer auf ein Ziel hin, das rückte weiter. Und das Fortmüssen war immer hinter ihm her.

Schon als Kind. Da hatte er fortgemußt, Achtzehn das erste Mal, im letzten Kriegsjahr war der Vater gefallen, und Mutter hatte die Wohnung nicht halten können allein, Hermann war damals fünfzehn. So waren sie aufs Land gezogen, zu den Großeltern, bis zweiundzwanzig. Dann hatten sie auch da wieder fortgemußt. Wegen der Schande diesmal, denn Mutter bekam wieder ein Kind, und keinen Mann dazu und eine Frau von vierzig, ich bitt' euch, was sollen denn die Leute sagen … Der Großvater war weiß Gott nicht so, sagte er, aber das war ihm zu viel. So zogen sie nach Zwickau, die Mutter hielt sich mit Heimarbeit über Wasser und Hermann, da er nichts gelernt hatte außer dem bißchen Landwirtschaft, mit Gelegenheitsarbeiten. Aber es war alles so eng, alles so erdrückend, da ging er auf die Walz. Er kam nach Leipzig und nach Halle, nach Magdeburg und Hannover, überall war Inflation. Er ging ins Ruhrgebiet, da waren die Franzosen und schon gar keine Arbeit; er ging nach Frankfurt, Hanau, Würzburg, Bamberg, und über Hof und Plauen kam er zurück; allerdings ging er mehr über die Dörfer als in die Städte, arbeitete bei Bauern, und als er wieder nach Zwickau kam, war er zweiundzwanzig. Arbeit fand er in einer Maschinenfabrik, aber als er einen Streik mitorganisiert hatte, mußte er wieder fort. Er ging nach Oelsnitz, wurde Bergarbeiter, wie sein Vater gewesen war. Er wurde Mitglied der KPD. Achtundzwan-

123

zig heiratete er Anna Röder, auch sie Tochter eines Bergarbeiters, einunddreißig wurde Ruth geboren. Aber zwischendurch mußten sie wieder fort, wieder nach einem Streik, man
kündigte ihnen die Gemeindewohnung. So gingen sie nach
Zwickau zurück. Und dann kam das Jahr dreiunddreißig. Er
war seit zwei Jahren arbeitslos.

Sie holten ihn gleich am Anfang, und er kannte sie alle: den
Fleischergesellen Oehmichen, den Steiger Sachsenweger; der
Junghäuer Kimpel hatte vor Wochen noch mit ihm an der gleichen Stempelstelle gestanden; den Lehrer Neumark, den Stra-
ßenarbeiter Jobst, den Gastwirtssohn Axmann, der spielte
den Sturmführer. Hermann kam auf die Festung Sachsenburg,
zwei Jahre lang. Fünfunddreißig ließen sie ihn frei.

Da war Ruth schon vier Jahre alt, und Anna war schmal
geworden und blaß, und gealtert war sie sehr. Er sah: In ihr
fraß etwas, das war stärker als sie, das höhlte sie ganz aus.
Neun und zehn Stunden Arbeit täglich in der Weberei, und
sie wußte nie, was mit dem Kind war indessen, denn sie hatte
keinen gehabt, bei dem sie Ruth hätte lassen können.

Nun er wieder da war, wurde sie ein bißchen ruhiger. Aber
er sah: Es war nur das Äußere, das er berührte. Die Angst
saß tiefer, wirklich helfen konnte er nicht. Und das Lager
verfolgte ihn überallhin. Auf der Grube gaben sie ihm die
schlechtesten Arbeiten, die Kumpel gingen ihm aus dem
Weg, auch die Hausleute. Aber wo war die Partei? Er traf
manchmal einen Genossen, aber es war, als verkröche jeder
sich in sich selbst. Er kannte die Gesetze der Illegalität – aber
daß nicht einer einen Blick für ihn hatte … Vier Jahre lebte
er so, immer an der Grenze seiner Kraft, von allem ausgeschlossen.

Neununddreißig verhafteten sie ihn erneut. Es war eine
Verhaftungswelle aus Routine. Und erst in Buchenwald erfuhr er, warum die Genossen ihn gemieden hatten. Weil sie
dich doch so schnell wieder herausgelassen hatten. Und wir
waren gewarnt worden vor dir, ein Spitzel, so hieß es.

Das sagte ihm Paul Vogt, ein Genosse aus Zwickau, und im Lager noch suchten sie herauszufinden, von wem die Verleumdung gekommen war. Aber Paul Vogt wurde im Steinbruch von der SS erschossen. Von den anderen aus der Zwikkauer Gegend, die Hermann im Lager traf, wußte keiner etwas.

Am Leben blieb er wie durch ein Wunder.

Im Herbst vierundvierzig kam die Nachricht von Annas Tod. Die Angst in ihr hatte auf einmal einen Namen. Tuberkulose. Und die Angst in ihm, die er vor allen verborgen hatte in übermenschlicher Anstrengung, jahrelang, sie brach nun ins Leere und zerbrach etwas in ihm: dieser Tod traf ihn, als er schon wieder zu hoffen begonnen hatte. Und wo Ruth war, und ob sie lebte, das wußte er nicht. Lauter nadelfeine Löcher bohrt der Schmerz. Das Haar ergraut über Nacht. Er wehrte sich nicht mehr.

Immer wieder hat er sie so vor sich gesehen, damals. Immer wieder, wie er sie das erste Mal gesehen hat. Bei dem großen Grubenunglück, achtundzwanzig, als ihr Vater nicht wiedergekommen war aus dem Schacht. Wie sie vor dem Zechentor stand, inmitten der Frauen, das Kopftuch über der Haarsträhne, die dunkel war, so hatte sie dagestanden, still, schmal, zerbrechlich. Etwas, das man beschützen möchte und behüten sein ganzes Leben lang. Immer wieder sah er sie so …

Daß er dennoch überstand, hat nichts mehr zu tun mit der Kraft und dem Widerstand, wie sie ein Mann aufbringen kann, allein und aus sich. Damals kämpften die Genossen um seinen Lebenswillen. Das illegale Lagerkomitee beauftragte ihn, eine wichtige Verbindung wiederherzustellen, die abgebrochen war. Das war lebenswichtig für viele; es konnte tödlich sein für diesen einzelnen. Aber die Verantwortung rettete ihm das Leben, der Kampf, die Kraft der Aufgabe …

Er sah aus dem Fenster. Die Papierfabrik lag nun weit im Tal, der Schornstein unter ihm, links der Hochwald. Schneefall setzte ein. Es war alles so weiß und so weit. Es war alles so lange her.

Im Mai fünfundvierzig, als er aus dem Lager gekommen war und Ruth gefunden hatte bei Ella Vogt, der Frau des ermordeten Paul Vogt, da hatte er sich geschworen: Jetzt fängt ein anderes Leben an. Und was du Anna schuldig bleiben mußtest, jetzt machst du es gut an dem Kind.

Aber die Partei sagte: Wir müssen die Kohlenschächte wieder in Gang bringen. Also ging er hin und brachte sie in Gang.

Ruth war fünfzehn. Sie waren in eine Wohnung gezogen, die einem getürmten Nazi gehört hatte. Es wohnte noch eine Umsiedlerfamilie aus Masuren in der Wohnung, eine uralte Großmutter mit zwei Enkeln, deren Mutter auf der Grube arbeitete und alle vier ernährte, der Mann war vermißt. Die Kinder tobten den ganzen Tag durch die Zimmer, Respekt hatten sie nur vor Hermann. Aber wenn er vom Schacht nach Hause kam, war immer schon alles getan, was zu tun war. Ruth war es gewohnt, für sich selbst zu sorgen und für andere. Sie ging ihre eigenen Wege. Hermann wurde lange Zeit nicht damit fertig. Einmal, da war sie gerade sechzehn, sah er sie im Hausflur mit einem Burschen. Er sagte nichts. Aber als sie einmal amerikanisches Milchpulver und Büchsenfett vom schwarzen Markt brachte, für die Kinder, da rutschte ihm die Hand aus. Seine Tochter und krumme Geschäfte! Damals hatte sie ihn angesehen mit einem Blick, den er bis heute nicht vergessen konnte. Geschlagen worden war sie nie. Der Riß, der damals entstanden war, heilte nur langsam. Hermann hätte sich die Hand abhauen mögen.

Dann sagte die Partei: Wir brauchen dich im Erzbergbau. Also ging er zur Wismut. Ein Vierteljahr später, als er das Häuschen bekam, ließ er Ruth nachkommen. Er riet ihr, Russisch zu lernen und als Dolmetscherin zu ihnen zu kommen. Ein Kulturhaus wurde eingerichtet, und er riet ihr, eine Schule für Bibliothekare zu besuchen. Die HO-Wismut führte Kurzlehrgänge für Verkaufsstellenleiter durch, und er riet ihr, daran teilzunehmen. Sie sagte zu allem nicht ja und nicht nein. Aber eines Tages sagte sie: Ich fange in der Papierfabrik an.

Was sie ausgerechnet dort verloren hatte, bei der schweren und schlechtbezahlten Arbeit, das wollte Hermann nicht in den Kopf. Er wußte nur, daß die Papierfabrik noch schlechter mit den Arbeitskräften dran war als die Wismut. Und wo Leute fehlen, wo keiner mehr den nächsthöheren Arbeitsplatz belauert, gerät die ganze uralte Betriebshierarchie durcheinander. Aber war das ein Grund? Obschon er sich's nicht eingestand und obwohl er sich wehrte: auch Hermann Fischer hatte angefangen, in den Begriffen der Wismut zu denken. Ich bin Bergmann, wer ist mehr, und was gibt es Wichtigeres auf der Welt als den Erzbergbau? Dagegen ist alles andere zweitrangig ...

»Na, Chef«, sagte der Fahrer.

Der Wagen hielt.

Da stand das Haus, da war der schmale Pfad zur Haustür, ein bißchen vom Neuschnee verweht. Hermann Fischer stieg aus.

Auf dem Schornstein war kein Rauch. Die Haustür war verschlossen. Hermann suchte den Schlüssel. Hinter sich hörte er den Motor aufbrummen, der Kipper zog weiter den Berg hinan.

Die Joppe hängte Hermann an einen Haken im Flur. Er spürte den Geruch von frischen Fichtenzweigen. Als er die Wohnküche betrat, sah er den Strauß in der Vase. Er sah auch, daß der Fußboden frisch gescheuert war.

Eine Weile suchte er nach einer Nachricht, wie Ruth sie manchmal hinterlegte, wenn sie noch eine Besorgung zu machen hatte. Aber er fand nichts.

Er war auf einmal sehr allein.

6.

Sie stand am Eingang des Speisesaales, dort standen viele: rauchten, redeten, warteten. Drin waren die Tische abgeräumt, das Rednerpult war aufgebaut, der Präsidiumstisch mit rotem Tuch bespannt. Auf der schwarzen Tafel neben der Essenausgabe stand: Donnerstag Erbsen, Freitag Nudeln, Sonnabend 15 Uhr Versammlung.

Aber es hatte noch nicht angefangen.

Der vorn verlangte schon zum zweitenmal: »Kollegen, ich bitte euch, Platz zu nehmen.« Ein junger Mann, betontes Hochdeutsch, eine Hand in der Hosentasche. Da aber noch niemand am Präsidiumstisch saß, ließ man sich Zeit. Übrigens: wer war der da eigentlich? Ruth fragte den Maschinenführer Dörner, aber der wußte nichts. Auch Hahner, ihr erster Gehilfe, hatte keine Ahnung.

Nur der Herr Zebaoth wußte Bescheid. Der Herr Zebaoth hörte nämlich das Gras wachsen, das war bekannt. »Das ist der neue Personalchef«, sagte der Herr Zebaoth. »Nickel heißt er, so ein Icke, könnte mein Enkel sein, wenn's damals geklappt hätte.«

Soviel sah auch Ruth: der da war wirklich ein bißchen jung für einen Personalleiter.

Aber der Saal füllte sich. Ruth setzte sich nach vorn, neben den kleinen Beimler aus dem Labor. Am Präsidiumstisch erschien zuerst der Betriebsleiter Kautsky. Nach ihm der BGL-Vorsitzende, dann kam der FDJ-Sekretär, kam Gewerkschafts-Traugott von der AGL, kam der Oberwerkführer Oswald, kamen noch ein paar, und zuletzt kam der Produktionsleiter Jungandres. Der hängte seinen Spazierstock an die Stuhllehne, und jeder wußte nun: es geht los. Die Zeremonie war immer die gleiche: Das Präsidium wurde eingerahmt von Kautsky, der kam zuerst, und Jungandres, der kam zuletzt. Was dazwischen kam, war austauschbar und nicht so wichtig.

Und immer sprach zuerst der BGL-Vorsitzende. Jeder kannte den Text. Die gegenwärtige Lage, unsere Werktätigen, die imperialistischen Kriegstreiber.

Das Wort hat nun der Genosse ...

Der Genosse Kautsky. Er sprach gut. Jeder im Saal wußte, wie es im Betrieb aussah, und jeder fand: der Betriebsleiter nennt die Dinge beim Namen, er beschönigt nichts. Fünf Papiermaschinen gab es im Betrieb, eine davon war fast immer abgestellt. Einmal aus Rohstoffmangel, Zellulose fehlte, Kaolin, Trockenfilze, Ersatzteile. Ein andermal aus Mangel an Arbeitskräften. Die verdienten ohnehin wenig, aber wenn eine Maschine abgestellt werden mußte, verdienten sie noch weniger, Ausfallzeit, Aushilfsarbeiten, Holz entladen und kleine Flickreparaturen, da kündigte der eine, kündigte der andere. Wenn dann die Rohstoffe kamen, fehlten die Arbeiter. Auch Ruth fand: Der Genosse Kautsky sagt es, wie es ist.

Nickel saß etwas verdeckt von Jungandres, er dachte: Der malt ganz schön schwarz. Natürlich, rosig war die Lage nicht. Sowenig er vorerst wußte von diesem Betrieb – die Fluktuation jedenfalls war beängstigend, das wußte er. Aber wem nützt es, wenn man den Arbeitern Schwierigkeiten predigt? Mitreißen muß man sie. Man muß sie beflügeln für die große Sache.

Wieder sprach der BGL-Vorsitzende. Nach der Einleitung ließ er die Katze aus dem Sack. Auch das wußte jeder; alle kannten den Sack, und alle kannten die Katze, und immer war es der BGL-Vorsitzende, der sie herauslassen mußte. Zellulose war eingetroffen, Planrückstände mußten aufgeholt werden, Arbeitskräfte fehlten – für jeden Eingeweihten hieß das: Überstunden. Die aber waren ohnehin an der Tagesordnung, auch bei normaler Arbeitswoche. Acht Stunden hat die Schicht, und die Woche hat sechs Arbeitstage, das macht achtundvierzig Stunden. Jeden Sonntag aber, wenn die Maschinen alle abgestellt wurden, mußten die turnusmäßigen Reparaturen durchgeführt werden. Dazu brauchte es jeweils

129

zwei Schichtbesatzungen, die reparierten dann von sechs Uhr morgens bis zum Mittag. So kam es, daß jeder im Monat mindestens achtzehn Überstunden hatte und manchmal vierundzwanzig und normalerweise nur einen freien Sonntag, nämlich den nach der Nachtschicht, und wenn er Glück hatte, wurden es manchmal zwei, wenn er aber Pech hatte, steckte er jeden Sonntag im Werk.

Der Herr Zebaoth meldete sich zuerst. »So«, sagte der Herr Zebaoth. Und wie er aus der Rede des Herrn BGL-Vorsitzenden entnommen habe, sei es also die Schuld der Maschinenarbeiter, wenn der Plan nicht erfüllt werde, und folglich müßten die Maschinenarbeiter mit ihren Überstunden dafür aufkommen. »Ist das so?« fragte der Herr Zebaoth. Der Betriebsleiter lächelte, denn der Herr Zebaoth galt als ein bißchen verdreht, und mit einer Sekte hielt er es auch, und der BGL-Vorsitzende sagte: »Du siehst das falsch, Ott.« Aber von hinten brüllte jemand »ausreden lassen!«, und in der Mitte sagten sie »richtig« und »weiterreden«, und auch weiter vorn wurde gemurmelt, bloß konnte man's nicht recht verstehen. Da redete der Herr Zebaoth jedenfalls weiter.

»Alsdann«, sagte er, »es soll sich bloß niemand einbilden, daß gewisse Leute die Hose mit der Beißzange anziehen.« Und fragte nun in den Saal hinein: »Wer ist zuständig, daß genügend Rohstoff da ist? Die im Büro. Wenn keiner da ist, fehlt denen dann was in der Lohntüte? Kein Dreier fehlt ihnen. Auch dem Herrn BGL-Vorsitzenden, dem fehlt nichts. Bloß dem Arbeiter, dem wird's abgezogen. Und wenn dann der Plan nicht kommt, wer muß die Überstunden machen? Etwa die im Büro? Oder vielleicht der Herr BGL-Vorsitzende? Das weiß man schon, wer die Überstunden machen muß, nämlich: wieder der Arbeiter. Das war früher so, und heute ist es genauso: Der Arbeiter ist immer der Dumme. Bloß früher, da hatten wir halb so viel Büroleute herumsitzen, aber Material war immer da, und die Arbeit hat geklappt.

130

Aber heute, da stehen die sich gegenseitig im Wege 'rum, und wenn du hinkommst, da machen sie dich mit Redensarten besoffen, und ändern tut sich nichts. Da kannst du genausogut gegen die Wand reden!«

Gemurmelte Zustimmung vorn, lautere in der Mitte, ganz hinten Zwischenrufe.

Aber auch das war jedesmal dasselbe. Die Versammlung ging drüber hin, sie hatte ihre regulierte Mechanik, da war auch ein Ventil eingebaut, das hieß diesmal Herr Zebaoth und hieß andermal anders, eine gute Erfindung, so ein Ventil verhütet das Schlimmere. Und der Dampf war nun abgelassen, es puffte noch ein bißchen und zischte, es ging weiter. Ruth, als sie das zum erstenmal erlebte, hatte aufgeregt ihren ersten Gehilfen gefragt, Hahner, der neben ihr saß: »Aber er hat doch recht. Das können die doch nicht so hingehen lassen. Dazu müssen sie doch was sagen!« Aber Siggi Hahner hatte bloß gelachelt. Denn, soviel weiß man schließlich, es kommt nicht darauf an, was einer sagt, wichtig ist bloß, wer es sagt. Einer, hinter dem nichts steht, der kann viel reden.

Es ging also weiter. Meist ging es mit dem Dr. Jungandres weiter, falls nicht einer von den Scharfen dazwischenschoß, der Kollege sieht das nicht richtig, ideologische Unklarheiten, Sprache des Klassenfeindes und so, aber es schoß keiner dazwischen, und überhaupt: die Scharfen waren hier seltener als anderswo. Also, der Dr. Jungandres war an der Reihe. Stand auch schon am Rednerpult, oder nein, der ging ja nicht dorthin, der sprach immer von seinem Platz aus. Und es kam nun die Sache mit den objektiven Schwierigkeiten. Nämlich: an den Kollegen in der Verwaltung lag es nicht. Vielmehr daran, daß etwas, was einfach knapp war, einfach unzureichend vorkam, etwas anderem gegenüberstand, das darauf keine Rücksicht nahm. Wobei zweiteres, wie jeder zugeben wird, nirgends anders herkommen kann als aus ersterem, sich also einrichten müßte auf dessen unzureichendes Vorkommen, oder wenigstens, um nichts Falsches zu sagen, seine unregelmäßige Anlieferung. Sagte der Dr. Jungandres. Wenn er mittlerer Laune war. War er besserer Laune, dann konnte er freilich auch anders. Konnte zum Beispiel sagen: Also, die Zellulose aus Finnland ischt nit aingetroffe, das liescht an der Unzuverlässischkait der Kapitalischte. Und der Holzschtoff aus der Sowschetunion ischt auch nit aingetroffe, das liescht an der Unzuverlässischkait der Deutsche Raichsbahn. Was wa da mache? Da mache wa aine klaine Produkschonspause. Das hole wa schpäter scho wieder auf, wa habe ja de Überschtunde glaich mit aingeplant.

So krauses Zeug konnte der alte Schwabe von sich geben, wenn er besserer Laune war. Und wenn er besonders guter Laune war, dann konnte er noch ganz anders. Aber so besonders guter Laune war er heute nicht. Heute sagte er nur, daß wieder ein paar Überstunden fällig wären, und wenn jeder zweimal zwölf statt acht Stunden Schicht machen würde, dann könnte man Sonntag durcharbeiten.

Dann setzte sich der Dr. Jungandres, und es begannen die üblichen Debatten.

Die gingen immer so, daß jeder sagen konnte, wie sehr ihm diese ganze Wirtschafterei zum Halse heraushänge, und daß er dagegen sei, und daß diejenigen, die den Plan machen, gefälligst auch für Material sorgen sollten, und wenn es nach ihm ginge, und manche Leute am grünen Tisch, die mit dem weichen Sessel unterm Arsch, wo sie dran festgewachsen sind, und das müsse ja mal gesagt werden, und er jedenfalls mache das nicht mehr lange mit, und so weiter. So ging das immer. Und dann wurde abgestimmt. Und da waren dann alle dafür, einstimmig.

Aber heute ging es anders. Und das überraschte alle sehr.

Sie hatte sich die Sache lange überlegt, Ruth Fischer, aber daß sie heute sprechen würde, hatte sie vor der Versammlung noch nicht gewußt. Im Gegenteil, sie war eigentlich die ganze Zeit fest überzeugt gewesen, daß sie nicht sprechen würde. Es lag an der Versammlung selbst, wenn sie nun sprach. Dabei wußte sie gar nicht recht, womit sie anfangen sollte – es war bloß dieser Gedanke, der ihr seit Wochen im Kopf herumging und über den sie nie vorher mit jemandem gesprochen hatte; mit wem auch ...

Als sie aufstand, waren die Leute alle mit einemmal weg. Der Saal war riesig und leer, irgendeine besondere Stille war da, und weit weg ein Murren und Füßescharren, sie war genau dazwischen. Vorn der Präsidiumstisch kam näher und entfernte sich, so unscharf alles, sie hörte kaum ihre Stimme. Sie sah nur, wie der Dr. Jungandres sich vorbeugte und ihr zunickte.

Die gleichen Gesichter immer, die gleichen Reden, immer die gleichen Beschlüsse, und immer Männer, die da redeten, redeten, als ob es nur das wäre. Und die an den Maschinen standen, Männer, die alle Plätze innehatten, Männer, die zur Wismut gingen, wenn's schwierig wurde, Männer, die dann fehlten an den Maschinen – aber was ist denn das für ein Betrieb, für eine Angelegenheit: eure? Ja, seht euch um in dem Saal, als ob's das erste Mal wär, als ob's nie einer gesehen hätte, als ob's nicht vor der Nase läge Tag für Tag. Frauen, überall Frauen, mehr als die Hälfte, aber keine, die je etwas gesagt hätte, keiner, der sie je gefragt hätte, und keine, die einen der Maschinenplätze innehätte, der besser bezahlten, der fehlenden Plätze, der leeren Plätze, um die es hier geht. Wenn die Männer fehlen an den Maschinen, warum lernt ihr nicht Frauen an? Sie sind da, sie gehen nicht zur Wismut, was sollten sie auch dort. Weil sie nicht wollen – aber ihr habt sie nie gefragt, weil sie nicht können – aber ihr habt es nie versucht, weil es immer so war – aber es muß so nicht bleiben; warum? Was ihr an Mehrarbeit habt, sie haben es auch: im Papiersaal, am Querschneider, im Lager, im Labor, als Fahrstuhlführerin, überall, wo sie sind. Oder ist es nur, weil ihr nie daran gedacht habt? Weil ihr geglaubt habt, sie schaffen es nicht, sie wollen es nicht, man kann es ihnen nicht zumuten? Oder ist es vielleicht nur, weil ihr unter euch bleiben wollt?

133

Einen Grund, irgendeinen, wenn ihr ihn nennen wollt, denn das ist eine Frage – mehr nicht, aber ein Grund muß es schon sein, der sich mit Händen greifen läßt, der nicht zwischen den Fingern verrinnt – warum?

So – oder fast so: sie wußte es später nicht. Sie konnte es nur ermessen an dem Lärm, der nun losbrach.

Er kam auf sie zu und brach über sie herein und drückte sie auf den Stuhl nieder, ganz klein, da vermochte sie nicht mehr zu unterscheiden, aber es waren nicht nur Männerstimmen, die durcheinanderstritten, es waren alle. Ganz nah nur, um sie herum, war es still, aber sie sah auch neben sich keinen; sah nur plötzlich, daß sie ihr Taschentuch in der Faust preßte, sie hatte es wohl die ganze Zeit in der Hand gehabt. Einzelne Stimmen prallten heran, dasmüßtemeinesein, kamen von weit her und männlich, derfehltbloßeinkerlinsbett, kamen weiblich und nah, diekannjaandiemaschinegehnwennsiewillwirnicht, und schwirrten ineinander und brachen herein: Rotznase die, Großgusche die, oh du armes Deutschland, und das gab's nie aber das kommt davon und ich hab's ja gesagt o Gott. Da blieb keiner was schuldig, und da fehlte rein gar nichts und höchstens einer, der sich nicht auf den Zeh getreten gefühlt hätte, der fehlte.

Aber da stand Jungandres auf. Und es wurde nun still. Und wenn man einen gefragt hätte, vielleicht hätte der auch gesagt: Der hat so was an sich, das sieht man gleich, der wird ihr schon Bescheid stoßen, von wegen. Dem kann keiner was vormachen und der weiß was los ist und dumm kommen läßt der sich schon gar nicht. Als aber Ruhe war, setzte sich der Dr. Jungandres wieder.

Und es stand einer vorn, so ein Bürschlein, ja was war denn das für einer? Hat der etwa auch was zu sagen? Wer ist das, der neue Personalleiter ist das? Also das wird ja immer schöner. Da können die einem ja auch gleich einen Schulbuben vor die Nase setzen. Und wie der das Maul vollnimmt! Mal überlegen sollen wir und die Kollegin hätte ganz recht und hast

134

du da noch Töne? Da soll einen doch gleich der Blitz beim Scheißen treffen? So ein Rotzlöffel, so ein dahergelaufener! So ein Lauser! Und der Dr. Jungandres, der läßt den reden! Die stecken ja alle unter einer Decke, stecken die! Da sollen sie doch ihren Dreck selber machen! Wir kommen auch woanders unter, das sollen die sich mal merken!

Aber zu ihr kam alles wie durch eine Wand.

Jemand sprach. Wurde niedergeschrien. Überall standen sie auf und fuchtelten wild durcheinander. Viele gingen zum Ausgang. Der BGL-Vorsitzende lief zur Tür. Aber er konnte keinen zurückhalten. Der Personalleiter stand hilflos am Pult. Niemand kümmerte sich um ihn. Keiner hörte ihm mehr zu. Kautsky gestikulierte auf Jungandres ein. Der zündete sich ruhig seine Zigarre an. Der FDJ-Sekretär rannte hinter seiner Jugendgruppe her. Alles war auf der Flucht.

Ruth saß bis zuletzt, allein, sie begriff nicht. Was war geschehen?

Und hatte es doch gewußt … Immer, wenn die Frauen für sich selbst sprachen, wenn die Jungen ihren eigenen Weg gehen wollten, wenn sie, nicht einmal gegen die Männer und die Alten, sondern mit ihnen, neben ihnen, aber gleichberechtigt ihr Leben leben wollten, immer dann brach alle Zwietracht auf. Wenn sie aus der Bevormundung ausbrechen wollten, immer dann. Und wenn sie ihren Anspruch gelten machten, sie selbst zu sein.

An der Tür stand noch der neue Personalleiter, er sah herüber. Der FDJ-Sekretär kam. »Du hättest das vorher mit uns besprechen müssen. Und mit der Partei. Da hast du uns ja was Schönes eingebrockt. Immer diese Eigenmächtigkeiten, diese gottverdammte Überheblichkeit. Darüber reden wir noch!« Sie knüllte ihr Taschentuch in der Hand. Sie hörte gar nicht zu.

Als alle fort waren, kam Jungandres. Er legte die Hand auf ihre Schulter und sagte: »Irgendwann mußte das ja mal kommen. Reiner Zufall, daß du es warst. Also mach dir nichts draus ...«

Aber sie hörte ihn nicht.

Nickel ging nach der Versammlung gleich heim, das war: möbliertes Zimmer bei den Zellners, in das er eingewiesen war. Er war noch nicht recht heimisch bei diesen Leuten, schon gar nicht im Betrieb – aber was sind auch drei Tage. Daß er heute gesprochen hatte, das war ein Anfang.

Er hatte auf den Zellner gewartet nach der Versammlung, aber er hatte ihn nirgends finden können. Da war er allein gegangen. Er hatte keine rechte Vorstellung, was für Leute das eigentlich waren, Zellner und seine kranke Frau; auch nicht, was das für eine Krankheit war, derentwegen sie niederlag seit Jahren. Die Tochter hatte ihm das gleich am ersten Tag gesagt. Sie war überhaupt die einzige, die richtig mit ihm sprach. Ingrid hieß sie, sie war Kellnerin irgendwo im Dorf, vielleicht, daß es deshalb war.

Er ging die Dorfstraße entlang, und er erinnerte diesen Tag als den besten, seit er hier war. Die Versammlung war wichtig gewesen für ihn, er war entschlossen gewesen, sie zu nutzen. Irgend etwas, hatte er sich gesagt, mußt du sagen. Und hatte dann doch wieder nicht den Mut gehabt; was hätte er auch sagen sollen. Er verstand nichts von dieser Arbeit. Nach drei Tagen war er draußen, wie einer nur draußen sein kann. Es war alles viel größer, als er gedacht hatte, viel zugeschlossener. Die Parteigruppe winzig und kaum auffindbar. Der Betriebsrat wie zugeknöpft – Kautsky ein freundlicher Bürokrat, und erst dieser Dr. Jungandres! Der hatte ihn gleich am ersten Tag durch den Betrieb geführt, und natürlich nach fünf Minuten herausgefunden, daß Nickel keine Ahnung hatte, woraus Papier gemacht wurde und womit. Da hatte der Jungandres Nickel ins Personalbüro gebracht, hatte ihn seiner künftigen Sekretärin vorgestellt – auch die von einem anderen Stern: Er hatte immer das Gefühl, daß irgend etwas nicht in Ordnung wäre an ihm. – Aber nun war es ja doch gegangen. Diese Versammlung, dachte er, das war der Anfang. Und was er gesagt hatte, war das einzig Richtige gewesen in dieser Lage.

Die Straße war verschlammt, Erzkipper wühlten Dreck auf. Er müßte sich Gummistiefel besorgen, die trug hier jeder. Er dachte: Diese junge Kollegin; man muß sich mal kümmern, was sie so macht. Er nahm sich vor, gleich morgen ihre Personalakte herauszusuchen. Er hätte sich auch sonst wenig vornehmen können. Dann fiel ihm ein, daß morgen Sonntag war. Die Tage vergingen – wenn er das Werk verließ, wußte er nie recht, was er eigentlich getan hatte. Heute zum Beispiel eine Neueinstellung und ein Antwortbrief an das Arbeitsamt, das war alles.

Als Nickel bei den Zellners ankam, war der Alte noch nicht da. Die Tochter kam ihm im Mantel entgegen, sie mußte auf ihre Kellnerstelle, sie arbeitete wohl immer abends. Er ging in sein Zimmer, Zimmerchen, er wußte nicht recht, was er mit sich anfangen sollte. Von der Frau Zellner borgte er sich eine Zeitung aus, die blätterte er durch, aber das interessierte ihn alles nicht besonders. Er nahm Papier und Füllhalter und begann, einen Brief zu schreiben an seine Mutter. Aber auch das ging nicht richtig voran.

Draußen wurde es nun schon dunkel, er schaltete das Licht ein. Es war eine Fünfzehn-Watt-Birne, man konnte sich die Augen verderben. Das Zimmer war kärglich und trübselig bei diesem Licht. Bett, Kommode, Waschtisch, ein Kleiderhaken. Und der Tisch, der mit einem Bein in einem Aschenbecher stand, weil der Fußboden uneben war.

Er konnte höchstens ins Kino gehen. Unterwegs hatte er den Aushang gesehen an der Wismut-Küche: Heute Film. »Der Weg ins Leben« – er kannte ihn schon, hatte ihn in Berlin gesehen und das Buch gelesen; es war aber besser als gar nichts.

Er machte sich ein Brot zurecht und trank kalten Pfefferminztee, der war noch von morgens übrig. Er fand auch noch ein paar Zigaretten. Er ging los, und er dachte, daß dies nun sein Leben war hier, irgendwie lebte es sich hin. Er war aber nicht mehr gar so hilflos und verzagt wie am ersten Tag, obschon es kaum Aussicht gab und wenig Sinn. Irgendwie, dachte er, wird sich schon noch was finden. Natürlich ist es zuerst überall so, aber das gibt sich schon noch. Bloß diese Abende, dachte er, die schon nachmittags anfangen, die sind schlimm.

VI. Kapitel

1.

Sie hatten vereinbart, sich in der Redaktion der »Zeitbühne«
zu treffen. Irene Hollenkamp hatte noch nie eine Redaktion
gesehen. Sie stellte sich ein großes Haus vor, sehr viel Technik, Rohrpost und Fernschreiber und allerlei Maschinen,
dazwischen Männer mit aufgerollten Hemdärmeln und her-
abgezerrten Schlipsen, eilig diktierende Redakteure mit Zigaretten in den Mundwinkeln, hübsche Sekretärinnen, Reporter mit umgehängten Kameras.

Die Redaktion befand sich in irgendeiner kleinen Straße
der Altstadt.

Irene hatte Lewin in den letzten Wochen nur selten gesehen. Er besuchte die Vorlesungen unregelmäßig, war viel
unterwegs. Manchmal rief er bei ihr an, nachmittags oder
abends, drei, vier beiläufige Sätze, so gar nichts Persönliches.
Dennoch wartete sie auf seine Anrufe. Dennoch war sie,
wenn spätabends noch das Telefon klingelte, immer hinunter-
gegangen in die Diele und hatte gehofft, daß er es sei. Mitunter war der Vater schon vor ihr am Apparat gewesen, hatte
mit irgend jemandem gesprochen, hatte ihr zugeblinzelt, sie
war sich ertappt vorgekommen.

Die Tage gingen dahin, wie sie immer dahingegangen waren: alltäglich. Ihr aber erschienen sie mit einemmal lang und
eintönig, es gab so viel Zeit auf dieser Welt, womit sollte man
sie nur ausfüllen? Da war es gut, daß man das Weihnachtsfest
vor der Tür wußte. Es gab allerlei Besorgungen auf, kleine
Geschenke; die Schwestern Breisach, Ute und Bärbel, hatten
sich Schallplattenaufnahmen des »Forellenquintetts« und der
»Winterreise« gewünscht, die man aus Österreich besorgen

mußte. Für die Eltern ein Geschenk zu finden, besonders für Mutter, war jedes Jahr aufs neue schwer. Leichter hatte man es mit dem Onkel in Leipzig, der Zufall hatte einen in einer kleinen Kunsthandlung die Hogarth-Stiche entdecken lassen. Am schlimmsten aber war es mit Lewin. Was, in aller Welt, konnte man ihm schenken; ja, konnte man überhaupt?

Irene fuhr durch die Straßen der Altstadt. Bei einem Mann im Eisenbahnermantel bremste sie, erkundigte sich nach dem Weg. Als sie weiterfuhr, geriet sie in ein total zerstörtes Viertel. Hier war sie noch nie gewesen. Höhnisch ragte die leere Fassade eines jener kasernenartigen Häuser, mit denen die Nationalsozialisten ihr kurzes Wohnungsbauprogramm begonnen hatten; der Schnee hing über den Ruinen wie ein zerrissenes Leichentuch. An eine Laterne gekettet, lehnte ein verrostetes Fahrrad.

Wirklich, die Altstadt war am meisten getroffen worden. Im Herbst des vorletzten Kriegsjahres flogen die Engländer und Amerikaner fast jede Nacht ihre Bombengeschwader nach Deutschland, und sehr oft nahmen sie sich die rheinisch-westfälischen Städte zum Ziel, die Wohnviertel vor allem. Die deutsche Luftabwehr hatte zu diesem Zeitpunkt schon nichts Nennenswertes mehr entgegenzusetzen, die Jagdstaffeln waren dezimiert, es gab kaum noch Flugbenzin. Die neuen amerikanischen Bombertypen konnten Höhen aufsuchen, die für die deutsche Flak nicht mehr erreichbar waren. Warum aber die Bomberverbände in diesem Landstrich bestimmte Industriegegenden nicht anflogen, während sie weiter östlich geradezu eine Spürnase für die Betriebe der Schwerindustrie hatten, begriffen in jenem Winter vierundvierzig zu fünfundvierzig nur wenige. Die meisten hielten es auch durchaus für einen Zufall, für ein blindwütiges Zuschlagen der Kriegsmaschinerie, daß in den allerletzten Kriegswochen schnell noch ein paar Städte dem Erdboden gleichgemacht wurden, die samt und sonders in Ost- und Mitteldeutschland lagen.

Nun, Gedanken solcher Art machte sich Irene nicht. Sie hatte Mühe, sich im Wirrwarr dieser Straßen zurechtzufinden; oft fehlten die Namensschilder, einige Seitenstraßen waren gesperrt. Als sie endlich das Haus erreichte, das sie suchte, glaubte sie zuerst an einen Irrtum. Das sollte die Redaktion sein? Es war ein schiefes zweistöckiges Gebäude, die obere Etage ausgebrannt, der Putz von den Wänden gefallen, blinde Fenster, muffig und morsch. Im Erdgeschoß hauste eine Haarwassergroßhandlung, es roch nach Seifenlauge. Erst als Irene ausstieg und näher trat, entdeckte sie die winzige Glastafel an der Tür: Zeitbühne, Redaktion und Verlag, I. Stock.

Sie tastete sich durch den dunklen Hausflur, stieß an Kisten und Ballonflaschen. Nach oben führte eine Wendeltreppe, eiserne Stufen, die Haupttreppe war vermauert. Und es gab nur eine einzige Tür hier oben, daran wieder die winzige Glastafel, darunter halb verdeckt die Reste eines erbaulichen Spruchs. Immerhin war noch zu spüren, daß das Haus einmal bessere Tage gekannt hatte. Irene trat ein.

Kurz: es war reizend. Was man hier Redaktion nannte, war ein schmales Zimmer, tapeziert mit Titelseiten der Zeitschrift, ein alter Schreibtisch, hinter dem ein ältliches Fräulein saß, an den Wänden aufgestapelte Mappen und Papierstöße. Das ältliche Fräulein zeigte sich informiert. Ohne eine Frage abzuwarten, sagte sie: »Herr Lewin ist drin. Bitte, gehen Sie nur hinein.« Es war freundlich gesagt – und dennoch war Irene beklommen zumute, ein bißchen unheimlich, als stünde sie im Begriff, etwas Unerlaubtes zu tun.

Es gab also noch ein »drin«, und man gelangte dahin durch eine Schiebetür. Als Irene nach der Tür griff, schrillte ein Telefon; sie schreckte zusammen.

Lewin kam ihr entgegen. Das zweite Zimmer war größer und auf den ersten Blick behaglicher, allerdings auch dunkler. Ein langer semmelblonder Mensch saß hinter einem Schreibtisch, er streckte Irene die Hand entgegen. Wirklich, er stand nicht auf, hielt ihr im Sitzen die Hand hin, aber das erstaunte sie kaum noch. »Vitzthum«, sagte er und meinte offenbar sich. »Sie bekommen unseren Ehrenstuhl. Darauf hat Dix einmal gesessen.« Und er deutete auf den Drehschemel, den Lewin herbeibrachte.

Es roch schlecht. Es roch nach abgestandenem Zigarettenrauch, nach Leim, nach irgendwas Muffigem. Dennoch konnte man das Zimmer auch nach eingehender Betrachtung vergleichsweise noch behaglich nennen, nach allem voran Geschauten. Lewin und Vitzthum hatten Kaffeetassen vor sich stehen, sie boten auch ihr eine Tasse an. Die Kanne holte Lewin von einer elektrischen Kochplatte, die auf dem Fußboden stand.

Wie gesagt: Man hatte auf Irene gewartet. Sie hatte keine Ahnung, weshalb Lewin sich ausgerechnet hier mit ihr treffen wollte, nun, man würde es schon noch erfahren. Sie erfuhr es sofort: Freitags trafen sich Vitzthum und seine Freunde im »Blauen Wellem«. Man lud sie nicht etwa ein, nein, man hielt es für selbstverständlich, daß sie mitging. Langsam machte ihr die Sache Spaß; für die Selbstverständlichkeit war sie Vitzthum fast dankbar. Dabei tat er gar nichts dazu, er redete nur mit ihr, wie er immer und mit allen Leuten redete. Allerdings sagte der Name Hollenkamp dem Herausgeber Siegfried Vitzthum nicht viel. Das Mädchen fuhr einen Wagen, schien also keinen armen Vater zu haben, studierte Musik. Na schön. Lewin kannte nun mal allerlei Leute.

Sie tranken Kaffee, man hatte noch etwas Zeit. Der Kaffee war übrigens gut, nur die Tasse hatte einen Sprung. »Übrigens weiß man nicht genau, warum sie sich immer dort treffen«, sagte Lewin. »Sie wissen es selbst nicht.«

Vitzthum lachte. Dabei bemerkte Irene, wie jung er noch war. »Tatsächlich«, sagte er. »Da ist etwas dran. Allerdings ist Martin auch schon ein halbdutzendmal dabeigewesen und kommt immer wieder.« Er sah Irene fröhlich an. »Er macht alles mit bei uns, aber er meint, daß er nicht dazugehört.«

Das ältliche Fräulein brachte etwas zur Unterschrift. Sie schien in dieser Redaktion die einzige zu sein, die ernsthaft arbeitete. Bevor sie ging, nahm auch sie sich Kaffee, was Irene neuerdings verwunderte. Schließlich war ja wohl dieser Vitzthum so etwas wie ein Chef. Aber es waren der Merkwürdigkeiten zu viele, als daß man über eine einzelne hätte nachdenken können; es ging zu wie geträumt. Natürlich hatte Irene keine Ahnung, daß es in Deutschland mindestens ein gutes Hundert Redaktionen gab, die dieser aufs Haar glichen.

Als man schließlich aufbrach, gab es eine neue Überraschung. Vitzthum griff nämlich hinter einen Rollschrank, brachte zwei Metallstöcke hervor, stützte sich. Siegfried Vitzthum war beinamputiert. Das rechte Hosenbein war oberhalb des Knies abgeschnitten und zusammengenäht. Die Begrüßung erschien nun in einem anderen Licht, Irene fühlte sich rot werden. Und sie ging die Treppe hinab, vor den Männern, dachte plötzlich: Der Wagen. Wenn Martin mich deshalb hätte kommen lassen ...

Als sie über den Rhein fuhren, brach vom Horizont langsam die Dunkelheit nieder. Die Brücke lag noch im letzten Licht des Dezember; drüben aber, in den Ruinenstraßen, war schon die Nacht. Es war, als flöge der Wagen in einen jäh sich auftuenden Abgrund aus schwarzer Vergänglichkeit.

Martin hatte sich nach vorn zu Irene gesetzt. Er starrte durch die Frontscheibe, schloß geblendet die Augen: Hin und wieder tauchten aus der Dunkelheit Lichter auf, entgegenkommende Autos. Jedem Scheinwerfer folgte diese unglaubliche Finsternis. Später aber gab es wieder Häuser rechts und links, erleuchtete Fenster, die Kugellampen einer Tankstelle. Die Uhr im Wagen ging nach; er stellte es bei einem Blick auf die Armbanduhr fest. Aber Irene fuhr gut, obschon ihr Führerschein noch frisch war. Vor kurzem war auf dieser Straße ein Pkw von Besatzungssoldaten angehalten worden, man hatte den Fahrer mit Platzwunden am Kopf bewußtlos aufgefunden, der Wagen wurde noch gesucht. Fuhr sie deshalb so schnell? Vitzthum sagte von hinten: »Sie haben schon das zweite Mal überholt, ohne den Winker einzuschalten.«

Es sollte aber noch eine Überraschung geben.

Der Motor begann plötzlich zu stottern, setzte aus, blubberte. Irene betätigte den Anlasser, der Motor sprang auch tatsächlich noch einmal an, verstummte dann aber gleich wieder. Sie begann nervös zu hantieren. Vielleicht die Zündung ... Vitzthum fragte schon. Keine Ahnung, was los ist. Wie sich herausstellte, hatten auch die Männer keine Ahnung. Ein Trost, die Blamage wog leichter.

Sie stieg aus und öffnete die Kühlerhaube. Schließlich mußte man irgend etwas tun. Lewin war mit ausgestiegen. »Was ist es denn?« fragte er harmlos. Als ob man das so einem Kasten ansehen könnte. »Ich weiß nicht«, sagte sie, »ich glaube, die Kerzen. Aber man kann ja nichts sehen.«

Zehn Meter weiter stand eine Laterne. So setzte sich also Vitzthum ans Steuer, und sie schoben den Wagen unter das Licht. Aber natürlich konnte das Licht nicht helfen. Der Motor schimmerte silbergrau, stumm und fremd. »Ich habe auch keine Ersatzkerzen«, sagte Irene auf gut Glück. Was nun?

Da machte Lewin eine Entdeckung. Das Licht der Straßenlaterne hob auch ein Stück von dem Haus, vor dem sie standen, aus der Dunkelheit. Und dort war ein Firmenschild: Dietrich Landser, Nähmaschinenreparatur. Vielleicht ... Aber so ein Nähmaschinenmann wird sich wohl kaum auf Autos verstehen, und Zündkerzen hat er bestimmt auch nicht. Immerhin, man konnte hier nicht anwachsen. Es mußte etwas geschehen. Und so entschloß sich Martin Lewin, fand einen Klingelknopf, drückte. Die Glocke schepperte irgendwo weit hinten.

Und wirklich, es kam jemand. Ein Schlüssel drehte sich im Schloß, die Tür ward aufgetan, und es erschien einer in einem Schlosseranzug. Das war schon ganz gut. Der Mann war noch jung, und ein älterer Mann wäre Lewin aus unerfindlichen Gründen lieber gewesen. Aber da war nichts zu machen. Also fragte Martin, ob er vielleicht der Herr Landser sei, was mit der Sache nicht viel zu tun hatte. Es war der Herr Landser. Und Martin fing an, ihm die Sache auseinanderzusetzen.

Der Nähmaschinenmann schien nicht sehr begeistert. Irene, die aus einiger Entfernung zusah, bemerkte, wie er unschlüssig mit den Schultern zuckte. Der Herr Landser hätte natürlich rundweg ablehnen können, es war nicht sein Handwerk, und die Zeiten, da man es nötig hatte, alles und jedes zu tun, um des lieben bißchen Lebens willen, waren gottlob vorbei. Warum er sich das Auto schließlich doch ansah, wußte er selbst nicht recht. Sicher, er verstand etwas von Motoren. Nicht umsonst hat man vier Jahre beim Barras gefahren. Es war ein Citroën, die Sache interessierte ihn. Na, und schließlich, aber das verkneift man sich besser, Geschäft ist eben doch Geschäft.

Der Herr Landser ließ sich also erklären, daß es vermutlich etwas mit den Kerzen sei. Er fand sehr schnell, daß es nichts mit den Kerzen war. Er schwieg sich aber aus. Er sagte auch noch nichts, als er heraus hatte, daß dem Wagen nichts weiter fehlte als Benzin. Er stellte stillschweigend auf Reservetank um und erklärte beiläufig, man müsse gelegentlich wieder mal tanken. Und immer schön durch ein Tuch gießen, nicht wahr, man weiß heutzutage nie. Dann baute er die Kerzen aus und erkundigte sich, ob die Dame den Wagen schon lange fahre. Er gehört dem Herrn Vater? Und sie fährt erst seit drei Monaten, soso. Ob einer der Herren so nett wäre, von der anderen Seite das Zündkabel abzuklemmen. Nein, das ist es nicht, das auch nicht, ja, das dort. Dankeschön. Und da ist auch ein Lappen.

Der Herr Landser bat nun um ein Momentchen Geduld und verschwand mit den Kerzen in seiner Werkstatt. Dann hörte man ihn nach einer gewissen Traudel rufen, seine Frau vielleicht, welche man jedoch nicht zu sehen bekam. Man erfuhr aber, daß der Nähmaschinenmann doch Kerzen auf

Lager haben mußte, denn er rief der Traudel zu, sie solle sie doch bitte von hinten mitbringen. Irene fand inzwischen die Hilfsbereitschaft des Herrn Landser allen Lobes wert, und auch Lewin äußerte sich in diesem Sinne. Vitzthum wiederum hatte eine Narbe über Herrn Landsers Nasenwurzel entdeckt und meinte: »Es sieht aus, als hätte er drei Augen.«

Der Mann mit den drei Augen kam zurück und setzte schöne saubere Kerzen ein. Er bat Irene, am Steuer Platz zu nehmen – und siehe da: Der Motor sprang an. Was man ihm schuldig sei, konnte der Herr Landser natürlich nicht sagen, verständlich, es war ja nicht sein Beruf. Den Geldschein, den Irene ihm anbot, nahm er aber doch.

Dann, als sie wieder fuhren, stand er noch eine Weile am Straßenrand und sah ihnen nach. Läßt sich denken, was er sich dachte.

2.

Der »Blaue Wellem« war eines jener Lokale, wie sie nach der Währungsreform förmlich aus dem Boden schossen. Es war das schlechteste nicht; die Konkurrenz gebot, den Gästen etwas zu bieten. Dies hier bot altdeutsche Heimeligkeit unter echten Petroleumlampen, echten Butzenscheiben und einem falschen Dürer. Zu ebener Erde. Im Keller allerdings, wie man die Bar nannte, bot sich Modernität auf zwei Saxophonen und zu erhöhten Preisen, man saß auf gepolsterten Fässern oder auch in Metallrohrsesseln, was sich seltsamerweise miteinander vertrug.

An den Sonnabenden sind überall in diesem Land die Schenken voll; saure Dünste lagern, denn es verläuft hier die Wasserscheide zwischen dem Wein- und dem Biertrinkerrhein, auch der Tabakrauch steht dicker, die Zigaretten werden wieder legal gehandelt. Oben sammeln sich die Herrenrunden, die heimgekehrten, gelichtet und neuformiert, hier und da auch schon einer, der nicht draußen war, noch nicht, für dies-

146

mal. Löwensenf und Düsselbier, man redet und man meint, man hat wieder seinen Feierabend. Und man hat ein ungeheures Bedürfnis, nachzuholen, was man versäumt glaubt.

Als sie ankamen, waren die anderen schon da: Kaiserling, Caspar Kreutz, Nürnberger mit seinem Bauernburschengesicht und neben ihm, wie immer, Helmut Semmlers hohler, trockener Husten. Nur die Giseking fehlte noch, aber die kam ja meist etwas später. Sie waren der jüngste Tisch, man sah das sofort, nebenan saßen einige Halbglatzen. Das fiel aber nur Irene auf, schließlich war es jeden Sonnabend dasselbe.

Lewin stellte Irene vor. Sie war befangen. In jeder anderen Situation wäre ihr diese Atmosphäre widerlich gewesen, diese Gedrängtheit rotgesichtiger, schwitzender, aufeinander einredender Männer, der Lärm und die stickige Wirtshausluft, der unerklärliche Druck, der auf allem lastete und von der beklemmend niedrigen Decke auszugehen schien. Und in jeder anderen Situation hätte sie den Ursprung ihres Unbehagens in der Umgebung gesucht. So aber suchte sie ihn bei sich. Sie hatte das Gefühl, etwas falsch zu machen, sie fühlte sich unsicher und unkundig, sie wollte in diesem Augenblick wirklich nichts dringlicher als dasein, dabeisein, nicht auffallen.

In Wirklichkeit nahm kaum jemand von ihr Notiz, nicht einmal Kaiserling, der sonst gern auf Kosten anderer einen Witz riß. Daß an den Nebentischen der eine oder andere den Hals verdrehte, war nichts Außergewöhnliches, das konnte sie überall erleben, auf der Straße, im Hörsaal, im Park. Caspar Kreutz war sichtlich von ihr beeindruckt, er schielte immer wieder zu ihr hin, unauffällig, wie er glaubte; er war aber wirklich der letzte, der ihre Verwirrung hätte bemerken können. Semmler schied von vornherein aus, er war mit großen Gedanken beschäftigt. Nürnberger wiederum attackierte ihn, er sah in Vitzthum eine Verstärkung der Semmlerschen Position anrücken und bereitete Argumente vor.

Das Gespräch war also schon in schönstem Gange. Worum ging es? Ja, worum ging es. Es hörte sich an wie ein Für und Wider über einen Dritten, Nicht-Anwesenden, ein ›Er‹, der Nürnberger zufolge etwas höchst Geniales, nach Semmler aber etwas höchst Schreckliches gesagt oder getan haben mußte. Semmler nannte es eine ›hirnverbrannte Blödheit‹. Er schien ein Eiferer zu sein, dieser Semmler, er sah bleich aus und abgezehrt, und das dunkelblaue Zeug, das ihm um die Gelenke schlotterte, machte den Eindruck eines uralten Konfirmandenanzuges. Nürnberger war dagegen die Ruhe selbst, er war die pralle Gesundheit.

Auf dem Tisch lag eine Zeitschrift, stach ab von dem biederen blau-weiß-gewürfelten Tischtuch, »Die Quelle«; der Heftrücken lag neben Nürnbergers Bierglas, der obere Rand an Semmlers Kaffeetasse. Wenn Semmler Kaffee schlürfte oder wenn er an seiner Zigarette sog, wirkte er fast süchtig. Seine Finger waren tabakgefärbt. Irene hatte besessene Raucher nie ausstehen können, genausowenig wie den beinahe krankhaften Fanatismus, der in Semmlers Augen aufglomm, wenn er sprach oder wenn Nürnberger ironisch und unerschütterlich erwiderte. Dennoch fühlte sie eine seltsame Sympathie für diesen Jungen. Er erinnerte sie an irgend etwas Nahes, Erregendes, als gäbe es eine Gemeinsamkeit mit … Sie wußte nicht, daß es Lewin war.

Semmler gestikulierte wild. Die dünnen Arme stießen weit aus den erbärmlich kurzen Jackenärmeln. »Das ist völlige Kapitulation!« schrie er. »Das ist … das ist …« Er fand aber das erlösende Wort nicht.

Nürnberger entgegnete ruhig, Kapitulation oder nicht, es sei die Wahrheit. Und während Semmler sich erneut ereiferte, begann er in der Zeitschrift zu blättern, stoppte Semmlers Redeschwall und sagte: »Hör zu, das sagt er in der Bibliothek.« Und er las vor: »All diese Bände da sind wie Büßer, die dem Leben endgültig den Rücken gekehrt haben. Sie sehen aus, als schämten sie sich, als bereuten sie es, geschrie-

148

ben worden zu sein … Was für ein Haufen von Hoffnungen, Anmaßungen, von Bienengeduld und Narrenwut! Wie vieler Illusionen, Begierden, Mühen, Plagiate und Zufälle bedurfte es, um diesen finsteren Schatz zertrümmerter Weisheiten, veralteter Entdeckungen, gestorbener Schönheiten und eingefrorener Rasereien zusammenzutragen … Und wie viele von diesen Schmökern da wurden voller Leidenschaft gezeugt, mit dem närrischen Ehrgeiz, alle anderen vergessen zu machen! … So erhöht sich von Jahrhundert zu Jahrhundert das monumentale Gebäude des Unlesbaren!« Er klappte das Heft zu, sah in die Runde, sah Semmler an und sagte: »Was willst du? Es stimmt!«

Und Irene verstand kein Wort. Wie hätte sie auch verstehen sollen? Wie hätte sie die Gedanken dieser Leute begreifen sollen und die Gewichtsverteilung, nach der sie ihre Gespräche ausloteten? Sie saß und hörte. Hätte man sie nach ihrer Meinung gefragt … Aber man fragte sie nicht. Nicht etwa aus Geringschätzung – daß jeder, der an diesen Tisch kam, mit den gleichen Problemen schwanger ging, wurde als selbstverständlich angesehen –, sondern weil man zunächst gar keine Zeit hatte, jemand zu fragen.

So saßen sie jeden Sonnabend, jeden Sonnabendabend saßen sie so, die Heimgekehrten, saßen und saßen. Semmler war der besessenste unter ihnen, er schrieb Gedichte, verstreute sie über das ganze Land, ab und an wurde eins gedruckt. Semmler, von dem der Satz stammte: Eigentlich ist es schon ein Erlebnis, nicht tot zu sein. Semmler, tuberkulös, verhungert, verlaust und erfroren irgendwo in einem Beskidendorf, das gegen einen Feind verteidigt werden mußte, von dem man nicht wußte, ob er Tscheche, Slowake oder Pole war, oder schon Russe; Semmler, der desertiert war im März fünfundvierzig und Glück gehabt hatte, sofern man da von Glück reden kann, denn als er nach Hause kam, war da kein Haus mehr, lebte die Mutter nicht mehr, war nichts, nichts mehr da. Das stand in seinen Gedichten, immer wieder, und der Eiswind strich über die belorussischen Steppen, über die ukrainische Schwarzerde, über die schneeverwehten Karrenwege Nordrumäniens, der Hunger hockte in den Tälern der Beskiden, gefrorenes Brot, eine Maschinenpistolengarbe von irgendwo, und der beißende Frost in den Wundrändern; für Semmler war in diesem Krieg immer Winter gewesen. Es war klar, daß man ganz neu anfangen mußte, es war das Jahr Null, dieses Jahr fünfundvierzig, davor waren zwölf Jahre, die getilgt werden mußten, und noch weiter zurück war keine Vergangenheit. Es gab nur noch diese abendländische Ruinenlandschaft, durch die der Mensch irrt, allein, abgeschnitten von allen überkommenen Bindungen, von den Vätern, ohne alle Möglichkeit, auch nur einen Blick anzunehmen von jenen, die zwölf Jahre vorher kapituliert hatten vor einem irrationalen Abenteuer, es wäre eine Paradoxie. Sie waren sich einig in diesem Punkt, wenn es auch der einzige war, der sie vereinte. Und Semmler verfolgte ihn am besessensten.

Nein, das alles verstand Irene nicht. Sie versuchte, etwas von dem Gespräch zu begreifen, aber es rann durch sie hindurch wie durch einen Filter, Worte blieben zurück, nur Worte.

»Die Kunst«, sagte Semmler, »hat immer das Bedürfnis, der Wahrheit die Hand zu reichen.«

»Gewiß«, versicherte Nürnberger. »Aber Abschied nehmend, mein Lieber, Abschied nehmend …«

Und Nürnberger? Auch er saß jeden Sonnabend, stritt sich, aber weniger aus Besessenheit, sondern eher weil dieser Streit, abseits von den allzukleinen, allzutäglichen Dingen, ein Vergnügen war, das er jeder anderen Vergnügung vorzog. Man wußte nicht genau, was Nürnberger während des Krieges gemacht hatte, er war bei der Luftwaffe gewesen, Leutnant, mehr wußte man nicht. Nürnberger war Redakteur am Kölner Sender, er pumpte Semmler Geld, aber Manuskripte von ihm nahm er nicht an.

Dünn war der Faden, der sie alle zusammenhielt, er hielt nur zusammen den Glauben an das Jahr Null, und schon das

Jahr Eins sah für Nürnberger anders aus als für Semmler. Für ihn zerstörten die Dinge sich selbst in ihrer ökonomischen Mechanik, nivellierten den Menschen, hoben die Klassengegensätze auf und zermalmten ihre eigene Basis, ließen den Menschen mit dem Menschen allein. Und niemand wußte, daß Nürnberger im Herbst jenes Jahres Null Mitglied der Kommunistischen Partei geworden war, wußte er es selbst noch? Es waren wohl auch nur ein paar Monate gewesen. Und längst hatten die Menschen aufgehört, sich nach oben und unten zu unterscheiden, nach arm und reich, nach rechts und links, sie hatten aufgehört, etwas anderes zu sein als eben Menschen. Allerdings war der Alltag anders, und Nürnberger wußte genau, von wem er abhängig war und wer von ihm.

Irene begann sich zu fragen, weshalb Lewin sie hierher mitgenommen habe. Ja, sie fragte sich, was er selbst hier zu finden hoffte. Und sie ahnte plötzlich, daß sie durchaus noch nichts wußte von diesem Martin Lewin, von seinem Leben, von seiner Welt. Vitzthum hatte nun in das Gespräch eingegriffen, aber sie hörte nicht mehr zu, gab sich keine Mühe mehr, zu entwirren, zu verstehen. Es war drückend warm hier, in der Wirtsstube zum »Blauen Wellem«, und draußen lag der kalte weiße Schnee, draußen war Luft und Frische. Er war nicht so weiß und so frisch, wie er rings um die kleine Schihütte gewesen war, der Schnee, im vorigen Winter, nicht so weiß und frisch wie im Allgäu. Aber es war wirklicher Schnee und es war wirklicher Winter. Und es war immer möglich, zurückzukehren. Zurück zum Hohen Ifen, zum Hochkarst des Gottesackerplateaus, zu den Zweieinhalbtausendern, dem Großen Krottenkopf und den breitsattligen Häusern in Oberstdorf, zur summenden Behaglichkeit des Hüttenofens und dem Geruch von Holz und Schnee und Schiwachs. Und es gab jemand, mit dem man jetzt gern dort gesessen wäre, für eine Woche, oder zwei …

Und Martin, woran denkt er? Er hörte sich an, was Kaiserling dem Gespräch beisteuerte, Kaiserling, dessen Vater

151

Gymnasiallehrer war, war, bis zum Jahre dreiundvierzig. Da nämlich holte ihn die Gestapo. Wenig später kam aus Mauthausen die Todesnachricht. Kaiserling, der wußte, daß sein Vater der Denunziation einiger seiner Lehrerkollegen zum Opfer gefallen war, und es ihnen nicht nachtrug, weil er wußte, daß er, nahm er es ernst, einem ganzen Volk hätte nachtragen müssen, was diese wenigen getan, einem ganzen Volk, das jenem System der Denunziation nicht Einhalt geboten hatte vom ersten Tag an, das sich geduckt, stillgehalten und schließlich mitgemacht hatte, so wie sein Vater sich geduckt hatte, nur etwas weniger tief und mit weniger mürbem Rückgrat als die anderen – auch er war bei heimlichen Worten geblieben. Kaiserling, der ihm, Martin, am nächsten stand in diesem Kreis, und der nun gleichsam zum Angriff blies gegen Nürnberger, mit den Worten, die sie alle kannten, die sie als ihre Möglichkeit sahen und doch ahnten, daß es vielleicht nur eine Narrenmöglichkeit war. Man dürfe den Boden nicht zerstören, auf dem man stehe, sagte er, dürfe nicht die Grenze verwischen zwischen der eigenen Position und der eines Valéry oder eines Mallarmé oder auch eines Sartre. Merkte er nicht, daß auch dies keine Position war, das Zauberwort von der Hoffnung der jungen, heimgekehrten Generation auf ein einiges, demokratisches Europa? Zauberworte – wer verwirklicht sie? Die Equipen, von denen sie immer wieder sprachen? Jene kleinen Grüpplein von Gutwilligen, die das Wunder fertigbringen sollten, das ein anderer von ihnen, Caspar Kreutz, formuliert hatte, nämlich: die jungen geistigen Eliten aus allen Parteien, allen Weltanschauungen und Gesellschaftsklassen zu vereinen zu einer großen Elite, einer politischen Equipe, die das Steuer herumzureißen vermag, eine geistige Erneuerung einzuleiten vermag, getragen von Deutschlands jüngerer Generation und gerichtet eben auf eine neue deutsche Einheit und ein geeintes Europa? Immer nur Zauberworte und Wunder und Eliten. Waren sie nicht, Nürnberger ausgenommen, allesamt schon abgedrängt aus dem Tagesgeschehen, aus der Massenbeeinflussung, aus der Maschinerie, welche Volksmeinungen erzeugt, aus der politischen Publizistik beispielsweise? Waren sie nicht nur noch ein literarisches Häuflein, guten Namens zwar, aber ohne wirklichen Einfluß? Und die Grüppchen, die, nach Caspar Kreutz, in den anderen europäischen Ländern nach dem Kriege sozusagen spontan entstanden waren? Wer ging mit ihnen in diesen ihren Ländern, wer ward aufgescheucht aus der neuen, großen, geschäftigen Trägheit?

Und Martin dachte an die beiden Monate, die er in Süd-Wales verbracht hatte, in einem jener Industrievororte. Die Häuser da sind ein- und zweistöckig, manchmal steht ein Alpenveilchen im Fenster oder eine Geranie, und wenn man vom Ruß absieht, ist es wie in jeder Vorstadt. Alles scheint aus dem gleichen Material gemacht, das Straßenpflaster, die Häuser, ein grauer Schlackestein, porös und mit einem schwarzen Schimmer. Auf den ersten Blick ist alles sauber und ordentlich, erst wenn man genauer hinsieht, merkt man, daß hier ein Fenster fehlt, dort eine Tür mit Pappe vernagelt ist, und die Blumen sind schlaff und kümmerlich und von der gelblichen Müdigkeit der Leberkranken. Die Wohnungen sind alle gleich, es ist immer der gleiche Tisch mit den vier Stühlen, das Sofa, der Geschirrschrank und die Waschkommode, die gleichen fleckigen Matratzen in der Schlafstube. An den Wäscheleinen der Hinterhöfe hängen die gleichen gestopften Socken, die verblichenen Arbeitsblusen, die ausgewaschenen Hemden mit den hellen Flecken unter den Achselhöhlen, die farblosen Unterröcke. Auch die Gerüche sind in allen Häusern gleich: Es riecht nach Essen, nach Wäsche, nach Mauerfeuchtigkeit, nach Windeln und nach Ruß. Manchmal sieht man einen Vogelbauer, manchmal einen Kaninchenstall aus Kistenbrettern, und zwischen den Schuppen in den Höfen manchmal eine kleine Reparaturwerkstatt. Es ist die Gleichförmigkeit der Arbeit und der Armut, und nur eine Unterbrechung schien hier möglich: der Krieg.

153

Nun aber saßen sie in Hendersons Eckkneipe an der George Street, die Jungs, die aus der Armee entlassen waren, tranken Porter und schlugen die Zeit tot, wurden der Verwandtschaft präsentiert, vierzehn Tage herumgereicht und bestaunt als die großen Helden des großen Krieges, der eine oder andere dekoriert mit dem authentischen Offiziersakzent und der Erinnerung an die Zeit, da man noch wöchentlich vier Pfund für Bier und Zigaretten ausgeben konnte, und sollten sich nun, nach allem, was hinter ihnen lag, wieder einfügen in den banalen Alltag der Vorstadt, den langweiligen Arbeitstag, sollten wieder die genügsamen jungen Männer sein, die sie vor dem Krieg gewesen waren, mit irgendwelchen billigen Idealen, einem Mädchen und einem Fahrrad für den Weg zur Arbeit und später zwei, drei Kindern? Schauten sie auf die Equipen ihres Landes? Sie schauten auf ihr Fortkommen.

Und vom Kriege abgesehen, bleibt immer alles gleich, selbst die Gespräche. Man spricht über die Kinder, über den Lohn, über den letzten Film, über das Essen und über die Preise und vielleicht noch über ein Hunderennen oder eine Fußballmannschaft. Man wird dort geboren, geht zur Schule, dann in die Fabrik oder in den Schacht, man lernt ein Mädchen kennen, das erste Kind kommt fast immer, bevor eine Wohnung da ist und Möbel, bis zwanzig ungefähr arbeitet man, um sich etwas anzuschaffen, bis zwanzig allenfalls gelingt es dem einen oder anderen, auszubrechen, aber dann hat man eine Familie, und die will ernährt sein. Man wird dort geboren, lebt dort – und stirbt dort, meist in der gleichen Straße, im gleichen Haus. Inzwischen macht man Kinder, die heiraten und machen Kinder, die lernen in der Schule die Namen von Blumen, die sie nicht kennen, von Meeren, die sie nicht kennenlernen, von Ländern, die sie nie sehen werden, falls nicht gerade wieder einmal ein Krieg kommt. Und natürlich lernen sie den Katechismus und die schönen englischen Sprichwörter, wie man in einem anderen Land andere Sprichwörter lernt, beispielsweise in Deutschland: Beschei-

154

denheit ist eine Zier, Arbeit macht das Leben süß, Üb'
immer Treu und Redlichkeit, Eigner Herd ist Goldes wert
und Wir Deutschen fürchten Gott und sonst nichts auf der
Welt – letzteres von Bismarck. Die Eliten? Diese Leute hatten andere Sorgen …

Das dachte Martin Lewin, und er wußte, daß dies kein Weg
war, wie die Gelehrtenrepublik des Erasmus kein Weg gewesen war, ein Homunkulus allenfalls, und er wußte auch keinen anderen. Nein, er hatte keine Antworten, er war auf der
Suche, aber er wußte nicht wonach. Er versuchte nun, Irene
zu erklären, halblaut, leise fast, aber die anderen hatten gar
keine Zeit, auf ihn und das Mädchen zu achten, sie hörten
mit halbem Ohr Vitzthum zu, der versicherte, es zeichne sich
überall in Westeuropa ein Umschwung ab, ein Übergang
von der sozialdemokratischen zur christdemokratischen, um
nicht zu sagen konservativen Regierungspolitik, ihm hörten
sie mit halbem Ohr zu, während die andere Hälfte ihres We-
sens bereits nach Gegenargumenten, nach Formulierungen,
nach Seitenthemen auf der Suche war; er aber, Martin, versuchte ihr zu erklären, daß er hier, hier in diesem Kreis, und
allein in diesem Kreis, gefunden hatte, was er gesucht, und
daß er nun, da es gefunden war, sah: das ist es nicht, es ist
kein Weg, es ist wiederum keine Antwort. Und daß er sich
dennoch nicht losreißen konnte, denn wo sollte er hin? Er
sah nicht, daß sie weit weg war in ihren Gedanken, hinausgegangen war aus diesem schwitzenden, flackernden Zimmer, und er begriff nicht, daß auch er nichts wußte von diesem Mädchen Irene, von ihrem Leben, ihrer Welt; er hatte
sich ein Bild von ihr gemacht und sprach zu einem Bilde.

Aber nun stand jemand zwischen ihnen, beugte sich über
den Tisch, ein Geruch von Winter und von Schneeluft, Was-
serperlen auf dem Flauschmantel und im langen offenen
Haar, ein fahles Gesicht und Augen von der Schwärze des
Haares. Gösta Gieseking war groß und schlank, aber sie wirkte eher zierlich. Alle nickten ihr zu, und nur Kaiserling sagte

155

irgendeinen Gruß, den sie stumm beantwortete. Sie sah Irene lange an, gab ihr dann die Hand, wie man einem alten Bekannten die Hand gibt, während die anderen sich bereits wieder in ihr hin und her hüpfendes Gespräch vertieften; sie war vielleicht dreißig, vielleicht aber auch fünfunddreißig, und für Irene war sie ganz ohne bestimmbares Alter. Sie setzte sich zwischen Vitzthum und Lewin.

Sie war wirklich sehr bleich, und irgendwas an ihr wirkte erschreckt, als sei sie soeben einer Gefahr entronnen. »Was ist los?« fragte Vitzthum. »Du siehst aus, als wäre dir der Teufel über den Weg gelaufen.« Auch Irene sah nun zu ihr hin, sah ihren seltsam starren Blick, der von weit her kam, als nähme sie erst jetzt die Dinge in der Nähe wahr. »Der Teufel«, sagte sie. Aber dann brach sie ab, eine verlegene Handbewegung, nein, nein, es ist nichts. Und sie zündete sich eine Zigarette an, bestellte ein Getränk. Sie gab keine Erklärung.

Es waren auch nur Sekunden, dann war alles wieder, wie es vorher gewesen war. Am oberen Tischende webten sie ihr dünnzwirniges Wortgewebe, Semmler schlürfte seinen Kaffee, den wievielten wohl, Nürnberger blies den Schaum vom Bier. Jemand hatte den Ventilator eingeschaltet, das Propellergeräusch legte sich über Worte und Gläserklirren und machte den Raum noch niedriger.

Es war Sonnabendabend, und sie tranken Bier und Kaffee, und dann tranken sie den Frankensteiner Wein. Es war nichts. Gösta Giseking war wie immer etwas später gekommen, sie produzierte sonnabends ihre Französischsendung für den Schulfunk des kommenden Vormittags, ihr Job für die Miete, wie sie das nannte. Es war nichts. Sie tranken den Frankensteiner Wein, und der Abend war noch lange nicht zu Ende.

Sie aber dachte: Er war es, ganz sicher war er es. Noch immer das bläulich rasierte Kinn, wie damals, vor sieben Jahren, noch immer die geschmeidig-straffe Haltung und die faltenlose Stirn, nur schwerer war er geworden, massiger. Hatte er sie nicht erkannt – oder hatte er sie nicht erkennen wol-

156

len? Und noch immer die kalten grauen Augen, noch immer
der schmale Mund. Er hätte sie erkennen müssen, denn so
sehr hatte auch sie sich nicht verändert, Gösta Giseking.

»Vielleicht«, sagte Kaiserling, »vielleicht haben wir die anderen unterschätzt. Die Restaurateure, die Konformisten, die
privatisierten Bürger. All diese Leute mit ihrer pathologi-
schen Vergeßlichkeit, ihrer krampfhaften Tüchtigkeit, ihrem
Riesenbedürfnis nach Mätzchen. Vielleicht unterschätzen
wir sie, diese Millionen Einzelnen, ja, es sind Einzelne, aber
sie sind nur einzeln, solange sie fallen wie die Wassertropfen,
und einmal unten angekommen, bewegen sie sich im gleichen Fluß. Und vielleicht bedarf diese Strömung ganz einfach einer Opposition, die sich klar ist, daß sie nie Position
werden kann; nicht mitmachen, ihnen den Spiegel vorhalten,
keine Tabus und keine Schablonen und keine Programme;
die Wirklichkeit ansehen ohne Vorgabe, ohne weltanschau-
liche Präformation, ohne den Aberglauben an irgendeine
historische Kontinuität. Ja, vielleicht haben wir sie unterschätzt, aber wir haben von vorn angefangen, eine neue Sprache, eine neue Substanz, eine neue Konzeption. Das ist vielleicht alles, was zu erreichen ist.«

Er berührte Martins Hand und sagte: »Übrigens, wie weit
bist du mit deinem Buch?«

Kaiserling, der fragt aus wirklichem Interesse, und die anderen ... Semmler vielleicht auch. »Ich bin wieder am Anfang«, sagte Martin Lewin. Und dann, lächelnd: »Neue Sprache, neue Substanz, neue Konzeption.«

So saßen sie jeden Sonnabend, seit zwei Jahren, bestärkten
einander und wahrten gleichzeitig ironisch Distanz, enga-
gierten sich im Desengagement und meinten es ernst, denn
es war ernst, nach allem, was hinter ihnen lag, an ›Volk ohne
Raum‹ und Fronttheater, an Durchhaltepresse und ›Wollt ihr
den totalen Krieg‹, an Türen, die mit einem Donnerschlag
zugeschlagen worden waren und sich nun so verdächtig leise öffneten, daß sie es vorzogen, draußen zu bleiben oder

157

wenigstens auf der Schwelle. Man wird diesen Platz nur verlassen, wenn es einem selber notwendig erscheint; nicht vorwärts und nicht zurück, was eigentlich schon eine ideologieverdächtige Formulierung ist; wird man diesen Platz je verlassen? Aus eigenem Willen? Oder erst, wenn man gezwungen wird? Oder ist man vielleicht mit einer Hand und einem Fuß, einem Auge und einem Ohr bereits eingetreten?

So saßen sie jeden Sonnabend, tranken Bier und Kaffee, und dann tranken sie den Frankensteiner Wein. Und Kaiserling sieht nun die Hand des Mädchens Irene auf der Hand Martin Lewins liegen, er stößt Vitzthum an, und er berührt Semmlers Fuß, Kaiserling hat einen Witz auf der Zunge, aber Semmler hat etwas gegen solche Witze, das fällt Kaiserling noch rechtzeitig ein, und vielleicht wäre es auch wirklich nicht recht angebracht, also hebt er nur sein Glas, blinzelt Vitzthum und Semmler zu, und die beiden heben nun ebenfalls ihre Gläser und blinzeln zurück.

Ja, er hatte noch immer das bläulich rasierte Kinn, noch immer die soldatisch-straffe Haltung, noch immer den schmallippigen Mund und die kalten, grauen Augen, und er hatte sie ganz sicher erkannt, hat sie erkennen müssen, die drei Meter, die sie vor ihm stand. Wo kam er her? Wo war er gewesen die ganze Zeit? Und was wollte er hier? Gösta Giseking wußte: sieben Jahre sind eine lange Zeit, sie können einen Menschen verändern, noch dazu sieben Jahre wie diese. Aber sie wußte auch, daß manche Menschen sich nie verändern, sich nicht verändern lassen, von nichts und niemandem auf der Welt.

Sie war sehr froh gewesen, daß sie damals im Frühjahr dreiundvierzig die Dolmetscherstelle bekommen hatte; der Dienst in einem Naziministerium, noch dazu in dieser Phase des Krieges, war alles andere als angenehm, aber verglichen mit dem, was sie in der Rüstungsindustrie erwartet hätte, war es eine beinahe paradiesische Stellung, wenigstens war sie ihr am Anfang so erschienen. Und der Verpflichtung in die Rüstungsindustrie wäre sie anders kaum entgangen; ihre drei Sprachen waren plötzlich unbezahlbar. Es war auch alles gut gegangen, in der ersten Zeit, bis zu jenem Tag eigentlich, da er auftauchte, er, Servatius. Er gehörte der geheimnisvollen Kaste der oberen Fünfzehn an, in diesem Ministerium, und er war weit mehr im Ausland, in den besetzten Gebieten vor allem, als in der Dienststelle. Er erschien damals in der Uniform eines SS-Obersturmbannführers, obwohl er, wie sie von einer anderen Dolmetscherin gehört hatte, keinem regulären SS-Verband angehörte. Er war 1938 bereits, ›seiner Verdienste wegen‹, in den formellen Ehrenführerrang eines Obersturmführers erhoben worden, die weitere Beförderung geschah rein turnusmäßig, und an diesem Tage nun war er zum Obersturmbannführer ernannt worden. Es war übrigens das einzige Mal, daß sie ihn in dieser Uniform sah.

Köhler hatte ihr geraten, die Einladung anzunehmen, Köhler, den Dienst- und den Lebensjahren nach ältester Beamter des Ministeriums, dem Dienstrang nach allerdings einer der niedrigsten. Man brüskiert einen Ministerialrat Servatius nicht. So war sie am Abend in sein Haus gefahren, zusammen mit einigen anderen. Servatius zeigte sich als netter Gesellschafter, höflich, korrekt, den Vorgesetzten ließ er ganz aus dem Spiel, und abgesehen von den Anzüglichkeiten einiger jüngerer Kollegen, die dem Alkohol allzufleißig zugesprochen hatten, war es eigentlich ein ganz hübscher Abend.

Zwei Tage darauf erhielt sie den Dienstauftrag, Servatius in die Tschechoslowakei zu begleiten, Protektorat Böhmen und Mähren, sie hatte bis dahin mit dem Referat und der Abteilung, der Servatius angehörte, nicht das geringste zu tun gehabt, wußte nicht einmal, was sich hinter der Referatsbezeichnung B II versteckte, die gesamte Abteilung war nicht im Ministeriumsgebäude, sondern in einer Außenstelle untergebracht; wußte nicht, worum es ging. Sie sollte es auch in Prag nicht erfahren. Die beiden Besprechungen, zu denen sie zugezogen wurde – sie übersetzte das, was Servatius sagte, drei französischen Herren –, waren wenig aufschlußreich, es ging um Industrieanlagen und um einige tausend Arbeitskräfte. Einmal wurde der Name des Reichsministers Speer erwähnt, irgendein Erlaß, eigentlich nur zwei Paragraphen daraus. Andererseits machte sie sich wenig Gedanken, das Arbeitsgebiet des Ministeriums und der Ablauf einzelner Vorgänge waren nun einmal für einen Dolmetscher nicht zu übersehen. Sie hatte also in den drei Prager Wochen fast ständig dienstfrei und glaubte, sie habe das Servatius zu danken.

An den Abenden war sie oft mit ihm zusammen. Sie gingen in irgendein Lokal, tanzten, tranken teure Weine, und natürlich merkte sie, daß sie ihm gefiel. Servatius hatte Lebensstil, das war selten in jenen Zeiten. Er lud sie zu einer Jagd in den böhmischen Wäldern ein, ging mit ihr zu einem Kammerkonzert, er verstand zu erzählen, und er war aufmerksam, dabei aber sachlich und von beinahe sportlicher Geradheit. Eines Abends erzählte er ihr, daß seine Frau sehr jung gestorben sei, bei der Geburt seines Sohnes, der bei den Schwiegereltern aufwuchs. Er sagte das nicht in jenem Ton trivialer Liebesbedürftigkeit, es war eine einfache Mitteilung, weiter nichts. An diesem Tage schien er ihr überhaupt anders als sonst. Er erzählte ihr, daß er einmal eine ganze Nacht mit dem Stabschef des Marschall Pétain Schach gespielt hatte – er war, wenigstens im Spiel, ein fairer Verlierer –, und er erklärte ihr, daß man in dieser Zeit verstehen müsse, den Dienst und den Krieg und die Politik aus seinem Privatleben, sofern es das überhaupt gibt, herauszuhalten. Das waren fast ihre eigenen Gedanken. Und er erzählte ihr von den Pirschgängen in den litauischen Wäldern, von Forellenfängen und von Motorbootrennen. Er sagte ihr sogar – und er sagte es nicht der Dolmetscherin Giseking, er überschritt nun die Grenzen offen – er sagte ihr seine Meinung über die Dinge, die in Deutschland und Europa geschahen. Der Nationalsozialismus war für ihn eine rein wirtschaftliche Frage. Wissen Sie, mir liegen diese Leute und ihre bombastische Phraseologie weiß Gott nicht. Aber was soll man machen? Heutzutage

160

müßte jede moderne Wirtschaft scheitern, wenn man sie demokratisch statt autoritär organisieren würde. Sie konnte ihm nicht widersprechen, sie wußte nicht worin. Es war ein Abend in der zweiten Woche. Und an diesem Abend blieb sie bei ihm.

Wievieles im Leben tut man aus einer Stimmung heraus, aus einer Laune, die nur zustande kommt, weil man nicht weiß, nicht wissen will, weil man sich fürchtet, zu wissen. In einer Zeit, da unter allem, was man ergreift, der Tod lauert und das Verbrechen. Weil man einen Augenblick vergessen will und glaubt, wenigstens sich vergessen zu können, wenn schon die Zeit unaufhaltsam weiterwirkt. Weil man einmal die Augen schließen möchte vor dieser grellen, tödlichen Wirklichkeit; aber die Bilder blieben auch unter geschlossenen Lidern, unverwischbar, damals und in aller künftiger Vergangenheit.

»Und dann«, sagte Kaiserling, »lernt er eines Tages einen Standesbeamten kennen, der ein System erfunden hat, nach welchem er die Eheschließungen registriert. Das ist in einer Kleinstadt, und der Mann kennt dort alle Leute. Er hat sechs Kategorien, und er unterscheidet in Liebesheirat, Lustheirat, Verlegenheitsheirat, Gelegenheitsheirat, Geschäftsheirat und Standesheirat. Er macht das seit dreißig Jahren, und er hat auch die fünfunddreißig Jahre mit aufgearbeitet, die sein Vater ihm hinterlassen hat, denn der war ebenfalls Standesbeamter. Er korrespondiert mit anderen Standesbeamten in aller Welt, die sich seinem System angeschlossen haben, in Frankreich, in England, in Italien, in Amerika, in Rußland, in der Tschechoslowakei, in Schweden und sogar einer in Montenegro; sie tauschen jedes Jahr ihre Ergebnisse aus und führen eine Statistik über den Anteil der einzelnen Kategorien an den Gesamteheschließungen. Auf diese Weise wissen sie besser über den Gesellschaftszustand in den jeweiligen Ländern Bescheid, als die betreffenden Regierungen, und sie haben sogar eine Art Diagnostik entwickelt, mit deren Hilfe sie auf fünf Jahre genau vorausbestimmen können, wie sich der Anteil der Kategorien auf die kommende Politik, und wie sich die Politik auf die kommenden Hochzeiten auswirkt ...«

»Hahahaha«, machte Nürnberger. »Und dann?«

»Hm«, sagte Kaiserling, »weiter weiß ich noch nicht.«

Und es war nun fast Mitternacht. Nürnberger hatte ziemlich viel getrunken, er vertrug immense Mengen, auch Caspar Kreutz hatte stark getrunken, sein glasiger Blick schwamm über die polierten Glatzen im Hintergrund, über das abwaschbare Lächeln der Kellnerin, über Semmlers trockenen Husten, über Vitzthum, der irgend etwas in ein Heft kritzelte, über Martin und Irene und Gösta Giseking. Und sie tranken den Frankensteiner Wein – damals war es Rüdesheimer gewesen, oder roter Ludmilla aus Melnik, es war Sonnabendabend oder eigentlich schon -nacht, sie rauchten die Zigaretten, die wieder legal gehandelt wurden, amerikanisierte Marken von deutschen Firmen, immer mit der Zeit gehen, und vielleicht hat man die anderen unterschätzt, aber man hat von vorn angefangen in Sprache, Substanz und Konzeption, und das ist vielleicht alles, was zu erreichen ist. Der Ventilator surrt noch immer, surrt in Gespräche und Gläserklang und macht den Raum noch niedriger, denn man hat ein ungeheures Bedürfnis, nachzuholen, was man versäumt glaubt, ein ungeheures Bedürfnis nach Mätzchen. Und es hatte doch alles so schön angefangen, hatte so schön geklungen und war über Nacht wieder verschwunden, weggespült von den vielen tausend fallenden Tröpfchen, sanglos, klanglos: Besinnung, Verantwortung, Gewissen.

So war es denn sehr schnell gegangen. Wieder in Deutschland, in Berlin, im Ministerium, in ihrer alten Abteilung, erschien eines Tages einer jener drei französischsprechenden Herren, Vichy-Mann, wie man inzwischen weiß, und beschwor sie, doch etwas für ihn zu tun. Sein Sohn, sagte er, sei mit einem Fremdarbeitertransport nach Deutschland ge-

162

schickt worden, es könne sich doch nur um einen Irrtum handeln, sei abtransportiert worden, während sie in Prag über zusätzliche französische Arbeitskräfte für die deutsche Industrie verhandelt haben, in ein IG-Farben-Lager, aber von dort geflohen, der dumme Junge, und natürlich eingefangen worden, des bêtises, mauvais goût, und nun in ein Konzentrationslager überführt. Er habe sich bei Servatius angemeldet, sei aber nicht vorgelassen worden, und ob sie nicht für ihn, wo sie doch den Herrn Ministerialrat … Sie hatte nicht verstanden, vielleicht nicht verstehen wollen, hatte Köhler geholt. Der wurde wütend, ob sie wirklich so naiv sei, schließlich wissen schon die Scheuerfrauen, daß all diese Fremdarbeiter, Kriegsgefangenen, Juden in Form einer Zahl über Servatius' Schreibtisch und dann in die Lager der Schwerindustrie, der Chemie, der Kriegsbetriebe wandern, von wo, laut Ministerium Speer, monatlich dreißig- bis vierzigtausend, nach einem Fluchtversuch oder sonstwie, zu den Vorhaben der SS überführt werden, und was das bedeute, brauche er ihr wohl nicht zu erklären, schließlich sei sie mit Servatius befreundet und nicht er. Er aber, Köhler, halte für diese Schweinereien nicht seinen Kopf hin, sie solle ihn gefälligst aus dem Spiel lassen. Aber dieser Auftritt hatte Zeugen gehabt, und einen Tag darauf war Köhler verschwunden. Schweinereien, Herr Köhler, ist ein hartes Wort. Wir werden Ihnen Gelegenheit verschaffen, sich eine passendere Formulierung einfallen zu lassen. Sie war zu Servatius gegangen. Mädchen, laß die Finger von diesen Dingen, damit ist nicht zu spaßen. Auch ich bin da machtlos. Ich habe versucht, wenigstens Köhler herauszuhalten, aber – Achselzucken – tut mir leid für ihn. Wenig später war sie versetzt worden, nach München, in die Stadt der Bewegung, Außenstelle sowieso.

Sieben Jahre sind eine lange Zeit. Plötzlich hatte er vor ihr gestanden, kaum ein paar Stunden her, auf der Hauptpost, an den Telefonzellen, keine drei Meter entfernt. Er hätte sie erkennen müssen. Oder hat er wirklich alles vergessen, die

163

Vergangenheit, alles? Und was wäre, wenn er vergessen hätte, vergessen könnte, vergessen wollte, da doch die Bilder blieben, damals, und in aller künftiger Vergangenheit ...

Und sie sah auf, gab Lewin die Hand, der sich verabschiedete und ging, mit diesem Mädchen, dessen Namen sie, als sie kam, nicht gehört, nicht verstanden hatte.

3.

Die Silvesternacht. Noch der Geschmack des Windes, die Wärme von gestern und die Spur vom vergangenen Jahr; schon die Kühle des Morgens, das Licht, das zögernd an die Gipfel rührt, zwei Stunden, bis es die Täler erreicht. Und die Kerzen sind niedergebrannt, die Kelche geleert. Manchmal der Atem hinter der Bretterwand, die Bewegung eines Körpers im Schlaf, nebenan. Sie aber liegt wach, starrt in die zitternde Dunkelheit und fürchtet sich vor dem kommenden Tag, dem ersten des neuen Jahres, dem letzten.

Und führe mich nicht in Versuchung. Das Ferngespräch mit Dr. Breisach: Sie hatte nicht von zu Hause aus angerufen, der Eltern wegen; zwei Stunden auf dem Postamt, bis die Verbindung hergestellt war, zwei Stunden auf und ab, möchten Sie mit Ihrer Tante in New York sprechen? Fasse Dich kurz! Möchten Sie mit Ihrer Tante in Paris ... Luftpost: Ihr Vorteil! – und Gesichter, auf und ab, Irene Hollenkamp, man sieht dir die Lüge an, die erste wirkliche Lüge, Gesichter kommen und gehn zwischen den Reklamen, den Befehlszeilen, Schmuckblattelegramme für alle Gelegenheiten, und alle Gesichter sehen dich an, zwei Stunden. Ferne blecherne Stimme. Hallo, Irene! Nein, Ute und Bärbel sind noch nicht da, du weißt ja, die Klausuren. Übrigens, wir fahren nach München über die Feiertage, meine Schwester möchte uns mal ein bißchen mit Weihrauch bewedeln, bitte? ... den Hüttenschlüssel? Jaja, könnt ihr haben, ja, hinterleg ich immer bei

164

Hoff, allerhand Schnee da oben heuer, Wetterprognose, schönen Gruß also, wird gemacht – ja, richte ich aus.

Große helle Schalterhalle, Glas-Stahl-Marmor, und der Notflügel, ausgebrannt, notdürftig aufgebaut fürs erste, unpersönlich und kalt. Abends: Nanu? Schnelle Entschlüsse, die heutige Jugend, hat sie bestimmt von mir, haha, väterliches Erbteil. Ute und Bärbel fahren wieder mit? Schade nur für den jungen Servatius, ja, wir haben sie doch für Silvester eingeladen, und Senkpiehls mit ihrem Filius, wird ihnen nicht viel Spaß machen mit uns Alten, naja. Ziemliche Strecke mit dem Wagen, traust du dir das zu? Bei den Straßen? Gott ja, Mutter wird nicht gerade begeistert sein, ja, ich sprech mit ihr, versteh schon. Und wie steht's mit deinem Finanzplan?

Noch der Geschmack des Windes, die Wärme von gestern und die Spur vom vergangenen Jahr. Manchmal der Atem hinter der Bretterwand, Bewegung eines Körpers im Schlaf.

In Oberhausen blieben sie stecken. Vier Kilometer Schneeverwehungen, gschauns, der Zug muß auch zurück. Beide Gasthöfe überfüllt, fahrens doch nach Kempten. Warum nicht gleich bis Ulm zurück? Und Martin studiert die Karte. Sieh mal, wir könnten es hier versuchen, schaut einigermaßen vertrauenerweckend aus, allerdings keine Staatsstraße, und was die Gemeinden so Straße nennen … Zwei Stunden später kam die Dunkelheit.

Wo ein Wille ist, ist noch lange kein Weg. Zwar liegt kein Neuschnee, aber das einzige, was seit dem letzten Schneefall hier gefahren ist, scheint ein Pferdefuhrwerk gewesen zu sein. Und das da, das sind Schlittenspuren. Ein Pferdeschlitten war's, und ein großer Brummer mit Schneeketten. Besser umlenken, das schaffen wir nicht. Und wie sieht's mit dem Sprit aus? Winziger Dorfgasthof, an den Hochwald gelehnt. Jesus, die jungen Leut. Der Punsch schmeckt nach Waldbeeren, feurige Säfte im blutroten Glas. Ja unseren Beerenwein, den kennen Sie nicht in der Stadt. Lieber Gott, so weit her? Wir richten Ihnen schon etwas, heut kommen Sie ja nirgends mehr hin. Sind ja ganz durchfroren. Vielleicht noch einen Punsch? Eier und Schinken und Graubrot. Auch das Brot schmeckt nach Wald. Und der Käse, den die Wirtsfrau dann aufträgt wie eine Kostbarkeit, Würze von Kräutern und Almengräsern. Der Punsch macht die Beine schwer und die Knie weich, und im Kopf entzündet er ein mildes Feuer.

Es sind nur noch zwei Männer in der kleinen Wirtsstube, Stoppelkinne über ausgeblichenen Grünröcken, dicke Joppen am Kleiderhaken. Förster vielleicht, aber sie sehen aus wie die Räuber in Hauffs Märchen, im Wirtshaus im Spessart, sie blinzeln herüber und murmeln sich etwas in einer Sprache, die man nicht versteht. »Huuuh«, sagt Martin. »Die warten, bis wir schlafen, und dann rauben sie uns die Dukaten, und dich entführen sie zu ihrem Hauptmann. Was machen wir, wenn sie kein Lösegeld annehmen?« Die Räuber stecken das Kinn ins Glas.

»Ich hab Ihnen die Kammer zurechtgemacht«, sagt die Wirtsfrau. »Müssens halt vorliebnehmen.« Was hast du denn gedacht, Irene?

»Und für den jungen Herrn wird sich auch was finden«, sagt die Wirtsfrau.

Das Haus ist winzig, die Gaststube ist winzig, winzig ist auch die Kammer. Ein breites Bett, ein Schrank, ein schmales Fenster. Und die Bettwäsche ist blau-weiß-gewürfelt. Ein dickes, schweres Federbett, man kann hineinkriechen wie in eine Höhle. Martin schläft nebenan, er klopft an die Wand und sagt gute Nacht. Das Zimmerchen gehört dem Sohn der Wirtsleute, der jetzt in der Stadt arbeitet. Aber es ist tüchtig kalt da drüben, sagte die Wirtsfrau, na, der junge Herr wird nicht gleich erfrieren.

Wachst du noch, Irene, oder träumst du? Du liebst ihn doch?

Ja, sagt sie laut. Und er streicht ihr übers Haar, das spröde ist wie auf einer Kreideskizze. Es wird der Schlaf sein. Auch, daß plötzlich wieder die Angst in ihr emporkriecht, ist ein Traum. Nein, sagt sie, nein. Aber er sieht sie starr an, wie damals, am Fenster, als sie Dvořáks Sonatine spielte und sich immer wieder vergriff. Nicht, sagt sie, nicht. Aber irgend etwas ist über ihr, warm und drückend. Und sie erwacht, zerrt sich das dicke Federbett vom Gesicht, schwer atmend, begreift die Dunkelheit nicht und den Wind, der draußen an den Fensterläden rüttelt … Sie schlief bis in den späten Morgen hinein.

Schnee ringsum, Spuren. Die sanften Hänge und die Häupter der Berge. Nun fanden sie den Weg. Den Wagen stellten sie bei Hoff ab. Nun die Schier und die Rucksäcke. »Herr Lewin«, sagte sie, als Martin aus dem Wagen stieg. »Jo«, meinte Hoff und legte den Kopf schräg. Und ein listiges Blinzeln – oder schien es ihr nur so? »Mein Verlobter«, sagte sie. Und nun legte auch Martin den Kopf schräg. »Jojo«, sagte Hoff. »Droben ist alles in Ordnung. Vorgestern hab ich mal den Ofen durchgeheizt.«

Vom Dorf bis zur Hütte sind es zwei Stunden, aufwärts. Abwärts kann man es in der halben Zeit schaffen, und die Hiesigen brauchen noch weniger. Am zweiten Tag kam Hoff mit dem Schlitten, obenauf hatte er ein kleines Tannenbäumchen gebunden.

Martin bewegte sich auf den Brettern wie ein Nichtschwimmer im Ozean. Irene entdeckte ihre pädagogischen Fähigkeiten. Sie brachte ihm ein bißchen Standfestigkeit bei, leichte Abfahrten, leichte Anstiege, schnürln, wie die Leute hier sagen, er war ein geduldiger Schüler. Größere Touren traute sie ihm nicht zu, aber bis zum Wettersteig und zur Linsegger Hütte, zum kleinen Reitzen und ins Dorf hinab kamen sie schon. Sie führte ihm Stemmbögen vor, scharf durchgerissene Kristiania, er versuchte es auch, aber in den paar Tagen war das natürlich nicht zu schaffen. Vor der Hütte bauten sie einen riesigen Schneemann, und natürlich versuchte sich Martin an einer Art Venus von Milo, die sie Simmentaler

Schneewittchen tauften, weil eine bestimmte Körperpartie an die berühmten Milchkühe erinnerte, mit denen die Schweizer Molkereien ihre Käseschachteln bekleben. Und sie lieferten sich Schneeballschlachten, wahre Turnierkämpfe, nur daß die Dame den fehlenden zweiten Ritter ersetzte und selbst das Rapier einlegte, und wuschen sich gegenseitig mit Schnee in aller Unschuld.

In Wahrheit tat Martin nichts. Sie wußte nicht einmal, was er dachte. Herr Lewin, mein Verlobter – sicher, es war ein Manöver gewesen, eine Notlüge, aber hatte er nicht gespürt, daß da etwas mitschwang, hier und in allem? Sie konnte doch nicht einfach zu ihm gehen und … Sie wußte ja nicht einmal, ob sie es wirklich wollte. Ja, sie liebte ihn, wußte es nun, aber es war eine Liebe, die mit dem wirklichen Leben nichts zu tun hatte, sie genügte sich selbst. Aber so erdfern war Irene nun wieder nicht, daß sie sich nicht gefragt hätte, zu welchem Ende sich ihre Wünsche neigten. Er hatte sie geküßt, damals, im Wagen, als sie in der Dunkelheit steckengeblieben waren, und wieder, als sie nach einer Tour zum Wettersteig die Eier hatte anbrennen lassen und als sie sich im Schnee wälzten, vor der Hütte. Und hatte ihr übers Haar gestrichen, abends, als sie die Kerzen in dem alten, sechsarmigen Leuchter entzündet hatte, sie hatte sich an ihn gelehnt, und er hatte ihr Haar gestreichelt, wie das doch nur ein Mann tun kann, der eine Frau liebt.

Manchmal glaubte sie, sehr viel getan zu haben. Das Gespräch mit Breisach, das, was sie Vater gesagt hatte, und das andere mit Hoff, und daß sie hier waren, beide – er mußte es doch genauso empfinden wie sie. Aber die Unsicherheit blieb. Ja, er hatte sie geküßt, hatte ihr übers Haar gestrichen, zitternde Berührung, und manchmal hatte er sie angesehen mit einem Blick, in dem alles war, was auch sie empfand. Aber dann war immer irgend etwas geschehen, ein Fenster hatte geknarrt, eine Uhr geschlagen, die stumme Gemeinsamkeit war zerbrochen, der Zauber zerstört.

Und er, Martin? Es hatte bisher keine Frau gegeben in seinem Leben, flüchtige Begegnungen, ja, flüchtig, wie diese ganze Zeit war, Ellen, damals an der Universität, und das Mädchen in Dortmund, das er an der Straßenbahnhaltestelle getroffen hatte, als ihnen beiden die letzte Bahn weggefahren war – er wußte nicht einmal mehr ihren Namen. Es hatte aber bisher auch keinen wirklichen Freund gegeben. Am zweiten Abend in der Hütte – Irene schlief im großen Zimmer, er in der kleinen Schlafkammer, auf dem Feldbett, Wand an Wand mit ihr – hatte er sich gesagt: Was soll dieses kindische Versteckspiel, Martin Lewin? Da ist ein Mädchen, das du gern hast, vielleicht weil sie dir so ähnlich ist, vielleicht weil sie so ganz anders ist als du, vielleicht als Freund, vielleicht als Frau – du weißt es nicht. Aber du weißt: Sie ist nicht mit dir hierher gefahren, nur um dir beizubringen, wie man auf zwei Brettern und mit zwei Stöcken einen Berg hinabfahren kann, und du bist ein Mann wie alle Männer. Und er hatte die Worte gewußt. Irene, ich weiß nicht, was mit uns los ist, und ich weiß nicht, was ich eigentlich will, aber ich weiß, daß alles, was geschieht, uns beide betrifft. Oder nein, auch das war Ausflucht, war die hochgestapelte Gefühligkeit, die zwischen ihnen stand. Und wenn ich einfach hinüberginge? Kann man denn nicht einfach Mann und Frau sein, natürlich, wie Millionen Menschen Mann und Frau sind, einfach, so wie Gott die Menschen geschaffen hat? Er hatte gehört, daß auch sie nicht schlief, wußte es, auch ohne daß er es gehört hätte. Und er dachte: Ich gehe hinüber, wir werden beide nichts sagen, weil nichts gesagt werden muß. Dann hatte er gehört, wie sie die Kerzen ausblies, und er war nicht gegangen.

Aber schlafen konnte er nicht. Denn auch er fragte sich: Zu welchem Ende führt das alles? Irene Hollenkamp und Martin Lewin – ihre Welt und seine Welt. Vielleicht war es wirklich nur dies: four nights will quickly dream away the time, eine letzte Hoffnung oder ein endgültiges Sich-Überlassen. So hätte es sein können, für ihn, aber für sie – für sie war dies ein Anfang. Er konnte sich doch nicht mit einem Mädchen wie Irene zusammentun, in der Enge eines möblierten Zimmers, sie seine fünf Hemden bügelnd, die er brauchte, um irgendwohin zu gehen, irgendeinen Artikel zu schreiben für irgendein Honorar, auf das sie dann vier, fünf Wochen warten würden. Sie sah einen romantischen Schimmer, während er die nackte Wirklichkeit erlebte, manchmal in einem ungeheizten Zimmer, manchmal ohne Frühstück, und immer in der Frage: Wozu?

Ja, dachte er, es ist alles schon einmal erlebt, schon einmal geschehen. Ein Mann kommt nach Deutschland. Findet er es? Vielleicht sitzt Mutter jetzt im dunklen Wohnzimmer, summt vor sich hin, Mary has a little lamb, Ännchen von Tharau, aber nein, heute sicher nicht. Ein Mann kommt nach Deutschland, ein Mann ist nach Deutschland gekommen, und er war vielleicht der einzige, der Auskunft geben könnte, Beckmann, aber er ist wieder gegangen, aus Deutschland, aus der Welt, hat er es gefunden? Komm, Beckmann, irgendwo steht immer eine Tür offen. Ja, für Goethe. Für Shirley Temple oder Schmeling. Aber ich bin bloß Beckmann. Ein Mensch ist da, und der Mensch kommt nach Deutschland. Und dann liegt er irgendwo auf der Straße, der Mann, der nach Deutschland kam. Früher lagen Zigarettenstummel, Apfelsinenschalen und Papier auf der Straße, Hoffnungen auch, ja, manchmal auch Hoffnungen; heute sind es Menschen, das sagt weiter nichts. Und dann kommt ein Straßenfeger, in Uniform und mit roten Streifen, von der Firma Abfall und Verwesung. Und die Menschen gehen vorbei, achtlos, resigniert, blasiert, angeekelt, und gleichgültig, gleichgültig, so gleichgültig. Und wir gehen an ihnen vorbei, einer geht am andern vorbei, alle gehen vorbei; wohin sollen wir denn auf dieser Welt? Wo bist du, Anderer? Wo bist du denn? Warum schweigt ihr denn? Warum redet ihr denn nicht? Wo ist denn der alte Mann, der sich Gott nennt? Warum gibt denn keiner Antwort? Gibt keiner Antwort? Gibt denn keiner, keiner Antwort?

170

Das hatte er gesucht, die Anderen, die Antwort geben konnten. Der Mensch muß doch eine Herkunft haben. Drei Viertel Deutschland und ein Viertel irgend etwas, das in diesem Lande zwölf Jahre lang einen gelben Stern trug, geteilt durch eine Emigration und eine halbe Erinnerung und keine Freunde, was ist dabei? Zwei Sprachen, in denen man Shakespeare und Goethe original lesen konnte, wo man ihrer bedurfte, aber keine, die Antwort gibt. Die beruhigende Verkündigung von der bleibenden Statt, die wir nicht haben, da wir die künftige zu suchen hier sind; wozu? Und die Briefe, die man schreibt an jemand, durch den man in der Welt ist und der sich freut über das Lebenszeichen, es in einem Kasten aufbewahrt, um es wieder und wieder zu lesen, die Worte zu lesen um der Schriftzüge willen und der belanglosen Mitteilungen: Das Wetter ist schön, der Rhein fließt noch, es geht mir so oder so? Nichts hatte er gefunden, nichts. Nur eines, das er nicht gesucht hatte, auf das er nicht vorbereitet war und das zu unwirklich ist, um Wirklichkeit werden zu können. Und konnte nun auch dies nicht finden, da er sich nicht fand. Ja, es ist wohl so: Der Mensch ist allein, weil er kein Ziel hat, er findet den Anderen nur unterwegs und findet sich nur durch die anderen; er findet nichts, wenn er nicht aufbricht.

Am anderen Morgen fuhren sie ins Dorf. Stellten die Bretter ab an Leopold Bradls umgitterten Garagenhof, der jetzt nur unberührtes Weiß war wie alles abseits vom Wege, was immer es auch im Sommer sein mochte, Galerie, Garten, Café. Sie kauften ein paar Kleinigkeiten und blieben über Mittag bei Hoff. Hoff lebte vom Fremdenverkehr; er hielt die Hütten instand, die dieser und jener Feriengast in der Umgegend besaß, und betrieb im Winter einen Schi- und Rodelverleih, einen kleinen Laden für Sportbedarf und eine noch kleinere Reparaturwerkstatt für allerlei Flickarbeiten. Hoff war in jungen Jahren aktiver Slalomläufer gewesen, er hatte einen guten Namen in der Wintersportwelt. Alt war er auch jetzt noch nicht. Vierzig vielleicht, aber der Krieg – er war Gebirgsjäger gewesen, wie die meisten Männer aus dem Dorf – hatte ihm eine Schulterverletzung eingetragen, er konnte den linken Arm nur mit Mühe bewegen.

Sie blieben über Mittag bei ihm und aßen in der kleinen, blitzsauberen Wohnküche. Alles war einfach und schlicht, ohne dabei ärmlich zu wirken, auch Hoffs Frau und die beiden Kinder, elf und vierzehn Jahre alt, strahlten die gleiche Ruhe und Einfachheit aus wie Hoff selbst. Sie hatten die natürliche Bedächtigkeit von Menschen, die alles, was sie besitzen, mit ihren eigenen Händen erarbeitet haben, die wissen, was das Brot kostet und was der Stuhl wert ist, auf dem sie sitzen. Hoff war auf eine ganz selbstverständliche Weise Mittelpunkt der Familie, die Kinder hörten zu, wenn er sprach, und er hörte zu, wenn die Frau oder die Kinder etwas sagten. Manchmal fragte er die Frau um Rat, dann sagte auch sie mit einfachen Worten, wie man dies und jenes am besten tun könne und was von dieser und jener Sache zu halten sei. Sie sprach ihrem Mann nicht nach dem Munde, beide hatten eine Meinung, und beider Meinung wog. Draußen im Laden hatten Irene und Martin die Urkunden von Hoffs Siegen gesehen, sauber unter Glas gerahmt, und alles, was mit dem Sport zusammenhing, interessierte alle hier. Die Frau und die Kinder wußten, wer welchen Rekord innehatte, sie sprachen über Bestzeiten, über Weiten beim Spezialsprunglauf, über die Aussichten dieses und jenes Schiläufers oder Rennrodlers, und als Hoff sagte, es sei ein Glück, daß nun wieder richtige internationale Wettkämpfe ausgetragen würden, nickten sie zustimmend, als sei dies eine Sache, die jeden von ihnen ganz persönlich anging.

Später braute Hoff eigenhändig Kaffee. Irene half ihm; Martin war mit Frau Hoff und den Kindern in den Hof gegangen, um den Bobschlitten zu besichtigen, den Hoff gebaut hatte. »Wissen Sie«, sagte Hoff drinnen zu Irene, »der Mann braucht eine tüchtige Frau und die Frau einen tüchtigen Mann, das ist die Hauptsache. Dann kommt auch alles andere in die richtige Ordnung.« Und er sah sie dabei mit einem halb zugekniffenen Auge an, als wollte er sagen: Wie ist das denn nun eigentlich mit euch beiden …

Auf dem Rückweg zur Hütte sagte Irene: »Sie sind alle so ganz anders, wie aus einer anderen Welt. Aber es ist schön, so zu sein.« Und sie glaubte es in diesem Augenblick wirklich. Und auch Martin dachte: Vielleicht rede ich mir alles nur ein, vielleicht ist wirklich alles ganz einfach.

Sie sahen auf das Dorf hinab. Ein dünnes Rauchfädchen drieselte über Hoffs Haus in den Himmel und ein dickeres über dem Gasthof, und die Luft war so klar, daß sie sogar die Zäune hinter den Höfen erkennen konnten und die Schneefänge. Und der Himmel war aus blauem Packpapier, wie von Matisse gemalt. Der Schnee blendete in der Sonne, die schon tief zwischen den Bergen stand; sie sahen die Spur hinter sich, in der sie gekommen waren, und vor ihnen war die Spur vom Morgen und vom ersten Tag, denn es war kein Schnee gefallen seit ihrer Ankunft.

Dann kam der Silvesterabend. Irene hatte leere Weinflaschen und Kognakflaschen aus dem kleinen Holzschuppen an der Hütte geholt, die schon wer weiß wie lange dort lagen, und auf jeder befestigte sie eine Kerze. Martin drehte an der Radioskala, der Auto-Bradl hatte ihnen die Anoden-Batterie aufgeladen. Die Musik kam von sehr weit her, dünn und leise, als wolle sie den Raum bekräftigen, der zwischen ihnen und den Dingen der Welt unten lag. Aber bis zu der Übertragung, die sie hören wollten, war noch Zeit.

Sie gingen vor die Hütte. Die Nacht hatte einen hohen, klaren Himmel, und die Sterne flackerten wie unter einem Wind, weit, weit über den Bergen. Es war die letzte Nacht der alten Jahrhunderthälfte, aber daran dachten sie beide nicht. Irene hatte sich an ihn gelehnt, und er legte den Arm um ihre Schulter. So standen sie lange, und Irene dachte: Es kann nicht wieder sein, wie es vorher war. Ein Tag war wie der

173

andere, und es gab nur Erinnerungen und Vergangenheit und keine Erwartung. Alles, was hinter ihr lag, erschien ihr trüb und ohne Hoffnung, die Eltern, die ihr stummes, eigenes Leben lebten, jeder für sich, die anderen an der Universität, die sich mühten um etwas, das sie nicht begriff, die Stadt, von Fremdheit befallen, alles, alles, das Haus über dem Rhein und die Wege, die sie gegangen war. Ja, dachte sie, ich habe immer gewartet, seit du da bist. Wenn ich nach Hause kam, und du hattest nicht angerufen, wenn ich in die Vorlesung kam, und du warst nicht da, immer wenn ich durch die Stadt ging. Sie war voller Zuversicht. Sie dachte an den Abend, da sie ihn abgeholt hatte; im Wohnzimmer seiner Wirtin hatte sie auf ihn gewartet. Es war für ein Mietshaus ein recht großes Zimmer, vollgestopft mit Möbeln und Gegenständen, die aussahen, als seien sie aus Zuckerguß, Schokoladenabgüsse von wirklichen Gegenständen, und sie hatte geglaubt, nicht atmen zu können in diesem Raum. Später, als sie es ihm erzählte, hatte er sie ernst angesehen und gesagt: Bei uns zu Hause ist es noch enger – eine Fünfzimmerwohnung, aber die Praxis ist mit drin und das Wartezimmer, und es bleiben nur drei Räume für vier Personen. Sie hätte sich auf die Zunge beißen können, damals, aber gleichzeitig war sie auch voller Angst gewesen vor dieser anderen, fremden Welt.

Und sie sahen in die Nacht hinaus, sahen die Schatten an den Berglehnen und darüber den hohen Himmel, sie spürte seinen Arm um ihre Schulter und spürte seinen Atem.

Als der Rundfunksprecher die letzte Minute des Jahres ankündigte, wußten sie nichts zu sagen. Stumm hoben sie ihre Gläser. Dann läuteten die Glocken des Landes, immer unterbrochen von der blechernen Stimme des Radiosprechers, die Glocken der Frauenkirche und des Ulmer Münsters, der Thomaskirche zu Leipzig und des Roten Rathauses zu Berlin, der Dome zu Mainz, Aachen, Regensburg und Meißen, der Marienkirche zu Lübeck und der Aureliuskirche zu Hirsau im Schwarzwald, Glocken aus Wien, Paris, Brüssel, London und Basel, Glocken des Freiburger Münsters und der Abteikirche Maria Laach zu Andernach am Rhein, Glocken des Kölner Doms und der Stiftskirche zu Quedlinburg, Glocken, von denen es manche gar nicht mehr gab, dünn, weit her, vergänglich ...

Noch der Geschmack des Windes, die Wärme von gestern und die Spur vom vergangenen Jahr. Die Kerzen sind niedergebrannt, die Kelche geleert. War nun das Vergangene vergangen, das Künftige erkennbar?

Der Wind, der aufgekommen war – sie wußte nicht wann–, schwoll zum Sturm. Sie stand auf, ging zum Fenster, fröstelte in dem hellblauen Nachthemd, das dünn und durchsichtig über Schultern und Brüste fiel; das Haar, spröde wie auf einer Kreideskizze, schmiegte sich offen und ein wenig wirr an den Nacken. Der Sturm brachte Schnee, mußte ihn schon seit langem gebracht haben, er lag bis dicht unter das Fenster. Wir werden nicht fahren können, dachte sie.

Sie spürte nun die Müdigkeit. Sie ging ins Zimmer zurück, zog dann die Decke bis ans Kinn, hörte nebenan seinen ruhigen Atem. Sie stellte sich sein Gesicht vor, so, wie sie es sah, fragend und ernst und immer ein wenig fern. Dann schlief sie ein, mit leicht geöffneten Lippen, lächelnd.

VII. Kapitel

Der Neujahrsmorgen war rein und weiß wie frisches Leinen, spät nachts war noch Neuschnee gefallen; als Zacharias das Fenster öffnete, wehte eine Handvoll ins Zimmer. In diesem Zimmer wohnte Zacharias zur Untermiete. Es gehörte zu einer Dreieinhalb-Zimmer-Wohnung, zu einem vierstöckigen Mietshaus und zu einer Straße im Leipziger Norden, die vierundfünfzig Hausnummern hatte, einer Querstraße also. Außer den Häusern besaß die Straße neun Gaslaternen, siebenundzwanzig schmale Vorgärten, alle auf der gleichen Seite, und einen Baum. Auf die Straße hinab sah Zacharias aus dem dritten Stock – heute war sie still und leer wie selten im Jahr.

Zacharias ging in den Korridor nach der Zeitung. Als er die Tür öffnete, wehte die gilbe Gardine wie eine Fahne hinter ihm her. Draußen erst fiel ihm ein, daß in der Silvesternacht nicht gedruckt wurde.

Er ging in die Küche und setzte das Wasser für den Tee auf den Gasherd. Das Gas brannte lustlos und matt. Der Teekessel war beschlagen; dort, wo Zacharias ihn berührt hatte, blieben die Fingerabdrücke zurück. Er steckte den Pfeifverschluß auf den Kessel und nahm zwei Brötchen aus der Brotkapsel. Er nahm auch das Teepäckchen aus dem Schrank, es war aus grobem grauem Packpapier mit einem aufgeklebten russischen Etikett; Zacharias hatte es auf der Kommandantur geschenkt bekommen. Nebenan hörte er die Wirtin rumoren, sie schien gerade erst aufgestanden zu sein. Sonst war das Haus noch sehr still. Er ging noch einmal ins Zimmer zurück, denn er hatte seine Zigaretten vergessen. Der Arzt hatte ihm zwar schon mehrfach dringend angeraten, das Rauchen aufzugeben, der Magen war nicht recht in Ordnung;

und Ihr Herz, mein Lieber, Sie wissen ja ... aber Zacharias konnte auf den Tabak nicht verzichten, besonders vor dem Frühstück nicht. Professor Lupochin allerdings hatte ihm die Zigaretten erlaubt; damals, in dem Lazarett bei Minsk, als er seinen Hüftschuß auskurierte. Lupochin war Krebsspezialist, eine Kapazität, wenn auch eine etwas unansehnliche; sein Uniformrock unter dem offenen Arztkittel war immer zerknittert und von irgendwelchen Tinkturen befleckt, sehr zum Leidwesen der Oberschwester, die auf Ordnung und Autorität hielt. Übrigens war Professor Lupochin überzeugt, daß der Krebs durch eine Mikrobe hervorgerufen würde, und er war entschlossen, diesen Krebserreger eines Tages zu entdecken, wenn dieser blödsinnige Krieg zu Ende wäre. Sagen Sie mal, Paul Richardewitsch, ist dieser blödsinnige Krieg vielleicht ein Grund, meine Arbeit zu unterbrechen? Solange die Menschheit sich gegenseitig umbringt, kann man von mir nicht verlangen, daß ich diese Wesen ernst nehme, wie? Ihr großer Landsmann Robert Koch hat einmal gesagt ... Er erzählte ständig Anekdötchen von Zacharias' großem Landsmann Robert Koch.

Zacharias nahm die Zigaretten von dem ovalen Tisch, über dem ein gerahmter Kunstdruck an der Wand hing; es war die wundertätige Quelle des Albrecht Altdorfer. Zacharias hatte im Laufe seines wechselvollen Lebens außerordentlich viele Zimmer bewohnt, und die Geschichte seiner Zimmer war eine Geschichte von Kunstdrucken. Man kann sagen, daß seine Begegnung mit der Kunst bereits bei seiner Geburt begann, denn Zacharias war unter einem wunderschön tortencremefarbigen Elfenreigen geboren worden, was ihn damals allerdings weiter nicht gestört hatte. Und woher, frage ich Sie, hätte der Schreinergeselle Richard Zacharias, sein Vater, oder die Näherin Milda Zacharias, geborene Enke auch eine Beziehung zu den Werken der Malerei haben sollen, sie, die bis zu ihrer Eheschließung nicht aus dem gottverlassenen Kirchdorf Sellerhau im Niederschlesischen herausgekommen waren? Zwar hielt man den sozialdemokratischen »Vorwärts«, das Blatt Wilhelm Liebknechts und August Bebels, leider aber war in dessen Spalten jene Neuerung, die Bruno Schönlank in der »Leipziger Volkszeitung« bereits im Jahre 1897 eingeführt hatte, die politische Karikatur nämlich, noch nicht aufgetaucht, so daß Richard und Milda Zacharias auch von dieser Seite her keinen Weg zu den Werken des Pinsels, des Stichels, der Feder und des Stifts finden konnten. Paul Zacharias jedenfalls hatte diese Beziehung auf dem Umweg über die Kunstdrucke, wie sie in möblierten Zimmern anzutreffen sind, gefunden.

Zacharias goß seinen Tee auf. Er trug die kleine Kanne, die Brötchen und das Marmeladenglas auf einem Brett ins Zimmer hinüber. Er schloß das Fenster und setzte sich an den Tisch. Er rauchte seine Zigarette zu Ende; die Wirtin klopfte, als er den winzigen Zigarettenrest gerade ausgedrückt hatte.

Frau Haustein war Witwe, ihre beiden erwachsenen Töchter auswärts verheiratet, sie arbeitete auf ihre alten Tage noch im städtischen Leihhaus, und im übrigen ließ sie es sich nicht nehmen, Zacharias ein bißchen zu bemuttern. Frau Haustein brachte also auf einem Porzellanteller zwei dünne Scheiben Christstolle, aus Roggenmehl gebacken und ohne Rosinen und Bittermandeln, immerhin aber mit ein paar Stückchen echten Citronats. Zacharias bedankte sich linkisch; er wußte nie so recht, wie er sich gegenüber der freundlichen Aufmerksamkeit seiner Wirtin verhalten sollte, schließlich lebte sie ja selbst von der Hand in den Mund. Aber sie brachte es auch diesmal fertig, seine Verlegenheit mit einer unbefangenen Bemerkung wegzuwischen.

Wie sich herausstellte, war die Stolle gar nicht so übel. Was Zacharias aber an diesem Morgen, beim Frühstück, vor allem beschäftigte, war die Frage, wie er diesen Neujahrsmorgen einigermaßen mit Anstand überstehen könne. Zacharias gehörte nämlich zu jenen Leuten, die mit derlei Feiertagen beim besten Willen nichts anzufangen wissen. Gemeinhin bleibt man an solchen Tagen zu Hause, man bleibt unter sich, man fühlt sich privat, man tut familiär. Alles Regungen, auf die sich Zacharias nicht verstand, ganz abgesehen davon, daß man als Junggeselle, als ›möblierter Herr‹, dazu auch recht wenig Gelegenheit findet.

Was soll man machen; je mehr man das Alleinsein gewohnt ist, um so beständiger laufen die Gedanken in eine bestimmte Richtung. Ein nicht sehr angenehmer Zustand … Sonst hat man immer etwas zu tun, etwas, das die ganze Aufmerksamkeit in Anspruch nimmt, und mitunter auch Belanglosigkeiten, die einem mechanisch von der Hand gehen, man hat immerhin jemanden, mit dem man sich unterhalten kann oder muß, man muß sich auf dieses und jenes vorbereiten, von dem und jenem Abstand gewinnen, sich Klarheit verschaffen, das Gehirn ist beschäftigt. Zacharias erinnert sich, daß er diese Tage, diese Stunden seit der Emigration kennt, ja, in der Emigration begann es. Es ist eine Art zählederne Müdigkeit, bleischwer und gleichzeitig auf eine nicht bestimmbare Weise unruhig, kribblig; man findet sich plötzlich in Einzelhaft, aber man weiß, oder, besser gesagt, man hat das Gefühl, daß man an dieser Haft selber schuld ist und daß man die Zelle ja jederzeit verlassen kann, nur: wohin soll man gehen? Es ist ein ungesunder Lebensrhythmus; der Tag hat achtzehn Arbeitsstunden, und sechs Stunden braucht der Mensch zum Schlafen, Leerlauf kennt man nicht. Aber man kennt auch keinen Ausgleich. Und normalerweise vermißt man auch nichts, man hat gar keine Zeit, etwas zu vermissen. Nur manchmal, an manchen Tagen, diesen scheußlichen Feiertagen …

Manche von den Leuten, die mit ihren freien Stunden nichts anzufangen wissen, haben aus ihrer persönlichen Not eine gesellschaftliche Tugend gemacht; sie organisieren. Sie organisieren nicht etwa um eines Ergebnisses willen, nicht etwa zu dem Zweck, daß etwas Neues entstünde, nein; sie organisieren, damit organisiert ist. Es ist das einzige Perpetuum mobile, das je tatsächlich funktioniert hat: aus ihrer inneren Leere heraus organisieren sie ihre innere Leere weg. Sie drehen sich, und das befriedigt sie. Sie übertragen eine Kraft von irgendwo nach irgendwo, und wie das in der Mechanik zu sein pflegt, verändern sie dabei die Bewegungsrichtung oder die Drehzahl oder erzeugen Leerlauf, und unter ungünstigen Umständen geht das ganze Getriebe zum Teufel, aber wie gesagt: davon haben sie keine Ahnung. Ihr Daseinszweck ist: sich drehen. Und alles, was in die Reichweite ihrer Zähne gerät, drehen sie mit; oder … Natürlich: spätestens an diesem Punkt beginnt der Vergleich zu hinken, denn wie man weiß, verwenden diese Leute allerhand Energie auf den Erhalt ihrer Existenz. Aber der Vergleich ist nun einmal da, und es scheint, als bestünde der eigentliche Fehler darin, daß er sich so schamlos aufdrängt.

Woran aber denkt Paul Zacharias an jenen seltenen Tagen, in jenen zählebigen Stunden, da ihn die Einsamkeit überfällt mit der Grenzenlosigkeit der Welt, in der dies winzige, zerbrechliche Menschenleben sich müht, sich quält und gequält wird, sich immer wieder aufbäumt um einer besseren Welt willen, in der es vielleicht selbst nicht mehr heimisch werden kann … Ach, es ist ein armes, gedemütigtes Leben, das in alle Winde getrieben wurde auf seiner Suche nach der besseren Welt und dem Platz, an dem man sein eigenes Leben in die Schanze schlagen könne für das bessere. Und es ist ein stolzes, kraftvolles, männliches Leben, das die Suche nie aufgab und seinen Platz, seinen Kampfplatz sich immer wieder erkämpfte, denn auch die Teilnahme an diesem Kampf will erkämpft sein. Es gab Stunden, da man sich angesichts der so festgefügten Welt der Anderen nach etwas Dauerhaftem und Festgefügtem für sich selbst sehnte. Es gab Stunden, da man dieses Gefühl von Hunger, Ruhelosigkeit und Einsamkeit nicht mehr ertragen zu können glaubte. Und dennoch wußte man, daß diese Dauerhaftigkeit, diese Behaglichkeit, diese solide Ansässigkeit mit all ihren Attributen Schwindel war,

180

Lüge, erkauft vom Schweiß und Blut der Arbeiter oder mit dem teilnahmslos blökenden Opfergang des Schlachtviehs. Dennoch wußte man, daß all diese zur Schau getragene Dauerhaftigkeit und Sicherheit bestenfalls eine schöne Illusion war in dieser Welt, deren einzig dauerhaftes Merkmal der Wechsel ist. Man wußte es mit jener Gewißheit, die bereits in der frühesten Kindheit und Jugend erworben wird, es war ein erlebtes Wissen, kein erlerntes; es stammte aus der Wirklichkeit, nicht aus den Büchern. Man hatte es am eigenen Leibe erfahren; – viel später, als man die Lehren Marx', Engels', Lenins und Stalins las, konnte man sie mit diesem seinem Leben bestätigen, und man konnte ermessen, wie tief diese Männer hinabgestiegen waren, wie weithin sie ihr Fundament gelegt hatten, um sich so hoch aufzurecken, so kühn vorausschauen zu können. Ja, man konnte es selbst dann, wenn man ihre Gedanken nicht bis in ihre letzten Konsequenzen verfolgen konnte. Und vielleicht deshalb sang man dieses Lied, das eigentlich ein Lied der Jugend war, mit, als wäre es das Lied des eigenen Lebens. Besser als gerührt sein ist: sich rühren …

Man sah die ganze Flucht der möblierten Zimmer vor sich, der Asyle, aneinandergereiht wie an einem Hotelkorridor; die Umschlagplätze sah man, die Wartestationen, auf denen man eines freundlichen Zufalls harrte, eines Stempels unter irgendein Papier, einer Gelegenheit, im letzten Augenblick zu entrinnen, einer Möglichkeit weiterzuleben, weiterzukämpfen, sich weiter zu schinden. Und man sah die spärlichen Ruhestätten, die wenigen Orte, die wenigen Gesichter, die zum Bleiben einluden: Hier ist ein Tisch, hier ist ein Bett, hier bleibe. Sein Weg hatte ihn durch die Tschechoslowakei geführt, und da war Maria. Sein Weg hatte ihn durch Frankreich, Spanien und die Sowjetunion geführt, und da war Dussja. Warum eigentlich hatte er nie bleiben können, dort, wo so mancher eine neue Heimat gefunden hatte? War es – Deutschland? Oder war es einfach, weil die Unruhe in ihm stärker war als die Unruhe um ihn? Oder war es beides, war vielleicht beides eins? In solchen Augenblicken tauchen die Bilder auf, die Bilder von einst, die Momentaufnahmen eines allzu kurzen, allzu ruhlosen Beisammenseins. Die enge Wohnung in dem einstöckigen Haus am Rande von Karlsbad, die dunklen Augen Marias, deren Mann mit dreiundzwanzig Jahren schon den glutflüssigen Tod der Glasbläser gestorben war, den erbärmlichen Tod, von dem die Holzkreuze auf dem Vorstadtfriedhof künden, Reihen von Kreuzen, unter denen die Gebeine von Männern bleichen, deren keiner älter als vierzig geworden ist. Warum hatte er nicht bleiben können? War es der Schatten des toten Mannes, den er ständig zu spüren glaubte und, das fühlte er, Maria auch? Sie hatten einander gefunden wie ein Obdachloser den anderen findet, sie hatten beide ihren Schmerz, ihren Haß und ihre Einsamkeit, sie hatten beide ihre hart und qualvoll pochenden Herzen.

Immer stehen diese Bilder am Ende, am Ende jener zählebigen Stunden, in jenen seltenen Tagen. Er spürt den Atem Marias, spürt die Nähe ihres Körpers, die weiche Rundung ihrer Brüste, jene Tage sind ihm wieder gegenwärtig und jene Nächte, denn hier handelt es sich nicht um die idealische Liebe, hier handelt es sich um Lust und Erfüllung, um Atemlosigkeit und Ermattung. Bilder, die für einen anderen seines Alters schamlos wirken könnten in ihrer übergroßen Deutlichkeit; er hat den Zenit seiner Jahre überschritten, und solche Stunden waren wenige. Er fühlt schon das Nahen des Alters und weiß, daß alles anders gekommen ist, als man damals zu wissen glaubte; die bessere Erfahrung mischt sich ständig mit dem Wunschgedanken, daß nun das Wichtigste erreicht, das Schwierigste überstanden sei. Er spürt das Schwinden der Jahre mit einem natürlichen Einverständnis und gleichzeitig einer natürlichen Auflehnung. Und immer verschwimmen diese Bilder, versinken unter Erinnerungen, die längst ungreifbar geworden sind, unter Erlebnissen, die ihn längst geformt haben, mischen sich mit anderen, näherliegenden, mit

Gedanken an heute und morgen, es ist ein Auftauchen vom Vergangenen ins Künftige, das die Gegenwart bewegt ...

Der Tee ist kalt geworden, auch die Kälte des Zimmers wird nun spürbar. Soll man den Berliner Kachelofen anheizen oder nicht? An Briketts ist gottlob kein Mangel, man ist ja selten zu Hause, man kann sogar Frau Haustein noch etwas abgeben. Übrigens: ›zu Hause‹, man hat sich eben doch daran gewöhnt, diese vier Wände ›zu Hause‹ zu nennen ...

Als Zacharias die Reste seines Frühstücks vom Tisch räumte, war es elf Uhr geworden; nebenan summten die Schläge der großen Standuhr. Es war fast schon wieder Zeit zum Mittagessen. Auf dem Fensterbrett in der Küche stand, in einer Kasserolle leicht angebraten, ein Schweinskotelett, einhundert Gramm, auf den Fingernagel genau ... Zacharias nahm den Mantel von der Flurgarderobe.

Die Straße hatte sich mittlerweile belebt. Vor Zacharias ging ein kleines Männchen, das bei jedem zweiten Schritt einen eisenbeschlagenen Spazierstock in den Schnee stieß. Auf der anderen Seite kam ihm ein Ehepaar entgegen – wenigstens hielt er es dafür. In der Kurve an der Wiederitzscher Straße kreischte ein Einsatzwagen der Straßenbahn.

Zacharias ging zum Rosenthal; die Sonntagsgeräusche der Stadt blieben zurück. Vom Raubtierhaus des Zoos herüber brüllten die Löwen, die berühmten Leipziger Zuchtlöwen, die kurioserweise nach Afrika exportiert wurden. Im Augenblick allerdings hatte der Zoodirektor Aufzuchtsorgen, der Bestand war zusammengeschrumpft, es fehlte an frischem Blut ... Zacharias ging die Parkwege entlang, der Schnee war hier noch unberührt. Fern über den schwarzen Baumkronen sah er den dicken Turm des neuen Rathauses. Am Rande der großen Wiese, an der Schneise nach der Waldstraße zu, ließ jemand einen Hund apportieren, ein Airedale-Terrier, wie es schien, genau war es auf diese Entfernung nicht zu erkennen, außerdem blendete der Schnee.

Zacharias ging den Weg am Zoo entlang. Manchmal konnte man von hier aus durch den Zaun die Bisons sehen. Aber es ist alles tief verschneit, keine Spur im Schnee, nichts regt sich. Drüben auf der Wiese apportiert immer noch der Hund, es ist übrigens ein Fox, von hier aus erkennt man es besser. Irgendwo hinter diesen Bäumen dort wohnt der lange Schulze, der Parteisekretär vom Kraftwerk III. Schade, daß man die Hausnummer nicht weiß, man könnte ihn auf einen Sprung besuchen. Aber es ist wohl nicht die rechte Gelegenheit, so kurz vor Mittag, überdies sieht man sich ja morgen bei der Sitzung.

Das neue Jahr fängt gut an: Sitzungen ... Was ist denn mit den Füßen los? Scheinen wahrhaftig naß zu werden. Vielleicht rutscht der Schnee in die Schuhe? Nun, es ist ja zum Glück nicht kalt; seit man wieder in Deutschland ist, weiß man gar nicht mehr, was richtige Kälte ist ... Also die Sitzung. Die letzte war ja ziemlich aufregend, verdammt aufregend kann man schon sagen. Im »ND« war der Bericht Gheorghiu-Dejs auf der Beratung des Informbüros der Kommunistischen und Arbeiter-Parteien erschienen, die Berichte vom Budapester Prozeß, Kommentare ... Tito und Rankovic paktierten mit der Gestapo! Und dann Sätze wie diese: ›Die Kommunistische Partei Jugoslawiens in der Gewalt von Mördern und Spionen!‹ ›Die logische Folge der antisowjetischen Politik war der Übergang der Tito-Clique zum Faschismus!‹, ›Die Tito-Clique stellt sich die Aufgabe, in den Ländern der Volksdemokratien politische Banden aus reaktionären, nationalistischen, klerikalen und faschistischen Elementen zu bilden, um in diesen Ländern Staatsstreiche durchzuführen!‹ – Tito-Clique; diese Formulierungen hat man seit den Tagen Trotzkis und Bucharins und seit dem Moskauer Ärzte-Prozeß in den eigenen Reihen nicht mehr vernommen; man hat gedacht, diese Dinge seien ein für allemal vorbei. Und dann die Enthüllungen dieses Generals Popivoda ... Der Abbruch der diplomatischen Beziehungen

184

zur Sowjetunion im vergangenen Jahr ... Und das ist derselbe Tito, der seit 1937 Erster Sekretär der KPJ ist, derselbe Tito, der die Befreiungsbewegung leitete. Derselbe Tito, den man zusammen mit Stalin und Mao Tse-tung, mit Dolores Ibárruri und Prestes, mit Thorez und Gottwald nannte ... Wieder der Verweis darauf, daß nichts feststeht, und wieder genau zu einer Zeit, da man sich allzusehr mit scheinbar feststehenden Meinungen, scheinbar stabilen Vorstellungen umgibt. Und man hat geglaubt, diese Dinge seien ein für allemal vorbei ...

Was würde dieses neue Jahr bringen? Es war ja nicht nur ein neues Jahr schlechthin, es war die Jahrhundertmitte, der Beginn der zweiten Jahrhunderthälfte ... Zacharias erinnerte sich daran, mit welch guten Vorsätzen er als Kind das neue Jahr begonnen hatte; wirklich, das war völlig ernsthaft, er hatte an die Wundertätigkeit der Silvesternacht geglaubt; was das ganze Jahr über nicht gelungen war, beim Jahreswechsel mußte es dank dieser Wunderkraft gelingen. Ich will mir jeden Tag die Zähne putzen; ich will keine Äpfel mehr klauen; vor dem Bernhardinerhund bei Fleischer Dusenschön will ich keine Angst mehr haben ...

Was wird dieses neue Jahr bringen? Weniger Arbeit als das alte jedenfalls nicht. Morgen wird man sich mit dem Auftreten des CDU-Hickmann zu befassen haben, mit seiner Rede in Markkleeberg: ›Wir müssen die Kritik an Adenauer einstellen, wir müssen uns neutral gegenüber den westlichen Siegermächten verhalten.‹ Der Feind kommt also jetzt aus dieser Richtung. Bis jetzt haben sie sich nichts anmerken lassen, die Hickmann, die Rohner, die Fascher und Moog, bis jetzt waren sie für den Block, bis jetzt gingen sie mit uns. Aber nun lassen sie die Katze aus dem Sack, nun halten sie ihre Zeit für gekommen. Die FDJ paßt ihnen nicht, das Arbeiter- und Bauernstudium paßt ihnen nicht, die HO paßt ihnen nicht; und so was ist sächsischer Finanzminister; das sitzt in den Landtagen, in den Stadtverordnetenversammlungen, in den Parteivorständen ... Wahrhaftig: in diesem Punkt hat Polotnikow schärfer gesehen als ich, das schwimmt alles noch dicht unter der Oberfläche, und wenn wir einen Augenblick nachlassen, bricht es hervor. Es ist leider allzu wahr: wo wir nicht sind, da ist der Feind! Wo die Revolution nicht ist, da ist die Konterrevolution.

Und wie haben sie uns nach dem Munde geredet! Als es gegen die Monopole ging, gegen die Kriegsgewinnler, die Junker, da waren sie für uns. Da haben sie geschrien: Nieder mit dem Imperialismus, nieder mit den Kriegsverbrechern, nieder mit Flick, mit Krupp, mit Pferdmenges, mit Lemmer und Kaiser! Natürlich, sie hatten den Krieg genauso mitgemacht wie ›die Großen‹, sie hatten genauso daran verdient; nun aber, da man verloren hatte, brauchte man erst einmal einen Sündenbock, und so wurde die Schuld ›nach oben‹ abgeschoben. Wir waren ja nur kleine Wirtschaftsleute, wir waren gezwungen, wir konnten doch nichts tun, und eigentlich waren wir ja schon immer dagegen. Weiß Gott, sie waren gar nicht für die Konzerne der anderen, sie waren nur für einen ›kleinen‹ Kapitalismus, für ihren eigenen Kapitalismus, eines Tages wäre schon wieder ein ›großer‹ daraus geworden; kommt Zeit, kommt Rat. Und irgendwie muß man eben leider den Proleten und den Russen ein bißchen entgegenkommen, also macht ruhig eure Schulreform, das kostet uns ja nichts; macht eure Bodenreform, auf die Dauer hält sich das sowieso nicht; enteignet ruhig die Monopole, es sind ja nicht unsere ... Als aber die ersten tausend Traktoren aus der Sowjetunion kamen, da zogen sie lange Gesichter. Als die Reparationen gesenkt wurden, als die Aktivistenbewegung begann, als schließlich in Leipzig achttausend Leiter von Volkseigenen Betrieben, Aktivisten und Regierungsmitglieder das Profil der künftigen Volkswirtschaft berieten, die Übererfüllung des Zweijahrplanes, da sahen sie ihre Felle wegschwimmen, und nun wurden sie auf einmal sehr schnell munter. Entmachtung der Monopole? Einverstanden. Aber nur, wenn wir dabei profitieren ... Und so verschob der Herr Leo Herwegen, Minister für Arbeit in Sachsen-Anhalt, die beschlagnahmten Vermögenswerte der Deutschen Continentalen Gas-Gesellschaft in die Westzone. So tauchten sie wieder an die Oberfläche, der Generaldirektor Leopold Kaatz, der Direktor Hermann Müller, der Herr Friedrich Methfessel; und was da auftauchte, war in Wirklichkeit die IG-Farben, der Solvay-Konzern, die Großbanken, die DCG ... Und ganz zufällig explodieren zur gleichen Zeit im Sprengstoffwerk Gnaschwitz die Anlagen, und zwar gleich dreimal hintereinander; ganz zufällig tauchen illegal bewaffnete Gruppen auf, die zufällig ein ehemaliger Oberst der faschistischen Abwehr leitet, ein braver Schwiegersohn der Schwerindustrie; ganz zufällig verschwinden Produktionsunterlagen Volkseigener Betriebe nach West-Berlin; ganz zufällig treten Produktionsstörungen auf, und selbstredend rein zufällig halten nun die Herrschaften ihre Reden im Landtag, in der Länderkammer, in den Stadtparlamenten. Da seht ihr doch, daß die Arbeiter keine Betriebe leiten können, sie ruinieren unsere Wirtschaft! Wir müssen den privaten Sektor erweitern, wir brauchen Entwicklungshilfe für die Unternehmer, wir brauchen keine Planwirtschaft, sondern mehr Arbeitskräfte, mehr Material, niedrigere Steuern und großzügigere Unterstützung für die Privatbetriebe ... Und diese Arschkriecher vom Schlage eines Lippmann versuchen noch freundlich zu beschwichtigen. Und wenn man die Arschkriecher Arschkriecher nennt, dann ...

Ja, so ein Jahr war das, das Jahr neunundvierzig. Und nun haben wir wieder mal ein neues. Was wird es bringen? Im Juli den Dritten Parteitag und vorher das Deutschlandtreffen der Jugend, soviel steht fest. Aber sonst? Was wird mit dem Saargebiet? Werden sie es wirklich verschachern? Und was geschieht in Jugoslawien? Was in Korea? In Vietnam? Die ganze Welt ist in Bewegung, und das Gespenst geht nicht mehr nur in Europa um. So, und das war ein ganz reales Auto! Wie, zum Teufel, komme ich denn mitten auf die Straße?

Tatsächlich, er hatte das Rosenthal durchquert, er war auf die Straße geraten, die hier keinen Fußsteig hatte; ein hochkarossiger Opel P4 entschwand mit rauchendem Holzvergaser in der Biegung und ließ dicht vor seinen Füßen eine Schneekettenspur zurück. Von den Kirchtürmen der Stadt läuteten seit einer Weile die Mittagsglocken; er vernahm sie erst jetzt.

Zacharias sah sich um. Sieh mal an, das Haus gegenüber kannte er. Es war ein sehr schönes Haus, inmitten eines großen Gartens, eine Villa fast, für ein oder zwei Familien; aber jetzt wohnten wohl einige Leute mehr darin, an dem schmiedeeisernen Gartentor hing ein Briefkasten mit vier oder fünf Namensschildern. Es war schon ein bißchen merkwürdig, daß er ausgerechnet in diese Richtung gegangen war. Oder war es purer Zufall?

Jedenfalls stand er vor dem Haus; das Rosenthal hinter sich und den Zoo mit dem Gebrüll der Löwen – wurden sie nicht um diese Zeit gerade gefüttert? – Er stand vor der Doppelspur, die der Opel zurückgelassen hatte, die Luft trug noch einen Nachgeschmack von der Beize des Holzgasentwicklers, und die Mittagsglocken läuteten; er sah hinauf zu den Rauchfäden, die schnurgerade über den beiden Schornsteinen in den Himmel drieselten. Und der Rauch über dem Haus erinnerte ihn, der hier im Schnee stand, an angenehme Zimmer und Wärme, erinnerte ihn an das Kotelett, zu Hause, in der Kasserolle auf dem Fensterbrett, auf den Fingernagel genau einhundert Gramm. Sicher hatte Frau Haustein schon Kartoffeln geschält, heute war ja Feiertag. Ob der Professor jetzt auch am Mittagstisch saß? Solche Leute sind ja meist pedantisch, und den Glocken nach war es genau Mittag. Aber der Professor wohl nicht, der war eher ein bißchen nachlässig. Eigentlich schade, daß man ihn nicht näher kennt …

Und er drehte sich um und ging durch das Rosenthal zurück langsam nach Hause. Ja, nach Hause.

Professor Kleinschmidt saß in der Tat am Mittagstisch; der war weiß gedeckt, zur Feier des Tages, für gewöhnlich begnügte man sich mit einer geblümten Wachstuchdecke aus dem Besitz der Frau Selle. Heute aber war ein besonderer Tag – nicht nur des Neujahres wegen. Christian war gekommen, obwohl er erst über die Weihnachtsfeiertage Urlaub gehabt hatte. Er hatte seine Schicht mit einem anderen getauscht. Frau Selle hatte vom Weihnachtsbesuch bei ihrem Bruder, der im Thüringischen eine kleine Wirtschaft betrieb, eine Ente mitgebracht. Sie lag bäuchlings in der Pfanne, mit Beifuß und Äpfeln gefüllt, der Bratenduft kroch aus der Küche in den Vorsaal, in Kleinschmidts Wohnzimmer, es roch nach heißem Fett, nach knusprigem Fleisch, nach Kräutern und Gewürzen. Obendrein war von Marie-Luise, oder genauer von der Nichte Irene, ein Festpaket angekommen. Kleinschmidt war anfangs nicht sehr erbaut davon gewesen, der Briefwechsel mit Marie-Luise war seit vielen Jahren nur sehr gelegentlicher Natur. Aber als er schließlich doch die Verpackung geöffnet hatte und die schöne Sammlung der »Epistolae virorum obscurorum« entdeckte, die Hogarth-Stiche, den Kaffee und die Zigarren – bei einigem Nachdenken ließ sich bezeichnenderweise genau herausfinden, wer von den Hollenkamps welchen Beitrag beigesteuert hatte –, da steigerte auch dieses Paket Kleinschmidts freundliche Stimmung. Viele Umstände kamen zusammen; es war, als hätten alle etwas geahnt …

Nämlich: Professor Reinhardt Kleinschmidt war in den Hochschuldienst zurückberufen worden. Drei Tage vor Jahreswechsel. Im Januar dieses Jahres 1950 würde er zum ersten Mal nach sechsjähriger Pause wieder das Säulenportal betreten – oder nein, das alte Hochschulgebäude war ja zerstört, man befand sich in einer Notunterkunft.

Die Berufung kam überraschend. Neun Monate vorher hatte ein Gespräch stattgefunden – Kleinschmidt hatte ihm längst keinen Wert mehr beigelegt. Damals hatte man ihn

189

gebeten, übrigens schon zum dritten Mal seit dem Jahre sechsundvierzig, wieder an der Hochschule mitzuarbeiten. Meine Herren, mein Gesundheitszustand ist nicht der beste, Sie wissen ja ... Er hatte sich regelrecht um den Bart gehen lassen. Schließlich hatte man ihn ja auch gut drei Jahre lang links liegenlassen. Man war bisher ohne ihn ausgekommen – warum sollte er jetzt? Er wußte bis auf den heutigen Tag nicht, daß er nur seines Schwagers Hollenkamp wegen nicht eingestellt worden war. Der Kommission, die über die Neueinstellung der Lehrkräfte zu entscheiden hatte, war diese Familienverbindung zu einem leitenden Mitarbeiter eines der größten deutschen Konzerne nicht recht geheuer vorgekommen. Sie waren durch einen puren Zufall überhaupt erst aufmerksam geworden; eines der Kommissionsmitglieder war vor dreiunddreißig Betriebsratsvorsitzender in einem mitteldeutschen Betrieb der DCG gewesen, den ein gewisser Direktor Hollenkamp geleitet hatte. Was aber stand da in Herrn Professor Kleinschmidts Fragebogen? ›Schwester Marie-Luise, verehelichte Hollenkamp; Ehemann Dr. Theo Hollenkamp, Jurist, soweit mir bekannt ist, beschäftigt bei der Deutschen Chemischen Gesellschaft.‹ Soweit mir bekannt ist, soso! Man wird schon wissen, weshalb man sich seines Herrn Schwagers so wenig rühmt. Übrigens, war der Herr Professor nicht nach seinen eigenen Angaben schwer herzleidend? Da ist ja das Attest: Koronarsklerose, Angina pectoris. Na bitte. Unter den gegebenen Bedingungen empfiehlt sich eine vorläufige Zurückstellung.

Aber die Kommission war inzwischen aufgelöst, ein Vermerk über den Grund der Zurückstellung fand sich in den Akten nicht. Bis auf diese Herzgeschichte. Herzkrankheiten, Herr Kollege, haben heutzutage ziemlich viele Leute, ich selbst beispielsweise auch. Wir verstehen natürlich ... keine übermäßige Belastung ... Ihre Partei, die Liberal-Demokratische Partei Deutschlands, äußert sich übrigens auch in unserem Sinne ... und so weiter ...

190

Vermutlich hatte Frau Selle wieder einmal ihre Stubentür offenstehen, man hörte das Radio sehr laut. Deutsche Volkslieder, von einem sentimentalen Bariton gesungen und einer weiblichen Stimme im Diskant. ›Ist noch ein Mensch auf Erden, so möcht ich bei ihm sein ...‹ Natürlich, des »Knaben Wunderhorn«. Stand nicht am Anfang des Arnimschen Geleitwortes dieser ulkige Satz; wie hieß es doch gleich? Ach ja, richtig: Sie brachen ab und auf zu ihren Regimentern.

Da erschien auch schon die Ente. Christian half der guten Frau Selle beim Auftragen. Nun noch den Wein aus der HO. Der neue Staat geht mit Abkürzungen beinahe noch großzügiger um als das tausendjährige Reich, und das will schon etwas heißen. Aber der Junge hat keine Ahnung, wie man eine Weinflasche öffnet. Naja, diese Ersatzkorken auch. Alles Ersatz heutzutage. Natürlich, da war das Ding schon zerkrümelt, und die Hälfte schwamm im Flaschenhals.

Aber die Ente war gut. Man hatte ziemlich magere Jahre hinter sich. Erstens waren die Läden leer, und zweitens reichte das Geld ohnehin kaum für das, was es auf die Lebensmittelkarten gab. Professor Kleinschmidt hatte von den wenigen geretteten Wertsachen verkauft, was irgend zu erübrigen war. Mitunter hatte eine Fachzeitschrift einen Aufsatz veröffentlicht – aber es gab ja kaum Fachzeitschriften. Es war gar nicht so leicht gewesen, dem Jungen das Abitur zu ermöglichen – und daß er jetzt selber verdiente, war geradezu ein Glück. Ein Stipendium, falls er immatrikuliert worden wäre, hätte er ja sicherlich nicht bekommen.

Christian dachte: Er schnurrt heute vor sich hin wie ein zufriedener Kater. Er ist alt geworden in der letzten Zeit. Seit Mutters Tod. Und er läßt sich gehen. Wenn sich Frau Selle nicht um ihn kümmern würde, wer weiß. Christians Verhältnis zu seinem Vater hatte sich etwas gebessert, seit er im Erzbergbau arbeitete. Er war nicht mehr so unduldsam, er übersah stillschweigend so manche Halbheit und manche Ausflucht des Professors, manchmal empfand er Mitleid. Ein

191

unpersönlicher Ton hatte sich eingeschlichen. Er selbst empfand es so: Es war weniger eine Spanne zwischen Vater und Sohn als zwischen dem Jungen und dem Älteren. Diese Spanne aber war allgemein und überall. Sie war genauso zwischen ihm und dem Steiger Hermann Fischer wie beispielsweise zwischen Peter Loose und dessen Stiefvater, jedenfalls nach allem, was Loose darüber erzählt hatte. Sie war allgemein, nur ihre Erscheinungsform war unterschiedlich. Christian hatte allerdings nicht bemerkt, daß sich seines Vaters Verhalten ihm gegenüber seit dem vergangenen Spätsommer doch merklich verändert hatte. Nämlich: Nach dem Tode seiner Frau hatte sich der Professor auf seinen Sohn konzentriert, wenn auch in den Grenzen und mit all den Inkonsequenzen, welche die Nachkriegsereignisse, die er nicht zu durchschauen vermochte, für ihn mit sich gebracht hatten. Nun aber war er allein – und er begann das zu spüren. Er hatte manchmal in Christians Zimmer gesessen, auf dem schmalen Metallbett, hatte das Bücherregal betrachtet und in alten Schulheften geblättert. Und hatte gedacht: Großer Gott, was haben wir denn getan? Wir haben sie schlecht vorbereitet auf die Welt – und haben die Welt schlecht vorbereitet für sie. Wir haben die falschen Propheten gewähren lassen und spüren es an unserem eigenen Fleisch und Blut, nun uns andere die Augen öffnen. Aber was können wir denn jetzt noch tun? Kann man überhaupt etwas tun, wo gegen die Dummheit selbst Götter vergebens kämpfen?

Professor Kleinschmidt begann zu sehen, wieviel er in seinem Leben hätte anders beginnen, anders tun müssen. Und er hatte Angst, sich einzugestehen, daß er es vielleicht sogar vermocht hätte. Er belud sich mit Gründen, die allesamt dem gleichen Wunsch entsprangen: sich selbst die Ohnmacht vor dem Lauf der Welt zu beweisen, das Geworfensein des Menschen in sein irdisches Sein. Er suchte nach der moralischen Rechtfertigung seines gelebten Lebens, glaubte manchmal, sie gefunden zu haben – die modernen

Philosophen assistierten ihm – zweifelte aber jedesmal von neuem ...

Für den späten Nachmittag und den Abend hatte sich der Professor bei seinem alten Freund Manthei angesagt, dem Physiologen. Er fragte Christian, ob er mitginge. Man traf sich alle drei oder vier Wochen zur Hausmusik. Manthei spielte das Cello, der Physiker Dietrich Gutzeit und Dr. Straube von der Musikschule die Violinen. Kleinschmidt selbst widmete sich mehr schlecht als recht dem Klavierspiel – das Cembalo lag ihm mehr. Aber sein eigenes Instrument, ein Erbstück noch vom Großvater her, war, wie so vieles andere, den Bomben zum Opfer gefallen. – Professor Kleinschmidt war in der Polyphonie und im Formempfinden des 17. und 18. Jahrhunderts erzogen worden, im Generalbaßspiel und der Kunst des Kontrapunkts. Er war aufgewachsen mit Johann Hermann Schein und Heinrich Schütz, mit Dietrich Buxtehude und Georg Philipp Telemann, mit dem jüngeren Benda, den großen Italienern, und natürlich mit den Meistern Bach und Händel. Im Hause Manthei hingegen pflegte man die Werke späterer Meister, vor allem der ersten Hälfte des 19. Jahrhunderts. Das war eine Welt, in der Kleinschmidt sich nicht recht zu Hause fühlte. Für ihn verlor die Musik nach Mozart ihre architektonische Klarheit. Zu Manthei hatte er einmal gesagt: Wenn ich Beethoven höre, habe ich das Gefühl, eine Lokomotive kommt auf mich zu.

Christian seinerseits hatte nicht die geringste Lust, den alten Herren am Abend Gesellschaft zu leisten. Früher, als er noch hin und wieder Blockflöte spielte, war er manchmal mitgegangen. Man musizierte, erzählte zwischendurch Anekdötchen, reimte Schüttelverse – ein alter Leipziger Verleger besaß die unbestrittene kleinsächsische Meisterschaft auf diesem Gebiet –, politisierte zuweilen auch und behandelte ihn, soweit es nicht um Dinge ging, die vom Notenblatt ablesbar waren, als nicht zuständig. Nein, sollten sie ihren Neujahrspunsch ohne ihn trinken, ihre aufgewärmten Anekdoten allein belächeln. Christian hatte das Prinzip ihrer Anekdotenproduktion ohnehin schon im vergangenen Sommer entdeckt. Man nehme einen wenig bekannten Ausspruch aus Büchmanns Zitatenschatz und lege ihn, nach Bedarf leicht aktualisiert, Eisenhower, Stalin, Pieck, dem Oberbürgermeister von Leipzig oder dem berühmten Mann auf der Straße in den Mund – fertig. Gegenseitig tat man, als wüßte man nicht.

Nein, Christian würde den kleinen Pinselstein besuchen, sie hatten sich seit der Entlassungsfeier nicht gesehen. Was aus ihm wohl geworden war? Er wollte Architektur studieren, aber heute wußte man ja nie, ob und wann man landete. Pinselstein war allerdings mit einem paragraphenkundigen Vater gesegnet; der Herr Rechtsanwalt wußte genau, wie man durchkam. Der Kleine war da anders. Und für seinen Vater kann ja schließlich keiner.

Die Pinselsteins wohnten nahe dem Völkerschlachtdenkmal. Christian fuhr mit der Linie 15, die Straßenbahn war nur mäßig besetzt. Er war lange nicht in diesem Stadtteil gewesen, die Straßen schienen ihm verändert, die Ruinen anders, als er sie in Erinnerung hatte, die häßlichsten Wunden bedeckte der Schnee. Die Straßenverengung hinter dem Ostplatz, die für ihn immer etwas bedrückend Kasernenhaftes gehabt hatte, erschien ihm jetzt freundlich und großstädtisch, und einige der älteren Häuser betrachtete er in freudiger Verwunderung, so als habe er sie noch nie gesehen. Dann fuhr er an der vergoldeten Kuppel der russisch-orthodoxen Kirche vorbei, die in seiner Erinnerung inmitten luftiger Sommerwölkchen über einen blauen Himmel schwamm, vorbei am Gelände der Technischen Messe und dem Durchblick zur Deutschen Bücherei. Einer seiner Lehrer hatte im Jahre sechsundvierzig nachdrücklich verlangt, daß man die Russische Kirche ab sofort in Sowjetische Kirche umbenennen müsse; der Ausdruck ›Russe‹ sei ein Schimpfwort, es gebe nur Sowjetmenschen.

194

Am Friedhofsweg stieg er aus. Hinter den kahlen Baumkronen stand düster das Denkmal an den Sieg über Napoleon. Ein Mädchen mit einem Schlitten kam, sie hatte den Schal bis über das Kinn hochgezogen. Der Neuschnee auf den Wegen der Vorgärten war sauber beiseite gefegt. Unter einem Dach aus Birkenscheiten hatte jemand den Vögeln Futter gestreut. Aber es waren keine Vögel da. Die Straße war feierlich und menschenleer, und Christian merkte kaum, wie er abbog, in den Vorgarten eintrat, wie er klingelte und eine Weile wartete und wieder klingelte.

Pinselstein öffnete die Tür und sagte zunächst gar nichts. Dann begann er aufgeregt Christians Hand zu schütteln. »Kolossal!« – Das hatte er immer schon gesagt, wenn ihn etwas überraschte. Wirklich, er schien ganz der alte. Er schlug Christian mit der Hand auf die Schulter, mußte sich Mühe geben, um hinaufzureichen, und er sprach auch noch immer das Kauderwelsch, das sie auf der Penne verzapft hatten. »Du kommst gerade richtig. Großer Budenzauber. Meine Herrschaften sind verreist.«

Vorläufig war noch niemand da. Aber Pinselstein versicherte, Münz würde auf jeden Fall kommen und wahrscheinlich auch – oder nein, er solle sich mal überraschen lassen. Ferner ein paar Leute von seiner Bauhochschule, ganz brauchbare Mannen. Ja, es habe alles geklappt wie am Schnürchen, der Einzug in die Gefilde der Baukunst. Nur Münz, der Unglücksknabe, hatte mit Zitronen gehandelt. Mit einer Vier in Gewi durfte man getrost alle Hoffnungen fahrenlassen, da nützten die blanken Einsen in Mathe, Physik und Chemie überhaupt nichts.

Sie waren in das große Wohnzimmer gegangen, die gläserne Schiebetür zu Rechtsanwalt Pinselsteins Arbeitszimmer stand offen. Im Radio sang Bully Buhlan das Lied von den Würstchen mit Salat.

Auf dem Schachtisch im Erker waren die Figuren aufgebaut, handfeste Bronzefiguren, die der Anwalt im Krieg aus

Frankreich mitgebracht hatte. »Was meinst du«, fragte Pinselstein. »Schieben wir eine?«

Bei der Auslosung zog Christian Weiß. Er eröffnete mit dem Königsbauern. Beim vierten Zug bereits geriet er in Tempoverlust, er spielte unaufmerksam. Er fand sich in einer wohligen Müdigkeit und Trägheit. Eine Standuhr tickte in einem verschnörkelten, von der Zeit gedunkelten Gehäuse. Als Kind hatte Christian geglaubt, in diesen Uhren müsse ein seltsames Tier wohnen, das die Zeiger dreht in ihrem ewigen Kreis ...

»Du bist am Zug«, sagte Pinselstein. Er hatte eine Gabel angesetzt, sein E-Bauer bedrohte Springer und Läufer. Christian lachte. Er spielte ohne allen Ehrgeiz. Pinselstein stand auf, holte Gläser, zauberte dann eine Flasche sowjetischen Wodka herbei und erklärte, sein alter Herr sei mit diesem Stoff ausreichend versorgt. Ob der Rechtsanwalt wirklich nichts dagegen hatte, wenn sie seine Hausbar plünderten? Sie tranken ihre Gläser auf einen Zug aus, der Wodka brannte in der Kehle, er durchprickelte den Körper mit angenehmer Wärme und Leichtigkeit.

Er hat es gut hier, dachte Christian. Hat sein Studium, hat eine Wohnung, um die die Bomben einen Bogen gemacht haben, er braucht sich nicht die Knochen kaputtzuschinden und die Zehen zu erfrieren. Zum Teufel, hat sein Alter den Krieg etwa weniger verloren als meiner?

Später begann Pinselstein zu erzählen. Ein halbes Jahr – wie nachhaltig kann es einen Menschen verändern. Während Christian sich von aller Welt verlassen fühlte, im ständigen Leerlauf und schon halb proletarisiert, war Pinselstein bereits mit allen Fasern Student. Er erzählte von seinen Studentenerlebnissen, vom Vorlesungsbetrieb, von dem Neuen in seinem Leben, das ihn offenbar ganz ausfüllte. Er schien unbeschwert und zufrieden. »Bauingenieure sind heute gefragte Leute. Die Städte sind zerstört, die Industriebauten, die Theater und die öffentlichen Gebäude – ich sage dir, das

196

ist ein Beruf mit Zukunft. Jetzt wird ja noch gebaut wie zu Barbarossas Zeiten, aber in ein paar Jahren ... Und inzwischen bin ich fertig. Die Leute hier haben ja völlig zurückgebliebene Begriffe von Architektur. Alles nach russischem Muster, pompöse Zuckerbäckerei, winzige Fenster, aber dafür verschnörkelte Fassaden und große Flächen, wo man später die Transparente draufhängen kann. Du mußt dir mal ansehen, wie die Amerikaner heute bauen ...« Und er brachte eine Mappe mit Drucken und Fotografien moderner amerikanischer Architektur. Christian sah sich die Blätter an, ließ Pinselsteins enthusiastische und mit Fachausdrücken gespickte Erklärungen über sich ergehen – aber er war nicht bei der Sache. Er dachte erneut: Warum geht es ausgerechnet mir so dreckig? Man muß nur Beziehungen haben. Man muß es nur machen wie der alte Pinselstein: Mein Name ist Pontius Pilatus, ich wasche meine Hände in Unschuld.

Dann kam Roland Münz, es kamen zwei Mädchen und drei junge Männer von der Bauhochschule. Schließlich kam auch die Überraschung, von der Pinselstein gesprochen hatte: Gabi Reinhard. Gabi hatte mit ihnen bis zur elften Klasse die gleiche Schule besucht, war aber dann an die Thomasschule versetzt worden. Ihr Bruder sang im Thomanerchor. Gabi hatte noch immer das lange schwarze Haar, das sie offen trug. Sie war noch schöner, als sie Christian schon damals erschienen war – sie hatte in der 11b als schönstes Mädchen der Schule gegolten. Die Jungen hatten einander eifersüchtig belauert, ob auch keiner bei ihr mehr Erfolg hätte, als man selbst hatte. Aber Gabi war zu allen gleich freundlich gewesen – und gleich unnahbar.

Auch Gabi schien überrascht. Sie gab Christian die Hand, und ihm war, als freue sie sich. Aber dann belegte ihn Münz mit Beschlag.

Münz war der Krösus der Klasse gewesen. Sein Vater war Klavierbauer, die Pianofabrik Münz & Tannhauer hatte unmittelbar nach dem Kriege wieder zu produzieren begonnen.

Die Firma hatte Auslandsverbindungen, die Fabrikmarke be-saß in vielen Ländern einen guten Ruf. Roland Münz bekam, soweit das im Nachkriegsdeutschland eben möglich war, je-den Wunsch erfüllt, hatte ein schier unerschöpfliches Taschen-geld, er hatte manche ihrer gemeinsamen Feten finanziert. Christian allerdings hatte sich fast immer zurückgehalten, ihm lag nicht viel an den Schülergelagen mit billigem Fusel, mit amerikanischen Zigaretten und manchmal mit Mädchen.

»Na«, sagte Münz, »wie gefällt's dir da unten in der Taiga?« Christian antwortete einsilbig. Münz hatte wohl auch keine wirkliche Antwort erwartet. Er begann von sich zu sprechen, in jenem gelassen wegwerfenden Ton, den er sich schon an der Penne zugelegt hatte. Er sei in die Firma seines alten Herrn eingestiegen, nichts Aufregendes. Aber man könne es sich ja leider nicht aussuchen. Und schließlich: up to date müsse man heute überall sein, ganz gleich, wohin es einen verschlägt.

In Wirklichkeit lebte Münz durchaus nicht so beschaulich und ohne Aufregung, wie er es darstellte. Für den, der Oh-ren hatte zu hören, ließ er das auch durchblicken. Er setzte die Worte so, daß man merken mußte: unter uns, mein Lie-ber – das ist nun mal die offizielle Version; in Wahrheit aber, du verstehst doch ... Sozusagen ein Augenzwinkern in Wor-ten. Christian aber, obwohl sonst sehr hellhörig, verstand nicht. Er hörte nicht, was da unausgesprochen mitschwang: Mein Lieber, wenn die Behörden wüßten ... Für eine Firma wie die Pianofabrik Münz & Tannhauer ließ das gespaltene Deutschland nämlich allerlei Möglichkeiten offen. Man hatte seine Verbindungen in beiden Teilen des Landes und über die Landesgrenzen hinaus, man hatte alte Geschäftsfreunde in München und Westberlin, in Hamburg, Düsseldorf und Frankfurt. Man verstand, sein Schäfchen in beiden deutschen Währungen ins trockne zu bringen – schließlich hatte ein ge-wissenhafter Geschäftsmann auch schon zu Zeiten des alten Balzac nicht alles in seinen Büchern stehen. Münz & Tannhauer-Flügel wurden von den Konzertpianisten in ganz Europa bevorzugt, die amtlichen Stellen mußten also ein bißchen Rücksicht nehmen – man blieb auch mit der Belegschaftsstärke immer knapp unterhalb jener Grenze, die die neuen Gesetze vorschrieben. Um aber all die Verbindungen aufrechtzuerhalten, um neue Fäden zu knüpfen und stille Vereinbarungen zu treffen, bedurfte es eines beweglichen Mannes, der sich sowohl in der Branche als auch in den ständig wechselnden Bedingungen des Nachkriegsgeschäftes auskannte. Roland Münz war im Begriff, dieser Mann zu werden. Noch war er ein wenig jung für das seriöse Piano-Geschäft; andererseits aber war seine Jugend bei diesen Zeiten ein großer Vorteil. Welcher Außenstehende vermutet schon, daß eine so altrenommierte Firma ihre kniffligsten Verbindungen ausgerechnet diesem kaum erwachsenen Oberschüler anvertraut?

Christian begriff jedenfalls nicht. Vielleicht, weil er von Geschäften ohnehin nichts verstand, vielleicht auch, daß er nicht in der rechten Stimmung war. Er war heute wirklich ein recht oberflächlicher Zuhörer.

Einer von den angehenden Bauingenieuren hatte inzwischen auf Rechtsanwalt Pinselsteins großem Telefunken das AFN-Programm eingestellt. Eines der Mädchen – sie hieß Mechthild – hatte aus Pinselsteins Wodka, aus den Zitronen und dem Kaffee, die Münz mitgebracht hatte, ein Getränk hergerichtet, das sich Nikolaschka nannte. Die Bauleute hatten überhaupt so merkwürdige Namen: das Mädchen hieß Mechthild, der Mann am Telefunken hieß Armin, und Christian vermutete, daß der dritte mindestens Alarich heißen müsse.

Münz hob sein Glas. »Cheerio!« – Man kaute die Zitronenscheibe mit dem aufgehäufelten gemahlenen Kaffee, trank den Wodka hinterher; Christian tat es den anderen nach. Pinselstein hatte ihnen inzwischen erzählt, wo Christian arbeite. Die Mädchen fanden das riesig interessant,

199

die Burschen gaben sich, als verstünden sie etwas davon. »Das muß doch sehr gefährlich sein«, sagte das Mädchen Mechthild. »Haben Sie gar keine Angst, daß mal so ein Schacht einstürzt?« Armin meinte: »Das kommt immer mal vor. Damit muß man eben rechnen.«

Christian fand sie albern. Er kam sich alt und erfahren vor. Diese Bauleute – der reinste Kindergarten. Auch Roland Münz griente; er zog Christian und Gabi Reinhard ins andere Zimmer hinüber, später kam auch Pinselstein nach. Nebenan wurde getanzt, man vermißte sie nicht. Pinselstein fragte: »Sag mal, wie lange willst du das noch aushalten da unten? Das ist doch nichts für dich.« Christian zuckte mit den Schultern. Münz sagte: »Kann denn dein Alter nichts tun?«

Ja, wie sie sich das so vorstellten. Natürlich, bei ihren Vätern ... Der Herr Rechtsanwalt und der Herr Klavierbauer. Und Gabi, was war eigentlich ihr Vater? Er wollte schon fragen, da fiel ihm gerade noch rechtzeitig ein, daß Hans Reinhard gefallen war. Es hatte doch seinerzeit diesen Krach gegeben in der Schule. Hauptmann Hans Reinhard war, als er bei Kursk mit einem Unteroffizier und sieben Mann zu den Russen überlief, von den eigenen Linien her erschossen worden. Einer von den FDJ-Leuten in der Klasse hatte es irgendwoher erfahren; Gabi selbst hatte nie darüber gesprochen. Der FDJ-Mann meinte, Hauptmann Reinhard sei ein wirklicher Held gewesen. Jemand hatte gesagt: Schön, aber was hat er nun davon? Und die anderen, die gekämpft haben, was ist mit denen? Es konnte ja nicht jeder so schlau sein wie ein Herr Reinhard, sonst hätte es gar keinen Krieg erst gegeben ... Der Geschichtslehrer war der Situation nicht gewachsen gewesen, er hatte selber bis zum letzten Kriegstag gekämpft. Es gab einen Riesenspektakel ...

Gabi sagte: »Ich kann dich schon verstehen. Es ist besser, wenn man auf niemand angewiesen ist. Aber man verliert Zeit.«

Auf niemand angewiesen sein? Bin ich denn deswegen in den Schacht gegangen, dachte Christian. Ja, vielleicht auch deshalb. Aber eigentlich war alles ganz anders. Es war der erste Weg, der sich bot, und ich hatte keine Lust oder vielleicht auch keine Geduld, den Leuten mit Bitten und Erklärungen um den Bart zu gehen, wie es die anderen taten. Ich habe nicht an den Nutzen geglaubt. Sicher, ich hatte auch keinen, der mich unterstützt hätte. Aber das allein war es nicht. Es war Wut, Enttäuschung und – Gleichgültigkeit. Es war auch Trotz. Vor allem aber war es Dummheit. Ja, er konnte jetzt schon darüber lächeln. Wenn ihr mir keinen Studienplatz gebt – ihr werdet schon sehen, was ihr davon habt. Ein richtiger Dummerjungentrotz.

Plötzlich aber dachte er: Wie denn, dann wäre ich ja tatsächlich der Dumme. Dann wäre Pinselstein, der da in seinem gemachten Bett lag, besser als ich. Dann wäre es klüger, Apothekenhelferin zu lernen wie Gabi – und es wäre ein Verdienst, einen Vater zu haben, in dessen Geschäft man eintreten konnte, wie Münz es getan hatte. Nein, dachte er, so einfach kann das nicht sein. Es darf nicht so sein.

Und in ihm erwachten der Wunsch und der Wille, allen, denen das Leben glücklichere Umstände vorgegeben hatte, allen, die stolz waren auf etwas, das sie gar nicht geleistet hatten, und glaubten, ihm ihr Mitgefühl ausdrücken zu müssen, zu zeigen, was er aus eigener Kraft erreichen würde. Ich werde es euch beweisen, dachte er. Ich werde es weiter bringen als ihr alle!

Später tanzte er mit Gabi. Christian war ein sehr schlechter Tänzer, er wußte es. Aber der Alkohol hatte ihn unternehmungslustig gemacht. Er, der sonst eher zurückhaltend und eher zu still war, war nun aufgeräumt und fast ausgelassener als die anderen. Er tanzte auch besser als sonst. Er fand Gabi sehr nett, und nur einmal dachte er noch: Was wird schon werden … Entweder sie studiert Pharmazie oder sie heiratet irgend so einen stinkakademischen Mediziner –

bestenfalls tut sie beides. Aber wenn man so aussieht, wird man wahrscheinlich auf der Stelle geheiratet, Prinz mit Auto und so. Ein klein wenig war er schon betrunken.

Er tanzte auch mit dem Mädchen Mechthild und fand sie nun ganz lustig, forderte schließlich auch das andere Mädchen von der Bauhochschule auf. Sie war blond und schlank und sah sehr kostbar und zerbrechlich aus, sprach aber ein scheußlich breites Sächsisch. Sobald sie den Mund aufmachte, war jede Illusion dahin.

Der Abend endete im Alkohol. Pinselstein wurde mit den Stunden immer streitlustiger, er verwickelte die Jungen von der Bauhochschule in endlose Fachsimpeleien – die Mädchen schmollten. Münz brachte Gabi Reinhard zur Straßenbahn, kam dann noch einmal zurück und trank mit Christian und den beiden Mädchen den restlichen Wodka zur restlichen Zitrone. Dann lud er sie in ein Nachtlokal ein. Sie gingen, von den angehenden Bauingenieuren unbemerkt. Spät in der Nacht kam Christian nach Hause.

Er erwachte erst am späten Vormittag. Er wußte noch, daß er auf einem Barhocker gesessen hatte, allerlei undefinierbare Getränke getrunken hatte – er war das erste Mal in einer Bar gewesen. Wie er nach Hause gekommen war, wußte er nicht.

Christian kam an diesem zweiten Januar erst abends in Bermsthal an. Er hätte eigentlich Mittelschicht fahren müssen. Er ärgerte sich: das Jahr begann erst, und gleich eine Fehlschicht.

In der Baracke fand er nur Mehlhorn, den eifrigen Mehlhorn mit dem Bäckergesicht. Er saß am Tisch, kaute am Federhalter, schrieb einen Artikel für die FDJ-Wandzeitung. Christian wußte: er hatte den Ehrgeiz, hauptamtlicher FDJ-Sekretär zu werden. In den ersten Wochen hatte Mehlhorn immer wieder versucht, ihn und auch Peter Loose zum Eintritt in den Jugendverband zu bewegen. Einmal hatte er Loose den Aufnahmeschein vor die Nase gelegt. Loose war wortlos aufgestanden, hatte eine Dreiviertelliterflasche Bergarbeiterfusel aus seinem Spind geholt, vor Mehlhorn auf den Tisch geknallt und gesagt: Los, sauf aus, auf ex – dann unterschreib ich! Da hatte Mehlhorn seinen Aufnahmezettel wieder eingesteckt. Seitdem agitierte er nicht mehr. Er versuchte es jetzt, wie Loose das nannte, auf die schleimige Tour. Er bot sich an, für Christian und Loose kleine Einkäufe zu erledigen, und schrubbte freiwillig das Zimmer, wenn er gar nicht an der Reihe war. Der Spitzname »Schleimer« sprach sich herum.

Der erste, dem Christian am nächsten Morgen über den Weg lief, war der Steiger Fischer. Es war in der Wismut-HO, dem Barackenlager, wo sie Brot, Butter, Marmelade und Zigaretten kauften und all den Kram, den man täglich brauchte. Fischer war schon im Laden, als Christian eintrat. Christian druckste herum, sagte aber dann schließlich doch: »Ich hab den Vormittagszug verpaßt.«

»Hab's gemerkt«, brummte Fischer. »Es waren sechse, gestern. Ich dachte, du bist nicht von der Sorte.«

In Christian erwachte der Trotz. Dann eben nicht, dachte er. Das kennen wir, alle in einen Topf werfen. Da seid ihr schnell bei der Hand.

Am Nachmittag teilte Fischer ihn dem Hauerbrigadier Seidel zu, als Lehrhauer. Christian wußte nicht, ob es eine Strafe war oder eine Auszeichnung. Seidel galt als Sensationshauer. Seine Brigade hatte die höchste Planerfüllung im Schacht. Er verstand sich auf jede Arbeit, und sein Können wurde von allen anerkannt, er kannte aber auch jeden Trick, jede Lücke in den Arbeitsschutzbestimmungen und jeden schwachen Punkt im Normgefüge. Der Sicherheitssteiger heimste auf seinem Block keinen Pfennig Strafabzug ein, formal war bei Seidel immer alles in Ordnung – dennoch hatte der Sanitäter des öfteren mit Seidels Leuten zu tun. Ja, bei Seidel lernte man den

Beruf gründlich – aber man lernte auch alle Unarten kennen. Überdies verlangte er von jedem das Letzte, leicht würde es also nicht werden.

Aber die erste Woche verlief glimpflich.

Christian gewöhnte sich an seinen Brigadier recht schnell; Seidel wiederum hatte bald heraus, daß sein neuer Lehrhauer im Rechnen ein As war. Nach acht Tagen schon ließ er Christian die Brigadeabrechnung führen. Bei Seidel wurde prinzipiell aufgerundet, abrunden kam für ihn nicht in Frage. Wer etwas merkte, drückte ein Auge zu. Niemand wollte mit diesem Brigadier, der ziemlich so breit wie hoch war, Streit haben. Außerdem: Seidel hätte auch dann noch die höchste Leistung im Schacht 412 gehabt, wenn man seine eigenmächtigen Zuschläge abgezogen hätte – einen spitzen Bleistift hatten die anderen Brigadiere schließlich auch. Die Schichtlöhner wiederum übten genau die umgekehrte Methode; ihr Lohn war garantiert, folglich versuchten sie, so wenig wie möglich dafür zu tun.

An einen Bohrhammer gehören zwei Kumpel. Vierzehn Tage lang war Seidel der eine und Christian der andere. Dann brachte der Brigadier eines Tages einen langaufgeschossenen Fördermann an den Stoß geschleppt und sagte zu Christian: »Ab heute schafft ihr zusammen. Zeig's ihm.« Christian wußte inzwischen, was ein Bohrschema ist, er hatte gelernt, eine Scheibe anzubohren, und ferner, allen Verboten zum Trotz und mit einigermaßen erträglichem Risiko, Pfeifenlöcher nachzubohren. Er wußte, wie man das Gestänge günstig ansetzt, wie man die Maschine stützt, wie man Ventilkugeln auswechselt und ein ausgeleiertes Bohrfutter verkeilt, damit es wenigstens bis Schichtwechsel noch mitmacht. Er wußte, daß man beim Naßbohren langsamer vorankam als beim Trockenbohren, und daß man sich zweitens, wenn man entgegen dem Verbot trocken bohrte, die Silikose holte – und, falls man erwischt wurde, obendrein eine Strafe. Er hatte gelernt, den Stoß abzuspritzen, ohne das Bohrloch zu nässen, eine Idee von Seidel. Und er wußte auch bereits, wie man es anstellen muß, um an der Prozenttafel oben im Schachthof immer die höchste Ziffer stehen zu haben – wußte es, wenn er auch die zwei Meter Vortrieb, die Seidel verlangte, noch nicht bringen konnte. Er hatte Augen und Ohren aufgesperrt, Seidel schien zufrieden.

Er war aber mit Spieß, dem langen Fördermann, noch gar nicht richtig warm geworden, da stießen sie auf Granit. Die Bohrkrone malmte und murrte im Gestein, das Gestänge schien auf der Stelle zu bleiben, der Fördermann Spieß, der nun sein halblegaler Lehrhauer war, ließ eine Bohrstange krummlaufen wie eine Fahrradspeiche. Seidel kam zu ihnen und fluchte.

Und nun hatte Christian keine ruhige Minute mehr. Jetzt erst lernte er Seidel wirklich kennen. Der Brigadier fluchte, beschimpfte Gott und alle Welt – und arbeitete. Er wühlte und wütete wie ein Berserker. Fischer kam und schlug ein neues Bohrschema vor. Sie probierten, es blieben zwei Pfeifen stehen, probierten wieder. Einen Meter schafften sie pro Schicht, mehr nicht. Und immer blieben Pfeifen stehen, jetzt fluchte auch der Schießer. Drushwili, der Reviergeophysiker, machte die Brigaden verrückt: der Erzplan wurde nicht erfüllt.

Fischer schickte Bierjesus los, den Magaziner, der trieb neue Bohrkronen auf. Aber sie fuhren einen Meter pro Schicht und keinen Krümel mehr. Seidel ließ Christian allein weiterbohren, räumte das zerschossene Zentralüberhau aus und begann in Doppelschichten Erz zu pickern, um wenigstens den Erzplan und die Prämie zu retten. Christian bohrte pro Schicht einen Meter. Dann holte sich Seidel auch noch den Fördermann Spieß ins Überhauen. Eines Tages fuhr der Schachtleiter Polotnikow ein und donnerte anschließend den Geologen zusammen, weil die Gesteinsproben, die er bekommen hatte, nicht mit dem Geologenbericht übereinstimmten.

Er versprach den Brigaden das Blaue vom Himmel, wenn sie nur den Plan brächten. Seidel sagte: »Mich brauchen Sie nicht zu agitieren. Besorgen Sie ordentliche Gestänge, und wir besorgen den Plan.« Wie er das machen wollte, wußte niemand. Manche sagten: »Diesmal beißt er sich die Zähne aus.«

Fischer gab ihnen eine zweite Maschine. Sie hätten einen Überkopflader brauchen können, aber es gab keinen. Seidel hatte mit Ach und Krach den Erzplan gebracht, jetzt bohrten sie mit zwei Maschinen an einer Scheibe. Die Schichtnorm stand bei zwei Metern – wenn sie den Rückstand aufholen wollten, mußten sie auf drei Meter kommen. Die Ablösebrigade fuhr weiter treu und brav ihren einen Meter. Die Schicht vor ihnen war nicht besetzt.

Aber Fischers neues Bohrschema begann sich zu bewähren – sie hatten seine Tücken erkannt und zwei Loch um ein geringes versetzt. In der dritten Woche kamen die drei Meter zum ersten Mal, dann drei Meter zehn, dreidreißig. Der Steiger strahlte. Der Geologe versicherte, spätestens in der übernächsten Schicht müßte die Granitlage durchbrochen sein. Die Tagesleistung stand bei dreivierzig. Oben an der Prozenttafel führte die Brigade Seidel in einsamer Höhe. Und tatsächlich durchstießen sie den Granit. Der Radiometrist markierte Erz.

Dann kam Drushwili an den Stoß, fluchte, drohte, sang in allen Tonlagen sein ›Sabotasch – Sabotasch‹. Das Bohrwasser war aktiv, hatte die Masse aktiv gemacht – Drushwili hatte drei Hunte an der Kontrolle zurückgehalten. Er ging selber mit dem Zählrohr an den Stoß, eine halbe Stunde lang.

»Sauerei«, knurrte er, das Wort, das er von seinen zweihundert deutschen Vokabeln am häufigsten gebrauchte. Der schöne Fadenschein, der einen Ketcher mit Ausbauholz gebracht hatte, sagte salbungsvoll: »Pectus facit oratorem.«

Aber Drushwili zog wieder ab. Er bot ihnen sogar von seinem Machorka an. Hinter vorgehaltener Hand erzählte der Fördermann Spieß einen Witz.

206

Und wieder Scheiben anbohren, wieder schießen, neuer Anschlag, Stoß freilegen, Hunte sacken. Und wieder ausgeleierte Bohrfutter, knirschende Kronen, Gestänge, die sich langsam ins Gestein fraßen. Wieder die Schläge des Bohrhammers an der Schulter, die stinkenden Pulvergase, die staubgraue Luft beim Trockenbohren, und über allem das zitternde Licht der Grubenlampen. Wieder die Flüche und die Schreie und die endlose Schicht.

Manchmal, wenn Christian allein am Bohrhammer stand, dachte er: Bin ich nun Bergmann?

Diese zweite Lehrzeit war härter als die erste. Er fiel zwar nach der Schicht nicht mehr taumelig und ausgepumpt auf den Strohsack, nein; seine Kräfte hatte er einzuteilen gelernt, seine Geschicklichkeit zu nutzen. Aber Seidel hatte ihn mitverantwortlich gemacht für den Verdienst der Brigade. Wenn er nicht durchhielt, traf es ihn nicht mehr allein. Die anderen würden es in ihren Lohntüten merken. Der Gedanke an die anderen verfolgte ihn, begleitete seinen Schlaf und seine Freizeit, vergällte ihm die Stunden. Die Brigade wurde ein Alptraum. Manchmal, wenn er seine Scheibe abgebohrt hatte und auf den Schießer wartete, betrachtete er die Bohrlöcher voller Angst. Wie, wenn sie nicht richtig saßen, wenn sie nicht genügend Vortrieb brachten, wenn er den Berg nicht richtig angegangen war? Er saß noch am Stoß, wenn die anderen schon ausfuhren, und oft fuhr er als letzter aus.

Die Tage gingen dahin – ihm erschien einer wie der andere. Acht harte Stunden in dröhnender Einsamkeit, in qualvoller Ungewißheit zwischen Anstrengung und Anstrengung, acht harte Stunden. Er begann sein Leben nach Sonntagen zu rechnen, begann zu denken im Zyklus der großen Atempausen an jedem siebenten Tag. Und an den Sonntagabenden lähmte ihn bereits wieder der Gedanke an den Montag. Es war ein furchtbarer Kreislauf, eine Mühle, die jede Hoffnung zerrieb zwischen ihren schrecklichen, unaufhörlich rotierenden Mahlsteinen. Die Vergangenheit erschien ihm in hellen, lockenden Farben, die Zukunft aber in düsterem Grau. Und manchmal, wenn er an den Neujahrsabend zurückdachte, sagte er sich verzweifelt: Wahrhaftig, wie lange kann ich das noch durchhalten ... Ich bin nicht für den Schacht gemacht, für das ewige dawai-dawai-dawai, und den Plan im Genick, und die Lohntüte der anderen. Ich muß heraus hier, heraus, so schnell, wie es geht.

Aber wie herauskommen, wenn selbst Oberlehrer und alte Studienräte blieben, weil sie nicht wußten wohin? Wie herauskommen, wenn man sich für zwei Jahre verpflichtet hatte? Ja, es gab einen Weg. Man brauchte nur Fehlschichten zu fahren, einfach nicht mehr zum Schacht zu gehen – dann flog man ganz automatisch. Aber das wäre Kapitulation. Die anderen hätten recht. Es wäre Wasser auf ihre Gebetsmühle: Wer sich in der Praxis nicht durchsetzen kann, für den ist ein Studienplatz zu schade. Wer garantiert uns, daß Sie nicht auch da versagen? – Nein, dieser Weg war kein Weg, war nicht sein Weg. Er mußte durchhalten ...

Und so fuhr er wieder ein, jeden Tag, klemmte sich hinter den Bohrhammer, bohrte seine Scheibe ab. Ein Lieblingsspruch seines Vaters fiel ihm ein: Nur Beharrung führt zum Ziel, nur die Fülle führt zur Klarheit – und im Abgrund wohnt die Wahrheit. Die letzte Zeile schien geradezu für den Schacht gemacht. Aber welche Wahrheit sollte hier wohnen? Wo war die Fülle, die zur Klarheit führt? Der alte Schiller hatte gut Sprüche machen, zu ebener Erde. Und was den Vater betraf: der hatte seine Weisheiten auch besser gepredigt als beherzigt.

So haderte Christian mit seinem Schicksal. Das Leben verteilte die Wohltaten spärlich und planlos; wer schon hatte, bekam noch dazu, wer nichts hatte, ging auch weiterhin leer aus. Bermsthal aber war ein Ort, der von allen guten Geistern verlassen war; hier besaß jeder nur sich selbst, und geschenkt wurde keinem. Von wem auch. Die Besiegten waren arm, die Sieger, scheint's, noch ärmer. So waren sie von Gott und der

Welt verlassen – und Christian Kleinschmidt war der Verlassensten einer. Ja, dachte er, das ist meine Lage. Zum Durchhalten zu wenig und zum Aufgeben zu viel.

Aber er blieb.

VIII. Kapitel

Wenn sich der Mensch in Bewegung befindet, so ersinnt er sich ein Ziel. Mitten in der Schlacht denkt er an den Sieg; selbst auf dem Rückzug aus den Schneewüsten Rußlands, die Verfolger im Nacken, denkt er an den Sommer, denn nichts ist härter als der Krieg im Winter; wie durch ein Wunder heimgekehrt in sein zerstörtes Land, unter Trümmern überlebend und hungrig, baut er in seinen Gedanken die künftigen Städte, füllt sie mit Farben, mit den Gerüchen von Blumen und Speisen, mit der Musik kommender Feste. Er kann die dreißig Kilometer in die Nachbarstadt nicht gehen ohne das Gefühl, dort erwartet zu werden, den Gedanken, etwas vollbringen zu müssen oder etwas zu versäumen. Noch weniger kann er durch ganze Jahre und Jahrzehnte gehen ohne Erwartung, ohne Aussicht, etwas zu erreichen oder an Erreichbarem teilzunehmen.

Für Nickel war das allgemeine Ziel, an das er glaubte, etwas so Großes und Heiliges, daß er nicht anders daran denken und davon träumen konnte als in überschwenglich-pathetischen Bildern und Wendungen. Vielleicht lag das daran, daß er sich diesem neuen Ziel aus jener tiefen persönlichen und nationalen Ausweglosigkeit heraus zu hastig zugewendet hatte, gleichsam von einem glänzenden Apfel, der sich beim Essen als faulig erwiesen hatte, zu einem glänzenden andern; vielleicht war es auch nur jener besonders stark entwickelte Zug seines Charakters, der ihn immer wieder unbewußt auf Anpassung und Einordnung in ein Größeres bedacht sein ließ. Jedenfalls verfolgte er dies Neue mit einer Ausschließlichkeit, die ihm manchen in sich widersprüchlichen Gedankengang von vornherein verschloß; und er übertrug diese Ausschließlichkeit, die sich so gut mit dem ihm eignen Respekt vor großen Worten und großen Gesten vertrug, auch in den Bereich seines sozusagen persönlichen Ziels, das er hier in Bermsthal zu erreichen hatte. Dabei hätte er gerade dazu und in gerade diesem Frühjahr neunzehnhundertfünfzig einen besonders nüchternen Kopf gebraucht.

Er war Personalleiter geworden, aber das ›Personal‹, die Arbeiter, Ingenieure, die kaufmännischen Angestellten und die Funktionäre, hatte er nicht kennengelernt, jedenfalls noch nicht in dem umfassenden Sinne, die seiner Stellung entsprochen hätte. Er war Personalleiter einer Papierfabrik, aber die Struktur dieses Betriebes, die Technologie der Produktion waren ihm noch nicht vertraut, er wußte nicht, was von diesem und jenem Arbeiter, von diesem und jenem Maschinenführer abhing, demzufolge war er oft nicht weit davon entfernt, durch eine unbedachte Entscheidung Sand ins Getriebe dieses empfindsamen Mechanismus zu streuen – also genau das zu tun, was er um jeden Preis verhindern wollte. Viele der Stammarbeiter nahmen Nickel nicht recht ernst, auch die meisten der leitenden Funktionäre nicht; ihrer Meinung nach war er für diese verantwortungsvolle Aufgabe entschieden zu jung; was konnte so ein Grünschnabel schon für einen Personalchef abgeben? Außerdem mußte man in der Papiermacherei von der Pike auf gedient haben, um mitreden zu können; dieser junge Spund aber war ja nicht einmal gegautscht, ja, er hätte im Ernstfalle kaum für den Siebjungen einspringen können! Nickels Unsicherheit, seine Unbeholfenheit schienen ihnen recht zu geben.

Vorläufig bestand seine Tätigkeit hauptsächlich darin, daß er seinen Namenszug in die Arbeitsbücher Neueingestellter und Entlassener kritzelte; beim Arbeitsamt Fachkräfte anforderte, die er fast nie bekam; Leute, die gekündigt hatten, zum Bleiben zu überreden versuchte und der außerordentlich hohen Fluktuation durch Qualifizierungsmaßnahmen zu begegnen trachtete. Die Löhne in der Papierindustrie waren niedrig; was Wunder, wenn immer mehr Arbeiter zur

Wismut abwanderten. Die meisten Stammarbeiter des Werkes hatten die Fünfzig überschritten, junge Leute kamen wenig, und diese wenigen waren obendrein oft renitente Burschen, denen in der Wismut wegen irgendwelcher Disziplinardelikte gekündigt worden war. Seit Nickel im Betrieb war, hatte sich unter den Neueingestellten kein einziger Papiermacher gefunden, überhaupt kaum ein Facharbeiter, kein Schlosser, kein Elektriker, kein Hochdruckheizer. Zwar war die Papiermacherei von alters her kein Lehrberuf – man arbeitete sich vom dritten Gehilfen zum Maschinenführer empor, vom Zuträger zum Holländermüller –, aber dieser Anlernprozeß dauerte eben seine Zeit. Was tun, wenn im Laufe von fünf Monaten vier Maschinenführer, drei erste Gehilfen und sechs zweite Gehilfen kündigen – von dritten Gehilfen, Zuträgern, Schleifern, Schmierern und Pressenstehern ganz zu schweigen? Immerhin arbeitete der Betrieb mit fünf Maschinen, drei Papiermaschinen im Werk I, zwei Kartonmaschinen im Werk II, die aber wollten in drei Schichten besetzt sein! Und das macht an reiner Maschinenbesatzung gute einhundertfünfzig Mann, da sind die Werkführer und die Schichtingenieure, die Laboranten und die Querschneiderfahrer, die Holzplatzleute und die Turbinenwärter noch gar nicht mitgerechnet!

Nickel konnte also über Mangel an Arbeit nicht klagen; er war von morgens bis abends auf den Beinen, er spürte die Last der Verantwortung auf seinen Schultern; oft konnte er nachts nicht schlafen. Und wenn man das, was ihm durch den Kopf ging – da er das Ganze nicht zu überschauen vermochte, plusterten sich die Details ins Ungeheure –, und das, was er täglich anordnete, ablehnte, plante, durchsetzte, diskutierte, telefonierte, notierte und versprach, als Maßstab nimmt, so leistete er tatsächlich Beträchtliches. In Wirklichkeit aber kümmerten sich die wenigsten um seine Anwesenheit; pro forma tat man, als täte man, im stillen lächelte man ein bißchen über den Eifer des jungen Mannes, der immer wieder ins Leere stieß, und im übrigen tat jeder, mindestens jeder zweite, was er selber für richtig hielt. Nickel spürte das auf Schritt und Tritt, er reagierte unterschiedlich; einmal arbeitete er um so verbissener weiter, ein anderes Mal sagte er sich: was tut's, nach fünf Monaten kann man eben solch einen Betrieb nicht überschauen, nur ruhig Blut, das schaffen wir schon noch. An manchen Tagen aber war er mutlos. Das geschah besonders, wenn er auf Antipathien stieß, die er sich nicht erklären konnte. Er stieß auf verschlossene Gesichter bei Leuten, die er noch nie gesehen hatte; erhielt mürrische Antworten, wo er gekommen war, um zu helfen; erntete Schweigen, wo er kurz zuvor noch Vertrauen und Anteilnahme gesät. Und ein wirklich gutes Verhältnis fand er nur zu einigen wenigen. Was hatte das alles zu bedeuten? War es das Mißtrauen der Erzgebirgler gegenüber dem Zugezogenen? Waren es Vorbehalte wegen seiner Jugend? War es die alte Mauer zwischen den Arbeitern und den ›Beamten‹, oder gab es Kräfte im Betrieb, die systematisch gegen ihn – und damit gegen die Partei – konspirierten?

Die Parteigruppe im Werk war schwach, sehr schwach, ganze achtundzwanzig Genossen, davon nur neun in der Produktion und – was fast noch schlimmer war – innerhalb des technischen Personals kein einziger. Der Parteisekretär befand sich seit einem halben Jahr an einer Parteischule, er wurde vom BGL-Vorsitzenden vertreten. In der Betriebsparteileitung waren zwei Genossen, nämlich der Betriebsleiter – und Nickel selbst. Nickel war sowohl von der Hauptverwaltung als auch in der Kreisleitung vom ersten Tag an über die schwierige Lage in der Papierfabrik informiert worden, und vom ersten Tag an hatte er wiederholt auf seinen größten Herzdrücker hingewiesen, auf die Zusammensetzung des ingenieurtechnischen Personals. Im Grunde hatten die Genossen kaum Einfluß auf die unmittelbare Produktion, alle wichtigen Positionen im Produktionsprozeß und der technischen Leitung waren mit Parteilosen besetzt, es waren samt und sonders die gleichen Leute, die vor fünf Jahren noch für die Deutsche Papier AG gearbeitet hatten. In der Hauptverwaltung hatte man versprochen, einen neuen technischen Leiter zu schicken, der jetzige gehe im Sommer ohnehin in Rente. Und der Kreissekretär hatte ihm erwidert, Nickel sei schließlich Personalleiter; bist du Gottes Sohn, so hilf dir selbst, hilfst du dir selbst, so hilfst du der Partei. Nikkel hatte manchmal den Eindruck, daß die Genossen in der Kreisleitung auch nicht recht wußten, wie es weitergehen solle. Der zweite Sekretär hatte ihn eines Tages gar mit einem Satz abgespeist, der angeblich von Lenin sein sollte, in Wahrheit aber, davon war Nickel überzeugt, die Parteilinie geradezu revisionistisch verdrehte, nämlich: »Die Intelligenz muß man kaufen. Was denn sonst?« So also lagen die Dinge an übergeordneten Stellen; erklärlich, daß Nickel nicht eben glücklich war. Aber er würde sich durchbeißen, das stand für ihn fest; trotz alledem und komme, was da wolle ...

Der Mann, zu dem er jetzt unterwegs war, der Produktionsleiter Dr. Louis Jungandres, war einer von Nickels härtesten Widersachern – oder genauer vielleicht: einer der unbekümmertsten Ignoranten. Er dirigierte, ohne sich um Nickels Solopart überhaupt zu kümmern; ordnete Personalumstellungen an und stellte den Personalleiter vor vollendete Tatsachen – und er hatte natürlich stets eine nachträgliche Begründung parat, die er frisch aus dem Handgelenk heraus erfand und die nicht zu widerlegen war. Da Nickel in Fachfragen wenig zu sagen wußte, konzentrierte er sich bei Neueinstellungen darauf, die Bewerber gewissermaßen auf ihr politisches Herz und ihre gesellschaftlichen Nieren zu prüfen; Jungandres wußte das und ließ sich von Tag zu Tag ironischere Redewendungen einfallen. Er pflegte beispielsweise zu sagen: »Höre Se mal, isch habe da den Dingsda, den Hahner von der Maschine drei, als erschten Gehilfen an der eins eingesetzt. Schaue Se doch mal nach, ob wir das ideologisch verantworten könne.« Dieser schwäbisch-humorigen Hinterdeutigkeit hatte Nickel nichts entgegenzusetzen. Nickel wußte aus der Kaderakte, daß der Produktionsleiter Mitglied der NSDAP gewesen war, Gefolgschaftsführer. Andererseits war er eine in der Fachwelt gerühmte Kapazität, er besaß mehrere Patente, war jahrelang in den großen skandinavischen Papier- und Zellulosefabriken gewesen, und die weltbekannten österreichischen Papiermaschinenkonstrukteure korrespondierten mit ihm. Er kannte den Betrieb und die Produktion wie kein zweiter. Der Kreissekretär meinte, auf ›diesen Jungandres‹ müsse man ein scharfes Auge haben – aber bitte keine Haupt- und Staatsaktion! –, und zweitens müsse man ihn natürlich unterstützen …

Nickel stieg die Treppe des Direktionsgebäudes empor; hier atmete noch alles den Geist und die unnahbare Allmacht der Deutschen Papier AG, über diese Marmorstufen war Kommerzienrat Nüßler täglich um zehn Uhr in seine Direktionsräume geschritten und um zwölf Uhr wieder herab, der Duft seiner Importe schien noch immer in der Luft zu hängen. Nickel hatte in diesem Hause ständig das Gefühl, der alte Kapitalist müsse jeden Augenblick in einer der großen ledergepolsterten Doppeltüren erscheinen, mit Kneifer, Hindenburgbart und Schmerbauch; und wenn sich tatsächlich eine Tür öffnete, konnte er nur mit Mühe den Drang unterdrücken, leise zur Seite zu treten. Eben noch, als er über den Hof ging, hatte er sich ausgemalt, wie das bevorstehende Gespräch mit dem Produktionsleiter wohl verlaufen würde; er war entschlossen, eine Entscheidungsschlacht zu schlagen, einen Präzedenzfall zu schaffen. Durch das Portal war er gegangen mit dem Gesicht eines Menschen, der sich vorgenommen hat, die Welt in Erstaunen zu versetzen. Nun aber war ihm beklommen zumute. Er stieg die Treppe empor und hielt sich genau in der Mitte, nicht zu nahe der Mahagonitäfelung, nicht zu nahe den Goldknäufen des Geländers. Freilich, ein leichter Kampf war das nicht, der ihm bevorstand; das Bewußtsein, ihn nicht verlieren zu dürfen, nicht weiter zurückweichen zu können, war drückend. Würden seine Argumente ausreichen? Würden sie sich gegen Jungandres' ausgefuchste Wendigkeit halten können? Was er durchzusetzen gedachte, war schließlich ein Novum in der Papierindustrie, einmalig in Deutschland – nur in der Sowjetunion gab es Beispiele, und Nickel hatte ein Blatt aus der illustrierten Zeitschrift »Sowjetunion« in der Tasche stecken, sein schwerwiegendstes Beweisstück. Es ging um nicht mehr und nicht weniger als den ersten weiblichen Maschinenführer. Eine moderne Papiermaschine ist ein Millionenobjekt; fünf Meter breit, sechs Meter hoch, fünfzig Meter lang, dazu Antriebsaggregate, Rührbütten, Holländer, Überläufe, Pumpen – wenn man alles hintereinander rechnet, gute einhundertfünfzig Meter, und die Hälfte davon in zwei Etagen übereinander. Das ist ein empfindlicher Mechanismus, soviel wußte Nickel; er stellte sich die Maschine sogar komplizierter vor, als sie in Wirklichkeit war. Aber waren die Frauen vielleicht dümmer als die Männer? Und erforderten außergewöhnliche Situationen nicht auch außergewöhnliche Maßnahmen? Und außerdem: haben wir das Gesetz über die Gleichberechtigung der Frau durchgesetzt oder nicht?

Was Nickel nicht wußte, war, daß es nicht nur am Konservatismus der Männer lag, wenn es bisher keinen weiblichen Maschinenführer gab; in einigen Betrieben hatte man Versuche unternommen, und hie und da hatte auch bereits eine Frau vorübergehend als Maschinenführerin gearbeitet. Solange die Maschine normal lief, gab es dabei keine ernsthaften Schwierigkeiten. Stockte aber die Produktion, mußten Reparaturen durchgeführt, Sieb oder Trockenfilze gewechselt werden, dann gab es eine Knochenarbeit, die nach der traditionellen Arbeitsorganisation von einer Frau, wenn sie gerade kein Herkulesweib war, nicht geleistet werden konnte. Und zweitens mußte man, um überhaupt Maschinenführer zu werden, alle Arbeitsgänge beherrschen, das heißt: die Aufgabenbereiche aller zum Maschinenpersonal zählenden Arbeiter durchlaufen haben und jegliche vorkommende Arbeit ausführen können, darunter ebenfalls einige, die außerordentliche physische Anstrengungen erforderten. Dafür gab es zwar keine zwingende Notwendigkeit – von einem Artilleriegeneral verlangt schließlich auch niemand, daß er eigenhändig Kanonen aus dem Dreck zieht –, aber die Tradition wollte es nun einmal so.

Wie gesagt: das alles wußte Nickel entweder gar nicht oder nur abstrakt, vom Hörensagen; nicht aus eigener Anschauung und Erfahrung. Und dieses Manko wog natürlich schwer, wenn man gegen einen Mann wie Jungandres ins Feld ziehen wollte, zumal der Produktionsleiter nur Gründe gelten lassen würde, die sich unmittelbar aus der Produktion herleiteten. Der Grund, der für Nickel ausschlaggebend war, schied beispielsweise von vornherein aus. Der Grund nämlich, daß sämtliche Maschinenführer des Betriebes parteilos waren; die junge Kollegin, die sich zum Maschinenführer qualifizieren wollte, hingegen nicht. Ruth Fischer war Kandidat der Partei, FDJ-Leitungsmitglied, Tochter eines alten Genossen. Sie arbeitete seit drei Jahren im Betrieb, und sie hatte sich in diesen drei Jahren die Achtung und das Vertrauen vieler Arbeiter erworben. Ihr Beispiel würde Beachtung finden.

Nickel war nun im zweiten Stock angelangt und in den Korridor eingebogen; ohne sich dessen bewußt zu werden, ging er von Schritt zu Schritt langsamer. Aber selbst der längste Korridor hat auch beim langsamsten Tempo einmal ein Ende. Nickel gab sich also einen Ruck und trat in das Vorzimmer. Die Sekretärin saß, den Telefonhörer zwischen das Ohr und die hochgezogene Schulter geklemmt, am Schreibtisch und stenografierte emsig über einem aus Ausschußpapier gehefteten Block. Dabei sagte sie fortwährend »Ja, jaja« und machte ein unterwürfiges Gesicht, obwohl doch ihr Gesprächspartner, dem dieses Gesicht galt, sie gar nicht sehen konnte. Nickel fiel das auf, aber er war zu sehr mit sich selbst beschäftigt und dachte nicht weiter darüber nach. Er fragte: »Kollege Jungandres drin?« Den ›Doktor‹ ließ er, wie immer, aus Prinzip weg.

Nickel hatte geglaubt, er träfe den Produktionsleiter allein an; er hatte ihn ja vorher angerufen und war also angemeldet. Als er jetzt aber eintrat, waren bereits zwei Männer da – offensichtlich warteten sie auf ihn. Es waren der Werkführer Oswald, der in Ruth Fischers Schicht arbeitete, und ein Maschinenführer, den man im Werk überall Sosonaja nannte; an seinen wirklichen Namen konnte sich Nickel nicht erinnern. Sosonaja erklärte dem Produktionsleiter gerade, das neue, sechziggrammige Papier, das er zur Zeit fahre, habe bisher auf jede Tonne Papier eine halbe Tonne Ausschuß gebracht, und die Maschine habe die halbe Schicht gestanden. Jungandres wußte das. Das Zeug laufe nun einmal nicht, er habe das von Anfang an gesagt, aber Vertrag sei Vertrag, da könne er nichts machen. »Soso«, sagte der Maschinenführer achselzuckend, »naja, da müssen wir halt sehen …«

Nun kam Jungandres an den Tisch und forderte sie mit einer Handbewegung auf, Platz zu nehmen. Der Produktionsleiter war ein Mann in den Fünfzigern, aber man sah ihm die Jahre kaum an. Er war von hohem Wuchs und massiger Gestalt, er hielt sich sehr aufrecht, und er machte eher den Eindruck eines Landjunkers, der nach einem ausgiebigen Frühstück gutgelaunt Episoden eines Jagdabenteuers erzählt, als den eines Ingenieurs, der die Fäden eines komplizierten Produktionsprozesses in der Hand hält und Anweisungen erteilt, die Hunderte Arbeiter in Bewegung setzen, gewaltige Maschinen regulieren und schließlich Karawanen von Baumstämmen und Tonnen Chemikalien in Papier verwandeln. Dr. Jungandres litt an einer Hüftverletzung; seit der Operation, die neun Jahre zurücklag, zog er das rechte Bein ein wenig nach. Niemand aber kam auf den Gedanken, daß er des schweren Spazierstockes, auf den er sich bei seinen Gängen durch den Betrieb nahezu unmerklich stützte, wirklich bedurft hätte; alle betrachteten ihn als modisches

Attribut, als ausgefallene Extravaganz. Der Stock stand in demselben Range wie die mattgraue Perle, die Jungandres' Krawatte zierte: beide waren im Grunde überflüssig, aber sie gehörten nun einmal zur Besonderheit der Person des Produktionsleiters.

Das Gespräch begann ohne Umschweife. »Isch glaube«, sagte Jungandres, »wir könnte esch versuche. Allerdings …« Und nun war von Dingen die Rede, die Nickel mit Ruth Fischers Qualifizierung kaum noch zusammenzuhängen schienen. Der Werkführer Oswald warf hin und wieder eine Bemerkung ein; der Maschinenführer wiegte manchmal bedächtig den Kopf und brummte sein »soso« und »naja«. Nickel holte das Zeitungsblatt aus seiner Brusttasche, er zückte sein Notizbuch und überflog noch einmal die Argumente, die er sich aufgeschrieben hatte, aber er fand keine Gelegenheit, in das Gespräch einzugreifen. Einmal schien ihm das, was Oswald über die Schwierigkeit, das Auswechseln der schweren Trockenfilze von einem Mädchen leiten zu lassen, sagte, sehr vernünftig; vernünftig schien ihm aber auch, was Jungandres dagegensetzte. Dann wieder schien ihm ein Einwand des Maschinenführers bedenkenswert; durchaus einleuchtend fand er aber auch Oswalds Erwiderung. Und während er noch über diesen Widerspruch nachdachte, war bereits wieder von technischen Details die Rede, und er verlor hoffnungslos den Faden.

Er dachte nun: Sie sind sich ja bereits einig, Jungandres, dieser alte Fuchs, hat sie nur herbestellt, um mir den allwissenden Fachmann vorzuspielen. Natürlich: er will nicht zugeben, daß mein Vorschlag gut ist und auf ganz einfache Weise durchführbar, denn dann müßte er ja auch eingestehen, daß er, der alte Fachmann, schon längst selber hätte auf diesen Gedanken kommen müssen. Nickel hatte ganz vergessen, daß es sich gar nicht um *seinen* Vorschlag handelte, sondern um den Ruth Fischers. Ja, dachte er, er will den Anschein erwecken, als sei die Sache viel komplizierter, als

Nickel
Gedanken

Hoffnung mit Jungandres

ich es mir träumen lasse. Bei diesem Gedanken mußte er unwillkürlich lächeln. Bitteschön, sagte er sich, soll er sein Vergnügen haben. Schließlich geht es mir ja nicht um einen Triumph. Ich will ja nur, daß es vorwärts, geht; Hauptsache, es kommt alles ins rechte Lot.

Da aber durchfuhr es ihn plötzlich: Oder sollte vielleicht etwas ganz anderes hinter dieser Zeremonie stecken? Irgendein Hintergedanke, eine Falle? Wenn sie der Meinung sind, man könne es versuchen, wozu dann noch diese endlose Besprechung, dieses endlose Für und Wider? Er hatte auf einmal das Gefühl, der Produktionsleiter schaue spöttisch und hinterhältig auf ihn herab. Das Gespräch, das in Wirklichkeit wenig mehr als eine Viertelstunde dauerte, zog sich ihm endlos in die Länge. Wozu dieser Wust von Einzelheiten? fragte er sich. Vielleicht nur, um am Ende doch abzulehnen? Wahrhaftig, sie legen mich herein, und ich kann nicht einmal etwas dazu sagen. Jungandres wird einfach erklären: Tja, mein Lieber, theoretisch hat die Geschichte einiges für sich, ich gebe mir ja die größte Mühe, wie Sie sehen; aber Sie sehen selbst – in der Praxis ist eben nichts zu machen. Dagegen war nicht anzukommen, nicht einmal mit dem sowjetischen Zeitungsblatt. Der Produktionsleiter würde sagen: Aber mein Lieber, das haben wir ja gerade besprochen; die haben eben moderne Maschinen da bei den Russen. Ja wenn wir andere Maschinen hätten, dann, ja dann …

In diesem Augenblick stand Jungandres auf und sagte: »Also schön, dann soll sie am Montag anfange. Die Sonntagsreparatur kann sie ja noch in der alte Schicht mache, da ziehe se zwei Naßfilze ein.«

Nickel tauchte aus dem Tunnel seiner Ängste empor, verwirrt noch stand er ebenfalls rasch auf und sagte hastig: »Ich mache dann den Vertrag fertig.« Jungandres nickte. Allerdings war nicht sicher, ob das als Bestätigung für Nickels Bemerkung gemeint war oder als Zeichen dafür, daß das Gespräch nun beendet sei. Nickel jedenfalls atmete hörbar auf.

Er hatte sich also doch nicht geirrt. Sieg! dachte er. Sieg auf der ganzen Linie. Es war Jungandres lediglich darum zu tun gewesen, seine Autorität zu wahren, sein Prestige nicht in Gefahr zu bringen. Ja, diesmal hat er sich nicht getraut, mir eine Nase zu drehen, dachte Nickel. Ich hätte es auch auf Biegen oder Brechen ankommen lassen, das hat er begriffen. Wirklich, ein Sieg. Ihm war zumute, als habe er einen schweren Kampf hinter sich; ein wenig außer Atem noch, war er voller freundlicher Gedanken für den besiegten Gegner. Man muß ihn nur zu nehmen wissen, dachte er, dann kann man durchaus mit ihm auskommen. Wir werden schon noch vernünftig zusammenarbeiten. Daß der Produktionsleiter wiederum über alles allein entschieden hatte, sowohl über die Maschine, an der Ruth Fischer ausgebildet werden sollte, als auch über ihre Ausbilder und den Zeitpunkt der Umsetzung, das kam ihm dabei gar nicht zu Bewußtsein. Und es hätte ihm in diesem Augenblick wohl auch nicht viel ausgemacht.

Ruth Fischer stand währenddessen an der Naßpartie der Maschine III und regulierte Sieb und Filze. Von Zeit zu Zeit wog sie die Labor-Bogen, die der erste Gehilfe vorn aus der laufenden Rolle riß und an den Maschinenführertisch brachte. Der Maschinenführer war in den Holländersaal gegangen und kontrollierte den Farbzusatz.

Kam man die Treppe vom Holländersaal herab, so wirkte die Halle menschenleer; rechts und links streckten sich, scheinbar sich selbst überlassen, breit dahinfließende Ströme, deren Spiegel ein geheimnisvoller Wind kräuselte; sie flossen dahin unter den bizarren Ufern stählerner Traversen, von Rohrleitungen und Walzen wie von Brücken überspannt, verloren sich schließlich sehr weit talwärts zwischen hochaufragenden Industriegebirgen. Betrat man die Halle von der gegenüberliegenden Stirnseite her, dann sah man als erstes ein drei Meter breites Papierband, das zwischen zwei blanken

Kalanderwalzen hervorschoß, drei, vier Meter scheinbar schwerelos und frei durch die Luft schwebte und sich dann wie aus eigenem Antrieb zu einer dicken weißen Rolle aufspulte. Man konnte dieses Band rückwärts verfolgen bis zu jener kaum zentimeterbreiten Zone, wo die Papierbahn in verblüffender Plötzlichkeit mitten aus dem breit dahinfließenden wäßrigen Faserstoffstrom herauszüngelte; auf und ab über eine endlose Phalanx von Walzen und Zylindern, durch Pressen hindurch, immer wieder aufgenommen in ein raffiniert gestaffeltes System von Trockenfilzen, Feuchtfilzen, Naßfilzen.

Menschen entdeckte man erst später. Sie verloren sich in der riesigen Halle, und sie wirkten fast beschäftigungslos. Hier hantierte jemand an einer fertigen Papierrolle, dort bewegte einer beinahe spielerisch ein Handrad, ein dritter rauchte auf der Schwelle der Umkleidekabine gemächlich eine Zigarette. Sah man allerdings genauer hin, dann bemerkte man in den Gesichtern, ja, sogar in der Körperhaltung eine ruhige, gleichsam ins Unterbewußtsein übergegangene Aufmerksamkeit und Bereitschaft. Aber so genau beobachteten Berufsfremde – die Delegationsgruppen beispielsweise, die gelegentlich den Betrieb besichtigten – nur selten. Sie waren beeindruckt von den gewaltigen Maschinen, ihrem stetigen Rhythmus, ihrer Kraft und Präzision, die von einer großen und unsichtbaren Macht gelenkt schienen. Sie gingen dahin in dem tief vibrierenden Geräuschstrom, aus dem manchmal ein schwaches Zischen, ein fernes Gepolter, ein dünnes Klirren wie von Metallketten bröckelte; sie gingen dahin unter der Wärme der unablässig rotierenden Trockenzylinder, die dumpf und drückend über ihnen hing wie ein dickes Tuch.

Für Ruth Fischer war dies alles vertraut; an der Naßpartie war ihr jeder Handgriff in Fleisch und Blut übergegangen, und auch über ihren unmittelbaren Arbeitsbereich hinaus kannte sie die Funktion vieler Teile, vieler Hebel, Stellräder und Antriebssysteme, sie kannte viele Ursachen für die hin und wieder in der Papierbahn auftauchenden Fehler und Abrisse; sie kannte die Bedeutung der meisten Geräusche, und wenn sich irgendwo ein Ton, eine Schwingung veränderte oder verlor, wußte sie fast immer, was es damit auf sich hatte.

Die Maschine lief ruhig und gleichmäßig. Ruth beobachtete das Sieb und die Pressen, sie tat dies fast unbewußt; ihre Gedanken gingen andere Wege, ruhig und gleichmäßig, fast so, wie die Papierbahn dahinfloß.

Kurz nach Schichtbeginn war Jungandres bei ihr gewesen; er hatte sich nach dem und jenem erkundigt, hatte ein bißchen über ihre Pläne gewitzelt, allerdings eher herzlich und schon halb und halb gewonnen, das hatte sie herausgehört. Er hatte sich auch genau erklären lassen, wie sie sich die Ausführung ihres Vorhabens im einzelnen vorstellte. Ruth wußte, daß der Produktionsleiter für Neuerungen und Experimente, für alles, was beispielsweise den Ingenieuren, den Werkführern oder den erfahrenen Leuten im Maschinenpersonal unmöglich oder zumindest zweifelhaft vorkam, zu haben war; Wagnisse reizten ihn. Jungandres war schließlich mit einer seiner ironischen Bemerkungen gegangen, aus denen ein einigermaßen aufmerksamer Zuhörer immer herausfinden konnte, wie die Sache stand: »Nu bräuchte wir bloß noch ein Mittel, daß Sie übers Jahr net heirate und Kinder kriege; das ischt ebe immer das Ende vom Lied.«

Ruth wußte, daß heute über ihre Sache entschieden wurde. Ihr fiel ein Gedanke ein, der ihr schon am Morgen gekommen war, und wie am Morgen mußte sie auch jetzt wieder lächeln. Heiraten, du lieber Himmel, dazu hat's noch massenhaft Zeit. Und außerdem … ja, was eigentlich außerdem? Daß der Mann, der ja schließlich dazugehörte, erst noch gebacken werden mußte? Aus der Jugendgruppe war es keiner, auch aus dem Dorf nicht; überhaupt niemand, den sie kannte. Sie hatte auch keine Vorstellung davon, wie er aussehen müßte; höchstens, wie er nicht aussehen dürfte, und vielleicht, wie

223

sein Charakter beschaffen sein müßte – so wie Vaters und doch auch irgendwie anders. Aber vielleicht heiratete sie gar nicht? Es gab so viel zu tun und zu erleben, soviel Interessantes und Wichtiges. Sie hatte ohnehin immer das Gefühl, etwas zu versäumen.

Andere Mädchen in ihrem Alter hatten ihren Freund, ihren Verlobten, einen, ›mit dem sie gingen‹, kamen doch hier im Wismutgebiet neuerdings auf ein Mädchen sechs oder sieben Männer. Ruth hatte sich bisher nie gefragt, woran es lag, daß ihr keiner gefiel. Das heißt, der eine oder andere gefiel ihr schon, in der Gruppe beispielsweise gab es einige prächtige Burschen – aber das war eben etwas ganz anderes. Was ist das eigentlich, die Liebe? Ruth stellte sich darunter etwas vor, das mit nichts zu vergleichen war, etwas, das den ganzen Menschen erfaßt und die ganze Welt von Grund auf verändert. Vielleicht begegnete sie nicht jedem – und vielleicht begegnete sie gerade ihr nicht? Jedenfalls wußte sie, es mußte etwas Stärkeres sein als alles, was sie kannte. Und alles Große und Starke läßt sich nicht durch Warten erreichen.

Ob sie schon entschieden hatten? Warum wird über die Zukunft eines Menschen immer von anderen entschieden … Warum darf er nicht wenigstens dabeisein und mitreden? Man mußte das anders machen, etwa so wie die Aufnahme in die Partei: Der Kandidat begründet seinen Antrag, die anderen stellen Fragen, prüfen, wägen; man muß ehrlich alles geben, was in einem ist, aber man wird auch in allem ernst genommen, man braucht einander für ein gemeinsames Ziel. Ging es denn hier nicht ebenfalls um ein gemeinsames Ziel? Gehörten denn die Betriebe und die Maschinen nicht ihnen allen? Und mußten dann nicht alle wollen, daß jeder so viel wie möglich weiß und lernt, um soviel wie möglich vollbringen zu können? Ruth nahm sich vor, einmal mit dem Genossen Nickel darüber zu sprechen.

In diesem Augenblick riß die Papierbahn in ihrer ganzen Breite an der ersten Presse ab. Das feuchte Papier lief die

Preßwalze hinauf, quetschte sich am Schaber zu einem immer dicker werdenden Ballen zusammen; das abgerissene Ende der Bahn verschwand in der Trockenpartie. Ruth zerrte die Trillerpfeife aus der Tasche, schwang sich dann auf den Laufsteg über der Maschine.

Der so ruhige und gleichmäßige Arbeitsrhythmus verwandelte sich nun blitzartig in ein hektisch anmutendes Durcheinander: Der erste Gehilfe kam nach hinten gerannt, drosselte das Dampfventil, zog hinter den Saugern das Spritzrohr heraus und spritzte einen schmalen Streifen von der Bahn; vorn fing der zweite Gehilfe die schleudernde Rolle ab; Ruth zerrte das Ausschußpapier von der Presse; der Maschinenführer kam aus dem Holländersaal, fluchte, trieb zur Eile, fuhr das Spritzrohr zurück; der erste Gehilfe hatte inzwischen den Streifen bis zur Trockenpartie geführt, blieb aber am dritten Zylinder stecken; der zweite Gehilfe holte mit beiden Armen nichtendenwollende Knäuel heißen und noch feuchten Papiers zwischen den Walzen hervor, das wie ein Gebirge in den Mittelgang wuchs; der dritte Gehilfe stampfte den hochgetürmten Ausschußwagen, den ein Gehilfe von der zweiten Maschine belud; der erste Gehilfe hatte inzwischen in die Kalander eingeführt, es war aber niemand da, der einschneiden konnte; als der dritte Gehilfe endlich vom Wagen sprang, riß die Bahn am Kalander wieder ab; mittlerweile hatte sich der Feuchtfilz verlaufen; Flüche, schwitzende Gesichter, ungeduldige Zurufe, Treibriemen flatterten, wirbelnde Papierfetzen, Schreie.

Ruth hob den Schaber an und legte den Filzstreifen neu ein. Als sie dann beim Fädeneinziehen einmal aufsah, stand Nickel neben dem Maschinenführertisch und schaute ihr zu. Vorn am Kalander schleppten die Gehilfen immer noch Ausschuß aus der Maschine, aber die Rolle schien wieder zu laufen.

Nickel stand schon eine ganze Weile. Er hatte ihren flinken Bewegungen zugesehen, ihren sicheren Schritten auf dem

schmalen Laufsteg; das mürrische Gesicht des Maschinenführers, der die müßigen Herumsteher nicht verknusen
konnte, störte ihn heute nicht – schließlich war ja auch ein besonderer Tag. Sie ist wirklich hübsch, dachte Nickel. Und wie
schlank sie ist in der straff anliegenden Bluse und der blauen
Trägerhose. Als sie von der Maschine herabkletterte, das Gesicht gerötet von der Anstrengung, schien ihm, die Genossin
Fischer habe Augen wie Kiesel so blank – wo sie doch tief-
graue Augen hatte, schwarze Pünktchen überm tiefen Grund.

Die Maschine lief nun wieder ruhig und gleichmäßig. Nikkel erzählte, wie das Gespräch verlaufen war. Den Vertrag
hatte er gleich mitgebracht. Er erklärte ihr einige juristische
Einzelheiten, aber sie hörte nur mit halbem Ohr zu. Lohngruppe V, jaja, und vierzehntägige Kündigungsfrist, wieso
denn Kündigungsfrist …? Es war also Wirklichkeit geworden! Vor vier Wochen hatte sie ihren Entschluß gefaßt, hatte
alles sorgsam bedacht, hatte nichts überstürzt, und nun war
es soweit. Die Halle schien sich plötzlich zu dehnen, die
Wände rückten auseinander, die Maschinen waren verzauberte Schiffe, die in die Ferne fuhren, jedes Schräubchen und
jede Übersetzung unentdeckte Wunderwerke, dort war die
Kommandobrücke und dort voraus die unbekannten Konti-
nente. Viele Wochen war der Gedanke gereift in ihr, war von
Schicht zu Schicht begehrlicher erschienen, aber auch er-
reichbarer; bis zu ihrem endgültigen Entschluß hatte sie zu
niemand darüber gesprochen. Schließlich aber hatte sie es
Nickel gesagt, dem Personalleiter. Der war sofort Feuer und
Flamme, sein jungenhafter Eifer war auf sie übergegangen,
hatte ihr Selbstvertrauen gestärkt. Ach, und es war schneller
Wahrheit geworden, als sie zu glauben gewagt.

Die Nachricht sprach sich mit Windeseile herum. Wohin
sie auch kam, teilten sich alsbald die Produktionsarbeiter in
zwei Lager; ein kleineres, das für Ruth Fischer Partei ergriff,
ein größeres, das die ganze Geschichte je nach Temperament
lächerlich oder empörend fand. Von den älteren Arbeitern

sagten viele, zu ihrer Zeit sei so etwas überhaupt nicht denkbar gewesen. Der Schmierer Maassen brüllte, unter einer Frau würde er nicht arbeiten, da gehe er eben zur Wismut. Der Holländermüller Otto Zellner, den man überall den ›Herrn Zebaoth‹ nannte, erklärte, das habe man ja nur gemacht, weil ›die Fischern‹ in der Partei sei; unseren Mädels, sagte er, würden sie eins husten! Und der Herr Rat Nüßler würde sich im Grabe drehen wie ein Propeller, wenn er das wüßte!

Auch Ruths Maschinenführer, der alte Graupner, mit dem sie bislang immer gut ausgekommen war, giftete sich. Vielleicht ärgerte er sich, weil Ruth zur Ausbildung in eine andere Schicht wechselte – als ob sie bei ihm nicht genausoviel lernen konnte wie bei diesem Dörner, wenn nicht noch mehr! Als der Werkführer in die Halle kam, sagte er zu ihm: »Da braucht ihr wohl uns alte Arbeiter gar nicht mehr in eurem Arbeiterstaat, was? Diese Rotznasen! Und wer macht die Reparaturen, he?«

Der Werkführer zuckte mit den Schultern. Ihm paßte diese Geschichte auch nicht, aber das band er schließlich nicht jedem auf die Nase. Wenn man eine gute Stellung zu verlieren hat, hält man besser den Mund.

Von einer Stunde auf die andere hatte Ruth eine Schar offener und heimlicher Gegner bekommen; in manchem Gesicht konnte sie lesen: Warte nur ab, du wirst dir schon das Genick brechen, Vögel, die früh singen, holt abends die Katze! – Von einer Stunde auf die andere hatte sie aber auch eine Schar Anhänger gefunden, besonders unter den jüngeren Arbeitern. Der erste Gehilfe Hahner sagte ihr vor fünf, sechs Leuten rundheraus: »Na los, halt die Ohren steif! Wir werden's den alten Polterköppen schon zeigen!« – Ihre bissigsten Widersacher fand sie sonderbarerweise unter den anderen Pressensteherinnen und unter den Mädels vom Papiersaal. Von den sechzehn Maschinenführern taten elf, als sei sie Luft.

In der Frühschichtwoche ging Ruth dreimal wöchentlich nachmittags in den Hüttengrund, das war eine Talsenke hinter dem Werk. Die FDJ-Gruppe hatte im vergangenen Sommer begonnen, einen Sportplatz zu bauen. Den Winter über hatte die Arbeit geruht, aber mit der ersten Frühlingssonne waren die Spitzhacken und die Spaten zurückgekehrt wie zeitige Zugvögel.

Der Bau war seinerzeit auf Betreiben der Fußballer begonnen worden; in der Gruppenleitung hatten sie sich zunächst nicht einigen können, es gab viele Aufgaben, politische Arbeit, man wußte nicht recht, ob der Sportplatz so richtig sei, zumal es im Oberdorf einen Fußballplatz gab und ein paar Kilometer weiter die Wismut ein regelrechtes Stadion baute. Ruth hatte mit ihrem Vater gesprochen, und Hermann Fischer hatte gesagt: Natürlich müßt ihr bauen. Ihr seid jung, seid noch nicht so mit all diesem Kleinkram vollgehuckt wie wir Alten. Schafft etwas, was man sehen und mit Händen greifen kann, je größer, um so besser. Ruth hatte das beinahe wörtlich in der Gruppenleitungssitzung wiedergegeben, und der Sportplatzbau war beschlossen worden.

Ruth holte sich eine Schaufel; das Werkzeug hatte ihnen der Betrieb geliehen. Drüben an der künftigen Aschenbahn arbeiteten einige Jungen aus dem Werk II; ein Stückchen Hang mußte abgetragen werden, das Mittelfeld aufgeschüttet und planiert. Die Jungen arbeiteten wie immer mit Spitzhacken oder Spaten, die Mädchen, die meist etwas später kamen, schippten die Schubkarren voll.

Über Mittag war es warm geworden, für einen Märztag sogar sehr warm. Die Sonne zwängte sich ins Gezweig der Büsche, leckte die letzten Schneekipfel. Den Hang herauf rannte Kinderlachen; im Schulhaus drunten standen die Fenster weit offen.

Ruth kam gern hierher. Einmal der Gruppe und des künftigen Sportplatzes wegen – und der vielerlei Notwendigkeiten, Ursachen, Ziele, die damit verbunden waren und immer

228

wieder neu entstanden; zum anderen aber auch der Schönheit dieses Winkels wegen, in den die Wismut mit ihren ewig steingrauen Halden noch nicht vorgedrungen war. Den Schornstein der Papierfabrik, der über der Hügellehne in gute Höhe ragte, hatte man hinter sich; linksab in der Talsenke leuchtete das rote Ziegeldach der Schule; beide aber gehörten nahezu selbstverständlich ins Bild dieser Landschaft, die einfach und schön war mit ihrem dunklen Wald, ihren graubraunen Bergvorsprüngen hier und da im dünnen Erdteppich, ihren kargen Wiesen. Diese Landschaft war *für* den Menschen, und vieles in ihr war *durch* ihn; ihr Reichtum lag nicht üppig zutage, er mußte erworben werden; sie bedurfte des Menschen, um sich ganz zu erschließen, und der Mensch bedurfte ihrer Ursprünglichkeit und ihrer spröden Harmonie.

Die Arbeit im Werk war für Ruth oft noch Arbeit im alten Sinn des Wortes, man rackerte seine Stunden ab, die sich eintönig dahinschleppten, notwendig und in ihrer unschöpferischen Monotonie und Mühsal bereits anachronistisch in einem; manchmal aber war sie auch Arbeit in einem neueren Sinn, war Abenteuer und Erfüllung, Spiel und Schöpfung. Dies hier war ein Drittes. Im Kreis der Freunde, inmitten dieser Landschaft wäre Ruth der Gedanke, daß es sich überhaupt um Arbeit handle, beinahe schon absurd erschienen. Es war Vergnügen und Selbstbestätigung, auferlegt in der Freiwilligkeit eines gemeinsamen Planes, den niemand angeordnet, den alle in gleichem Anteil entworfen hatten, war Austragungsort überschüssiger Kraft und Phantasie. Unbewußt fast und allen selbstverständlich, war die Erfahrung, die sich in Arbeiterfamilien immer wieder von den Eltern auf die Kinder überträgt, die von klein auf da ist, wächst und ins Wesen der Menschen eingeht: daß man nichts verbrauchen kann, wenn man nichts geschaffen hat, daß nichts entsteht, wenn man es selber nicht baut.

Ohne daß es jemand angeordnet hätte, begannen der Maschinengehilfe Konrad von der Kartonmaschine V und der kleine Beimler aus dem Labor einen Wettkampf. Es dauerte nicht lange, bis Konrad mit einer Schubkarre im Vorsprung lag. Ruth nahm ihre Schaufel und ging zu Beimler. Er lockerte mit der Spitzhacke das lehmige Erdreich, in dem stellenweise noch der Frost nistete, sie schippte die Karre voll. Wenn er dann seine Ladung auf einem schmalen Brettersteg hinüberfuhr zu der Senke, die ausgefüllt werden mußte, hackte sie auf Vorrat. Drüben auf dem zweiten Brettersteg karrte Konrad, er schwitzte, das dunkle Haar hing ihm wirr in die Stirn, aber er ließ nicht nach. Als sie den Vorsprung fast aufgeholt hatten, rutschte Beimler mit der schweren Karre vom Steg und kippte die Ladung auf die winterfilzige Grasnarbe. Er schimpfte wie ein Rohrspatz, richtete aber dann die Karre auf und lud von neuem.

Beimlers Vater war Invalide, er arbeitete als Pförtner im Betrieb, einer der wenigen Genossen der Betriebsgruppe. Hans, der Sohn, war in jenem Jahr geboren, da dem großen Hans die Flucht aus dem Konzentrationslager gelang – die Flucht des Genossen und Namensvetters war für Vater Beimler damals Grund gewesen, dem Jungen seinen Namen zu geben. Und der große Hans, der Divisionskommandeur der Interbrigade, war des kleinen Hans Vorbild geworden, das wußten alle in der Jugendgruppe; so klein und mager er war, so zäh und ausdauernd war er auch; wie schwer ihm seine Ausdauer fiel, sahen nur wenige.

Er belud die Karre neu, fuhr zur Senke, kam dann zu Ruth zurück. Nach drei weiteren Fuhren hatten sie den Vorsprung endgültig eingeholt. Nun aber holte sich Konrad drüben die Regine Marbach an die Karre, und der Wettkampf begann von vorn. Ruth sah, wie schwer Beimler die Karre wurde, sie hätte ihn gern für eine Weile abgelöst, zugetraut hätte sie sich das durchaus, aber sie kannte seinen Starrsinn und seine Verletzbarkeit und schwieg. Sie stießen nun, etwas tiefer im Hang, auf eine Tonschicht; der Ton hatte sich voll Schmelzwasser gesogen und klitschte schwer an der Schaufel. Auch

Konrad und Regine hatten ihre Mühe. Die anderen sahen von Zeit zu Zeit herüber und beobachteten den Kampf. Als Beimler wieder mit der leeren Karre kam, sagte Ruth nun doch: »Hans, laß mich mal 'n paar Fuhren machen.« Er schüttelte den Kopf.

»Du machst dich fertig«, sagte sie.

Er schüttelte wieder den Kopf. Er schaffe das schon.

»Und wenn nicht?« fragte Ruth.

Aber es war nichts zu machen. Er nahm den Spaten, klatschte den Ton in die Karre, fuhr davon. Sie lagen wieder mit anderthalb Fuhren im Rückstand. Die Spannung des Kampfes hatte nun auch Ruth ergriffen, sie gab sich Mühe, immer ein Stück mehr Boden loszuhacken, als in die Karre passen würde, wenn Beimler zurückkam. Nach jeder Fuhre säuberte sie mit dem Spaten die Schaufel und mit der Schaufel den Spaten. Konrads Vorsprung vergrößerte sich nicht mehr, aber er verringerte sich auch nicht. Dann rutschte Beimler zum zweiten Mal von der Bohle.

Konrad kam herüber. Er zog sein Klappmesser aus der Tasche und sagte: »Ist ja auch kein Wunder.« Dann kratzte er die festgebackene, von Gras durchwundene Lehmschicht von Nabe und Achse. Regine kam mit einer Schmieröl-büchse.

Als die nächste Fuhre beladen war, sagte Ruth: »Jetzt ist Schluß; wir fahren abwechselnd. Eine du, eine ich.« Sie schob seinen Protest beiseite, fuhr los. Die Karre hing schwer an den Armen, aber sie lief gut. Und sie holten den Vorsprung doch noch auf, ehrlich, Beimler wachte eifersüchtig darüber, daß Konrad und Regine keine künstlichen Pausen einlegten, um Ruth und ihn herankommen zu lassen. Als sie dann Feierabend machten, stand die Sonne schon tief. Sie huckten sich die Werkzeuge auf, betrachteten stolz die ebene Fläche, die sie geschaffen. Sie waren ein gutes Stück vorangekommen.

Ruth hatte wenig Lust, auf den asthmatischen Omnibus zu warten, der noch immer mit Holzgas fuhr; sie ging den

231

Waldweg quer über die beiden Hügelkuppen, deren Fuß die Fahrstraße in vielen Kurven und Schleifen umschlang. Die Tannen stiegen kerzengerade in den hohen Himmel, und manchmal fiel ein Streif der niedrigen Sonne unversehens über eine Schneise, einen Holzschlag.

Ruth liebte diesen Weg. Dort am Hang hatte sie einmal ein Reh äsen gesehen, manchmal hoppelte ein Hase über die Schonung. Das Wild aber war selten geworden im Gebirge, seit den Förstern die Jagdflinten beschlagnahmt waren; allenthalben wurde gewildert, mit Schlingen und Fallen, mit versteckten Waffen. Mitunter streiften auch sowjetische Soldaten durch den Wald, schossen auf Wildkaninchen aus schweren Nagan-Revolvern, trafen sogar. Der Ballerei wegen waren die Hirsche schon sechsundvierzig südwärts über die tschechische Grenze gewechselt, in die dichten böhmischen Wälder – so erzählten jedenfalls die alten Pilzgänger im Dorf.

Als Ruth die Fuchsdelle erreichte, brach langsam die Dunkelheit nieder. Es war ein guter Tag. Sie ging ihren Weg in der frohen und gelösten Stimmung, die aus dem Gefühl kommt, den Tag genutzt, etwas geleistet zu haben. Mit der Dämmerung kam die Abendkühle, der Wald verschwendete seine Gerüche.

Den Stülpnersteig herab kam ihr dann einer entgegen, einer in umgekrempelten Gummistiefeln. Sie trat zur Seite, denn der Weg war schmal, wer abrutschte, tat einen Satz von zehn Metern. Der da kam, ging dicht am Abhang entlang, ein wirrer Blondschopf, schlaksig, drahtig. Er starrte sie unverfroren an, frech, kann man schon sagen, es schien ihm aber irgendwas wider den Strich zu gehen, denn er drehte plötzlich den Kopf weg und guckte Löcher in den Wald. Als sie vorbei war, hatte sie das Gefühl, daß ihr jemand in den Rücken starre. Sie drehte sich um – und wahrhaftig: da stand er und gaffte. Ein schnippisches Bröcklein lag ihr auf der Zunge, aber es blieb wohl besser ungesagt; so ein Bursche, mitten im Wald, wer weiß. So ging sie denn weiter, aber sie wußte schon: der stand da immer noch und äugelte wie ein Schafbock. Bitte schön, sollte er ruhig Wurzeln schlagen.

Oben am Waldrand fiel ihr dann ein: Natürlich, das war doch der Klampfenklimperer, der manchmal ins Jugendheim kam. Welcher Wind blies denn den hier vorbei? Und was hatte er sie so anzustarren? Sie sah noch einmal zurück, aber der Weg war nun dummerweise von einem Waldzipfel verdeckt, da war nun nichts mehr zu sehen.

Die Begegnung vergaß sich schnell. Vor ihr lag das Wiesenstück, das an die Hinterzäune der Siedlung grenzte; das Licht im dritten Haus aber bedeutete: Vater war zu Hause, im Herd war schon Feuer, hinter der Zeitung kräuselten die Machorkawölkchen. Sie ging quer über die Wiese. Sie freute sich auf den Abend, auf die paar Handgriffe Hausarbeit, auf den Vater, dem sie endlich erzählen konnte. Und da wartete auch noch das Buch auf sie, das sie vorgestern zu lesen begonnen; ein fingerdick Seiten noch, hundert vielleicht. »Wie der Stahl gehärtet wurde«.

Peter Loose kam aus Georgenthal; er war nach der Frühschicht mit dem Bus hinübergefahren, ins große Warenhaus, um einzukaufen, was es in Bermsthal nicht gab. Auf die Rückfahrt hätte er eine Stunde warten müssen, da hatte auch ihn das Wetter verlockt. Die Entfernung betrug laut Verkehrsschild zwölf Kilometer, die Straße verlief jedoch in zwei rechten Winkeln, und nach Luftlinie gerechnet, waren es höchstens fünf Kilometer, soviel wußte er. Nun sind allerdings fünf Kilometer über Berg und Tal und Stock und Stein ein eigen Ding; noch dazu wenn man – wie er es nannte – frei nach Schnauze marschiert. Schlag sechzehn Uhr war er in Georgenthal aufgebrochen; auf dem Stülpnersteig, als er so unvermutet Ruth Fischer traf, war er schon gute zwei Stunden unterwegs.

Kurzum: sie hatte ihn also nicht erkannt. Schön, es war ziemlich duster, und er selbst hatte ja auch erst im letzten

Augenblick gemerkt, wer da an ihm vorbeispazierte. Vielleicht hatte sie ihn aber doch erkannt, wie man sich eben auf ein Gesicht besinnt, das man schon irgendwo einmal gesehen hat; schließlich: wer war er denn für sie? Die drei, vier Mal, die sie sich im Jugendheim gesehen hatten? Wußte er denn, ob sie ihn inmitten der anderen überhaupt bemerkt hatte? Sie war ja ohnehin immer von einem Schwarm dieser Papiermüller umgeben, dieser blauhemdigen Doofmänner ...

Nach jenem verpatzten Filmabend hatte sich Loose vorgenommen, das Jugendheim nie wieder zu betreten – er war seinem Vorsatz auch vierzehn Tage treu geblieben. Daß er dann doch wieder hinging, hatte verschiedene Gründe. Erstens: Wohin sollte man in diesem Kaff sonst gehen? Zwei Kneipen und Feierabend. Zweitens hatte sich herausgestellt, daß Kleinschmidt recht flott Klavier spielte. Im Haus dreizehn gab es einen Schießbudenbesitzer, der drummte ein bißchen zickig, aber er kannte einen Saxophonisten, Es-Alt, welcher ein Jährchen Wismut abmimte, nebenher Musikunterricht und ein bißchen Harmonielehre nahm; übers Jahr gedachte er sich seinen Berufsmusiker-Ausweis zu holen. So hatten sie also eine Band gegründet – aber nun spiel mal, wenn das einzige brauchbare Klavier des ganzen Erzgebirges in ausgerechnet diesem Freundschaftsschuppen steht! Was blieb übrig als ein Vertrag mit der Bermsthaler FDJ? Ein Separatfrieden sozusagen. Dies war der zweite Grund.

Der dritte schließlich war einer, mit dem er vor sich selber nichts Rechtes anzufangen wußte, obgleich er ständig seine Vorstellungen und Hoffnungen und mitunter sogar sein Handeln beeinflußte. Es war die Hoffnung, Ruth Fischer zu sehen; ein Gedanke, der immer wieder aufschoß, eher Klang als Bild, ständig zurückgedrängt, nie völlig bewußt. Sah er sie dann tatsächlich, wußte er nichts Besseres, als vor sich hin zu dösen, wagte höchstens aus unauffälliger Entfernung einen Blick. Es schien, dieses Mädchen Ruth erinnere ihn an etwas Gutes, das er einst besessen, etwas Schö-

234

nes, das längst vergangen war; die Spur zurück war verschüttet. Es war eine Erinnerung an Helle, an freundliche Stimmen, an etwas Sommerliches – sofern man das eben Erinnerung nennen kann – oder vielleicht ein Wunsch, ein Traum, etwas Vorausliegendes?

Ein wirkliches Erinnern an jenen Sommer neunzehnhundertvierzig gelang ihm nicht. Es waren wohl auch nur drei Tage; er war damals neun Jahre alt. Die Mutter war nach Königsberg gefahren, wo Vaters SS-Einheit irgendwelchen Dienst tat; ihn und die Schwester Annelies hatte man solange bei Onkel Otto und Tante Else einquartiert. Der Onkel Otto war streng genommen eigentlich kein Onkel, war ein Kamerad aus Vaters ehemaligem SA-Sturm, gewesener Meister in der Maschinenfabrik Reinecker AG, wo einst auch der SA-Mann Loose an einer Drehbank gestanden; jetzt, invalide, verzehrte er sein Gnadenbrot als Gärtner und Hausmeister eines der Reinecker-Direktoren. Die Villa, unweit der Treffurth-Brücke gelegen, an einer Seite begrenzt von der träg dahinfließenden Chemnitz, stand um diese Jahreszeit leer; der Hausherr war als Hauptmann zum Infanterieregiment 104, zur Zeit Truppenübungsplatz Großenhain, eingerückt; Frau Direktor und Tochter befanden sich zur Sommerfrische im Engadin. So kam es, daß dem Onkel Otto, wenn auch nicht das Haus, so doch der weitläufige Park uneingeschränkt zur Verfügung stand – er überließ ihn mannhaft den Kindern, den künftigen Soldaten Adolf Hitlers. Dies waren außer Peter und der vierzehnjährigen Annelies (die jungen Männern gegenüber ihren Geburtstag um zwei Jahre vorzuverlegen begann und gut und gerne auch für siebzehn gelten konnte) vor allem Onkel Ottos Tochter Ilse und ein junger Mann aus der Nachbarschaft, semmelblond, Luftwaffenfähnrich auf Urlaub. Der Fähnrich machte Ilse den Hof, die aber konnte ihn nicht leiden, er hatte angewachsene Ohrläppchen, Verbrecherohren, fand sie. Der Fähnrich suchte sie über einen Flirt mit Annelies doch noch für sich einzunehmen; Ilse übersah sowohl ihn als auch sein Getechtel.

Ilse, die Siebzehnjährige, war nun in der Tat ein merkwürdiges Mädchen. Sie liebte klassische Musik (Onkel Otto, wie alle gut deutschen Väter der Meinung, seine Tochter sei von der Vorsehung zu Höherem bestimmt, hatte sie leichtsinnigerweise Klavierspiel lernen lassen), sie las Fontane, Keller, las sogar Gedichte. Sie verstand, sich beim pflichtgemäßen BDM-Dienst unauffällig im Hintergrund zu halten. Die Luft zwischen der großdeutschen Herrschaftsvilla und dem väterlichen nationalsozialistischen Gärtnerhäuschen schien ihr reineweg nichts anhaben zu können, beispielsweise fand sie die geschniegelte Strammheit der gleichaltrigen Jünglinge gelinde lächerlich, und die Brust-heraus-Heldenbegeisterung der Direktorentochter schien ihr schamlos und dumm. Von ihrer Klavierlehrerin besaß sie – der Name war sorgfältig entfernt – einen Auszug Mendelssohn; sie hütete ihn sorgsam. Worauf sie sich damit letztlich einließ, war ihr zwar nicht klar, daß es aber etwas Verbotenes war, wußte sie. Charakterlich schien sie von der Mutter alles, vom Vater nichts bekommen zu haben; Tante Else nämlich, aus dem Hintergrund her maßgebliches Familienoberhaupt, war mit dem Marschierergeist des Mannes durchaus <u>nicht einverstanden</u>, sie dämpfte seine närrische Führertreue auf stille Weise, wo sie nur konnte. Man darf nicht glauben, daß eine Ehe im Dritten Reich an derlei inneren Widersprüchen hätte zerbrechen müssen – nein, Tante Elses Familienleben verlief harmonisch. Wobei sich versteht, daß ihre Abneigung nicht der Sache galt, sondern deren ›Extremen‹, und natürlich weit davon entfernt war, sich laut oder gar aufbegehrend zu äußern.

Während dieser drei Sommertage also hinterließ die siebzehnjährige Ilse, eine Dame fast, ihre Spur in dem neunjährigen Peter. Sie tat es, indem sie ihm vorspielte und mit ihrer weichen Altstimme vorsang – am meisten beeindruckte ihn, daß sie dies wie selbstverständlich tat und sich überhaupt

236

nicht zu genieren schien. Sie schenkte ihm den »Sigismund Rüstig«, lesend lagen sie nebeneinander im Gras; der Park aber verwandelte sich in eine unwegsame Insel, Gefahren lauerten ringsum, Abenteuer, er bestand sie alle. Sie spielte seine Knabenspiele mit ihm wie eine Gleichaltrige, sie schlug ihn zum Ritter. Sie entfachte, ohne es zu wollen, allerdings nicht, ohne es schließlich zu bemerken, eine romantische Knabenliebe, die sich auf alle Dinge ihrer Umgebung übertrug. Ohnehin war in der Umgebung dieses Mädchens alles anders, als Peter es von zu Hause her kannte; da war in ihrem Zimmer das Bücherregal mit den Reihen sauber in buntes Papier eingeschlagener Bücher, da waren fein gespitzte Bleistifte, liebevoll zusammengetragen und achtsam aufbewahrt Zeichenpapier, da waren geheimnisvolle Notenblätter, zwischen Buchseiten gepreßte Gräser und Pflanzen, da war eine verzauberte Welt der Stille. Natürlich war Ilse schön, und natürlich träumte er von ihr und natürlich war er von vornherein der edelmütig Verzichtende, zornigen Herzens, versteht sich; ach, wäre er nur ein wenig älter! Und natürlich umarmte sie ihn in seinem Traum dennoch und schwur ihm ewige Liebe, wenn sie auch einen anderen, Ungeliebten, heiraten mußte: den semmelblonden Luftwaffenfähnrich ...

Wie gesagt: Es gelang Peter Loose nicht, eine Brücke von der Stimme Ruth Fischers zur Stimme des Mädchens Ilse zu schlagen. Von dem überschwenglichen Knabengefühl war über die Jahre nur eine unbestimmbare Erinnerung geblieben, ein Schimmer, der im verborgenen glimmte und fortwirkte. Der Mensch hat immer einige Antriebe mehr, als er selber weiß. Und es war wohl auch etwas in Ruth Fischers Art, das ihm den Rückweg sperrte; sie war anders, herber, tätiger.

So ging er dahin in der Dunkelheit, unter den schwarzen Tannen, die für ihn einfach Wald waren, kein Reh äste am Hang, über die Schonung hoppelte kein Hase. Die Natur bestand darauf, daß eben erst März war; es wurde empfindlich kühl.

Aber man geht natürlich nicht nur, um ein Ziel zu erreichen; man muß auch unterwegs etwas zu tun haben. Die Finsternis knackt in den Zweigen, ein Schatten raschelt: man wünscht, das Mädchen Ruth stünde da ein paar Meter weiter an der Weggabel im dichten Tannicht, von irgendeinem Schwartenhals belästigt, hilflos; weiß Gott, man hätte seine große Stunde! Es passierte nämlich so manches in dieser Gegend, und ein Mädchen tat gut daran, sich nachts nicht allein aus dem Hause zu wagen! Stand da nicht schon einer? Dort, hinter der Tanne? Es war aber nur ein Reisighaufen, leider. Da kam man sich nun ein bißchen lächerlich vor. Blödsinn, woher kamen nur diese Anwandlungen ...

So über die Maßen lächerlich aber war es nicht. Kurz vor Weihnachten war drüben in der Raschauer Flur ein Mädchen gefunden worden, vergewaltigt, erwürgt. Die Täter, zwei junge Burschen, hatte man zwar kurz darauf ergriffen, aber eine Woche später fand man am Eibteich einen Polizisten, drei Messerstiche im Rücken. Von den Mördern keine Spur. Und der Kumpel, den man in der Bahnschneise fand, oben bei Johannstadt, mit gebrochenem Genick? Man fuhr noch immer auf Wagendächern und Trittbrettern. War er vom Zug gestürzt, war er gestürzt worden? Und die Geschichte, die Kleinschmidt in Aue gehört hatte? Ein vierzigjähriger Obersteiger war in der Nacht nach dem Lohntag durch das Scheibenholz nach Hause gegangen, ein kleines Wäldchen nur. Er bekam von hinten einen Schlag über den Schädel, er hatte nichts gehört und nichts gesehen. Als er wieder zu sich kam, fand er sich ausgeplündert bis aufs Hemd; reichlich tausendfünfhundert Mark, der Ausweis weg, die Uhr, sämtliche Papiere.

Und Peter Loose ward sich plötzlich bewußt, daß heute ebenfalls die Nacht nach dem Lohntag war, der Dreizehnte, obendrein ein Freitag. Er trug noch fast seinen gesamten Lohn bei sich, neunhundert Mark, soviel Geld hatte er noch nie auf einem Haufen besessen, er hatte im letzten Monat gut verdient. Er war rechtschaffen froh, als er nun den Waldrand erreichte und vor sich im Tal das Dorf sah.

Drüben am Bahnhof baumelte das ewig trübe Lämpchen, ein Signal dahinter, grün, ein paar Streckenlichter. Peter sah auf die Uhr, es war erst sieben. Ein Güterzug rumorte aus dem Tunnel heraus. Ingrid hatte wieder mal Spätdienst, sollte man hinübergehen? Im Jugendheim war Freitag nichts los, oder genauer gesagt, Montag nichts, Dienstag nichts, Freitag auch nichts. Blieb noch der »Gambrinus«, die wirtlichere der beiden Bermsthaler Kneipen. Und die trübsinnige Baracke. Kleinschmidt würde wahrscheinlich auf dem Strohsack liegen und schwarten, Mehlhorn war eingefahren. Ja, man hatte in Kleinschmidts Schicht übergewechselt, der Kapelle wegen, wie sollten vier Leute zusammenkommen, die in drei verschiedenen Schichten arbeiten? Kleinschmidt hatte das mit Hilfe des Steigers Fischer arrangiert, war eigentlich ganz sympathisch von dem Alten, aber er sollte sich nicht einbilden, daß man ihm nun bis in die Steinzeit zu kniefälligem Dank verpflichtet war. Das taten sie ja immer; sie gaben den kleinen Finger und wollten dafür die ganze Hand, wenn möglich mit dem kompletten Kerl dran.

Währenddessen stand man aber bereits vor dem Bahnhof, und da man einmal hier war, ging man auch hinein. In der Wirtschaft war es wie stets an Zahltagen: proppenvoll, verqualmt, bierdunstig. Drüben hinter der Theke hantierte Ingrid an den Bierhähnen. Sie sah zur Tür herüber, nickte ihm zu. Peter ging hinüber, gab ihr die Hand, lehnte sich dann mit dem Arm auf die Schankarmaturen und bestellte ein Bier. Ingrid trug immer noch das Talmikettchen am Handgelenk; als sie seinen Arm berührte, rieselten ihm die dünnen Metallglieder über die Haut. Weiß Gott, sie wußte genau, wie sie es anstellen mußte, ihn verrückt zu machen.

Peter sah sich um. Die Kleiderhaken an den Wänden waren vollgehängt mit Wattejacken, Gummiklamotten, spekkigen Mützen. An der Säule neben dem Schanktisch klebte ein Steckbrief, fünftausend Mark Belohnung, gesucht wird wegen Mordes ... Peter schreckte plötzlich auf; er sah das grobrasterige Foto in der Mitte des Plakates, das breite Gesicht mit den hervortretenden Jochbögen, dem hängenden rechten Mundwinkel; war da nicht eine Spur Blut, eine Hand, die darüberwischte? Er sah Ingrid an, die seinen Blick zu erwarten schien, ihm Antwort nickte. Da war er wieder, sein erster Tag in diesem Dorf, hier war es gewesen, hier an dieser Stelle; die drei mit dem Würfelbecher und der, den sie Emmes nannten. Der Gedanke, hier, genau hier, wo jetzt der Steckbrief hing, neben einem Mörder gestanden zu haben, sich mit ihm eingelassen zu haben, sprang auf in ihm, beklemmend und fieberhaft. Der Kellner äugte von unten her und schwoll vor Bedeutung.

»Toll, was? Wenn der dir das Ding in die Rippen gehauen hätte!«

Er war es. Er hatte den Polizisten umgebracht, oben am Eibteich, hinterrücks. Und Peter sah ihn durch den Wald gehen, den Unbekannten, er hatte ein sonderbar vertrautes Gesicht, jung, nichtsahnend, sah ihn in beklemmender Deutlichkeit. Der Kellner stand immer noch, blödes Bescheidwissen im Gesicht. Was war hier schon ein fremder Tod – verglichen mit einem Mörder, dem man eigenhändig Bier serviert hatte. So hatten sie auch damals gestanden, Gieraugen, Blut muß fließen, feste gib's ihm! Man hatte damals zugeschlagen um eines schmalen Handgelenks mit einem Talmikettchen willen – vielleicht aber auch aus einem ganz anderen Grund. Vielleicht spürte man sie immer heraus, die Schläger, die alle anderen ducken mit ihrer bedenkenlosen Kraft, die noch immer Macht und Recht ist; vielleicht. So hatten sie auch damals gestanden, lauernd, feig, neugierig. Sie würden sich wieder ducken, wenn der Mörder jetzt zur Tür herein käme, würden gierig beobachten, wie man zuschlägt und vielleicht zusammengedroschen wird – es würde sie nicht rühren. Ging es aber umgekehrt aus, würden sie Heil schreien und man wäre ihr Mann.

240

Bis ein anderer käme, der einem die Knochen bricht – sie würden sich wieder ducken.

Die Kneipe war auf einmal voll von Gerüchten und Geschichten; sie stiegen von den Tischen auf und schwammen heran; da ist er, da steht er, er hat den Mörder geschlagen, seht! Die Flucht durch die Hintertür war ausgelöscht. Er wollte mit der Kleinen anbändeln, der Mörder, da hat er ihn umgelegt mit einem einzigen Schlag. Nein, mit zwei Schlägen: Solar plexus und Kinnspitze. Es waren drei, die andern beiden sind getürmt. Nein, er hat sie alle drei verdroschen. Einen k. o., dem zweiten einen Tiefschlag, und dann den dritten. Einen Schlagring hat er gehabt, hat ihn immer in der Tasche. Sieht gar nicht so aus, was? Aber Knochen hat der, und schnell ist er, und glashart, sag ich euch! Ingrid, die alles genau wußte, stand mitten in den Blicken und lächelte, und freute sich, und war stolz. In dieser Minute begann auch sie, den Vorfall mit anderen Augen zu sehen.

Vier Wochen später wird Peter Looses Ruhm endgültig begründet. Peter sitzt im Jugendheim, mit dem Rücken zum Klavier, die Gitarre auf den Schenkel gestützt, Jugendtanzabend, aber in einer Pause spielen sie Jazz; der Saxophonist in der Art Charlie Parkers, black and blue. Der Saal biegt sich. In den Tanzpausen, wenn die Stühle alle besetzt sind, sieht man, wie viele keinen Sitzplatz gefunden haben; es müssen ein halbes Hundert sein. Der Kartenabreißer am Eingang hat eine gebauchte Hosentasche voller Papierschnipsel. Black and blue, einschmeichelnd, vom Klavier her polyphon, dringt auch hinter die Bühne, in das Zimmerchen, wo der Klubleiter sein Abendbrot schmurgelt, die Eier erschrecken in der Pfanne. Der Klubleiter ahnt nicht, was sich in diesem Augenblick draußen tut. Vor der Bühne nämlich, rechts im Winkel, wo die Aufschriften der Klosettüren an die HJ-Vergangenheit erinnern – hier Burschen, da Maiden –, vor der Bühne setzt ein Langer einem Dicken aus einem Grunde, der hinterher nicht festgestellt werden kann, einen trockenen Kinn-

241

haken unter die Binde. Der Dicke wehrt sich, greift nach einem Schnapsglas, wirft, trifft aber nicht den Langen. Er trifft die Gitarre; das Glas zerbirst, reißt den Lack auf, reißt einen Schnitt in den Zeigefinger, zerreißt eine Saite. So kommt es, daß der Saal plötzlich Peter Loose aufspringen sieht, von der Bühne herabspringen sieht zum Winkel hin. So kommt es, daß fast alle Leute, die an diesem Abend im Jugendheim sind, einen Loose erleben, der einem etwas dicken jungen Mann einen Faustschlag versetzt, welcher furchtbar sein muß, denn der dicke junge Mann taucht, ohne einen Mucks von sich zu geben, unter den Tisch. So kommt es auch, daß fast alle glauben, die Prügelei, die sich nun dahinten bei Burschen und Maiden anläßt, sei eben durch den Faustschlag des Gitarrenspielers ausgelöst worden. Der aber ist längst durch die Bühnentür, längst zum Wandschränkchen mit Leukoplast und Hoffmannstropfen, verpflastert sich die Fingerwunde. Und er merkt nicht viel von der Legendenbildung, er merkt nur, daß eine Respektdistanz sich um ihn weitet.

Loose steht an der Theke der Bahnhofskneipe. Er fühlt sich innerlich erfroren und taut nur langsam wieder in den Alltag zurück.

Der Kellner war nun doch wieder zu seinem Kulitablett mit Henkelgläsern zurückgekehrt, von Ingrid bis dicht unter den Eichstrich gefüllt – Schnapsgläser spülte sie vor dem Einfüllen, das ergab, bei einigem Geschick, zwei bis drei Doppelte Plus pro Flasche. Peter bekam seinen Wodka in einem trockenen Glas. Er hielt ihn prüfend gegen die Glühbirne, tat gelassen, aber er sah diese Bermsthaler Gegenwart noch immer wie einen Film; man schaut sich das an und reagiert mitunter, aber es betrifft einen nicht wirklich. Er fragte sich, was ihn das alles, alles anging. Er lebt ganz gut hier, in diesem befremdlichen Dorf, in dieser unterirdischen Fabrik, er fühlt sich besser, als er sich in den zwei, drei unsteten Jahren vorher gefühlt hat. Aber er gesteht sich das nicht ein, kann es nicht, die Tage werden länger, und die Straßen, die irgendwohin führen, liegen hell und warm im Licht. In jedem Frühjahr kam die Unruhe, sie wird in jedem Frühjahr wiederkommen. Da saßen sie an den Tischen, schütteten Bier in sich hinein, lebten von Bockwurst und Gerüchten, von Skat und immer den gleichen Witzen, im Dreieck zwischen Biertisch, Barackenmatratze und Bohrhammer, tagaus-tagein. War man dazu auf der Welt? Zwanzigjährige saßen da, Dreißigjährige und Fünfzigjährige, alle mit den gleichen Flüchen, schlugen die Zeit zwischen den Schichten tot, lebten. Lebten? Was unterschied die Zwanzigjährigen von den Fünfzigjährigen? Glänzende Augen, wenn zwei sich prügeln; ein Achselzucken, wenn einer dran glauben muß; Lärm, Langeweile, lieblos-leblos, Meister der Empfängnisverhütung beiderlei Geschlechts, ein ganzes Leben auf demselben Gleise, und immer im Kreis herum, immer im Kreis, manchmal schnell, manchmal langsam, manchmal rotes Licht, aber nie eine Weiche, nie eine andere Strecke, manchmal Trittbrett, manchmal Stehplatz, vielleicht einmal erster Klasse, aber nie in eine andere Richtung, nie.

Es kam aber einer den Gang entlang, zwischen den Tischen, einer mit lang herabhängenden Armen, Pusteln im Gesicht, allerlei Knötchen, kam am Steckbrief vorbei in knieweichem Schlenkerschritt, schulterwiegend, den Seeleuten abgeguckt, schlingerte heran und legte an der Theke bei, dicht vor Peter. Peter erkannte ihn nicht sofort. Erst als der andere den Mund aufmachte. »Bis' du nicht der Loose?« Der Mann sprach nicht, er bullerte die Worte heraus wie Klöße: Püüs–duu–nüüüsch-däää–Looosäää. Chemnitz. Schloßteichbande. Der Mann hieß Hecht.

Der Mann, der Hecht hieß, hatte damals ein Ding gedreht, nicht von schlechten Eltern; allabendlich, wenn sich die Schloßteichanlagen mit jungen Leuten füllten und die Bürger einen Bogen machten, kam irgendwo die Geschichte auf. Sie kam oft auf, denn es waren um die Hundert, die da jeden

Abend zusammentrafen; aus dem Nordviertel und vom Schloß, Sonnenviertel und Kaßberg, Furth, Gablenz, Ostplatz, Südbahnhof, Stadtbad, Zweiniger, August, Gasthof Neustadt, Bochmanns Ballhaus. Die Geschichte vom Manne Hecht, der Fahrradspeichen, mit der Kneifzange säuberlich auf Halbzentimeterlänge geschnitten, als Feuersteine verkauft hatte, fünf Mark das Stück, vier Monate lang. Die Geschichte vom reibungslosen Umsatz einiger zweihundertfünfzig Stückchen einwandfreien Stahldrahtes, unter den Augen der Polizei, auf dem Hauptbahnhof und in der »Libelle«, im Pissoir am Postplatz und im Stadtbad. Die Geschichte von den vier Drahtstückchen, die an einem schummerigen Seitentisch der Tanzbar »Libelle«, bei bester Laune, der Herr Polizeipräsident persönlich gekauft hatte, denn auch ein Polizeimann bedarf in solch düsteren Zeiten der erhellenden Wirkung des Zündsteins.

Und während Peter noch der Erinnerung nachhing, haute ihm der Hecht die Hand auf die Schulter und sagte: »Wir brauchen einen dritten Mann, Bierlachs. Machste mit?«

Ehe er sich's versah, saß Peter bereits am Tisch, und Hecht mischte die Karten. Die erste Runde spielten sie um ein Bier und einen Doppelten. Peter bekam ein Rotspiel ohne Zweien, gab Ré auf ein Kontra, gewann hoch. Dann gab ihm der dritte ihrer Runde, ein Grubenschlosser namens Richard, einen bombensicheren Grand, in Vorhand, Kreuzbube, Pikbube, sechs Blatt Karo. Der Grubenschlosser Richard bekam in der ersten Runde kein einziges Spiel, was aber seiner aufgeräumten Laune keinen Abbruch tat. Schräg hinter Richard saß ein sowjetischer Soldat, trank Limonade, die heimlich zur Hälfte mit Wodka aufgefüllt war, denn den Soldaten war der Alkoholgenuß in deutschen Gaststätten verboten, sah dabei dem Schlosser über die Schulter. Er kannte das Spiel nicht, aber er sagte fortwährend »nix gut, nix gut« zu Richard, der ihm hin und wieder in komischer Verzweiflung sein Blatt vor die Nase hielt. Die beiden schienen sich zu kennen. Der Soldat

244

aber dachte bei sich, er wolle doch gleich ein Pud Kochsalz aufessen, wenn die zwei Jünglinge den Richard nicht ganz gehörig ausbeutelten.

Richard verlor auch die zweite Runde, die dritte ging an Hecht. Nach der vierten Runde, die wiederum Richard verlor, begannen sie einen Pfennigskat, erhöhten später auf fünf Pfennige. Zwischendurch fragte Hecht, auf welchem Schacht Peter arbeite und warum man ihn unten in Chemnitz gar nicht mehr zu sehen bekomme. Peter wich aus, erklärte, mehr als hier oben sei da unten ja auch nicht los. Es zeigte sich aber, daß der Gedanke an die Stadt, in der er geboren war, einmal entstanden, sich nicht so einfach wieder wegwischen ließ. Weiß Gott, dachte Peter, warum fahre ich nicht zum großen Schichtwechsel hinunter? Man müßte doch einmal nachschauen, wie es jetzt da aussieht. Bei dieser Gelegenheit verlor er einen Null ouvert mit Kontra in der Bockrunde, der kostete ihn vierzig Mark.

Mit einem kleinen Rotspiel gewann er sechs Mark zurück. Dann aber war die Karte plötzlich wie verhext, zwanzig Minuten lang bekam Peter kein Spiel. Er zahlte zwei Mark, zahlte acht Mark, zahlte drei Mark, und Richard versicherte ihm fortwährend, so, ganz genau so, sei es ihm in der ersten Runde ergangen. Hecht riß den blöden Witz vom Unglück im Spiel, das Glück in der Liebe bringe, und erzählte nebenher, welche Kapellen jetzt in welchen Chemnitzer Tanzgaststätten spielten. Ja, dachte Peter, warum nicht? Man müßte sich das alles wieder einmal ansehen. Man versauert ja völlig. Man müßte auch einmal nachschauen, wie sich die Dinge zu Hause entwickelt hatten. Zwar hatte ihm niemand eine Träne nachgeweint, als er wegging, am wenigsten der Stiefvater, aber das war über zwei Jahre her, und allerhand Wasser war inzwischen die Mulde hinabgeflossen. Auch Freunde gab es dort, Kumpels, es war keiner darunter, mit dem man hätte durch dick und dünn gehen können, immerhin aber war es ganz interessant, zu wissen, was aus den Leuten so geworden war. Und während er am Biertisch saß, in der eintönig verräucherten Bahnhofskneipe, während er vergeblich auf ein gutes Blatt wartete, sah er die Orte vor sich, die er damals gern aufgesucht, an denen man sich getroffen hatte, die Schloßteichinsel und das Stadtbad, letzteres besonders im Winter, den abgesoffenen Steinbruch im Zeisigwald und die Straßenecke am Brühl vor Milda Pollerts Gemischtwarenladen; Kräutertee, Postkarten, Kragenknöpfe und Salmiakpastillen en détail.

Hecht gab ihm das langerwartete Spiel, vier Asse, drei Zehnen, dazu Karojunge und zwei Könige. Peter spielte Grand. Als Hecht contra gab, hätte er eigentlich gewarnt sein müssen, aber er hatte Kreuzas und Rotas gedrückt, er bot Ré. Natürlich gab Hecht Sub, er hatte drei Buben auf der Hand und außerdem Pik blank vor einer langen Karo. Vielleicht wäre das Spiel dennoch zu gewinnen gewesen, wenn Peter nämlich nicht ausgerechnet sein blankes Karoas angespielt hätte. So aber bekam er zwei Luschen, was insgesamt dreiunddreißig ausmachte, auf das Pikas stach Hecht ein, holte ihm dann den Karobuben weg und spielte fünfmal Karo nach, ließ ihn dann mit Rot ins Spiel kommen, um gleich darauf auch noch den Rotkönig zu stechen, das machte genau Sechzig. Grand ohne Dreien Spiel vier macht achtzig, verloren hundertsechzig, das kostete mit Kontra, Ré und Sub hundertachtundzwanzig Mark.

Hecht und Richard taten, als täte es ihnen leid. »Das ist aber auch Pech«, sagte Hecht, indem er das Geld einsteckte. Richard meinte, auf ein solches Blatt könne man schließlich auch kein Ré riskieren, selbst wenn man die Hunderter noch so dicke hätte. Peter spielte anstandshalber eine Revanche-Runde, die letzte. Idiot, sagte er zu sich, dreimal hirnverbranntes Rindvieh, konntest du's nicht wirklich beim Kontra genug sein lassen? Aber du wolltest es ihnen zeigen, du verdammter Angeber, und dafür haben sie dich ja nun gründlich rasiert. Die Sucht, wenigstens etwas von dem Verlorenen zurückzugewinnen, hieß ihn noch einige gewagte Spiele machen. Nun ist es egal, redete er sich ein, alles oder nichts. Er gewann auch tatsächlich ein paar Mark zurück. Jetzt hast du eine Glückssträhne, redete er sich zu, jetzt mußt du bei der Stange bleiben, wer nichts wagt, kommt nicht nach Waldheim. Als er aber erneut mit fünfunddreißig Mark einbrach, als der Grubenschlosser Richard ihm zuredete, jetzt, wo es am spannendsten sei, doch nicht etwa auszusteigen, als auch Hecht auf ihn einzureden begann, brachte er schließlich doch noch soviel Nüchternheit auf, die Runde abzusagen.

Er ging zur Toilette und zählte sein Geld. Von den neunhundert Mark waren noch sechshundert übrig. Er ärgerte sich ein bißchen, hatte aber genügend getrunken, um den Ärger mit einigermaßen leichter Hand wegschieben zu können. Da kann man nichts machen, sagte er sich, pfutsch ist pfutsch und hin ist hin. Sechshundert Mark sind noch da, damit kann man schließlich unten in Chemnitz noch allerhand anstellen. Er stand vor dem halbblinden, zerkratzten Spiegel, der noch heute auf jeder Bahnhofstoilette zu finden ist, und dachte: Morgen, morgen gleich nach der Frühschicht fahre ich.

IX. Kapitel

Peter Loose kam am späten Nachmittag in Chemnitz an. Bereits in der Bahnhofshalle traf er auf ein bekanntes Gesicht, Zitter-Alfons, ein Homosexueller, der vom Schwarzhandel lebte und zur Deckung jeden Tag ein paar Stunden als Verkäufer im Geschäft von Hosen-Meier arbeitete; ein Männlein steht im Walde. »Lange nicht gesehen«, meinte Zitter-Alfons, »warst du drüben?« Peter kaufte ihm eine Schachtel Amis ab.

Draußen blendete tiefe Nachmittagssonne aus den Fenstern. Es war alles wie früher. Vor dem Hotel Prätorius verkaufte ein Beinamputierter aus seinem Rollwagen Schnürsenkel, ein Straßenbahnzug kreischte in enger Kurve, und viele Leute kamen, und viele gingen. Weiter unten aber wurde ein Wartehäuschen gebaut, an der Königstraße, die hieß jetzt Straße der Nationen. Und die Bismarckstraße hieß Liebknechtstraße, die Georgstraße war eine Kurt-Fischer-Straße, das Uhlmann-Geschäft war ein Konsum, aber Paule Kirchners Zigarettenladen war noch da. War noch da mit der Ramses-Reklame im Fenster und aus gutem Grund ist Juno rund, obschon sich inzwischen andere Marken etabliert hatten, Siedlerstolz, Bahndamm letzte Ernte.

Peter überlegte sich, ob er gleich nach Hause gehen solle oder – oder was sonst? Nach Hause, komisch. Er ging auf der gegenüberliegenden Straßenseite an der Haustür vorbei, sah heimlich hinüber, ob nicht jemand aus dem Fenster hinge, es hing aber niemand. Die Georgstraße war eine Grenze. Nach der anderen Seite zu, stadtwärts, kannte Peter eine Menge Leute. Hier aber kannte er nur wenige. Hier trafen sich andere Gruppen und Grüppchen, und manchmal gab es eine Keilerei, wenn jemand von der einen Seite auf der anderen Seite ein Mädchen hatte, Jagdfrevel. Nun also: Kurt-

Fischer-Straße. Kurt Fischer oder Georg, das war gehüpft wie gesprungen. Der Brühl hieß aber immer noch Brühl. Außerdem wußte man wenigstens, wer der Kerl gewesen war. Der berühmte kursächsische Minister von Brühl. Er hatte eine Pelzhändlerstraße in Leipzig, die war berühmt und er hatte Terrassen in Dresden, die waren auch berühmt. Bloß der Brühl in Chemnitz, der war nicht berühmt. Und auf diesem Brühl war Peter Loose geboren.

Er ging zur Schule, bog in die Mühlenstraße ein, ging an der Chemnitz entlang. Die Sonne war hinter das Stadtbad getaucht, von den Schornsteinen des Elektrizitätswerkes rieselte der Ruß. Man geht die Treppe hinauf, dachte Peter, man klingelt, Tag wie geht's da bin ich. Aber dann?

Auf der Georgbrücke stand er, starrte übers Brückengeländer zum Wehr hinüber, konnte auch die Mündung des Kanalisationstunnels sehen, der neben dem Stadtbad herlief. Die Dämmerung war durchsichtig wie ein Kirchenfenster. Das Ruinengrundstück war immer noch da, in den öden Fensterhöhlen wohnt das Grauen, Lesebuch achte Klasse, Schiller. Da hatten sie im Frühjahr sechsundvierzig ihre Boxkämpfe ausgetragen, Hanse Neuss und Mäcki Selbmann und Rennfahrer-Ede. Und rechts hing das Restaurant Sachsenhof über dem Fluß, da war Peter in die Kunst des Billardspiels eingeweiht worden. Im Hinterzimmer öffnete der Buchmacher Grünewald dreimal wöchentlich seine Wettannahme, Einlauf drittes Rennen. Championjockey Jableffski auf Walhalla. Drüben auf der Wehrbrücke stand ein Mädchen und spuckte in den Fluß.

Dem Fluß gestand Peter, warum er an der Haustür vorbeigegangen war. Er wollte dem Stiefvater nicht begegnen. Es war Sonnabend, Skattag, zwischen sieben und halb acht spätestens würde Kahlert seinen fetten Hintern flußentlang in den Krug zum grünen Kranze tragen, wo er früher als Mitglied des Luftbüchsenvereins Concordia scheibenlöchernde Triumphe gefeiert hatte. Kahlert, obendrein hieß er Erwin, hatte damals im Frühjahr achtundvierzig darauf bestanden, mit ›Vater‹ angeredet zu werden. Peter war bei ›Herr Kahlert‹ geblieben, hatte manchmal auch das ›Herr‹ weggelassen. Und an jenem Abend, als Erwin seinen erheirateten Vaterschaftsanspruch mit Gewalt durchzusetzen versuchte, hatte Peter zurückgeschlagen, zum ersten Mal, er hatte vorher so manche Tracht stillschweigend eingesteckt. Und während Mutter zeterte und Kahlert in der Sofaecke nach Luft japste, hatte Peter seine drei Hemden und vier Socken zusammengesucht und war gegangen. War hierhin und dorthin und schließlich zur Wismut. Wirklich, dachte er, es ist besser, wenn ich den Alten erst einmal aus dem Tempel herauslasse, sonst gibts womöglich gleich wieder 'ne Keilerei.

Überhaupt kostete das allerhand Überwindung. Man steht vor der Tür der Wohnung, in der man groß geworden ist, und auf dem Türschild steht so ein Name. Die Schwester hieß zwar mittlerweile auch anders, seit sie verheiratet war, Landser, und das war weiß Gott nicht sehr erhebend. Immerhin hatte man fünf Jahre Zeit gehabt, sich daran zu gewöhnen, und überdies lag der Rhein weitab. Ja, bei Licht besehen war man der einzige, der noch den Namen hatte, der einem zukam. Traudel Landser, na schön. Aber Ilse Kahlert! Man hatte auch den richtigen Vater nicht oft zu Gesicht bekommen, und auch er hatte immer einen Prügelgrund bei der Hand, aber wenigstens hatte er einem einen ehrlichen Namen hinterlassen, nicht so was wie dieser dahergelaufene Dickarsch.

Es war aber noch nicht dunkel und war auch nicht halb acht, und Peter ging nun ins Stadtbad. An der Kasse stand eine Schlange, wie immer an Sonnabenden, Menschen strömten die Marmortreppe herab, und Rinnsale schlängelten sich hinauf. Auch in der Vorhalle standen sie, saßen auf weißen Bänken, Bademeister und Masseure liefen umher, in weißen Mänteln, Sandalen an bloßen Füßen, ein dünner Friseur steckte seinen Pomadekopf durch die Tür des Friseur-Salons. An den Glastüren der großen Schwimmhalle sah Peter den

Wasserballern zu, sie zurrten die Torleinen fest am Beckenrand, duschten sich unter der Kaltwasserbrause, numeriert
von eins bis sechs, der Schlußmann fehlte. Vor zwei Jahren
noch war Peter Schlußmann gewesen, B-Jugend, hoffnungs-
trächtiger Schlußmann der hoffnungsträchtigen Lok-Mann-
schaft, drei zu null gegen Aufbau Magdeburg. An der zweiten Leiter sah er die Mädels der Lagenstaffel, er wußte, daß
dort im Fußboden eine Fliese fehlte. Dann kam der Bademeister mit einer Bambusstange und schob den großen Zeiger der Hallenuhr auf halb acht. Damals, dachte Peter, damals
hatte er auch immer was an der Uhr zu fummeln. Damals begann halb acht das Training. Und nach dem Training wartete
Gitta draußen. Damals.

Draußen die Straße war nun dunkel. Im Lippmannschen
Möbelgeschäft brannten ein paar Lampen, auch ein paar Straßenlaternen brannten, Peter vermißte sie, als er zum Brühl
hinüberbog.

Die Haustür war noch nicht verschlossen, er nahm es als
gutes Vorzeichen. Drinnen aber funktionierte das Hauslicht
nicht. Er tastete sich die Stufen empor, am Geländer entlang,
auf dem ersten Treppenabsatz entzündete er ein Streichholz,
stand ein paar langsame Minuten. Da war der vertraute Geruch von billigem Bohnerwachs, von kühler Treppenhaus-
luft, und von Aborten, die noch keine Wasserspülung kannten. Da waren die schütteren Geräusche hinter Türen, die
unmittelbar in Wohnküchen führten, ohne Vorsaal, die Geräusche eines Mietshauses mit Zwei- und Zweieinhalbzim-
merwohnungen. Er stieg langsam zum zweiten Stock empor. Drin lief das Radio sehr laut, und nebenan, wo der alte
Hengst wohnte, schlug eine Gonguhr dreimal die Viertelstunde.

Peter dachte plötzlich: Was, wenn er nicht zum Skat gegangen ist? Hinter der Tür des alten Hengst machte es Hick,
das war das Sodbrennen. Vielleicht spielen sie jetzt an einem
anderen Tag? Und während er den Klingelknopf drückte,

dachte er: Überhaupt, was kann in den zwei Jahren alles geschehen sein? Das Türschild ist noch das alte, und auch der Blechbriefkasten muß noch immer neu gestrichen werden, aber sonst ...

Er öffnete die Tür und schlug den Vorhang zurück. Die Mutter saß im Sessel neben dem Radio, eine Illustrierte vor sich auf dem Tisch.

Er stand eine ganze Weile in der Tür, sie starrten sich an, sagten beide nichts. Dann zog er den Vorhang vor, ging zur Konsole hinüber und stellte das Radio leiser. Da stand die Anrichte, das gute Geschirr hinter der Scheibe, die Kristallschalen, die nie benutzt wurden und die auch gar nicht gemacht waren, um benutzt zu werden. Da war die Heidelandschaft über dem Sofa, dort, wo früher das Führerbild gehangen hatte. Und sie sagten beide nichts, nur die leise Operettenmusik war da, die Mutter starrte ihn noch immer an wie eine Erscheinung.

Sie mußten sich doch aber etwas zu sagen haben. Ich hätte mir etwas zurechtlegen sollen, dachte er. Ganz egal, was.

Er zog den Mantel aus, und dabei sah er, daß auch das Foto noch auf der Anrichte stand. Es war das Hochzeitsbild der Eltern, mattbraun getönt, wie es damals modern gewesen war, der Vater im schwarzen Anzug, die Mutter im Brautkleid und sehr feierlich. Es war also noch da. Kahlert hatte immer darauf bestanden, daß es entfernt würde; es war aber das einzige, worin die Mutter damals nicht nachgegeben hatte. Er hat es also nicht geschafft, dachte Peter. Auf einmal fühlte er sich ein bißchen zu Hause.

Aber das hielt nicht vor. Es fiel ihm nun ein, wie oft er an zu Hause gedacht hatte als an etwas Verlorenes, wie deutlich ihm jeder Gegenstand in dieser Wohnung gewesen war, wie klar all die Bilder; es fiel ihm ein, daß er sich nach dem Gesicht der Mutter gesehnt hatte, nach dem vertrauten Küchengeruch und nach den Kratzern auf den Möbeln – nun, da er zu Hause war, war alles anders. Ein Gefühl von Fremdheit beschlich ihn; er hatte sich zwei Jahre lang bestohlen gefühlt und begriff nun, daß er gar nicht bestohlen war. Nicht Kahlert hatte ihn aus seiner Kindheit vertrieben und aus seinem Zuhause, die ihm beide freundlich erschienen waren in der Erinnerung, nicht Kahlert hatte seine Kinderträume entzaubert, sondern etwas anderes, Stärkeres. Und er begriff nun auch, daß er nicht aus Angst vor Kahlert am Haus vorbeigegangen war, auf der Brücke gewartet hatte; kein Einzelnes hatte er gefürchtet, sondern alles: die Begegnung mit den Nachbarsgesichtern, das Wiedersehen mit der Mutter und selbst mit der Farbe der Gegenstände und der Atmosphäre der Dinge, die nicht wahrhaben würden, daß etwas geschehen war, und daß man die Zeit nicht einfach zurückdrehen kann.

Die Mutter brachte ihm Tee. Manchmal sah sie verstohlen zur Tür des kleinen Eckzimmers hinüber, in dem er früher geschlafen hatte. Er sah es, aber er dachte sich nichts dabei. Er begann zu erzählen, in stockenden Sätzen und mit langen Pausen, von seiner Arbeit, von den Gegenden, in denen er gewesen war, von Nebensächlichkeiten. Sie spürte, daß die Kluft zwischen ihnen größer war als jemals zuvor. Sie hatte Angst gehabt vor dem Tag, da er zurückkam; sie hatte auch Angst vor dem, was sie ihm sagen mußte. Sie begriff nicht, daß dies nur ein Besuch war, ein Besuch in der Vergangenheit. Kahlert sei nun nicht mehr Fahrdienstleiter bei der Spedition, sagte sie langsam. Er habe vergessen, im Fragebogen anzugeben, daß er bei der Leibstandarte gewesen sei, und das hätten einige Leute an die große Glocke gehängt. Nun müsse er als Hilfsarbeiter bei einer Abbruchfirma arbeiten, bei jedem Wetter draußen. Und mit jedem Wort ging sie ein Stück weiter fort.

»Vorige Woche hat Traudel geschrieben«, sagte sie dann. »Willst du es lesen?«

Er sagte ja, und ihm war, als freue er sich auf den Brief. Als er ihn aber in der Hand hielt, wußte er, daß auch das nicht echt war. Er las, daß Landser eine kleine Nähmaschinenreparatur eröffnet hatte, mit Kundendienst und Verkaufsvertretung, er hoffe, in ein, zwei Jahren einen Gehilfen einstellen zu können. Er erfuhr, daß die Schwester aus der Hinterhauswohnung in eine Vorderhauswohnung umgezogen war und daß das eine Menge Geld gekostet habe, er las, daß man jeden Pfennig dreimal umdrehen müsse, wenn man gegen die alteingesessenen Geschäfte hochkommen wolle, und daß man deshalb nicht mehr so oft etwas schicken könne, er las das alles, aber es berührte ihn nicht. Die Mutter beobachtete ihn beim Lesen, und als er einmal vom Briefbogen aufsah, sagte sie: »Sie hat Glück gehabt, nicht?« Er hob die Schultern, und auch als er nach einer Weile sagte: »Da geht's euch also einigermaßen« – auch da verstand sie ihn nicht.

Aber mit der Zeit bemerkte er ihre Unruhe. Sie hat Angst, daß Kahlert aus der Kneipe kommt, dachte er. Da braucht sie sich keine Sorgen zu machen. Ich werde ihm guten Tag sagen, und wenn er das nicht verträgt, dann verschwinde ich eben wieder. Meinetwegen braucht sie sich wirklich nicht den Kopf zu zerbrechen. Er lächelte ihr zu, und nach einer Weile lächelte auch sie ein wenig, da sagte er: »Ich bleibe bloß bis morgen. Und wenn's nicht geht, dann geht's eben nicht.«

»Ja«, sagte sie. »Es ist nur ...«

Und sie stand auf, und sie lief zur Tür des Eckzimmers hinüber mit kleinen Trippelschritten. Sie öffnete die Tür, stand dann, als ob sie auf irgend etwas warte, dann legte sie den Finger an die Lippen und nickte ihm zu. Er ging zu ihr.

Als sie das Licht angeknipst hatte, sah er, daß das weiße Metallbett, in dem er all die Jahre geschlafen hatte, verschwunden war. Auch der niedrige Waschtisch war nicht mehr da und das schmale Schränkchen; das dunkle Holzregal unter dem Fenster war hinter einen geblümten Vorhang gerückt. In der Fensterecke stand ein Kinderbett.

Sie sah, daß er nicht begriff. Da nahm sie ihn am Arm, wie sie ihn vor Jahren manchmal am Arm genommen hatte.

Er stand vor dem Kinderbett, starrte auf den schlafenden Säugling herab, der war kahlköpfig und schrumplig. Auf der Schädeldecke war eine Stelle, die atmete mit. Und ein paar Frühjahrsfliegen waren im Zimmer, eine trippelte über die Bettdecke, kribbelte einen Finger lang, aber das Kind merkte es nicht. Es hatte die Händchen im Schlaf ans Kinn gezogen. Es lächelte.

Später gingen sie in die Bodenkammer hinauf, in der Traudel früher geschlafen hatte. Sein altes Metallbett stand zusammengeklappt in der Ecke, die Matratzen waren mit Zeitungspapier abgedeckt. Die Mutter holte zwei Wolldecken, bezog sie mit einem karierten Bettbezug, fragte dann, ob er noch einmal hinunterkommen wolle. Er wollte nicht.

Als er allein war, konnte er sich lange nicht entschließen, zu Bett zu gehen. Er saß auf der Bettkante, betrachtete die Kammer, den morschen Kleiderschrank, die Wäschekörbe und den zerschrammten Vulkanfiberkoffer, alles kam ihm unwirklich vor. Er erkannte die Gegenstände, er wußte, welches Bein des Kleiderschranks locker war, und dennoch war alles mehr Traum als Wirklichkeit. Ihm war, als sei er in eine fremde Stadt gekommen und habe plötzlich bemerkt, daß er all die Straßen und Plätze bereits kannte; als wüßte er, ohne jemals zuvor dagewesen zu sein, was sich hinter der nächsten Ecke verbirgt. Es war, als habe er die Stadt, das Haus, die Menschen als Negativ-Abzug in sich getragen; nun aber, da er vor dem wirklichen Bild stand, stimmten nur noch die Konturen, die Umkehrung aller Töne war unwahr, war ohne Entsprechung.

Er zog sich aus und löschte das Licht – aber die Dinge blieben. Er versuchte, sich das Gesicht des Kindes vorzustellen, Ullrichs, seines Halbbruders. Er hatte es vergessen. Hatte es

Ähnlichkeit mit Kahlert? Mußte es nicht auch ihm, Peter, ähnlich sein? Gestern noch wäre ihm der Gedanke, seine Mutter könne noch ein Kind haben, unsinnig vorgekommen, geradezu lächerlich. Trotz all der Dinge zwischen ihr und Kahlert war sie in seiner Vorstellung nie in Berührung gekommen mit jenen Sphären, in denen sich die sinnliche Liebe vollzog und das Kinderkriegen. Und auf einmal schlug die zähe Stimmung um in eine wurstige Lustigkeit, er wollte sich nicht mehr anstrengen, wollte nicht mehr nachdenken über all diese außer Rand und Band geratenen Verhältnisse, das alles hatte gar nichts mit ihm zu tun. So schlief er ein, und er baute sich einen Traum.

Zuerst fiel er sehr tief. Er dachte schon, er sei auf dem Rummelplatz gelandet, auf dem Weihnachtsmarkt, oben in Bermsthal, dachte schon, er habe sich geradewegs in die Luftschaukel geträumt, den Rekord zu brechen, gegen Heidewitzka, ein Literchen Wodka im Bauch, Looping the loop, und die Horde stand unten und zählte, vierundzwanzig, fünfundzwanzig, zählte absoluten Rekord, und Heidewitzka klatschte aus dem Kahn, klatschte auf die Trittleiste, das dachte er schon. Aber da sah er, daß es nicht der Rummelplatz war, nicht die Überschlagschaukel, vielmehr war das der Förderkorb vom Vierhundertzwölfer-Schacht, der sauste ab mit ihm, machte unheimlich Fahrt, der Magen stieg in den Hals, das hat ja mal kommen müssen, mit diesem Affenseil. Natürlich hat der Korb eine Bremse, und wenn das Seil gerissen ist, schnurrt das Ding los. Er wartete nun, daß die Bremse einrasten würde, aber die dachte nicht daran. Immer tiefer fiel er und immer schneller, und die Luft zischte vorbei, die Trommelfelle knackten, Stille wie in einem Watteberg, das kennen wir ja hinreichend, und fiel immer weiter. Die Luft wurde eisig, kaltes Wasser schwappte herein, er versuchte sich in seine Gummijacke zu wickeln, aber es wollte und wollte nicht reichen. Und da fiel er plötzlich nicht mehr. Er hatte auch ganz vergessen, daß er eben noch gefallen war. Er war ganz einfach eingefahren, wie er jeden Tag einfuhr, und da war nun die Strecke, und da war der Kompressor. Das wird wieder mal 'ne lausige Schicht, dachte er. Ich muß den Ullrich anlernen, diesen Säugling, immer muß man diese Milchbabys anlernen, und der Fischer, der Auskenner, der schickt sie ausgerechnet immer mir auf den Hals. Er wollte den Pickhammer schultern, der am Kompressor lehnte, er griff zu, aber da war kein Pickhammer mehr, und auch der Kompressor wich zurück, es war eine Dunkelheit wie aus Gummi, nur Ullrich konnte er noch erkennen, seinen Halbbruder, und der Kompressor war nun ein ganzes Stück entfernt.

Übrigens war es natürlich kein Kompressor. Es war der Gasbadeofen im vierten Stock der Ruine des Ufa-Palastes. Ullrich war vom heilgebliebenen Treppenhaus auf die schräg nach vorn hängende Decke hinausgetreten, nur dieses Stück Decke hing noch innen im Mauerwerk, und drüben das Stückchen Zimmer mit dem Gasbadeofen und dem Regal mit den gefüllten Einmachgläsern. Daneben gähnte ein riesiges Loch, drei Stockwerke tief, das Haus war in sich zusammengebrochen, Sprengbombe, und nur das Treppenhaus war stehengeblieben mit dem Fahrstuhlschacht, und mit dem schmalen Steg Decke hochoben und der winzigen Zimmerecke. Da tastete sich Ullrich zum Regal hin, an der Mauer entlang, Schutt und Geröll rutschten ab, und gerade als er die Ecke erreichte, gerade als er sich an den Armaturen des Gasbadeofens den letzten Meter hinüberzog, da löste sich der angebrochene Trägerbalken aus dem Mauerwerk, die Decke neigte sich, Ziegelschutt schwappte nach unten, ein verbeultes Zinkwaschbecken, immer tiefer neigte sich die Decke, brach schließlich knirschend aus der Wand und raschelte, knitterte, seufzte, mürbes Holz in einer Staubfontäne, drei Stockwerk tief hinab. Drüben stand Ullrich, klammerte sich an die Armaturen, der Riemen seines Rucksacks zerrte an einem Bleirohr. Ein Dreieck von ein, zwei Metern Seitenlänge, hing der Rest Badezimmer in der Ecke, hing wie das

Nest einer Mauerschwalbe, dort stand Ullrich und hatte keinen Weg zurück. Nur der Weg nach oben war noch, zweieinhalb Meter nach oben auf die Mauerkrone und dann auf der schmalen, ausgebrochenen Mauer herüber zum Treppenhaus, links vier Stockwerke tief die Straße, rechts drei Stockwerk tief die niedergebrochenen Trümmer. Und die Dunkelheit kam. Peter stand oben im Treppenhaus, er wollte Ullrich etwas zurufen, er preßte alle Kraft in die Lippen, aber er war von einer steinernen Starre befallen, er war wie gelähmt. Drüben stand Ullrich und konnte sich nicht entschließen. Immer dunkler wurde es, und der Weg über die Mauer wurde von Minute zu Minute ungangbarer. Und wer wußte, ob das Dreieck im Winkel noch lange halten würde?

Da schrie Peter. Du mußt über die Mauer gehen, schrie er, du mußt die Angst überwinden, denn die Angst ist der Tod. Er konnte Ullrich kaum noch erkennen, aber er schrie gegen die Dunkelheit, und er wußte: wenn du abstürzt, dann stürzt du wegen deiner Tatenlosigkeit. Geh den ersten Schritt und du bist gerettet, oder du wirst abstürzen, niemand wird dir eine Träne nachweinen, niemand wird dich vermissen. Und in diesem Augenblick löste sich Ullrich von seinem Halt, stieg auf das Regal, schwang sich auf die Mauer. Tief unten war die Straße, jedes Zögern war Absturz und jeder lockere Ziegel, und ein Wunder war es, wenn er die sicheren Stufen erreichte – und dennoch wußte Peter, daß Ullrich gerettet war. Schritt für Schritt ging er, und erst jetzt, da er unterwegs war, da er sich überwunden hatte, erst jetzt begriff Peter, daß nicht Ullrich über die Mauer ging, sondern er selbst, begriff, daß dies kein Traum war ...

Er erwachte gegen sechs Uhr morgens. Im ersten Augenblick wußte er nicht, wo er war. Er starrte in die Dunkelheit, die Wirklichkeit kehrte nur langsam zurück. Vor dem Fenster, das keine Gardinen hatte, standen ein paar Sterne.

Draußen, vor dem Fenster, waren die Geräusche der Stadt. Die Geräusche des Sonntagmorgens, in denen die Schritte der Leute fehlten, die zur Arbeit gingen, das Schlagen der Haustüren und das Hupen der ersten Autos. Im Hinterhof fehlten die Geräusche der Schlosserwerkstatt, das Zischen der Schneidbrenner und der Hammerschlag, das Surren der Bohrmaschine und das hastige Hin und Her der Shaping. Auch das dumpfe Vibrieren in den Mauern war nicht da, das an den Wochentagen frühmorgens einsetzte und spätabends endete, und von der Wäschemangel heraufdrang, die im Nachbarhaus stand. Es war die seltsame Sonntagsstille, die in den Schlaf aller Leute eindringt, die hier wohnen, und sie spüren läßt, daß heute ein besonderer Tag ist; die Stille, in der sich bereits vor dem Erwachen der Feiertag ankündigt.

Peter starrte an die Decke, er konnte nicht wieder einschlafen. Dieses Stilliegen am Morgen hatte ihn immer mit freudiger Erwartung erfüllt: vor ihm lag der Tag mit seinen Hoffnungen, seinen Begegnungen, und vielleicht geschah gerade heute das große Erlebnis, das namenlose Abenteuer, das alles von Grund auf ändern würde. Er hatte nie gewußt, worin dies Abenteuer bestehen könne, aber er hatte immer darauf gewartet, und er wußte, daß es ganz bestimmt eines Tages kommen mußte.

Solch einen Morgen hatte es lange nicht gegeben. Oben in den Bergen war er nie so erwacht. Dieses Gefühl gehörte zur Stadt, zu ihrer Atmosphäre, und es gab nur eine einzige Möglichkeit, außerhalb der Stadt etwas Ähnliches zu empfinden, das war, wenn er unterwegs war zu einem Ziel, das er noch nicht kannte.

Er wußte nun auch, was er mit diesem Tag beginnen würde. Er würde hinuntergehen, würde frühstücken von dem, was er mitgebracht hatte, er würde Kahlert einen guten Morgen wünschen, das war alles. Der Mutter würde er einen Hundertmarkschein geben für das Kind, und sie wird ihn nehmen und stolz sein auf ihren Sohn, der zurechtkommt in der Welt und so viel Geld verdient. Dann wird er alles getan haben, was zu tun ist. Der Tag lag vor ihm, und die Stadt wartete, er konnte gehen, wohin er wollte. Er würde zum Schloßteich gehen und alle treffen, die er kannte, er würde nach Siegmar hinausfahren und in der Wismutküche essen, für den Nachmittag hatte er die Innenstadt und die Straßenbahnen und die schmalen Wege an der Kaßbergauffahrt und die kleine Kneipe hinter der Markthalle; den Gasthof Neustadt und die »Libelle« hatte er für den Abend, und dann hatte er noch die ganze Nacht.

Es war nun hell genug, und er ging zu dem kleinen Spiegel am Schrank, vor dem sich Traudel immer gekämmt hatte. Dann zog er sich an und öffnete das Fenster. Außen auf dem Fenstersims standen leere Blumentöpfe, und ihm fiel ein, daß die Schwester immer das ganze Bord voller Topfpflanzen gehabt hatte. Sicher hatte sie auch jetzt wieder eine Menge davon.

Über der Stadt hing noch der Frühdunst, aber in der Nähe war schon alles klar. Über den Dächern standen die Schornsteine des Elektrizitätswerkes, und weiter hinten war der stumpfe Turm der Schloßkirche. Warum ist eigentlich all das in uns, dachte er. Die Farbe der Steine in der gegenüberliegenden Hauswand und der Geruch vom Löwenzahn, der vor Jahren schon verblüht ist, unten, an der Wand von Schmidtschlossers Werkstatt? Er sah, wie drüben im Eckhaus ein Rolladen hochgezogen wurde; in einem der unteren Fenster sah er Bierflaschen stehen, mit geöffnetem Verschluß, und im Zimmer daneben bügelte eins der beiden Mädchen, die im Lebensmittelkonsum arbeiteten, nur mit einem Unterrock bekleidet eine Bluse oder ein Kleid oder sonstwas Helles. Er sah den Frühaufsteher Pfennigweiss um die Ecke biegen, mit seinem Tirolerhütchen und dem dünnen Spazierstock, unter dem Ladenschild der Drogerie blieb er eine Weile stehen wie eh und je; er sah weiter die Straße hinab einen einsamen Radfahrer, der einem parkenden Auto auswich, und er wußte, daß er all das nie vergessen würde. Er spürte den Atem der Menschen und der Dinge, spürte das lebendige

Herz dieser Stadt, er spürte, daß jeder und jedes sein eigenes Leben führte und daß doch alle Leben miteinander verbunden und ineinander verwoben waren, und daß dieses Leben sich letztendlich von sich selbst nährt.

Warum ist das alles in uns, dachte er. Warum?

X. Kapitel

Die Meteorologen sprachen von einer Schlechtwetterfront: Dem ausgedehnten Azorenhoch, das bis gestern das Wetter in ganz Mitteleuropa bestimmte, folgt ein Tiefdrucksystem, dessen Kern über den Britischen Inseln lagert. An seiner Vorderflanke verläuft eine Störungslinie, die bereits seit den frühen Morgenstunden Nord- und Westdeutschland beeinflußt. Die Deutsche Seewetterwarte Hamburg gab Sturmwarnung. Das Wetteramt Essen-Mülheim kündigte auch für das Binnenland Stürme an.

Der Rhein kroch in eine Gänsehaut. Irene Hollenkamp stand am Fenster, blätterte in einem Notenstapel, Georg Philipp Telemann, Suiten. Die Lampe neben dem Flügel schien nur mit halber Kraft zu leuchten, ach was leuchten, sie glimmte hoffnungslos gegen die Dämmerung an. Und das am frühen Morgen. Ein Trost nur, daß Sonntag ist: Irene kann die Sonntage seit einiger Zeit nicht mehr ausstehen.

Das Wetter war wie gemacht für ihre Stimmung. Martin war nach London geflogen, zur Verlobung seiner Schwester, vor drei Wochen schon. Er hätte längst zurück sein müssen. Statt seiner war eine Karte gekommen: Mein angehender Schwager hat mich nach Newcastle eingeladen, das mit dem Kreuz ist das Haus. Sein Vater ist Landarzt hier. Herzliche Grüße. Und kein persönliches Wort, auch zwischen den Zeilen nichts.

Worauf hatte sie denn gehofft? Damals, als sie aus den Bergen kamen, hatte sie geglaubt, alles in den Händen zu halten, alles bestehen zu können. Das also ist das Glück. Nun muß sich alles, alles wenden. Hatte es auch dann noch geglaubt, als Martin sich schon wieder hineingestürzt hatte in diese seine Welt, seinen rätselhaften Alltag, der für sie immer nur

262

Minuten übrigließ, eine flüchtige Berührung, manchmal wochenlang nicht einmal das. Und hoffte auch jetzt noch. Aber inzwischen war jener Abend gewesen, auf den langen Parkwegen draußen, immer im Kreise, immer vorüber an Barlachs schlichter Louise Dumont. Erster warmer Abend des Jahres – dann diese Kälte. Es wird nicht so bleiben, Irene. Wir wissen es doch beide, haben es immer gewußt.

Woher kam das alles? Nur von diesem Mißerfolg? Er hatte eine Artikelserie geschrieben, über den neuen Staat am Rhein und seine Politik, die von Leuten gemacht wurde, welche durchaus nicht immer so frei von brauner Vergangenheit waren, wie man jenseits des Kanals zu glauben schien. Aber der »Guardian« hatte nur den ersten seiner zehn Artikel gebracht. Der englische Zeitungsleser hatte genug Sorgen, er brauchte nicht auch noch dies. Überdies: standen nicht britische Soldaten in diesem Land, um auf die Besiegten aufzupassen? Und sorgten nicht die Bevollmächtigten Ihrer Majestät, gewissenhafte Beamte, für neuen Geist und neue Ordnung zwischen Ostsee und Alpen? Na also. Die wahre Gefahr befand sich weiter ostwärts, dies muß begriffen werden. Ja, er hatte gearbeitet, eine unglückliche Arbeit, und ferner: der Mensch kann nicht von unbezahlten Artikeln leben. So nahm er eine Stelle an, »Westfälische Allgemeine«, ein einflußloses Blatt. Was hatte sie getan indessen? Sie hatte auf das Glück vertraut. Bemerkte auch nicht, worin sein Unglück bestand. Daß etwas nicht gedruckt wird, kann schließlich jedem passieren. Aber sie sah sich nun vor der Auswirkung. Die Glücklichen kommen durch die Unglücklichen ins Unglück.

Manchmal sah sie es selbst: Aus dem Allgäu herab war die Welt friedfertig erschienen und rosig. Und was hätte sie denn tun können? Etwa ihre Koffer packen und zu ihm ziehen? Sogar dieser Gedanke war einmal dagewesen. Es war unmöglich, das sah sie ein, und sie hatte sich zugeredet: Es würde ja auch nichts ändern.

Und im Hintergrund lenkte Marie-Luise unmerklich die Geschicke. Es hatte zwischen ihr und Hollenkamp eines Tages ein Gespräch gegeben. Zwischen Irene und diesem Lewin ist etwas, wir müssen etwas tun, Theo. Er wußte längst, daß da etwas war, wußte auch die Geschichte von der Hütte, hatte sie per Zufall erfahren. Vor Marie-Luise hatte er sie verschwiegen, nahm sie auch selbst nicht allzu ernst, obschon ihn seine stille Irene darin überrascht hatte: ihr gegenüber begnügte er sich mit humorigen Anspielungen. Nun ja, sie hat nun einmal diesen romantischen Einschlag, ihre Mutter hatte das auch. Aber es herrschte heute eine reichlich andere Zeit, Irene würde das schnell spüren, kein Grund also zur Besorgnis. Marie-Luise aber, obwohl sie weniger wußte, oder vielleicht gerade deshalb, nahm die Dinge ernster. Irene ist ja noch ein halbes Kind, außerdem fällt sie auf jeden Schwindel herein, sie ist zu gutgläubig. So bemühte sich Marie-Luise, junge Leute ins Haus zu ziehen. Und obschon sie dabei ein wenig steif und altmodisch verfuhr – junge Leute haben nun mal andere Formen –, erreichte sie doch, daß Irene, unbewußt noch, Vergleiche anzustellen begann.

Da war beispielsweise Gerda Conradi, Tochter des Oberbürgermeisters, verlobt mit dem jungen Orgas, aufgehender Tennisstern, außerdem eine gute Firma, die Orgas-Werke. Vera Spremberger, eine von den drei Töchtern des Kaufhaus-Sprembergers, die beiden älteren waren bereits verheiratet, brachte Fred von Cramm mit, den Filmschauspieler. Überdies kontrollierten die Cramms neben der Terra-Film-Gesellschaft auch einige Zeitungen, besaßen zwei Güter, und der Onkel Felix von Cramm würde in den Bundestag einziehen. Der junge Servatius beendete in diesem Jahr sein Studium, ging dann für ein Jahr nach Amerika, in irgendeinen Autokonzern – schließlich sollte er einmal die Leitung der Motorenwerke Bartholomäi & Schubart übernehmen. Stuttner war Luftwaffenoffizier gewesen und Anwalt geworden, mit ihm und Gerda Conradi begann Irene die Tennis-Matchs

264

des jungen Orgas zu besuchen. Nur einer von denen, die Marie-Luise ins Haus zog, war eine offensichtliche Null, Behnke, ein kleiner Schwachkopf, der von nichts etwas verstand und über alles redete. Aber man braucht auch einen, auf dessen Kosten man sich amüsieren kann.

Irene nahm alles in sich auf, die Menschen und ihre Bestrebungen, die kleinen Komödien und die kleinen Intrigen, die Heiterkeit und die Sicherheit, den Drang nach Dingen, Beziehungen und Kenntnissen, die einen in Geld, Ruhm, Macht und Einfluß ausdrückbaren Wert besaßen. Sie nahm alles in sich auf, ohne sich darum zu bemühen oder auch nur eigentlich darauf zu achten, ohne ihren Lebensrhythmus merklich zu ändern. Dabei hatte sie oft das Gefühl, daß hinter all diesen Gesprächen und Unternehmungen noch etwas sein müsse, der eigentliche Sinn, daß sich hier nur das Äußere zeige, hinter dem das Wichtigere verborgen war. Sie alle waren nette und tüchtige Leute, auf selbstverständliche Weise vertraut mit der Welt – woran lag es nur, daß sie, Irene, keinen Zugang fand zu ihrem Wesen, ihrem Eigentlichen? Sie fragte sich das oft. Manchmal empfand sie aber auch den Wunsch, selbst so zielstrebig und direkt sein zu können wie die anderen, und in solchen Augenblicken wurde sie es fast. Es war ja alles ganz einfach, man ging zum Tennis, zu einer Ausstellung junger Maler, zu einer Party bei Orgas, man sprach über dies und jenes, ohne alles ganz ernst zu nehmen, man unterhielt sich eben. Was war schon dabei? Es ist wohl doch alles nur so ernst, wie wir es selber machen; so hatte es der junge Servatius ausgedrückt. Der hatte überhaupt kuriose Einfälle. Sie hatte ihn gefragt, wie es seinem Vater gehe. Ach ja der. Eine Herzgeschichte, wissen Sie. Er ist meist am Starnberger See, wegen der Luft. Neuerdings muß er auch noch eine Brille tragen. Wissen Sie, die Amerikaner mußten ja den Krieg gewinnen, bei so einem Gegner, eine Nation von Brillenträgern und Plattfüßen!

Die von Cramms wohnten außerhalb der Stadt, in einem Mittelding zwischen Villa und Herrenhaus, in einem Park gelegen, breite Autoanfahrt, die doppelte Freitreppe erlaubte den Herrschaften, die gerade nicht besonders gut miteinander standen, auf verschiedenen Seiten emporzukommen. Im Park ließ man ein Schwimmbecken bauen, swimming-pool, nach der neueren Terminologie, im August sollte es fertig sein. Irene war zum Neptun-Fest eingeladen, so hieß die Einweihungszeremonie, eine Idee von Hilmar Servatius. Sie würde hinfahren, war auch schon einige Male dagewesen. Man mußte die ganze Stadt durchqueren, wenn man zu den Cramms wollte, und kam man von ihnen, wurde der atmosphärische Unterschied zwischen der gelassenen Zurückgezogenheit des Crammschen Besitzes und der lärmenden Geschäftigkeit der Stadt recht augenfällig. Es wurde gebaut, auch nachts, überall flimmerten wieder die Lichtreklamen, Persil bleibt Persil, trinkt Coca-Cola, die Leute amüsierten sich, jeder auf seine Weise, am deutschen Rhein nur deutschen Wein. An den Straßenecken allerlei Neues, Grundig-Boy – das Kofferradio für jede Gelegenheit. Neues auch auf den Dächern, »Café Orient« – versteckt, aber nett. Löwen-Senf, und über uns der Himmel. Und die Leute amüsierten sich so, daß es aussah, als wollten sie keine Zeit dabei verlieren. In der Innenstadt Betrunkene, an den Litfaßsäulen das Horoskop für jedermann … auch Du hast Dein Schicksal in der Hand.

Mondaufgang des Abendlandes nannte Hilmar Servatius das, er mühte sich wirklich redlich. Jedesmal an der gleichen Stelle blendete die Telefunken-Reklame auf, lief an der Hauswand herunter, blendete in die Frontscheibe. An dieser Kreuzung hatte ihr Martin einmal eine Zigarette angezündet …

Die Cramms waren umgängliche Leute, moderne Ansichten, Felix von Cramm, wenn er einmal da war, schloß sich an, wenn ›die Kinder‹ irgendeine kleine Verrücktheit unternahmen. Ganz anders die Familie Conradi, der Herr Oberbürgermeister kam höchstens einmal herein, sagte würdig guten Tag, Gerda war immer in Sorge, jemand könnte zu laut sein. Am meisten wunderte sich Irene über ihren Vater: er lud eines Abends, mitten aus heiterem Himmel, die ganze Gesellschaft ins »Roxy« ein, unterhielt sich mit dem Mixer über Cocktail-Rezepte, kannte die Bardame, duzte sich mit Orgas und Hilmar Servatius, der Kellner brachte dem Herrn Doktor seine Lieblingszigarren. Er ließ sich von Vera Spremberger ›Doc‹ nennen, tanzte mit Irene und spielte ihr den graumelierten Liebhaber vor, forderte Fred von Cramm zum Duell, weil er ihr einen Blick zugeworfen hatte, sie trugen es auch aus: wer mit einem Strohhalm zuerst ein Glas Sekt ausgetrunken hätte. Stuttner und Vera Spremberger boten sich als Sekundanten an. Ließ sich schließlich zweimal von der Bar-Kapelle diesen blöden Schlager vorspielen: Der Mann, den ich lieben kann, muß so wie mein Daddy sein …

Im »Blauen Wellem« war Irene nicht wieder gewesen, sie wußte: auch Martin ging seltener hin. Gösta Giseking allerdings hatte sie einmal in Köln getroffen. Aber es zeigte sich, daß man sich nichts zu sagen hatte; eine Zufallsbegegnung, ein paar Zufallsfloskeln. Sie hatte fast den Eindruck, daß der Giscking die Begegnung lästig war, traf damit auch ziemlich die Wahrheit. Das war doch – ja, dieses Mädchen, das mit Lewin gegangen war. Ein bißchen farblos wie all diese jungen Leute in gemachten Betten. Sie wird doch hoffentlich von mir nichts über ihn erfahren wollen? Besonders glücklich wird sie kaum sein mit ihm. Diese Mädchen haben alle das Bedürfnis, sich in der heroischen Tragik ihrer Gefühle zu baden, möglichst vor Publikum. War doch eigentlich ein gescheiter Junge, Lewin, wie kam sie nur zu ihm?

So verging die Zeit. Und so verschob sich unmerklich das Gefühl, das man von der Welt hatte und der Rolle, die man in ihr spielte, das Lebensgefühl. Man trieb, sacht, und hatte bei der spiegelglatten Wasseroberfläche so gar kein Gefühl für die Strömung.

Das beste gegen innere Unruhe ist noch immer äußere Bewegung. Man braucht das nicht zu wissen, die Natur hilft

267

sich selbst. Unten im Garten, hinter den Hecken, kroch der Gärtner durch die Erdbeer-Rabatten. Therese würde sicher backen, obwohl sich außer Marie-Luise niemand etwas aus Erdbeertorte machte. Irene ging in die Küche.

Therese wollte sich nie helfen lassen, schon damals im Krieg nicht, als Irene noch Zöpfe trug. Insgeheim aber freute sie sich doch, wenn Irene auch mehr Unordnung anstiftete als Ordnung. Sie gab ihr einen Kochlöffel, ließ sie die Gelatine anrühren. Irene hatte eine Schürze vorgebunden, dachte dabei: Wenn Fred Cramm mich jetzt sehen könnte, oder Vera! Einer sah sie aber doch: Hollenkamp. Er wollte in die Stadt fahren, steckte den Kopf zur Tür herein: »Therese, könnten Sie mal nach meiner Frau sehen? Der Wetterumschwung, es geht ihr nicht besonders.« Er schmunzelte, als er Irene sah in ihrer Schürze, das erhitzte Gesicht, vom Gelatinerühren hing ihr eine Haarsträhne in die Stirn. Entwickelt wahrhaftig Hausfrauentalente, die Kleine.

Aber er hatte den Kopf voll. In der DCG herrschte Gewitterstimmung. Die Zuwachsrate und der Produktionsausstoß stiegen, was sich sowohl an den Börsen als in den Dividenden anzeigte, folglich hatte sich befriedigtes Palaver ergeben auf der letzten Hauptaktionärskonferenz. Aber der Weltmarktanteil stieg noch immer nicht, fiel sogar in einigen Werten. Vorläufig war der Inlandsmarkt beinahe unbegrenzt aufnahmefähig, aber man konnte sich an fünf Fingern abzählen ... Man wußte: anderen ging es nicht anders, AEG, Daimler Benz, Bayer, Hoesch, Siemens-Halske, Klöckner, Badische Anilin und Soda, Gelsenkirchener Bergwerks-AG. Eindrangen vor allem Amerikaner und Franzosen. Bonn strampelte, aber der Wirtschaftsrat blieb natürlich stur, die Engländer verzögerten, und die Hohen Kommissare schwiegen sich eins. Die Verflechtung der zerrissenen Stränge ging zu langsam, außerdem hatten vor allem die Amerikaner vier Jahre Entwicklungsvorsprung, man hatte schließlich einen Krieg verloren. Gar nicht auszudenken, wenn auch noch der

268

Osten das Tempo mitbestimmen könnte, man stelle sich das vor. Gottlob konnte er es nicht, war alles schön durcheinander dort, Rohstoffbasis, Chemie, Schwerindustrie, natürliche Verbindungen unterbrochen, Betriebe zerbombt, mehr als bei uns, was denen übrigens auch so schon wesentlich mehr ausmacht, denn sie haben bloß das bißchen Mitteldeutschland. Man sorgte auch dafür, daß denen nicht zu wohl wurde, zum Glück müssen sie mit unseren Leuten arbeiten, bleibt ihnen keine Wahl.

Aber man hatte leider selber noch nicht überall die richtigen Leute an der richtigen Stelle. Servatius wird ja nun im Herbst doch Staatssekretär, wenigstens das war in Ordnung gebracht. Aber sonst … In Hollenkamps Büro zeichnete sich ziemlich deutlich ab, was alles aufzuholen war. Die US-Konzerne hatten schön abgedichtet, nehmen ist nahrhafter denn geben. Statt Kapital floß Maisgrieß. Zwar wissen sie, daß sie müssen, aber manche Leute schicken ihre Ängste noch immer in die falsche Richtung, von wegen Nürnberg und so. Reden allein helfen da nicht, wenn das auch ganz hübsch klingt, Marshallplan, europäische Wirtschaft, atlantische Gemeinschaft, Integration. Gottlob stiegen die Aktivposten, denn man hatte seine Verbindungen, hatte ein gemeinsames Anti, das war unbezahlbar, und man hatte einen Kanzler, der das wußte, der seinerseits Verbindungen hatte und das gemeinsame Anti virtuos dirigierte, und man hatte zu den gemeinsamen alten Interessen gemeinsame neue, und hatte hinter allem die Gefährdung für die gemeinsame Lebensform, das verband, da konnte keiner so, wie er wollte, da stiegen die Aktien wieder, das macht uns so leicht keiner nach.

Und dennoch hatte Hollenkamp den Kopf voll. Obendrein dieses Nieselwetter. Die Straßen glatt wie Schmierseife. Was die da draufgeschmiert haben ist alles, bloß kein Bitumen. Da legt es auch schon einen Radfahrer lang. Bringen Sie mal die Karre zum Stehen, auf so einer Rutschbahn! Das schlittert weiter, ob Sie wollen oder nicht. Da können Sie gar

269

nichts machen. Wahrlich, es wird einem nichts geschenkt. Na, ist ja noch mal gut gegangen, wie's scheint. Sind ja noch mal haarscharf vorbeigekommen, wahrhaftig. Aber die Laterne, die war verdammt nahe. Sicher, man müßte langsamer fahren, und vorsichtiger, ganz klar. Aber die Zeit, diese verdammte Zeit ... Wenn einem bloß diese verdamme Zeit nicht so im Genick säße.

Noch nie im Leben war Hermann Fischer in einem Erste-Klasse-Abteil gefahren. Gereist war er oft, wenn auch meist nicht aus freien Stücken. Hinter Gitter gepfercht war er gereist, auf Holzbänken, auf Stehplätzen, in Viehwaggons. Aber noch nie erster Klasse, in einem D-Zug-Wagen, auf gepolsterten Sitzen, und nur zwei Mann im Abteil.

Draußen nieselte es. Der Himmel war eingetrübt. Der Tiefausläufer hatte den Fluß überschritten, der Deutschland teilte. Randstörungen regneten sich ab in den Kammlagen der Mittelgebirge.

Der deutsche Regen kam fast immer aus Südwest bis Nord, seltener aus Südost bis Süd, aus dem Osten kam er fast nie. Vom Atlantik kam er und über den Kanal, kam über die Biskaya und über die Deutsche Bucht von Island her, aus dieser Richtung kam er fast immer. Die Hochdruckgebiete kamen aus dieser Richtung und die Tiefs, kamen mit dem Golfstrom oder von der ewigen Eisgrenze, von den Azoren oder vom Polarkreis, und es gab eine Wissenschaft in diesem aufgeklärten Jahrhundert, die konnte mit einiger Sicherheit voraussagen, wie sich das Wetter für die nächsten zwei, drei Tage einrichten würde. Die meisten Menschen glaubten an diese Wissenschaft, obschon sie mitunter irrte. Sie glaubten, daß man voraussehen könne und voraussagen, und manche glaubten sogar, daß man das Wetter beeinflussen könnte eines Tages. Überhaupt glaubten viele Menschen in dieser Zeit und in diesem Land, daß die Natur erkennbar sei und

270

korrigierbar, daß man sie verändern könne und für den Menschen günstiger einrichten. Es gab auch welche, die glaubten, man könne ähnlich verfahren mit der menschlichen Gesellschaft und ihrer Geschichte. Das waren aber noch nicht gar so viele. Und nur sehr wenige waren, die wußten, wie das praktisch zu machen sei.

Draußen vor dem Fenster waren die Qualmschwaden der Lokomotive, der Regen drückte sie nieder, Rußpartikel vibrierten im Fensterrahmen, man fuhr mit Braunkohle östlich des Flusses, der Deutschland teilte. Die letzten Wismutschächte waren draußen, dann die ersten Steinkohlenschächte, dazwischen Wälder und Felder und Dörfer und Städtchen, und selten war ein Stück Erde, das sich nicht einen Hügel hinanzog oder in ein Tal stieg. Der Regen regnete sich ab und wurde dünner, je mehr sich der Zug den Ebenen näherte. Die Leute in den Wetterämtern wußten bereits, daß dies für lange Zeit der letzte Regen war. Dem Tief folgte ein unabsehbares Hoch von Westen her, es war mit einer Hitzeperiode zu rechnen, einer Dürre, die über das Land herfallen würde und die Flüsse austrocknen, die Brunnen und die Bäche und die Talsperren. Das konnten sich die Leute in den Wetterwarten schon ungefähr ausrechnen.

Hermann Fischer fuhr nach Berlin. Er trug seinen besten Anzug, den hatte Ruth gestern noch einmal gebügelt und gebürstet, und im Gepäcknetz über ihm lag ein Köfferchen, das war ganz neu. Und der ihm gegenüber saß, das war der Genosse Papst, der erste Sekretär der Kreisleitung. Hermann Fischer war von der Wismut-Kreisorganisation zum Parteitag delegiert, der Genosse Papst von der territorialen. Es gab nämlich alles doppelt im Wismut-Gebiet, die Partei, den Jugendverband, die HO und die Sozialversicherung. Sogar die Gesellschaft für Freundschaft mit der Sowjetunion gab es doppelt, einmal für Wismutangehörige, einmal für die übrigen.

Draußen fuhren die Äcker mit, die Erzgebirgswälder, die Dörfer in Talschneisen geschmiegt, auch ein bißchen Regen war noch da. Die Wolken hingen sehr tief herab, bis in die Täler, der Hochwald an den Hängen verlief sich in den Nebeln. Auch das Flüßchen fuhr ein Stück mit, die Zwickauer Mulde, und war sehr wild und aufgeregt, und sprang über rundgewaschene Steine hin, immer an der Bahnlinie entlang, immer in Reichweite. Rotweiße Latten hingen von quergespannten Drahtseilen in den Fluß, bewegten sich unterm Wind, das waren die Markierungen für den Slalom der Wildwasserkanuten. Hermann Fischer hatte ihnen manchmal zugesehen beim Training, wenn er in der Gegend zu tun hatte. Er beugte sich zum Fenster und sah flußabwärts voraus, soweit der Fahrtwinkel zuließ. Es war heute aber niemand auf dem Wasser.

»Das ist auch so ein Sport«, sagte Balthasar Papst. »Vergangene Woche hat sich einer den Schädel bei eingeschlagen, auf einem Stein, als sein Boot kenterte. Stand in der Zeitung. Ich möchte bloß wissen, was die davon haben.«

»Gott ja«, sagte Hermann Fischer, »beim Fußball wird schließlich auch geholzt.« Er wußte, daß Papst kein Spiel der einheimischen Wismut-Mannschaft versäumte, obschon er sonst nicht viel übrig hatte für alles, was irgend nach Bergbau roch.

»Das liegt am Schiedsrichter«, sagte Papst. Er streckte einen Zeigefinger in die Luft. »Wenn der nicht durchgreift von Anfang an, dann ist nachher keine Linie mehr reinzukriegen. Da macht er sich höchstens unbeliebt. Hat schon mancher die Jacke vollgekriegt, nach dem Spiel. Aber wenn von Anfang an richtig durchgegriffen wird, dann passiert so was nicht.«

Weiter hinten im Zug, zweiter Klasse, saßen Christian Kleinschmidt und Peter Loose, saßen mit dem kleinen Heckert, dem FDJ-Sekretär, und mit Mehlhorn, der es gern werden wollte. »Achtzehn«, sagte Christian Kleinschmidt, »zwanzig.« Und der kleine Heckert sagte »Ja, ja«, und bei dreißig sagte er:

»Na gewiß doch«, und taufte Rot-Hand. Sie hatten einen Koffer hochkant gestellt und zwischen ihren Knien, hatten ein paar Bierflaschen stehen unter dem Fenster, und Mehlhorn, der sich aus Bier nichts machte und auch nicht Skat spielen konnte, Mehlhorn langweilte sich sehr. Vorsorglich hatte er eine »Junge Welt« eingesteckt, er blätterte und las hier ein Stück und da eine Überschrift, aber er langweilte sich. Und er war dem kleinen Heckert böse, weil der sich so einfach unter diese Brüder mischte; merkte er denn nicht, was für welche das waren? Und überhaupt: ein FDJ-Sekretär, der Skat spielte, wo gab es denn so was?

In Zwickau hielt der Zug eine Weile. Ein paar Leute stiegen zu, ein paar stiegen aus, und einer schob sich den Gang entlang im Erster-Klasse-Wagen, an den Abteilen vorbei, einer im Gabardinemantel, steifer Kragen, goldene Uhrkette über schwarzseidener Weste, Goldrandbrille. Stand vor Hermann Fischers Abteil und hatte schon die Hand erhoben, ging aber dann doch weiter. Sowieso wäre Hermann Fischer lieber zweiter Klasse gefahren, genau dieser Typen wegen, die verirrten sich nicht auf ungepolsterte Holzbänke. Aber seine Leute hatten ihm die grüne Karte in die Hand gedrückt und hatten gesagt: Du bist die herrschende Klasse, also fahre standesgemäß! Noch auf dem Bahnhof hatte er sich verdrücken wollen, weiter nach hinten, in die Zweite-Klasse-Waggons. Aber der Genosse Papst hatte ihn erstaunt angesehen und gesagt: Was soll der Blödsinn, der Platz ist doch bezahlt … Da hatte sich Hermann Fischer gefügt.

Und draußen begannen die Ebenen. Hermann Fischer mochte sie nicht, sie boten nirgends einen Halt. Und bei Regen sahen sie aus wie eine alte, geflickte Sofadecke.

Der Zug-Schaffner kam, ritzte einen Bleistiftstrich auf die Fahrkarten, und als Hermann Fischer aufstand, sah er den Schwarzseidenen im Nachbarabteil. Der Schaffner war nun drüben, ritzte seinen Bleistiftstrich, und zu dem Schwarzseidenen sagte er: »Gößnitz Sechzehnuhrzwölf.«

Das Flachland. Nebel in den Niederungen, die Wiesen dampften. Die Dörfer hatten alle einen Anstrich von Kleinstadt. Fabriken in jedem Dorf, Strumpfwirkereien, Spinnereien, Webereien, Trikotagenfabriken. Hermann Fischer kannte die Gegend, vor dreiunddreißig war er hier oft für die Partei unterwegs gewesen. Es war ein weitausgedehnter Industriebezirk, einer der größten Textilproduzenten Deutschlands, war aber immer ein Armeleutewinkel geblieben. In Crimmitschau, das wußte Fischer, war einst einer der ersten und machtvollsten Textilarbeiterstreiks des Jahrhunderts. Die da am Webstuhl saßen, die nagten am Hungertuch. Da gingen sie auf die Straße, zogen vor die Unternehmervillen, sie hatten nichts zu verlieren als ihre Ketten. Ihr grauer Elendszug wehte vor den Häusern der Reichen wie die Fahne des endgültigen Untergangs.

Ganz hinten im Zug, im letzten Wagen, ganz hinten fuhr Nickel. Er fuhr nach Hause, das erste Mal seit langer Zeit, und er war froh, daß er einen Platz für sich allein erwischt hatte. Als er eingestiegen war, droben in Bermsthal, hatte er die Genossin Ruth Fischer auf dem Bahnsteig gesehen, sie stand mit ihrem Vater am Zug und mit dem Genossen Papst, dem ersten Kreissekretär. Unbemerkt hatte sich Nickel vorbeigedrückt. Vor dem Erster-Klasse-Waggon hatten sie gestanden, Papst und Fischer, und Nickel hatte nur eine Karte für die zweite Klasse. Er wußte, daß sie zum Parteitag fuhren, und wenn Ruth nicht dabeigewesen wäre, dann wäre er sicher zu ihnen gegangen.

Aber so …

Nein, er war froh, daß er diesen Platz gefunden hatte, hier störte ihn niemand. Ruth Fischer, dachte er, wirklich, so ein ganz dummes Gefühl ist das. Aber das weiß Gott sei Dank keiner, auch du weißt es nicht. Schön auslachen würdest du mich, wenn du es wüßtest. Und er dachte an sein möbliertes Zimmer in Bermsthal, die kahle Kammer, die er gemietet hatte, dachte an die langen Abende, die er gesessen hatte über

Broschüren und dicken Büchern, immer wieder waren ihm die Zeilen davongeschwommen, sie war oft in seinen Gedanken gewesen, Ruth. Vielleicht, wenn er einfach irgendein junger Mann wäre, vielleicht würde er hingehen und sagen, und sagen – ja, was? Aber er war eben nicht einfach so einer, er war Genosse, und obendrein war er Personalleiter, und als solcher hat man es schwer, sehr schwer. Obendrein bei einem Mädchen, dessen Vater Parteimitglied war seit dreiundzwanzig. Was sollte der denken von einem, der einfach mit seiner Tochter anbändelte?

Hermann Fischer dachte: Gößnitz Sechzehnuhrzwölf. Er sah den Schwarzseidenen draußen auf dem Gang vorbeigehen, toilettenwärts, und er dachte: Da wird er wohl nach Gera umsteigen wollen. Das Stückchen von Zwickau bis Gößnitz, das lohnt sich ja gar nicht mit dem D-Zug, das ist doch bloß ein Katzensprung. Naja, dachte er dann, kann schon sein, daß dem die drei Mark Zuschlag gar nichts ausmachen. Das ist bestimmt ein ganz Kapitaler. Irgend so ein Strumpfprokurist, oder ein abgesägter Kommerzienrat. Oder ein ganz dicker Textilschieber, die Gegend hier wimmelt ja davon.

Gott ja, dachte er nun, wenn es bloß nach dem Geld geht, da kann ich mir so eine D-Zug-Fahrt ja nun nachgerade auch leisten. Die Zeiten sind ja nun vorbei, wo unsereiner jeden Pfennig dreimal umdrehen mußte, herrgottnochmal. Da schuftest du wie ein Sklave, und wenn du nach Hause kommst am Zahltag, da piepst dir der Hungerlohn in der Tasche, und du weißt nicht, welches Loch du zuerst zustopfen sollst. Da ist das Gas und das Elektrische, und der Hauswirt wartet schon auf der Treppe wegen der Miete, das Mädel braucht ein paar feste Schuhe, und die Frau trägt den alten Wintermantel auch schon das achte Jahr, weiß Gott, es war immer zum Sterben zu viel und zum Leben zu wenig. Ausgepreßt haben sie uns bis aufs Mark, und das bißchen, was sie dafür bezahlt haben, auch das war noch bitter erkämpft. Ja, dachte er, und heute, heute haben die Leute das alles schon vergessen. Heute geigen sie uns eins auf von der guten alten Zeit, als ob sie unterm Kaiser nicht den Kitt aus den Fenstern gefressen hätten, und unter Hindenburg zu dritt an einem Salzhering gelutscht, von Adolf gar nicht erst zu reden. Wahrhaftig, dachte er, es ist schon sehr fraglich, ob es irgendwo noch ein Land gibt auf der Welt, wo die Leute so vergeßlich sind. Und er dachte: Ja, wer seine Arbeit gut macht, der bekommt heute auch sein gutes Geld dafür. Und das ist wirklich neu in Deutschland, daß es dem Arbeiter gut geht.

Aber dann dachte er: Leider, leider ist das alles nur die halbe Wahrheit. Geht es denn wirklich schon allen gut, die gute Arbeit tun? Ja, bei uns, in der Wismut. Bei uns tragen sie tausend Mark nach Hause und fünfzehnhundert und zweitausend. Aber sonst? In der Steinkohle sind sie schon froh, wenn sie für die gleiche Knochenarbeit sechshundert Mark rauskriegen oder siebenhundert. Und so ein Weber hier, oder eine Spulerin, oder ein Arbeiter in der Papierfabrik, die verdienen drei- oder vierhundert, oder auch bloß zweihundert, und manch einer noch weniger. Nein, dachte er, das ist kein Grund, die Fahnen herauszuhängen. Er wußte, daß der Staat gar nicht anders konnte, als die wichtigsten Industriezweige anziehend zu machen durch hohe Löhne und Sonderzuteilung von Lebensmitteln, und er wußte auch, daß die Wismut der wichtigsten Zweige einer war. Ja, dachte er, das muß wohl so sein, es geht wohl noch nicht anders. Aber gerecht, dachte er, gerecht ist das nicht.

Und sie nahmen nun Abschied von den Trikotagenfabriken und den Webereien, die zogen nach Glauchau hinüber und nach Meerane, nach Hohenstein-Ernstthal und Limbach-Oberfrohna, und weiter nach Chemnitz hinein. Sie fuhren von Süd nach Nord und näherten sich einem Landstrich, der hatte früher zu Thüringen gehört, bevor er ans Land Sachsen kam. Die Wiesen wurden fetter, die Äcker dunkler, das Korn stand brusthoch. Auch waren die Felder nicht mehr so eng, wie sie die Berge herab gewesen waren, und die Häuser waren anders gebaut, weiträumiger. Als sie aber Abschied nahmen von den Fabrikdörfern und einfuhren in das grüne Land, da riß für einen Augenblick die Wolkendecke und ließ ein bißchen Sonne durch, die war blaßgelb. Und die blaßgelbe Sonne ging über die Felder hin und die Wiesen und über einen Kirchturm, und dann überquerte sie den Zug, der von Süd nach Nord fuhr, und entfernte sich ostwärts.

»Null Hand?« fragte der kleine Heckert. »Null Hand ist immer Kontra!«

Kleinschmidt protestierte. »Unmöglich, bei meinem Blatt!«

»Unmögliches«, sagte der kleine Heckert, »wird sofort erledigt, bloß Wunder dauern immer ein bißchen.«

»Aber es ist Quatsch«, sagte Kleinschmidt noch einmal. »Wir treiben ihn bloß hoch.«

»Schön«, sagte der kleine Heckert, »treiben wir ihn. Los, Loose, spiel aus!«

Und Peter Loose spielte die blanke Grün-Acht aus, und war auch schon drin, denn Kleinschmidt hatte die sieben, und der kleine Heckert hatte nichts, und zwei Grünblätter lagen im Skat.

»Na?« sagte der kleine Heckert »Wer nichts riskiert, kommt nicht nach Waldheim. Sagt mein alter Herr immer. Von dem kann man 'ne Menge lernen, von meinem alten Herrn, was?«

Aber da bremste der Zug, er hielt in Gößnitz.

In Gößnitz stieg der Schwarzseidene aus. Er kam am Abteil vorbei, in dem Papst saß und Hermann Fischer, er schritt dahin wie einer, der gerade geadelt worden ist. Sie sahen ihn dann noch eine Weile draußen auf dem Bahnsteig. Aber auf einmal sah er gar nicht mehr so anmaßend imposant aus, eher ein bißchen lächerlich sah er aus und sehr unpassend auf diesem dürftigen Bahnsteig, und sehr übriggeblieben von einer längst vergessenen Maskerade. Und dann sahen sie gegenüber einen Güterzug. Die Türen der Waggons waren zurückgeschoben, junge Leute saßen da und ließen die Beine baumeln, und irgendwo spielte eine Ziehharmonika. Quer über

277

die Waggonwände war mit weißer Farbe geschrieben: Sosa –
Talsperre der Jugend.

Als sie wieder fuhren, sagte Papst: »Die haben es gut. Wenn
man so bedenkt, zu unserer Zeit, als wir noch jung waren.
Da hat uns keiner nichts geschenkt, was, Genosse Fischer?«

»Hm«, sagte Hermann Fischer.

»Die wissen das gar nicht zu schätzen«, sagte Papst. »Da
mußt du noch bitten und betteln, daß sie studieren gehen
oder auf die ABF; oder wenn du ihnen ein Jugendheim ein-
richtest, da mußt du noch Männchen machen, daß sie überhaupt reingehen.«

Hermann Fischer sagte nichts. Er sah das grüne Land draußen, das immer weiter neben dem Zug herging, die schiefergrauen Reihendörfer Westsachsens mit ihren Kirchtürmen
und Gartenzäunen und mit ihren Telegrafenmasten. Der
Himmel Mitteldeutschlands war noch bedeckt, aber unter
ihm dampfte die Erde vor Fruchtbarkeit. Und schickte ihre
Gerüche aus, die schweren Gerüche des Sommers, und war
gut im Halm in diesem Jahr, und ahnte schon Ernte und Kör-
nerdrusch, und ahnte die prallen Scheunen des Herbstes. Der
Bahndamm ließ Brombeerhecken wuchern, und dann kam
ein Schrankenwärterhäuschen vorbei, mit ein paar Kartoffel-
zeilen und einer regenmüden Vogelscheuche, und mit Saat-
krähen, die sich nicht stören ließen.

»Sag mal«, sagte der Genosse Papst plötzlich, »sag mal,
Genosse Fischer, wie geht es denn so mit deiner Tochter?
Schafft sie's?«

»Sie wird's schon schaffen«, sagte Hermann Fischer. »Warum denn nicht?«

»Naja«, sagte Papst, »Maschinenführer, das ist schon was.
Als erstes Mädchen, und ausgerechnet in Bermsthal. Du
weißt ja, wie das ist. Allerdings, der Genosse Nickel, der hat
da eine gute Überzeugungsarbeit geleistet. Das ist ja alles versippt und verschwägert dort, und bis fünfundvierzig Kon-
zernbetrieb, das steckt natürlich in den Leuten drin. Bei-

278

spielsweise dieser Jungandres, der Produktionsleiter. Wenn es nach dem gegangen wäre, da wäre dein Mädel nie an die Maschine gekommen.«

Jungandres? dachte Hermann Fischer. Ist das nicht der, von dem Ruth mal erzählt hat? Der ihr irgendwo mal geholfen hat, als sie allein nicht zurande kam? Zu dumm, dachte er, daß man nie Zeit hat, mal richtig miteinander zu reden. Immer kommt irgendwas dazwischen. Für jeden Quark bringst du Zeit auf, aber für das eigene Mädel, da langt's alle Jubeljahre mal. Trotzdem, Jungandres, das muß der schon sein. So einer mit Spazierstock und Dackel, und einer Perle im Schlips. Den haben wir doch mal getroffen, oben am Eibsee, als wir auf Schwamme waren. Der hat da gesessen und geangelt, und hat gewettert, wir sollten ihm die Fische nicht scheu machen. Und dann hat er gesagt: So, Sie sind der Herr Fischer? Na, da lasse Sie sich mal keine graue Haare nit wachsen, das ischt scho ein halber Papierdoktor, ihr Mädle. Die wird uns scho keine Schand mache, nit wahr? Das hatte der Doktor Jungandres gesagt, und Hermann Fischer sagte es nun dem Genossen Papst.

»Ja«, sagte Papst, »der ist so. Der stellt sich gut mit den Leuten, wo sich's mal auszahlen könnte. Der weiß doch, daß du Genosse bist. Die sind doch einer wie der andere, der eine einen Dreier wert, der andere drei Pfennig.«

»Nana«, meinte Hermann Fischer, »du kannst sie nicht alle in einen Topf tun.«

Denn er hatte ein Ohr für Redensarten, und für die Töne, die darunter lagen. Möglich, daß er dem Genossen Papst Unrecht tat, aber man wußte nie, wo das anfing und wann. Er hatte sich umgetan unter den Leuten und hatte gesehen: es begannen sich da Methoden einzubürgern, die hatte kein ZK beschlossen, und nichts davon stand im Parteistatut. Methoden wie Flintenläufe, mit einem Linksdrall innen und verbogenem Visier, und man schoß mit Worten daraus und Redensarten, daß es eine Art war. Und man sah da einen und

dort einen, die hatten gerade mal erst in die Partei hinein-
gerochen, aber hatten schon den Marxismus gepachtet ganz
für sich allein, und vermehrten sich wie die Karnickel. Und
tünchten ihr schlechtes Gewissen zu mit Mißtrauen und ihre
Unsicherheit mit Phrasen, und machten Feinde, wo keine
waren, lobhudelten Freunden nach bloßen Lippenbekennt-
nissen, indes der wirkliche Feind sich ins Fäustchen lachte
und seine Teufelseier ausbrütete in der Verborgenheit. Und
dann kam so ein Dalken, so ein papierwütiger Radikalhirsch,
und schlug ein paar wildgewordenen Kleinbürgern die Fenster ein, und haute nebenbei ein paar Freunde k. o., und ließ
aus längst geräumten Schützengräben posaunen, das sei der
wahre Klassenkampf. Und hörte natürlich unterm eigenen
Geschrei nicht mehr, daß ein paar Ecken weiter tatsächlich
geschossen wurde. Schön, der Genosse Papst war sicher keiner von denen. Aber es konnte einen schon die Wut packen,
es war doch wirklich so.

Oder etwa nicht?

Es war natürlich nicht so, er wußte es. Zum Beispiel: Was
soll einer machen, der gestern noch auf irgendwelcher Seite
war oder auf gar keiner, und hat nun zu uns gefunden, guten
Willens, und wir sagen ihm, Genosse, der Mensch wächst mit
seinen Aufgaben, also klotze ran! Ab sofort bist du verantwortlich für jenes, das und das muß durchgesetzt werden,
Termin vorgestern, ein Unmöglich gibt es nicht, und sage
uns bloß nicht, du wärst nicht der Mann dafür, wir haben sowieso keinen anderen. Und dann kriegt einer nicht gleich
Land unter die Füße und schwimmt immer gerade noch so
mit letzter Luft, und wenn er schon mal Boden hat, kommt
gleich wieder eine Welle, dabei soll der Mann eigentlich leiten, und das hockt ihm wie ein Zentnersack im Genick. Was
tun, wenn man keine Übersicht hat? Das ist, wie wenn einer
drei Meter vor 'nem Kirchturm steht: da kann er natürlich
oben die Uhr nicht erkennen. Wenn einer drei Kilometer entfernt steht, der ist auch nicht besser dran, der sieht zwar die

Kirche gerade noch, das ist aber auch alles. So dreißig Meter, das wäre ungefähr das Rechte, da sieht man das Ganze und sieht auch noch genügend Einzelheiten. Aber unser Mann, der sieht bloß noch die eine Einzelheit genau vor seiner Nase; die allerdings sieht er deutlich. Und weil er sie so deutlich sieht, läßt er sich nichts sagen von dem Dreißig-Meter-Mann, denn der weiß ja nichts von jener winzigen Ritze dort und von dem kleinen Schönheitsfleck, also kann er gar nicht mitreden, und vielleicht ist er sogar ein Revisionist, oder sonstwas für einer, Vorsicht!

Ja, dachte Hermann Fischer, so ist das. Der Sozialismus muß gemacht werden mit den Leuten, die nun mal da sind – oder gar nicht. Aber das war immer bloß die eine Seite. Denn man konnte auch nicht so mir-nichts-dir-nichts Sozialismus machen in einem geteilten Land, einem Teil von dem Land, denn was sollte aus dem anderen Teil werden und aus dem Ganzen? Ja, dachte er, und eines Tages werden dann die Klugscheißer kommen und werden sagen: Da habt ihr's. Ihr habt die Partei von einem Fehler in den anderen taumeln lassen, werden sie sagen, und werden sich in die Brust werfen, als hätten sie es besser gewußt, und als hätten sie auch nur einen Finger krumm gemacht, als hätten sie nicht immer nur beiseite gestanden und orakelt und mit Fingern auf uns gezeigt, und als hätten sie je einen Schritt getan, den nicht tausend andere vorher schon getan, aber nie einen neuen, einen voraus. Ja, dachte Hermann Fischer, ganz bestimmt werden sie kommen, denn die kommen immer. Das ist so sicher wie das Amen in der Kirche.

Und ein paar Meter weiter mischten sie die Karten, steckten ihr Blatt zurecht, der kleine Heckert, der ins Mansfeldische fuhr, wo er zu Hause war, und Christian Kleinschmidt, der fuhr nach Leipzig, und Peter Loose.

Und Peter Loose fuhr nach Berlin. Er fuhr aber in den anderen Teil der Stadt, würde aussteigen am Bahnhof Friedrichstraße und die S-Bahn nehmen bis Gesundbrunnen,

West-Sektor, fuhr auch nicht das erste Mal dorthin, in ein anderes Land, und blieb doch immer in Deutschland. Wenn man nämlich den Potsdamer Platz überquerte, am Abend, mitten in Berlin, wenn man in westlicher Richtung aus den finsteren Trümmerstraßen plötzlich eintrat in das Geflacker der Lichtreklamen, dann hatte man eine Grenze überschritten und war eingetreten in eine Landschaft, die fing schon wieder an, eine richtige Weltstadt zu werden. Wie sollte auch einer, den es seit je auf die Rummelplätze zog, wie sollte der sich den größten Rummelplatz der deutschen Gegenwart entgehen lassen? Fünf zu eins tauschte man sein Geld an einer Wechselstube, man hatte es ja, und kaufte sich ein Stückchen große weite Welt, kaufte sich ein Abenteuer, den Glanz der Schaufenster kaufte man und den Anblick der vielen Dinge, die man nie vorher gesehen hatte, den Autokorso auf dem Kurfürstendamm und das Kinobillett für die badende Venus, und kaufte Gerüche und Farben und Bilder, und ein paar Schuhe mit Kreppsohlen kaufte man und Zigaretten, und dann kaufte man eine S-Bahn-Karte und fuhr zurück in das andere Land. Und diesmal würde man ein Kofferradio kaufen, Marke Grundig-Boy, denn man brauchte so ein Ding. So ein Radio, das war ein Fenster zur Welt, und es gibt nun mal Leute, die brauchen ein Fenster. Christian Kleinschmidt beispielsweise, der braucht das nicht, der hatte etwas, woran er sich halten konnte. Ein richtiges Zuhause hatte er, mit einem Zimmer ganz für sich allein, und sogar mit einem Bad, und außerdem hatte er noch etwas: er wußte, wo er mit sich hinwollte. Das bißchen Schacht, das war bloß ein Zwischenspiel. Dann kam das Studium, und das eigentliche Leben fing erst an, und innen war Ruhe und Zuversicht, denn man wußte genau: So kommt es und nicht anders. Aber es gab eben andere, denen dauerte das Zwischenspiel ein ganzes Leben lang, das war ihre Bestimmung. Und da war Unruhe innen, da fühlte man sich nirgends hingehörig als zu sich selbst, da war man immer auf der Suche, und wenn es auch verdammt finster war und schal, nachdem man die Lichter vom Kurfürstendamm gesehen hatte – für ein paar Stunden wenigstens hatte man etwas gehabt von diesem Leben. Bloß die Leute, die dachten immer gleich, daß einer wunder was im Schilde führen müßte, wenn er mal dorthin fuhr. Selbst einer wie der kleine Heckert, einer, mit dem sich sonst reden ließ, selbst dem konnte man nichts sagen. Für einen wie den fuhr man eben zu seiner Tante nach Pankow.

Und draußen ging immer weiter das grüne Land neben dem Zug, der nahm nun einen Tunnel an, in weitem Bogen, immer über die Ebene hin. Den Qualm ließ er zurück als eine Gerade, die mit dem tatsächlich gefahrenen Weg nicht übereinstimmte. Das kann man oft beobachten im Leben, daß es hinterher so scheint, als sei man einen geraden Weg gefahren, wo in Wirklichkeit eine Menge Kurven waren. Der Qualm hing tief herab, er lag da wie eine Wolke, die nicht mehr oben ist, wo Wolken eigentlich hingehören. Wie wenn man in den Bergen über der Wolkendecke steht, und man sieht oben den Himmel und die Sonne, aber die Erde sieht man nicht. Und der Zug gab noch einmal Signal, bevor er in den Tunnel eintauchte, aber es antwortete ihm niemand. Sie näherten sich der Stadt Altenburg.

Ganz hinten im Zug, im letzten Abteil, ganz hinten saß Nickel. Er kaute an einem Kornapfel, der war noch ein bißchen grün, das muß man ja nicht unbedingt sehen, das schmeckt man. Draußen war es dunkel, und Nickel dachte: Wie sie da auf dem Bahnhof stand, als der Zug abfuhr, und wie sie gewinkt hat – so müßte mir mal jemand winken. Sie müßte mir so winken. Wenn ich irgendwohin fahre, zu Muttern vielleicht, oder vielleicht gar mal zu einem Parteitag. Und es wurde langsam wieder hell draußen, und er dachte: Warum denn nicht? Warum soll ich denn nicht mal zum Parteitag delegiert werden? Soviel gute Genossen gibt es ja gar nicht im Kreis, da muß ich doch auch mal drankommen. Und er dachte: Wenn ich die ganze Fahrt so mit ihrem Vater

283

im Abteil säße, dann wäre alles viel leichter, schön wäre das. Und, dachte er, mit dem Genossen Papst zusammen, die ganze Strecke. Da könnte man endlich mal richtig mit ihm reden. In der Kreisleitung ist ja immer keine Zeit. Das letzte Mal, da hat er bestimmt einen ganz falschen Eindruck bekommen. Vielleicht denkt er, daß ich Schwankungen habe, oder daß ich mich zu wenig durchsetze. Wie er mich angesehen hat, als ich den Bericht gab, über die Lage in der Papierfabrik. Vielleicht, daß ich zum Schluß ein bißchen übertrieben habe. Aber man kommt ja auch ganz durcheinander, wenn einen dauernd jemand so ansieht. Ja, dachte Nickel, da kommt man sich vor, als würde man schwindeln, wenn man die Wahrheit sagt. Aber wenn man einmal ein kleines bißchen aufrundet, dann muß man beim nächsten Bericht schon ein bißchen mehr aufrunden, sonst ist es ihm wieder zuwenig, und das wird dann eine Schraube ohne Ende. Er sah hinaus auf die ersten Häuser von Altenburg; der Zug verringerte seine Geschwindigkeit. Es gab nur eins: man mußte einen günstigen Moment abwarten, eine glückliche Stunde, in der sich alles wieder bereinigen ließ. Alles mit einem Abwasch. Ja, dachte er, so einen Moment muß man abpassen.

Und in Altenburg stieg Mehlhorn aus.

Sie waren hinausgegangen auf den Korridor, hatten sich draußen eine Zigarette angezündet, denn sie fuhren in einem Nichtraucher-Abteil; sie standen mit dem Rücken zur Abteiltür, nur Peter Loose stand mit dem Blick dahin.

»Na?« sagte der kleine Heckert. »Sagt mal, Männer, wie kommt ihr eigentlich aus mit ihm?«

Mehlhorn lief draußen über den Bahnsteig.

»Tja«, sagte Peter Loose. Christian Kleinschmidt hob die Schultern und sagte nichts. Da fing der kleine Heckert an zu lachen, und Peter Loose sagte: »Scheißkerl, der!«

Aber draußen begann nun das Braunkohlenland. Ganz plötzlich begann es, brachen die Äcker in die Tiefe, eben noch Getreidefelder und nun eine Dünung von Sand, Öd-

284

land unter grauem Rauch, von den Brikettfabriken her, Sand und Rauch, darunter der Abraum stürzte, und der Tagebau lag kilometerweit, flach und schmutzbraun und einsam bis an den Horizont. Der Bagger schien stillzustehen, auch der Kohlezug, und noch ein Baggerchen in der Ferne, und Menschen waren keine. Nur diese schmutzbraune Kohlenschüssel. So wird es aussehen, wenn wir auf dem Mond landen. Aber der Bagger bewegte sich! Und dort war der Wind in einer roten Fahne, einem roten Stoffetzen, oben auf die Förderbrücke gepflanzt. Und eine Planierraupe kroch die Kippe lang, Gleise wurden gerückt, vom Absetzer winkte einer. Es waren doch Menschen in der Landschaft, waren am Flöz, waren im Abraum, waren am Drücker, in diesen riesigen Kohleschüsseln, an denen ein ganzes Land sich wärmte. Es waren welche da, die alles in Gang hielten, alles. Die Grube, die Kraftwerke, die Hausbrandöfen, die Betriebe von Plauen bis Stralsund. Und von der Lokomotive wolkte der Rauch in die Grube, kehrte die Kohle zurück, dorthin, woher sie gekommen war.

So, dachte Hermann Fischer, und das ist das dritte!

Denn sie waren heimgekehrt aus dem Krieg, ein paar Millionen, ein paar Tausend aus den Zuchthäusern, die einen halb so viel, die anderen nicht mal ein Zehntel von denen, die sie vorher gewesen waren. Da waren sie heimgekehrt in ihr Land, das ihr Land nicht mehr war, und noch nicht wieder, heimgekehrt in ihr Karthago. Und hatten viele die Frau nicht mehr gefunden und die Frau nicht den Mann, und die Kinder nicht Mütter und Väter. Aber ein paar hatten gewußt, was getan werden mußte, trotz alledem. Und hatten den einen mitgerissen und der eine den anderen, und hatten angefangen mit dem, was noch übrig war, das war fast nichts. Aber aus fünf zerbombten Maschinen hatten sie eine gemacht, die wieder arbeitete, aus hundert Gramm Brot täglich ein ganzes Pfund, und hatten Straßen enttrümmert und Betriebe, und hatten einen Anfang gemacht, den man sehen konnte und mit Händen greifen. Und obschon ihrer viele nicht zurückgekommen waren, hatte das Land mehr Menschen ernähren müssen als jemals zuvor. Denn es waren welche gekommen aus dem Riesengebirge und aus den Sudeten, aus Breslau und Königsberg, denen war die Heimat verspielt worden in diesem Krieg, und suchten nun ein Fleckchen Erde, wo sie bleiben konnten. Also waren sie zusammengerückt, besiegt, und viele feind miteinander, und feind mit der Welt. So hatten sie sich eingerichtet. Als es aber langsam, ganz langsam wieder bewohnbar geworden war, dieses Stück Deutschland, als sichtbar wurde, daß sie nicht untergingen an ihrer zerbrechlichen Gemeinschaft, als die lächerlichen Parolen anfingen wahr zu werden – da hatten die Anstifter zweier Kriege zusammengefunden über drei Besatzungszonen hin mit den Siegern zweier Kriege, und hatten das Land geteilt. Verschanzt hinter ihren 121 Hochöfen, saßen sie sicher und taten ein Drittel Deutschlands einfach ab, das ärmste Drittel, in dem die Armen plötzlich selber Geschichte machen wollten, die Proleten; aushungern würde man sie, blockieren, boykottieren, sabotieren. Die Wirtschaft dieser Ostzone würde zusammenbrechen, ganze 1,3 Prozent der deutschen Roheisenproduktion besaßen sie und zwei Prozent der Kohle, vier windwacklige Hochöfchen und ganze sieben Prozent Stahl, lächerlich! Ja, das war der dritte Fakt.

Das harte Gesetz dieses Lebens. Und sie waren noch enger zusammengerückt, hatten einen Plan gemacht mit nichts im Magen, unverbesserliche Optimisten, die sie waren, hatten Aufrufe erlassen und Spruchbänder in die Straßen gehängt, als ob man damit den Ruin aufhalten könnte! Für neue Wohnungen reichte es nicht – aber sie bauten Hochschulen und Arbeiter-Fakultäten, da schickten sie ihre Jugend hin, eine schmale Brotration in der Mappe aus brüchigem Kunststoff; um die Köpfe von morgen kümmerten sie sich, wo es an Händen fehlte für heute, penetrante Weitblicker und Weltverbesserer allesamt. Und es fehlte an Fleisch und Butter, fehlte an festen Schuhen und festen Dächern, aber sie bauten Stahlwerke, bauten Kokereien, bauten Talsperren und Werften und Walzwerke, sie kauften Erz in der Sowjetunion und Kohle in Polen, als ob davon das Volk satt würde! Immer von der letzten Kraftreserve lebten sie, immer von einer Schwierigkeit zur anderen, beispielsweise hatten sie 32 Prozent des deutschen Maschinenbaus aufrechtzuerhalten von 1,3 Prozent Eisen, und das soll mal einer vormachen. Und beispielsweise fehlten ihnen überall Fachleute für ihre komplizierte Wirtschaftsstruktur, und sie hatten übrigens eine Menge Leute im Land, die an den Stuhlbeinen sägten, in ihren Verwaltungen hatten sie welche, die heimlich zunichte machten, was zehn andere eben erst aufgebaut, und hatten Kleinunternehmer und Großbauern, die ihre Suppe für sich essen wollten, und hatten Warenhinterzieher und Steuerhinterzieher und Schwarzhändler und Spekulanten, und über die westliche Grenze kam die Kolonne fünf. Ja, dachte Hermann Fischer, mag er sein, wie er will, der Genosse Papst, aber er hat zur richtigen Zeit auf der richtigen Seite gestanden, und das Unmögliche möglich gemacht haben solche wie er. Und nun sollen sie kommen, die Klugscheißer, sollen sie sagen: Kaut uns doch nicht immer wieder die alten Geschichten vor, vom Urschleim bis in die Gegenwart, sollen sie ihr Maul aufreißen, von wegen wie weit es der Westen gebracht hat, und wie weit wir, sollen sie nur kommen. Manchmal kann man nicht anders, da hat der Papst schon recht, manchmal muß man ihnen eins in die Schnauze hauen. Ja, dachte er, manchmal juckt es einen mächtig in den Fingern, weiß Gott.

Und der kleine Heckert dachte: Sieh mal einer an, sie haben sogar eine Meinung. Soviel ist ja wahr: Samuel behüte uns vor den Mehlhörnern! Aber woher nehmen sie das Recht, über ihn herzuziehen? So, wie sie selber gebaut sind? Er sagte: »Vielleicht müßte man sich um ihn kümmern. Bei der Großmutter aufgewachsen, kein Wunder, wenn da einer ein bißchen ein Kümmerling wird.«

»Kümmert ihr euch doch«, sagte Peter Loose. »Wir sind doch keine Heilsarmee. Da habt ihr ja einen Fang gemacht, mit dem Arschlecker.«

Man kann eine Sache nicht danach beurteilen, ob sich auch Radfahrer drauf berufen, dachte der kleine Heckert. Aber verdammt noch mal, wonach sollen sie sonst urteilen? Er sagte: »Ich kann mir die Leute nicht aussuchen. Ich kenne welche, die wären mir lieber.« Er drückte seine Zigarette aus und sagte: »Aber ihr wollt ja nicht, ihr sturen Böcke. Von euch aus kann ja jeder sehen, wo er bleibt!«

»Kann er«, sagte Peter Loose. »Wenn er's kann.«

Und er sah den kleinen Heckert ins Abteil zurückkehren, in seiner verschossenen Windjacke, und sah die Leute im Nachbarabteil und im Gang, und ein Mädchen sah er hinter der dritten Abteiltür, das hatte den Kopf an die Schulter eines jungen Mannes gelehnt, und weiter hinten sah er einen alten Mann, der kaute geröstete Weizenkörner.

»Ich möchte schon«, sagte Christian Kleinschmidt plötzlich. »Manchmal möchte ich schon. Aber wenn sie weiter nichts haben als ihre idiotischen Broschüren, und immer dieselben Versammlungsreden, und Laurentia, liebe Laurentia mein, dann mache ich meins lieber allein.«

»Hm«, sagte Peter Loose, »wenn du schon so weit bist, da würde ich mir doch lieber langsam 'ne Anmeldung besorgen, an deiner Stelle.«

Denn er hatte das kommen gesehen. Eines Tages, das hatte er gewußt, eines Tages läuft der Kleinschmidt über zu denen. Solche wie der, die können gar nicht anders. Alles in ihnen läuft auf Ordnung hinaus, ihre Herkunft, ihr Zuhause, und was sie lernen auf ihren Oberschulen, es läuft alles auf Regeln hinaus und Gesetzmäßigkeiten und Vernunftgründe, und es muß dann bloß einer kommen, der ihnen plausibel macht, daß sich wieder mal eine neue Ordnung verbirgt hinter der Unordnung, in der sie alle leben. Sozusagen ein höheres Prinzip. Da wurden sie dann ganz schnell weich. Keine Unord-

288

nung ist schließlich groß genug, daß sich nicht einer findet, der sie erklären kann. Wenn sie aber eine Erklärung haben, die Intelligenzler, dann sind sie schon halb gewonnen.

In seiner Ecke aber saß der kleine Heckert, saß in seiner verschossenen Windjacke und dachte: Es müßte mal jemand einen Apparat erfinden, mit dem man sichtbar machen kann, was in zehn Jahren ist. Für meinen Teil kann ich mir das so ungefähr ausrechnen, wir wissen das ja so ziemlich sicher. Aber was nützt mir das, wenn ich es solchen wie denen nicht begreiflich machen kann? Was sein kann in zehn Jahren, das kann bloß sein, wenn solche wie die mitmachen. Wenn sie alle mitmachen, dann kann es vielleicht schon in fünf Jahren sein. Und wenn sie nicht mitmachen, dann knaupeln wir noch als Großväter dran 'rum.

Ja, dachte Hermann Fischer, das ist die Situation. Das ist die Situation, in der unser Parteitag zusammentritt. Kämpfe liegen hinter uns, Erfolge, und Mißerfolge auch. Und vor uns liegen wieder Kämpfe und Erfolge und Mißerfolge, aber es liegt an uns, die Siege zu erzwingen und die Niederlagen dem Gegner beizubringen. Das liegt an uns. Die Gewißheit bevorstehender Anstrengungen war in ihm, und er dachte: Ob der Kampf schwerer geworden ist oder leichter, das kann wahrscheinlich niemand sagen. Aber anders ist er geworden. Und man muß sich wohl darauf einstellen, daß das immer so weitergeht. Das Wichtigste ist immer, was noch zu tun ist. Ja, dachte er, was getan ist, ist getan, und es ist gut getan. Aber nun muß das nächste getan werden, besser als gut, darum geht es. Er fühlte die Kraft in sich, die nötig war.

»Trotzdem«, sagte Papst. »Ich kann mir nicht helfen, es ist doch ein merkwürdiger Zufall.« Er hatte die Brille abgenommen, putzte sie an seinem Jackenärmel; ohne die Brille war sein Gesicht seltsam nackt und konturlos. »Ich meine, wenn die Leute in der Zeitung lesen, daß die Genossin Ruth Fischer in Bermsthal dies und jenes durchsetzt, dann wird sich doch mancher sagen: Na, die Kommunisten hatten schon mal

289

eine Ruth Fischer, die sollen den Mund mal lieber nicht so weit aufreißen. Ich meine, das ist gar nicht so einfach für unsere Propaganda. Schließlich, irgend etwas denkt man sich doch dabei. Wie seid ihr denn ausgerechnet auf den Namen gekommen, damals?«

Eine ganze Weile begriff Hermann Fischer nichts. Es war alles zu weit weg, als daß er etwas hätte sehen können. Aber wenigstens die Zeit spürte er, die sich auftat. Ruth … Eigentlich hatten sie gedacht, Anna und er, daß es ein Junge werden müßte. Der Junge sollte Hans heißen, darüber waren sie sich einig. Und sie hatten so fest an den Jungen geglaubt, daß sie an einen Mädchennamen gar nicht gedacht hatten. Dann, am Nachmittag, als er in die Klinik kam, war Ruth dagewesen. Er war eingelassen worden außerhalb der Besuchszeit, Anna war sehr blaß, aber still und heiter wie immer, und sie hatte gesagt: Der Hans ist nun ein Mädchen. Was sagst du nun? Aber ungeduldig ist sie wie ein Junge. Dann war die Oberschwester hereingekommen, die trug eine Hakenkreuzbrosche auf ihrem Kittel; es war das Jahr, bevor die Nazis an die Macht kamen. Solange sie im Zimmer war, hatten sie beide geschwiegen. Später aber hatte Anna ein schmales Heft von ihrem Nachttisch genommen, darin die deutschen Vornamen verzeichnet waren, die Oberschwester hatte es ihr am Morgen gebracht. Viele Namen waren unterstrichen, Brunhilde, Isolde, Sigrid. Einige waren durchgestrichen. Und Anna hatte auf einen der durchgestrichenen Namen gezeigt und gesagt: Ich habe sie schon eintragen lassen. Ruth …

»Naja«, sagte Papst, »ich will ja nichts sagen. Aber du weißt ja, sie war schließlich nicht irgendwer, Sektierertum, Spaltertätigkeit, Parteiausschluß … Dummerweise war es gerade die Zeit, in der dein Mädel zur Welt kam. Ich meine, es würde mich nicht wundern, wenn jemand auf den Gedanken käme, daß da was dahintersteckt.«

»Quatsch«, sagte Hermann Fischer. Es war ihm wirklich zu dumm. Natürlich wußte er, daß es diese Ruth Fischer, Führerin der sogenannten linken Kommunisten, vor vielen Jahren bereits aus der KPD ausgeschlossen, natürlich wußte er, daß es sie gegeben hatte und vielleicht noch irgendwo gab. Aber er hatte nie einen Gedanken daran verschwendet. Das hatte mit ihm nichts zu tun, und niemals bisher hatte er sein Mädel damit in Verbindung gebracht, auch kein anderer hatte das getan. Unsinn, dachte er, Einfälle hat der. Was soll man da erst sagen, wenn einer Adolf heißt. Oder – und er lächelte plötzlich in Balthasar Papsts Gesicht –, oder wenn ein Kreissekretär, sagen wir mal, Papst heißt? Nein, dachte er, das ist gar zu lächerlich. So beschränkt kann doch niemand sein. Und er tat den Gedanken ab als erledigt.

Peter Loose aber sagte plötzlich: »Das ist komisch.« Er sah den kleinen Heckert im Abteil sitzen, den alten Mann, der seine Weizenkörner kaute, er sah Christian Kleinschmidt, mit dem Gesicht an der Scheibe, und dahinter sah er das Mädchen, den Kopf an die Schulter des jungen Mannes gelehnt, er sah die Leute im Nachbarabteil, und am Gangende wartete einer, daß die Toilette frei würde, und alle nickten sie im gleichen Rhythmus mit dem Kopf, alle schaukelten nach links, wenn der Zug nach rechts schlingerte, und nach hinten, wenn er bremste. »Das ist komisch«, sagte er. »Wir sitzen alle im gleichen Zug und machen alle die gleiche Bewegung mit und fahren alle in die gleiche Richtung. Und doch will jeder woanders hin und steigt woanders aus. Und jeder ist woanders hergekommen.«

»Hm?« sagte Christian Kleinschmidt. »Was soll daran komisch sein?«

Und sie fuhren nun kurz vor Leipzig. Je länger man darüber nachdenkt, dachte Papst, um so sicherer scheint es, daß tatsächlich etwas dahintersteckt muß. Warum regt er sich so auf, wenn nichts dabei ist?

Und sie hatten das Braunkohlenland hinter sich gelassen, sie fuhren über Wiesen und tauchten in ein Waldstück, und Nickel dachte: Eigentlich könnte ich hinter Leipzig einfach mal durch den Zug gehen. Ich kann doch zufällig mal an ihrem Abteil vorbeikommen, warum denn nicht? Mit der Zeit wird es halt langweilig, wenn man so allein sitzt. Und außerdem, es ist doch nichts dabei. Und es kamen die ersten Siedlungshäuser und die ersten Gärten am Stadtrand, und den Himmel, der leer gewesen war, schnitt eine Hochspannungsleitung ziemlich oben. Auch Vögel waren plötzlich da, Spatzen und Meisen und die schwarzen Kreuze der Schwalben.

Die Schwalben sah Hermann Fischer immer so. Und immer, wenn er welche sah, dachte er an den Ettersberg und an den alten Prokoffski, der hatte sie zuerst so gesehen. Wenn es stimmt, hatte der alte Prokoffski gesagt, daß die Seelen in den Himmel kommen, dann sind die Schwalben vielleicht unsere Grabkreuze, die aus den Schornsteinen aufsteigen und über den Himmel wandern und über die Menschen hin und über die Welt, damit wir nicht vergessen werden. Und der Rauch hatte niedrig über dem Steinbruch gehangen und vollkommen still, an einem Tag, der grau war, aber dicht vor dem Aufklaren. Einem Tag wie diesem.

Wahrhaftig, dachte Christian Kleinschmidt, was soll daran komisch sein? Der Physikpauker Mahlmann fiel ihm ein, 12b, der hatte einmal am Beispiel eines fahrenden Zuges die Relativitätstheorie erklärt. In einem gradlinig und gleichmäßig schnell fahrenden Zug verhalten sich alle Körper wie in einem stillstehenden Zug. Verändert der Zug aber Richtung oder Geschwindigkeit, so verändern die Körper ihr Verhalten. Nein, dachte Christian, das war es nicht. Das ist zwar einleuchtend, aber es hat mit Einstein nichts zu tun. Bei extrem hoher Geschwindigkeit nämlich ist der Zug von draußen gesehen kürzer als von drinnen. Draußen gilt eine andere Zeit als im Zug, und wie jeder Körper verkürzt er sich in Richtung seiner Bewegung, und außerdem wächst mit steigender Geschwindigkeit auch seine Masse und ist absolut, wenn sie die Lichtgeschwindigkeit erreicht. Aber wie hatte

292

Mahlmann das bewiesen? Die Bewegung ist genau so relativ wie Zeit und Raum, soviel war klar. Aber wo, zum Teufel, wo war der Beweis?

Und Peter Loose dachte: Das Mädchen dort, an der Schulter des jungen Mannes, das sitzt da und schläft – und bewegt sich trotzdem. Und wir sind an den Braunkohlengruben vorbeigefahren, die habe ich gesehen, und sie hat nichts gesehen, aber vorbeigefahren ist sie genauso wie ich. Und wir haben nichts miteinander zu tun, aber wir machen bei jedem Schienenstoß die gleiche Bewegung, und wir sind um die gleiche Zeit irgendwo eingestiegen und steigen vermutlich um die gleiche Zeit in Berlin aus, aber wir haben uns nie vorher gesehen und werden uns wahrscheinlich auch nachher nie wiedersehen. Ja, dachte er, wir tun nichts und kommen doch vorwärts. Aber das stimmt nicht ganz, denn wir geben Geld dafür, und für das Geld haben wir gearbeitet. Und es ist jemand da, der hier für uns arbeitet, der Lokführer, der Heizer, und wir fahren so schnell, wie sie Dampf machen. Freilich können sie auch wieder nicht, wie sie wollen, denn sie müssen sich an den Fahrplan halten, und können auch nicht woanders hinfahren, denn da sind die Schienen und die Weichensteller. Und wir können nicht schneller fahren, als die Lokomotive kann, und die Gleisbauer hätten ihr Gleis nicht woanders hinlegen können, denn es waren Pläne da, und die Ingenieure haben die Pläne gemacht, dem günstigsten Weg entsprechend. So hängt eins vom anderen ab, und keins kann für sich allein. So was, dachte er, und da sagte der Kleinschmidt noch, das wäre nicht komisch. Jeder denkt, er macht, was er will, und dabei kann er von vornherein gar nicht, wie er will, bloß, das merkt schon keiner mehr. Wenn das nicht komisch ist, da freß ich aber einen Hut, wenn es das nicht ist. Ja, dachte er, das geht ja noch weiter. Denn wenn keine Eisenbahn da wäre, oder keine Kohle, oder die Dampfmaschine nicht erfunden, dann könnten wir ja überhaupt nicht fahren, dann würden wir immer schön zu Fuß latschen, oder

293

mit dem Pferd, wer eins hat. Und wenn der Lokführer sagt: Ich will nicht, dann sind wir alle geplatzt, dann haben wir zwar die Lok, aber wir können nicht damit umgehen. Oder wenn es dem Kerl vielleicht einfallen sollte, einfach mal ein Haltesignal zu überfahren, und irgendeinem anderen fällt das auch gerade ein, dann prasseln wir aufeinander, und dann brechen sich nicht bloß die Lokführer das Genick, sondern wir alle mit. Mein lieber Mann, dachte er, da soll bloß einer sagen, eine Lokomotive, das ist, wo hinten Kohlen reinkommen, und vorne kommt Qualm raus, und unten drehen sich die Räder. Da ist ganz schön was los, mit so einer Eisenbahn. Da soll sich bloß keiner einbilden, er wüßte das schon alles.

Ja, dachte Christian Kleinschmidt, das ist die Misere. Voriges Jahr, da hab ich das alles noch gewußt. Aber jetzt, jetzt kriege ich den Beweis nicht mehr zusammen. Und wenn das noch eine Weile dauert, bevor ich zum Studium komme, dann habe ich reineweg alles wieder vergessen. Da kann ich gerade so gut ganz von vorn anfangen. Alles noch mal, vom Urschleim aufwärts. Ja, dachte er, da schwören sie nun drauf, wie wichtig es ist, daß man erst mal den Buckel krumm macht, an der Basis, bevor man immatrikuliert wird. Aber daran haben sie nicht gedacht. Und überhaupt, so weit kann einer allein gar nicht zählen, ohne Rechenmaschine, woran alles die nicht gedacht haben.

Ja, dachte er, da hätte der alte Mahlmann noch einen zusätzlichen Beweis finden können. Es ist weiß Gott alles relativ. Und der Zug fuhr ein in die zerstörte Leipziger Bahnhofshalle, unter das Hallendach, darin keine Fenster mehr waren, und der Himmel hing herein, und Christian Kleinschmidt dachte: Weiß Gott!

In diesem staubtrockenen Juli erlebte Ruth Fischer ihre erste Niederlage. Vier Monate arbeitete sie nun als zweiter

Gehilfe, der Sommer dörrte das Land, vierzig Grad standen mittags in den Maschinenhallen und dreißig meldete die Nachtschicht, unsäglich die Verbissenheit, unsäglich das Aufatmen nach jedem bestandenen Tag. Gereiztheit und Überspannung lagen in der Luft, keiner entging ihnen. Die Atmosphäre war geladen bis zu jener Phase äußerster Sättigung, da die geringste Reibung genügt, plötzlich hernieder brechen zu lassen auf einen unvermuteten Punkt, was sich in Wochen gestaut und geballt hat von überall.

Für Ruth war dieser Sommer entscheidend, eine unwiederholbare Chance, sie wußte es. Bestand sie als zweiter Gehilfe, so war eine Bresche geschlagen in die Gewöhnung. Ein Tabu war niederzureißen, ein Platz zu erobern, der immer den Männern gehört hatte – war erst einmal ein Anfang gemacht, dann waren die weiteren Festungen leichter einnehmbar: der erste Gehilfe, der Maschinenführer. Soweit es an ihr lag, wußte Ruth, daß sie diesen Platz auszufüllen vermochte wie jeder Mann. Was aber, wenn sich die Schwierigkeiten von außen zuspitzten ins Unkontrollierbare? Würde man nicht beim leisesten Fehler nur ihr Versagen sehen, nicht die Umstände, nicht die Summe der Ursachen? Wer wird stärker sein bei dieser Vorgabe: der einzelne oder die Umwelt, die Prüfung oder der Geprüfte?

Als Ruth die Halle betrat, etwas später als sonst, starrten ihr die anderen von der Bank vorm Männerumkleideraum her schon entgegen: gespannt, neugierig, manche unverhohlen hämisch. Sie spürte sofort, daß etwas geschehen war. Dörner, ihr Maschinenführer, weihte sie ein: »Hahner hat sich krank gemeldet. Du mußt heute Ersten machen.« Er sagte es wie einen Befehl.

Ruth sprach mit Warmbier, dem dritten Gehilfen. Er würde die Arbeit des zweiten Gehilfen übernehmen, Ruths Arbeit, einen dritten hatte der Werkführer vom Holzplatz abgezogen. Der dritte war neu im Werk, hatte noch nie eine Papiermaschine aus der Nähe gesehen.

Beim ersten Rollenwechsel kam der Maschinenführer der Nachbarmaschine nach vorn, Sosonaja. Er stellte sich hinter den Rollenbock, kniff spöttisch ein Auge zu. Aber der Wechsel gelang. Ruth führte die Papierbahn auf, Warmbier hob mit dem Flaschenzug die Rolle aus der Maschine. Enttäuscht schlurfte Sosonaja an seinen Maschinenführertisch zurück.

Ruth nahm Probebogen, brachte sie zu Dörner, regulierte dann die Heizung. Das Papier lief einwandfrei. Sie fuhren ein achtziggrammiges Offsetpapier. Der Produktionsleiter kam, nickte ihr zu, beobachtete den nächsten Wechsel. Ruth wurde nervös. Der Produktionsleiter blätterte im Schichtbuch, schlenkerte mit seinem Spazierstock, sah aber immer herüber. Als Ruth aufgeführt hatte, riß die Papierbahn ab. Jemand mußte einschneiden, es war aber niemand da. Warmbier konnte nicht vom Antrieb weg, und der dritte Gehilfe steckte mit den fertigen Rollen im Aufzug. Das Papier lief in den Ausschußkanal. Da kam Dörner nach vorn. Er schnitt ein, der Produktionsleiter nahm den eingeschnittenen Streifen von der Kalanderwalze ab und führte ihn bis zu Ruth an die Hülsenstange. Ruth führte auf, Warmbier regulierte die Drehzahl. Die Papierbahn breitete sich aus, sie lief, riß nicht ab, spannte sich und schlappte zurück und warf Wellen und spannte sich wieder krachend und plötzlich, aber sie hielt. Produktionsleiter Jungandres angelte nach seinem Spazierstock. »Ischt scho ganz schön.« Er sah Sosonaja um den Ausschußwagen schleichen. »Und laß dir von dem da kein Kind in 'n Bauch reden, du wirst das Ding schon deichseln.«

Bis gegen Mittag verlief die Schicht nun ruhig. Das Papier war gleichmäßig trocken und fehlerfrei, mit jedem Wechsel wurde Ruth sicherer. Sosonaja kam nicht mehr nach vorn. Auch von den anderen ließ sich keiner blicken. Ruth wußte, daß nur Dörner zu ihr hielt und Jungandres, vielleicht noch der kleine Häring, der Erste von nebenan. Alle anderen waren gegen sie, offen die einen, versteckt die anderen, manche mit zwei Gesichtern. Ich werde es ihnen beweisen, dachte sie. Ich lasse mich nicht unterkriegen. Sie sah die beleidigten Gesichter der Mädels an den Pressen, sah das lauernde des Schmierers, sah die Holländermüller und die Gehilfen und den Rollerführer, und sie dachte: Nein, von denen nicht!

Da aber sagte ihr Dörner, daß sie noch vor Schichtwechsel auf Sechzig-Gramm-Papier umstellen müßten. Er hatte die Maschine langsamer gefahren, hatte gehofft, die alte Sorte bis Schichtwechsel halten zu können, aber es reichte nicht. Was da anrollte, konnte auch einen gewieften Altgehilfen aus der Ruhe bringen.

Papier wird hergestellt aus Holzschliff, Zellulose, Lumpen und gekollertem Altpapier, aus Kaolin, Alaun, Talkum, Schwerspat und Gips, aus Harzen und Farben und Leim. Wenn man von der Produktion einer Papiersorte zur Produktion einer anderen übergeht, ändern sich beim Übergang die Zusammensetzung und die Festigkeit, die Voluminösität und das Gewicht, die Farbe, der Oberflächencharakter und der Feuchtigkeitsgehalt. Die Maschine muß anders eingestellt werden. Die Umstellung geschieht bei laufender Produktion. Zulauf und Preßdruck, Tourenzahl und Heizung werden während des Laufs neu einreguliert. Um wenig Ausschuß zu fahren, versuchen die Maschinenführer, den Übergang möglichst kurz zu halten. Der Übergang ist aber um so schwieriger, je mehr sich die neue Papiersorte von der alten unterscheidet.

Dörner stellte von einem achtziggrammigen auf ein sechziggrammiges Papier um. Das Papier wurde dünner, die Tourenzahl der Maschine mußte erhöht werden. Sie gingen von einer Sorte mit hohem Zellulosegehalt zu einer Sorte mit geringem Zellulosegehalt über, Holzpapier, dünnes, billiges, empfindliches Zeug.

Je näher der Übergang kam, um so unruhiger wurde Ruth. Sosonaja lauerte. Sie kletterte in den Holländersaal hinauf. Die Rührbütte war noch halb gefüllt, im Holländer aber lief

297

schon die neue Sorte. Auch hier lauerte einer, Traugott, der Holländermüller. Ruth lehnte sich an die Druckleitung. Nebenan, am Holländer der zweiten Maschine, öffnete der Herr Zebaoth den Zulaufschieber. Dörner kam nach oben, er nahm sie beiseite. »Eine Rolle noch. Dampf drosseln und die Zunge gerade ins Maul.«

Aber sie fand keine Ruhe. Sie lief an der Maschine entlang, sah die Schaber nach, drehte an den Stellrädern der Umlauffilze. Ihre Unruhe steckte auch den zweiten Gehilfen an. Der dumpfe Lärm der Halle brach über sie herein, die Hitze hing über ihr wie ein stickiges Tuch, die Bluse klebte naß an Schultern und Rücken. Das vertraute Geräusch der Maschine erschien ihr fremd und drohend. Überall hörte sie Nebengeräusche. Lief da nicht ein Lager heiß? War nicht ein Filz verlaufen, ein Fehler in der Bahn?

Dann gab Dörner das Zeichen. Die neue Sorte war schon am Sandfang. Ruth steckte einen Einleger in die Rolle; was jetzt noch auflief, war Ausschuß und mußte später abgerissen werden.

Irmchen, die Pressensteherin, stand an der Maschine und beobachtete das Sieb; bei ihr riß die Bahn zuerst. Riß und lief sofort am Machon hoch. Ruth pfiff den ersten Gehilfen an die Rolle und begann den Machon abzuspritzen. Sie hatte Glück: das nasse Papier ließ sich herunterdrücken, lief nun in den Kanal. Vorn aber hatte der zweite Gehilfe die Übersicht verloren, ein Feuchtfilz war verlaufen. Warmbier kletterte auf die Antriebsseite. Inzwischen lief die Rolle leer, schleuderte, rotierte immer schneller, die Stange schlug gegen das Schloß. Warmbier sprang von der Maschine, aber er kam zu spät. Die zentnerschwere Papierrolle flog aus der Lagerung, knallte auf den Rollenbock, platzte an der Aufschlagstelle zentimetertief auf.

Hinten führte Ruth den Streifen in die Pressen, erreichte die Trockenpartie, sie wußte nicht, was vorn los war. Das Papier war so trocken, daß die Bahn vor Elektrizität knisterte.

298

Die Maschine war bei wenig gedrosseltem Dampf leergelaufen. Dörner kam vom Sandfang geklettert, schrie etwas herüber, Ruth verstand nicht, aber sie nickte. Da erhöhte Dörner am Schaltpult langsam die Tourenzahl.

Was nun kam, war ein Inferno. Später konnte sich Ruth an keine Einzelheit erinnern, alles verschwamm ineinander, es gab keine Reihenfolge mehr, keinen Zusammenhang. Eine Stunde lang kämpften sie mit der Maschine. Der Dampf gehorchte ihnen nicht, überhitztes Papier, dann klatschnasses, Verunreinigungen, die Bahn riß in der Trockenpartie, in der Naßpartie, an den Kalandern, quetschte sich unter die Schaber und hob sie aus, ein Filz verlief, der Ausschuß verstopfte den Kanal; kaum war die Bahn vorn aufgeführt, riß sie hinten wieder ab; Ausschuß auf den Laufstegen, auf den Pressen, im Mittelgang, in den Durchgängen, an der Rolle; heißgelaufene Lager, ein Trockenzylinder wickelte sich voll Ausschußpapier, dann noch eine Umkehrwalze. Ruth hatte keinen trockenen Faden mehr am Leib. Die ganze Mannschaft schrie und fluchte und schwitzte, sie arbeiteten mit der Anspannung einer erbitterten Schlacht. Es war kein klarer Gedanke mehr zu fassen; die Maschine zermürbte ihre Beherrscher. Als die ersten Arbeiter der Mittelschicht in die Halle kamen, ließ Irmchen auch noch einen armstarken Ballen Ausschuß über den Machon auf das Sieb fallen, die Walze wurde ausgehoben, schlug aufs Sieb zurück, es war unbrauchbar. Da gab Dörner auf. Er stellte die Maschine ab.

Vor der Umkleidekabine versammelte sich die Belegschaft der Nachbarmaschine mit den Arbeitern der Mittelschicht. Gewerkschafts-Traugott und sein erster Zuträger kamen bereits umgezogen aus dem Holländersaal. Er sagte laut: »Sieb und Feuchtfilz zuschanden fahren, aus der wird mal ein Maschinenführer, so was hat die Welt noch nicht gesehen! Fünftausend Mark im Eimer, in einer Schicht!«

Die Ablöseschicht blickte finster. »Unsereinen würden sie einsperren«, stichelte Sosonaja.

Ruth räumte Ausschuß aus dem Kalandergang, sie hörte jedes Wort. Und die Worte waren gemacht, um von ihr gehört zu werden. Die Männer waren jetzt eine Partei. Dieses Mädchen wollte sie von den geheiligten, bevorrechteten Arbeitsplätzen der Männer verdrängen? Wollte sich nicht zufriedengeben mit den langweiligen, schlechtbezahlten, unqualifizierten Schmutzarbeiten? Aber es gab eine Gerechtigkeit in der Welt, man sah es nun!

Häring sagte schwach: »Daß das Sieb hin ist, dafür kann sie nichts. Irmchen hat …«

Aber er kam nicht auf gegen die anderen. Sie wollten sich bestätigt fühlen und ließen keine Vernunftgründe gelten. Jahrhundertelang waren sie untertan gewesen aller Obrigkeit und ausgebeutet von allen, und nur eins hatte noch unter ihnen gestanden: ihre Haustiere – und ihre Frauen. Und nun erlebten sie, wie die Frauen ihnen ebenbürtig werden wollten, ihren Platz beanspruchten. Da dachten sie nicht an die Schwüre, die sie einst ihrem Mädchen geschworen hatten, dachten nicht an ihr brünstiges Jünglingsgegockel und an ihre ersten Liebesnächte, da dachten sie nicht an die Hungerjahre und das Unrecht, das sie mit ihren Frauen gemeinsam getragen hatten, dachten nicht an die Mütter, die sie geboren hatten und behütet, und nicht an ihre Töchter, denen Ruth eine Schwester sein könnte; in dumpfer Wut saßen sie da, eingesperrt in ihre Männerwelt, eingesperrt in den Horizont von Vorurteilen, von Egoismus, von uralten Sprüchen.

Der Schmierer Maassen: »Das ist das neue System! Die Kinder werden über die Väter gesetzt, die Frauen über die Männer!«

Der Herr Zebaoth: »Sie können sich ja nur halten dadurch!«

Sosonaja: »Sollen sich an den Kochtopf scheren und den Kindern den Rotz abputzen. Aber die hat ja keine. Ich möchte ja so eine nicht geschenkt haben. Die wird schon wissen, weshalb sie keine kriegt!«

Und der Herr Zebaoth: »Dagegen kann man nichts machen. Sie ist eben in der Partei.«

Und schließlich der Fahrstuhlführer Meier, einfach Meier, zerknittertes Männlein von neunundzwanzig Jahren, wußte nun genau: »Das ist der niegekannte Wohlstand, den uns der Ulbricht versprochen hat!«

Dörner kam, durchgeschwitzt, ölverschmiert, rotgesichtig, sie bildeten eine Gasse. Sie sahen die Adern an seiner Stirn, und sie hofften.

Sie hofften aber umsonst. Dörner ließ sich nicht in ihre Partei aufnehmen. Er ging zu Graupner, dem Maschinenführer der Mittelschicht, pflanzte sich vor ihm auf und sagte: »Siebwechsel!«

Graupner zögerte lange, ging dann aber doch. Spöttische Blicke folgten ihnen und betretene. Graupners erster Gehilfe zündete sich eine Zigarette an, ließ seinen Maschinenführer davonziehen, zeigte seine Taschenuhr rundum und erklärte: »Was denn, es fehlen noch sechs Minuten.«

Der kleine Häring warf Seife und Handtuch in seinen Spind. »Ihr Helden«, sagte er. »Zwanzig Mann gegen ein Mädchen.« Er ging hinaus an die Maschine und begann Ausschuß zu räumen. Den Transportwagen schob er ein paar Meter zurück, daß alle ihn sehen mußten. Und als Ruth aus dem Kanal kroch, sagte er: »Mach dir nichts draus, das kann jedem passieren. Wir ziehen den Feuchtfilz ein, Graupner wechselt hinten das Sieb.«

Aber Ruth konnte nicht mehr. Häring sah es, er wußte: Wenn sie jetzt schlappmacht, wird keiner mehr ein Stück Brot von ihr nehmen. Er knurrte: »Los, koch erst mal Kaffee. In meinem Spind liegt ein Tütchen, hat mir meine Schwiegertochter geschickt, echt West. Hab ihn für die Nachtschicht aufgehoben.«

Ruth blieb bis zwei Stunden nach Schichtwechsel. Sie räumte den Ausschuß aus der Maschine, zog dann mit Häring den Feuchtfilz ein. Sie arbeitete mit letzter Kraft, biß die Zähne zusammen, sie sprach mit keinem. Hinten wechselten die Männer aus beiden Schichten das Sieb. Der Werkführer kam, der Oberwerkführer, der Produktionsleiter, zum Schluß kam auch Nickel. Der Werkführer führte einen Veitstanz auf. Er sagte allen, die gerade in der Gegend waren, er habe das von Anfang an kommen sehen. Eine Schürze zum Maschinenführer ausbilden, lächerlich. Dörner drückte ihm eine Brechstange in die Hand. »Heb mal die Walze an, quatschen kannst du später.«

Und sie schafften den Siebwechsel in kürzerer Zeit als sonst bei der turnusmäßigen Sonntagsreparatur. Sie arbeiteten angespannt, konzentriert, jeder Handgriff kam zur rechten Zeit, keiner war überflüssig. Im Rhythmus der gemeinsamen Arbeit kehrten langsam auch die Gedanken zurück. Graupner gestand sich ein, daß das Sieb schon die dritte Woche lief, es hätte am kommenden Sonntag ohnehin gewechselt werden müssen. Länger als vier Wochen läuft kein Sieb, es war also annähernd amortisiert. Blieb der Produktionsausfall und der Filz. Der erste Gehilfe und der Oberwerkführer sagten sich, daß jedem von ihnen schon Ähnliches passiert war, noch dazu bei diesem Sechzig-Gramm-Papier und bei dieser Hitze. Und Jungandres überlegte: Nehmen wir die Sache als Prüfung. Wenn sie morgen wieder fit ist, dann schafft sie auch alles andere.

Als der Feuchtfilz gewechselt war, schlich Ruth sich aus der Halle. Für sie war an diesem Nachmittag alles zu Ende. Sie konnte keinem in die Augen sehen. Sie hörte noch immer die Hohnreden vor der Umkleidekabine, sah noch immer die verzerrten Gesichter. Über die Gleisanlagen schlich sie aus dem Werk. Am Kesselhaus glaubte sie den Genossen Nickel und den Produktionsleiter zu sehen; sie kroch unter einen Kohlewaggon und rannte zum Bahnübergang.

Sie nahm den Weg durch den Wald, auf dem sie damals Peter Loose begegnet war. Aber heute sah sie das Grün der Bäume nicht; der Bach und die Gräser waren ohne Stimme.

Was hatte sie falsch gemacht? Nickels Vertrauen hatte sie enttäuscht. Und Jungandres, Dörner, Häring ... Und Vater, wenn er es erfährt. Er wird nichts sagen, wird sie nur ansehen, und dann würde er sie aufmuntern wollen, auf andere Gedanken bringen, das aber war das allerschlimmste. Was, um alles in der Welt, konnte sie tun? Alles war gut gewesen, sie hatte Freude gehabt an ihrer Arbeit, war gern zur Schicht gegangen, sie war glücklich gewesen, wenn ihr etwas gelang und wenn einer, wenigstens einer, ihre Arbeit anerkannte. Und plötzlich war alles zerstört. Das Werk, das freundlich und voller Lebendigkeit gewesen war, war nun eine Stätte des Schreckens und der Demütigung. Die Maschine, die sie so liebte, wenn in den letzten Stunden der Nachtschicht langsam das Tageslicht die Lampen überstrahlte, war nun ein schrecklicher Alptraum. Sie war in einen Abgrund gestürzt, keine helfende Hand war da, kein Weg und keine Hoffnung.

Sie erreichte die Siedlung, aber sie ging nicht nach Hause. Sie fürchtete sich vor dem Alleinsein, vor der leeren Wohnung, vor den Gegenständen, die so tun würden, als sei nichts geschehen. Sie lief ziellos die Wege entlang, an den Vorgärten vorbei, hin zum Wolfswinkel, wo die buckligen alten Häuser zu Tal stiegen.

Auf der Bank vor der Kirche saß die Fleischerswitwe, zwei rechts, zwei links, saß breit und geschwätzig. Neben ihr stand in schwarzer Würde der Pfarrer. Die Fleischerswitwe erzählte mit ihrer zänkischen Stimme Dorfklatsch. Die Würde strickte an der Sonntagspredigt.

Dann die winkligen Gassen hinter dem Friedhof, das holprige Kopfsteinpflaster, die gilben Grasbüschel, der versiegte Brunnen. Die Fenster der niedrigen Häuser waren geöffnet, Ruth sah hier eine alte Frau am Herd hantieren, da saß eine jüngere an der Nähmaschine. Das Mädchen, das dort im Hof die Ziege melkte, hatte vor vierzehn Tagen geheiratet. Im Nachbarhof schalt eine hohe Stimme ein kreischendes Kind aus. Dann schrie ein Mann nach seinen Stiefeln.

Ruth spürte einen Blick im Rücken. Sie sah sich um und bemerkte einen Wismutkumpel, der sein Fahrrad putzte und auf ihre Beine starrte. Sie ging schnell weiter. Rechts das Haus war so niedrig, daß Ruth in die Dachrinne sehen konnte. Zwei Frauen standen am Gartenzaun, sie unterhielten sich laut und unbekümmert:

»… was denken Sie, die hat jetzt schon das vierte Kind. Wo doch der Mann kaum das Salz in die Suppe verdient …«

»… dem würd ich aber heimleuchten, wenn's meiner wäre. Wo das bei dem bloß herkommt, so ein Hengst, dem man 's ›Vaterunser‹ durch die Rippen blasen kann …«

Eine Frau mit einem Einkaufsnetz kam, Mohrrüben darin und Rote Bete, stellte sich zu den anderen. Der Weg stieg nun wieder an. Die Gartenzäune waren ungestrichen und die Latten morsch. Rechts war der Gasthof »Wolfswinkel«, Lärm in den geöffneten Fenstern, Männer, die nach der Schicht eingekehrt waren. Ein Stück weiter der Konsum, davor eine Schlange von zwanzig Frauen oder dreißig. Dann der alte Fleischerladen, zwei rechts, zwei links, dort war jetzt ein Lohnbüro der Wismut untergebracht. Auf dem Wiesenstück dahinter rupfte eine Häuslerin zaunentlang Karnickelfutter in die aufgehaltene Schürze.

Und plötzlich begriff Ruth das ganze Leben der Frauen des Wolfswinkels, der Frauen des Dorfes, der Erzgebirglerinnen, das Leben der Hausfrauen, der Arbeiterfrauen, der Kleinbürgerinnen, der Ehefrauen und Mütter im ganzen Land und überall auf der Welt. Dieses abhängige, enge, unveränderliche Leben, in dem sich vom fünfundzwanzigsten, spätestens vom dreißigsten Lebensjahr an nichts, nichts mehr änderte, wenigstens nicht zum Guten hin. In dem nichts geschah, auf nichts zu hoffen war, nichts erwartet wurde. Es war ein Älterwerden und Sich-Begnügen, ein Verharren auf dem Erworbenen, dem Vergänglichen und dem Vergangenen, dem Abziehbild irgendeines Glücks. Es war eine Welt, in der es nichts gab außer dem Mann, der von der Schicht kam, nichts außer Miete, Essen, Wohnung und Heizung, nichts außer Wäschewaschen, Dielenschrubben, Sockenstopfen, und vielleicht einmal einem neuen Kleid, einem Sonntagsbesuch bei Verwandten, einer Geburt oder einem Todesfall. Die Kinder, solange sie die Eltern brauchten, waren das einzige Lebendige, das einzige, für das zu leben sich lohnte. Sie sah das unablässige Kommen und Gehen von Mädchen, Frauen, Müttern und Greisinnen, sah die lange, lange Kette der Tage, der Wochen und Jahre, aus denen sich nur die Sonntage abhoben und die Feiertage, und auch sie fast nur für die Männer, für die ledigen Frauen und kinderlosen; sah alte Frauen von Erinnerungen zehren und junge Erinnerungen schaffen für das Alter, sah sie einhergehen hinter den Ereignissen, hinter dem Leben, hinter ihren Männern her, ihren Ernährern, ihren Mittelsmännern zur Welt – und sie sah im Schicksal dieser Frauen ihr eigenes, festgeschmiedet wie mit Ketten an das, was immer gewesen war, durch die Jahrhunderte hin, unabwendbar, wenn nicht ein Wunder geschah, wenn nicht ein Wunder vollbracht wurde.

Und sie dachte: Was auch geschieht, du mußt durchhalten. Alles, nur nicht dieses lebendige Begrabensein, diese kleingezäunte Häuslichkeit, dieses Ersatzleben. Alles, nur nicht den Verzicht, die Genügsamkeit, die Abhängigkeit von allen und allem. Du mußt durchhalten, du mußt! Hier wartet ein Kochtopf, ein Wirtschaftsgeld und ein Schlafzimmer. Draußen aber wartet die ganze weite Welt.

XI. Kapitel

POLOTNIKOV

Im Zimmer des Schachtleiters stand der Zigarettenrauch wie eine Nebelwand. Polotnikow war seit achtundvierzig Stunden ohne Unterbrechung auf dem Schacht. Der Dolmetscher hatte den Samowar, den sie in der Reparaturwerkstatt selber zusammengebaut hatten, schon zum vierten Mal angeheizt. Polotnikow stand am Fenster, starrte auf die Halden hinaus, über den Schachthof und den Rest der lächerlichen Ziermauer drüben an der Markscheiderei – das Haus war früher ein Ausflugsrestaurant gewesen. Er stand am Fenster in seiner verblichenen Uniformbluse, rührte im Teeglas, kaute das grobkörnige Brot. Er schien von Zigaretten, Tee, Brot und Wodka wochenlang leben zu können. Die Kiefer mahlten – der Dolmetscher sah dem Schachtleiter von der Seite her zu, sah die breiten Backenknochen, die gefurchte Stirn, das bläulich rasierte Kinn; er gehörte zu denen, die Polotnikow bewunderten.

Auf dem Schreibtisch lagen Saigerisse ausgebreitet. Ein Netz von farbigen Linien, Markierungen und Zahlen. Bleistifte lagen umher, Winkelmesser, Tabellen, ein Lineal, ein Stechzirkel. Aus einem alten Leitz-Ordner quollen die abgegriffenen Ecken von Abrechnungsbogen und Dekadeberichten. Die Schreibtischplatte vibrierte im Rhythmus der Kolbenstöße unten im Maschinenhaus; vom randvollen Aschenbecher fiel Asche auf die Glasplatte, dann ein zerdrücktes Pappmundstück. Polotnikow schob das letzte Stück Brot in den Mund, wischte sich die Hände an der Hose ab.

In einem ramponierten Ledersessel an der Schmalseite des Schreibtisches saß Hermann Fischer. Seinen Grubenhelm hatte er neben sich auf den alten hölzernen Blumenständer gelegt, der als Ablage diente. Er rührte ebenfalls in einem

306

Teeglas. Fischer beobachtete in merkwürdig starrer Ge-
spanntheit das große Zuckerstückchen, das sich auf dem
Grund des Glases auflöste.

»Also gut«, sagte Polotnikow. »Ich gebe Ihnen den Schnellstoß. Wen schlagen Sie als Brigadier vor?«

BRIGADIER

»Kleinschmidt«, sagte Fischer.

»Kleinschmidt?« Polotnikow zog die Brauen hoch. »Kenne
ich nicht. Na gut, das ist Ihre Sache. Ist er schon lange bei uns?«

Fischer setzte nun das Teeglas ab und lehnte sich zurück.
»Ziemlich ein Jahr. Ich glaube, er wäre der richtige Mann.
Nur – er weiß noch nichts davon.«

Polotnikow zuckte mit den Schultern. »Wie viele sind denn
überhaupt bis jetzt einverstanden?«

»Drei«, sagte Fischer. »Einer davon ist Genosse. Aber er
ist leider als Hauer eine Niete.«

»Eine was?« fragte der Dolmetscher.

Polotnikow goß aus der Wasserkaraffe, die noch vom
Nachttisch des ehemaligen Wirtshausbesitzers stammte,
Wodka in die Wassergläser. Dann griff er nach der Schachtel
mit Kasbek-Zigaretten, bot an. Der Dolmetscher ließ sein
riesiges Feuerzeug schnappen.

»Nehmen Sie aber nicht überall die Besten weg«, sagte
Polotnikow. »Das ist so eine deutsche Unart. Ein Beispiel
schaffen, große Propaganda. Mit den Besten ist das keine
Kunst. Es orientiert falsch. Eure Erfolgsmelder sehen dann
nur noch die leuchtenden Beispiele. Nehmen Sie zwei, drei
gute Leute und sonst Durchschnitt.« Er trank, nickte Fischer
zu und sagte: »Nu paschalissta. Ende.«

Fischer trank sein Glas aus. Der Dolmetscher sah mißbil-
ligend herüber. Er war gegen den Wodka – vor allem bei der
Arbeit.

»Hm«, brummte Fischer. »Und was ist mit dem Überkopflader?«

Der Schachtleiter lächelte. »Kriegen Sie, kriegen Sie.«

Es war der einzige Überkopflader auf dem Schacht 412.

Als Fischer gegangen war, schickte Polotnikow auch den Dolmetscher hinaus. Er befahl ihm, drei Stunden zu schlafen und dann mit dem Genossen Bondartschuk, dem Hauptgeologen, einzufahren. Der Dolmetscher sagte »merci«. Er war Lehrer für Deutsch und Französisch an einem Leningrader Dolmetscherinstitut gewesen. Er wußte, daß es zwecklos war, den Schachtleiter daran zu erinnern, daß er selbst den Schlaf nötiger hatte. Polotnikow würde ihn zu Ende sprechen lassen und dann fragen: Bitte, was sagten Sie eben?

Polotnikow telefonierte mit der Objektleitung. Sein Gesicht zuckte nervös, das Herz pochte schmerzhaft und unregelmäßig – er wußte, er hatte zuviel geraucht. In der Hörmuschel war die dunkle Stimme Alla Borisowas, der Sekretärin des Objektleiters. Auch Alla war Leningraderin. Polotnikow hatte eine uneingestandene Liebe zu dieser Stadt und ihren Bewohnern. Er wußte selbst nicht genau warum. War es die Geschichte der Stadt, der Wiege der Revolution, waren es die weißen Nächte an der Newa, war es der heldenhafte Kampf während des Großen Vaterländischen Krieges oder vielleicht die Erinnerung an den Genossen Kirow, den er sich vor vielen Jahren, als Komsomolze noch, zum Vorbild genommen hatte? Oder war es der Eindruck, den Menschen und Stadt auf ihn gemacht hatten, als er zum ersten Mal in Leningrad war, 1938? Er war den Newski-Prospekt hinabgegangen, an Kaufhäusern und Restaurants vorbei im dichten Menschenstrom, zwischen der goldenen Nadel der Admiralität und dem Winterpalais hindurch und dann an der Newa entlang, flußabwärts, gegenüber den alten Palästen Rastrellis und der alten Universität; hier das Reiterstandbild Peters des Großen vor der Isaakskathedrale und dahinter Nikolaus II., von dem die Leningrader sagten: Ein Narr versucht einen Klugen einzuholen, aber der heilige Isaak hindert ihn; er war über eine der hundert Brücken gegangen, hatte lange dem Eisgang der Newa zugesehen, es war der erste warme Frühlingstag, und war dann hinausgefahren zum Smolny, um vom Tonband ein Stück aus Lenins berühmter Rede zu hören und Lenins Stimme ... War es die Eremitage, das alte Putilow-Werk oder vielleicht die vielen Straßen, Gassen und Promenaden, an Kanälen und Flußarmen entlang? Er wußte es nicht. Polotnikow war Moskauer. Moskau war für ihn die Heimat, und wenn er Rußland dachte, dachte er Moskau. Aber Leningrad war die schönste Stadt, die er kannte, und er hatte immer gewünscht, einmal dort zu wohnen ...

»Eine Stunde zu spät, Sergej Michailowitsch«, sagte Alla. »Der Chef ist nach Siegmar gefahren, zur Hauptverwaltung.«

»Dann geben Sie mir den Objektgeologen«, verlangte Polotnikow.

Aber der war ebenfalls nicht zu erreichen. Polotnikow legte auf.

Vor sechs Tagen hatte er die Unterlagen für den Streckenanschluß an den Nachbarschacht gefordert – nichts rührte sich. Er hatte den Eindruck, daß der Objektgeologe ihn bewußt warten ließ. Aber warum nur? Weil Polotnikow sich weigerte, seitenlange Berichte zu schreiben? Es waren herrliche Zustände eingerissen. An der Front wäre so etwas nicht möglich gewesen, dachte Polotnikow erbittert. Aber jetzt schlichen sich überall die Papierkrieger ein. Der Objektgeologe sah höchstens einmal im Monat einen Schacht von innen, aber im Berichte-Sammeln und im Abfassen von meterlangen Runderlassen und Anweisungen war er groß. Einmal hatte er Polotnikows Monatsergebnis beim Bericht an die Hauptverwaltung glatt ein kleines bißchen ›aufgebessert‹ – nicht, daß er die Fakten verändert hätte, bewahre, er hatte nur so eine besondere Art der Darstellung. Und in der Hauptverwaltung hieß es dann: Bei Polotnikow ist alles in Ordnung; geben wir die neuen Geräte also erst einmal an die schlechteren Nachbarschächte. War der Objektgeologe etwa rachsüchtig?

Polotnikow ging zum Spind, holte seine Grubenkappe. Der Sicherheitssteiger hatte Seilkontrolle angesetzt. Er stieg zum

Maschinenhaus hinab. Vom Treppenfenster aus sah er den Steiger Fischer über den Hof gehen. Er lächelte unwillkürlich. Der Alte war schon in Ordnung, immer Ideen, immer Pläne. Nur ein bißchen vertrauensselig war er, etwas zu gutgläubig. Sie müßten es doch eigentlich gelernt haben, die alten deutschen Kommunisten, nach allem, was hinter ihnen lag. Vertrauen ist gut, Kontrolle ist besser. Fischer hatte ihm einmal gesagt: Der Genosse Drushwili, der Reviergeophysiker, der bringt mit seinem Sabotage-Geschrei nur die Leute durcheinander. Abzüge und Strafen – bei Frischlingen, die noch gar nicht begreifen, was sie eigentlich falsch gemacht haben. Das macht nur böses Blut. Polotnikow wußte noch genau: es war am sechsten August gewesen. Sie hatten vor der Wandzeitung der Gesellschaft für Deutsch-Sowjetische Freundschaft gestanden. Fischer hatte auf die Zeitungsbilder gezeigt, Aufnahmen nach dem Atombombenabwurf auf Hiroshima, und hatte gesagt: Das da müssen wir den Kumpels klarmachen. 280 000 Tote. Achtzigtausend in einer einzigen Minute. Und daß das uns allen blüht, wenn den Amerikanern nicht gezeigt wird, daß sie nicht ungestraft mit der Bombe spielen dürfen. Wenn die Sowjetunion im Notfall zurückschlagen kann. Wenn das jeder begriffen hat, wenn jeder weiß, wofür er hier arbeitet, dann brauchen wir keine Abzüge und keine Prämien mehr. – Polotnikow hatte damals gelächelt.

Zuviel wenn, Genosse Fischer. – Drushwili allerdings hatte er den Kopf zurechtgesetzt.

Er sah den Alten um die Ecke der Markscheiderei biegen. Sein Gesicht war nachdenklich geworden. Er dachte: Natürlich hat er übertrieben. Ganz so einfach ist es nicht, schon gar nicht in Deutschland. Aber hat er nicht dennoch im Grunde recht?

Christian Kleinschmidt setzte einen Türstock. Der Schwamm saß am Grubenholz, es roch nach Wald und nach Moder, wer

310

weiß, wie lange es in der Nässe gelagert hatte. Die Strecke herauf zog der kalte Wetterstrom. Es war naß hier, tropfte von der Firste, aus dem Gebälk, die Steine schwitzten. In der Ferne prallten Hunte aufeinander, ein harter Anprall, Geschwindigkeit gegen Masse, im Überhauen knatterte ein Pickhammer.

Als Christian vor einem Jahr in den Bergbau gekommen war, in die Berge, hierher in den Süden, der, so hieß es, für seinen neuen Reichtum mit seiner alten landschaftlichen Schönheit bezahlte, ›verschandelte Landschaft‹, sagten die Gebirgsbewohner – da hatte er seine Zeit nach Tagen berechnet. Er hatte Kerben in seinen Nachtschemel geritzt und vom Tage der Ankunft an gezählt; alles vorher war unwirklich und unwesentlich geworden. Später hatte er seine Zeit nach Wochen bemessen, hatte von Sonntag zu Sonntag gelebt, von Atempause zu Atempause. Jetzt hatte er zu einem neuen Rhythmus gefunden, der eigentlich ein alter war: er lebte, wie er gelebt hatte, bevor er in die Berge gekommen war. Er lebte und arbeitete, und die Zeit verging. Seine Zeit hatte ein neues Gleichmaß. Es gab wenig Höhepunkte und wenig Tiefpunkte, die Arbeit im Schacht war selbstverständlich geworden, sie besaß eine gewisse Romantik und einen gewissen Sinn, aber sie hatte auch ihre Wiederholungen, ihre Alltäglichkeit. Zu einem Teil war Bermsthal Episode; er wußte, er würde, wenn seine Verpflichtung abgelaufen wäre, zurückkehren in die Stadt, zum eigentlichen Leben und zu seiner Zukunft, die dann erst beginnen würde. Zum anderen aber waren das Gebirge, die Arbeit und die Menschen hier ein Teil von ihm geworden, nicht mehr zu tilgen, er war ein anderer, als der er gekommen war.

Im Tal unten, in der Papierfabrik, produzierte Ruth Fischer das Papier, das dann nach Norden gebracht wurde, über das Land und in die Hauptstadt, und als Zeitung zurückkehrte, auch auf den Rabenberg herauf. Sie lasen alle die gleichen Nachrichten – Christian Kleinschmidt, Ruth,

Nickel, Hermann Fischer, Zacharias, der Professor, der Dr. Jungandres und Peter Looses Stiefvater; nur Loose selbst nicht, er las keine Zeitungen. Aber die alte Mutter Selle und der Rechtsanwalt Pinselstein, Bierjesus und der schöne Fadenschein, das Mädchen Ingrid, zu dem Peter Loose nun nicht mehr ging, und die Leute in der Papierfabrik, der eifrige Mehlhorn mit dem Bäckergesicht und wahrscheinlich auch Gabi Reinhard in ihrer Apotheke und Roland Münz in seiner Klavierfabrik, sie alle erfuhren durch die Zeitung oder den Rundfunk Tag für Tag, was an wichtigen und unwichtigen Dingen geschah in der Welt, und selten nur geschah etwas, das den Einzelnen unmittelbar betraf. Meist schien es, daß der Einzelne das Eine, die Welt draußen aber ein Anderes sei.

Der Sommer war vergangen, Christian hatte vom kleinen Pinselstein einen Brief bekommen. Der lud ihn zu einer Urlaubsfahrt ein. Pinselstein hatte ein großes Viermannzelt, wollte es an den märkischen Seen aufschlagen. Aber Christian hatte keinen Urlaub bekommen, er hatte Pinselstein abgesagt. Nach der Schicht und vor allem an den Sonntagen war er oft hinausgefahren an den Steingrüner Bergsee zum Baden, manchmal mit Peter Loose, mit Jan Seeliger und Paule Dextropur von ihrer Kapelle, manchmal mit seinem Fördermann Spieß und dessen Braut, die in der HO-Wismut arbeitete und Radieschen genannt wurde. An den Sonnabenden, außer in der Mittelschichtwoche, spielten sie im Jugendheim. Ferner hatte Christian in der benachbarten Kreisstadt eine gute öffentliche Bibliothek entdeckt, er las sehr viel. Die Zeit vergeht schnell, wenn man sie nicht ständig belauert.

Da kam Hermann Fischer zu ihm. Er fragte, wie Christian zurechtkäme mit seinem Brigadier Seidel, mit der Arbeit, und ob er schon Pläne habe für die Zukunft. Christian antwortete ausweichend. Aber Fischer ließ nicht locker. Am nächsten Tag auf der Hängebank sprach er ihn wieder an. Da sagte Christian: »Das wissen Sie doch. Ich bleibe, bis meine Ver-

312

pflichtung abgelaufen ist und bis ich einen Studienplatz bekomme. Alt werde ich nicht im Schacht.«

»Hm«, brummte Fischer. »Ich würde mir das überlegen an deiner Stelle. Du bist jetzt Bergmann. Du hast das Zeug dazu – findest dich schneller zurecht als andere. Warte noch ein, zwei Jährchen, dann kannst du auch bei uns studieren.«

Und dann ließ er die Katze aus dem Sack. »Wir machen eine Jugendkomplexbrigade auf. Und wir schlagen dich als Brigadier vor. Die Leute suchen wir beide zusammen aus. Was meinst du?«

Brigadier? Jugendbrigade? Das hieß den Kopf in die Schlinge stecken. Christian wußte: Jugendbrigade, das ist keine Brigade schlechthin, da kommt sofort die Politik ins Spiel. Zwei Drittel der Brigademitglieder mußten in der FDJ sein. Da gibt es wieder einen FDJ-Sekretär, politische Versammlungen und Agitation, Blauhemden und ›Bewußtseinsfragen‹. Und er wußte auch: dahinter würde nicht nur der Jugendverband stehen, sondern die Partei. Wenn Fischer sagte, ›wir‹ machen eine Jugendbrigade, dann hieß das, die Partei macht. »Nein«, sagte Christian. »Das ist nichts für mich.«

»Ich will dir mal was sagen«, erklärte Fischer. »Dir paßt es nicht, daß du nicht sofort studieren konntest. Du weißt nicht genau, wer daran schuld ist – aber auf alle Fälle gehören die Partei und die Regierung dazu. Und nun ...«

»Nein«, sagte Christian. »Das habe ich nie gesagt. Sie machen es wie alle, die unterstellen einfach. Er war auf der Oberschule, also hat er etwas gegen den Staat. Bürgerliche Herkunft und so. Bei Ihnen wird man zum Menschen zweiten Grades einfach durch Herkunft oder Vererbung.«

»Gesagt nicht«, meinte Fischer. »Aber vielleicht – gedacht?« Er ärgerte sich sofort darüber.

Christian sagte: »Sie wissen doch sowieso alles besser, wozu sollen wir uns da noch unterhalten?«

Fischer dachte: Ich kann ihm doch jetzt keinen Vortrag halten, weshalb es notwendig ist, die Arbeiterkinder, die

313

bisher immer benachteiligt waren, zuerst studieren zu lassen. Das muß er doch begriffen haben. In einem Arbeiterstaat muß er das doch begreifen. Soviel muß er doch gelernt haben auf seiner Schule. Er sagte: »Schön, aber irgend jemand muß doch daran schuld sein.«

Christian sagte: »Wer hat denn die Welt so eingerichtet, wie sie ist? Ich vielleicht? Aber jetzt will es natürlich keiner gewesen sein. Jetzt kommen sie alle und geben Ratschläge. Jetzt wissen sie wieder ganz genau Bescheid. Da brauch' einer bloß in die BGL gewählt zu werden, schon hat er eine Patentmeinung. Gestern hat er noch alles falsch gemacht, hat Heil geschrien bei den Nazis und Krieg gespielt und alles kaputtgemacht. Aber heute weiß er natürlich ganz genau, wie wir es machen müssen, und wehe, wir tanzen nicht nach seiner Pfeife. Lauter heimliche Kommunisten. Wo sind denn nun die Nazis hin? Wer hat denn den Krieg gemacht? Da ist keiner, der es gewesen sein will! Aber uns machen sie Vorschriften. Für wie dumm halten sie uns denn alle? Keiner ist für Hitler gewesen, keiner hat den Krieg gewollt, niemand hatte etwas gegen die Juden, niemand hat überhaupt nur etwas gewußt. Sie sind alle Patentengel gewesen, und heute wollen sie wieder Patentengel sein, und wehe, wer ihnen nicht glaubt! Und da verlangen sie noch, daß ich mich vor lauter Begeisterung auf den Kopf stelle! In der Schule war das genauso: Man braucht nur ›Bewußtsein‹ zu heucheln, schon klappt alles. Wer auf Bewußtsein macht, der kommt überall durch. Und Sie? Sie machen es genauso. Sie versprechen mir einen Studienplatz, wenn ich so tue, als ob.«

»Quatsch«, sagte Fischer, »Grips allein genügt nicht. Wer studieren will, muß wissen, wo er hingehört. Und er muß das Wichtigste begriffen haben: Raus aus dem Dreck, arbeiten! Uns schenkt keiner was, wir müssen alles selber machen. – Du auch!«

Christian blieb bei seinem Nein. Er dachte, damit habe sich die Sache erledigt. Der schöne Fadenschein sagte: »Mit dem

314

Fischer, da mußt du aufpassen. Das ist ein ganz Dunkelroter. Der war sogar im KZ.« Das hatte Christian nicht gewußt. Ob es stimmte? Sie taten ja beinahe alle, als seien sie im KZ gewesen. Aber Fischer hatte nie davon gesprochen. Schön, dachte Christian, vielleicht ist er eine Ausnahme. Aber was ändert das? Es ändert nichts, die Ausnahme bestätigt die Regel. Dennoch mußte er wider seinen Willen immer wieder über Hermann Fischer nachdenken. Der Parteisekretär entsprach in mancher Hinsicht genau der Vorstellung, die Christian von einem Funktionär hatte – er agitierte, suchte zu beeinflussen, nicht selten mit den trockenen Zeitungsargumenten, die Christian vor allem an die Nerven gingen. In manchem aber war Fischer auch das genaue Gegenteil von dem, was Christian sich unter einem Parteimann vorstellte. Weder prahlte er mit seiner Vergangenheit – und er hätte ja offensichtlich Grund gehabt –, noch suchte er kraft seiner Autorität irgend etwas zu bemänteln oder umzufälschen. Für diese Dinge hatte Christian, seit er den Unterricht des Herrn Lehrers Buttgereit genossen hatte, ein sehr empfindliches Ohr.

Andererseits, was sollte das heißen: Raus aus dem Dreck, arbeiten! Arbeitete er etwa nicht? Stand die Brigade Seidel, der er ja schließlich angehörte, auf der Prozenttafel im Schachthof etwa nicht ganz oben an erster Stelle? Nein, er wußte schon, der Wind blies aus einer anderen Richtung. Das Stichwort hieß: Bewähren. Er war ein bürgerliches Element, und dafür gab es in der neueren Terminologie nur ein Kriterium: Bewährung in der Produktion – oder …

Oder in den Staub zurück, aus dem du gekommen bist. Die Rollen wurden neu verteilt. Pech, Kleinschmidt.

Die Sache hatte sich jedoch nicht erledigt. Fischer kam wieder. Er sagte: »Zwei habe ich schon. Ich hatte sogar drei, aber mit dem dritten ist das nichts Rechtes, eine Null als Hauer. Schau sie dir mal an. Und vielleicht den Loose dazu? Ihr wohnt doch zusammen. Was meinst du?«

315

Da beging Christian einen Fehler. Er sagte: »Loose? Der macht sowieso nicht mit, das ist zwecklos.« Das war schon ein halbes Einverständnis. Christian begriff es noch rechtzeitig, er sagte schroff: »Nein, ich mache nicht mit. Ihr könnt mich nicht zwingen. Ihr redet doch immer von Demokratie und Freiheit.«

»Freiheit?« Fischer sah an Christian vorbei. »Freiheit wovon? Frei sein von Verantwortung, nicht? Du hast deinen Standpunkt: Die Alten haben alles falsch gemacht. Gut. Aber du machst es genauso. Sollen andere den Kopf hinhalten. Verurteilen ist falsch, ist einfach. Wenn sie euch nicht mehr beigebracht haben auf eurer Schule …«

Christian dachte: Warum sagt er nicht, daß er auf der richtigen Seite war? Jetzt kann er mich ja fertigmachen. Und dann die fällige Phrase: Wir müssen ein friedliches demokratisches Deutschland aufbauen, erst besser arbeiten, dann besser leben. Oder so ähnlich. Stand ja jeden Tag in der Zeitung.

Aber Fischer sagte nichts mehr. Er stiefelte davon. Und er sah wieder so gebeugt und müde aus wie damals, als Christian ihm zum ersten Mal begegnet war.

Das Essen schmeckte fade. Das übliche Montagsessen, Nudeln mit totem Rindvieh. Der rechts mit der Narbe über dem Auge hat nun seine Schüssel leer, geht. Jetzt geht auch der Kleine von gegenüber. Es kommt niemand neu hinzu, man ist ein bißchen spät dran heute. Wenn man allein seine Nudeln löffelt, hat man mitunter Momente von seltener Klarheit. Man sitzt und schlürft, und die Gedanken gehen spazieren unterdes.

Es war also ein Fehler in der Rechnung, man mußte es zugeben. So, wie der Alte das sah, gab man tatsächlich eine etwas schäbige Figur ab. Aber es blieb die Frage, ob der Alte die Dinge richtig sah. Eine Rechnung muß nämlich an einem bestimmten Punkt begonnen werden und nicht an irgendeinem. Der Alte rechnete einem $x + 2 = 3$ vor. Ja, wenn es so einfach wäre. Schließlich hatte der alte Abel schon vor hundert Jahren die Unmöglichkeit nachgewiesen, Gleichungen von höherem als dem vierten Grad allgemein aufzulösen. Der Alte rechnete von einem beliebigen Punkt an und klammerte alle fragwürdigen Faktoren einfach aus. Was war zum Beispiel mit solchen wie dem schleimigen Mehlhorn? Der war bereit, jede Verantwortung zu übernehmen, wenn nur ein Pöstchen damit verbunden wäre. Ich werde Brigadier, und der Mehlhorn wird todsicher FDJ-Sekretär. Motto: Laßt andere arbeiten. Ich habe ihn aber dann vor der Nase. Und gegen so einen war nicht durchzukommen, erfahrungsgemäß. Gegen eine Mistgrube kann man nicht anstinken. Oder nehmen wir den Reviergeophysiker, den Drushwili. Der ließ nur plangerechte Ergebnisse gelten; wie sie erzielt wurden, war ihm egal. Wenn aber ein Mehlhorn auf die Schleimtour ein besseres Ergebnis erzielt als ein anderer auf ehrliche Weise, dann ist er Drushwilis Mann. Dagegen ist kein Kraut gewachsen. Das sind alles Faktoren, die der Alte einfach unter den Tisch fallen läßt. Die Schleimer und die Phrasendrescher finden einander immer. Die Schleimer und Phrasendrescher sind die stärkste Partei. Der Alte müßte es eigentlich wissen. Während er gegen die Nazis seinen Kopf riskierte, lief die Partei der Schleimer geschlossen ins tausendjährige Reich über. Ganz gleich, wem sie vorher das Wort geredet hatten.

In einem aber hatte er recht. Man gab wirklich eine miese Figur ab im seichten Wasser. Man mußte etwas tun. Und Christian war wirklich bereit, etwas zu tun. Nur – was?

Bei den Pimpfen war ihm eingebleut worden: Du bist nichts, dein Volk ist alles – so schön heroisch, so schön pathetisch, so schön demagogisch. Kein Wunder, wenn man in der Umkehrung dachte, großes Ich, kleines ihr. Es hätte einer kommen müssen vielleicht mit dem Satz: Du bist viel, dein Land ist mehr. Aber es kam keiner. Die Wahrheiten lagen auf der Straße, gewiß, aber man mußte einen Blick dafür haben.

317

Hermann Fischer schien indessen sein Vorhaben aufgegeben zu haben. Christian wartete jeden Tag auf einen neuen Vorstoß, aber Fischer beschränkte sich, wenn er ab und an mit ihm sprach, auf Anweisungen, die ausschließlich die Arbeit betrafen. Über die Jugendbrigade fiel kein Wort mehr. Seltsamerweise war Christian enttäuscht, er fühlte sich fallengelassen. Es ging ihm wie dem Bauernburschen im Märchen, der in die Welt ziehen will, weil seines Vaters Hof ihm zu klein erscheint, dann aber unschlüssig im Hoftor stehenbleibt, da der Vater ihn nicht zurückzuhalten versucht. Und es ging ihm andererseits wie dem frommen Pilger, der bei seiner Wanderschaft durch die Lande erkennt, wie schlecht die Welt eingerichtet ist, und deshalb insgeheim mit seinem Herrn zu rechten beginnt; sich aber nicht entschließen kann, gemeinsam mit gleichgesinnten Andersgläubigen an dem Flusse, da sie sich getroffen, eine feste Stadt zu erbauen, in der gerecht und vernünftig gelebt werden soll. Er baute auf die Vernunft, aber er wußte nicht recht, worauf die Vernunft bauen sollte ...

Christian erhielt kurz darauf einen Brief seines Vaters. Der Professor hatte einen Unfall gehabt, er schrieb aus dem Krankenhaus. Überall in den zerstörten Städten waren quer durch die Ruinengrundstücke Trampelpfade entstanden. Die Leute hatten es wieder eilig, man kürzte die Wege ab, wo es nur ging. Der Professor war im Regen auf einem dieser Pfade ausgeglitten und hatte sich das linke Fußgelenk gebrochen.

Übers Wochenende fuhr Christian nach Leipzig. Er hatte drei Flaschen Talonschnaps gegen eine halbe Flasche sowjetischen Kognak eingetauscht, grusinischen Dreistern. Im Krankenhaus würde ihn der Vater wahrscheinlich nicht trinken dürfen, aber das machte nichts. Loose hatte in einem Bauerngarten herrliche Äpfel entdeckt, gab ihm die Hälfte davon mit. In Aue hatte Christian noch Zeit, eine Buchhandlung zu durchstöbern.

318

Während der Fahrt dann machte Christian eine seltsame Entdeckung: zum ersten Mal fuhr ihm der Zug zu schnell. Er wünschte, der Besuch läge schon hinter ihm. Er hatte eine manische Scheu vor Krankenbesuchen, empfand geradezu Widerwillen. Man saß neben dem Bett, blasse Gesichter überall, weiße Kittel, unnatürliche Stille, Karbolgeruch und Fieberkurven, – und der erdrückende Anblick fremder Krankheit. Man saß neben dem Bett und wußte nichts zu sagen. Die Leute redeten über Krankheiten, über die Ärzte und über das Essen, als sei das ganz natürlich. Alles war unnormal, aber jeder versuchte krampfhaft, normal zu tun.

Christian versuchte zu lesen. Draußen zogen abgeerntete Felder vorbei, Stoppelbruch, hier und da ein frischerdiger Streifen Zwischenfrucht. Er versuchte zu lesen, aber er mußte die Seite immer wieder von vorn beginnen, die Zeilen lösten sich auf vor seinen Augen. Zu allem Überfluß erzählten sich die Frauen, die in Zwickau zugestiegen waren, endlose Familiengeschichten. Irgend jemand war gestorben: Fünfundvierzig, das ist doch kein Alter. Und mit sieben Kindern. Der Mensch hat überhaupt nichts von dem bißchen Leben …

Als sie in die große Bahnhofshalle einfuhren, wußte Christian nicht mehr, wo und wann er eingeschlafen war. Jener seltsame Schwebezustand zwischen Schlaf und Gegenwart, Traum und Erinnerung. Aus dem Gemurmel im Abteil war der Lärm der Bohrhämmer aufgedämmert, die Geräusche vor Ort, der strenge Geruch der Arbeit. Die Prozenttafel im Schachthof: Jugendbrigade Kleinschmidt, 150 Prozent. Er hatte mit den anderen in der Strecke gestanden und die Arbeit eingeteilt. War mit Spieß und Radieschen am See gewesen, und Spieß hatte gesagt: Christian ist jetzt unser Brigadier. Wir gehen auf Rekord. Drushwili hatte die Kisten gezählt und gesagt: Nu charascho! Christian hatte die Lichterschnur an der Firste gesehen, hatte vor der Scheibe gestanden und ein neues Bohrschema entworfen, über das sogar der alte Fischer gestaunt hatte. Er hatte am Zahltag vor

319

dem Lohnbüro gestanden, und die Brigade hatte die Tüten voller Geld geschwenkt und hipp, hipp, hurra geschrien ... Als er vollends wach wurde, war das Abteil bereits leer. Der Zug mußte schon eine ganze Weile stehen.

Christian stellte sich auf dem Bahnhofsvorplatz nach einem Taxi an. Erst jetzt kam ihm zum Bewußtsein, daß Messe war, Herbstmesse. Überall Reklametafeln, Fahnen, das MM über die Straßen gespannt, die Leuchtschrift-Nachrichten der »Leipziger Volkszeitung« am hellen Tage. Die Messe war für Christian immer ein Ereignis gewesen. Jetzt, nach den eintönigen Wochen im Gebirge, stürzte die Atmosphäre der Stadt in ihren Farben über ihm zusammen wie eine Woge, eine prickelnde Erregung hob ihn auf, trug ihn davon. Verkehrspolizisten, endlose Autokolonnen, Wagentypen aus aller Herren Länder, das Gewirr der Sprachen und der Gesichter, überall Menschen, Menschen, Menschen. Auf vier Geleisen nebeneinander fuhren die Straßenbahnen. Eine Stimme aus dem Lautsprecher: Linie 15 nach Liebertwolkwitz Gleis 4; Einsatzwagen der Linie 21 zum Südfriedhof über Messegelände; Linie 28 nach Markkleeberg ... Vor dem Park-Hotel eine riesige Werbefläche: Leipziger Messe – das Tor zwischen Ost und West. An den Masten die Fahnen der ausstellenden Länder, der Union Jack Großbritanniens, die Trikolore, das weiße Kreuz der Schweiz, das blaue Kreuz Norwegens, das gelbe Kreuz Schwedens, Hammer und Sichel und die rote Sonne Japans, die gelben Sterne Chinas und der jugoslawische Stern, das Grün-Weiß-Rot Italiens und das Rot-Weiß-Grün Ungarns. Hupende Autos, ein Kleinomnibus des Flughafens, dunkelhäutige Frauen, grellrote Lippen, Männer mit dem weißen indischen Käppi, Afrikaner, Südamerikaner, der Geruch amerikanischer Zigaretten, Zeitungsverkäufer, ein Eismann, ein Gepäckträger, auf und ab wogende Gesichter und ein tausendstimmiges Summen, das über die Stadt gestülpt schien wie eine Glocke ...

»Wohin?« fragte der Taxifahrer.

320

Elisabeth-Krankenhaus.

Sie fuhren nach dem Süden. Christian war den Verkehr nicht mehr gewöhnt, er starrte durch die Scheiben, ließ sich nichts entgehen. Er unterschied die Autotypen, befragte die Gesichter. Das Leben in den Straßen gab einen seltsamen Kontrast zu den Trümmerlücken in den Häuserreihen. In der zerstörten Innenstadt waren quer über ganze Straßenzüge hinweg die wenigen erhalten gebliebenen großen Gebäude zu sehen, hier und da verschämtes Grün. Die Untergeschosse einiger ausgebrannter Häuser waren notdürftig wieder ausgebaut worden. Aber überall Geschäftigkeit, Verkehr, Menschen, Farben, Reklame, Bewegung. An der Beethovenstraße wurde es stiller, sie fuhren eine Umleitung.

Das Krankenhaus war eine Ernüchterung. Christian mußte vor dem Portal warten, die Besuchszeit begann erst in zehn Minuten. Mit ihm warteten dreißig, vierzig andere. Mütter, Ehemänner, Söhne, Bräute. Verwandte und Bekannte. Darunter jene merkwürdigen Typen, die man in den Krankenhäusern und bei öffentlichen Gerichtsverhandlungen, bei Verkehrsunfällen, Begräbnissen, vor Kirchen und Standesämtern immer wieder trifft. Leise Stimmen, Gedämpftheit, Taschen und Netze mit Obst, Kuchen, Einkochgläsern, Blumen. Richtig, die Blumen hatte man vergessen. Aber nun wurde das Tor geöffnet. Kleinschmidt – zweite Etage. Die Schritte hallten in den Korridoren, weißgestrichene Türen rechts und links, Schwestern und Ärzte in weißen Kitteln, gehfähige Patienten in gefängnismäßiger Krankenhauskluft, Karbolgeruch, Äther. Nichts ist kläglicher als der Anblick eines Blumenstraußes inmitten von Mauern, in denen der Desinfektionsgeruch nistet.

Es war ein Dreibettzimmer. Christian erkannte den Vater nicht sofort. Er sah ein Bein in einem Streckverband, weiße Metallbetten, ein stoppliges Gesicht. Das war er nicht. Daneben ein junger Mann mit wirrem schwarzem Haar. Ein Kaffeetopf auf einem Nachtschränkchen, ein Wasserhahn tropfte, Besucher waren nicht da.

Professor Kleinschmidt lag am Fenster. Er hatte seinen Sohn sofort gesehen, machte jetzt eine Bewegung mit der freien Hand, die andere hielt ein Buch. Christian murmelte leise »Guten Tag«, trat ein, schloß die Tür. Das Zimmer war schmal und nicht sehr hell. Der Mann mit den wirren schwarzen Haaren beobachtete ihn. Christian fühlte sich beengt. Er ging zwischen den beiden Längsbetten zum Fenster.

Der Vater streckte ihm die Hand entgegen. Das Gesicht wirkte fahl und fremd auf dem weißen Kopfkissen. »Setz dich«, sagte der Vater. »Hat es geklappt mit deiner Schicht?« Christian fühlte sich ärgerlich werden; natürlich hatte es geklappt, sonst wäre er nicht hier. Er setzte sich auf den Stuhl neben dem Bett, legte die Tasche auf die Knie. Er hätte jetzt irgendeine belanglose Bemerkung sagen müssen, aber er fand keine.

Schweigen. Stille wie aus Gummi. Der Wasserhahn tropfte immer noch. Der Vater sagte: »Es ist in der Uferstraße passiert. Ich konnte nicht mehr auftreten. Ein Eisenbahner hat mich gefunden.« Christian sagte: »Ja, ja.« Er öffnete die Tasche, packte die Äpfel auf den Nachttisch, das Buch, die Kognakflasche. Er starrte auf das Fenster, die Hausmauer draußen, fleckiges Grau. »Das ist schön«, sagte der Vater. »Aber stell sie weg, sonst wird die Schwester böse.« Christian schob die Flasche in das untere Fach des Nachtschrankes.

Worüber sprachen sie eigentlich? Christian hörte den Vater sprechen, fragen, hörte sich antworten. Was hatte er eben gesagt? Das Essen ist mies. Welches Essen? Natürlich, das Essen …

Sonne auf der Hauswand, bewegte Schattenmuster. Links, außerhalb des Sichtwinkels, mußte ein Baum sein. Der mit den wirren Haaren hatte sich mit dem Gesicht zur Wand gedreht. Die Bettdecke lag unheimlich flach, als befände sich kein Körper darunter, nichts Lebendiges. Die Wände waren hellgrün und der Fußboden aus braunem Kunststoff, aber sonst war alles weiß in diesem Zimmer, ein Weiß, das Schweigen anordnet, unpersönlich und kalt. Christian war plötzlich sehr müde, alles in diesem Raum war einschläfernd, die Menschen, die Gegenstände, die Farben und die Luft. Neuer Besuch kam, eine alte Frau in einem gefärbten Gabardinemantel. Sie ging zu dem jungen Mann mit den wirren Haaren. »Ihr Sohn«, sagte der Professor leise. »Er ist schon lange hier, Unterschenkelamputation.« Christian sah weg. Die Frau redete auf den Mann ein, leise und mit gleichmäßigen Pausen, es war, als habe die Stimme nur eine einzige Tonlage und einen einzigen Rhythmus. Der Mann hingegen sprach laut, hastig, abgebrochene Sätze, die keine Zeit hatten. Christian nahm erst jetzt die Blumen auf Vaters Nachttisch wahr. Von wem konnten sie sein? Der Professor bemerkte seinen Blick und sagte: »Manthei hat mich besucht, am Mittwoch.« Ach ja, Manthei. Das Cello, Schüttelreime, Anekdötchen, die Alte-Herren-Hausmusik. Dann war wieder das Schweigen zwischen ihnen, das Unbehagen, die Fremdheit. Der Professor war froh, daß sein Sohn gekommen war, aber er bemerkte auch den Blick, den Christian auf die Armbanduhr warf; es war ein Pflichtbesuch, er wußte es. Es liegt an mir, dachte er. Er versuchte, den Zwischenraum mit Worten zuzuschütten, witzelte über die Krankenhausgepflogenheiten und sah, daß der Abstand nur größer wurde. Christian stand auf, drehte das Tropfen aus dem Wasserhahn.

Dann bekam der Mann mit dem Streckverband Besuch. Christian sah jetzt, daß er über Sechzig sein mußte, wenn nicht über die Siebzig. Der Besucher wickelte Nelken aus dünnem Papier, ließ Wasser in eine Vase, der Hahn tropfte wieder. Der Professor hatte sich aufgerichtet, es sah aus, als wollte er rufen. Da sah ihn der Besucher genauer an, kam herüber, zögernd, als traue er seinen Augen nicht, und sagte schließlich: »Nanu, Herr Professor … Was machen denn Sie hier?«

»Ruinensalto«, sagte der Professor. »Beliebte Sportart der Neuzeit.« Dann stellte er Zacharias seinen Sohn vor. Christian

323

gab ihm linkisch die Hand. Seines Wissens hatte der Vater nie Beziehungen zu Leuten mit Parteiabzeichen gehabt. Wer war dieser Mann?

Zacharias sagte: »Aber das hebt man sich doch für den Winter auf.« Der Witz war uralt. Dennoch lachte der Professor. »Übrigens«, sagte Zacharias, »kennen Sie sich?« Er deutete auf den Alten mit dem Streckverband. »Genosse Bellmann. Er war vor dem ersten Weltkrieg Reichstagsabgeordneter.« Der Professor dachte: Vermutlich behandelt ihn die Schwester deshalb so ruppig. Laut sagte er: »Ja, natürlich. Wir spielen schon seit Dienstag Schach miteinander.«

Impolite

Zacharias setzte sich dann drüben an das Längsbett. Christian sah sich den Mann mit dem Streckverband genauer an. Ein breites, gefälteltes Gesicht, breite Hände, mager, derb. Ein alter Handwerksmeister, sollte man meinen. Hatte es vor dem Weltkrieg schon Kommunisten gegeben? Die KPD war 1919 gegründet worden, hatte man wenigstens so gelernt. Und der Spartakusbund war auch erst während des Krieges entstanden. Aber da war diese Sache mit Liebknecht, Ablehnung der Kriegskredite. Diese Zeit mußte das gewesen sein. Wenn man sich einen Reichstagsabgeordneten vorstellen will, dann taucht sofort das Bild eines gebärdenreichen Redners auf, Frack, weiße Hemdbrust, große Geste über das Pult hinweg, theatralische Stimme und altmodische Bartkoteletten. Oder aber Daumiers Plastiken vom Parlament der Juli-Monarchie, biedere Ehrenmänner scheinbar, Bankiers, Politiker, Advokaten, Militärs, ein paar Gelehrte; unter dieser Hand aber eine Menagerie der Anmaßung, der Scheinheiligkeit, der Gier und der Niedertracht. Oder die donnernde Rhetorik eines Zola in diesem Film um die Affäre Dreyfus, die eine Hand zwischen den Rockknöpfen, die andere ins Publikum … Das sind die Bilder, sie kommen von selbst. Der Mann mit dem Streckverband aber paßte nicht hinein. Das war einer, wie man ihn alle fünf Minuten auf der Straße trifft, alltäglich, er ließ sich nicht zuordnen.

Der Rest der Besuchszeit dehnte sich zäh. Christian unterhielt sich mit seinem Vater, sofern man das Unterhaltung nennen kann: die Sätze hingen in der Luft, standen nebeneinander wie die Wörter in einem Kreuzworträtsel, beziehungslos. Beide hatten das Gefühl, falsche Töne anzuschlagen; beide waren sie mit sich unzufrieden. Dann steckte die Schwester den Kopf zur Tür herein, Ende der Besuchszeit, Erlösung. Zacharias kam noch einmal herüber und verabschiedete sich. Professor Kleinschmidt sagte: »Spätestens in acht Tagen brenne ich durch. Ich habe die Medizin immer für eine Wissenschaft gehalten, aber das ist ja ein Handwerk. Die reinste Knochenflicker-Werkstatt.«

Es ergab sich, daß Zacharias und Christian zusammen das Zimmer verließen. Sie gingen nebeneinander den Korridor entlang, überall kamen Besucher aus den Zimmern. Fast alle gingen wie bei einem Zeremoniell; gemessen, verhalten, feierlich. Vor ihnen ging die alte Frau, die ihren beinamputierten Sohn besucht hatte; der blaugefärbte Gabardinemantel war ihr in den Schultern zu weit und an den Armen zu lang, er ließ sie älter erscheinen, als sie war.

Zacharias sagte: »Eine undankbare Sache, die Medizin. Jeder verlangt von den Ärzten ein Wunder, bloß weh tun darf's nicht.«

Christian nickte unbestimmt.

»Sie sind Student?« fragte Zacharias.

»Nein«, sagte Christian. »Bergarbeiter.«

Zacharias sah ihn von der Seite her an, überrascht, wie es schien. Als er aber Christians abweisendes Gesicht sah, dachte er: Nanu, etwa auch einer, der den Märtyrer spielt? Zu dumm, daß man den Professor nicht genauer kennt. Da ist immer diese dumme Selbsthemmung. Im Gespräch mit Arbeitern kommt man beinahe immer auch auf die Familie zu sprechen, die Kinder, und überhaupt: man fühlt sich sicherer.

Aber hier ...

Sie gingen zur Straßenbahn, aber es kam kein Gespräch zustande. An der Haltestelle verabschiedete sich Christian. Er wollte Zacharias los sein. Bis zum Connewitzer Kreuz ging er zu Fuß, fuhr dann nach dem Osten der Stadt. Er mußte jemand finden, mit dem er sich unterhalten konnte, frei von der Leber weg, einen, mit dem man die gleiche Sprache sprach. Er fuhr zu Pinselstein. Aber es war niemand zu Hause. Er nahm eine Taxe und fuhr zu Münz. Der alte Münz öffnete ihm. Sie kannten sich flüchtig – Münz schien sich aber nicht erinnern zu können. »Kleinschmidt«, sagte Christian. »Ist Roland zu Hause?« Der alte Münz wurde plötzlich lebhaft. »Kleinschmidt? Ja, richtig. Sie sind zusammen zur Schule gegangen, nicht?« Aber Roland war verreist, er käme erst am Dienstag zurück. Danke, bitte, auf Wiedersehen, schönen Gruß.

Wohin konnte er noch gehen? Er spielte mit dem Gedanken, zu Gabi Reinhard zu fahren. Aber er konnte sich nicht entschließen. Er ging ziellos durch die Stadt. Der Messetrubel störte ihn jetzt. Er kam sich klein und verlassen vor in der Menge. Überall gingen gutgekleidete Männer, Ausländer zumeist, stiegen aus ihren Autos – Christian sah an seinem Anzug herab, der überall zu eng und zu kurz wurde, er hatte das Gefühl, aufzufallen. Vor der leeren Wohnung graute ihm, vor den Fragen der Frau Selle; wie geht's denn mit dem Herrn Professor, ist er gut untergebracht, so ein Unglück aber auch, und ausgerechnet in den paar Ferienwochen … Als es dunkel wurde, fand er sich vor dem Hauptbahnhof. Ein Zug nach Zwickau fuhr um einundzwanzig Uhr. Von Zwickau kam man dann schon weiter.

Christian ging und kaufte sich eine Fahrkarte.

Am Montag, als er einfahren wollte, wurde Christian zum Schachtleiter gerufen. Der deutsche Schachtleiterhelfer fing ihn an der Hängebank ab und sagte: »Haste was ausgefressen?«

Christian war sich keiner Schuld bewußt. Dennoch durchwühlte er sein Gedächtnis, als er über den Hof ging und die Treppe hinauf, fieberhaft, was konnte es sein? Er war noch nie beim Schachtleiter gewesen. Gehe nie zu deinem Fürst, wenn du nicht gerufen würst. Gerüchte liefen um. Zwangsverpflichtung nach Sibirien, in den Donbas, in die Taiga. Christian hatte nie etwas auf das Gerede gegeben; die da redeten, waren leicht zu erkennen als die Dümmsten im Schacht, die ewigen Meckerer, die Schleimer und Arschkriecher. Aber wenn es nun doch wahr wäre? Alles Böse kommt von oben, bei den Germanen und überall auf der Welt. Aber warum ausgerechnet er? Vielleicht eine Versetzung in einen anderen Schacht? Das gab es oft. Aber dann wurden doch immer ganze Brigaden umgesetzt, manchmal ganze Reviere.

Polotnikow stand hinter dem Schreibtisch, in Zivil, schien auf eine Anrede zu warten. »Ich soll mich melden«, sagte Christian, nannte seinen Namen und die Reviernummer. Melden, da war es wieder, das verhaßte Wort. Polotnikow nickte.

»Sie machen Jugendbrigade?«

Nein, wollte Christian sagen. Er sagte: »Ja …«

»Im dritten Revier wird ein Streckenanschluß an den Schacht Roter Stern gefahren. Sie wissen Bescheid?«

»Nichts Genaues.«

»Nu gut. Die Geologen haben Wasser festgestellt. Wir müssen eine Umgehung fahren. Die alte Strecke bleibt zur Entwässerung. Aber es muß schnell gehen. Drei Wochen. Wollen Sie das machen?«

Christian verfluchte den Steiger. Fischer mußte hinter seinem Rücken eine Brigade nach oben gemeldet haben, die es noch gar nicht gab. Man mußte das dem Schachtleiter erklären. Christian sagte: »Aber es ist …«

»Kein Aber. Entweder Sie machen – oder Sie machen nicht.«

Nein, wollte Christian wieder sagen. Ich kann doch gar nicht. Aber er sagte. »Ja.«

»Gut. Sie bekommen den Überkopflader. Der Revierleiter weiß Bescheid. Falls Sie umdritteln müssen, gehen Sie zum Genossen Fischer. Wenn Sie Schwierigkeiten haben – auch zum Genossen Fischer. Ist sonst noch etwas?«

Auf der Treppe fand Christian sich wieder, Wasser. Seit Wochen wurde über einen unterirdischen See gemunkelt, der irgendwo am Fuße des Rabenberges liegen sollte, unter der Christkindleinkapelle. Zum Teufel mit dem See! Er hatte sich als Brigadier ausgegeben und hatte keine Brigade; hatte Befehle entgegengenommen, großkotzig wie ein kleiner Heerführer, hatte bloß keine Mannschaft. Was nun, Kleinschmidt? Jetzt haben sie dich, haargenau dort, wo sie dich hinhaben wollten, Fischer, Polotnikow, Mehlhorn, Drushwili. Es geht einer über den Hof und grölt. Die blauen Dragoner, sie reiten … Den kennen wir doch, Bierjesus, mit klingendem Spiel durch das Tor. Wenn Sie Schwierigkeiten haben – zum Genossen Fischer. Entweder Sie machen – oder Sie machen nicht. Ja, wie denn, zum Teufel?

Gestern noch auf stolzen Rossen, heute durch die Brust geschossen, das kann auch nur dir passieren, Kleinschmidt, was nun?

XII. Kapitel

Irene Hollenkamp erwachte um sieben Uhr. Sie erwachte immer um sieben Uhr, und fast immer war sie sofort hellwach. Der Tag stand schon hoch, die Sonne steckte einen langen Finger durch den Vorhangschlitz, und durch den Fensterspalt kamen die Geräusche des Sommermorgens. Das ferne Rauschen der Stadt, das dünne Rattern des Morgenschnellzuges drüben über der Brücke, das Geplätscher des Badewassers nebenan in Hollenkamps Badezimmer. Es war ein guter Morgen, und es war gut, so zu erwachen.

Sie stand auf und schob die Decke ans Fußende des Bettes. Von draußen kam jetzt ein Geräusch, das wie der zischende Aufprall eines scharfen Wasserstrahls klang, wenn er eine glatte Fläche im flachen Winkel trifft. Es kam von unten herauf, und als Irene die Vorhänge zurückschlug, sah sie, daß der Gärtner den Wagen abspritzte.

Sofort wußte sie, daß sie versprochen hatte, ihren Vater nach Bonn zu bringen. Sie freute sich auf die Fahrt. Sie fuhr gern mit ihm, und gerade jetzt, da er das Reißen in der Schulter hatte und sich nicht ans Steuer traute, gab sich die Gelegenheit öfter als sonst. Einmal hatte Hollenkamp davon gesprochen, daß er vielleicht wieder einen Chauffeur einstellen würde. Lieber Gott, dachte Irene, wozu brauchen wir denn einen Chauffeur? Bestimmt hat er es schon wieder vergessen, hoffentlich, sicher.

Sie vergaß es auch selbst gleich wieder. Sie ging in ihr Bad hinüber, duschte sich, frottierte sich ab. Dann sah sie ihr wirres Haar im Spiegel, das Gesicht, das gerötet war von der Frische des Wassers, sah die gebräunte Haut der Schultern und den weißen Ansatz der Brüste. Gott, dachte sie, wie ein Zebra.

Sie öffnete den Schrank und nahm ein Kleid heraus, ohne lange zu wählen. Während sie sich noch anzog, hörte sie im Haus das Telefon schrillen, dann hörte sie die Schritte der Haushälterin Therese und das leise Klopfen an ihrer Tür. »Ja?« sagte sie erstaunt. »Ein Anruf für Sie«, sagte Therese draußen. »Es ist Herr Lewin.« – »Lewin?« rief Irene. »Ja, gleich«, sagte sie dann erregt, »sag ihm, ich bin gleich da.«

Sie strich sich hastig mit der Bürste durch das Haar, riß am Verschluß des Kleides, der sich so eilig nicht schließen lassen wollte, dann lief sie zum Telefon.

»Hallo, Martin«, sagte sie herzlich.

»Hallo«, sagte Lewin. »Ich habe dich hoffentlich nicht gestört?«

»Aber nein«, sagte sie. »Von wo rufst du denn an?«

»Von diesem Hotel«, sagte Martin. »Ich bin mit dem Nachtzug gekommen.«

Sie merkte nicht, wie müde seine Stimme klang. Seit er bei dieser Zeitung war, war er beinahe ständig unterwegs, und sie wußte fast nie, wo er sich gerade befand. Sie hatte angefangen, sich daran zu gewöhnen.

Dann fiel ihr ein, daß sie ihn fragen müsse, welches Hotel das sei, ›dieses‹ Hotel. Und als sie schon fragen wollte, dachte sie daran, daß er sein Zimmer aufgegeben hatte und seitdem immer, wenn er kam, im »Deutschen Hof« wohnte. So sagte sie nichts, lauschte nur in den Hörer hinein, in dem nichts war als das dünne Summen der elektrischen Spannung und das ferne Knistern, dessen Ursprung sie nicht kannte, und hatte plötzlich Angst, daß dies alles vielleicht gar nicht wahr sei. Gab es denn das wirklich, daß man über die Entfernungen hinweg mit jemandem sprechen konnte, eine Stimme hören konnte, antworten und an einem anderen Ort dieser Welt verstanden werden? Gab es denn wirklich Gedanken und Worte und Bedeutungen, die einfach den Raum durchquerten, um die Erde gingen in unfaßbarer Geschwindigkeit, und gehört wurden von einem, für den sie bestimmt waren?

Sie wußte, daß es nur ein paar Kilometer entfernt war, aber ihr war jetzt, als hörte sie das Flüstern vieler Stimmen, fremd und weither. Ihr war, als ob sie die Dunkelheit hören könne und die Entfernung, wie man die Stille hören kann. Das alles dauerte nur einen Augenblick. »Martin«, sagte sie, »was ist denn? Hörst du mich noch?«

»Ja«, sagt er am anderen Ende der Leitung. Er schien auf etwas zu warten. »Hör mal«, sagte er dann, »können wir uns nicht irgendwo treffen?«

»Ja«, sagte sie. »Es ist nur ...«

»Aber das macht doch nichts«, sagte er. »Ich hätte telegrafieren sollen, es ist meine Schuld. Ich wollte dich nur einmal sehen, bevor ich nach München fahre.«

»Nein, nein«, sagte sie hastig. »Nachmittag bin ich ja wieder zurück!« Sie hatte ihm noch gar nicht gesagt, daß sie wegfahren wollte. »Wenn ich nur wüßte, wie lange es dauert«, sagte sie nun verzweifelt.

»Ruf doch einfach im Hotel an«, schlug er vor. »Ich habe den ganzen Tag hier zu tun.«

»Ja, ich rufe sofort an, wenn ich zurück bin. Oder soll ich dich lieber abholen? Wir könnten ein Stück hinausfahren, es wird bestimmt sehr heiß heute.«

»Ja«, sagte er. »Du kannst mich auch abholen. Vielleicht fahren wir ein Stück hinaus.«

»Gut, dann hole ich dich ab.« – Lieber Gott, dachte sie plötzlich, ich rede daher wie eine Kaffeeschwester. Sie hielt den Hörer noch eine Weile am Ohr. »Also bis dann«, hörte sie ihn sagen. Er hätte wenigstens ›ich freue mich‹ sagen können.

Als sie ins Frühstückszimmer trat, saß Hollenkamp bereits vor seinem Kaffee. Er schob die Zeitung beiseite. »Na?« sagte er freundlich. »Stehen die Verehrer schon am Morgen Schlange?« Er strich goldgelben Käse auf eine Brötchenhälfte, lächelte still, sagte dann, als habe er lange darüber nachgedacht: »Dein verrückter Onkel Reinhardt – du kannst

331

dich doch noch an deinen verrückten Onkel Reinhardt erinnern? – also der hat uns in der Hochzeitsnacht früh halb vier
muntergeklingelt. Ruft an und fragt, ob wir geschlafen hätten. Er war schon immer ein bißchen verrückt, dein Onkel
Reinhardt. Na, heute kommt ja niemand mehr auf solche
Einfälle, nicht?«

Nein, sagte Irene, heute käme wohl kaum noch jemand
auf solche Einfälle. Vom Fenster aus sah sie den Wagen auf
der Ausfahrt stehen. Aus dem Chassis tropfte noch Wasser,
aber die Karosserie war schon wieder trocken, und der Lack
glänzte in der Sonne.

»Jaaa«, sagte Hollenkamp fröhlich, »er war wirklich ein
verrücktes Haus, dein Onkel Reinhardt.«

Gegen acht Uhr fuhren sie los. Es war schon recht warm,
obwohl die Sonne noch niedrig stand, die Nacht hatte die
Luft nicht kühlen können. Hollenkamp saß neben Irene auf
dem Vordersitz, er fühlte sich frisch und war in prächtiger
Stimmung, das Reißen in der Schulter hatte sich bis jetzt
noch nicht gemeldet. Toi toi toi, dachte er. Er beobachtete
den Verkehr auf der Straße, sie würden gut vorankommen.
Eine Weile fuhren sie hinter einem großen Packard mit ame-
rikanischem Kennzeichen her, verloren ihn aber dann aus den
Augen. Wenn der Betrieb so bleibt, dachte Hollenkamp, können wir es in gut zwei Stunden schaffen.

Eigentlich wäre er jetzt selbst gern ein Stück gefahren.
Irene legte sich mit einem Jeep an, ließ den Wagen ein paarmal zurückfallen, weil die Sicht schlecht war und die Luft
staubig, sie fuhr wirklich nicht übel, setzte nun wieder zum
Überholen an, aber es reichte nicht. Sie wird ihn schon
schnappen, dachte Hollenkamp, dennoch: ich möchte jetzt
wirklich sehr gern ein bißchen fahren. Aber er sagte nichts.

Er sah ihr zu, wie sie angespannt die Straße beobachtete,
jetzt hatte sie den Jeep abgehängt, mußte aber gleich darauf
in der Kurve herunterschalten. Sie hat Gefühl für den Wagen,
dachte Hollenkamp anerkennend. Dann fiel ihm der Anruf

wieder ein. Wenn ich mich nicht verhört habe, dachte er, gibt es diesen Lewin also immer noch. Therese hat es ja laut genug durchs Haus posaunt – bei ihr scheint der Junge auch gerade keinen Stein im Brett zu haben. Immerhin: das Mädchen ist ein bißchen munterer geworden, nicht mehr so trantutig, so kontaktschwach. Hat das mit seinem Singen – der Herr Lewin getan?

Der Lastzug versank im Rückspiegel, abgebogen war der Jeep, eine Staubwolke nach Köln hinein. Vorn eine Giebelreklame, Dortmunder Aktienbier, gehört die Gegend jetzt auch zu ihrem Jagdgebiet? Hollenkamp ließ Irene halten, ließ sich von einem Straßenhändler eine dickleibige Illustrierte hereinreichen. Er begann zu blättern. Er nahm Notiz vom Wiederaufbau der Stadt Hamburg und von der Wohnungsnot in Ostberlin, las über einen amerikanischen GI, der ein Kind aus den Flammen gerettet, und über einen Sowjetsoldaten, der eine deutsche Frau vergewaltigt hatte.

Irgend etwas verdroß ihn. Er sah nach der Uhr – sie mußten bald in Bonn sein.

Das beste wird sein, dachte Hollenkamp nun, wenn ich sie gleich zurückschicke. Ich kann sie ja nicht gut stundenlang in diesem Kaff warten lassen. Rückwärts kann mich Servatius mitnehmen, er muß heute abend sowieso zu unserer lieben Westfalia. Wer ist eigentlich überhaupt auf die Idee gekommen, die Tarifverhandlungen ausgerechnet in Bonn abzuhalten? Und bei Fährhahn? Die Presse lacht sich einen Ast, wenn sie uns da auffahren sieht. Das riecht nach Verschwörung bis drei Meilen hinter Grönland. Aber da war schon das Ortsschild, nagelneu gepinselt, Gänse schnatterten fröhlich übern Straßengraben. Hollenkamp sah auf die Uhr. Ein paar Kilometer noch – sie waren gut gefahren. Um so besser, dachte er. Wenn Servatius schon da ist, können wir gleich noch die Sache mit den Papierfabriken limitieren.

Sie kamen an die ersten Häuser der Stadt, und wie immer, wenn er in die Hauptstadt einzog, überkam Hollenkamp ein

333

sehr seltsames Gefühl. Er hatte einen Nerv für die abenteuerliche Mopsigkeit dieses Städtchens, einen echten sense of humour, und es gab, von den Einheimischen abgesehen, wohl kaum jemand, der ihn nicht hatte. Es war einmal ein redlicher Marktflecken, in dem sich Füchse und Schafe gute Nacht sagten, Handel und Wandel gediehen erträglich, die Glocken läuteten an Sonn- und Feiertagen, und die Schnellzüge fuhren vorbei. Zweimal in dreißig Jahren kam einer über die Bürger des Fleckens, Gerechte wie Halbgerechte, das war ein Schnitter, und der hieß Tod, und so hätte man eigentlich zufrieden sein dürfen und seinem Erwerb nachgehen, seinen Krätzer trinken und sein Weib schwängern von Zeit zu Zeit, wenn nur die großen Züge nicht so herablassend getutet hätten und die Sprengel rechts und links sich so herausfordernd gemausert, und man hatte schließlich etwas aufzuweisen. Villenviertel und eine Universität und etliche Ruinen und hundertdreißigtausend Söhne und Töchter der Tiefebene und einen toten Tonsetzer namens Beethoven. Das ungefähr muß der Punkt gewesen sein, an dem sich ein paar unternehmende Köpfe der alten rheinischen Witze vom kleinen König entsannen. Der kam gern, und weil die Aula der pädagogischen Akademie gerade ungenutzt stand, kam auch der Deutsche Bundestag, Uniformierte kamen, und ein emsiges Bauen hub an, und dann kamen wirklich alle, alle, nur die Nutten kamen nicht, wie man bedauernd feststellte, aber das horizontale Gewerbe hat nun mal einen feinen Sinn fürs Reelle. Immerhin hielten nun die Züge, sogar in dem feinen kleinen Godesberg, und die heimelnde Schläfrigkeit wurde eine betriebsame, sogar in dem feinen kleinen Rhöndorf, und das ist, wie man aus den Schullesebüchern weiß, noch allemal der Anfang der Neuzeit. Wahrlich, dachte Hollenkamp, bei uns entscheiden nicht die Vorzüge, sondern die Einwände, wie sich der alte Rathenau ausdrückte, und das war, weiß Gott, ein kluger Mann.

Irene fuhr den Wagen die schmale Auffahrt hinauf vor das Portal der Fährhahnschen Villa. Da standen schon ein

334

paar Opel und zwei schwarze Mercedes und ein konservativ dreinschauender Rolls Royce, die Chauffeure waren ausgestiegen, saßen auf dem Rasen in der Sonne und spielten Domino. Einer trug Schaftstiefel und eine Schirmmütze, was einen hübschen Kontrast zur Landschaft abgab. Sie blieben sitzen, als Hollenkamp ausstieg, tippten sich aber mit zwei Fingern ein bißchen an die Stirn, wie man das in den Filmen sehen kann, die immerfort übers große Wasser kommen. Hollenkamp zwinkerte Irene zu und sagte: »Lola, Sie können sich heute einen freien Tag machen, ich brauche Sie nicht mehr.« Sprach's und schritt gemessen davon.

Das Haus war kühl, die Zimmer schattig, in eins der schattigsten trat Hollenkamp. Da saßen sie schon, bei kalten Obstsäften, lediglich Gomringer nahm vormittags Alkoholisches, saßen Nimmrodt und Gutermuth, Fährhahn und Balzer; Abt, der Mann der Finanz, war noch nicht zu entdecken, auch nicht der Minister Töpfner, aber dort stand Servatius, sein Staatssekretär. Im Hintergrund sah Hollenkamp den großen Robert Menger im stillen Gespräch mit dem kleinen Lücke, nicht weit davon quoll Bratfisch aus einem Sessel, und an der geöffneten Bibliothekstür, denn Fährhahn liebte Durchblicke, betrachtete Ehrwürden Prunz altrussische Ikone, denn Fährhahn sammelte diese. Noch fehlten aber Claussner und Schlicker und ein paar weitere wichtige Leute.

Hollenkamp begrüßte Servatius und wurde vom Hausherrn begrüßt. »Sehen Sie mal«, sagte Fährhahn, »unseren Doyen auf Gemeindeebene, wie er sich anschleicht.« Er deutete nach hinten, wo sich Nimmrodt, der Mann der Opposition, an den großen Robert Menger heranmachte. Bundestagsbuffo Nimmrodt, vor drei Jahren noch gemäßigter politischer Emigrant, betont zurückhaltend und stehend vor dem sitzenden Menger, vor zwei Jahren noch Kriegsverbrecher und aus dem Nürnberger Gefängnis entlassen dank seiner guten Ärzte.

335

»Zustände!« sagte Fährhahn. »Probieren Sie mal den Oran-gensaft, der ist blutfrisch.«

Als er gegangen war, sagte Servatius: »Wir können ein biß-chen rausgehen, fünfzehn Minuten wird's noch dauern.« Er nickte zu Gomringer hinüber, der erhob sich und kam mit seinem Kognakglas.

Sie gingen auf die Terrasse. Dieser Gomringer, dachte Hol-lenkamp, ist auch einer von diesen neuen Typen: unver-froren, hemdsärmlig, up to date. Er gab ihm die Hand. Sind verdammt schnell hochgekommen in den paar Jahren, diese Burschen, dachte er. Das ist auch so ein Novum. Achtzehn war der Massenbankrott nicht aufzuhalten, aber heute ge-hen wir schon wieder in Hochkonjunktur, und die Kerle wer-den alle stinkreich über Nacht. Das macht: an der Elbe hat sich der Kommunismus installiert. Hätte er's nicht, würden die Alliierten vermutlich ein bißchen anders mit uns um-springen. Na, sie springen auch so gerade genug.

»Es ist Martell«, erklärte Gomringer und nippte an seinem Glas. »Nun, wie stehen unsere Chancen?«

»Hm«, meinte Hollenkamp. »Wir erwägen.«

Erwogen war natürlich alles längst – Gomringer war in die Druck- und Papierbranche eingestiegen, der Markt war günstig, die Produktion war es nicht. Es fehlte an Fachleu-ten, vor allem in der Erzeugung. Die Sache war nun die: Der DCG, deren Belange Hollenkamp vertrat, hatten seinerzeit auch einige Papierfabriken angehört, sämtlich in der Ostzone gelegen, die größte in Bermsthal, einige kleinere in Kutsch-bach, Heidelgrün und im Osterzgebirge. Natürlich zahlte die DCG, wie fast alle Konzerne, ihren ehemaligen leitenden Mitarbeitern, die bis auf weiteres drüben geblieben waren, weiterhin die Gehälter aus auf Sonderkonten. Der Osten, aus Mangel an Spezialisten, war auf die vormaligen Konzern-angestellten angewiesen. Für diese Leute nun interessierte sich Gomringer. Der Aufsichtsrat der DCG war nicht abge-neigt, die Leute zurückzubeordern; die Papierindustrie be-

336

rührte die Interessen der DCG ohnehin nur am Rande. Ein paar Briefe genügten, in Bermsthal und Heidelgrün würden die Koffer gepackt, eine kleine Reise nach Berlin – und in spätestens vierzehn Tagen waren die Leute per Luftbrücke ausgeflogen. Die Unkosten übernahm Gomringer, deckte auch die Sonderkonten ab, rückwirkend bis Juni fünfundvierzig. Nur: für die DCG war das ein reines Parigeschäft, eine Gefälligkeit sozusagen. Man hatte Gomringer Bermsthaler Aktien angeboten, Altbestände vom seligen Kommerzienrat Nüßler, aber Gomringer war natürlich nicht eingestiegen. »Solange sich niemand findet, der mir die Wiedervereinigung noch zu meinen Lebzeiten garantiert ...« Gomringer war vierzig. Immerhin hatte er zwei Prozent Anteile seiner Schwarzwälder Papier-AG geboten.

»Dreieindrittel«, meinte Hollenkamp. »Da Sie ohnehin nicht alt werden wollen.«

»Aber lieber Doktor«, sagte Gomringer freundlich. »Es ist mir ein Vergnügen.« Er trank seinen Kognak aus, deutete eine Verbeugung an, schlenderte zum Haus zurück. Er fuhr nicht schlecht dabei, die Leute waren zuverlässig, und im Schwarzwald konnten seit Wochen zwei nagelneu aufgebaute Maschinen nicht in Betrieb genommen werden, Gomringers erster Neubau.

»Was mir nicht ganz eingeht«, sagte Hollenkamp nun zu Servatius, »ist euer Interesse an der Sache. Es müßte euch doch lieber sein, wenn die Leute drüben bleiben. Eines Tages werden wir sie brauchen.«

»Die wachsen nach«, sagte Servatius zuversichtlich. »Bei den Lebensbedingungen drüben, und immer vor Augen, wie sie hier vorankommen könnten ... Außerdem: es ist ein interessanter Testfall. Die investieren drüben unheimlich in die Schwerindustrie, gezwungenermaßen, und wahrscheinlich übernehmen sie sich dabei. Die Leichtindustrie ist aber kaum weniger anfällig. Wie es aussieht, brechen sie sich bei Stahl und Chemie von selber das Genick; in der Leichtindustrie müssen

337

wir ein bißchen nachhelfen. In ein, zwei Jahren, schätze ich, haben wir sie so weit.« Er legte die Hand auf Hollenkamps Arm. »Dieser Ostberliner Parteitag kürzlich – es ist eben nicht nur, daß die Herren Genossen ihre Reihen säubern, und die übrige öffentliche Mimikry, das ist bloß die eine Seite. Hinter der Kulisse versuchen sie, mit aller Gewalt die Wirtschaft hochzubuttern. Das ist ihre einzige Chance, ihre letzte.«

Indessen war es hohe Zeit. Servatius sah durch die Verandatür in das Halbdunkel der Diele. »Abt ist da«, sagte er. »Es scheint loszugehen.«

Sie gingen ins Haus zurück, tatsächlich war Abt eingetroffen, auch Claussner und der Minister. Man versammelte sich um den berühmten Konferenztisch, einige saßen bereits, der große Menger, endlich von der Opposition befreit, Bratfisch, des Sessels ledig, Hochwürden Prunz begab sich des Anblicks der Ikone. Schlicker war übrigens auch da, der kleine Lücke bat den Hausherrn, man möge doch das Rauchen einstellen, Gutermuth sank auf seinen Stuhl und war sofort eingeschlafen. Apropos Gutermuth: ihn hatte es ja nun erwischt; vergangenen Monat war sein Schwiegersohn der Zonenstaatssicherheit in die Hände gelaufen. Er hatte beschlagnahmte Vermögenswerte mit großem Geschick westwärts transferiert, war aber unversehens über einen schlichten, im Kaufmännischen gänzlich unbeschlagenen Parteifunktionär gestolpert. Im Zuchthaus Waldheim fand er nun Gelegenheit, die blinden Schicksalsschläge zu beklagen – vielleicht auch zu verwinden mit der Zeit.

Endlich saß man. Abt, der Greis, und Prunz, der Greis, umrahmten Töpfner, den Minister. Dieser gab Servatius ein Zeichen, das er von Abt erhalten, Servatius gab's der Opposition, die es Gomringer gab, der es Lücke gab, Bratfisch erhielt's, gab's an Schlicker, der an Fährhahn, Hochwürden schließlich erhob sich.

»Lasset uns, meine Freunde, zuerst das Wort vernehmen, wie es geschrieben steht im Johannesevangelium, Kapitel zehn, Vers vierzehn.« Also begann Hochwürden. »Es heißt: Ich bin der gute Hirte und erkenne die Meinen und bin bekannt bei den Meinen, wie mich mein Vater kennt und ich kenne den Vater. Wir alle, meine Freunde, haben mit Martin Luther oft gehört, daß Gott zweierlei Predigt in die Welt geschickt hat. Die eine ist, wenn man durch Gebote Gottes das Gesetz predigt, das da sagt: Du sollst nicht stehlen, nicht töten, nicht ehebrechen, und dazu droht: Wer das nicht hält, der soll des Todes sein. Das andere Predigtamt ist das Evangelium, das uns sagt, woher man's nehmen soll, daß man tun könne, was das Gesetz fordert. Es treibt und droht nicht, sondern sagt: Komm, ich will dir zeigen, woher du es nehmen und holen sollst, daß du fromm werdest. Siehe, hier ist der Herr Christus, der wird dir's geben. Darum sind die zwei widereinander, so wie es Nehmen und Geben, Fordern und Schenken sind. Den Unterschied muß man wohl erfassen.«

Fährhahn und Gomringer, die Katholiken, blickten still vor sich hin, Balzer und Claussner, die Katholiken, blickten in sich hinein, der protestantische Schlicker lauschte seinem Hirten, Atheist Nimmrodt kritzelte in ein Büchlein, der Minister unterhielt sich leise mit dem Mann der Finanzen, Gutermuth schlief, Bratfisch träufelte seine Tropfen auf ein Stück Würfelzucker. Ehrwürden besah alle wohlgefällig und fuhr also fort:

»Meine Freunde, wir haben uns zusammengefunden, um im Geiste des Evangeliums das Wohl der Menschen und der öffentlichen Dinge zu beraten, die uns anvertraut sind. Sie alle, meine Freunde, stehen als Männer des Staates und der Wirtschaft an weithin sichtbarer Stelle, beladen mit der Verantwortung um den Frieden und das Gedeihen unseres Gemeinwesens, und eingedenk des Spruches, wie ihn der Apostel Paulus im ersten Timotheus, Kapitel zwei, verkündigt: Siehe, es muß in der Welt Macht geben, damit Friede sei und jeder in Sicherheit seinem Broterwerb nachgehen kann. Denn wenn das weltliche Regiment sein Amt nicht ausrichtet, so

339

frißt der eine den anderen auf, Aufruhr und Bluttat folgen, niemand kann das Seine bewahren.

Wer kann aber dulden, daß man ihm das Seine nimmt?«

Man fand allgemein, Ehrwürden spreche gut, aber zu lange. Man war zusammengekommen, um über Lohnreformen zu beraten – die Gewerkschaften hatten die Tarife gekündigt, die Arbeitgeberverbände bislang keine Einigung erzielt. Ehrwürden Prunz, der den Arbeitnehmerausschuß vertrat, mochte sich langsam zum Thema bequemen. Doch der fuhr fort:

»Was aber sollen wir nun zu den Worten sagen, die so sehr auf die Werke dringen, wenn der Herr im Lukas sechzehn spricht: Machet euch Freunde mit dem ungerechten Mammon! ...

Immer, meine Freunde, wenn ich am Sonntag nach Trinitatis aus dem Lukasevangelium lese, denke ich diesen Worten nach. Denn seht, wenn Christus spricht: Machet euch Freunde, sammelt euch Schätze und dergleichen, so heißt das: Tuet Gutes, und es wird von selbst folgen, daß ihr Freunde habt, Schätze im Himmel findet und Lohn empfangt. Und es heißt umgekehrt: Die nur auf den Lohn sehen, werden träge und verdrossen, lieben den Lohn mehr als die Arbeit, den Mammon mehr als die ewige Seligkeit. Sowohl das eine als das andere ist also von Übel. Uns aber, meine Freunde, ist anheimgegeben, den rechten Weg zu finden, welcher liegt im Herrn; Gutes zu tun und den gerechten Ausgleich zu finden einem jeglichen.«

Das Interesse belebte sich. Man ward so recht wieder jung unter Hochwürdens Worten, Hollenkamp malte Männchen aufs Papier, wie er als Primaner getan, der kleine Lücke blendete mit einem Taschenspiegel zur Opposition hinüber, die ohnedies unruhig hin und her rutschte, Fährhahn schaukelte mit dem Stuhl, Bratfisch schnippte Papierkügelchen. Hochwürden setzte zum Schluß an.

»Lasset mich nun, meine Freunde, um das Verständnis des Evangeliums zu mehren, abschließend auf die Frage kommen, was Mammon sei. Mammon heißt soviel wie Reichtum oder zeitliches Gut, nämlich das, was jemand übrig hat, um dem andern ohne Schaden für sich nützlich zu sein. Unrechter Mammon heißt es nicht, daß es mit Unrecht oder Wucher erworben sei, sondern darum heißt es unrecht, weil es im unrechten Gebrauch ist. Und besonders ist es aber vor Gott darum ein unrechter Mammon, weil man dem Nächsten damit nicht dient. Uns, meine Freunde, laßt also handeln nach dem Wort des Herrn, denn wer will wissen, ob Jesus nicht in Knechtsgestalt einhergeht unter euren Arbeitnehmern als der Geringsten einer? Wer will wissen, ob er nicht mitten unter uns weilt, uns zu prüfen durch seine Armut? Und steht nicht geschrieben über jene, die in das Himmelreich eingehen: Ich bin hungrig gewesen, und ihr habt mich gespeist; Ich bin durstig gewesen, und ihr habt mich getränkt; Ich bin nackt gewesen, und ihr habt mich bekleidet? Daran sollen wir denken. Das Geld und der Besitz dieser Welt sind das eigentliche Hindernis vor dem Himmelreich. Das ist unsere Weisheit, die uns von Gott offenbart ist, und wer sie nicht glauben will, der möge es lassen. Amen.«

Das war ein befreiender Schluß. Gutermuth, aus dem Schläfchen erwacht, richtete sich auf mit einem Ruck – er war, was die Körpergröße angeht, ein außerordentlich großer Mann; zwei Meter und ein Zentimeter ragten jählings in die Höhe. Aber auch die anderen waren fast enttäuscht, als die Predigt nun schon beendet war.

Hollenkamp betrachtete seine Männchen: eins war im Profil nach Ehrwürden geraten. Er überlegte. Dem Protokoll zufolge war jetzt die Opposition an der Reihe, und das überstanden, wie er wußte, nur die wenigsten munteren Geistes. Die Industrievertreter würden erst später eingreifen, und der Minister, glanzvollster Redner der Runde, sprach gar erst zum Schluß.

Hollenkamp gähnte ein bißchen. Wieder einmal fand er, daß sein Amt wahrlich ein schweres sei. Gegenüber breitete

Nimmrodt seinen Mappeninhalt über den Tisch, begann Zahlenreihen herunterzubeten, er erregte sich gewaltig. Lieber Gott, dachte Hollenkamp, wen interessiert denn das? Die aufgekündigten Tarife betrafen die DCG in siebzehn Lohn- und drei Gehaltsgruppen, die geforderten Zuschläge bewegten sich zwischen neun und einundzwanzig Pfennigen. Sollen sie ihre neun Pfennige haben, dachte Hollenkamp. Und der Teufel soll mich holen, wenn ich das nächste Mal nicht einen Vertreter schicke. Mehr oder minder dachten das auch die anderen.

Das große Gähnen war nun nicht mehr aufzuhalten. Es gähnte der große Menger, der mächtige Abt gähnte, der Minister gähnte, Hollenkamp gähnte herzhaft. Die Schulterschmerzen fielen ihm ein, und da hatte er sie auch schon. Erst Mittag, dachte er verzweifelt, und kein Ende abzusehen. Lieber Gott, laß Abend werden. Möglichst noch vorm Frühstück.

Irene hatte Lewin über den späten Frühling und den Sommer hin nur selten gesehen und, erstaunlich genug, von Woche zu Woche immer weniger vermißt. Die Verzauberung, aus der fernen, sorglosen Kindheit so lange herübergewahrt, war rissig geworden und bröckelte, mit ihr fiel langsam auch die Verklärung ab. Eine Veränderung ging in ihr vor, verwirrend und ihr selbst zunächst noch unbewußt, allmählich aber begann sie doch zu ahnen, anders zu fühlen – zu verstehen.

Dabei ging ihr Leben, wenn man es nur von außen sah, scheinbar unverändert weiter. Sie behielt ihre Gewohnheiten bei, ihren Tagesablauf, fuhr zu Vorlesungen und Seminaren und ging in Konzerte, das Haar trug sie noch immer lang und offen, und noch immer nahm sie die Welt verwundert und staunend wahr, einmal aus der Übernähe, ein andermal aus allzugroßer Entfernung, wie Narren und Kinder tun und die Helden in den alten Märchen.

Aber zu den alten Dingen, den alten Gewohnheiten, waren unmerklich neue gekommen, und das Alte selbst erschien in einem immer anderen Licht.

Gewiß, sie konnte den Pausengesprächen ihrer Kommilitonen, den manchmal belanglosen, heiteren, manchmal aber auch bitterernsten Studentendisputen noch immer zuhören wie einem Dialog auf einer imaginären Bühne; zwischen dieser Welt und ihrer Welt lag die Rampe, und sie, Irene, hatte mit den Vorgängen dort oben nicht allzuviel zu tun. Aber anders als früher kam ihr diese Welt nicht mehr so fremd, so unwirklich vor, sie begann innerlich Anteil zu nehmen und sah: all diese Sorgen um eine Anstellung in irgendeinem Archiv, einer Bibliothek, einem Verlag, das Tingeln in Kaffeehäusern, Tanzgaststätten und Dorfgasthöfen; der Alltag zwischen Broterwerb und Studium; ja auch der Ärger mit den Wirtinnen, denen das Gefidel und Geklimper der Herren Studiosi auf die Nerven ging; auch der Kinobesuch, das fehlende Straßenbahngeld, das Teppichklopfen, das billige Mensaessen und die teuren Bücher – das alles war die wirkliche Welt, war das wirkliche Leben, man mußte es zur Kenntnis nehmen.

Die wirkliche Welt – das war aber auch das übermütige Leben Vera Sprembergers und Fred von Cramms, Gerda Conradis, die immer noch mit dem jungen Orgas verlobt war, und Hilmar Servatius'. Ihren Reiz begann Irene gerade zu entdecken. Sie begriff selbst nicht mehr recht, was sie so lange in der Abgeschiedenheit gehalten hatte. Den Sommer über war sie für ein paar Tage mit Hollenkamp in Paris gewesen, danach hatten Orgas und Gerda Conradi sie und Hilmar Servatius zu einem Tennis-Cup nach Zürich eingeladen. Sie hatte eine Menge Leute kennengelernt, Sportler, deren Bilder die Illustrierten brachten, bekannte Schauspieler, Sänger, Musiker, erfolgreiche Ärzte, Anwälte und Geschäftsleute, die Söhne reicher Väter und solche, die Erfolg und Reichtum selbst erwarben, und fast alle waren ihr unkompliziert und sympathisch erschienen. Gewiß: manches war

übertrieben, und die aufdringliche Art, in der ihr beispielsweise dieser Sievers nachgestiegen war, damals in Zürich, war
schon zu durchsichtig, als daß man sie noch ungezogen hätte
nennen können. Aber einerseits war Sievers eine Rand-
erscheinung, ein ehemaliger Luftwaffenoffizier, der sich nun
als Tennistrainer verdingt hatte, und zum anderen: hatten
diese Leute nicht ein gewisses Recht auf Überspitzung und
Extravaganz, nach allem, was hinter ihnen lag an Kriegs-
erlebnis, Tod und Nachkriegselend? Jedenfalls: Irene begann
sich heimisch zu fühlen in ihrem neuen Bekanntenkreis, begann Gefallen zu finden an der ungezwungenen und unkon-
ventionellen Lebensart.

So war also Marie-Luisens Plan durchaus aufgegangen.
Irene hatte ihn nicht durchschaut, im Gegenteil: ihr schien,
daß Marie-Luise, von dem ungenierlichen Gehabe der jungen Leute im Innersten besorgt, der Geister, die in ihr Haus
gedrungen, nicht eben froh wäre. Sie hatte auch die eine oder
andere gezielt abfällige Bemerkung aufgefangen, etwa: dieser
windige Orgas ... oder: dieses hinreißend verrückte Fräulein
Spremberger ...; verschont davon blieb lediglich Hilmar
Servatius. Das war nun allerdings ein gar feines Garn, ge-
sponnen aus Marie-Luisens jüngsten Beobachtungen. Ganz
im geheimen nämlich zog auch Irene ihn den anderen vor ...

Lewin, wie gesagt, war über alldem wenn auch nicht in Vergessenheit, so doch an den Rand des Geschehens geraten,
ins Zufallslicht der Erinnerung. Gewiß: sie dachte an ihn,
manchmal in verklärendem Imperfekt, manchmal im nüch-
tern-drängenden Präsens. Aber die Gegenwart beschwor den
Vergleich herauf, und wieviel Jungmädchenromantik auch
immer wieder aufbrechen mochte, zuletzt blieb doch stets
die Realität des Hier und Jetzt, das Licht des neuentdeckten,
bunt-fröhlichen Lebens ringsum – darin er, Martin, einen
gar so düsteren, gar so nekromantischen Schatten warf. Vielleicht, wenn er in der Nähe geblieben wäre, hätte alles sich
hinausgezögert, vielleicht sogar eine andere Richtung ge-

344

nommen. Aber er selbst hatte den blauen Traumhimmel eingerissen, er selbst hatte die Hütten zerstört. Und auch wenn
sie den Glanz des Gegenwärtigen abgetan hätte, die Gleich-
nisse gemieden: wäre dann nicht immer noch er es gewesen,
der einfach davongelaufen war, der nichts gespürt und nichts
begriffen hatte vor lauter eingebildeter Problematik? Die
Liebe bedarf der Gegenwart, dachte Irene. Er hat sie in Wahrheit nie gesucht.

Es ist aber eine dünne Decke, auf der sie da steht. Ein harm-
loses Telefongespräch – und da ist die Unruhe wieder, ein
Quentchen Hoffnung, man ist sich selber leid dieser dummen Erwartung wegen – aber man hegt sie …

Irene, als sie nun das Hotel betrat, war denn auch ganz und
gar nicht die heitere Tochter dieses glücklichen Landstrichs,
die sie gern gewesen wäre. Obendrein geriet sie in eine hek-
tische Betriebsamkeit, rotgesichtige Männer eilten umher,
schwitzende Jünglinge, sie stand recht hilflos zwischen Marmor, Plüsch und Goldleisten. Schließlich erbarmte sich ein
Männlein in Operettenuniform, geleitete sie zum Empfangs-
chef, auch der einer Sternheimschen Komödie entsprungen.

»Herr Lewin? Der Herr hat schon zweimal nachgefragt.«

Irgendwer flitzte los, Irene fand sich in einem kalten Ledersessel. Erst jetzt sah sie die riesige Werbegrafik, die quer
durch die Hotelhalle gespannt war, langschwänzige gotische
Buchstaben über eine Briefmarkenreihe hinweg: Internatio-
naler Philatelistenkongreß – Verkaufsausstellung – Auktion
Deutsches Reich und besetzte Gebiete.

Gegenüber hing eine große Fotografie von Schloß Ben-
rath. Im Bildvordergrund zehn, zwölf junge Mädchen, neugierig um den ausgestreckten Zeigefinger der Lehrerin ver-
sammelt. Während der Schulzeit, erinnerte sich Irene, hatte
auch sie mit ihrer Klasse das Schloß besichtigt. Damals gab
es noch die Fahnen, die träge im Hintergrund schlafften.
Vielleicht war das gar ihre eigene Klasse, vielleicht war sie
mit auf dem Bild? Aber sie konnte sich nicht entschließen,

aufzustehen und näher zu treten, übrigens war es auch allzu unwahrscheinlich.

Endlich kam Martin. Kam in dem dunklen Anzug, in dem sie ihn in Erinnerung hatte; dabei trug er ihn eigentlich selten. Er sagte: »Das ist schön – ich habe dich noch gar nicht erwartet.« Mit der Geschwätzigkeit des Hotelpersonals hatte er offenbar nicht gerechnet. Er deutete mit einer komisch-resignierenden Geste auf den Betrieb ringsum und fragte: »Fahren wir?«

Sie fuhren ein Stück durch die Altstadt, an Bauplätzen und Straßendurchbrüchen vorbei und über viele Umleitungen, verließen die Stadt dann flußaufwärts. Martin war froh, dem Hotel entflohen zu sein – in seinem Bericht über den Kongreß hatte er es mit einem Nebensatz abgefunden: eine ungelüftete Marmorgruft, die sich soeben zum elften Mal amortisiert. Marmorgruft war ein bißchen happig, er wußte es wohl, aber etwas Konfektionierteres war ihm nicht eingefallen. Immerhin war er guter Laune, und als sie den Lärm der Innenstadt hinter sich hatten, redete er unbefangen drauflos.

»Diese Hobbyisten«, sagte er, »das ist ein lieblicher Verein. Der Hauptverkäufer des heutigen Tages, ein gewisser Dahlberg, war früher Sonderrichter im besetzten Belgien. Einer der größten Käufer aber, ein Belgier, war während der Okkupation Bürgermeister in just jenem Städtchen, in dem Dahlberg seine Zelte aufgeschlagen hatte. Natürlich kannten sie sich von früher, aber sie schienen das reineweg vergessen zu haben. Diskretion ist eben ein Wässerchen, an dem die Pflanzen dieses Landes alle gedeihen.«

Irene fragte: »Seit wann interessiert sich denn die ›Westfälische Allgemeine‹ für Briefmarken?«

»Ach«, sagte er, »das weißt du ja noch gar nicht. Vitzthum hat mir die Berliner Redaktion der ›Zeitbühne‹ angeboten. Er hat jetzt achtzigtausend Auflage, da kann man sich eine zweite Redaktion schon leisten. Das hier« – er deutete unbestimmt hinter sich –, »das mache ich nur zur Überbrükkung. Strenggenommen bin ich schon seit drei Wochen Berliner.«

Irene steuerte den Wagen die Abfahrt zu Schmitz' »Rheinterrassen« hinab. Berlin, dachte sie. Das erzählt er so nebenher. Dabei hat es eine Zeit gegeben, in der es nichts gab, das uns nicht beiden geschehen wäre. Berlin – es ist seine Geburtsstadt. Seit seiner Kindheit hat er sie nicht gesehen. Und von alldem sagt er kein einziges Wort. Sie fragte: »Und – wie gefällt es dir?«

»Die Stadt? Na ja, ich weiß nicht. Man hat dort immer das Gefühl, daß der Krieg noch gar nicht recht vorbei ist. Oder daß er jeden Augenblick wieder anfangen kann. Dabei war ich noch nicht einmal im russischen Sektor. Die Menschen sind es nicht, die Berliner meine ich, auch nicht die alliierten Truppeneinheiten. Die stehen ja anderswo auch, im Taunus beispielsweise, obendrein viel augenfälliger und konzentrierter. Es ist irgend etwas in der Atmosphäre, das sich schwer bestimmen läßt.« Er unterbrach sich und sagte dann: »Übrigens, ich war zwar nicht im Ostsektor, aber ich habe einen getroffen, der dort wohnt. Bauerfeldt, er war während des Krieges in London. Er ist Maler, eigentlich mehr Grafiker, und Kommunist ist er, glaube ich, auch. Er fing dann auch sofort an, mich zu agitieren.«

Strenggenommen, dachte Lewin, war es wohl eher umgekehrt. Ich habe ihn gefragt, er hat geantwortet. Was das eigentlich ist, habe ich gefragt: Sozialismus, Revolution, Arbeiter-und-Bauern-Staat. Und als er mir mit der Abschaffung der Ausbeutung kam und dem Brot für alle, da habe ich ihm gesagt, daß er mich mißversteht und daß ich diese Dinge durchaus nicht bezweifle. Aber wenn wir alle Brot genug haben, Wegzehrung für die Reise, wird dann der Weg zwischen Leben und Sterben gangbarer sein, der Tod geringfügiger? Und der Mensch, wird er unter einem Stalin weniger ausgesetzt sein, weniger grausam und weniger einsam als unter einem Truman oder einer Elisabeth? Darauf hatte er keine Antwort. »Jaja die Todesangst, die Daseinsangst, die steckt in uns allen, die wir von draußen kommen.« Nein, das war keine Antwort. Die Katholiken haben ihre Muttergottes, der Islam seinen Mohammed, Vater hat den Jakob, den Abraham, die Gebeine Moses und die Erzmutter. Aber wir anderen? Wir leben im Fenster dessen, was wir tun, aber es ist blind und hat keine Aussicht. Wir wollen alle ständig fortgehen, von hier, von uns, von irgendwo, aber keiner weiß, was das ist: fortgehn …

Er sagte nun: »Ich werde aber hinübergehen, in den russischen Sektor, man muß sich das wenigstens einmal ansehen. Außerdem müßte es doch möglich sein, drüben Mitarbeiter zu finden. Bauerfeldt wäre vielleicht schon einer, im Prinzip schien er nicht abgeneigt.«

Irene sagte nichts. Immer das andere, dachte sie. Berlin, Vitzthum, Bauerfeldt, die »Zeitbühne« – für mich und für uns kein Wort. Warum ruft er mich denn überhaupt noch an? Sie ließ den Wagen auf den breiten Kiesstreifen vor Schmitz' Terrassenrestaurant rollen und trat hart auf die Bremse. Sie wußte plötzlich, daß dies ein Abschiedsbesuch war. Es tat nun schon fast nicht mehr weh.

Als sie aussteigen wollte, entdeckte sie Fred von Cramms Wagen. Sie ließ die Hand sinken. Drüben hatte Martin die Tür bereits geöffnet. »Ich weiß nicht«, sagte sie, »ich habe eben Bekannte entdeckt. Wollen wir nicht doch lieber woanders hinfahren?«

Er sah sie erstaunt an. »Aber warum denn?«

Dann also auch noch dies, dachte sie. Es war nun schon alles gleich.

Durch das Weinrestaurant gelangten sie in den oberen Garten. Der Betrieb war noch mäßig, gleich an einem der ersten Tische saßen sie: Vera Spremberger, Fred, Hilmar Servatius. Sie waren gar nicht zu verfehlen. Hilmar Servatius hatte sie auch sogleich bemerkt. Er stand auf, nun blickten auch die anderen herüber. Irene legte die Hand leicht auf Martins Arm. »Komm«, sagte sie. »Gehen wir hinüber.«

Das Fährschiff schien unbegrenzt Menschen und Lasten an Bord nehmen zu können. Es lag vertäut unter einem hohen Himmel, einem endlosen Blau zwischen den unerreichbaren Horizonten. Die Menschen fluteten über zwei Fallreeps heran, das Schiff nahm sie auf ohne Regung.

Vor zwanzig Minuten hatte das Wasser, wenn man es von der Reling des Vorderdecks aus beobachtete, genau an der Grenze des braunen Rostanstrichs unter den Bullaugen gestanden; jetzt stand es noch immer dort. Die leere Streichholzschachtel achteraus trieb seit zwanzig Minuten in der gleichen Entfernung von der Bordwand, ohne sich zu nähern, ohne sich zu entfernen, ohne zu versinken. Die See war still und schläfrig, still war auch die Luft über dem Schiff. Der Qualm aus den beiden Schornsteinen stieg senkrecht auf und verschwand unauffällig sehr weit oben.

Wenn man das Meer zum ersten Mal sieht, scheint es unvergleichbar. Voraus war die Stille vollkommen; vom Land her aber fluteten die Geräusche, ein unablässiger Strom wie aus einer Fabrikhalle, wenn sie plötzlich nach einer Seite offen wäre. Das Schiff war nun eine mächtige Maschine, die Kommandobrücke der Führertisch, die Reling das Geländer eines Laufsteges über die breite, weiße, flimmernde Bahn. Die Vibration unter den Deckplanken glich dem Summen der großen Hallen; der Lärm und das Füßegetrappel der an Bord Kommenden war ein Schichtwechsel; in jedem Fremden war etwas Vertrautes. Nur der Himmel bewahrte die Wirklichkeit und der behutsame Wind, das Meer zwischen den ungefähren Ufern.

Ruth Fischer hatte ihren Koffer neben sich, für die knappe Stunde stellt man sich nicht erst am Gepäckraum an. Eine ganze Nacht Bahnfahrt lag hinter ihr und ein halber Tag, vom

349

südlichsten Zipfel des Landes zum nördlichsten. Sie sah auf das Meer hinaus, auf das ruhige Wasser zu ihren Füßen, sah hinaus zum schmalen Streif, wo der Himmel die See berührt, immer weniger sichtbar, je länger sie hinsah. Die Strapazen der Fahrt waren vergessen, die Enge des Abteils und die endlosen Nachtstunden im Halbschlaf: nun hatte der Urlaub wirklich begonnen.

Gewerkschafts-Traugott hatte ihr seinen Platz im Ferienheim überlassen, er war erkrankt, konnte selbst nicht fahren: Ist zwar bloß Nachsaison, aber für dreißig Mark, da kann man's schon mitnehmen … Traugott war unter denen gewesen, die Ruth nach ihrem Fiasko als erster Gehilfe am meisten geschnitten hatten. Sie trug es ihm nicht nach – gewundert aber hatte sie sich wohl. Es sah nach Wiedergutmachung aus – auch Häring, der Erste von der Nachbarmaschine, hatte es so aufgefaßt. Seit gestern waren sie unterwegs: Häring mit seiner Frau, die Papiersaal-Meisterin Albinus, der Heizer Quandt, ein älterer Holzplatzarbeiter aus dem Werk II, ebenfalls mit seiner Frau, und Ruth. Nur einer fehlte – der Genosse Nickel. Er hatte den letzten der acht Ferienplätze im FDGB-Heim »Ernst Schneller«. In Berlin hatte er zusteigen wollen – soviel Ruth wußte, wohnte seine Mutter dort. Aber bis jetzt war er noch nicht aufgetaucht.

Von einem der Liegeplätze her tutete eine Dampfpfeife, dann ein dreifacher Glockenschlag, dreifache dumpfe Antwort. Die Möwen strichen niedrig über die Ufer hin, kreisten über der See, schnappten Brotstückchen aus der Luft, die ihnen vom Fährschiff aus zugeworfen wurden. Neben Ruth saßen die Härings, auch sie fütterten die Möwen, sahen sich das Treiben an und das Meer, sie konnten nicht still bleiben dabei. Überhaupt: den Älteren war alles auf andere Weise neu und ungewohnt, das Meer, die Urlaubsreise, das Ferienheim. Mag sein: die Meisterin Albinus hatte bei den Nazis an einer ›Kraft-durch-Freude‹-Reise teilgenommen – die anderen aber gingen alle in ihren ersten wirklichen Urlaub. Ruth nahm diese Reise bereits mit größerer Selbstverständlichkeit hin, um so größer aber war ihre Empfänglichkeit für die natürlichen Dinge, für das Meer, die Schiffe, die Küstenlandschaft, all die fremden Bauten und Gepflogenheiten, die die See hervorbringt. Ruth hatte immer im Gebirge gelebt, es war auch für sie der erste wirkliche Urlaub.

Die Fallreeps wurden eingezogen, das Fährschiff legte ab. Klingelzeichen, zweifach wiederholte Signale, langsame Fahrt. Dann der kunstvolle Bogen des Ablegemanövers als weiße Spur auf dem Wasser; die Sonne, die nun nicht mehr blendete hinter dem Heck; das anschwellende Grollen der Maschinen unter Deck und der Wind, der sich in die Kleider legte und ins Haar ...

Ruth saß so, daß ihr die Aufbauten den Blick zum Land zurück verdeckten. Sie hatte nur die ferne Linie der Insel und das Meer. Eine Boje trieb vorbei, schlingerte leicht im Fahrwasser des Schiffes, voraus aber war die See blau und tief und ohne Fältchen. Geräusche waren wenig. Manchmal, wenn das Wasser blendete, verkniff Ruth die Augen, aber meist lag es blau und still. Ihr war, als sei sie allein auf dem Meer, die anderen waren weit hinter ihr; sie war allein mit der großen Weite und Helligkeit, unterwegs und voller Erwartung.

Auf den beiden Bänken links hatte sich eine kleine Gesellschaft niedergelassen, Vierziger und Fünfziger, mehr Männer als Frauen. Sie hatten einen Kasten Bier mitgebracht, tranken, lachten, unterhielten sich laut. Aber auch das störte nicht, Ruth freute sich an ihrer Fröhlichkeit, der Urlaub reichte für alle. Sie sah wieder auf das Meer hinaus, es gehörte allen, es gehörte ihr.

Am Horizont tauchte ein Pünktchen auf, wurde langsam ein Schiff. Ruth hatte oft am Strand des Steingrüner Bergsees gelegen, über das spiegelblanke Wasser gesehen, wenn ein Boot sich von irgendwo näherte und das gegenüberliegende Ufer sich in der Sonne verlor. Die Welt war dann groß und verlockend und der Tag ohne Schatten. Genauso war es jetzt, nur größer, weiter, unendlich. Dieser Tag würde bestimmt nie zu Ende gehen, und wenn schon: zwölf andere, noch grenzenlosere, würden ihm folgen.

Das ferne Schiff, soviel war nun zu sehen, fuhr ohne Rauchfahne. Ein Motorschiff, aber ein sehr großes, mit drei oder vier Reihen Bullaugen übereinander. Es war ganz weiß.

Häring stieß sie an und sagte: »Sieh mal, wer da kommt.«

Es war Nickel. Er drängte sich durch den schmalen Gang zwischen den Bankreihen und der Reling, an der überall Menschen lehnten, sah sich immer wieder suchend um. Er entdeckte sie erst, als Ruth ihm zuwinkte. Er winkte zurück, kletterte über ein Halteseil, der nagelneue Vulkanfiberkoffer stieß an Aufbauten und Bänke.

»So was«, sagte Nickel. »Diese Kletterei. Ich dachte schon, ich finde euch nie.«

Sie rückten zusammen und machten ihm Platz. Er hatte in Berlin keine Platzkarte mehr bekommen und war vorsichtshalber einen Zug früher gefahren. In der Zwischenzeit hatte er sich das Städtchen angesehen und den kleinen Fischereihafen, seit morgens sieben Uhr. Er erzählte: »Die Häuser haben alle eine gedeckte Veranda, sogar die ganz kleinen. Da läßt sich's wohnen. Und das Rathaus stammt noch aus der Zeit der Hanse, Störtebeker und so. Ich hab mir alte Schiffskanonen angesehen, aus dem siebzehnten Jahrhundert. Das muß ja ein gemütlicher Krieg gewesen sein, damals.«

Das weiße Schiff war nun so nah, daß man die Einzelheiten an Deck erkennen konnte. Man sah nun auch: es war gar nicht weiß, sondern hellgrau. Die Brücke war sehr weit nach dem Heck verlagert, ein Gewirr von Masten, Ladebäumen und Seilwerk über Deck, Windenhäuser und Ladewinden, Stage und Antennen, am Heck die Flagge Norwegens, das blaue Kreuz auf rotem Grund. »Ein Tanker«, sagte Nickel. Häring widersprach: »Blödsinn, is 'n Frachter. Motorschiff. Die Serie kenn ich noch von der KM her. Erzfrachter. Die

352

Schweden bringen ihr Erz mit der Bahn nach Narvik, und von dort geht's auf norwegische Schiffe.«

»Das wußte ich nicht«, sagte Nickel. »Sie sind bei der Kriegsmarine gewesen?«

»Bei der OT. Aber wir hatten diese Kästen manchmal als Truppentransporter. Einmal ist so ein halber Geleitzug auf einen Ritt abgesoffen. Wir saßen im Laderaum und wußten nicht, was draußen vorging. Die reinsten Särge ...« Es sah so aus, als wollte Häring seine Kriegsabenteuer zum besten geben; ein bißchen Stolz, ein bißchen Schrecken, die Decke der Jahre war dünn zwischen Krieg und Gegenwart. Aber er winkte ab und sah aufs Meer hinaus. Nickel dachte: Einem anderen hätte er es bestimmt erzählt. Er spürte plötzlich wieder die Kluft zwischen sich und den anderen.

Die kleine Gesellschaft links war inzwischen bei Witzen angelangt. »Bilde mal einen Satz mit Konzert und Feldmütze.« Einer setzte die Bierflasche ab und sagte: »Kohn zerrt seine Alte übern Saal und fällt mit se.« Sie lachten und prosteten sich zu. Nickel fand ihr Gelächter albern.

Das weiße Schiff war unterdessen hinter der Insel verschwunden. Voraus tauchte die Anlegestelle auf, eine Baumgruppe, ein paar Häuser. Auf einer kleinen Anhöhe, dem offenen Meer zu, erhob sich der Leuchtturm. Die Möwen, die das Schiff während der ganzen Überfahrt begleitet hatten, zogen hinüber und vereinigten sich mit den anderen, die schon dort waren. Man sah jetzt auch Menschen auf dem Anlegesteg, ganz vorn einen vollbärtigen Alten mit kühn geknickter Schiffermütze. Die See lag wie flüssiges Metall in der Bucht, nur in Ufernähe wurde sie dunkler, und hinter dem schmalen Streifen war sie weiß und schaumig.

Ruth war aufgestanden und beobachtete das Anlegemanöver. Von der Brücke her hallten Glockenschläge, die Maschine lief gedrosselt, das Schiff verlor an Fahrt. Dann dröhnte die Maschine noch einmal voll auf, und die Fähre schob sich leicht seitlich an den Steg. Zwei Männer sprangen an Land und zurrten die Seile fest. Ein dritter stieg mit einer Heckleine hinüber. Die Fallreeps wurden ausgelegt.

Die Menschen drängelten wieder, stauten sich an der Treppe zum B-Deck. »Sachte, sachte«, sagte Häring. »Laßt erst die runter, denen es nicht schnell genug geht.« Er hatte auf der Uferstraße die Omnibusse entdeckt und dachte: Wem es jetzt zu langsam geht, der muß eben im Bus warten. Hier ist wenigstens frische Luft.

Sie waren unter den letzten, die von Bord gingen. Der bärtige Schiffer stand noch immer auf dem Steg, eine erkaltete Pfeife zwischen den Zähnen. Er war gar nicht so alt, wie er von weitem ausgesehen hatte. Von der Kaimauer führten Stufen zum Wasser hinab, dort lagen ein Motorkutter und ein Segelboot und mehrere kleinere Boote. Die Mauer verlief nach drei-, vierhundert Metern im Sand, dort waren Boote auf den Strand gezogen, einige lagen kieloben, Netze lagen ausgebreitet oder über Stangen und Böcke geworfen. Die See leckte leicht an den Ufern. Ein Hund schnappte nach einem Fisch. Die Omnibusse hupten ungeduldig.

Das »Ernst-Schneller-Heim« hatte bis 1945 den Grafen Küstrin gehört und Schloß Seehaus geheißen. Die Grafen von Küstrin waren eine weitverzweigte ostelbische Junkerfamilie, zersplittert in einige mehr oder minder verarmte Seitenlinien und die beiden letzten eigentlichen Küstrins, Bodo und Walter, die seit Kriegsende in Westberlin und irgendwo am Main lebten. Walter Graf Küstrin, der letzte Besitzer von Schloß Seehaus, das eigentlich mehr eine großangelegte Villa war denn ein Schloß, hatte sich vor einem Jahr in einem Brief an den ehemaligen Gemeindevorsteher des Dorfes nach dem Haus, den Möbeln und den Leuten erkundigt. Der Mann hatte den Brief dem Heimleiter gegeben – nun hing das blaßgelbe Papier, mit dem gedruckten Krönchen derer von Küstrin und den steilen Schriftzügen, zur Belustigung der Urlauber unter Glas gerahmt in der Eingangshalle. Die Küstrin hatten, wie der Heimleiter erklärte, westlich der Elbe keinen Grundbesitz – aber sie waren Besitzer dicker Aktienpakete; die Arbeiter von Siemens und Bosch, von Daimler-Benz und Phoenix-Rheinrohr, von der DCG und den Farbwerken Hoechst sorgten für ihre Dividende; solche Leute fallen selten tief.

Ruth hatte ein Einzelzimmer bekommen, mit dem Blick auf den Park, auf zwei Fischerhütten hinter der Mauer und ein Stück Strand, auf ein paar Reusen und einen Ruderkahn, der weit ans Ufer gezogen war. In der ersten Nacht hatte sie bis hoch in den Morgen hinein geschlafen. Häring war gekommen und hatte sie geweckt. Die anderen hatten im Speisesaal auf sie gewartet. Ruth saß mit Nickel und den beiden Härings am gleichen Tisch.

Nach dem Frühstück war sie gegangen, die Insel in Besitz zu nehmen. Das Heim lag an der östlichen Spitze, unweit des Leuchtturmes; Ruth, ihrem Gefühl trauend, hatte gedacht, die Insel in anderthalb bis zwei Stunden durchqueren zu können. Aber der erste Eindruck bei der Landung hatte getrogen – Ruth war die zweite Stunde unterwegs, an Wiesenstücken entlang, auf denen bunte Rinderherden weideten, nur selten eine Koppel. Kleine abgeerntete Ackerstreifen, ein paar Haferähren auf dem Weg, hier und da ein niedriges Gehöft, eine Baumgruppe – aber statt des Westufers erreichte Ruth nun eine binsenbestandene Bucht, und als sie auf die Landzunge hinausging, sah sie, daß sich die Insel von hier aus noch genausoweit nach Westen streckte wie zurück zum Leuchtturm.

Die Sonne stand hoch, es war warm geworden. Hohe Wölkchen trieben über die Ostsee; der Wind war kaum zu spüren. Es war ein Tag, wie man ihn vom Herbst nicht erwartet: still, blau, sommerlich. Ruth kaute einen Strandhaferhalm, sie bückte sich, streckte die Hand ins Wasser, das leise über die großen Steine am Ufer hüpfte. Schade, daß sie den Badeanzug nicht mitgenommen hatte. Nickel hatte

355

gemeint: Wenn das Wetter so bleibt, wird man nachmittags einen Sprung riskieren können. Fünfzehn, sechzehn Grad – das reicht. Sie ging ein Stück die Böschung hinan, zog ihre Strickjacke aus, setzte sich.

Das Ufer war sehr still; links die Bucht mit den Binsen, landeinwärts die niedrigen Büsche und nach rechts hin die abfallende Böschung mit ihrem sehr weißen Sand und dem Geruch des Meeres, den Geräuschen der Brandung, menschenleer. Jemand, der von dort käme, müßte weithin zu sehen sein. Und wenn schon. Ruth spürte die Sonne auf der Haut, sie atmete die Weite und Sauberkeit dieses Tages, sie war ausgelassen und glücklich. Die Kleider legte sie zwischen die großen Steine, lief zum Ufer. Das Wasser war kalt und klar wie ein Gebirgsbach. Sie spritzte sich rasch ab, schwamm in kurzen, schnellen Zügen. Die Kälte griff ans Herz, legte sich wie ein eisiger Ring um die Glieder. Ruth schwamm, bis ihr der Atem ausging. Dann wurde ihr wärmer.

Sie gewöhnte sich an die Temperatur, legte sich auf den Rücken, ließ sich treiben. Sie tauchte ein in den Himmel über sich, trieb mit den Wolken über Länder und Meere, trieb die Strömung hinab in der Umarmung ferner Küsten, bunter Häfen, schmeckte den Geschmack von Salz und Tang und Fischen, und als sie erwachte, war rings noch immer die See und der Wind bis fern hin an die große Erzählung des Ozeans.

Sie schwamm weiter hinaus, schräg vom Ufer ab, mit weiten, kräftigen Zügen. Der Horizont ist niedrig, zwei Handbreit über dem Wasser; das Meer ging sehr nah schon in den Himmel über. Sie tauchte unter und sah in die See hinab, in das Blau, das nun gelblich war und im Licht zerfloß, einem tiefen Braun zu. Sie tauchte erneut, tauchte sehr weit hinab und sah dann aufwärts in die Helligkeit über sich, die hellgrüne Helligkeit, von unzähligen winzigen Pünktchen belebt und den Schatten der Fische, sie schwamm hinab, so tief sie konnte, mitten im träg treibenden Plankton, aber die Heringsschwärme, die in den Algen äsen, fand sie nicht – und

356

wahrscheinlich gab es hier auch keine. Sie schwamm sich atemlos, und als sie auftauchte, war ihr, als sei die Luft, die sich in die Lungen stürzte, der kostbarste Stoff, der sich denken ließ.

Sie war ziemlich weit vom Ufer abgekommen und wendete. Sie war müde und schwamm langsamer, nach und nach aber lockerten sich die Muskeln, und die Kraft kehrte zurück. Sie griff wieder weit aus. Da sah sie, daß jemand am Ufer stand.

Es waren zwei Männer. Der eine war ihr fremd, der zweite jedoch kam ihr bekannt vor, und als sie näher heran war, sah sie, daß es tatsächlich Nickel war. Sie winkten ihr zu und riefen etwas, das sie nicht verstand. Sie schwamm, bis sie den Grund unter sich sah. Dann richtete sie sich auf, so, daß das Wasser noch ihre Schultern bedeckte.

»Hallo«, rief Nickel. »Wie ist das Wasser?«

»Großartig. Kommen Sie doch rein.«

Nickel hob hilflos die Schultern. »Geht nicht. Keine Badehose.«

Sie lachte. »Macht nichts. Kommen Sie doch so.« Es war ja auch zu komisch, daß da gleich noch einer ohne Badezeug herumspazierte, ausgerechnet an der Ostsee. Aber die beiden rührten sich nicht, starrten nur herüber und schienen auf irgend etwas zu warten.

»Umdrehen!« befahl Ruth. Und da sie sich noch immer nicht rührten: »Umdrehen. Augen zu. Ich will raus.« Da schienen sie endlich zu begreifen. Sie gingen ein Stück vom Ufer weg und guckten sich das Schilf an, als gäbe es da wunder was zu sehen.

Sie lief rasch an Land, rieb sich mit der Strickjacke trocken und zog sich an. Sie brach einen Ast aus den Büschen und hängte die Jacke darüber. Dann rief sie die Männer.

Nickel stellte den Fremden vor, der sie nicht ansah, als er ihr linkisch die Hand gab, ein junger Fischer aus der Gegend hier, Nickel hatte ihn auf seinem Spaziergang getroffen. Ruth kämmte sich das Wasser aus dem Haar. Die Männer schwiegen.

»Wie spät ist es denn?« fragte Ruth. »Ich habe einen erbärmlichen Hunger.« Es war kurz vor zwölf.

Es zeigte sich, daß es einen viel kürzeren Weg zum Heim gab, als den, auf dem Ruth gekommen war. Sie schulterte den Ast, von dem die Jacke herabhing, ging zwischen den Männern.

Der Fischer sagte: »Schwimmen Sie lieber nicht so weit hinaus, wenn Sie allein sind. Die Ecke hier hat's in sich.« Er sprach das singende Platt der Insel dünn und hoch, als befände er sich im Stimmbruch. Ruth sah ihn nun genauer an, er war braungebrannt und kräftig, das Haar wirr und weißlich hell, sie sah: er war jünger als sie, drei Jahre bestimmt. Er wich ihrem Blick auch beim Sprechen aus. Und dann verabschiedete er sich plötzlich fast unwirsch, stakte hölzern in einen Seitenpfad.

Als sie ein Stück weiter waren, sagte Nickel: »Das ist nämlich sein Privatstrand hier. Da unten soll ein versenktes U-Boot liegen. Er taucht da immer hinunter und bringt so allerlei Sachen herauf, er wollte es mir vorführen.« Und nach einer Weile fügte er hinzu: »Immerhin ist das kein Grund. Er war richtig böse. Ich glaube fast, er hat sich in Sie verliebt.«

»Sie haben aber Einfälle«, sagte Ruth. Dann lachte sie hellauf. »Das wäre der erste.«

»Hm«, machte Nickel. »Bestenfalls der zweite.«

Sie sah ihn überrascht an.

»Ach nichts«, sagte er. »Geben Sie mir mal den Ast.«

Als sie ins Heim kamen, baumelte ihre nasse Strickjacke immer noch auf seinem Rücken. Ruth dachte: Nur gut, daß ich mich nicht mit dem Unterrock abgetrocknet habe. Sie hatte das Gefühl, daß irgend etwas völlig Verrücktes geschehen sei. Aber was? Oder war es ganz einfach der Urlaub?

Während des Essens war Nickel sehr still. Er hatte keinen Appetit, stocherte unlustig in seinem Gulasch. Häring sagte: »Das ist der Luftwechsel. Bei mir schlägt das auch immer auf den Magen.«

Auch Ruth war still. Mehrmals sah sie ihn an, aber er beugte sich sofort über seinen Teller, wenn er ihren Blick spürte. Dabei dachte er die ganze Zeit an sie, nicht seit heute erst, ihm schien, sie habe ihm von Anfang an gefallen – mehr als jede andere. Ihr Mut hatte ihm imponiert und ihre Geradheit, und eines Tages hatte er plötzlich bemerkt, daß sie schön war. Daß sie damals, nach ihrem Fiasko als erster Gehilfe, nicht aufgab, hatte ihn bestärkt. Er hatte es im Grunde auch nicht anders erwartet; er kannte ihre Personalakte, wußte, wer ihr Vater war, und konnte sich denken, was sie erlebt haben mußte als Kind, er hatte gedacht: Die schafft es – oder keine. Und dennoch war sie ihm immer ein bißchen rätselhaft geblieben, etwas war an ihr, das er nicht verstand. Sie waren seit einiger Zeit ganz gut befreundet miteinander, wenigstens wie er es sah, und bestimmt hatte beispielsweise in der Jugendgruppe der eine oder andere bemerkt, daß die Ruth Fischer dem Jugendfreund Personalleiter nicht gleichgültig war – nur sie hatte das nie bemerkt. Sie standen zueinander in einem Verhältnis, wie es der Oberwerkführer dem Personalleiter einmal am Machonzylinder der Maschine erklärt hatte: Die Tangente berührt den Kreis nur in einem Punkt.

Es blieb auch während der nächsten Tage so. Ruth ging meist nach dem Frühstück auf Entdeckungen aus, fast immer allein, kam manchmal nicht zum Mittagessen, immer aber kam sie am Nachmittag, wenn es den Kaffee gab und diese seltsamen Marmeladenhörnchen, die sie hier buken. Sie erzählte dann, was sie erlebt und gesehen hatte, die Insel schien auf einmal voll von Geheimnissen und Abenteuern, von niegesehenen Dingen und Begebenheiten, alles hatte darauf gewartet, von ihr entdeckt zu werden. Sie konnte mit der

359

Freude und dem Entzücken eines Kindes erzählen, und mit einer Lebhaftigkeit der Wahrnehmung, die Nickel immer wieder erstaunte. Einmal hatte sie in dem Kiefernwäldchen an der Südküste der Insel Pilze gefunden, Maronen, die brachte sie mit und legte sie auf den Kaffeetisch. Sie sah Nikkel und Häring triumphierend an und sagte: »Also was sagt ihr nun? Soolche Pilze haben sie hier!« Sie deutete mit den Händen eine unglaubliche Größe an. »Ich habe immer gedacht, wir haben die Wälder und die Berge und die Pilze, und sie haben dafür das Meer. Aber sie haben Wälder und Pilze, und das Meer haben sie extra noch!« Das schien ihr ganz unfaßbar.

Ein andermal hatte sie vor einem der zwei, drei kleinen Kaufläden des Dorfes eine lange Menschenschlange entdeckt. »Es waren mindestens fünfzig«, behauptete sie. »Und das tollste war: es standen da auch Männer. Also ihr werdet es nicht glauben: es waren mindestens genau so viele Männer wie Frauen. Ich habe mich auch mit angestellt, aber man kann sie so schwer verstehen, wenn sie sich unterhalten.« Nickel und Häring warteten nun neugierig auf den Fortgang der Geschichte – aber für Ruth schien sich die Sache erledigt zu haben. Häring fragte schließlich: »Wonach haben sie denn nun angestanden?« Ruth sah erstaunt auf. »Ach«, sagte sie, »nach Milchkannen.«

Eine Quelle der Entdeckungen waren ihr auch die Gäste des zweiten Ferienheimes der Insel; es lag eine halbe Stunde von ihnen entfernt. Das Haus gehörte dem Kulturministerium und wurde vorzugsweise von Malern, Schauspielern, Musikern und Schriftstellern bevölkert. Ruth war dort kurzerhand eingedrungen, offenbar war auch niemand auf die Idee gekommen, sie zu fragen, mit welchem Recht sie da ein und aus gehe, wie es ihr beliebt. Von den Bewohnern dieses Heimes sprach sie im Tone eines amüsierten Bescheidwissens, manchmal aber auch recht aufgebracht. Von einem bekannten Schauspieler, den sie in zwei Filmen gesehen hatte, sagte sie: »Also der Kerl macht mich krank mit seinem Getue! Das könnt ihr euch gar nicht vorstellen! Den ganzen Tag trinkt er Selterwasser – aber wehe, wenn es ein bißchen zu kalt ist. Dann muß die Kellnerin es wieder mitnehmen, denn er hat es mit dem Magen. Und wenn es Schweinefleisch gibt, muß für ihn extra gekocht werden, denn er hat es mit dem Herzen. Er hat es auch mit der Leber und mit der Galle, und im Zimmer muß er eine Sonnenbrille tragen, denn er hat es mit dem Sehnerv. Also das könnt ihr euch gar nicht vorstellen: mit dem Sehnerv!« Sie hatte den Schauspieler in zwei ausgesprochen jugendlichen und kämpferischen Rollen gesehen und war nun ehrlich entrüstet.

Mit einem von den Künstlern aber hatte sie sich angefreundet, einem Maler namens Bauerfeldt. Von ihm sagte sie, als sie ihn kaum zwei Stunden kannte, mit dem Ton der tiefsten Überzeugung: »Also das ist ein ganz prächtiger Mensch!« Sie sagte das so gewinnend freimütig und überzeugend, daß alle gleich Sympathien faßten für diesen Maler Bauerfeldt. »Er macht Illustrationen für Kinderbücher«, sagte sie, »und Genosse ist er seit 1928.« Das sagte sie so, als müsse damit nun endgültig klar sein, was für ein prächtiger Mensch das sei, und als sei damit jeder etwaige Zweifel endgültig widerlegt.

Eines Tages brachte sie ihn mit ins Heim an ihren Kaffeetisch. Der Maler Bauerfeldt sah wenig nach Künstler aus. Er mochte etwa vierzig Jahre alt sein, trug eine schlecht gebügelte Hose und ein offenes Sporthemd, wie die meisten Männer hier trugen, und er setzte sich ganz einfach an ihren Tisch, als gehöre er seit langem dazu. Das einzige Auffallende an ihm war sein seltsam zerknittertes Gesicht.

Nach fünf Minuten hatte er sie in ein Gespräch über Papierqualitäten und Kartonoberflächen verwickelt – sie hatten das Gefühl, als sprächen sie mit einem ihrer Branche. Besonders Häring war von dem Künstler angetan. Das war endlich mal einer, der die Feinheiten ihrer Arbeit zu schätzen wußte. Nach einer halben Stunde war Häring überzeugt,

361

einen der schönsten Berufe der Welt zu haben, und nach weiteren fünfzehn Minuten unterhielt er sich mit dem Maler über Dinge, über die er sich sonst nie nach so kurzer Zeit mit einem ihm doch Unbekannten unterhalten hätte: über die Familie, über seine Erlebnisse und sein Leben, seine kleinen Liebhabereien – es zeigte sich, daß Bauerfeldt genauso wie er mit Erfolg Holländerkaninchen gezüchtet hatte –, über Betriebsangelegenheiten und sogar über Politik. Häring meinte, mit den sozialen Aufwendungen, das sei alles ganz schön, Urlaubsheime, gleicher Lohn für gleiche Leistung und so, dagegen wolle er nichts sagen. Aber im Westen gehe es eben aufwärts, die Läden seien schon wieder gefüllt, die Sachen hätten Qualität und ein ordentliches Aussehen – nicht so ein Behelfskram, wie er hier überall gemacht würde – da sehe man eben, daß die Leute dort etwas von ihrer Sache verstünden. Hier dagegen würde überall herumgemurkelt; Schuster als Betriebsleiter, Bäcker als Bürgermeister, das könne ja nicht besser gehen. Bauerfeldt hörte ihm aufmerksam zu und fragte dann, ob Häring einmal drüben im Ruhrgebiet gewesen sei. Ja? Er, Bauerfeldt, sei auch dort gewesen, bis siebenundvierzig, und vorher sei er in der Emigration gewesen, in England, einige Jahre davor, habe er in Newcastle gelebt, einem bedeutenden Industriezentrum. Ob Häring wisse, was ein Hochofen sei? Nun, nach fünfundvierzig habe es in Westdeutschland 120 Hochöfen gegeben, auf dem Gebiet der DDR aber, das ein Drittel Deutschlands ausmache, nur fünf. Und mit anderen Dingen sei es ähnlich. Industrie habe es nur in Sachsen und Mitteldeutschland gegeben – aber in diesem riesigen Mecklenburg, in der Mark und in der Lausitz, in Thüringen und Ostsachsen, da habe es schon früher nur so kleine Krutzscher gegeben, Häusler, Landarbeiter – und Rittergutsbesitzer. Das müsse man halt berücksichtigen, »Wissen Sie«, sagte Bauerfeldt, »bis fünfundvierzig war dieses Ostdeutschland nichts weiter als ein riesiges Kartoffelfeld.«

362

Häring sah das riesige Flachland vor sich, durch das sie vor einigen Tagen mit der Bahn gefahren waren, Brandenburg und Mecklenburg, und er mußte dem Maler ein bißchen recht geben.

Das also war der ›ganz prächtige Mensch‹, den Ruth Fischer entdeckt hatte. Nickel, obschon er in diesem Gespräch kaum zum Zuge gekommen war, mußte sich eingestehen, daß der Maler auch ihm imponiert hatte.

Über alldem war eine Woche vergangen, zwischen ihm und Ruth aber war noch immer alles unklar. Dabei kümmerte sie sich um ihn mit einer rührenden Selbstverständlichkeit, die ihn verlegen machte. Beim Frühstück zum Beispiel schnitt sie ihm die Brötchen auf, strich Butter auf die Hälften und schob sie auf seinen Teller, sie hatte einfach nicht mehr mit ansehen können, wie seine verletzte Hand sich ungeschickt mit dem Messer abmühte. Er aber wurde jedesmal rot dabei, wußte nicht, wohin mit den Händen, vergaß vor lauter Verlegenheit meist, sich zu bedanken. Vielleicht hätte er nie den Mut gefunden, etwas zu sagen, wenn nicht diese beiden Schlechtwettertage gekommen wären.

Schon am Nachmittag waren Sturmwolken aufgekommen, waren größer und dunkler geworden, die Sonne verschwand. Die Wolken hingen tief herab in großen schwarzen Knäueln, es war, als streiften sie das Meer. Dann verstärkte sich der Wind, und der erste Regen fiel, die Wellen türmten sich immer höher und schlugen weit herauf aufs Land, der Sturm nahm zu von Minute zu Minute.

Ruth und Nickel waren auf die glasgedeckte Veranda des Heimes hinausgegangen, mit ihnen auch viele andere Urlauber, sie beobachteten das fremde Schauspiel. Es hatte sich aber so getroffen, daß Ruth und Nickel ganz am Ende der langen Veranda standen, abseits von den anderen, und keiner von beiden wußte genau, ob und wieviel er selbst dazu getan hatte.

Draußen sprang das Meer an das Land, drei, vier Männer wateten den Strand entlang, in einem von ihnen erkannten sie den Heimleiter. Sie waren in lange Wettermäntel geknöpft und hatten die Kragen hochgeschlagen. Sie gingen zu dem Boot, das dem Heim gehörte. Die Sturmwellen rollten nun schon bis zum Liegeplatz des Bootes herauf, und wenn der Sturm zunahm, würde es sicher losreißen. Die Männer stemmten sich mit aller Kraft hinter den schweren Bootskörper, er bewegte sich kaum; das Wasser, das immer wiederkam, zerrte an ihren Füßen und zerrte auch das Boot immer wieder zurück. Nach einer langen Ewigkeit schafften sie es aber doch, sie vertäuten das Boot zwischen den Pfählen, die am Dünenende in den Boden gerammt waren; dort, wo die Grasnarbe begann.

Die anderen gingen langsam wieder ins Haus zurück; Ruth und Nickel aber standen noch lange auf der Veranda, nahe beieinander, allein. Sie sprachen beide nicht. Beiden war es, als warte der andere auf etwas, und beide dachten sie, daß das, worauf sie warteten, schon da sei.

Dann kam Häring heraus und fragte, ob sie eine Runde Rommé mitspielten. Er hatte sie überall gesucht. Sie setzten sich in den Klubraum – auch an den anderen Tischen wurde gespielt: Skat, Rommé, Doppelkopf, Schach, Mensch ärgere dich nicht, Halma. Wenn die Reihe an Nickel war, mischte Ruth für ihn die Karten – und sie spielte nach Möglichkeit so, daß er beim Ablegen in Schwierigkeiten kam. Die anderen merkten das natürlich, und Häring sagte denn auch: »Was sich neckt, das liebt sich!« Nickel wurde rot darüber, er schielte verlegen zu Ruth hinüber, aber sie blinzelte ihm verschwörerisch zu, und es war nun, als sei ein Bekenntnis abgelegt worden, vor allen.

Später tranken sie zu viert noch eine Flasche Wein, sie waren heiter und ausgelassen, lachten herzhaft, auch über die belanglosesten Kleinigkeiten – bei alldem war aber immer ein verborgener Ernst zwischen ihnen und eine bange, prickelnde Erwartung. Sie saßen bis kurz vor Mitternacht, dann gingen die Härings schlafen. An diesem Abend brachte Nikkel Ruth bis zur Treppe, die hinauf in ihr Zimmer führte; sie standen lange an das Geländer gelehnt, sie zwei Stufen höher als er, sprachen wenig und ließen große Pausen. Als er ihr gute Nacht sagte, hielt er lange ihre Hand. Sie lächelte und ging dann schnell hinauf.

Der Sturm hatte den ganzen Abend gedauert und dauerte auch die ganze Nacht. Ruth lag noch lange wach; sie hörte das Meer draußen vor den Fenstern und den Sturm, hörte die unbekannten Geräusche, ganz nahe und sehr ferne; alles ringsum schien ihr verzaubert. Manchmal hatte sie sich vorgestellt, wie es sein würde, wenn jemand käme und sagen würde: Ich liebe dich. Sie hatte immer gelächelt dabei und gewußt: So, wie sie es sich vorstellte und wie sie es manchmal in einem Buch gelesen hatte, würde es nicht sein. Das Leben war anders; im Leben kam niemand plötzlich daher. Und immer und von all ihren Freunden und Bekannten hatte sie gewußt, daß der Mann, den es vielleicht eines Tages geben würde, nicht einfach so sein konnte, wie sie alle waren. Wie er aber sein würde, das hatte sie nicht gewußt. An ihn, Nickel, hatte sie dabei nie gedacht. Seit jenem Morgen in der Bucht aber fühlte sie sich seltsam hingezogen zu diesem großen Jungen, von dem sie wußte, daß er es sehr schwer hatte gegen die anderen im Betrieb, und daß er sehr allein war. Und seit gestern abend wußte sie, daß sie froh darüber war und daß die unbestimmte Erwartung der letzten Tage die Erwartung dieses Augenblicks gewesen war.

Am anderen Morgen brachte der Heimleiter während des Frühstücks den Wetterbericht. Der ›steife Wind‹, wie er sich ausdrückte, würde vorerst noch anhalten, den Regen aber sei man für heute los. Ruth sagte: »Das richtige Wetter für einen Spaziergang.« Nickel rührte in seinem Tee und sagte nichts. Da hielt sie seine Hand fest und sagte: »Und wenn es doch regnen sollte, tragen Sie mir wieder die Jacke, ja?« Er nickte ernsthaft – die lustigen Pünktchen in ihren Augen konnte er nicht sehen.

365

Ruth hatte eine feste Leinenjacke angezogen – Nickel erschien in seinem schlechtsitzenden Regenmantel. Er wußte, daß er keine gute Figur abgab, und benahm sich gezwungen. Ruth war neugierig. Sie hatte ein bißchen Herzklopfen, aber keinerlei Scheu und schon gar keine Verlegenheit. Sie wußte auf einmal, daß sie Vertrauen zu ihm hatte.

Auf den Wegen stand in großen Tümpeln das Regenwasser. Nickel half ihr jedesmal behutsam hinüber. Sie aber war voller Übermut. Als sie an einen besonders großen Tümpel kamen, tat sie, als glitte sie aus, und als er sie stützen wollte, standen sie auf einmal beide bis zu den Knöcheln im Wasser. Sie sah sein verzweifeltes Gesicht und mußte lachen. Da lachte endlich auch er. Sie standen mitten in diesem Wassertümpel und lachten, bis ihnen die Tränen über das Gesicht liefen.

Dann fragte sie: »Wo gehen wir eigentlich hin?«

»Ich weiß nicht«, sagte er ratlos.

»Aber ich. Wir gehen zu meinem Liebhaber – Sie wissen doch noch?«

Das Wasser in ihren Schuhen quietschte bei jedem Schritt. Hier, im niederen Holz, war der Wind schwächer, aber jedesmal, wenn sie eine ungeschützte Stelle erreichten, warf er sich auf sie, zerrte an Kleidern und Haaren und drückte schmerzhaft auf die Trommelfelle. Das mächtige Rauschen in ihnen verzehrte jedes andere Geräusch.

Sie kamen an die Küste, die dem offenen Meer zu lag. Nickel wunderte sich, daß Ruth wußte, wo der Fischerjunge wohnte, und daß sie alle Wege hier zu kennen schien. Sie schien in den wenigen Tagen die ganze Insel ausgekundschaftet zu haben.

Das Haus lag auf einer Anhöhe. Es gab hier auf der Meerseite nur dieses eine Gehöft, so weit man sehen konnte, es stand dicht an den Büschen, die sich bis hinüber zum Leuchtturm zogen. Die Fensterläden waren geschlossen, auf dem Schornstein zeigte sich kein Rauch. Sie klopften an das Tor

366

zwischen dem Haus und dem niedrigen Seitengebäude, aber es öffnete niemand. Dann klopften sie an die Fensterläden, gingen zur Giebelseite, klopften auch dort.

»Was nun?« sagte Nickel.

Ruth meinte: »Wenn sie nicht hier sind, dann sind sie drüben am Leuchtturm.«

Der Leuchtturm war näher, als Nickel vermutet hatte. Sie durchquerten die Waldspitze, und plötzlich stand er vor ihnen: grau und aus der Nähe gar nicht mehr so majestätisch, wie er damals bei der Ankunft von der Fähre her ausgesehen hatte. Am Fuße des Turmes stand ein Schuppen, eine Blechröhre auf dem Dach, der Wind zerzupfte den Rauch.

Die Tür war nur angelehnt. Sie traten ein – drin war es dunkel, Nickel sah zwei Männer, konnte die Gesichter jedoch nicht erkennen, aber der eine war der Fischerjunge, das sah er. Der andere, gebeugte, saß im Hintergrund am Fenster, das Öfchen neben sich, er hantierte an einer Literflasche über einem Tisch, der mit Töpfen und Werkzeugen vollgepackt war. Ruth kannte den Alten, sie zog Nickel nach hinten, setzte sich neben das Öfchen und fragte, ob sie ein bißchen zusehen dürften. Der Alte nickte. Dann zog Ruth ihre Schuhe aus und hielt die nassen Strümpfe in die Ofenwärme. Sie forderte auch Nickel auf, aber der lehnte ab.

Indessen ließ der Alte eine Dreimastbark durch die grüne Literflasche segeln. Das Meer war aus Fensterkitt und Farbpulver, und der Alte ließ das Schiff mit umgelegten Masten durch den Flaschenhals fahren. Er drückte den Rumpf in den Kitt, dirigierte den Kurs mit langen Drahthaken, bis der Bug auf eine Woge zu liegen kam, er war zufrieden und drückte das Heck tief und fest ein, und dann begann er langsam die Masten mit den Segeln hochzuziehen, an einem Faden, der durch den Flaschenhals herauslief. Es war ein prächtiges Schiff, und es war auch ein ordentlicher Seegang, und in den Regalen neben dem Fenster stand noch eine ganze Flotte von Flaschenseglern, denn die Urlauber hatten in diesem Sommer wenig gekauft. Eine große Flaute war über das Geschäft gekommen. Am besten waren noch die Aufgelaufenen gegangen, das waren jene, die vor einer Südseeküste aus verschiedenfarbigem Kitt lagen, einer Landschaft aus bunten Schilfpalmen und Strohfaktoreien und Kieselfelsen; eine Barkasse, die noch mit zwei Drähten in den Davits hing, hatte gerade leicht aufgesetzt.

Also schilderte der Alte die Geschäftslage in der Andenkenmanufaktur, indes er emsig weiterwerkelte. Er hatte eine dicke Kerze vor sich, daran er seine Stahlnadeln erhitzte; er brannte Löcher in Schiffsrümpfe und zog Leinen ein, er takelte auf und flaggte hoch in den Toppen, er setzte Boote aus und Einbäume, Kanus und Küstenkutter, er bewegte Meere und Ufer und bevölkerte sie mit Negern, Palmen und Schiffbrüchigen, mit friedfertigen Kauffahrern und kriegerischen Linienschiffen, Korvetten und Fregatten, hanseatischen Koggen und welschen Karavellen, mit Drei- und Viermastern, er ließ Stürme entstehen und besänftigte sie wieder, Orkane, Taifune, Monsune und blaue Flauten, er rauchte seine Pfeife und versah Schoner mit Namen, Briggs mit Nationalitäten, Barken mit Heimathäfen, und zuletzt drückte er immer die Fadenenden in den Kitt und verkorkte das Andenken der christlichen Seefahrt.

Nickel war näher an das Regal herangerückt. Er hätte dem Alten gern eine Flasche abgekauft; aber die Zeitungen schrieben gerade viel über Kitsch und rote Sonnenuntergänge, und er wußte nicht so recht; überhaupt war es schwierig für ihn, sich vorzustellen, daß er Ruth etwas schenken könne.

Sie hatte den Alten inzwischen gefragt, ob man den Leuchtturm besteigen könne. Nickel wußte bereits, daß das Leuchtfeuer schon vor zwanzig Jahren stillgelegt worden war; der Turm diente den Sommerfrischlern als Aussichtsturm. Der Alte gab ihnen den Schlüssel und nahm ein Zweimarkstück dafür. Der Junge hatte die ganze Zeit still neben der Tür gesessen, gesagt hatte er nichts.

Es war dunkel im Turm und roch nach Keller und Moder und mürbem Holz. Die Treppe führte im Bogen aufwärts, unter niedriger Decke, durch die Krümmung war sie immer nur drei, vier Meter voraus sichtbar. In großen Abständen waren kleine Fenster in die Mauer eingelassen, blind und staubig, einige zerbrochen; auf einem Zwischenboden hob das Licht einen unverputzten Stein aus dem Mauerwerk mit der eingehauenen Jahreszahl 1847. Sie stiegen aufwärts. Nickel stieg voran, stieg in einem kühlen, muffigen Luftzug, griff in Stohklumpen und Vogelkot. Dann wurde die Stiege enger, wurde schließlich von einer Falltür versperrt. Nickel brauchte eine ganze Weile, bis er herausfand, wie sie zu öffnen war. Sie kamen nun in das runde obere Turmzimmer, dessen Fensterreihe sie von unten gesehen hatten. Nach oben führte eine schmale Holzstiege in die Kammer, die früher die Vorrichtung für das Blinkfeuer beherbergt hatte, an der Einstiegluke rostete ein Vorhängeschloß.

Es war nach dem Aufstieg sehr hell. Vor den Fenstern hing der niedrige Himmel, und wenn man nach der Seeseite hinabblickte, war es, als stiege der Turm unmittelbar aus dem Meer auf. Das Meer hatte weiße Kämme, und voraus wußte man nicht, wo es aufhörte und wo der Himmel begann.

Nickel stand und träumte sich eins. Ruth war neben ihm, war sehr nahe, sie sah hinaus und sah die Wolken ziehen, wohin ziehen sie?

Er aber blickte in sich hinein, und solange einer damit beschäftigt ist, geschieht nichts. Er ging in sich, und was er da zu sehen bekam, das mußte in dieser Umgebung natürlich seelenvoll stimmen, herztausig, hochsinnig, innig.

Wer weiß, wie lange er noch so gestanden hätte, irgendwohin blickend, während es aussah, als betrachte er die Gegend rings, wer weiß das. Aber Ruth hat auf einmal die Hand auf seinen Arm gelegt, und er kommt nun zurück. Er dreht ihr sein Gesicht zu, und sie stehen eine Weile ganz still, dann küssen sie sich. Viel später erst sehen sie sich an, und sie reibt

369

die Nase ein bißchen an seinem Mantelkragen und sagt: »Na, du?«

Darauf gibt es keine Antwort. Sie betrachtet sein Gesicht, als müßte sie es sich für immer einprägen: die grauen Augen, die unbeholfenen Lippen, das wirre Haar und das Kinn, das vielleicht ein bißchen zu weich ist für so einen Jungen. Seine Hand liegt auf ihrer Schulter, fühlt den rauhen Stoff ihrer Jacke, und auch er sieht jetzt: Augen, Mund, die sanfte Linie des Halses, und das Haar, in dem noch ein paar winzige Wassertröpfchen hängen, abgestreift von den Büschen, unter denen sie gegangen sind.

So stehen sie sehr lange.

Später, beim Abstieg, geht er wieder vor ihr. Sie kann sein Gesicht nicht sehen – aber er ist in diesem Augenblick genau so, wie sie ihn sieht, und wie sie ihn noch sehr lange sehen wird. Ihr ist leicht zumute und froh, und sie schließt ganz schnell die Augen und drückt beide Daumen und wünscht sich, daß es so bleiben möge, nun und immer.

Abergläubisch ist sie natürlich nicht, woher denn. Oder höchstens ein ganz kleines bißchen.

XIII. Kapitel

Christian Kleinschmidt hatte sich geirrt: Fischer hatte weder seinen Plan aufgegeben, noch hatte er hinter Christians Rücken Meldung gemacht. Als Christian den Auftrag für die Umgehungsstrecke annahm, gab es tatsächlich noch keine Jugendbrigade, auch nicht auf dem Papier, und Polotnikows Frage war wirklich eine Frage gewesen, kein hinterhältiges Manöver. Allerdings hatte Fischer in aller Stille mit dem und jenem gesprochen. Und als Christian zu ihm kam in seiner Ausweglosigkeit und seiner Wut, sagte er nur ganz sachlich: »Hast dir's überlegt? Gut. Ich hab da eine Liste. Stehen alle drauf, die mitmachen würden. Such dir raus, wen du brauchen kannst.«

Zu Christians Überraschung stand auf dem Zettel an oberster Stelle der Name Peter Loose.

Christian war zu Loose gegangen, ungläubig, er hielt das Ganze noch immer für eine abgekartete Sache. Loose und Jugendbrigade – da steckte ein Schwindel dahinter, klarer Fall. – Das war Christians zweiter Irrtum, unwahrscheinlicher als der erste: Loose hatte tatsächlich zugesagt, und er fand nicht einmal etwas dabei. Er sagte: »Der Alte hat mir erzählt, es wird eine neue Brigade aufgemacht, nur junge Leute. Du würdest auch mitmachen.« Er sah Christian fragend an. »Ist da was faul? Machst du etwa nicht mit?«

»Doch«, sagte Christian. »Ich bin der Brigadier.«

Den Überkopflader setzten sie noch in der gleichen Nacht um. Für lange Debatten war keine Zeit; sie hatten nur drei Wochen. Am Morgen des dreizehnten begannen sie die Strecke aufzufahren. Christian und Peter fuhren die erste Doppelschicht. Nach der Frühschicht trafen sie sich zur ersten Brigadebesprechung. Sie saßen in der Steigerbude, Christian,

Peter Loose, Christians Fördermann Spieß, Paule Dextropur und drei Mann von den Nachbarblöcken. Einer war neuangeworben, Puffer, Schlosser von Beruf. Dazu Krampe, Junghäuer aus der Steinkohle, der der höheren Löhne wegen zur Wismut gekommen war, und Nothnagel, Abiturient wie Christian, einseinundneunzig groß. Sie saßen in der Steigerbude und sahen sich an, sahen vor allem erwartungsvoll auf Christian, der das Gefühl hatte, etwas sagen zu müssen. Es fiel ihm aber nichts ein. So fand Paule Dextropur schließlich, daß der dreizehnte wirklich kein Tag für eine Brigadegründung sei, man könne das andermal nachholen. Vor allem müsse das bevorstehende Ereignis erst einmal ausgiebig begossen werden.

Leider ging auch das nicht, Spieß und Krampe hatten Mittelschicht. Zum Glück fiel ihnen ein, daß sie einen Brigadenamen brauchten. Paule Dextropur hatte einen bei der Hand: Brigade ›Scharfer Stoß‹. Aber die anderen grienten so lange, bis er seinen Vorschlag selber blöd fand. Nothnagel meinte, soweit er das erkennen könne, müsse eine Brigade einen idiotensicheren Namen haben, ›Roter Oktober‹ beispielsweise oder ›Erster Mai‹. Puffer schlug ›Glorreicher Januar‹ vor, das habe mit dem Plananlauf zu tun und stünde täglich in der Zeitung. Spieß war mehr für berühmte Männer, Budjonny oder Sven Hedin. Loose fragte, ob es nicht auch eine berühmte Frau täte, der Iwan sei nun mal für Gleichberechtigung. Er fand aber außer Big Ella Fitzgerald nur noch Anna Seghers. So vertagten sie auch diesen Punkt.

Der Name fand sich dann von selbst. Das kam daher, weil der Maler oben an der Prozenttafel das C von Christian und das K in riesigen Lettern gepinselt hatte, das ›leinschmidt‹ aber unleserlich klein. Von da an hießen sie ›Zeka-Brigade‹.

In der ersten Woche wurde die Zeka-Brigade, die ›Komplexhüpfer‹, wie sie auch genannt wurden, belächelt und bespöttelt. »Macht nichts«, sagte Christian. »Die werden noch Augen machen.« Er war optimistisch. Von den zweihundert Metern, die sie aufzufahren hatten, brachte jede Schicht gute zwei Meter. Sie arbeiteten nach Fischers Bohrschema; Christian knobelte an einem neuen Zyklus. Sie spielten sich aufeinander ein ohne größere Schwierigkeiten, ohne Reibungen, jeder gab sein Bestes; sie wußten, daß sie sich beweisen mußten. Nach der ersten Dekade standen sie an der Prozenttafel im Schachthof hinter der Brigade Seidel an zweiter Stelle – ihr Rückstand zu Seidel betrug fünfzehn Prozent, mit zwanzig Prozent führten sie vor den nächsten.

In der Kantine gab der schöne Fadenschein die Lebensweisheiten seines Abstauberdaseins zum besten: Neue Besen kehren gut. Der schöne Fadenschein war harmlos. Die weniger Harmlosen rempelten Christian auf der Hängebank an, als niemand von seinen Leuten dabei war. »Lohndrücker! Russenknecht!«

Christian merkte sich die Gesichter. Es ist gut, den Gegner zu kennen. Er wußte noch nicht, daß auch diese Leute nicht die wirklich Gefährlichen waren. Die wirkliche Gefahr ist schweigsam.

Nach der zweiten Dekade lagen sie nur noch mit elf Prozent hinter Seidel. Der tiefste Punkt der fallenden Umgehungsstrecke war erreicht, die Verpflichtung, die Christian gegenüber Polotnikow eingegangen war, erfüllt. Jeder in der Zeka-Brigade glaubte an eine Atempause, an Anerkennung, an Prämie.

Als sie am Lohntag nach der Schicht in der Küchenbaracke saßen, kam Seidel. Er pflanzte sich vor ihren Tisch, das schweißige Arbeitshemd war bis zum Gürtel offen, er hatte die Hände in den Hosentaschen und sagte: »Ihr wollt also Krieg?«

Sie sahen einander an, Christian, Peter Loose, Krampe und Nothnagel. Bis Loose seinen Teller zurückschob und die Fäuste auf den Tisch stützte. »Spiel dich nicht auf!«

»Was ist denn los?« fragte Christian. Er wollte vermitteln. Er glaubte nicht, daß Seidel, sein alter Brigadier, sein Lehrer, daß Seidel nicht mehr der fluchende, unzugängliche, stillschweigende, helfende Kumpel sein wollte. »Was ist denn?«

fragte Christian. Und er wußte wirklich nicht, worum es ging.

Solange die Brigade Seidel als einzige im Schacht Monat für Monat 180, 190 und 200 Prozent brachte, war die Norm sicher. Seidel wußte das, alle wußten es. Daß die übrigen Brigaden nicht über die 150 hinauskamen, war Seidels Glück. Und sie kamen beim besten Willen nicht darüber hinaus, obschon mancher gern gewollt hätte. Sie neideten Seidel die Lohntüte, aber im stillen fanden sie sich ab. Denn sie wußten: Falls noch eine zweite Brigade so hohe Überprozente bringen sollte, wurde die Norm für alle fraglich. Die Norm würde überprüft werden; alle Brigaden der Reviere I bis VI hatten Sondernormen, der ungewöhnlich schwierigen Arbeitsbedingungen wegen. Des zweiten Plus wäre aller Minus. An diese stillschweigende Übereinkunft hielten sich alle. Christian hielt sich nicht daran. Er hatte gar nicht daran gedacht. Loose und Krampe allerdings glaubten, ihr Brigadier habe den Kampf bewußt aufgenommen.

»Tja«, sagte Loose, »jetzt wollen wir mal an die Krippe.«

Aber Seidel war gekommen, um zu verhandeln. Er knurrte Loose an: »Großfresse!« Dann blinzelte er Christian zu und sagte: »Weil du's bist, ein Angebot. Wir fahren diesen Monat hundertfünfzig. Ihr könnt fahren, soviel ihr wollt. Nächsten Monat machen wir's umgekehrt.«

Loose lächelte. »Otschen intressni.«

»Und wenn wir einen schlechten Monat haben«, sagte Christian. »Ich kann das nicht vorher festlegen.«

Seidel hob die Schultern.

Da mischte sich Nothnagel ein. »Ich bin dafür. Warum sollen wir uns gegenseitig totmachen!«

Loose sah Christian an. »Ich dächte«, sagte er langsam, »ich dächte, *du* bist der Brigadier ...«

Christian wußte: Wenn ich jetzt nachgebe, gewinne ich Seidel. Loose und Krampe aber würden mir das nicht nachsehen. Geb ich nicht nach, hab ich Seidel gegen mich. Das eine wiegt so schwer wie das andere, es bleibt sich gleich. Er wußte aber schon, daß es ihm nicht gleich war. »Wir sind fürs Reelle. Wettbewerb. Ohne Schiebung. Aber wenn ihr Krieg haben wollt – wir lassen's drauf ankommen.«

Seidel starrte aus verkniffenen Augen. Für ihn existierte von der ganzen Zeka-Brigade nur Christian. Diesen Mann hatte er ausgebildet. Das ist das harte Gesetz des Lebens. Fast alles, was Christian wußte, wußte er von ihm, Seidel. Nun spielte er es gegen ihn aus. Er starrte Christian an, drehte sich dann hart um, ging.

Sie sahen ihm nach, wie er sich durch die Tischreihen schob, mit breitem Rücken und eckigen Bewegungen. »Hat der auch nicht gedacht«, sagte Loose. Er war unbeeindruckt. Nothnagel hingegen zeigte sich angeschlagen. Seidel sei nicht der Mann, der sich das bieten lasse. Sie würden schon sehen, was sie davon hätten.

Sie sahen es zwei Tage danach. Sie waren sehr spät eingefahren, Fischer hatte sie aufgehalten, er teilte ihnen zwei Neue zu. Kurze Unfallbelehrung, die Neuen kamen aus der Braunkohle. Auf der Hängebank trafen sie ihre Leute von der Nachtschicht, Paule Dextropur, Spieß und die anderen. Sie waren schon ausgefahren. »Alles in Ordnung«, sagte Dextropur.

Zwanzig Minuten später waren sie vor Ort. Loose bemerkte die zerschnittenen Schläuche als erster. »Diese Schweine! Luftschläuche zerschneiden!« Auch die Schaufelbleche waren gestohlen. »Es geht also los«, sagte Krampe finster. Christian ging das Ort ab, dann schickte er Krampe zum Magazin, Schlauchschellen holen.

Christian glaubte nicht, daß Seidel mit den zerschnittenen Schläuchen zu tun habe. Er traute ihm manches zu, das nicht. Aber er behielt seine Meinung für sich. Er ordnete lediglich an: »Ab heute wird vor Ort abgelöst.«

Krampe kam nach einer halben Stunde mit den Schellen. Sie flickten die Schläuche. Nach einer Stunde kam Fischer. Er leuchtete den Stoß ab, sagte dann: »Bei Seidel hat jemand die Luftschläuche zerschnitten. Kurz nach Schichtwechsel.« Christian sah Krampe an, aber der schüttelte den Kopf. »Bei uns auch«, sagte Christian. Fischer sah sich die Schnittstellen an. Er riet: »Behaltet es vorläufig für euch. Und macht die Augen auf.«

Christian rechnete: Zehn Minuten sind es zum Magazin, zehn Minuten zurück. Krampe war ungefähr eine halbe Stunde unterwegs. Wahrscheinlich hat er warten müssen, bei Bierjesus ist immer Betrieb. Dennoch, die Möglichkeit besteht …

Am Abend, Christian schlief schon, kam Puffer in ihre Baracke. Er hatte Mittelschicht gefahren. Christian rieb sich die Augen, aber als er hörte, was geschehen war, war er sofort hellwach. Luftschläuche zerschnitten, und zwar während der Schicht. Puffers Maschine war stehengeblieben. Als er an die Schnittstelle kam, war niemand mehr zu sehen gewesen. Der Angriff erstreckte sich also über alle drei Schichten. »Es bleibt unter uns«, sagte Christian. »Wir kriegen das schon raus.«

Christian schlief unruhig. Aber in dieser Nacht geschah nichts. Als sie am Morgen einfuhren, trafen sie lediglich zwei Mann von der Seidel-Brigade, die drohend die Fäuste schüttelten. Spieß und Paule Dextropur warteten im Querschlag. »Alles klar«, sagte Spieß. »Es hat sich keiner blicken lassen.«

Während der Schicht hatte Christian eine Idee. Er beriet mit Loose. »Was meinst du, einer von uns drittelt um. Er bleibt über die Mittelschicht im Schacht und versteckt sich hinter dem Kompressor.«

»Mach ich«, sagte Loose.

»Gut, ich sage Fischer Bescheid. Morgen fährst du dann weiter Mittelschicht.«

Am Abend wartete Christian, bis Loose von der Schicht kam. Loose kam spät. Er hatte gewartet, bis der letzte Mann von der Mittelschicht aus dem Schacht war.

376

»Nichts«, sagte er.

Auch in dieser Nacht geschah nichts, in der Frühschicht nichts, nichts in der Mittelschicht. In der folgenden Nacht aber fiel der Kompressor aus. Der Mechaniker erklärte, jemand müsse mit einer Brechstange an die Anschlußstutzen gegangen sein. Einer sei abgebrochen, an zwei anderen das Gewinde unbrauchbar gemacht. Drei Stunden Ausfall, bis ein neuer Kompressor geholt war. Der alte mußte in die Werkstatt.

Fischer mobilisierte die Parteigruppe. Aber nun geschah auf einmal nichts mehr. Christian hatte Loose noch zweimal hinter den Kompressor geschickt, umsonst. Auf die Dauer konnten sie diese Methode ohnehin nicht durchhalten, Loose fehlte in der Produktion. Immerhin: ihre Leistung war auch in dieser Dekade nicht schlecht. Einhundertzweiundfünfzig Prozent. Seidel hatte hundertsechzig.

Es vergingen zehn Tage. Die drückende Spannung ließ nach. Spieß und Krampe meinten: Sie haben aufgegeben. Auch Christian fand wieder etwas mehr Ruhe. Er überdachte die vergangenen Wochen, die Anspannung der Kräfte, die ungeklärten Zwischenfälle. Seit seinem Gespräch mit Polotnikow waren kaum zwei Monate vergangen. Alles in allem erfolgreiche Monate.

Erfolgreiche Monate? Um wessen Erfolg handelte es sich denn? Wahrhaftig: in der Ereignisfülle dieser Wochen hatte er jeden Vorbehalt vergessen, war eins geworden mit den Taten und Handlungen, die nicht er allein auslöste und die nicht ihm allein zukamen, war tatsächlich Jugendbrigadier geworden, erster und bislang einziger auf dem Schacht. Er hatte die Brigade aufgebaut, hatte sein FDJ-Mitgliedsbuch hervorgekramt – seit der Schulentlassung hatte er keinen Beitrag mehr bezahlt –, sie hatten Nothnagel zum Gruppenleiter gewählt und pro forma eine Versammlung gemacht. Außer Spieß, Loose und einem der Neuen waren sie alle in der FDJ. Für Christian war klar, daß der Jugendverband für die meisten ein notwendiges Übel war und die Mitgliedschaft eine reine Formsache, ausgenommen vielleicht Puffer, höchstens noch Nothnagel, sie hatten beide am Deutschlandtreffen teilgenommen und wollten im kommenden Jahr unbedingt zu den Weltfestspielen fahren. Puffer schien aus Überzeugung Mitglied geworden zu sein. Und Nothnagel? Auf jeden Fall war er immer noch besser als der schleimige Mehlhorn. – Ja, Christian hatte die Brigade aufgebaut, und oben an der Prozenttafel konnte jeder nachlesen, daß die Zeka-Leute nicht von schlechten Eltern waren. Für alle anderen im Schacht aber waren die Zeka-Leute identisch mit der FDJ. Hatte Christian das gewollt?

Er stellte sich diese Frage nicht. Noch nicht. Was ihn hinderte, war dieses Gefühl, sich selbst untreu geworden zu sein. Jene Scheu, die Veränderung, die durch die eigene Tat bewirkt war und täglich durch neue Tat bekräftigt wurde, innerlich anzuerkennen. Aber die Tat hat den Gedanken voraus und zieht ihn nach sich, ein unablässiger Wechsel, ein Wirkwerk mit sichtbaren Maschen und sehr vielen unsichtbaren. Ein Stückchen war Christian sich selbst voraus, aber er war keiner von denen, die es fertigbringen, ein Leben lang sich selbst nachzulaufen.

Immerhin: die Tat war sichtbar, sie war dringlich, sie fiel auf. In der Parteizeitung des Bezirkes erschien ein Bericht über die Jugendkomplexbrigade Kleinschmidt. Christian hatte keine Ahnung, wer die Zeitung informiert haben könnte. Er tippte auf Fischer. Der Bericht machte die FDJ-Kreisleitung mobil: Im Schachthof erschienen Plakate, die dazu aufforderten, der Brigade Kleinschmidt nachzueifern. Nothnagel hatte ein längeres Gespräch mit dem Kreissekretär.

Die neuen Ereignisse verdrängten die alten. Von den Sabotageakten war seltener die Rede. Christian glaubte nun doch langsam, daß Seidel mit den zerschnittenen Schläuchen zu tun hatte. Er war bereit zu vergessen. Vierzehn Tage lang hatte sich nichts ereignet. Waffenstillstand? Kapitulation? Unnütze Grübeleien. Die Arbeit beanspruchte all ihre Kräfte. Sie waren in das wasserführende Gestein gestoßen, troffen vor Nässe, die Firste tröpfelte, tropfte, ein wahrer Regen. Und die Arbeit war gefährlich, das Gebirge mürbe, man wußte von uralten, verschütteten Gängen aus der Zeit des Silberbergbaus, fand sie auch, aber sie endeten unvermutet, nur das Wasser blieb. Ihre Leistung sank auf einhundertzwanzig Prozent, dann auf einhundertacht. Die Stimmung war miserabel.

Als sie an die Zwischenfälle der ersten Wochen schon gar nicht mehr dachten, geschah es. Christian saß mit Spieß und Nothnagel in der Lagerkantine. Auch Mehlhorn hatte sich zu ihnen gesetzt. Da kam Krampe hereingestürzt, völlig außer Atem, das Haar hing ihm wirr in der Stirn. »Loose«, keuchte er. »In der Sani-Baracke. Sie haben ihn zusammengedroschen!«

Sie rannten zur Sanitätsbaracke. Der Lagersanitäter versperrte ihnen den Eingang. Vor der Tür parkte ein Jeep, der Äskulapstab klebte auf der Frontscheibe. »Warten«, sagte der Sanitäter. »Der Doktor ist eben gekommen.«

Sie warteten lange. Dann kam der Arzt, ein junger Mann noch, musterte sie abschätzend. »Ist Herr Kleinschmidt hier?« Christian meldete sich. »Kommen Sie rein«, sagte der Arzt finster. Die anderen wurden nicht eingelassen.

Das winzige Ambulanzzimmer roch durchdringend nach Äther.

»Sie sind mit ihm befreundet?« fragte der Arzt.

»Ja.«

»Wissen Sie, wer es gewesen sein könnte?«

Christian schüttelte den Kopf.

»Irgendwas müssen Sie doch wissen. Hat er Streit gehabt? Weibergeschichten?«

Streit? Das lag über ein Jahr zurück. Der Mann mit dem tätowierten Handrücken. Auch die Sache im Jugendheim lag ein halbes Jahr zurück. Und Ingrid, das Mädchen aus der Bahnhofskneipe? Das alles war lange her, es war schon nicht mehr wahr.

»Nein«, sagte Christian. »Ich wüßte nicht. Es ist nur … « Der Arzt blieb vor ihm stehen. »Es ist … Wir haben eine Jugendbrigade. Irgendwer hat uns die Luftschläuche zerschnitten, den Kompressor … Vorigen Monat.«

Der Doktor ging auf und ab, steif, abgezirkelt, drei Schritt vor, drei Schritt zurück. Wie in einer Gefängniszelle.

»Ist es … schlimm?« fragte Christian.

»Ein ordentliches Loch im Kopf. Platzwunde, fünf Zentimeter. Hoffentlich kein Schädelbruch. Wenn der Kerl ein bißchen stärker zugeschlagen hätte … Wissen Sie denn wirklich nichts?«

Christian zuckte die Achseln. Warum gerade er, dachte er, warum gerade Loose. Er hat doch nur mitgemacht, weil es eben etwas Neues war, ein Abenteuer. Höchstens noch, weil es gegen die Alten ging. Warum gerade er. Warum nicht ich, oder Puffer, oder Nothnagel? Mit mir hätten sie es leichter gehabt. Mit jedem von uns. Oder ist das nur der Anfang?

Draußen bremste ein Wagen. Die Polizei.

Die anderen wurden hereingebracht. Sie mußten im Nebenzimmer warten, auch Christian. Dann wurden sie einer nach dem anderen einzeln verhört.

Peter Loose wurde noch am gleichen Abend ins Krankenhaus überführt. Der Sanka fuhr mit Blaulicht und Martinshorn; Peter hörte es nicht. Die Zeit war stehengeblieben. Als sie aber stehenblieb, in jenem Sekundenteil, war ein Erinnerungsstück vorausgeeilt, das später, als sie wieder in Gang kam, nicht mehr eingeholt werden konnte. Sie kam nur zögernd in Gang, streifte das Bewußtsein, ließ von ihm ab und berührte es erneut, in wechselnder Intensität und Wirkung. Da wurden leise Stimmen schmerzhaft laut und laute unhörbar, Gegenstände erschienen und zergingen, Dinge wech-

380

selten die Farbe, Farben die Kontur, und als die Umrisse schon gewisser waren, weigerte sich die Bewegung, versagten noch immer die Bezüge, wollten die Begriffe nicht ihren gewohnten Platz einnehmen: Gestern, Vorgestern, Morgen und Heut. Für die Folgen hatte jemand einen Namen gefunden, Contusio cerebri, retrograde Amnesie, die Ursache aber ist noch namenlos. Die Zeit, die nicht stehenbleiben will, nicht stehenbleiben kann, webt wirre Maschen, läßt sie fallen, verwirrt die Fäden in ihrer Ungeduld, und muß doch jenen roten finden, jenen mittleren, den Eignerfaden, um den sich alles windet. Das Tau, das den Lebenswind in den Segeln hält – der Faden hält ihn nicht. Er darf nicht belastet werden außer Maß und Mitte. Irgend etwas in Peter schien das zu wissen.

Da war der Platz vor dem Schacht, der große graue Platz, auf dem die Busse parken. Hatte er keinen Namen? Er ist deutlich zu sehen, Reifenspuren, zehn, zwölf SIS-Busse, grüner Lattenzaun, die Zeitungsbude und die beiden Lautsprecher am Holzmast. Hat er denn keinen Namen? Es ist eigentlich auch mehr ein Fußballplatz, der Chemnitzer CBC spielt da gegen den DSC, die gibt es beide nicht mehr, aber da steht Richard Hoffmann, und da läuft Helmchen und dort Wilimofsky, ganz deutlich, Wilimofsky, Ball am Fuß, dribbelt, zwei zu zwei, sagen die Lautsprecher, bis die Busse über den Rasen fahren, über den grauen Platz, und hupen, und es riecht nach Diesel, nach Gummi, eine Haltestelle, ein Parkplatz, ein Bahnhof für die Busse, und es riecht nach Auspuffgasen.

Der Platz heißt Gummibahnhof. All diese Bushalteplätze heißen hier Gummibahnhof. Es ist aber verdammt finster, und die Scheinwerfer blenden. Und die Sterne fehlen. Kein Mond da. Ist denn nicht Vollmond? Wo ist denn der Mond hin? Da kommt noch ein Bus und dahinter gleich noch einer, das ist aber ein Kipper, Studebaker, Erzkipper Marke Molotow, kein Wunder, daß der Mond weg ist, bei diesen Flakscheinwerfern,

LOOSE IM KRANKENHAUS

LOOSE verschwindung?

mein lieber Mann. Fahren wie die Säue. Sechzig in der Kurve und nicht abblenden und überholen. Hauen die Gänge rein, daß es nur so kracht. Hätte Kipperfahrer werden sollen. Verdienen ein Schweinegeld.

Verdammt finster, die Sterne fehlen, kein Mond da. Jetzt kommt er raus. Das ist nun der Stülpnersteig, und da kommt Ruth, die Fischer-Tochter, guckt einen nicht an. Den Stülpnersteig hinab, Fuchsdelle, quer durch den Wald. Steht da nicht wer, hinter der Tanne? Ist aber nur ein Reisighaufen, und da sind auch schon die Lichter im Tal. Ingrid an den Bierhähnen. Ingrid mit dem Talmikettchen. Und der Steckbrief an der Säule. Ingrid mit dem gastlichen Bett. Wo sind denn die Busse hin? Da sind die Gleise und das trübe Lämpchen und die Bahnhofskneipe und …

Der Gummibahnhof. Es kommt ein Bus direkt auf dich zu und dahinter ein Studebaker und dahinter ein Molotow. Voller Strahl auf allen Töpfen. Hatte man den Eindruck, daß die Schlußläuferin nicht mit voller Pulle lief. Das ist keine Art, also gehn wir in den Wald. Gehn wir also quer durch den Wald. Schneiden wir eine Ecke ab, ins Lager hinauf, in die Lagerkantine, einen Skat spielen mit Kleinschmidt und Spieß und Nothnagel. War eine Schnapsidee, da mitzumachen. Schneiden wir quasi eine Ecke ab, geht aber auch nicht schneller, wegen der Kletterei. Schnapsidee, war gar nicht im Sinne des Erfinders, Reklamepferd für die freie deutsche FDJ-Jugend. Nothnagel, Großfresse Nothnagel, zieht den Schwanz ein vor den Alten, wenn's spannend wird. Da zieht der den Schwanz ein, mein lieber Mann! Wären wir da nicht wieder auf dem Weg? Da wären wir wieder auf dem rechten Weg, wenn er's ist. Fichten und faulige Baumstümpfe.

Bis hierher und nicht weiter. Er war unten aufgebrochen – oben angekommen war er nicht. Die Zeit war stehengeblieben. Als die aber stehenblieb, war ein Erinnerungsstück vorausgeeilt, das nicht mehr eingeholt werden kann. Die Zeit webt wirre Maschen, verwirrt die Fäden in ihrer Ungeduld, und muß doch jenen roten finden, um den sich alles windet. Das Tau, das den Lebenswind in den Segeln hält – der Faden allein hält ihn nicht.

Von dem Überfall auf Peter Loose erfuhr nahezu jeder im Schacht. Nur der Schachtleiter erfuhr nichts. Sergej Michailowitsch Polotnikow befand sich auf dem Weg nach Moskau.

Es war Polotnikows erster Urlaub, seit er Schachtleiter war. Draußen vor dem Abteilfenster senkte sich die Dunkelheit. Entlang dieser Eisenbahnlinie kannte Polotnikow den Namen fast jeder Station; sie alle waren in den Frontberichten genannt worden, tagelang, Vorstoß, Rückzug, Kessel, Brückenkopf. Das war das Land der ungeheuren Kämpfe: Warschau, Brest, Minsk, Smolensk, Moskau. Schnee bedeckte die Erde – es war, als verhülle er die Spuren des Krieges mitleidsvoll vor Polotnikows Blick.

In Minsk aber, spätestens in Minsk, wurde der Krieg wieder Gegenwart. Polotnikow war in Brest umgestiegen – der Zug, mit dem er gekommen war, wurde umgespurt und fuhr nach Kiew weiter. Der Aufenthalt an der Grenze war kurz. Der Bahnhof mit den unterschiedlichen Spurweiten zu beiden Seiten, die Zollsäle, die Leute, die plötzlich alle russisch sprachen, und die vertrauten Aufschriften überall – ansonsten empfing ihn die Heimat beiläufig. Die Ruinen hätte man übersehen können. In Minsk aber, spätestens in Minsk, wurde der Krieg wieder Gegenwart.

Die Stadt schickte ihre Friedhöfe voraus. Ihre Trümmer, die Ruinen der Außenbezirke, die Ruinen der Innenstadt. Selten ein Stein, der auf dem andern geblieben war. Die hastig hochgemauerten Neubauten des ersten Aufbaujahres, ein Kalk ein Stein, die neueren, ein Kalk ein Stuckornament, und auf dem Denkmalssockel einer der Panzer, die die Stadt befreit hatten, einer aus seiner Division. In den Mauern noch das Erschrecken vor dem Tritt der Nagelstiefel, der Schüsse

Widerhall, die Kommandos, ein grauer Himmel über Leben-
den und Toten. Und die gesprengten Fabriken, die Granat-
trichter, die Gräber, die verbrannten Gehöfte und die vergif-
teten Brunnen einen Tag und eine Nacht weit, Brest, Minsk,
Smolensk, Moskau.

Der Artillerieoberst, mit dem Polotnikow das Abteil teilte,
hatte Tee geholt. Sie rührten in ihren Teegläsern, rauchten
Kasbek-Zigaretten. Der Oberst kam aus Berlin. »Zwei Jahre
fast«, sagte er. »Meine Tochter muß mir jetzt ungefähr bis
zum Kinn gehen. Haben Sie Kinder?«

»Ich fahre zu meinem Bruder«, sagte Polotnikow.

Der Oberst starrte in die Dunkelheit. Es hatte zu schneien
begonnen. Der Zug fuhr langsam, als nähere er sich einer Station. Aber sie würden Smolensk in der Nacht passieren und
gegen Morgen in Moskau sein – außer in Smolensk hielt der
Zug nirgends.

Polotnikow zog die Uniformbluse aus. Er lag lange wach,
schlief dann aber tief und fest. In dieser Nacht kehrte er wirklich heim.

Er erwachte erst ein paar Werst vor Moskau. Sie fuhren
durch Birkenwald, an Datschen vorbei, viele waren neu, und
das Holz war frisch, einige waren gestrichen. Der Oberst
stand auf dem Gang vor dem geöffneten Fenster. Er hatte
sich bereits rasiert. Der Fahrtwind blies ihm das kurze Haar
in die Stirn, er lächelte.

Als Polotnikow sich wusch, fuhren sie schon durch die
Außenbezirke. Der Morgen war sehr klar, die Wintersonne
blendete. Draußen schritten hochbeinige Krane vorüber,
sechs- und achtstöckige Häuser, und im Rücken der Stein-
fronten lehnten die alten, verfallenen Holzhütten.

Moskau!

Dann rollte der Zug langsam aus. Der Bahnhof war auch
zu dieser frühen Stunde belebt. Polotnikow wollte sich von
dem Artillerieoberst verabschieden, aber der stand am Fenster und winkte und rief jemandem etwas zu, da wurde Polot-

384

nikow von den jungen Leuten im Gang weitergedrängt. Er erhaschte nur noch den Zipfel eines weißen Umschlagtuchs über einem schmalen Mädchengesicht – vorbei.

Er stieg aus. Er war gar nicht weggewesen. Er war immer hier. Daß die Bahnhofshalle keine Spuren des Krieges trug, wunderte ihn nicht. Es mußte so sein. Bis hierher hatte der Krieg keine Macht.

Da tauchte er ein in die Straßen der Stadt. Trolleybusse, Verkehrsampeln, Zeitungskioske, eine Baustelle. Plakate, Autos, Eisreklame, Schaufenster. Und Menschen, Menschen. Die Stadt staute sich an den Straßenübergängen, an Bushaltestellen, sie ging hastig, unausgeschlafen, fröstelnd, ging unauffällig, mit Würde, ging fröhlich. Sie drängte sich an den Metroeingängen, schwenkte Zeitungen, drückte Zigarettenstummel aus in steinernen Becken, trug Pelzmützen, Umschlagtücher, Galoschen.

Er fuhr zur Metro hinab, sank in jähe Wärme. Der Strom teilte sich, flutete nach rechts und links, sanfter roter Marmor und die gelben Fenster eines einfahrenden Zuges, das Grollen ferner Gewitter. Gerüche von Schnee, Lederzeug, Tabak, von Kleidern und Parfüm.

Ein Mädchen bot einen Sitzplatz an. Er lächelte ihr zu. Erst als niemand sich setzte, dankte er betroffen.

Der Zug stieß abwärts in die rasche Dunkelheit der Gänge.

Er hatte im Hotel zu Mittag gegessen. Dimitri erschien Schlag fünfzehn Uhr. Er kam hereingestürmt mit hochrotem Gesicht, den Mantel weit offen, ruderte mit seinen langen Armen. Sie umarmten sich. »Na«, sagte Dimitri. Es war wie früher. Wenn er erregt war, fiel ihm nichts ein. Er begann hastig die beschlagene Brille am Mantelfutter zu reiben und spähte kurzsichtig umher. »Also dann«, sagte er aufgeregt. »Also ich habe einen Wagen bekommen. Wir können gleich losfahren.«

Erst im Auto sahen sie sich richtig an. Er ist älter geworden, dachte Polotnikow, natürlich ist er älter geworden. Aber er sieht gut aus.

Vor dem Kriege hatte er immer das Gefühl gehabt, dem Bruder eine ganze Generation voraus zu sein. Noch während der Fahrt hatte er diese Vorstellung gehegt – sie hatten sich vier Jahre nicht gesehen.

Sie fuhren zum Moskwa-Ufer hinab, die breite Promenade entlang, unter den roten Mauern des Kreml, dem Herzen Rußlands hinter den unpassierbaren Toren. Dimitri erzählte von seinem vierjährigen Töchterchen, von seiner Frau Olga, von dem neuen Haus, das außer ihm noch ein anderer Physiker mit seiner Frau bewohnte, von seiner Schallplattensammlung und von der Rebhühnerjagd; die Sätze sprudelten hervor wie muntere Bächlein, man kam von einem ins andere ohne Übergang. Nur von seiner Arbeit sprach er nicht. Als Polotnikow ihn danach fragte, winkte er ab. »Diffusionsreihen, halbindustriell. Vor drei Jahren waren wir mal berühmt – jetzt sind wir nur noch dritte Garnitur.« Er hatte leise gesprochen, und Polotnikow fiel auf, wie er dabei zu dem Fahrer des SIM hinübersah.

Sie hatten das Weichbild der Stadt verlassen und fuhren über eine breite, schneeglatte Chaussee in Richtung Dmitrowo. Sie fuhren über das Weiß der Ebene, das in der Ferne begrenzt wurde von schwarzen Kiefernwäldern, von Fabrikschornsteinen und den Silhouetten alter Klöster, fuhren der Wolga entgegen und der altrussischen Landschaft um Kimry und Konakowo, in den dunklen Glanz der Frühgeschichte, der Ikone alter Meister, der vergilbten Bücher und der Sagen. Sie fuhren nordwärts.

Isotopentrennung. Diffusion.

Polotnikow wußte: das physikalische Laborproblem war längst ein industriell-technisches geworden. Es war über den Arbeitsbereich der Physiker hinausgewachsen und beschäftigte Ingenieure und Konstrukteure, Chemiker und Mediziner, Metallurgen und Geologen, die Radioisotope und das Isotron, die Kernspaltung und die Kettenreaktion beschäftigte Wissenschaftler, Wirtschaftler und Militärs. Auch der Uranbergbau, sein Arbeitsgebiet, war weiter nichts als eine Ausgangsindustrie – eine von vielen, wenn auch vermutlich die wichtigste. Und es war keine sechzig Jahre her, daß Becquerel die natürliche, keine fünfzehn, daß Irène und Frédéric Joliot-Curie die künstliche Radioaktivität entdeckt hatten. Die Relativitätstheorie, die Quantentheorie und die Heisenbergsche Quantenmechanik waren Kinder dieses Jahrhunderts. Dreißig Jahre waren seit Rutherfords erster Kernumwandlung vergangen, fünfzehn, seit Fermi begonnen hatte, Urankerne mit Neutronen zu bestrahlen, zwölf seit Otto Hahns Uranspaltung. Hiroshima aber lag kaum sechs Jahre zurück. Das alles wußte Polotnikow. Es gab harmlose Isotope und weniger harmlose, Atome von Mischelementen, die eine gleiche Kernladung, aber verschiedene Masse haben; es gab friedsame Isotope für die Medizin, und es gab das U 235, die Transurane, das Deuterium und das Tritium.

Vor dem Kriege hatte Polotnikow von Dimitris Arbeit kaum eine Vorstellung gehabt. Er hatte sich irgendein Laboratorium vorgestellt, wo ein paar Besessene irgendwelche Strahlen zählen und mit dem Quadrat der Dienstjahre des Leiters multiplizieren. Auch während des Krieges noch, als Dimitri vom Militärdienst freigestellt und mitsamt seinem Institut evakuiert worden war, hatte er mitunter gedacht, daß die massenspektographischen Untersuchungen wohl auch bis nach dem Sieg warten könnten, in dieser Zeit, da das Land Panzer brauchte, Geschütze und Kämpfer. Die Erschließung der Kernenergie ist das revolutionärste Ereignis seit der Zeit, als der Urmensch das Feuer entdeckte? Es war Krieg! Und er hatte die Frage, ob man sich so einfach vom Kampf ›befreien‹ lassen könne, abgewogen gegen den Stolz auf das Land, das seinen Wissenschaftlern auch dann, als die Front des Krieges vor der Hauptstadt stand, nicht gestattete, die Front der Wissenschaft zu verlassen.

Im zweiten Kriegsjahr, Polotnikow war nach seiner Verwundung aus dem Lazarett entlassen worden und stand kurz vor der Rückkehr an die Front, feierten sie Dimitris Hochzeit. Sie feierten in Moskau, in der Wohnung von Olgas Eltern; außer Polotnikow waren nur noch drei oder vier Freunde des Brautpaares zugegen, Physiker wie sie. Die Physiker munkelten, Weksler habe die Berechnungen eines grandiosen Beschleunigers abgeschlossen, eines Synchrophasotrons. Wer wußte damals, daß sie über die strengsten künftigen Militärgeheimnisse sprachen? Hitler hatte zweihundert Wissenschaftler mit der Fortsetzung der Versuche von Hahn und Straßmann beauftragt. In Amerika wurde Präsident Roosevelt von einer Gruppe aus Europa emigrierter Physiker auf die Gefahr einer deutschen Atombombe aufmerksam gemacht. Der große Einstein persönlich mußte Ruf und Namen in die Waagschale legen, damit die Nachricht von der Möglichkeit dieser unvorstellbaren Waffe überhaupt ernst genommen wurde. Und während in Frankreich Joliot-Curie den Weltvorrat an schwerem Wasser vor dem Zugriff Deutschlands bewahrte und von Norwegen nach Kanada bringen ließ, begannen die USA mit einhundertfünfzigtausend Wissenschaftlern und Technikern an der Lösung des Problems zu arbeiten. Im Frühjahr 1943 wußte niemand außerhalb der USA, daß Fermi in Chicago die erste Kettenreaktion zustande gebracht hatte – überdies: sie war so schwach, daß man keine Tasse Tee mit ihrer Energie hätte erwärmen können. Zwei Jahre später fand in New Mexico die erste geheime Versuchsexplosion statt. Einen Monat danach fielen die Bomben Nummer 2 und 3 auf das angeschlagene, kapitulationsreife Japan. In Europa war der Krieg bereits beendet …

In jenem August hatte auch Polotnikow begriffen. Im Herbst des Jahres stand seine Einheit in einem Erzgebirgsstädtchen südwestlich von Dresden. Er wurde aus dem aktiven Militärdienst entlassen, kehrte nach Moskau zurück. Ein halbes Jahr später war er bereits wieder im Erzgebirge, Leiter eines Ingenieurkollektivs, dann Schachtleiter. Bevor er nach Deutschland zurückkehrte, hatte er sich mit Dimitri das letzte Mal getroffen. Sie hatten sich in Moskau treffen müssen – die Einreise in das Gebiet, in dem sich Dimitris Institut befand, war gesperrt. Auch Olga hatte nicht kommen können, aus Gründen, die Dimitri nicht genannt hatte. Polotnikow vermutete seit damals, daß Dimitri an der Lösung des ›Problems‹ mitarbeitete. Er hatte nicht danach gefragt. Die Materie war zu kompliziert, er hätte kaum etwas verstanden; in Hunderten Betrieben und Instituten lösten Wissenschaftler und Techniker Tausende Teilprobleme. Inzwischen wußte die Welt, daß die Sowjetunion das Problem gelöst hatte – Polotnikow aber sah, wie naiv damals auch nur der Gedanke an eine Frage gewesen wäre. Er hatte eine gelinde Vorstellung von den Sicherungssystemen des Uranbergbaus und der Aufbereitung – die aber waren von einer geradezu lächerlichen Harmlosigkeit, verglichen mit der Sicherung des Problems. Die Bombe war zum Weltgeheimnis Nummer eins geworden, und es war noch ein Glück, daß sie es war.

Und nun fuhren sie, fuhren durch altrussische Landschaft, auf modernen Straßen, die die uralten Karrenwege abgelöst hatten, fuhren durch Wälder und zwischen verschneiten Äckern nordwärts, und sicher war, daß es sich tatsächlich um eine Angelegenheit dritten Ranges handeln mußte, ›dritter Garnitur‹, wie Dimitri sich ausdrückte, sonst hätte man ihn, Polotnikow, nicht so schlichtweg einreisen lassen. Ihn, der aus dem Westen kam, aus Deutschland, einer für die westlichen Geheimdienste ungemein zugänglichen Gegend. Man hatte von geringeren Anlässen gehört, Mißtrauen ist gut, Verhöre sind besser.

Sie waren abgebogen, bevor die Wintersonne versunken war, jetzt fiel die Dämmerung ein. Dimitri deutete nach rechts: »Dort drüben ist unser Flugplatz.« Polotnikow sah ein paar verschwommene Lichter, eine Baracke, die Umrisse eines Hubschraubers. Sie fuhren durch ein Wäldchen und waren plötzlich auf einem schnurgeraden Weg, an dem sich in großen Abständen eingeschossige Holzhäuschen reihten, jedes unter ein paar Bäumen, Vorbauten aus weißen Birkenstämmen, gemauerte Schornsteine und doppelte Fenster, es war fast zu schön, um wahr zu sein. Der Wagen hielt, der Fahrer drückte auf die Hupe.

Olga gehörte zu jenen Frauen, die Polotnikow befangen machten. Er stand vor ihr mit seinem Köfferchen, den Mantel über dem Arm, während die kleine Shenja mit ihrem Vater im Schnee umhertobte. Polotnikow hatte nie recht verstanden, wie Dimitri zu dieser Frau gekommen war, dieser schmalen Schönheit mit den ruhigen, aufmerksamen Augen, die ihn jetzt still ansahen. Olga besaß ein Gesicht von ungewöhnlicher Klarheit und Ausdruckskraft; Polotnikow fühlte sich, als betrete er eine Bühne, als trete er ins Licht vor ein erwartungsvolles und kundiges Publikum. – Da nahm sie ihm einfach den Mantel ab, gab ihm die Hand; was sie sagte, drang nicht bis in sein Bewußtsein, dennoch spürte er, daß er nicht schlechthin als naher Verwandter aufgenommen wurde, sondern als zugehörig in einem anderen, tieferen Sinn.

Olga hatte heißes Wasser bereitgestellt. Als sie sich wuschen, fragte Dimitri: »Und? Wie sieht's aus bei den Deutschen?«

»Tja«, sagte er. »Wie sieht's aus …«

Sie hatten das größte Kriegspotential seit Alexander dem Großen, hatten die Hälfte Europas um und um gestülpt – aber wie sah es aus in Makedonien nach dem Untergang der Antigoniden?

Draußen hantierte Olga mit Gläsern und Bestecks. Die kleine Shenja wurde zu Bett gebracht. Der Plüschteddy, den Polotnikow mitgebracht hatte, mußte mit ins Bett, und die Abendgeschichte von Forschern und Helden, von klugen

390

Tieren und tapferen Mädchen mußte heut der Onkel erzählen. Er erzählte die Geschichte vom kleinen Bären aus dem fernen Land Deutschland.

Dann, beim Essen, sagte Polotnikow: »Nach dem Sieg, als Stalin in Potsdam war, gab es in ganz Ostdeutschland fünfhundert organisierte Kommunisten. Die Faschisten kommen und gehen – aber wer in diesem Land war denn nicht Faschist, Kulak, Bourgeois, Menschewik? Eine revolutionäre Situation – aber keine Revolutionäre.«

Er dachte an Hermann Fischer. Mit Ausnahme der fünfhundert, dachte er. Mit Ausnahme des Häufleins, das übrigblieb.

»Und die anderen?« fragte Dimitri.

Polotnikow hob die Schultern. Wenn sie zur Besinnung kommen, leisten sie Ungeheures. These, Antithese, die Menschheit vergißt immer das Wichtigste zuerst. Sie leisten sich Ungeheuerliches, wenn sie nicht zur Besinnung gebracht werden. Und der andere Teil Deutschlands? Kam er nicht schneller voran als der östliche? Und warum? Ja, Gründe wie Tropfen im Meer, Erklärungen, es geht alles mit rechten Dingen zu. In Deutschland braucht's nur eine plausible Erklärung, schon beruhigen sich die Leute. Es wird ihnen aber verdammt schlecht bekommen, wenn sie sich nicht endlich mal ein bißchen beunruhigen.

»Es ist eine gewesene Weltmacht«, sagte er. »Sie begreifen nicht, wie klein ihr Land ist und wie wenig sie Reserven haben. Die eine Hälfte macht nach wie vor Großmachtpolitik, die andere Hälfte verläßt sich auf uns.«

Die andere Hälfte … Es war aber nur ein Drittel, und in der ökonomischen Potenz war es nicht einmal das.

»Wir haben ein paar deutsche Wissenschaftler hier«, sagte Dimitri. Und dann: »Wenn man sich die Geschichte der Physik ansieht – jeder dritte oder vierte Physiker von einigem Rang war Deutscher. Wenn die deutsche Revolution gesiegt hätte, damals, nach dem ersten Krieg, wie könnte Europa heute aussehen! Und sie selbst – welch ein Land könnten sie heute sein! Begreifen sie wenigstens das?«

»Ein paar schon«, sagte Polotnikow. »Freundschaft mit Rußland – das sagen heute viele. Die einen, weil wir gesiegt haben, die zweiten, weil es ihr Vorgesetzter wünscht, und der wünscht es, weil es sein Vorgesetzter wünscht. Natürlich gibt es viele, die es ehrlich meinen, und welche, die sich lieber auf den großen Bruder verlassen als auf sich selbst, und wenige wissen, daß es nicht so sehr auf Gefühle ankommt und schon gar nicht auf Beteuerungen. Aber sie haben den Terminus als Grußformel eingeführt.«

Und ferner die verbreitete Spezies der Unpolitischen, der harmlosen Abendländer, der netten Deutschen, die ihr Bier lieben und ihre Bockwurst und das Gretchen von Goethe. Sie klopfen dir auf die Schulter und beteuern, daß sie immer gegen Hitler gewesen seien, obschon er die Autobahn gebaut habe, und von den Kazetts haben sie natürlich nichts gewußt, und sie waren schon immer der Meinung, daß all diese Juden und Russen und Neger schließlich auch Menschen seien, und wenn es nach ihnen gegangen wäre, und überhaupt habe man immer gesagt, daß der deutsche Soldat und der russische Soldat die besten Soldaten der Welt wären, und so fort. Und dann führen sie dir ihr Wasserklosett vor: Nu, Kamerad Tawarischtsch Iwan, da staunst du, was?

Olga sagte: »Vergangenen Monat waren wir bei Dau. Er hält noch immer jeden Donnerstag sein Seminar. Pünktlich elf Uhr. Wir gingen den Korridor entlang, überall standen Grüppchen und diskutierten. Die einen über den Alpha-Zerfall, über Antiteilchen, über das Gesetz der Parität und den Indeterminismus der Quantenmechanik – die anderen über den chinesischen Aufbau, über den Korea-Krieg, über den Freiheitskampf in Afrika und über die deutsche Frage. Da sagte Dau: Sehen Sie, das hält sich die Waage; die Revolution in der Physik und die sozialistische Revolution. Vermutlich wird man einmal unser Jahrhundert danach benennen.«

Am anderen Morgen gingen sie durch die Siedlung. Olga war früh zum Dienst gefahren, Dimitri mußte erst mittags ins Institut. Sie brachten Shenja in den Kindergarten, wechselten ein paar Worte mit der Leiterin, einem mütterlichen Mädchen von höchstens dreiundzwanzig Jahren. Polotnikow sah, daß Dimitri allen hier gut bekannt war und offensichtlich sehr geachtet. Auch auf ihn fiel etwas ab von diesem Glanz; man behandelte ihn, als sei er wenigstens Joffe oder Tamm oder sonst eine legendäre Berühmtheit. Die Vorstellung amüsierte ihn.

Als sie durch den Wald gingen, einen ausgefahrenen Weg entlang, entdeckte er plötzlich einen hölzernen Postenturm. Grün über den Schnee lief ein Bretterzaun mit überhängender Stacheldrahtgirlande, und weiter in der Ferne zeigten sich die Dächer einiger Gebäude, Rohrbrücken, ein schlanker Turm in Stahlkonstruktion. Es waren die gleichen Zäune, wie sie sie in Deutschland um die Schächte zogen, und die gleichen Postentürme. Der Weg der Erze mündete vielerorts im Sowjetland, er mündete auch hier. Die grünen Zäune, der Stacheldraht, die Postentürme. War es das, was die Gedanken affizierte?

Polotnikow sagte langsam: »Da arbeiten Zehntausende Menschen, nur um einer ungeheuren Bedrohung durch eine Gegendrohung zu entgehen. Irgendwann einmal wird sich die Menschheit totlachen über uns. Wenn sie noch Gelegenheit dazu hat.«

Dimitri sah ihn prüfend an. »Ich kann dich schon verstehen«, sagte er. »Auch bei uns geht es manchen so.« Warum verschwieg er, daß es manchmal auch ihm so ergangen war? Es gab die Einsicht, daß es existenznotwendig war, gab den penetranten Optimismus derer, die darauf bauten, daß man inzwischen stärker geworden war als der Feind – soll er es wagen, der Kommunismus wird überleben, der Kapitalismus aber endgültig vernichtet werden –, gab den Fatalismus, den Glauben an die schließliche Gewalt der Vernunft, den blinden

Eifer und die Siegeszuversicht, es gab das Bewußtsein der Verantwortung für die Zukunft der Menschheit. Und worin lag seine eigene Zuversicht? Seit einem Jahr arbeitete er nicht mehr am Problem. Die geheimnisvolle Arbeitsteilung gestattete nur wenigen einen Überblick, und es gab auf der Erde bestenfalls zwei-, dreihundert Menschen, die in die höhere Kunst der Bombenherstellung einen wirklichen Einblick hatten. Die Amerikaner boten ganze Völkerstämme von Wissenschaftlern auf und einen gewaltigen technischen Komfort; dagegen war man vergleichsweise bescheiden eingerichtet. Und dennoch arbeiteten viele Tausende, dennoch sprach alles dafür, daß man den Westen überrundet hatte oder mindestens dazu im Begriff stand, dennoch wußte man, daß jeder Tag Frieden die Zeit näher brachte, da die Katastrophe verhindert werden konnte. Die Revolution der Naturwissenschaften und die Revolution in der Gesellschaft – man wußte: die letztere war die entscheidende, nur sie konnte die Gewähr geben, daß sich die Resultate der ersten nicht gegen die Menschheit richteten. Aber war die Gewähr wirklich schon vorhanden? Man war Teil von ihr – aber war man schon stark genug? Hatte man nicht immer wieder Kräfte erlebt, die in Lenins Namen auftraten, nur um seinen Geist um so sicherer zunichte machen zu können? Ja, man glaubte, daß die Partei auch mit diesen Feinden fertig werden würde, wie sie mit dem äußeren Feind fertig geworden war, glaubte an die Unüberwindlichkeit des Marxismus, glaubte an den Sieg der Vernunft durch den Kampf der Vernünftigen, und eben deshalb kämpfte man. Woher aber nahm man jeden Tag aufs neue die Kraft?

Er sagte: »Die Zeit arbeitet für uns. Das ist das eine. Das andere ist: Auch die Entdeckung des Feuers wurde zur Zerstörung mißbraucht, das Flugzeug, das Dynamit, die Funktechnik. Das Tritium ist heute das gräßlichste und kostspieligste Produkt, das je hergestellt wurde. In ein paar Jahrzehnten aber wird man die Wasserstoffusion steuern können, so wie wir heute die Teilung schwerer Kerne steuern. Ich weiß nicht, ob wir heute noch Bomben auf Uran- oder Thoriumbasis bauen, Deuterium ist ungleich wirksamer, und die Gestehungskosten sind geringer. Aber wir entwickeln Kraftwerke, Antriebssysteme, Reaktoren. Es liegt an uns, ob die Schwerter zu Pflügen umgeschmiedet werden können. Aus Eisen sind sie beide.«

Sie hatten die höchste Stelle des Waldrandes erreicht, sahen den Zaun mit der Kette der Postentürme hinter dem Hügelrücken verschwinden, sahen die zweite Absperrung und sehr fern die kaum erkennbare Wölbung des Bunkers. Unten auf der Straße zog eine Lkw-Kolonne vorbei, voraus und hintennach in ziemlichem Abstand je ein Jeep. Dimitri kannte diese dicken, gedeckten Kästen; Oxyde, angereicherte Stäbe, heißer Transport. Die Entladung war jedesmal eine eigene Zeremonie.

»Na?« sagte er. »Da rollt euer Erz.«

Polotnikow sah der Kolonne nach. Graue Käfer, die langsam durch den Schnee krochen. Der Himmel war so hoch wie je, und die Sonne schmolz ins All seit Millionen Jahren. Als könnte sich nicht genug verglühen von dieser seltsamen Materie, die eins sein konnte und gleichzeitig ein anderes, und nur eins nicht: sie konnte nicht aufhören zu existieren, sich zu bewegen, sich zu verändern. Hatte sie sich so organisiert, um ihre eigene Organisation zu zerstören durch sich selbst? War der Mensch reif, sich selbst zu beherrschen und das, woraus er gemacht war?

Dieser deutsche Professor, damals im Zug …

… ein bißchen hochorganisierte Materie, ein bißchen kompliziert in Struktur und Funktion, und was noch? Und vielleicht nichts weiter, nichts?

XIV. Kapitel

Die Nachricht von der Flucht der Betriebsleitung verbreitete sich in der Papierfabrik mit unglaublicher Geschwindigkeit. Gegen zehn Uhr war sie in den Werkhallen aufgetaucht, als Gerücht, ungläubig aufgenommen und dem Überbringer mitunter böse vermerkt – einige sprachen sogar von Provokation. So zog sie sich noch einmal in zugänglichere Bereiche zurück: in die Lohnbuchhaltung, in die Betriebsküche, in den Papiersaal. Kurz nach elf Uhr aber war überall Gewißheit.

Die ersten Reaktionen reichten von dumpfsinnigem Gleichmut bis zur hämischen Freude, von der Kopflosigkeit bis zur finsteren Entschlossenheit. In den Hallen liefen Mutmaßungen um, wer alles unter den Geflüchteten sei; die Ausmaße der Flucht waren vorerst nur wenigen bekannt, die Auswirkungen noch gar nicht abzusehen.

Ruth Fischer stand im Kalanderdurchgang der dritten Maschine. Sie hatte es nicht glauben wollen; fassen konnte sie es auch jetzt noch nicht. Aber eben war der Parteisekretär Benedix durch die Halle gegangen und hatte jedem, der es hören wollte, bestätigt: »Ja, es stimmt. Zum Schichtwechsel ist Kurzversammlung. Keine Panik, die Welt geht nicht unter deshalb.« – Benedix war gerade sechs Wochen von der Parteischule zurück. Ein bitteres Erbe, das er da antrat.

Vor der Umkleidekabine redeten sie aufeinander ein. »Die Dummen sind immer wir«, sagte der kleine Häring. »Der Arbeiter ist immer der Dumme!« – Jemand fragte: »Der Sosonaja ist auch fort?« – Dörner, Ruths Maschinenführer, machte sich Vorwürfe. Seit über zehn Jahren saß er täglich neben Sosonaja. Sie waren nicht gerade dicke Freunde gewesen, das nicht. Aber daß er so gar nichts geahnt, gar nichts gespürt hatte ... Keinem kann man trauen, dachte Dörner. Keinem ins Herz sehen. Zwar: ein Nörgler war der Sosonaja immer gewesen; ihn hatte gewurmt, daß der Stein, den er einst beim Kommerzienrat Nüßler im Brett gehabt hatte, nun so gar nichts mehr zählte. Aber daß er sich bei Nacht und Nebel davonmacht, auf Verabredung, gemeinsame Sache mit den großen Herren! – »Einen Grund werden sie schon haben«, sagte der Schmierer Maaßen. »So mir nichts, dir nichts läßt man doch nicht alles im Stich. Die Wohnung, die Möbel, die Stellung.« Der Herr Zebaoth nickte. »Könnt mir schon einen denken, einen Grund!« Dann sagte er zu Häring: »Dir kann's ja recht sein. Jetzt rutschst du 'ne Lohnstufe höher.« Häring war Sosonajas erster Gehilfe gewesen, seit heute morgen führte er die Maschine.

Die leeren Plätze waren plötzlich in allen Köpfen. Jeder rechnete sich schnell seine Chancen aus. Aber von denen, die hier standen – Schmierer, Zuträger, Querschneiderführer, zweite und dritte Gehilfen –, hatten nur zwei den Anschluß nach oben: Häring, der die Maschinenführer-Qualifikation besaß, und Dörner, der nun vielleicht Werkführer werden würde. Nach allem, was man bisher gehört hatte, waren unter den Flüchtigen ja mindestens drei, vier Maschinenführer, ferner zwei Werkführer, der Ingenieur Gerber und der technische Direktor, der Betriebsleiter Kautsky und der kaufmännische Direktor. Der Herr Zebaoth sagte: »Der Jung andres, der soll auch fort sein.« Er sah zu Ruth hinüber, die noch immer im Kalanderdurchgang stand. »Erst setzt er der Fischern den Maschinenführer ins Ohr, und dann ...« Dörner unterbrach ihn: »Der nicht. Das ist so ziemlich der einzige, der nicht getürmt ist. Vor einer Stunde hab ich ihn übern Hof gehen sehen.«

Der Anlaß der Flucht blieb Thema Nummer eins. In allen Winkeln blühten giftig die Gerüchte. Steuerhinterziehung, Devisenschiebung, Schwarzhandel, Spionage. Hinter dem Kautsky soll die Stasi schon lange her sein. Stimmen wurden laut, die der Wahrheit ziemlich nahe kamen: Alles ist von

397

drüben gelenkt, die alten Konzernbosse, die Deutsche Papier AG, die DCG. Andere tuschelten auch: Braucht ja einer bloß einen politischen Furz zu lassen, schon steht er bei denen auf der Liste. Die werden schon gewußt haben, was ihnen hier blüht. Es werden noch ganz andere abhauen, wartet nur ab!

Viele aber dachten auch: Was soll nun werden? Können wir denn weiterarbeiten ohne Leitung? Muß der Betrieb stillgelegt werden? Es sind doch alles gescheite Leute, der Gerber, der Oswald, der Dr. Kautsky ... Vielleicht ist das alles nur der erste Schlag; die Offiziere verlassen das sinkende Schiff? Solche wie die wissen doch immer, wohin der Wind sich dreht.

Es gab auch welche, denen diese Flucht die Augen öffnete; aufgeschreckt aus Unglauben und Gleichgültigkeit, sahen sie: es muß doch jemand ein Interesse daran haben, daß wir nicht herauskommen aus dem Dreck. Sie begannen zu begreifen, daß alles, was dem Werk geschah, auch ihnen angetan wurde. Und in vielen erwachte der Trotz.

Nickel saß dem Beauftragten des Ministeriums für Staatssicherheit gegenüber, einem noch jungen Major, der zusammen mit einem Leutnant und zwei Zivilisten aus der Kreisstadt herübergekommen war. Hertha Dörner, Nickels Sekretärin, hatte einem der Zivilisten die Personalakten der Geflüchteten übergeben; jetzt schrieb sie an einer Liste mit den Namen derjenigen Betriebsangehörigen – vom Maschinenführer aufwärts –, die bereits unter der Deutschen Papier AG an exponierter Stelle in Produktion und Verwaltung gestanden hatten. Die Liste wurde sehr lang.

Nickel rekapitulierte die Ereignisse. Erst jetzt, da er sie ordnen, die tatsächliche Reihenfolge wiederfinden mußte, wurden sie ihm wirklich bewußt. Den ganzen Vormittag über war er nicht zur Besinnung gekommen, die Ereignisse hatten einander gejagt, die Leute sich gegenseitig die Türklinke in die Hand gedrückt, das Telefon hatte fast pausenlos geklingelt – und in diesem hektischen Durcheinander hatten die ersten Anweisungen gegeben werden müssen, Informationen weitergeleitet und Anordnungen getroffen, Korrekturen waren notwendig geworden, Widerruf von Anordnungen und neue Wirrnis, dieweil auch die Meldungen einander widersprachen und das Bild sich in immer anderer Richtung verzerrte; nahezu von Viertelstunde zu Viertelstunde hatten sie vor einer völlig veränderten Situation gestanden. Es war eine Anspannung, in der das Gefühl für Zeit und Dauer ganz und gar verlorengegangen war. Nun, im nachhinein, erschien alles gleichzeitig. Die Ebenen verschoben sich, geradezu boshaft versteckten sich die Einzelheiten eine hinter der anderen.

Dabei hatte der Tag angefangen wie jeder andere Montag auch. Schlag sieben Uhr hatte Nickel das Werk betreten, das brummte dumpf in die Dämmerung. Mit dem Morgennebel drückte der Rauch aus den Fabrikschornsteinen in den Talkessel, am Hang röhrten die Erzkipper auf, manchmal sickerte auch ein dünnes Klingelzeichen von den höher gelegenen Schächten herab – zu sehen war da drüben noch nichts, obschon der Berghang keine fünfhundert Meter entfernt war. Nur in der Nähe war ein bißchen Helligkeit: der Pförtner Beimler in seiner Lodenjoppe, vermummte Gestalten, die steif von Fahrrädern stiegen, weiter hinten die Umrisse der Kohlewaggons. Es war das gewohnte Bild.

Hertha Dörner war kurz nach ihm gekommen. Montags hatte sie immer eine Menge zu erzählen. Diesmal hatte Nickel aber nicht recht zugehört; den Sonntag abend war er mit Ruth im Kino gewesen, dann der lange Weg hinauf zur Siedlung Gottesruh, der alte Fischer hatte bereits geschlafen. Es war eine kalte Nacht, und der Rückweg war weit, so hatte Ruth ihm schließlich auf dem Küchensofa ein Deckenlager zurechtgemacht. Am Morgen waren sie gemeinsam ins Dorf gefahren, Ruth mußte schon um sechs im Werk sein, Nickel war noch in sein möbliertes Zimmer gegangen und hatte sich umgezogen ...

Kurz nach sieben war dann der erste Anruf gekommen. Jeden Morgen nahm Hertha Dörner die Fehlmeldungen der Abteilungen entgegen; es war Grippezeit, der Krankenstand hoch, montags fehlten auch meist einige von den jüngeren Arbeitern unentschuldigt oder kamen zu spät, weshalb sich die Werkführer und Abteilungsmeister mit ihrer Meldung nicht sonderlich beeilten. Die ersten Anrufe waren aus dem Kesselhaus gekommen, vom Holzplatz, aus der Schleiferei; nichts Besonderes. Dann aber war Häring hereingeplatzt, der erste Gehilfe von der zweiten Maschine, hatte losgepoltert wie ein Türke:

»Ein Saustall ist das. Die hohen Herren kriegen wieder mal den Hintern nich' aus 'm Neste! Ich kann schließlich den Schlitten nicht bis Mittag mit drei Leuten fahren!«

Als er sich ausgeschimpft hatte, erfuhr Nickel, daß der Maschinenführer Starke, allgemein Sosonaja genannt, nicht zur Schicht gekommen war. Häring hatte auf den Werkführer gewartet, und als der gegen halb sieben auch noch nicht da war, schließlich die Maschine auf eigene Faust angefahren. Eine dumme Geschichte. Jetzt war es halb acht, die beiden fehlten immer noch. Häring rannte wieder in die Halle hinüber, Nickel rief den Produktionsleiter an, der sein Büro drüben im Werk II hatte. Der war aber an die Kartonmaschinen gegangen, Nickel erreichte nur die Sekretärin.

Bis dahin hatte Nickel noch nichts Schlechtes geahnt. Die Arbeitsorganisation war schließlich nicht seine Angelegenheit, dafür waren Jungandres und seine Werkführer zuständig. Da aber klingelte das Telefon erneut. Nickel hörte die heisere Stimme des Werkführers Tuchscherer vom Werk II. Ob ihm, Nickel, etwas bekannt sei, wo der Herr Maschinenführer Schick, Kartonmaschine V, abgeblieben sein könne. Nickel hatte keine Ahnung. Aber der erste Verdacht eines Unheils hatte sich geregt, und es hatte auch nicht lange gedauert, bis er Bestätigung fand. Benedix, der Parteisekretär, war mit dem BGL-Vorsitzenden Brüstlein gekommen, beide in heller Erregung; Nickel hatte die Szene noch deutlich vor Augen:

Benedix: »Hast du 'ne Ahnung, wo Hengstmann ist?« – Hengstmann war der kaufmännische Direktor. »Aus dem Panzerschrank fehlen die Unterlagen für die Betriebsabrechnung; der Hauptbuchhalter hat ihn eben geöffnet. Kautsky ist noch nicht im Werk, auch Niemeyer nicht.«

Nickel: »Nein, ich weiß nichts ... Wir ... wir müssen die Kripo anrufen.«

Brüstlein: »Warte noch. Ruf erst Kautskys Privatnummer.«

Nickel hatte gewählt - harmlos tutete das Freizeichen. Sie hatten Niemeyers und Hengstmanns Privatanschluß angerufen, hatten auf Nickels beiden Apparaten wild in der Gegend telefoniert, Büro des Betriebsleiters, Büro des kaufmännischen Direktors, noch einmal Kautsky privat, Büro des technischen Direktors, dort meldete sich die Sekretärin und bestätigte nur, was sie schon wußten: keiner der Direktoren war zum Dienst erschienen; dann ein Anruf vom Turbinenhaus, wo zum Teufel der Energieingenieur bliebe – sie hatten sich angesehen, bleich, verbissen, dann ...

Benedix: »Ruf die Staatssicherheit an!«

So hatte es begonnen. An das Gespräch, das er am Vortag mit dem alten Beimler gehabt hatte, hatte sich Nickel schon während dieser Szene erinnert – gesagt aber hatte er nichts. Danach hatte er es auch wieder vergessen. Die Ereignisse hatten sich überstürzt, keine ruhige Minute mehr, keine Zeit, einer Erinnerung nachzugehen.

Benedix hatte begonnen, seine Anweisungen zu geben – er schien sie irgendwo in sich fertig vorzufinden, als stecke in diesem schmalen, kleinen Mann mit dem versteinerten Gesicht noch ein zweiter, energiegeladener, einer, der nur auf die Gefahr gewartet hatte, um aus der alten Hülle hervorzubrechen und die schwankende Welt wieder in ihre Fugen zu zwingen mit hartem Griff und kühler Besonnenheit. Er traf seine Anordnungen wie nach einem hundertfach durchgeübten Plan: Er rief sämtliche Meister und Abteilungsleiter zu sich, jagte Kuriere los, die Kraftfahrer, den Betriebsschutz auf Fahrrädern, ließ die Werk- und Maschinenführer der beiden Freischichten ins Werk holen, telefonierte mit der Hauptverwaltung, mit der Kreisleitung, rief die Parteigruppe zusammen, ließ die erste Maschine abstellen und verteilte die Besatzung auf die übrigen, hatte ein Gespräch mit dem Produktionsleiter Jungandres, ein anderes mit dem Hauptbuchhalter, ein drittes mit dem Turbinenmeister – nach zwei Stunden, die Staatssicherheit war bereits im Betrieb, hatten sie endlich einen Überblick, endlich das Gefühl, den ersten, den Überraschungsschlag abgefangen zu haben. Offen blieb, was sich aus der Flucht im nachhinein noch ergeben würde.

Dies alles aus unmittelbarer Nähe zu sehen, ja, daran beteiligt zu sein, war für Nickel ein erregendes Erlebnis. Ihm war zumute gewesen, als sei er in ein berauschendes Abenteuer hineingeschleudert worden – und habe es bestanden; eins von der Art, wie er sie als Knabe in den zerlesenen Büchern gefunden hatte, die heimlich von Hand zu Hand gingen. Daß seine eigene Rolle dabei recht bescheiden geblieben war, hatte er nicht empfunden, im Gegenteil. Und auch jetzt, da er dem Major gegenübersaß und sich mühte, die Einzeleinstellungen dieses so ungeheuer rasch ablaufenden Films festzuhalten, auch jetzt hatte er das Gefühl, eine Schlacht geschlagen, einen Sieg errungen zu haben in vorderster Reihe.

Gleichzeitig ward ihm unbehaglich. Die Stille, nach der Aufregung der letzten Stunden fast körperlich spürbar, begann ihn zu bedrücken, das Zimmer beengte ihn, er kam sich vor wie außer Betrieb gesetzt. Der Major saß straff aufrecht vor ihm, kritzelte mit dünner Bleistiftspitze Bemerkungen auf ein Blatt Papier, behielt dabei aber die ganze Zeit über ein seltsam unbeteiligtes Gesicht. Seine neutrale Sachlichkeit

402

wirkte einschläfernd. Jedesmal aber, wenn die Müdigkeit ihre
äußerste Grenze erreicht hatte, wenn Nickels Monolog verebbte und die Stille gerade ins Wohltuende umschlagen wollte,
jedesmal dann riß der Major das sanfte Gewebe wieder auseinander, warf eine seiner Fragen hin – Nickel schreckte dann
auf, er vergaß, daß dies ein Gespräch war, hatte vielmehr das
Gefühl, sich in einem Verhör zu befinden, und langsam bekam
er tatsächlich ein schlechtes Gewissen. Dabei waren die Fragen durchaus sachlich, sie betrafen nicht etwa den Personalleiter Nickel, sondern die puren objektiven Ereignisse, sie waren konkret, insuggestiv und – falls es das gibt – beinahe schon
überkorrekt. Nickel hätte selbst nicht sagen können, was ihn
irritierte; die Fragen waren es nicht, auch nicht der Ton, überhaupt, so schien ihm, nichts eindeutig Benennbares – was aber
war es dann?

Seine Stimmung jedenfalls, das Gefühl der überwundenen
Gefahr und der bestandenen Bewährung, schwand merklich
dahin. Am liebsten wäre er aufgestanden und hinausgerannt,
in den Lärm der Hallen hinüber, in die Betriebsamkeit dieses
Tages; er wäre jetzt gern bei denen gewesen, mit denen gemeinsam er die Anspannung der vergangenen Stunden erlebt
hatte, auch mit Ruth hätte er sehr gern gesprochen und überhaupt mit allen im Betrieb, die den Ereignissen nicht so haut-
nah gewesen waren wie er, sie würden ihn mit Fragen bestür-
men, würden wissen wollen, wie alles entdeckt und entwirrt
worden war, was überhaupt alles ans Tageslicht gekommen
sei und – wie es nun weitergehen solle. Ja, dort war sein Platz
in dieser Stunde, nicht hier. Wenn er die Maschinenhallen sah,
vor dem Fenster draußen, so konnte er geradezu spüren, wie
es überall brodelte und prickelte, wie es wob und wob, und bei
dem Gedanken daran, was alles er versäumte, während er die
Zeit versaß mit diesem Major, begann es zu kribbeln in ihm.
Es hielt ihn nicht mehr auf seinem Stuhl, er mußte aufstehen
und sich Bewegung verschaffen, er tat es auch – und verspürte
sogleich eine heimliche Genugtuung darüber, daß ihn der

Major wenigstens daran nicht hindern, ihn nicht festnageln konnte auf seinem Stuhl. Schließlich war das sein Zimmer, und er war hier Personalleiter, der Major nahm seine Zeit in Anspruch, nicht er die des Majors. Übrigens: Diese Über- und Unterschwänge hatte der Personalleiter Nickel oft. Ruhe, Stille, Alleinsein – derlei Zustände ertrug er nur bei einiger Ausgeglichenheit. Wenn ihn aber etwas bedrückte, eine überdurchschnittliche Verantwortung etwa oder das Wissen um Schwierigkeiten, Widersprüche und Konflikte, so mußte er unbedingt einen Mitwisser haben, einen, der das Päckchen tragen half, oder besser noch: mehrere. Und dieses Mitwissers, dieses Zuschauers oder Publikums bedurfte er auch, wenn das Normalmaß an Ausgeglichenheit nach der anderen Seite hin überschritten wurde, ins außergewöhnlich Bewegte, ins Erhebende – oder gar ins Glückliche. Natürlich gab es Leute, die das erkannt hatten. Und einer, der Doktor Jungandres, hatte es dann auch nicht lassen können, eine seiner schwäbelnden Anzüglichkeiten in Umlauf zu setzen: Wissen's, ein Nickel, das ischt halt so eine kleine Scheidemünzen gewesen, früher, alsch man no awas gekriegt hat für sein Geld ...

Indessen stellte der Major seine Fragen. »Dr. Kautsky war Mitglied unserer Partei? Der Betrieb hat bis fünfundvierzig zu einem Konzern gehört? Seit wann ist Dr. Jungandres im Betrieb? Die Deutsche Papier AG war eine Tochtergesellschaft der DCG?«

Und schließlich, zum Schluß: »Schön, Genosse Nickel. Und nun sagen Sie mir bitte noch: Ist Ihnen in der Zeit vor der Flucht irgend etwas aufgefallen, irgend etwas Ungewöhnliches? Auch wenn es nicht direkt die Fluchtumstände betrifft?«

Da war es wieder. Heute morgen bereits, während der Szene mit Brüstlein und Benedix, war es ihm eingefallen, das Gespräch mit dem alten Beimler, gestern, im Bus, als er zur Siedlung hinaufgefahren war, um Ruth abzuholen. Der alte

Beimler hatte zum Fenster hinausgestarrt und gesagt: Ein schönes Wetter ist das ja nicht gerade, was sich der Doktor Kautsky für den Urlaub ausgesucht hat. Nickel hatte nicht weiter darauf geachtet, zumal er wußte, daß Kautsky gar keinen Urlaub hatte. Aber der alte Beimler, wenn er einmal ins Erzählen kam, hörte so schnell nicht wieder auf. Weißt du, hatte er gesagt, ich kann jetzt immer so schlecht schlafen, da steh ich halt auch sonntags beizeiten auf und mach schon alles zurecht, für die Frau und den Jungen. Aber der Doktor Kautsky, der ist heute auch schon früh aufgewesen, eh's noch so richtig hell wurde. Von meinem Küchenfenster aus kann ich ihm direkt in den Garten gucken, seit s' den Kirschbaum abgehauen haben im vorigen Jahr. Na, also was der so alles in sein Auto geschleppt hat an Koffern und Kisteln, weißt du; wenn unsereins mal paar Tage Urlaub hat, da reicht ein Rucksackl, und dann kommst du ja auch nirgends hin als mal in die Schwarzbeer oder in die Schwamme, höchstens, daß du noch ins Reißig kommst oder Stöcke hacken. Das ist dann so unser Urlaub.

So hatte er geredet, und Nickel hatte ihn reden lassen. Heute morgen aber, als Brüstlein und Benedix die Hiobsbotschaft von den verschwundenen Unterlagen gebracht hatten und als keiner sich gemeldet hatte am Telefon, da war es ihm plötzlich wie Schuppen von den Augen gefallen. Er hatte es in der Hand gehabt, gestern, zu diesem Zeitpunkt hätte man sie sicher noch erwischen können. Aber wer denkt denn immer gleich an das Schlimmste? Und was ist denn daran auffällig, wenn der Kautsky am Sonntagmorgen ein paar Koffer in sein Auto packt? Ausgelacht hätten sie mich. Er sah nun den Major an und dachte: Hinterher ist gut reden, mein Lieber. Wozu soll ich dir das noch brühwarm auf die Nase binden? Der alte Beimler wird es sowieso überall herumerzählen ...

Nein, sagte Nickel, er wisse nichts.

Der Major schien auch gar nichts anderes erwartet zu haben. Nickel versprach, daß er anrufen würde, falls ihm nachträglich noch etwas einfiele – allerdings sei das ziemlich unwahrscheinlich. Über das Gesicht des Majors kroch zum ersten Mal ein flüchtiges Lächeln; er schien da so seine Erfahrungen zu haben. Er verabschiedete sich dann auch gleich und ging.

Nickel stand am Fenster, er atmete auf. Draußen ging der Major über den Hof, ohne Mantel, den Uniformrock korrekt geschlossen vom ersten bis zum letzten Knopf, die Füße leicht auswärts gerichtet beim Gehen. Wenn man ihm nicht gegenübersitzt, dachte Nickel, sieht er ganz anders aus. Die angenehmste Arbeit ist das vermutlich auch nicht, immer nur Verbrecher, Saboteure, Agenten; immer nur Wachsamkeit, Bereitschaft, auf der Hut sein.

Es war nun Mittag, die Reparaturschlosser kamen aus der Werkstatt, trafen sich wie jeden Tag mit den Mädchen vom Papiersaal, nahmen den Weg zum Speiseraum, trieben ihren Ulk miteinander wie je. Da kam auch der Dr. Jungandres, allein heute, sonst war er meist mit der Laborleiterin zu Tisch gegangen, aber die war ja nun fort. Es war nun auch für Nickel Essenszeit.

Spät am Nachmittag kam dann der Direktor der Hauptverwaltung, kam zusammen mit einem Ingenieur Innstetten und einem Manne, dem das Kaufmännische schon von weitem anzusehen war; er begab sich denn auch sogleich ins Büro des kaufmännischen Direktors, um mit der Durchsicht der Bücher zu beginnen. Mit den anderen beiden ging Nickel ins Zimmer des Betriebsleiters.

Kurz darauf kam ein Instrukteur von der Bezirksleitung der Partei, danach schneite einer herein, der eine verblüffend gelungene Kopie des Bücherrevisors zu sein schien; wie sich zeigte, war er aber der Druckereileiter Müller von der Mitteldeutschen Großdruckerei, kam auch gar nicht der Flucht wegen, sondern wollte persönlich Reklamationen anmahnen, nachdem das schriftlich bereits mehrfach geschehen war. Der Dr. Jungandres wurde geholt, denn das fiel in sein Ressort,

406

aber der Dr. Jungandres wußte nichts von Reklamationen. Druckereileiter Müller, nachdem man ihm erklärt hatte, was vorgefallen war, versprach, noch ein paar Tage zu warten. Der Druckereileiter ging, es kamen der Parteisekretär Benedix und der BGL-Vorsitzende Brüstlein, ferner der Hauptbuchhalter Stein und der Leiter der Abteilung Einkauf-Verkauf Dörner, Hertha Dörners Bruder und der Sohn von Ruth Fischers Maschinenführer. Der Druckereileiter kam noch einmal herein und hinterließ – gegen Quittung – die Durchschläge seiner Reklamationen. Zwei Tage später fanden sich dann auch die Originale in der Ablage des Dr. Kautsky, sie waren, kein Zweifel, bewußt zurückgehalten worden. Als der Druckereileiter Müller zum zweiten Mal gegangen war, konnten sie endlich mit der Sitzung beginnen.

Die Sitzung dauerte bis tief in die Nacht hinein. Sie endete mit der Konstituierung einer provisorischen Betriebsleitung, bestehend aus Dr. Jungandres, dem Hauptbuchhalter Stein, dem Ingenieur Innstetten, der die Stelle des technischen Direktors übernahm, und dem Personalleiter Nickel. Als Betriebsleiter wurde der bisherige Parteisekretär Max Benedix eingesetzt; Nickel sollte vorläufig kommissarisch die Funktion des Parteisekretärs übernehmen.

Kurz vor Mitternacht verließ Nickel den Betrieb – müde, hungrig, und glücklich. Er dachte: Es kann kommen, wie es will, es findet doch alles wieder ins rechte Gleis. Hinter ihm blieben die Geräusche des Werkes zurück, stetig und friedlich wie je zuvor; der Betrieb arbeitete, produzierte, es war beim Ausfall der einen Maschine geblieben, und morgen früh würden sie auch die wieder anfahren. Sicher, es würde schwierig werden, eine harte Zeit stand ihnen bevor. Der Anschlag aber war mißglückt, die Produktion nicht zum Erliegen gekommen, die Katastrophe verhindert. Jeder ist ersetzbar, dachte Nickel, auch ein Betriebsleiter, ein Direktor, ein Werkführer, oder auch alle zusammen und auf einmal. Und in ihm war eine tiefe und ganz persönliche Freude darüber, ein Stolz, daß der Schlag sie so wenig getroffen hatte, daß der Feind auch mit diesen Mitteln so wenig erreichen konnte …

Zur gleichen Zeit verließen auch der Dr. Jungandres und der Ingenieur Innstetten den Betrieb. Jungandres sagte: »Für Sie ist das heute ja auch eine ziemlich radikale Überraschung gewesen.«

»Das kann man wohl sagen«, meinte Innstetten. »Ich habe den Montag nie recht gemocht. Das ist ein Tag, mit Schwierigkeiten gepflastert. Gott sei Dank ist man ja daran gewöhnt, daß es immer anders kommt, als der Plan vorsieht.«

Jungandres lächelte. Und da er annahm, daß der Ingenieur den Schwiegervater seines berühmten Namensvetters wohl kennen würde, sagte er: »Ja, das ist ein weites Feld, wie sich der alte Briest ausdrücken würde.«

Der Ingenieur nickte; auch an derlei war er gewöhnt. Und bevor sie auseinandergingen, sagte er noch: »Und für Sie? Ich meine, wenn man so lange mit diesen Leuten gearbeitet hat, das muß doch ziemlich deprimierend sein?«

»Naja«, sagte Jungandres. »Man steckt eben in keinem drin.« Er hatte das recht gelassen gesagt, und er gab dem Ingenieur zum Abschied genauso gelassen die Hand. Und selbst wenn er weniger gleichmütig gewesen wäre – woher hätte der Ingenieur Innstetten denn ahnen sollen, daß er seine harmlose Frage in aller Unschuld ausgerechnet dem einzigen in diesem Betrieb gestellt hatte, dem die Flucht nicht überraschend gekommen war?

Der Dr. Louis Jungandres war, was die Produktion anging, der wichtigste Mann im Betrieb, war es seit je, wußte es auch seit je. Wenn für den Dr. Kautsky dieser Betrieb schlechthin eine Produktionsstätte war, die irgend etwas Manipulierbares produzierte, das von ihm aus Papier, Gummi oder auch Bleichsoda heißen konnte; wenn er für den technischen Direktor Niemeyer vorwiegend ein branchenübliches Arsenal technischer Anlagen darstellte, von der und jener Kapazität und zufällig im Erzgebirge gelegen, genausogut oder besser aber auch etwa in die Mainzer Gegend passend, oder nach Österreich, oder am allerbesten in die deutschsprachige Schweiz; wenn er für den kaufmännischen Direktor Hengstmann schließlich ein Alptraum war, ein gottverlassener Winkel, der weder seinen Fähigkeiten noch gar seinen Ansprüchen entsprach; wenn Bermsthal also für diese drei wahrlich kein Ort war, den man ungern verläßt: für den Dr. Louis Jungandres war es ein solcher. Er hatte die Hälfte seines Lebens hier verbracht, jeden Hebel kannte er und jedes Schräubchen, jeden Mann und jede Maus.

Der Dr. Jungandres hatte seine eigene Art, die Dinge zu sehen, seine eigene, mit ihnen umzugehen und von ihnen zu sprechen. Er konnte zum Beispiel vom ›Charakter‹ einer Papiermaschine sprechen wie andere vom Charakter einer Frau; nichts von Metapher, nichts von Übertragung, für ihn waren diese Maschinen Lebewesen, lebendige Organismen, jede mit ihren Eigenarten, ihren Vorzügen, ihren Mängeln und Launen. Er war ein geselliger Mensch, der Dr. Jungandres, er liebte den Wein, in Maßen die schönen Künste, war auch dem schönen Geschlecht nicht abhold – aber er konnte alle drei vergessen etwa über der Frage, warum zum Teufel der Deckkarton der fünften Maschine bei längerer Lagerung Blasen warf; konnte tagelang an kleinen Verbesserungen herumtüfteln und sich monatelang in Berechnungen und Experimenten zu irgendeinem neuen Verfahren vergraben, ohne ein einziges Mal aufzuschauen. Ja, er konnte allein sein in der Arbeit, ohne sich darüber einsam zu fühlen – und vielleicht war das überhaupt sein beherrschender, bestimmt jedenfalls sein glücklichster Charakterzug.

Dabei war er nicht etwa seßhaft oder gar bodenständig. Gewiß, beharrlich war er, aber es war die Beharrlichkeit eines unruhigen Geistes, sie konnte bis zu Versessenheit gehen, und manchmal war er sogar ein bißchen rappelköpfig. Seinen

409

Eigenheiten entsprachen denn auch seine Lieblingsausdrücke, als da waren: das ischt doch gar nix, munter munter, deutsche Wertarbeit, nehmt gefälligst euren Grips ein bißchen zusammen. Sein Haupt- und Staatswort aber hieß: Das ist schön bei uns Deutschen: Keiner ist so verrückt, daß er nicht noch einen Verrückteren fände, der ihn versteht.

Gebürtig war der Dr. Jungandres aus dem Schwäbischen, kleinem Städtchen auf grünem Lande, da er das Kaiser-Maximilian-Gymnasium besucht und sein Vater die St.-Annen-Apotheke betrieben hatte. Seine Beharrlichkeit war schon während der Burschenzeit zum Vorschein gekommen, sie war nicht fanatisch, eher liberal, jedenfalls gemäßigt schwäbisch und gar nicht bierbayrisch, ein bißchen hinterhumorig war sie dabei auch. Sie zeigte sich zunächst in der Ausdauer, mit welcher er den alten Johann Jungandres davon überzeugte, daß er, Louis, zur Fortführung des väterlichen Geschäftes ganz und gar untauglich sei; wenn er, was ohnehin selten vorkam, einmal ausgeholfen hatte in der Apotheke, meldeten sich die Kunden alsbald in hellen Scharen, und selten ließ sich hinterher noch herausfinden, was er dem einen gegen Diarrhöe gegeben, dem zweiten in sein Schlafpulver gemischt, dem dritten in die Abführpillen gedreht hatte – fest stand nur, daß die Wirkung, wenn schon nicht entgegengesetzt, so doch mindestens seitenverkehrt eingetreten war. Später, während des Chemiestudiums, ward sie ersichtlich an der Hartnäckigkeit, mit der er sich auf diese schrullige Seitenlinie versteifte, die Papiermacherei. Als ob es da Probleme gäbe; als ob das überhaupt eine Wissenschaft sei!

Sichtbar schließlich ward des Dr. Jungandres' Beharrlichkeit ferner auch an der unbekümmerten Findigkeit, mit welcher er den Fallstricken des Ehestandes ausgewichen war, zahlreich ausgelegt von Frauen und Mädchen, Müttern und Witwen; er war, dreiundfünfzigjährig, noch immer Junggeselle.

Im Jahre dreiunddreißig war der Dr. Jungandres nach Bermsthal gekommen; studiert hatte er in Berlin und Göttingen, danach in Österreich das Handwerkliche von der Pike auf gelernt, später in Schweden und Finnland auf Holzplätzen und in Zellulosefabriken, in uralten Handschöpfwerken und an hochmodernen amerikanischen Langsiebmaschinen gearbeitet, hatte auch im Druckereigewerbe, in der Papierveredlung der Wertpapiermacherei und der Verpackungsindustrie hospitiert, dies alles deshalb, weil in jenen Jahren das Ausland Entwicklungsmöglichkeiten bot, an die in Deutschland nicht zu denken war, und ferner, weil er längst erkannt hatte, daß die im Reich vorherrschende Praxis des altväterlichen Einzel- und Kleinbetriebes längst überholt, längst zu eng, längst konkurrenzunfähig geworden war. Er veröffentlichte in Fachblättern, promovierte 1932, man wurde aufmerksam. Ende zweiunddreißig holte ihn die Deutsche Papier AG zunächst in ihr größtes, aber veraltetes Werk, das Stammwerk an der Elbe, schickte ihn dann in den damals noch kleineren Bermsthaler Betrieb.

Der Dr. Jungandres wurde Kommerzienrat Nüßlers rechte Hand, focht einen jahrelangen zähen Kampf gegen den konservativen Alten, er war kein Streber, vielleicht ein Neuerer, er hatte Ideen – und er bekam denn auch schließlich, gegen Kriegsende zu, den Betrieb nahezu unumschränkt in die Hand.

Der Tag aber, an dem der Dr. Jungandres nach Bermsthal gekommen war, war ein historischer. Es war der dreißigste 30.1.33 Januar dreiunddreißig, Tag der Machtübernahme, Tag, an dem das deutsche Monopolkapital Herrn Hitler endgültig installierte, heilige Allianz der bürgerlichen Gesellschaft, Beginn des tausendjährigen Reiches. In Bermsthal blieb alles ruhig, erst am nächsten Tag demonstrierten ein paar Arbeiter, Gewerkschaftler und Kommunisten, aber die Sozialdemokraten hatten keine Weisungen aus ihrer Zentrale und blieben gemütlich, es verlief alles im Sande. Erst achtundzwanzig Tage später wurde es unruhig, der Deutsche Reichstag war abgebrannt, waren es nun die Kommunisten oder war es Herr Göring selber, die einen prügelten sich mit den

411

anderen, ein paar Arbeiter wurden verhaftet, fatalerweise auch drei, vier Sozialdemokraten, wer andern den Finger ins Maul steckt, der will gebissen sein. Auf die Verhaftungen hin kam nun doch eine große Protestdemonstration zustande, SA und Polizei standen schlagbereit, die Demonstration wurde niedergeknüppelt, Kommunist wie Sozi, Gewerkschaftler wie Christ, anschließend fehlten von den sechsunddreißig Kommunisten, die es in Bermsthal gegeben hatte, sechsunddreißig; von den hundertfünfzig Sozialdemokraten fehlten auch einige. Ein paar davon kamen nach Wochen wieder, ein paar später, ein paar sehr viel später, die meisten kamen nie. Es ist aber Deutschland ein Land, in dem sich die Gemüter ungemein schnell beruhigen. Der Herr Hitler würde sich schon abwirtschaften, nichts wird so heiß gegessen, wie's gekocht wird.

Indes war der Lärm laut genug, daß er auch bis zum Dr. Jungandres drang. Zwar war der vollauf damit beschäftigt, die Produktion, die Technologie, das ökonomische Ganze kennenzulernen; in beiden Werken war je eine nagelneu gebaute Maschine im Probebetrieb, die Papiermaschine drei und die Kartonmaschine fünf – die Unruhen störten die Arbeit beträchtlich, und der Dr. Jungandres hatte alle Hände voll zu tun – aber so abgelenkt, so privatisiert auch war er nun wieder nicht, daß er nicht doch bemerkt hätte, was da geschah: er sah es beunruhigt. Überhaupt: Interessen und Neigungen des Dr. Jungandres lagen zwar nicht auf politischem, sondern auf ökonomischem Terrain; dennoch oder gerade deshalb hatte er sich durchaus Gedanken gemacht über das Schicksal seines Landes, über Zukunft und Gegenwart. Der Dr. Jungandres hatte zum Beispiel die Erfahrung gemacht, daß deutsche Arbeiter, Techniker und Wissenschaftler in der Welt draußen recht geschätzt waren und in ihrer Fertigkeit, ihrer Bildung, ihrer fachlichen Qualifikation den Arbeitern und Technikern anderer Länder sehr oft ein gutes Stück voraus. Er hatte auch erlebt, daß die deutschen

412

Erzeugnisse im Ausland sehr gefragt und denen der Konkurrenz-Länder oft überlegen waren. Er hatte also Grund, auf die deutsche Arbeit und die Geschicklichkeit der Deutschen stolz zu sein. Dennoch: wenn er von einem seiner Auslandsaufenthalte heim ins Reich kam, fand er dort nichts von dem Wohlstand und der glücklich-fleißigen Gemeinschaft, die als Entsprechung doch eigentlich hätte dasein müssen. Im Gegenteil, er fand Elend, Hunger, Arbeitslosigkeit, Parteigezänk. Er fand, daß der Mann von unten in diesem von Partei- und Gruppeninteressen zerrissenen, diesem mächtig sich anstrengenden, aber von oben her lächerlich engstirnig, kraftlos und bürokratisch verwalteten Land keine ehrliche Chance hatte – das tat ihm sehr weh, er schämte sich für Deutschland, er sah aber auch keine Möglichkeit der Besserung, oder fast keine. Von links her jedenfalls, etwa nach dem Muster Sowjetrußlands, sah er sie nicht; möglich, daß das, was dort geschah, für die Russen gut war, aber Rußland war ein Agrarland und Deutschland eine Industriemacht, Rußland war technisch und zivilisatorisch ungeheuer rückständig, und Deutschland war eine moderne, hochindustrialisierte, seit Jahrhunderten die Menschheitskultur entscheidend bestimmende Großmacht – was also für Rußland gut sein mochte, konnte unmöglich auch gut sein für Deutschland. Nein, der Dr. Jungandres sah da absolut keine Chance. Er sah vielmehr, wenn er zum Beispiel deutsche oder englische Zeitungen las, daß die deutsche Wirtschaft auf dem Weltmarkt unter ungleich schwierigeren Bedingungen antreten mußte als die Wirtschaft anderer Länder. Er sah die Barrieren draußen und das ausländische Kapital im Innern, sah, wie die Siegermächte in den geschundenen und geschlagenen Körper hineinstachen und hineinschnitten, ihn hier fesselten und da schnürten, er sah, wie das Land ausblutete, und sah auch, daß dem Würgegriff von außen die Zersetzung von innen entsprach; hatten Siegermächte und Weltkapital in Deutschland Helfershelfer – oder war einfach die Un-

413

fähigkeit der Weimarer, die Impotenz der Reichsregierung schuld? Das fand Dr. Jungandres nicht heraus, er fand nur, daß die einzige Chance möglicherweise darin bestehen könne, eisern zu arbeiten, vielleicht, daß Arbeit und Selbstdisziplin die Kräfte seien, die Deutschen wieder zu einigen, vielleicht auch, daß aus dem Ethos der Arbeit ein neuer Bismarck sich aufschwingen könne, das Schiff zu steuern mit starker Hand. Dies etwa glaubte der Dr. Jungandres im Jahre dreiunddreißig.

Nun, daß der Herr Hitler kein Bismarck war, das ahnte er gleich. Der völkische Rummel war ihm zuwider, die uniformierte Mittelmäßigkeit fand er lächerlich, vielleicht, daß an dem Gerede von der plutokratischen Zinsknechtschaft etwas Wahres war, aber das konnte nicht hinwegtrösten über die Art, wie die Herren Hitler und Goebbels den Volkszorn aufputschten und gegen Juden und Kommunisten richteten. Juden und Kommunisten waren des Dr. Jungandres Freunde nicht – aber das da ging zu weit. Nein, der Dr. Jungandres war dagegen, war zumindest nicht dafür, sagte es auch, falls er danach gefragt wurde.

Es geschahen aber nun gar seltsame Dinge im Dritten Reich, zweitem Nachfolger des Heiligen Römischen Deutscher Nation. Erstens ging es unleugbar aufwärts, die Arbeitslosen verschwanden, die Wirtschaft klagte nicht mehr über Auftragsmangel und Absatzschwierigkeiten, auch stabilisierte sich die Währung, Löhne und Preise wurden rigoros festgelegt, die ersteren an eine Kette, die zweiten an ein Gummiband, Bankrotte wurden seltener, sogar die deutsche Landwirtschaft meldete Ersprießliches. Unleugbar aufwärts ging es zweitens auch von außen her. Die Regierungen begannen strammzustehen vor Herrn Hitler, insonderheit die Großmächte, unversehens besaß Deutschland wieder Einfluß, Macht, Weltgeltung; alles, was man vorher trotz gewaltiger Anstrengung nicht bekommen hatte, bekam man nun regelrecht aufgenötigt.

Frankreich, England, auch die USA, selbstredend Italien, von kleineren Ländern überhaupt nicht zu reden, sie waren auf einmal alle erstaunlich entgegenkommend, buhlten um die Gunst von München, Berchtesgaden und Berlin: der Führer rief – und alle alle kamen, der Heilige Vater zu Rom nicht ausgenommen. Freundlich geduldet von der Welt, kehrte erstens das Rheinland heim ins Reich, dann auch gleich noch die Saar, auch gleich noch Österreich; die Tschechoslowakei bekam man ratenweise nachgeliefert. Selbst Gospodin Stalin, der fleißig Noten schrieb, setzte seinen Federzug unter einen Nichtangriffspakt, den nahm er so ernst, daß Herrn Hitlers Truppen später in kurzer Zeit bis vor Moskaus Tore gelangten. Sollte über alldem der Dr. Jung-andres etwa nicht, bei einiger Überwindung, auf den Gedanken kommen, daß die weniger schönen Unternehmungen des Herrn Hitler vielleicht der unvermeidliche Preis für den nationalen Aufschwung seien? Gewiß: es gab eine Menge unappetitlicher Dinge, Bücherverbrennungen, Nietzsches Schriften, was eigentlich nur Idioten fertigbrachten, wurden wörtlich genommen, die Juden mußten einen gelben Davidstern tragen, die Kommunisten wurden in Lager gesperrt, zur Arbeitserziehung, wie man hörte, ins Lager kamen auch viele Sozialdemokraten, Anhänger der Bekenntniskirche, Zeugen Jehovas, allerdings auch Berufsverbrecher. Das alles war dem aufgeklärten Geist des alten Kulturvolkes der Deutschen fraglos zutiefst unwürdig. Aber war es nicht im Grunde das Werk einiger Extremisten? Das Volk dachte anders – sicher auch der größere Teil der Führungskreise.

Sprach nicht vieles – von der inneren Stabilisierung bis zur äußeren Geltung, vom Bau der Reichsautobahnen bis zur Kraft-durch-Bräute-Politik –, sprach nicht vieles dafür, daß die Extremisten nach und nach gezügelt, Aufschwung und Erneuerung aber bleiben würden? Der Dr. Jungandres jedenfalls kannte keinen einzigen Fall in der Geschichte, wo sich extreme Veranlagungen lange hätten halten können. Geschichte war seine stärkste Seite leider nicht.

Die NSDAP, da er nicht irgendwer war, umwarb den Dr. Jungandres denn auch beharrlich. Die Leute, die dazu aufgeboten wurden, waren die Dümmsten nicht. Seine schwachen Punkte fanden sie bald heraus, kamen ihm nicht allzu plump, spekulierten auf seinen Wirtschaftsgeist und seine organisatorischen Ambitionen, glänzende Organisatoren, die sie selbst waren; schließlich, im Frühjahr neununddreißig, hatten sie ihn soweit. Der Dr. Jungandres, nach langem Widerstreben, wurde Mitglied der NSDAP. Im Aufsichtsrat der Deutschen Papier AG sah man's nicht ungern, im Direktorium noch weniger, ausgesprochen freundlich nahm man's im Reichswirtschaftsamt auf. Der Name dieses Papierdoktors besaß bei einigen schwierigen Leuten in Wien und Graz einen ausgesprochen guten und nun auch auf der NS-Flöte spielbaren Klang, auch einigen einflußreichen Skandinaviern würde die Tonart angenehm in den Ohren klingen. Die samtene Tour lohnte sich also.

Ganz wegzublasen waren aber die heimlichen Skrupel des Dr. Jungandres nicht, und es spricht für ihn, daß er immerhin schon im Jahre zweiundvierzig einsah, daß er auf das falsche Pferd gesetzt hatte und daß seine ursprünglichen Bedenken nur allzu berechtigt gewesen waren. Endgültig nieder schlug ihn der uppercut zu Stalingrad im Frühjahr dreiundvierzig. Gefolgschaftsführer Jungandres, wie er nun genannt zu werden sich gefallen lassen mußte, vermochte mit dieser späten Einsicht nicht viel anzufangen; ein Austritt aus der NSDAP, soviel war ihm klar, wäre dem Selbstmord gleichgekommen, zum konspirativen Widerstand andererseits fehlten ihm sowohl die inneren als auch die äußeren Voraussetzungen. Tat er also gar nichts? Doch, etwas tat er, und es sollte ihm später von der sowjetischen Besatzungsmacht und vor der Entnazifizierungskommission auch hoch und mildernd angerechnet werden: er wurde nämlich blind. Die wenigen Arbeiter im Werk, die den Mut hatten, mit den ausländischen Zwangsarbeitern Verbindung aufzunehmen – in den letzten Kriegsjahren bestand fast ein Drittel der Belegschaft aus Kriegsgefangenen oder verschleppten Franzosen, Belgiern und Ukrainern –, waren vor seinen Augen sicher; sie wußten es auch. Es war wenig genug, die Bewachung der Kriegsgefangenen war überaus streng, die Behandlung hart, die Strafen unmenschlich, überdies gab es auch unter den alten Stammarbeitern gut zwei Dutzend fanatischer Nazis. Aber drei Wochen vor Kriegsende tat Jungandres noch etwas. Der Betrieb war geschlossen worden, das Kriegsgefangenenlager Hals über Kopf abtransportiert, zur Verteidigung des Werkes ließ man dreißig Mann Volkssturm zurück unter dem Kommando des Dr. Jungandres. Bei einem seiner ersten Gänge durch den toten, ausgestorbenen Betrieb nun sah der Dr. Jungandres den damaligen Heizer und späteren BGL-Vorsitzenden Brüstlein in auffallend vorsichtiger Weise im Kesselhaus verschwinden, wo er ohnedies nichts mehr zu suchen hatte. Er ging ihm leise nach und sah, wie Brüstlein ein schmales Päckchen in den Fuchs des stillgelegten Ofens II hineinschob. Brüstlein mußte dann doch etwas gemerkt haben, er fuhr herum, sah den Dr. Jungandres, der aber tat, als ob die Sache ganz natürlich sei, nickte kurz und ging weiter. Als zwei Tage darauf die Amerikaner einmarschierten, schickte der Dr. Jungandres seine Volkssturmmänner unauffällig nach Hause, den Volkssturmmann Brüstlein aber schickte er ins Kesselhaus; der ging denn auch hin und kam mit drei geflohenen Kriegsgefangenen zurück. Eben diese Geschichte sagte Brüstlein später vor der Entnazifizierungskommission aus.

Dem Dr. Jungandres wurde also kein Haar gekrümmt. Im Juli fünfundvierzig, nun schon unter sowjetischer Besatzungsmacht, begann der Betrieb mit zwei Maschinen wieder zu arbeiten, und der Dr. Jungandres war und blieb Produktionsleiter. Betriebsleiter wurde anstelle des kurz vorher verstorbenen

Kommerzienrats Nüßler der Industriekaufmann Dr. Kautsky, vorher beschäftigt als Prokurist, ehemals parteilos und von den Nazis im Jahre vierundvierzig wegen defaitistischer Äußerungen gemaßregelt, jetzt überraschenderweise Mitglied der SPD und still manipulierender Gegner der Vereinigung mit der KPD; als sie aber schließlich nicht mehr zu verhindern war, deren eifriger Fürsprecher.

Dem Dr. Jungandres war der Kautsky nur recht. Mochte der ruhig den Betriebsleiter spielen und vor den Laien in den neugeschaffenen Verwaltungen sich aufblasen – der wahre Kopf blieb doch der Dr. Jungandres, jeder im Betrieb wußte das, wie es auch jeder Fachmann draußen im Land und in den umliegenden Ländern wußte, dies zeigte die erste Leipziger Nachkriegsmesse. Mochte der Kautsky ruhig auch sein Prokuristenmäntelchen in den Ostwind drehen, er würde seine Gründe schon haben – der Dr. Jungandres erriet sie unschwer, aber das war nicht sein Metier, nicht seine Sorge; sein Bedarf an Politik war auf Lebenszeit gedeckt. Er würde sich um die Produktion kümmern und sonst nichts, ein für allemal.

So nahm er es denn auch gelassen hin, als ihm im Jahre achtundvierzig mitgeteilt wurde, auf romanhaft geheimnisvolle Weise übrigens, daß eine der DCG-Nachfolgegesellschaften, nunmehriger Rechtsträger der in der Ostzone enteigneten Deutschen Papier AG, ihm, dem Doktor Jungandres, und einigen anderen langjährigen leitenden Mitarbeitern selbstverständlich weiterhin das volle Gehalt auf ein aus Zweckmäßigkeitsgründen für ihn in Düsseldorf eröffnetes Konto zahlen würde, bis daß im Osten wieder geregelte Zustände eintreten und die rechtmäßigen Eigentümer zurückkehren würden. Sein Ausharren unter der russischen Willkürherrschaft werde man gebührend zu würdigen wissen, und so weiter. Der Dr. Jungandres konnte sich denken, wer die anderen ›langjährigen leitenden‹ Mitarbeiter waren, aber er behielt das für sich. Ihm schwante ferner, daß es mit der Entflechtung

418

– die DCG fiel unter das alliierte Entkartellisierungsgesetz –
so weit nicht her sein konnte; der Stil des Büros Hollenkamp
war ziemlich offensichtlich. Und als dann die Währungsreform kam, war ihm auch drittens klar, daß diese ganze Geschichte für die DCG oder deren imaginäre Nachfolger obendrein eine probate Gelegenheit war, ein paar Kilo der ohnehin
wertlosen Reichsmark-Bestände vorteilhaft auf Privatkonten
abzuschieben.

Kurzum: er nahm die Nachricht gelassen auf und rührte
sich nicht; anderes schien man auch gar nicht zu erwarten.
Auch die übrigen ›langjährigen leitenden‹ Herren verhielten
sich ruhig. Der Dr. Jungandres stürzte sich in die Arbeit,
deren es übergenug gab, vergaß diese ganz spinnerte Geschichte mehr und mehr – sollten die Leute zurückkommen
oder nicht, ihm war das schnurzegal.

Das ging, solange es ging. Eines Tages dann flatterte ihm
ein Brief ins Haus, in dem man ihm sehr höflich, aber doch
nachdrücklich nahelegte, seinen Posten zu verlassen, bestimmte Umstände seien eingetreten, man bedürfe seiner Erfahrung andernorts, als Termin schlage man ›nach Übereinstimmung‹ den Soundsovielten vor, zu beachten sei dabei
dies und zu berücksichtigen jenes, und einiges mehr dieser
Art. Ferner bäte man ihn, sich mit Herrn Dr. Kautsky zu besprechen, bestimmter Einzelheiten und eventueller Fragen
wegen. Aufgegeben war der Brief in Ostberlin.

Die Selbstverständlichkeit, in der man sich seiner sicher
glaubte, verblüffte den Dr. Jungandres. Die laxe Manier,
einen solchen Schrieb einfach mit der Post zu befördern, fand
er unglaublich. Beides zusammengenommen brachte ihn in
Rage.

Er ging zu Kautsky. Es sei wohl nicht nötig, daß er sich de-
tailliert ausdrücke, der Herr Kollege sei ja auf dem laufenden. Nun solle er mal seine Ohren aufsperren: er, der
Dr. Jungandres, denke nicht daran, sich bei Nacht und Nebel aus dem Staube zu machen wie ein Landstreicher. Dies

lasse er den Herren in aller Freundschaft ausrichten. Nein, er habe nicht die Absicht, sich von ihm, dem Herrn Kautsky, irgend etwas erklären zu lassen, und im übrigen könne man an ihm das Verfahren probieren, das der Götz dem kaiserlichen Hauptmann empfohlen habe, dritter Akt, soundsovielte Szene.

Der Kautsky, als er das hörte, ging in den Clinch. Für ihn stand allerhand auf dem Spiel; ein unbedachtes Wort des Dr. Jungandres – oder gar ein absichtlich ausgesprochenes – konnte den ganzen Plan zerschlagen, den Kautsky womöglich ins Zuchthaus bringen. In der ersten Aufregung wollte er in den nächstbesten Zug steigen und nach Berlin fahren. Er wußte aber, daß ihm dies im freien Westen nicht als sonderlich intelligent angerechnet und wohl kaum gedankt worden wäre. So blieb er, zumal der Dr. Jungandres den Brief, das einzige Beweisdokument, ihm auf den Schreibtisch geschmettert und dort liegenlassen hatte; er blieb, ließ seine Verbindungen spielen, der Fluchttermin wurde verschoben, das Ganze umorganisiert.

Der Dr. Jungandres wartete nun seinerseits jeden Tag darauf, den Kautsky still verschwinden zu sehen. Aber die Tage vergingen, die Wochen, der Kautsky blieb. Etwas anderes geschah: die Laborleiterin Johanna Fechner gab dem Dr. Jungandres gelegentlich zu verstehen, daß auch sie nach drüben gehen wolle, Schwarzwald, prächtige Gegend, daß sie aber sehr ungern allein gehe, kurzum, daß sie ihn, den Dr. Jungandres, der, wie sie gehört habe, unbedingt hierbleiben wolle, erstens nicht verstehen könne und zweitens recht vermissen werde. Die Johanna Fechner war des Dr. Jungandres nahe Freundin, war ihm unter seinen vielen Bekanntschaften die liebste, nun schon über vier Jahre hin. Sie war eine schlanke, nicht unschöne Fünfunddreißigerin, unsentimental und von praktischem Verstand, ein bißchen lasziv, aber von sehr gesunder und unkomplizierter Lebensart. Daß sie nach drüben gehen wollte, das traf den Dr. Jungandres in der Tat. Sie schilderte ihm denn auch den Schwarzwald in den verlockendsten Farben, was im Grunde überflüssig war, er kannte ihn nur zu gut. Was ihn denn hier hielte, in dieser verschandelten Gegend, unter diesen fanatischen, banausischen Parteileuten? Er, der er doch noch jung genug sei, drüben neu an den Start zu gehen, und dem man ohnehin eine sehr ehrenvolle und seinem Können durchaus angemessene Stellung bereithalte? Ob ihn das denn gar nicht locke, ihn, der gern unter Landleuten lebe, gern zur Jagd ginge – womit es hier ja ein für allemal vorbei sei? Aber der Dr. Jungandres wehrte sich wakker. Was man da mit ihm vorhabe, sei Politik, das widerlichste aller Geschäfte, und er, Jungandres, lasse keine Politik mehr mit sich machen. Das habe er sich dreiundvierzig bereits geschworen, und dabei bleibe er. Nein, für diese Leute hier habe er in der Tat nicht viel übrig, nicht ihretwegen bliebe er. Er bliebe, weil dies sein Platz sei, weil er diesen Betrieb hochgebracht habe und weil er hier gebraucht würde. Die Johanna Fechner meinte, dies sei ja nun auch Politik. Der Dr. Jungandres aber bestritt das.

Jedenfalls blieb er fest. Die Johanna würde ihm fehlen, soviel war richtig. Aber auch um diesen Preis ließ er sich nicht umstimmen. Man brauche sich selbstredend seinetwegen nicht zu beunruhigen, er wisse von nichts; daß er den Leuten hier nicht in die Hände arbeiten würde, dürfe man ihm ja wohl zutrauen. Und siehe, alsbald ward dem Dr. Jungandres Nachricht, daß man fern am Rhein volles Verständnis dafür habe, daß er den Betrieb nicht im Stich lassen wolle, obschon und obwohl, immerhin billige man seine Gründe, zahle sein Gehalt natürlich weiter auf das bewußte Konto und freue sich, wenigstens einen zuverlässigen Mitarbeiter noch jenseits des Eisernen Vorhangs zu wissen. Im übrigen werde man, um ihn nicht überflüssigerweise zu gefährden, vorerst keine weiteren Verbindungen zu ihm suchen.

Der Dr. Jungandres war's zufrieden, die Sache war erledigt für ihn. Den Tag der Flucht wußte er – Johanna hatte ihn

421

unterrichtet, in der Freitagnacht nahm sie Abschied von ihm, frisch, unkompliziert, geradezu, wie es ihre Art war. Ja, sie würde ihm fehlen – von den anderen fehlte ihm keiner. Sie würde nun nicht mehr beim Angeln neben ihm sitzen, ihm nicht mehr im Labor mit ihrer herben, vertrauten Fraulichkeit zur Hand gehen; vermißt werden würde sie auch von Dr. Jungandres' Angorakater Stanislaus und von seinem Langhaardackel, der Herr Meier hieß. Ein bißchen einsamer war es geworden ohne sie, er gestand sich's ein.

Eine turbulente, arbeitsreiche Zeit stand aber bevor, er stürzte sich in die Arbeit, sie machte ihm Freude und füllte ihn aus wie immer. Mit dem Benedix als Betriebsleiter würde man auskommen können, der würde arg zu tun haben, daß er zurechtkam auf seinem Posten, und dem Produktionsleiter freie Hand lassen müssen. Vorzuwerfen hatte man sich nichts, weder nach der einen noch nach der anderen Seite. Nein, mit seinem Gewissen war der Dr. Jungandres durchaus im reinen, auch nachdem er diesem Manne von der Staatssicherheit gesagt hatte, daß er keinerlei Anzeichen der bevorstehenden Flucht bemerkt habe. Ferner hatte er erklärt, seiner Meinung nach könne jeder seinen Wohnsitz nehmen, wo es ihm beliebe, daraus also mache er dem Dr. Kautsky und den anderen keinen Vorwurf. Aber daß jemand seinen ihm anvertrauten Posten heimlich verlasse, das sei nicht in Ordnung; er, Jungandres, billige das nicht. Flucht allerdings, wie sich der Herr Major ausdrücke, würde er es nicht nennen, wenngleich er zugeben müsse, daß er im Moment kein besseres Wort dafür wisse.

Vier Wochen nach der Flucht erhielt der Dr. Jungandres eine Ansichtskarte aus Offenburg am Schwarzwald, darstellend einen Zug der Schwarzwaldbahn, der durch ein grünes, schwellendes Land fuhr, über einen kühn geschwungenen Viadukt hin. Johanna, burschikos und heiter, wie er sie immer gekannt hatte, teilte ihm mit, daß sie ein piekfeines,

422

hochmodernes Labor übernommen habe. Vorerst aber trete sie einen vierzehntägigen Urlaub an, sie führe in die Schweizer Alpen. Über ihr plötzliches und für ihn so unvorbereitetes Verschwinden bäte sie ihn, nicht böse zu sein.

RUTH

Die ersten Wochen nach der Flucht brachten auch für Ruth Fischer ein gerüttelt Maß an Arbeit. Dörner, ihr Maschinenführer, war zum Werkführer aufgerückt, sie arbeitete jetzt mit Hahner zusammen, dem ersten Gehilfen aus der Ablöseschicht, den Jungandres sofort als Maschinenführer eingesetzt hatte. Ihr selbst hatte er erklärt, ein Jahr ungefähr würde er sie als ersten Gehilfen an der III. Maschine lassen, sie solle die Augen aufsperren, er glaube, in der Zeit könne sie es schaffen. Wenn aus ihr kein Maschinenführer würde, wäre er blamiert, und das würde er sich so zu Herzen nehmen, daß er alles auf den Kollegen Nickel abwälzen werde, sie wisse schon Bescheid. Natürlich hatte Jungandres bemerkt, daß zwischen ihr und dem Personalleiter sich etwas angebahnt hatte; man sprach übrigens überall darüber in der Halle drei und im Holländersaal, gutmütig foppend die einen, andere aber auch mit spitzer Zunge.

Über ihre Aussicht, in einem Jahr schon Maschinenführer zu werden, sprach sie oft mit Nickel. Er freute sich für sie, aus vielen Gründen, am meisten, weil er spürte, daß sie glücklich war. Glücklich war auch er. Die Ereignisse hatten endgültig den Damm niedergerissen, der zwischen ihm und den alteingesessenen Arbeitern immer noch gestanden hatte – selbst die Geschichte von Kautskys kofferbepacktem Auto, die der alte Beimler natürlich immer wieder aufwärmte, hatte dazu beigetragen. Nickel empfand sie nun schon selber als ausgemachten Witz, er lachte freimütig mit, wenn jemand darauf anspielte. Beigetragen hatte selbstverständlich auch sein Verhältnis zu Ruth. Vielen kam der Personalleiter eben einfach dadurch näher, daß er mit einem Arbeitermädel ›ging‹

und nicht mit einer von diesen stöckelabsätzigen, krampfhaft hochdeutsch lispelnden Ziegen, mit denen die Verwaltungshengste in früherer Zeit aufzukreuzen pflegten. Tatsächlich, früher wäre es ein Unding gewesen, wenn einer in seiner Position sich vor aller Öffentlichkeit – und in durchaus ernster Absicht, wie es schien – mit einer wie der Ruth Fischer abgegeben hätte, einem Maschinenmädel. Und überhaupt: man rückte im ganzen Betrieb enger zusammen nach der Flucht, kam einander näher, die Atmosphäre war frischer und aufgeschlossener geworden – da wurden denn die schönen Augen, die der Kollege Personalleiter dem Mädchen Ruth Fischer machte, gleichfalls zu einem Zeichen der Zusammengehörigkeit, viele empfanden es so, vielleicht sogar die meisten. Das war eine sehr naheliegende Regung, hier, im Gebirge, wo seit altersher nahezu jeder mit nahezu jedem versippt und verschwägert war – wenn man auch sagen muß, daß die engen verwandtschaftlichen Bindungen sich in der Regel nicht gerade bis zur gegenseitigen Achtung oder gar zur Eintracht verstiegen.

Ruth jedenfalls, wenn sie nicht bis über die Ohren in der Arbeit steckte, war sehr oft mit Nickel zusammen; manchmal kam er auch während der Schicht an ihre Maschine. Häring und Hahner grienten dann immer und murmelten etwas von ›Personalpolitik‹ und ›Nachwuchsfragen‹.

Der Herbst und der Winter verflochten sich für Ruth zu einer bunten Kette von Tagen, deren jeder angefüllt war mit tausend kleinen Erlebnissen bis an den Rand. Sie war heiter und erlebnisfreudig wie je, zugleich lebhafter als früher und auf eine ansteckende Weise jung; die anderen waren gern in ihrer Nähe, die Arbeiter in der Halle drei, die Freunde in der Jugendgruppe; wo sie auch auftauchte, war sofort alles freundlicher. Dabei hatte sie selbst kaum ein Gefühl dafür, daß etwas Außerordentliches in ihr Leben getreten wäre oder daß es gar eine Wendung genommen hätte. Sie ging ihren Weg, ging ihn nun nicht mehr allein, aber im Grunde war sie ihn nie allein gegangen. Gewiß: vieles war neu. Sie freute sich auf die Stunden mit ihm, sie erlebte so vieles, das sie ihm unbedingt erzählen mußte, auch von ihm mußte sie so vieles wissen, mußte ihn ganz kennenlernen und ganz mit ihm vertraut sein. Das alles aber schien ihr ganz natürlich, das eben war leben.

Manchmal dachte sie, daß die Dinge zwischen Mann und Frau, um die alle Welt so viel Geheimnis machte, soviel Verschwommenes und auch Häßliches, in Wirklichkeit viel einfacher seien, viel klarer und schöner. Sie glaubte, das müsse überall so sein, und sie verstand die Menschen nicht, die das ins Anstößige zerrten mit ihren Worten, mit gezierten Schnörkeln und bemühtem Tiefsinn, mit Schmutz und Oberflächlichkeit. Zwischen ihr und ihm war alles sauber und natürlich, da war kein Raum für überschwengliche Gefühlsausbrüche und keiner für verschwommene Ängste, himmelhochjauchzend am Morgen und am Mittag zu Tode betrübt, sie verstand wirklich nicht, wie es hätte anders sein können. Einmal hatte sie geglaubt, daß die Welt sich nun von Grund auf verändern müsse – das war lange her. Die Erde drehte sich weiter, ein freudiges Erstaunen war über sie hingegangen und hatte alle Dinge angerührt, ein Hauch nur; es war genug, die Welt mit Frische zu erfüllen.

Manchmal an den Wochenenden, wenn Ruth spät nach Hause gekommen war, lag sie nachts lange wach. Der Vater, wenn er da war, saß meist bis Mitternacht am Küchentisch über Büchern und Zeitschriften, oder er hatte sich auf dem alten Küchensofa ausgestreckt mit einem Buch und bei leiser Radiomusik – mitunter schien es, als warte er auf etwas, vielleicht auf ein Wort von ihr, ein bestimmtes. Aber sie tat ihre Handreichungen wie immer, erzählte ihm dabei, und er hörte zu, entgegnete zuweilen auch etwas; sie glaubte dann, daß sie sich geirrt hätte. Dennoch, wenn sie allein in ihrem Zimmer lag, mußte sie oft daran denken, wie ihre Eltern miteinander gelebt hatten, und: wie sie gelebt haben mochten

425

vorher. In ihrer Erinnerung war die Kindheit in dünnen Rauch gewoben, bis zu ihrem sechsten oder siebenten Jahr hin. Ein paar Bilder schimmerten hindurch, Empfindungen und Eindrücke, wenige. Das Haus im Mülsengrund, darüber fast immer ein grauer Himmel hing; Nachbarskinder, die nicht mit ihr spielten; das schmale Schlafzimmer, feucht und dunkel die Wohnküche. An zwei Puppen konnte sie sich erinnern und einen Stoffhund, der hatte Rappo geheißen und war ganz schwarz gewesen mit großen roten Knopfaugen. Das früheste Bild der Eltern, dessen sie sich entsinnen konnte, hatte sich in der düsteren Waschküche zugetragen, an einem Regentag. Als der Vater hereinschaute, hatte Mutter gesagt: Das letztemal hat's auch schon in die Wäsche geregnet – Hermann, du wirst mir doch nicht untreu geworden sein? Sie hatte gelächelt dabei, auch der Vater hatte gelächelt, und dann hatte er gesagt: Geh nur, du wäschst bloß zu oft. – Vielleicht, daß Ruth sich gerade daran erinnerte, weil ihr die rätselhaften Worte damals lange nicht aus dem Sinn gegangen waren. Vielleicht auch, weil sie den Vater so selten hatte lachen sehen.

Das Bild der Mutter war in der Erinnerung deutlicher als das des Vaters. Es war das Bild einer blassen, schmalen Frau, stets ein bißchen kränklich, so lange Ruth zurückdenken konnte, aber immer voller Güte und stiller Heiterkeit. Jetzt, so viele Jahre später, wußte Ruth, welche Kraft und welchen Mut ihre Mutter gehabt haben mußte. Sie sah sie am Herd stehen und Kartoffelpuffer backen, sah sie am Fenster sitzen, über die Heimarbeit gebeugt, sah sich mit ihr auf den staubheißen Feldern bei der Ährenlese und in den großen, kühlen Wäldern bei den ersten Pilzgängen. Sie hatte die Mutter nie klagen gehört, auch nicht, als sie ihr eines Tages gesagt hatte, daß der Vater nun lange Zeit nicht kommen würde. Damals ging Ruth in ihr dreizehntes Jahr. Den kleinen Haushalt besorgte sie fast allein – die Mutter ging in die Verbandstoffabrik arbeiten, sie war todmüde, wenn sie abends nach

Hause kam. Sie wurde schmaler und gebeugter mit jedem Tag, als ob das Leben sie auszehre in seinen bitteren Prüfungen. Ruth hatte früh schon gewußt: die guten Menschen sind immer besonders wehrlos allen Schlägen und aller Grausamkeit ausgesetzt. Geschieht ihnen soviel Leid, weil sie gut sind – oder werden sie gütig, weil sie soviel Leid erfahren? Der einzige Lehrer in der Schule, der sie nicht quälte und schikanierte und manchmal sogar ein freundliches Wort übrig hatte, war ein stiller junger Mensch, dem im zweiten Kriegsjahr ein Bein zerschossen worden war. Ihre einzige Freundin, die Ursel, hatte die englische Krankheit. Und die Menschen, die sie am liebsten hatte, ihre Eltern, wurden von Sorgen erdrückt und von Drohungen verfolgt um nichts als ihrer Güte willen. War denn das Leben fühllos und blind?

Im Herbst vierundvierzig hatte sich die Mutter niederlegen müssen – sie hatte keine Hilfe annehmen wollen bis zuletzt. Ruth war damals gerade aus der Schule gekommen und hatte zur Landhilfe gemußt. Zupacken konnte sie, der Bauer war gut zu ihr gewesen, auch dann noch, als er irgendwoher erfahren hatte, was mit ihrem Vater war. Als dann die Arbeit mehr Zeit ließ, im Winter und im zeitigen Frühjahr, hatte er sie oft tageweise nach Hause geschickt, hatte ihr auch etwas mitgegeben für die Mutter, einen Krug Milch, manchmal zwei, drei Eier oder ein Ende hausschlachtener Wurst. Aber es war zu spät.

Alles, was Ruth in Erinnerung geblieben war von der Liebe ihrer Eltern, war ein sanftes Ordnen, unablässige Mühe, ein Vertrauen über alle Zweifel und Fragen hin. Aber es mußte ein Vorher gegeben haben, sie wußte es. Manchmal in den vergangenen Wochen hatte sie den Vater danach fragen wollen – sie hatte es nicht über sich gebracht. Sie wußte, wie dünn die Kruste war über dem Schmerz. Auch sie hatte ihn damals gespürt, den würgenden Griff, der die Welt leer macht und die Dinge sinnlos. Aber sie hatte ihre Jugend, hatte das wild sich aufbäumende Leben des ersten Nachkriegsjahres

427

ringsum, vor der Gegenwart verlor die Vergangenheit ihre Gewalt. Als sie dann hierher gezogen waren, ins obere Gebirge, hatte sie ihre Kräfte und ihre Gedanken anspannen müssen für jeden Tag, mit der Arbeit kehrte auch die Erwartung zurück, in der Erwartung die Freude.

Mit Nickel freilich hatte sie nie darüber gesprochen. Es gibt Dinge, über die man sprechen kann, und andere, die sind wortlos. Sie wußten sich einig in fast all ihren Gedanken – warum sollte das nicht auch in den tiefsten und verborgensten, den noch nicht faßbaren so sein? Überdies war Nickel älter als sie, fast vier Jahre – sie glaubte, er müsse auch viel mehr erfahren haben und viel mehr wissen. Er hatte ja auch tatsächlich vieles erlebt, und manchmal, wenn er ihr davon erzählte, beneidete sie ihn fast ein bißchen. Und sie freute sich, daß er trotz der Jahre, die er ihr voraushatte, nie eine Überlegenheit spüren ließ, daß er jungenhaft ausgelassen sein konnte und richtig unvernünftig, und manchmal auch ein bißchen unbeholfen. Sie wußte nicht, daß sie es war, die ihn so jung machte.

Einmal, halb im Scherz, hatte sie ihn gefragt: »Ich bin doch nicht die erste, die dir gefällt?« Er hatte sie betroffen angesehen und gesagt: »Aber natürlich. Wie kommst du darauf …?« – Nein, es hatte keine Frau gegeben in seinem Leben bisher; als er so vor ihr stand, wie ein zu Unrecht gescholtener Schuljunge, hatte sie es gewußt. Und sie hatte sich auch eingestanden, daß sie Angst gehabt hatte vor einer anderen Antwort. Nie vorher war ihr eine solche Frage in den Sinn gekommen, und nie vorher hatte sie darüber nachgedacht, ob ihr das wichtig wäre. Sie war nun doch ein wenig verwundert, daß alles so gekommen war.

Ein andermal – sie hatten einen jener herzzerreißenden Filme gesehen, in denen die Liebespaare einander erst verdrehten Auges in den Armen, später in den Ohren liegen, bis schließlich doch noch jedes Mädchen den richtigen Mann, jeder Mann die richtige Frau findet – da hatte sie ihn gefragt, ob ihm das nicht auch gefallen könnte, wenn ihm so viele schöne Frauen nachlaufen würden, wie dem Filmhelden nachgelaufen waren. Sie war gar nicht auf den Gedanken gekommen, daß er den Film ernst nehmen könnte. Aber er hatte ihn ernst genommen, hatte sich geärgert über die ›Traumfabrik‹, wie er es nannte, und er verstand nicht, wie sie ihn mit diesem Filmgigolo vergleichen konnte. Im stillen hatte sie lächeln müssen über seinen Ernst und seine unerwartete Verletzbarkeit, aber sie hatte sich doch vorgenommen, in Zukunft aufmerksamer zu sein. Genauso wie es in ihr Bilder und Vorstellungen gab, die sie noch nicht fassen, noch nicht ausdrücken konnte, gab es sie wohl auch in ihm. Es gab so vieles, das sie noch nicht wußte, und sie wollte behutsam sein. Zum ersten Mal aber hatte sich in ihr auch ein Gefühl dafür geregt, daß sie eine Schwelle überschritten hatte, hinter die es keine Rückkehr gab, ja, daß es überhaupt nichts gab im Leben, das man zurücknehmen oder ungeschehen machen könnte. Die Welt hatte sich nicht so von Grund auf verändert, wie Ruth einst geglaubt hatte, daß sie sich verändern müsse – sie war aber auch nicht mehr so, wie sie noch vor einem halben Jahr gewesen war. Manches, was damals möglich gewesen war, war nun nicht mehr möglich – anderes, was damals nicht möglich war, war möglich geworden. Sie liebte diesen großen Jungen, und sie ahnte, daß die Liebe nichts vom Himmel Gefallenes, Ewiges ist, sondern daß sie erhalten werden muß und immer neu erworben. Sie kann nur wirklich leben, solange der Mensch in ihr wächst.

Und Ruth sah: streitsüchtig und verbittert wurden die Menschen immer dann, wenn sie sich in sich selbst verkrochen, den anderen übersahen, wenn sie selbstgerecht und selbstzufrieden wurden. Überall ringsum gab es Ehen, die in Egoismus erstarrten, in der Gewöhnung erfroren waren. Ruth nahm sich vor, nie zu verharren im Vorläufigen, sich nie zufriedenzugeben mit Erreichtem. Nicht unduldsam wollte sie sein, sondern ungeduldig; sie wollte nicht neben ihm gehen, sondern mit ihm. Und sie verlangte von ihm ein Gleiches. Nie würden sie einander im Wege stehen, sie würden vielmehr immer unterwegs sein, ›auf dem Wege‹, immer gemeinsam. Sie wußte noch nicht, wie wenig wortwörtlich dies Bild ist und wie sehr die Liebe der Gegenwart bedarf – und wußte auch nicht, wie sehr sie selbst schon ein Teil war ihrer beider Liebe.

Anfang März dann wurde Nickel ganz plötzlich zu einem vierwöchigen Lehrgang in die Hauptverwaltung berufen, einem, wie es hieß, Lehrgang für ›Kaderleiter‹. Es war das Zeitalter der Lehrgänge, man war ganz andere Zeitspannen gewöhnt, so machte auch Ruth sich zunächst wenig Gedanken darüber, wie lang manchmal vier Wochen sein können. In der kurzen Woche, die bis zur Abreise blieb, hänselte sie ihn vielmehr mit seiner neuen Berufsbezeichnung. Die Genossen kannten diesen Begriff aus der Parteigeschichte, Benedix kannte auch einen Ausspruch Stalins: Die Kader entscheiden alles – sonst aber wußte kaum jemand etwas anzufangen mit dem neuen Wort. Der Dr. Jungandres, als er davon erfuhr, ließ sich zu einem Kurzvortrag herbei: »Der Terminus Kader kommt im Französischen und im Latein vor und heißt soviel wie Rahmen oder Kern, was genausoviel miteinander zu tun hat wie etwa das Loch mit der Füllung.« Er vergaß denn auch nicht, überall im Betrieb das Wort vom ›Kern- und Rahmenleiter‹ in Umlauf zu bringen; »die Sprache bleibt ein reiner Himmelshauch, empfunden nur von stillen Erdensöhnen«.

Der Lehrgang begann an einem Montag; Ruth brachte Nickel am Sonntag nachmittag zum Zug. Es war ein kalter und düsterer Tag, der Himmel war grau verhangen, ausgestorben lagen die Straßen, kalt und finster war auch der Bahnhof. Sie waren allein auf dem Bahnsteig, nur der Knipser in seinem Häuschen vertrat sich die Füße, mürrischen Gesichts, den Mantelkragen hochgeschlagen, die Hände tief in den Taschen. Ein naßkalter Wind fegte über den Bahnsteig, beulte blaffend die gesprungenen Igelitfensterchen der Überführung und wischte Feuchtigkeit in die Wände, im Mauerwerk glitzerte giftig der Schwamm. Ruth und Nickel standen im Windschatten des Knipserhäuschens. Der Zug hatte Verspätung.

Die trostlose Stimmung übertrug sich. Ruth dachte daran, daß sie den Weg zurück durch die leeren Straßen allein gehen würde, allein im Bus hinauf in die Siedlung, in die leere, kalte Wohnung; sie kam sich verlassen vor. Plötzlich ward ihr bewußt, daß sie seit dem vergangenen Spätsommer nie länger als ein oder zwei Tage getrennt gewesen waren. Sie wollte es ihm sagen, wollte ihm sagen, wie ihr zumute war, aber sie fand die Worte nicht, und dann dachte sie auch, daß sie es ihm nicht so schwermachen durfte und daß nichts gebessert wäre, wenn sie sich gehenließ. Auch er war befangen in der Beklommenheit dieses Abschieds, sie spürte es. Was ist denn in uns gefahren, dachte sie. Vier Wochen – wir tun, als wäre es eine Ewigkeit. Wenn wenigstens er etwas sagen wollte. Aber er hatte nur den Arm um ihre Schultern gelegt und schwieg.

Als dann endlich der Zug kam, blieb wenig Zeit für Worte. Nickel schob eilig sein Köfferchen in ein leeres Abteil, kam dann noch einmal herunter und umarmte sie. Der Rotbemützte hatte bereits die Kelle gehoben, der Zug ruckte an. »Ich schreibe gleich!« sagte Nickel hastig. »Es sind ja nur vier Wochen, und wenn ich zurück bin …« Aber er mußte aufspringen. Ruth lief neben dem Zug her, drin zerrte Nickel am Fenstergurt, er mühte sich verzweifelt, rannte ins Nachbarabteil und rüttelte auch dort am Fenster – als es endlich nachgab, war der Zug bereits in die Kurve der Bahnhofsausfahrt eingebogen und verdeckte die Sicht zurück. Ruth sah dem letzten Wagen nach; sie stand immer noch, als der Zug schon in den Tunnel eingetaucht war, einen guten Kilometer talwärts.

Sie fuhr zur Siedlung hinauf, kam an, als die Dunkelheit hereinbrach, tatsächlich war ihr kaum jemand begegnet.

431

Niemand in den Straßen, niemand am Bushalteplatz, drei junge Burschen waren unterwegs zugestiegen, Wismutkumpel, stiegen aber an der nächsten Haltestelle wieder aus. Der Busfahrer kannte Ruth, er hielt vor ihrer Haustür, obschon dort keine Haltestelle war. Er wunderte sich, daß sie sich nicht wie sonst mit irgendeinem harmlosen Scherz bedankte.

Der Abend war stumm und endlos. Alles ringsum war unverändert, die Dinge hatten ihren gewohnten Platz – und doch war es, als sei ein Schatten über sie hingegangen und habe alle Farben verdüstert, alle Vertrautheit von ihnen genommen. Ruth nahm ein Buch, versuchte zu lesen, legte es wieder weg und holte ein anderes; sie holte Hermann Fischers frischgewaschene Hemden vom Boden, steckte das Bügeleisen an, wußte nach einer halben Stunde wieder nichts mit sich anzufangen, die Zeiger der Uhr schienen stillzustehen, die Wände sich verschworen zu haben, fremd zu tun. Noch schlimmer war es in ihrem Zimmer. Sie holte sich schließlich ein paar Wolldecken, machte sich auf dem Küchensofa ein Lager zurecht, lag lange nach Mitternacht noch wach. Sie hatte das Radio leise gestellt und mußte dann doch eingeschlafen sein; gegen zwei Uhr weckte sie ein schmerzhafter Pfeifton. Sie zog den Stecker aus der Steckdose. Am Morgen erwachte sie mit Kopfschmerzen, sie fühlte sich unausgeschlafen und zerschlagen.

In diesen vier Wochen lernte sie das Warten kennen und das Alleinsein, lernte es ganz. Nie zuvor hatte sie sich so allein gefühlt; nicht, wenn Hermann Fischer die ganze Woche über im Lager auf dem Rabenberg blieb und sie allein war in dem Siedlungshäuschen; als Kind nicht, drunten im Mülsengrund; und auch damals nach ihrer mißlungenen Probeschicht als erster Gehilfe nicht, in der ganzen Verzweiflung ihres vermeintlichen Versagens. Ihr war, als wisse sie erst jetzt ganz, was das ist: zueinandergehören.

Am Montag, gleich nach der Frühschicht, schrieb sie einen

Brief. Sie begann ihn immer wieder neu – jedesmal, wenn sie ein Stück überlas, kamen ihr die Sätze sehnsüchtig vor und gefühlig verschwommen; das konnte doch nicht sie sein, die da schrieb. Nach vier oder fünf Ansätzen gab sie es auf. Sie zog sich um und fuhr ins Jugendheim. Aber auch hier konnte sie heute keine Ablenkung finden, konnte ihre Gedanken nicht in eine andere Richtung zwingen, wurde ihrer Stimmung nicht Herr. Sie verlor zwei Sätze Tischtennis hintereinander an ein mittelmäßig spielendes Mädchen aus dem Papiersaal, spielte später mit dem kleinen Beimler ein gemischtes Doppel, sie verloren auch das. Sie galt als sehr gute Spielerin, und die anderen wunderten sich über ihre Nervosität, über ihre überzogenen Schmetterbälle, ihre ungefährlichen Angaben. »Konditionsschwäche«, meinte der kleine Beimler, »da kann man nichts machen. Rauch eine, das beruhigt.« Sie rauchte sonst nie, höchstens einmal aus Ulk, diesmal aber nahm sie die Zigarette, rauchte hastig und hustend und genußlos.

Am Donnerstag kam Nickels erster Brief, er war am Dienstag aufgegeben. Ruth war jeden Tag sofort nach der Schicht nach Hause gefahren, sie tat das sonst selten in der Frühschichtwoche, hatte dann enttäuscht vor dem leeren Briefkasten gestanden und einmal vor einer hektografierten Einladung der Nationalen Front: Lichtbildervortrag, Aufbau der Stalinallee, erste sozialistische Straße Deutschlands. Der Brief war kurz. Eineinhalb Seiten von einem DIN-A-4-Block, wie sie im Werk aus Ausschußbögen geheftet wurden, dünn und steil beschrieben in Nickels frühreifer Kinderhandschrift: Wir sind untergebracht in einem ehemaligen Herrenhaus, das Essen ist Drei bis Vier, zehn bis elf Stunden Unterricht täglich und abends Vorträge, Parteigruppensitzungen, Zeitungsschau; der Seminarraum ist dabei immer hundekalt und die Lerndisziplin schlecht, besonders bei den älteren Kollegen, aber wir haben in der Parteigruppe gleich am Anfang ein Kampfprogramm beschlossen zur Erreichung

433

des Lehrgangszieles, und das werden wir durchsetzen. Ruth las den Brief zweimal, las ihn dreimal, etwas, das sich als persönliches Wort hätte deuten lassen können, fand sie nicht. Sie war ein bißchen enttäuscht und doch auch wieder froh, froh vor allem darüber, daß sie ihren ersten wirren Brief vom Montag nicht abgeschickt hatte. Sie sagte sich: Er hat dort den ganzen Tag zu tun und wird kaum zum Schreiben kommen, und bestimmt bringt er es einfach nicht fertig, in einem Brief zu sagen, wie ihm wirklich zumute ist; ich habe es ja auch nicht fertiggebracht.

Sie setzte sich hin und schrieb einen Antwortbrief, der geriet ihr genauso recht und genauso schlecht, wie Nickels Brief gewesen war. Nun der Ton einmal gegeben war, fand auch sie keinen anderen. Der Brief steckte aber kaum im Kasten, da fiel ihr mit einemmal alles ein, was sie hatte schreiben wollen und was sie hätte schreiben müssen. Sie ärgerte sich über die nichtssagenden Mitteilungen, schämte sich der förmlichen Wendungen, erschrak über ihre Gedankenlosigkeit. Sie stellte sich sein Gesicht vor, wenn er den Brief lesen würde, und ihr war, als habe sie Verrat geübt an ihrer Liebe, an ihm, an sich selbst. Was war geschehen, daß sie so leere und fühllose Worte hatte schreiben können? Woher kam diese erschreckende Fremdheit?

Sie schrieb einen zweiten Brief. Den ganzen Nachmittag schrieb sie und ein Stück des Abends, und mit jedem Wort, das sie schrieb, fiel die Starre von ihr ab und die Bangigkeit – die Worte kamen nun wie von selbst. Sie schrieb von ihrem ersten Abend nach seiner Abreise, von den Erlebnissen und Begebenheiten jeden Tages, schrieb, was sie dachte und fühlte, und all das, was sie einst nicht oder anders gespürt hatte in jener seltsamen Zeit, da es ihn noch nicht gab – und sie wurde froh darüber und leicht, die Verschwommenheit löste sich, als habe es eben des geschriebenen Wortes bedurft zur endlichen Klarheit. Auch das Schwere vergaß sie nicht, aber sie sah es nun schon mit einem Lächeln. Sie sorgte sich nicht mehr dar-

434

über, wie er es aufnehmen würde; sie schrieb einfach, was in ihr war.

Nach diesem Brief war das Alleinsein leichter. Allmählich kehrte der gewohnte Alltag zurück mit seinen Aufgaben, seinen Eindrücken und Entdeckungen, seinen Begegnungen. Etwas aber von der Verzagtheit dieser Tage blieb zurück, blieb die ganzen vier Wochen, und würde vielleicht immer bleiben: ein Vorgefühl kommender Trennungen, eine Ahnung künftiger Widrigkeiten. Sie hatte etwas entdeckt in sich, von dessen Vorhandensein sie bisher nichts gewußt hatte.

Und sie hatte Neues entdeckt auch in ihm. Es gab nichts Böses, das ihnen geschehen konnte, solange sie wahrhaft beieinander waren – es gab aber auch nichts, das sie beieinanderhalten konnte außerhalb ihrer selbst. Immer war alles in Bewegung, drängte zur Nähe hin und wieder zur Entfernung; es würde wohl immer so bleiben, daß sie es stärker empfand, daß sie tiefer als er um die Zerbrechlichkeit des Bestehenden wußte in dieser strengen Zeit. Ihre Liebe war groß genug, ein ganzes Leben darin aufzunehmen mit allen Wurzeln und allen Zweigen, und es gab genug an ihr, das er immer lieben würde. Dennoch würde sie um dies eine immer bangen müssen: um die Entfremdung, die in der übergroßen Ferne liegt und in der Übernähe, und in der Geschäftigkeit der Tagesdinge, die sich immer so wichtig machen und es manchmal sogar sind, die aber alles Tiefe und Wahrhaftige so schnell überwuchern mit ihrem Gewebe von guten Gründen, von Augenblicken, von Geradesohin und Geradenoch. Sie würde immer dagegen ankämpfen müssen, und es war gut, daß sie es nun wußte.

Sie spürte die Kraft in sich, die nötig war.

XV. Kapitel

Anfang Mai wurde Peter Loose aus dem Krankenhaus entlassen. Wurde hinausgeschickt in den aufziehenden Sommer,
die dicken Wintersachen an, die er getragen hatte bei der Ein-
lieferung. Nach dem Mittagessen wurde er hinausgeschickt,
ein Stullenpaket unterm Arm, Rasierzeug, Kamm, Zahnbürste. Und daß er nun untauglich war für den Untertagebau,
das hatte man ihm erst am letzten Tag gesagt.

Erst am allerletzten Tag.

Ärzte sind Leute, die wissen ganz genau, wo der Patient
aufhört und der Zivilmensch anfängt. Weißkittelparade jeden Vormittag, weißwäschene Regatta, segelten sie da vorüber, der Professor, der Oberarzt, die anderen im Kielwasser,
eine halbe Bootslänge zurück, segelten sie mit gutem Wind,
Stärke sechs mindestens, segelten eilig die Korridore lang:
Visite. Auch hieß man hier nicht Loose, oder Herr Loose,
oder Müller-Schulze-Meier, hier hieß man Schädelbruch,
retrograde Amnesie, halbwegs interessanter Fall. Und dort,
Herr Professor, da hätten wir den interessantesten Tumor,
neben der contusio cerebri, ganz recht, Herr Professor, und
das freie Bett dort, das ist der Exitus von heute nacht. Das
muß man sich dann wohl mal herunterphantasiert haben,
nachmittags, wenn das Fieber stieg. Ziemlich sensibel, hatte
die Schwester gesagt, Schwester Annelies, Karbolmäuschen
mit der Gretchenfrisur. Und der Oberarzt meinte: Sensibel?
Der? Mit seiner Schlägernatur?

Natürlich waren sie nicht alle so. Der Professor nicht, auch
ein paar von den unteren Chargen. Aber gesagt, gesagt hatte
keiner etwas, weder die einen, noch die anderen. Ganz zum
Schluß erst, am allerletzten Tag.

436

Draußen erwartete ihn niemand. Durch das Portal ging er, geradewegs auf die Straße, und immer die Straße entlang, es war wieder mal ein Aufbruch. Er sah ein paar Kumpels, Gummistiefel sah er, die Frühstücksbeutel mit der Kaffeeflasche, aber er gehörte ja nun nicht mehr dazu. Das ging ihn ja nun nichts mehr an. Und er sah einen Schichtbus, sah den grünen Lattenzaun drüben am Hang und die Postentürme und die Stacheldrahtgirlande, das war alles noch so, wie es damals gewesen war. Ein halbes Jahr; und er hatte gedacht, daß sich alles verändert haben müßte, daß er eine Menge versäumt hätte, daß er die Gegend gar nicht wiedererkennen würde. Es hatte sich aber nichts verändert. Er kam nun nach Bermsthal hinein, auf die lange Dorfstraße, aus dem Gemüsekonsum hing die Freitagnachmittagschlange.

Natürlich hatte man manchmal etwas erfahren von draußen. Besuchstag, drei- oder viermal war Kleinschmidt gekommen, der Lange, auch mal Heidewitzka, und Spieß, und Radieschen, und Titte Klammergass. Und gegen Ende hin hatte sich sogar der schleimige Mehlhorn blicken lassen, das Bäckergesicht, der war mittlerweile FDJ-Sekretär geworden auf dem Schacht, erwartungsgemäß. Grüße hatte er bestellt, von der Avantgarde, als ob man etwas zu tun hätte mit denen. Und wenn man selber keinen Besuch hatte, da konnte man immerhin zuhören, was die anderen erzählten. Sowieso waren es meist Kumpels, die da kamen; wer von denen hier hatte denn schon Angehörige in der Gegend. Außerdem gab es Zeitungen. Die waren vierzehn Tage alt oder drei Wochen, wenn man sie bekam, aber immerhin. Sicher, man hatte sich früher nie für Zeitungen interessiert. Aber gehen Sie mal ins Krankenhaus, ein halbes Jahr lang, da werden Sie ja sehen. Da liest man sogar die erste Seite. Sogar das Impressum liest man, mein Herr, das ist die Ecke, wo drin steht, wer das Wurstblatt verzapft hat.

Und überhaupt. Es kommt nämlich ganz darauf an, mit wem man zusammen liegt. Die erste Zeit lag man mit einem, der war Kriegsfreiwilliger gewesen im ersten Weltkrieg, gas-vergiftet vor Verdun, Granatsplitter im Schenkel, und im zweiten Weltkrieg war er an der Ostfront, Gefrierfleisch-orden, Verwundetenabzeichen, ein alter Krieger aus Passion. Und in der Ecke lag einer, der war als Kriegsfreiwilliger in den zweiten Weltkrieg gezogen, bis zum Leutnant hatte er's gebracht, und in Griechenland hatte er sich einen Tripper zugezogen und auf Kreta einen künstlichen Magen, und dann war er noch in den italienischen Schlamassel hineingeraten, zwei Jahre Kriegsgefangenschaft im USA-Staat Arizona. Wenn die beiden anfingen, da konnte man aber eine Menge lernen. Die kannten alle Krankheiten und alle Verwundun-gen, und vor allem kannten sie alle Arten von Verrecken. Die wußten, wie es aussieht, wenn man einem ein Bein absägt ohne Narkose, auf einem Verbandsplatz am Montecassino, und wie die Gedärme heraushängen, wenn jemand einen Granatsplitter verpaßt kriegt in den Unterleib, und der Kerl versucht dann die Strippen wieder reinzustecken, bevor er abkratzt. Und wenn sie ihre Granaten durch die Luft flie-gen ließen und ihre Schrapnells platzten, ihre Luftminen und Gasbomben, wenn sie ihre Jabos Karussell fliegen lie-ßen oder zum Bajonettangriff antraten, erst ein Stoß und dann ein bißchen umdrehen, und wenn sie ihre Handgrana-ten in einen Keller warfen und anschließend die Gehirne besichtigten, die da an der Wand klebten, da war es ganz schön gemütlich, Verehrtester! Da konnte man wirklich eine Menge lernen. Und da war man sogar froh, wenn man zur Behandlung gefahren wurde, obwohl das bestimmt kein rei-nes Vergnügen war, besonders mit solchen Geschichten im Ohr.

Na und dann war der jüngere Krieger entlassen worden, und es kam einer, der war mit seinem Erzkipper von der Straße abgekommen, war in eine Schlucht gestürzt, so acht, neun Meter tief. Außerdem hatte die Karre Feuer gefangen. Er schrie fast jede Nacht. Und wenn er nicht schrie, dann

438

röchelte er, oder er phantasierte. Vielleicht in ein Einzelzimmer legen? Tja, das Krankenhaus war nämlich überbelegt. Es wurden zwar überall neue Krankenhäuser gebaut, kurz vor Torschluß hatte der Krieg auch vor dem Roten Kreuz nicht mehr haltgemacht, und es wurden nun also neue Krankenhäuser gebaut, hieß es. Aber die waren wohl noch nicht fertig. Da fehlte vielleicht hier das Material, und dort hatte einer 'ne falsche Zeichnung erwischt, und da hatte sich jemand verplant, und außerdem gab's sowieso keine Arbeitskräfte. Das stand zwar nicht in der Zeitung, aber es wurde überall erzählt. Von den Ärzten, von den Schwestern, den Patienten und von denen, die von draußen kamen. Und deshalb, verstehen Sie, deshalb lag man hier mit dem Kipperfahrer zusammen, und mit dem alten Krieger, und mit noch einem, dem war ein Loch in den Schädel gebohrt worden, Trepanation, und mit noch zwei anderen.

Ja, so ging er die Straße entlang, immer durch Bermsthal, und das zog sich mächtig in die Länge. Er hatte gar nicht mehr gewußt, wie lang das Nest war. Es war aber noch genausolang wie damals, als er hier angekommen war, vor zweieinhalb Jahren. Und noch immer war die Kirche von Einsturzgefahr bedroht, und noch immer war da der Schlackeplatz, wo einst der Friedhof gewesen war, und noch immer gab es Häuser, deren Türen und Fenster waren über Kreuz mit Latten vernagelt. Und auch der Anschlagkasten hing noch da, der einst der Pfarrgemeinde gehört haben mußte, und er war vollgehängt mit Zettelkram, mit Dekadenaufrufen, Tauschangeboten, Bekanntmachungen. Und dort war auch die endlose Holztafel, die damals der Plakatmaler bepinselt hatte, ES LEBE DIE DDR, und die Kumpels hatten gestanden wie die Salzsäulen, hatten Löcher in die Luft gestarrt und Rauchringe hindurchgeblasen, es war alles noch da. Es hatte sich nichts verändert, ringsum, es war alles beim alten geblieben; geändert hatte sich nur für ihn selbst einiges, Peter Loose. Zweieinhalb Jahre waren vergangen, und man war damals bergbautauglich-untertage gewesen, und das war man nun nicht mehr, und so fort.

Nämlich: sechs Monate sind eine lange Zeit. Und sechs Monate im Krankenhaus sind sogar eine sehr lange Zeit. Und die meiste Zeit von dieser Zeit hatte man Zeit zum Nachdenken. Über all so Sachen. Beispielsweise über die Leute, die einem den Schädel einschlagen – es fehlte immer noch ein Stück Film, gerade dieses Stück, sinnigerweise. Und überhaupt: über das Leben und über die Zeiten und über diese beschissene Welt und so. Und beispielsweise über sich selbst. Und was dabei herauskam, das war, daß man sich fragte, ob denn etwa etwas dabei rausgekommen sei. Und man hatte sich sagen müssen, vorsichtig ausgedrückt, daß es jedenfalls nicht viel wäre. Da hatte man sich denn vorgenommen, daß etwas getan werden müßte, wenn man wieder draußen war. Und dann war man draußen. Und dann war man untertage-untauglich. So war das.

Jawohl.

Aber die meterlange Holztafel, die stand immer noch dort. Auch ein paar Kumpel waren da, die warteten auf ihre Busse. Es war genau wie damals. Bloß stand jetzt nicht mehr Es LEBE DIE DDR auf der Tafel, jetzt stand dort HELFT BRÄNDE VERHÜTEN, oder HELFT HÜTE VERBRENNEN, oder wie diese Losungen so hießen. Aber sonst war alles wie damals. Auch der Bahnhof war noch da und die Bahnhofskneipe, und über die Dächer dieses befremdlichen Dorfes spazierte manchmal ein Sonnenstrahl. Und es war, als hätte jemand ein sehr altes Dorf mit einer sehr schmutzigen Kleinstadt und einer sehr finsteren Fabrik ineinandergerührt und dann zwischen zwei Bergen auf die Erde geschüttet. Da konnte man also auch mal hineingehen in die Bahnhofskneipe und konnte dem Mädchen Ingrid guten Tag sagen. Endlich mal ein bekanntes Gesicht. Das kostete nichts, und das verpflichtete zu nichts. Schließlich hatte man ein halbes Jahr lang kein weibliches Wesen gesehen, die Karbolmäuschen mal ausgenommen.

So also betrat er die Bahnhofswirtschaft.

Es stand aber einer hinter der Theke, den hatte Peter noch nie gesehen. Einer mit Pusteln im Gesicht, allergischen Knötchen, ein pickliger Jüngling mit einem Basedow. Der Appetit verging einem, wenn man den Kerl bloß ansah, und das Bier wurde vor Schreck gleich in der Leitung schal. Er wußte natürlich nichts, der picklige Knabe, hatte von einem Fräulein Ingrid Zellner nie gehört, und er war immerhin schon zwei Monate in diesem Bums beschäftigt. Ob der Herr Kumpel vielleicht ein Bier wolle? Und dann: »Na, Ede, kommste aus 'm Knast?« Das machten wohl die alten Wintersachen, die nicht mehr in die Landschaft paßten. »Ja«, sagte Peter. »Aus 'm Knast.«

Dann kam der Kellner mit seinem Kulitablett, und der erkannte Peter wieder. »Ingrid?« sagte er. »Na Mann, die ist doch schon lange weg. Die hat doch geheiratet. Irgend so 'n Schießer vom Schacht. Wo haste denn so lange gesteckt?« Der Pickeljüngling erklärte es ihm. »So?« sagte der Kellner. Und dann grinste er und sagte zu dem Pickligen: »Naja, das ist nämlich 'n ganz Gefährlicher. Der hat hier mal drei Mann auf einmal verdroschen, und einer davon war 'n steckbrieflich gesuchter Mörder. Das is 'n guter alter Kunde von unserm Etablissemang.« Und zu Peter sagte er: »Tja, mein Lieber, heutzutage muß jeder mal im Knast gewesen sein, sonst ist man gar kein richtiger Mensch. Da brauchst du bloß einen Furz in die falsche Richtung zu lassen, schon bist du drin. Holzauge, sei wachsam, sag ich da immer. So schnell kannst du gar nicht gucken, wie die dich haben.«

»Ja«, sagte Peter. »Genau so war's bei mir. Eins übern Schädel, und dann ab. Und auch noch von hinten, die Schweine. Ich hab sie gar nicht erkennen können. Da hörst du aber die Engel singen, mein lieber Mann!«

»So was«, sagte der Kellner. »Mit 'm Gummiknüppel?«

»Nee«, sagte Peter. »Mit 'm Erzhammer.« Er sah den Kellner eine Weile aufmerksam an, und als er merkte, daß der

441

Mann zu begreifen anfing und gleich eine Frage fertig haben
würde, da ließ er ihn stehen und ging hinüber zur Toilette. Er
fand den zerkratzten Spiegel wieder, und er dachte an den
Abend, da er hier sein Geld gezählt hatte nach dem Skat mit
Hecht und dem Grubenschlosser Richard. Die Toilette war
noch genauso finster wie damals, aber sie war nicht mehr so
schmutzig, die Wände waren frisch getüncht, und der Sok-
kel war neu geteert.

Er war dann sehr schnell wieder draußen. Er hatte nicht
einmal sein Bier bezahlt, aber weder der Kellner noch der
Picklige riefen ihn zurück. Er stand wieder auf dem Bahnhofsvorplatz, wo die Busse hielten gegenüber der Tafel mit
der Losung, es waren alles alte Bekannte. Sie hat also geheiratet, dachte er. Na, warum, zum Teufel, sollte sie denn nicht
heiraten? Irgendwann heiratet vermutlich jeder mal. Da ist
sie also heraus aus dem Gezänk ihrer alten Dame. Da wird sie
also nun Kinder kriegen und Windeln waschen, und ihre
Schleiflackmöbel wird sie freitags mit Möbelpolitur polieren,
und morgens wird sie Staub wischen und Deckchen auflegen
und so. Und ihre Hände werden nicht mehr so rot sein und
durchsichtig von der Kälte des Spülwassers. Aber den Hunger in den Augen, ob sie den wohl je loswird?

Und dann fand er einen Bus, der fuhr hinauf ins Lager
Rabenberg.

Überhaupt, dachte er, als er in den halbleeren Bus stieg,
überhaupt macht uns das alles nichts aus. Sie hat geheiratet,
und das geht uns schon lange nichts mehr an, und auch daß
sie uns rausgeschmissen haben, das macht uns nichts, woher
denn? Höchstens daß sie es erst am allerletzten Tag gesagt
haben. Aber sonst, sonst ist das alles wie fürn Fünfer Wind.
Sonst kann uns das überhaupt nicht erschüttern.

Und als der Bus nun abfuhr, als er an der Papierfabrik ent-
langfuhr und über den Bahnübergang und dann den Berghang
entlang, da dachte er: Ist das etwa ein Grund, den Hut über

442

die Ohren zu ziehen? Wir sind dem großen Heizer von der Schippe gesprungen, wir haben verdammt Glück gehabt, und nun sind wir unser freier Mann und können gehen, wohin wir wollen. Unterwegs sein, unterwegs sein ist alles. Irgendwohin zu einem Ziel, das man noch nicht kennt. Irgendwohin, denn es ist nämlich Mai, und der Sommer steht vor der Tür, und in jedem Frühjahr kam die Unruhe, sie wird in jedem Frühjahr wiederkommen. Und mit dem Frühling, das ist obendrein wie mit den meisten Dingen auf dieser Welt: Solange man sie hat, solange nimmt man sie hin, und man nimmt sie manchmal schon gar nicht mehr recht wahr. Wenn man sie auf einmal nicht mehr hat, wenn einem beispielsweise irgendwie gleich ein ganzes halbes Jahr fehlt, dann erlebt man die Dinge wieder, und man erlebt sie viel intensiver, als wenn man sie wirklich hätte. Nein, es gab wirklich keinen Grund, die Ohren hängen zu lassen. Man war weiß Gott nicht aus freien Stücken hiergekommen, und mit Begeisterung schon gar nicht, und nun war das alles vorbei, nun konnte einem Väterchen Wismut den Buckel runterrutschen. Nun konnte man sich endlich nach einer freundlicheren Gegend umsehen. Unter den Töchtern des Landes konnte man sich umtun, konnte sich einen Job suchen nach eigenem Ermessen, sogar die Regierung konnte man wechseln – wie die Dinge nun mal lagen in diesem Land, man konnte auf die Reise gehen und sich von Zeit zu Zeit ein paar Rubel Zehrgeld beschaffen, irgendwie, man konnte wirklich allerhand. Man hatte das alles schon fast vergessen. Man konnte die Dinge sehen, wie man wollte – es gab beim besten Willen keinen Grund. Wahrhaftig nicht.

Oder vielleicht doch? Was soll man dazu sagen, wenn einem so beklommen ist, allen guten Gründen zum Trotz? Wenn einem diese Gegend hier mit ihren Gesichtern und mit allem, was kein Fremder ihr ansieht und kein Unbeteiligter weiß, wenn sie einem gar nicht so gleichgültig ist, wie man immer gedacht hat? Was, zum Teufel, soll man da sagen?

443

Und dann kam alles ganz anders.

Er war ins Lager gefahren, ins Haus vierundzwanzig, in das Barackenzimmer, das er ›zu Hause‹ nannte; er hatte aber keinen angetroffen dort. Dann war er zum Schacht. Aber auch dort fand er keinen, und niemand war zuständig für ihn, man schickte ihn zur Objektleitung.

Die Objektleitung war eine Einrichtung, zu der man viel Zeit mitbringen mußte. Er meldete sich irgendwo und wurde nach irgendwo verwiesen, dort schickte man ihn in einen Schalterraum und von dort in ein Vorzimmer, da wartete er eine gute Stunde. Das Vorzimmer war kahl bis auf das Stalinbild und eine an die Wand genagelte FDJ-Fahne, die Fenster schmutzig, undeutlich die Halden dahinter und die Schächte. Als er endlich vorgelassen wurde, kannte er das Zimmer auswendig.

Der ihn vorließ, war ein junger Mann im Blauhemd, nicht älter als Peter selbst, er hatte aber sehr dünnes Haar und eine dicke Brille; über seinem Schreibtisch hing ein Spruch an der Wand: Hirn der Klasse, Sinn der Klasse, Kraft der Klasse, Ruhm der Klasse – das ist die Partei. Majakowski.

»Entpflichtung?« sagte der junge Mann. »Entpflichtung, wieso?«

Peter hatte sich vorgestellt, hatte seine Sorgen vorgetragen, der junge Mann hatte sich nicht vorgestellt, das war seit alters so in allen deutschen Amtsstuben. Da machte die Wismut keine Ausnahme. Da machte auch das Blauhemd keine. Und der Spruch nicht, der an der Wand hing. »Entpflichtung«, sagte der junge Mann, »wie stellst du dir das vor, da könnte jeder kommen.« Und das war eine Neuerung. Man wurde mit Du angesprochen, das war gleich viel unbürokratischer. »Deine Verpflichtung läuft im Oktober dreiundfünfzig ab«, sagte der junge Mann, »also was willst du?«

Peter hatte das Gefühl, nicht verstanden worden zu sein. Er sagte: »Ich bin als Untertage-Arbeiter eingestellt worden. Und jetzt bin ich nicht mehr bergbautauglich. Also muß ich entlassen werden, denke ich.«

»Das denkst du«, sagte der junge Mann. »Das wär schön, was?« Er rührte in der Teetasse, die vor ihm auf dem Schreibtisch stand, er zündete sich eine Zigarette an und betrachtete Peter unverwandt durch seine dicke Brille, und dann schien er sein Urteil fertig zu haben und sagte: »Also schön, ich erklär's dir. Du hast dich verpflichtet, und Verpflichtungen sind so was wie ein Gesetz. Zweitens: du hast unter Tage gearbeitet, und das kannst du nicht mehr. Also wirst du drittens nach Übertage gehen. Klar? Was bist du von Beruf?«

»Ungelernt«, sagte Peter.

»Schön, gehst du also auf die Halde. Noch was?«

»Ja«, sagte Peter. Er langte über den Schreibtisch und nahm sich unaufgefordert eine Zigarette aus der Schachtel des jungen Mannes, er hatte nun sehr viel Zeit. Er zündete die Zigarette an und sagte: »Ich will nämlich nicht auf die Halde.«

»So«, sagte der junge Mann und starrte verwundert auf Peters Hand. »Darf man fragen, warum?«

»Erstens«, erklärte Peter grinsend, »weil mir das zu langweilig ist. Zweitens, weil man da nichts verdient. Und drittens bin ich nicht dein Duzbruder. Klar?«

Der junge Mann stand auf. Er ging zum Fenster und wieder zum Schreibtisch zurück und ging noch einmal zum Fenster und kam noch einmal wieder. Und dann sagte er: »Du bist ein ganz Schlauer, wie? Und was willst du machen, wenn wir dich nicht entpflichten?«

»Och Gott«, sagte Peter harmlos, »ich gehe einfach nicht zur Schicht, wenn ihr mich auf die Halde schickt. Da müßt ihr mir Fehlschichten schreiben, und wenn ihr zwanzig Stück zusammenhabt, dann schmeißt ihr mich raus wegen Arbeitsbummelei.«

»Hm«, sagte der junge Mann. »Da ist eine Lücke im Gesetz. Das stimmt.«

Und dann sagten sie eine Weile nichts.

Und als eine ganze Weile vergangen war, sagte der junge Mann: »Es ist schließlich nicht unsere Schuld. Du mußt ja

schließlich die Rübe nicht unbedingt hinhalten, wenn zuge-
droschen wird. Sag mal, hast du wenigstens eine Fahrerlaubnis?«

»Nein«, sagte Peter erstaunt, »habe ich nicht.«

»Wir brauchen noch ein paar Fahrer. Schade. Hättest du
denn wenigstens Lust dazu?«

»Doch, doch«, sagte Peter gedehnt. »Lust dazu hätte ich
schon.«

»Aber?«

»Ach Quatsch. Ist doch bloß alles Mache. Ihr seift einen
ein, und dann nehmt ihr das Rasiermesser und tut so, als ob,
und dann schneidet ihr ritsch die Kehle durch. Aber bei mir
nicht.«

»Jetzt will ich dir mal was sagen«, sagte der junge Mann.
»Hier ist eine Einweisung, die fülle ich jetzt vor deinen Augen
aus, sagen wir mal für den ersten August. Dann unterschreiben wir beide, und das Ding geht an den Fuhrpark. Bis
August arbeitest du auf der Halde, du machst einen Kursus
mit und legst deine Fahrprüfung ab. Wenn du sie bestehst,
dann geben wir dir einen Kipper untern Hintern. Also: entweder unterschreibe – oder hau ab. Ich kriege meine Zeit
nicht vom lieben Gott bezahlt!«

Da nahm Peter den Kopierstiftstummel und unterschrieb.

Er ging dann wieder die Straße entlang und wunderte sich,
wie schnell das alles gegangen war. Und wenn ein Kipper vorbeikam oder ein Lkw, da dachte er: ganz schön, so ein Ma-
schinchen. Da sind PS drin, und da ist Musik drauf, und vorne
ist die Straße, mit der stehen wir uns ja schon immer gut.
Und so ein Führerschein, wenn man den erst einmal hat, damit kommt man überall unter. Wo sie die großen Fuhren machen zum Beispiel, mit den Fernlastern, Spedition und all so
was. Da hat man einen richtigen Beruf, und man sieht was
von der Welt, und man kriegt sogar noch Geld dafür. Das ist
was anderes als immer bloß Schacht. Das ist weiß Gott ein
verdammt angenehmer Job. Da hat es also doch noch was

eingebracht, daß sie uns eins über den Schädel gewichst haben. Und der FDJ-nik, der war eigentlich gar nicht so uneben. Man muß die Leute bloß richtig nehmen.

Aber er war ja noch krank geschrieben, und das Mißtrauen erwachte wieder, und er dachte: Bis August, wer weiß, was da noch alles dazwischenkommt. Das weiß man doch, daß es bei der Wismut immer anders kommt, als man denkt. Beispielsweise könnte der junge Mann inzwischen versetzt werden, denn es wird ja immerzu versetzt, von einem Stuhl auf den anderen, das ist eine richtige Epidemie. Und dann stehe ich im August vor irgendeinem anderen, der weiß von nichts und sagt: Kipperfahrer, da könnte jeder kommen. Du mit deiner nagelneuen Fahrerlaubnis. Keine Erfahrung, keine Fahrpraxis, mein lieber Mann, bleib du mal schön auf der Halde. Ihr wollt euch alle bloß drücken, wollt euch in gemachte Betten legen, und die anderen sollen die Arbeit machen. Den Arbeiter-und-Bauern-Staat wollt ihr bescheißen und euch die Pfoten nicht dreckig machen, aber da beißt ihr auf Granit. Hier haben wir die Macht, und wer nicht für uns ist, der ist gegen uns. Das sagten die Leute an den Schreibtischen nämlich immer, als ob sie sich selber die Finger dreckig machen würden, als ob sie nicht selbst die Druckpöstchen hätten, als ob nicht auf zwei Arbeiter mindestens ein Sesselfurzer käme. Eine prima Logik war das. Die Arbeiter-und-Bauern-Macht heißt deshalb Arbeiter-und-Bauern-Macht, weil die Arbeiter und Bauern mächtig für uns Sesselfurzer arbeiten müssen. Und wer uns da hineinpfuschen will, dem werden wir mal zeigen, wer hier etwas zu bestimmen hat! Dem werden wir das Leben gründlich vermiesen, aber prompt!

Ach was, dachte er dann. Wenn sie mich für den Kursus nehmen, dann nehmen sie mich auch für den Kipper. Und den Zettel für den Kursus habe ich ja. Wir wollen mal nicht gleich den Teufel an die Wand malen. Und selbst wenn sie mich nicht auf den Wagen lassen, dann habe ich immerhin die Fahrerlaubnis. Da habe ich etwas in der Tasche und kann mich immer noch nach einem anderen Job umsehen.

Verdammt noch mal, dachte er, diesmal will ich es wissen, diesmal lasse ich mich nicht auf die kalte Tour abschieben. Ich muß endlich mal was zu Ende bringen, und das mit der Fahrerlaubnis, das bringe ich zu Ende. Die sollen mal sehen, wie stur einer sein kann, wenn's ihm drauf ankommt.

Er sah nun schon die Baracken des Lagers zwischen den Fichtenstämmen, zum zweiten Mal an diesem Tag stieg er den Rabenberg hinauf. Die werden aber Augen machen, dachte er. Kleinschmidt, Spieß, und der schleimige Mehlhorn, und die anderen. Die werden aber Augen machen, wenn ich plötzlich auf der Schwelle stehe. Und er ging den Weg entlang, den er nun ein paar hundertmal gegangen war oder gefahren mit der Zeit, ging ihn zwischen den Fichten und zwischen den Baumstümpfen, und oben waren ein paar Wolken, die kamen von Süden gezogen, von Böhmen her. Sie kamen sehr selten von Süden, meist kamen sie von West, und manchmal kamen sie auch aus dem Norden, nur aus dem Osten, da kamen sie fast nie. Aber heute kamen sie von Süden, segelten über den hohen Schornstein der Papierfabrik und über die Schächte hin, und dann zogen sie immer weiter nordwärts über das ganze Land.

Er war also wieder da.

Naja, dachte Christian Kleinschmidt, das paßt zu ihm. Kommt einfach zur Tür herein, Tag, da bin ich, Loose mit zwei o, habt ihr nicht irgendwo 'n alten Wodka, und beim dritten Glas dann so nebenher: ehe ich's vergesse, mit dem Schacht ist Sense, ich werde Fahrer. Ja, dachte Christian, es geht auch anders, aber so geht es auch. Das ist eben so seine Machart.

Die anderen waren schon nach einem Kasten Bier unterwegs. Titte Klammergass hatte von nebenan eine Skatkarte geholt. »Mann«, sagte er, »kannste nich' sehen, daß du in meine Brigade kommst? Da ziehen wir einen auf, daß die Tannen wackeln!«

Nur Mehlhorn hockte sockenstopfend auf der Bettkante, zog Löcher zusammen, nadelte.

»Ich gehe auch weg«, sagte Christian. Er sah, wie Loose von der Tischkante abrückte, Millimeter nur, die Zigarette zögerte über dem Ascher. Natürlich, dachte Christian. Wenn er abhaut, ist das ganz in Ordnung, aber wenn ich weggehe, heißt es: der Herr Oberschüler kneift. Er hat das ja immer so gemacht. Christian stand auf, holte seinen Kaffeetopf aus dem Spind. Als er eingegossen hatte, war die Flasche leer bis zum unteren Etikettenrand. Er stieß mit Loose an und sagte: »Studium. Im September geht's los.«

Sie brachten das Bier. Es waren zwei Kästen. Sie tranken alle aus der Flasche, bis auf Mehlhorn, der trank aus einem Zahnputzglas. Die Kästen schoben sie unter den Tisch. »Das zischt«, sagte Spieß. Er schob Mehlhorn die Flasche hin, aber der hatte noch nicht ausgetrunken. Das Bier schäumte braun im Glas.

Heidewitzka sagte: «Hätteste nich'ne Karte schreiben können? Wir hätten dich doch abgeholt, Mann.«

»Hm«, sagte Peter Loose.

»Wir hätten ein Auto organisiert. Stell dir mal vor, was wir da hätten für ein Faß aufmachen können, hätten wir da.«

Peter Loose trank wieder aus der Flasche und wischte sich den Mund ab und sagte: »Ich hab schon gar nicht mehr gewußt, wie das Zeug schmeckt.«

Spieß fragte: »Sie haben dich Mittag schon rausgeschmissen, was?«

»Ja«, sagte Peter. »Die machen das immer so, die Arschlöcher.«

Er war also wieder da. Er war wieder da und war wieder Mittelpunkt, er war ein halbes Jahr weggewesen, das zählte nicht, und er würde nicht zurückkommen in die Brigade, das

449

zählte auch nicht. Es wird wohl das Normale sein, dachte Christian Kleinschmidt. Er war da, das war alles, und es zählte nun nicht mehr, was gewesen war in diesem halben Jahr und Gewicht bekommen hatte noch bis vor einer Stunde, das war nun vorbei. Ja, dachte Christian, es ist das Normale, man muß sich dran gewöhnen.

Sie spielten zu fünft, zwei mußten immer aussetzen, sie machten die Kästen unter sich aus, aber es kamen keine guten Spiele, und die Runde zog sich, da kam auch keine Stimmung auf.

»Du wirst dich totlachen«, sagte Heidewitzka. Er blinzelte zu Peter hinüber, nickte dann in die Richtung, in der Spieß saß. »Das Radieschen hat ihn weich gekriegt. Hat sich vorsichtshalber gleich 'n Kind machen lassen. Da wird er also nun heiraten.«

»Schnauze!« sagte Spieß.

»Nein wirklich«, sagte Titte Klammergass. »Vorige Woche haben wir sie getroffen, die schleppt schon ganz ordentlich was vor sich her. Und Heidewitzka hat gefragt, wo sie arbeiten läßt, da hat sie ihm eine geklebt, aber was für eine.«

»Spieß, der Familienvater«, sagte Heidewitzka. »Ich lach mich schief.«

Und Titte Klammergass erklärte: »Die erkennst du gar nicht wieder, wie die sich gemausert hat. Die geht jetzt auf die Anschaffe, kann ich dir sagen, und immer auf die solide Tour, als ob da nie was anderes gewesen wäre. Also da möcht ich bloß wissen, wo das bei den Weibern immer so plötzlich herkommt. Das möcht ich weiß Gott wissen, mein lieber Mann.«

Ja, dachte Christian Kleinschmidt, es ist das Normale. Was gewesen ist, das zählt nicht, denn ich bin nie ganz herangekommen an sie. Sie haben ihre Tonart, daran erkennen sie einander, und du kommst nie ganz heran, was immer du auch tust. Da zählt nur, wer ihnen über ist in Dingen, die sie beurteilen können, und das sind wenige, aber sie wiegen schwer auf ihrer Waage. Sie wiegen schwer, weil sie ihre sämtlichen Gewichte dabei aufbrauchen, so an die zwei Zentner, und weiter reicht eben ihre Waage nicht. Daß es da noch Tonnen gibt und Megatonnen, das ist in ihren Schädeln nicht drin. Da ist nur drin, was sie selber buckeln können und eigenhändig, und was darüber hinausgeht, das geht über ihren Horizont.

Ja, dachte er, sie haben ihren Horizont und haben ihre Tonart, immer wieder C-Dur, und bei G hört es schon auf, und wenn einer ein bißchen weiter geht mit ein paar Kreuzen oder ein paar b, da sind sie einfach überfordert. Da kann ich meinen Part spielen, so gut ich will, sie wollen ihn eben in C hören, egal ob er in Es steht oder in h-moll, und ich kann ja schließlich nicht alles heruntertransponieren, bloß ihnen zuliebe, wo gibt es denn so was! Und das mit den zwei Zentnern, das kommt, weil sie mit aller Mühe gerade noch ein bißchen mehr hochkriegen als ihr Eigengewicht, aber dann ist Schluß, und von Hebeln und Übersetzungen haben sie keine Ahnung, und nicht von Weg mal Kraft, und von Parallelogrammen nicht und von Differentialen, sie nehmen es hin, aber sie denken sich nichts dabei.

Das dachte er, aber es war nun alles wieder da. Er war Brigadier geworden, hatte Peter Looses Platz übernommen, diesen gefährlichen Platz, den keiner sonst übernehmen wollte in dieser Mannschaft, ein halbes Jahr lang war er nun Brigadier und hatte ihre Lohntüten gefüllt und ihre Arbeit erleichtert, wo es ging, und hatte das Ihre zusammengehalten. Von Anfang an hatte er das nicht schlechter getan als vor ihm Peter Loose, und hatte sich den Kopf zerbrochen, wie es noch besser zu tun wäre, und hatte dies ausgeknobelt und jenes verändert, hatte Möglichkeiten aufgespürt und Reserven, und hatte seine Ziele erreicht, eins nach dem anderen. Aber die Niederlagen dazwischen hatten sie ihm härter vergolten, als sie je Peter Loose eine Niederlage vergolten hätten, und die Siege hatten sie hingenommen ohne Dank. Ja, dachte er, es ist das Normale, und es ist gut, daß ich es nun weiß. Wenn einer ein Flugzeug erfindet, darf er keinen Dank erwarten von Leuten, denen es schon auf ebener Erde überall zu schnell geht und zu hoch hinaus.

Und dann gab es noch die Mehlhörner. Die lernten ihre Sprüche auswendig und beteten sie herunter bei jeder Gelegenheit, der Marxismus ist allmächtig, weil er wahr ist, und hatten nun ihren Allmächtigen wieder, und lernen, lernen und nochmals lernen, was so übel nicht wäre, wenn es ihnen nicht auswendig lernen hieße mit Seitenzahl und Werkangabe, der zeitgemäße Denkersatz, aber die Theorie wird zur materiellen Gewalt, wenn, ja wenn, nämlich wenn sie die Massen ergreift, und beispielsweise diesen: Freiheit ist Einsicht in die Notwendigkeit. Damit war ihr Soll erfüllt, und wenn man ihnen gar recht gab, für den letzteren Spruch etwa und nur für ihn, da freuten sie sich halbtot, Probleme sahen sie da keine mehr. So wunderten sie sich denn über die Maßen, wenn jemand behauptete, da fingen die Probleme erst an, nämlich: was ist das, Notwendigkeit? Oder ist etwa alles, was so tut, als ob, ist das etwa alles wirklich notwendig? Ist es notwendig, daß der Meier regiert und nicht der Schulze? Ist es notwendig, daß man Krebs nicht heilen kann, und jede Woche verrecken Tausende? Ja dann, Freunde, ist von Freiheit freilich keine Rede. Dann ist man bloß ein ewiger Gefangener der Notwendigkeit. Aber wenn nun einer den Krebserreger entdeckt und ein Heilmittel entwickelt? Dann wäre also die Notwendigkeit auf einmal keine mehr. Und zwar nicht etwa durch Einsicht, sondern durch Überwindung. Muß man dann also nicht etwa ständig Notwendigkeiten niederreißen, um zu höherer Freiheit zu gelangen? Und muß man nicht ständig Scheinnotwendigkeiten entlarven, um überhaupt nur ein bißchen frei zu sein? Ist dann also jede Antwort nur der Anfang einer neuen Frage? Das waren doch Probleme, mit denen man den Mehlhörnern nicht kommen konnte; denn überall, wo sie keine Antwort parat hatten, witterten sie den

Klassenfeind, und wenn gar eine Frage gestellt wurde, auf die es tatsächlich noch nirgends Antwort gab, da sahen sie ihr ganzes bißchen Ordnung wanken und riefen nach dem Staatsanwalt.

Soviel also zu den Mehlhörnern. Nur: Christian war nicht recht wohl bei dieser Einteilung. Leute gab es, die sich nicht einteilen ließen, weder zu den einen noch zu den anderen, beispielsweise Christian selber, aber auch Peter Loose gehörte nicht unbedingt zur Mannschaft, und zu den Mehlhörnern schon gar nicht, auch Hermann Fischer gehörte weder noch, und man hatte einen Vater, der war wieder anders, und es hätte nicht viel genützt, wenn man die Kategorie der Alten hinzuerfunden hätte, und überhaupt: zwei Kategorien oder zwanzig, das besagte gar nichts. Fragwürdig blieb die Sache, wie immer man sie ordnete, ob nach Tonarten, nach Horizonten, nach Muttermalen hinterm Ohr.

In meines Vaters Haus, heißt es, sind viele Wohnungen. Das wissen wir noch, Konfirmandenstunde, und stimmt womöglich, nur: wer bewohnt sie?

Aber Peter Loose stach ein As. Womit er gewonnen hatte. Und hieb Spieß auf die Schulter. Weil der verloren hatte. Und sagte: »Irgendwann, irgendwann heiraten wir alle mal.«

Da sahen sie ihn nun alle an.

Aber es kam nichts mehr.

Und Titte Klammergass sagte: »Falls euch das interessiert – da kann ich mich aber beherrschen. Unter Vierzig spielt sich da nichts ab. Wenn überhaupt. Also nicht für 'n Sack voll Nasenpopel!«

»Unter Fünfzig«, erhöhte Heidewitzka.

»Und wenn wir klapprig werden«, sagte Titte Klammergass, »dann ziehen wir eben zu unseren Kinderchen. Aber heiraten, mein lieber Mann, also mit mir nicht. Nämlich wenn du nach Hause kommst, da mußt du 'n Kopfstand machen, und die Mark ist bloß noch 'n Groschen wert, und die Alte wiegt dir das Ding auf der Briefwaage nach, ob du auch nicht fremd warst, womöglich. Also, da zahle ich schon lieber Alimente.«

»Sechzehn Jahre lang«, sagte Peter Loose. Und spielte Eichel-Buben aus. Und sagte: »Kinder machen, das hat mein Alter auch gekonnt. Die hätten sollen lieber 'n Zentner Holz hacken in der Zeit.«

»Bei Wasser und Brot«, sagte Heidewitzka.

»Von wegen«, sagte Peter Loose. »Da machen sie Kinder, aber weiß vielleicht einer, wie es denen mal geht?«

»...türlich«, sagte Titte Klammergass. »Mehlhorn, der weiß das bestimmt. Unsere Kinder werden im Kommunismus leben, und das Bier wird aus der Wasserleitung fließen, und außerdem sollst du Vater und Mutter ehren und den niegekannten Wohlstand mehren und immer pünktlich deinen FDJ-Beitrag zahlen.«

»Einstimmig«, sagte Heidewitzka unterm Tisch. Und tauchte mit einem Armvoll Bierflaschen empor. »Und wenn Mehlhorn nischt weiß, dann fragen wir mal den lieben Christian, jup twoja matj.«

Aber da sagte Spieß: »Ihr Arschlöcher«, sagte er, »macht erst mal Kinder, da könnt ihr mitreden!«

Das war, weil er schon wieder verlor.

»Mal im Ernst«, sagte nun Peter Loose. »Wir müßten einfach mal alle nicht mehr mitmachen. Einfach mal keine Kinder machen, müßten wir alle. Da sollst du mal sehen, wie sie angerannt kommen, die Regierer und so. Wer soll ihnen denn dann die Arbeit machen, nämlich in zwanzig Jahren, oder wie? Und wenn sie wieder mal Soldaten brauchen? Also die würden uns glatt 'ne Prämie anbieten, wenn wir wieder mal aufsteigen möchten!«

»Mein lieber Schwan!« sagte Heidewitzka.

»Oder wenn wir alle impotent würden«, sagte Titte Klammergass. »Also die würden vor Schreck gleich 'ne neue Moral erfinden, mit Harem und so. Und wer mehr als fünfmal kann pro Tag, der wird staatlich gekürter Besamer. Das würden die alles machen, wenn das Vaterland in Gefahr gerät wegen Enthaltsamkeit.«

Und spielte einen Null ouvert. Womit Christian die Runde bekam. Und trank ihm zu und wollte wissen: »Also und was sagt nun die Intelligenz?«

Aber die sagte nichts.

Sie wischte einen Bierfleck vom Tisch.

Und das war denn auch das ganze bißchen Spaß an diesem Abend.

Später, als die Kästen leer waren, ging Christian mit Peter Loose noch ein Stück den Berg hinan. In der Einschlagschneise hinter dem Lager, aus der man das Tal überblicken konnte. Die anderen waren zur Lagerkantine, Heidewitzka und Titte Klammergass, und Spieß auch, der aber nur auf einen Sprung, weil ihm der Sonntag noch in den Knochen läge, deshalb. Und Peter Loose, der hatte zuerst auch in die Kantine gewollt. Hatte es sich dann aber anders überlegt. Ein bißchen Luft schnappen und dergleichen. Und Christian war also mitgegangen.

Er war also mitgegangen, bloß: er wußte nicht recht, warum. Es war fast wie damals, an ihrem ersten Tag im Lager, da war er auch hinter ihm her und zur Tür hinaus und ins Dorf, wie auf Verabredung, und immer nur von diesem Fischer weg. Und war ganz anders, weil es diesmal schließlich nicht der Fischer war, und überhaupt nichts in der Art, aber was war es?

Sie stiegen immer noch aufwärts.

»Da hast du's also geschafft«, sagte Peter Loose. Sagte es geradeaus, wo er hinging, immer die Schneise lang. Manchmal spricht man so, wenn man zu zweit allein ist.

»Wie man's nimmt«, sagte Christian. Und blieb stehen. Denn es war andererseits eben: ein Anfang.

Und sahen nun das Tal unten, mit den Schächten am Hang, den roten Lichtern am Schornstein der Papierfabrik und den weißen an den Halden, Frühjahr war, wieder ein Frühjahr, da wurde das Gebirge freundlich. Oben der Wind war behutsam und führte etwas Bitteres mit von den Rinden der Bäume, und das Dumpfe war Vorjahrslaub und Erde, war Fäulnis und Trächtigkeit, und war noch anderes, das von weit her kam, das man spüren mußte oder schmecken vielleicht, und wußte keiner, was es war. Geräusche schon eher, die kannte man, dort das Rauschen der Halde, immer tiefer zum Wald, immer talwärts, und der Schleifton drüber, und der Anschlag, die Kipper und Züge, und das Kollern der Förderung. Aber das war fern, nahebei war Stille. Bloß ein Igel im Laub, und ein Vogel im Schlaf, bloß ein Nachttier im Strauch, und manchmal der Wind.

»Weißt du«, sagte Peter, und sah über das Tal, sah immer dorthin, und sah Christian nicht an. »Jedenfalls, ich wünsch dir was.« Denn es war nun einfach, in dieser Nacht. Und was da vorging, und dieses ›wie man's nimmt‹, das verstand er. »Im Krankenhaus«, sagte er dann, »also wenn man so daliegt, jedenfalls, das schlechteste war's nicht, das hier. Und auch: daß es nie so bleibt, und daß immer was Neues kommen muß, und all das. Jedenfalls, mir geht's so.«

»Ja«, sagte Christian.

»Vielleicht«, sagte Peter, »daß es die beste Zeit war, die ich hatte. Manchmal glaub ich es fast. Die schlechteste Mannschaft waren wir nicht, bei alledem, was war, und was wir so aufgezogen haben, das kann sich schon sehen lassen. Und was nun kommt, das wäre doch gelacht, wenn wir nicht die Nase vorn hätten dabei.«

»Ja«, sagte Christian.

Möglich, dachte er, daß ein Trick dabei ist. Aber was macht das schon. Irgendein Trick ist immer dabei. Beispielsweise: hinterher denkt man, das war doch alles folgerichtig und gut, wie es so gekommen ist. Man schiebt sich das zurecht, und die Niederlagen vergißt man leichter, und es bleiben die Erfolge, alles sieht plötzlich logisch aus und notwendig, als ob es immerzu geradeaus gegangen wäre. Ja, dachte er, es ist so. Aber vielleicht ist es gut, daß es so ist, wer weiß.

456

Vielleicht kommt der Mensch manchmal an eine Kreuzung, und ob er nach links geht, oder nach rechts geht, oder geradeaus weiter, das entscheidet sein ganzes Leben. Vielleicht, dachte Christian, vielleicht. Vielleicht auch, daß man die Kreuzung gar nicht sehen kann, und daß man nicht weiß, wenn man dort ist, man geht eben. Aber bestimmt gibt es auch Kreuzungen, die man sieht und bei denen gewiß ist, daß man sich entscheiden muß. So und so, es gibt beides, und was da wirklich war, das sieht man immer erst viel später. Und manches wohl nie. Und man muß trotzdem immer weitergehen, immer dorthin, wo noch nichts gewiß ist, oder fast nichts, und muß glauben, daß erreichbar ist, was einem gerade noch als erreichbar vorkommt, und noch mehr. Ja, dachte er, das muß man. Denn wir sind immer in Bewegung, also muß man da ein Antrieb sein, es muß eine Kraft wirken. Und wer nicht Antrieb ist, und wer nicht wirken will, und wer nicht wissen will, der bleibt immer Getriebener. Der bleibt immer ein Rädchen, und dreht sich, und dreht sich, und wird getrieben, und treibt irgend etwas, und kann nichts ändern.

»Ja«, sagte er. »Mir geht's auch so.«

Und stand dort oben, wo Peter Loose stand, auf einem Hügel im Gebirg', in Deutschland.

III. TEIL

NÄNIE AUF DEN TOD EINES ARBEITERS

XVI. Kapitel

1.

Ende Juli gaben Hilmar Servatius und Irene Hollenkamp ihre Verlobung bekannt. Freilich: bekannt gab Marie-Luise. Aber das tat, nach außen jedenfalls, nichts zur Sache. Die Feier fand, wie man früher gesagt hätte, im engsten Kreise statt; zugegen waren nicht ganz ein Dutzend Leute.

Anschließend fuhr das junge Paar drei Wochen an die See. Sie lagen im Sand, schlossen Bekanntschaften, schwammen nicht allzuweit hinaus, manchmal schrieben sie Ansichtskarten. Sie hatten sehr viel Zeit in der ersten Woche, viel Zeit in der zweiten, in der dritten waren sie froh, daß es dem Ende zuging.

In Hamburg unterbrachen sie die Heimreise für zwei Tage.

Die Stadt brütete in träger Betriebsamkeit.

Das sah aber nur Irene.

Hilmar Servatius verbrachte beide Vormittage bei Besprechungen mit irgendwelchen Geschäftsfreunden. Mittags trafen sie sich im Hotel. Sie hätten die beiden Tage gut und gerne bei Kortners wohnen können, den Hamburger Bekannten der Bartholomäis, Hilmars Großeltern mütterlicherseits, Bartholomäi und Schubart, Benzinmotoren. Aber Irene hatte im Hotel wohnen wollen; die Kortners zeigten sich leicht verstimmt.

Auch nach dem Essen wurde Hilmar an beiden Tagen von seinen Freunden abgeholt, hinaus an die Unterelbe zu irgendeiner Werft. Irene verstand von alldem nur, daß Bartholomäi & Schubart etwas mit Motorbooten im Sinn hatten. Die Nachmittage verbrachte Irene in der Stadt, allein, ging zu Fuß, nahm manchmal ein Taxi. Tunnels und Brücken, Geschäftsstraßen und Marktbuden, Hochhäuser und Lagerhallen. Einmal fuhr sie mit der Straßenbahn, fand sich dann nicht mehr zurecht, bat einen Polizisten um Auskunft. Nahebei standen Frauen nach Südfrüchten an, um Irene kümmerte sich niemand. Eine Frau sagte: Hausfrau ist wie Durchfall, man rennt den ganzen Tag.

Den ersten Abend gingen sie ins Theater. Das Stück war als Komödie angekündigt, ein amerikanisches Nachkriegsstück, Irene verstand nicht recht, worum es ging. Das Theater war klein, zweihundert Plätze vielleicht, es war ein berühmtes Theater.

Für den zweiten Abend waren sie bei Röwe eingeladen, Michael Röwe, einem der Leute, mit denen Hilmar unterwegs gewesen war. Kleine Villa unweit einer großen Halle im Freigelände, vom Dachfirst stach ein Firmenschild in die Luft wie das Schwert eines kieloben treibenden Bootes, Michael Röwe Bootsbau. Im Hotel, bevor sie abfuhren, hatte Hilmar gesagt: »Es hat geklappt. Wir haben den Auftrag. Übrigens ganz nette Leute.«

Der Abend verlief so. Etwas über internationale Bootsklassen bei den Männern, Regatten, Geschwindigkeiten, PS, Konkurrenzen. Die Frauen begannen ›wie gefällt Ihnen Hamburg‹ und ›wie fanden Sie das Stück‹, aber es fand sich Stoff genug und fand sich ein Ton, so ging es. Michael Röwe trank ziemlich viel. Das Geschäft hatte er von seinem Vater, der war im Atlantik geblieben, U-Boot-Kommandant; es hieß, er habe mit dem 20. Juli zu tun gehabt. Später tranken auch die anderen, auch Hilmar, auch die Damen, auch Irene, es blieb aber immer innerhalb dieser Grenzen. Sie blieben bis gegen drei Uhr morgens. Da waren Herr Röwe und Herr Jenssen – Sie können ruhig Uwe zu mir sagen – bei gemeinsamen Kriegserlebnissen angelangt. Denn wir fahren gegen Engeland. Hilmar wollte dann unbedingt chauffieren, obwohl und obschon, und wer weiß, wieviel Promille. Es ging aber alles gut. Und vor dem Hotel war er fast schon nüchtern. Wunderte sich nur, als

462

auch er nach der Uhr sah, daß er offenbar den kürzesten Weg gefunden hatte.

Den 19. August waren sie wieder am Rhein. Das Haus stand noch leer, die Hollenkamps weilten in der Schweiz. Hilmar mußte dann auch in den Betrieb zurück, der alte Bartholomäi kränkelte, der Herr Schubart fand sich in den neuen Marktbedingungen verstrickt, technisch lag faktisch alles bei Hilmar. Eigentlich hätte Irene ein paar Tage mitfahren können, die Bartholomäis hatten sie eingeladen, siebzig Kilometer, das war nicht die Welt, außerdem schickte es sich wohl. Aber sie fuhr nicht. Hilmar nahm es hin. Sie hätte ihm auch nichts erklären können.

Sie blieb in dem leeren Haus, tat dies und ließ jenes, strenggenommen tat sie nichts. Sie langweilte sich nicht einmal. Die Eltern kamen acht Tage später, Hollenkamp braungebrannt, Marie-Luise blaß wie immer. Da wußte Irene, wie die Reise verlaufen war.

Natürlich hatte Marie-Luise gleich alle Hände voll zu tun. Sie fuhr mit Irene einkaufen, telefonierte mit allen möglichen Firmen und Leuten, wenn sie im Haus war, redete sie unablässig von Preisen, von Mustern, von Besorgungen. Irenes unbegreifliche Zurückhaltung, wie sie es nannte, gab immer wieder Anlaß zu kleinen Reibereien. Zu ihrer Zeit sei das ganz anders gewesen, und überhaupt, in eine Ehe kann man doch nicht gehen wie zu einem Ausflug! Sie merkte gar nicht, daß sie da ein ziemlich treffendes Wort gefunden hatte. Die Hochzeit war auf Ostern kommenden Jahres angesetzt.

Post hatte sich angesammelt, Verlobungsglückwünsche, Urlaubsgrüße von Bekannten, Unverbindliches. Hollenkamp und Irene schrieben einen Vormittag lang Antworten. Auch auf einen Brief aus Leipzig. »Unser lieber Neffe hat es also geschafft«, sagte Hollenkamp. »Man erlaubt ihm zu studieren. Also, der junge Mann entwickelt Charakter!«

An Irene ging alles vorbei. Irgend etwas war nun endgültig zu Ende und irgend etwas begann. Sie vermißte aber weder das eine, noch erwartete sie etwas von dem anderen. Dabei gefiel ihr Hilmar Servatius, vielleicht liebte sie ihn sogar, zumindest hatte sie nichts gegen ihn. Was aber war es dann?

Sie hatte mit Hilmar geschlafen wie vorher mit Martin und das eine Mal mit Winfried Orgas. Daß es mit ihm anders war, konnte doch nicht an ihr liegen. Und überhaupt: es konnte doch nicht nur das sein. Es mußte doch mehr geben zwischen Mann und Frau als nur das. Es mußte doch etwas geben, das stärker war.

Sie wußte, daß sie in der Zeit mit Martin Lewin immer gewartet hatte, immer gehofft, auf nichts Bestimmtes, gewiß, aber dennoch gewartet. Jetzt erwartete sie nichts. Wenn Hilmar kam, war es gut, kam er nicht, war es nicht schlimm. Sie hatte niemand, mit dem sie hätte darüber sprechen können, auch mit ihm nicht. Warum aber hatten sie sich denn verlobt? Eines Tages, mitten in eine jener kleinen, nun schon alltäglichen Verstimmungen hinein, sagte sie es Marie-Luise. Die schlug die Hände über dem Kopf zusammen und sagte: »Mein Gott!« und »um Himmels willen!« und »Kind, was ist nur in dich gefahren!« Später sagte sie: »Mich so zu erschrecken, und das während der Brautzeit!« Und noch später: »Man weiß ja nie, vielleicht ist es ganz gut, wenn man keine Illusionen hat. Natürlich ist die Ehe nicht nur ein Sakrament, das haben wir alle einmal erfahren müssen.«

So verging der Sommer, es kam der Herbst. Hilmar sah sie selten, sie bemühte sich nicht darum, ihm schien es nicht aufzufallen. Bartholomäi & Schubart beanspruchten den größten Teil seiner Zeit, die Leitung der Firma ging immer mehr in seine Hände über. Wenn sie sich doch einmal trafen, spürte sie, daß er nichts vermißte. Er war gleichbleibend aufmerksam, gleichbleibend korrekt, gleichbleibend zärtlich. Aber vielleicht hatte er recht? Vielleicht war es überall so, und sie bildete sich alles nur ein? Schließlich war sie nicht mehr siebzehn. Es gab vielleicht doch Dinge, die jede Frau einmal durchmachen mußte. Dinge, über die man nicht spricht.

Also verging die Zeit. Besorgungen, Gesellschaften, ein Konzert, sehr viel Nichtiges. Manchmal besuchte Irene noch eine Vorlesung, aber im Grunde war es ihr gleichgültig. Sie verstand sich sogar wieder besser mit Marie-Luise. Wirklich gut jedoch verstand sie sich nur mit Hollenkamp. Der begriff manches, er nahm sie jetzt noch öfter im Wagen mit, ließ sie chauffieren, nach Frankfurt, nach Köln, auch rheinabwärts. Er sagte: »Das geht vorbei. Die große Krise vor der Konjunktur. Der Mensch kommt nun mal reineweg über alles weg, er will's bloß nicht immer einsehen.«

Sie kam sich alt vor.

2.

Martin Lewin erfuhr von Irenes Verlobung durch Vitzthum. Der war nach Berlin gekommen übers Wochenende, was er allein mit seinen Sonntagen anfangen sollte, hatte er nie gewußt. »Ich hab's von der Giseking«, sagte er. »Merkwürdig, wie sich so was herumspricht.«

Martin sagte nichts. Vitzthum sprach auch gleich weiter. Die »Zeitbühne« hatte Schwierigkeiten, anstiegen die Remittenden, die Abonnentenzahl sank, auf dem Konto wanderte das Komma nach links.

Vitzthum sagte: »Die einen schluckt der Herr Springer, die anderen die Illustrierten, das nimmt sich nichts. Dieser trauliche Slogan: Seid nett zueinander. Aber es gehen auch welche ab zu den paar besseren Blättchen: Neues von draußen, immer das alte von drüben, aber Korrespondenten überall, nicht bloß immer diese Agenturmeldungen, na und was Exklusives und Beilage und Großformat. Mit paar Seiten Inserat kann man sich das leisten.«

»Ja«, sagte Martin, »die Nullen sind legitim.«

»Das auch«, sagte Vitzthum. »Aber das findet sich. Bloß bißchen Renommee, das muß man mitbringen. Prestige ist wieder mal alles.« Er trommelte einen Takt auf die Tischplatte, der von nebenan kam, irgendwer hatte ein Radio laufen, »Kein schöner Land« jedenfalls und »Alle Vögel sind schon da«, das hatte also immer noch Abnehmer. »Nein«, sagte Vitzthum, »da mangelt's wirklich nicht. Sie drängen dir's geradezu auf. Nahezu ohne Bedingungen. Außer uns weiß offenbar jeder, daß wir ja doch nichts bringen, was jemandem den Appetit verderben könnte.«

Weiß Gott, dachte Martin, man trägt das wieder. Und es funktioniert, machen Sie mal die Hand auf, zu späte Einsichten lassen wir uns was kosten. Dabei wären das vor zwei, drei Jahren noch ganz handfeste Sprüche gewesen, Alternativen vielleicht, und wir haben es zumindest geahnt. Aber habe ich etwa den Mund aufgemacht? Hat irgendwer den Mund aufgemacht? Doch, dachte er, einmal schon. Und er hörte nebenan, wer wohnt da eigentlich, hörte einen anderen Sender, Überkopplung dazwischen, wer dreht am Knopf, hörte also die Morgenandacht, evangelisch wohl, kommet her zu mir, die ihr mühselig und beladen seid, ich will euch erquicken.

Ja, dachte er, einmal schon. Damals mit Irene. Aber sie hat es nicht verstanden. Und dann die Artikelserie für den »Guardian«. Aber der hat es nicht gedruckt. Ja, dachte er, sie hat auch gar nicht verstehen können, und ich habe auch das gewußt. Immer bloß frommes Selbstgespräch. Also hat sie hingehen müssen, wo sie hingegangen ist, denn niemand hat ihr eine Tür gezeigt, auch ich nicht. Und er nahm den Rhythmus der Litanei auf und dachte: Immer nur Selbstgespräch, der alte Text für die Eingeweihten, und nur Laues und Halbes immer, und nur zaghafte Zeichen, und immer nur alles außer: hingehen, etwas Wirkliches tun, das Naheliegende vor dem Abseitigen; alles, nur das nicht.

Und er dachte: Es gerät uns alles zu spät. Da war nun auch kein Trost mehr, darüber vielleicht, daß einiges davon immerhin geschrieben stand, wenigstens in seinem Buch stand, das da handelte von dem, was wirklich geschah in diesem Land,

Aktenkundiges, Nachprüfbares, aufgefunden mit Mühe und List, und nie der bloße Augenschein, immer der Beleg – aber das war es eben. Es war bloß noch Zeitdokument, und es kam, wenn es kam, zu spät um mindestens drei Jahre. Es war schon wieder nichts mehr zu ändern, wenigstens nicht an den Dingen, deren Zustandekommen und Zusammenhang er beschrieb. Und würde sich auch nichts ändern, wenn er sich der heutigen Dinge annähme, denn bis er herausgefunden hätte, wie sie wirklich zusammenhingen, würde wieder die Zeit vergehen, und es wäre zu spät. Ja, dachte er, und überhaupt: läßt sich etwas ändern durch Beschreibungen und Belege?

So besehen: die Rechnung war ihm unter den Fingern weggelaufen und war wohl auch nicht die ganze Rechnung, und er sagte sich nun: Gezielt war da nichts, es läuft alles ins Leere. Vertane Zeit, was wiegt solche Arbeit, wem nützt der Aufwand schon und die Strapaze? In diesem Land, das da immer nur so gewimmelt hat von Denkern und Deutlern quer durch die Jahrhunderte, und immer war es für die Katz', immer waren die anderen schneller, die mit dem Messer ... Und da war immer noch die Kanzelstimme, mikrofonverstärkt kam sie durchs Mauerwerk, kam über die Leute, sofern sie nur einen Knopf drehen wollten, kam Uraltes auf immer neuem Wege, und Martin wußte wohl: Es kam vieles und das meiste vielleicht daher, daß sie Einzelne waren und immer nur redeten und in den Wind redeten, und hörte nun auch Vitzthum wieder, Monolog, an keinen Mann gebracht, Spaß muß es machen, sonst macht's keinen Spaß, und ist zuviel, wenn einer um sich blickt.

Vitzthum sagte: »Was die Leute lesen wollen, das könnte ein Hilfsschüler noch nicht machen, dreimal sitzengeblieben, das wär immer noch zu hoch. Bla-bla, und über uns der Himmel und das kleinere Übel, und wer schläft mit wem – bloß die Masche muß man mitkriegen, dann kann es jeder. So«, sagte Vitzthum, und schlug die Krücke an die Prothese, und schob den Stuhl zurück, »und da kommen wir mit Zeit-kritik! Da kommen wir, mein lieber Mann, mit Kultur! Und da kommen wir, falls ich das richtig sehe, mit Politik – oder wie soll man das nennen, wenn zwei Dutzend Leute in die Gegend reden, hinter denen keiner steht, und jeder weiß das? Ja«, sagte er, »wenn wir mal einen großen Mann über einer großen Sauerei erwischen, da kommen wir groß raus. Da kommen wir als Stimme der Öffentlichkeit, kommen zur Abwechslung mit Gefasel über Gefasel, und der große Mann war noch nie so groß wie durch uns, oder bestenfalls wird er ein paar Wochen aus dem Verkehr gezogen, aber da muß es schon ganz unverschämt kommen, und das Gras wächst, und der Rhein fließt, und dann kommt die Auferstehung in aller Pracht und Herrlichkeit, mit Prälaten und Ministern und Ab-findungen, und das geht so, und das geht – was sagst du?«

»Ja«, sagte Martin, »wenn man es so nimmt ...«

»Eben«, sagte Vitzthum, »wenn ich es so nehme. Das könnt ich nun schreiben lassen. Schön kalligraphisch, ordi-när oder Bütten, und ein paar werden gackern, und ein paar werden gähnen, und sechzig Millionen werden gerade etwas anderes zu tun haben, und es wird rein gar nichts passieren, das ist es. Und da sitzen wir, und da reden wir, und da mei-nen wir, als ob wir nicht wüßten, als ob ... Aber daran kennt man's auch jetzt wieder, immer schön konvulsivisch gezuckt, da hättest du recht.«

»Nein, nein«, sagte Martin. »Ich höre schon zu. Nur – was willst du?«

Sprach er. War aber doch woanders. »Seit ich den Wagen habe ...«, sagte Vitzthum. War aber doch woanders. War im Dezember, mitten im Sommer, und in einem anderen Land, was willst du eigentlich? Pea-soup, wie die Einheimischen sagen, vier Tage lang, immer nur Nebel, und keine Kontur, die sich festhalten ließe, und kein Geräusch, das sich bestimmen ließe, und natürlich ist das die Folge von etwas, wenn einer nicht zuhören kann – warum nicht davon? Wenn der Rauch der Schornsteine sich mit der Luftfeuchtigkeit mischt, vom Meer her, erliegt der Verkehr, da gehn die Schaffner vor den Trolleybussen, und die Leinwand ist nur von den vorderen Plätzen aus wahrnehmbar in den Kinos, die Galerie kann den Dirigenten nicht sehen und das Fagott nicht hören, höchstens die Pauke, da erlischt die Kommunikation. Angezündet sind die Laternen alle, haben einen Hof, wenn man zwei Meter davor steht, und sind unsichtbar, wenn es zehn Meter werden, aber wer wollte behaupten, da wäre kein Licht? Wer wollte sagen: Reißt die Schornsteine nieder und zerstört die Herde, da legt sich auch der Nebel, wer das Meer umleiten und wer das Korrektiv finden für die Gezeiten?

»Seit ich den Wagen habe«, sagte Vitzthum.

Und sah auf einmal die Blätter an den Wänden, Lithos, Schnitte, Manessier ganze Wände lang, konnte es aber doch nicht sein, der da muß die Ghettos gesehen haben als Knabe. »Da komm ich ein bißchen herum«, sagte Vitzthum. »Gott, und was für eine Aufregung, wo wir ja doch nur uns selber ernst nehmen. Und immerhin«, sagte er, »immerhin, wir sind dagegen. Da können wir uns drauf ausschlafen. Und es soll bloß keiner kommen, wir hätten etwa nichts unterm Hemd. Da haben wir, alles, was recht ist, mindestens zweitausend Jahre Alpdrücken, und über unseren Wassern, wenn wir sie mal abschlagen, schwebt der Geist aus sieben Zeitaltern. Da stehn wir, und die Dinge sind dort, und die Leute, die sie machen – da gehn wir aber um die Welt nicht hin!«

Und schwieg. Wartete. Wollte eine Antwort. Denn dieser, das wußte er, war hingegangen lange vor ihm, und ist zurückgekehrt, und muß doch etwas wissen. Aber der saß nur und starrte und gab keine Antwort.

Oder war es das Haus? In das er eingezogen war im Winter, zweite Etage, Eckzimmer, elf Schritt so und elf Schritt so, und das ein anderes war nun im Sommer, bemerkte er's jetzt? Denn natürlich ist es die Folge von etwas, wenn einer nicht zuhören kann – warum nicht davon? Der Winter verschlägt

469

das Leben in geschlossene Räume, wenn es das wäre, er dämpft und trennt und errichtet das Konkordat der Innenräume, die meisten deutschen Philosophen bevorzugten ihn. Aber wenn es das gibt, dann muß es das Andere geben, jenseits der Angst, jenseits des Vergeblichen, dann muß es die Umkehrung geben, und er weiß natürlich, daß dies nur Logik ist, denen nötig, die sonst platte Fälscher werden müßten unter der Last ihrer Erfahrung, höchstens, daß einer verzichten könnte, aber wer kann sich das leisten, keiner, keiner ...

Dennoch fragt er.

»Ach«, sagt Vitzthum, »durchaus nichts Überwältigendes.« Als ob nicht alle so anfingen, die das Gegenteil mitteilen möchten.

»Nissenhütten«, sagt Vitzthum, »Hochbunker, Persilwerke, kleine Eckstampe in der Vorstadt. Und natürlich, wenn unsereiner dorthin kommt, der sieht da bloß, was alle sehen, außer denen, die immer dort sind. Aber später, falls er es soweit kommen läßt, da könnte es angehen. Zum Beispiel: der Verpackungsautomat. Den bedient eine Frau, acht Stunden jeden Tag, achtundvierzig die Woche, diese seit elf Jahren, ob die Kinder krank sind, der Mann vermißt wird, jemand den Nobelpreis ablehnt, und plötzlich siehst du: sie ist eingegangen in dieses Ding, ist Teil geworden, hat sich amortisiert mit ihm, und du kannst nun hingehen und kaufen, und kaufst immer ein Stück mit von ihr. Oder aber Wolfsburg, und richtige Arbeiter, und eine Menge Technik, die ununterbrochen funktioniert, und du kannst dir's aussuchen, Unfallstatistik oder Industrieromantik, Börsennotierung oder Sozialpartnerschaft. Und natürlich: jeder hat mal davon gehört, jeder weiß es und kennt es, das klingt nach einem anderen Jahrhundert, Ausbeutung beispielsweise – was ist das, höchstens: sie spielt sich auf dem Markt ab, und du mußt schon ein bißchen Glück haben, sonst siehst du wahrhaftig bloß an allen Ecken Konjunktur. Aber ich hatte Glück. Ganz ordinäres Glück. Mit Streik und Versammlung und Demonstration und

Polizei. Mit schwafelnden Betriebsräten und Lohnforderungen und Parolen, und einer Menge Leuten, die plötzlich in dieser Ballung und Gerichtetheit wieder Dimension hatten, solche wie die Frau vom Verpackungsautomaten, andere, und mit auffahrendem Wasserwerfer und gezücktem Gummiknüppel und außer Kraft gesetzter Verfassung, so schnell geht das im Ernstfall. Und hast es nun nackt. Zwei Kräfte, einander entgegengesetzt, geradezu klassisch. Und die eine vielleicht nur unterlegen, weil ihr die Richtung fehlte und der Mittelpunkt, weil sie zu wenig Widerstand bot, denn ein richtungsloser Haufe ist unzerschlagbar wie Sand. Nenne es, wie du willst, aber wenn es uns je ernst war, wenn wir je Aktion gesucht haben – dort ist sie. Oder es war doch alles nur geredet, Urteile, die keiner vollstreckt, honorierte Sprüche, die keinem schaden und um die kein Hahn kräht, höchstens, man könnte sie vorweisen als Alibi.«

»Gott ja«, sagte Martin. »Ein neuer Ansatz für die alten Fragen, die bleiben weiter.« Er stand am Fenster, draußen der schläfrige Sonntag, ihm war das alles längst ins Andere gerückt durch den Filter Zeit. Einmal war's ihm genauso ergangen, das bricht herein, immer ohne Ankündigung, nie ist einer vorbereitet auf den Moment des Erkennens. Später freilich, wenn Erkenntnis nur noch Einsicht heißt und geebnet wird durch Zuordnung und Einordnung, später beläuft sich's auf Zurücknahme; Pluralismus sagen die einen, die anderen: praktische Vernunft. Und man sieht: nur der Refrain war unvertraut, Privateigentum, Klassenkampf, ein Schock der Begriffe, sind die erst mal sicher, ist es wieder das Alte, und immer so fort. Veränderbarkeit? Gewiß. Aber bloß in den Formen und bloß peripher, was also kann das und wem nützt es, außer ganz wenigen, ganz wenigen Anführern? »Nein«, sagte Martin, »nicht, daß ich dir's abrede. Es ist nur: man muß es dort sehen, wo es sich installiert hat. Das Schlechte treffen sie selten und ungenau, denn es ist so robust, wie ihre Mittel sind, aber sie treffen das Gute immer. Das braucht

471

dann viel Zeit, um wieder aufzukommen. Und wenn es ihm gelingt, dann steht dort nichts Besseres und nichts Schlechteres, höchstens, daß jetzt andere im Dunkeln sitzen. Explosionen sind zerstörerisch, das ist ihr Wesen.«

»Ich weiß«, sagte Vitzthum, »aber ich weiß auch: es gibt Dinge, die zerstört werden müssen, damit Platz wird für Besseres. Hast du das nicht selber gesagt?«

»Ja«, sagte Martin leise. »Aber ich habe es anders gemeint. Lieber mit dem Alten, soweit es geht, und mit dem Neuen nur, soweit es muß.«

Das war sein Credo. Es hatte ihn drei Jahre gekostet – nun hatte er nichts mehr hinzuzusetzen.

Sie fuhren dann in den anderen Teil der Stadt hinüber, Vitzthum das erstemal, die U-Bahn tauchte hier hinab und kam da herauf ohne Übergang, es war Nachmittag, sie stiegen um zur S-Bahn. Das Grau der Stadt war auf dieser Seite feindseliger, die Sonne härter, Farben fehlten. Die Station hieß Marx-Engels-Platz.

Da war das Schloß gewesen, da die Museen. Der Krieg war noch nahe. Er war näher als in jeder anderen Stadt, die Vitzthum kannte, und manchmal schien ihm, er müsse das Echo der Schüsse hören von den Einschlägen überall in Ruinen und Mauern. Die Trümmer lagen weithin, gebaut war wenig, das wenige wirkte wie ein Provisorium. Sie gingen Unter den Linden hinab Richtung Friedrichstraße.

Lewin sagte: »In der Fachsprache heißt das Übergangsperiode. Damit ist gemeint: Parolen statt Realitäten, Reden vom Schwung statt Schwung, die Fachleute werden ersetzt durch Funktionäre. Und die vielen Fahnen sind, damit die Leute sich ans Aufbauschen gewöhnen. Was habe ich verloren hier, in diesen beiden Städten Berlin, diesen zwei Ländern Deutschland, denen es wieder besser geht, die ihr Parteiengezänk wiederhaben und Ansprüche anmelden, in denen es aufwärtsgeht, aber nicht vorwärts? Wir sind geschiedene Leute.«

472

»Gewiß«, sagte Vitzthum, »und Ohren gibt es, denen klingt das rebellisch. Fortgehn will ich, aber wer weiß, was das ist, fortgehn, fortgehn wovon? Und es geht aufwärts im einen, aber nicht vorwärts, vorwärts im anderen, aber nicht aufwärts, da wäre wenigstens *ein* Unterschied zu konstatieren, aber darauf will es wohl nicht hinaus. Höchstens, es könnt einer fortgehen zu sich, ganz allein zu sich allein, der müßte dann austreten aus allem, was geschaffen ist von den Menschen und sonstwem: Religion, Geschichte, Philosophie, Humanität, Geist und Sein, nackt und mit seinen Zähnen allein müßt er sich in einen unerforschten Landstrich begeben, aber selbst dahin nimmt er noch alles mit, was er weiß und kann, und das weiß und kann er schließlich nicht aus sich allein, und überhaupt: was heißt unerforschter Landstrich? – Da kann er auch hierbleiben. – Gut, geh also, was hast du verloren hier.«

Sagte er, aber es war alles draußen. Es kann einer nicht immer zwischen zwei Wänden gehn, unüberschaubar, endlosen Mauern, und sagen: Sie bedrücken mich nicht, sie müssen ein Ende haben, ich such's; es ist nicht nach der Ausdauer gefragt, die währt seit dem ersten Werkzeug. Auch die Perspektive nicht, Maler erfanden sie, eine optische Täuschung, was bleibt, sind Fragen nach dem Schuhwerk, oder der Richtung, vorwärts oder rückwärts, auch das keine Auskünfte, denn am Anfang war die Wahl zwischen dahin und dorthin, und rückwärts ist dann nur, was vor der Wahl auch hätte vorwärts heißen können, und natürlich kann man auch einfach stehenbleiben, aber das scheint dem Menschen am wenigsten zu liegen, also: gehen. Also gehen, das tun alle, und einige sehen: parallel verlaufen die Mauern selten, mal lassen sie mehr Raum, mal weniger, weichen auch zurück aufs gerade noch Wahrnehmbare, da sagen die meisten: Seht, die Zeit der Mauern ist endgültig vorbei; und stürzen dann wieder heran, und die meisten wissen nun nicht, was sie sagen sollen, sagen aber etwas, Mitteilung ist ihr Ziel und Antrieb, und die Mauern sind nun sehr eng beieinander, und die meisten sagen: früher, als die Mauern anders waren, und würden gern zurückkehren, wenn sie es könnten, aber sie können's nicht, und wenn's einer könnte, er würde wohl finden, daß auch im Vergangenen nichts mehr so ist, wie es war, nichts Bekanntes mehr, man findet nichts wieder. Der aber hätte eine Chance zu sehen, das wenigstens ist zu hoffen: Die Wände gehen nicht einwärts und auswärts, wie sie wollen, sondern sie sind einfach da, und ihren Abstand legt nur fest die Vorstellung derer, die jeweils dazwischen sind, das ist – jeder will etwas und heraus kommt, was keiner gewollt hat.

Dachte er, und ging durch diese Stadt, und hatte einen neben sich, der wieder einmal aufbrechen wollte zum Amoklauf, dahin, wo es keine Wand mehr gibt, rundum Freiheit und ohne Ufer. Heilung aber davon ist ganz und gar unmöglich durch Zuspruch.

Dachte er. Und dachte: So gehn wir dahin, das ist vielleicht alles. Das stirbt und erneuert sich unablässig, rittlings auf den Gräbern zeugen sie, und beides geschieht abseits und beides privat, jeder weiß es gelegentlich und denkt nicht daran für gewöhnlich, er könnte denn nicht leben, wie er lebt. Und nur wenn ein Krieg kommt, dann wird der Tod öffentlich. Wird sichtbar, weil vorzeitig, weil massenhaft, wird schrecklich, wenn's gutgeht, aber das geht selten gut, denn: man hat Erbfeind Vaterland Gott, hat Freiheit Demokratie Gerechtesache, hat zu verteidigen das einzig Wahre oder denen zu bringen, die seiner anders nicht teilhaftig werden können noch wollen, also ist so ein Tod ein Tod für etwas. Einmal dort, ist das Massengrab wieder privat und jeder wieder allein mit dem Tod, man sagt gefallen für und sagt Held, sagt Heldentat und sagt Sieg, Niederlage sagt man erst später, und falls diese vorläufig endgültig ist, sagt man Frieden oder wenigstens Waffenstillstand, das ist die Zeit der Hinrichtung der Märchen, der gesiegt habende Held braucht etwas Ruhe, der besiegte etwas Zeit zum Umdenken, das ist die Stunde

474

der Wiedergeburt, denn der Mensch ist nicht umzubringen außer durch sich selbst. Dachte er, und dachte: Ja, er ist der einzige, dem fast alles möglich ist, fast, Wachstum und Verfall, Geburt und Tod – das sind die Räume seiner Freiheit. Das ist sein Scheitel und sein Aderlaß, sein Trachten und sein Widerstand, es ist die Spur hienieden, in die er eingeht. Und was kommt dann?

Oder: es ist an ihm, ewig die Chimäre zu jagen ohne Hoffnung, denn wo sitzt der das Herz und wo ist sie verwundbar, wo ist ihr Ursprung und was ihre Nahrung? Nichts Nennbares. Und die sagen, sie seien für friedliche Zeiten, sie haben allesamt das Schwert hinterm Rücken, sofern sie die Staatsmacht haben, oder wenigstens ein Messer, solange sie noch klein sind, und sie sagen: Wir wollen den vorzeitigen Tod abschaffen, dazu bedarf es des Tötens. Oder wenigstens der gewaltsamen Bekehrung. Oder also der Rüstung gegen die Gerüsteten. Denn wir sind die Friedlichen, und das Schwert ist nur geschmiedet zur Abschreckung, das sagen die andern auch.

Und ging dahin unter dem sonnigen Staubhimmel dieser Stadt, als ob er allein ginge, denn was noch mitteilbar war, das konnte dies nicht aufwiegen und nichts erklären, etwa: sie haben alle ein schlechtes Gewissen, wenn sie Jude, Semit, Nichtarier sagen. Und es kommt so einer, und sie bitten ihn herein an ihren Tisch, und sie legen ihm vor, anders, als sie ihresgleichen vorlegen würden, nehmen Sie doch noch ein Stück Kuchen, genieren Sie sich nicht, und haben immer das schlechte Gewissen im Blick, und sind nun die Gönner derer, denen Unrecht geschah, und müssen sich immer anmerken lassen, daß sie es gut meinen mit uns, sie mit uns, denn dazwischen ist eine Grenze, die ist ihnen im Hirn und im Fleisch. Oder die anderen, die sagen, wissen Sie, wir sind immer dagegen gewesen, und nicht, daß wir irgend etwas rechtfertigen wollen, nur: so ganz unschuldig sind die Juden auch nicht, das muß gesagt werden der Gerechtigkeit wegen, denken Sie nur an die Zinssätze, also die waren bei den Juden

475

immer am höchsten, das müssen Sie zugeben. Sie uns zugeben, Sie uns, denn da ist ein Unterschied, obgleich sie natürlich Gegner der Rassentheorien sind, aber so ein Volk, das seit zweitausend Jahren umherirrt von Land zu Land, nicht wahr, sagen Sie selbst. Sagen wir. Nämlich: meine Vorfahren leben seit dem sechzehnten Jahrhundert in Deutschland (und die Ihren?), erst in Süddeutschland, Lewin, Tuchmacher, dann in Berlin, und sie dachten immer, sie wären Deutsche, was sagen Sie? Sagen Sie nichts. Ach, Ihre Eltern sind katholisch – meine auch. Oder welche, die sagen, das ist doch alles übertrieben, ich kann mir das gar nicht vorstellen, mein Bruder war doch auch in der SS, und so was hat der bestimmt nicht mitgemacht, so was nicht, oder welche, die sagen, naja, Hitler hat die Juden rausgetrieben, und uns haben die Polen aus Stettin rausgetrieben, und die da drüben in der Baracke wohnen, die haben die Tschechen aus dem Sudetenland rausgetrieben, da sind die Kommunisten schuld, und Hitler hat eben die Juden zu den Kommunisten gezählt, daher kommt alles. Oder welche, die sagen, es hat aber auch welche gegeben, die haben den Juden geholfen. Oder welche, die sagen, ja, es ist schrecklich. Oder welche, die stürzen nachts auf Friedhöfen Grabsteine um, wenn draufsteht: Goldstein, Mendelsohn, Leo Augenzahl.

Bleibt da ein Rest? Ja. Die Frau am Verpackungsautomaten, Persilwerke, Düsseldorf. Kenne ich eine, die sitzt am Fließband, Glühlampenwerk Ostberlin, Arbeiter-und-Bauern-Staat, und du kannst hingehen und Glühbirnen kaufen, falls es welche gibt, und kaufst immer ein Stück mit von ihr, und die sitzt acht Stunden jeden Tag, achtundvierzig die Woche, ob die Kinder krank sind, der Mann vermißt wird, jemand den niegekannten Wohlstand verkündet, also in einer Zweizimmerwohnung lebt sie, Hinterhaus, ringsum Trümmer, da spielen die drei Kinder, und das Geld reicht grad so wie in Düsseldorf oder auch nicht, und dann muß sie noch zu Aufbaueinsätzen, freiwilligen, und zu Kundgebungen und Auf-

märschen und Versammlungen, also wenn du das meinst ...
Aber ihr Chef, der ist jetzt kein kapitalistischer Direktor
mehr, sondern ein volkseigener, und der wohnt draußen am
Stadtrand, Grünau, bescheidenes Häuschen, Kinder hat er
zwei, die spielen im Garten, und einen Dienstwagen fährt er,
das ist soweit alles. Übrigens die Gefängnisse sind auch hier
nicht leer, keine Spur, und verboten ist manches, ein freundliches innenpolitisches Klima, wie man so sagt, raus darf keiner. Kriegsverbrecher allerdings sind enteignet, das ist wahr.

Und was kommt nun? Totaler Sozialismus, falls sie's schaffen, gegen totalen Kapitalismus, die schaffen das bestimmt.
Die Demokratie eines Staates ist auch danach zu bemessen,
wieviel persönliche Freiheit er seinen Bürgern einräumt, das
nebenbei. Soll ich die Faust heben gegen etwas, wenn ich
sehe, was dann kommt, ist auch nicht besser?

Nein, das konnte nichts aufwiegen und nichts erklären,
aber es war das letzte, das mitteilbar war, dahinter war jeder
allein.

»Gut«, sagte Vitzthum, »das muß jeder allein entscheiden,
ich kann dir da nicht hineinreden. Und wann willst du flie-
gen?«

»In vierzehn Tagen«, sagte Lewin.

Einen Schlußstrich ziehen, das bleibt immer. Vielleicht, daß
man sagen kann: Es ist einer nach Deutschland gekommen,
ein Mann ist nach Deutschland gekommen, umgesehen hat er
sich in Deutschland, und dann hat er Deutschland Deutschland sein lassen und ist wieder gegangen aus Deutschland,
es stand da keine Tür offen. Irgendwo steht immer eine Tür
offen? Ein Mensch ist da, und der Mensch kommt nach
Deutschland. Deutschland zu finden, ist er gekommen, aber
er hat nichts gefunden, und dann liegt er irgendwo auf der
Straße, der Mann, der nach Deutschland kam. Früher lagen
Zigarettenstummel, Apfelsinenschalen und Papier auf der

Straße, Hoffnungen auch, ja, manchmal auch Hoffnungen; heute sind es Menschen, das sagt weiter nichts. Und dann kommt ein Straßenfeger, in Uniform und mit roten Streifen, von der Firma Abfall und Verwesung, mit der großen Bombe kommt er diesmal und hinter ihm der mit der Mitra und dahinter die mit der Bibel und dem Marschallstab im Tornister, und die Menschen gehen vorbei, achtlos, resigniert, blasiert, und gleichgültig, gleichgültig, so gleichgültig. Ach ja, wer fragt, wie es sich denn sitzt in dem Zug, wie denn der Komfort sei und welcher Platz einem zugedacht, aber wohin es geht, danach fragt keiner. Und wir gehen an ihnen vorbei, einer geht am anderen vorbei, alle gehen vorbei; wohin sollen wir denn auf dieser Welt? Warum schweigt ihr denn? Warum redet ihr denn nicht? Wo ist denn der alte Mann, der sich Gott nennt? Warum gibt er denn keine Antwort? Gibt keiner Antwort? Gibt denn keiner, keiner Antwort?

Da muß der Mensch eine Herkunft haben. Muß der Mensch eine Herkunft haben? Drei Viertel Deutschland und ein Viertel etwas, das in diesem Land zwölf Jahre lang einen gelben Stern trug? Die beruhigende Verkündigung von der bleibenden Statt, die wir nicht haben, da wir die künftige zu suchen hier sind? Und die Briefe, die man schreibt an jemand, durch den man in der Welt ist, und der sich freut über das Lebenszeichen, es in einem Kasten aufbewahrt, um es wieder und wieder zu lesen, die Worte zu lesen um der Schriftzüge willen und der belanglosen Mitteilung: Das Wetter ist schön, und der Rhein fließt immer immer noch? Vielleicht, daß man das sagen kann, und sagen kann: Es hat sich nicht gelohnt. Ein Zimmer kündigen, ein paar Sachen einpacken: dies ist mein Kamm, dies ist mein Briefpapier, da meine Bücher; und eine Flugkarte kaufen, eine Maschine besteigen, einen letzten Blick zurück nicht tun. Einen Schlußstrich ziehen, das bleibt.

Linden, Friedrichstraße, Berlin.

»Also dann«, sagt Vitzthum. Geht die Straße entlang, einer, der bleibt, so einer, im niedrigen Geräusch des Hubschraubers längs der Sektorengrenze, kein Abflug zurück, kein ander Land in dieser Zeit, so geht der. Der wird vielleicht hingelangen, denkt Martin, der ist so; weiß aber auch: das ist keine Aussicht, nevermore, never. Dreht der ab oben, exakt, der Deutsche Reichstag, Richtung Siegessäule. Und immer diese Straße lang, die mal heißen wird nach einem Junitag, immer da runter, Magistrale hier schon nicht mehr, aber das hat nichts zu bedeuten.

»Ja«, sagt Lewin. »Also dann.«

BETRUNKEN?

3.

»Nein«, sagte der Staatssekretär, Hilmars Vater, lächelte in die Objektive, lächelnd: er spricht vor der deutschen Presse. Daneben der Bundespressechef wirkte beredsam, sorgfältiges Weiß über glattem Staatsschwarz, der Hals dünn vergleichsweise, wenn das ein Bild wäre, aber hier: ein Nein, Ja, selten ein Satz, so sprechen, die ganz vertraut sind mit der Macht, merkt man gleich, spielerische Handhabung der Materie, bedarf's keiner Umschweife, knappe Auskünfte ja nein, jeder sieht das.

Die deutsche Presse will wissen.

– aber woher denn. Die Bundesregierung hat nicht die Absicht. Versteht es sich wohl von selbst daß. Deutschen Beitrages zur europäischen Sicherheit im Rahmen. Der kommunistischen Bedrohung angesichts eingedenk. Rufen wir Brüdern und Schwestern zu harret. Aber meine Damen und Herren auf die Frage. Antwortet der Herr Staatssekretär noch.

Ob die Regierung bei der Aufstellung des deutschen Beitrages den Rahmen des festgelegten Kontingents nicht zu erweitern gedenke durch …?

»Nein«, sagte der Herr Staatssekretär.

– aber was hast denn du gedacht?

– diese dreideutigen Wortbezüge, welche man hier nicht nötig hat, vor der deutschen Presse nicht, denn die kommt von selber drauf, also die haben wir hier nicht nötig.

Aber mein lieber Vitzthum, lesen Sie denn keine Zeitung? Wo haben Sie denn gesteckt die ganze Zeit? Die öffentliche Meinung, aber ja. Deshalb hat die Sache jetzt auch einen anderen Namen. Seien Sie froh, daß Sie wieder da sind, Sie verschlafen noch die erhabensten Augenblicke, wie hier mal einer gesagt hat. Also ein Hunderttausendmannheer ist kein Fünfhunderttausendmannheer das ist nie eine Armee das ist. Schlagzeilen, ja, haben wir eigens einen Mann für, aber ich hätte schon eine. Deutschland erhält wieder eine Wehrmacht.

Trank er das kühle Naß so nennt man das aus dem Glas aus der Karaffe auf dem Tisch. Floß durch die beredsame Kehle und vergleichsweise dünnen Hals unter sorgfältigem Weiß hinter glattes Regierungsschwarz das Mineralwasser. Öffnete er den Mund und beantwortete freundlich unfreundliche Fragen des noch zugelassenen Vertreters der noch zugelassenen Zeitung der KP: Aber meine Herren, je mehr rot, desto schwärzer malt einer. Dankte ihm Beifall bis mäßige Heiterkeit rings der deutschen Presse.

Soweit dies.

Aber auf diesen Vitzthum ist wohl nicht zu hoffen. Steht der auf und sagt: Die Folge ist drüben auch Soldaten, ist die Folge hier mehr Soldaten drüben mehr Soldaten hier noch mehr Soldaten in Ewigkeit amen. Mäßige Heiterkeit auch ihm, aber nicht einhellig. Und dann. Dieser Vitzthum, der nach Berlin-West umzieht, wo sie die billigeren Preise haben (gestützt), der also seinen Freund Lewin zum Flugplatz gebracht hat, eine Maschine zu besteigen viermotorig Kurs Inseln Ihrer Britischen Majestät und der regierenden Labour-Party, der nimmt ein Buch zur Hand. Unvorbereitet, wie ich mich habe, der ist ja gut. Buch eines Herrn Clausewitz und zitiert und stellt eine Frage, kann der Pressechef nicht beantworten und auch sonst keiner, siehste. What is past is pre-

480

lude. Steht so ähnlich auch am Staatsarchiv zu Washington Distrikt Columbia wußten Sie das nicht? Alles Vergangene ist nur ein Vorspiel.

Überhaupt was aus dem so geworden ist. Sieht ihn jeder der will in der Pause lustwandeln mit diesen Sie wissen schon Leuten der zugelassenen Ostagenturen. Und diese Figur von wie heißt doch das Blatt. Wo alles an den Drähten hängt gehn die spazieren. Aber die haben ja Zeit wenn keine Konkurrenz ist alles gelenkt von Moskau die dürfen ja sowieso nicht. Dafür kriegen die Geld.

Nein, auf den zählt nicht.

Deutschland erhält wieder eine Armee.

Alles Vergangene ist nur ein Vorspiel.

Und Vitzthum, wie er so geht, geht er einem Späher gleich, an seinen Vater denkt er plötzlich, und sieht den Staatssekretär drüben im Gespräch und denkt: Wie diese so sind, und die Hinzugekommenen von der Pike auf, so ein Strukturwandel ein bißchen sonst nichts, Lewin, das hast du nicht gesehen, das ist dir nicht gekommen, Lewin, was hofftest du auch zu finden unter denen? Kommt einer von weit, kommt einer von dort, findet nichts.

XVII. Kapitel

Erst hielt sie es für einen Scherz, wie man manchmal im Zwiegespräch den Ton eines Dritten anschlägt, nicht anwesend, aber beiden bekannt, man macht sich ein bißchen lustig: Das und das würde der jetzt sagen und so oder so würde er's, der ist halt so. Dann, noch immer seiner sicher: Das kann doch nicht wahr sein. Sie saß auf dem Rollentisch der dritten Maschine, die Beine untergeschlagen; wie er vor ihr stand, war er sehr nah, und die Geräusche der beiden Maschinen waren als Raum spürbar wie immer – erst als das aussetzte, dachte sie: Aber er sagt es so seltsam ...

»Wirklich«, sagte Nickel, »ich kann mir nicht vorstellen, wie du das begründen willst, ich nicht, und was sollen da erst die Genossen sagen? Wirklich, du mußt dir das mal überlegen. Das ist doch nicht von ungefähr, wenn sie dich in die Kreisleitung haben wollen, da kannst du dich doch als Genossin nicht einfach hinstellen und sagen: Ich will nicht.«

Einfach, dachte sie. Und sah ihn stehen in fremder Beredsamkeit vor dem Weiß der Papierbahn, Unschuldsleinen, die knappe Distanz anfüllen mit Argumenten, die gut sein mochten für die unpersönlichen Entfernungen gedruckter Programme – aber hier? Und nichts von ihnen, nichts von ihr, von ihm nichts. Die Rolle des Jugendverbandes und Frage der Grundhaltung und Perspektive Parteiapparat und Zurückweichen vor der schwierigen Aufgabe würde man sagen, würde man sagen; es war die Kälte eines leeren Zimmers. Und das hier, dachte sie, bedeutet denn das nichts? Siggi Hahner kam vom Kalander, blieb stehen, sah herüber, den Kopf vorgeneigt und die Augenbrauen hochgezogen wie immer, wenn etwas nicht war, wie es sein sollte, kam aber nicht näher. Häring beobachtete ihn an der Rolle der Nachbarmaschine, ging die Trockenpartie durch, die Walzen und Filze, es lief alles normal, aber dann bemerkte er wohl, daß es nicht das war, und sah nun auch her. Fragen würden beide nicht, das wußte Ruth, aber sie sahen. – Warum sah er nichts? Er war in ganz anderen Gegenden.

Tochter eines alten Genossen und wer denn, wenn nicht sie, und: deine Verlobte wird es heißen; begreift sie denn nicht, was sie da anrichtet …

Aber er hatte schon bemerkt, wie sie alle herstarrten. Es konnte nicht ihr letztes Wort sein, er mußte noch sprechen mit ihr – er verschob es auf den Abend.

Als er gegangen war, war sie sehr müde. Aber der Schlaf ist das fernste Land, das es gibt, das ist kein Raum wie dieser: warm, summend, ein Bau aus Geräuschen. Sie spürte ihn wieder, erwachte jäh, der Rollenwechsel war überfällig, die Gehilfen an ihren Plätzen warteten, die Arbeit blieb. Der Wechsel war schwierig, da sie zu lange gewartet hatte, aber er gelang mühelos, und sie wunderte sich nicht darüber, nur die Gehilfen zeigten anerkennende Gesichter. Sie dachte: Aber warum drängt er so? Meine Arbeit hier ist wichtig, ich habe etwas bewiesen und bin noch nicht am Ende damit, ich habe das nicht angefangen, um aufzuhören vor dem Ziel. Überhaupt, es muß etwas von Dauer sein. Und ist er nicht selber dafür gewesen, gerade er; es muß ihm doch etwas bedeuten. Warum also will er nicht einsehen, daß ich ablehnen muß, daß mein Platz hier ist, und daß dies keine Art ist, immer etwas anfangen und nichts beenden. Und, wenn das wahr ist von vorhin: wovor hat er Angst? Ist denn einer ein schlechter Genosse, wenn er nein sagt?

Aber was sie mehr enttäuschte, war: sie sah den Mechanismus. Der Kreissekretär der FDJ befragt die Kreisleitung der Partei, womöglich wird Grundbuch und Fragebogen ihres Vaters überprüft, dann befragt der Kreissekretär den Parteisekretär des Betriebes und den Kaderleiter, der wird, wenn er nicht eben mit ihr verlobt wäre, ihre Personalakte befragen, so wird einer eingekreist, und ganz zuletzt erst, wenn man seiner sicher ist, wird der befragt, um den es geht. Aber das ist dann eigentlich schon keine Frage mehr.

Was ist das?

Sie ging am Abend nicht zu ihm, sie fuhr nach Hause.

Aber von dem Gedanken kam sie nicht los. Er wird warten, dachte sie. Was ist bloß los mit uns, ich kann ihn doch nicht einfach warten lassen, mutwillig, nur weil mir so ist. Warum sieht er es nicht und warum ist mir so? Warum ist alles so anders?

Sie rief ihn an. Der Anlaß war zu geringfügig für soviel Unruhe, sie waren zu erwachsen für Verstimmungen. Seine Stimme am Telefon: zuversichtlich, erregt, drängend. Da erfand sie eine Ausrede, wunderte sich später, wie leicht ihr das gekommen war, sie hatte es so nicht gewollt. Das mußte sie auf sich nehmen: dieses Ausweichen, das sie bei anderen nie verstanden hatte und manchmal verachtete, all die Worte, die verschlossen, statt zu erschließen, diese Verwirrung, die sich nur immer unentrinnbarer verstrickt, je mehr sie gerichtet ist auf sich selbst. Sie dachte: Wenn er jetzt kommen würde – und war froh, daß er nicht kam; wartete, ging im Haus umher, hoffend auf jedes Geräusch draußen, aufatmend, wenn es vorüberging. Sie dachte: Ich rede mir das alles bloß ein, morgen sieht das ganz anders aus, Kopfschmerzen, zu wenig Schlaf, das ist alles. Und wußte doch, daß da kein Zugang war, der war lange durchschritten.

Hermann Fischer kam kurz vor Mitternacht, da saß sie in der Küche, ein Buch auf den Knien, hochgewinkelt auf dem mürben Küchensofa, las aber nicht, hatte auch nicht geschlafen. Ihm saß noch die Schicht im Kopf, ein Tag mit Fehlschlägen gespickt, zuletzt der Förderausfall und dann kein Bus mehr – er kramte lange umher, ehe er zur Ruhe kam. Saß dann am Küchentisch, verschloß die Bierflasche umständlich nach jedem Zug, schwieg. Sie hatten oft so gesessen, abends, aber doch nie in dieser hölzernen Wortlosigkeit.

»Ärger gehabt?« fragte er.

Aber das wußte er von ihr: dann wäre die Starre nicht, nicht dieses Schweigen. Einmal hatte er gedacht, es sei gegen ihn gerichtet, wenn sie alles in sich verschloß, alles mit sich selbst abmachte, was sie selbst betraf. Aber dann hatte er gesehen: so bin ich selber, und ich kann ihr nicht verübeln, was ich bei mir gutheiße. Das ist kein gewöhnlicher Ärger, dachte er, das ist nicht ihre Art, sich davon so zusetzen zu lassen. Aber was konnte es dann sein? Plötzlich dachte er: der Schwiegersohn. Das hatte er gefürchtet seit langem. Gesagt aber hatte er nie etwas, denn er wußte, daß Ruth seine Abneigung auch so spürte, und daß reden nichts half, solange sie es nicht selber wollte.

»Nein«, sagte sie, »nichts weiter. Ich soll in die Kreisleitung. Aber ich will nicht.«

Denn was sollte sie auch sonst sagen? Wo sie die Wahrheit vor sich selbst nicht zugeben wollte: die FDJ-Kreisleitung braucht einen hauptamtlichen zweiten Sekretär, sie will Ruth Fischer gewinnen, Tochter eines alten Genossen und Jungaktivistin, sie setzt einigen Nachdruck dahinter, schaltet auch die Kreisleitung der Partei ein und spricht mit dem Kaderleiter der Papierfabrik. Der aber, vor so massiv anfahrender Autorität, übt Einsicht in die Notwendigkeit, er sagt der Partei in Ruths Namen zu, ohne sie überhaupt erst zu fragen. Windet sich nun, da sie nicht nachgibt. Verliert sein Gesicht. – Die FDJ würde ihren Kreissekretär woanders hernehmen müssen, davon ging die Welt nicht unter, das war zu reparieren. Wenn aber einer nicht begreift, was das ist: Vertrauen. Wenn er nicht sieht, daß man so nicht weggehen kann, Besitzergeste, einfach verfügen, Eigentum, das es nicht gibt in der Liebe, unernst vor diesem Ernst, nicht sieht, was da zerstört ist mit einem Wort, so hingesagt, nicht einmal das begreift, und so wenig weiß von ihr, von ihnen – was bleibt da noch unberührt? Den Satz wird sie lange nicht loswerden: Ich kann mir nicht vorstellen, wie du das be-

485

gründen willst, ich nicht, was sollen da erst die Genossen
denken …

»Ja«, sagte Hermann Fischer, »bißchen plötzlich, nicht?
Kann ich mir schon vorstellen.«

»Ja«, sagte sie.

Ja. Und legte nun das Buch beiseite, das nichtgelesene.
Als ob da ein Zusammenhang bestünde. Oder als ob die paar
Worte genügt hätten. Oder einfach nur: daß er da war. »Ich
gehe schlafen«, sagte sie. Und nahm die Strümpfe vom Wä-
schestern, die sie gewaschen hatte und die da hingen, obschon kein Feuer war im Herd um diese Jahreszeit, und sagte
ihm gute Nacht. Gute Nacht, Vater.

Er saß noch eine Weile. Hörte, wie sie Wasser holte von
der Pumpe und wie es dann still wurde im Haus, die Schritte
wegblieben in der Kammer über ihm; stillschweigende Ge-
wohnheit, diese letzte Viertelstunde vor dem Schlaf, wenn er
in der Baracke saß oben im Lager Rabenberg, oder hier an
seinem großen Tisch bedachtsam die Erlebnisse dieses Tages
hineinnahm in seine Erfahrung. Ja, dachte er, es ist Verlaß
nur auf Eigenständiges. Aber es verschob sich alles, und was
sie betroffen hatte, betraf immer mehr ihn. Manchmal, in der
schwersten Zeit, hatte Anna ihn so angesehen, hatte dage-
sessen wie Ruth heute. Sie ist das Kind ihrer Eltern, dachte
er. Er wußte, daß er sich auf sie verlassen konnte, und manches, was er für Anna empfunden hatte, empfand er nun
für sie. Aber die Zeit verging zu schnell. Es war, als begleite
er Ruth ein Stück auf einer Reise, die sie allein beenden
mußte.

Ein Mann und ein Mädchen, das seine Tochter ist, und
dazwischen sind Jahre, Zeit, unwiederholbar. Noch geht er
mühelos, noch steht im Schichtbus niemand auf, um ihm
Platz zu machen – aber es fällt ihm schon auf, wenn sie ihn
jünger schätzen, als er ist, und schmeichelt ihm, so weit ist
es schon. Was steht noch aus? Die Jungen werden immer jünger. Er weiß, wie es zu dieser Gegenwart gekommen ist, er ist

486

an ihr beteiligt, aber es wird immer mehr ihre Gegenwart und immer weniger seine. Nur das nicht: recht haben wollen aus Erfahrung, wo der Schwung der Jungen Recht ist. Nur nicht diesen gefälligen Stolz auf Vergangenes, der sich selbst zum Maßstab nimmt für das Künftige. Nur dieses Mißtrauen nicht vor dem noch Unbekannten, und vor denen, die es in Anspruch nehmen, die es erfahren wollen und beim Namen nennen, weil sie schon ahnen, daß dies ihr Leben ist, das kommt nach dem seinen.

Aber das kam wohl von selbst: Respekt wird den Jahren gezollt, Anerkennung den vergangenen Verdiensten, aber das Mitspracherecht räumt man nur dem ein, der das Heutige mit heutigen Augen sieht, und mit seinen eigenen.

Da war es wieder wie damals im Schacht, als sie eingeschlossen lagen auf dem Unglücksbruch, und als alle standhielten und alle bestanden bis auf zwei: einen Alten – und einen Jungen. Ja, dachte er: Leben ist immer eine Aufgabe. In jedem Alter. Und zu jeder Zeit.

Die Straße.

Die Straße ist nicht mehr so, wie sie immer war. Damals hatte sie weder Anfang noch Ende, sie kam von weit her, und wo sie hinführte, war gar nicht auszudenken. Jetzt ist sie ein graues Stück Asphalt von genau 5,8 Kilometern Länge, aufgeteilt in zwei Kilometer Steigung, drei Kilometer Gefälle, achthundert Meter gerade so hin; sie ist in zwei Hälften geteilt durch eine Eisenbahnlinie, beschrankt bei Kilometer 2,7, am oberen Ende ist der Schacht, am unteren die Zeche. Dazwischen sind ungefähr dreitausend Schlaglöcher, manche so, daß man einen Zwillingsreifen gut drin unterbringen kann; dazwischen sind die zweihundert Meter am Steilabhang mit dem mehrfach durchbrochenen, mehrfach geflickten Geländer in der Kurve – im September, der ein Regenmonat war, drei Unfälle pro Woche; dazwischen sind zweimal vierter und zweimal dritter Gang, Zwischengas, Kupplung, Anfahren, Warten, Warten.

Als ob das nicht genug wäre.

Aber dazwischen waren auch noch die Tonnenkilometer, der Plan, die Prämien. Also Karacho, Überholversuche, Rennen um die Plätze. Wer überholt wurde, mußte länger warten bei der Abfertigung, geriet aus der Reihe, der kam ganz schön ins Schwimmen. Alles für sein Geld. Da kamen sie bei Peter Loose aber gerade an den Richtigen. Er war erst ein paar Wochen dabei, aber es gab schon welche in seiner Schicht, die ließen ihn freiwillig überholen, wenn sie seinen Molotow im Rückspiegel heranziehen sahen. Eine Woche hatte er sich ausprobiert, eine Woche im Wagen – dann nahm er es auf. Es gab nur drei Überholmöglichkeiten auf der Strecke: einmal in der Kurve am Steilabhang, wenn man sie schneller nahm als die anderen und Glück hatte mit dem Gegenverkehr, zweitens an der Schranke, wenn man sich hart und zentimetergenau hineinmanövrierte zwischen die Wartenden, denn allesamt standen sie pro Schicht mindestens eine halbe Stunde am Übergang, der Zugverkehr war umwerfend. Drittens und letztens aber die Großchance am Zechenplatz. Der begann mit einer Kurve von hundertachtzig Grad, eine volle Kehrtwendung, und beinahe immer steckte er im Schlamm achshoch. Wer da Pech hatte und keinen Mut, hart innen zu fahren, blieb stecken. Wer Glück hatte, kassierte dort manchmal zwei, drei Vordermänner auf einen Ritt.

Und natürlich gab es Partei und Gegenpartei. Partei waren die lauteren Kraftfahrer, die Gemütlichen, die auch mal abstiegen und ein paar Schippen Sand auf den Schlamm warfen, was natürlich nichts nützte, alles in allem fuhren sie Schonkost und Sparflamme. Gegenpartei waren die Individualisten, die mit den verbeulten Kotflügeln und den durchgeschlagenen Federn, und mit dem höchsten Dieselverbrauch.

Peter Loose aber war parteilos – und das war beschwerlich. Die Gemütlichen waren ihm gar zu gemütlich, die Dieselfresser zu großspurig – er hielt sich heraus. Aber die einen hielten zusammen und die anderen hielten zusammen, Parteien haben fast immer etwas gegen Außenseiter. Sie versuchen, den Mann einzugemeinden, mißlingt das, verketzern sie ihn. Zu Tätlichkeiten war es noch nicht gekommen.

Der Motor spuckte. Die Sonne stand tief und blendete ins Fahrerhaus. Die Sonnenbrille steckte in der Jacke, die drüben hing hinter der Beifahrertür, ohne anzuhalten, konnte er da nicht hin. Und der 41-17, der vor ihm fuhr, wirbelte den Staub hoch mit seinen neuen Profilreifen wie eine ganze Panzerkolonne. 41-17 war ein dreiachsiger JaAS, er war ganz schön zur Minna gefahren und berühmt wegen seiner ramponierten Fassade, aber der Motor war in Schuß, das mußte man zugeben. Der zog noch was weg. Und die Ladung hatte es in sich. Peter wußte: in der Kurve kam er da nicht vorbei, es war schon viel, daß er herangekommen war. Auch auf dem Zechenplatz ließ der ihm keine Chance. Höchstens an der Schranke. Aber es gehörte eine Menge Glück dazu, 41-17 wurde gefahren von einem ausgemachten Individualisten-Häuptling.

So fuhr er auf Abstand. Aber die Schranke war offen diesmal und der Gegenverkehr regelmäßig, das kam, weil der Zechenplatz trocken war. Der JaAS blieb vor ihm. Und sie fuhren zum Schacht hoch und zur Zeche zurück und wieder zum Schacht, und dann hatten sie den 10-03 erreicht, der vor dem JaAS lag, und der Individualisten-Häuptling fuhr eine Attacke, kam zweimal nicht vorbei, aber dann ließ 10-03 sie gleich beide passieren, das war am Berg, den sie mit Last zu nehmen hatten, und der 10-03 mußte auf den zweiten Gang herunter, weil sie ihm die Ladung so schön schief draufgeknallt hatten. Sie zogen vorbei und sahen den 10-03-Fahrer über seinem Lenker hängen und fluchen, sonst war weiter nichts.

Dann aber kam der Fahrer von 41-17 nach hinten, als sie auf Ladung warteten. Er lehnte sich an den Kotflügel und grinste.

»Was ich sagen wollte, was gibt's denn so zu rauchen?«

»Solotoje«, sagte Peter. »Stalins Lieblingstabak.«

Sie drehten sich Zigaretten, und 41-17 lehnte immer noch am Kotflügel; vorn beluden sie den Dreizehn-Strich-Dreizehn, den Titte Klammergass in der Ablöseschicht fuhr. 41-17 fragte: »Was hast'n vorher so gefahren?«

»Hunte«, sagte Peter, »Schubkarre, Kinderwagen noch nicht.«

Die Reihe rückte weiter. Der Dreizehner war schon an der Ausfahrt. Unterm Hang stand jetzt ein SIS, dem das rückwärtige Nummernschild fehlte, er war der letzte vor 41-17. Aber der lehnte immer noch grinsend am Kotflügel und rührte sich nicht. Hinten hupte der überholte JaAS, und dann hupte dessen Hintermann, und dann fingen sie alle an, wie verrückt in die Gegend zu tuten bis hinauf zur Kurve.

»Was ich noch sagen wollte«, sagte 41-17, »ich hab da einen Kunden für zehn Liter, aber ich bin heute blank. Kannste nicht was tun für den Mann? Er wartet oben in der Kurve, und du müßtest da vor mir rausfahren, damit der Bonze nichts merkt. Das ist ein ganz Scharfer.« Er nickte in Richtung des überholten JaAS.

Peter schob den Gang hinein und steuerte an 41-17 vorbei an den Hang. Er zog die Handbremse und hörte auch schon, wie die Ladung auf die Ladefläche kam, und spürte, wie der Wagen in die Knie ging. Dann kam das Freizeichen. Er ließ den Wagen zur Kehre rollen und gab Gas und merkte: die Ladung saß gut.

Er wußte natürlich, daß die Individualisten Sprit verschoben. Und wußte, daß einige von den Sparflamme-Schonkost-Leuten scharf hinter ihnen her waren, und natürlich die Kripo auch und noch ein paar andere; die hatten immer gleich die halbe Bevölkerung auf den Beinen. Väterchen Wismut ließ den Sprit in Strömen fließen – als ob's da auf die paar Liter ankäme. – Und Väterchen Staat ließ private Pkw zu und kassierte Steuern, ließ Motorräder kaufen und verkaufen und amtlich taxieren, und die Zeitungen druckten seitenlang Inserate, dabei gab's keinen Sprit im Freiverkauf, und die Leute mußten sich eigentlich an fünf Fingern abzählen können, woher der kam und wo er geklaut wurde, organisiert wurde, unters Volk gebracht: Diesel gegen Reifen, Sprit gegen Ersatzteile, vorwärts und rückwärts und bargeldlos und en gros en detail und manchmal gegen die deutsche Ostmark, aber selten – da taten sie immer ganz empört. Verteilt einer Löffel unter die Leute. Suppenschaufeln in allen Größen. Fördert einer den Löffelumsatz und die staatliche Löffelsteuer. Verkauft einer aber nichts, worin die Löffel löffeln könnten. Und hat da eine Schüssel stehen, die ist immer randvoll, die setzt er den Leuten vor die Nase und sagt: Essen verboten, Schüssel volkseigen. Aber die volkseigene Schüssel schwappt manchmal ein bißchen, und ein paar Risse hat sie auch, da stehen die Staatsanwälte und warten, daß einer käme mit seiner Suppenschaufel, denn das ist verboten bei Strafe, da passen die aber genau auf. Was denken sich die Leute bloß dabei? Wollen mal sagen: Was haben die bloß davon? Ist ja beinahe nicht zu merken, was die davon haben.

Na und da wollen wir doch mal sehen.

Es stand aber wirklich einer in der Kurve, und Peter bremste, und der Mann sprang auf, das machte der ganz geschickt. Aber erstens hatte Peter keinen Sprit, und zweitens war ihm die Sache nicht geheuer, und drittens: den Mann hatte er irgendwo schon mal gesehen.

»Na«, sagte er, »wohin soll's gehen?«

»Wieso«, sagte der Mann. »Ach so, den Kanister habe ich oben an der Abzweigung, da steht meine Zugmaschine.«

Peter nickte. »Und einen schönen Gruß soll ich dir sagen von 41-17, und er ist heute blank.«

»Weiß ich«, sagte der Mann. »Weiß ich doch.«

Peter schaltete auf den zweiten Gang herunter. Der Motor schnaufte. Und da kam die Abzweigung, und er ließ den Wagen ausrollen, und tatsächlich stand da so ein Trecker, so ein knalliger Lanz-Bulldogg, der glänzte in allen Zirkusfarben. Auf einmal wußte Peter, woher er den Mann kannte. Rummelplatz, dachte er. Looping the loop, dunkel oben hell unten eins, dunkel oben hell unten zwei, zweiunddreißig Umdrehungen, und Heidewitzka, wie er in den Sielen hing, und Fahrtwind plus Druck und Taubheit über schrillem Pfeifton, und dann der Absturz und das Wasser und der schmierige Handtuchfetzen – das da, das war also der Luftschaukelmann.

»Tja«, sagte Peter, »das ist so 'ne Sache. Aber ich geb dir 'n Tip. In einer Stunde ist Schichtwechsel, da kommt hier mein Kumpel vorbei, der fährt den Dreizehn-Dreizehn. Bei dem kannste mal anklopfen.«

Das schien dem Manne gar nicht zu gefallen. Aber er tippte sich an die Mütze und stieg ab. Da knallte die Tür, und Peter gab Gas, sicher ist sicher, dachte er, und jedenfalls habe ich den 41-17 kassiert, das werden gerade noch zwei Fuhren bis Schichtschluß, aber das kann man nie wissen, ob der Knabe einen nicht bei Gelegenheit hochgehen läßt, da hängen wir uns lieber gar nicht erst rein.

An der Schranke stand der SIS, und der Dreizehner stand vor ihm, aber links war noch ein bißchen Platz. Schob sich Peter an dem SIS-Mann vorbei, der drohte mit der Faust. Lächerlich. Soll sich bloß nicht mausig machen, hätte er selber haben können, wenn er nicht geschlafen hätte. Als aber die Schranke hochging, spielte der Dreizehner nicht mit. Er zog den Wagen ein bißchen zur Mitte, nun konnte Peter nicht mehr durch bei dem Gegenverkehr, der SIS hupte vor lauter Freude gleich los wie ein Irrer. Immerhin blieben zwei Meter Platz hinter dem Dreizehner, denn der SIS war nicht schnell genug angefahren. Da zog Peter scharf nach rechts und trat die Fußbremse durch, blieb dem SIS auch weiter nichts übrig. Höchstens, daß er ihm in die Flanke knallte, wenn er nicht schnell genug die Bremse fand. Ging aber alles glatt. Und dann Gang rein und ab, was die Mühle hergab.

Soll der sich bloß nicht so aufblasen da hinten, hupen kann jeder, da hört sowieso keiner hin.

Den Dreizehner jedenfalls, den merken wir uns. Das klappt schon mal gelegentlich.

Auf dem Zechenplatz ging es diesmal schnell, die geschlossene Schranke hatte ein bißchen Luft geschaffen. Vor dem Dreizehner lag bloß noch dieser Theo Sowieso, der für zweitausend Mark eine DKW-Zweihundert zu verkaufen hatte. Peter hatte er sie auch angeboten. Naja, über den Preis ließe sich noch reden. Nur: der Stuhl war ziemlich müde, · mehr als achtzig Sachen gab der nicht her. Aber da war Platz an der Kippe, und er fuhr heran und schaltete die Kippvorrichtung ein, muß man aufpassen, daß man nicht mit abgeht nach hinten.

Nun aber mal was anderes.

Dreizehn Fuhren mal Dreimarkfünfzehn macht vierzig Eier, mal sechsundzwanzig Tage, neununddreißig Schnitt, macht tausend ungefähr, Abzüge ab, sagen wir: achthundert. Dreißig die Bude, zweihundert Fresserei, hätten wir da, Gewerkschaft noch weg, glatte fünffünfzig. Muß man in Kauf nehmen. Unter Tage war natürlich mehr drin. Und also bißchen haben wir ja noch, vielleicht sollte man den Stuhl tatsächlich, DKW, gut für die Gegend hier, und bißchen hochfrisieren vielleicht, der Sowieso-Theo hat sich also einen Fünfhunderter-Beiwagen zugelegt, umständehalber, deshalb. Überhaupt, saufen kann man ja doch nicht mehr richtig bei der Fahrerei, was soll man da anfangen? Achtzehnhundert, wollen wir mal sagen, wenn er anbeißt. Bereifung ziemlich runter, ist ja wirklich 'n Grund. Und die Töchter des Landes sind auch gleich viel freundlicher, wenn man so 'n Kahn unterm Hintern hat. Da kommen die gleich kompanieweise an, aber prompt.

Und was ist denn nun mit dem Motor los?

Der schnaufte und seufzte und zog nicht, schon seit der Kippe zog der nicht, bei dem bißchen Berg, ohne Ladung.

Das konnte ja nun Verschiedenes sein. Aber wie die Karre gebaut war, war es bestimmt wieder der vierte Zylinder. Die Einspritzleitung war zweimal geflickt. Aber die Kerle gaben einem ja keine Ersatzleitung mit, da mußte man immer gleich zur Werkstatt. Und er stieg aus und klappte die Haube hoch, und gleich hinter der Stelle, die er mit Isolierband umwickelt hatte, sah er eine schöne große Kraftstoffpfütze. Da drin schwamm die dreizehnte Fuhre.

Da war nun nicht mehr viel zu machen. Noch mal flicken und weiter, das gab bloß Ärger mit dem Ablöser. Also ab zur Werkstatt. Und er bog in die Bermsthaler Dorfstraße ein, vorbei an der Papierfabrik und der Kirche und den evakuierten Gräbern und am Bahnhof vorbei, und hinter dem Klubhaus hielt er an und holte sich eine Limonade aus der Suppenschmiede, die schmeckte nach alten Fußlappen, aber das war er gewöhnt, und dann runter zum Gummibahnhof und rein in den Werkstatthof, der war leer bis auf einen SIS-Bus, aber der stand vor verschlossener Werkstattür, und der Fahrer buchstabierte etwas, das war mit Kreide auf Holz geschrieben. Als Peter herankam, sagte er: »Die zählen ihre drei Ersatzteile. Das heißt dann Inventur.«

Und so war das beinahe immer. »Leitungsrohr?« sagte der SIS-Fahrer. »Kann sein, hab ich.« Und sie bogen ein Stück zurecht, und es paßte, und suchten dann, ob Peter den Keilriemen hätte, der dem SIS-Mann fehlte, und Peter hatte einen, der paßte zwar nicht, aber der SIS-Mann sagte: »Das macht nichts, ich kenne einen, der tauscht mir den. Ahoi, Chef!« Da war aber schon gut und gerne Schichtschluß.

Das also war so ein Tag. Und wenn man davon absieht, daß diesmal Mittelschicht war und andermal Frühschicht, wenn man absieht davon, daß diesmal die Sonne schien bis gegen acht und andermal war Wolkenbruch, diesmal zwölf Fuhren statt dreizehn oder vierzehn, und wenn's nicht der Kolben war, dann war's eben die Vorglühzündung, und wenn man absieht von Achsbrüchen und Kratzern und bißchen Rem-

pelei und Ausfallstunden, wenn man auch die Jahreszeiten
wegläßt und die Straßenausbesserungsversuche alle Viertel-
jahre und den halbseitigen Verkehr und die Warteschlangen,
oder es kam der Ablöser nicht, wenn man absah von alldem
und nur Strecke nahm und Ladung, und die blieben sich
gleich in Ewigkeit amen, wenn man's so besah, dann war es
ein Tag wie alle anderen. Und überall am Zechenplatz standen nun die Ablöser und übernahmen Wagen und Papierchen
und Fahrtenbuch, und dann fuhren sie auftanken, das war alles, damit fing jeglicher Tag an. Und die anderen zogen heim
zu Weib und Kind, aber das waren die wenigsten, oder gingen noch in den »Gambrinus« auf ein Bier, oder wo immer
sie hingingen, da gab's sieben Möglichkeiten. Aber vielleicht
gab es auch zwölf, wir wollen uns da nicht so festlegen, und
außerdem kommt es ja immer darauf an, wie einer die Sache
sieht.

»Achtzehnhundertfuffzig«, sagte der Theo Sowieso, »mein
letztes Wort. Da haben die Saupreußen den Olmützer Vertrag unterschreiben müssen, das ist ein schöner Preis, den ich
dir da mache.«

Die DKW stand am Gartenzaun, geputzt, aber die glänzte
nicht besonders, Baujahr neununddreißig, wer will das verlangen? Immer noch originalschwarz, Handschaltung, Rennen waren damit nicht mehr zu gewinnen. »Ich will dir mal
was sagen«, sagte der Sowieso-Theo. »Wenn der Junge jetzt
nicht in dem Alter wäre, würde ich sie gar nicht weggeben.
Aber ich brauch eben Gespann, wenn die Alte mitwill und
der Knabe auch. Sprit brauch' die so gut wie keinen, und du
hast ihn ja sowieso umsonst. Mit der kannste noch elfmal
zum Jordan fahren und zurück.«

Peter war bislang nur einmal zum Klubhaus gefahren und
zurück, neunzig Spitze, wenn der Tacho nicht gezinkt war. –
Das wäre dann etwas Eigenes, nicht so ein Schichtkahn, den

alle acht Stunden ein anderer fährt, und jeder fährt ihn anders, das hält kein Pferd aus auf die Dauer, und man kriegt gar kein Gefühl für die Maschine und hat dauernd drei Quadratmeter Spiel in der Lenkung, und es klappert die Mühle am rauschenden Bach samt Chassis und Verschalung. Er sagte: »Also schön, beschissen werd ich sowieso.«

Das war am Freitag. Am Sonnabend fuhr er bei Schichtwechsel an der Papierfabrik vor und wartete, ob nicht eine käme, die er kannte.

Es kamen mehrere. Erst kamen die beiden Schneegänse, die er mal in der Kreisstadt kennengelernt hatte bei einem Schwof im Freien, Maifeier oder Tag der Befreiung oder so was, die ließ er passieren. Dann kam die Tochter von dem Hermann Fischer, schleppte diesen mickrigen Bonbonträger neben sich her, der hatte man auch schon mal was Besseres zugetraut. Dann kam das Radieschen, das jetzt in der Werkskantine von diesem Stutenstall arbeitete, winkte herüber und müßte gleich weiter von wegen dem Baby, welches ein Schlitzmatrose war, und war eine richtige Frau geworden, Spieß, dieses Rindvieh, konnte sich da bestimmt nicht beklagen, den Seinen gibt's der Herr im Schlaf. Es kam dann eine, die kannte er aus dem Klubhaus, aber er hatte ihren Namen vergessen, und dann kam die Hertha Dörner massiv angesegelt inmitten eines ganzen Hühnerhofs Junghennen, und dann kamen noch ein paar, die er nicht kannte.

Dann kam diese Margit Radochla.

»Na«, sagte sie, »habe ich dich lange warten lassen?« Von all den Mädchen, die er kannte, war sie so ziemlich die einzige, mit der man sich tatsächlich unterhalten konnte. »Es geht«, sagte er. »Aber eigentlich wollte ich mit deinem Vater reden, weil wir doch morgen zusammen diese Tour machen wollen, und ob wir da vorher heiraten müssen.«

Sie nickte ernsthaft. »Höchstens«, sagte sie, »wenn schönes Wetter ist. Da drückt er vielleicht ein Auge zu.« Und ließ auch ausnahmsweise ihre Omnibusfahrkarte verfallen, weil er zufällig in ihrer Gegend zu tun hatte. Und Sonntagmorgen fuhren sie los.

Vermutlich war es der letzte warme Tag des Jahres. Von Westen kamen sehr hohe einzelne Zirruswölkchen, schienen aber mehr stillzustehen, sonst war der Himmel makellos blau, es ging kein Wind. Er fuhr die Maschine voll aus, und sie gefiel ihm immer besser, neunzig schaffte sie sogar noch mit doppelter Belastung. Margit hielt sich erst am Soziusbügel fest, später an seinen Schultern. Und er fuhr die Straße nach Zwickau, da kamen zwei mächtige Stiche gegen Schneeberg zu, und dann kamen Stoppelfelder links und Brachäcker rechts, und ein Wäldchen und Dörfer kamen, da war die Straße asphaltiert, und dahinter kam ein sehr gutes Kopfsteinpflaster, und rechts lag Hartenstein im Tal und später Fährbrücke, und dicht vor einem Dorf mit Richtkronen über zwei Häusern überholten sie einen Linienbus, der war nahezu leer an diesem Morgen. Und sie fuhren an ein paar Teichen vorbei und an einer Kuhherde, die keinerlei Notiz nahm von ihnen, dann kam ein Turm, der aussah wie von einer Wehrkirche, aber sie hatten nie gehört, daß es das gab in der Gegend, und dann hatten sie eine lange Abfahrt mit scharfem Fahrtwind, und die große Brücke über die Mulde kam vorn auf, und die Bahnlinie unten, da war die Böschung bepflanzt mit Warnzeichen: Gefälle, Schleudergefahr, Kurve; als aber rechts der Mischwald auftauchte mit der Eule vom Naturschutz an allen möglichen Bäumen, da trommelte Margit auf seinem Rücken, und er fuhr langsamer, und sie sagte irgendwas. Er ging auf dreißig herunter. Ein Stück Waldweg und so ein Pfad an einer Schonung entlang, das letzte Stück schoben sie.

»Na«, sagte Margit.

Aber er lag schon im Gras, und sie setzte sich neben ihn. Und es gefiel ihm sehr, daß sie nicht dieses Theater machte mit ›mein bester Rock‹ und ›wegen der Grasflecke‹.

»Hach«, sagte er, »das habe ich mir immer gewünscht, so 'n Stuhl und einfach los und dann irgendwo ins Gras hauen, ich bin nämlich von Natur aus ein ganz fauler Hund.« Er hatte die Augen geschlossen, aber wenn er ein bißchen blinzelte, sah er, daß sie ihn ansah, und daß sie ihn auf eine sehr gute Art ansah. »Weißt du was«, sagte er, »leg dich auf meine Jacke.« Und sie legte sich auf die Jacke und lehnte den Kopf an seine Brust und sagte: »Das dachte ich mir doch, daß du da noch von selber drauf kommst.«

Er dachte aber gerade an irgendeinen anderen Wald, den er kannte und in dem er auch so gelegen hatte vor ein paar Jahren, und dann dachte er noch, daß sie eigentlich ein sehr nettes Mädchen war. Er hatte vielleicht acht- oder neunmal mit ihr getanzt an zwei oder drei Abenden, und einmal hatte er sie ein Stück nach Hause gebracht, ohne alles, bloß mit tschüs und so, und ihm fiel plötzlich ein, daß sie an diesem Abend mit einigen anderen nicht getanzt hatte, obwohl sie immer wieder aufgefordert worden war, eigentlich hatte sie nur vier oder fünf Tänze getanzt und die mit ihm. Komisch, dachte er, Gitta, Ingrid, Margit, immer solche Namen. Aber sie war ein ganz anderer Typ, und er hatte keine Ahnung, was für einer. Er wußte nur, daß sie keine von diesen heiratswütigen Ziegen war und keiner von diesen emaillierten Zierfischen, mit gut angezogenen Jünglingen im Kopf und den Fotos von blöden Filmschauspielern überm Bett. Und daß sie Tennis spielte, wußte er auch, das imponierte ihm vielleicht am meisten und machte ihn auch wieder unsicher, denn er hatte das Gefühl, daß dies bloß ein Sport wäre für ganz besondere Tiere. Aber wie es jetzt war, war ihm das gleich.

Er schob seinen Arm unter ihre Schulter, da war ihr Gesicht neben ihm, und er sah, daß sie eine schmale Narbe hatte über der linken Braue und sehr gerade Brauenbögen, und sie hatte schiefergraue Augen mit schwarzen Pünktchen und dünnen Äderchen und einem wahrhaft honigfarbenen Ton bei diesem Licht. Und als er ihre harten, wirklichen Lippen küßte, küßte sie ihn wieder ohne alle Zurückhaltung und Befangenheit.

498

»Ach Mann«, sagte sie, und dann legte sie ihren Arm unter seinen Kopf.

Er war aber aufgehoben von der Helligkeit des Mittags und trieb einem ungefähren Horizont zu, und wenn er auch einen kleinen Schmerz spürte, so ließ er sich doch immer treiben und trieb überm Grün der Landschaft ins Gelb der Jahreszeit und dann in jenes heitere Blau des vergangenen Sommers und der größeren Genauigkeit, trieb immer so hin.

Und es kamen Gesichter vor, aber sehr wenig Gespräche, viele Straßen, aber kaum eine Behausung, Hügel kamen und Wiesen und ganze Wälder und eine große Stadt von fern und ein See kam vor, und dann kamen noch ganz unbekannte Bilder und unwirkliche Gegenstände und sehr viel ganz blauer Himmel über unwahrscheinlicher Landschaft, und nur die Helligkeit war immer gleich.

Als er erwachte, war die Sonne zwei Bäume weitergerückt. Er blinzelte in die Sonne und gewöhnte sich, und dann sah er, daß Margit ihn immer noch beobachtete. Er fragte: »Hast du mir etwa die ganze Zeit zugeguckt?«

»Ja«, sagte sie. »Du siehst wahnsinnig interessant aus, wenn du schläfst, und ganz unwahrscheinlich intelligent. Besonders, wenn du schnarchst.«

»Hm«, sagte er. »Das letzte halt ich für ein Gerücht.«

»Wirklich und wahrhaftig«, sagte sie. »Und du glaubst gar nicht, wie mir der Magen knurrt.«

Da fuhren sie weiter und fuhren zur Stadt hinab und fanden eine kleine HO-Gastwirtschaft, außen neben der Tür hing die Speisekarte. Als sie aber hineinkamen, war gut die Hälfte der Gerichte schon gestrichen. Sie bestellten Kotelett mit Meerrettich und Klößen und tranken Apfelmost, und der Most war sehr gut und wirklich kalt, aber das Fleisch war total versalzen, und ohne Meerrettich schmeckte es etwa wie doppelseitig getragene Einlegesohle. »Also ja«, sagte Peter, »was ich sagen wollte: Wie findest du denn dieses Kotelett?« Und Margit stocherte auf ihrem Teller herum und sagte:

»Indem ich die Klöße beiseite schiebe und mit der Gabel sorgfältig durch die Soße schürfe.« Und dann fragte sie bei der dicken Kellnerin an, ob man wohl etwas Salz haben könnte. Die dicke Kellnerin brachte einen mittleren Berg. Als sie gegangen war, schüttete Peter das Salz in die Blumenvase zu den Kunstblumen, und die Kellnerin kam zurück, starrte ungläubig auf den leeren Teller und in den Aschenbecher und unter den Tisch; sie stand dann eine ganze Weile mißtrauisch an der Theke, beleidigt bis zuletzt.

Danach fuhren sie zum Schwanenteich. Sie mieteten ein Ruderboot für eine Stunde, blieben aber länger auf dem Wasser und mußten nachzahlen. Dann gingen sie, die Schaufenster zu besichtigen. Sie kauften Eis bei einem Straßenhändler, auch für einen kleinen Jungen, der am Laternenpfahl lehnte und am Daumen lutschte. Und hatten dann sehr viel zu tun in den engen Straßen der Innenstadt, mußten die alten Häuser besehen und die seltsamen Giebel um den Dom und hin zum Schloß Osterstein, das jetzt Gefängnis war. Schließlich tranken sie Kaffee in dem kleinen Espresso mit den dreibeinigen Marmortischen und den kardinalsrot überzogenen Stühlen und der ziemlich alten Täfelung, aber der Kaffee war miserabel.

»Ich weiß nicht«, sagte Margit, »vielleicht liegt es an unserer Aufmachung. Oder was meinst du?«

Das war auch ihm aufgefallen. Die Leute verhielten sich, als ob sie beleidigt seien durch ihre bloße Anwesenheit, als ob sie immerzu Abstand demonstrieren müßten und Rechtschaffenheit, oder vielleicht Wohlverhalten – aber wogegen? Das war wohl eine Oase gutangezogener Sonntagsbürger, die stattfand unter Ausschluß der Öffentlichkeit und der Wochentags-Wirklichkeit. Und war vielleicht eine dieser Tränken für wohlriechende Tiere, an denen man verloren ist ohne Schlips und Bügelfalte und sich zu schämen hat, das gab's ja. Das wird's ja wohl immer geben in diesem anständigen Land.

»Gott«, sagt er, »die denken, wir kommen gerade aus dem Knast oder von der Arbeit.«

Es ging aber nun schon auf Abend zu, und sie sahen noch in einige Lokale hinein, blieben aber nirgends. Kneipen, freilich, die hätten gepaßt. Aber dazu hatte er heute so gar keine Stimmung. Kneipen sind kein Ort, wenn man keinen heben kann.

Und an der Abzweigung zum Brückenberg trafen sie den Individualisten-Häuptling 41-17 auf seiner Boxer-BMW, auf dem Sozius hing Titte Klammergass.

»Ahoi«, sagte der Individualisten-Häuptling und hob die Hand vom Lenker. Und Titte Klammergass sagte: »Nichts los, was? Wir waren schon überall drin. Alles gerammelt voll und keine Hühner.« Und dann erzählte er noch etwas von irgendeinem Erntefest mit Schwof und dergleichen, wenige Kilometer landwärts.

Peter fuhr einfach hinterher. Sie fuhren ungefähr nach Süden, auf der Straße, die sie am Mittag genommen hatten, immer durch diese aneinandergeklebten Dörfer, die etwa Kainsdorf hießen oder Wilkau-Haßlau oder wie immer. Peter hatte Mühe, die BMW nicht zu verlieren, die hatte immerhin fünfhundert Kubik. Er verlor sie am Berg. Er kannte aber die Gegend einigermaßen und vermutete das Fest in dem Dorf mit den Richtkronen, wo sie am Morgen den leeren Linienbus überholt hatten. So fuhr er seine Straße und kümmerte sich nicht um die Dörfer am Weg, nicht um die Dorfgasthöfe und nicht um die helleren Plätze abseits. Und als sie die Kirche passiert hatten, die vielleicht eine Wehrkirche war, hörte er den Lärm von weitem.

»Na«, sagte er, »bin ich ein As oder nicht?«

Es gab zwei Kinderkarussells und eine Wurfbude, wo die Leute mit Stoffbällen auf übereinandergetürmte Konservenbüchsen schossen. Dann gab es eine Luftschaukel mit Drehorgelmusik und dahinter einen Gasthof mit riesigem Garten, in dem ungefähr zweihundert Leute saßen. Drin im Saal wurde bei offenen Fenstern getanzt. Und zwischen dem

Garten und der Luftschaukel stand noch eine Bude, da schossen die Burschen aus Luftgewehren auf Papierblumen, es war da ein ziemlicher Andrang. »Sieh mal an«, sagte Peter, »das gibt's also auch wieder.«

Die BMW stand am Gartenzaun.

Sie fanden die beiden an einem der hinteren Tische, die Kellnerin brachte gerade Bier. Der Individualisten-Häuptling trank auch eins.

»Na«, sagte Titte Klammergass, »das ist das reinste Stutenrennen. Und die werden doch wohl ihre Hühner nicht alle selber treten.«

Die Kapelle machte gerade Pause; als sie wieder anfing, stand der Individualisten-Häuptling auf. »Wollen wir?« fragte Peter. Margit nickte. Sie gingen zum Saal hinüber und schoben sich zwischen die Tanzenden. Es tanzten auffallend viele Mädchen miteinander. Titte Klammergass kam mit einer massiven Blondine an, der Individualisten-Häuptling stand noch am Rand und sah zu.

Margit sagte: »Ganz schöne Stenze, deine Freunde.«

»Es sind nicht meine Freunde«, sagte Peter.

Und tanzte auf diese Boogie-Woogie-Art, die gerade auf der Höhe ihrer Verbreitung war – so was greift ja um sich wie eine Seuche, bricht irgendwo aus und steigert sich epidemisch zum Höhepunkt, dann wütet's und wogt durch die Lande, und bricht zusammen viel rascher, als der Laie für möglich hält. Die staatlichen Kulturhüter freilich, die wissen das nicht. Die denken immer, sie könnten etwas erreichen mit Isolierung. Das ist aber der Unterschied zu den echten Seuchen, es ist damit rein gar nichts zu machen in diesem Fall, höchstens: es macht die Anfälligen anfälliger. Denn was verboten ist, das macht uns grade scharf.

Und könnte man also sagen: Wir leben, solange wir anfällig sind.

Aber das mach mal einer einem Gesundbeter klar. Das ist ein reichlich hoffnungsloses Brot, das laßt uns essen.

502

Und da war der Tanz zu Ende.

Als sie zu ihrem Tisch zurückkamen, hatte sich da mittlerweile einer niedergelassen, grauer Pepita-Sakko über offenem Hemd, Halsstränge hervortretend, Halbschwergewicht.

»'n Abend«, sagte der und fragte, ob noch ein Stuhl frei wäre, und fragte: »Wismut?«

»Erraten«, sagte Titte Klammergass.

»Dacht ich mir«, sagte das Halbschwergewicht. »Ich bin von der Kohle.«

Er wohnte aber in diesem Dorf, in dem es nur Bauern gab und solche Stoppelhopser, fünfundvierzig war er hier hängengeblieben. Und weil er jeden Tag eigenhändig zum Schacht tuckern mußte, gute dreizehn Kilometer, hatte er nicht viel Lust, auch noch sonntags in der Gegend herumzukutschieren. Da nahm er also lieber mit diesen Karstbewässerern vorlieb, sagte er. Und bestellte Bier für alle, auch für Peter, der keins haben wollte. Und hatte selber schon ganz ordentlich aufgetankt. Und redete unaufhörlich wie ein Wasserfall.

Also da haben sie uns massenweise diese Agitierer auf den Hals gehetzt, Normerhöhung und so, reden die dir ein Kind in den Bauch, sagen kannste ja doch nichts, warten die bloß drauf: So spricht der Klassenfeind Kollege! Du bist also für die Kriegstreiber Kollege! Aber die Arbeitermacht läßt sich nicht provozieren Kollege! Haben wir Mittel und Möglichkeiten wahrhaftigen Gott Kollege! Subversives Element Handlanger der Imperialisten Arbeiterstandpunkt Klassenfrage! Heißt dann: nach gründlicher Aussprache erhöhten unsere Werktätigen begeistert einstimmig. Machen die das bei euch auch? Machen die bei uns auch. Beißen sie aber auf Granit. Ja aber bei uns. Scheißen sich ja schon ein, wenn sie einen anlauern mit ihrem Spürhundblick. Die Alten immer zuerst. Und kennt ihr den? Niest einer in die ZK-Sitzung sagt Väterchen: Wer hat geniest Genossen? Zähle bis drei. Wie ihr wollt erste Reihe raustreten Genosse Berija. Wer also hat geniest Genossen? Alsdann zweite Reihe dawai taktaktak. Und also bitte nun wer Genossen? Keiner gut dritte Reihe vierte fünfte. Wolltest du etwas sagen Genosse? Du bist das gewesen? Nu also dann Gesundheit Genosse. Sitzung geht weiter Tagesordnungspunkt elf bitte nach vorn nachrücken Genossen.

»Komm«, sagte Peter, »gehen wir tanzen.«

Sie tanzten schweigend.

Aber dann sagte Margit: »Ich weiß nicht, so was läßt man doch nicht auf wildfremde Leute los.«

»Genau«, sagte Peter.

»Auch, wenn man so voll ist.«

»Eben«, sagte er. »Aber vielleicht ist der gar nicht so voll.«

Die Sache stank, soviel war klar. Nur: andererseits kannte sie hier keiner, und niemand konnte vorher gewußt haben, daß sie in dieses Dorf kommen würden. Das plausibelste war schon, daß der Kerl einfach voll war und familiär wurde. Es war aber leider auch das Beste, was ihnen passieren konnte, und wenn eine Erklärung erstens einleuchtend und obendrein noch angenehm ist, dann ist noch immer Vorsicht geraten.

»Na schön«, sagte er. »Wir werden ja sehen.«

Als sie zum Tisch zurückkehrten, war aber weder das Halbschwergewicht da noch die anderen. Sie warteten eine Weile, dann gingen sie auf den Platz hinaus. Das Kinderkarussell hatte schon dichtgemacht, aber an der Wurfbude war immer noch einiges im Gange, und der größte Andrang war bei den Luftgewehren. Titte Klammergass war auch dort, den sahen sie zuerst. Dann sahen sie ihren Mann drüben am Zaun stehen mit dem Individualisten-Häuptling, der seine Maschine vorführte; die Dorfburschen besahen sich's aus der Entfernung.

»Komm«, sagte Peter.

Sie drängten sich zu der Schießbude durch, immer zu Titte Klammergass hin, der an der Theke lehnte und lud und durchzog und dreimal fehlte hintereinander, die Papierblumen rührten sich nicht. Peter verlangte zehn Schuß.

Aber ehe er noch die Flinte bekam, faßte Margit ihn am Arm.

Von der Wurfbude her zog eine seltsame Prozession über den Platz. Voran ein Monstrum, winziger Kopf auf riesigem Körper, Affenarme herabhängend, Sabber in den Mundwinkeln, Geifer. Geht er übern Platz, Dorftrottel, sagt der Schießbudenmann, der ist gut, sagt er, das ist vielleicht 'ne Marke, geht übern Platz, und hinterher johlt das Dorfvolk, Tarzan, singen, brüllt das Dorfvolk, singen, Lenzjohann, ein Lied, los. Geht nun im Kreise, zackig die Arme einschlagend, vor der Kaserne singt Lenzjohann, vor dem großen Tor, kommen sie von überall her, auch das Halbschwergewicht, reihen sich ein, singen, Lenzjohann, der ist gut, sage ich Ihnen, wir lagen vor Madagaskar, Kinderstimme, hatten die Pest an Bord, singt Lenzjohann, schlägt sich auf die Knie vor Vergnügen, das Halbschwergewicht, übrigens kennen Sie den: Gehn zwei Stecknadeln über die Straße, will die eine 'nen Witz erzählen, sagt die andere: Pst, hinter uns kommt 'ne Sicherheitsnadel, kennen wir, ja. Der ist wohl harmlos, stellen wir uns vor. Vergnügt der sich da, Dorftrottel, mindestens drei von der Sorte in jedem Dorf hier, Inzuchtgegend. Aber wie sie nun alle glänzen vor Beglückung, Deutschlands Ernährer, Deutschlands bodenständiges Landvolk, ein Lied, Lenzjohann, Spaniens Himmel, Lenzjohann, schneidig ist die Infanterie, Paradeschritt, über unsern Schützengräben aus, Lenzjohann, also ist der nicht gut, also eine Marke ist das, also der ist vielleicht 'ne Wucht. Und die Heimat ist weit, freuen sich die Eingeborenen, wir sind bereit, nun schmettert das junge Volk, Frei-heit, Lenzjohann, und am glücklichsten ist der Schießbudenmann, lächelt, grinst, heiter über alle Backen, heia-Safari, schreit er, geerade aus, und es gehorcht Lenzjohann, und es zieht ab die Kavalkade, ab Richtung Wirtshausgarten, zieht zur Tränke die Herde, so zieht sie hin. Aber immer noch der hier. Legt nun die Flinte her, rosige Bäckchen, der ist nicht mit Geld zu bezahlen, schnauft er, japst er nach Luft, wird er das Lachen nicht los, befriedigtes Theaterpublikum, glückliches Schwein, da nimmt Margit die Flinte hoch, schwenkt langsam den Lauf, mitten zum Schweinebauch, das quietscht vor Vergnügen, grapscht nach dem Flintenlauf, aber auf einmal behende, springt's beiseite, starrt ungläubig, und die verbliebenen Eingeborenen lachen kollernd, so ein Mädchen so was, so ein Mädchen.

Der Schuß steckte in der Bretterwand gegenüber. Der Schießbudenmann starrte noch immer verwundert. Titte Klammergass gluckerte. Es begriff aber wohl keiner.

Da nahm Peter die Flinte, verschoß die übrigen neun Schuß auf ein sympathisches Holzpferd, das an Tonschnüren hing. Das schenkte er ihr.

»Altes Holzpferd«, sagte er.

»Ja?« sagte sie.

»Wir könnten's noch woanders versuchen.«

»Nein«, sagte sie. »Es reicht so. Aber wir waren ganz gut, glaube ich.«

So fuhren sie weiter. Ohne Titte Klammergass, ohne den Individualisten-Häuptling, ohne Auf-Wiedersehen.

Und fuhren ihre Straße zurück, bergan meist, kurze Abfahrten, lange Steigungen. Peter dachte: Jede andere hätte irgendwas gemacht mit Händchen halten oder hätte sich vielleicht geekelt, wenn sie nicht gar mitgemacht hätte wie die anderen, aber sie hat eine Heidenwut gekriegt, und daß wir sie beide gekriegt haben in genau dem gleichen Moment und genau in dem richtigen, das ist schon was. Und mußte auf den zweiten Gang herunter und blendete den Scheinwerfer auf und fragte: »Wird dir's zu kühl?« und sie sagte: »Nein, überhaupt nicht.« Und wie er nun so fuhr, hatte er auf einmal ein sehr gutes Gefühl. Irgend etwas war ganz anders geworden. Ihm war, als läge sehr viel hinter ihm und als sei er aus dem Ärgsten heraus, es war wieder alles offen.

Fünf Kilometer vor Bermsthal kam noch ein Wind auf. Bei vier Kilometern kamen ein paar dicke Tropfen, und gleich darauf waren sie mittendrin. Die Maschine schlingerte, sie kamen kaum an gegen den Wolkenbruch, sie troffen vor Nässe, und der Regen kämmte heran und schüttete herab, der Wind war eiskalt und schneidend. Das dauerte vielleicht drei oder vier Minuten. Und hörte auf, so plötzlich, wie es gekommen war.

Als sie ins Dorf einfuhren, waren sie naß bis auf die Haut. Er fuhr langsam die Dorfstraße hinauf bis zur Abzweigung, vor ihrer Haustür drosselte er den Motor. Sie stieg ab und schüttelte sich das Wasser aus dem Haar. Da stieg auch er ab, drehte den Zündschlüssel, zog dann seine Jacke aus und wrang das Wasser heraus, aber das half nicht viel. Auch das Hemd war durch, und die Hose klatschte an den Schenkeln, die Schuhe quietschten.

»Gottverdammt und eins«, sagte er. Sie lachte auf einmal, wie sie ihn so stehen sah, und er sah an sich herab und sah dann sie an, er grinste. »Ach Holzpferd«, sagte er. »Wenn man dich so sieht. Ein alter Scheuerlappen ist nichts dagegen.«

Es war nun ganz hell und roch nach Erde und nach Gras, oben waren schon wieder die Sterne da.

»Dann mach's mal gut«, sagte er. »Ich komme morgen abend vorbei und hupe ein bißchen.«

Sie nickte. Dann schloß sie die Haustür auf und wartete noch. Und dann sagte sie: »Bei mir ist nämlich keine Seele zu Hause. Da kannst du dich gerade so gut auf die Leine hängen wie anderswo.«

Da zog er den Zündschlüssel ab, endlich und endgültig.

Der Montag begann wie alle Montage: mäßig. In der Garage erzählten sie sich gegenseitig ihre Sonntagserlebnisse, der Individualisten-Häuptling fragte: »Wo wart ihr denn so schnell hin auf einmal?« Peter ging nicht darauf ein.

In der Ecke der Schonkost-Fahrer erzählte einer: »Ich hab das auch gehört, daß sie die Prämie abschaffen wollen. Mein

Schwager fährt einen aus der Gebietsleitung, der hat das erzählt. Und die Preise sollen erhöht werden, und die Arbeiterrückfahrkarten werden auch abgeschafft, und Normerhöhung sowieso.«

»Quatsch«, sagte der Fahrdienst-Seifert. Der Fahrdienst-Seifert war in der Partei, der mußte es wissen. »Möcht bloß wissen, wer diese Scheißhausparolen immer in Umlauf setzt. Merkt ihr denn nicht, was die erreichen wollen? Wenn es nach mir ginge, eingesperrt gehören die!«

Peter ließ seinen Wagen auftanken und fuhr los. Montags war immer der beste Tag, wenn einer verdienen wollte. Montags waren die Leute aus dem Rhythmus, sie nahmen sich Zeit, erst nach der halben Schicht wurden sie einigermaßen warm. Montags konnte einer in drei Stunden einen Vorsprung herausfahren, den er sonst in der ganzen Schicht nicht schaffte. Und Peter war heute in der richtigen Stimmung.

Aber solche Gerüchte setzten sich fest. Von Margit wußte er, daß man auch in der Papierfabrik über Normerhöhung sprach, über Verteuerung der Bahntarife, ja, in ihrem Labor, in dem sie als Schichtlaborantin arbeitete, hatte einer sogar erzählt, daß der Entzug der Lebensmittelkarten geplant sei für alle, die mehr als fünfhundert Mark verdienten, und das Brot sollte teurer werden, die Butter, der Zucker. Sicher, es wird viel erzählt, dachte Peter. Aber warum auf einmal überall dieses gleiche Thema? Übertreibung, ja, das wäre möglich. Aber etwas Wahres ist immer dran. Das gibt es ja gar nicht, daß alles erstunken und erlogen ist, ein Körnchen Wahrheit steckt da immer. Und beispielsweise gingen auffallend viele nach dem Westen, seit diese Gerüchte im Umlauf waren und seit sie in den Zeitungen von ›Überprüfung‹ der Normen schrieben und davon, daß jetzt vor allem anderen und ganz schnell die Schwerindustrie aufgebaut werden müsse, und das bedeute halt, daß die Konsumgüter und die Leichtindustrie, na, Sie wissen schon. Früher waren auch viele auf die andere Seite gegangen, schwarz über die grüne Grenze oder via Berlin. Aber jetzt? Jetzt sah das schon nach einer Völkerwanderung aus.

Übrigens: die Einspritzleitung hatte der Ablöser schon wieder vermurkst. Hatte sie wohl ein bißchen nachziehen wollen und dabei eine niedliche Knickstelle fabriziert, die lecktestill vor sich hin. Da hatte er sie halt wieder mal mit drei Metern Isolierband bewickelt. Karbidkopp der!

Aber der Wagen hielt durch bis zum Schichtwechsel. Bei fünfzehn Fuhren. Bei einem kleinen Abstecher zur Papierfabrik und bei drei unglaublich verquer aufgesetzten Ladungen. Bei einem Kratzer am Bahnübergang und einem Abrutscher an der Kippe. Kein Wunder übrigens, mit dem bißchen Profil auf den Hinterbeinen. Hielt der Wagen durch. Und kam auch gut durch eines dieser seltenen Herbstgewitter, das sich ablud im Talkessel, oben hingen die Wolken über die Bergkuppen herein, und zweimal schlug der Blitz in die große 110000-Volt-Überlandleitung. Und schlug nicht in den Schornstein der Papierfabrik, obschon der wesentlich höher war. Und der Wagen kam durch den Schlamm, der sich sofort wieder aufwühlte am Zechenplatz und in dem gegen eins der Dreizehn-Strich-Dreizehn steckenblieb und herausgezogen werden mußte. Weiß Gott, für den Anfang war's ein guter Tag. Es war ein einträglicher Tag, und es gelang alles; wer hätte da wohl ahnen sollen, was sich noch anbahnte, was so in der Luft lag und sich zusammenballte, Peter jedenfalls ahnte nichts.

Nach der Schicht fuhr er zum Lager und zog sich um, er steckte noch immer in den Sachen, die er bei Margit getrocknet hatte. Von Christian Kleinschmidt war eine Karte gekommen. Vorn eine Ansicht der Hochschule, flache graue Steinkästen im Mittagsglast, enorme Bäume dahinter. Es war die dritte Karte, seit er mit dem Studium begonnen hatte. Wie geht's Euch so und mir geht's ganz gut, Haufen Arbeit, Mensa-Essen miserabel, ansonsten zwei bis drei. Der übliche Sums, den man sich so schreibt unter Freunden.

509

Peter drehte die Kaltwasserbrause auf, die kürzlich installiert worden war. Der Waschraum war schmutzig, Seifenreste lagen umher, eine alte Zahnbürste, zerlöcherte Gummistiefel. Das Abflußrohr war verstopft, und er mußte erst mit einem Drahtende die Schleuse aufstochern; das Wasser floß träge und seufzend.

Aber die Brause war gut, das Wasser kalt, aber nicht zu kalt, die Düsen strahlten hart. Heidewitzka kam herein. »Mann, du hast 'ne ganz schöne Meise, immer in der kalten Brühe.«

Dann war es wieder das Übliche. Er wußte nicht, was er mit sich anfangen sollte. Er trocknete sich ab und ging hinüber zur Küchenbaracke, aber da war keiner. Die Illustrierten, die herumlagen, kannte er schon. Er ging in die Lagerbibliothek, holte sich ein Buch, legte sich auf seinen Strohsack. Wie hatte der lange Kleinschmidt immer gesagt? Das Barakkenleben ist eins der einsamsten auf der ganzen Welt. Übertrieben, ja, aber immerhin. Mit Margit konnte er sich heute auch nicht treffen, sie mußte Doppelschicht arbeiten in ihrem verdammten Labor, hatte sie ihm mittags gesagt. Also dieser Schmöker. Wenn sie wenigstens noch einen Traven hätten in der blöden Lagerbibliothek oder vielleicht einen Hemingway, oder paar von den Sachen, die der lange Kleinschmidt immer las. Aber so? Die Bibliotheks-Schnecke kaufte immer das Letzte vom Letzten. Oder vielleicht gab's auch nichts anderes. Da bekommt der Walter Brenten am Ende also ein Jahr Gefängnis. Ein Jahr! Na und? Hat der Mann Flugblätter verteilt, Zersetzung der Polizei, das sollte heute mal einer machen. Von wegen ein Jahr! Die einen sind dafür, die anderen sind dagegen, das war schon immer so. Bloß solche wie der Brenten, die sind ja nun an der Tete. Und was machen sie?

Weiß man ja, was die so machen.

Aber darüber schreibt natürlich keiner.

Die schreiben immer bloß, was sie früher für Helden waren. Er legte das Buch weg. Er suchte sich ein paar alte Lappen, ging dann zum Schuppen hinter der Baracke und holte die DKW heraus. Von der Regenfahrt saß der Dreck dick im Rahmen und unterm Kotflügel; er begann zu putzen.

Kurz vor fünf kamen Heidewitzka und Titte Klammergass, ziemlich aufgemöbelt in ihren neuen Sakkos, knielang, überbreite Schultern, bemalte Schlipse am Hals. »Mann«, sagte Heidewitzka, »am Berg ist Parkfest, da putzt der seinen Schlitten!« Und Titte Klammergass meinte: »Bei meiner Großmutter fing's auch so an. Das ist das Alter.«

Peter zog sich um. An der Verwaltungsbaracke erwischten sie einen Schichtbus, der zum Klubhaus fuhr. Von dort fuhren sie mit dem Linienbus weiter. Unterwegs stieg Bergschicker zu, der Radiometrist, dann an der Papierfabrik ein Schwarm gackernder Mädchen und dieser Siggi Hahner mittenmang, und ganz zum Schluß, mein lieber Mann, da kam doch das Radieschen an mit dem Spieß. »Mensch«, sagte Heidewitzka, »ich werd verrückt! Wo habt ihr denn euren Schlitzmatrosen?« Und das Radieschen lachte und sagte: »Die Kleine ist heute bei meiner Mutter. Schließlich muß man ja auch wieder mal bißchen unter Leute kommen, nicht?«

Der Bus hielt vor dem Haupteingang des Festgeländes. Sie stiegen aus und kauften diese Festplaketten, die als Eintrittskarten galten, ovale Kunststoffplättchen in Prägedruck, unsäglich grün, auf der Rückseite mit einem erbaulichen Spruch bedruckt. Nebenan warteten drei Mädchen auf einen der vier Burschen, die eben das Tor passierten, einer würde zurückkommen mit den Plaketten der anderen und die Mädchen nachholen, kostenlos, dies ein beliebtes Spiel, das viele spielten. Und es schrillte Musik aus Lautsprechern, der Parkberg lag unter Schnüren bunter Glühbirnen, Lampions, Laternen, eine Freilichtbühne hier, dort zwei Tanzflächen, Losungen und Transparente ausgespannt unter Bäumen, irgendwo eine Kinoleinwand, Zelte dazwischen und Karussells, Glücksbuden und Verkaufsstände, die bekannte Atmosphäre wieder. Das Parkfest fand alljährlich statt und zog Tausende an in jedem Herbst, es unterschied sich von den anderen Festen dieser Art nur in der Dimension: Frühlingsfest, Pressefest, Erntedank, Weihnachtsmarkt, Tag der Republik, Tag der Befreiung, Tag des Bergmanns, Festwoche sowieso. Das Parkfest war eine Synthese aus alldem in Großformat.

»Los«, sagte Spieß, »da spielt Carlo Schmitt.« Das war eine im ganzen Erzgebirge bekannte Tanzkapelle.

Um die Tanzfläche standen Tausende. Eine lückenlose Mauer, wenn man sie von fern sah, in der Nähe aber Grüppchen, Gesprächstümpel, einzelne standen, gingen umher, dicht gedrängt alles und doch locker genug, um hier ein Gäßchen offen zu lassen, das sich bald wieder schloß, weiterverlagerte, neu entstand, oder dort einen Weg von längerem Bestand, einen ständigen Korridor – es gab Gesetze der Ordnung und Bewegung, die keiner kannte und die doch funktionierten.

Heidewitzka ging voran, er fand einen guten Platz unter einer Kastanie, nicht weit von einem Bierausschank entfernt; die Lautsprecher störten sich hier nicht gegenseitig. Zehn Meter vor ihnen begann die Tanzfläche, die auf einem Unterbau errichtet war, der sie einen Meter über die Umgebung hob; das Podium mit den Musikern befand sich vom Baum aus in gerader Linie hinter den Tanzenden. Es war rechtwinklig zur Diagonale der quadratischen Tanzfläche gebaut, quer über die Ecke geschnitten, und es lag nochmals um einen Meter höher. Das Orchester war mit vier Trompeten, vier Posaunen, einem fünfköpfigen Saxophonsatz und Rhythmusgruppe besetzt, die Tanzfläche und die Distanz bis hinüber zur zweiten, kleineren Tanzfläche am Hang mit gut vierzig Lautsprechern flankiert, der Lärm war ungeheuer. Der Radiometrist sagte: »Hier laßt uns Städte gründen.« Und Heidewitzka befahl: »Zwei Mann holen Bier!«

Noch war der Betrieb nicht auf dem Höhepunkt; Titte Klammergass und Siggi Hahner brachten das Bier nach fünf Minuten. Wie üblich zückte einer eine Flasche Akzisefreien, die ging rundum. Sie saßen auf den Resten der alten Umfas-

512

sungsmauer, die noch aus der Zeit des ersten Parkfestes stammte, inzwischen aber an vielen Stellen abgerissen war. Manchmal sahen sie einen Bekannten drüben auf der Tanzfläche, der tauchte auf in der Menge, war einen Augenblick sichtbar, verschwand. Manchmal kam einer vorbei, der Anschluß suchte, dablieb, oder weiterging.

Das Licht war gespenstisch. Flackernder Wechsel von Hell und Dunkel, nichts hatte Bestand, Köpfe und Schultern in unerhörter Bewegung, kein Ufer. Bedrohliche Ballung jetzt, in der alles Einzelne sich auflöste, die kam heran, hob sich, gellte. Und stürzte zusammen, löste sich auf ins Einzelne, versank. Dennoch ein Horizont: auffallend konzentrierte Polizeitruppe, eine Linie hinter den Lautsprechermasten. Und zivile Ordner überall, Männer mit Armbinden, Eintrittskartenkontrolle rings um die Tanzfläche. Manchmal wird jemand vom Platz eskortiert. Einer wehrt sich, schlägt um sich, bekommt die Arme auf den Rücken gedreht.

Bergschicker tanzt mit dem Radieschen. Spieß und Titte Klammergass erzählen Witze. Kennt ihr den? Kategorie eins, als Graf Bobby das Pferd kaufte. Das kommt in die Eckkneipe und trinkt ein Bier, worüber der Wirt sich wundert, ja, sagt Graf Bobby, sonst grüßt's immer. Kategorie zwei: Frau Wirtin hat auch einen Kaderleiter, der schlief nachts auf der Hühnerleiter und hütete die Sprossen. Oder ein neunzigjähriger Opa, befragt, wie oft er noch könne, sagt: einmal im Monat, außer August, da hat mein Nachbar Urlaub, der hebt mich immer drauf. Kolossale Wirkung. Oder drei Nutten treffen sich nach Jahren, abgewrackt, bis auf eine, die fährt im Mercedes vor, ja, sagt sie, komme aus Frankfurt, da war katholischer Kirchentag. Na und immer diese Sorte und immer nichts Neues und schließlich Kategorie drei. Hat uns doch neulich einer einen erzählt. Irgendwas mit Väterchen, wie ging der doch gleich. Los, Loose, erzähl du mal. Niest also einer in die Sitzung, ja und drauf sagt der, kurzum, wer hat geniest Genossen? Und wie nun alle zusammenrücken, diese Art Witze, wissen sie, weiß man, weiß schließlich jeder, wer weiß das nicht: Leise, leise.

Möcht bloß wissen, wer diese Witze immer erfindet.

Aber plötzlich fühlte Peter sich beobachtet. Er sah sich um und sah einen stehen in zwei Meter Entfernung, der konnte gut und gern mitgehört haben, das sahen die anderen nun auch, Askesegesicht, sonst nichts, aber die können ja keine Miene mehr verziehen, das ist ein Zeichen. Langsam geht Spieß hin. Ist was, Emmes? Was denn sein solle. Ob hier stehen etwa verboten sei. Das gerade nicht. Haben wir es aber gar nicht gern, wenn uns einer beschnüffelt, können wir verdammt unangenehm werden, klar? Schon gut, Mann, geh ja schon. Ging also, verschwand in der Menge. Aber die Spannung blieb. Ging auf einmal auch einer der Ihren, dieser Siggi Hahner, trat beiläufig ein paar Schritte beiseite und war verschwunden und kam nicht zurück, der wollte wohl besser nicht dabeigewesen sein, der wollte hier wohl nicht mehr gesehen werden, nicht wahr. Mal die Flasche her, sagte Titte Klammergass, die geht wieder rundum.

Bergschicker, als er mit dem Radieschen von der Tanzfläche zurückkam, spürte etwas. »Was ist denn los?« Er bekam aber keine Antwort. »Quatsch«, sagte Spieß, »holen wir lieber noch ein paar Pullen.«

Die Kapelle hatte wieder zu spielen begonnen, take the a-train, Boogie dann, blecherne Tutti, die Tanzfläche ächzte. Das ging aber über die Köpfe hin und ging in die Gelenke und ein Schulterwogen, das über den Platz lief und anbrandete und wiederkam, das bebte im glasigen Licht aus Kanülen und Lautsprechern, Chorus, break, Geschrei bei den fans, das machte aber ganz schön was her. Und da haben wir auch schon die Bescherung, na bitte. Wenn nicht ordentlich getanzt wird, wird die Tanzfläche geräumt. Irgend so ein Armbindenmann, Oberordner, Kulturaufseher, stand da am Mikrofon, hatten einige bißchen auseinandergetanzt, harmlos. Aber wehe, wenn einer nicht alles so macht, wie die es gemacht haben in

514

ihrer Jugend vor zweitausend Jahren, Ringelreihe mit Schalmeienklang, da verstanden die keinen Spaß. Na – und nun johlte die Meute, pfiff, randalierte. Hat vielleicht jemand was anderes erwartet? Die Musikanten grinsen scheinheilig. Fiedeln einen Wiener Walzer. Den Witz versteht jeder, außer dem Oberkulturarmbindenamtmann, für den der Witz eigentlich gedacht ist, aber die haben natürlich keinen Nerv für so was. Und nun?

Nun einen Hit. Einen von der schärfsten Sorte. Ganz rechts an der Ecke haben sie ein bißchen Platz gemacht, da schaffen sich so zwanzig, dreißig Figuren, die andern stehen im Kreis und klatschen Takt. Das ist natürlich eine Provokation. Da muß selbstverständlich eingegriffen werden, durchgegriffen, kämen wir denn sonst hin? Kann doch nicht jeder machen, was er will? Befehle der Obrigkeit einfach mißachten? Leben wir in einem A+B-Staat, und die Obrigkeit weiß schon, was gut ist für jedermann.

Zwanzig Leute also tanzen Boogie, und vom Rand her schieben sich die Ordner heran, hinterdrein Polizei, bilden eine Kette, drängen die Taktklatscher von den Tänzern ab, was aber nur teilweise gelingt, und das ist schlimm. Nämlich: es haben jetzt zehn Ordner plus zwanzig Polizisten von der einen Seite her fünfzig Leute gegen sich von der anderen. Wer läßt sich schon gern abführen wegen bißchen Tanzen. Passiert zwar weiter nichts, fliegt bloß raus, aber immerhin. Wenn freilich einer nicht will, ist das Widerstand gegen die Staatsgewalt, und die geht vom Volke aus. Also weichen die fünfzig. Gehen langsam zurück. Handgemenge nur an den Kontaktstellen. Zwei werden abgeschleppt. Alles manierlich. Aber nun Verstärkung bei der Polizei. Trillerpfeife, ein Hund hechelt an der Leine. Und die band spielt plötzlich wieder, wohl auf höheres Geheiß. Die ersten Pfui-Rufe. Und die kommen genau auf uns zu.

Näher kommt der Tumult, näher. Staub wirbelt auf. Im Hintergrund die grüne Minna, wo sie die so schnell herhaben?

Schwenk seitwärts, denn da ist die Mauer, unter der Kastanie durch, ist das nicht das Askesegesicht? Genau Frontlinie, Stockung. Gegenstrom, Neugierige, solche, die mitmischen wollen, die es ihnen geben wollen, haut sie! Nebenbei versagt die Lichtanlage. Schlag unter Polizistenkinn, ein Ordner bricht zusammen, Schlagring, Gummiknüppel, einen haben sie, haben ihn nicht mehr, Blut, Dreck, über die Mauer gehen die ersten, nur raus hier, raus hier, weg ...

Den Schlag eines Gummiknüppels spürt man hauptsächlich in den Kniekehlen. Der mit dem Schlagring zugeschlagen hatte, wurde von drei Polizisten weggezerrt. Ein Polizist wischte sich das Blut aus dem Gesicht. Schlug zurück, Gegenschlag, ging zu Boden. Über ihn hinweg der Aufruhr. Kampf mit Fäusten und Gummiknüppeln, Schlagringen und Steinen, ohne Pardon, ohne Übersicht, ohne Sinn. Viele drängten weg, konnten nicht mehr, schlugen zu, jeder gegen jeden. »Über die Mauer!« schrie Spieß, zerrte das Radieschen hoch, sprang drei Meter hinab drüben. Peter wollte nach, kam nicht durch, etwas, das ihn festhielt, schlug um sich. Zwei Meter neben ihm versuchte Bergschicker über die Mauer zu kommen, sehen konnte er nichts mehr, jemand fetzte ihm das Revers vom Jackett. Peter hatte auf einmal nur noch Polizisten vor sich. Bekam einen Stoß in den Rücken. Stemmte sich rückwärts, wurde vorwärts gestoßen, sah die geöffneten Handschellen, schlug zu, taumelte, kam noch einmal hoch, der rechte Arm war taub, taumelte wieder. Den Schlag eines Gummiknüppels spürt man hauptsächlich in den Kniekehlen. Die Handschellen schnappten.

Von zwei Mann untergefaßt, wurde er über den Platz geschleppt. Er wehrte sich noch immer, aber es war sinnlos. Der Arm schmerzte, die Knie knickten ein. Die Polizisten schoben ihn durch die Tür des Gefangenenwagens.

Gleich danach brachten sie Bergschicker. Sein Gesicht war aufgeschlagen, der Ärmel aus dem Jackett gerissen, die Revers hingen herab. Aber es steckte dort noch immer sein Parteiabzeichen.

Der Lärm draußen war nun abgeschnitten vom Lärm drinnen, gegen die Wände hämmerten sie, einer schluchzte.

»Es muß sich doch aufklären«, sagte Bergschicker tonlos. Eine Farce, die ungehört unterging. Es muß sich doch aufklären, wir haben das doch nicht gewollt, wir haben doch nichts damit zu tun, es muß sich doch muß sich doch ...

Das Schuldig war jedem anzusehen. Blut, Schweiß, zerfetzte Hemden, verzerrte und zerschlagene Gesichter. Trotz und Angst und Haß. Die Schuld der Beteiligung war eindeutig eingezeichnet, allen, ohne Unterschied, allen.

Der Wagen fuhr an, ohne daß jemand das Aufheulen des Motors gehört hätte. Peter preßte sein Gesicht an den Sehschlitz. Er sah, daß der Kampf draußen beendet war, die Polizisten beherrschten das Feld.

XVIII. Kapitel

Zwei Tage darauf war in der Lokalpresse zu lesen, daß eine Bande gedungener Rowdys am Montag abend auf dem Parkfest einen schweren Zwischenfall provoziert habe. »Mit Abscheu«, hieß es in dem Artikel, »verurteilen die Werktätigen unseres Kreises seit langem die verbrecherischen Machenschaften dieser kriminellen Elemente, vor denen kein friedfertiger Einwohner sicher war. Mehrfach kam es zu Ausschreitungen und Schlägereien, wobei die Rowdys es besonders auf besonnene Bürger abgesehen hatten, die sich ihrem Treiben entgegenstellten. Die Ausschreitungen häuften sich vor allem in Tanzlokalen und öffentlichen Anlagen.«

Der Artikelschreiber, ein gewisser M., wies darauf hin, daß die Aufrührer bei den letzten Ausschreitungen während des Parkfestes, nach dem Vorbild des westdeutschen faschistischen BDJ, mit Messern und Schlagringen bewaffnet gewesen seien. Aufgeputscht von den Parolen solcher berüchtigter Hetzsender wie des RIAS, haben sie sich den Anweisungen der Volkspolizisten und der freiwilligen Helfer widersetzt, diese mit Schmährufen »überschüttet« und fortgesetzt friedliche Festbesucher belästigt. Als die Volkspolizei daraufhin einschritt, seien die Rowdys mit Schlagringen und Hiebwaffen gegen die Angehörigen der VP vorgegangen und hätten mehrere von ihnen so schwer verletzt, daß sie in ein Krankenhaus eingeliefert werden mußten. Dem beherzten Vorgehen der Volkspolizei sei es aber zu verdanken, daß die Rädelsführer und übelsten Provokateure dingfest gemacht und Ruhe und Ordnung wiederhergestellt werden konnten. Die Verbrecher, so schloß der Artikelschreiber, sähen nun ihrer gerechten Bestrafung entgegen, wobei sie nicht auf Milde rechnen dürften, denn solche terroristischen Elemente könn-

518

ten nur abgeschreckt werden durch die ganze Strenge der demokratischen Gesetzlichkeit.

Die Ereignisse auf dem Parkberg waren inzwischen überall zum Tagesgespräch geworden. Als sie den Artikel gelesen hatten, sagten viele: Gott sei Dank, daß denen einmal ein Denkzettel verpaßt wird, das war schon lange fällig. Manche, die dabeigewesen waren, sagten, der Artikel sei übertrieben. Einige meinten, es sei alles ganz anders gewesen. Es gab auch welche, die sprachen von ›Verdrehung der Tatsachen‹.

Hermann Fischer las den Artikel im Schichtbus. Von Spieß wußte er, daß Peter Loose und der Radiometrist Bergschikker unter den Verhafteten waren. Peter Loose hatte er aus den Augen verloren, seit er zu den Fahrern übergewechselt war; mit ihm konnte es immerhin seine Richtigkeit haben, ihm war manches zuzutrauen, wenngleich Hermann Fischer gehofft hatte, daß der Bursche sich endgültig gefangen hatte – unmöglich aber schien ihm, daß Bergschicker in eine derartige Geschichte verwickelt sein könnte. Der Artikelschreiber hatte das Kind zwar nicht recht beim Namen genannt, daß es sich aber zumindest um Landfriedensbruch handelte, war klar: Bergschicker und Landfriedensbruch, Bergschicker unter randalierenden Achtgroschenjungs – das war völlig unvorstellbar.

Während der Schicht sprach Fischer mit Spieß. Der ließ durchblicken, daß er mit der Sache nichts zu tun haben wolle, es stünde ja alles in der Zeitung, und die Presse habe bekanntlich immer RECHT! Hermann fragte, ob denn Bergschicker und Loose vor allem nicht Spieß' Freunde seien und ob er, vorausgesetzt, die Darstellung in der Zeitung sei unrichtig, seinen Freunden nicht helfen wolle. »Helfen?« sagte Spieß. »Einem, über den so etwas in der Zeitung steht und den sie obendrein auf Nummer Sicher haben, ist nicht zu helfen.«

Was sind das nur für Symptome, fragte sich Hermann Fischer. Diese Resignation. Diese Verbitterung. Dieses verzerrte, mitleidige, erstarrte Lächeln. Und vor allem: trauten sie denn auch ihm nicht mehr?

Auch Margit las in der Zeitung von den Vorfällen auf dem Parkberg. Man hatte in der Papierfabrik darüber gesprochen, sie hatte es zur Kenntnis genommen, auch jetzt, als sie den Artikel las, las sie ihn als einen Bericht von etwas sehr Entferntem. Zwar wunderte sie sich, daß Peter nicht kam, die Gründe dafür suchte sie aber in ganz anderen Gegenden. Daß er auf dem Parkberg verhaftet worden war, erfuhr sie erst mittags in der Werkskantine von dem Radieschen. Bis Schichtschluß überlegte sie, ob sie etwas tun könne und was – und wie. Dann nahm sie den nächsten Bus zur Kreisstadt, erkundigte sich nach dem Kreisgefängnis, meldete sich an, wurde auch vorgelassen. Ein älterer VP-Hauptwachtmeister hörte sie an, fragte, ob sie mit dem Inhaftierten verwandt sei und in welcher Beziehung sie zu ihm stünde. Sie sagte, sie sei seine Verlobte. Der Hauptwachtmeister schrieb ihren Namen und ihre Adresse auf eine Karte, erklärte ihr, für Untersuchungsgefangene gäbe es nur beschränkt Sprecherlaubnis, aber er wolle sehen, was er tun könne, und im übrigen könne sie ihrem Verlobten natürlich schreiben.

Sie schrieb noch am gleichen Abend. Aber die Antwort ließ lange auf sich warten. Nach drei Wochen schließlich bekam sie Peters ersten Brief. Er war auf einen vorgedruckten Bogen geschrieben, nach Art der Feldpostbriefe, die sie noch kannte von ihrem Vater her. Margits Mutter fragte, was denn das für seltsame Post sei. Da erklärte sie ihr alles. Frau Radochla sagte: »Du bist alt genug, du mußt wissen, was du zu tun hast.«

Christian Kleinschmidt erfuhr von den Ereignissen und von Peters Verhaftung erst Wochen später. Daß auf seine Karte keine Antwort gekommen war, wunderte ihn wenig, er wußte, wie schreibfaul Peter war. Außerdem wohnte er nun zu weit entfernt, in seiner anderen Zeitung stand von anderen Ereignisse, auch von anderen Verhaftungen, Schieber wurden verhaftet, Spekulanten, einmal ein Sittlichkeitsverbrecher, immer wieder Fälle von Steuerhinterziehung, Schwarzschlachtung, Schleichhandel, Nichterfüllung der gesetzlichen Ablieferungspflicht.

Peters Mutter erfuhr von der Verhaftung zuallerletzt. Als sie es Kahlert sagte in ihrem Schreck und ihrer Ratlosigkeit, sagte der: »Dein Sohn!« und »Da hast du dir ja was großgezogen!« Auch er erklärte, zu helfen sei da nicht. Jeder müsse auslöffeln, was er sich eingebrockt habe. Er jedenfalls, er wundere sich gar nicht, das hätte ja kommen müssen, das hätte man ja geradezu voraussagen können.

Es sah fast so aus, als freue er sich

Freistunde. Mauer rechts, Rundgang, Mauer vorn, hinten Mauer, Betonplatten im Oval, die den Weg bezeichneten, den vorgeschriebenen, Freistunde, die zwanzig Minuten hat, denn das Untersuchungsgefängnis ist überfüllt, die Zeit reicht nicht, das Untersuchungsgefängnis, grauer Block, dreistöckig, Gitterfenster zur Hofseite, Holzblende vor den Gittern zur Straßenseite, Freistunde.

Die Posten stehen in der Ovalmitte, gleichmütig, gewohnheitsmäßig, sehen aber sofort, wenn einer in der Ecke den vorgeschriebenen Abstand verringert, der beträgt drei Meter. Einer von ihnen raucht, belauert von den Untersuchungshäftlingen, jedenfalls den meisten, es könnte sein, er wirft die Kippe so weg, daß man sie unbemerkt aufheben könnte, was zwar verboten ist, aber die Wachtmeister dieser Schicht sind nicht so, drücken ein Auge zu, das weiß man. Die Posten stehen ferner auf der Mauer, genauer: in Holztürmen, die über den beiden Mauerecken errichtet sind, die Mauer ist vier Meter hoch, der Hof etwa dreißig lang und zwölf breit, ein Schacht. Die Posten unterhalten sich oder sie lehnen über der Brüstung, beobachten, manchmal sehen sie weg. Die Häftlinge, sechsundzwanzig Stück, gehen.

Sie gehen in ihren Schuhen, aus denen die Schnürsenkel entfernt sind, der Besitz jeglicher Art von Schnur, Bindfaden, Schürsenkel oder etwa Seil ist verboten, immerhin aber gehen sie in ihren Schuhen, die zumeist aus Leder sind. Es gibt auch noch einen zweiten Hof hinter diesem, dort gehen die Strafgefangenen, die bereits Verurteilten, die gehen in Holzschuhen, das hört man, in Gefängniskleidung mit grünen oder gelben Streifen, sie dürfen sich unterhalten, sie gehen in Gruppen, manche haben eine Zigarette oder immerhin eine halbe, verurteilt zu sein ist ein Vorteil. Übrigens ist der Nachbarhof kleiner, die Hälfte etwa von diesem hier. Und die Freistunde dauert dort länger, dreißig Minuten genau. Und die Häftlinge wechseln häufig, hier sind sie nur vorläufig, warten auf den Abtransport in größere Strafvollzugsanstalten, dies der amtliche Terminus, oder in Haftarbeitslager.

Diese hier gehen in ihren eigenen Schuhen, ihren eigenen Kleidern, aus deren Taschen allerdings jeglicher Inhalt entfernt worden ist mit Ausnahme des Taschentuchs; verboten ist der Besitz von Geld, Papieren, Taschenmessern, Uhren, Feuerzeugen, Zündhölzern, Gürteln und Hosenträgern, Bleistiften, Füllfederhaltern und was der Mensch so bei sich hat. Was der Mensch so bei sich hat, heißt auch Effekten und ist deponiert in einer eigens dafür hergerichteten Kammer.

So gehen sie, zwanzig Minuten täglich, die übrigen dreiundzwanzig Stunden und vierzig Minuten befinden sie sich in Zellen, was das ist, weiß man in Deutschland und überhaupt in Europa und nahezu auf der ganzen Welt. Weniger weiß man Bescheid über die Höfe. Dieser hier hat einen schwarzen Schlackeboden mit eingelegtem Oval aus Betonplatten, die sind jeweils zehn Zentimeter voneinander entfernt, quadratisch, Seitenlänge sechzig Zentimeter. Er hat eine Mauer aus Ziegeln, kalkverputzt, aber stellenweise ist der Putz abgebröckelt, auf der Mauerkrone befindet sich ein nach innen überhängender Stacheldrahtzaun. Das Gebäude an der vierten Seite ist gebaut aus roten Backsteinen mit grauem Zementputz darüber, die Fenster sind ungefähr quadratisch, siebzig mal sechzig, fünf Gitterstäbe senkrecht, zwei waagerecht. Da der Boden des Hofes aus Schlacke besteht, kann sich kein Gras halten, kein Unkraut, freilich auch kein Wasser nach Regengüssen. Über dem Geviert der Mauer ist ein Stück Himmel zu sehen. Ferner sind zu sehen jenseits der Mauer das Dach und die obere Etage des Gerichtsgebäudes, drei Scheinwerfer auf Freimasten, ein Stück Baum, auf dem Dach des Gerichtsgebäudes ist an staatlichen Feiertagen die Flagge der Deutschen Demokratischen Republik zu sehen. Von der linken Hofseite aus sieht man an klaren Tagen in der Ferne den Turm von der St.-Petri-Kirche, von der rechten die Antenne auf dem Dach des Polizeipräsidiums. Aber nach drei Tagen spätestens kennt jeder Häftling die Szenerie auswendig, auch der gedächtnisschwächste; wer länger hierbleibt, hat Aussicht, das Bild bis an sein Lebensende nicht zu vergessen.

Der Tag hat vierundzwanzig Stunden, das sind, wenn man die Freistunde abzieht, eintausendvierhundertundzwanzig Minuten, geweckt wird sieben Uhr morgens, es gibt drei Mahlzeiten; morgens zwei, abends drei Scheiben Brot, Margarine oder Fett in den Ausdehnungen einer Streichholzschachtel, ein Löffel Zucker, mittags Nudelsuppe oder Graupen oder Dörrgemüse, sonntags Kartoffeln und Fleisch, jeden zweiten Abend ein bis zwei Scheiben Wurst; dem Untersuchungshäftling, wenn er sie bezahlen kann, stehen täglich drei Zigaretten zu, einmal monatlich darf er einen Brief schreiben, er hat Anspruch auf einen Schemel und eine Matratze mit zwei Wolldecken, da aber die Einmannzellen (3,9 x 2,7 Meter) mit drei beziehungsweise vier beziehungsweise fünf Häftlingen belegt sind, hat nicht jeder einen Schemel, und der Kübel, das ist in älteren Gefängnissen der Klosettersatz, ist meist besetzt; ferner steht dem Häftling alle zehn Tage ein Buch zur Lektüre zu, welches die Gefängnisbücherei kostenlos auf die Zellen liefert, in Zelle 127 waren das »Gedanken im Fluge«

von Kuba, »Der wahre Mensch« von Polewoi, »Die junge Garde« von Fadejew, »Deutschland. Ein Wintermärchen« von Heine sowie Dr. Oetkers Kochbuch; Singen und Kartenspielen sind dem Häftling untersagt, ebenso jegliche andere Art von Spielen, ferner ist es verboten, aus dem Fenster zu sehen, natürlich verboten, von einer Zelle zur anderen Verbindung aufzunehmen etwa durch Klopfzeichen, Liegen ist am Tag verboten und Stehen nachts, um zwanzig Uhr abends hat der Häftling sich zur Ruhe zu begeben, die Kalfaktoren, das sind diensthabende Häftlinge, verteilen vorher pro Zelle eine Kanne Waschwasser und entleeren die Kübel, nach zwanzig Uhr ist Sprechen verboten, jede Zelle hat einen Spion in der Tür, durch den hin und wieder der diensttuende Wachtmeister hereinsieht, von zwanzig Uhr abends bis sieben Uhr morgens liegt man, elf Stunden, der Tag hat vierundzwanzig Stunden, wie viele Stunden, wieviel Tage, wer weiß.

Er lag, er wußte, die anderen liegen und nur einer schlief, Dertinger, der schlief immer zuerst, konnte schlafen, nicht zum erstenmal allein in seinem Fleisch, Dertinger, Zeuge Jehovas, unangefochten vom abwesenden Himmel im Gitterfenster, von Auge und Mond, von den vergeblichen Zeiträumen; sein Himmel war von anderer Art und gegenwärtig. Er lag, obere Pritsche, unterm Desinfektionsgeruch der Wolldecke, Dertinger unten, Hiller daneben, daneben Kocialek; Müller, Siegfried Müller, Schachtzimmermann, lag quer davor, hatte von jedem die Füße, die von Kocialek hatte er im Gesicht. Am Tag stapelten sie die Matratzen unter Dertingers Pritsche, nachts legten sie sie aus: zwei nebeneinander, eine quer, Dertinger und Peter übereinander auf Klappritschen, davon gab es zwei, die anderen lagen auf dem Fußboden. Die lagen da, und Kocialek, der aus Zelle 134 zu ihnen verlegt worden war, drei Tage erst her, Kocialek hätte gern Peters Pritsche gehabt, man war da oben fast allein, jedenfalls berührte man keinen, das ist wichtig für Onanisten. So lag er, wartete er, Kocialek an der Wand, Kocialek neben Hiller, bis die anderen schliefen, bis er glaubte, sie schliefen, glaubte es immer zu früh, hörte dann Hillers bösartige Stimme, Adolf Hiller, Fleischermeister, Steuerhinterziehung, drei Jahre Zet: Das Schwein wichst wieder die Decken voll. Hiller, der sich rächte, der immer auf der Lauer lag, der mit seinem Namen geschlagen war, den jeder sofort umdachte, der ihn erfuhr, geschlagen war mit drei Jahren, mit Fäusten geschlagen, Muskeln, die Kälber stemmen konnten und ohnmächtig waren vor Zellentüren, Hiller mit seinem Haß, seiner Dumpfheit, seiner Strenge.

Solange sie redeten, ging es. Er lag oben, schmerzhaft wach, manchmal das Geräusch an der Tür, unsichtbares Auge, der Wachtmeister auf lautlosen Gummisohlen, manchmal ein Schritt unterm Fenster, Wachwechsel. Und die Stadt draußen, Stadt aus ähnlichen Ecken, die Unbekannte, Vorgestellte, aber die Orte gleichen sich alle von hier aus: Straßen, Städte, Brücken, Räume. Da war ein Abend von zärtlicher Farbe, gelbfleckige Theke in einem Bahnhofsrestaurant, faulige Baumstümpfe am Weg, bergwärts. Ein Herbstmittag im Wald, Gesichter, vergessen geglaubte Gespräche, lauter deutliche Dinge. Die Zeit verging nicht und war nicht vergangen. Da war ein Mädchen, das sich das Wasser aus dem Haar schüttelte und die Tür öffnete, oben waren schon wieder die Sterne da. Aber das alles war annehmbar, solange sie redeten, war schattenlos, eindeutig, überschaubar. Erst wenn es still wurde, begann die wirkliche Nacht. Kein Flüstern mehr, kein Gezischel, kein Streit und kein verhaltenes Gelächter; nur Hillers Röchelatem, das widerwärtige Keuchen aus Kocialeks Ecke, der stille Schlaf Dertingers, Müllers Unruhe. Erst wenn es still wurde, standen die Fragen auf, mischten sich Bilder ein, die mit hinüberwollten, Schlaf, der nicht kam, zäh, qualvoll.

Solange sie redeten: immer die gleichen Geschichten. Wie schmal die Erinnerungsräume, wie flächig diese Welten,

Gemeinsamkeiten vortäuschend, wenn sie einander verstanden im Geflüster ihrer Vergangenheit: Frauen, die sie gehabt hatten, Feste, die sie gefeiert hatten, Kommißabenteuer, Heldenleben in Feindesland. Und immer die unausgesprochene Einmütigkeit in der Schuld der anderen: jeder ein Gott in seiner Haut. Und die Vorschüsse auf kommende Zeiten immer, einhellige Wunschhorizonte, wenn sie hier herauskämen. Einmal richtig vollaufen lassen, den Wanst vollschlagen, eine richtige Frau beschlafen. Den lieben Gott einen frommen Mann sein lassen. Außer Dertinger, der sagte nie etwas.

Es gab noch eine andere Gemeinsamkeit, aus der war Kocialek ausgeschlossen. Kocialek, Geschlechtsverkehr mit Knaben, Sittlichkeitsverbrecher, zwei Jahre rechnete er. Ausgeschlossen aus der Clique derer, die ihre Delikte nicht anerkannten: Hiller, dreitausend Mark Steuerrückstände, die hat heute jeder, sagte er, und diesen Buchungsfehler von vierhundert Mark gleich als Hinterziehung anzukreiden – drei Jahre. Dertinger, der sein Delikt nicht erklären konnte, mit fünf Jahren rechnete wie die anderen beiden Zeugen Jehovas in diesem Knast und der bebrillte Jüngling von der Jungen Gemeinde, Zelle gegenüber. Müller, ehemaliger Bewohner der Baracke vierundzwanzig, Rabenberg, ein alter Bekannter. Der hatte ein paar Bretter mitgehen lassen vom Schacht, eine Rolle Kabel, die Laube herzurichten für seine Beischlafwitwe, Gartenlaube mit elektrisch Licht, Abfälle, sagte er, liegt doch überall herum, vergammelt doch sowieso. Ja, also: Gesetz zum Schutze des Volkseigentums. Seine Erwartung belief sich auf drei Jahre. Und Loose, Peter Loose, Landfriedensbruch, Widerstand gegen die Staatsgewalt laut Anklageschrift. Wenn Sie keinen Anwalt berufen, stellt das Gericht zu Ihren Lasten einen Pflichtverteidiger. Und die anderen vom Parkberg? Saßen natürlich auch in diesem Knast, auf verschiedene Zellen verteilt, Verdunklungsgefahr. Das ist, wenn Licht in die Sache kommen könnte durch Absprache.

Manchmal aber, manchmal schliefen auch die anderen nicht. Adolf Hiller, Ex-Fleischermeister, einhundertfünf Kilo, wälzte sich auf seiner Matratze, Zähne knirschten, Nägel gruben sich in Fleisch, der knirschte die ganze Nacht weiter, wenn es einmal so anfing, das kannten sie schon. Der sah die HO in seinen Laden einziehen, fremde Hände in seinen heiligen Gewürzbüchsen, an seinen Maschinen, seiner Ladenkasse, seinem gefliesten Schlachthaus, sah sie sein Firmenschild herunterholen, der knirschte die ganze Nacht. Oder warf sich herum, schlug um sich, brüllte: Hunde die, Verbrecher, Schädel ein; dann hielt Müller ihm die Füße fest, drückte ihn zu Boden, Peter sprang, stopfte ihm den Mund zu, Röcheln, wenn das mal anders kommt, Dertinger blieb teilnahmslos, aber man wußte nicht, ob der Wachtmeister in der Nähe war, ob dieser Kocialek echt war, der sich in seiner Ecke verkroch, das Schwein. Oder Dertinger. Schlief immer zuerst, wußten sie. Aber dann, wenn sie schliefen, kein Gefühl hatten für die Zeit, stand der auf, stand da, betete irgend etwas vor sich hin, lautlos, dennoch erwachten sie immer. Bis Hiller losschrie: Halt doch endlich die Fresse, Mensch. Da konnten Stunden vergangen sein. Da war immer schon Morgen.

Morgen.

Alles schon einmal erlebt. Die Geräusche der Stadt draußen, die Dämmerung. Langsam kriecht das Licht hoch, aber es befreit nicht: da ist keine Aussicht. Klirren der Zellenschlüssel, Schritt der Kaffeeholer, vergebliches Gleichmaß der Frühe. Ein Morgen wie jeder Morgen, aufstehen nur, weil es die Vorschrift will, es bleibt alles an seinem Ort. Draußen fehlen die Schritte der Leute, die zur Arbeit gehen, die ersten Straßenbahnen, die es nicht gibt in dieser Stadt, das Hin und Her der Shaping in Schmidtschlossers Werkstatt und das Vibrieren der Mauern von der Wäschemangel her im Erdgeschoß, als ob Sonntag wäre. Aber es ist nur die Distanz, das Gitter, der Stacheldraht. Jedes bleibt an seinem Ort und verharrt in der Zeit, jeder verharrt in sich und verstummt, als sei nie gedacht worden: Der Mensch lebt, weil er sich nicht voraus sein kann, von morgen her wissen, was ihm bevorsteht – hier kann er's, und lebt dennoch, lebt? Und wenn dies eine Einsicht wäre, Gewinn wird bezahlt mit Verlust, Neues mit Altem, Erkenntnis mit Desillusionierung? Nur die Grenzen sind wirklich, die Mauern, die verschlossenen Türen.

Nacht.

Etwas Licht ist immer. Das kommt von den Scheinwerfern, die das Gebäude anstrahlen von außen, auf daß den Posten nichts entgehe. Das ist ein Licht zur Verhinderung von etwas. Aber etwas kommt immer herein, und wenn es das ist, erkennbar die Schlafenden, die Wand, an der man liegt, vergilbter Mörtel. Und Inschriften, Namenszüge, Josef Kummer, 5. 4. 45 bis …, was ist aus dem geworden, R. L. 1947, und immer noch der gleiche Kalk, Mauern, die verharren in der Veränderung, und welcher Unterschied besteht zwischen R. L. und Josef Kummer, man wird es nie erfahren. Jemand, der mal gesagt hat: Es hat wenig Sinn, gegen Unvermeidliches anzurennen – Kleinschmidt? Bergschicker? Hermann Fischer damals im Schacht? Irrer Aufstand gegen historische Gegebenheiten, Gefühlsrevolte. Immer nur Wiederholungen? Oder hinnehmen, anerkennen, was ist, es ist nicht rückgängig zu machen, ist aber zu verändern, vielleicht? Zeit genug, alles erneut zu filtern, wie damals im Krankenhaus, und nur die Ursachen sind andere, nur! Wahrheit der Wände. Wie man hineingerät, ist die eine Frage, was einem bleibt, eine andere. Und da ist die Pritsche, da ist die Tür, in meines Vaters Haus sind viele Wohnungen. Und dies ist mein Kamm, dies meine Zahnbürste.

Gespräche.

Laß mir die Kippe die Kippe einen Zug einen. Es soll eine Amnestie geben. Ja. Zu Piecks Geburtstag. Ja. Zum achten Mai vielleicht. Ja. Tag der Republik. Ja. Bis zu drei Jahren. Ja. Straferlaß. Ja. Hab noch eine Scheibe Brot für eine halbe

Flöte halbe Zigarette drei Züge. Kocialek immer. Schieß ab Hühnerficker. Werdet ihr aber mir nicht gehorchen und meinen Namen nicht heiligen und nicht tun diese Gebote alle, Dertinger. Will ich euch heimsuchen mit Schrecken und Dürre, daß euch die Angesichter verfallen und der Leib verschmachtet, und wo ihr mir entgegenwandelt und mich nicht hören wollt, so will ich wilde Tiere unter euch senden, die sollen eure Kinder fressen und euer Vieh zerreißen, ich will die Pestilenz über euch schicken, und eure Städte sollen wüst liegen, und ich will eure Leichname auf eure Götzen werfen und das Schwert ausziehen hinter euch her. Schnauze. Denn die Vielheit, welche sich nicht zur Einheit erhöht, ist Verwirrung. Denn die Einheit, welche nicht Vielheit ist, ist Tyrannei. Denn es wird eine Zeit kommen, da werden ...

BLAISE
PASCAL

Nacht, Nacht.

Die Wanzen, der Jahreszeit entsprechend, sind es nicht. Hingegen. Es gibt Dinge, die kann keiner erfinden. Hiller sowieso. Wenn die Scheibe fade Wurst ausgeliefert wird, bringt der seine Geheimrezepte in Umlauf. Thymian, Majoran, Pfeffer schwarz und weiß. Oder aber Bratwurstfleisch. Zwiebel ganz klein gehackt, wenig Knoblauch, Basilikum, Curry. Entweder. Oder Kardamom, Spur Pfefferkuchengewürz, staunt der Laie. Das wässert den Gaumen. Das bellt im Gedärm. Das geht noch. Hingegen nachts. Noch den klebrigen Brotgeschmack, den Sodakaffee, das Affenfett. Nicht eigentlich Hunger, aber knapp darunter, ewiger Kohldunst von Mittag, Ekel, die idiotische Kaubewegung, das Schlucken nichtvorhandener Speise, der Bauch, riesige Höhle, ungesättigt in Ewigkeit, Absonderung der Speicheldrüsen grundlos, 1,5 Liter pro Tag, Appetitneurose, das staut sich und bricht über die Reizschwelle und bricht herein nachts: Bratengeruch, der Duft frischer Brötchen, Gurken armdick, das Fleisch der Früchte, die Milch schwarzbunter Kühe, Käse, der läuft, Saft der Rindslende und die Sanftheit mehliger Kartoffeln, Hammelbraten, grüne Bohnen wie Spargel zart, Specklinsen und rötliches Rauchfleisch, Kartoffelpuffer, goldgelb gebräunt, Fett, das in der Pfanne brutzelt, gesalzene Butter vom Faß und das milde Gelb eines Eidotters, Koteletts unterm sämigen Flaum des Meerrettichs, Eisbein fleischig und Sauerkraut und die Beize des Gesalzenen, pralle Tomaten in Zwiebel dünstend und Öl und Pfeffer, Pilze wie Kürbisse, das enorme Blau eines Karpfens in Zitrone, und Zimt und Muskat und Lorbeer und Sellerie die ganze Nacht. Oder: zwei bis drei Tage in Buttermilch gelegte Hasenkeule waschen, die Knochen auslösen, das Schweinefleisch durch den Wolf drehen und würzen mit Salz, Pfeffer, Thymian, anstelle der Knochen Fleischmasse einfüllen, die gefüllten Keulen in Speckstreifen wickeln und in heißem Fett braten, begießen, zuletzt mit Rotwein. Dr. Oetkers Kochbuch. Knastologen nämlich sind solche seltsamen Figuren, wissen Sie, die lesen sogar das.

Eines Tages wird dann Hiller abgeholt. Eines Tages wird Kocialek verknackt zu zwei Jahren drei Monaten. Eines Tages wird einem der Pflichtverteidiger vorgestellt. Eines Tages holt sich Müller seine drei Jahre und geht tags drauf auf Transport. Eines Tages erneut Verhöre, mäßige Anteilnahme der anderen. Eines Tages zwei Zugänge, ein Bäuerlein, still ergeben in die Wechselfälle des Schicksals, ein Warenhausdieb. Eines Tages wird Kocialek zum Gehilfen des Knastfriseurs befördert. Eines Tages zieht ein Wismutfahrer ein mit dem Delikt der Zunft: Benzindiebstahl. Eines Tages wird man einem Herrn vorgeführt, der stellt merkwürdige Fragen nach merkwürdigen Witzen, die man längst vergessen hat. Man erfährt eines Tages, daß es ein Delikt gibt, genannt Boykotthetze, strafbar nach Artikel sechs der Verfassung nebst Kontrollratsdirektive achtunddreißig, die Knastbrüder haben einen anderen Namen dafür, das erfährt man von Dertinger. Eines Tages auch wird man aus dieser Zelle in eine andere sortiert aus unersichtlichem Grund. Eines Tages schließlich wird man rasiert und auf menschlich hergerichtet. Man steht eines

530

Tages vor seinem Richter, zwei Tage dauert der Prozeß, das rauscht vorüber, Beweisaufnahme, Zeugenvernehmung, Plädoyers, der Herr Staatsanwalt beantragt, das Gericht zieht sich zur Beratung zurück, die Angeklagten haben das letzte Wort, oder vielleicht war die Reihenfolge auch anders: Urteilsverkündung. Man findet sich wieder, man weiß nun, was weiß man nun, weiß man nun?

Josef Kummer, 5. 4. 45 bis … man wird es nie erfahren. Kalk einer anderen Mauer, Licht zur Verhinderung von etwas, der Schritt der Kaffeeholer, vergebliches Gleichmaß der Frühe. Die hier liegen, sind schon ruhiger, vertrauter mit den Gesetzen der Innenräume auf Zeit, vier Jahre, Mann, die sitz ich auf 'm Scheißhausdeckel ab, auf 'ner Rasierklinge kannste die absitzen. Ja, aber für jeden liegt der kürzeste Weg woanders. Angeklagter Loose, wollen Sie uns schildern, was sich im Oktober neunundvierzig in der Bahnhofsgaststätte Bermsthal zugetragen hat? Angeklagter Loose, was haben Sie zu den Vorfällen im Jugendklubhaus bei jenem Tanzabend zu sagen? Black and blue, der Saal biegt sich, die Eier erschrekken in der Pfanne, jemand prügelt jemanden, der wirft ein Schnapsglas, das trifft die Gitarre, das reißt den Lack auf, reißt einen Schnitt in die Hand, aufspringt der Gitarrist, springt von der Bühne zu Burschen und Maiden, knallt dem Kerl eine, geht sich dann den Finger verpflastern. Nichts, hohes Gericht. Angeklagter, hatten Sie nicht vielleicht doch im Oktober neunundvierzig eine Schlägerei? Waren Sie nicht vielleicht doch beteiligt an den Zwischenfällen auf dem Weihnachtsmarkt? Würden Sie uns, wenn es Ihnen nichts ausmacht, einmal schildern, wie Sie im Jahre einundfünfzig zu Ihrem Schädelbruch und dem anschließenden Krankenhausaufenthalt gekommen sind? Haben Sie nicht, schon bevor auf dem Parkberg die Polizei eingreifen mußte, gegen die Sowjetunion gehetzt? Bestreiten Sie etwa die Aussagen des Zeugen sowieso sowie Ihre eigenen Aussagen in der Voruntersuchung? Nur teilweise, hohes Gericht.

Und bei so einem Vater, so einem Stiefvater, Schundliteratur wurde schon damals 1951 im Spind gefunden, bezeichnend. Damit halten wir für erwiesen. Fortgesetzt Schlägereien, unordentlicher Lebenswandel, bezeichnendes Verhältnis zur antifaschistisch-demokratischen Ordnung und zur großen Sowjetunion. Übrigens: die Gegend hier hört im Volksmund auf den schönen Namen Klein-Texas, wissen Sie? Angeklagter, es ist hier von mehreren Zeugen übereinstimmend ausgesagt worden, wollen Sie denn immer noch? Nein, hohes Gericht. Für jeden liegt der kürzeste Weg woanders.

Zeuge Hermann Fischer. Der Zeuge Hermann Fischer sagt vor allem und zunächst für den Angeklagten Bergschicker aus. Er übergibt dem Gericht eine Stellungnahme der Kumpels, eine Beurteilung der Schachtleitung und eine der Parteigruppe. Dann spricht er über den Angeklagten Loose. Er übergibt eine Beurteilung der ehemaligen Brigademitglieder, ferner eine solche der Fuhrparkleitung, wo hat der die bloß her? Was geht denn das den an? Er erklärt, Loose sei einer seiner besten Arbeiter gewesen. Getuschel im Saal. Ganz hinten sitzt Margit. Ganz hinten sitzen Spieß und das Radieschen. Ein paar Sekunden später, und Spieß hätte auch hier vorn sitzen können, Anklagebank. Der Angeklagte Bergschicker. Der Angeklagte Bergschicker stellt die Ereignisse so dar, wie sie auch der Angeklagte Loose dargestellt hat, allerdings mit mehr Glaubwürdigkeit. Es sieht so aus, als sei der Angeklagte Bergschicker tatsächlich zufällig in die Geschichte geraten. Ja aber dem steht entgegen die Aussage der Zeugen sowieso und sowieso. Der Angeklagte Bergschicker hat nämlich zugeschlagen, Widerstand geleistet, sich der Festnahme widersetzt, dem Volkspolizeiwachtmeister Röhl den Arm ausgerenkt. Stimmt das, Angeklagter? Ja, aber. Aber? Na hören Sie mal. Sie als Mitglied der Sozialistischen Einheitspartei müssen doch wissen. Sie gerade.

Nacht. Nacht. Und immer die gleichen Bilder, wenn sie heraufziehen im Schlaf, vor dem Schlaf, überm Schlaf, schwarze

Länder und Bahnhofshallen, Schatten vor Ort und das Labyrinth der Gänge. Es weigert sich einer, seiner Mitwelt ein Fremder zu sein. Es baut einer Dämme in den Strom der verordneten Träume. Die vierte Stunde, und die Stunde des Schweigens, die Stunde des Schlafs, das vierte Jahr. Strafsache Fischbach, Becker und andere. Vernehmung des Fischbach zur Person. Zweimal vorbestraft. Volkspolizisten mit Schlagring niedergeschlagen. Bei Haussuchung Hetzschriften gefunden sowie einen Marinedolch, eine Kleinkaliberpistole, Embleme der faschistischen HJ. Welche der Angeklagten kannten Sie vor dem Parkfest? Nun ja, den Siegfried Becker, Kroll, und Putlitz kannte ich vom Sehen. Die Menschheit in ihren erstaunlichsten Tieren. Und das rührende Plädoyer des Pflichtverteidigers, manche freilich hatten einen eigenen Anwalt, auch Bergschicker, aber der Pflichtverteidiger tut sein Bestes, wenn er auch bei dem Andrang nicht nachkommt, wenn er auch von der Schuldlosigkeit seines Mandanten nicht überzeugt ist, der Mann meint es gut. Es spricht aber eben zu vieles dagegen. Ja also der Angeklagte Loose, hohes Gericht, mißliche Familienverhältnisse, aufgewachsen unter Bedingungen die, fand zum erstenmal ein Kollektiv das, hat sich eingesetzt für, wie seine Arbeitskollegen berichten, und in Anbetracht seiner Jugend, seines wenig gefestigten Charakters, geben wir dem Gericht ferner zu bedenken.

Es ergeht im Namen des Volkes folgendes Urteil. Die Angeklagten Fischbach und Becker sechs Jahre unter Anrechnung der Untersuchungshaft. Der Angeklagte Loose vier Jahre unter Anrechnung der Untersuchungshaft. Die Angeklagten Kroll, Putlitz, Seidel, Kronfeld, Kindermann und May zwei Jahre sechs Monate unter Anrechnung. Die Angeklagten Junge und Bergschicker ein Jahr sechs Monate.

Auch Gefängnismauern gleichen einander nicht. Nicht einmal innerhalb des gleichen Gebäudes, diese hier hat andere Inschriften, Risse, darin Milben nisten, sie ist Außenwand, folglich kalt und feucht, weil Nordseite, Peripherie im hohlen Wellengang des Verstummens. Vollkommener Stein, gesättigt mit Unausgesprochenem. Bergschicker, Verurteilter nun, Strafgefangener, ist auch da. Bergschickers Anwalt ist befreundet mit einem der Beisitzer, von dem weiß er, es hat eine lange und heftige Auseinandersetzung stattgefunden vor der Urteilsfestlegung. Es hat einer der Beisitzer, der Genosse Vogelsang, eine Rede gehalten. Sie müssen davon ausgehen, wie wenig von einem Menschen während der Prozeßführung normalerweise zum Vorschein kommt. Zwischen Staatsbürger und Staatsfeind darf man nicht eine Grenze ziehen vorher. Man muß alles berücksichtigen, nicht nur das allenfalls Straffällige. Ich halte dafür, daß nicht der Angeklagte uns seine Unschuld zu beweisen hat, sondern wir ihm seine Schuld. Und es ist nicht unser Ziel, die Leute einzusperren, wir brauchen sie übrigens, was im Augenblick nicht zur Debatte steht, nur: wir bauen den Sozialismus auf mit denen, die da sind, für die, die da sind, einen anderen Weg gibt es nicht. Also müssen wir uns kümmern um jeden. Außer in der Verfassung nachzulesen in den Beschlüssen unserer Partei. Bei einigen der Angeklagten steht aber beispielsweise die Beurteilung durch den Betrieb, die Aussage mehrerer Zeugen, der Lebenslauf, der persönliche Eindruck, das Verhalten vor Gericht in ziemlichem Widerspruch zum Tatbestand. Es ist gegeben der Tatbestand des Landfriedensbruchs, es ist dieser aber so gelagert, daß ich mich, mit Ausnahme der Angeklagten Fischbach und Becker, für die gesetzliche Mindeststrafe aussprechen möchte. Hat er den meisten hier aus der Seele gesprochen. Einer freilich versichert, es handle sich da um versöhnlerische Humanitätsduselei. Ergebnisse der Beweisaufnahme ins Gegenteil verkehrt. Und – fügt der Anwalt hinzu – es war da noch ein zweiter, einer von denen, die zu Fanatismus neigen aus Unsicherheit. Der meinte, Aufruhr und Konterrevolution müssen niedergehalten werden mit aller Unerbittlichkeit. Hatte auch seinen Lenin gelesen und zitierte: Wie schön wäre es, wenn man allen Menschen über die Köpfe streicheln könnte, aber noch muß man manchmal draufschlagen. Nicht ganz originalgetreu freilich. Gibt es Leute, meinte der Mann noch, die machen die Justiz madig, die hätte der Feind unter Umständen schon lange hätte der, bekanntlich geht der Klassenfeind über Leichen, die könnten ihre liberalen Thesen gar nicht verkünden, wenn nicht Leute da wären, die wachsam sind, die dem Feind keinen Raum geben, die mit aller gebotenen Härte durchgreifen. Das ist natürlich vorwiegend wahr, meinte der Anwalt noch. Nur sei es ja aber eben gerade um die Frage gegangen, ob die Mehrzahl der Angeklagten tatsächlich Feinde des Staates seien, Aufruhr provoziert hätten, so eindeutig sei das Ergebnis der Beweisaufnahme wiederum nicht. Ja aber eben doch schließlich eindeutig genug. Ein vertrackter Fall. Er möchte Bergschicker jedenfalls empfehlen, Berufung einzulegen. Aber Bergschicker verzichtete.

Übrigens Ihr Freund Loose, der darf ganz zufrieden sein, daß gegen ihn nicht noch ein Verfahren abgetrennt worden ist nach Artikel sechs und Kontrollratsdirektive achtunddreißig. Solche faulen Witze, wissen Sie, das ist ja nun doch ein starkes Stück. Soll er sich das eine Lehre sein lassen. Also wenn er mir diese Schweinerei erzählt hätte, ich weiß nicht. Soll er sich zur Arbeit melden. Wenn er Glück hat, kommt er in die Steinkohle. Da gibt's bei entsprechender Normerfüllung für zwei Tage Haft drei Tage Strafe angerechnet. Da kann er in zwei, drei Jahren wieder raus sein, wenn er sich ein bißchen anstrengt.

Damit enden die Bilder. Da versiegt die Begebenheit, es beginnt die Zäsur. Etwas Licht ist immer. Das kommt von den Scheinwerfern, die das Gebäude anstrahlen von außen, das ist ein Licht zur Verhinderung von etwas. Aber etwas kommt immer herein, und wenn es das ist, erkennbar die Schlafenden, die Wand, an der man liegt, vergilbter Mörtel. Und das Klirren der Schlüssel, Schritt der Kaffeeholer, vergebliches Gleichmaß der Frühe. Es bleibt alles an seinem Ort. Kratzen der

535

Löffel in den Blechschüsseln, der bleierne Ozean des Mittags, die bittere Dämmerung. Das ist ganz sicher die gleiche Landschaft. R. L., Josef K., Mauern, die verharren in der Veränderung – man wird es nie erfahren. Und die Stadt draußen, Stadt aus ähnlichen Ecken, da war ein Abend von zärtlicher Farbe, aber die Orte gleichen sich alle von hier aus. Gewinn muß bezahlt werden.

Auch vom Prozeß erschien ein Bericht in der Zeitung, drei Spalten unterm Strich, der Reporter schilderte noch einmal die Ereignisse beim Parkfest, um dann das Strafmaß bekanntzugeben, das Verhalten der Angeklagten bezeichnete er als reuig. So weit gingen die Mißverständnisse.

Der Artikel erschien aber an einem fünften März in der Frühe, einem verhältnismäßig milden Tag, das sagt alles. Ärztliche Bulletins, verhalten-sachliche, es gingen aber Gerüchte um über die Ärzte, Bulletins vom Vortag jedenfalls, veraltete. So horchten sie den Äther ab, schnellere Nachrichtenverbindungen gab es und verläßlichere, Fenster zur Welt, vorwiegend geöffnet in eine Richtung. Dreiundsiebzig, hieß es, das ist doch kein Alter, es hieß: Sterblich sind wir Menschen allzumal. Überall gab es welche, die zwischen den Zeilen zu lesen suchten, zwischen den Worten zu hören der Nachrichtensprecher, als ob ihr Leben abhinge von jenem Leben und ein unsichtbarer Faden sie alle verbände mit ihm, Millionen Fäden über alle Länder hin, jäh bedroht, unfaßbar. Überall gab es Menschen, die seit Tagen leise sprachen oder still blieben, als sei der Todkranke anwesend bei ihnen allen.

Denn in die Grube muß ein jeglicher. Als aber die Nachricht eintraf, unwiderruflich, war dennoch keiner vorbereitet. Eine ungeheure Benommenheit lag über dem Land, eine stählerne Stille. Auf Straßen und Plätzen blieben die Menschen stehen unter den Lautsprechern, sie hielten den Atem an, sie nahmen die Mützen ab, diese Sekunde war grenzenlos. Was

536

sollte werden ohne ihn? Wie sollte das Leben weitergehen? War er denn nicht wirklich unsterblich erschienen den meisten: fern, allgegenwärtig, ungeheuer über allen, allmächtig?

In dieser Sekunde zerfiel die Welt in Einzelnes, die Drohung betraf jeden. Auf sich selbst verwiesen, sahen die Ruderer: es ist keiner neben ihm und keiner, der ihm gleicht. Wer soll nun die Hand halten über uns und wer dem Wind gebieten, wer über den Wassern gehen und uns geleiten nach Genezareth? Wer soll die Hungrigen speisen und die Kranken heilen, wer soll wachen über uns und wessen Bildnis über allen anderen sein? Und als sie das Volk sahen am Ufer, trauernd zumeist und den Himmel absuchend nach neuen Unglücken, verzagten wohl manche. So kam auch noch keine Kunde unters Volk von den ungeheuren Anstrengungen und großen Kämpfen, die schon im Gange waren. So ging die See sehr hoch unter dem Boot, und die Brandung lag noch vor ihnen, alle Ruder wurden gebraucht, einige aber, des Ruderns allzu unkundig, erregten den Unwillen anderer.

Dann begannen die Trauerfeiern. Die dauerten eine Woche unvermindert an. In den Schulen erhoben sich die Kinder zu fünf Schweigeminuten, alle Fahnen sanken auf Halbmast, alle Rundfunkstationen strahlten feierliche Programme aus, unterbrochen immer wieder von Schilderungen aus dem Leben des Verstorbenen, von den kondolierenden Stimmen der Prominenten des Landes und von Berichten über die Feierlichkeiten in der Hauptstadt des großen Toten, die immer mit den Worten begannen: Das größte Herz der Menschheit hat aufgehört zu schlagen. Symbolische Totenwachen zogen in allen Städten, in Betrieben, Dörfern, Verwaltungen, Kasernen, Bildungsstätten auf. Veranstaltungen wurden abgesagt bis auf wenige, der Staatstrauer gemäße. In den Kinos wurden Filme gezeigt, die das Leben des Verstorbenen würdigten. Es wurden Gelöbnisse abgelegt, alle Zeitungen druckten Nachrufe und druckten Fotos des Verstorbenen, überall wurden Ausstellungen eröffnet über sein Werk, neue Auflagen seiner Schriften wurden veröffentlicht, Dinge, Städte und Programme nach ihm benannt, die Bildhauer versuchten sich an ersten Entwürfen für die Monumente.

Das Leben ging weiter.

Zacharias betrat das Gebäude der Gebietsleitung und sah einen Augenblick hinüber auf das große Bild, das gegenüber dem Eingang in der Halle hing. Er stieg die Treppe hinauf. Er grüßte einen Org.-Instrukteur, den er kannte. Das Haus kam ihm ungewohnt still vor. Die roten Fahnen und Spruchbänder in der ersten Etage waren entfernt worden, neue noch nicht angebracht.

In seinem Zimmer fand er den Schreibtisch kahl und aufgeräumt, die Luft war abgestanden, der Gummibaum ließ die Blätter hängen. Zacharias öffnete das Fenster. Er war sehr viel unterwegs gewesen in den letzten Wochen. Er würde auch heute wieder unterwegs sein. Aber er hatte Hänschenklein, seinem Fahrer, der eigentlich Hans Klein hieß, streng untersagt, vor zehn Uhr zum Dienst zu erscheinen – sie waren spät in der Nacht erst zurückgekommen.

Es war jetzt kurz vor acht. Er nahm den Bericht, den er gestern geschrieben hatte, und brachte ihn der Sekretärin zum Abschreiben. Er hatte einen Widerwillen gegen diese Berichte. Zuviel Zeit wurde investiert, zu wenig Nutzen schaute heraus. Zudem wußte er, wie oft solche Berichte routinemäßig ›erstellt‹ wurden, immer nach dem gleichen Schema, nach dem gleichen Schema abgeheftet oder weiterverarbeitet für einen anderen Bericht, bestenfalls abgesucht nach Beispielen, die eine einmal gefaßte Meinung belegen konnten, ein ›Argument erhärten‹, zu Schlagworten geronnen allesamt.

Dabei fielen ihm die Geschichten ein, die ihm gestern in der Mittagspause der Parteisekretär eines Johanngeorgenstädter Schachtes erzählt hatte, ein bebrillter Hüpfer, der aus der FDJ kam und drei Jahre Hauerbrigadier gewesen war sowie mehrfacher Aktivist, von chronisch guter Laune, immer zu Späßen aufgelegt. »Sag mal, Zacharias, weißt du, was der Unterschied ist zwischen dem Klassenfeind und den Bürokraten? Na, der Klassenfeind macht uns Schwierigkeiten, die Bürokraten leiten sie weiter. Oder weißt du, was ein Dogmatiker ist? Das ist einer, der sich in den Schriften auskennt und das Leben nur anerkennt, wenn es mit den Schriften übereinstimmt. Oder der Unterschied zwischen einem Kleinbürger und einem Sektierer? Also da ist gar keiner. Die wollen beide unter sich bleiben ...« Solche Sachen hatte der Brillenmensch fuderweise auf Lager.

Auf dem Korridor traf Zacharias den zweiten Sekretär. Willi Röttig trug einen mächtigen Schädel durch die Welt, einst hatte er ihn aus einer Strafkompanie zu den slowakischen Partisanen gerettet. Röttig war wie Zacharias seit fast dreißig Jahren Mitglied der Partei. Bei der Wismut war er von Anfang an, hatte den ersten Schacht mit aufgefahren, hatte später bei einem Grubenbrand sieben Kumpel herausgeschleppt, er war bekannt für seine Spottlust. Er blieb vor Zacharias stehen, seine Stimme dröhnte in dem engen Korridor: »Glück auf, wie geht's, was gibt's Neues?« Zacharias erzählte ihm die Geschichte von dem Brillenmenschen. Röttig stemmte die Arme in die Seiten, er zwinkerte, hatte auf einmal ein Spinnwebnetz von Fältchen in den Augenwinkeln, er schnaufte, die Brust dehnte sich, spannte die Nähte bedrohlich, und plötzlich brach das Lachen heraus, ungeheuer, es kollerte, dröhnte, schütterte die Wände, füllte den Korridor, eine Tür flog auf, das spitzmäusige Gesicht einer Stenotypistin fuhr aus dem Rahmen, das sah Röttig, er schlug Zacharias auf die Schulter, deutete auf die Stenotypistin, die erschreckt zurückfuhr, immer mächtiger schwoll das Lachen, zu eng das Gebäude der Gebietsleitung, es barst hinaus durch offene Fenster, es grinsten die Kraftfahrer unten an der Garagentür, der Pförtner schmunzelte, Röttig stand, schnappte nach Luft, atmete tief, strotzend vor Lust, Kraft, Unbändigkeit, ein Frans-Halsscher-Zecher in einer Haarlemer Schenke – dieses Lachen war legendär. Dann, tief atmend noch immer, noch immer das Spinnwebnetz um Augen und Mund, sagte er: »Was sag ich, diese Kerle, die klauen dem Teufel die Hörner und machen Bohrkronen daraus!«

Es ging aber über diesen Röttig das Gerücht, daß er täglich einen Waschkorb voller Briefe bekäme von den Kumpels, Hinweise beinhaltend, Beschwerden, Anträge, Vorschläge; Willi Röttig jedenfalls wußte immer, wo etwas los war. Zweitens, hieß es: Schlittenfahren mit ihm sei absolut unmöglich, und wenn's der Kaiser von China wäre. Eines Tages, gleich zu Anfang seiner Sekretärstätigkeit, hatte er ein Zimmer bezogen, das war verziert mit einem an die Wand gemalten Spruch des alten Gauß: Es ist nicht das Wissen, sondern das Lernen, nicht das Da-Sein, sondern das Hinkommen, nicht das Besitzen, sondern das Erwerben, welche mir immer Freude gemacht haben. Der Spruch gefiel Willi Röttig. Gauß? War das nicht irgend so ein oller Rechenmeister zur Zeit Müntzers ungefähr? Er rief in der Gewerkschaftsbibliothek an und beauftragte die Bibliothekarin, ihm etwas über diesen Gauß zu besorgen. Die brachte eine Biographie. Bedeutender Mathematiker, Astronom, Physiker, Geodät, lebte von 1777 bis 1855, übrigens, wußte die Bibliothekarin, sei Gauß von Lenin sehr geschätzt worden. Röttig entschied: Der Spruch wird nachgezogen, neu gemalt, man muß etwas für die Bildung der Genossen tun, die hier hereinkommen, ferner ist die Erinnerung an die Großen der Vergangenheit wachzuhalten. Es erschien aber als erste die Genossin Melchior von der territorialen Bezirksleitung. Schnupperte in den frischen Farbgeruch, sah sich um, bemerkte den Spruch und war sehr befremdet. Maximen bürgerlicher Theoretiker im Zimmer eines Parteifunktionärs? Gehörten da nicht Marx, Engels, Lenin, Stalin hin, oder wenigstens Gorki, Majakowski, Liebknecht? Und von wegen »Da-Sein«, schon aus der Schreibweise schaue da der Idealismus heraus, es roch förmlich nach Liberalismus, Versöhnlertum, Aufweichung! Nun mußte sich Willi Röttig aber sehr wundern. Er verkniff listig die Augen, unterdrückte das Lachen mit Mühe und fragte, ob die teure Genossin etwa den Genossen Gauß nicht kenne, einen Freund Lenins? Über soviel Banausentum wurde die teure Genossin aschfahl, verschluckte sich, hustete, rang nach Luft. Da ließ Röttig sein Lachen heraus, lachte die Genossin Melchior aus dem Zimmer, lachte sie Windstärke zwölf den Gang hinunter und aus dem Haus, lachte ein lockeres Stalin-Bild von der Wand und einen Org.-Instrukteur hinterm Schreibtisch hervor, lachte Zigarettenasche aus drei Aschenbechern und beruhigte sich erst, als der erste Sekretär herüberkam und fragte, was denn geschehen sei und ob der Genosse Willi vielleicht das Haus in die Luft sprengen wolle. Die Genossin Melchior äußerte später, dieser Röttig werde nie ein Parteiarbeiter, ein Praktizist sei das, ein Theoriefeind, ein ewiger Partisan. Willi Röttig, als er es erfuhr, sorgte seinerseits für Verbreitung: Weißt du, was dieses Abziehbild von einem Weib gesagt hat? Die weiß vielleicht, wer der tote Gauß war, aber vom lebendigen Röttig hat die keine Ahnung, sonst hätte sie sich nicht so auf den Arm nehmen lassen, hahaha! Derlei Röttig-Geschichten kursierten überall zwischen Johanngeorgenstadt und Ronneburg.

»So«, sagte Röttig, »'ne Menge Ärger, was? Stümpern die Buchstabenverdreher an der Arbeitermacht herum. Ich hab auch schon einen ganzen Sack voller Briefe. Schreib mir mal auf, was du so gesehen hast, und deine Meinung dazu. Paar Stichwörter, nicht so 'n Papierkram. Am Montag bin ich im ZK, da werde ich das vorbringen. Und wenn du sowieso nach Bermsthal fährst, geh mal bei Fischer-Hermann vorbei. Der weiß immer, was den Kumpel zwickt. Der hat das Ohr an der Masse.«

Zacharias versprach das. Er sah Röttig nach, wie der den Korridor hinunterging mit seinem militärischen Schritt, den Oberkörper straff aufgerichtet, abschwenkte ins Zimmer des Agit-Sekretärs, hörte ihn dröhnen: »Na, altes Sichtwerbungsgespenst, sag mal, wann hastn das letztemal einen richtigen

Arbeiter aus der Nähe gesehen, aber sei ehrlich …« Zacharias
stand lächelnd im Gang, dann ging auch er, straffer als gewöhnlich, soldatisch – als er es bemerkte, sahen ihm schon
zwei Reinemachfrauen nach, da bog er eilig um die Ecke.

Auf die Minute genau um zehn Uhr fuhr Hänschen vor,
signalisierte dreimal lang und öffnete die rechte vordere Wa-
gentür. Der Wagen war frisch gewaschen, nichts erinnerte
mehr an die Nachtfahrt. Zacharias erklärte die Route: Objektleitung Bermsthal, dann Kreisvorstand, dann Schacht
412. »Kreisvorstand?« fragte Hänschen. »Etwa zu Mustafa
Axmann? Ich kondoliere, Genosse. Ich kondoliere von gan-
zem Herzen!«

Bis Stolberg nahmen sie die Autobahn. Der BMW machte
eine glatte Hundert, er lief ruhig und gleichmäßig. Mehrfach
kamen sie an unbestellten Feldern vorüber, Brachäckern, ver-
queckt und rissig. Zacharias, der vor sich hin gesummt hatte,
wurde still. »Naja«, sagte Hänschen, »es ist überall das gleiche. Mit der Mistgabel müßte man dazwischenfahren. Wenn
der Bauer seinen Grund und Boden verläßt, da war noch immer was faul im Lande. Aber da sitzen sie herum und fassen
Beschlüsse, einer immer verrückter als der andere, die reine
Utopie – wissen möcht ich, wo denen der Verstand sitzt. Und
das Herz!«

Zacharias schwieg. Was hätte er antworten können? Ja,
wenn es Kulaken gewesen wären, Spekulanten, Großbauern.
Aber wie oft betraf es gerade die Mittel- und Kleinbauern,
auch ehemalige Landarbeiter, die durch die Bodenreform
erst Land bekommen hatten und es nun im Stich ließen. Was
sollte er antworten? Daß sich die Bürokraten eingenistet hatten, die Schwätzer, Schönfärber, die Sektierer? Er war oft genug mit Hänschen unterwegs gewesen und wußte: Das alles
weiß der auch. Der unterschied einen Parteiabzeichenträger
nach zehn Minuten von einem Genossen, einen Feind von
einem Schwankenden – oder von einem, der verstehen wollte,
wollte, aber nicht konnte. Und daß diese Typen wie Unkraut

542

aus dem Boden schossen, daß ihnen so schwer beizukommen war, vor allem: daß das Zentralkomitee noch immer keine entscheidenden Gegenmaßnahmen traf. Wo lagen die Ursachen? Sand war im Getriebe – wo kam er her? Ja, vieles war offenkundig. Die Spaltung des Landes; der Kampf überall in der Welt, der sich in Deutschland deutlich niederschlug in den Auseinandersetzungen der Besatzungsmächte; der äußere Feind, der die Unruhe im Innern schürte und von ihr profitierte; der Widerstand der verbliebenen Reste der eigenen Bourgeoisie; die Gegner in den eigenen Reihen und die vorkommenden Fehler und Unsicherheiten so mancher ehrlicher Genossen, zu unkundig noch der Leitung des Staates und der Wirtschaft, kundig genug jedoch des historischen Gesetzes, das ihnen und nur ihnen die Leitung und Durchführung der Revolution übertrug ... Offenkundig war vieles. Aber war es alles?

»Mich brauchst du nicht zu agitieren«, sagte Hänschenklein. »Ich sehe schon, daß ihr Tag und Nacht auf den Beinen seid, du und Röttig und Neubert und solche wie Kummich und Schulz. Ja, wenn sie alle so wären. Aber ich hab schon manchen hier drin gehabt, da würdest du bloß die Ohren anlegen. Sektenprediger, macht- und mißtrauensbesessene Hohlköpfe, Kriminalbürokraten, Kleinbürger im Namen des Proletariats. Die haben keine Ahnung, was draußen eigentlich los ist. Wenn die den Mund aufmachen, jeden zweiten Satz kann ich ihnen widerlegen. Aber das Zuhören haben die ja auch schon lange verlernt. Die grinsen verständnislos und selbstsicher in die Gegend und säuseln: Sieh mal an, der Genosse Kraftfahrer kennt die Probleme. Wo hast du bloß den Überblick her, Genosse? Habt ihr denn so wenig zu tun? Wie machst du das bloß, daß du soviel Zeit hast? Na, wenn die Partei mich mal nicht mehr braucht, dann mach ich mir ein gemütliches Leben – ich setz mich ans Gaspedal, und du machst die Politik, was meinst du, Genosse, hahaha! Siehst du, die haben alle Weisheit der Partei gepachtet, und unsereiner kann höchstens noch zu ihrer Erheiterung beitragen. Beispielsweise Holzgräber. Der blinzelt durch seine Brille und sieht draußen ein halbfertiges Haus, das war vorm Jahr schon halbfertig, und seitdem hat keine Hand dran gerührt, es verfällt immer lustig vor sich hin. Das sieht der, und dann zückt er sein Notizbuch und sagt: Eine Schande, da ist Tag des Bauarbeiters, und nicht mal eine Losung haben sie angebracht! Und ich fahr ihn vier Wochen später wieder dort vorbei und drei Monate später wieder, und wenn dann bloß noch die Grundmauern stehen, hält der das immer noch für eine Errungenschaft des Sozialismus. Eines Tages also mache ich ihn aufmerksam. Genosse, sagt er da, keine defaitistischen Äußerungen bitte, was sind das für Feindparolen, hörst wohl den falschen Sender, was? Ich sehe, wir müssen uns wieder mal mit deiner Grundhaltung beschäftigen. Gott, sag ich drauf, da war der Genosse Röttig aber anderer Meinung. Dem habe ich das gestern auch gezeigt, der will die Sache untersuchen lassen. Es ist bloß leider kein Wort wahr davon, das zu dir. So? sagt jedenfalls der Holzgräber, fahr doch mal gleich zurück. Und dann steigt er doch tatsächlich aus, das erstemal, seit ich ihn kenne, beguckt sich die Gegend, und dann macht er einen Bericht, darin heißt es: Stellte ich fest, daß in unverantwortlicher Weise ein Rohbau liegengelassen wurde, meine eingehende und sofortige Untersuchung an Ort und Stelle ergab, und so weiter. Da wird er natürlich belobigt. Nun kritisier mal so einen. Du trägst immer nur zur Stärkung seines Ansehens bei, kannst du machen, was du willst.«

Zacharias sagte: »Menschenskind, warum sagst du das nicht auf der Parteiversammlung? Oder wenigstens zu mir oder zu Röttig?«

»Tja«, sagte Hänschenklein, »der Mensch hat so seine Erfahrungen, weißt du? Es fehlt unsereinem gewissermaßen eine Grundausbildung in Kritik nach oben, mit Unfallbelehrung und dergleichen. Aber das nächstemal weiß ich Bescheid, kannst du dich drauf verlassen.«

Indessen der Wagen ruhig und gleichmäßig die Hundert macht, es kann der Mensch halt mehreres gleichzeitig tun: Geschichten erzählen, nachdenken über etwas, ein zweites begreifen, näherkommen einem dritten, eine Straße beobachten, zuhören, einen Wagen steuern, Eindrücke verarbeiten, ein gesunder Mensch kann das.

Sie mußten nun von der Autobahn herunter, Hänschen ging die Kurve hart innen an, Zacharias wurde in das Sitzpolster gedrückt. Ein angepflockter Ziegenbock kam vorbei und ein paar Geißlein, Kuh des kleinen Mannes, dann schwarz auf gelbem Grund die Nummer der Fernverkehrsstraße, Stolberg kam auf. Es ratterte ein einsamer Heuwender über die Wiese.

Zacharias nahm zwei Kasbek-Zigaretten aus der Schachtel, zündete sie an, eine gab er Hänschen. Er dachte: Es ist dieser Kleinkrieg, der die Menschen aufreibt. Und die Unsicherheit. Viele haben Angst. Dies zuzugeben ist ein Vergehen, es hat Angst nämlich nicht vorzukommen laut Programm, außer anderswo. Ja aber wenn nun doch? Vor dem nächsten Tag, der nächsten Verordnung, dem Nachbarn, der Staatssicherheit, dem Finanzamt, dem Normierer, der Preiserhöhung, etwas Atmosphärischem etwa und gar nicht fixierbar? Sah man's nicht auf Schritt und Tritt? Viele verstehen unsere Politik nicht mehr – ja, sag das einem wie Holzgräber, und du kommst zu keiner anderen Arbeit, als seine Angriffe abzuwehren, Arbeit! Und was sagt das Politbüro? Und wenn es stimmt, was Reimers andeutete, ZK-Instrukteur immerhin: Auseinandersetzungen sind im Gange, Tempo überzogen in der Grundstoffindustrie zuungunsten der Konsumgüter, die meisten sind für unverzügliche und öffentliche Korrekturen, einige sind dagegen, ferner tut sich Erstaunliches in Moskau, Abgesandte von B. wurden von unserem ZK nicht anerkannt und mit der nächsten Maschine zurückgeschickt via Wnukowo Aeroport, Kampf gegen Opportunisten wie Dogmatiker wie Sektierer wie Revisionisten, ja aber, da es um Krieg und Frieden geht, um Leben und Tod, darf einen die Härte des Kampfes nicht wundern und darf nicht Unvorbereitete antreffen, wo Vorbereitete vonnöten sind – wenn es stimmt, wenn nur ein Teil stimmt. Aber spielt sich nicht der gleiche Kampf überall ab, täglich? Und liegt nicht wiederum alles bei uns, unserer Wachsamkeit gegen jeden Anschlag auf die Partei, von welcher Seite auch immer? Zeigen muß sich, wie fest jeder einzelne in ihr verwurzelt ist, wie er seine Aufgabe begreift und löst, wie er den schleichenden Prozeß gegen uns verwandelt in eine Aktion für uns, wie er die Fehler aufdeckt und die Hemmnisse überwindet und vordringt zu neuen Aufgaben; Einheit und Reinheit – aber was ist nötig? Vertrauen, heißt es, ist gut. Aber Kontrolle, sagt man, ist besser. Gewiß, dachte Zacharias, ein jeder führt's im Munde wie einen Spruch aus dem Bauernkalender – aber wie, wenn schon der Ansatz unscharf wäre? Vertrauen, was ist das? Ist Vertrauen denn kontrollierbar? Ein so verschwommener Begriff, mit Kontrolle gepaart, führt er nicht eher zu Mißtrauen? Da mühen sie sich, den permanenten Verdacht der Unzuverlässigkeit zu entkräften, zu beweisen, daß sie des Vertrauens würdig sind, dabei weiß keiner recht, wie Vertrauen zu messen wäre, bei dem hängt's von einem Stirnrunzeln am falschen Ort ab, bei jenem von mangelnder Übersicht, und wie leicht schlägt's um in blinde Ergebenheit, man sieht die Partei nicht mehr, sondern nur den Beifall des jeweils höheren Leiters – Vertrauen: kann das nicht immer nur ein Vorschuß sein auf Leistung in exakteren Bereichen? Muß das Vertrauen nicht erweitert und gefestigt werden durch Verantwortung, ehe ein Maßstab überhaupt möglich wird? Verantwortung, das ist überschaubar, begrenzbar, prüfbar. Müßten wir nicht sagen: Vertrauen ist gut, Verantwortung ist mehr?

Ja, dachte Zacharias, die Menschen haben immer nur Angst vor dem Unbegriffenen, ihnen Undurchdringlichen, dem fremden, nicht überschaubaren Mechanismus. Daher das Gefühl, daß über sie entschieden wird irgendwo und unentrinnbar, das Gefühl der Angst und Ohnmacht gegenüber der Zeit, der Politik, dem Staat, jedweder Veränderung und jeglicher unzugänglicher Entscheidung. Aber die Entfremdung, einmal erkannt, ist nicht aus der Welt zu schaffen durch Appelle und Pamphlete, nicht einmal durch Entmachtung der Ausbeuter und Zerschlagung ihres Staates schlechthin, wie sie sich zutrug im Gefolge des verlorenen imperialistischen Krieges – es bedarf eines weiteren Schrittes: der Beteiligung der Massen an der Verantwortung ...

Und die Theorie? Besagt: Das Proletariat ergreift die Staatsgewalt und verwandelt die Produktionsmittel zunächst in Staatseigentum. Und dann? Es ergreift schließlich das Proletariat nicht die Staatsgewalt irgendeines Staates, sondern des bürgerlichen, ein anderer ist nicht da. Bedient sich das Proletariat nun also des bürgerlichen Staates für seine anderen Zwecke? Das nun nicht. Vielmehr: es muß – wenn es die Macht nicht wieder verlieren will – den bürgerlichen Staat zerschlagen und sofort mit dem Aufbau eines neuen beginnen. Dieser aber ist die Diktatur des Proletariats, sie ist notwendig, um den Widerstand der gestürzten Bourgeoisie niederzuhalten. Wenn aber das Proletariat die Staatsgewalt nicht irgendeines, sondern des bürgerlichen Staates ergreift, um ihn zu zerschlagen, bedeutet das dann, daß es schlagartig, überall und restlos jegliches Erbe dieses Staates zerschlägt? Nein, es vernichtet die Maschinerie. Es zerschlägt den bürgerlichen Staatsapparat und errichtet im Bündnis mit allen fortschrittlichen Kräften einen neuen, der allmählich jedes Beamtentum überflüssig macht und an die Stelle der Regierung über Personen mehr und mehr die Verwaltung von Sachen und die Leitung von Produktionsprozessen setzt. Allmählich – denn zunächst werden die Menschen ohne Unterordnung und Kontrolle nicht auskommen, auch das ein Erbe des Kapitalismus.

Es erhebt sich aber die Frage: Muß nach der Zerschlagung des bürgerlichen Staates der Widerstand der enteigneten und entmachteten Ausbeuter nicht unvermeidlich zunehmen, die Bourgeoisie sich nicht bis zum Äußersten wehren? Zweifellos. Ist ihr aber andererseits nicht die ökonomische Basis der Macht entzogen, ihr Staat zerschlagen, Polizei, Justiz, Presse, Volksbildung in der Hand des Volkes? Sind ihr nicht die Quellen des Profits genommen, und ist dieser nicht das Reservoir, aus dem sie ihre Mittelsmänner bezahlt? Heißt das nicht, daß sich ihr Widerstand zwar der Form nach verschärft, nicht aber dem Wesen nach, da ja ihr Einfluß ständig weiter zurückgedrängt wird? Freilich, es erfreuen sich die deutschen Imperialisten der Unterstützung des internationalen Imperialismus, überdies können sie ausweichen in den anderen Teil des gespaltenen Landes, wo ihre Macht unangetastet blieb – aber bedeutet das nicht, daß sich der Kampf wesentlich verlagert auf die Ebene der Auseinandersetzung zwischen Staaten, eine ökonomische und politische Auseinandersetzung anderen Charakters, enorm abhängig vom Kräfteverhältnis in der Welt?

Und zweitens: Wie verhält sich das Kleinbürgertum, der Mittelstand, die Bauern, die Intelligenz? Wie verhalten sie sich zum Staat? Unter kapitalistischen Bedingungen kann nur eine verschwindende Minderheit von ihnen aufsteigen zur Bourgeoisie oder der privilegierten Beamtenschicht, die gewaltige Mehrheit aber wird von den Monopolen und den Regierungen unterdrückt und schließlich ruiniert. Müßte diese Erfahrung sie nicht zu potentiellen Verbündeten der Arbeiterklasse machen, vorausgesetzt, sie wird ihnen bewußt? Müßten sie mit der Arbeiterklasse nicht auch übereinstimmen im Interesse an der Erhaltung des Friedens? Zweifellos. Aber andererseits: solange Restformen des Privateigentums an Produktionsmitteln existieren, solange existiert der ihnen innewohnende Trend zu kapitalistischer Entwicklung und Expansion. Also müssen auch die Restformen vergesellschaftet werden, und das geht nicht ab ohne den Widerstand der Betroffenen. Ja, aber Marx hielt viele Formen der Ver-

548

gesellschaftung für möglich und sprach von einem Prozeß. Liegt es im Interesse der Arbeiterklasse, diesen Prozeß zu forcieren durch Kreditbeschränkung, verschärfte Steuermaßnahmen, Entzug der Lebensmittelkarten? Ist den durch die Spaltung entstandenen Disproportionen in der Wirtschaft nur um diesen Preis beizukommen? Muß die Forcierung nicht die Spannungen verschärfen und damit die nationale Frage? Ist es nicht ratsamer, die Bauern und den städtischen Mittelstand zu gewinnen durch Wahrung ihrer Interessen im Rahmen des gesellschaftlich Möglichen und um den Preis ihres Beitrags zum Aufbau des Sozialismus? Arbeitet nicht die Zeit für uns, und ist es nicht besser, unseren nationalen Besonderheiten entsprechend neue Wege des Übergangs zu suchen? Also Zeit gewinnen und *mit der Zeit* gewinnen?

Ja, dachte Zacharias, erzähl das einem Holzgräber, der hält das für puren Revisionismus und läßt die Glocken läuten. Woher dieses ungeheure Garantie- und Sicherheitsbedürfnis, das im Namen der Verteidigung sozialistischer Errungenschaften am liebsten alle Freiheiten und Errungenschaften aufheben möchte, die wir erreicht haben oder erreichen müssen? Woher dieses Riesenbedürfnis nach Mätzchen? Wir haben die bessere Sache – das ist unsere Sicherheit! Es liegt an uns, ob wir die größere Anziehungskraft haben werden, den größeren Wohlstand, die besseren Ideen, die bessere Art zu leben. Ja, dachte er, der verdammte kleinbürgerliche Horizont – das ist es. Die Unfähigkeit, etwas Eigenes hervorzubringen, und das gedankenlose Nachplappern alter Sätze: Wer nicht für uns ist, ist gegen uns. Aber wir haben die bessere Sache und haben die Macht, wir haben die Zeit auf unserer Seite und die sanfte Gewalt der Vernunft: Wer nicht gegen uns ist – ist für uns …

Aber da kam der Schlagbaum in Sicht. Immer kommt irgendwo ein Schlagbaum in Sicht. Gegebenheiten immer, der besseren Anschauung wegen.

549

Rot-weiß, weithin sichtbar, Postenhaus grün, Sperrgebietskontrolle. Wo war der Propusk? Brusttasche nicht, Brieftasche nicht, Gesäßtasche. Wäre ja auch noch schöner. Sah aber der Posten nur beiläufig herein. Fummelte am Riemen seiner M-Pi. Charascho, jechatj, weiter. Außerordentlich sinnvolle Beschäftigung das, als ob paar Meter waldwärts nicht passieren könnte, wer will. Und ein Spruchband kam auf, besagend, daß der Marxismus allmächtig weil wahr sei, und ferner die vollkommenste und durchdachteste und so weiter. Bei der Gelegenheit. Könnte man also auch erst Fischer dann Objekt dann: kleine Kursänderung. Gönnen wir uns einen von Fischers Nikolaschkas.

Also: allmächtig. Kommt aber unseres Wissens auf Erden nicht vor und: eine Lehre, von der immer gesagt wird, sie sei vollkommen durchdacht, kommt leicht in den Geruch, daß sie weiteres Nachdenken erübrigt. Eine Partei, die sich einredet, sie habe immer Recht, gerät in die fatale Lage, auf Irrtümer gar nicht mehr eingerichtet zu sein, sie fängt an zu stottern. Also – fertige Sätze an alle Wände gepinselt, und meistens Endsätze, Ergebnisse eines komplizierten Gedankens, einer schwierigen Analyse. Für sich hingestellt, gerinnen sie zu Schlagwörtern, zu Superlativen, und kein Mensch versteht mehr den lebendigen Inhalt. So werden die Leute daran gewöhnt, in fertigen Sätzen zu denken, statt den Gedanken nachzugehen, die zu den Sätzen geführt haben. Statt zu sagen: die Sache ist einigermaßen kompliziert und bedarf der Anstrengung, sagen wir viel zu oft: es ist alles ganz einfach. So wird die interessanteste Sache der Welt unversehens zur langweiligsten. Weil nämlich den Normalmenschen gerade die Schwierigkeit reizt. Das zu Klärende – nicht das Geklärte. Weil nämlich alles vom zu Erreichenden lebt, und wer bleiben will, wo er gerade ist, sollte Reiseandenken machen, aber nicht Politik. Dachte er und spähte hinaus, ob nicht ein nächstes Transparent käme. Es kam aber gerade keins.

Sondern die Siedlung.

Gilbe Grasbüschel, holpriges Kopfsteinpflaster, Wolfswinkel. Die Fenster der niedrigen Häuser waren geöffnet. Der Wagen bog im zweiten Gang in die winkligen Gassen hinter dem Friedhof. Eine dicke Frau saß auf der Bank vor der Kirche; der bei ihr stand, schwarz und würdig, dürfte der Pfarrer sein. Ein Haus, so niedrig, daß man aus der Dachrinne trinken könnte. Der Weg nun ansteigend, ungestrichene Gartenzäune, verwittert. Vorm Konsum eine Schlange von zwanzig Frauen, eher mehr. Gegenüber der Gasthof meldete Ruhetag, es saß einer auf der Treppe und spielte Mundharmonika. Nun die neue Straße, Siedlungshäuser einstöckig, Neubauten dahinter, zweistöckig. Fischers Häuschen schließlich ganz am Ende, halb von Linden verdeckt, schattig. Hänschenklein, den Wagen unter den Bäumen parkend, wollte wissen, wie lange man aufnehmen könne. Na, so ein zwei Stündchen. Hau ich mich also büschen hinter die Büsche, Tawarischtsch. Nehm ich ein Auge Schlaf inzwischen. Zacharias kletterte aus dem Wagen.

Hermann Fischer hatte den runden Gartentisch hinterm Haus stehen, er saß da und las Zeitung, und ein Fenster stand offen, da spielte leise das Radio. Fischer blinzelte in die Sonne, den Kopf zurückgelehnt, rauchte er geduldig und mit langen Pausen aus seiner kurzen Pfeife, Solotoje Runo, den es im sowjetischen Magazin zu kaufen gab, man roch das sofort. Er sagte:»Ach du bist's«, als Zacharias aus der Dämmerung des Hausflurs trat, und er wunderte sich nicht. Er legte nur die Zeitung auf den Tisch, glättete sie sorgfältig mit dem Handrükken, die Hand blieb dann bei dem Kaffeetopf aus dickwandigem bemaltem Porzellan. Zacharias wollte die Katze nicht stören, die auf dem zweiten Stuhl lag und sich träge streckte, die den Kopf am bunten Wollkissen rieb und sich schläfrig zur Seite fallen ließ auf Ruth Fischers graue Strickjacke. So holte er den Rohrstuhl von der Hausecke unter Hermann Fischers Apfelbaum. Den rückte er an den Tisch und streckte sich aus, und die Katze blinzelte schläfrig herüber; so war es gut.

Dann kam Ruth Fischer aus dem Haus. Zacharias freute sich, wie sie ihm einfach die Hand gab, als ob er täglich ein und aus ginge und als ob er dazugehöre, er sagte auch weiter nichts, nur: »Na, du?« Als sie sich setzte, kroch die Katze auf die Armlehne und machte einen Buckel und sprang ihr dann auf den Schoß. Fischer aber stand auf und ging ins Haus und kam mit den Gläsern zurück und einer Zitrone, die er in dünne Scheiben geschnitten hatte, Brot dazu, wie es hier gebacken wurde, und die dunkelgrüne Flasche. »Einen kleinen«, sagte er. Er goß mählich ein und ohne Eile. Dann saß er, die breiten Hände auf die Armlehnen gestützt, rauchte bedächtig und sah seiner Tochter zu, die den Kopf leicht schräg hielt und zum Holzschuppen hinübersah, als wäre da etwas, das nur sie wahrnehmen könne. Zacharias aber dachte, wie gut es wäre, wenn er einen Ort hätte, wo er so dasitzen könnte, die Hände so hinlegen könnte und seiner Tochter zusehen nach der Arbeit.

»Tja«, sagte Fischer, und er sah dem Rauch nach aus seiner Pfeife, »sag mal, kennst du einen Gregor?«

Zacharias dachte nach.

»Hier hat ihn auch keiner gekannt«, sagte Fischer. »Der war paar Tage in der Gegend, hat sich die Papierfabrik angesehen und paar andere Betriebe und hat mit den Leuten geredet, einer in unserem Alter. Das war mal ein gründlicher Mensch. Den hat also das ZK geschickt, und zwei waren dabei aus der Bezirksleitung, und im Nachbarkreis waren auch welche. In der territorialen Kreisleitung hat er sich bloß mal kurz umgesehen und hat auch da einige beauftragt, und dann haben sie Verschiedenes untersucht. Am Ende hat er dann eine Beratung angesetzt, da waren auch welche von uns eingeladen, obwohl er für die Wismut nicht zuständig wäre, hat er gesagt. Jedenfalls: es hat sich mancher gewundert. Wie der in acht Tagen herausgefunden hat, was die Hiesigen im ganzen Quartal nicht bemerkt haben. Das hat er verglichen mit den Berichten, die sie immer geschrieben haben – ich kann dir sagen!

Natürlich haben sie sich Asche aufs Haupt gestreut, aber er hat gesagt, das sollen sie sich aufheben für ruhigere Zeiten, und was sie denn nun zu tun gedächten. Viel ist ihnen nicht eingefallen. Hat er ihnen also auch das noch plausibel gemacht, mit einer Engelsgeduld, da gehört schon was dazu. Uns hat er auch gefragt, was wir so dächten. Hab ich ihm gesagt, da soll er sich keine grauen Haare wachsen lassen, bei uns rollt's. Auch mit den Normen. In der Möbelfabrik beispielsweise haben sie nämlich die Normen einfach um zwanzig Prozent erhöht, administrativ. Hab ich ihm gesagt, das kommt für uns nicht in Frage. Unsere Normen entwickeln sich ständig, da brauchen wir keine Kampagne und keinen, der die Norm einfach vorschreibt: wir erklären das den Kumpels, und die machen das selber, und unsere Genossen immer zuerst. Wer besser leben will, muß besser arbeiten, das versteht jeder. Aber ich hab ihn gefragt, ob er uns die Geschichte mit den Arbeiterrückfahrkarten mal erklären könnte. Das hat das Maß nämlich vollgemacht. Weniger bei den Kumpels, aber du müßtest dir mal anhören, was sie beispielsweise in der Papierfabrik sagen, bei ihren niedrigen Löhnen. Nichts Genaues hat er aber auch nicht gewußt. Nur, daß die Sache überprüft würde, soviel er gehört hätte. Dann hat er gesagt, daß er sich erkundigen will, und in drei Wochen spätestens bekämen wir Antwort. Damit waren alle einverstanden. Und es hat imponiert, daß er sich nicht einfach was aus dem Daumen gelutscht hat. So daß ich also den Eindruck habe: es tut sich da einiges.« Erzählte er, und sah dabei immer dem Rauch zu, dachte wohl auch noch einmal über alles nach, während er Satz für Satz vorbrachte, das war seine Art. Den Eindruck, sagte Zacharias, habe er auch. Und sprach von Reimers, von Röttig, auch von Holzgräber und von dem, was ihm während der Fahrt durch den Kopf gegangen war, er fügte aber hinzu: nur, daß es überhaupt soweit kommen mußte …

Die Katze ließ sich die Liebkosung gefallen, seitlich ausgestreckt schnurrte sie friedlich, den Kopf auf dem festen

Stoff des Rocks, hob ihn aber, als Ruth sagte: »Manche arbeiten fünfzehn Stunden am Tag, und zehn davon umsonst, da bauen sie wieder auf, was irgendeiner eingerissen hat mit einem Federstrich. Wie ihr da so ruhig bleiben könnt, das geht mir nicht ein. Wir können's ja abwarten, es muß alles wieder ins Lot kommen, für uns steht das fest. Es gibt aber viele, die warten nicht, und manch einer kann's gar nicht. Und wenn sie dich fragen, warum wir immer von den Fehlern anderer Leute reden und von den eigenen kein Wort, immer bloß die Erfolge, und ob sie etwa ihren eigenen Augen nicht mehr trauen sollen – was willst du antworten?« Und sah ihn an, Zacharias, mit ihren aufmerksamen Augen und mit dieser seltsamen Bestimmtheit, die wohl betroffen macht, weil man von Jüngeren nicht erwartet, was so selten geworden ist bei den Älteren. Und es komme ihr natürlich nicht belanglos vor, wie etwas habe soweit kommen können, aber es sei wohl doch die zweite Frage nach jener anderen, wie man nämlich ändern könne, was ist. Auch sei ihr klar, falls er das für erwähnenswert befände, daß es noch genügend Leute gäbe, die derlei Fragen verbreiten nicht um der Antwort willen, sondern in der Absicht, die früheren Verhältnisse oder genauer die westlichen damit erstrebenswert und anziehend zu machen. Ihre Frage aber sei nicht Kapitalismus oder Sozialismus; sondern Sozialismus, wie er gegenwärtig aussieht für die meisten, und Sozialismus, wie er aussehen könnte und gemacht werden muß – so schnell und gut als möglich. Was er also sagen würde, wenn jemand damit zu ihm käme in ehrlicher Sorge und Ratlosigkeit …

Und das wußte er so schnell nicht.

Zum Beispiel, wenn die Frage so gemeint war, daß er sich an ihre Stelle denken sollte? Ja, aber was wußte er von ihr? Fischers Tochter, die auf den Vornamen Ruth hörte, und es gab bestimmt immer mal Leute, die glaubten, sich etwas denken zu müssen dabei: sie war etwa das, was er sich immer unter dem Stereotyp ›Unsere Jugend‹ vorgestellt hatte, war's, seit er sie kannte, so lange kannte er sie aber noch nicht. Freilich hatte er mitunter daran gedacht, daß diese Jugend die Dinge wohl anders sehen würde als jemand in seinem Alter und seiner bedingten Erfahrung, für sie war Ausgangspunkt, was für ihn immerhin Erreichtes war, und unter welchen Mühen erreicht, welchen Opfern. Nahmen sie es nicht schon ein wenig zu selbstverständlich hin? War ihnen klar, wie nah das Alte noch war und wie gefährlich, würden sie standhalten können und nicht nur gerade das, sondern vorangehen und bestehen in diesem Kampf, der an Unerbittlichkeit den voraufgegangenen um nichts nachstehen würde? Denn wenn sie zu nachgiebig wären, zu arglos oder zu leichtfertig, es könnte eine Rechnung präsentiert werden, die wieder keiner würde bezahlen wollen und diesmal vielleicht auch nicht mehr können, wie die Welt nun beschaffen war. Er sah sie sitzen, die Unterlippe kaum merklich vorgestützt und die erhobenen Augenbrauen nicht seinetwegen erhoben, sondern weil sie nachdachte über etwas, das nur beiläufig mit der Antwort zu tun haben würde, die er allenfalls geben konnte, da dachte er: aber wie nun umgekehrt? Fischers Tochter, wenn für sie die gleichen Wirklichkeiten doch nicht die gleichen waren, und wenn das ein Nachteil war nach der Logik der Älteren, was war es nach der Logik des Lebens? Er sah, daß eher sie sich an seine Stelle setzen konnte als er an ihre: diese Zeit nur sehen können mit den Augen dieser Zeit, das schafft andere Bilder – er hatte das nie bedacht. Da ging sie einher unter den Leuten, konnte umgehen mit dem Mechanismus einer Riesenmaschine, der sich ihr fügte; er hatte so ein Ding einmal gesehen; und sie wußte, daß etwas tatsächlich entstand unter ihren Händen und Wert bekam, und wußte auf ziemlich andere Weise als einer, der Politik macht von Berufs wegen, um die Eigentümlichkeit des Lebens, wie es empfunden wird von denen, die um sie waren alltäglich.

Er sagte: »Es ist wahr, wir sind eine Antwort schuldig, und es ist wohl so, daß eine beharrlich übersehene Frage erheblicher um sich greift als drei kompakte Wahrheiten. Keine Antwort ist auch eine, heißt es.«

»Ja«, sagte sie.

Und stand nun auf, den Kaffee anzusetzen, wollte auch wissen, wo der Fahrer wäre, eine weitere Antwort, die ihr nicht gefiel, es war zu sehen.

Als sie gegangen war, sah Zacharias ihren Vater lächeln. Und wieder beschlich ihn dieses Gefühl, ein Fremder zu sein an einem wohnlichen Ort. Sie tranken Hermann Fischers Klaren, der war schon ein wenig warm geworden in den Gläsern, sie aßen Brot nach und saßen an Hermann Fischers rundem Tisch, Zacharias aber dachte: Man muß wohl so leben wie die meisten von ihnen, um sie wirklich zu verstehen. Seine Arbeit tun und einen Ort haben, an dem man erwartet wird von einem nahen Menschen, wissen, daß jemand da ist. Jeder hat Räume, die er nicht bewohnt, solange kein anderer da ist. Denn es muß einer heimkehren können zu sich selbst, das ist: zu den Seinen. Einer, der nie seine Kinder großgezogen hat und sich gesorgt, der nie einen Platz bewohnbar gemacht hat durch die vertrauten Gewohnheiten des Miteinander und der gemeinsamen Erinnerung, er ist ein Fremder geblieben sich selbst. Und ist ein anderer bei den gleichen Dingen.

Hänschen kam, und Ruth brachte den Kaffee. Hermann Fischer trank ihn aus seinem großen Kaffeetopf. Sie rauchten, sie sprachen miteinander, sie schwiegen. Und er sah ihn sitzen, Hermann Fischer, die breiten Hände auf die Armlehnen gestützt, er rauchte bedächtig und mit langen Pausen aus seiner kurzen Pfeife und sah seiner Tochter zu, und Zacharias dachte, wie gut es wäre, wenn auch er einen Ort hätte, wo er so dasitzen könnte, die Hände so hinlegen könnte und seiner Tochter zusehen nach der Arbeit. Ja, dachte er, es ist das wirklichere Leben. Aber war es denn wirklich schon zu spät?

XIX. Kapitel

Der Sommer wollte nicht anfangen. Der Mai war kühl und feucht gewesen, kühl und feucht begann der Juni. Irgendwann ein paar wärmere Tage, aber das lag schon lang zurück; Regenwolken kamen über das Gebirge, Nebel lagen in den Tälern, nur langsam vertrieb sie der Wind. Gegen Mittag, als Christian Kleinschmidt in Bermsthal ankam, regnete ein kalter dünner Regen herab, der Bahnsteig fröstelte, es war alles so grau. Als ob der Himmel etwas verbergen wollte.

Und Christian auf diesem langen Bahnsteig, Christian in diesem zugigen Fußgängertunnel, Christian mit dem Köfferchen, er ging hinter wenigen Leuten her, als letzter, tauchte auf drüben, Sperre, Fahrpläne, ein paar Plakate, Regen draußen und an den Fenstern Regen, und die Bahnhofskneipe, leer auch sie oder doch fast leer, und so träge alles – er war aber doch einmal anders hier angekommen.

Da dröhnte das Tal unter der Sonne, da war der Himmel eine Glocke aus Blei, die Erde überzog sich mit Staub, sie lag erschöpft in der Hitze des Mittags, auch die Tiere waren erschöpft, auch die Menschen. Die Pferde gingen mit hängenden Köpfen und müden Bewegungen vor den Wagen. Wenn sich Wolken zeigten hinter den Bergen, wurden sie unruhig, aber die Wolken zogen immer am Tal vorbei, kamen nicht herein, als ob auch sie nicht die Kraft hätten. Nur die Eisenbahn kam herein, brachte wenig Menschen, manchmal Maschinen für die Bergwerke, einmal Traktoren. Die Erzzüge hingegen verließen das Tal regelmäßig. Es war Bewegung unter der Erde, aber die Felder waren tierleer und menschenleer, die Hitze schlug zurück von den Steinhalden, glühte den Straßenstaub, sengte das Korn und verbrannte die Wiesen, der Weizen setzte braune Ränder an. In den grauen Hallen der Papierfabrik stieg das Thermometer auf vierzig Grad. Der Rauch über dem großen Schornstein stand reglos. Im Dorf konnten die Kinder nicht barfuß über die Straße gehen. In den höhergelegenen Häusern versiegte das Wasser. Selbst der Wald knisterte vor Trockenheit.

Und mit den wenigen Menschen war Christian angekommen, in der Stunde des Schlafs, mittags.

Die Glocke aus Blei dröhnte, niemand schwang sie. Der Bahnsteig wankte in der Sonne, die schlug mit glühenden Äxten herab, goß Spiegel aus flüssigem Metall: Fenster, Dächer, Schienen, aber es war ein grelles Land über den Augen und schmerzhafte Stille, wie wenn ein Ton aufwärts gezogen wird an die Grenze des Hörbaren und plötzlich wegbleibt, man weiß aber, er ist noch da, drohend, da war alles Gewisse unwahr, alles Künftige ungewiß. Wenig Menschen, und auch die schon vergangen, der Bahnsteig leer, ein Gepäckkarren wie ausgebrannt, und alles so träg, und alles so reglos. Er wollte schneller gehen, das gelang nicht. Das Mühlrad mahlte, und die Bahnsteigkanten verschwammen, das Betonband kippte weg zu seinen Füßen und kam nachgiebig wieder – erreichte aber doch den Personentunnel und die kühle Luft am Grund, den tiefen feuchten Modergeruch und die Dämmerung, es gab noch Konturen. Und hörte nun auch seinen Schritt wieder, der von den Wänden kam und von hinten und später von vorn, als die Mitte überschritten war. Und war doch eine freundlichere Ankunft gewesen, und nicht nur für einen, dem dieser trübe Himmel das unfreundlichste war, das nur kommen konnte, denn immerhin: irgendwo war ein Ende, da reichte die Glocke nicht hin, da war Schatten, und im Schatten begann die Gemeinsamkeit. Schwitzende Männer, zusammengedrängt von der Hitze draußen, aufatmend hier, Zuflucht suchend, Bierhähne, die nur noch eine Unterbrechung kannten, das Anstecken des neuen Fasses, und konnten doch den Durst nicht stillen, und auch die Kellner konnten nicht tragen, was verlangt wurde, und dieses schwitzende

Leben, dieses Geschrei, diese brodelnde Fröhlichkeit ausgedörrter Männer, dieses lärmende, dampfende, deutsche Gedräng –

Der Regen war anders. Er trug seine Verdrießlichkeit in die Innenräume, an leeren Schaltern vorbei, über feucht-schmutzige Fußböden, in die mürrische Luft der Wartesäle, den sauren Geruch der Pissoirs, in die düsteren Gaststuben. Und die Kneipe war leer oder doch fast leer, eine fröstelnde Gestalt im Regenmantel, sonst niemand. So kam er an, Christian Kleinschmidt, um die Mittagszeit, aber was sagt das schon. So fand er einen Stuhl. Der Busfahrplan hing am alten Platz, das wenigstens, es blieb eine Stunde.

Dann kam eine schläfrige Kellnerin.

Das war am 10. Juni, mittwochs. Die Erinnerung, wenn sie hier anknüpfen wollte, mußte zehn Monate überbrücken: die hohen Fenster des Instituts, Hörsaalbänke, lange Stunden vor schwarzen Tafeln und über Tabellen gebeugt an den schmalen Arbeitstischen des Internats, die Bücherkolonnen über dem Bett, die Gesteinsproben, dann Seminare, Klausuren, Versammlungen, Debatten in den Seminargruppen und in Korridoren und auf dem Zimmer manchmal noch, das er mit Thomas Kieselack teilte, zwei Betten zwei Bücherborde zwei Arbeitstische und der gemeinsame große Schrank, Papierkorb, Klubtisch; Thomas der Steinköhler, der nicht zurückwollte dorthin, sondern nordwärts, wo das Kali wuchs, K_2O, Umrechnungskoeffizient auch ohne und also KCl etwa, da wollte er hin. Das wenigstens hätte die leisten müssen, Erinnerung, aber sie kam nicht. Blieb vielmehr hängen hier und dort, denn dies war näher.

Thomas also. Der war zum Landeinsatz gefahren mit den meisten anderen, obschon, er hätte wohl auch ein Betriebspraktikum vorgezogen, hätte er sicher, aber Treitschke, kennt einer Treitschke? Der leitete den Landeinsatz. Und muß es wohl nötig haben, beflissen wie einer, Assistent Treitschke, nicht der Rede wert seine Seminare, solche Arbeit jedoch, hieß es, das kann er. Warum nicht? Gute Taten für das Brot von morgen, und bringen wir die Ernte ein ohne Gott und Sonnenschein, das war so einer. Und wer nicht rechtzeitig einen Betriebsvertrag abgeschlossen hatte, das Praktikum betreffend, der ging Entwässerungsgräben stechen. Thomas hatte nicht. Thomas Kieselack, gebürtig zu Breslau, welches jetzt Wrocław hieß, brachte der aber nicht über die Lippen: als ob einer Praha sagen würde statt Prag, Milano statt Mailand, Moskwa statt Moskau, Mätzchen, sagte der immer, also einsah er schon die Notwendigkeit, nur – wer zieht nach zehn Monaten Pause nicht ein Berufspraktikum vor? Christian immerhin hatte. Und rechtzeitig, das ist: vor Beginn des Studiums; hatte sechs Wochen vertraglich, Schacht 412, danach Ferien vier Wochen, dann zweites Studienjahr. Des Leistungs-Stipendiums bereits gewiß. Er ging einer beträchtlichen Zukunft entgegen.

Und Kerlewein, Professor Kerlewein? Hatte gesagt: Die Zeit ist dermaßen, daß jeder sein Bestes tun muß, auf welchem Platz auch immer, das Allerbeste aber auf seinem eigenen. In diesem Sinne. Hoffe ich Sie im September ausgeruhten Kopfes wiederzusehen, mindestens. Das war am letzten Tag. Aber an einem der ersten gleich hatte er gesagt:

»Kleinschmidt … Kleinschmidt … Sagen Sie mal, sind Sie mit Professor Reinhardt Kleinschmidt verwandt?«

»Ja«, sagte Christian. »Das ist mein Vater.«

»Ach nee«, sagte Kerlewein, schüttelte seinen Breitschädel, las auf der Liste nach: SDAG Wismut: »Ach nee.«

»Doch«, sagte Christian, »ich weiß es ziemlich sicher.«

Der Lacherfolg des ersten Tages. Und der war wetterbestimmend, wie sich zeigte. Denn Kerlewein war das As des Hauses, korrespondierendes Mitglied mehrerer fremdländischer Akademien und ordentliches der eigenen; wenn Kerlewein jemand mit seiner Aufmerksamkeit beehrte, dann hieß das, der Betreffende wurde besonders intensiv ins Gebet genommen bei jeglicher Gelegenheit, Kleinschmidt, ich könnte mir denken, daß Sie darauf brennen, uns darüber aufzuklären, was Polymorphismus ist, Kleinschmidt, ja, wie ich höre, möchten Sie uns gerne die berühmte Doppelverbindung $CaMg(CO_3)_2$, $K_3Na(SO_4)_2$ darstellen, nun also, Besonderheiten der Kristallstruktur, gewiß, mitunter der physikalischen Eigenschaften, ja, sehr schön, Kleinschmidt, und nun unser Freund Herr Kieselack. Wer da bestand, kam in Kerleweins Oberseminar, dort aber taten sich die wirklichen Probleme auf, er kam um Treitschkes Schmalspurseminar herum, er hatte gewonnen. Und Christian hatte also. Und Kerlewein hatte ihn einmal sogar zu den Versuchen des zweiten Studienjahres zugelassen, seltene Auszeichnung, und Ermunterung übrigens für die Herren Kollegen, denn Kerlewein las eines der Hauptfächer, Mineralogie, darunter verstehen wir die Lehre von den Mineralien, die Beschreibung und Erklärung ihrer chemischen und physikalischen Gesetzmäßigkeiten und die Untersuchung der Gesetze ihrer Entstehung und Umwandlung und so fort, dies, meine Herren, nach dem Text Betechtins, es geht aber auch bündiger, und übrigens werden Sie das demnächst gedruckt vor sich sehen, also kritzeln Sie nicht soviel, denken Sie lieber mit, Kieselack, was hab ich hier? Härte 2,7 und isomorphe Silberbeimengung vier Prozent glatt, löst sich aber nur in Königswasser und in KCN natürlich, werden es nicht für möglich halten, es ist Gold und nur leider nicht mein eigenes. Hatten Sie auch angenommen? Kann man Wetten drauf abschließen. Wenn nichts erkannt wird, dies wird. Und was, weil wir eben dabei sind, gehört ferner zur Goldgruppe?

Dies also Kerlewein. Oder aber Zörn, Dr. Zörn, Gesellschaftswissenschaftler. Die in Deutschland seit Jahrhunderten gerühmteste, genial erleuchtete und am miserabelsten bezahlte Wissenschaft der Philosophie Ihnen andeutungsweise nahezubringen ist mein Vorsatz. Kurzum. Sagten Sie nicht kürzlich, lieber Freund, ergo in der letzten Stunde, daß die Verwandlung von Geld in Kapital für die Naturwissenschaften unerheblich und keiner exakten Analyse zugänglich sei, höchstens jener unzumutbaren der Politökonomie? Ein astronomischer Standpunkt, muß ich Ihnen leider sagen, und nicht mal das. Zwar interessieren sich die Astronomen auch mehr für alle möglichen anderen Sterne als für den, auf dem sie leben, aber wenigstens bestreiten sie nicht, daß sie von diesem ausgehen und zwar in jeder Hinsicht. In dem Zusammenhang. Möchte ich Ihnen eröffnen, daß die Naturwissenschaftler dieses revolutionären Jahrhunderts, vornehmlich die Physiker, aber alle anderen auch, nach stattgefundenen gesellschaftlichen Katastrophen jeweils zu erklären begannen, wie übel es sei, daß niemand sie auf die Probleme der Gesellschaft wissenschaftlich vorbereitet und auf die Verantwortung jeder Einzelwissenschaft gegenüber der Menschheit aufmerksam gemacht habe. Loyalität, so steht zu lesen, gegenüber dem Nächsten – oder der Erkenntnis, dem Staat – oder der Gesellschaft, der Wissenschaft – oder der menschlichen Existenz, das sei ein Komplex, ungenügend gelehrt an den Universitäten jener Zeit – und was geschieht mit den Erfindungen der Gelehrten, wenn sie in wessen Hände gegeben werden, die Grundfrage der Humanitas sei es und eine allzu späte Einsicht der meisten, mit wieviel Menschenleben bezahlt! Ja, denken Sie an Nobel, Einstein, Oppenheimer, das kann nichts schaden, aber denken Sie beispielsweise vor allem an die Chemiker der IG Farben, deren Erklärung nämlich steht noch immer aus, und man weiß schon, was soll es bedeuten. Daß aber Ihnen, meine sehr Verehrte und Herren, eines Tages nicht solch bitterböse Erkenntnis abgenötigt werde, das ist das Anliegen unserer prophylaktischen Exkurse. Keiner soll sich künftig an den Schädel schlagen müssen noch dürfen, um zu sagen: Das hab ich nicht gewollt, das hab ich nicht gewußt. Und wenn Sie, als Naturwissenschaftler, sich für einen Augenblick wenigstens auf den gewiß spekulativen Gedanken einlassen wollen, daß es möglicherweise nirgends im Universum so hoch oder gar höher entwickelte Lebewesen gibt wie auf unserer Erde, dann wird Ihnen das Ausmaß Ihrer Verantwortung etwas näher rücken. Übrigens ist dieser Gedanke so absurd nicht. Die Radioastronomie zum Beispiel, eine der erstaunlichsten Wissenschaften unserer Zeit, erklärt, daß sie zu unseren Lebzeiten noch Verbindungen über ungeahnte Räume herstellen werde, etwa gar bis in andere Galaxien. Müßten dann aber irgendwelche Lebewesen anderer Gestirne, wenn ihre Entwicklung der unsrigen nur um zwei, drei Jahrhunderte voraus wäre, nicht längst Möglichkeiten entwickelt haben, Verbindung aufzunehmen beispielsweise mit uns? Was aber sind zwei, drei Jahrhunderte in den Maßen des Universums? Für uns, die wir heute leben, ist es die Zeitspanne etwa von der ersten Inquisition bis zur perfekten Praxis der Himmlerschen Konzentrationslager. Aber im Kosmos ist das ein Nichts. Ja, nehmen Sie die Menschheit als das zentrale Experiment, welches die Natur sich leistet, und Sie wissen, was uns auferlegt ist.

Zörn, ja, und die Ausflüge des Philosophen auf naturwissenschaftliches Terrain, wie sie so nicht im Lehrbuch standen, sie kamen bei ihm immer. Wie auch immer dieser Satz kam: meine sehr Verehrte und Herren; ein biederes Späßchen, aber bitte. Zörn waren solche Witzchen erlaubt.

Allerdings bezog sich jener Satz auf diese Teresa.

Einziges Mädchen in der I/c und Tochter eines maßgeblichen Vaters, führenden Genossen, der saß irgendwo in Berlin. Leute gab es, die vollführten stille Verbeugungen vor dieser Teresa. Obschon der maßgebliche Vater offenbar nichts tat, was nach Protektion aussah. Aber je weniger einer sah, um so mehr vermutete er. Beispielsweise der Dozent Fromm. Das war einer, der verfocht eine Pädagogik, die hieß: ehrlich währt, solange kein Schuldloser ist. Fromm also stellte etwa eine Aufgabe, verließ dann das Zimmer, kehrte gen Schluß der Stunde zurück und wollte wissen, wer von wem abgeschrieben habe.

Ich gab euch Vertrauen, sprach er, und Freiheit: nun erweist euch ihrer würdig. Sagt die Wahrheit, gesteht. Wer aber nicht gestand, erhielt ein »genügend«. Nach und nach, aus Angst, unaufrichtig zu erscheinen, gestand ein jeder. Wahrheit erschien als Rechtfertigung. Falsche Geständnisse waren einträglicher. Fromm freute sich und honorierte mit ›gut‹ bis ›sehr gut‹ – wie er sagte: für Ehrlichkeit. Bis auf Teresa, der glaubte er. Und es hatte diese Methode noch immer funktioniert, in der I/c funktionierte sie nicht. Eben dieser Teresa wegen. Die hörte sich den Text dreimal an, dann erklärte sie in Fromms Gegenwart vor versammelter Mannschaft, daß sie für die Zukunft des ehrenwerten Verfahrens Fromm keinen Pfifferling gebe. Das aber schien der für einen Wink von oben zu halten, ein Veto des maßgeblichen Vaters, zumal plötzlich die ganze I/c in seltener Einmütigkeit rebellierte. Nie wieder wurden fortan Geständnisse abverlangt, Fromm sah alt aus. Hingegen vergrößerte sich die Zahl derer, die nun erst recht vermuteten, daß der maßgebliche Vater die Hand im Spiel habe. Und überhaupt: leistete sich diese Teresa Geschichten, solche Bemerkungen beispielsweise: Ein alleinstehender großer Mann ist ein öffentliches Unglück, chinesisches Sprichwort mit geringfügiger Ergänzung; oder: Könige, Minister und solche Leute kann man sich nicht vorstellen als Könige, Minister und solche Leute, man muß sie sich mal im Bett vorstellen, oder beim Zahnarzt, um nicht zu sagen beim Kacken. Was blieb den Fromms, als allerhöchste Zusammenhänge zu vermuten, schließlich konnte die Tochter eines maßgeblichen Vaters derlei unmöglich zum Spaß von sich geben. Ja, und drittens hieß es, diese Teresa habe etwas mit besagtem Kieselack, was den Mann ungeheuer aufwertete, obschon niemand Genaues wußte. Außer Christian. Der schon. Denn das gemeinsame Internatszimmer, leicht zugänglich, weil zu ebener Erde gelegen, überließ er ihnen bisweilen, etwa wenn er ins Kino ging oder übers Wochenende nach Hause fuhr – aber wen ging das etwas an?

Keinen.

Und sonst?

Gesichter, Gespräche, Bücher. Viele Begegnungen und viele Menschen, und doch: wer eigentlich außer Kieselack, Kerlewein, Zörn, Teresa? Aber Nächte gab es, da war man spät nach Hause gekommen und Teresa eben gegangen, drüben Thomas' gleichmäßiger Atem und kein Geräusch sonst, man wußte plötzlich, daß etwas fehlte und daß man noch immer allein war, noch immer. Die Arbeit, ja, das Studium, endliche Erfüllung hart behaupteter Ansprüche – aber eins blieb unausgefüllt, wenig bewußt in der Anspannung des Tages, aber abends, wenn man diesen Thomas sah und diese Teresa, abends war es da. Und man gehörte schon zu den Älteren hier, sehr viel Jüngere ringsum, Mädchen auch, aber nirgends die richtige; mit einem knappen Dutzend anderen spielte man eine Art Ausnahmerolle, die schloß besondere Erwartungen ein und besondere Verpflichtungen, änderte aber nichts an diesen Abenden, im Gegenteil: sie machte sie höchstens bewußter. Zum Glück gab es anderes und wenig Zeit. Da war die seltsame Metamorphose merkwürdiger Gesteine, die keiner von ihnen noch je gesehen hatte, die aber genau beschrieben stand und nachvollziehbar war auf dem minderen Papier der Lehrbroschüren. Oder aber die langen, mehr geschwiegenen Gespräche mit Thomas über geologische und geophysikalische Probleme, über die Beschaffenheit des Erdinnern oder die rätselhafte Grenze zwischen Organischem und Anorganischem, oder etwa über die Richtung dieser Gegenwart, begeisternd genug insgesamt und dennoch so undurchschaubar und widersinnig oft im Einzelnen, Alltäglichen – die Grenzen rückten weiter an jedem Tag. Und es schrumpften die endlichen Entfernungen vor der um sich greifenden Unendlichkeit, Fragen brachen auf aus allen Antworten, unvermutete Verbindungen stellten sich her – das war eine gute Welt, darin ließ sich leben.

Und was dahinter zurücklag, war schon Vergangenheit.

Das war am 10. Juni, mittwochs. Und da war niemand hinter der Theke, gläserspülend, kein silbernes Talmikettchen am Handgelenk und keine Hände, die durchsichtig und rot waren von der Kälte des Spülwassers. Niemand würfelte um Wodka und kein Kellner hastete – dort, wo Peter gestanden hatte, stand eine Registrierkasse. Nur der Busfahrplan hing am alten Platz. Die Stunde war um. Da kam auch die schläfrige Kellnerin.

Aber am Nachmittag traf er Spieß, der war überhaupt der erste, den er traf, und er erfuhr von ihm die ganze Geschichte von Peters Verhaftung, die war nicht annehmbarer geworden mit der Zeit. Von Spieß bekam er auch die Adresse dieser Margit. Er ging hin am frühen Abend. Aber es war niemand da. So fuhr er ins Lager und quartierte sich ein, und dann trank er noch ein Bier mit Heidewitzka und ein paar anderen, die er nicht kannte, er kannte überhaupt nur noch wenige hier.

Am Morgen des Elften fuhr er zum Schacht und ließ sich zur Frühschicht einteilen für Freitag, das war Fischers Schicht. Er regelte auch alles mit dem Lampenmann und der Kartenstelle und dem Schichtschreiber und ließ sich seine Hundemarke geben, darüber wurde es Mittag. Und am Nachmittag ging er wieder zu dieser Margit.

Als sie öffnete, wußte er, daß er sie irgendwo schon gesehen hatte. Aber Bermsthal war natürlich ein Dorf, nicht wahr. Sie bat ihn herein. Peter Loose, ja. Also einmal im Monat durfte er schreiben, neuerdings aus Zwickau, Strafvollzugsanstalt, Postfach natürlich, und arbeiten darf er neuerdings auch. Darf, ja. Erst sperren sie die Leute ein, dann haben sie keine Arbeitskräfte, da müssen sie halt die Gefangenen auf Arbeit schicken. In den Kohlenschacht. Ja aber, er ist doch untertage-untauglich, das wissen Sie nicht? Wird er denen dort wohl was vorgeschwindelt haben. Nämlich, für zwei Tage Arbeit werden drei Tage Haft angerechnet, sofern die Norm erfüllt wird, wer drängt sich da nicht nach Arbeit? Und so genau nehmen sie es wohl auch nicht. Bei dem Andrang. Naja, heutzutage gibt es doch in jeder besseren Familie einen, der sitzt. Gehört zum guten Ton, nicht wahr. Gott, und den Briefen nach zu schließen, geht es ihm gut. Aber sie werden ja wohl eine Zensur haben, kann man sich denken. Schicken darf man, gewiß. Er schreibt zwar immer, daß er nichts braucht, aber wir schicken trotzdem. Zigaretten, Butter, Eingemachtes und so. Alle geben etwas dazu, das Radieschen, dann dieser Titte Klammergass, neulich hat sogar sein ehemaliger Steiger dem Spieß Zigaretten mitgegeben, die soll er sich mit diesem Bergschicker teilen, hat er ausrichten lassen, mit dem ist er zusammen. Fischer, ja. Seine Tochter arbeitet bei uns an der Maschine. Und das ist schon was von dem Mann, immerhin ist er in der Partei. Sie sind auch da drin? Na, Sie müssen es ja wissen.

Ein seltsames Mädchen, diese Margit. Wie war sie ausgerechnet an Peter Loose geraten? In allem Unglück hatte er immer noch ein bißchen Glück. Denn wenn man diese Margit so sitzen sah in ihren mit wenig Geld und vielen Einfällen sehr vernünftig eingerichteten vier Wänden, wenn man sie sprechen hörte und die selbstbewußte Art bedachte, in der sie einen begrüßt hatte, dann wußte man schon: das Mädchen war richtig! War sie also einfach hingegangen, mit nichts als einem Brief in der Hand, und hatte sich um Peters Sachen gekümmert, hatte das Motorrad untergestellt und alles getan, was zu tun war, und hatte sich kurzerhand zu seiner Verlobten gemacht; Verlobte eines Mannes, der vier Jahre sitzen muß; und sie war höchstens zweiundzwanzig. Das ist kein Verbrechen, sagte sie ruhig, dafür kann jeder ins Kittchen kommen. Sie wissen ja selber, wie er ist, und daß er kein Verbrecher ist, das wissen Sie doch. Aber er muß da drin wissen, daß seine Freunde ihn nicht verleugnen, und daß hier draußen jemand da ist, wenn er wiederkommt. Denn das kann doch im Ernst keiner glauben, daß das ewig so weitergeht. Bei uns in der Fabrik haben sie jetzt auch eine große Baracke aufgebaut, Stacheldraht davor, da kommen Gefangene hin, die sollen bei uns arbeiten. Gibt doch keine Arbeitskräfte. Das ist doch eine verkehrte Welt, oder nicht? Und in der Papierfabrik Fährbrücke sind schon welche, ich war vergangene Woche dort. Ja, also, wenn Sie ein paar Zeilen mitschreiben wollen, da freut er sich bestimmt.

So saß er in Margits Zimmer, und auf einmal waren sie ins Reden gekommen, das kam ganz von selbst. Er erzählte, wie er mit Peter angekommen war im Lager Rabenberg und was sie gemeinsam erlebt hatten – sie wollte immer noch mehr hören. Einmal sagte sie: Ich habe schon gewußt, daß das nicht seine richtigen Freunde sind, dieser Klammergass und wie die heißen. Er ist da ganz anders. Ja, sagte Christian, das ist er. In mancher Hinsicht. Und in mancher auch nicht. Aber er ist schon in Ordnung, so wie er ist. Da lächelte sie ein bißchen spöttisch und meinte: Sie reden mindestens wie der große Bruder. Gott, ja, vielleicht. Aber vielleicht, dachte er, hatten wir beide keine richtigen Freunde, er nicht und ich nicht. Kann man aber nicht sagen, das klingt wunder wie seltsam, selbst wenn man's bloß denkt. Es waren solche romantischen Seelen, wissen Sie. Und sie sagte nun, sie habe übrigens eine Besuchserlaubnis für den Dreiundzwanzigsten. Wenn Sie da noch hier sind, kommen Sie doch mal vorbei. Ja, sagte er, da bin ich noch hier. Da komme ich also ganz bestimmt.

Dann kam ihre Mutter, schaute nur kurz herein und begrüßte ihn, und müsse auch gleich noch mal weg: Mach doch deinem Besuch eine Tasse Tee. Aber er wollte sie nun nicht mehr aufhalten. Tun Sie nicht, sehen Sie ja. Ja, aber trotzdem. Komme ich mal vorbei, ehe Sie fahren. Und einen schönen Gruß auch, wenn Sie ihm schreiben. Rufe ich Sie also mal an in dieser Papierfabrik, wenn das geht. Ja, sagte sie, natürlich.

Dann stand er auf der Straße, unweit der Haustür, wußte nicht recht, wohin mit sich. Wenn sie oben aus ihrem Fenster geschaut hätte, sie hätte ihn stehen sehen und sich wohl ihren spöttischen Vers gemacht auf seinen eiligen Aufbruch. Komischer Vogel, erst war er ganz gesprächig und beinahe nett, aber auf einmal. Muß ihm wohl eine Laus über die Leber gelaufen sein. Er stand aber da unten und dachte: wenn die Geschichte wirklich so ist, und daran ist kaum zu zweifeln, dann ist sie verdammt übel. So mir nichts, dir nichts vier Jahre, bloß weil einer in der falschen Gegend gestanden hat. Vier Jahre, als ob das nichts wäre. Und erinnerte sich an allerlei Geschichten, die man so hört, und an ihren Satz: Heute gibt es doch in jeder besseren Familie einen, der sitzt. Ja, schon. Da hatte er vor zwei, drei Monaten gesehen, wie sie den Laden von so einem Antiquitätenhändler ausräumten, und es kamen gar seltsame Antiquitäten zum Vorschein: Säcke mit Mehl, Zucker, Maisgrieß, Kisten voller Konserven, Speckseiten und ganze Kartons ranziger Butter, Fettbücklinge in Kisten, die gen Himmel stanken, und ein Zentner Kaffee, Milch in Dosen für ein ganzes Kinderheim, Fischbüchsen, davon mehrere geplatzt, drei Kisten mit Zitronen, mehrere tausend Paar Damenstrümpfe, eine Tonne genießbarer Lebensmittel und eine halbe Tonne verdorbener, sechzig Paar Schuhe noch in Kartons, Ballen Anzugsstoffe und ein Arsenal von Damenunterwäsche, und Zigaretten natürlich, Zigaretten … Ja, solche Leute schon. Fünf Jahre für so einen, vier Jahre für Peter Loose, damit man den Unterschied sieht. Und was kann man tun? Fischer schickte Zigaretten. Wenn sogar der nicht mehr tun kann, wer dann?

Als ob diese Gegenwart nie zur Ruhe kommen könnte. Dabei wußte er natürlich, daß es tödlich wäre, könnte sie es. Etwas anderes war gemeint und nur nicht auf einen Nenner zu bringen. Die Menschheit, das zentrale Experiment, das sich die Natur leistet. Der Sozialismus, die Befreiung der Menschen. Und diese kläglichen, kleinlichen Verfahrensweisen,

569

das ging nicht überein, das entsprach der Sache nicht und nicht der Idee, wie die Erstickung in Papier und Beschallung nicht entsprach, der Autoritätsfetischismus und die Kleingeisterei, die Buchstabengläubigkeit und die Epidemie in Mißtrauen. Aber was war zu tun? Wo war der Ursprung? Und wo der Weg, der herausführt?

Stand auf der Straße, starrte in den späten Nachmittag, wußte nicht wohin. Und der Regen, der über dem Tal lag, verwischte alle Konturen, beließ alles im ungewissen, und doch ging der Tag nur dem vergeblichen Abend voraus, der wenig Schlaf bringen würde und wenig Freundlichkeit. So setzte er einen Fuß vor den anderen, ging so hin und sah nur: es betraf alle und also auch ihn. Und war nun eigentlich angekommen.

Aber es setzte doch eine Wetterbesserung ein in der Nacht zum Freitag. Der Wetterbericht meldete weiterhin Bewölkung an und gelegentliche Niederschläge, er versprach Höchsttemperaturen um vierundzwanzig Grad.

In den Morgennachrichten war die Rede von den Waffenstillstandsverhandlungen in Korea, ein Fortschritt war abzusehen, der Schriftsteller Martin Andersen Nexø hatte zwanzigtausend Mark gespendet für den Wiederaufbau der Stadt Dresden, ferner hatte eine Sitzung des Politbüros stattgefunden am neunten und eine des Ministerrates am elften Juni, betreffend die entscheidende Verbesserung der Lebenshaltung aller Teile der Bevölkerung sowie eine beträchtliche Stärkung der Rechtssicherheit der Deutschen Demokratischen Republik: ernste Fehler, hieß es, seien begangen worden.

Schon im Waschraum erfuhr jeder davon, spätestens im Schichtbus. Das war Christians erster Arbeitstag nach fast einjähriger Pause, der fing gut an. Plötzlich war alles der Meinung. Als ob eine Last aufgehoben wäre mit einemmal, ein Druck genommen von allen, ein Spannungshöhepunkt über-

schritten und der Bogen jäh abgebrochen: es waren wieder
Gespräche möglich mit offenem Ausgang. Noch konnten die
einen nicht glauben, andere nicht übersehen. Zweifel kamen
auf, Vermutungen, Befürchtungen sogar, aber die nur bei wenigen: das Aufatmen war allgemein. Jeder sprach mit jedem
und hoffte mehr zu erfahren, vergessene Aussichten taten
sich auf und unerwartet neue, die Erstarrung löste sich, alles
schien wieder möglich. Als ob keiner mehr recht an eine Wendung zum Besseren geglaubt, aber doch alle gehofft hätten,
sah man nun plötzlich: die Minderzahl derjenigen, die den
Umschwung zu fürchten, von der Vernunft nichts zu erwarten hatten. Das sah man in den Gesichtern, im Ton der Gespräche, erkannte es im Unausgesprochenen, in der Freude
und im Erschrecken, in jeglicher Mitteilung. Eine Mauer war
gefallen, die keinem hier genutzt hatte, allen geschadet, wenige nur, die es noch nicht begriffen.

– Ja aber, es ist zu anonym. Jemand muß doch schuld sein.
Und wenn sie nächste Woche wieder Fehler machen, wer ba-
det die aus? Unsereiner, wenn dem was passiert, der geht ins
Kittchen. Die geben einfach eine Erklärung ab, und die Sache hat sich.

– Ist doch aber kein Argument Mann. Würden sie doch
sonst nicht erst so anfangen.

– Ja aber solln sie denn machen? Wo doch sowieso jeder?
Und da wird einer geständig, wenn ihm das Wasser am Halse steht, da rückt er bißchen Wahrheit raus, schmeißt dir
'n Knochen hin, kleine Beruhigungsspritze, weiß doch Bescheid. Lieber Hut verschenkt als Kopp verloren, verstehste?
Hat doch unser Spieß auch immer gemacht, wenn die Kacke
am Dampfen war, redet der dich auf einmal mit Kamerad an
und verteilt Zigaretten, aber sobald die Luft reine war, ging
wieder zack-zack aber nur. Kannste aber nicht vergleichen.
Haste schon mal Spieß gesehen, der wo Fehler zugibt vor
ganze Front, na siehste. Mußte ihnen schon lassen. Ja aber,
und die gesessen haben für nischt? Allens wat wahr is, dat is

571

nich recht, as de umspringe mit de Lüte, kann sik ein denkn, wat he will. Gott ja. Aber wirste sagen wolln, wo gehobelt wird, fallen Späne, wirste nu sagen wolln. Is doch wahr. Und die, wo schuld sind, werden sie schon rasiern, wirste sehn. Nee weeste, sone Regierung, die wo so vasacht hat, die gehört wech, gehört die, det sag ick. Mußt du ja wissen. Und wat willste dann für eene? Wieder mit Kapitalisten und so wat, na ich danke. Mußte doch mal büschen nachdenken, Mann, aber nee, laß man machen, det jeht nu allet sein jerejelten Gang, sach ick, Hauptsach, dos alls wiedr ins Lot kimmt, un dos net blus ä Saafnbloos wor. Un wenns dene wing naufs Oberstübl schlägt, dasse net jedn Addelhenner nei de Schtaatsgeschäft fuhrwerkn lossn. Dos sag iich. Man blouß, wenn unsse Teddy dat noch erläwt hätt, vleich, daß dä gor nich hätt erss ssoweit komm loatn, as dat nu is, un ok manch anners nich, wat sso upkaomt, dat segg ik. Ja aber kannste nich so sagen womeglich. Nämlich ist sich Unterschied, damals das, und so Staat heute, mit nix nich und wieder nix, hätt der auch erst lern müssen, nich? Redst du, wie du verstehst. Red sich jeder, wie er versteht, nicht? Aber muß doch einer sein, wo Überblick hat. Und mecht ich nich in Haut stecken von so einem, wo gepiesackt hat kleine Leute für rein nix, wird sich großes Aufwaschen geben, und mecht mancher sich Augen reiben bei Frühstück, wenn er so hört heute. Mecht ich schon wahrhaftig dabei sein, wenn mancher in Zeitung liest heute, mecht ich schon zusehn mal ...

Hin über Schlaglöcher, Vibrato der Waldstraße, rabenbergabwärts. Und es waren immer noch die gleichen SIS-Busse, die gleichen Holzverschläge, die gleichen längsgestellten Bänke. Und dann kamen die Meldungen im einzelnen.

Fadenschein, kennt einer Fadenschein? Saß auf einer Gezähekiste, hatte die »Volksstimme«, las vor: Werden die Beschränkungen für die Ausgabe von Lebensmittelkarten aufgehoben. Werden die Preise auf den Stand vom 19. April zurückgeführt. Werden die Zwangsmaßnahmen zur Betreibung von Steuerrückständen und Sozialversicherungsbeiträgen ausgesetzt. Werden den Handwerkern, Einzelhändlern und so weiter auf Antrag ihre Betriebe zurückgegeben. Werden ihnen kurzfristig Kredite gewährt. Werden die Fahrpreisermäßigungen für Arbeiterrückfahrkarten sowie für Schwerbeschädigte, Schüler, Studenten und Lehrlinge wieder eingeführt. Werden die Leistungen der Sozialversicherung und Sozialfürsorge wieder auf den ursprünglichen Stand gebracht. Werden Landwirten, denen auf Grund der Verordnung vom 19. Februar die Bewirtschaftung ihrer Betriebe untersagt wurde, ihre Betriebe zur Bewirtschaftung zurückgegeben. Erhalten geflüchtete Personen, wenn sie zurückkehren, ihr Eigentum zurück. Erhalten sie, wo dies nicht möglich ist, vollwertigen Ersatz. Werden sie wieder in ihre vollen Bürgerrechte eingesetzt. Werden das Justizministerium und der Generalstaatsanwalt beauftragt, alle Verhaftungen, Strafverfahren und Urteile sofort zu überprüfen. Werden alle im Zusammenhang mit der Überprüfung der Oberschüler und der Diskussion über die Tätigkeit der »Jungen Gemeinde« aus den Oberschulen entfernten Schüler und Lehrer ab sofort wieder zum Unterricht zugelassen. Werden nach dem Gesetz zum Schutz des Volkseigentums verurteilte Personen, die zu ein bis drei Jahren verurteilt sind, sofort aus der Haft entlassen. Wird Wissenschaftlern und Künstlern die Teilnahme an Kongressen in Westdeutschland ermöglicht und werden die Ausgabe von Interzonenpässen nach Westdeutschland sowie von Aufenthaltsgenehmigungen für Bürger aus Westdeutschland im Sinne der Erleichterung des innerdeutschen Reiseverkehrs neu geregelt. Dürfen befähigte Jugendliche aus den Mittelschichten bei Immatrikulationen an den Universitäten und Hochschulen nicht benachteiligt werden ... Werden, sagte Fadenschein, an Personen über siebzig Jahre in Begleitung des Vaters ab sofort, aber den kennt ihr wohl schon. Ja und, sagte Fadenschein, will ich mal sagen: Was ist aber nun mit die Normen? Hat einer vielleicht gehört, was mit die Normen ist?

Standen sie überall und hatten davon aber nichts gehört. Sammelten sie sich, wo einer eine Zeitung hatte, saßen, redeten, »dawai«, sagte Drushwili, »warum nix arbeiten«, boten sie ihm eine Zigarette an, sachte, sachte, Brüderchen, wunderte er sich sehr. Auch Hermann Fischer kam, hatte ein halbes Dutzend Zeitungen unterm Arm, »Neues Deutschland«, »Tägliche Rundschau«, »Volksstimme«, die verteilte er. »Na«, sagte er zu Christian, »man schön, daß du wieder im Land bist. Und solche Neuigkeiten gleich. Hätt sich gestern auch keiner träumen lassen, daß das mal so schnell geht.« Und sagte noch, daß mit Arbeit heute wohl nicht viel los wäre, und der Erzplan wohl in die Binsen sei – das zeichnete sich ab.

Christian war als Hilfssteiger eingesetzt, was es eigentlich nicht gab, »paar Tage bloß«, sagte Fischer, »mit du das kennenlernst.« Da ging er an Fischers Seite durchs Revier, erkannte manches nicht wieder, begrüßte zwar hier und da einen alten Bekannten und wurde gegrüßt, die meisten freilich kannte er nicht. »Ja«, sagte Fischer, »nicht mehr viele da von den Alten. Viele haben aber auch umgedrittelt, in den anderen Schichten ist es besser.« Und machten einen weiten Bogen um die Einunddreißig/dreizehn, wo damals der Unfall gewesen war, Fischer sagte: »Da ist nichts mehr, und die alte Haspel haben wir im Winter zugemauert, wegen Bruch.« Ja, so. Und kamen über den alten Blindschacht auf den Kalvarienberg in den siebenten Himmel, das war der älteste erhaltene Abbau auf dem Vierhundertzwölfer-Schacht, der stammte noch aus der Silberzeit: hier oben war Christian noch nie gewesen. Stückchen weiter, und sie trafen drei Mann, die machten da Erz. Die gehörten aber schon zum Nachbarrevier. Nur der große Haubold, der hier eine Wettertür installierte, der gehörte noch zu ihnen. Bei dem also legten sie eine Rauchpause ein.

»Tja«, sagte Hermann Fischer, »was ich dich fragen wollte: Weißt du schon, was du machen willst, wenn du mal fertig bist?«

»Ja schon. Aber so richtig man wieder nicht. Zum Beispiel dieser VEB Geophysik. Interessanter Laden, der ist aber in Leipzig, deshalb auch. Ja, und natürlich Erdöl, wenn wir hätten. Aber es werden welche nach Rumänien geschickt, zur Ausbildung, was man so hört. Richtig klar sieht einer sowieso erst im zweiten, dritten Jahr. Zerbrech ich mir jetzt noch nicht den Kopf. Jedenfalls, wo's interessant ist, da geh ich hin.«

»Ja«, sagte Fischer, wiegte bedächtig den Kopf, »ja. Aber Wismut nicht, was?«

»Kaum«, sagte Christian. Und lehnte am Türstock, hatte vertraute Gerüche ringsum, hatte den Schein von Fischers Lampe am frischen Holz gegenüber, es war schon ziemlich seltsam: wieder unter Tage.

Sie gingen dann ein paar Überhauen durch und hatten einen mittleren Ärger mit einer E-Lok, die aus den Schienen gesprungen war, und wo sie auch hinkamen, war über kurz oder lang immer das nämliche Gespräch im Gange, die Zeitungen wurden vorwärts und rückwärts gelesen – auf die Norm kamen heute nur wenige. Aber das muß man verstehen. Und Hermann Fischer tat überall mal einen Satz dazu, der wurde gehört mit Aufmerksamkeit; konnte einer sehen, was der alte Fischer hier galt. Sag ich doch. Solche wie der, da müßten wir mehr von haben. Und das Jahr jetzt, wo du nicht da warst, das ist wohl grade kein gutes gewesen für ihn. Wird der wohl manchmal auch nicht klargekommen sein mit dem, was die so einrühren da oben, das glaub ich schon. Kann man ja auch verstehen, nicht? Ja, und Spieß, den trafen sie überm Frühstück, der sagte: »Was meinst du, ob sie den Loose nun auch, ob der nun wieder rauskommt?«

Bloß Drushwili, der hatte einen schlechten Tag. Hockte in seinem Verschlag, hatte wenig zu tun, kaute Sonnenblumenkerne, brummte allerlei so Zeug. Vielleicht, daß er nicht recht mitbekam, was eigentlich los war. Seine »Prawda« oder »Iswestija« oder was der so las, würde das ja wohl erst morgen drucken. Kann aber auch sein, der las gar keine Zeitung, der rauchte sie bloß, nicht wahr?

»Tja«, sagte Fischer, »kannst du dich noch erinnern, wie wir auf der Einunddreißig verschütt gegangen sind?« Und setzte einen Fuß vor den andern, einen vor den andern, ging so über die Schwellen hin, ging voran. Und das vergißt einer natürlich bis an sein Lebensende nicht. »Tja«, sagte Fischer, »ich hab mir da was ausgetüftelt. Mittwoch fährt der Lkw nach Halle, wegen Selbstretter, da fahr ich mit. Da will ich denen das mal vorlegen. Bloß, es müßte vielleicht 'ne ordentliche Zeichnung gemacht werden. Da könntest du mir bißchen helfen, wenn du möchtest. So akkurat krieg ich das alleine nicht hin.«

»Natürlich«, sagte Christian. »Natürlich gern.«

»Tja, also wenn du noch nichts vorhast, heute abend?«

Und das hatte er nicht. Da würde er also gegen Abend mal vorbeikommen.

Das war so ziemlich alles. Die Produktion lief langsam und stockend, es geschah aber auch gar nichts während dieser Schicht. Ein gequetschter Daumen, ein Schienenbruch, ein Kurzschluß am Werkzeugmagazin. Gegen Mittag setzten sie sich an die Abrechnung. Der Schachtleiterhelfer rief an, wollte wissen, was mit der Förderung sei, so ein Geklecker, solln wir da hinkommen. »Gott ja«, sagte Hermann Fischer. »Hast du denn erwartet heute?« Dann rief noch der Dispatcher an, ein paar Krankmeldungen, eine Umsetzung. Vom ITP ließ sich keiner sehen untertage, und das war weiß Gott neu. »Siehste«, sagte Hermann Fischer. Solch eine erste Schicht hätte sich Christian damals wohl gefallen lassen. Aber heute? Hatte er sich diesen Tag doch ein bißchen anders vorgestellt.

Als aber Christian Kleinschmidt in Fischers Stube trat, war da einer, den kennt man schon. »Ist der Genosse Nickel«, sagte Fischer. »Und das ist meine Tochter. Und nun wollen wir also erst mal einen Bissen essen, marokkanische Kartoffeln sind uns beschert worden, Kartoffelpuffer, du ißt doch Kartoffelpuffer?«

Fischers Tochter deckte den Tisch. Es war noch hell draußen, hier aber dämmerte es, die Fenster waren niedrig in Fischers Haus; draußen gurrten die Tauben. Wie das so ist: kleines Gebirgshaus, Häuslerhaus, drei, vier Zimmer wohl, die berühmte Ofenbank. Davon singen die Mundartlieder. Die gehen hauptsächlich auf einen Mann namens Anton Günther zurück, auch Toler-Hans-Tonl genannt. War aber gut hier, gediegen und einfach – so haben die Hiesigen schon vor zweihundert Jahren gewohnt. Das kann man sich ansehen auf alten Bildern im Heimatmuseum. Wobei Fischer freilich kein Hiesiger war, wenigstens nicht ganz. Und hatte wohl auch keine Christpäremäd auf dem Oberboden zu stehen, keine sommers verpackten Engel und Bergmänner aus Lindenholz geschnitzt. Hingegen der große Bauernschrank, der hatte gut und gern seine hundertzwanzig Jahre – derlei hatte einen ja immer schon interessiert. Und diese bejahrte Petroleumlampe. Die wurde wohl nicht mehr benutzt, stand nur so da, ein gutes Stück Arbeit. Und dieses Sofa, das man hier Kanapee nennt, darauf saß Fischers Katze, blinzelte herüber aus mattgrünen Augen, schnurrte.

Ja. Und Fischers Tochter hatte nun die Tassen auf dem Tisch und die Teller, der Geruch der frischen Kartoffelpuffer erklomm die Stiegen, Hermann Fischer schenkte ein aus der grünen Flasche. Aber dieser Nickel, der nahm keinen. Stand nur so herum, sagte nichts, war sich, scheint's, selber im Wege. Fischers Tochter hatte wohl auch nicht viel im Sinn mit ihm, wie es schien. Ging ihm sorgsam aus dem Wege mit den Augen, daß ein jeder es sehen konnte, und obschon das keinen was anging, hatte man doch ein merkwürdiges Gefühl dabei. Aber sie mußte ja wissen, weshalb sie ihm nicht grün war. Und man tat halt so, als wäre da gar nichts Auffälliges, tat man halt so als ob. Fischer jedenfalls tat ganz und gar so. Und sie reichte Christian die Schüssel mit den Puffern herüber, lächelte ein bißchen, aber das sieht man schon, wenn einer in Gedanken ganz woanders ist.

»Tja«, sagte nun Hermann Fischer, »wie haben sie es denn aufgenommen bei euch?«

Ja, wie. Das war natürlich eine Frage, die paßte in diesen Tag, die sah nicht so aus, als ob einer nach dem Wetter fragt, nur damit die anderen was zu reden haben. Ja, wie. Aber dieser Nickel wollte sich wohl nicht äußern. Und Fischers Tochter hatte einen goldgelben Puffer an der Gabel, sie saß sehr aufrecht und sah mit ihrem bedächtigen Blick an Christian vorbei und vorbei an den anderen, sagte aber dann doch etwas. Ein großes Aufatmen also habe sich zugetragen. Es sei der ganze Betrieb aus dem Häusl gewesen, und überall hätten sie gestanden und geredet und ihre Meinung gesagt wie lange nicht. Allerdings: so ganz und gar einhellig sei die Freude nun leider und wiederum nicht gewesen. Als ob etwas gefehlt hätte in allem, wo nicht gar das Wichtigste. Also hätten viele von den Normen gesprochen und von diesem Regierungsbeschluß, der nun vierzehn Tage zurücklag, der aber die Norm für alle schlagartig um zehn Prozent erhöht hatte. Viel böses Blut, sagte sie. Und es gab wohl weiß Gott Normen, wo einer sich sieben Stunden bei schlafen legen konnte. Es gab aber auch andere. Und ob etwa nicht einzusehen sei der Unterschied von einem, der hundert Mark einbüßt von tausend, zu jenem anderen, der fünfundzwanzig einbüßt von seinen zweihundertfünfzig. Der nämlich habe so und so kein Auskommen, aber so schon gar nicht.

Und davon hatte nichts in den Zeitungen gestanden, das war allerdings wahr. »Jaja«, sagte Hermann Fischer, nickte vor sich hin, »jaja.« Und es ist dies wahrhaftig eine Sache, die bedacht sein will von vielen Seiten, das sicher, aber bedacht werden muß sie.

Nun dieser Nickel. Hatte auf einmal seinen wilden Blick und erklärte, da könne man sich ja gleich begraben lassen, wenn sie etwa diesen Beschluß auch noch rückgängig machen wollten. Sowieso sei das heute der schwärzesten Tage einer für den Sozialismus. Und er könne da nur sagen, das ginge unmöglich mit rechten Dingen zu, soviel Rücksicht auf einmal mit all diesen kleinbürgerlichen Überbleibseln, soviel Entgegenkommen den Rückständigen und Indifferenten, einen guten Dienst habe man der Sache des Sozialismus damit wahrlich nicht erwiesen. Er also, er sähe da zu übertriebener Freude gar keinen Anlaß, gar keinen. Und nicht ein Schritt zurück sei da getan worden, wie es der große Lenin ausdrücken würde, sondern mindestens zehn. Und weil wir nun schon bei ihm sind: Das ist ja bekannt, welchen Spott der übrig hatte für Versöhnler und Zurückweichler, und was der etwa sagen würde zu solchen Neuerungen.

Je nun.

Wußte man wenigstens, woran man war.

Fischer aber, Fischer wollte das wohl nicht überhört haben. Was vielleicht noch das Beste wäre in solchen Fällen. Denkt sich einer: Mach mal halblang, und dann abgeheftet unter M wie Makulatur. Fischer also schmeckte seinen Kartoffelputter und legte die Worte zurecht, und dachte eben noch bei sich: Erstaunlich, wie einer, der das Gebäude der Kreisleitung beispielsweise nie betreten konnte ohne ein sozusagen Schuldgefühl und ohne die Angst, ob sie denn auch zufrieden sein würden mit ihm und ob er denn auch alles allen recht getan hätte, wie er uns einmal gestanden hat, erstaunlich also, wie so einer sich mausert zu Unnachgiebigkeit bei ausgerechnet diesem Anlaß. Dachte er eben noch. Und dann sagte er: Eine solche Meinung, wie der Genosse Nickel da habe, könne er nun doch nicht unwidersprochen hinnehmen, das könne er nun wirklich nicht. Gewiß, sagte er, Kompromißlosigkeit, Konsequenz, Nachdruck, das seien unentbehrliche Eigenschaften für Leute, die Gesellschaft und Welt verändern wollen zu deren Besten. Aber eben es gäbe da einen Punkt, wo diese guten Eigenschaften ganz plötzlich umschlagen in Dogmatismus, in Sektierertum, in Unrecht. Und dieser Punkt sei schneller überschritten, als mancher wahrhaben wolle. Fanatismus, das wäre nun gewiß ein hartes Wort, aber er sähe nicht, wie es vermieden werden könne, sagte er. Und freilich: wir arbeiten zu unproduktiv, unsere Normen stimmen nicht, wenn wir vorankommen wollen, und wir wollen nicht bloß, sondern müssen, dann müssen wir mehr produzieren und übrigens auch besser. Aber auch er könne nicht glauben, daß Zwang und Administration die richtigen Wege seien dahin – da kann einer manches gewinnen und alles verlieren. Und ferner: Lenin. Das ist so eine Mode: man beruft sich. Es kommt einer nämlich in den Geruch, er habe den Mann auch recht verstanden, wenn er sich immerfort auf ihn beruft. Und man möchte nun wenigstens einmal bedenken, daß dieser Lenin immer wieder mal gesagt hat: Vor aller Theorie war immer noch die Wirklichkeit. »Und wenn die Wirklichkeit sich nicht nach den Theorien gewisser Leute richtet, würde ich nicht sagen: Die Wirklichkeit ist schlecht. Und wenn das Volk überall an den Straßenecken zusammenkommt ohne Aufforderung und eine Neuerung einhellig begrüßt, würde ich mich nicht so ohne weiteres hinwegsetzen über alle und die Neuerung verurteilen.« Sagte Fischer. Und blieb wie immer, hörte seinen Worten nach, blieb ganz ruhig.

Christian freilich, der konnte das Lächeln nicht zurückhalten, es war ihm nämlich gerade ein gewisser Cervantes eingefallen, welcher einmal beschrieben hat, wie es denen geht, welche die Welt verwechseln mit dem, was in Büchern geschrieben steht.

Ja. Und dieser Nickel würde ja nun sicher noch seine guten Gründe haben. Aber er wollte nun wohl nicht mehr heraus damit. Ein beredtes Schweigen, wie man so sagt. Allerdings war das auch ein ziemliches Kaliber gewesen, eine rechtschaffene Abfuhr, das schon. Er sah ziemlich unverstanden aus, wie er dasaß mit der grünen Krawatte über dem gestreiften Hemd, und ein Tropfen Fett von dem Kartoffelpuffer landete mitten im Grün, das merkte er aber nicht. So sprang der Hermann Fischer ja auch für gewöhnlich nicht um mit den Leuten. Und es mußte da wohl noch etwas anderes sein, nicht nur, was nun sichtbar war. Aber das konnte ja eigentlich nur in dieser Richtung zu suchen sein oder in dieser. Und er sah heimlich hinüber zu Fischers Tochter, Christian Kleinschmidt, aber es war ihr nichts anzumerken. Außer daß sie sehr zurückhaltende Augen hatte. Und eine störrische Strähne hatte sie über der Schläfe und ein schmales Gesicht, daß einer sich wohl wünschen könnte, dies Gesicht in beide Hände zu nehmen – jenem Nickel, das muß gesagt werden, würde man das nicht gönnen. Und das hätten wir übrigens nicht gedacht, welche Geschichten an Hermann Fischers Tisch sitzen, und welche Gesichter.

Und Ruth? Wenn einer so ganz ein anderer ist, als man gedacht und gewünscht hat? Wenn alles so still geworden ist und so fremd, daß man nicht mehr weiß, wie einem das Herz geklopft hat? Und wenn man schon nicht einmal mehr Enttäuschung spürt, sondern nur noch diese Gleichgültigkeit? – Und plötzlich kommt einer wieder, der uns weh getan hat wie nie ein anderer Mensch, tritt zur Tür herein, und man weiß nicht, was er will, und will es nicht wissen, und weiß nur: Es war dies ein guter Tag, daran ist nichts mehr zu ändern, und diesen guten Tag wollen wir festhalten in uns, was immer auch geschieht. So ändern sich die Ebenen in uns, und wir werden andere. So ist nichts verloren, wenn einer sich findet, indem er die anderen sucht, und wiederum ihnen sich nähert auf der Suche nach sich …

Später gingen Hermann Fischer und Christian in die kleine Erkerstube hinüber, die auf breiter Konsole das Bild der Mutter Fischer bewahrte – Christian erkannte sie sofort. Unter der Lampe saßen sie, hatten Papiere ausgebreitet und die Teile eines Selbstretters, und Christian wunderte sich sehr, was unter Fischers Händen entstand bei nur geringfügiger Umstellung und Ergänzung, es lag dem zugrunde ein Gedanke von jener Einfachheit, die den Kundigen besticht. So kramte Christian seinen Rechenschieber aus der Tasche und das Reißzeug, setzte Linien in hartem, dünnem Blei, hob Maße herüber mit dem Stechzirkel und entwarf ein Netz von Koordinaten, und hatte die nachdenkliche Falte wieder über der Nasenwurzel, die sein Gesicht so zuverlässig machte. Eine Zahlenkolonne rechnete er dreimal durch, und es ging nicht, und ging dann doch beim vierten Mal. »Schön«, sagte Fischer, »wie das so aufgeht.« Und Christian fragte ihn beiläufig wohl auch, ob das der Schwiegersohn sei, der Genosse Nickel. Und Hermann Fischer wird geantwortet haben: nein; oder gedacht: nicht mehr – und daß er lange nicht mehr dagewesen ist, Nickel. Nicht recht ersichtlich, was ihn ausgerechnet heute hergetrieben hat – oder vielleicht doch? Und übrigens: Er ist einer von uns, das ist er gewiß, eben deshalb auch ist er eine entschiedene Antwort wert; und möge jeder bedenken, wie oft er sie ihm vorenthalten hat, bevor er sich an die Brust schlägt.

Wenig später kam Ruth, setzte sich still in den Erker und sah ihnen zu – da wußten sie beide, daß er gegangen war. Sie beobachtete ihn, diese irgendwie linkische und doch so dauerhafte Art, sich über einen Tisch zu beugen, die aufmerksame Bewegung, die sich mitteilte und Ruhe übertrug und doch nicht ganz bei sich war: Es sind deine Augen, dachte Christian, die nun die Hand geführt haben über diese bislang saubere Zeichnung, und haben jenen abgeglittenen Kreisbogen verursacht, den wollen wir aber nicht radieren, den wollen wir lassen, wo er ist, und so fangen wir noch einmal von vorn an.

Eine andere Art von Verläßlichkeit, aber auch eine, wenn sie empfunden wird. Und er legte das Blatt beiseite, nahm sich ein neues vor, aber sie sah die kleine Unsauberkeit, und es war die einzige auf einer fast fertigen Zeichnung, da mochte sie wohl zum erstenmal an ihn gedacht haben nicht als an ihres Vaters Kollegen und jüngeren Freund vielleicht, oder vielleicht auch, daß es diese spöttischen Augen waren, die er nun vor sich selbst bekam, als sei ihm gerade die Bedeutung dessen aufgegangen, was er eben getan hatte. Fischer aber stopfte seine kurze Pfeife und sagte: »Es sind diese verdammten Zeichensachen, mit denen unsereins nicht zurechtkommt, wenn man es wenigstens noch machen könnte mit einem Zimmermannsblei.« Und ob Christian nicht Lust hätte, mitzufahren am Mittwoch, wirklich, es wäre ihm sehr lieb, wenn er ihn dabei wüßte. So hatte also alles seine Richtigkeit, selbst, als Christian ein bißchen sehr schnell ja sagte. Und Ruth ging aus dem Zimmer und kam mit ihrer Strickjacke zurück, da prüfte Christian dies noch einmal nach und jenes, was im Grunde längst sicher war. Das wußte aber außer ihm keiner, sie sahen nur, daß es eben seine Zeit braucht, bis solch eine Zeichnung fertig ist.

Es braucht eben alles seine Zeit.

Und sie saßen noch lange so, sprachen wenig, die Tauben draußen gurrten schon lange nicht mehr. Ein Falter kam herein durch das geöffnete Fenster, flog die Lampe an, stieß seinen harten Brustpanzer am Schirm und taumelte zurück und flog das Licht von neuem an, das war ein Geräusch, das sie alle aufsehen ließ. Er kam immer wieder und prallte mit immer erregteren Flügelschlägen gegen das Glas – es war etwas Verzweifeltes in diesen vergeblichen Flügen. Erst als er sich ermattet und zitternd am Lampenbügel niederließ, war ihm zu helfen. Da nahm ihn Christian herab, vorsichtig, um die Flügel nicht zu berühren, die sofort wieder erregt schlugen, als er den Leib faßte, hob ihn herab und ließ ihn frei vor dem Fenster. Und Ruth war mit herübergekommen, sie zog die Gardine vor und ließ die Jalousie herab, es wäre wohl auch sonst ohne Sinn gewesen. Aber das ist nun nichts Besonderes.

583

Nur, daß ein Vorgang dieser Art eben ein gemeinsamer ist. Und vielleicht, daß eine Erinnerung war über Jahre zurück, nachts oder eines späten Abends: Es wird beginnen in meines Vaters Haus – vielleicht. Als Hermann Fischer die beiden Blätter sorgsam in einer Mappe verwahrte, als sie sich ansahen im Einverständnis getaner und wohlgeratener Arbeit und ihre stille Freude bemerkten, da war wohl doch etwas anderes noch, und sie hätten es fast schon benennen können. Aber wie heißt das, was uns so betrifft? Etwas, das noch so leis ist und kaum entstanden, soll man wohl nicht gleich mit Worten belegen. Es ist genug, wenn man es spürt.

XX. Kapitel

Mittwoch, den 17. Juni, fuhr der graue Studebaker, zugelassen für dreieinhalb Tonnen, sehr früh aus dem Tal – gegen sieben Uhr waren sie schon auf der Zwickauer Fernstraße. Der Fahrer hieß Titte Klammergass, er kaute an einem trokkenen Brötchen, das behielt er angebissen im Mund, wenn er schaltete, und es war oft zu schalten hier am Berg. Hermann Fischer und Christian Kleinschmidt pfiffen etwas, das klang, als wollten sie sich ein bißchen lustig machen über diesen Klammergass, wie er an der Schaltung fummelte und die Gänge wechselte und nicht zum Essen kam. Also das war ein fröhlicher Tag. Der fing an wie eine Landpartie.

Der Morgen war kühl, immer noch zu kühl für die Jahreszeit, aber das spürten sie nur auf den ersten Kilometern. Titte Klammergass hatte das Radio eingeschaltet – es waren kürzlich welche eingebaut worden in die beiden Studebakers, die für längere Strecken in Bereitschaft standen. Irgend etwas mit Streichern. Aber von draußen kratzte die Hochspannungsleitung herein, die lief ein Stück neben der Straße her, als sie abbog, sang dieser Frohberg. Ein kleiner Elefant. Stapfte traurig durch das Land. Weil er keine Elefantin fand. Dann hatten sie eine Weile Nachrichten und die Morgengymnastik, da drehte Titte Klammergass weiter. Von RIAS-Berlin hören Sie. Mal beim Klassenfeind naschen, sagte Titte Klammergass. War ja auch ganz schöne Musik.

Weiß ich noch, sagte Hermann Fischer, als ich in eurem Alter war, da kamen gerade die ersten Radios auf. Das waren vielleicht Kästen. Noch mit Kopfhörer und so und mit Detektor, und was die für Sendungen hatten, gar nicht zu beschreiben. Ich weiß noch, einmal war ich bei einem Freund, die hatten da diesen Arbeiter-Radiobund, das muß so um dreißig herum gewesen sein. Also erstens: Bis man so einen Sender überhaupt gefunden hatte, das war schon ein Ereignis. Und dann war fünf Minuten der Ton weg und zehn Minuten Störung und dann sang mal einer ein Lied, und jemand erzählte etwas von Sarotti-Schokolade und: Kennst du das Land, wo die Zitronen blühn, auch dort putzt man die Schuhe mit Urbin; also das war wirklich sehr schön. Und heute, da haben die sich ganz schön herausgemacht in den paar Jahren. Da werden wir nun wohl auch noch das Fernsehen erleben, nicht wahr ...

Natürlich. Und was sind das für Zeiten.

Nun wird der das wohl aus einem kühlen Grunde erzählen, dachte Christian. Nämlich, damit er nichts sagen muß von wegen RIAS-Hören und dergleichen. Hat er das glatt überhört. Denn es gibt Leute, die haben so eine Art zu fragen: Höre ich recht, der Genosse Parteisekretär sitzt da mit einem jungen Genossen und einem Parteilosen, und sie hören kollektiv Hetzsender ab? Ferner während der Arbeitszeit? Und nun etwa zu sagen, es sei da gerade so schöne Musik gewesen, so naiv war natürlich keiner mehr. Wäre das selbstredend eine glatte Bagatellisierung gewesen nebst Zurückweichen günstigstenfalls. Und der ganze geordnete Unsinn ihres Tuns und Lassens. Dabei war das die Regel, wie jeder wußte, denn wer war schon ernsthaft scharf auf die lakkierten Nachrichten von denen oder gar auf WIRSPRECHENZURZONE. Also lassen wir das. Und andererseits hatte Fischer natürlich recht mit Technik und schnellebiger Zeit. Da sah man: Fernsehen ist für uns, was für ihn Rundfunk war, der kommt uns vor, als ob er schon immer da wäre, dabei muß das ganz schön aufregend gewesen sein vor gerade erst fünfundzwanzig Jahren. Ja, und wenn man sich den Hermann Fischer damals vorstellte, mit Schirmmütze und Henkelmann und gelegentlich in der Rotfrontkämpfer-Kluft, und wenn man sich heute sah und fünfundzwanzig Jahre vorausdachte, was dann sein würde und wie man sich etwa ausnähme dabei,

586

oder aber man stellte sich vor, das Eigene nicht begonnen zu haben als eines Professors Kleinschmidt Sohn, sondern sagen wir in Fischers Haus, Fischers vormaliger Zweizimmerwohnung, Fischers schlichter, aber gerader Welt des ›Wem nützt es‹, und in seinem unbedingten Ja natürlich – was wäre so gekommen und was so? Fragen, die sind nicht beantwortbar. Denn man kann seine Väter nicht wechseln nach Bedarf – und von den Eltern kommen wir immer. Nur vorstellen manchmal, das schon. Denn die Erwachsenen haben ziemlich lange recht, diese wie diese, wenn auch nach verlorenen Kriegen etwas weniger lange: vielleicht, daß man eher hingefunden hätte, vielleicht nicht – es sind nur zum Teil die Väter und zum geringsten die leiblichen. Aber wenigstens daß da einer ist, dem man dies sagen möchte. Und der verstehen würde, daß die Söhne nie genau das und genau so tun können, wie die Väter taten, und hätten sie der besten einen – immerfort müssen die Jungen das Ihre hinzutun, und unbewältigte Vergangenheit bleibt hier wie dort, wenn nicht die Gegenwart bewältigt wird, wenn nicht die Zukunft. Das wissen viele, solange sie jung sind, und vergessen die meisten, wenn sie älter werden, dabei ist das noch nicht einmal die Hauptsache. Da gibt's noch eine ganze Menge anderer Sachen, die sind genauso wichtig, und es gibt sogar wichtigere. Deshalb findet man sich auch so schwer zurecht.

Aber es ist da ein Mädchen, das ist vielleicht näher als alles andere. Kommt von dort, wo wir nicht herkommen, will hin, wo auch wir hinwollen – und hätten einander vielleicht nie getroffen, wenn nicht jedes den eigenen Weg ginge. Weil das Ziel nicht ein Ort ist, an einem Wege, den schon einer gegangen wäre, und hätte ein Zeichen hinterlassen: Hier ist es. Das ist überhaupt kein Ort an überhaupt keinem Weg, sondern ist das Haus, in dem wir wohnen, daran wird immer gebaut, das ist alles. Da muß nur jeder sein Stück Arbeit tun in der Arbeit aller, aber das ist leicht gesagt, wenn kein Hauswirt da ist, der sagt: Dies ist der Bauplan, dies ist die Hausordnung, keiner hat so einen Hauswirt je gesehen. Dennoch behaupten die einen, es gäbe ihn, er habe dies und jenes angeordnet, und zum Beweis schlagen sie denen, die anderer Meinung sind, den Schädel ein. Und es gibt andere, die versuchen selber her-auszufinden, welches der beste Bauplan wäre und welches die beste Ordnung, leichter haben die es deshalb auch nicht. Ferner gibt es Arme und Reiche in unserem Haus, Helle und Dunkle, Unterdrücker und Unterdrückte, Hungrige und Satte, Ausbeuter und Ausgebeutete, Kluge und weniger Kluge, Gemäßigte und Radikale, es gibt wenige, die haben fast alles, und viele, die haben fast nichts. Es wimmelt da nur so von Widersprüchen, und seit mehreren hundert Jahren ist Krach in unserem Haus, aus Gründen, die sind mehr oder minder bekannt, und noch immer haben wir unsere Streitig-keiten ausgetragen, indem wir uns zuletzt gegenseitig den Schädel einschlugen und die Einrichtung demolierten und beim Nachbarn Feuer legten, das ging zum Glück noch im-mer zu löschen, und das Haus steht noch. Aber es ist nun ein Feuerwerk erfunden, wenn das in Gang gesetzt wird, dann bleibt nichts übrig von unserem Haus und von uns allen. Das passiert uns zum ersten Mal. Und wir haben uns so gewöhnt an die bisherige Methode, Geschichte zu machen, recht zu haben, die Zukunft zu verzögern, an der Macht zu bleiben oder an die Macht zu kommen, den Krieg hinzunehmen als das letzte Argument der Politiker, der Ideologen, der Wirt-schaftskönige, jedenfalls der wenigsten von uns, daran haben wir uns so schön gewöhnt. Und auf einmal steht die ganze Methode nicht mehr zur Debatte, vielmehr haben wir zu ent-scheiden, soll die Menschheit weiterexistieren oder nicht. Da stehen wir. Und die Klügeren unter uns sehen vielleicht: So recht idiotisch ist der Gänsemarsch: vorn der Führer und am Schluß der Geringste und dazwischen schön einer hinter dem anderen, der kann nach rechts sehen und nach links, wenn er will, aber nicht geradeaus – und die dies ernsthaft vorschlagen, meinen entweder etwas anderes, oder wissen nicht, was sie tun, oder aber sie wissen es nur zu gut. Das ist unsere Lage. Und wir wissen schon, es rettet uns kein höheres Wesen, uns bleibt nur dies: Schluß machen mit der Herrschaft der Wenigen über die Vielen, das wissen wir schon. Wir sind uns nur nicht einig über die Art und Weise des Schlußmachens, das ist es. Denn wir hatten mal einen, der nicht Schluß machen wollte mit sich, und schwor, lieber werde er uns alle mitnehmen, und schlug die Tür mit einem Donnerschlag hinter sich zu, da wackelte das Haus in allen Fugen. Das haben wir als Sorte gerade noch mal so überlebt. Wenn auch nur aus einem einzigen Grund: Er hatte die richtige Technik noch nicht. Ja, aber die haben wir nun, und die Welt ist dreigeteilt, und die Bombe ist zweigeteilt, es sind dies aber gerade die beiden mächtigsten Teile, und die stehen sich am unversöhnlichsten gegenüber, so stehen wir da – und was wird nun mit der Gewalt, mit der bislang noch immer entschieden worden ist, wer recht hat, was wird nun mit der gewaltsamen Veränderung der Gesellschaft, wenn hinterher keine Gesellschaft mehr da ist, was wird nun mit der Menschheit? Wer sagt uns, daß die Kapitalisten, Kanzler und Generäle, wenn's ans Abtreten geht, nicht gerade einen ganz und gar Verrückten am Druckknopf sitzen haben, der jagt uns lieber alle in die Luft, als daß er sich unter unserer Aufsicht einer kleinen, aber nützlichen Arbeit zuwendet? Wann je hat denn schon mal einer auf Macht und Profit verzichtet und nicht lieber ein paar Millionen über die Klinge springen lassen? Und wer garantiert uns, daß eines Tages nicht auch einer der Unsrigen verrückt wird und sagt: Die Bombe ist gerade richtig für den Klassenkampf, jetzt blasen wir den Kapitalismus endgültig und für alle Zeiten in die Luft, und wenn dabei auch, sagen wir mal, neunundneunzig Prozent der Menschheit mitverrecken, das macht nichts, ihr sollt mal sehen, was der Rest hinterher für einen feinen Kommunismus aufbaut? Ja freilich, das ist bei Marx nicht vorgesehen. Es ist vom Kommunismus das genaue Gegenteil. Aber leider sehen wir ja immer mal wieder, was einer in Marx'

Namen aus Marx machen kann, sofern er nur rechthaberisch und unfähig genug ist. Und wir vermuten: unserem Verrückten würde da schon etwas einfallen, diese Typen haben ja Übung. Und da die anderen sogar weitaus mehr Übung haben als die bei uns vorkommenden Verrückten, wie die Geschichte erhellt: Was machen wir, wenn sie immer vor unserer Nase an der Bombe herumgokeln und schreien: Rückwärts, Leute, im Namen unserer Freiheit, wir wollen auch mal bißchen eingemeinden, Leute, Korea ist eigentlich amerikanisch und Polen deutsch, Leute, und wenn ihr uns nicht machen laßt, dann drücken wir eben ab. Dann bräche wohl oder übel der letzte Krieg an, und es wäre Schluß mit der Menschheit. Aber vielleicht sollten wir die Zeit nutzen, solange es wenigstens bloß zwei Atommächte gibt, solange sie einigermaßen gleich stark sind, um ernsthaft und mit aller Kraft Demokratie zu verbreiten, Vernunft zu entwickeln, vielleicht sollten wir uns auf die Bekämpfung eben dieser Übungen einlassen, wo immer wir sie treffen, im Größten wie im Kleinsten – es wäre vielleicht unsere Chance? Und sollten nicht gar so ruhig schlafen, weil wenigstens auf einem Stückchen Erde die Ausbeutung des Menschen durch den Menschen abgeschafft ist, weil wenigstens dort Aussichten auf menschliche Zustände eingetreten sind – welch Unmaß an Hoffnung! Sollten vielmehr die sinnvolle Unruhe fördern, sollten sagen: Denken ist die erste Bürgerpflicht; sollten sagen: welch Maß an Verantwortung … Ja, das ist ein ziemlich alter Gedanke. Und er ist zweitausend Jahre lang nichts gewesen als eben das. Es wäre unerhört neu, ihn in die Praxis umzusetzen – in einem ganzen Land, einem ganzen System, vielleicht einmal auf der ganzen Welt. Und sollte sich unter den Maßgeblichen einer finden, der damit ernst macht ohne Demagogie, der die Chancen der Rechthaberei, der Unvernunft und der sanktionierten Unfähigkeit mählich abbaut – der wäre ein wirklich unverschämter Bursche und wäre der größten Marxversteher einer. Und wäre eben deshalb unser Mann.

Das war an der großen Brücke, unweit Zwickau, sie waren vorangekommen. Draußen hatte sich ein kleiner Regen eingerichtet, aber der störte sie weiter nicht. Höchstens Titte Klammergass, denn die Straße war nun schmierig. Das kriegten sie zu spüren, als sie einen H3A überholen wollten, es ging aber noch einmal gut.

Und Christian dachte noch: Was aber dieses Mädchen angeht, so steht geschrieben im Buche Ruth: Wo du hingehst, da will ich auch hingehen, wo du bleibst, da bleibe ich auch – denn es sollte ein Name bleiben in Israel, das ist uns eingefallen in der gestrigen Nacht. Also gingen sie hin, Boas vom Geschlechte der Elimelechs und das Mädchen aus dem Moabiter Land, zeugten einen Sohn, der hieß Obed und ist der Vater Isais, welcher ist Davids Vater, dieser aber einte sein Volk, und das ist vielleicht eine Möglichkeit, wenngleich: Der kann es nicht machen wie dieser. Das dachte Christian. Da waren sie aber auch schon mitten in der Stadt.

Rauch hing aus den Schornsteinen, der kam nicht hoch. Und die Straßen waren eng, die Stadt war grau, der Tag war trübe. Zwei Stunden noch, ungefähr, sagte Hermann Fischer. Und Christian sagte: Ja, anderthalb bis Leipzig. Und es war mäßiger Betrieb in den Straßen, nichts Besonderes weiter, ein Tag wie alle Tage.

Auch später noch. Hermann Fischer hatte die Thermosflasche hervorgeholt, er gab jedem einen Becher Kaffee, hatte auch ein Paket Brote dabei, von Ruth zurechtgemacht. Nebenher lief das Radio. Zeitweise hörten sie hin. Als aber die erste Nachricht kam, hörten sie gerade nicht hin, sie erwischten nur den Schwanz der Meldung. Das war kurz vor Altenburg. Dann kam durch die ganze Stadt hindurch nichts weiter, und übrigens war auch hier nichts Außergewöhnliches zu sehen, wer denkt schon an so was. Erst als sie aus der Stadt heraus waren, meldete sich der Sprecher wieder, RIAS-Berlin, kam er wieder durch über dem Motorgeräusch und wollte wissen, es sei ein Streik ausgebrochen bei den Berliner

Bauarbeitern, wegen der zehnprozentigen Normerhöhung, und in der Zone sei der Generalstreik im Gange, die Regierung solle gestürzt werden, das wollte der wissen, und danach kam dann wieder Musik. Da sahen sie sich eine Weile an. Und Hermann Fischer sagte: Blödsinn, die Normerhöhung ist doch rückgängig gemacht worden, hat das ZK doch vorgeschlagen, steht doch in der Zeitung. Und gestern abend ist es schon in den Nachrichten gekommen. Sagte Hermann Fischer. Und auch Christian dachte: Aufstand, das ist ja idiotisch, das kauft denen doch keiner ab, wollen mal sehen, wie sie die Ente dementieren ...

Aber dann kam erneut der Sprecher, und diesmal hatte er gleich eine Reportage aus dem sogenannten Ostsektor dabei, die klang eigentlich nicht, als ob sie erfunden wäre. Das Gefühl hatten sie alle. Höchstens, daß man sich wundern könnte, wie diese RIAS-Leute in den zehn Minuten seit der ersten Meldung einen Reporter in den Ostsektor und zurück gebracht hatten mitsamt einer dreiminutigen Bandaufnahme, unvorbereitet, wie sie sich hatten, also das war immerhin merkwürdig. So kurbelte Christian den Zeiger über die Leuchtskala, hörten sie in alle nähergelegenen Sender hinein, blieben schließlich bei Leipzig: Es sendeten aber alle Sender des Deutschen Demokratischen Rundfunks Frühmusik.

Bis zum Völkerschlachtdenkmal, und sie sahen diese Stadt nun doch mit anderen Augen und fuhren durch, ohne anzuhalten, obschon Christian den Wunsch verspürte, wenigstens seinem alten Herrn schnell guten Tag zu sagen, er verschob ihn aber auf die Rückfahrt – bis Leipzig, und es erschien ihnen der Betrieb in der Stadt nun doch irgendwie seltsam. Nicht, daß da etwas Greifbares gewesen wäre, das nicht, aber man hat ja so einen Sinn für Atmosphäre, auch im Vorüberfahren hat man den, es lag etwas in der Luft. Immer noch aber brachte der Sender Leipzig seine unbekümmerte Frühmusik. Und sie hörten wieder den Rundfunk im amerikanischen Sektor, den US-finanzierten, die Meldungen kamen jetzt pausenlos.

Das Glaubenmüssen und das Nichtglaubenwollen bekämpften einander lange. Es kann doch nicht sein, sagte Hermann Fischer. Der Arbeiter kann doch nicht streiken gegen sich selber. Und fragte sich dennoch, ob sie nicht vielleicht doch zu wenig getan hatten, ob sie die Unruhe der letzten Zeit vielleicht doch nicht ernst genug genommen hatten, ob sie nachgelassen hatten in der Wachsamkeit oder aber dem Volk zuviel zugemutet – wenn Massen von Arbeitern die Partei nicht mehr verstehen, dann können daran doch nicht die Arbeiter schuld sein. Das wäre die schwächliche Flucht der Unverstandenen, die sich ein anderes Volk wünschen. Das ist kein Satz für Marxisten. Die zu bewältigende Zukunft, das ist unser Satz, und dazu muß man sich die Gegenwart vornehmen, wie sie ist, nicht, wie man sie sich wünscht. Das Leben geht immer weiter, dachte Hermann Fischer. Einmal waren da Matrosen, die erhoben sich gegen die Herren, erhoben sich gegen ihre Generäle, erhoben sich gegen den Krieg, und jeder von ihnen hatte eine Familie, jeder von ihnen hatte eine Frau, die Frauen haben diese Männer geliebt, viele von ihnen hatten Kinder. Und jeder hatte seine Ungewißheit: die kommende Generation. Aber die kommende Generation waren wir, und wir stehen schon wieder inmitten der kommenden, das Leben geht immer weiter. Haben wir das Vermächtnis der Matrosen wahrhaft erfüllt? Die Menschen lachen und leben über den Gräbern ihrer Nächsten, und das ist gut so! Haltet euch wacker, baten die Kämpfer im Sterben, blick fröhlich, Revolution! Und da war keiner, so arm er immer gewesen sein mag in seinem Leben, der bei seinem Tode nicht etwas hinterließ. Das war ihr Vermächtnis und das ist unser Vermächtnis. Also haben wir ausgehalten in einer Welt von Feinden, also haben wir gekämpft und gesiegt in Tausenden Niederlagen, also haben wir unsere Sache rein und unseren Kampf heilig gehalten in den Zuchthäusern, in den Konzentrationslagern, in den Folterkellern und in der Todesstunde unserer Besten, und haben unserem Volk seine lebendige Geschichte bewahrt: Es hat welche gegeben, die haben den Faschismus bekämpft, die haben ihr Leben für unsere Freiheit gelebt, und für unsere Freiheit sind sie gefallen – also sind wir kein Volk von Verbrechern und Mitläufern. Und wir haben weitergekämpft nach der Befreiung ohne Ruhe und ohne unsere Kräfte zu schonen, wir haben den Anfang eines Vaterlandes hingebaut mitten hinein in die Zerstörung und mitten hinein in die Herzen der Mutlosen, in die Hoffnung der Mütter und die ersten Schritte der Kinder, und den Mitschuldigen haben wir ein Handwerkszeug gegeben und einen Platz gewiesen, weil Schuld nur zu tilgen ist in der Verhinderung künftiger Verbrechen, haben begonnen mit nichts in den Händen und wenig Erfahrung und müde von langer, bitterer Verfolgung; und unser Kind, das aus einem gequälten und geschundenen Leib kam in unerhörter Geburt, es ist noch schwach, und kaum eine Kinderkrankheit blieb ihm erspart, aber es ist unser Kind, und wir schützen es mit unserem Leben und lieben es wahrhaft. Gewiß, vielleicht hat der eine von uns es ein wenig verzärtelt, der andere hart oder ungerecht gestraft – aber bedenkt, die ihr nun die Hand hebt, bedenkt, daß wir wenig Zeit hatten und daß der Feind uns immer umschlich mit seinen Wiegenliedern und seinen Steinwürfen in unsere kaum gedichteten Fenster, so daß uns die Kälte ins Haus kam immer aufs neue, bedenkt dies – und bedenkt, wie unser Feind aus allem, was wir tun, seinen Nutzen zu schlagen sucht, aus dem Gelungenen wie dem Nichtgelungenen, aus der Konsequenz wie aus der Abweichung, bedenkt, daß dies den Feind in den eigenen Reihen und den Irrenden stark macht, und wie leicht es ihm so fällt, unerkannt zu bleiben und die Erörterung seiner Taten zu verhindern mit der falschen Weisheit, daß es dies wäre, welches dem Feind nützt, bedenkt dies, und vergeßt über dem Heutigen das Künftige nicht, denn das ist es, was unserem Leben Sinn gibt – oder uns tötet. Dies bedenkt, und nun hebt eure Hand, nun werft

594

euren Stein, verhindert die Korrektur der Irrtümer, verhindert die Wahrheit, holt euren Feind ins Haus, dreht das Rad zurück! Es läßt sich tatsächlich zurückdrehen. Zwei Speichen vorwärts, eine zurück. Das war in ihm. Und: daß der Feind nicht durchkommen durfte, trotz alledem!

Drei Kilometer vor Halle, und dieser Geruch von Chemie und Malzkaffee war schon in der Luft. Sie kamen an einer verlassenen Baustelle vorbei, Tiefbau, da ging ein alter Mann und sammelte Spitzhacken auf. Einen Kilometer weiter passierten sie einen Trupp von dreißig Leuten etwa, die auf die Stadt zumarschierten, das konnten aber gut und gern die von der Baustelle sein. Na, Chef, sagte Titte Klammergass. Und meldete beiläufig Bedenken an, ob also die Normerhöhung tatsächlich zurückgenommen wäre, ob sich Hermann Fischer nicht vielleicht verhört hätte. Und dieser Titte Klammergass las natürlich keine Zeitungen, hörte auch keine Nachrichten, soviel ist sicher. Fraglich ist bloß, ob das ausschließlich an ihm liegt. An euren Verblendungen sind wir selten unbeteiligt, hat mal einer gesagt. Und hat gesagt: Das Gute muß auch gut gemacht werden, es ist sonst das Gute noch nicht. Das hat mal einer gesagt. Und das ist wohl von diesem und jenem ungenügend berücksichtigt worden. Ja. – Aber mitten im Abbau der Gerüchte? Sollte es sich da wirklich nur um Irrtümer handeln und um Unzufriedenheit? Sollte da nicht doch noch einer daran gedreht haben? – Geschichte ist nun einmal so.

Nun die ersten Häuser der Stadt. Fabrikschornsteine, graue Mauern und der Himmel drüber grau, Straßenbahnschienen. Und sie mußten nicht lange fahren, da trafen sie auf eine Menschenansammlung, die erste, auf die zweite trafen sie wenig später, diese aber bewegte sich über die ganze Straßenbreite ihnen entgegen, Titte Klammergass konnte gerade noch in eine Seitenstraße ausweichen. Sie umfuhren den ganzen Häuserblock und kamen danach auf die Hauptstraße zurück, hatten die Menge im Rücken, vor sich nur noch vereinzelte Nachzügler. Mein lieber Mann, sagte Titte Klammergass. Indes der Rundfunk im amerikanischen Sektor verlautbarte, sicheren Meldungen zufolge habe der Aufstand übergegriffen auf Halle und Bitterfeld, Merseburg und Eisleben, auf Chemnitz, das nun freilich Karl-Marx-Stadt hieß, auf Magdeburg und auf das Erzgebirge ... Sicheren Meldungen zufolge, dachte Hermann Fischer. Wo bleiben unsere sicheren Meldungen, woher stammen die ihren. Und sah einen weiteren Trupp ankommen, direkt aus einem Fabriktor heraus, einige noch in den blauen Arbeitsanzügen, unschlüssig über die Richtung und wie kopflos, kamen sie – was haben wir versäumt, wenn die Arbeiter ihnen auf den Leim gehen, dachte er, was haben wir falsch gemacht, wenn sie uns nicht mehr vertrauen? Aber er wußte um die Antwort, er war voller Bitterkeit und voller Zorn, sah sie kommen in den engen Straßen dieser Stadt und sah, wie einmal andere Arbeiter hier marschiert waren für andere Ziele, und hatten gekämpft mehr als zehn Tage lang gegen die Übermacht der Polizei, der Reichswehr, waren zusammengeschlagen worden, niederkartätscht, ermordet in Leuna und Hettstedt und Mansfeld – das wog zu schwer, um so vergessen zu werden, das war zu teuer bezahlt für solche Umkehr. Er konnte den Lautsprecher nicht mehr ertragen, der in immer besesseneren Tonlagen Streik Streik dröhnte, er drehte ihn ab mit schwerer Handbewegung. Aber er konnte den Widerhall in sich nicht verdrängen: Streik, Uran-Gruben, Erzbergbau. Was mag zu Hause los sein, dachte er. Was ist mit den Unsrigen? Was ist, wenn es wirklich alles wahr wäre ...

Aber das fragten sich viele in diesem Land, an diesem Tag. Und der Wahrheit nahe kamen wenige.

Und überhaupt ist die Wahrheit ein so endloses Ereignis, daß man sich ihr immer nur nähert, ankommt man nie.

Tatsächlich aber stießen die Kurz- und Mittelwellen, die aus einer der beiden Städte Berlin kamen, bei ihrem Weg in das bessere Land Deutschland auf ein sehr unterschiedliches Entgegenkommen. Stießen häufig ins Leere, stießen auch auf Widerstand.

Zum Beispiel Willi Röttig. Stand unterm Spruch des alten Gauß, hatte die Arme angewinkelt in die Hüften gestemmt, sah aus, als höre er nichts von alledem, was ihm da berichtet wurde, als belächle er gar die Aufregung, welche der Ernst der Lage heißt – in Wahrheit entging ihm nichts. Aber er hatte soeben eine Meldung erhalten aus dem benachbarten Steinkohlenrevier: Auf allen Schächten wurde gearbeitet. Er hatte Nachricht von der Mehrzahl der Wismut-Schächte: Es wurde gearbeitet. Und vernahm nun, RIAS habe verkündet den Bergarbeiterstreik im Erzgebirge. Aber ja, sagte Röttig, aber gewiß doch, das möchte denen so passen. Könnt ihr mal sehen, woher die Streikparolen in Wahrheit kommen, das haben wir doch gleich gesagt! Und die Genossen drückten sich gegenseitig die Türklinke in die Hand, die Telefone klingelten, das Hauptquartier arbeitete.

Die erste Information lag schon eine Weile zurück. Sie war gegeben worden vom Zentralkomitee über Direktverbindung, hatte sofort eine kurze Lagebesprechung ausgelöst, die wichtigsten Aufgaben waren festgelegt worden. Sicherung der Leitung gegen jeden Anschlag, Mobilisierung aller Genossen, Mobilisierung der Arbeiter. Es mußte verhindert werden, daß die RIAS-Parolen noch mehr Verwirrung anrichteten, den Kumpels mußte die Lage erklärt werden, man durfte keine Zeit verlieren. Was ist denn los, sagte Willi Röttig. Habt ihr gedacht, der Klassenkampf findet bloß noch im Saal statt?

Fehler müssen korrigiert werden im Vormarsch. So stand er da, organisierte, koordinierte, hielt dem ersten Sekretär die Hände frei – wer in Willi Röttigs Zimmer kam, verließ es mit klarem Auftrag. Dabei tat Röttig im Grunde immer das gleiche: Er verwies auf Zusammenhänge. Der Feind war überrascht worden durch die offene Korrektur der Fehler, war nervös geworden, löste eben deshalb die überhasteten

Aktionen aus. Immerhin fielen viele Arbeiter darauf herein, mehr wohl, als die Partei angenommen hatte – daraus mußte gelernt werden. Immer auf und ab unterm Spruch des alten Gauß, die Arme angewinkelt und nur manchmal ein wenig erhoben den einen, flache Hand in Brusthöhe, Aufmerksamkeit fordernd für ein besonderes Wort – aber Röttig sprach hier, wie er auch immer auf den großen Kundgebungen sprach, ohne Manuskript und höchstens, daß er ein paar Merkzettelchen lose in der Brusttasche trug, überhörte nichts, ignorierte nichts, wußte, zu wem er sprach und wie also gesagt werden mußte, was zu sagen war: Dieser ist ein Redner, wie das Volk ihn liebt. Wer die Macht hat, sagte Willi Röttig, ist verantwortlich für alles. Er dachte aber: Die Macht, ja, als ob die jemals homogen wäre! Und es war ein gewisser Berija, der die Macht beanspruchte nach Stalins Tod, und welche Macht er besessen hatte zu Stalins Lebzeiten, war nur zu ahnen vorerst – wäre er zur Macht gekommen, er hätte uns preisgegeben, verkauft um ein Entgegenkommen, die Beweise lagen vor. Der hatte längst seine Abgesandten im Spiel, hatte verhandelt mit dem Feind, ja wie denn: das Vaterland der Revolution nicht zuverlässig, die deutschen Genossen abgeschrieben, das Schwert Dserschinskis vergiftet? Und die Parteigänger Berijas im eigenen Land, der Apparat Berijas mächtig bis an die Elbe? Und ein Staat wie der unsrige, eine Wirtschaft, durch Krieg und Spaltung geschwächt, ein Land ohne Friedensvertrag, jung noch und schwach noch, eine Partei, die an sieben Fronten kämpfte – was anderes konnte sie tun in solcher Situation, als den eigenen Apparat zu festigen, die eigene wirtschaftliche Potenz zu stärken, jawohl mit Gewalt! Sah denn keiner diesen Zusammenhang? Schöngeistige Phrasen, dachte Willi Röttig, und wie zum Teufel haben die bloß ihren Lenin gelesen! Als ob irgendein Staat allein existieren könnte in diesem Jahrhundert. Was sind das für Marxisten, die nicht auch dies sehen, in einer Situation, da ihnen kein dreistündiges Grundsatzreferat gehalten werden kann!

Was sind das für Kommunisten, die immer genau wissen, wie es sein müßte, aber nicht dahinterkommen, wie es ist und warum es noch nicht anders ist und was also getan werden muß? Und die nicht begreifen, daß wir Verantwortung auf uns nehmen, auf uns nehmen müssen, auch für Erscheinungen, deren Urheber wir nicht sind? Ja, geht hin, streut euch Asche aufs Haupt; was sind das für Revolutionäre! Und natürlich kann es nicht besser werden, es kann immer nur besser gemacht werden!

Das dachte er, aber: Berija war nicht durchgekommen! Die sowjetischen Genossen hatten im richtigen Moment durchgegriffen, die Partei war stärker, im Geiste Lenins hatte sie der Revolution eine Schlacht gewonnen, eine Schlacht auch für uns. Ja, dachte er, nimm diese Stunde, da die Zahl der Feinde groß ist und übermächtig würde, wären wir eine einzige Sekunde sorglos, einen Augenblick nur unaufmerksam; nimm diese Situation – und verhindere nicht nur das Blutvergießen, laß nicht nur die Konterrevolution nicht durchkommen, sondern gehe zum Gegenangriff über, schlage dem Feind seine Trümpfe aus der Hand, führe die Revolution voran und bewahre die Welt vor dem Krieg, mache so Geschichte, und deinem Land mach ein besseres Leben möglich und deinem Volk eine Zukunft – aber hoffe nicht auf den Beifall der Pfahlbürger, und auch auf die Einsicht derer hoffe nicht, die Geschichte messen wollen mit der Briefwaage, Politik ansehen für ein freundliches Gesäusel unter Schöngeistern und Klassenkampf für eine Stilübung, die nichts als Fehler erkennen, wo in Wahrheit ein unerbittlicher Kampf ist auf Leben und Tod, mit Siegen und Rückschlägen, und die immer nur dastehen und reden und zusehen und reden und die besten Kartoffeln haben wollen dort, wo sie den Düngergeruch nicht ausstehen konnten ...

Das, dachte Willi Röttig, hoffe nicht!

Und ging noch immer auf und ab unterm Spruch des alten Gauß, erläuterte, gab Anweisungen, nahm Berichte entgegen, organisierte, koordinierte, warf manchmal einen kurzen Satz auf einen Zettel, konzipierte so nebenbei eine Rede –

– eine Stunde später sprach er bereits über den Betriebsfunk.

Und die Kumpel?

Da wäre beispielsweise dieser Spieß. Der kommt von Frühschicht, das trägt sich nur wenig später zu. Sicher ist, daß sich schon alles herumgesprochen hatte, der hatte es aus dieser Quelle, dieser aus jener, und unterschiedlich waren die Reaktionen sehr. Na ja schön, sagte dieser Spieß: Scheißhausparolen. Und stand auf dem Schachthof, passierte die Kabine gemeinsam mit Heidewitzka, der sagte: Ist doch klar, jetzt kommen die Amis, da weißt du ja wohl, was los ist. Brauch ich gerade dich dazu, sagte Spieß. Was der sich so denkt.

Aber wie sie auf den Gummibahnhof kamen, standen da schon die Schichtbusse, überwältigend vollzählig standen sie da und unerhört lautlos, und vor den Bussen standen die Kumpel, standen in Gruppen, Grüppchen, standen wartend, schweigend, drohend, aufeinander einredend, überschrien einander – jetzt wird abgerechnet, sagte Heidewitzka, jetzt wollen wir den Bonzen mal – aber so ein Nebel ohne Zentrum, da schien alles ungeklärt. Vor den Bussen, die auf die Kumpel vom Rabenberg warteten, standen welche aus ihrem Revier, Gummijacken offen über der Brust, Erzhammer im Gürtel, da sagte einer freundlich: Mach's Maul zu, Kleiner, kommen bloß Fliegen rein. Aber ein anderer hatte schon ausgeholt, hatte Heidewitzka schon herangelangt, schüttelte ihn schon aus der Wäsche, da war nur noch Spieß dazwischen, der brüllte: Himmelarsch, seid ihr denn übergeschnappt, der quatscht doch bloß dußlig! Das dauerte eine Weile. Aber dann bildeten sie doch eine Gasse, durch die mußte er wohl kommen, Heidewitzka, kam also, kletterte in den Bus, dort saß er nun ganz friedlich. Naja, dachte Spieß, verdient hätte es mancher. Aber so ja nun auch wieder nicht. Und hatten auf einmal Willi Röttigs Stimme in den Lautsprechern, die an

Masten über den Platz verteilt waren: Laßt euch nicht provozieren, schützt eure Betriebe, geht an die Arbeit …

Soweit dies. Dennoch brach eine Schlägerei aus, die dauerte fünf Minuten, also da hatten wir hierzulande wahrhaftig Besseres zu bieten. Und einer nach dem andern fuhren die Busse ab mit den Kumpels der Frühschicht, einer nach dem andern passierten die Kabine die Kumpel der Mittelschicht, und immer noch Willi Röttig: Die werden sich ja wohl was gedacht haben, dieser wilde Verein, werden sie gedacht haben, die Herrschaften in Westberlin, diese Wismut, die muß doch aufzuputschen sein, werden sie sich gedacht haben, die muß man bloß bißchen anheizen, dann schlagen die alles kurz und klein … Das war zu hören an allen Bus-Halteplätzen, auf den Schachthöfen und Zechen, in den Reparaturwerkstätten und den Wohnlagern, überall. Es fuhren aber von den einhundertsiebenundsechzig Mann, die beispielsweise auf Schacht 412 zur Mittelschicht einzufahren hatten, einhundertsiebenundsechzig ein. Auf dem Nachbarschacht fuhren von einhundertvierzehn einhundertdrei ein, auf Schacht Roter Stern waren es zweiundneunzig von einhundertdreißig; siebzig von vierundneunzig waren es auf Erster Mai, aber dafür waren auf dem Jugendschacht zweihundertsiebzehn gekommen statt zweihundertelf, sechs hatten gedacht, es würden vielleicht Leute gebraucht, und auf Frisch Glück waren zwei Brigaden gar nicht erst ausgefahren, sicher ist sicher, hatten sie gesagt, und es hatte sie der sowjetische Schachtleiter nicht bewegen können und der Obersteiger nicht, wortreiche Beteuerung nicht und schon gar nicht sanfte Gewalt. Vollzählig ferner war die zweite Schicht der Zeche Stalin erschienen, halbwegs vollzählig der Bautrupp vom Objekt, nur von den Kipperfahrern fehlten etwa dreißig Prozent.

Dieser Spieß jedenfalls, der kletterte am Bahnhof Bermsthal aus dem Bus, sagte Glück auf zu Heidewitzka, der ihm freilich nicht antwortete, kletterte aus dem Bus mit einem halben Dutzend anderer, die zum Zug mußten – er wird aber wohl das Radieschen haben abholen wollen. Nur: da waren drei sowjetische Panzer aufgefahren vor dem Bahnhofsgebäude, die Kommandanten standen mit dem Oberkörper aus dem Turm, die Kumpel standen auf dem Gehweg, und Spieß sagte: Was soll denn jetzt das. Darauf hatte aber keiner eine Antwort. Sie standen nur alle so da, starrten Löcher in die Luft und bliesen Rauchringe hindurch, wollten nicht weitergehen, obschon sie es eben noch eilig gehabt hatten, zu ihrem Zug zu kommen, so eilig aber hatten sie es nun wiederum doch nicht. Bis der nächste Bus kam. Da stiegen andere aus, sahen die Wartenden, sahen die Panzer, vermuteten einen Zusammenhang, da sich aber nichts tat und alles nur dastand und aussah, war ihnen die Sache eher spaßig: wie wenn einer aus heiterem Himmel in Boxerstellung geht und sich aufgeregt kämpferisch gebärdet, es ist aber keiner da, der ihm was antun will. Da kamen die ersten Rufe: He, Aljoscha, fahr zu Natschalnik und bestell schönen Gruß. Das war lustig auf einmal, und die drei Panzerkommandanten, die nicht reagierten, regelrecht preußisch standen sie da, streng, dienstlich, steif, angestrengt symbolisch, waren nun halbwegs komische Figuren, zogen den Ulk auf sich, waren nun alte Bekannte sozusagen, sonst freundliche Leute, Machorka verschenkend, Fräulein-Witze reißend, und nun so unangemessen ernst, so auf Befehl distanziert, und man wußte schon, das gefiel ihnen selber nicht, aber was sollten sie machen: Dienst ist Dienst und das kennen wir ja und haben's gottlob hinter uns – also das war wirklich ein Spaß, bißchen Augenzwinkern war auch dabei –, Scheiß-Kommiß und naja die armen Schweine, können wir jetzt zu Muttern fahren, und die müssen hier stehen wie Ast, und auch sonst nix wie nackiche Kaserne und Sodakaffee, und Natascha ist weit, also zu beneiden sind die weiß Gott nicht. Slusch, rief da einer, und: Iwan fährt mit großem Wagen / Wasser holen von weit her / zieht er mit der Deichselstange / dauert wirklich viel zu lange / immer bloß mit dieser Stange / wie er rückkehrt, ist sein

Mädchen / ist die Seine längst nicht mehr ... – Und was so Lieder sind. Und Aljoscha drüben konnte sich das Grinsen nun doch nicht mehr ganz verkneifen. – Auch auf diese Weise löste sich manches.

So gingen sie weiter. Und Spieß holte das Radieschen ab, das wartete schon. Es spielte sich hier aber auch reineweg gar nichts ab.

Auch nicht in der Papierfabrik. Gemeckert wurde, gestreikt wurde nicht, wie es der Herr Zebaoth hinterher ausdrückte. Ja, aber ein paar steckten die Köpfe zusammen, das schon, und hatten ja auch allerhand Ärger loszuwerden, und dieser Nickel sauste durch den Betrieb: Geht an die Arbeit, Kollegen, Ruhe bewahren. Aber als er zu Ruth Fischer kam, als er sah, daß alle Maschinen liefen, sagte er nichts mehr. Sie stand auch da, als hätte das alles nichts zu bedeuten: wie für die Ewigkeit hingestellt. Sie blieb den ganzen Tag im Betrieb, hatte dafür nur einen Satz: Da wo sie war, war der Feind nicht. Und gegen Mittag, als sie einmal auf die Straße sah durch das verstaubte Hallenfenster, sah sie die Kinder aus der Schule kommen, sah sie irgendwie anders kommen als sonst, und begriff erst nach einer Weile, daß kein einziges Kind das blaue Halstuch getragen hatte, das Pionierhalstuch – Lehrer, dachte sie, sind ja wohl vorsichtige Leute. Aber hier war ihr Platz, hier wurde nichts verändert, da fiel auch kein Bild von der Wand, unerklärlich, wie es plötzlich herabgefallen war, da gab es keine Arbeitsunterbrechung und auch keine plötzliche Versammlung war notwendig, mitten in der besten Arbeitszeit, dafür war sie da; der Mensch muß einen Platz haben, wo er hingehört, den muß er auch verteidigen. Aber sie wußten vorerst nur von dem Streik in Berlin, und der kleine Häring sagte: Immer diese verdammten Ickes, immer diese Saupreußen, na hör mal. Und sah zu Nickel hinüber als: Du bist mir auch so einer. Später freilich erfuhren sie auch von den Unruhen in den anderen Städten, beispielsweise in Halle, beispielsweise im Mansfeldischen: Halle, dachte sie, Halle.

Diese Unruhe aber merkte ihr keiner an, höchstens der kleine Häring, Nickel jedenfalls bestimmt nicht, der war auf andere Unruhen eingestellt. Immerhin: er war auf dem Posten, er blieb. Stritt sich herum, wurde etwas ruhiger mit der Zeit – und hatte vor lauter Sorge um die Sache keine Zeit, Sorge zu haben um sich selber. Die hatten andere. Ein gewisser Mehlhorn zum Beispiel, der wurde von seiner FDJ-Kreisleitung ausgeschickt, auf einer Kurzversammlung zu sprechen, die Maßnahmen der Regierung zu erklären, und er ging also. Ging um die Ecke, hakte sein FDJ-Abzeichen vom Revers, schraubte sein Parteiabzeichen ab, ward nicht mehr gesehen; solche Helden gab es auch – an diesem und an anderen Tagen. Aber je weiter der Tag fortschritt, um so öfter ging Ruth Fischer hinüber ins FDJ-Zimmer, da stand ein Radioapparat, dort saß immer einer: Was los ist, wie sind die Meldungen? Halle, dachte sie, Halle …

Und Titte Klammergass sagte: So, Chef, was nun.

Die Händel-Stadt Halle, Chemie-Stadt, rote Stadt, wie viele sagen, bekam einiges zu sehen an diesem Tag, das war nicht eben rot, das kann nun kaum noch bestritten werden. Diese Straßen, die eng waren wie gewisse Zeitläufte, die krumm waren und bucklig wie Vorurteile, diese Häuser, darin die Luft stockte und die Vergänglichkeit überdauerte, und die Hinterhöfe, wo die Grashalme nichts von Wiesen wußten und das gestapelte Brennholz nichts mehr vom Wald. Und die Leute, die da gehen, die haltet an, die fragt, was sie sehen. Einen zerfließenden Himmel, und einen Rauch, Schreie darin, Tierlaute, steigt aber nichts auf und sinkt nichts nieder, auch den Wind trefft ihr nicht mehr, der hat seinen Namen verlernt und zieht umher und zieht dorthin, wo kein Irregehn mehr ist, weil es keine Wege mehr gibt, sehn das die Leute? Oder den Weg wenigstens, den die große Chimäre genommen hat bis hierher: ein Wal, ein Wolf, ein Haufen Schutt, ein schwarzer Inselrest, ein Panzerschiff, ein Spinnenpack, Gewölk, ein Rudel Steine – und brach durch Rohr, trieb durch die Lüfte breit, das füllte Wälder schwarz, das wälzte Rauch, das tötete vor-an – und wo den Anfang machen, es treffen wo; wo sitzt dem das Herz? Oder nur aufspringen, niederbrechen, fraglos, immer neu, den Stein wälzen, und er rollt zurück, bis der Berg plattgewalzt ist höchstens, sagt ein Spaßmacher, also nie: Der Weg ist alles, und das Ziel ist nichts? Das fragt die Leute, fragt diese Steine hier, die dunkel sind wie die Vergangenheit – sie sahn auch anderes, das weiß ich.

Keiner da, sagte Titte Klammergass, – keiner – bis auf einen.

Der war aber schon ein alter Mann, der war der Pförtner nicht, denn der war fort, wie der Betriebsschutz fort war, der war ein Lagerarbeiter und geblieben, weil doch einer bleiben müsse, sagte er, also es muß doch einer aufpassen; das wäre also einer von den Unsrigen. Nun ja, sagte Hermann Fischer. Und daß sie von der Wismut kämen. Und daß sie ferner einen von den Ingenieuren hätten sprechen wollen, den Kollegen Reifschläger meinetwegen oder einen anderen – Gott ja, sagte der alte Mann, der ist noch da, zweite Etage, Zimmer sowieso.

So ließen sie Titte Klammergass den Wagen bewachen und stiegen aufwärts.

Reifschläger saß allein im Zeichensaal – die sind alle verrückt geworden, sagte er. Die einen sind rüber ins Werk II, da ist eine Versammlung, die anderen sind einfach so los, weiß ich wohin, aber ein paar sind noch da, und daß ihr eure Geräte aufladen könnt, das machen wir schon. Also ging er irgendwohin und kam zurück mit einer Lieferbescheinigung für den alten Mann im Lager; die müssen ja wieder mal vernünftig werden, sagte er, und ich finde dann schon einen, der das unterschreibt. Noch was? Schon, sagte Hermann Fischer, aber es ist heute wohl nicht die richtige Zeit. Reifschläger meinte: Unsinn, die richtige Zeit ist immer.

Da hatten sie dann ihre Skizzen ausgepackt, und Reifschläger sah sie sich an, als ob draußen ein gewöhnlicher

Junitag wäre, nichts Besonderes weiter; auch das hat es gegeben. Er lag so mit halbem Oberkörper überm Tisch, prüfte, rechnete nach, stellte Fragen, die sie beide beantworteten – Christian dachte: Wenn man sich aussuchen könnte, mit wem man arbeitet, der wäre mein Mann. Überhaupt war die Situation so, daß er sich ganz wohl fühlte. Dieses große, nahezu leere Haus, der Aufruhr draußen und sie hier bei der Arbeit, und hatten einen gefunden, der ihnen wohl ähnlich war; irgendwie war das unwirklich, irgendwie gerade deshalb überzeugend. Kompliment, sagte Reifschläger, nur: das kann ich natürlich nicht allein machen und nicht heute entscheiden, aber es ist 'ne verdammt gute Idee, das wollen wir mal im Auge behalten. Können Sie getrost einen drauf trinken, Kollege Fischer. Und wollte wissen, was der junge Kollege für einer wäre, zweites Studienjahr soso …

Naja, sagte er dann noch, ich gebe euch Bescheid, aber das wird eine Weile dauern, Gottes Mühlen mahlen langsam. Und was man so sagt. Aber da fiel draußen der erste Schuß, den hörte er mitten in seinem Satz, der schien weitab, aber was sind schon Entfernungen: Das war das Ende von etwas. Weitere Schüsse, vereinzelt und in unregelmäßigen Abständen, dünn, hart, deutlich. Während wir hier so sitzen, dachte Hermann Fischer. Während wir so tun, als ob uns das nichts anginge. Es war aber nun nichts mehr zu hören. Ich weiß nicht, sagte Reifschläger. Christian sah ihm nach, wie er zum Fenster ging, lange hinaussah, ich weiß nicht. Der Schatten des Körpers des Ingenieurs lag breit über dem Weiß des Reißbretts, fließende Konturen, nichts Sicheres. Irgendwo muß aber doch die Partei sein, dachte Hermann Fischer. Irgendwo in dieser Stadt muß es doch welche geben von den Unsrigen. Und wußte um die Verantwortung für den Wagen, für die Fracht, für Christian und den Fahrer – da war aber noch eine andere, und man ist für das Wichtigste immer nicht eingerichtet. Er blätterte schon im Telefonbuch, hatte schon die Nummer, aber er bekam immer nur das Besetztzeichen, und dann dachte er: Sowieso werden sie nicht viel sagen können, noch dazu am Telefon, noch dazu, wo mich hier keiner kennt und wo ich keinen kenne. Zur Bezirksleitung fahren – oder zurück auf schnellstem Wege, das war alles. Dennoch versuchte er es immer wieder. Das habe ich auch schon versucht, sagte Reifschläger vom Fenster her. Aber es meldet sich keiner, und wenn doch, dann wissen sie auch nichts anderes als: Bleib im Betrieb, sorge für Ordnung. Muß wohl jeder selber herausfinden, was da zu machen ist.

Und das war wohl die Wahrheit.

Immer noch am Fenster, immer noch den diesigen Himmel vor Augen und die graue Fassade gegenüber, sagte Reifschläger: Und das will nun ein Sommer sein ...

Dann waren sie wieder auf dem Hof. Der Studebaker stand mit der Nase zur Torausfahrt, Titte Klammergass und der alte Mann hatten die Geräte bereits aufgeladen, sie standen vor dem Fahrerhaus, und das Radio näselte, und sie rauchten.

Eigentlich lange Mittag, Chef, sagte Titte Klammergass. Und Reifschläger sagte: Sonst bringen sie uns immer das Essen vom Werk II rüber, aber es hat sich keiner blicken lassen. Höchstens, wenn ihr sowieso durch die Stadt müßt, daß ihr's irgendwo in einer Kneipe versucht.

Aber da war wenig Hoffnung.

Und Titte Klammergass ließ den Motor an, sie rollten durch die Ausfahrt, die Straße draußen war still. Sie war eine ganze Weile still; Titte Klammergass fuhr sehr langsam, verminderte das Tempo an jeder Ecke, obschon sie Vorfahrt hatten, sah in die Querstraßen hinein – es war nichts zu sehen, es war nichts zu hören, es war eine gestorbene fremde Stadt, und dann verfuhren sie sich und hatten Mühe, zur Hauptstraße zurückzufinden, aber noch immer begegnete ihnen niemand. Und was nur ein paar Straßen weiter geschehen war, vor gar nicht langer Zeit, das hatte hier keine Entsprechung.

Sie rückten von drei Seiten an, lautlos noch, nahkampferfahren, aber unterwegs schon Marsch der langen Messer, unterwegs schon, aber verhalten noch, dies der Tag X, und die Lieder kennen wir schon: Wir werden weitermarschieren, wenn alles in Scherben fällt; noch ist das Gefängnis nicht in Sicht, Kleine Steinstraße noch nicht, aber der da aus dem Haus tritt, der ist der erste. Der weiß noch nichts, der ist bloß ein Polizeiwachtmeister, eben die Uniform angetan, um zum Streifendienst zu gehen, tritt aus dem Haus und ist plötzlich umringt, mehr erstaunt als erschrocken, bleibt ihm aber keine Zeit: Den zuerst, Polenteschwein, Schlagring an die Schläfe, Stahlrutenhieb, Waffe hat der keine, kriegen sie ja auf dem Revier erst bei Dienstantritt, dürfen sie ja nicht mit nach Hause nehmen, Uniform runter, Fußtritt, Knüppelhieb, guck mal, wie der sich bescheißt, wie dem die Suppe läuft, ein junges Volk steht auf, zum Sturm bereit: Schmeißt die Drecksau in den Hausflur. Das zieht nun weiter, das hat nun Blut geleckt, dem geht aus dem Weg, wer kann, das trifft auf den zweiten Haufen, Steinstraße nun, und so war's ja gedacht, und vorn rückt an der dritte Stoß, dekoriert mit Heldentum: Da ist das Tor, da ist der Posten, der liegt am Boden, über ihn hinweg geht's, erklimmt Mauern, sprengt Schlösser, das schlägt zu und zieht Messer aus Ärmeln, das schwingt sich auf Sockel und heizt an, dem wird kein Revolver entgegengehalten von der Wachmannschaft, und dennoch fällt der erste Schuß, und wen befreit das? Ein paar Banaldelikte, ein paar, die wären ohnedies freigelassen worden, ein paar, das schon, das befreit nun die Kommandeuse von Ravensbrück, befreit Kindesmörderinnen, Sittlichkeitsverbrecher, Bräute von Bandenführern, zieht weiter, Einbrecher und Messerstecher befreien, Totschläger: Macht das Tor auf, Freiheit! Und endlich ist es soweit, endlich werden wir die geliebte SS-Uniform wieder anziehen, das johlt durch die Straßen, legt Brände, nimmt die Feuerwehr unter Beschuß, das dringt in Gebäude ein und zerstört, trampelt in Gesichter, plündert, das schlägt nieder, was sich entgegenstellt, in die Betriebe nun, da noch die Schornsteine rauchen, das redet aber nur, wo die anderen stärker sind, gegen Übermacht verlegt sich das auf Aufrufe und Drohungen, wird manchmal davongejagt, dann plündert's weiter, rächt sich abseits, bricht in Verkaufsstellen ein, zertrümmert Fenster, zerstört, knüppelt nieder: Deutschland, Deutschland über alles – Deutschland, aber wo liegt es, ich weiß das Land nicht zu finden ...

Das sahen sie nicht, noch nicht. Und es wird nicht dunkel in dieser Nacht, die Steine schreien nicht, die schrien noch nie.

Der große Platz.

Keine Straße, die so auf ihn trifft, daß er überschaubar wäre. In Windungen nähern sie sich, engen Kurven und Vorsprüngen, da paradieren Jahrhunderte, da schaut nichts herab, da steht nichts auf: So fuhren sie, eingezwängt in Fassaden, Giebel, Fensterreihen, längst die Stille nicht mehr, aber das Wort ist geduldig – Passanten, und solche, die stehen, und solche, die Steine schleudern, und solche, die zuschen, da ist keine Umkehr möglich und kein Ausweichen, und solche, die anführen, und solche, die folgen, das ballt sich zu Haufen, und immer dichter wird's: Das sind also friedliche Demonstranten. Der Studebaker mißt zweimeterzwanzig in der Breite. Wie sie ziehen, wie sie in Gleichschritt fallen, wenn nur einer anfängt, wie sie die Straße einnehmen, wie sie immer zäher weichen, wie sie verharren, wie sie sich formieren. Der Studebaker fährt im Gleichschritt mit. Aber die nicht nur so gehen, aber die einreden auf die anderen, die ihnen zu stumm sind, aber die nicht den Arbeitern gleichen.

Schluß, sagt Titte Klammergass.

Ja, sagt Hermann Fischer.

Und stieg aus. Sagte ihnen: Zusammenbleiben, Wagen abschließen, sehn wir mal, wie das aussieht da vorn. Denn an eine Rückkehr war nicht zu denken. Denn es ging nur noch so und weiter: in dieser Richtung. Denn es kann der Mensch doch nicht einfach auf der Stelle bleiben, heißt es.

Da waren aber welche, die klopften Hermann Fischer auf die Schulter, hatten was entdeckt an seinem Jackettaufschlag:

Mach das Ding mal lieber ab, Alter. Da waren sie gerade an den Richtigen geraten. Und wie einer bißchen nachhelfen wollte, langte Titte Klammergas von hinten zu: Aber sie waren nun schon Mittelpunkt, obschon die anderen auch nicht mehr waren als fünf oder sechs, dahinter freilich standen dreißig oder vierzig, die waren nicht handelseins mit den fünf, sechs, also so geht's ja auch nicht. Den kenn ich doch, sagte da von den fünfen einer. Das ist so 'n ganz Scharfer, so 'n Denunziant, der hat bei uns welche abholen lassen von den Russen, die hat nie wieder einer gesehen. Fragt ihn mal, wieviel er ans Messer geliefert hat, das Schwein! Schrie immer zu Hermann Fischer hin, und hinten gafften sie, die wußten nun nicht mehr, die waren jetzt mindestens drei Parteien, so wird das gemacht. Hau ihm doch in die Fresse, mach doch nicht so 'n Ruß mit dem Schwein; hat denn das keiner kommen sehen?

Plötzlich Kleinschmidt. Drängte sich durch zu einem langen Kerl im Eisenbahnermantel, fuchtelte dem mit einem Ausweis vor der Nase herum, Wismut, Mensch, während Titte Klammergass einem, der die Hand hob gegen Fischer, einen Tiefschlag steckte – ja aber wenn sie doch gar nicht von hier sind, ja aber kann der den doch gar nicht kennen, Gesindel, verdammtes, und die Eisenbahner hinten nach vorn nun, und die fünf Gestalten allein: Die sind doch vom SSD, die haben doch alle Taschen voll Ausweise; kamen aber nicht mehr an, verdrückten sich seitwärts, ein besserer Beweis war gar nicht möglich, na, sagte der im Eisenbahnermantel, denen sollte man – das war gerade noch mal gutgegangen.

Solche Zeiten sind das. Wir sind da mit dem Lkw steckengeblieben, sagte Hermann Fischer. Und der lange Eisenbahner bot Zigaretten an, Titte Klammergass gab seine Papyrossi-Schachtel reihum, Fischers anderer Dialekt entfinsterte letzte mißtrauische Gesichter – kommt man mit, sagte der Lange, soll da eine Kundgebung sein. Da waren sie so gut wie zugehörig.

Christian dachte dennoch: Hat denn das keiner kommen sehen? Das ist doch nicht von ungefähr, und wie das anderswo aussehen mag, und wie das weitergeht, und ... Diese Straße lang, Haustüren, Schaufenster, Firmenschilder, Geschichte macht sich immer so, daß alle etwas wollen, herauskommt aber: was keiner gewollt hat. Und inmitten der Eisenbahner nun, diese Straße lang, aber sie müssen sich doch etwas denken, wenn sie das sehen, Denunziation, das da, das nichts will als aufputschen und sich verdrückt, wo einer Front macht, aber was denken denn nun diese Leute? Überall in diesem Land, und bevor die Legenden geboren werden, es hat jeder das Seine gesehen, was denken die Leute ...

Einer namens Vitzthum. Ist gekommen wie alle, hat wie alle gehört, weiß nichts Genaues wie alle, steht aber unweit der Sektorengrenze, Berlin, Potsdamer Platz, Westsektor noch, steht da in einem Pissoir, da hat er halt mal hingemußt, macht nun seine Entdeckung. Haufen junge Leute, die nicht stehen und pinkeln und dann gehn wie der Normalbürger, sondern sie haben irgendwelche Sachen zu verteilen, sehen kann man nicht viel, stehen mit breiten Rücken davor, jedenfalls hat einer einen Koffer und verteilt daraus etwas und dem Klicken nach ist Metall im Spiel, sieh mal an – und was denkt sich nun Vitzthum? Oder aber Loose. Weil die Mittelschicht nicht einfahren durfte, in diesem VEB Knast. Und die Frühschicht kam zurück, wußte allerhand von Streik und Umsturz und von den Amis, die nun kommen würden, und Genaues wußten sie nicht. Übrigens wurden die Zeitungen, die man hier bekommen konnte, mit Löchern geliefert, und morgen würden die Löcher sicher noch größer sein als sonst, vielleicht würden ganze Seiten fehlen und nicht nur die ausgeschnittenen Artikel wie üblich, oder aber es gab morgen gar keine Zeitung – jedenfalls saßen sie da in dieser Strafvollzugsanstalt Zwickau, auch Schloß Osterstein genannt, altes Gemäuer, saßen da auf Schachtbelegschaft und durften nicht anfahren zur Arbeit. Und Peter Loose saß mit da, mit dem Papierchen, darauf stand, daß sein Urteil überprüft würde, das Papierchen war schon zwei Tage alt; und seit vier Tagen waren hier massenhaft Leute entlassen worden, Fleischermeister Hiller beispielsweise, oder der Schachtzimmermann Müller, oder aber Bergschicker, und von denen, die noch da waren, rechnete jeder zweite mindestens mit Entlassung – was dachte Peter Loose? Und all die anderen, was dachten sie? Zacharias zum Beispiel: verlebte seinen dritten Urlaubstag in einem Kurheim des Thüringer Waldes, und es war sein erster Urlaub seit drei Jahren – hier war alles ruhig, die Ereignisse waren fernab, der Nachvollzug fand gesprächsweise statt. Zacharias, ein Berliner Journalist, ein Genosse Dr. habil. von der Humboldt-Universität. Nachmittags, die Funkberichte aus den beiden Städten Berlin waren gehört und erörtert worden, waren sie sich einig: Das faschistische Abenteuer würde zusammenbrechen. Allerdings, sagte der Dr. habil., die Rolle der sowjetischen Panzer. Der Journalist, mitten in einer schwierigen Satzkonstruktion: Wasser auf die Mühlen der rechten Sozialdemokratie; haben sie immer gesagt, und die Revolution frißt ihre eigenen Kinder; wenn wir uns zu sehr an der Französischen Revolution orientiert hätten, Jakobinerdiktatur. Ja doch, das ist der Dr. habil. wieder, wer die Revolution nicht will, der hat auch unsere Sorgen nicht. Und man nehme die SU, kapitalistische Umklammerung, Spionage und Sabotage im Innern, dann Bucharin, dann Trotzki, wie denn anders als mit eiserner Faust, oder etwa Nachsicht gegen Kulaken? Milde gegen Terroristen? Und wie denn industrialisieren, elektrifizieren, wenn nicht gegen wachsenden Widerstand des Feindes? Freilich, von den Lagern hatte Zacharias gehört, Ärzteprozesse, gewiß: Aber was ist nicht alles Flüsterpropaganda, Gerüchte, übrigens – was soll man mit Volksfeinden machen? Garantien, daß es nicht auch die eigenen Genossen treffen könnte? Und wenn sich zwei einig sind über Grundlagen und Ziel, nicht aber über Details, über Wegstrecken? Und wenn einer sehen kann, daß der Marxismus nicht so homogen ist, wie mancher Theoretiker glauben machen möchte? Und wenn beispielsweise zwei marxistische Parteien, zwei sozialistische Länder, widersprüchliche Auffassungen hätten über den notwendigen weiteren Weg? Und welche Kritik ist möglich an Führungsansprüchen? Naja, sagte der Dr. habil., bei den Klassikern wird immer auf die Rolle des demokratischen Zentralismus und der sozialistischen Demokratie verwiesen, und er könne da eine Geschichte erzählen darüber, daß die Sowjetarmee beispielsweise, die diese Prinzipien zu verteidigen gehabt habe gegen den Überfall der deutschen Faschisten, den Faschismus nicht habe besiegen können mit Diskussionen und Parlamentarismus, sondern mit straffer Kommandoführung, Kommandeurprinzip; Diskussionen nach dem Sieg, aber doch nicht vorher. Es gibt da solche Vulgärtheorien, wissen Sie. Und die innerparteiliche Demokratie, nicht wahr, ist das eine, und Liberalismus ein anderes, ein drittes heißt Revisionismus, und so weiter. Will ich Ihnen ferner sagen: das weiß man, daß die Revolution allein den Wohlstand nicht herbeischafft, das Elend nicht beseitigt, die Rückständigkeit nicht überwindet, da muß schon der technische Fortschritt her, und, das wollen manche nicht wahrhaben: die Produktivkraft Wissenschaft. Aber erst muß der Klassenkampf immer die Voraussetzung schaffen, da haben Sie das ganze Problem. Sagte der Dr. habil. Und Zacharias, was denkt er …? Professor Kleinschmidt in seiner Wohnung, Messestadt Leipzig, denkt: War ja vorauszusehen, daß sich das nicht halten kann. Aber er war nicht froh darüber. Er saß an dem alten Radioapparat, Telefunken, und dachte: Morgen wird es diese Regierung nicht mehr geben, es wird diesen Staat nicht mehr geben, ziemlich vieles wird es nicht mehr geben, morgen, und es wird wohl wieder ein einheitliches Deutschland sein – dennoch behagte ihm dieser Gedanke nicht, er war ganz allein hier, auch sein Sohn war nicht mehr da, er fror. Ja, und was dachte der Professor Kleinschmidt noch? Überall in diesem Land, was dachten die Leute? Dieser hier, der ist bloß ein alter Mann, und er denkt gerade etwas Falsches, wie er oft in seinem Leben etwas Falsches gedacht hatte – aber die anderen alle, Bewohner dieses Landstrichs, was dachten sie? Ja, einige sahen wohl schon, daß die Entscheidung lange gefallen war. Andere sahen es nicht, aber sie glaubten, und konnten von den vielen Möglichkeiten nur an eine glauben, für diese kämpften sie: ließen sich nicht aus ihren Betrieben locken, ließen sich nicht beirren, ließen sich nicht ein auf Sprüche. Andere wußten nicht recht, wer denn nun die stärkere Partei war, sie warteten ab, verhielten sich ruhig, blieben im Hintergrund: Wenn überhaupt, dann würden sie sich erst engagieren, nachdem die Würfel eindeutig gefallen waren. Andere sahen hier und da die sowjetischen Panzer, die standen zwar bloß da, aber das genügte auch. Andere sahen ihre Felle davonschwimmen, sahen, daß sie nirgends die Mehrheit hinter sich bekamen und nicht einmal irgendwo eine kleine haltbare Machtposition, sahen, daß ihr kleiner Krieg verloren war, und einige begriffen, daß er schon verloren gewesen war, noch ehe er begonnen hatte – die machten sich rechtzeitig davon. Nahezu überall im Lande würden die Demonstrierenden am kommenden Tag die Arbeit wieder aufnehmen, in einigen großen Städten waren Tausende auf den Straßen an diesem Tag, die würden am Abend wissen, wenigstens ahnen, daß das, wofür sie auf die Straße gegangen waren, das, was sie gewollt hatten, nichts zu tun hatte mit dem, was dann geschehen war, hier, und anderswo. Übrig blieb ein kleiner, verlorener Haufe, ein zerrissenes Netz von Eingeweihten, ein Trupp Gestrandeter, derlei bleibt immer übrig. Übrig blieb der Sand, auf den sie gebaut hatten ...

Aber es muß dieser Tag wohl zu Ende gehen.

Es geht dieser Tag zu Ende.

Inmitten der Eisenbahner, die inmitten der Waggonbauer gehen, inmitten der Chemiearbeiter, der Frauen und Männer, die inmitten der Bauleute gehen, inmitten der Handwerker, die gehn inmitten der Studenten, und einfach Passanten, und solche, von denen man nicht weiß – für eine Stadt wie diese sind es viele. Die kommen auf den großen Platz, kommen von allen Seiten, für Hermann Fischer war dies der bitterste Augenblick: die da kamen, waren Arbeiter. Wieder den falschen Führern nach, und warum, wieder nichts gelernt, und weshalb, wieder dem Anschein gefolgt, nicht der Wahrheit. Denn die sich zu Anführern aufschwingen, die den Aufruhr predigen, den Haß säen, wenige sind es, und Arbeiter sind es nicht: aber sie haben den Augenblick, und – sie haben nichts zu verlieren. So kehren sich die Lehrsätze um. So bleibt nichts Wahres für ewig wahr, nichts Bestehendes beständig. Haben wir es nicht gewußt? Hat da einer einen Punkt gesetzt: bis hierher, und nicht weiter – es darf nicht gedacht werden über ihn hinaus? Da schlängeln sich Rinnsale, ballen sich Haufen, noch ist hier und da Platz auf dem Platz, aber das wogt und drängt nach, das prallt an und verliert sich, und die Reden, die über den Platz gehen, die Schreie, die erinnerlich aufbrechen – aber das ist nicht der Sportpalast, nicht die Stadt der Reichsparteitage, nicht Ermächtigung, und wollt ihr den totalen Krieg – das ist Freiheit, Fahne hoch und Menschenrechte Sieg Heil, das verhallt in den Mauern. Vom Denkmalssockel schweigend schaut der große Tonsetzer, aber der Ettersberg ist weit, auch dort ein Denkmal, ist auch eins zu seinen Füßen, Land der Wahrzeichen, der in Stein gehauenen Vergangenheit, aber wer denkt, daß in ihrem Anblick gedacht würde – da sind nur Klippen in der Brandung. Und die dagegen sind, die nur dastehen? Ach, wir sind oft dagegen gewesen, haben immer nur dagestanden, haben jene begünstigt, die handeln. Sie haben's uns immer zu danken gewußt. Wir waren immer die Mehrzahl, solange wir so dastanden, und zerfielen, weil wir dastanden, man mußte nur unseren Vortrupp zerschlagen, uns die Richtung nehmen, dann hatten sie uns und mußten uns nicht alle zerschlagen, denn ein richtungsloser Haufen ist unzerschlagbar wie Sand – sie wissen das längst. Das ist das Vokabular des Reichspropagandaministeriums, das da über den Platz hallt, aber es sind Reden von Freiheit und Demokratie, und daß die Bonzen an die Laternen gehißt werden sollen, es hallen Baldur-von-Schirach-Reden über den Platz und ist immer von Deutschland die Rede, von Volk und Freiheit. Die Eisenbahner sind weit abgedrängt, abgedrängt auch Titte Klammergass, Hermann Fischer und Christian Kleinschmidt halten sich in der Nähe des Denkmalssockels, das ist ein fester Ort. Und es fällt eine schwarzweißrote Fahne aus einem Fenster. Und ein Kerl mit den Stirnstoppeln der Zuchthäusler weiß, daß die Knechtschaft gebrochen werden müsse, nieder mit den vollgefressenen Russenknechten, und wir brauchen keinen Staat, wir brauchen Freiheit. Dann fängt einer von den Normen an, von berechtigten Forderungen, aber der ist schon wieder verschwunden, noch ehe er den dritten Satz beendet hat. Vorn links: Es lebe die deutsche Republik, vorn rechts: Über alles in der Welt, Mitte: Hunger, Hunger! Ein Dutzend Mädchen und: Der da hat mich angezeigt, der da hat mich in die Tripperburg gebracht; der da wird von einem Dutzend Burschen umringt und geht unter und Schreie und Stille. Es riecht nach Rauch, Fensterscheiben klirren, Betrunkene erklimmen das Kirchenportal. So kann es nicht weitergehen, das ist eine Stimme wie Stein so grau, wir können uns nicht zufriedengeben damit, daß unter dem Druck der Öffentlichkeit zögernd Fehler eingestanden werden, die, die Fehler begangen haben aber, bleiben uneingeschränkt an der Macht. Generalstreik! Die Regierung muß abtreten! Freie Wahlen! Gleiches Recht für alle! Freiheit für alle politischen Gefangenen! Und hinten singen sie: Marschiert im Geist in unsern Reihen mit. Und der Brandgeruch wird stärker. Und im zertrümmerten Lebensmittel-Konsum prügeln sie sich um die Schnapsflaschen. Und der steinerne Roland dort, und der stumme Tonsetzer auf seinem Sockel, und die Kommandeuse von Ravensbrück kennt keiner, woher auch, sieben Jahre hat sie hinter sich von den fünfzehn, zu denen sie verurteilt ist –

sie spricht jetzt. Freiheit für alle Gefangenen. Und eine Regierung aus bewährten Männern. Da weiß freilich keiner, welche Art Bewährung gemeint ist, keiner hier kennt die Kommandeuse von Ravensbrück, soeben aus dem Zuchthaus herausgeholt, aufgenommen in den Führungsstab, die Mörder sind unter uns, aber wer kennt sie … Da sieht Christian Kleinschmidt ein Gesicht. Verliert es. Aber wer war das, wer ist das, bekanntes Gesicht in dieser fremden Stadt? Und die Vereinigung mit den Kommunisten muß rückgängig gemacht werden, wir Sozialdemokraten fordern … Hermann Fischer weiß, was da heraufkommt. Schutt der Vergangenheit, Blindheit, und das Teile und Herrsche, und das alte Konzept wieder, das immer der Reaktion voraufging, die alten Parolen wieder, und die Faschisten sind mitten unter uns, sie sind wieder da mit Großdeutschland und Heil und Gesängen. Hermann Fischer weiß, wer hier am Rad der Geschichte dreht, er kennt die Spur, er weiß die Richtung. Näher hin zum Denkmalssockel, näher hin! Welche sind da, die haben bittere Gesichter, die sind versteint unter diesen Gesängen, die haben sich das anders vorgestellt, das wäscht nun kein Regen ab – aber sie schweigen. Näher hin zum Denkmalssockel, näher hin. Und die da versteint sind, und die da stumm sind, auch sie sind die Hoffnung. Und denen die Gesichter grau werden, denen die Hände sich ballen in den Manteltaschen – näher hin. Was aber ist das: Hoffnung? Ist es die Wahrheit, die Wahrheit nur ist, solang sie nicht schweigt? Ist's die Vernunft, die sich durchsetzt nur: wenn wir sie durchsetzen? Von der Maas. Bis an die Memel. Und diese Landschaft ohne Helden. Dies zentrale Experiment, welches die Natur sich leistet: die Menschheit. Und nun einer, der die Worte bedachtsam setzt, vernünftige Worte, da wird kein Pardon gegeben, er muß dem nächsten weichen: In dieser Schicksalsstunde, das Weiß im Auge des Feindes, erheb dich, du Volk, tilge die Schmach; was aber ist das, die Hoffnung? Wenn nicht die Stummen auch, die Fäuste in den Taschen, die bitteren

Gesichter – und die Tat, die sie sprechen macht? So legt er dem Jungen die Hand auf die Schulter, so sehen sie sich an, so wissen sie beide: das ist es.

Zu Füßen des Denkmals steht Hermann Fischer, zieht sich hinauf auf den Sockel – und Christian Kleinschmidt hat das Gesicht wieder, ganz in der Nähe nun, da war eine Kneipe in Bermsthal, das ist lange her. In dieser fremden Stadt? War einer, den sie Emmes nannten, drei, die würfelten, sich voll Wodka laufen ließen, das Mädchen Ingrid hinter der fleckigen Theke, mit ihren schmalen Handgelenken, und mit Händen, die durchsichtig und rot waren von der Kälte des Spülwassers, und mit dem hungrigen Lächeln. Und Peter Loose. Steckbrief an den Wänden, fünftausend Mark, Eibteich, und keine Spur von dem, den sie Emmes nannten – aber das ist ihre Stunde, da sie hervorkommen, und drei Stunden Bahnfahrt nur von den beiden Städten Berlin. Der Platz von oben: Köpfe, Schultern, das wogt, das brandet heran. Und wollen immer aufsehn, zu denen, die höher stehen. Und in der Überzahl ist unsere herrliche Jugend, wir müssen was falsch gemacht haben mit unserer herrlichen Jugend. Nein, nicht jene sind jung, die, gelümmelt auf Wiesen, den Trunk sich hinter die Binde gießen. Wie es in dem Buche steht. Und ferner genügt's nicht, achtzehn zu sein, das ist schon wahr. Hat ein gewisser Majakowski gesagt, der beging acht Wochen darauf Selbstmord. Und: jung nenn ich jenen unverzagt, der zur gelichteten Kampfschar der Alten – im Namen der Nachgeborenen sagt: Wir werden das Dasein neugestalten! Das ist schon wahr. Ist nur womöglich nicht die ganze Wahrheit. Und zwei Kriege überstanden zu haben, und das Zuchthaus überstanden zu haben, und die Verhöre, und das Lager, und nun so hierstehen zu müssen … Und das gute, das abgebrauchte, das große Wort, mit dem wir beginnen müssen, auch das Wort zieht die Blicke herauf: Kollegen …

Aber womit denn beginnen, womit? Mit leeren Händen, und wo keiner dich kennt, Hermann Fischer – seht euch doch um, seht euch an, die da in eurem Namen sprechen, sind denn das welche von uns? Ach, die Stimme trägt nicht weit. Drüben sind Stimmen, die tragen weiter, da knarrt der Kommandoton unterschwellig, gellt das Marschmarsch! Und was ist zu sagen gegen diese? Wie ist dem beizukommen, wie die anderen erreichen: Man kann doch nicht immer stumm sein? Einmal, das ist lange her, wollten sie dich mit Hunger auf die Knie zwingen, und mit Demütigung, und mit Arbeitslosigkeit. Und die Kälte schlug ins Herz, und die Not, und wie wir keuchten, und stolperten, und wie wir niederbrachen, geh, fall, kriech auf allen Vieren, und standen wieder auf, und taumelten, und gingen vorsichtig, und gingen wieder aufrecht, und laufen wieder! Die da nicht geizen mit ihrer Kraft, die ausgepreßt werden und gepeinigt, ist denn ein Wunder geschehn – die werden stärker? Ja, dies ist euer Vaterland, wir haben einen Anfang hingebaut, greift doch zur Kelle, nicht zum Messer, baut es doch weiter! Da schlägt die Brandung höher herauf, ja, es hören welche zu, ja, es horchen welche auf, und er hat das Gesicht des Jungen unten, das zuverlässige, das verzweifelte, das hilflose. Und sie kamen wieder. Kamen mit Stiefeln, kamen mit Faustschlägen, mit Verhören und Folter, und in den Gestapokellern kamen sie, da war der Tod dein Genosse, und wir sind niedergebrochen, und wo sie uns hertrieben vor ihren Gewehren, blieb unsere Blutspur zurück, und wir keuchten, wir krochen, wir lagen auf den Steinen Deutschlands und krallten uns ein in diese unsere Erde, tausend Gesichter hatte der Tod, und standen wieder auf, und taumelten, und gingen! Ist's denn nicht euer Vaterland, für das wir gekämpft haben? Ist's denn nicht unser Land, das sie uns wieder verwüsten, wenn wir stehen und zusehn, wenn wir ihnen nicht in den Arm fallen? Ach, wir wollten alle leben, und die nicht mehr unter uns sind, und die gefallen sind, sie wollten alle leben, und wir haben aus dem vollen gelebt, anders, als das Wort gilt bei denen, die da vor euch stehen, und die zerstören wollen, was ihr gebaut habt mit euren Händen.

Und sie sind immer wiedergekommen, immer sind sie wiedergekommen! Offene Gräber, Ruinen, noch einmal geht er um, der Tod, im zertretenen Gras, im Stacheldraht, im Scheinwerferstrahl – wißt ihr, wie weit die Welt und wie schön die Hoffnung ist, wenn das Blut in den Adern zu singen beginnt und dich zwingt, fortzuleben den mächtigen Schwung der Erde? Und der Haß saß tief, und der Schmerz, und die Müdigkeit. Da du heimkamst, da du den sinnlosen Tod begreifen mußtest des nächsten Menschen, vor der frischen Erde dieses Grabes, in diesem leeren Land, in dieser Kälte. Und die Worte, die nun leer waren, die toten Gedanken, und dieses Leben, das doch weiterging. Und das Mißtrauen noch, und rings die Lüge, kein Sieg ohne Opfer, kein Fußbreit Gewißheit ohne Niederlage. Immer gelebt an den Grenzen der Kraft, immer weiter, immer hin in der Richtung der Dinge, und zum Letzten hin, wo kein Grund mehr ist, und keine Wiederkehr. Und hast doch immer aufrecht gehen wollen, vorwärts. So gehn wir, und wie wir keuchen, und wie wir niederbrechen – geh, fall, kriech auf allen Vieren – und wie wir uns mühen, um wieder aufzustehen, zu taumeln, in die Knie zu brechen, zu keuchen erneut, und vorsichtig zu gehn, und aufrecht, und zu laufen! So stehen sie, so hören sie dich. Einige siehst du, die wissen die Richtung wie du, andere, die nicht mehr stumm sein wollen, manche, die zweifeln – aber du siehst auch andere. Und hast das Gesicht des Jungen dort, das zuverlässige, das zornige, das so vertraute.

Und siehst doch schon dies andere. Wie sie heranziehen, den Keil, den sie treiben, Steckbriefgesicht, weiß schon, was sie vorhaben, sieht sie schon kommen, und dieses Gesicht immer, die Mörder sind unter uns, und kann nicht vorbei. Da steht ein alter Mann auf einem Stein, in einer fremden Stadt, auf einem fremden Platz, da stand ein alter Mann. Wie eine Mauer steht die Menge. Das steht, steht. Da stand ein alter Mann, Peter Loose, denkt Christian Kleinschmidt, wenn er jetzt hier wäre, wenn er bei uns wäre, er würde dich heraushauen, und weiß nicht wie, und weiß: er würde es schaffen. Gegen die Menge geht er an, Christian Kleinschmidt, gegen die Mauer, mit Fäusten, starr, gelähmt, gepeitscht, stumm. Er schlägt blindlings um sich, trifft keinen Widerstand, plötzlich weicht die Mauer, aber er sieht nichts, aber er spürt nichts, aber es reißt ihn nur vorwärts und dorthin und weiter …

Arbeiter umstanden ihn. Die Menge im Kreis, und keine Spur mehr, Eibteich, den sie Emmes nannten, keine Spur. Hermann Fischer lag hingestreckt am Fuß des Denkmals, der Kopf war vornübergesunken, friedlich. So lag er auf den Steinen dieser Stadt. Arbeiter umstanden ihn.

Auf einem Mantel trugen sie ihn zum Rand des Platzes. Sie hoben eine Tür aus, so trugen sie ihn durch die Stadt. Aber sie fanden den ersten Arzt nicht in seiner Wohnung, auch nicht den zweiten. Der dritte konnte nur sagen: Es ist zu spät.

Was bleibt, wenn ein Arbeiter stirbt? Seine Arbeit? Das, was er geschaffen hat? Aber dies habe ich gesehen: Da ist keiner, so arm er gewesen sein mag, der bei seinem Tode nicht etwas hinterläßt.

Christian war bei ihm bis zuletzt. Der Arzt, obschon ohne Hoffnung, telefonierte nach einem Krankenwagen. Mit dem Krankenwagen fuhr Christian mit zur Klinik. Die Ärzte bemühten sich. Aber es blieb zu spät. Es blieb zu spät. Hermann Fischer starb in den Abendstunden. Da war der Aufstand niedergeschlagen, ein paar Versprengte nur noch, in einigen Städten. Da war ein letztes, schwaches Aufbäumen. Dann war es still. Der Arzt drückte dem toten Arbeiter die Augen zu. Er sah Christian nicht an. Der hatte keine Tränen.

Ende des ersten Bandes.

ANHANG

Angela Drescher

»Aber die Träume, die haben doch Namen«
Der Fall Werner Bräunig

»Was bleibt, wenn ein Arbeiter stirbt?« Als Werner Bräunig seinen ersten Roman in diese Frage münden läßt, ist er Anfang Dreißig. Das ist nicht die Art Fragen, die man in diesem Alter stellt. Aber Bräunig hat bereits soviel Leben hinter sich wie mancher nicht, der doppelt so alt ist: eine Kindheit im Krieg, Schwarzmarktgeschäfte und ein Erziehungsheim, Mitglied einer Jugendbande, Gelegenheitsarbeiter in zwei deutschen Staaten auf Rummelplätzen und in Bergwerken, Schiebereien und Gefängnis, Kumpel und Fabrikarbeiter, Volkskorrespondent und Student, Dozent und Kreistagsabgeordneter, zwei Ehen, fünf Kinder, drei Bücher.

1965, mit Dreißig, ist dieser unruhige Mann angekommen, er gilt als Hoffnung der jungen DDR-Literatur, ist im Vorstand des Schriftstellerverbandes, Genosse, ein Beispiel für den schöpferischen Arbeiter schlechthin. Der große Roman wird den endgültigen Durchbruch bringen – der ganz große Roman, dessen erster Teil allein gut 700 Seiten hat.

So unruhig und fiebrig Werner Bräunigs Leben am Anfang verlief, so eingeschränkt und zurückgenommen wird es schon zehn Jahre später enden – in Krankheit, Alkohol, Vergessenheit.

Dazwischen liegt der Blitz, der aus so heiterem Himmel kommt und diesen Autor und sein Werk kurz, aber grell in der Öffentlichkeit beleuchtet und auf andere Art exemplarisch macht für seine Zeit, als er es als »Arbeiterschriftsteller« bis dahin war.

Dreißig Jahre nach seinem Tod erscheint die Biographie dieses Autors wie die einer Romanfigur, und er hat einiges dazu getan, sie so wirken zu lassen.

Im Rudel Heimatloser

In einem Lebenslauf, den Werner Bräunig 1958 schrieb, heißt es lakonisch, an seine Kindheit und Schulzeit habe er »keine besonders angenehmen Erinnerungen«[1]. Geboren ist er 1934 in Chemnitz, der Vater war Hilfsarbeiter und dann Kraftfahrer, die Mutter – typisch in dieser Textilstadt – Näherin. Das Milieu war kleinbürgerlich-proletarisch im Elternhaus wie in der Region; wenn Werner Bräunig später solche Familien beschreibt, dann durch Leerstellen: keine Wärme, keine Anregungen, schon gar keine Berührung mit Kunst oder Literatur, statt dessen eine verhärmte, vorzeitig gealterte Mutter, ein dumpfer Vater, der »eine gute Handschrift« hatte, was meint: öfter zuschlug. Er soll Mitglied der Waffen-SS gewesen sein und für begangene Kriegsverbrechen eine achtjährige Haft verbüßt haben.[2] »Über dem roten Sofa [...], auf dem ich nur an außergewöhnlichen Festtagen sitzen durfte, hing ein röhrender Hirsch im Goldrahmen, vis-à-vis vom ›Führerbild‹. Den programmatischen Wandspruch ›Trautes Heim – Glück allein‹ gab es genauso wie die ›Goebbelsharfe‹, aus der am Sonntagmittag zwischen OKW-Bericht und Hans-Fritsche-Kommentar die bis auf weiteres unvergänglichen Weisen Lehárs [...] munter herabplätscherten auf die grünen Klöße. In Mutters Kommodenkasten fanden sich neben den Trotzköpfchen-Heften [...] stapelweise die Bücher der Damen Friede Birkner und Courths-Mahler. Heimlich las ich sie alle. Es fand sich auch – man staune – Feuchtwangers ›Jud Süß‹. Später verschlang ich von Karl May bis Hans Dominik alles, was in der Zwanzig-Pfennig-Leihbücherei aufzutreiben war. Mutter mißfiel meine Lesewut, aber sie vermochte ihren Standpunkt nicht durchzusetzen.«[3]

Als der Vater aus dem Krieg zurückgekehrt war und die Streitigkeiten zwischen den Eltern zunahmen, zog sich der Elfjährige häufig in die Bodenkammer zurück und las dort Abenteuerhefte, meist jedoch trieb er sich herum. »Es war das Hungerjahr 1945. Aber es war nicht nur der Hunger, der mich auf die Straße trieb, auf die Schwarzmärkte, hin zu den Rudeln heimatloser Halbwüchsiger, die in den unzähligen Ruinen hausten. Schlimmer als der leere Magen war der Hunger im Herzen. Hier, unter elternlosen, lungernden, allein untergehenden und deshalb zusammenhaltenden jungen Wölfen [...], war alles einfach, überschaubar und klar. Friß oder stirb, der Starke kommt durch [...] Es war fast so, wie ich es in den Frank-Allan-Heften las.«[4]

Den Erwachsenen traute er längst nicht mehr, hatte er doch bei Kriegsende erleben müssen, »daß sie heute dies für recht erklärten und morgen jenes, daß jeder dem anderen alles, aber auch alles übelnahm, was dieser weniger an Not und mehr an Freude hatte«.[5] Die einzige Vertrauensperson scheint ein Lehrer gewesen zu sein, der die Begabungen des Jungen erkannte, mit ihm zeichnete, ihm Bücher gab und ein wenig Gitarre-spielen beibrachte.

Mit der Schulentlassung brach diese Förderung ab. Bräunig begann eine Schlosserlehre, in der er vor allem lernte, die Werkstatt zu fegen und Kohlen zu schippen. Die Ehe der Eltern war längst geschieden, die Mutter wurde mit dem Halbwüchsigen nicht fertig, der weiter mit anderen »Halbstarken« herumlungerte. »Unter dem romantischen Namen ›Schloßteichbande‹ bereiteten wir der Chemnitzer Bevölkerung einschließlich der Augen des Gesetzes zahlreiche wenig nachahmenswerte Überraschungen«, schreibt er etwas selbstgefällig und kraftmeierisch.[6]

Über diese und die folgenden Jahre hat sich Werner Bräunig nur summarisch und widersprüchlich geäußert. Der launige Ton verharmlost wahrscheinlich, denn »Schwarzhandel und ähnliche Freizeitgestaltungen«[7] hatten Konsequenzen. Der jugendliche Bräunig kam mit sechzehn in ein Erziehungsheim, seine erste Frau spricht sogar davon, daß er anderthalb Jahre im Jugendwerkhof war.[8] Dies und ähnliches wird später fast völlig verschwiegen, anderes übertrieben. Daß er die

Lehre nicht beendete, wird nicht erwähnt, wohingegen er durchaus bekannte, der mittlerweile gegründeten Bundesrepublik »einen Besuch« abgestattet zu haben, was im offiziellen Sprachgebrauch immerhin »Republikflucht« hieß und ein Straftatbestand war. Er »schob in Celle Kreoline, in Düsseldorf Kohldampf und in Hannover Kipploren auf einem Abbruch«[9], an anderer Stelle ist auch von Hamburg die Rede. Nach etwa einem Jahr, vielleicht auch früher, kehrte er um 1951 in die DDR zurück. In Chemnitz arbeitete er zunächst in einem Bergungsbetrieb als Schweißer, daneben aber ließ er sich für einen Onkel auf Schmuggelreisen nach Westberlin ein. So kam es, daß er, bald nachdem er Ende Januar 1953 begonnen hatte, als Fördermann in der Wismut zu arbeiten, geschnappt wurde. Erst verurteilte man ihn im Februar zu einer Geld-, dann im Juni zu einer dreijährigen Gefängnisstrafe. Da er die Haft als Strafgefangener mit Arbeitseinsatz im Steinkohlenwerk Oelsnitz und in einer Schneeberger Papierfabrik verbüßte, konnte er seine Haftzeit reduzieren.

Dennoch schien die typische Nachkriegsbiographie eines labilen jungen Mannes, der unaufhaltsam auf der schiefen Bahn abwärts schlitterte, damit besiegelt.

Im Aufbruch

Mag sein, daß Werner Bräunig im Gefängnis vor Augen geführt wurde, was ihm drohte, wenn er sein bisheriges Leben fortsetzen würde, mag auch sein, daß er von nun an unbedingt auf der richtigen Seite stehen wollte. War es Mimikry, war es eine wirkliche Wandlung, oder nahm hier jemand einfach seine Chancen wahr, die in den Aufbaujahren selbst denen geboten wurden, die gestrauchelt waren, weil es überall an Kräften fehlte?

Als Werner Bräunig im November 1954 wieder in Freiheit war, schien er entschlossen, von nun an alles anders zu machen. Wieder suchte er dabei den Halt einer Gemeinschaft, und zwar einer, die ein ebenso klares Weltbild versprach, wie es die Gesetze der Straßenkinder getan hatten. In die FDJ, den Jugendverband der DDR, und den FDGB, den Gewerkschaftsbund, war er bereits um 1948 eingetreten, aber das geschah ohne Überzeugung. Nun »brachte es die FDJ fertig, [ihn] für das ›frohe Jugendleben‹ zu interessieren«[10], er wurde außerdem Mitglied der Gesellschaft für Sport und Technik, der GST, und übernahm sogar Funktionen wie Gewerkschaftsbibliothekar und -gruppenorganisator, Propagandist in der FDJ und Ausbildungsleiter in der GST, besuchte mehrmonatige Lehrgänge, war im Zentralvorstand der IG Druck und Papier und von August bis Mitte November 1956 hauptamtlicher Instrukteur der FDJ-Kreisleitung Schneeberg. Schließlich trat er, was bei diesem Engagement nur folgerichtig scheint, 1958 in die SED ein.

In diese Zeit fiel auch seine erste Eheschließung und die Geburt zweier Töchter. Er hatte seine spätere Frau in der Papierfabrik kennengelernt, wo er im Strafhaftlager war, zog nach der Haftentlassung »mit seinem Persilkarton«[11] gleich bei ihr ein, arbeitete zunächst weiter als Papiermacher und nach dem Zwischenspiel in der FDJ-Kreisleitung als Heizer in einer Wäscherei.

Werner Bräunigs Rastlosigkeit war nach all den Jahren der Haltlosigkeit und Unstetigkeit in produktive Aktivitäten kanalisiert, ein Aufbruch hatte stattgefunden, der parallel zu dem der Gesellschaft verlief und nicht nur als vorbildlich, sondern charakteristisch für jene Zeit gelten kann. Genauso wurde es auch wahrgenommen, mehr und mehr Türen öffneten sich dem ehrgeizigen und – wie sich nun zeigte – sogar begabten jungen Mann.

»Greif zur Feder, Kumpel«

Am Anfang stand eine Wandzeitung oder ein Leserbrief, den Werner Bräunig an die »Volksstimme« in Schneeberg oder an die »Freie Presse« in Zwickau schickte. Wie so oft machte er auch zu seinen Schreibanfängen unterschiedliche Angaben. In der »Volksstimme« wurde man jedenfalls auf den wortgewandten Wandzeitungsredakteur aufmerksam, der bereits seit geraumer Zeit Gedichte schrieb, und warb ihn bald als Volkskorrespondenten. Diese Bewegung hatte man 1948 nach sowjetischem Vorbild ins Leben gerufen, um talentierte Werktätige als Spezialisten und Augenzeugen aus ihren Bereichen berichten zu lassen. Man erwartete auf diese Weise über die Presse direkte Impulse für die Lösung ökonomischer Probleme, sah in den Volkskorrespondenten jedoch auch ein Reservoir zukünftiger Journalisten.

Ein besonders talentierter Arbeiter war Werner Bräunig gewiß. Nachdem er zwischen 1955 und 1957 nach eigenen Angaben mehr als 250 kleine Reportagen, Skizzen und Porträts in der lokalen Presse und in überregionalen Medien wie der »Jungen Welt« und bei Radio DDR veröffentlicht hatte, wurde er in die »Arbeitsgemeinschaft Junger Autoren« der Wismut – die AJAs waren Nachwuchszirkel des Schriftstellerverbandes – aufgenommen und arbeitete ab März 1958 als freier Journalist. Da er mittlerweile auch Erzählungen und Gedichte in der »Jungen Kunst« und der »Neuen Deutschen Literatur« (NDL) publizierte, delegierte ihn der Schriftstellerverband 1958 zum Studium ans »Institut für Literatur Johannes R. Becher«, das drei Jahre zuvor, ebenfalls nach sowjetischem Vorbild, gegründet worden war.

Nur ein halbes Jahr darauf beauftragte man Werner Bräunig, den zentralen Aufruf für die 1. Bitterfelder Konferenz im April 1959 zu formulieren. Aus der ursprünglich geplanten Autorenkonferenz des Mitteldeutschen Verlags Halle im Kulturpalast des Elektrochemischen Kombinats Bitterfeld sollte eine programmatische Kulturkonferenz werden, auf der Walter Ulbricht die Grundaufgaben der sozialistischen Kultur verkündete: die Vereinigung von Kunst und Leben, von Künstler und Volk und Gesellschaft. Die Hauptforderung war einerseits auf die Veränderung der Lebensweise der Künstler gerichtet, auf ihre Verbindung mit der Arbeit und dem Leben der Werktätigen, und andererseits auf das Heranführen der Werktätigen an Kultur und Kunst.

Man kann sich kaum einen Geeigneteren für die Formulierung des Aufrufs »Greif zur Feder, Kumpel« vorstellen als diesen sehr jungen Mann, der aus der Arbeiterklasse kam und selbst Arbeiter – sogar Bergmann – war, nach Irrwegen eine bemerkenswerte Entwicklung genommen hatte, einige Begabung erkennen ließ und bereits Kontakt zum Mitteldeutschen Verlag hatte, nachdem Gerhard Wolf auf ihn aufmerksam geworden war.[12] Werner Bräunig beglaubigte durch seine Person, was er vortrug. »Schreiben ist wie Bergmannsarbeit. Tief in die Stollen des Lebens eindringen muß der Schriftsteller [...]. Es ist noch nicht lange her, da ich noch täglich in die Grube einfuhr und mit dem Geigerzähler der Pechblende nachkroch. [...] Aber verwirklicht die Arbeiterklasse nicht die kühnsten Träume der Menschheit? [...] Im sozialistischen Staat werden die schöpferischen Kräfte des Volkes, die unter den Bedingungen der kapitalistischen Ausbeutung verkümmern mußten und von der herrschenden Klasse unterdrückt oder abgelenkt wurden, gepflegt und gefördert. [...] Greif zur Feder, Kumpel! [...] Schöpfe aus der Fülle Deiner Umwelt, Deines Lebens.«[13]

Bräunig scheint so sehr diesem Ideal eines sozialistischen Autors der jungen Generation zu entsprechen, daß man sich, je mehr man sich mit ihm und seinem Werk beschäftigt, zu fragen beginnt, ob er sich nicht ebenso zu diesem Wunschbild aufgebaut hat, wie er aufgebaut wurde. Selbst der Slogan der 1. Bitterfelder Konferenz ist ein Beispiel dafür: Später erklärte Bräunig zwar in einem Beitrag, »einen Satz formuliert zu haben, der nun in aller Munde war: Greif zur Feder, Kumpel!«[14], privat aber bekannte er, daß er lediglich den Text des Aufrufs verfaßt, nicht jedoch den Slogan erfunden hatte.

Legenden

Werner Bräunig war zu diesem Zeitpunkt knapp 25 Jahre alt, und er hatte in den vergangenen fünf Jahren einen erstaunlichen Weg durchlaufen. Auf Fotos wirkt er grazil, verletzlich, sensibel, verlegen posierend und gleichzeitig stolz. Wie er so steht und etwas vor einem Mikrofon verliest, scheint er wie jemand, der sich zuviel vorgenommen hat – aber zuviel vorgenommen hatte sich damals ein ganzes Land. Man wollte unter denkbar ungünstigen Bedingungen eine neue Gesellschaft aufbauen, die mehr Gerechtigkeit und Chancen gerade für die bisher Benachteiligten bieten sollte, und mußte das mit Menschen tun, die vielfach noch von faschistischer Ideologie infiltriert waren, Krieg und Nachkriegselend erlebt hatten und häufig ungenügend ausgebildet waren für die Aufgaben, die sie bewältigen sollten. Trotzdem banden gerade diese Herausforderungen, die ungewöhnlichen Bildungs- und Aufstiegsmöglichkeiten, die Menschen in das System ein – auch dafür ist Werner Bräunig ein Beispiel.

Wenn er damals nicht müde wurde, zu wiederholen, was er der Partei und dem Staat verdankte, so war das keine Phrase. Andererseits war er gewieft genug, gewisse Erwartungshaltungen zu bedienen; nicht umsonst machte er so viele differierende Angaben, wie er Lebensläufe schrieb.

Erinnerte er sich nicht mehr? War es ihm egal? Wollte er etwas verbergen? Es wird von allem etwas gewesen sein. In diesem Staat, der so großen Wert auf Akten und Fragebögen legte, versuchte er es mit Aufschneiderei, Versteckspiel, stülpte sich leicht verschobene Identitäten über und strich als Empfehlung den Beruf und die Arbeitsstelle mit dem größten gesellschaftlichen Reputationsfaktor heraus: Ein Bergmann war geradezu proletarischer Adel, und am schillerndsten, abenteuerlichsten war es, Bergmann in der Wismut gewesen zu sein. Es war nicht gelogen, aber die Ironie steckte darin, daß er von all seinen Arbeitsstellen diese am kürzesten inne hatte und damit den größten Eindruck machte. Das proletarische Image verschaffte ihm in der jungen DDR unvergleichlich mehr Respekt, als wenn er wie sein späterer Held Christian Kleinschmidt Sohn eines Professors gewesen wäre. Und natürlich gehörte es zur einen Seite der Wunschbiographie des zierlichen, labilen Mannes, dem, wie er sagte, »die Unruhe nun einmal im Blut«[15] steckte, aus der Wismut zu kommen, wo die wilden Kerle schufteten.

Seine Lebenssphäre allerdings wurde in den kommenden Jahren eine zunehmend andere, nicht weniger erstrebte. Binnen kurzer Zeit erarbeitete er sich wie so viele seiner Generationsgenossen, die durch Herkunft, Krieg und Nachkrieg einen schlechten Start hatten, eine imponierende Belesenheit und Bildung. Er hatte Leitfiguren wie Louis Fürnberg gefunden, an denen er sich orientierte, wurde Assistent am Literaturinstitut, schließlich Dozent, war mit Künstlern und Autoren befreundet. Seine Träume hatten längst einen Namen,[16] der all das zusammenfaßte: Er wollte Schriftsteller werden, und zwar einer, der diese beiden Seiten seiner Existenz nicht verleugnete. »Ich möchte mithelfen, mit dem geschriebenen Wort eine Welt zu bauen, in der junge Menschen nicht zwanzig Jahre brauchen, um ihren Weg zu finden.«[17]

»Ganz sicher waren die Sterne der Erde noch nie so nah«

Mit dem Gedicht »Du, unsere Zeit«, das um 1960 entstand – in einer Phase also, da alles zu gelingen schien, so daß das Pathos dieser Verse aus einer echten Euphorie gespeist wurde –, erreichte Werner Bräunig bald Lesebuchstatus. Die Erzählung »Waffenbrüder« und der Erzählungsband »In diesem Sommer«, die er bis dahin veröffentlicht hatte, wurden kaum so populär, aber sie waren Achtungserfolge und vielversprechende Talentproben.

Bereits in diesen Erzählungen geht es um »gewöhnliche Leute«, die sich durchbeißen müssen. Milieu und Figuren wirken authentisch, man merkt, daß der Autor in der Gegend, meist im Erzgebirge, und unter den Bergleuten, Bauern und Arbeitern zu Hause ist, die er beschreibt. Dennoch verfällt er einem gewissen Schematismus, leitartikelhaften Belehrungen und vor allem ungelenken Beschwörungen des positiven Einflusses der Partei, der deklariert statt gestaltet wird.

Zeitgenössische Rezensenten waren möglicherweise Platteres gewöhnt, außerdem war es schwierig, Gutgemeintes, weil es nicht gut gemacht war, zu kritisieren – allzuleicht konnte die literarische Kritik als Kritik an der sozialistischen Tendenz umgedeutet werden –, daher lobten sie, daß Bräunig mit »anspruchsloser Frische«[18] von wirklichen Konflikten der Übergangsperiode und exemplarischen Entwicklungen von Arbeitergestalten erzähle, und bemängelten hingegen »Kraftmeierei« in manchen Dialogen – mithin ausgerechnet das, was heute authentisch wirkt. Mit einer Bemerkung allerdings hatte eine Rezensentin recht: Bräunig »sollte versuchen, das, was in seinen Skizzen und Kurzgeschichten an Fabelkeimen förmlich wuchert, zu sichten und [...] in einer größeren, geschlosseneren Form zum Reifen zu bringen. Daß er es versteht, ins volle Menschenleben unserer Gegenwart zu greifen, hat er [...] bewiesen.«[19]

»Der eiserne Vorhang«

Dieser Ermutigung, die fast wie eine Ermahnung klingt, hätte es nicht bedurft. Als die Rezension erschien, hatte Werner Bräunig längst den Plan zu einem ehrgeizigen, ja vermessenen Projekt gefaßt. Auf einem Umfrageformular des Schriftstellerverbandes aus dem Jahr 1961 notierte er zu seinen Arbeitsvorhaben: »Entwicklungsroman junger Menschen, die heute etwa dreißig Jahre alt sind, von 1949 bis 1959. Geplant 600 Seiten.«[20]

In der Umfrage des folgenden Jahres trägt der Roman den Titel »Der eiserne Vorhang«, und das Thema wird lapidar umschrieben: »Deutschland-Thematik, 1949–1959«.[21]

Von nun an kann man den Fortgang des Manuskripts durch Werkstattberichte in der Presse und Vorabdrucke verfolgen. Anfang 1963 soll die Hälfte des Romans in einer Rohfassung vorgelegen haben, und daß diese Auskunft nicht übertrieben war, beweist der Vorabdruck des VIII. Kapitels,[22] das heißt, gut 300 Seiten waren geschrieben. Ende August 1964 war Bräunig aber bereits klar, daß das Manuskript selbst den großzügig gesteckten Rahmen sprengen würde, denn inzwischen sprach er von zwei Bänden. Der erste sollte die Jahre 1949 bis 1953 umfassen, der zweite bis ins Jahr 1960 reichen. Die erste Fassung des ersten Bandes hoffte er bis zum Jahresende abzuschließen. Der Vorabdruck aus dem IX. Kapitel zeigt, daß inzwischen mindestens 380 Seiten vorlagen.[23]

Diese wie weitere Vorabdrucke in Zeitschriften, Zeitungen und einem Sammelband belegen auch, welches Interesse Literaturbetrieb wie Leser zu Beginn der sechziger Jahre neuen Gegenwartsbüchern gerade von jungen Autoren entgegenbrachten. Es war die Zeit, in der Christa Wolfs »Geteilter Himmel«, Brigitte Reimanns »Geschwister« (beide 1963), Hermann Kants »Aula«, Erik Neutschs »Spur der Steine« (beide 1964), Lyrik von Karl Mickel, Sarah und Rainer Kirsch oder Volker Braun, Stücke, Filme und Bilder breit und durch-

aus kontrovers diskutiert wurden.[24] Besonders nach dem
Bau der Mauer schien vielen eine demokratische Öffnung der
DDR nach innen, ein offeneres Diskussionsklima gesellschaftlicher Entwicklungen und Ziele möglich, und die pro-
blemorientierte Literatur war auch ein Vehikel, um Grundfragen der sozialistischen Gesellschaft zur Sprache zu bringen.

Aber so willkommen Werner Bräunig einerseits das Interesse an seinem Manuskript war, so vorsichtig war er. »Über
mein Buch ist nun schon so viel geschrieben und gesagt worden, daß es mir langsam ein wenig bange wird [...]. Es ist
mein erster Roman, die programmatischen Kanzelverkündi-
gungen müssen erst mal erfüllt [...] werden.«[25] Trotzdem war
er selbstbewußt genug, im Umfragebogen 1964/1965 anzugeben: »Im Frühjahr 1965 wird abgeschlossen: ›Die Freiheit
der Gefangenen‹, Roman, 1. Band (Arbeitstitel) erscheint im
Mitteldeutschen Verlag Halle«[26], und daß er danach sofort
den zweiten Band in Angriff nehmen wolle. Wie man sieht,
hatte sich Bräunig auch Anfang 1965 noch nicht auf einen
Titel festgelegt – im Verlagsvertrag vom Dezember 1964 lau-
tet der Arbeitstitel nach wie vor »Der eiserne Vorhang«. Aber
wie der Titel unterlag die gesamte Konzeption einem ständigen Wandlungsprozeß.

Vom Bergarbeiter- zum Gesellschaftsroman

Wenn man bedenkt, daß bereits ein Großteil der frühen Erzählungen Bräunigs in der Wismut spielt, leuchtet es ein, daß
er zunächst einen »Bergarbeiterroman« schreiben wollte.
Doch diese Konzeption erwies sich bald als zu eng. Was ihn
beschäftigte, war umfassenderer Natur: Bräunig wollte über
die Erfahrungen, die Entwicklung der 1960 etwa Dreißigjährigen schreiben, also über Figuren, die etwas älter waren als
er selbst. Seine kompositorische Absicht zielte »auf eine Ver-
quickung von Erziehungs- und Gesellschaftsroman«[27]. Im

Zentrum stand ein Ensemble von vier gleichberechtigt geführten jungen Leuten, überdies gab es Handlungsstränge in Ost wie West, auch wenn der Schwerpunkt des Geschehens weiterhin im Erzgebirge – in der Wismut und in einer Papierfabrik – lag. Es gehe »nicht um irgendeine Generationsproblematik [...], sondern um Entwicklungsprobleme von wesentlich komplizierterer gesellschaftlicher und nationaler Spannweite«, erklärte Bräunig und räumte ein: »Das klingt ein bißchen großspurig, das Vorhaben zielt nun aber einmal in diese Richtung. Die vier jungen Leute suchen, jeder auf seine Weise, jeder aus einer anderen Klassenposition heraus, ein Vaterland – jeder auf seine Weise müssen sie erfahren, daß man sein Vaterland nicht irgendwie findet, sondern daß man es bauen, daß man sich engagieren muß.«[28] Es sei seines Wissens der erste Versuch eines Romans, der die Zeit von der Gründung der Republik bis annähernd in die unmittelbare Gegenwart streng chronologisch zu erfassen suche.[29]

Wie sehr sich die Feinkonzeption des Romans während des Schreibens veränderte, kann man sowohl an verworfenen Szenen und Kapitelvarianten verfolgen als auch Vorabdrukken entnehmen (so sollte ursprünglich die Papierarbeiterin Ruth Fischer den Kaderleiter Nickel heiraten und später von ihm geschieden werden,[30] während sie sich in der nachgelassenen Fassung sehr bald von ihm trennt).

Möglicherweise ist Bräunig jedoch weit mehr von seinem Exposé abgewichen, als man das heute rekonstruieren kann. »Mir persönlich ist es noch nicht gelungen, mich an ein Exposé zu halten«, bekennt er 1963. »Komposition ist die Logik der Entwicklung eines Themas – gerade dieser Griff für das Ganze, diese Vorausschau auf die Möglichkeiten und auch die Tücken, die in der Entwicklung des Themas liegen, werden sehr langwierig und mühsam erworben; gerade der junge Schriftsteller [...] muß experimentieren, verwerfen, neu finden; gerade das ist eben viel mehr als [...] eine rein handwerkliche Angelegenheit.«[31]

637

Man meint die Mahnung des Lektors zu hören. Wenn Bräunig sie etwas ernster genommen hätte, wäre vielleicht mancher Handlungsstrang klarer geführt, manche Abschweifung oder Widersprüchlichkeit vermieden und ein dramaturgisch entschiedenerer Aufbau des sehr komplexen Ganzen gefunden worden. Selbst die nachgelassene Fassung von 1966/1967 zeigt sich, besonders im II. Teil, in dem Kapitel nicht chronologisch angeordnet waren und Szenen variiert wurden, im Stadium des Experimentierens und Verwerfens (vgl. Editorische Notiz). Andererseits beweist die Geschlossenheit und erzählerische Kraft der ersten Kapitel, die bereits mehrere Bearbeitungsstufen durchlaufen hatten, daß Bräunig mangelnde Stringenz oder Unstimmigkeiten bei einer energischen Überarbeitung zweifellos hätte beseitigen können – wenn, ja wenn ihm nicht das Zutrauen zu seiner Arbeit zerstört worden wäre, als sein Roman zum Objekt politischer Interessenkonflikte wurde.

»Die Schriftsteller sind schuld«

Ein Vorhaben wie dieses ehrgeizige Projekt wurde von einem Selbstbewußtsein getragen, das sich nicht zuletzt aus einer gesellschaftlichen Erwartungshaltung speiste, die in jener Umbruchszeit generell der unbelasteten Generation der Dreißigjährigen, insbesondere jedoch Schriftstellern und Künstlern, entgegengebracht wurde. Das hatte keineswegs nur positive Aspekte, denn die Erwartung war stets auf die Erfüllung ideologischer Vorgaben gerichtet, aber die Gesellschaft befand sich so sehr in Bewegung, daß viele Intellektuelle hofften, sich kritisch in diesen Prozeß einbringen zu können.

Mit der Schließung der Grenze 1961 hatte eine Neuformierung der politischen Kräfte begonnen. Da die ökonomische Lage nach wie vor angespannt war, nahm Walter Ulbricht eine weitreichende Wirtschaftsreform in Angriff. Die schrittweise Modernisierung der Volkswirtschaft konnte nach seiner Meinung nur erreicht werden, indem die Eigenverantwortung der Betriebe erhöht wurde, und dies wiederum verlangte eine vorsichtige Reform des politischen Systems und eine gewisse Liberalisierung. Gerade die junge Generation sollte stärker einbezogen werden, und genau das war ihre Chance.

»Mehrheitlich um das Jahr 1930 herum geboren, hatten die Jungen zu Beginn der sechziger Jahre ihren großen Auftritt. Sie stellten die energischste, am meisten nach vorn drängende Trägerschicht der kurz nach dem Mauerbau von oben eingeleiteten Reformen. Den Reformprozeß über sein beschränktes Ziel, die Rationalisierung einzelner sozialer Sektoren, hinauszutreiben, in eine kulturelle Modernisierung der DDR-Gesellschaft umzumünzen war ihr eigentliches Anliegen.«[32]

Konservative Kräfte um Erich Honecker befürchteten hingegen eine Aufweichung des Machtmonopols der SED. In diesen Machtkampf wurde die Kunst hineingezogen, und beide Seiten versuchten, sie zu instrumentalisieren. Selten war die Kulturpolitik widersprüchlicher: Gerade weil sie in diese unverkennbare »kulturelle Modernisierung« eingebettet waren, wirkten ideologische Reglementierungsversuche im Stil der fünfziger Jahre – Angriffe auf eine Akademieausstellung mit junger Kunst und die Präsentation junger Lyrik durch Stephan Hermlin, Verbote von Fernsehfilmen und Stücken – um so überraschender. Dennoch wurden tendenziell bis 1965 mehr künstlerische Experimente, modernere Einflüsse und vor allem eine größere Problemhaltigkeit geduldet.

Dabei entschied man im Kulturministerium oft undogmatischer als im ZK. Minister Hans Bentzien gehörte zu denen, die ein offeneres Klima in der Kulturpolitik zuließen. Während man z. B. offiziell moderne westliche Literatur als dekadent, nihilistisch u. ä. verteufelte, stellte das Ministerium für Kultur im Dezember 1964 fest, daß einige Literaturströmungen in der DDR noch nicht vorgestellt wurden (die »Klassiker der bürgerlichen Moderne« von Kafka bis Proust, die amerikanische Beatliteratur, der Nouveau Roman, das absurde Theater, Literatur der Dekadenz), und forderte die Verlage sogar auf, »den Begutachtungsprozeß und die verlegerischen Entscheidungen zu beschleunigen«.[33]

1965 zeigte es sich, daß die Wirtschaftsreform nicht zum erhofften Resultat führte. Ulbrichts Kurs war angreifbar geworden, und Honecker tat ein übriges, um nun seine Position durchzusetzen. Ab Mitte 1965 – einige Monate vor dem turnusmäßig stattfindenden Plenum des ZK der SED, auf dem es hauptsächlich um Wirtschaftsfragen gehen sollte – wurden gezielt Berichte über Jugendbanden, Rowdytum und die skeptische Haltung Jugendlicher zum Sozialismus publiziert. Damit war auch das Ergebnis von Ulbrichts Jugendpolitik in Frage gestellt. Zeitgleich suggerierte man durch Vorwürfe gegenüber kritischen Künstlern wie Wolf Biermann und Stefan Heym, daß solche Texte Jugendliche zu diesem unmoralischen, antisozialistischen, brutalen Verhalten verleiten würden.

In der kurzschlüssigen Auffassung über Sinn und Wirkung von Kunst unterschieden sich die hier gegeneinander agierenden politischen Kräfte übrigens kaum, allerdings war Ulbrichts Aufmerksamkeit in dieser Phase durch die Wirtschaftsreform abgelenkt. Das änderte sich, als das Politbüro im November 1965 mit kulturpolitischen Informationen über falsche ideologische Positionen im künstlerischen Bereich geradezu überschwemmt wurde, die Kurt Hager, Leiter der Ideologischen Kommission beim ZK, und Siegfried Wagner, Leiter der Kulturabteilung des ZK, in Auftrag gegeben hatten. Zwar zögerte Ulbricht noch, den kulturpolitischen Kurswechsel vorzunehmen, der nun angestanden hätte, aber die Ideologische Kommission wurde beauftragt, vor dem Plenum ein »Dokument über Probleme der Arbeit auf dem Gebiet der Kultur« zusammenzustellen.[34]

Unabhängig davon ließ Ulbricht bereits seit September 1965 ein Gespräch mit etwa 70 Schriftstellern und Literaturwissenschaftlern vorbereiten (u. a. von Siegfried Wagner, Alexander Abusch, Otto Gotsche und Alfred Kurella). Es sollte ursprünglich um die Verantwortung des Autors vor dem Volk und der Partei, um gegenwärtige Probleme der DDR-Literatur gehen und erhielt jetzt eine schärfere Ausrichtung gegen »Zersetzungserscheinungen« und »Skeptizismus«.

Schon im Vorfeld wurde durch Hans Koch, den Ersten Sekretär des Schriftstellerverbandes, deutlich gemacht, daß die Autoren genau das Gegenteil erwarteten, nämlich die Auseinandersetzung mit Dogmatismus, historischen Fehlern und Reglementierung. Nach einer Zusammenkunft im Verlag Neues Leben zum Beispiel, auf der die Autoren darauf beharrt hatten, daß sie Mängel und Fehler der gesellschaftlichen Entwicklung benennen können müßten,[35] faßte Brigitte Reimann in ihrem Tagebuch erbittert die Argumentation der Funktionäre zusammen: Die »Schriftsteller sind schuld an der sittlichen Verrohung der Jugend«.[36]

So war der Konflikt vorprogrammiert, zumal durch die angelaufene Kampagne und überall stattfindende ähnliche Aussprachen das Diskussionsklima bereits aufgeheizt war. Kurz vor Beginn des Gesprächs im Staatsrat am 25. November legte Otto Gotsche Ulbricht den Bericht über die Beratung im Verlag Neues Leben vor. Er hatte die erhoffte Wirkung. Ulbricht griff die Position kritischer Autoren direkt an, und dafür brauchte er Beispiele.

Werner Bräunig hatte das Pech, daß ausgerechnet zu diesem Zeitpunkt an prominenter Stelle im Oktoberheft (d. h. zum »Geburtstag der Republik«) der »Neuen Deutschen Literatur« (NDL), der Zeitschrift des Schriftstellerverbandes, das »Rummelplatz«-Kapitel vorabgedruckt wurde (IV. Kapitel). Da das Projekt so ausführlich angekündigt worden war, Bräunig als vielversprechendem Arbeiterschriftsteller besondere Aufmerksamkeit gewidmet und der zentrale Schauplatz des Romans, die Wismut, ohnehin beargwöhnt wurde, konnte diese Publikation nicht übersehen werden. Walter Ulbricht hatte ihn zwar nicht gelesen – Christa Wolf beobachtete, daß ihm erst später die NDL, mit Anstreichungen versehen, vorgelegt wurde[37] –, aber dieser Text schien ausgezeichnet in die Argumentationslinie zu passen. »Dort werden nun alle Schweinereien geschildert, die möglich sind und damals möglich waren: wie sie saufen, wie sie mit den Frauen umgehen, wie sie sich Krankheiten beschaffen usw. [...] Wenn die Genossen sagen, es gelte die Mängel und Fehler aufzudecken, damit sie beseitigt werden könnten, frage ich: Wem nützt diese Darstellung in ›Rummelplatz‹ etwas? [...] Ich stelle hier ganz einfach die Frage der gemeinsamen Verantwortung aller für die moralische Entwicklung. [...] Wir geben uns Mühe [die Jugendlichen; A. D.] zu erziehen. Aber mit solchen Romanen wie ›Rummelplatz‹ kann man sie nicht erziehen.«[38]

Diesem Angriff widersprachen sowohl Christa Wolf als auch Anna Seghers, die zwar den Text ebenfalls nicht kannte, aber vehement betonte, »daß in bezug auf diese verdammten Sachen mit den Rowdies Veröffentlichungen wie die von dem Bräunig, der ein sehr begabter und aufrechter Bursche ist, [...] überhaupt keinen Anteil haben«[39]. Außerdem verteidigten Wolfgang Joho, der Chefredakteur der NDL, und Hans Koch Autor wie Roman. Von dieser geschlossenen Front offenbar irritiert, relativierte Ulbricht im Schlußwort sogar seinen Angriff: »Ich bedaure selbst, daß Bräunig mit seinem Auszug aus dem Roman herangezogen wurde. Selbstverständlich sind uns eine ganze Menge Manuskripte bekannt [...], die [...] die Tendenzen enthalten, die hier kritisiert wurden. Es handelt sich also nicht darum, daß etwa ein Schriftsteller kritisiert wird, sondern [...] daß es bestimmte Tendenzen gibt und sogar eine bestimmte Gruppierung [...], die die Politik des Skeptizismus vertreten und der Meinung sind, daß die Zeit gekommen ist, diese Politik durchzusetzen.«[40]

642

Es schien, als wäre die Diskussion vom Beispiel Bräunig wieder zum allgemeinen Vorwurf umgelenkt. Daß dem nicht so war, lag an zweierlei: an den Reformgegnern, die unbedingt Exempel auf breiter Front statuieren wollten, und am Hauptschauplatz des Romans, der Wismut.

Klein-Texas – die Wismut

Es fällt schwer, zu glauben, daß Werner Bräunig nicht wenigstens ahnte, daß die Schwierigkeiten, mit denen er es bei der Veröffentlichung dieses Romans zu tun bekäme, über die hinausgehen würden, vor denen sich jeder Autor damals sah. Gerade die Wismut nämlich, der riesige Uranbergbaubetrieb, war mehrfach mit Tabus belegt.

Mit der Zündung der ersten Atombomben über japanischen Städten schienen die USA im August 1945 den Wettlauf um die modernste und zerstörerischste Waffe gewonnen zu haben. Nach der Logik des Wettrüstens im kalten Krieg mußte die Sowjetunion diesen Vorsprung in kürzester Zeit aufholen. Voraussetzung dafür war der rücksichtslose Abbau der Uranerzvorkommen in Sachsen. Zwar verfügte sie in Mittelasien über eigene Uranerzvorräte, aber die Abbauverfahren waren veraltet, unproduktiv und gefährlich, und es war leichter, das Uran im Erzgebirge fördern zu lassen. Nachdem die entsprechenden Gruben und Betriebe in der Sowjetischen Besatzungszone beschlagnahmt worden waren, wurde im Mai 1947 die Wismut AG gegründet – der harmlose Name »Wismut« diente der Tarnung –, die sich bis 1953 vollständig in sowjetischer Hand befand. Sie war das größte Reparationsunternehmen des 20. Jahrhunderts, und das Interessengebiet der Wismut AG im Land Sachsen war eine Sonderzone. Allein 1950 deckte die Wismut fast 60 Prozent des sowjetischen Uranerzbedarfs.[41] Da die Förderung von eminenter Wichtigkeit für die Rüstung war, gehörte die

Wismut zum Komplex der sowjetischen Atomindustrie, und es galten besondere Bedingungen: Die Objekte wurden von Militär bewacht, es gab ein auf militärischen Prinzipien beruhendes Betriebssystem, eigene Rechtsvorschriften, härteste Arbeitsbedingungen, nahezu autarke Strukturen – die Wismut galt so sehr als Staat im Staate, daß die Personalausweise der Beschäftigten dauerhaft eingezogen wurden und sie statt dessen Schachtausweise erhielten. Andererseits waren der Lohn und die Prämien weit höher, die Lebensmittelversorgung und die Sozialleistungen sehr viel besser als in anderen Bereichen.

Die Aussicht auf das schnelle Geld trug ebenso zur Anziehungskraft bei wie das Flair des Abenteuerlichen, Wilden, Zügellosen, das dem Leben in der Wismut mit ihren Massenquartieren, der Männerromantik, dem Deputatschnaps anhaftete, so daß die Gegend als »Deutsch-Wildwest« oder »Klein-Texas« verschrien war. Entwurzelte, Zwangsverpflichtete, Kriegsheimkehrer, Glücksritter strömten hierher, 1950 hatte die Wismut 200 000 Beschäftigte.

1949, als auch die Helden in Bräunigs Roman dort eintreffen, wurden 109 000 neue Arbeitskräfte eingestellt, andererseits verließen 48 000 die Wismut. Die enorme Fluktuation beeinträchtigte die Förderleistungen, so daß man sich gezwungen sah, die meist Ungelernten zu qualifizieren, um die Stammbelegschaft auszubauen.

Von dieser Umbruchszeit, von den Arbeits- und Lebensbedingungen in der Wismut wie in der Region, von den Auseinandersetzungen unter den Kumpeln, zwischen Einheimischen und Zugezogenen und nicht zuletzt zwischen der sowjetischen Schachtleitung und den Deutschen vermittelt Bräunigs Roman ein gleichermaßen einprägsames wie präzises Bild.

Der Film »Sonnensucher«, den Konrad Wolf 1957 in der Wismut drehte, gab die damaligen Zustände ebenso authentisch wieder – mit der Konsequenz, daß der Film nicht frei-

644

gegeben wurde. Weder die DDR und schon gar nicht die Sowjetunion, die um Geheimhaltung bemüht war, wollte eine realistische Schilderung aus diesem militärischen Sperrgebiet verbreitet wissen. Man warf Konrad Wolf »ein unserer Wirklichkeit fremdes, verzerrtes Abbild« vor, das die Rolle der SED, der Sowjetunion und der Arbeiterklasse falsch zeichne.[42] Vehement hatte sich vor allem Kurt Kieß, 1. Sekretär der SED-Gebietsleitung Wismut, gegen die Aufführung des Films ausgesprochen (so wie er auch auf dem 11. Plenum gegen »Rummelplatz« wettern sollte), letztendlich aber war das Veto der sowjetischen Botschaft ausschlaggebend.[43]

All das wird Werner Bräunig gewußt haben. Gemeinsam mit Horst Salomon hatte er im Rahmen des Studiums am Literaturinstitut ein längeres Praktikum in der Wismut absolviert, das ausgerechnet in die Zeit der Auseinandersetzung um »Sonnensucher« gefallen sein muß.

Aber Bräunig war besessen von der Wismut. Hier waren die Probleme der Nachkriegszeit wie in einem Brennglas gebündelt, hier konnte er Charaktere ansiedeln, die unter widrigsten Umständen zu sich selbst und einer Aufgabe – oder, wie er es nannte, einem Vaterland – finden. Denn das eben war sein Thema: wie der Mensch durch die Arbeit zu sich findet und dabei seine Umgebung verändert. Es ist der Wismut-Steiger, den er am Ende umkommen läßt, als er am 17. Juni die Ordnung verteidigen will, von der er glaubt, daß sie dem Arbeiter Verfügungsmacht über die Betriebe gibt. Was bleibt, wenn ein Arbeiter stirbt?

Nachzutragen ist, was am 17. Juni 1953, dem Schlußpunkt des ersten Bandes, in der Wismut geschah: Zwar waren auch hier die Normen erhöht worden, aber zu Streiks kam es nur in einigen Objekten im Thüringer Raum. In den sächsischen Betrieben wurde sofort höchste Alarmstufe ausgelöst, und die sowjetischen Sicherheitskräfte sorgten für Ruhe. Bald darauf kündigte die Sowjetunion das Ende der Reparationsleistungen zum 1. Januar 1954 an, um die DDR ökonomisch zu entlasten und damit zu stabilisieren, und in der Konsequenz wurde die sowjetische Wismut AG 1954 in eine gemischte Sowjetisch-Deutsche Aktiengesellschaft (SDAG) umgewandelt.

Ein Exempel wird statuiert I

Werner Bräunig war nicht zu der Aussprache mit Walter Ulbricht eingeladen. Falls man ihm davon berichtet hat, dann war er vorbereitet auf das, was ihn zwei Tage später in Bad Düben erwartete, wo der 1. Sekretär der SED-Bezirksleitung Leipzig, Paul Fröhlich, Leipziger Schriftsteller auf Linie bringen wollte. Während dem Gespräch mit Walter Ulbricht viel Zufälliges anhaftete, weil etliche Teilnehmer sich nicht zu Wort meldeten wie abgesprochen,[44] verlief das Gespräch in Bad Düben offenbar wie geplant. Hier wurden die »falschen ideologischen Positionen« systematischer abgekanzelt, und unter 2.3. findet sich als negatives Beispiel die »Szene ›Rummelplatz‹ von Genossen Werner Bräunig«: Es werde behauptet, daß die Literatur ihre eigenen ästhetischen Gesetze habe und deshalb auch moralische Unsauberkeiten des Helden in seiner Entwicklung geschildert werden müssen. »Hiermit wird versucht, in der Literatur gestaltete Obszönitäten und falsche subjektive Entstellungen der historischen Wahrheit zu entschuldigen und die ästhetische Seite überzubetonen. [...] Es wird deutlich, daß unter harter Sprache[45] verstanden wird, die Grenzen des Anstandes zu verletzen und Dinge, die nicht literaturfähig bzw. literaturunwürdig sind, doch zu gestalten.«[46]

Mit diesem ausführlichen Angriff auf das »Rummelplatz«-Kapitel war das Ulbrichtsche Einlenken zurückgenommen. Von nun an fehlte »Rummelplatz« in keiner Auswertung, keiner Diskussion, keinem Bericht. Obwohl die Kritik an Bräunig weiterhin auch unter den Genossen kontrovers diskutiert wurde, weil einerseits Bräunig als aktiver Genosse bekannt und andererseits die Qualität des Textes nur allzu offensichtlich war, erreichten seine Befürworter nur, daß hinter den Kulissen, auf ZK-Ebene, immer verbissener versucht wurde, die Argumentation auszubauen. Auf der Politbüro-Sitzung am 30. November begründete Kurt Hager mit Unterstützung von Honecker, Paul Fröhlich und anderen die Notwendigkeit einer härteren Gangart und gezielter öffentlicher Kampagnen. Das Politbüro faßte einen folgenreichen Beschluß, in dem es hieß:

»Im ›Neuen Deutschland‹ ist die öffentliche Auseinandersetzung mit den Gedichten von Biermann [...] zu beginnen. Außerdem ist im ›Neuen Deutschland‹ die Auseinandersetzung mit dem in der Zeitschrift ›Neue Deutsche Literatur‹ veröffentlichten Stück von Bräuning [sic!] (Rummelplatz) zu führen. Es ist zu organisieren, daß Arbeiter, die den Aufbau der Wismut miterlebt haben, dazu schreiben.«[47]

Von nun an müßte das Blatt unterteilt werden, um in drei oder vier Spalten nebeneinander auflisten zu können, wie das Kesseltreiben gleichzeitig von seiten des ZK wie der SED-Bezirksleitung Leipzig gelenkt und in der Presse wie im Literaturinstitut bzw. in der Karl-Marx-Universität Leipzig betrieben wurde, und zwar wieder gegen drei oder vier Adressaten: die Literaturzeitschrift NDL, das Literaturinstitut »Johannes R. Becher«, den Mitteldeutschen Verlag und natürlich gegen Werner Bräunig. Aussprachen, Beratungen und Anleitungen fanden auf und zwischen allen Ebenen mit allen Beteiligten statt – ein böses Spiel, das nicht »Hetzt den Hasen«, sondern »Hetzt die Hasen« heißen könnte, denn natürlich waren die Verteidiger Bräunigs gleichzeitig oft selbst Angegriffene und mußten darauf bedacht sein, sich nicht noch weiter zu exponieren oder andere hineinzureißen, wohingegen sich unter seinen scheinbaren Angreifern kühlere Köpfe fanden, die im Hintergrund damit beschäftigt waren, die Angelegenheit nicht eskalieren zu lassen.

Auffällig ist vor allem, daß sich das Kulturministerium wieder merklich zurückhielt, obwohl dem Minister von Kurt Hager und Erich Honecker vorgeworfen wurde, das Ministerium nicht streng genug geleitet und entgegen den Direktiven eine eigene Linie entwickelt zu haben.[48] Im Dezember lag Hans Bentzien im Krankenhaus, was dazu führte, daß er nicht in die Debatten eingreifen konnte.

In allen anderen Gremien, besonders im ZK, war man ausgesprochen emsig dabei, die Vorwürfe auszubauen. Für ein Gesamtbild der damaligen Stimmung muß man sich vergegenwärtigen, daß ein Generalangriff gefahren werden sollte, um die kritischen Geister gründlich einzuschüchtern. Werner Bräunig hatte man stellvertretend für jene Schriftsteller ausgewählt, die sich zwar im wesentlichen konform verhielten oder wie er sogar Genossen waren, die aber eine zu moderne Auffassung vom Schreiben hatten, Fehler und Fehlentwicklungen allzu selbstbewußt zur Sprache brachten oder, um in der damaligen Terminologie zu bleiben, dem Skeptizismus verfallen waren. Es waren die Verirrten, die man auf den rechten Weg dirigieren wollte.

Daneben gab es diejenigen, die eine grundsätzliche Kritik übten, nicht am Sozialismus, aber an der Art und Weise, wie er in der DDR aufgebaut wurde. Sie sah man als die wirklichen Feinde an und faßte sie der Einfachheit halber zu einer Gruppierung zusammen: Biermann, Heym und Havemann.

In dieses Raster wurden weitere mißliebige Autoren und Künstler eingeordnet: Peter Hacks, Gerd Bieker, Manfred Bieler, Rainer Kirsch und andere. Werner Bräunig war also nur einer unter einer Vielzahl von öffentlich Kritisierten, allerdings wurde die Auseinandersetzung mit ihm neben der mit Biermann, Heym, Havemann und den DEFA-Regisseuren am verbissensten geführt, möglicherweise gerade weil er so viele Befürworter hatte.

Indessen wurden, weil er nun einmal mit Argwohn beobachtet wurde, weitere Flecke auf der bis dahin ziemlich un-

tadeligen Weste des Genossen Bräunig entdeckt. So wurde
er im Literaturinstitut zum Mittelpunkt der Parteiversammlung vom 1. Dezember, auf der drei Vertreter der Bezirksleitung Leipzig, zwei des Kulturministeriums und zwei des
DSV (im Auftrag der Kulturabteilung des ZK) als Gäste teil-
nahmen. Einer seiner Studenten hatte im Prosaseminar eine
plumpe, provozierende Szene gegen »Spießer mit Parteiabzeichen«[49] vorgelesen, und Bräunig behandelte diese zwar
»scharf ablehnend«, aber er versäumte es, die Parteileitung
von dem Vorfall zu informieren. Bei anderen Gelegenheiten
wurde ihm vorgeworfen, daß bei wöchentlichen privaten
Clubabenden mit Studenten die Partei verunglimpfende Reden geführt würden, daß er als Gutachter einen von Rainer
Kirsch geschriebenen Beitrag, »Kunst und Verantwortung.
Probleme des Schriftstellers in der DDR«, dem theoretischen
Teil seiner Diplomarbeit, mit Gut bewertet hatte, obwohl er
von negativen Einstellungen zeugte, und schließlich, daß er
Helga Novak, die, aus Island zurückgekommen, seit dem
Herbst am Institut studierte und die rechte Disziplin ver-
missen ließ, zu nachsichtig behandelte.

Während sich auf diese Weise immer mehr »Verfehlungen«
offenbarten, hatte Klaus Höpcke, Kulturredakteur des ND,
mit vier Angehörigen der Wismut – einem Parteifunktionär,
zwei Steigern, von denen einer zuvor hauptamtlicher FDJ-
Sekretär der Wismut war, und einem Hauerbrigadier, alle
zuverlässige Genossen – über das »Rummelplatz«-Kapitel
diskutiert und danach den »Offenen Brief« für die Wismut-
Kollegen »als Schriftführer«, wie er heute sagt, formuliert.
Am Nachmittag des 6. Dezember fuhr er mit dem Andruck
der ND-Seite nach Markkleeberg, um Bräunig den »Offenen Brief« zu zeigen, der am nächsten Tag erscheinen würde.

Es war ein Schock, erinnert sich Werner Bräunigs damalige
Ehefrau, denn bisher war die Kritik am »Rummelplatz«-Ka-
pitel weitgehend parteiintern erfolgt, nun sah er sich öffentlich angegriffen. Höpcke versprach, auch einen Antwort-

brief von Bräunig abzudrucken; ein Versprechen, das er gegen den Widerstand des Chefredakteurs mit dem Argument durchsetzte, daß die unterschiedliche Behandlung von Biermann (gegen dessen in West-Berlin erschienenen Gedichtband »Die Drahtharfe« er weisungsgemäß am 5. Dezember im ND scharf polemisiert hatte) und Bräunig deutlich gemacht werden müsse.

Reichlich gewunden und verklausuliert, aber in den entscheidenden Punkten eindeutig, wurde Bräunig in dem »Offenen Brief« zunächst vorgeworfen, daß er »im Schmutz über unsere Bergarbeiter und deren Frauen« schreibe: »Bergarbeiter sind nicht zimperlich. Eine harte Arbeit bringt oft auch harte Töne mit sich. Aber Deine literarische Arbeit hat bis jetzt noch keiner von uns seiner Frau oder gar seinen erwachsenen Kindern zu lesen gegeben. [...] Deine Darstellung [...] ist uns – vorsichtig formuliert – wesensfremd. Wir empfinden sie ihrem Gehalt nach als eine Beleidigung unserer eigenen Frauen.«

Weiter heißt es: »Und besonders empört sind wir darüber, [...] wie die Rolle und Bedeutung unserer sowjetischen Freunde und Genossen dargestellt wird. [...] Wozu brauchst Du eine Schilderung, in der gesagt wird, sie ›paßten‹ in die Landschaft voll Hunger, Seuchen und Ruinen?«[50]

Er lasse überdies den »großen historischen Blick der Parteilichkeit« vermissen. Man lud ihn ein, mit den Briefschreibern über diese Fragen zu sprechen. Dieser Beitrag wurde flankiert durch einen weiteren Leserbrief eines Arztes aus der Wismut.

Damit war nun endgültig eine Kampagne losgetreten. Bis Werner Bräunigs Antwort eine Woche später erschien, konnte man in anderen Zeitungen, die diesen Brief nachgedruckt hatten, nur ebenso vernichtende Kommentare und Leserbriefe lesen.

Wie Zeitgenossen auf diesen Brief reagierten, läßt sich anhand des Tagebuchs von Brigitte Reimann verfolgen. »Wenn man die Zusammenhänge kennt, sieht man, wie gut mal wieder die Regie klappt: Heute ist im ND ein Brief von Wismut-Kumpeln (die inzwischen Funktionäre sind) an Bräunig [...]. Er hat historische Wahrheiten verletzt, im Schmutz gewühlt, wüste Szenen geschrieben über die braven Kumpel, die ein grandioses Werk aufgebaut haben. Die Schreibenden berufen sich nur auf das Jetzt – die Vergangenheit ignorieren sie einfach [...] – Szenen (wie die, die ich damals bei der Wismut gesehen und erlebt habe)[51] darf es nicht gegeben haben. [...] Ich fühle mich mitbetroffen [...].«[52]

Werner Bräunig antwortete selbstbewußt und versuchte vor allem die literarischen Gründe seiner Darstellung zu erläutern. Er habe keinen Roman über die Wismut, sondern einen Entwicklungsroman geschrieben, deswegen gehe es nicht einfach um die Darstellung von Schwierigkeiten, sondern um deren Überwindung. »Wie soll eine literarische Gestalt ›groß‹, ›bedeutend‹ werden, wenn sie nicht konfrontiert wird mit der ganzen Schwierigkeit und Härte dieses Kampfes [...]?«[53]

Es gibt eine »Anmerkung der Redaktion«: »Die Antworten, die Werner Bräunig gibt, scheinen uns nicht in jeder Beziehung befriedigend klar. Die Redaktion betrachtet sie daher nicht als Abschluß.«[54] Man fordert zu weiteren Lesermeinungen auf und druckt auch gleich eine ab, natürlich eine negative.

Die Richtung der Kampagne war nur allzu deutlich. Hätte man wenigstens eine zaghafte Verteidigung Bräunigs zugelassen, hätte man sofort einen der beiden Briefe abdrucken können, die Dieter Strützel, Bräunigs Lektor beim Mitteldeutschen Verlag, am 15. 12. an das ND geschickt hatte. Der, für den er mit seinem Namen zeichnete, war ziemlich gewunden und ambivalent; der zweite, sehr viel präzisere, vom Verlag. Besonders letzterer folgt Bräunigs Argumentation, erklärt noch einmal das Darstellungsprinzip und mündet in die rhetorische Frage: »Wir brauchen Euch vielleicht nicht zu versichern, daß wir als Verlag einen Roman, der die Rolle unserer Partei oder unser Verhältnis zur Sowjetunion verzerrt oder falsch darstellt, nicht publizieren würden«.[55] Das klingt wie Pfeifen im Wald, und acht Wochen später sollte es sich erweisen, daß man so mutig nicht war, wie hier getan wurde.

Auch Brigitte Reimann wurde zunächst von einem Redakteur der kulturpolitischen Wochenzeitung »Sonntag« aufgefordert, einen Leserbrief zu schreiben, »vorsichtig Formuliertes freilich [...] Inzwischen soll der Redakteur [...] aber schon kalte Füße gekriegt haben. [...] Das Gebell gegen die Schriftsteller hält an.«[56] Ihr »Anti-Wismutbrief« wird natürlich ebensowenig veröffentlicht wie der eines Physikers, der selbst einmal Wismutkumpel war, Bräunigs Schilderung großartig findet und klug interpretiert.[57]

Von den Beiträgen, die dem »Offenen Brief« zustimmten, hat Bräunig am meisten der seines Freundes Horst Salomon verletzt. Er nennt die »Rummelplatz«-Szene miserabel, weil sie die Wahrheit auf den Kopf stelle, bereits die ersten Zeilen seien in ihrer makabren Symbolik »unwahr und widerlich«. Außerdem wirft er Bräunig eine verantwortungslose Behandlung von Details vor, was zu einem unrealistischen Bild der damaligen Wirklichkeit führe. Salomon, dessen stromlinienförmiges Schauspiel aus dem Erzbergbau »Katzengold« ihm im Jahr zuvor den Nationalpreis eingebracht hatte, legitimiert seine Meinung mit der Tatsache, daß er selbst damals Wismut-Kumpel war. Er beurteilt die Romanszene wie eine Reportage und bezichtigt ausgerechnet Bräunig, dem es um ein realistisches Bild der Nachkriegszeit geht, geradezu der Lüge.[58]

Außerdem wird noch ein Kollege, der zur Zeit der Romanhandlung mit der Wismut zu tun hatte, allerdings als Minister für Wirtschaft und Wirtschaftsplanung in Sachsen, vom ND befragt. Fritz Selbmann stellt ausdrücklich fest, daß man Bräunig nicht mit Biermann in einen Topf werfen dürfe, der alles besudele, »unseren Staat, unsere Partei, unsere Arbeit und unsere Ideale«.[59] Er argumentiert zunächst wie viele Verteidiger Bräunigs, nämlich daß es falsch war, gerade diese Szene für den Vorabdruck auszuwählen, wirft ihm dann aber vor, daß er sich hinter seinen Figuren und ihren falschen politischen Aussagen verstecke. Schließlich wiederholt er Ulbrichts Frage, wozu er jetzt von Fehlern von vor zwanzig Jahren spreche, die längst überwunden und vergessen seien. »Damit junge Menschen von heute ein nicht der Wahrheit entsprechendes Bild von geschichtlichen Vorgängen bekommen?«[60] Das sind ausgesprochen üble Vorwürfe, die zudem das gesamte Erzählverfahren aus unterschiedlichen Figurenperspektiven in Frage stellen.

Ein Exempel wird statuiert II

Werner Bräunig wird den Brief Salomons und das Gespräch mit Selbmann in Berlin gelesen haben. Er gehörte wie Anna Seghers und Hermann Kant zu den Gästen des 11. Plenums des ZK der SED, die ausdrücklich nur zum Referat Walter Ulbrichts, »Probleme des Perspektivplans bis 1970«, für den zweiten Beratungstag eingeladen waren – was bedeutete, daß er nicht dabei war, als Erich Honecker im Bericht des Politbüros die gesamte Argumentation zusammenfaßte, die in den letzten Monaten von den Reformgegnern aufgebaut worden war. »Leider hat sich in den letzten Jahren eine neue Art Literatur entwickelt, die im wesentlichen aus einer Mischung von Sexualität und Brutalität besteht. Ist es ein Wunder, wenn nach dieser Welle in Literatur, Film, Fernsehen und Zeitschriften manche Jugendliche nicht mehr wissen, ob sie richtig oder falsch handeln, wenn sie dort ihre Vorbilder suchen?«[61] »Rummelplatz« wurde in diesen Zusammenhang gestellt als ein Romanauszug unter anderen, »die mit unserem sozialistischen Lebensgefühl nichts gemein haben. [...] In diesem Abschnitt gibt es obszöne Details, gibt es eine falsche, verzerrte Darstellung des schweren Anfangs in der Wismut«[62]. Der Hauptvorwurf galt der NDL, die diesen Auszug ausgewählt hatte.

Walter Ulbricht schloß sich dieser Darstellung an. Er verwies auf die Verantwortung des Schriftstellerverbandes und der NDL. Es gehe um prinzipielle Fragen der Literaturentwicklung, »obwohl dieser Auszug aus dem Wismutroman selbstverständlich typisch war und einem bestimmten Zweck diente und derjenige, der das arrangiert hat, ganz genau wußte, was er wollte«.[63]

Das war eine ungeheuerliche Unterstellung, und jeder wußte, daß es dramatische Konsequenzen auf personeller Ebene und generell im kulturellen Klima geben würde. Christa Wolf, damals Kandidatin des ZK, beschreibt ausführlich in ihrem »Erinnerungsbericht«, wie alarmiert sie und Kollegen wie Konrad Wolf damals waren: »Wir, meist Angehörige einer Generation, die in diesem Land engagiert lebten, die Konflikte sahen, hatten ein sehr starkes Gefühl von der Gefahr, in die dieses Gemeinwesen geraten würde, wenn die Widersprüche nicht in produktiver Weise ausgetragen würden. [...] Wir hatten das Gefühl, dies sei einer der letzten Momente, um die Entwicklung in der DDR in eine Richtung zu lenken, die diesen Staat zu einer Alternative machen konnte gegenüber der kapitalistischen Bundesrepublik. Wir wollten die sozialistischen Ansätze so weit stärken, daß die DDR auch geistig ›konkurrenzfähig‹ werden konnte. Und wir sahen uns mit Leuten in der Wirtschaft, in der Wissenschaft verbündet [...]. Es gab sogar einzelne Leute im ZK, mit denen ich darüber offen sprechen konnte.«[64]

Werner Bräunig hat nicht erzählt, ob er im Saal war, als Christa Wolf ihn verteidigte. Wenn man ihren unvorbereitet gehaltenen Diskussionsbeitrag, ihre Gegenrede, heute liest – oder besser noch den Mitschnitt anhört –, dann überträgt sich vor allem die Erregung, die Aggressivität der Umgebung wegen dieser Unbotmäßigkeit. Noch nie war auf einem Plenum so direkt widersprochen worden, diese Tatsache war fast wichtiger als das, was gesagt wurde. Hier verteidigte eine Generationsgenossin und angesehene Autorin nicht nur ihren mit Unterstellungen umzingelten Kollegen und seinen Text, sondern sie verteidigte »das freie Verhältnis zum Stoff«[65], die Subjektivität des Künstlers generell und sprach damit der Partei die Deutungshoheit über Geschichte und Gegenwart ab.

Auf das Plenum folgte eine Welle von Auswertungen, Versammlungen, Verboten, Verhinderungen, Absetzungen, Demütigungen und Denunziationen. »Rückfall in den Stalinismus. [...] Ich habe immerzu geheult vor Wut. [...] Wir gehen einer Eiszeit entgegen. Überall herrscht Konfusion, die Stücke und Bücher werden jetzt en masse sterben«[66], beschrieb Brigitte Reimann die Situation.

Werner Bräunig hatte in den folgenden Wochen genügend Gelegenheit, seinen Roman und sich selbst zu verteidigen. Längst ging es um das Schicksal des gesamten Romans, obwohl ihn kaum jemand kennen konnte. Als der Kulturminister den Leiter der HV Verlage am 20. 12. 1965 um eine Einschätzung des Gesamtmanuskripts bat, mußte er erfahren, daß das nicht möglich war. »Nach unserer Kenntnis hatte der Mitteldeutsche Verlag, Halle, in der ersten Novemberhälfte erstmalig das noch unbearbeitete Rohmanuskript des Romans vom Autor erhalten. [...] Nach einer ersten Prüfung wurde im Lektorat des Verlags am 1. Dezember 1965 eingeschätzt, daß das Buch noch einer starken Überarbeitung bedarf und vor Ende 1966/Anfang 1967 kaum abgeschlossen werden kann. Abgesehen davon, ist der Verlag aber der Ansicht, daß am Ende dieser Arbeit ein nützliches Werk stehen wird. Wie bekannt ist, handelt es sich um keinen ausgesprochenen ›Wismut‹-Roman, sondern um einen Entwicklungsroman mehrerer junger Menschen. [...] Bevor der Verlag mit dem Autor die Diskussion über die vorliegende Rohfassung seines Werkes beginnen konnte, wurde das einzige, im Verlag vorhandene Exemplar dieser Fassung Anfang Dezember von der Arbeitsgruppe Honecker (zur Vorbereitung des XI. Plenums) angefordert. Das Manuskript wurde im ZK von Genossen Dr. Hans Baumgart, Abt. Kultur, gelesen, der unseres Wissens eine im wesentlichen positive Einschätzung darüber hat, von einzelnen kritischen Hinweisen abgesehen.«[67]

Zweierlei ist in den sich nun anschließenden Versammlungen und Aussprachen zu bemerken, die »in Auswertung des 11. Plenums« stattfanden: Zum einen betonte man weiter bei jeder Gelegenheit, daß die Kritik an Werner Bräunig keinesfalls zu vergleichen sei mit der an Biermann, Heym, Havemann, Bieler. Zum andern wiederholte man gebetsmühlenartig die Vorwürfe gegen seinen Text, wobei die Kritiker sich selbstredend durch das Plenum bestätigt sahen, die Verteidiger Bräunigs wie Hans Koch, Wolfgang Joho, Anna Seghers aber weiterhin auf ihrer Position beharrten. Es scheint, als wollten sie, indem wenigstens dieser eine endlich aus der Schußlinie gebracht wurde, auch die Hoffnung für die eigene Arbeit retten. Jeder von ihnen wußte, daß es Zufall war, gegen wen dieses Exempel statuiert wurde – es ging gegen sie alle, und jeder von ihnen hatte bereits ähnliche Situationen erlebt und ahnte, daß es sie wieder geben würde. Symptomatisch ist Anna Seghers' Beitrag auf der ersten Parteigruppenberatung des Vorstandes des DSV nach dem Plenum. Er machte den auswertenden Genossen im ZK keine Freude, denn sie betonte auf ihre listige, nur unbekümmert wirkende Art die »prophetische Weisheit« des Schriftstellers, lobte die Rede Christa Wolfs, verurteilte den scharfen Angriff auf Bräunig (riet ihm jedoch, einiges »abzuschleifen«), als wenn das alles ganz normal gewesen wäre.[68]

Und Bräunig selber? »Genosse Werner Bräunig bemühte sich in seinem Diskussionsbeitrag, sachlich und ruhig sein Anliegen vorzutragen. Es ist aber festzustellen, daß er die Kritik noch nicht voll verstanden hat«[69], heißt es in demselben Bericht. Diesen Eindruck hatte auch Alfred Kurella, der Bräunig nach jener Sitzung einen Brief schrieb, der möglicherweise sogar jovial aufmunternd gemeint war, aber geradezu zynisch anmutet in seinem gönnerhaft-herablassenden Gestus. »Es hat mich sehr berührt, daß Du offensichtlich an der Tatsache und der Art der öffentlichen Behandlung Deines Romanfragments so schwer trägst. [...] Kritisiert zu werden hart und auch öffentlich und auch mit einem mehr oder weniger großen Schuß von Ungerechtigkeit gehört zu unserem täglichen Brot. Die ›Ungerechtigkeiten‹ haben in uns selber immer ein Stück Selbstgerechtigkeit als Gegenpart«[70], beginnt er, um dann die sattsam bekannten Vorwürfe ausführlich, nur etwas literaturtheoretisch verbrämter als Ulbricht und Honecker, zu erläutern.

Auch darauf antwortet Werner Bräunig ruhig und erstaunlich sachlich, fast unbeteiligt, mit Galgenhumor – vielleicht war das der Panzer, den er angelegt hatte, um alles auszuhalten. »Ich werde den Eindruck nicht los: auf unserem spezifischen Gebiet der Kunst und Literatur und in unserem spezifischen Anteil an der Ideologie leisten wir uns alle zwei, drei Jahre eine Breitseite, eine Menge Wasser wird aufgewühlt, das spült auch über unseren Strand – dann glätten sich die Wogen, die Ufer werden repariert, das Arsenal wird verbessert [...] Und es ist [...] nicht lediglich so, daß uns der Gegner zu diesen periodischen Breitseiten zwingt, nein, wir kommen ihm auch entgegen. [...] in der Kunst und Kunstpolitik [...] leben wir noch immer zu sehr von ungenügenden Analysen und von Kampagnen, in den Kunstwissenschaften erleben wir zu oft eine mechanische Anwendung marxistischer Prinzipien, die theoretische Unsicherheit in der Bewertung von Gegenwartskunst macht uns nach wie vor zu schaffen. [...] Es will mir als Folge erscheinen, wenn [...] der öffentliche Eindruck entsteht, an allem, was uns in letzter Zeit nicht recht gelungen oder gar mißglückt ist, beispielsweise in der Jugendarbeit, sind diese Kulturschaffenden

657

schuld, vornehmlich diese jungen Literaten [...]. Und deshalb kann ich auch nicht, wie Du schreibst, die ›Ungerechtigkeiten‹, die zu ›unserem täglich Brot‹ gehören, ›letztenendes doch‹ bejahen, [...] und in meiner täglichen Arbeit muß ich halt etwas tun gegen die Noch-Ungerechtigkeiten, damit nicht der Eindruck entsteht, dagegen kann man nichts machen, das gehört eben dazu, damit muß man sich abfinden.«[71]

Gerade das aber hatte man mit der aggressiven Kampagne erreicht: Viele Künstler und Intellektuelle waren zwar aufgebracht, aber bereits eingeschüchtert, und je mehr Filme verboten und Leute abgesetzt wurden, desto mehr zogen sie sich zurück aus den Debatten und von einem gesellschaftlichen Engagement. Vor allem die, die ahnten, daß sie nur durch die Gnade des Zufalls, der diesmal eben Bräunig vorgeschoben hatte, von einer ähnlichen Abkanzelung verschont waren, duckten sich lieber weg.

Mit dieser Tatsache kamen die Funktionäre ebensowenig zurecht wie mit dem uneinsichtigen Beharren eines Wolfgang Joho, Hans Koch oder Hans Bentzien. Diese drei wurden von ihren Posten abgelöst, über die anderen heißt es in verschiedenen Berichten tadelnd, »daß hervorragende Künstler sich an der klärenden Diskussion noch nicht beteiligen, zum Teil weichen sie den Diskussionen aus. Einige nehmen offen für Biermann und Heym Partei, andere wenden sich gegen die Beschlüsse ihres eigenen Vorstandes, z. B. Paul Wiens und Franz Fühmann.«[72] Meist wurde sogar namentlich aufgeführt, wer sich nicht zu Wort gemeldet hatte.

So merkwürdig es anmutet, die SED-Führung wollte, daß diese Autoren einsahen, die harsche Kritik wäre richtig und notwendig gewesen, und dies auch öffentlich bekannten; als positive Beispiele wurden der Regisseur Kurt Maetzig und der DEFA-Chefdramaturg Klaus Wischnewski genannt, deren selbstkritische Beiträge auf einer Parteiversammlung der DEFA am 6.1.1966 im ND veröffentlicht wurden. Nichts scheint die Verantwortlichen so herausgefordert zu haben wie die geduldigen, ernsthaften Versuche Werner Bräunigs und seiner Verteidiger, der Kritik an seinem Text mit literaturtheoretischen Erklärungen zu begegnen. Bräunig konnte nicht verstehen, daß es nicht um die Diskussion von Argumenten ging, und die Funktionäre konnten nicht glauben, daß jemand das zynische Spiel um Rechthaben und Machtdemonstration nicht durchschaute. Möglicherweise wäre die Kritik an Bräunig schwächer ausgefallen und eher beendet worden, wenn er sich nicht selbstbewußt verteidigt hätte, sondern zu Kreuze gekrochen wäre. Andererseits wäre er dadurch auf eine andere Weise gebrochen worden, wie man das an manchem beobachten konnte, der sich wider seine Überzeugung hatte benutzen lassen.

Zurückverwiesen an die unteren Instanzen

Die Dogmatiker hatten ihre Ziele erreicht. Ulbricht war auf ihre Linie eingeschwenkt. Nun war man darum bemüht, die Kritiker von der Richtigkeit des Plenums zu überzeugen, den aggressiven Eindruck etwas abzumildern, ohne von der Einschüchterung abzulassen – also das zu tun, was man gemeinhin als »Auswertung« bezeichnete.

Eine Versammlung löste die andere ab (man muß bedenken, daß vor jeder normalen Versammlung die Parteigruppe zusammentrat, und zwar auf jeder Ebene). Zwar war es nach wie vor die Stunde von Scharfmachern wie Paul Fröhlich, aber langsam machte sich Überdruß breit, so daß Günter Deicke auf einer Mitgliederversammlung des Berliner DSV am 25.2.1966 in den Stoßseufzer ausbrach: »[…] für mich ist es jetzt die 6. [Versammlung], am Montag werde ich die 7. haben. Alles das, was heute gesagt worden ist, war für mich nichts Neues mehr.«[73]

Man kann nicht mehr herausfinden, wie viele Versammlungen Werner Bräunig hinter sich hatte, als er am 21.1.1966 auf einer Parteiaktivtagung eine Erwiderung folgendermaßen einleitete: »[…] ich hatte […] nicht die Absicht, hier zu sprechen, weil ich in den letzten sechs Wochen nichts anderes gemacht habe […] und langsam eigentlich wieder einmal wissen möchte, wie mein Schreibtisch aussieht«.[74] Sein Ton muß reichlich arrogant gewirkt haben. Ob man in der Literatur alles sagen könne, *alles*, ungeschminkt, hatte die rhetorische Frage eines Vorredners gelautet. Bräunig antwortete knapp: »Auch das ist eine sehr alte Frage mit einer ebenfalls sehr alten Antwort. Natürlich man kann, wenn mans kann«.[75] Dafür wies man ihn im Schlußwort zurecht, Bemerkungen gegen ihn ernst zu nehmen. Es folgte die deutliche Warnung, die Genossen nicht zu reizen, denn »wir hatten ihn absichtlich im Referat nicht angeführt, das ist nicht Zufall gewesen«[76]. Man konnte also immer noch anders, selbst wenn man längst beschlossen hatte, den Fall Bräunig nur noch kurz auf Bezirksebene in Leipzig weiterzuführen und dann nicht mehr heranzuziehen.

Eine letzte größere Auseinandersetzung hatte am Vortag dieser Versammlung stattgefunden: die Diskussion in der IG Wismut Karl-Marx-Stadt zum »Offenen Brief« der sogenannten Kumpel. Geladen waren außer den angeblichen Briefschreibern Vertreter der IG Wismut, der Gebietsparteileitung der Wismut, Dr. Baumgart von der Abteilung Kultur des ZK der SED, Klaus Höpcke vom ND und andere Journalisten sowie auf Initiative von Bräunig vier Vertreter vom Verlag und einer vom Literaturinstitut, insgesamt etwa zwanzig Teilnehmer.

In der Diskussion wurden die bekannten Vorwürfe wiederholt, und zwar als ideologische Einwände. »Es geht hier nicht um künstlerische Fragen […]. Es geht um die Klärung der Entwicklung der Wismut von ihren Anfängen bis in die Gegenwart und […] darum, Werner Bräunig zu überzeugen, daß seine Darstellung […] nicht der Wahrheit entspricht.«[77] Man warf ihm Effekthascherei wegen höherer Auflagen vor und daß er nicht »konform mit der Gesellschaft« gehe. Dagegen verwahrte sich ein Verlagsvertreter. Bräunig stellte erneut seine Absichten dar und sein Hauptanliegen, »eine Lücke in unserer Literatur zu füllen, die Darstellung des Arbeiters in unserer Gesellschaft. [...] den meisten Schriftstellern [fehle es] an der Detailkenntnis und am Selbsterleben der Atmosphäre«[78].

Dr. Baumgart, einer der wenigen, die das ganze Manuskript kannten, war sichtlich bemüht, Bräunig zu verteidigen. Er halte »einige hundert Seiten des Romans für ausgezeichnet. [...] Es geht nicht darum, bestimmte kritische Aspekte aus dem Roman zu eliminieren. Das würde ein falsches Geschichtsbild ergeben [...] aber es gab in jenen Jahren den roten Stern, der anderen Kumpeln den Weg wies, der aber ist im Rummelplatz nicht zu finden.‹«[79]

Am Ende konstatierte der Berichtende, daß es keine Annäherung der Standpunkte gegeben habe, aber es sei deutlich geworden, daß Bräunig nicht die Absicht habe, die Entwicklung der Wismut zu diskreditieren. Allerdings habe er nicht die Argumente gegen die Art seiner Darstellung anerkannt und statt dessen auf sein Gesamtmanuskript verwiesen. Bräunig schlug eine neuerliche Diskussion vor, wenn das Manuskript fertig sei, und die Wismut sicherte ihm jegliche Hilfe zu.

Das ganze Gespräch verlief durchaus moderat. Es könnte sogar für die Eingeweihten einen komischen Moment gegeben haben, als Klaus Höpcke, der eigentliche Schriftführer des »Offenen Briefes«, bemerkte, die »kritische Leistung der Briefschreiber sei noch nicht anerkannt«[80].

Auch sein langer Bericht im ND vom 29. 1. 1966 war sachlich, enthielt sich polemischer Überspitzungen und schloß die gesamte Diskussion mit der Bemerkung, daß Bräunig gegenwärtig sein Buch überarbeite.

Obwohl Bräunig von nun an in der Presse nicht mehr im Zusammenhang mit dem 11. Plenum erwähnt wurde, hatte sich die Kritik an »Rummelplatz« tief ins Bewußtsein der Öffentlichkeit eingeprägt. In den Informationsberichten über die Auswertung des 11. Plenums unter Studenten und Intellektuellen tauchten neben der Forderung, daß man die verbotenen Filme sehen wollte, um sich selbst eine Meinung bilden zu können, stets die Frage auf, ob die Kritik an Bräunig berechtigt wäre und ob man auf der Grundlage eines Auszuges eine so vernichtende Kritik üben könnte. Es gab Wortmeldungen ehemaliger Kumpel, die Bräunigs Darstellung bestätigten. Außerdem hieß es, »dass unter Studenten des Becher-Instituts die Auffassung bestünde, die Diskussion über Bräunig sei auf Betreiben sowjetischer Genossen« erfolgt.[81]

Mittlerweile war es Ende Januar 1966, und Werner Bräunig hätte an seinen Schreibtisch zurückkehren können, wenn es nicht zwei Probleme gegeben hätte. Das erste war seine tiefreichende Verunsicherung, denn er hatte zwar seit zwei Monaten alle Kritik zu entkräften versucht, verstand aber immer noch nicht, wieso man seinen Roman überhaupt angriff. Das zweite war eine Vorlage der Abteilung Kultur an das Sekretariat des ZK, mit deren Konsequenzen er konfrontiert wurde. Dort forderte man zum 5. Februar ein ausführliches Verlagsgutachten über »Rummelplatz« nebst einer Stellungnahme der HV Verlage des Kulturministeriums an. Außerdem legte man fest, daß im Bezirksverband Leipzig des DSV und in der Parteigruppe des Literaturinstituts weitere Auseinandersetzungen mit Bräunig zu führen seien.[82]

Die kollektive Meinung des Verlags

Bis zu diesem Zeitpunkt scheint der Verlag den Autor und sein Projekt vorsichtig unterstützt zu haben, ohne sich jedoch zu weit vorzuwagen. Immerhin konnte seine Veröffentlichungspraxis in dieser angespannten Situation allzuleicht selbst in Frage gestellt werden, was wieder andere Bücher und Autoren – von den Verlagsmitarbeitern nicht zu reden – gefährdet hätte. Nun galt es, vor dem Kulturministerium, das mit Klaus Gysi soeben einen neuen Minister bekommen hatte, und dem ZK Rechenschaft abzulegen.

Nachdem sechs Verlagsmitarbeiter das sich noch immer in der Rohfassung befindliche Manuskript gelesen hatten, bat man die Kulturabteilung um ein Gespräch in Berlin. Man war zu dem Schluß gekommen, daß das Manuskript aus drei Gründen einer völligen Umarbeitung bedurfte:

1. Da es keine genügend klare Konzeption aufweise, gebe es viele ungenügend durchgearbeitete oder nebensächliche Episoden. Die verschiedenen Entwicklungsstränge seien zu wenig miteinander verbunden.

2. Die Haltung des Autors zu historischen Ereignissen sei in Grundfragen falsch. Das betreffe den 17. Juni 1953, das Verhältnis von ZK zur SED-Gebietsleitung der Wismut sei unreal, die Darstellung der Auswirkungen des »Personenkults um Stalin« subjektivistisch.

3. Es gebe Mängel in der Erzählerhaltung und der Figurenperspektive und einen uneinheitlichen Stil. Der Handlungsstrang in Westdeutschland sei überflüssig und nicht überzeugend.

Man betonte jedoch, daß man den Roman auf alle Fälle herausbringen wolle, allerdings werde das nicht in diesem oder dem nächsten Jahr möglich sein. Es werde ein Gespräch mit dem Autor geführt, »wo ihm vor allem die politischen Schwächen und Unzulänglichkeiten, aber auch die Mängel in der derzeitigen künstlerischen Bewältigung des Stoffes dargelegt werden sollten«[83].

Dr. Baumgart von der Kulturabteilung des ZK, der noch drei Wochen zuvor bei der Diskussion in der Wismut einige hundert Seiten des Romans für ausgezeichnet gehalten hatte, stimmte allen Einwänden zu.

Interessant ist zweierlei: bestimmte Punkte, die man Bräunig während der Kampagne vorgeworfen hatte (falsche Darstellung der Sowjetsoldaten und der Wismut oder »pornographische« Stellen), tauchen in dieser Argumentation ebensowenig auf wie wirklich heikle politische Aspekte (die unrechtmäßige Verhaftung des Peter Loose oder die Kritik an Dogmatismus und Funktionären). Offensichtlich wollte man – in gegenseitigem Einvernehmen – die Gründe in ihrer Gesamtheit nicht aktenkundig werden lassen, um dem Manuskript nicht endgültig die Chance zu verbauen. Eines nämlich ist klar, die zum Teil zu Recht aufgeführten Mängel hätten mit Hilfe eines guten Lektorats innerhalb absehbarer Zeit vom Autor behoben werden können.

Es läßt sich denken, daß Werner Bräunig, ohnehin stark verunsichert, durch diese grundlegende Kritik des Verlags noch mehr entmutigt wurde. Anhand der erhalten gebliebenen zwei Fassungen kann man verfolgen, daß er zwar eine Überarbeitung begann, diese sich aber bis auf das IV., das Rummelplatz-Kapitel, das politisch geglättet wurde, hauptsächlich auf Kürzungen und eine normale stilistische Überarbeitung beschränkte (vgl. Editorische Notiz) und gegen Ende des Manuskripts fast gänzlich unterblieb.

Anderthalb Jahre später, am 15.11.1967, wurde der Verlagsvertrag gelöst.

Wachsame Genossen

Wie es immer geschieht in solchen Situationen, hatte Werner Bräunig in den vergangenen Monaten erleben müssen, daß sich Freunde und Kollegen von ihm abwandten oder auf Abstand gingen, während sich andere nicht einschüchtern ließen, ihn verteidigten und dadurch oft selbst in Schwierigkeiten gerieten.

Was er vielleicht ahnte, war, wie sehr sich die Staatssicherheit für ihn und seinen Freundeskreis vom Literaturinstitut seit Anfang der sechziger Jahre interessierte, daß man Vertraute und Kollegen auf ihn ansetzte oder sie abschöpfen ließ. Man hatte herausgefunden, daß er Gedanken und Theorien verbreite, die dem Marxismus fremd seien, und mit Vorliebe politische Witze erzähle; man fotokopierte all seine Manuskripte und berief sich auf das Ministerium für Kultur, das bereits 1962 das Manuskript »Der Eiserne Vorhang« als negativ bewertet habe.[84]

Damals reichten die Fakten nicht, um ein Ermittlungsverfahren einzuleiten, im Oktober 1965 jedoch wurde man auch hier durch den Vorabdruck in der NDL alarmiert. »Auf Grund des tendenziösen Inhalts und der antisowjetischen Tendenz in diesem Buch [...] bitte ich, wenn irgend möglich, dahingehend zu wirken, daß von den zuständigen Stellen eine Herausgabe dieses Buches verhindert wird«[85], schrieb der Leiter der Objektverwaltung »W[ismut]« an die Staatssicherheit Karl-Marx-Stadt. In der Folge zog man ein Netz der Beobachtung um Bräunig zusammen und legte den Operativen Vorgang »Autor« an. Dank des Fleißes der Stasi wissen wir, wie Werner Bräunig die Anschuldigungen gegen ihn aufnahm: »Aus dem Bericht geht hervor, daß B. das 11. Plenum grundsätzlich ablehnt, da die ›Kulturpolitik der DDR‹ dadurch um mindestens 2 Jahre zurückgeworfen werde. In diesem Zusammenhang wurde davon gesprochen, daß in der DDR Terror herrsche, der sich vor allem deshalb auswirke, weil die Politiker nichts von Kunstpolitik verstünden; hier wurde besonders der 1. Sekretär der Bezirksleitung der SED, Paul Fröhlich, genannt. [...] Aus dem o. a. Bericht ist einzuschätzen, daß der dringende Verdacht besteht, daß Bräunig 1. die Absicht staatsfeindlicher Handlungen zur Änderung der Politik der Partei hat [...], 3. diese Einstellung nicht offen erklärt, sondern im Gegensatz zu seinem offiziellen Auftreten nur im Kreise von ihm zuverlässig erscheinenden [...] Personen zum Ausdruck bringt und diese Personen negativ zu beeinflussen sucht.«[86]

Daß es am Literaturinstitut zusätzliche Probleme für ihn gab, wurde bereits angedeutet. In den Akten finden sich außerdem denunziatorische Briefe von wachsamen Genossen an die Kulturabteilung des ZK wegen Bräunigs politisch negativer wie moralisch labiler Haltung.

Letztendlich kam so viel zusammen, daß man Werner Bräunig vom Frühjahr bis zum Sommer 1966 von seiner Lehrtätigkeit am Literaturinstitut suspendierte und unter Beibehaltung seines Dienstverhältnisses an die Tageszeitung »Freiheit«, das Organ der SED-Bezirksleitung Halle, vermittelte. Da der Chefredakteur Bräunigs Arbeit äußerst positiv einschätzte, konnte er ans Institut zurückkehren.

Vor und nach dieser Zeit gab es die üblichen Aussprachen, Anfang 1967 sogar ein Parteiverfahren, dessen Anlaß eine Affäre war, das sich aber ausweitete, weil unterstellt wurde, daß Bräunigs »parteifremdes Verhalten seine Wurzeln in politisch-ideologischen Unklarheiten« habe.[87]

Es war genug. Werner Bräunig stellte selbst den Antrag, sein Arbeitsverhältnis zu lösen. Offiziell gab er »Lehrmüdigkeit« vor und daß er Zeit brauche, um seinen Roman zu beenden. Zwar wollte man ihn an ein Kombinat in Böhlen vermitteln, er zog es jedoch vor, von nun an freiberuflich zu arbeiten.

Allerdings bewahrte ihn das nicht vor einer Parteirüge wegen seines politisch-ideologischen Auftretens, das man als »Demonstration gegen die Politik der Partei im allgemeinen und gegen die Kulturpolitik im besonderen werten« könne und müsse.[88]

Schon vor der Kritik an »Rummelplatz« hatte Bräunig getrunken, jedoch nie so schwer, daß er nicht schreiben konnte. Mittlerweile war das anders – auch das hielt man ihm vor. Zwar redete er sich auf seinen »labilen Charakter« heraus, aber nach den Ereignissen der zurückliegenden Jahre und dem faktischen Scheitern seines großen Projekts bedurfte es keines labilen Charakters, um sich in den Alkohol zu flüchten.

Was bleibt, wenn ein Arbeiter stirbt?

»Es gibt eine klare Konzeption für die Zusammenarbeit mit Schriftstellern, die wegen ideologischer Fehler kritisiert wurden. Die Verlage sind beauftragt, mit ihnen weiterzuarbeiten und die bestehenden Probleme und Schwierigkeiten zu klären«, heißt es in einem vertraulichen Protokoll über eine Aussprache zwischen dem Kulturminister und Vertretern des Schriftstellerverbandes vom September 1964.[89]

Sehr wahrscheinlich arbeitete der Mitteldeutsche Verlag nicht wegen dieser Anordnung weiter mit Werner Bräunig zusammen, schließlich war er ein begabter Autor – selbst wenn ihm von nun an das Attribut »problematisch« angehangen haben dürfte –, aber sie erleichterte es.

In der Folge wurde zunächst eine Auswahl seiner Essays veröffentlicht, »Prosa schreiben. Anmerkungen zum Realismus« (1968). Als wollte er das letzte Wort behalten nach den fruchtlosen Debatten mit Funktionären, stellte Bräunig seine literarische Konfession vor – ein fortwährendes Sich-Vergewissern und Befragen seiner Position –, um mit einer reichlich abstrakten Darstellung des Verhältnisses von Kultur und Politik zu schließen, bei der er sich anscheinend selbst überzeugen wollte, daß die Kunst sich nicht unter-, aber einordnen müsse in das Gemeinsame, die Politik.

Im Jahr darauf erschien der Erzählungsband »Gewöhnliche Leute«, der in der zweiten Auflage noch um einige Geschichten erweitert wurde. Offensichtlich inspiriert von Anna Seghers' Sammlung »Die Kraft der Schwachen«, ging es wie in »Der eiserne Vorhang/Rummelplatz« um die einfachen Leute, die Großes im Alltag vollbringen. Der Band wurde ein respektabler Erfolg, mit dem Kunstpreis des FDGB ausgezeichnet und erlebte mehrere Auflagen. Eine der Geschichten wurde verfilmt. Aber es ist ein stilles Buch, das kaum mehr den kräftigen Realismus und das kritische Potential des Romans ahnen läßt.

Bräunig schrieb Artikel, Nachworte, er gab mit Kollegen den Band »Vietnam in dieser Stunde« heraus und schrieb mit anderen die lange Reportage »Städte machen Leute« über Halle-Neustadt, wo er seit 1967 wohnte. Dafür bekamen sie den Kunstpreis Halle-Neustadt. Er verfaßte Szenarien, begann wieder einen Roman, an dem er unaufhörlich änderte. Zu Recht konnte er nicht zufrieden sein mit der konstruierten Geschichte, den blassen Figuren, der hölzernen Sprache, aber es gelang ihm nicht besser, denn er konnte sich nicht mehr auf größere Zusammenhänge konzentrieren.

Der Alkohol ist ein Grund, vor allem aber war das Selbstvertrauen zerstört. Ohne Selbstvertrauen kann man nicht schreiben. Es gab so viele, die behaupteten, er hätte kein Talent für einen großen Roman, daß er das schließlich selbst bestätigte.

In seiner berührendsten Erzählung mit dem bezeichnenden Titel »Stillegung« wird auf der Beerdigung eines Bergarbeiters noch einmal jene Frage gestellt, mit der der Roman schloß: »Was bleibt, wenn ein Arbeiter stirbt? Seine Arbeit – das, was er geschaffen hat. Ja, dachte Urban, das schon. Aber was hat er denn geschaffen?«[90]

Die Frage hat Werner Bräunig umgetrieben, nun gerade, wo er den Gedanken akzeptieren mußte, daß sein Roman wohl nie erscheinen würde. Er selbst muß gestorben sein in dem Bewußtsein, nicht das vorgelegt zu haben, was nur er hätte schreiben können, denn es ging nicht um irgendein interessantes Thema, es ging um sein Thema schlechthin. Die Wismut war für ihn das, was für Franz Fühmann das Kali- und das Kupferbergwerk waren: ein »Modell für jeden Prozeß des Eindringens in unbekannte Bezirke«[91]. Sein »unbekannter Bezirk« waren die Arbeit und die Arbeiter. Trotzdem hat er scheinbar so vieles akzeptiert, was man ihm in jener schlimmen Zeit Mitte der sechziger Jahre vorgeworfen und eingeredet hatte, vor allem dies: daß er seinen Roman nicht bewältigt habe und daß er kein Opfer des 11. Plenums geworden sei, »wie es Presseleute und Literaturgeschichts-schreiber in der BRD seit Jahren immer wieder frisch frei-weg behaupten«.[92] Er soll nicht mehr über seinen Roman ge-sprochen haben, der ein größerer schwarzer Fleck in seiner Biographie gewesen zu sein scheint als die Verfehlungen sei-ner Jugend.

Irgendwann im Jahr 1966 oder 1967 hatte er aufgehört, daran zu arbeiten. Es hat ihn wohl niemand ermuntert, wei-terzumachen.

Eine Frage ist bisher ausgespart worden: War es wirklich nur ein böser Zufall, daß der Roman durch den ungünstig plazierten Vorabdruck in die Kritik geriet? Hätte er so, wie er uns überliefert ist, je in der DDR erscheinen können, vor 1965 oder danach? Gesetzt den Fall, Bräunig hätte es ver-sucht: Wäre es möglich gewesen, das Manuskript so zu über-arbeiten, daß der Verlag vom Kulturministerium eine Druck-genehmigung dafür erhalten hätte? Eines ist sicher – Bräunig hätte den Roman verstümmeln müssen, und wahrscheinlich liegt darin der tiefere Grund dafür, daß er den Roman bei-seite gelegt hat. Klaus Höpcke, von 1973 bis 1989 als Stell-vertretender Kulturminister verantwortlich für die Erteilung der Druckgenehmigungen, meint – ohne den Roman kennen zu können –, daß es möglicherweise ein Zeitfenster gegeben hätte nach dem VIII. Parteitag 1971 und dem VI. Plenum von 1972, als Erich Honecker an die Macht gekommen war und nun seinerseits eine Liberalisierung der Kulturpolitik einlei-tete, die bis zur Ausbürgerung Wolf Biermanns 1976 man-ches ermöglichte, was vorher undenkbar schien.

Aber man sollte diese Zeit nicht idealisieren, und Tatsache ist, daß der Autor auch nicht mehr in der Lage war, das Ma-nuskript zu bearbeiten und zu beenden, und schon gar nicht, noch einmal die Konsequenzen des Versuchs einer Ver-öffentlichung auszuhalten. Und hätte der Verlag es gewagt, das Manuskript für eine Druckgenehmigung einzureichen? Noch 1981 jedenfalls, in dem verdienstvollen »Querschnitt«-

Band, entschied man sich für einen geglätteten Ausschnitt aus der ersten Hälfte, und es hätte sich auch ganz gewiß kein anderer Verlag gefunden. Dieses Manuskript strahlte noch.

In den Nachrufen von 1976 wurde der Roman nur von Helmut Richter erwähnt.

Eine Veröffentlichung wäre damals zu keinem Zeitpunkt möglich gewesen, und natürlich hat Werner Bräunig das gewußt. Aber er hat das Manuskript nicht vernichtet. Selbst in der winzigen Einraumwohnung in Halle-Neustadt war Platz für die dicken Hefter mit fertigen und halbfertigen Kapiteln und Szenen.

Ein Arbeiter zerstört nicht das, was er geschaffen hat. Es könnte bleiben von ihm.

Januar 2007

ASV Akademie der Künste, Berlin, Literaturarchiv, Archiv des Schriftstellerverbands
BArch Bundesarchiv, Berlin
LHASA, MD, MDV Landeshauptarchiv Sachsen-Anhalt, Abt. Magdeburg, Mitteldeutscher Verlag Halle (Saale)
SächsStAL Sächsisches Staatsarchiv Leipzig
SAPMO-BArch Stiftung Archiv der Parteien und Massenorganisationen der DDR im Bundesarchiv, Berlin

1 Lebenslauf vom 21.1.1958, ASV, Nr. 1200.
2 Nach Heinz Sachs im Nachwort zu: W. B., Ein Kranich am Himmel. Unbekanntes und Bekanntes, Halle-Leipzig, 1981, S. 469.
3 Vom ersten Schritt. In: W. B., In diesem Sommer, Halle (Saale), 1960, S. 267 f.
4 Ebd., S. 268 f.
5 Ebd., S. 268.
6 Lebenslauf vom 21.1.1958, a.a.O.
7 Lebenslauf vom 22.10.1959, ebd.
8 Harald Korall, Der Fall W. B. – Späte Bilder zu einer Legende. In: Argonautenschiff. Jahrbuch der Anna-Seghers-Gesellschaft Berlin und Mainz e.V., Heft 15, 2006, S. 170.
9 Lebenslauf vom 21.1.1958, a.a.O.
10 Ebd.
11 Harald Korall, Der Fall W. B., a.a.O., S. 169.

12 Das läßt zumindest ein Brief an Gerhard Wolf vom 6.5.1958 vermuten, aus dem hervorgeht, daß G. W. ihn für eine neue Reihe des Verlages, wahrscheinlich »Treffpunkt heute«, als Autor gewinnen wollte. In: Literatur 1971. Almanach, Halle (Saale), 1971, S. 198.

13 Greif zur Feder, Kumpel! In: W.B., Ein Kranich am Himmel, S. 355ff.

14 W.B., Notizen. In: Erkenntnisse und Bekenntnisse, Halle (Saale), 1964, S. 46.

15 Vom ersten Schritt, a.a.O., S. 257.

16 »Aber die Träume, die haben doch Namen« ist die Titelzeile eines Gedichts aus dem Zyklus »Der Bruder Namenlos. Ein Leben in Versen« (1944–1946) von Louis Fürnberg. Ursprünglich wollte Bräunig so den II.Teil (1950–1953) des Romans nennen, I.Teil: Heerschau der Hoffnungen (1949–1950), III.Teil: Die Straße, die du gehst (1954–1959), wie aus einem frühen undatierten Plan hervorgeht.

17 Lebenslauf vom 21.1.1958, a.a.O.

18 Rosemarie Heise, Was kommt nach diesem Sommer? In: NDL, Berlin, Heft 7/1961, S. 126.

19 Ebd., S. 128.

20 ASV, Nr. 1200.

21 Ebd.

22 Günter Ebert, Ein Roman und seine Schwierigkeiten/W. B., Schritte im Vorzimmer. In: Sonntag, Berlin, Nr. 1/1963, S. 9f.

23 W.B., Vier suchen ein Vaterland/Ruth. In: Neues Deutschland, Berlin, vom 22.8.1964.

24 Vgl. Angela Drescher, Nachwort zu Christa Wolf, Der geteilte Himmel, Leipzig 1996.

25 W.B., Vier suchen ein Vaterland, a.a.O.

26 ASV, Nr. 1200.

27 W.B., Notizen, a.a.O., S. 48.

28 W.B., Vier suchen ein Vaterland, a.a.O.

29 Betrachtet man nur den vorliegenden realisierten Band, fallen Analogien zu Anna Seghers' »Die Entscheidung« (1959) auf: die gleiche Zeit, Parallelhandlungen in Ost und West, vergleichbare Milieus, ein Figurenensemble, bei Seghers heißt die Hauptfigur Robert Lohse, bei Bräunig Peter Loose u.ä.

30 Günter Ebert, Ein Roman und seine Schwierigkeiten, a.a.O.

31 W.B., Zwei unter einem Hut. In: Sonntag, Berlin, vom 7.4.1963.

32 Wolfgang Engler, Strafgericht über die Moderne – Das 11. Plenum im historischen Rückblick. In: Kahlschlag. Das 11. Plenum des ZK der SED 1965. Studien und Dokumente. Hrsg. von Günter Agde, 2., erw. Auflage, Berlin 2000, S. 31.

33 Zu einigen Fragen der verlegerischen Arbeit, BArch, HV Verlage und Buchhandel, Abt. Belletristik, Kunst- und Musikliteratur, Grundsatzfragen der Literaturentwicklung und der Verlagspolitik, DR1/ 14 74.

34 Nach: Monika Kaiser, Machtwechsel von Ulbricht zu Honecker. Funktionsmechanismen der SED-Diktatur in Konfliktsituationen 1962 bis 1972, Berlin 1997.

35 Stenographische Niederschrift. Gespräch beim Vorsitzenden des Staatsrates der Deutschen Demokratischen Republik, Walter Ulbricht, mit Schriftstellern zum Thema »Humanismus und Realismus in der Deutschen Demokratischen Republik« am 25. November 1965 im Amtssitz des Staatsrates, SAPMO-BArch, DY 30, IV A2/ 9.06/142, S. 26.

36 Brigitte Reimann, Alles schmeckt nach Abschied. Tagebücher 1964 bis 1970. Hrsg. von Angela Drescher, Berlin 1998, S. 170.

37 Christa Wolf, Erinnerungsbericht. In: Kahlschlag, a. a. O., S. 346.

38 Stenographische Niederschrift, a. a. O., S. 28 ff.

39 Ebd., S. 63.

40 Ebd., S. 99.

41 Alle Angaben in diesem Kapitel nach: Rainer Karlsch/Zbynek Zeman, Urangeheimnisse. Das Erzgebirge im Brennpunkt der Weltpolitik 1933–1960, Berlin 2003.

42 Nachlaß Anton Ackermann, SAPMO-BArch, NY 4109/93, zitiert nach: Wolfgang Jacobsen, Rolf Aurich, Der Sonnensucher. Konrad Wolf. Biographie, Berlin 2006, S. 288 f.

43 Nach Simone Barck/Martina Langermann/Siegfried Lokatis, »Jedes Buch ein Abenteuer«. Zensur-System und literarische Öffentlichkeiten in der DDR bis Ende der sechziger Jahre, Berlin 1997, S. 324.

44 Nach der Einschätzung der Diskussion durch die Abteilung Kultur des ZK der SED vom 30. 11. 1965 »Zur Beratung des Gen. Ulbricht mit Schriftstellern und Kulturschaffenden am 25. November 1965«, SAPMO-BArch, DY 30/IV A2/9.06/142.

45 Seit Ende der fünfziger Jahre wurde der sog. »hard boiled style« einiger jüngerer DDR-Schriftsteller, der sich an amerikanische Vorbilder wie Hemingway und Mailer anlehnte, von seiten dogmatischer Kulturpolitiker als nihilistisch angegriffen.

46 Einschätzung des Gesprächs des Sekretariats der SED-Bezirksleitung mit Leipziger Schriftstellern am 27. 11. 1965 in Bad Düben. In: Kahlschlag, a. a. O., S. 226.

47 SAPMO-BArch, DY 30, J IV 2/2A/1126, zit. nach Monika Kaiser, Machtwechsel, a. a. O., S. 199.

48 Nach: Hans Bentzien, Meine Sekretäre und ich, Berlin 1995, S. 225 ff.

49 Information über eine Parteiversammlung am Literaturinstitut »Johannes R. Becher«, Leipzig, am 1.12.1965, SAPMO-BArch, DY 30/IV A2/9.06/148, S. 3 ff.

50 Das Erz des Lebens und der Literatur. Wismut-Kollegen schreiben an Werner Bräunig zum »Rummelplatz«. In: ND, Berlin, vom 7.12. 1965.

51 Als Brigitte Reimanns zukünftiger Ehemann 1953 in die Wismut versetzt wurde, bewarb sie sich dort als Kulturinstrukteurin. Die sehr anschauliche Schilderung dieser Episode findet sich in: Brigitte Reimann, Aber wir schaffen es, verlaß Dich drauf. Briefe an eine Freundin im Westen. Hrsg. von Ingrid Krüger, Berlin 1995, S. 147 ff.

52 Brigitte Reimann, Alles schmeckt nach Abschied, a.a.O., S. 167.

53 W. B., Nicht die Schwierigkeiten – ihre Überwindung! Antwort auf einen offenen Leserbrief. In: ND, Berlin, vom 15.12. 1965.

54 Ebd.

55 LHASA, MD, MDV, Nr. I Lekt. 69, Mappe 2, Bl. 10.

56 Brigitte Reimann, Alles schmeckt nach Abschied, a.a.O., S. 168 f.

57 Archiv Gotthard Bretschneider, Crinitzberg.

58 »... doch nicht auf Kosten der Wahrheit«. Offener Brief an den Schriftsteller Werner Bräunig von Nationalpreisträger Horst Salomon. In: Volkswacht, Gera, vom 16.12.1965, nachgedruckt in: ND vom 17.12.1965.

59 »Rummelplatz« und Leben. ND-Gespräch mit Fritz Selbmann. In: ND, Berlin, vom 17.12.1965.

60 Ebd.

61 Erich Honecker, Bericht des Politbüros an die 11. Tagung des Zentralkomitees der SED, 15.–18.12.1965. Zitiert nach: Kahlschlag, a.a.O., S. 246.

62 Ebd.

63 Walter Ulbricht, Zwischenrede, ebd., S. 255.

64 Christa Wolf, Erinnerungsbericht, ebd., S. 348.

65 Ebd., S. 263.

66 Brigitte Reimann, Alles schmeckt nach Abschied, a.a.O., S. 171.

67 Information über einige auf dem XI. Plenum des ZK genannten belletristischen Werke sowie über einige Fragen, die der Minister für Kultur in seinem Brief vom 20.12.1965 an die Hauptverwaltung Verlage und Buchhandel stellte, SAPMO, DY 30/IV A2/9.06/4, S. 2.

68 Information über die Parteigruppenberatung des Vorstandes des DSV am 22.12.1965, SAPMO-BArch, DY 30/IV A2/9.06/144, S. 4.

69 Ebd., S. 7.

70 Brief vom 23.12.1965, S. 1. Akademie der Künste, Berlin, Literaturarchiv, Alfred-Kurella-Archiv.

71 Brief vom 31.12.1965, ebd., S. 2ff.
72 Information über die Lage der Intelligenz nach dem 11. Plenum des ZK vom 17.1.1966, SAPMO-BArch, DY 30/IV A2/9.06/4, S. 9.
73 Mitgliederversammlung des Bezirksverbandes Berlin vom 25.2.1966, ASV, Nr. 303, Bl. 52.
74 Parteiaktivtagung mit Genossen Künstlern und Kulturschaffenden zur Auswertung des 11. Plenums am 21.1.1966, SächsStAL, SED Bezirksleitung Leipzig IV/A/2/2/031, S. 57.
75 Ebd., S. 58.
76 Ebd., S. 77.
77 Aktennotiz über die Aussprache in der IG Wismut vom 25.1.1966, LHASA, MD, MDV, Nr. I Lekt. 69, Mappe 1, S. 1.
78 Ebd., S. 4.
79 Ebd., S. 5.
80 Ebd., S. 6.
81 Informationsbericht über die Ergebnisse der bisherigen Auswertung der Materialien des 11. Plenums des ZK an der Karl-Marx-Universität vom 22.1.1966. SächsStAL, SED-Kreisleitung »Karl-Marx-Universität« Leipzig, Nr. IV/A/4/14/047, S. 6.
82 Vorlage an das Sekretariat des Zentralkomitees der SED vom 5.1.1966, SAPMO-BArch, DY 30/IV A2/9.06/4, S. 5.
83 Aktennotiz über ein am 11.2.1966 stattgefundenes Gespräch im Berliner Club der Kulturschaffenden mit Mitarbeitern des Mitteldeutschen Verlages Halle vom 12.2.1966, SAPMO-BArch, DY 30/IV2/ 2024/19, Bl. 18.
84 Nach Joachim Walther, Sicherungsbereich Literatur. Schriftsteller und Staatssicherheit in der Deutschen Demokratischen Republik, Berlin 1996, S. 443f.
85 BStU, ASt. Leipzig, AOP 840/71, Bl. 28f.
86 Ebd., Bl. 18f.
87 Gemeinsame Stellungnahme der Parteileitung und der Institutsleitung zu einigen Punkten, die die Arbeit des Instituts betreffen vom 15.5.1967. SächsStAL, Institut für Literatur, 41, Bl. 29.
88 Ebd., Bl. 30.
89 Protokoll über die Ergebnisse der Aussprache beim Minister mit Vertretern des Deutschen Schriftstellerverbandes am 21. September 1964, BArch, DR 1/14 74, S. 2.
90 W. B., Gewöhnliche Leute. Erzählungen, Halle (Saale) 1969, S. 161.
91 Franz Fühmann, Im Berg. Texte und Dokumente aus dem Nachlaß. Hrsg. von Ingrid Prignitz, Rostock 1993, S. 55.
92 Ein Interview. In: W. B., Ein Kranich am Himmel, a.a.O., S. 459.

Textvarianten

I Aus der letzten Fassung

In der nachgelassenen letzten Fassung des Romans »Rummelplatz« gibt es zwei längere Episoden, die noch einmal an anderer Stelle leicht verändert erzählt werden. Werner Bräunig war sich offenbar unschlüssig, welcher Variante er den Vorzug geben sollte. Um der besseren Lesbarkeit willen, wurde jede Episode nur einmal im Romantext belassen (vgl. Editorische Notiz), die ausgesonderten Szenen sind im folgenden abgedruckt.

1 [Ruth Fischer]

Ruth Fischer stand am Eingang des Speisesaales, dort standen viele. Drinnen waren die Tische abgeräumt, das Rednerpult aufgebaut, Präsidiumstisch mit rotem Tuch bespannt. Es hatte noch nicht angefangen. Schwarze Tafel neben der Essenausgabe: Donnerstag Rote Rüben, Freitag Nudeln, Sonnabend 14 Uhr Versammlung.

Der Saal füllte sich langsam. Die Arbeiter kamen durch die Tür zur Maschinenhalle, die Angestellten durch die Tür zum Verwaltungsgebäude, die Küchenfrauen schoben die Schalterfenster hoch. Die Arbeiter schimpften, weil der Saal schlecht geheizt war. Zwar liefen hinter der Wandverkleidung die Heizrohre vom Kesselhaus zu den Papiermaschinen durch, aber Sonnabend nachmittag fuhr alles bloß noch mit halbem Dampf; zwei Maschinen waren schon abgestellt. Ruth Fischer setzte sich hinter Dörner, ihren Maschinenführer. Neben ihr saß der alte Zellner vom Holländersaal, den sie den Herrn Zebaoth nannten. Auch Hahner kam, der erste Gehilfe. Einige Arbeiter murrten, weil die Versammlung auf Sonnabend gesetzt worden war, in den großen

675

Schichtwechsel der Frühschicht. Hinten waren viele Stühle frei. Es kamen jetzt bloß noch ein paar Nachzügler, aber Kautsky, der neben dem Rednerpult saß, fing noch nicht an. Er stand auf, sagte etwas zu Jungandres, setzte sich dann wieder. Die Unruhe blieb im Saal.

»Dann ist das also alles«, sagte Ruth zu Hahner. Sie hatten den ganzen Vormittag darüber gesprochen, während der Schicht, immer wenn ein bißchen Zeit war. »Dann kommt da also nichts mehr.« – »Natürlich«, sagte Hahner. »Was soll da noch kommen?« – »Ich weiß nicht«, sagte sie, »ich habe das ja auch nie geglaubt. Bloß, man hat eben nie darüber nachgedacht. Daß man einfach bloß ein Stück Natur ist, und Zellen und so. Und wenn man tot ist, dann ist das nichts weiter, als wenn ein Blatt vom Baum fällt.« Hahner lachte. »Bißchen anders ist es schon.« – »Ja«, sagte Ruth, »ich weiß. Bloß daß eben nichts zurückbleibt.« Das hatte der Redner gestern abend auch gesagt, bei diesem Vortrag, den sie sich angehört hatten. Es gibt kein Leben nach dem Tode, lehrt der Materialismus. Wenn das aber so ist, hatte der Redner gesagt, dann zählt nur, was wir in diesem Leben tun, und nur, was wir geschaffen haben, das bleibt. Hahner sagte: »Aber wenn du ja doch nicht daran geglaubt hast, was ist denn da auf einmal anders?« – »Ja«, sagte sie. »Ich weiß auch nicht.«

Kautsky stand nun doch am Rednerpult. Als er zu sprechen begann, war es einen Augenblick still. Dann begann die Unruhe von neuem. Ruth saß hinter Dörner, sie konnte nur ein schmales Stück des Präsidiumstisches sehen über Dörners Rücken. Dörner hatte eine gestreifte Jacke an. Ruth zählte neunzehn Streifen. Nadelstreifen nannte man das wohl. Sie sah über Dörners Rücken hinweg zum Rednerpult, und je länger sie hinsah, um so weiter rückte der Kautsky weg. Als ob er sich ganz verlieren wollte in einem riesigen trügerischen Speisesaal. Hinter Ruth sagte jemand: »Der macht aber wieder was los, der macht's aber dicke!« Sie dachte, das könnte der kleine Hering gewesen sein, der Stimme nach. Werkleiter

Kautsky hatte wenig zu sagen, was nicht ohnehin jeder wußte. Und nachher würde Gewerkschafts-Traugott alles noch einmal erzählen. Arbeitskräfte fehlten. Jeder wußte, wo sie hin waren: zur Wismut. Und es fehlten Rohstoffe. Einmal kamen die Lieferungen nicht, dann saßen sie neben abgestellten Maschinen und schrieben Ausfallstunden. Dann wieder mußten sie Überstunden machen und Sonntagsschichten. Weil doch noch Material gekommen war. Aber es war nun, als ob die Unruhe eine Richtung genommen hätte. Irgendwie hatte Kautsky ihren Unmut nach draußen gelenkt, ins Ungefähre. Jungandres, der Produktionsleiter, hatte einmal gesagt: »Also wenn die finnische Zellulose net kommt, dann liescht das an der Unzuverlässischkait der Kapitalischte. Und wenn der russische Holzschliff net kommt, dann waiß isch auch nischt, woran das liescht.« Das war dasselbe.

Ruth sah sich um, sie sah in zugeschlossene Gesichter. Eigentlich hatte sie ins Kino gehen wollen. Sonnabend lief in der Wismut-Küche immer ein Film. Sie mußte auch noch einholen gehen, und es gab nur einen Laden, der bis Nachmittag geöffnet hatte. Sie sah wieder zu Kautsky hin, sie war jetzt auch gegen ihn. Der ging dann nach Hause und bekam sein Essen auf den Tisch, als ob da weiter nichts wäre. Das hatte der von gestern auch nicht gesagt, was da bleibt, von solcher Arbeit. Und wenn einer bloß das hat, was bleibt dann?

Da sah sie einen, der war neu am Präsidiumstisch. Er hatte eine verkrüppelte Hand, und er zappelte auf seinem Stuhl, als ob er sich nicht wohl fühle da vorn. Vielleicht ein Neuer? Oder einer von der Hauptverwaltung? Für die Hauptverwaltung war er aber zu jung. Sie sah zur Fensterfront hinüber und zum Fenster hinaus, sie hätte jetzt fortgehen mögen. Sie sah die kahle Kastanie und dahinter die Pumpstation und das Turbinenhaus. Sie hatte die ganze Zeit, die sie in diesem Betrieb war, noch nie da drüben zu tun gehabt. Sie war immer auf der anderen Seite des Werkes gewesen, und alles, was hinter dem Speisesaal lag, war für sie wie zugebaut gewesen, aus Mangel an einem Anlaß. Sie dachte: Eigentlich muß ich mir das mal ansehen. Sie mußte da unbedingt mal hin.

Der Herr Zebaoth sagte: »Wird er gleich rausrücken, jetzt.« Er hatte die Arme auf die Stuhllehne seines Vordermannes gestützt und redete schweratmig; die um ihn saßen, wußten: jetzt hat er's wieder mit seinem Asthma. Er sagte laut genug: »Warum ist denn früher immer gegangen? Die im Büro, die ruhn ganzen Tag Arsch auf Stuhl aus, und dann reden sie dir Kind in Bauch, Überstunden. Solln sie doch mal selber machen, werden sie schon sehn!« – Ringsum wurde gelacht. Kautsky hörte es und sah herüber. Er war fast fertig mit seiner Rede, aber er wußte nicht, warum sie lachten an dieser Stelle. Er fand nun den Schluß nicht. Er stand verwirrt da; das reizte einige erst recht zum Lachen. Die meisten hatten den Werkleiter auch nie so gesehen. Er faßte sich aber und sagte nun kurz und bündig: »Da ist nun nichts mehr zu machen, da müssen wir Sonntag durcharbeiten.« – Dörner rief: »Wer – wir?« – »Na«, sagte jemand, »der so dumm fragt.« Und nun redeten alle durcheinander, keiner verstand etwas, es war, als ob ein Ventil geöffnet worden wäre. Zellner rief laut: »Der Arbeiter ist immer der Dumme, da brauch ich keine Versammlung erst!« Das hörten alle, und als ob sie alle dasselbe gemeint hätten, ebbte der Lärm plötzlich ab, fast so schnell, wie er entstanden war. Ruth hatte das mehrfach erlebt auf Versammlungen, und sie hatte gedacht: Es ist wirklich wie ein Ventil. Irgendwann, wenn der Druck ein geheimes Maß übersteigt, öffnet es sich – und hernach läuft alles weiter wie zuvor.

Sie sagte zu Hahner: »Aber wahr ist es doch. Der Jungandres, wenn wir sonntags durcharbeiten, der ist immer da. Aber die anderen, die nie.« – »Natürlich«, sagte Hahner, und er lächelte. Soviel weiß man schließlich: Es kommt nicht darauf an, was einer sagt, wichtig ist bloß, wer es sagt. Einer, hinter dem nichts steht, der kann viel reden.

Ruth sah wieder zum Kesselhaus hinüber und zu der kahlen Kastanie; jemand hatte sich zu Wort gemeldet und sprach stockend. Es war das übliche. Auch Dörner meldete sich. Das müsse er ja nicht erst sagen, wie diese Wirtschafterei allen zum Halse heraushänge. Und diejenigen, die den Plan machten, von denen wäre auch zu verlangen, daß sie für Material sorgten und für Arbeitskräfte. Von nichts wird nichts, sagte Dörner. Und warum wird denn in der Wismut das Geld zum Fenster hinausgeschmissen, und hier hat einer das Salz nicht aufs Brot? Irgendwie kam das immer zur Sprache. Und irgendwie kamen sie immer drüberweg. Und wenn sie abstimmten am Schluß, waren dann doch fast alle für Überstunden und Sonntagschicht. Weil doch kein anderer Weg war. Und weil der Mensch doch etwas tun müsse.

Als Ruth aufstand, war alles noch ungewiß. Der Saal war riesig, er hob sie herauf in eine besondere Stille. Sie hatte es sich lange überlegt, aber sie hatte nicht sprechen wollen, nicht hier, schon gar nicht heute. Sie hatte mit keinem darüber geredet bisher, auch mit Hahner nicht, der sie vielleicht angehört hätte, wenigstens das. Sie sah, wie der Dr. Jungandres aufmerksam herübersah. Sie war nicht sicher, ob überhaupt einer würde davon hören wollen – von den Maschinenleuten jedenfalls keiner, das war gewiß. Es war nicht der richtige Ort, und es war ganz sicher die falsche Zeit. Aber es mußte doch einmal ein Anfang gemacht werden ...

Immer die gleichen Gesichter, die gleichen Reden, die gleichen Auswege. Sogar die Auflehnung war wie eingelernt. Und nur die Männer immer: Männer, die redeten, bestimmten, an den Maschinen standen, auf allen wichtigen Plätzen – die Plätze, die leer waren, waren für Männer leer. Es war etwas Festes, wie alles, das üblich war. Aber vielleicht, daß sie sich doch einmal umsähen unter sich, nicht wie sonst immer, sondern als ob's das erstemal wäre? Es möchte mancher sehen vielleicht, wie wenige sie waren – nicht einmal die Hälfte. Und wie viele Frauen. Überall, wo die Arbeit einfach

war und von altersher billig: im Papiersaal, am Querschneider, am Sieb und an den Aufzügen – überall, wo es wenig
mehr war als Handlangerarbeit und schlecht bezahlt deshalb.
Überall Frauen. Es fiel keinem mehr auf, und keiner sagte etwas, die Männer nicht und schon gar nicht die Frauen. Aber
ist denn das vielleicht für die Ewigkeit? Wenn die Männer
fehlen an den Maschinen, warum lernt ihr nicht Frauen an?
Weil sie nicht wollen – aber ihr habt sie nie gefragt! Weil sie
nicht können – aber ihr habt es nie versucht! Einen Grund,
irgendeinen, wenn ihr ihn nennen wollt. Aber ein Grund
muß es schon sein, der sich mit Händen greifen läßt, der
nicht zwischen den Fingern zerrinnt – warum? Und dann
sagte sie: »Ich weiß nicht, ich hab eigentlich gar nicht davon
anfangen wollen, ich weiß auch nicht, wie das gekommen ist.
Aber wenn wir ja doch bloß reden, und auf jeder Versammlung immer dasselbe, das ist bloß schade um die Zeit.«

Erst hätte man eine Stecknadel zu Boden fallen hören können, dann brach alles auf einmal los. Männer- und Frauen-
stimmen wild durcheinander, und die Frauen, die sonst das
wenigste sagten, sagten das meiste jetzt – es war aber gar
nicht auszumachen, ob sie dafür waren oder dagegen: eher
dagegen. Ruth unterschied nichts mehr, sie merkte nur auf
einmal, daß sie ihr Taschentuch in der Faust preßte, sie hatte
es wohl die ganze Zeit in der Hand gehabt. Kautsky gestikulierte aufgeregt am Präsidiumstisch, er hatte die Ver-
sammlungsleitung, aber niemand beachtete ihn. Dann kamen langsam einzelne Stimmen durch. Eine ältere Arbeiterin
sagte: »Soll sie doch machen, wenn sie nichts zu tun hat;
wir haben so genug!« – Irgendwo sagte jemand: »Großgusche!« – Der Herr Zebaoth sagte: »Hast du ja was eingebrockt, hast du da. Willst du Sieb einziehen vielleicht, acht
Zentner, oder Rolle heben oder was?« Gewerkschafts-Traugott stand am Rednerpult und hob beschwichtigend die
Hände. Aber erst als auch Jungandres aufstand, wurde es
langsam ruhiger.

Jungandres sagte: »Jeder kann sagen, was er denkt. Dafür ist die Versammlung da.« Es war nicht ganz klar, ob er Ruth meinte oder ob es eine Aufforderung an die anderen war. Es meldeten sich auch einige. Es fand sich aber keiner, der etwas für den Vorschlag zu sagen hatte. Ruth saß da, sie versuchte mit aller Anstrengung, herauszufinden, was denn gesprochen wurde, aber sie kam nicht dahinter. Sie vergaß auch ganz von einem Redner auf den anderen, wer der vorige gewesen war; es verwirrte sich ihr alles. So entging ihr, daß auch der Neue sprach, mit der verkrüppelten Hand der. Und daß er sagte, wenigstens müsse man in Ruhe überlegen, ob nicht doch etwas dran sei an dem Vorschlag der Kollegin. Und daß auch die Regierung gesagt habe, man müsse endlich Ernst machen mit der vollen Gleichberechtigung; sicher gäbe es da bald ein Gesetz. Sie verstand nicht mehr, was vorging, auch nicht, daß einige erstaunt den Kopf hoben. Da niemand recht wußte, wer das war, nahm es keiner weiter ernst. – Ruth dachte immer nur: Ich habe es nicht richtig gemacht, nicht so, daß sie es verstehen; ich habe alles falsch gemacht …

Willi Traugott ließ dann über die Sonntagschicht abstimmen, er bekam die Mehrheit wie immer – bei einigen Stimmenthaltungen und einer Gegenstimme. Das war die von Sigi Hahner; der hatte keine Familie zu ernähren und hatte gern mal einen freien Sonntag; mit dem Geld kam er so und so nicht aus.

Nach der Versammlung, als sie die Treppe hinuntergingen, wurde Ruth noch von einigen angesprochen, hämisch oder wenigstens foppend; ein paar Frauen wollten sich nicht beruhigen, weil sie ihnen in den Rücken gefallen wäre; eine lachte böse. Sie nahm das gar nicht wahr. In ihr war alles auf der Flucht. Sie ging die Treppe hinab inmitten der anderen, die sie fast alle kannte, aber sie fand kein bekanntes Gesicht.

Auf dem Hof stand Jungandres, der wartete, bis sie herankam. Er ging ein Stück neben ihr und sagte: »Mach dir nichts draus!« Sie nickte. »Wir können ja noch mal drüber reden«, sagte er dann.

Sie nickte wieder.

Aber sie verstand ihn nicht. Sie ging über den Hof und zum Fabriktor hinaus, sie ging zur Bushaltestelle und erreichte gerade noch den Linienbus, sie fuhr zum Wolfswinkel. Als der Bus im Wald war, sah sie das erstemal hinaus. Da war die Ruine vom alten Saigerhaus. In der Giebelwand hatte den ganzen Sommer ein Turmfalkenpärchen genistet, mit drei Jungen, die waren jetzt auch fort. Und weiter drüben, hinterm Wald, wo die Breitenfelder Äcker begannen und das Brachland, war immer alles voller Möwen. Niemand wußte, wo sie hergekommen waren. Die Möwe ist ein Wasservogel. Es war aber kein Wasser in der Nähe. Die Möwen waren seit drei Jahren da, und sie waren richtige Landvögel geworden, niemand wußte warum ...

An der Siedlung stieg sie aus. Sie nahm das Einkaufsnetz aus der Tasche und ging zum Spätladen hinüber, sie stellte sich in die Schlange. Bißchen Wurst würde es vielleicht noch geben, Fleisch wohl nicht mehr. Es wurde schon dunkel. Das bißchen Tag war schon vorbei.

Aus dem III. Kapitel

2 [Christian Kleinschmidt]

Nach vier Wochen Arbeit unter Tage begann Christian Kleinschmidt sich langsam zu gewöhnen an die Enge der Querschläge und des Überhauens, an die Dunkelheit, an die Strapaze. Die ersten Tage war er nach der Schicht auf den Strohsack gefallen, ausgelaugt, oft ohne sich gewaschen und umgezogen zu haben. Er war abgemagert, das Essen schmeckte nicht, mitunter war er über der Suppe eingeschlafen. Er hatte aber kaum Hunger verspürt, nur immer dieses klebrige Durstgefühl.

Sträflinge ritzen Kalenderstriche in die Zellenwand, für jeden abgebüßten Tag einen. Christian Kleinschmidt schnitt Kerben in die Randleiste seines Nachtschemels, eine für jeden Arbeitstag. Vier Wochen lang. Dann ließ er eine aus, nach einer Schicht, die so hingegangen war. Er besah sich die Kerben, zu fünfen gebündelt, er dachte: Ich bin doch kein Zwangsarbeiter. Oder ist es ein Urteil, wenn einer hierher geht, freiwillig? Er kerbte noch ein paar Tage weiter, dann gab er es auf.

Die neununddreißigste Schicht fuhr er in einer Dezembernacht. Die stand hoch über den Erzgebirgskämmen, ein bleicher Mond goß Kälte in den Schachthof. Christian lehnte am Geländer der Hängebank, er konnte durch ein ausgespartes Viereck im Turm den Himmel sehen. Es war windstill, dennoch zog kalte Luft herein. Wasser tropfte aus dem Gebälk. Christian fröstelte.

Er hörte den Korb gegen die Schalung schlagen und lehnte sich zurück, das aufziehende Seil kam langsamer. Die Trägertraverse hob sich aus dem Schachtmund. Das Stangengitter rasselte in die Höhe. Acht Männer betraten die Hängebank, feierlich wie eine Prozession. Das Licht war ungewiß. Die ausfahrende Schicht grüßte die Einfahrenden.

Es war ein vierzigfach erlebter Vorgang, aber er war ihm streng und bedeutsam geblieben wie am ersten Tag. Er nahm sein Geleucht und stieg in den Korb. Das Signal des Anschlägers kam unwirklich laut wie in einer Kirche, stieg nach oben in Gewölbe und Kuppeln, hallte wider und schwang nach im nachlassenden Licht; die den Bergmannsdom erbaut hatten, oben, auf der Anhöhe, mußten darum gewußt haben. Der Boden hob sich, pendelte, sackte weg. Die Hölzer der Verschalung kamen vorbei, zählbare Sprossen einer aufsteigenden Leiter, dann ein Gleichmaß, in dem sich das Fallgefühl aufhob. Fahrt und Fall, eine Verkehrung.

Christian stand inmitten der anderen. Sie hielten die Lampen niedrig, Mannschaftslampen, zehn Pfund an einem

S-Haken aus Eisendraht, nur der Schießmeister hatte eine leichte Handlampe am Riemen über der Brust. Das Licht schnitt Schatten in die Gesichter. Draußen schwammen schwitzende Rohrleitungen aufwärts, Holzverstrebungen, rostiges Eisenblech. Der Korb dröhnte, Wasser schwappte herein. Der Luftstrom war eisig. Sie klapperten bei der Einfahrt mit den Zähnen und sie froren bei der Ausfahrt, aber sie sagten nichts. Sie wußten alle, wie schwer es war, das Wasser abzufangen. Christian hatte schnell begriffen, daß es hier Dinge gab, die man hinzunehmen hatte, wenn man nicht belächelt werden wollte. Es gab Dinge, die einen ausschlossen, wenn man sie hinnahm, und es gab andere, die schlossen einen aus, wenn man sie nicht auf sich nahm als etwas, das dazugehörte. An Peter Loose hatte er gesehen, wie schnell und nahezu selbstverständlich der diese Unterschiede herausfand. An Hermann Fischer und auch an Bergschicker sah er, wie dennoch angegangen wurde gegen das, was unvermeidlich schien. Es mußte dabei, auch das hatte er bemerkt, manchmal sogar mit angegangen werden gegen die rasch angenommenen Gewohnheiten derer, die gerade erst gekommen waren. Es gab immer einen Punkt, der bei aller Anpassung Veränderung verlangte. Es gab immer eine äußerste Grenze. Sie konnte anderntags schon ganz woanders sein.

Als sie ins Füllort schlingerten, troff das Wasser unter ihnen in den Sumpf. Das Blut dröhnte in den Ohren, die Beine drückten in den Bauch, der Magen in den Hals, der Boden hob sich. Ungleichmäßig schwang das Förderseil. Dann rasselte das Gitter hoch. Sie betraten die Hauptfördersohle.

Christian ging hinter den anderen in die gut beleuchtete Strecke, ging an langen Reihen randvoller Grubenhunte vorbei, an rangierenden E-Loks und Ketchern. Sechs waren sie, dann fünf, bog links einer ab, bog rechts einer ab, zu dreien gingen sie über den Bremsberg, dann war Christian allein. Das Licht der Hauptförderstrecke blieb zurück. Bis ins vierte

Revier waren es zwanzig Minuten Weg. Christian war ihn meist mit Peter Loose gegangen oder mit einem der anderen, aber heute waren sie alle schon vor ihm eingefahren. Er ging gleichmäßig, er kannte sich nun aus. Das Licht seiner Grubenlampe erschien ihm stärker, je weiter er vorankam. Die Strecke war still, nur das Knacken der Rohrleitungen war manchmal zu hören, das Knistern der Türstöcke, splitterndes Holz unterm Gebirgsdruck. Der Berg war still während des Schichtwechsels. Die Grubenloks hielten in den Strecken. Die Bohrhämmer schwiegen. Die Kompressoren liefen gedrosselt.

Christian bog in den Querschlag ein; es war warm und muffig. Die einziehende Luft staute sich an der Wettertür. Der Boden war trocken und mit Bohlen belegt, das Fahrgleis fehlte. Christian ging langsam, dieses Stück Weg ging er gern. Er war nun genügend herumgekommen. Er kannte schon einige Wege.

Sonst warteten sie immer am Werkzeugmagazin aufeinander, Christian und sein Hauer und einige von den anderen, aber diesmal war niemand da. Auch Bierjesus der Magaziner nicht. Die Bohlentür war verschlossen.

Er setzte sich auf eine Erzkiste und wartete. Der Magaziner zumindest mußte kommen, auch der Radiometrist, auch der Steiger. Er setzte die Lampe ab; im Magazin hörte er die Schachtratten rascheln. Er konnte die Stille hören, wenn die Ratten weg waren. Er sah die Strecke hinab, hinter dem Ausweichgleis trat alles zurück in Dunkelheit. Wenn man lange hinsah, bewegte sie sich. Farbige Kreise schwammen ineinander, grüne Pünktchen, seltsame geometrische Figuren. Sie blieben, auch wenn man die Augen schloß. Er starrte die Strecke hinab, er wußte, daß es besser war, zu warten, als unnütz herumzulaufen. Es gab zentrale Punkte, an denen immer jemand vorbeikam, und dies war solch ein Punkt.

Dann sah er das Licht. Es schien stillzustehen, schaukelnd auf immer gleicher Höhe, als ob jemand winken würde. Es blieb sehr lange so, und manchmal schien es, als ob es sich sogar entfernen würde. Aber dann wurde es plötzlich rasch größer; eine Mannschaftslampe, die einen Mann aus der Dunkelheit hob, der ging schleppend und trug schwer, die Schritte plitschten im Wassersaig. »Kch, kch, kch«, machte der Mann, »keiner da, was?« Er setzte den Kübel ab, es war der Saigenreiniger Fadenschein. Er trat nahe an Christian heran und leuchtete ihn an mit seiner Lampe, dann setzte er sich, zog die Gummistiefel aus und begann die Fußlappen neu zu wickeln. »Kch, kch«, machte Fadenschein und betrachtete aufmerksam die Löcher in den Fußlappen und die schwarzgelaufenen Stellen; er sagte gluckernd: »Das sieht ja wie bei Hempels aus.« Er zog die Stiefel wieder über, steckte die Hosenbeine in die Stiefelschäfte, holte eine Blechbüchse aus der Hosentasche und begann eine Zigarette zu drehen. Sorgfältig leckte er über die Gummierung. Er verschloß die Büchse mit einem Gummiband, wickelte sie in ein schwärzliches Taschentuch, dann zündete er die Zigarette an. Den Rauch sog er tief ein, er schnupperte am Rauch und betrachtete lange die Asche, dann sagte er: »Riecht man gleich, was?« Er streckte die Beine aus, räkelte den Rücken am Stempel, er rauchte schmatzend und sagte: »Das ist wieder was, die können das, die habens wieder.«

Allerhand Geschichten gingen um. Es hieß, der Gluckerer sei Sänger gewesen an der Breslauer Oper. Er sei ausgewiesen worden im Winter vierundvierzig, aber die Polen hätten zuvor seine Frau vergewaltigt zu dritt, die sei daraufhin dortgeblieben. Andere sagten: Ach was, sie ist ihm durchgebrannt, der war doch bloß Aushilfstenor im Kalinger Männer-Gesangsverein; jedes Jahr Weihnachten kriegt er ne Ansichtskarte aus Wuppertal. Das klang glaubhaft, immerhin sang er ganz angenehm. Und nur Bergschicker wußte: In Wahrheit war Fadenschein ein schäbiger, krummer, kleiner Kammer-Gefreiter gewesen bei den Hundertzweiunddreißigern, und von allem, was über ihn erzählt wurde, stimmte nur, daß er an den Nägeln kaute und den Josef Goebbels, den er verehrte, imitieren konnte.

»Kch, kch«, sagte Fadenschein, »wenn ich du wäre, ich wüßte schon, wo ich hinzugehen hätte.« Er beugte sich vor und blies Christian seinen Zigarettenrauch ins Gesicht. Er kicherte kindisch. »Die kommen wieder groß raus, wirst du sehen. Die sind wieder da. Eines Tages werden die sich alle die Hosen vollmachen hier.« Er kratzte sich mit dem rechten Absatz am linken Schienbein, er war jetzt zufrieden.

Sie saßen fast eine Viertelstunde, aber noch immer war niemand zu sehen. Die Ratten raschelten, das Wasser tropfte. Die Rohre knackten leise, irgendwo blies feine Luft. Das kam jetzt wieder in Gang, Geräusche kamen auf, dünnes Knattern von Preßlufthämmern, Rollen eines Zuges auf der Bunkerstrecke. Man kann sehr weit hören untertage, die Luft trägt Geräusche heran, und der Berg trägt sie und bricht sie. Es kam von den Blöcken Dreizehn und Vierzehn her. Es kam die Strecke herauf: Klicken von Metall und ein seltsames Schurren, das regelmäßig unterbrochen wurde. Ein zweiter Zug war zu hören und ein dritter. Der Berg arbeitete wieder.

Und endlich kamen die Lichter auf. Stimmen stritten miteinander. Fadenschein hielt den Kopf schräg, halbe Sätze waren zu verstehen. Er lauschte angestrengt, stumm, indes die Lichter näher kamen. Er sog hörbar die Luft ein und stand auf. Er sagte: »Brack!« Das blieb in der Luft hängen.

Eine Menge neuer Wörter gab es, gute und schlechte. Brack war das schlimmste. Es war Ausschuß und schlechte Arbeit. Es war Unglück und manchmal Sabotage. Es war qualliges Mißtrauen, Untersuchungen, Lohnabzüge, Strafen. Unberechenbar. Manchmal geschah gar nichts.

Drushwili vorneweg, dann Hermann Fischer. Drushwili, der Reviergeophysiker. Der Hauer von Block Dreizehn und sein Fördermann. Bierjesus der Magaziner. Drushwili war auch zuerst heran: Machorkapünktchen unter der Georgiernase, verblichene Uniformbluse mit geblähten Brusttaschen. »Viermal Brack«, sagte Drushwili, »immer zweite Schicht.«

Hermann Fischer kam gebückt, er sagte nichts. Er kam heran, sah Christian und den Saigenreiniger, aber es war, als ob er sie nicht wahrnehme. »Ich werde mit Schachtleiter sprechen«, sagte Drushwili düster.

Das ehemals V. Kapitel

II Szenenskizze und eine frühe Fassung

Um Werner Bräunigs Arbeitsweise zu verdeutlichen, werden hier die frühe Fassung eines Kapitels und eine später verworfene Szene, die sich im Nachlaß fand, abgedruckt.

1 [Der Präsident]

Der Präsident stand auf der Tribüne der Linden-Universität, die großen Hände über dem zweiten Mantelknopf verschränkt; unter dem Wollschal sah ein Stück der altmodisch breiten Krawatte mit den weißen Punkten hervor. Er schaute auf die unabsehbare Menschenmenge, die sich in der breiten Straße drängte, von der Museumsinsel bis weit hinab zum Brandenburger Tor. Der Präsident sah in die Gesichter seiner Landsleute, sah den zurückgelegten Weg, sah die Kämpfe, die noch ausstanden.

Unten trugen sie ein Transparent vorbei, weiß auf rotem Grund: Wir grüßen Wilhelm Pieck, den Präsidenten des ersten deutschen Arbeiter-und-Bauern-Staates. Dann sah der Präsident ein Schild mit der Aufschrift ›KPD Bremen‹. Er versuchte das Gesicht des Mannes, der das Schild trug, zu erkennen, aber es war zu weit entfernt. Der Präsident war sehr ernst. Eine halbe Stunde vorher hatte er eine Rede gehalten; es war die erste Präsidentschaftsrede in der Geschichte Deutschlands, die von einem Arbeiter gesprochen wurde. Es war eine kurze Rede; der Präsident hatte nichts zu bieten außer der Wahrheit eines Sieges, der den Kampf nicht beendete.

Und unten zogen sie Kopf an Kopf, aus dem Oderbruch, den Elbniederungen, von der Wasserkante und den Thüringer Bergen, aus der zerrissenen Hauptstadt des gespaltenen Landes. Die rote Arbeiterfahne wehte; manch einer trug sie, der sich nicht zu ihr bekannte.

Der Präsident sah sich im Kreis seiner Gefährten um, er sah den Sozialdemokraten Otto Buchwitz neben dem Kommunisten Hermann Matern, sah Otto Grotewohl neben Walter Ulbricht. Sie hatten nach einer Ewigkeit der Spaltung die Einheit der Arbeiterklasse erkämpft. Aber noch gab es die Einheit nur in einem Teil Deutschlands, und auch dort nur in einem Teil der Deutschen.

Und unten zogen sie, zogen Kopf an Kopf, Sieger und Besiegte, Satte und Hungrige, Aufrechte und Gebeugte, eben noch Herrschende und eben noch Unterdrückte, Kämpfer und Feiglinge, Starke und Schwache, Schuldige, Mitschuldige, Unschuldige. Einer in einer gewesenen Uniform schleppte sich mühsam auf Krücken vorwärts, einer ohne Beine wurde im Handwagen gefahren, daneben einer mit goldgefaßtem Kneifer und steifem Hut, daneben einer mit dem roten Winkel der Opfer des Faschismus, daneben einer der soeben ausgezeichneten ersten Aktivisten, daneben ein ausgezehrter Junge mit einer Zeichnungsrolle, daneben eine Matrone in eine Pelzboa gewickelt, Scharen Arbeiter in abgetragenen Anzügen, viele ohne Mantel, dazwischen Soldaten der Sowjetarmee, drei Kriegsblinde, die sich an den Händen hielten, die Schalmeienkapelle eines Betriebes, ein Trupp soeben heimgekehrter Kriegsgefangener in Holzpantinen,

Trümmerfrauen mit unförmigen Handschuhen, Jünglinge mit langflatternden Haaren, Mädchen mit hungrigen Gesichtern, ein Specknackiger im dicken Ulster, ein Musikzug der Freien Deutschen Jugend, Belegschaften ganzer Betriebe; Sprechchöre hallten zur Tribüne herüber, brachen sich in den Ruinen, Fanfarenstöße, knatterndes Fahnentuch im Wind, es war die größte Demonstration, die Deutschland seit Kriegsende gesehen hatte.

Der Präsident stand auf der Tribüne, er sah hin über den unendlichen Menschenstrom, sah Tausende Gesichter, sah manchmal ein einzelnes. Für einen Augenblick sah er hinüber zu den grauen Mauern, hinauf zum grauen Himmel; über der Museumsinsel flog ein Schwarm Möwen ein und kleckste weiße Pünktchen in die Ruinen. Die Möwen tauchten unter den Mauervorsprüngen zum Fluß hinab, der Präsident hörte ihre kleinen, schrillen Schreie. Früher hatte er ihrem Flug gern zugeschaut, auch in Moskau hatte er sie manchmal beobachtet, hatte ihnen Brotkrumen zugeworfen, die sie im Flug fingen. Als er die Augen wieder hinab in die Straße senkte, sah er, daß Otto Grotewohl seinem Blick gefolgt war. Einen Augenblick sahen sie sich an. Der Präsident und der Ministerpräsident lächelten.

Nickel trieb im Strom der Demonstranten langsam die Straße hinab, er hatte die Hände tief in die Taschen seiner Joppe vergraben, sie war aus einer braunen Pferdedecke schlecht und recht zusammengenäht. Die Mutter hatte beim Zuschneiden zu spät an die großen roten Karos gedacht, nun stießen sie an den Seitennähten kreuz und quer aufeinander.

Die Luft war kalt und feucht, sie kroch in die Hosenbeine, strich an den Waden aufwärts; aber jetzt, im langen, dichten Zug der Kolonnen, wurden die Knie langsam wieder wärmer. Nickels Hose war aus sehr dünnem Stoff, aber sie war von der seltenen Qualität, in der sich eine Bügelfalte hielt. Und überhaupt waren zwei Hosen viel für einen, den die Nazis vierundvierzig mit seinen siebzehn Lenzen noch in den feldgrauen Rock gesteckt hatten und der im Sommer fünfundvierzig, als die sowjetische Kriegsgefangeneninspektion ihn nach Hause schickte – ihm waren beim Minenentschärfen zwei Finger der linken Hand abgerissen worden –, außer einer ungeschickt gekritzelten Kreideschrift auf einem Mauerrest nichts mehr von der elterlichen Wohnung fand. Auf dem Mauerrest hatte gestanden: Wohne jetzt in der Laube, Kolonie Siedlerglück, Martha Nickel.

Nickel ging allein. Er war in eine Gruppe Demonstranten geraten, von denen er keinen kannte. Es waren Arbeiter, das sah er, und daß sie aus der Metallbranche waren, konnte er ihren Gesprächen entnehmen ... Das Mädchen, das neben ihm ging, trug ein kleines versilbertes Kreuzchen am Revers ihres Mantels. Sie war recht hübsch, ganz und gar nicht pummlig. Aber man brauchte doch nur in die Gesichter ringsum zu sehen, um zu wissen, daß es keinen Gott gab. – Und Mutter? Woher nahm sie die demütige Beharrlichkeit, an etwas zu glauben, das ihr ganzes schweres Leben lang versagt hatte?

Vor ihm trugen zwei junge Leute im blauen Hemd der FDJ ein großes Stalinporträt. Auf dem dünnen Stoff war auch von hinten jede Einzelheit zu erkennen; Stalins Gesicht wippte lächelnd über dem hochgeschlossenen grauen Uniformrock.

Nickel erinnerte sich, daß er vor wenigen Wochen noch in seiner Seminargruppe dafür agitiert hatte, täglich fünfhundert Seiten zu lesen, wie Stalin das tat. Zwar wußte er nicht, wie das nach sechs Stunden Vorlesung und vier Stunden Seminar noch zu schaffen wäre – er hatte es wieder und wieder versucht und immer erfolglos –, aber schließlich schaffte es Stalin, so stand in der Zeitung, also konnte es nur daran liegen, daß sie noch nicht die richtige Methode gefunden hatten. Einige Drückeberger hatten versucht, das alles ins Lächerliche zu ziehen, na, denen hatten sie den Standpunkt gründlich klargemacht. Am wahrscheinlichsten war noch die

These, die der FDJ-Sekretär verteidigte: Stalin las wahrscheinlich diagonal, er hatte eben den Blick dafür, auf jeder Seite sofort das Wesentliche zu erkennen. Aber auch mit dieser Methode war Nickel über zweihundert Seiten nicht hinausgekommen. Und im Seminar hatte sich gezeigt, daß ihm dabei die wichtigsten Zusammenhänge entgangen waren. – Nun ja, das alles lag hinter ihm, die letzte Klausur war geschrieben, die Abschlußprüfung bestanden, wenn auch nur mit einer schwachen Zwei, wie der Schulleiter augenzwinkernd gesagt hatte. Nickel war es zufrieden.

Leicht war es nicht gewesen. Damals, nach seiner Heimkehr aus dem Durchgangslager, in welchem der Todesmarsch der Kinderarmee des Generals Wenck für die wenigen Überlebenden geendet war, hatte er Abend für Abend draußen im Laubengrundstück am Bahndamm gehockt, jedes Hälmchen Unkraut aus den paar Metern Boden gezupft und die mageren Kartoffelstauden gezählt. Das Grundstück lag in einer Bodensenke, in der sich aller Nebel der Mark Brandenburg zu sammeln schien. Es war, als lebe man unter einem feuchten Umschlag. Tagsüber war er Trümmer räumen gegangen, dafür gab es die Schwerarbeiterkarte. Sie reichte nicht hin, den ausgemergelten Körper wieder zu Kräften kommen zu lassen. Nickel hatte nicht lange durchgehalten, auch hatten ihm seine Kollegen auf dem Bau die Arbeit nicht gerade erleichtert. Mit drei Fingern an der linken Hand gibt man nun einmal keinen guten Bauarbeiter ab. Nein, das Nachkriegsdeutschland hatte ihm keine Rosen auf den Weg gestreut. Der einzige, der ihm damals geholfen hatte, war Coburger gewesen, Fritze Coburger. Nickel kannte ihn seit seiner Lehrzeit. Fritze Coburger war in der Antifa-Jugend, und bevor Nickel noch recht begriffen hatte, worum es diesem Verein eigentlich ging, hatte auch er seinen Aufnahmeantrag unterschrieben. Wenige Monate später, als er im Gefolge Fritze Coburgers in die Kommunistische Partei eintrat, fühlte er sich schon etwas klüger.

Damals kamen die merkwürdigsten Leute aus den merkwürdigsten Gründen zur Partei. Ein Nazi-Ortsgruppenleiter aus Oppeln hatte geglaubt, als Mitglied der KPD den Organen der Sowjetarmee, die ihn wegen Mordes an drei sowjetischen Kriegsgefangenen suchten, leichter zu entkommen. Vier Tage nachdem er seine Aufnahme beantragt hatte, war er verhaftet worden ... Ferner kannte Nickel einen, der noch nie in seinem Leben ehrlicher Arbeit wegen einen Finger krummgemacht hatte. Er war mehrfach vorbestraft, hatte es aber fertiggebracht, für seine letzten zwei Jahre Zuchthaus, die er wegen Einbruchdiebstahls abgesessen hatte, als Opfer des Faschismus anerkannt zu werden. Anfang sechsundvierzig war er plötzlich mit einem Parteiabzeichen am Mantel herumgelaufen, hatte allerlei abgestempelte Papierchen in der Tasche und nannte sich ›Beauftragter für Erfassung‹. Die Herrlichkeit hatte ein halbes Jahr gedauert.

Nickel war im Winter sechsundvierzig Angestellter in einer Lebensmittelkartenstelle geworden. Danach kroch er als Flurschutz-Mann nachts auf den Feldern der Berliner Randgebiete umher, wurde im folgenden Winter Beauftragter für Wohnraumbeschaffung, organisierte Lebensmittel für Berliner Großbetriebe, avancierte zum Abteilungsleiter in einem Bezirks-Arbeitsamt, wurde Erzieher in einem Werkhof für schwererziehbare Jugendliche. Er war einundzwanzig Jahre alt. Dann schickte ihn die Partei auf die einjährige Verwaltungsschule. Nun ja, und ab morgen wird er als Personalleiter in irgendeiner erzgebirgischen Papierfabrik arbeiten, Papier-Werke Bermsthal VEB, so hieß die Bude. Er hatte nicht die geringste Vorstellung, wie, woraus und womit Papier gemacht wird.

Der Demonstrationszug kam in die Nähe der Tribüne, und Nickel sah bereits die Fahnen, die der Wind bauschte. Über den Ruinen flog ein Schwarm Möwen ein und kleckerte weiße Pünktchen in die Trümmer. Nickel ging jetzt nahe dem Straßenrand. Vor ihm wippte noch immer das große Stalin-

693

porträt. Der Mann neben Nickel sagte: » Det is jut, des der Willem Präsident is.« – Ein anderer, mit tiefen Augenringen: »Wer denn sonst? Wat haste denn jedacht?« – Wieder der erste: »Ich mein man bloß. Gibt ja ooch andere. Der Jrotewohl oder der Leipziger Lenin oder Fritze Ebert ...«

Unter den Linden. Man denkt an preußische Gardeoffiziere, an Kaleschen, Fichtes Reden an die deutsche Nation, Paradenmärsche, die alten Baumeister, Hohenzollernwappen, Bürgersleute beim Sonntagsspaziergang, S.M. der Kaiser, Mietbänke, preußischen Wichs und preußische Gründlichkeit, unsere Kolonien, Knobelsdorff und Paul Lincke, Studenten, Reifröcke, Berliner Luft Luft Luft; merkwürdig, an die Achtundvierziger und den November achtzehn denkt man nicht.

»Pieck oder Jrotewohl«, verkündete Nickels Nachbar zur Rechten. »Ick krieg meine Gören nich mit Zeitungspapier satt.«

Von den Linden ist nur der Name geblieben. Verschwunden aller Glanz und alle Herrlichkeit. Schmutzige Ruinen, graue Fassaden, die Straße sehr breit und sehr trist. Die öde Weitläufigkeit macht den trüben November noch trüber. Der Himmel hängt wie ein schmutziges Laken an den Zinnen der Schloßruine.

Ringsum sickern Gesprächstümpel. »Vierzehn Tage lang Überstunden«, sagte einer und »Jetzt muß es doch besser werden«, ein anderer und »Für unsereins wird's nie besser«, ein dritter. »Ich hab ihn noch beim großen Straßenbahnerstreik gesehen, zusammen mit Teddy.« Das war wieder der mit den Augenringen.

Nickel dachte: Vierundvierzig haben sie gesagt: Lieber Gott, laß uns mit heilen Knochen aus den Bombenangriffen herauskommen, ein Leben lang trocken Brot wollen wir essen, aber laß uns durchkommen. Das Proletariat hat nichts zu verlieren als seine Ketten, sagt Marx. Die hier haben immer noch etwas zu verlieren, einen Schrebergarten, einen

Meisterkittel, vielleicht eine heil gebliebene gute Stube, wo der Turnvater Jahn oder ein röhrender Hirsch den Fleck auf der Tapete verdeckt, das einzige, was der mit dem Bärtchen hinterlassen hat …

Plötzlich strafften sich die Reihen. Rechts begannen einige im Gleichschritt zu marschieren, vorn sprangen Trommelschläge auf, die Schalmeienkapelle setzte ein, wann wir schreiten Seit an Seit … Nickel sang leise mit. Er begann, ohne sich dessen bewußt zu werden, im Takt zu marschieren. Schräg vor ihm sang einer nicht mit. Nickel sah, daß er Schaftstiefel trug, schwarz gewichst, das braune Leder war noch zu ahnen. Die Schaftstiefel schlossen sich dem Gleichschritt nicht an. Wenn ich neben ihm ginge, dachte Nickel, ich würde ihm Beine machen.

Das Stalinporträt schwenkte nach links. Nickel erkannte die Tribüne. Schon von weitem sah er Wilhelm Pieck, das weiße Haar im Wind. Jetzt hob der Präsident die Hand, winkte zu ihnen herüber. Dann verdeckten die Fahnen sein Gesicht. Die Lieder klangen ineinander, Brüder, zur Sonne zur Freiheit, die Schalmeien, Spaniens Himmel breitet seine Sterne. Nickel sang das Thälmann-Lied mit, er mußte singen, was alle sangen. Dann wieder nahm er die Hochrufe auf, die über ihre Köpfe heranfluteten wie eine Brandung. Ewig der Sklaverei ein Ende, auf zum Kampf, das Thälmannbataillon! Die Reihen vermischten sich, alle Marschordnung war zum Teufel.

Nickel sah sich nach den Schaftstiefeln um, aber sie waren verschwunden. Mädchen in den blauen Blusen der FDJ. Eine Gruppe Westberliner, die ein Schild mit der Aufschrift ›Wedding‹ mit sich führten. Auf der Rückseite stand: West-Berlin wird niemals 12. Bundesland! Und überall Lieder, überall Sprechchöre, überall Hochrufe. Nickel sah die blutrote Fahne der Zelle Neuendorf, eine der wenigen über den Faschismus gerettete Fahnen der Kommunistischen Partei. Auf einem großen hellblauen Banner leuchteten die Namen der Berliner Widerstandsgruppen, der ermordeten Antifaschisten, Christen, Sozialdemokraten, Kommunisten. Es gab keine Orientierung mehr, keine Kolonnen, alles war zu einem einzigen singenden, rufenden, winkenden Strom ineinandergeflossen, der die ganze Straßenbreite ausfüllte.

Der Strom staute sich. Sie waren vor der Tribüne angekommen, vorn ging es nicht weiter, aber hinten drängten Tausende. Nickel sah zur Universität hinüber, er hatte Mühe, sich gegen die Nachdrängenden zu halten. »Freundschaft! Freundschaft! Freundschaft!« riefen die Mädchen. Nickel stimmte in ihren Ruf ein; er stand eingekeilt in der Menge gute zehn Meter von den Mädchen entfernt, einige der Umstehenden sahen ihn erstaunt an. Die Menge um ihn dröhnte, die Menschen schienen sich mit aller Kraft zu bemühen, eine unsichtbar über ihnen liegende Last hochzuheben; die zwanzig, dreißig Meter zur Tribüne waren von einem wogenden Meer aus Köpfen, Schultern und Armen überschwemmt. Er sah den Präsidenten, viele Funktionäre, die er von Zeitungsbildern kannte oder von Kundgebungen und großen Versammlungen. Wenn er zur Tribüne sah, schwammen die Gesichter um ihn zusammen, verwandelten sich aber sofort wieder in alltägliche Menschengesichter, sobald er den Blick auf seine Umgebung senkte. Die Lieder, Sprechchöre und Hochrufe waren in einen brausenden Lärm geschwollen, der jede Einzelstimme aufsog, emporhob und in eine dicke gellende Wolke geballt über ihren Köpfen brodeln ließ.

Plötzlich wurde die Menge von einer irgendwo weit hinten entstandenen Kraft gesprengt, ein spitzer Keil Bewegung stieß in die Stauung, sammelte den Druck, eine Gasse öffnete sich, Nickel wurde vom Strom erfaßt und vorwärts gespült.

Er fand sich ein ganzes Stück unterhalb der Tribüne wieder – es war ein einziges Schieben, Drängeln, Geschobenwerden, Ausweichenwollen, Weitermüssen. Der Strom teilte sich, flutete rechts und links in die Seitenstraßen, versickerte.

Die Bewegung flaute jäh ab. Nickel stand, aus dem Strom herausgedrängt, allein auf dem breiten Gehstreifen der Straßenmitte. Links marschierte eine geordnete Kolonne vorbei. Rechts kam einer ganz allein mit einer Fahne. Merkwürdig, dachte Nickel, wie komisch ein einzelner mit einer Fahne aussieht. Er fühlte sich verlassen in der plötzlichen Stille, wie ein Anhänger der siegreichen Fußballmannschaft, der nach dem Spiel allein das Stadion verläßt. Menschen kamen vorbei, zu dreien, zu vieren, größere Gruppen, unterhielten sich, lachten mitunter; er ging allein und fröstelte.

Er zog die altmodische Kapseluhr aus der Tasche: bis zur Abfahrt des Zuges waren noch zwei Stunden Zeit. Mutter wollte nach der Arbeit zum Bahnhof kommen, sie verkaufte von morgens neun bis abends sechs Margarine- und Fettportiönchen in einem Konsum-Laden.

Er ging langsam durch die Nebenstraßen, dem S-Bahnhof zu. Es wurde nun sehr schnell dunkel, und die Abendschatten krochen aus den Ruinen. Die Straßen waren nicht erleuchtet, auch gab es in diesem Viertel keine Läden, keine Wohnhäuser, keine Gaststätten; nur die finsteren Fronten der Verwaltungsgebäude, viele Ruinen, in einigen Häusern, deren Untergeschosse nicht ganz ausgebrannt waren, hatten sich notdürftig allerlei Organisationen und Behörden niedergelassen. Nickel kannte diese Gegend gut, er hatte oft hier zu tun gehabt. Dennoch fand er sich inmitten der Trümmerberge, die alles gleichmachten, nur mit Mühe zurecht. Vor einem erleuchteten Gebäude patrouillierten sowjetische Posten. Nickel fischte eine Zigarette aus der Joppentasche und bat einen der Soldaten um Feuer. Er wechselte ein paar Worte mit ihm, er hatte das unbezwingbare Bedürfnis, mit jemandem zu sprechen. »Nje«, sagte der Soldat. »Nix sprechen deutsch … Nix deutsch, verstehen?«

Er kam in eine Straße, die von trüben Laternen spärlich erhellt war. Wenn man diese Straßen entlanggeht, vorbei an den bröckelnden Mauerstümpfen, vorbei an den Schuttbergen, die auf der Straße erstarrt sind wie erkaltete Lavaströme, an geborstenen Fenstersimsen und Schornsteinen vorbei, die grau und uralt in der Dunkelheit hockten; wenn man die Silhouette der Stadt gegen den farblosen Abendhimmel sieht, der keine Sterne hat, dann spürt man den Mörtelstaub der Jahre auf den Schultern, die versunkene Zeit, die nicht mehr zwischen den Generationen zu unterscheiden scheint. Auch er war mit siebzehn Jahren eingetreten in das Leben der Erwachsenen, das randvoll war von Hunger und Haß, randvoll von Heilgeschrei und Schreckensgeflüster, von Angst vor Bombennächten, vor Blockwarten, vor dem Bolschewismus, vor Gestapokellern, vor dem Ende mit Schrecken und den Schrecken ohne Ende. Angst, die man niedermarschierte, die man durch Maschinengewehre jagte, die man sich aus dem Halse sang. Er hatte den Worten der Führer geglaubt bis zuletzt, den Reden vom Vorrecht der Deutschen, vom Kampf um Lebensraum, von den unbesiegbaren Waffen und der Unbesiegbarkeit der deutschen Armeen, den Reden, die in den Zeitungen standen und den Büchern, die aus den Lautsprechern träufelten und den Mündern der Lehrer; den Uniformen hatte er geglaubt und den Fahnen, den Symbolen und den Idealen, gelobt sei, was hart macht. Das Erwachen war jäh und schrecklich, es riß ihn aus seinen Ruhmesträumen, seinem gläubigen Begeisterungstaumel, allumfassend, ohne Erbarmen.

Die Feuerlawinen der Stalin-Orgel jaulten in den sumpfigen Niederungen zwischen Oder und Spreewald, der Körperschweiß gefror in den dünnen HJ-Uniformen, Panzerfäuste fielen aus froststarren Händen, vor den schreckgeweiteten Augen bedeckte sich die Erde mit Leichen. Zu kurz geworfene Handgranaten barsten über den Köpfen der eigenen Leute, T 34 dröhnten heran, Finger krallten sich in steinharte Erde, zwischen den Kugelgarben der Trommel-M-Pi und dem Urrääh der Schützenketten rasselte der Tod über das Land. Noch einmal davongekommen und im Granathagel der sowjetischen

Artillerie ein zweites Mal; dann die Sammelstelle an der Straßenkreuzung, der Kettenhund, die Gehenkten an den schwarzen Ästen, der Erdbunker, in dem sich nachts einer eine Kugel durch den Kopf jagte, Achtzehnjährige, die sich mit Bauchschüssen auf der Erde wälzten, und wieder Angriffe, und wieder Trommelfeuer, wieder Bombenteppiche, wieder das Urrääh und die endlose Front der Panzer, wieder die Erschießungen wegen Feigheit vor dem Feind. Als alles vorbei war, war es zu spät, noch einmal jung zu werden.

Er ging durch seine Stadt, und es war vielleicht das letzte Mal für lange Zeit. Zum ersten Mal dachte er daran, daß er zweiundzwanzig Jahre alt war. War es denn so lange her, daß er das ABC gelernt und vor dem Rohrstock gezittert hatte? War es so lange her, daß er sich des großen Aufatmens bewußt geworden war, das durch Menschen und Dinge geht, wenn der Frühling in die Großstadt einzieht? Hinter einem blassen Vorhang Vergangenheit sah er einen schmächtigen Knirps in den Hinterhöfen Fußball spielen, zwischen zwei Wäschepfählen; das Hoffenster im Lager des Seifen-Grossisten klirrte in Scherben. Dann sah er sich auf dem Zehnmeterturm des Freibades stehen, unter sich das schrecklich winzige Rechteck des Bassins, die johlende Schar seines Jungzuges am Beckenrand, die heraufhöhnte und gestikulierte zu ihm, der seit zehn Minuten stand und sich nicht zu springen traute. Er begriff, daß es damals begonnen hatte. Und er sah sich bei der Mutprobe für das Fahrtenmesser bäuchlings über dem mit dem Griff in die Erde gerammten Dolch des Fähnleinführers, Liegestütze, auf und nieder, die Arme gewinkelt, bis der Nabel die Dolchspitze berührt, zehnmal, zwanzigmal, bis der Angstschweiß aus den Poren brach, die Ellenbogen sich nicht mehr beugen wollten, die verkrampften Muskeln den Körper über dem Dolch balancierten, und der Fähnleinführer brüllte: Los, noch mal runter, vierundzwanzig Mal! Und ein blauäugiges Mädchengesicht, stolz und unerreichbar über der weißen BdM-Bluse, und die Sonne der Müggelberge ringsum. Sechs, sieben Jahre. Eine Ewigkeit.

Dann sah er sich im Marschblock der Antifa-Jugend, hörte sich die neuen Lieder singen, aber es war ein Erwachsener, der da sang. Er sah sich mit einer Tasse Lindenblütentee und zwei Kippenzigaretten Nächte hindurch über dicken Büchern sitzen, bis gegen Morgen die Mutter kam und ihm sorgenvoll übers Haar strich, aber sie strich einem Erwachsenen übers Haar. Nicht, daß er dies alles ohne Schwung getan hätte, nicht, daß er dabei nicht von einer Art Begeisterung erfaßt worden wäre – aber es war nicht der Schwung des jungenhaften Abenteuers, nicht die Begeisterung am spielerischen Drang nach Erkenntnis, nicht der jugendliche Rausch des Entdeckens. Alles war bitter ernst.

Die Straßenlaternen warfen schaukelnde Flecken auf den Asphalt. Es war kälter geworden, und er spürte, wie die Narben an den beiden Fingerstümpfen zu kribbeln begannen. Vor ihm tauchten die feuchten Mauern des S-Bahnhofs aus der Dunkelheit.

Dann hatte er die Frage WEM NÜTZT ES stellen gelernt. Und hatte gelernt, die Fragen, die Dinge und die Menschen einzuteilen in die Antworten, die er wußte. Nur wenige brachten es fertig, sich der Vergangenheit ungebrochen zu entledigen. Die meisten fingen neu an, ohne mit dem Alten fertig zu sein. Nickel konnte weder ohne Ideale noch ohne Gemeinschaft leben. Er fand neue Ideale und neue Gemeinsamkeit, aber er erwarb sie, ohne die alten Ideale, ohne die tief verwurzelte Bequemlichkeit der alten Gefolgschaftsidee wirklich überwunden zu haben. Diese neue Zeit war zu kompliziert, um ihn, der zwölf von seinen achtzehn Jahren Faschismus eingesogen hatte, bis ins Innerste zu erfassen. Und so war in allem Schwung etwas äußerlich Aufgesetztes, in allem Jugendlichen etwas Ältliches. Oft begnügte er sich mit halben Antworten, manchmal mit halber Verantwortung.

Als Nickel die düstere Schalterhalle betrat, hörte er über sich das dumpfe Grollen des einfahrenden Zuges. Er suchte in den Joppentaschen nach der Fahrkarte, fand sie schließlich eingeklemmt in eine zerdrückte Zigarettenschachtel. Er ging mit der Fahrkarte durch die Sperre und lief hastig die Stufen hinauf.

Nickel stieg in den kalten Wagen und setzte sich ans Fenster. Die Wagen waren fast leer, und Nickel fragte sich, wohin sich all die Demonstranten so schnell verlaufen haben könnten. Außer ihm war niemand zugestiegen. Dann schlossen sich die Türen, und der Zug zog langsam an. Nickel lehnte den Kopf gegen das Holz des Fensterrahmens. In der dicken Dunkelheit draußen schwammen ab und zu ein paar Lichter vorbei.

Er traf die Mutter an der Gepäckausgabe, wie sie es vereinbart hatten. Sie stand in ihrem dunklen Kopftuch schmal und verhärmt vor einem Kinoplakat; das schmutzig-gelbe Bahnhofslicht machte sie noch bleicher, als sie ohnehin war. Nickel empfand plötzlich, wie alt sie aussah; mein Gott, sie war doch erst fünfundvierzig. Sie kam ihm einen Schritt entgegen. Das Filmplakat hinter ihr verkündete: Die Mörder sind unter uns ...

»Da bist du ja«, sagte sie, und: »ich hab schon gewartet.«

Sie holten seinen Holzkoffer aus der Gepäckaufbewahrung und lösten dann für die Mutter eine Bahnsteigkarte. Ein Menschenstrom durchflutete die Bahnhofshalle, stürzte in die U-Bahn-Schächte, staute sich an den Treppen. Einige Aufgänge waren nur halbseitig benutzbar. Nickel und die Mutter standen etwas abseits an einem kleinen Schalterfensterchen und schlürften ein grelles Heißgetränk, das aufdringlich nach Sacharin schmeckte. Die Mutter schaute still zu, wie er den heißen Pappbecher zwischen seinen klammen Händen zum Munde führte.

Als sie auf den Bahnsteig kamen, war der Zug schon eingefahren. Nickel hatte geglaubt, daß der Zug hier eingesetzt würde. Aber er war aus Rostock gekommen, fuhr weiter nach Leipzig, die Waggons waren vollgepfropft mit Menschen und Gepäckstücken.

Nickel ging am Zug entlang, die Mutter trippelte mit hastigen Schritten neben ihm her. Sie hielt sich ängstlich an seinem Ärmel fest und sah immer wieder aus ihrem kleinen Gesicht zu ihm auf. »Schreib mir bald«, sagte sie. »Und paß auf dich auf ...«

Der Zug war wirklich hoffnungslos überfüllt. An den Waggontüren hingen Menschentrauben, die sich noch in das Wageninnere zu drängen suchten, eine Kelter ohne alle Hoffnung. Nickel versuchte es an mehreren Türen, aber er erwischte nicht einmal ein Stückchen Trittbrett. »Du wirst nicht mitkommen«, sagte die Mutter, und es klang ein ganz klein wenig hoffnungsvoll. Er setzte den Koffer auf den Bahnsteig und fuhr sich mit einer ratlosen Handbewegung durchs Haar.

Früher einmal waren die Bahnhöfe von der Magie fremder Städtenamen verzaubert, auf den Schienensträngen flimmerte der lockende Glanz der Ferne, die Menschen gingen mit fiebrigen Augen über die Bahnsteige. Früher einmal waren die Bahnhofsuhren Knotenpunkte der Zeit, die Gleise Knotenpunkte der Hoffnung, die Signallampen gaben den Weg ins Abenteuer frei. Früher umarmten sich hier Abschiednehmende, Verliebte stiegen mit scheuem oder mutwilligem Lächeln ein zur ersten gemeinsamen Reise, Eltern winkten ihren Kindern, erwachsene Söhne und Töchter ihren Eltern. Aber aus den Augen der Menschen, die hier um einen Platz im Zug kämpften, war die Freude gewichen. Die Schienenstränge hatten ihren lockenden Glanz verloren. Wer nicht unbedingt in irgendeinen Zipfel des Landes fahren mußte, fuhr nicht. Dieses Volk war den langen Irrweg einer Nation gegangen, es war des Reisens müde.

»Komm«, sagte Nickel, »wir versuchen es mal am anderen Ende.«

Sie gingen den Bahnsteig hinunter, drängten sich durch den Lärm. Amateurschieber, die sich auffällig unauffällig benahmen; Berufsschieber, mit allen einträglichen Wassern gewaschen; Funktionäre, die allmorgendlich aus den Zügen sprudelten und allabendlich wieder in ihnen versickerten; Handwerker, Spekulanten, Kleinfabrikanten, Antiquitätenhändler, Makler, die sich in der Vier-Sektoren-Stadt mit ihren zwei verschiedenen Währungen, zwei Märkten, zwei Wirtschaftsformen und zweierlei Polizei Waren und Materialien besorgten, die es im östlichen Teil Deutschlands nicht gab, und dafür Dinge über die Sektorengrenze schmuggelten, die im westlichen Teil teurer waren; Angehörige von Berufen, die in keinem Gewerbeverzeichnis standen; ganze Familien auf dem Wege zu einer neuen Arbeitsstelle, einer neuen Heimstatt; Heimkehrer und Heimatlose; umherirrende Jugend ohne Wohnung und Beruf; Strandgut zwischen Zusammenbruch und Neubeginn. Ringsum im Lande verebbten die Wogen des Untergangs, die Sintflut, die über dem versunkenen Welteroberungsreich zusammengeschlagen war – die letzten Rinnsale sammelten sich in den Bahnhöfen. In der feuchtkalten Dämmerung der zerstörten deutschen Bahnhöfe vollzog sich die letzte Heerschau der Gestrandeten.

Hinter der Lokomotive und dem Postwagen hingen zwei Wagen der ersten Klasse. Nickel schob seinen Koffer in den Gang. Er kam bis zur Tür des ersten Abteils, dann verbaute ihm eine Barriere von Gepäckstücken, auf der zwei Frauen saßen, den Weg. Hinter ihm quoll eine Lawine junger Leute aus der Verbindungstür des Ziehharmonikadurchgangs, die ein Eisenbahner eben geöffnet hatte. Nickel lehnte seinen Koffer an das Heizungsrohr und öffnete das Fenster. Die beiden Frauen protestierten, aber er kümmerte sich nicht darum. Die Mutter lief suchend am Waggon auf und ab, jetzt entdeckte sie ihn. Sie kam ans Fenster und streckte ihm ihre kleine Hand herauf.

Nickel sah in ihr verhärmtes Gesicht, in die blassen, ängstlichen Augen, und mit einem Mal begann der Bahnsteig vor seinen Augen zu schwimmen. Er strich leise über ihre Hand. Den Kopf leicht schräg geneigt, hörte sie auf seine hastigen Worte. »Denk ein bißchen mehr an dich, Mutter. Ruh dich auch mal aus.« Sie nickte ernsthaft, aber er wußte, daß sie sich schon morgen wieder abhetzen würde, Besorgungen für diesen und jenen Nachbarn, kleine Gefälligkeiten für diesen und jenen Kollegen. So war sie ihr ganzes Leben lang gewesen.

»Ja«, sagte sie. »Und rauche nicht soviel. Kauf dir lieber etwas zu essen, du kannst es brauchen.« »Mach dir keine Sorgen, Mutter.« Sie stand in ihrem abgetragenen Wintermantel auf dem zugigen Bahnsteig, in ihren ausgetretenen Schuhen, sie hob sich auf die Zehenspitzen und drückte seinen Arm. »Wirst du auch alles können, was von dir dort verlangt wird?« Sie verstand nicht viel von seiner Politik, und wenn sie auch an ihren Jungen glaubte, so hatte sie doch das Leben gelehrt, daß einem Arbeiter nichts geschenkt wird. Sie war in ständiger Sorge darüber, daß er nun Beamter geworden war, etwas Besseres. Immer wieder fragte sie, was er denn da zu tun habe, sie verstand nur wenig von seinen wortreichen Erklärungen, aber sie ward nicht müde zu fragen. Hilf, lieber Gott, daß ihm nichts geschieht. Daß die Nazis den Siebzehnjährigen in den Krieg geschickt hatten, hatte sie als das bittere, unabänderliche Los der Armen hingenommen, der kleinen Leute, die nichts ändern konnten. Aber daß er sich nun freiwillig in die Politik mischte …

Aus dem Bahnsteiglautsprecher schepperte eine schüttere Frauenstimme. Die Mutter kramte ein Päckchen aus der Tasche, sorgfältig verpackt und mit Bindfaden verschnürt. »Es sind ein paar Äpfel drin, und eine Schachtel Keks, und ein paar Zigaretten. Du ißt doch Äpfel so gern …« Er schluckte. »Ich wollte sie für Weihnachten aufheben.« Dann seufzte sie. »Es ist alles so teuer …«

Er preßte das Päckchen an sich, irgendwo rief eine Stimme: Zurücktreten. Die Lokomotive zog an. Nickel beugte sich aus dem Fenster; die Mutter hielt seine Hand umklammert und trippelte neben dem Zug her. Sie lief bis zum Ende des Bahnsteigs mit, hielt seine Hand, solange sie Schritt halten konnte, und sie lief auch noch, als der Wagen ihr schon davongefahren war. Dann stand sie am Schmalbord des Bahnsteigs, hob die Hand, als wolle sie winken, einen Augenblick stand der Arm reglos, sank dann langsam nieder. Außerhalb der Bahnhofshalle verschwand der Zug sehr schnell in der Dunkelheit. Eine Weile noch waren die roten Schlußlaternen zu sehen, dann verglommen auch sie. Die Mutter stand an der Bahnsteigkante, die Lippen hart aufeinandergepreßt, die Hände schlossen sich schlaff um die Bügel der zerschlissenen Einkaufstasche. Hinter der gefälteten Stirn fuhr noch immer das breite Wagenfenster mit dem schmalen Jungenkopf. Lieber Gott, gib auf ihn acht, er ist doch mein Einziger. Lieber Gott, laß ihm nichts ... laß ihm nichts geschehen ...

Frühe Fassung von 1963/1964. Aus: »Erkenntnisse und Bekenntnisse«, Halle (Saale) 1964, S. 49–65

2 [Die Mutter]

Sie stand in ihrem dunklen Kopftuch schmal und verhärmt vor einem Kino-Plakat, ›Die Mörder sind unter uns‹. Das schmutzig-gelbe Bahnhofslicht machte sie noch bleicher, als sie ohnehin war, und Nickel empfand schmerzlich, wie alt sie aussah; mein Gott, sie war doch erst fünfundvierzig ...

Er löste für die Mutter eine Bahnsteigkarte und holte seinen Holzkoffer. Dann tranken sie am Kiosk ein Heißgetränk, das aufdringlich nach Sacharin schmeckte. Die Mutter schaute ihm still zu, wie er den heißen Pappbecher zwischen seinen klammen Händen zum Mund führte. Ist das der Abschied, vor dem er sich fürchtet?

Und nun standen sie auf dem zugigen Bahnsteig, inmitten der vielen Menschen, der Zug war noch nicht eingefahren. »Schreib mir bald«, sagte die Mutter. Sie hielt seinen Arm. »Und paß auf dich auf …«

Er ist zweiundzwanzig Jahre alt, er hat Kämpfe erlebt, sehr viel Leid, und auch ein wenig Freude. Geweint hat er fast nie. Und er spürt ein bitteres Würgen in der Kehle, und der Bahnsteig verschwimmt vor seinen Augen.

Eine schüttere Frauenstimme schepperte aus dem Lautsprecher; langsam lief der Zug ein. Junge Burschen sprangen auf die Trittbretter, rissen die Waggontüren auf, noch bevor der Zug hielt. Menschentrauben an den Türen, ein Schieben, Drängeln und Fluchen; Gepäckstücke wurden durch Fenster gereicht, die Deutschen sind ein höfliches Volk, sie drängelten einer den anderen beiseite, rissen Knöpfe ab, trampelten einander auf die Füße. Ein Dicker stieß einem Dünnen den Koffer in die Rippen, zwängte eine Frau beiseite und hangelte sich, wild an der Griffstange zerrend, durch die Tür.

Nickel und die Mutter standen auf dem Bahnsteig. »Und rauche nicht so viel«, sagte die Mutter. »Kauf dir lieber etwas zu essen, du kannst es brauchen.« Er nickte. »Mach dir keine Sorgen, Mutter.« Die Mutter stand in ihrem abgetragenen Wintermantel, in ihren ausgetretenen Schuhen, drückte seinen Arm. Sie nahm ein Paket aus der Tasche, sorgfältig verpackt und mit Bindfaden verschnürt. »Es sind ein paar Äpfel, und eine Schachtel Keks, und ein paar Zigaretten. Ich wollte sie für Weihnachten aufheben …« Dann seufzte sie und sagte: »Es ist alles so teuer …«

Männer, Frauen, Kinder. Funktionäre mit ihren Aktentaschen, ihren zerknitterten Bezugsschein-Anzügen, man erkennt sie an ihrer Kleidung, ihrer Art zu sprechen, ihren Bewegungen. Daneben Schieber, schwerer zu erkennen, sie bilden keine einheitliche Kategorie, kommen aus allen Schichten, fast jeder, der aus irgendeinem Grunde in Berlin zu tun hat, besorgt sich irgend etwas in den Westsektoren, kauft und verkauft. Nur die versierten Berufsschieber erkennt man an der Beiläufigkeit, mit der sie sich bewegen.

Die Mutter hob sich auf die Zehenspitzen und drückte seinen Kopf an ihr Gesicht. »Wirst du denn manchmal ein bißchen an mich denken? Und wirst du auch alles können, was dort von dir verlangt wird?« Sie verstand nicht viel von seiner Politik; sie glaubte an ihren Jungen. Aber das Leben hatte sie gelehrt, daß dem Arbeiter nichts geschenkt wird; sie sorgte sich immer wieder, daß ihr Sohn nun Beamter geworden war, ›etwas Besseres‹. Das ängstete ihre Träume und ließ sie immer wieder fragen, was er denn da zu tun habe, wenn sie auch seine wortreichen Erklärungen nicht ganz verstand. Hilf, lieber Gott, daß ihm nichts geschieht. Daß die Nazis den Siebzehnjährigen in den Krieg schickten, hatte sie als das schreckliche, unabänderliche Los der Armen hingenommen; aber daß er sich nun freiwillig in die Politik mischte …

Der Rotbemützte lief am Zug entlang und mahnte zur Eile. Nickel drückte das verschnürte Päckchen fest an sich, nahm seinen Koffer, ging am Zug entlang. Die Mutter trippelte mit hastigen Schritten neben ihm her. Die erste Tür, die er zu öffnen suchte, wurde von innen zugehalten. Die zweite war mit einem Koffer verbarrikadiert, dessen Besitzer kategorisch erklärte, es sei alles besetzt. Zur Bekräftigung schnippte er Nickel seine ausgerauchte Zigarette vor die Brust.

Gegen den Protest eines Eisenbahners versuchte Nickel, sich in die dritte Tür zu quetschen, fand aber keine Lücke. »Es ist alles voll«, sagte die Mutter. »Du wirst nicht mitkommen.« Es klang ängstlich, in ihren Augen aber war ein Schimmer Freude. Nickel ging zur nächsten Tür.

»Zurücktreten!« schrie der Rotbemützte. »Vorsicht am Zug!«

Nickel öffnete die Tür und tastete in Dunkelheit. »Na los«, sagte jemand. »Gib die Kiste 'rauf!« Nickel schob den Koffer auf die Plattform. Er umarmte die Mutter, winkte noch einmal, schwang sich dann in den Wagen. Eine Hand streckte sich ihm entgegen, zog ihn empor, er tastete nach dem Koffer, konnte aber nichts finden. »Steht hier«, brummte es aus der Dunkelheit. Nickel sah den Koffer hochkant vor der Klosettür stehen, hinter ihm schlug die Tür ins Schloß. Ringsum hockten Männer auf Koffern und Bündeln. »Mußt eben aufstehen, wenn da einer rein will«, sagte die Stimme von vorhin.

Der Zug fuhr bereits, und der Lichtschein einer Bahnsteiglaterne huschte über die Gesichter. Nickel spürte den Geruch von Melasse-Schnaps. Der Zug fuhr schneller, das kleine Lämpchen im Gang glühte auf, und allmählich vermochte Nickel die Gesichter zu unterscheiden. Er bemerkte, daß er noch immer das Päckchen an sich drückte. Sie wird jetzt auf dem Bahnsteig stehen und dem Zug nachstarren …

Heerschau gestrandeter Hoffnungen. Wer die Zwanzig überschritten hatte, reiste nicht gern im Deutschland des Jahres neunzehnhundertneunundvierzig, man war froh, endlich zur Ruhe gekommen zu sein; Endstation am Irrweg einer Nation. Die Bahnhöfe waren nicht mehr vom lockenden Glanz der Ferne bewohnt, ausgeträumt die Romantik der Schienenstränge, entzaubert die Magie fremder Städtenamen. Die Bahnsteige waren nicht mehr Anfang oder Ende der Sehnsüchte, das Unterwegs kein freudiges Abenteuer mehr, die Uhren nicht mehr Knotenpunkte der Zeit. Die Menschen strömten zusammen wie eh und je, aber in ihren Augen glänzte nicht mehr das Fieber des Reisens, die Verheißung unbekannter Flüsse, Berge, Länder und Meere, die großen Hallen waren nicht mehr erfüllt vom unendlichen Raunen der Zeit; es waren gespenstische Aufbrüche ins Ungewisse, die Alltäglichkeit des Fahrenmüssens, der Sog unwirtlicher Industrie-Zentren, die Strenge eines unerfüllbar scheinenden Auftrags. Wenige nur fuhren einem neuen Ziel entgegen, wenige nur in freudiger Ungewißheit, fast alle in ungewisser Sorge.

Die Züge glichen einander in ihrer kalten, grauen Eintönigkeit wie die finsteren Häuserzeilen der Vorstädte. Täglich legten sie die Entfernung zwischen zwei Punkten zurück, aber die Punkte unterschieden sich kaum, das beglückende Gefühl der Bewegung war zur aussichtslosen Monotonie erstarrt, man empfand kaum noch einen Unterschied zwischen im Zug sitzen und einen Zug vorbeifahren sehen. Die Verheißung des Unterwegs war durch das bange Aufatmen des Ankommens ersetzt. Im Pferch der Waggons verschwanden die letzten Ungleichheiten zwischen den Reisenden der Oberklasse und den Reisenden der Unterklasse, man saß im gleichen Zug, aber dennoch kümmerte sich jeder um seine eigenen Sorgen, dennoch blieb ein Satter satt und ein Hungriger hungrig, ein Spekulant blieb ein Spekulant, und ein Arbeiter bleib einer, der arbeitete, verschieden blieben die Interessen, und verschieden blieb die Feindschaft.

Nickel war oft unterwegs gewesen in der letzten Zeit, nach Oranienburg und nach Brandenburg, nach Storkow und nach Luckenwalde, in Dutzende kleine Dörfer und in Dutzende kleine Städte. Meist war er gern gefahren, trotz der vollgepfropften Züge, trotz der gerüttelten Enge der zugigen Lkw-Führerhäuschen, in denen sie oft zu viert und zu fünft gesessen hatten, trotz der schlechten Straßen. Aber das waren kurze Abstecher gewesen, Zwei- oder Dreitagereisen, und selten war er allein gefahren. Jetzt aber fuhr er allein irgendwohin, wo ihn niemand kannte, in einen Betrieb, von dem er nichts wußte, zu Menschen, die ihn nicht erwarteten. Veränderungen erfüllten ihn immer mit beklemmender Ungewißheit, die Lehre, an die er glaubte und die er verkündete, hatte von seinem Wesen noch nicht Besitz ergriffen, die Veränderbarkeit der Welt und der Dinge erzeugte in ihm ein Gefühl der Angst und der Unsicherheit, sobald sie ihn selbst betraf, seine ureigensten Gewohnheiten, das voraussehbare Gleichmaß seiner Tage.

Der Zug ratterte über eine Weiche, legte sich in eine Kurve, Nickel wurde an die Tür gedrückt. Er saß unbequem auf seinem Koffer, der zu hoch war, es war mehr ein Lehnen auf dem Scheitelpunkt zwischen Sitzen und Stehen. Durch die Fensterritzen flog feiner Ruß und bedeckte seinen Joppenärmel mit schwarzen Punkten.

Sieben Männer saßen neben Nickel auf dem schmalen Perron zwischen der Mündung des Ganges, der Klosettür und dem Ziehharmonikadurchgang zum nächsten Wagen. Sie schienen sich zu kennen, Nickel schätzte sie alle zwischen fünfunddreißig und fünfzig Jahre alt, den Brillenträger, der ihm beim Einsteigen geholfen hatte, nannten sie ›Professor‹. Sie ließen eine große Flasche akzisefreien Bergarbeiterschnaps reihum gehen, und Nickel, der ihrem Gespräch unbeteiligt zuhörte, hielt sie für Arbeiter aus den Uran-Gruben. Der Professor, vermutete Nickel, war wahrscheinlich ein ehemaliger Oberlehrer, Geschichtslehrer vielleicht. Ein anderer, den sie Ehrlichkeit nannten, war vermutlich Flugzeugführer gewesen, Jäger-Pilot oder so etwas. Die beiden bestimmten das Gespräch. Aus den kargen Sätzen der anderen war kaum etwas über ihre Person und Herkunft zu entnehmen. Drei von ihnen trugen die schwarze Schirmmütze der Bergarbeiter mit den gekreuzten Hämmern und Schlägeln.

Allmählich hörte Nickel dem Gespräch mit mehr Interesse zu. Neugier überkam ihn, etwas über diese Männer zu erfahren; es waren Leute, denen die Gegend, in die er fahren mußte, bereits vertraut war. Aber sie nahmen kaum von ihm Notiz, die Schnapsflasche kreiste, das Gespräch hatte jene ironische Bezüglichkeit von Andeutung und Unausgesprochenem, die einen Außenstehenden schwer Zugang finden läßt.

»Jetzt müßte es einen Krach geben«, sagte der Blatternarbige, »und wir müßten in einem gutgefederten Speisewagen sitzen, ein saftiges Rumpsteak auf dem Teller, ein kühles Pilsner ...«

»... eine Brasil«, sagte der mit den tätowierten Handrükken.

»… und eine Fahrkarte nach Paris in der Tasche«, ergänzte der Flugzeugführer.

»Dies ist ein gar wohlgefällig Wort«, predigte der Professor. »Als der Herr, in Unkenntnis des Gilgamesch-Epos, die Sintflut stattfinden ließ im 1. Buch Mose, hieß er Noah, von allem Getier je sieben und sieben auf seine Arche verfrachten, und von dem unreinen Vieh je ein Männlein und ein Weiblein. Denn er gedachte in seiner Gnade des großen Appetits, den Noah und sein Weib und ihre Söhne und deren Weiber entwickeln würden, und das erbarmte ihn sehr.« Er nahm einen Schluck aus der Flasche und reichte sie seinem Nachbarn. »Das Wort hat jetzt der Kandidat Knieriem!«

»Prost!« sagte Knieriem.

»Sehet«, verkündete der Professor. »Dieses Volk huldigt dem Alkohol geziemlicher denn der wohlgesetzten Rede. Kein Wunder, daß der Herr sein Angesicht von ihnen wendet. Zumal an einem Tage, da uns die glanzvolle Perspektive eines ungeahnten Wohlstandes verheißen wurde.«

»In Ewigkeit Amen!« sagte Ehrlichkeit.

»Wie dem auch sei«, erklärte der Professor. »Jedenfalls plädiere ich dafür, unseren jungen Freund an unserem Disput teilhaben zu lassen.« Er sah wichtig zu Nickel herüber. »Obwohl seine Ehrwürden sich das Bonbon der frommen Denkart ans Kamisol geheftet haben. Ich bitte um das Handzeichen.« Niemand hob die Hand. Der Professor warf einen kurzen Blick in die Runde und konstatierte: »Einstimmig angenommen.«

Sie reichten Nickel die Flasche. Er getraute sich nicht abzulehnen und nahm einen winzigen Schluck. Der Professor redete ihm zu, nicht in falscher Bescheidenheit zu schmachten, sie hätten noch mehr von dem Stoff. Nickel nahm noch einen Schluck. Dann gab er die Flasche weiter.

Die drei mit den Bergarbeitermützen, die Nickel am nächsten saßen, beteiligten sich nach wie vor kaum am Gespräch. Einer von ihnen, dem die Mütze ständig über die Ohren des kleinen schwachsinnigen Kopfes rutschte, lächelte einfältig jedem Satz des Professors zu. Der kleine Kopf trank am meisten; sein spitzer Adamsapfel hüpfte bei jedem gierigen Schluck auf und nieder. Die anderen beiden tranken nicht mit. Nickel bemerkte das erst jetzt, als sie die Flasche, die er ihnen gegeben hatte, sofort dem kleinen Kopf weitergaben. Der eine war sehnig und sehr mager, dem anderen sah man trotz der entspannten, hockenden Haltung die Kraft an, die in dem eckigen Körper steckte.

»Saufen sich voll bis zum Eichstrich«, sagte der Magere. »Und morgen kriegen sie wieder den Arsch nicht aus der Koje.«

Der Schwachsinnige kicherte vor sich hin. Der Abstand zwischen den Schienenstößen wurde größer. Langsam mahlte der Zug über die Strecke, die Bremsen zogen an, saugten sich fest, ein weicher Ruck ging durch die Sitzenden, die Waggons klirrten aufeinander, der D 24 hielt. Draußen huschten im trüben Licht einiger schaukelnder Laternen uniformierte Gestalten vorüber. Ein heiserer Blechlautsprecher schnarrte: »Kontrollbahnhof Großbeeren. Das Aus- und Einsteigen ist auf diesem Bahnhof verboten.«

Szenenskizze aus dem Nachlaß, undatiert

Anmerkungen

9 *Die Nacht des zwölften zum dreizehnten Oktober* – Nach Gründung der DDR am 7.10.1949 nahm die Provisorische Volkskammer am 12.10. die provisorische Verfassung an und bestätigte die erste Regierung unter Ministerpräsident Otto Grotewohl.

die Buchenwälder des Ettersberges – Auf dem Ettersberg bei Weimar befand sich das Konzentrationslager Buchenwald.

SIS – Name eines sowjetischen Autoherstellers (Sawod imeni Stalina – Stalinwerk).

10 *Wie wir heute arbeiten, ... werden wir morgen leben* – Losung zur Zeit des ersten Fünfjahrplans; der Weberin Frida Hockauf zugeschrieben, die im September 1953 mit ihrer Verpflichtung, 45 m Stoff über Plan zu weben, zum Wettbewerb aufrief.

Mundlöcher – Enden eines Stollens an der Tagesoberfläche.

11 *Wismut-AG* – Siehe Nachwort S. 645 ff.

13 *T 34* – Sowjetischer Panzertyp im 2. Weltkrieg.

Fahrten runter – Fahrt/Fahrte: Leiter im Schacht.

Hunte sacken – Hunt: offener kastenförmiger Förderwagen im Bergbau. – sacken: beladen.

Sohle – untere Begrenzungsfläche einer Strecke (horizontaler Grubenbau).

14 *Hier stehst du, ... amen* – Anspielung auf die Schlußworte Martin Luthers »Hier stehe ich, ich kann nicht anders. Gott helfe mir, Amen!« in seiner Verteidigungsrede 1521 vor dem Reichstag zu Worms.

Proletarier aller Länder – »Proletarier aller Länder, vereinigt euch!« Schlußsatz des »Manifests der Kommunistischen Partei« (1848) von Karl Marx/Friedrich Engels; auch Kopfzeile des »Neuen Deutschland«.

15 *Hans Fritzsche* – (1900–1953), Journalist; Ministerialdirektor im Reichsministerium für Volksaufklärung und Propaganda, eigene Rundfunksendung: »Hier spricht Hans Fritzsche«.

»Völkischen Beobachter« – Parteiorgan der NSDAP.

›*PG*‹ – Parteigenosse, Abkürzung für Mitglieder der NSDAP.

16 *weil Körner ein Kriegspropagandist ... war* – Theodor Körner (1791 bis 1813), Schriftsteller; fiel in den Befreiungskriegen gegen die napoleonische Fremdherrschaft.

16 *12 b* – In der Sowjetischen Besatzungszone (SBZ) bzw. DDR wurde das Abitur in der 12. Klasse abgelegt.

weil ihr Vater zufällig Schlosser ... war – Um das bürgerliche Bildungsprivileg zu brechen, wurden die Kinder von Arbeitern bei der Vergabe von Studienplätzen bevorzugt.

20 *Igelit* – Ein Kunststoff, nach dem Firmennamen IG Farben.

Auf der Heide blüht ein kleines Blümelein – Lied von Herms Niel (um 1930).

21 *Axel Munthe* – (1857–1949), schwedischer Arzt und Autor; wurde 1929 international bekannt durch seine Erinnerungen »Das Buch von San Michele«.

Traven – B. Traven (1890–1969), Autor spannender sozialkritischer Romane.

23 *Hauer* – Bergmann, der Bodenschätze und Gestein löst.

Schießer – Bergmann, der unter Tage Sprengungen ausführt.

Markscheider – Vermessungsingenieur im Bergbau.

Radiometrist – Erzprüfer bei radioaktiven Vorkommen.

25 *Ausbau* – Abstützung innerhalb des Bergwerkes.

Überhauen – Von einer tieferen Sohle her nach oben angelegter Schacht (auch Aufbruch).

Rolle – Saigerer oder tonnlägiger Schacht von einer oberen Strecke in eine darunterliegende. Durch diese Verbindung kann Material von einer oberen in eine Fördereinrichtung der unteren Strecke geschüttet werden.

26 *»Nje, nje, nitschewo!«* – Eigtl.: Net, net, nitschewo (russ.) Nein, nein, nichts.

27 *während ... des großen Silberstreiks* – Erster Streik im deutschen Bergbau. 1496 wehrten Schneeberger Bergleute durch Arbeitsniederlegung einen Versuch der Bergherren ab, ihnen wegen der zurückgehenden Silberausbeute den Wochenlohn von 10 auf 9 Groschen zu kürzen.

das Pütt – Im Ruhrgebiet Bezeichnung für Bergwerk oder Zeche.

Papyrossi – (russ.) Zigaretten.

HO – Handelsorganisation: Staatliches Handelsunternehmen für den Einzelhandel und das Gaststätten- und Hotelwesen der DDR; 1948 gegründet. Solange es Lebensmittelmarken gab, konnte man dort markenfrei, aber zu höheren Preisen kaufen.

39 *Kirow* – Sergej Kirow, früher Kostrikow (1886–1934), Mitarbeiter Stalins, 1934 ZK-Sekretär. Seine Ermordung löste die große Säuberung (Tschistka, 1935–1939) aus.

Mit den Wettern – Wetter: die Luft und ihre Bewegung im Bergwerk. Frische Wetter: unverbrauchte Luft; matte Wetter: sauerstoffarme

Luft; schlagende Wetter: Luft mit einem Methangehalt zwischen 5 und 14 % (explosiv); böse Wetter: Luft mit hohem Schadstoffgehalt, z. B. Sprengschwaden.

39 *Strecken* – Strecke: horizontaler Grubenbau.

Versatz – Verfüllung eines durch den Abbau entstandenen Hohlraums mit gelöstem Gestein.

40 *Gesenk* – Von einer oberen Sohle abgeteufter (hergestellter) Schacht.

Querschläge – Strecken, die quer zum Einfallen der Gebirgsschichten aufgefahren werden.

Stempel – Holz- oder Metallstütze zum Abstützen des Gesteins.

die Firste – Obere Begrenzungsfläche eines Grubenbaus.

bolzte – bolzen: schnell schaufeln.

sackte Masse – Masse sacken: Erz einladen.

41 *Wir lagen vor Madagaskar* – Lied von Just Scheu (1934).

42 *das Bruch* – Planmäßig oder unplanmäßig zerstörte Grubenräume; Einsturz eines Bergwerksteiles.

Druse – Hohlraum im Gestein, der mit Kristallen verschiedener Art gefüllt sein kann.

Kappe – Holz- oder Metallbalken, Bestandteil des Türstocks.

Stoß – Seitliche Begrenzungsfläche eines Grubenbaus; Abbaustoß: Angriffsfläche für den Abbau.

Wassersaig – Auch Seig/Seige: Rinne zum Abfließen des Wassers auf der Stollensohle.

43 *Des Körpers Arbeit befreit von ... Schmerz ...* – Sinngemäß nach François de La Rochefoucauld: »Körperliche Arbeit befreit von den Qualen des Denkens. Deshalb sind die Armen glücklich«.

Ketcher – Förderwagen für Holz oder Eisen, nicht für Erz.

44 *Gezähekisten* – Gezähe: Werkzeug des Bergmanns.

Tawarischtsch Germann – (russ.) Genosse Hermann. Im Russischen gibt es kein H.

Vereinigungsparteitag – Am 21. 4. 1946 vereinigten sich SPD und KPD in der SBZ zur Sozialistischen Einheitspartei Deutschlands (SED).

46 *berissen* – bereißen: loses Gestein aus Sicherheitsgründen herunterreißen.

Kaventsmann – Von Konventsmann: Mönch; hier: großes Gesteinsstück.

Fördergestell – Kann mehrere Etagen haben, in jeder Etage werden ein oder mehrere Förderwagen eingeschoben. Im Schacht auf Spurlatten geführt; dient auch zur Seilfahrt.

Anschläger – Bergmann am Schacht, der die Fördersignale gibt und die Förderkörbe be- und entlädt.

47 *Hängebank* – Stelle im Fördergerüst, seltener in einem Förderschacht, an der der Förderkorb be- oder entladen wird.

FDJ – Freie Deutsche Jugend, sozialistische Massenorganisation Jugendlicher von 14 bis 25 Jahren, gegr. 1946.

50 *Stülpner* – Eigtl. Carl Heinrich Stilpner (1762–1841), erzgebirgischer Volksheld. Soldat, Wildschütz, Schmuggler, Fabrikant; die legendenumwobenste Figur des Erzgebirges, »sächsischer Robin Hood«.

Saigerhütte – Werkstatt zur Silbergewinnung aus Schwarzkupfer (saigern).

51 *durchs Gebirge und nicht ... die Steppe* – Anspielung auf »Durchs Gebirge, durch die Steppe«, die erste Zeile des russischen Partisanenliedes »Partisanen vom Amur«.

Erfensiedel und ... Einschlag – Die Orte heißen Erfenschlag und Einsiedel.

Beifron – Gerichtsdiener.

Pascher – Schmuggler.

Zundelheiner – Fiktive Diebesfigur bei Johann Peter Hebel.

52 *Rußbuttenmann* – Rußhändler.

Viertelhüfner – Die Hufe (5–10 ha) bezeichnete die Fläche, die eine Familie im Mittelalter zur Eigenversorgung brauchte. Durch Erbschaftsteilungen gab es Halb- und Viertelhufner.

Picher – Der Picher behandelte Holzfässer mit Pech, um Poren und Fugen zu schließen.

Prinzenraub zu Hartenstein – Raubritter Kunz von Kauffungen lag mit dem sächsischen Kurfürsten Friedrich II. in einem Rechtsstreit um Geld und Güter. Um seinen Forderungen Nachdruck zu verleihen, entführte er 1455 die Söhne des Kurfürsten, wurde jedoch gefaßt und in Freiberg enthauptet.

53 *Organisation Todt* – Seit 1938 Bauorganisation für militärische Anlagen in Deutschland und den besetzten Gebieten; benannt nach ihrem Führer Fritz Todt (1891–1942), Generalinspekteur für das deutsche Straßenwesen, ab 1940 Reichsminister für Bewaffnung und Munition.

54 *Der deutsche Orden* – Neben dem Johanniter- bzw. Malteserorden und den Templern der dritte geistliche Ritterorden, der während der Kreuzzüge gegründet wurde, maßgeblich an der deutschen Ostkolonisation beteiligt.

55 *Wissarionowitsch* – Vatersnamen Stalins.

Wer aber das Schwert hebt ... – Neues Testament, Matthäus 26,52.

Dieses Jalta – Auf der Konferenz von Jalta (4.–11.2.1945) regelten die Vertreter der USA, UdSSR und Großbritanniens die Teilung Europas nach dem bevorstehenden Ende des 2. Weltkriegs. Deutschland wurde in vier Besatzungszonen aufgeteilt.

55 *Tacitus hat das … beschrieben* – Publius Cornelius Tacitus (55–120), römischer Staatsbeamter und Geschichtsschreiber, verfaßte den Bericht über die Germanen »Germania« (98).

Riesengebirge, deutsches Gebirge – Zeile aus dem »Riesengebirgslied« (Text: Othmar Fiebiger, Musik: Vinzenz Hampel, um 1914).

56 *Störtebeker* – Klaus Störtebeker (1360–1401, hingerichtet), Anführer der Likedeeler (»Gleichteiler«) und bekanntester Seeräuber der Vitalienbrüder.

Andreas Hofer – (1767–1810), Tiroler Freiheitskämpfer in den Befreiungskriegen gegen Napoleon.

Schatzhauser im grünen Tannenwald – So beginnt der Vers, mit dem man in Wilhelm Hauffs Märchen »Das kalte Herz« das sagenhafte Glasmännlein aus dem Schwarzwald ruft.

Frank Allan – Held einer Groschenheft-Serie, Autor anonym

62 *Der Präsident* – Wilhelm Pieck (1876–1960), Tischler, KPD-Politiker, Vorsitzender der Exil-KPD, Generalsekretär der Komintern, Mitbegründer des Nationalkomitees Freies Deutschland, betrieb nach 1945 den Zusammenschluß von KPD und SPD zur SED, 1949 bis 1960 Präsident der DDR.

Aktivisten – Werktätige, die bei der Erfüllung des Planes außerordentliche Leistungen im sozialistischen Wettbewerb vollbrachten und dafür mit dem Staatstitel »Aktivist der sozialistischen Arbeit« ausgezeichnet wurden. Erster Aktivist war Adolf Hennecke (1948).

Ulster – Meist zweireihiger Herrenwintermantel, benannt nach der irischen Provinz Ulster bzw. dem Ulsterstoff, einem schweren Walkgewebe.

64 *Knobelsdorffsche Fassaden noch und Schinkelsche und Schlütersche* – Gemeint sind die Deutsche Staatsoper, damals Lindenoper, von Georg Wenzeslaus von Knobelsdorff (1699–1753); die Neue Wache von Karl Friedrich Schinkel (1781–1841); das Zeughaus mit den Masken sterbender Krieger oder das Berliner Schloß von Andreas Schlüter (um 1660–1714), die alle bei Kriegsende stark zerstört wurden.

etwas von Schadow – Johann Gottfried Schadow (1797–1869), Baumeister; evtl. sind die Viktorien am Gebälk der Neuen Wache oder die Quadriga auf dem Brandenburger Tor gemeint.

sein Sohn – Kronprinz Wilhelm (1882–1951), für den Schloß Cecilienhof 1914–1917 im Potsdamer Neuen Garten gebaut wurde.

65 *Potsdamer Konferenz* – Treffen der Hauptalliierten des 2. Weltkriegs, der USA, UdSSR und Großbritanniens (17.7.–2.8.1945), um über

das weitere Schicksal Deutschlands (u. a. über Grenzziehungen und Reparationsleistungen) zu beraten.

65 *mit diesem Franzosen* – Voltaire (1694–1778), französischer Philosoph und Schriftsteller, zwischen 1750 und 1753 mehrmals Gast Friedrichs II.

Marstall – Neuer Marstall (1896–1902), 1918/1919 Hauptquartier der Volksmarinedivision.

Landwehrkanal – Nachdem Freikorps-Offiziere am 15.1.1919 Rosa Luxemburg ermordet hatten, wurde sie in den Landwehrkanal geworfen.

66 *Antifa-Jugend* – »Antifaschistische Jugendausschüsse«, die Vorläufer der FDJ (vgl. zweite Anm. zu S. 47).

67 *Kulaken* – Russische Großbauern. Nach der Oktoberrevolution als ländliche »Ausbeuter« bekämpft.

Wann wir schreiten Seit an Seit – Bekanntes Arbeiterlied (1916), Vertonung eines Gedichts von Hermann Claudius.

69 *cholodnij* – Eigtl.: cholodny (russ.) kalt.

Da – (russ.) Ja.

Paschalissta – Eigtl.: Poschaluista (russ.) bitte.

70 *wir sind noch mal davongekommen* – »Wir sind noch einmal davongekommen«, deutscher Titel des Dramas »By the Skin of Our Teeth« (1943) von Thornton Wilder.

Biographie Horst Wessels – Horst Wessel: SA-Sturmführer (1907 bis 1930, an den Folgen eines Überfalls); sein Lied »Die Fahne hoch ...« (»Horst-Wessel-Lied«) war in der NS-Zeit neben dem Deutschlandlied deutsche Nationalhymne.

71 *Ein Personalleiter, wie stolz das klingt* – Anspielung auf »Ein Mensch, wie stolz das klingt« aus dem Drama »Nachtasyl« (1902), IV, von Maxim Gorki.

DIE MÖRDER SIND UNTER UNS – Erster deutscher Nachkriegsfilm (1946), Regie: Wolfgang Staudte, mit Hildegard Knef in der Hauptrolle.

72 *Irrweg einer Nation* – Anspielung auf Alexander Abusch, »Der Irrweg einer Nation. Ein Beitrag zum Verständnis deutscher Geschichte« (1945).

75 *getäuft* – teufen: die Herstellung von senkrechten Hohlräumen (Schächten oder Bohrlöchern) von oben nach unten zur Erschließung von Lagerstätten; hergeleitet aus der bergmännischen Bezeichnung Teufe für »Tiefe«.

ich bin Bergmann, wer ist mehr – Adolf Hennecke zugeschriebener Ausspruch (vgl. zweite Anm. zu S. 62), Slogan auf einem populären Plakat für die Aktivistenbewegung.

77 *akzisefreien Bergarbeiterfusel* – Akzise: Steuer. – Die Bergarbeiter in der Wismut erhielten Deputatschnaps.

78 *KM* – Kriegsmarine.

81 *Piccard* – Auguste Piccard (1884–1962), Schweizer Wissenschaftler, Physiker und Erfinder, entwickelte ein U-Boot zur Erforschung der Tiefsee und stieg mit Gasballons in die Stratosphäre auf.

Narvik – Nordnorwegische Hafenstadt; während des 2. Weltkriegs für die deutsche Kriegsindustrie besonders wichtig, um das schwedische Eisenerz nach Deutschland zu verschiffen, Schauplatz einer berühmten Schlacht; bis Kriegsende in deutscher Hand.

Tobruk – Libysche Hafenstadt; zwischen 1941 und 1942 Schauplatz mehrerer Schlachten.

Deutsch-Südwestafrika – 1884–1915 deutsche Kolonie; das heutige Namibia.

Trenck der Pandur – Franz Freiherr von der Trenck (1711–1749), österreichischer Offizier und Freischärler. – Pandur: bewaffnete Leibwächter kroatischer Edelleute in Slawonien, aus denen von der Trenck in den schlesischen Kriegen eine berüchtigte österreichische Freischar zusammenstellte.

Rommel und Mölders und Ohm Krüger – Erwin Rommel (1891 bis 1944), seit 1942 Generalfeldmarschall in Nordafrika (Afrikakorps); Werner Mölders (1913–1941), Jagdflieger, der beim Absturz einer Kuriermaschine ums Leben kam; Paul Ohm Krüger (1825–1904), südafrikanischer Politiker mit deutschen Vorfahren, kämpfte im Burenkrieg für eine von Großbritannien unabhängige Republik; Titelheld eines antibritischen NS-Propagandafilms.

und setzt ihr nicht das Leben ein ... – Eigtl.: »Und setzet ihr nicht das Leben ein, / Nie wird euch das Leben gewonnen sein«, Schlußzeilen des »Reiterlieds« aus »Wallensteins Lager« (1798) von Friedrich Schiller.

heil König Widukinds Stamm – Im »Niedersachsenlied« von Hermann Grote heißt es »Heil Herzog Widukinds Stamm!«.

Panjewagen – Osteuropäischer kleiner, einfacher, meist von einem Pferd gezogener Holzwagen.

Deutschland muß leben, und wenn wir sterben müssen – Refrain des Gedichts »Soldatenabschied« (1916) von Heinrich Lersch.

Muschiks – Muschik: (russ.) Bauer im zaristischen Rußland; auch in der Bedeutung: ungeschliffener Mensch; Soldat.

Wer nicht arbeitet, der soll auch nicht essen – Neues Testament, Zweiter Brief an die Thessalonicher, 3,10.

82 *bau-auf-bau-auf* – Refrain des FDJ-Lieds »Bau auf, bau auf« von Reinhold Limberg.

83 *sto* – (russ.) hundert.

Stöpselgeld – Auch Korkengeld: Entgelt, das man in manchen Gast-stätten, in denen man mitgebrachte Weinflaschen konsumieren darf, pro gezogenem Stöpsel zahlen muß.

Kollern – Koller: Kleidungsstück, das als loses Überwams (Kragen) um Hals und Schultern getragen wird und teilweise auch Brust, Rük-ken oder Hals bedecken kann.

85 *Natschalnik* – (russ.) Vorgesetzter, Chef.

86 *ein Königreich für ein Faß* – Verballhornung von »mein Königreich für'n Pferd« aus William Shakespeare, »König Richard III.« (um 1593), V, 4.

Schipper – Unbewaffneter Arbeits- oder Armierungssoldat.

101 *von … Blindschächten* – Blindschacht: Schacht ohne Verbindung zur Oberfläche.

103 *Scheiben abschoß* – Vor Ort bohren und sprengen.

107 *Bunkerstrecke* – Abzweig vom Hauptquerschlag.

den Blöcken – Block: Abbaublock von Erz.

Brack – Eigtl.: Brak (russ.) hier: Ausschuß, Murks.

Vortrieb – Das Vortreiben in Gestein oder im Bau befindliche Grube oder Strecke.

karascho – Eigtl.: choroscho (russ.) gut.

Progressive – Vorausplanung.

Blauhemd – Die Mitglieder der FDJ trugen ein blaues Hemd mit einem Emblem (aufgehende Sonne) auf dem linken Ärmel.

drushba – (russ.) Freundschaft.

dawai – (russ.) schnell.

Machorka – (russ.) Knaster, russische Tabaksorte.

sabotasch – Eigtl.: sabotash (russ.) Sabotage.

108 *Nagaika* – (russ.) Peitsche, Knute.

Stalin damoi – Eigtl.: Stalin domoi (russ.) Stalin, hau ab.

Jungaktivist – Träger des Ehrentitels »Hervorragender Jungaktivist« (seit 1949). Vgl zweite Anm. zu S. 62.

109 *Umsteigbühne* – Bühne: Holzgerüst oder Schachtabsatz.

110 *Keilhaue* – Pickelähnliche, nur einseitig spitze Hacke zum Lösen lockeren Gesteins.

dem Hangenden – das Hangende: Gesteinsschicht über einer La-gerstätte.

112 *der Mensch steht im Mittelpunkt* – Verbreitete Losung.

114 *Heldenklau* – Offizier, der Versprengte für einen neuen Einsatz sam-melt.

Lieb Vaterland, magst ruhig sein – Refrain des Liedes »Die Wacht am Rhein« von Max Schneckenburger, Melodie: Carl Wilhelm.

116 »*Slusch*« – Eigtl.: Sluschai (russ.) Hör zu.
Prassnij – Eigtl.: Prasdnik (russ.) Feiertag. – Evtl. ist der 7. November gemeint, der Jahrestag der Oktoberrevolution.
117 »*Nu tak*« – (russ.) Nun los.
charascho – Eigtl.: choroscho (russ.) gut.
118 *Bohrpfeifen* – Bohrlöcher.
panimajesch – Eigtl.: ponimajesch (russ.) verstehst du?
»*Prawda*« – (russ.) Wahrheit; führende Tageszeitung der UdSSR, Organ des ZK der KPdSU.
»*Katorij tschas?*« – Eigtl.: Kotorij tschas? (russ.) Wie spät ist es?
Füllort – Verladestelle unter Tage für Mineralien oder Abraum zur Förderung nach über Tage.
120 *Normen und Prämien* – Norm: die in einer Planwirtschaft zu leistende Arbeit in einem bestimmten Zeitraum unter bestimmten technischen und organisatorischen Voraussetzungen. – Prämie: zusätzliche Vergütung neben dem Arbeitslohn für besondere Arbeitsergebnisse oder Übererfüllung der Norm.
128 *BGL* – Betriebsgewerkschaftsleitung des FDGB (Freier Deutscher Gewerkschaftsbund).
AGL – Abteilungsgewerkschaftsleitung.
129 *Kaolin* – Auch Porzellanerde, Porzellanton, Bolus Alba; ein feines, eisenfreies weißes Gestein, enthält als Hauptbestandteil Kaolinit, ein Verwitterungsprodukt des Feldspats; hauptsächlich zur Papierherstellung und Porzellanbereitung verwendet.
Trockenfilze – Filze verwendet man in der Papierherstellung zur Entwässerung der Papierbahn. – Trockenfilze werden in der Trockenpartie eingesetzt, den sich an die Naßpartie anschließenden Trockenvorrichtungen der Papiermaschine, in denen die Papierbahn mittels dampfgeheizter Zylinder getrocknet wird.
137 »*Der Weg ins Leben*« – Film über den Pädagogen Anton Makarenko (1931), war der erste abendfüllende sowjetische Tonfilm; Regisseur Nikolai Ekk drehte mit ehemaligen Zöglingen Makarenkos. Die Romanvorlage hieß ursprünglich »Ein pädagogisches Poem«.
140 *Hogarth-Stiche* – William Hogarth (1697–1764), englischer Maler und Grafiker, Vorläufer der modernen Karikaturisten.
142 *Dix* – Otto Dix (1891–1969), deutscher Maler der Neuen Sachlichkeit und des Expressionismus.
152 *Valéry oder Mallarmé* – Paul Valéry (1871–1945), Stéphane Mallarmé (1842–1898), französische symbolistische Lyriker.
155 *Wir Deutschen fürchten Gott und sonst nichts auf der Welt* – »Wir Deutsche fürchten Gott, aber sonst nichts in der Welt«, Otto von Bismarck in der Reichstagsrede vom 6.2.1888.

160 *Speer* – Albert Speer (1905–1981), seit 1937 Generalbauinspektor
für Berlin, seit 1942 Reichsminister für Bewaffnung und Munition,
dann für Rüstung und Kriegsproduktion.
Marschall Petain – Philippe Pétain (1856–1951); schloß als Ministerpräsident 1940 mit Deutschland Waffenstillstand, in der Vichy-
Regierung zunächst Ministerpräsident, dann Staatschef, Politik der
Zusammenarbeit mit Deutschland.

163 *des bêtises, mauvais goût* – Eigtl.: des bêtises de mauvais goût (franz.)
geschmacklose Dummheiten.

167 *Kristiania* – Rasche Bremsschwünge beim Skifahren.

169 *four nights will quickly dream away the time* – »Vier Nächte träumen
schnell die Zeit hinweg«, aus William Shakespeare, »Ein Sommer-
nachtstraum« (1595/1596), I, 1.

170 *Ein Mann kommt nach Deutschland* – Beginn des Dramas »Draußen
vor der Tür«(1946) von Wolfgang Borchert.
Mary has a little lamb – »Mary had a little lamb«, englisches Schlaf-
lied.
Beckmann – Name des Kriegsheimkehrers in Wolfgang Borcherts
»Draußen vor der Tür«.
Komm, Beckmann ... Für Shirley Temple oder Schmeling – Dialog
zwischen dem Anderen und Beckmann. Ebd., Vierte Szene.
*Und dann liegt er ... auf der Straße ... Gibt denn keiner, keiner Ant-
wort?* – Schlußmonolog des Beckmann. Ebd.

171 *das ... zwölf Jahre lang einen gelben Stern trug* – Ungenaue Formulierung, Juden mußten seit 1941 den Davidsstern tragen.

177 *Robert Koch* – (1843–1910), deutscher Mediziner und Mikrobio-
loge. 1905 Nobelpreis.
Albrecht Altdorfer – (um 1480–1538), deutscher Maler, Kupferste-
cher und Baumeister; »Wundertätige Quelle bei St. Florian«.

178 *»Vorwärts«* – Zentralorgan der deutschen Sozialdemokratie (gegr.
1876).
Wilhelm Liebknecht – (1826–1900), Mitbegründer der SPD.
August Bebel – (1840–1913), Arbeiterführer, Mitbegründer der SPD.
Bruno Schönlank – (1859–1901), seit 1894 Chefredakteur der »Leip-
ziger Volkszeitung«; Reichstagsabgeordneter.

181 *Besser als gerührt sein ist: sich rühren* – Vers aus Bertolt Brechts »Auf-
baulied« (1949).

184 *»ND«* – Abkürzung für »Neues Deutschland«, Zentralorgan des ZK
der SED seit 1946.
Bericht Gheorghiu-Dejs – Gheorghe Gheorghiu-Dej (1901–1965),
rumänischer Politiker; seit 1945 Generalsekretär der rumänischen
KP; ab 1948 Machtkämpfe zwischen drei stalinistischen Gruppie-

rungen, bei denen sich Gheorghiu-Dejs Gruppe durchsetzte; später zunehmende Distanz zur Sowjetunion.

184 *Informbüro der Kommunistischen und Arbeiter-Parteien* – 1947 als internationale Organisation der kommunistischen Parteien gegründet zur Organisierung des Erfahrungsaustauschs zwischen den Parteien und Koordinierung ihrer Tätigkeit; Gründungsmitglieder waren die KPdSU, Polnische Arbeiterpartei, KP Bulgariens, Jugoslawiens, Rumäniens, der Tschechoslowakei, Ungarns, KP Frankreichs und Italiens. Es bestand bis 1956.

Budapester Prozeß – Erster Schauprozeß gegen kommunistische »Abweichler« außerhalb der Sowjetunion (September 1949), die Anklage lautete auf »Titoismus« und Zusammenarbeit mit westlichen Geheimdiensten; der damalige Außenminister László Rajk wurde mit vier weiteren Angeklagten zum Tode verurteilt.

Tito und Rankovic – Josip Broz, genannt Tito (1892–1980), jugoslawischer Politiker und Staatsmann; Führer der kommunistischen Partisanen im Kampf gegen die deutschen Besatzer, nach dem Krieg Ministerpräsident, dann Staatspräsident. Er verfolgte eine von der Sowjetunion unabhängige Politik (»Titoismus«), seit den 50er Jahren einer der führenden Staatsmänner der Bewegung der blockfreien Staaten. – Aleksandar Ranković (1909–1983), ab 1945 jugoslawischer Innenminister, baute den Geheimdienst auf, bis 1966 Titos Sicherheitschef.

seit den Tagen Trotzkis und Bucharins – Lew Trotzki (1879–1940, ermordet), russischer Revolutionär; entwickelte die Theorie der »permanenten Revolution« (Trotzkismus), schärfster innerparteilicher Kritiker Lenins und Stalins, seit 1929 im Exil. – Nikolai Bucharin (1888–1938, hingerichtet), russischer Politiker, marxistischer Theoretiker. 1917–1929 Herausgeber der Parteizeitung Prawda; zunächst Parteigänger Stalins, später Kritiker, suchte Alternative zum Stalinismus wie zur trotzkistischen Idee des revolutionären Sozialismus. 1929 aller Ämter enthoben, 1938 in einem Schauprozeß zum Tode verurteilt.

Moskauer Ärzte-Prozeß – 1952 wurden Dutzende jüdischer Ärzte unter der Beschuldigung verhaftet, ein Komplott zur Vergiftung ihrer Patienten (u.a. Stalin und Mitglieder des ZK) geschmiedet zu haben. – W. B. verlegt hier einige Ereignisse vor.

Generals Popivoda – Pero Popivoda, jugoslawischer Militärattaché in Moskau, Gegner Titos.

185 *Dolores Ibárruri* – genannt La Pasionaria (1895–1989), spanische Revolutionärin und Arbeiterführerin, wichtige Protagonistin im Spanischen Bürgerkrieg.

185 *Prestes* – Luis Carlos Prestes (1898–1990), brasilianischer Arbeiter-
führer, seit 1943 Generalsekretär der KP Brasiliens.
Thorez – Maurice Thorez (1900–1964), französischer Politiker,
1930–1964 Generalsekretär der KP Frankreichs.
Gottwald – Klement Gottwald (1896–1953), tschechoslowakischer
Politiker, 1945–1953 Vorsitzender der KP der Tschechoslowakei,
seit 1948 Staatspräsident. Parteigänger Stalins.
Auftreten des CDU-Hickmann – Hugo Hickmann (1877–1955),
stellvertretender CDU-Vorsitzender und Landesvorsitzender in
Sachsen, Oktober 1949 bis Januar 1950 Vizepräsident der Provisorischen Volkskammer. In einer Rede vor dem sächsischen Landes-
vorstand am 6.1.1950 stellte er die Führungsrolle der SED in Frage,
verteidigte die private Wirtschaft und warnte vor einer Trennung
der DDR von Westdeutschland. Am 29.1. zur Niederlegung der
Ämter gezwungen.
die Rohner, die Fascher und Moog – Gerhard Rohner (1895–1971),
1945 Mitbegründer der CDU in Dresden und Sachsen, ab Dezember 1946 Finanzminister in Sachsen, 1949 Vorsitzender der CDU-
Fraktion in der Provisorischen Volkskammer, Januar 1950 Amts-
niederlegung auf Druck der SED, Flucht in die Bundesrepublik.
– Erich Fascher (1897–1978), 1948–1950 Landesvorsitzender der
CDU in Sachsen-Anhalt. Protestierte gegen Führungsanspruch der
SED, mußte im Februar 1950 seinen Rücktritt erklären, legte sämtliche Parteiämter nieder. – Leonhard Moog (1882–1962), 1945–1949
Landesvorsitzender der Liberal-Demokratischen Partei Deutschlands (LDPD) in Thüringen, thüringischer Finanzminister. Auf-
grund einer gegen ihn geführten Kampagne in der SED-Presse
kehrte er im Januar 1950 von einer Reise nach West-Berlin nicht
mehr nach Thüringen zurück und wurde im Dezember in Abwesenheit in einem Schauprozeß »wegen finanzieller Schädigung des
Landes Thüringen und Sabotage« zu einer Zuchthausstrafe verurteilt.
für den Block – Die Parteien der DDR (SED, CDU, LDPD,
NDPD, DBD) waren im »Demokratischen Block« unter Führung
der SED zusammengeschlossen.
186 *nieder … mit Pferdmenges, mit Lemmer und Kaiser* – Robert Pferdmenges (1880–1962), Bankier, Mitbegründer der CDU im Westen,
von 1949 an Mitglied des Bundestages, Alterspräsident; einfluß-
reichster Finanzberater von Bundeskanzler Konrad Adenauer. –
Ernst Lemmer (1898–1970), 1945 Mitbegründer der CDU in der
SBZ und des FDGB. Am 20. Dezember 1947 wurden er und der
1. Vorsitzende Jakob Kaiser von der Sowjetischen Militäradmini-

stration wegen Widerstands gegen die »Volkskongreßbewegung« abgesetzt, Übersiedlung nach West-Berlin, dort gründeten beide mit anderen geflohenen Christdemokraten die Exil-CDU der SBZ. Verschiedene Staatsämter, u. a. unter Adenauer Bundesminister für das Post- und Fernmeldewesen sowie Bundesminister für Gesamtdeutsche Fragen. – Jakob Kaiser (1888–1961), Mitbegründer der CDU in der SBZ, favorisierte ein blockfreies Deutschland mit Brückenfunktion zwischen West und Ost. 1949–1957 Mitglied des Bundestags, Minister für Gesamtdeutsche Fragen.

186 *Aktivistenbewegung* – Nach dem Vorbild der sowjetischen Stachanowbewegung (benannt nach dem ersten Aktivisten Stachanow) ins Leben gerufen, um der geringen Arbeitsproduktivität in der SBZ entgegenzuwirken. Vgl. zweite Anm. zu S. 62.

des Zweijahrplanes – Am 30. 6. 1948 wurde in der SBZ ein Zweijahrplan beschlossen, um den Anschluß an den Rhythmus der Fünfjahrpläne in der UdSSR herzustellen.

187 *Leo Herwegen* (1896–1972), 1945–1948 Landesvorsitzender der CDU in Sachsen-Anhalt, Arbeitsminister. – 1950 in einem der größten Schauprozesse dieser Jahre zusammen mit anderen Staats- und Wirtschaftsfunktionären »illegaler Wertpapiertransaktionen« zugunsten der 1946 in der SBZ enteigneten Dessauer Deutsche Continental Gas-Gesellschaft (DCGG) angeklagt, zu 15 Jahren Zuchthaus verurteilt; 1956 aus der Haft entlassen.

Leopold Kaatz ... Müller ... Methfessel – Leopold Kaatz (geb. 1880), Präsident der Industrie- und Handelskammer Dessau; Hermann Müller (geb. 1882), Direktor der DCGG in Dessau; Friedrich Methfessel (1893–1976), Direktor der DCGG in Dessau. – Alle drei ebenfalls im DCGG-Prozeß angeklagt; Kaatz und Müller zu je 12 Jahren Zuchthaus, Methfessel, der vor der Verhaftung in den Westen fliehen konnte, in Abwesenheit zu 15 Jahren Zuchthaus verurteilt. Vgl. vorangehende Anm.

Solvay-Konzern – Hersteller von Soda und Chlor, 1863 in Bernburg gegr. – 1950 fand gegen leitende Angestellte des Solvay-Konzerns ebenfalls ein Schauprozeß statt, der mit Zuchthausstrafen zwischen 15 und 2 Jahren endete.

DCG – Eigtl. DCGG: Deutsche Continental Gas-Gesellschaft; 1855 gegr. Als das Stammunternehmen in Dessau 1946 entsprechend den Potsdamer Beschlüssen der Alliierten enteignet wurde, versuchte man Teile des Unternehmens durch Verlagerung in den Westen der Enteignung zu entziehen.

den Dritten Parteitag – Auf dem III. Parteitag der SED (20.–24.7. 1950) wurde die SED nach dem Vorbild der KPdSU umgestaltet, der Parteivorstand durch das Zentralkomitee ersetzt, ein neues Statut und der Entwurf des 1. Fünfjahrplans verabschiedet.

187 *Deutschlandtreffen* – Vom 27. bis 30.5.1950 wurde in Berlin von der FDJ der DDR und der damals noch nicht verbotenen FDJ der BRD das »Deutschlandtreffen der Jugend für Frieden und Völkerfreundschaft« veranstaltet (700 000 Teilnehmer); weitere fanden 1954 und 1964 statt. Sie sollten u.a. für die deutsche Einheit nach den Vorstellungen der DDR werben.

Was wird mit dem Saargebiet? – Nach Kriegsende versuchte Frankreich Gebietsansprüche auf das Saargebiet durchzusetzen. 1950 wurden zwölf Konventionen unterzeichnet, die das Saarland an Frankreich banden. Bundeskanzler Adenauer legte im Bundestag dagegen Rechtsverwahrung ein, da nach Alliierten-Beschluß kein Teil Deutschlands an einen anderen Staat übertragen werden durfte. Erst nach einer Volksabstimmung im Oktober 1955 erklärte sich Frankreich bereit, das Saarland an die Bundesrepublik anzugliedern.

was wird … in Korea? In Vietnam? – Korea war seit 1948 geteilt, die militärischen Auseinandersetzungen zwischen Nord- und Südkorea, in die US-Truppen, unterstützt von anderen Ländern, eingriffen, begannen im Juni 1950. – In Vietnam endete der Indochinakrieg gegen die französische Kolonialmacht 1954.

189 *Epistolae virorum obscurorum* – Dunkelmännerbriefe. Satirische Schrift gegen das Mönchslatein im 16. Jh.

193 *Johann Hermann Schein* – (1586–1630), deutscher Dichter und Komponist des Barock.

der jüngere Benda – Georg Anton Benda (1722–1795), böhmisch-deutscher Komponist.

194 *Büchmanns Zitatenschatz* – Georg Büchmann (1822–1884), deutscher Philologe; Sammler und Herausgeber des deutschen Zitatenschatzes »Geflügelte Worte«.

195 *Gewi* – Gesellschaftswissenschaften.

Bully Buhlan – (1924–1982), deutscher Schlagersänger; einer seiner Hits war »Wunschballade« (Würstchen mit Salat, 1947).

196 *eine Gabel angesetzt* – Im Schach Doppelangriff einer Figur auf zwei oder mehrere gegnerische Figuren oder Felder.

198 *ein … Geschäftsmann … zu Zeiten des alten Balzac* – Anspielung auf den Roman »Ein Geschäftsmann« (1845) von Honoré de Balzac.

199 *AFN-Programm* – American Forces Network, amerikanischer Soldatensender.

204 *Brigadier* – Leiter einer Brigade, d.h. einer kleinen Arbeitsgruppe in sozialistischen Betrieben.

Bohrschema – Bohrlöcher im richtigen Abstand bohren.

204 *eine Scheibe anzubohren* – Kurz anbohren, um zu markieren, wo richtig gebohrt werden soll.

Pfeifenlöcher nachzubohren – Löcher, die nach dem Sprengen noch vorhanden sind, dürfen wegen evtl. Sprengstoffreste nicht nachgebohrt werden.

205 *Pfeifen* – Pfeife: Bohrloch.

206 *Pectus facit oratorem* – (lat.) Die Gesinnung macht den Redner.

208 *Nur Beharrung führt zum Ziel ... und im Abgrund wohnt die Wahrheit* – Aus dem 2. Spruch des Konfuzius, erschienen in Schillers Musenalmanach für das Jahr 1800.

211 *nicht einmal gegautscht* – gautschen, hier: Einweihungsbrauch der Buchdrucker. Der Gehilfe wird zünftig, nachdem er gegautscht, d. h. in ein Faß mit Wasser gesetzt wurde, den Gautschbrief empfangen und einen Freitrunk ausgegeben hat.

Siebjungen – Auf der Siebpartie beginnt die Einleitung der Verfilzung und Entwässerung des Papierstoffs.

215 *Gefolgschaftsführer* – Führer einer größeren Unterabteilung der HJ.

216 *Holländer* – Eine der wichtigsten Maschinen der Papierherstellung zum Mahlen und Mischen von Fasern.

220 *Naßfilze* – Filze, die in der Naßpartie eingesetzt werden, dem Teil der Papiermaschine, auf dem die erste und hauptsächliche Entwässerung des Papierstoffs und die Verfilzung der Fasern durch Schütteln, Saugen und Pressen stattfindet.

222 *Kalanderwalzen* – Kalander: Maschine mit weichen (aus Papier oder Baumwolle) und harten (aus Hartguß oder Stahl), auch heizbaren, gegeneinanderrollenden Walzen zur Verbesserung der Oberfläche von Papier.

230 *dem großen Hans* – Gemeint ist Hans Beimler (1895–1936), deutscher Arbeiterführer, fiel als Mitglied der Thälmann-Brigade im Spanischen Bürgerkrieg bei der Verteidigung Madrids.

233 *»Wie der Stahl gehärtet wurde«* – Roman von Nikolai Ostrowski (1935).

236 *Mendelssohn* – Felix Mendelssohn Bartholdy (1809–1847), deutscher Komponist der Romantik. Da er Jude war, durfte er in der NS-Zeit nicht gespielt werden.

237 *»Sigismund Rüstig«* – Deutscher Titel eines beliebten englischen Jugendbuchs von Frederick Marryat (1841).

244 *Bierlachs* – Beim Skat Spiel um eine Runde Bier.

247 *nach Waldheim* – Die Justizvollzugsanstalt Waldheim bei Chemnitz war das größte Zuchthaus Sachsens. Im Frühjahr 1950 wurden hier 3 385 Schnellverfahren gegen mutmaßliche NS-Verbrecher durchgeführt.

248 *Kurt-Fischer-Straße* – Dr. Kurt Fischer (1900–1950), deutscher Politiker der KPD und SED; Emigration in die UdSSR, sowjetischer Agent u. a. in China und Japan, 1945–1948 Innenminister in Sachsen, danach Chef der Deutschen Volkspolizei.

Ramses – Zigarettenmarke.

Siedlerstolz, Bahndamm, letzte Ernte – Tabak aus Eigenanbau.

249 *Brühl* – In Chemnitz bezieht sich der Name des Viertels auf »Brühl« (sumpfiges Gelände).

Minister von Brühl – Heinrich Graf von Brühl (1700–1763), sächsischer Premierminister.

In den öden Fensterhöhlen wohnt das Grauen, … Schiller – Vers aus Schillers »Lied von der Glocke« (1799).

259 *Shaping* – Stoßmaschine, auch Schnellhobler, Werkzeugmaschine zur spanabhebenden Metallbearbeitung.

262 *Nun muß sich alles, alles wenden* – Aus dem Gedicht »Frühlingsglauben« (1812) von Ludwig Uhland.

263 *Barlachs … Louise Dumont* – Ernst Barlach (1870–1938), deutscher Bildhauer, Zeichner und Schriftsteller; gestaltete das Grabmal der Schauspielerin und Theaterleiterin Louise Dumont (1862–1932) auf dem Düsseldorfer Nordfriedhof.

die Bevollmächtigten Ihrer Majestät – Richtig: Seiner Majestät, da bis 1952 Georg VI. König von Großbritannien und Nordirland war.

266 *Und über uns der Himmel* – Erster Spielfilm in der amerikanischen Besatzungszone mit Hans Albers, Regie: Josef von Báky, 1947.

Mondaufgang des Abendlandes – Anspielung auf »Der Untergang des Abendlandes« (1918–1922), das geschichtsphilosophische Hauptwerk von Oswald Spengler.

268 *Wirtschaftsrat* – Am 25. 6. 1947 von den Militärregierungen der Bizone mit dem Ziel gegründet, die katastrophale Versorgungssituation in Deutschland zu verbessern und die Wirtschaftsverwaltung effizienter zu gestalten. Die Mitglieder wurden paritätisch von den Landtagen der Bizone gewählt bzw. von den Länderregierungen ernannt.

die Hohen Kommissare – Hoher Kommissar: Amtsbezeichnung der höchsten Vertreter der Siegermächte nach dem 2. Weltkrieg. Sie lösten die Militärgouverneure ab und verfügten nach dem Besatzungsstatut über alliierte Kontrollrechte.

271 *Gesellschaft für Freundschaft mit der Sowjetunion* – Gesellschaft für Deutsch-Sowjetische Freundschaft (DSF): Massenorganisation der DDR, die Kenntnisse über Kultur und Gesellschaft der Sowjetunion vermitteln sollte, gegr. 1949.

273 *Junge Welt* – Zentralorgan der FDJ; erschien seit 1947 in der SBZ zunächst wöchentlich, ab März 1950 als Tageszeitung.

274 *sie hatten nichts zu verlieren als ihre Ketten* – Anspielung auf »Die Proletarier haben nichts zu verlieren als ihre Ketten.«, den Schlußappell des »Manifests der Kommunistischen Partei« (1848) von Karl Marx/Friedrich Engels.

278 *Sosa-Talsperre der Jugend* – Talsperre in Sachsen, 1949–1952 errichtet, um die Trinkwasserversorgung für 100 000 Menschen zu sichern. Anläßlich des III. Parlaments der FDJ zum ersten Jugendobjekt der DDR erklärt, d. h. bestimmte Bauaufgaben mußten eigenverantwortlich durchgeführt werden. »Wir schicken unsere Jugend nicht auf Schlachtfelder [...], sondern auf Baustellen, wo Werke entstehen, die dem Frieden und dem Wohlstand der Menschen dienen. Hier soll die Jugend sich mit ihrem Wollen, ihrem Können und in ihrer Schöpferkraft bewähren«, erklärte Otto Buchwitz, sächsischer Landtagspräsident.

ABF – Arbeiter-und-Bauern-Fakultäten: 1949 aus den Vorstudienanstalten hervorgegangene Fakultät an Universitäten und Hochschulen der DDR. Ziel war es, junge Arbeiter und Bauern, die durch Kriegseinwirkungen, Flucht, Vertreibung, Verfolgung oder soziale Benachteiligung nicht die reguläre Oberschule besuchen konnten, auf das Hochschulstudium vorzubereiten. Sie sollten die neue sozialistische Intelligenz bilden. Vorbild waren die sowjetischen Arbeiterfakultäten.

282 *die badende Venus* – Musikfilm, USA 1944, Regie: George Sidney, mit Esther Williams in der Titelrolle.

285 *Abraum* – Material, das bei der Förderung anfällt und keine Rohstoffe enthält.

Absetzer – Maschine zur Verkippung des Abraums auf Halden oder nicht mehr genutzten Abbaufeldern.

Flöz – Horizontale sedimentäre Lagerstätte abbauwürdiger Mineralien, die parallel zur Gesteinsschichtung verläuft.

heimgekehrt in ihr Karthago – Anspielung auf den Schluß des »Offenen Briefs an die deutschen Künstler und Schriftsteller« (1951) von Bertolt Brecht: »Das große Carthago führte drei Kriege. Es war noch mächtig / nach dem ersten, noch bewohnbar nach dem zweiten. Es war / nicht mehr auffindbar nach dem dritten.«

287 *Kolonne fünf* – Sabotagetrupp.

Samuel behüte uns vor den Mehlhörnern – Anspielung auf »Samiel, hilf« aus Carl Maria von Webers Oper »Der Freischütz« (1821).

288 *Laurentia, liebe Laurentia mein* – Tanzlied, das damals gern von Volkstanzgruppen der Pioniere und FDJ dargeboten wurde.

289 *schon mal eine Ruth Fischer* – Ruth Fischer, eigtl. Elfriede Eisler (1895–1961), deutsch-österreichische Politikerin und Publizistin.

Tochter des österreichischen Philosophen Rudolf Eisler und der Leipziger Fleischertochter Ida Maria, geb. Fischer. Ab 1919 nannte sie sich Ruth Fischer. Reichstagsabgeordnete für die KPD, geriet als Linksabweichlerin in Widerspruch zur KPD und zur Politik von Stalin und Bucharin; aus der KPD ausgeschlossen; im französischen Exil Zusammenarbeit mit Trotzki, 1936 als Trotzkistin in Moskau in Abwesenheit zum Tod verurteilt, ab 1941 Exil in New York, antistalinistische Aktivitäten, 1947 Hauptzeugin der Anklage wegen »unamerikanischer Umtriebe« gegen ihre Brüder Gerhart und Hanns Eisler.

297 *gekollertem Altpapier* – Altpapier wird im Kollergang, einem Behälter, auf dessen Bodenstein sich zwei Basaltsteine drehen, unter Zusatz von Wasser zerkleinert.

Alaun – Farbloses, kristallines und leicht lösliches Salz der Schwefelsäure; wegen seiner gerbenden und beizenden Eigenschaften bis um 1850 einer der wichtigsten Hilfsstoffe zur Ledergerbung sowie zur Papier- und Textilherstellung.

Talkum – Weichstes Mineral (Speckstein); als fein gemahlener Füllstoff u. a. in der Papier- und Zellstoffindustrie verwendet.

Rührbütte – Gefäß, aus dem der mit Wasser verdünnte Papierstoff mit Handform geschöpft oder auf die Papiermaschine geleitet wird.

299 *Sandfang* – Teil der Papiermaschine, durch den der Papierstoff beim Austritt aus der Bütte geleitet wird, um mitgeführte Sandkörnchen u. dgl. auszuscheiden.

306 *Saigerisse* – Seigerriß: Teil des kartographischen Rißwerks einer Grube. Die Projektionsebene ist eine senkrecht (seiger) zur Grundrißebene stehende Ebene, parallel zum Streichen eines Ganges.

307 *Schnellstoß* – Wenn der Hunt mit dem Erz mit dem Überkopflader angestoßen wird.

Kasbek-Zigaretten – russ. Zigarettenmarke, nach einem Berg im Kaukasus.

308 *Komsomolze* – Mitglied des Komsomol: Jugendorganisation der KPdSU, 1918 gegr.; Vorbild für die FDJ.

Palästen Rastrellis – Bartolomeo Francesco Rastrelli (1700–1771), russischer Architekt und Baumeister italienischer Herkunft.

Nikolaus II. – Richtig muß es heißen: Nikolaus I.

Smolny – Petersburger Palast vom Anfang des 19. Jh., 1917 Sitz des Arbeiter- und Soldatenrats. Von hier leitete Lenin die Oktoberrevolution, danach Sitz der Sowjetregierung.

309 *Putilow-Werk* – Großunternehmen der Schwer- und Rüstungsindustrie; 1905 und 1917 Zentrum von Arbeiterstreiks und -aufständen.

Sicherheitssteiger – Sicherheitsingenieur im Bergbau.

310 *Vertrauen ist gut, Kontrolle ist besser* – Schlagworthafte Verkürzung von Lenins »Nicht aufs Wort glauben, aufs strengste prüfen – das ist die Losung der marxistischen Arbeiter.« In: »Über Abenteurertum« (1914). – Außerdem schätzte Lenin die russische Redewendung: »Vertraue, aber prüfe nach.«

313 *dann kannst du auch bei uns studieren* – Betriebe konnten fähige Mitarbeiter zum Studium delegieren.

316 *der alte Abel* – Niels Henrik Abel (1802–1829), norwegischer Mathematiker.

320 *MM* – Mustermesse: Symbol der Leipziger Messe seit 1917, Entwurf Erich Gruner.

324 *Spartakusbund* – Während des 1. Weltkriegs aus den radikalen Gegnern der Burgfriedenspolitik in der SPD entstandene Gruppe um Rosa Luxemburg, Karl Liebknecht, Franz Mehring, 1917 an die USPD angeschlossen, im November 1918 als reichsweiter Bund konstituiert, kämpfte während der Novemberrevolution für die Entmachtung der Militärs und eine Räterepublik; Bruch mit der USPD. Am 30.12.1918 mit anderen kommunistischen Gruppen Gründung der Kommunistischen Partei Deutschlands, die anfangs seinen Namen als Zusatz behielt.

Liebknecht, Ablehnung der Kriegskredite – Im August 1914 gab die SPD-Reichstagsfraktion ihre Zustimmung zu den Kriegskrediten, die der kaiserlichen Regierung die Totalmobilmachung und damit den 1. Weltkrieg ermöglichten. Karl Liebknecht blieb der Abstimmung aus Gründen der Parteiraison fern, stimmte aber später als einziger gegen ihre Verlängerung.

Daumiers Plastiken … der Juli-Monarchie – Honoré Daumier (1808 bis 1879), französischer Maler, Bildhauer, Karikaturist. Für die Zeitschrift »La Caricature« modellierte er kleine Porträtplastiken von Politikern als Vorlagen für Zeichnungen. – Die Julimonarchie führte 1830 zur Herrschaftsübernahme durch König Louis Philippe (»Bürgerkönig«). Seine Regentschaft wurde anfangs vom Großbürgertum gestützt. Die Julimonarchie endete nach der Februarrevolution von 1848 mit der Etablierung der II. Französischen Republik.

Zola in diesem Film um die Affäre Dreyfus – Émile Zola (1840–1902), französischer Romancier. – Dreyfus-Affäre: Alfred Dreyfus, aus dem Elsaß stammender jüdischer Artilleriehauptmann im französischen Generalstab, wurde in der III. Französischen Republik wegen angeblicher Spionage zu Verbannung und Haft verurteilt. Zolas Artikel »J'accuse« (Ich klage an) führte zur Wiederaufnahme des Verfahrens, Haftentlassung und späteren Rehabilitierung. Die heftigen Debatten um die Affäre hatten weitreichende Auswirkungen auf die französische Gesellschaft. – Der Stoff ist mehrfach verfilmt worden.

327 *Zwangsverpflichtung ... in den Donbas* – Das Donezbecken (Donbass) ist ein großes Steinkohlen- und Industriegebiet in der Ukraine und im südwestlichen Rußland. Seit den 30er Jahren arbeiteten in den Kohlegruben auch arbeitslose deutsche Bergleute. Soweit sie nicht bis 1935/1936 zurückgekehrt waren, wurden viele Opfer der Stalinschen Säuberungen. Nach 1945 arbeiteten dort Zwangsarbeiter aus Rumänien und Kriegsgefangene aus dem Ruhrgebiet.

328 *umdritteln* – In eine andere Schicht wechseln.

Die blauen Dragoner, sie reiten – Soldatenlied (1914), Text: G. W. Harmssen, Melodie: Hans Hertel.

Gestern ... auf stolzen Rossen, heute durch die Brust geschossen – Aus »Reiters Morgengesang« (1824) von Wilhelm Hauff, Melodie: Friedrich Silcher.

333 *Hat das mit seinem Singen – der Herr Lewin getan?* – Anspielung auf den Schluß von Heinrich Heines Gedicht aus dem Zyklus »Die Heimkehr« (1824): »das hat mit ihrem Singen / Die Lorelei getan.«

334 *das war ein Schnitter, und der hieß Tod* – Anspielung auf das Lied »Es ist ein Schnitter, / heißt der Tod« (1637).

Krätzer – Regionaler Ausdruck für jungen Wein.

Rhöndorf – Wohnort Konrad Adenauers.

»bei uns entscheiden nicht die Vorzüge, sondern die Einwände« – Zitat aus: »Der neue Staat« (1919) von Walter Rathenau.

336 *Martell* – Name eines Kognaks.

337 *per Luftbrücke ausgeflogen* – Die Berliner Blockade, während der West-Berlin durch die Luftbrücke versorgt wurde, dauerte vom Juni 1948 bis Mai 1949, war also zum Zeitpunkt dieser Szene (Sommer 1950) beendet.

338 *Dieser Ostberliner Parteitag kürzlich* – Gemeint ist der III. Parteitag der SED (vgl. fünfte Anm. zu S. 187).

daß die ... Genossen ihre Reihen säubern – Am 24. 8. 1950 wurden Paul Merker (Mitglied des Politbüros), Lex Ende (bis Juni 1949 Chefredakteur des ND), Leo Bauer (Chefredakteur des Deutschlandsenders), Willy Kreikemeyer (bis 1949 Generaldirektor der Deutschen Reichsbahn) und andere aus der SED ausgeschlossen. Ihnen wurde Verbindung zu dem angeblichen US-Agenten Noël H. Field vorgeworfen, der 1948 in Budapest verhaftet, aber 1954 aus der Untersuchungshaft entlassen wurde. Kreikemeyer und Bauer wurden sofort verhaftet, Merker im Kontext des Slánský-Prozesses 1952; Kreikemeyer beging angeblich am 31. 8. 1950 im Untersuchungsgefängnis des MfS Selbstmord; Bauer wurde 1952 vom sowjetischen Militärgericht als »amerikanischer Spion« zum Tode verurteilt, in die UdSSR deportiert und zu Zwangsarbeit begnadigt; Merker 1955 zu acht Jahren Zuchthaus verurteilt, 1956 freigesprochen; alle später rehabilitiert.

339 *Martin Luther (...) zweierlei Predigt* – Anspielung auf Luthers sog. »Zwei-Reiche-Lehre«.

345 *einer Sternheimschen Komödie entsprungen* – Carl Sternheim (1878 bis 1942), deutscher Dramatiker und Erzähler; demaskierte satirisch die Moral- und Wertvorstellungen des Bürgertums der Wilhelminischen Zeit.

348 *unter ... einer Elisabeth* – Elisabeth II. bestieg erst 1952 den Thron.

350 *FDGB-Heim Ernst Schneller* – FDGB: Freier Deutscher Gewerkschaftsbund (gegr. 1945); Dachverband der etwa 15 Einzelgewerkschaften, größte Massenorganisation der DDR. Seine Aufgabe war es, die materiellen, sozialen und kulturellen Interessen der Werktätigen zu vertreten, den sozialistischen Wettbewerb zu organisieren, die Qualifizierung der Mitglieder zu unterstützen. Er leitete die Sozialversicherung und den Feriendienst, der eigene FDGB-Ferienheime unterhielt. – Ernst Schneller (1890–1944, ermordet), Lehrer und KPD-Reichstagsabgeordneter, 1933 verhaftet, gehörte zur illegalen Leitung des Widerstandskampfes im KZ Sachsenhausen.
»Kraft-durch-Freude«-Reise – »Kraft durch Freude« (KdF, 1933 bis 1945): politische Organisation mit der Aufgabe, die Freizeit der Bevölkerung zu gestalten, zu überwachen und gleichzuschalten. Unterorganisation der Deutschen Arbeitsfront (DAF). Mit dem Amt für Reisen, Wandern und Urlaub war KdF zugleich der größte Reiseveranstalter.

352 *Stage* – Stag: Tau zur Befestigung des Mastes in Längsrichtung des Schiffes.

353 *OT* Organisation Todt. Vgl. Anm. zu S. 53.

355 *Phoenix-Rheinrohr* – Die Phoenix-Rheinrohr AG wurde erst 1955 als Nachfolgerin der Vereinigten Stahlwerke AG gegründet.

368 *er takelte auf* – auftakeln: Die gesamte Takelage (Rigg) an Bord bringen und aufrichten. Oft fälschlich verwandt für Segel setzen.
in den Toppen – Topp: das oberste Ende (z. B. eines Mastes).

371 *die Strecke aufzufahren* – Eine Strecke herstellen.

372 *Budjonny* – Semjon Budjonny (1883–1973), Marschall der Sowjetunion, befehligte 1919/1920 die 1. Rote Reiterarmee, seit 1939 Mitglied des ZK der KPdSU.
Sven Hedin – (1865–1952), schwedischer Asienforscher und Reiseschriftsteller; Bewunderer Hitlers, mit dem er mehrfach zusammentraf.

374 »*Otschen intressni*« – Eigtl. Otschen interessny (russ.) »Sehr interessant.«

375 *das Ort* – Stelle, wo abgebaut oder eine Strecke vorgetrieben wird
(»vor Ort«). Ende einer Strecke.

378 *zu den Weltfestspielen* – Weltfestspiele der Jugend und Studenten:
regelmäßig veranstaltete internationale Jugendtreffen, 1947 vom
Weltbund der Demokratischen Jugend ins Leben gerufen. Die III.
Weltfestspiele fanden vom 5.–19. 8. 1951 erstmalig in Ost-Berlin statt.

381 *Contusio cerebri* – Gehirnprellung.
retrograde Amnesie – Gedächtnisverlust für den Zeitraum vor Eintreten des schädigenden Ereignisses.

385 *Trolleybusse* – Oberleitungs- oder O-Bus; spurungebundener elektrisch angetriebener Bus für den Personennahverkehr.

386 *Isotopentrennung* – Verfahren zur Isolierung (Anreicherung) von
zur Kernspaltung geeigneten Isotopen aus einem Isotopengemisch
(z. B. des Elements Uran).

387 *Becquerel* – Antoine Henri Becquerel (1852–1908), französischer
Physiker, Entdecker der Radioaktivität; 1903 zusammen mit Marie
und Pierre Curie Nobelpreis für Physik. Nach ihm wurde die Maß-
einheit für Radioaktivität benannt.
Irène und Frédéric Joliot-Curie – Irène Joliot-Curie (1897–1956)
erhielt mit ihrem Ehemann Frédéric Joliot-Curie (1900–1958) 1935
den Chemienobelpreis für die Entdeckung der künstlichen Radioaktivität.
seit Rutherfords … Kernumwandlung – Ernest Rutherford (1871 bis
1937), neuseeländischer, in England arbeitender Atomphysiker,
1908 Nobelpreis für Chemie; wies als erster 1919 experimentell
nach, daß durch Bestrahlung mit Alphateilchen ein Atomkern (in
seinem Falle Stickstoff) in einen anderen (in seinem Falle Sauer-
stoff) umgewandelt werden kann.
Fermi – Enrico Fermi (1901–1954), italienischer Kernphysiker;
entdeckte, daß durch Neutronenstrahlung die Kernumwandlungs-
prozesse wesentlich effektiver ablaufen. 1938 Nobelpreis für Physik. Ihm gelang am 2. Dezember 1942 die erste kontrollierte nukle-
are Kettenreaktion.
Otto Hahn – (1879–1968), deutscher Chemiker, Entdecker der
Kernisomerie (Uran Z) und der Kernspaltung des Urans (Nobelpreis 1944); gilt als »Vater der Kernchemie«.
U 235 – Das Uranisotop ^{235}U ist die einzige bekannte natürlich vorkommende Substanz, die zu einer nuklearen Kettenreaktion fähig
ist; wird in Kernkraftwerken zur Energiegewinnung genutzt sowie
als Nuklearsprengstoff in Atombomben.

387 *Transurane* – Werden Atomkerne aus Uran oder anderen Elementen mit hoher Ordnungszahl mit Neutronen oder anderen Atomkernen beschossen, ergeben dabei auftretende Kernverschmelzungen Transurane, die radioaktiv sind; am bekanntesten ist das für die Kernspaltung bedeutende Element Plutonium.

Deuterium – Isotop des Wasserstoffs, auch »schwerer Wasserstoff«. Im Gegensatz zum ^{1}H-Wasserstoff, bei dem der Atomkern aus einem einzigen Proton besteht, besteht der Deuteriumkern aus einem Proton und einem Neutron. Deuterium dient u. a. als Moderator in Kernreaktoren (in Form von schwerem Wasser) oder Brennstoff in Wasserstoffbomben.

Tritium – Natürliches Isotop des Wasserstoffes; radioaktiv, entscheidender Bestandteil mancher Kernwaffen.

388 *Weksler habe die Berechnungen … abgeschlossen* – W. I. Weksler, russischer Kernphysiker. Der damals weltweit leistungsfähigste Beschleuniger wurde 1949 in Betrieb genommen.

eines Synchrophasotrons – Teilchenbeschleuniger.

Straßmann – Fritz Straßmann (1902–1980), deutscher Chemiker; neben Otto Hahn einer der Entdecker der Kernspaltung.

an schwerem Wasser – Unterscheidet sich von »normalem« Wasser (H_2O) dadurch, daß die normalen Wasserstoffatome des Protiums (Symbol H) durch schwere Wasserstoffatome des Isotops Deuterium (Symbol D) ersetzt sind. Vgl. achte Anm. zu S. 387.

389 *Mißtrauen ist gut, Verhöre sind besser* – Anspielung auf: »Vertrauen ist gut, Kontrolle ist besser«. Siehe Anm. zu S. 310.

390 *Antigoniden* – Könige von Makedonien (294–287 und 276–168 v. u. Z.).

391 *Als Stalin in Potsdam war* – Gemeint ist die Potsdamer Konferenz. Siehe erste Anm. zu S. 65.

Die Faschisten kommen und gehen – Anspielung auf: »Die Hitler kommen und gehen, aber das deutsche Volk wird es immer geben.« Der Stalin zugeschriebene Spruch stand auf sowjetischen Propagandaplakaten in der SBZ.

Menschewik – Anhänger der Menschewiki, einer Fraktion der Sozialdemokratischen Arbeiterpartei Rußlands (SDAPR). Der Begriff entstand 1903 auf dem 2. Parteitag der SDAPR, auf dem sich die Partei spaltete. Die Anhänger Lenins, die einen baldigen Umsturz in Rußland forderten, stellten die Mehrheit (russ. bolschinstwo), daher Bolschewiki. Die Minderheit (russ. menschinstwo) setzte auf Reformen. Nach der Machtergreifung der Bolschewiki 1917 wurden die Menschewiki verfolgt und 1923 verboten. – Menschewik war seitdem eine politisch abwertende Bezeichnung.

392 *den Terminus als Grußformel eingeführt* – Gemeint ist der FDJ-Gruß
»Freundschaft«, mit dem FDJ-Versammlungen und häufig ab der
8. Klasse Unterrichtsstunden begonnen wurden.

393 *Joffe* – Abram Fjodorowitsch Joffe (1880–1960), russischer Physiker; erstellte für die Satellitentechnik bedeutsame Halbleiter-Ther-
moelemente.

Tamm – Igor Jewgenjewitsch Tamm (1895–1971), russischer Physiker;
1958 zusammen mit Pawel Alexejewitsch Tscherenkow und Ilja Michailowitsch Frank Physik-Nobelpreis für die Entdeckung und Inter-
pretation des »Tscherenkow-Effekts«(Bewegung geladener Teilchen
in Materie mit höherer Geschwindigkeit als der Lichtgeschwindigkeit).

395 *auf … Thoriumbasis* – Thorium: radioaktives chemisches Element,
benannt nach dem germanischen Gott Thor.

ob die Schwerter zu Pflügen umgeschmiedet werden – Altes Testament,
Jesaja 2,4: »Da werden sie ihre Schwerter zu Pflugscharen und ihre
Spieße zu Sicheln machen.«

Dieser deutsche Professor damals im Zug … – Anspielung auf eine
Szene, die sich als frühe Skizze erhalten hat: Als Nickel nach Bermsthal fährt, um dort seine Stelle anzutreten (III. Kapitel), trifft Zacharias zufällig Polotnikow wieder, den er aus der Emigration kennt.
Beide sitzen im selben Abteil wie Prof. Kleinschmidt; sie unterhalten sich über die politische Lage.

408 *seines … Namensvetters* – In Theodor Fontanes Roman »Effi Briest«
(1895) ist Graf Innstetten der Ehemann Effis.

»das ist ein weites Feld« – Wendung, die Effis Vater benutzt und mit
der der Roman schließt.

411 *der deutsche Reichstag war abgebrannt* – Nach dem Reichstagsbrand
am 27. 2. 1933 wurde die Brandstiftung den Kommunisten zugeschrieben und der niederländische Kommunist Marinus van der
Lubbe als Alleintäter zum Tode verurteilt und hingerichtet. Der
Brand wurde als Anlaß für die Notverordnung vom 28. 2. 1933 benutzt, die die wichtigsten Grundrechte außer Kraft setzte. Die meisten Historiker gehen von van der Lubbe als Alleintäter aus.

414 *das Schiff zu steuern mit starker Hand* – Anspielung auf die Karikatur
»Der Lotse geht von Bord« von John Tenniel im englischen Satire-
magazin »Punch« vom 29. 3. 1890, in der Bismarck unter den Augen
Wilhelms II. das (Staats-)Schiff verläßt.

415 *Gospodin* – (russ.) Herr.

Bekenntniskirche – Bekennende Kirche: eine Oppositionsbewegung
evangelischer Christen gegen Versuche einer Gleichschaltung von
Lehre und Organisation der Deutschen Evangelischen Kirche mit
dem Nationalsozialismus.

415 *Kraft-durch-Bräute-Politik* – Anspielung auf »Kraft durch Freude«.
Siehe zweite Anm. zu S. 350.

416 *uppercut* – Aufwärtshaken beim Boxen.
Stalingrad im Frühjahr dreiundvierzig – Die Kapitulation des letzten
Kessels wurde bereits am 2.2.1943 unterzeichnet.

417 *in den Fuchs* – Fuchs: Abgaskanal vom Brennraum eines unterzügigen Ofens zum Schornstein.

427 *die englische Krankheit* – Rachitis.
Landhilfe – Das Landjahr wurde 1934 für Volksschulabsolventen aus
Großstädten als achtmonatiger Lageraufenthalt auf dem Land eingeführt, um die Jugendarbeitslosigkeit zu senken, die Jugend vor
den Gefährdungen der Großstädte zu schützen und ihr eine Berufsperspektive in der Landwirtschaft zu eröffnen.

430 *Lehrgang für ›Kaderleiter‹* – Kader: ursprünglich eine besondere
Gruppe militärischer Vorgesetzter; im sowjetischen Einflußbereich
ein durch politische und fachliche Kenntnisse und Fähigkeiten führender Personenkreis im Partei- und Ideologiebereich (»Parteikader«, »Führungskader«, »Leitungskader«, »Nachwuchskader«). –
Kaderleiter: Personalchef.
»Die Sprache bleibt ein reiner Himmelshauch ... von stillen Erdensöhnen« – Johann Wolfgang Goethe, »Etymologie« (1836).

433 *Einladung der Nationalen Front* – In der »Nationalen Front des demokratischen Deutschland« waren alle Parteien und Massenorganisationen der SBZ bzw. der DDR seit 1947 zusammengefaßt. Träger
der Wahlen zu den Volksvertretungen.
Stalinallee, erste sozialistische Straße Deutschlands – Die Große
Frankfurter Straße und die Fankfurter Allee in Ost-Berlin wurden
am 21.12.1949 (70. Geburtstag Stalins) in Stalinallee umbenannt.
Sie wurde zwischen 1952 und 1965 nach sowjetischem Vorbild als
Magistrale wiederaufgebaut, die mit ihrer großzügigen Anlage, den
repräsentativen Geschäften und ihren modernen Wohnungen (»Palästen für das Volk«) die Überlegenheit des Sozialismus darstellen
sollte.

438 *Gefrierfleischorden* – Die Medaille »Winterschlacht im Osten 1941/
42« (»Ostmedaille«) wurde an Soldaten verliehen, die zwischen dem
15.11.1941 und dem 15.4.1942 an der russischen Front – im ersten
Winterfeldzug – gekämpft hatten. Sarkastisch als »Gefrierfleisch-«
oder »Eisbeinorden« bezeichnet.
Montecassino – Die Schlacht um Montecassino, einen strategisch
wichtigen Berg, war eine der längsten des 2. Weltkrieges (17.1. bis
18.5.1944).
Jabos – Jagdbomber.

441 *Basedow* – Morbus Basedow oder Basedow-Krankheit, benannt
nach dem deutschen Erstbeschreiber (1840) Carl Adolph von Basedow; Autoimmunerkrankung, die eine Vergrößerung (Kropf) und
Überfunktion der Schilddrüse zur Folge hat.

443 *unterwegs sein ist alles* – Anspielung auf »Bereit sein ist alles« aus
»Hamlet« (1602), V, 1, von William Shakespeare.

444 *Hirn der Klasse … das ist die Partei* – Zitat aus dem Poem »Wladimir Iljitsch Lenin« (1924) von Wladimir Majakowski.
Majakowski – Wladimir Majakowski (1893–1930), russischer Dichter, führender Vertreter des russischen Futurismus.

448 *es geht auch anders, aber so geht es auch* – »Es geht auch anders, doch
so geht es auch« heißt es in der »Zuhälterballade« (1929) von Bertolt Brecht.

452 *der Marxismus ist allmächtig, weil er wahr ist* – »Die Lehre von Marx
ist allmächtig, weil sie wahr ist«, aus »Drei Quellen und drei Be-
standteile des Marxismus« (1913) von Wladimir Iljitsch Lenin.
lernen, lernen und nochmals lernen – Lenins Aufforderung »erstens
zu lernen, zweitens zu lernen und drittens zu lernen« aus »Lieber
weniger, aber besser« (1923) wird meist so zusammengefaßt.
die Theorie wird zur materiellen Gewalt … die Massen ergreift – »Die
Theorie wird zur materiellen Gewalt, sobald sie die Massen ergreift.«
Aus »Deutsch-Französische Jahrbücher« (1844) von Karl Marx/
Friedrich Engels.
Freiheit ist Einsicht in die Notwendigkeit – »Für ihn ist Freiheit Einsicht in die Notwendigkeit«, faßt Friedrich Engels im »Anti-Düh-
ring« (1877) einen Satz von Georg Wilhelm Friedrich Hegel zusammen.

453 *In meines Vaters Haus (…) sind viele Wohnungen* – Neues Testament, Johannes 14,2.

454 *jup twoja matj* – (russ.) Fick deine Mutter.

455 *die Intelligenz* – »Menschen, die beruflich vorwiegend geistige
Arbeit leisten und in der Regel eine höhere Schulbildung haben.
Innerhalb dieser Schicht unterscheidet man folgende Gruppen:
technische, medizinische, pädagogische, wissenschaftliche und
künstlerische Intelligenz. [...] Entsprechend ihrer Bedeutung für
den sozialen Fortschritt bezieht die führende Arbeiterklasse die alte
Intelligenz systematisch in den sozialistischen Aufbau ein.« Aus:
»Wörterbuch der marxistisch-leninistischen Soziologie«, Berlin
1969, S. 225 f.

462 *Denn wir fahren gegen Engeland* – Aus dem »Matrosenlied« (1910)
von Hermann Löns. Umgetauft in »Engeland-Lied«, wurde es im
2. Weltkrieg propagandistisch eingesetzt. Melodie: Herms Niel (1939).

465 *der Herr Springer* – Axel Cäsar Springer (1912–1985), Zeitungsverleger.

Seid nett zueinander – Slogan des von Axel Springer gegründeten »Hamburger Abendblatts« von 1948.

466 *»Kein schöner Land«* – Liedtext von Anton Wilhelm Florentin von Zuccamaglio (1838).

Kommet her zu mir ... ich will euch erquicken – Neues Testament, Matthäus 11,28.

469 *Manessier* – Evtl. Alfred Manessier (1911–1993), französischer abstrakter Maler.

der Geist aus sieben Zeitaltern – Augustinus führte 7 Weltzeitalter auf: 1. Adam–Noah, 2. Noah–Abraham, 3. Abraham–David, 4. David–Exil, 5. Exil–Inkarnation, 6. Inkarnation–Parusie, 7. Millennium (»Vom Gottesstaat«, 413–427).

470 *Nissenhütten* – Wellblechbaracken, 1916 von Peter Norman Nissen für die britische Armee entwickelt. Die alliierten Streitkräfte nutzten sie im 2. Weltkrieg für Truppen und Material; nach dem Krieg Notquartiere für Ausgebombte, Vertriebene und Flüchtlinge.

Hochbunker – Luftschutzbunker.

jemand den Nobelpreis ablehnt – Evtl. Anspielung auf Boris Pasternak, der 1958 unter dem Druck der sowjetischen Regierung den Literaturnobelpreis ablehnte, oder Jean-Paul Sartre (Ablehnung 1964).

472 *Lieber mit dem Alten, ... mit dem Neuen ..., soweit es muß* – Zitat aus »Der Stechlin« (1899) von Theodor Fontane. Mit dem »Neuen« ist die Sozialdemokratie gemeint.

Marx-Engels-Platz – Der S-Bahnhof »Börse« wurde erst 1951 in »Marx-Engels-Platz« umbenannt.

Da war das Schloß gewesen, da die Museen – Das Berliner Stadtschloß wurde im 2. Weltkrieg wie die angrenzenden Museen schwer beschädigt; im Herbst 1950 auf Geheiß Walter Ulbrichts als Symbol des preußischen Militarismus abgerissen.

476 *zu Aufbaueinsätzen* – Das ZK der SED rief im November 1951 zu einem »Nationalen Aufbauprogramm Berlin« auf. Freiwillige, unentgeltliche Aufbaueinsätze sollten die Enttrümmerung beschleunigen, um das städtebauliche Ensemble der Stalinallee neu gestalten zu können.

477 *ein Mann ist nach Deutschland gekommen ... Gibt denn keiner, keiner Antwort?* – Vgl. erste Anm. zu S. 170.

478 *das ... zwölf Jahre lang einen gelben Stern trug* – Vgl. Anm. zu S. 171.

dies ist mein Kamm ... – Anspielung auf das Gedicht »Inventur« (1945) von Günter Eich, eines der bekanntesten Beispiele der sog. »Kahlschlagliteratur«.

479 *kein ander Land in dieser Zeit* – Anlehnung an »Kein schöner Land in dieser Zeit« (1838) von Anton Wilhelm Florentin von Zuccalmaglio.

nevermore, never – Anspielung auf das Gedicht »The Raven«(1845) von Edgar Allan Poe.

diese Straße lang, die mal heißen wird nach einem Junitag – Die Straße des 17. Juni, so benannt am 22.6.1953.

bei der Aufstellung des deutschen Beitrages – Angesichts des Koreakrieges beschloß die Versammlung des Europarats auf Drängen Churchills am 11.8.1950 den Aufbau einer europäischen Armee mit deutscher Beteiligung. In einem geheimen Memorandum vom 29.8. 1950 bot Konrad Adenauer an, zwölf Divisionen bereitzustellen. Obwohl dieser Vorstoß innenpolitisch umstritten war, begannen die Vorbereitungen auf einer Tagung ehemaliger Wehrmachtsoffiziere im Eifelkloster Himmerod (3.–6.10.1950).

480 *ein Hunderttausendmannheer ist kein Fünfhunderttausendmannheer* – In der sog. Himmeroder Denkschrift wurde vorgeschlagen, ein Heer von 250000 Soldaten aufzustellen.

Deutschland erhält wieder eine Wehrmacht – Die alliierten Siegermächte hatten die Entmilitarisierung Deutschlands beschlossen. Durch den Aufbau bewaffneter Polizeieinheiten in beiden Teilen Deutschlands und die zunehmenden Spannungen des kalten Krieges wurden die Vereinbarungen hinfällig.

des noch zugelassenen Vertreters … der KP – In der Bundesrepublik lief seit 1951 ein Antrag auf Verbot der KPD.

Buch eines Herrn Clausewitz – Carl von Clausewitz (1780–1831), preußischer General und Militärtheoretiker; Hauptwerk »Vom Kriege« (1832–1834 aus dem Nachlaß).

493 *DKW-Zweihundert* – DKW (Abk. von Dampfkraftwagen): Motorrad- und Autofabrik in Zschopau, gegr. 1918.

495 *den Olmützer Vertrag unterschreiben müssen* – Olmützer Vertrag: 1850 zwischen Preußen und Österreich über die Beendigung ihres Konflikts wegen der preußischen Unionspolitik geschlossen; Preußen verzichtete auf den Führungsanspruch in Deutschland, und der Deutsche Bund wurde unter Leitung Österreichs wiederhergestellt.

496 *Tag der Befreiung* – 8. Mai: Tag der Befreiung vom Faschismus, bis 1966 in der DDR gesetzlicher Feiertag.

Bonbonträger – »Bonbon«: umgangssprachl. für SED-Parteiabzeichen.

Schlitzmatrose – Begriff aus der Anfangszeit der Wismut für Frauen über Tage, die Schürfgräben und Wasserkanäle aushoben.

den seinen gibt's der Herr im Schlafe – Altes Testament, Psalter, 127,2.

497 *mächtige Stiche* – Stich: steiler Anstieg einer Straße (regional).
Wehrkirche – Kirchen, die mit Vorrichtungen zur Abwehr von Feinden wie Zinnen, Pechnasen oder Schießscharten versehen bzw. mit Wehrbauten umgeben sind.
Eule vom Naturschutz – Das Naturschutzschild der DDR zeigte eine schwarze Waldohreule auf gelbem Hintergrund; Entwurf Kurt Kretschmann (1950).

500 *Schloß Osterstein* – Ehemaliges Stadtschloß von Zwickau (1587 bis 1590 erbaut); seit dem 18. Jh. Zuchthaus, in dem nach dem 2. Weltkrieg auch prominente politische Häftlinge einsaßen.

502 *Boogie-Woogie-Art, … auf der Höhe ihrer Verbreitung* – In den 50er Jahren wurde Tanz- und Jazzmusik vor allem amerikanischen Ursprungs als dekadent und primitiv verurteilt. Jazz galt als »Instrument der Kriegsvorbereitung«, vom Klassenfeind lanciert, um auch die Jugend im Osten »moralisch zu verrohen«.
was verboten ist, das macht uns grade scharf – Titel eines Liedes von Wolf Biermann (1964).

503 *Normerhöhung und so* – Da die Versuche, die niedrigen Arbeitsnormen der Nachkriegszeit über die Aktivistenbewegung anzuheben, ohne den erhofften Erfolg blieben, wurden mit dem 1. Fünfjahrplan technisch-begründete Arbeitsnormen (TAN) festgelegt. – Mitte Mai 1953 wurde zudem angeordnet, daß bis zum 30. 6., dem 60. Geburtstag Ulbrichts, die Arbeitsnormen durch Selbstverpflichtungen und Wettbewerb um 10 Prozent zu erhöhen seien.
Väterchen – Hinweis auf Stalin: »Väterchen Stalin« war eine feste Redewendung.
Genosse Berija – Lawrenti Pawlowitsch Berija (1899–1953, hingerichtet), sowjetischer Politiker. 1938–1953 Chef des Geheimdienstes.

505 *vor der Kaserne … vor dem großen Tor* – Anfangszeile aus »Lili Marleen«, Text: Hans Leip (1915), bekannt geworden in der Vertonung von Norbert Schultze (1938).

505 *Spaniens Himmel* – »Lied des Thälmann-Bataillons« im Spanischen Bürgerkrieg (Text: Gudrun Kabisch, Melodie: Paul Dessau). Weiter heißt es: »Spaniens Himmel breitet seine Sterne / Über unsre Schützengräben aus // … Die Heimat ist weit, / Doch wir sind bereit, / … Freiheit!«
schneidig ist die Infanterie – Aus dem Lied »Wir sind vom Heer, die Infanterie …« von Herms Niel.
Heia-Safari – »Marschlied der deutschen Afrika-Kämpfer« (Text: Werner Plücker, Melodie: Martin Schönicke); oder das gleichnamige »Heia Safari« (Text: Hans Anton Aschenborn, um 1916, Melodie: Robert Götz).

741

508 *Arbeiterrückfahrkarten* – Verbilligte Fahrkarten für Werktätige, die nicht am Wohnort arbeiteten.

Entzug der Lebensmittelkarten – Am 9.4.1953 beschloß der Ministerrat, daß ab 1.5. private Unternehmer und Handwerker, Grenzgänger, Selbständige usw. keine Lebensmittelkarten mehr erhalten sollten, da sie Waren frei (aber wesentlich teurer) kaufen könnten. Das hätte etwa 2 Millionen Menschen betroffen.

vor allem ... die Schwerindustrie aufgebaut – Die SED-Führung hatte versucht, Kurs auf einen beschleunigten Aufbau des Sozialismus zu nehmen. Der wirtschaftliche Mangel Anfang der 50er Jahre war vor allem auf Militärausgaben und Reparationskosten zurückzuführen. Weil der Schwerpunkt deshalb auf den Aufbau der Schwerindustrie gelegt wurde, gab es kaum Konsumgüter.

510 *Hemingway* – Ernest Hemingway (1899–1961), US-amerikanischer Schriftsteller, erst seit 1956 in der DDR verlegt.

Walter Brenten – Hauptfigur aus der Trilogie »Verwandte und Bekannte« von Willi Bredel. Im Band »Die Söhne« (1949) kommt er 1923 wegen Flugblättern, die in Polizeirevieren verteilt wurden, ins Gefängnis.

an der Tete – (franz. Kopf) an der Spitze.

512 *Tag der Republik* – Staatsfeiertag der DDR: Nach der Gründung der DDR am 7. Oktober 1949.

Tag des Bergmanns –1. Sonntag im Juli.

514 *Take the a-train* – Erkennungsmelodie des Duke-Ellington-Orchestra; Komposition, Text: Billy Strayhorn (1941).

515 *A+B-Staat* – Arbeiter-und-Bauern-Staat.

grüne Minna – ugs. für Polizeiauto, da man früher grüne Pferdewagen mit Luftschlitzen zum Gefangenentransport benutzte.

518 *nach dem Vorbild des ... BDJ* – Bund Deutscher Jugend (BDJ): In den Nachkriegsjahren gegründete antisowjetische Organisation paramilitärischer Struktur, hervorgegangen aus der bündischen Jugend; Funktionäre waren meist ehemalige Offiziere der SS und der Wehrmacht. Finanzierung u.a. durch US-amerikanische Geheimdienste, die in Deutschland und Osteuropa bewaffnete Einheiten aufstellten, die nach dem Ausbruch eines atomaren Krieges mit der UdSSR eine amerikanische Machtübernahme in Osteuropa und der Sowjetunion unterstützen sollten. 1953 in fünf Bundesländern verboten.

RIAS – Rundfunk im amerikanischen Sektor, Sitz in West-Berlin.

VP – Volkspolizei.

519 *Achtgroschenjungs* – Polizeispitzel. Die Berliner Polizei zahlte im späten 18. Jh. dem Spitzel 8 Groschen pro Anzeige.

523 »*Gedanken im Fluge« von Kuba* – KuBa (eigtl. Kurt Barthel, 1914 bis 1967), deutscher Schriftsteller, Lyriker, Dramatiker, 1. Sekretär des Schriftstellerverbandes der DDR, Mitglied des ZK der SED. »Gedanken im Fluge« (lyrische Reportage, 1950).

524 »*Der wahre Mensch« von Polewoi* – Boris Polewoi (1908–1981), sowjetischer Schriftsteller, Kriegsberichterstatter im 2. Weltkrieg. »Der wahre Mensch« (Roman, 1946, deutsch 1950).

»*Die junge Garde« von Fadejew* – Alexander Fadejew (1901–1956), sowjetischer Schriftsteller. Der Roman »Die junge Garde« (1945, deutsch 1949) schildert den Kampf einer Gruppe jugendlicher Partisanen gegen die deutsche Okkupation.

526 *von der Jungen Gemeinde* – Junge Gemeinde: Organisationsform der Jugendarbeit innerhalb der evangelischen Kirche in der DDR. Im Frühjahr 1953 wurden die Jungen Gemeinden offen angegriffen und viele Mitglieder von Erweiterten Oberschulen oder vom Studium relegiert. Der Terror gegen die evangelische Jugend sollte den Einfluß der Kirche einschränken.

Gesetz zum Schutze des Volkseigentums – Das Gesetz vom 2.10.1952 sah drakonische Strafen für geringe Vergehen wie Diebstähle vor.

528 *Zu Piecks Geburtstag* – 3. Januar; Gedenktag in der DDR.

Zum achten Mai – Tag der Befreiung vom Faschismus. Vgl. erste Anm. zu S. 496.

529 *Flöte* – ugs. für Zigarette.

Werdet ihr aber mir nicht gehorchen ... und das Schwert ausziehen hinter euch her – Altes Testament, Moses 3,26.

Denn die Vielheit ... ist Tyrannei – »Die Vielheit, die sich nicht der Einheit beugt, ist Wirrnis. Die Einheit, die nicht auf der Vielheit beruht, ist Tyrannei.« Blaise Pascal, »Gedanken über die Religion« (1692).

530 *Boykotthetze* – Artikel 6 der DDR-Verfassung von 1949: »Boykotthetze gegen demokratische Einrichtungen und Organisationen [...] sind Verbrechen im Sinne des Strafgesetzbuches. Ausübung der demokratischen Rechte im Sinne der Verfassung ist keine Boykotthetze.« Obwohl rechtlich nicht als Straftatbestand ausgestaltet, erklärte das Oberste Gericht der DDR den Artikel 6 zum unmittelbar anzuwendenden Strafgesetz. Das Fehlen einer genauen Definition und das Offenlassen des Strafrahmens erlaubten, jedes abweichende politische Verhalten mit schwersten Strafen zu ahnden.

Kontrollratsdirektive 38 – Am 12.10.1946 vom Alliierten Kontrollrat beschlossen, regelte die Verhaftung und Bestrafung von Kriegsverbrechern, Nationalsozialisten und Militaristen sowie die Internierung, Kontrolle und Überwachung von evtl. gefährlichen Deutschen.

534 *Wie schön wäre es, ... aber noch muß man ... draufschlagen* – Ausspruch Lenins, nachdem er eine Beethoven-Sonate gehört hatte: »Doch kann ich die Musik nicht oft hören, sie greift die Nerven an, man möchte liebevolle Dummheiten sagen und den Menschen die Köpfe streicheln, die in einer widerwärtigen Hölle leben und so etwas Schönes schaffen können. Aber heutzutage darf man niemandem den Kopf streicheln – die Hand wird einem abgebissen, man muß auf die Köpfe einschlagen, mitleidlos einschlagen, obwohl wir, unserem Ideal nach, gegen jede Gewaltanwendung gegenüber den Menschen sind.« In: Maxim Gorki, »Wladimir Iljitsch Lenin« (1924/1930).

536 *an einem fünften März* – Stalins Todestag (5.3.1953).
es gingen ... Gerüchte um über die Ärzte – Vgl. fünfte Anm. zu S. 184.

537 *alle Ruder wurden gebraucht* – Anspielung auf den »Neuen Kurs«. Die neue Sowjetführung mit Georgi Malenkow, Lawrenti Berija und Nikita Chruschtschow an der Spitze hatte nach Stalins Tod eine Phase der Entspannung eingeleitet und bemühte sich um moderate Töne im kalten Krieg.

539 *Frans-Halsscher-Zecher in einer Haarlemer Schenke* – Frans Hals (1580/1581–1666), niederländischer Maler. – Anspielung auf Bilder wie »Der fröhliche Zecher« und »Malle Babbe«.

540 *Gauß* – Carl Friedrich Gauß (1777–1855), deutscher Mathematiker, Astronom und Physiker.
Es ist nicht das Wissen, ... welche mir ... Freude gemacht haben – Richtig: »Es ist nicht das Wissen, sondern das Lernen, nicht das Besitzen, sondern das Erwerben, nicht das Dasein, sondern das Hinkommen, was den größten Genuß gewährt.«
Rechenmeister zur Zeit Müntzers – Adam Ries (1492–1559). – Thomas Müntzer (um 1489–1525), evangelischer Theologe und Revolutionär in der Zeit des Bauernkrieges.
Geodät – Geodät oder Geometer: Vermessungsingenieur.
Gorki – Maxim Gorki (1868–1936), russischer Schriftsteller.

544 *Tag des Bauarbeiters* – 26. Juni.

545 *Erstaunliches in Moskau* – Anspielung auf den »Neuen Kurs«, vgl. dritte Anm. zu S. 536.
Abgesandte von B. wurden von unserem ZK nicht anerkannt – B.: Berija. – Der »Neue Kurs« wurde von der SED-Parteispitze, namentlich von Walter Ulbricht, als ein Einknicken der KPdSU-Führung gegenüber den imperialistischen Feinden verstanden.
Wnukowo Aeroport – Der Flughafen von Moskau.

545 *Opportunisten, ... Revisionisten* – Marxistische Begriffe. Vertreter des Opportunismus: »Gelegenheitspolitik ohne feste Grundsätze; Prinzipienlosigkeit. In der Arbeiterbewegung Verzicht auf den Kampf um die Macht. Unterordnung unter die Bourgeoisie.« – Dogmatismus: »In der Arbeiterbewegung Abweichen vom schöpfer. u. revolut. Wesen des Marxismus-Leninismus bei gleichzeitig formalem Festhalten an seinen Buchstaben; Unfähigkeit, neue Fragen zu begreifen u. zu lösen. Polit. führt der D. zu Sektierertum.« – Sektierertum: »in der Arbeiterbewegung dogmat., starre, durch scheinrevolut. Phrasen getarnte Politik, die losgelöst von den Interessen u. vom Reifegrad des Bewußtseins der Massen betrieben wird.« – Revisionismus: »antimarxist. Strömung in der Arbeiterbewegung zur theoret. Begründung des Opportunismus; [...] bedeutet unter dem Vorwand der Ergänzung u. Weiterentwicklung des Marxismus Preisgabe [...] der Prinzipien des wiss. Kommunismus«. Meyers Handlexikon, Leipzig 1977.

547 *Produktionsmittel* – In der marxistisch-leninistischen Ökonomie: Arbeitsgegenstände und Arbeitsmittel.

548 *Vergesellschaftung* – Marxistischer Begriff: Überführung der Produktionsmittel in gesellschaftliches Eigentum.

549 *Wer nicht für uns ist, ist gegen uns* – »Wer nicht für mich ist, ist gegen mich«. Neues Testament, Matthäus 12,31.

550 *Propusk* – (russ.) Passierschein.
jechatj – (russ.) fahr los.
Eine Partei, die sich einredet, sie habe immer Recht – Anspielung auf das Gedicht »Das Lied der Partei« (1950) von Louis Fürnberg, in dem es heißt: »Die Partei, die Partei, die hat immer Recht!«

551 *im sowjetischen Magazin* – Magasin (russ.) Laden. Hier: Laden für die sowjetischen Besatzungssoldaten in der DDR.

559 *KCl* – Sylvin (Kaliumchlorid): selten vorkommendes Mineral aus der Mineralklasse der einfachen Halogenide, das mit der chemischen Zusammensetzung KCl kristallisiert.

560 *Gute Taten für das Brot von morgen* – Verbreitete Losung.
bringen wir die Ernte ein ohne Gott und Sonnenschein – Eigtl.: »Ohne Gott und Sonnenschein bringen wir die Ernte ein.« Slogan aus der Zeit der Kollektivierung der Landwirtschaft in den 50er Jahren.
Entwässerungsgräben stechen – Zu den Jugendobjekten der FDJ gehörten auch Meliorationsprojekte.
Leistungs-Stipendium – Studenten mit guten Noten erhielten zusätzlich zum Grundstipendium, das nach dem sozialen Status der Eltern gestaffelt war, ein Leistungsstipendium.
SDAG Wismut – Die sowjetische Wismut AG wurde erst 1954 als Sowjetisch-Deutsche Aktiengesellschaft (SDAG) weitergeführt.

561 *Polymorphismus* – Die Ausbildung verschiedener Formen einer Art.
$CaMg(CO_3)_2$ – Dolomit (Dolomitspat, Rautenspat, Perlspat, Braunspat): sehr häufig vorkommendes Mineral aus der Mineralklasse der Karbonate (Nitrate und Borate); kristallisiert mit der chemischen Formel $CaMg(CO_3)_2$.
$K_3Na(So_4)_2$ – Olaserit.
Betechtin – A. G. Betekhtin (Betechtin) (1897–1962), sowjetischer Mineraloge; »Lehrbuch der speziellen Mineralogie«.
Härte 2, 7 – Die Mohssche Härteskala (nach dem Mineralogen Friedrich Mohs) bestimmt die Härtegrade von Mineralien, Metallen u. a. in 10 Stufen. Härte: die Widerstandsfähigkeit eines Stoffes/Körpers, dem Eindringen eines anderen Stoffes/Körpers entgegenzuwirken.
isomorphe Silberbeimengung – Isomorphie von Kristallen: Das Auftreten verschiedener Feststoffe in identischer Kristallform; Voraussetzung für die Bildung von Mischkristallen.
Königswasser – Auch Königssäure: Gemisch aus drei Teilen konzentrierter Salzsäure und einem Teil konzentrierter Salpetersäure. Namensgebend war ein Prüfverfahren, das Könige anwandten, um die Echtheit der Krone zu testen. Ein Span aus der Krone wurde in verschiedene Säurelösungen gegeben. Löste sich das Metall erst im »Königswasser« auf, war die Krone aus Gold.
KCN – Kaliumcyanid (Zyankali).
Goldgruppe – Metalle der Goldgruppe (Gold, Platin, Palladium, Rhodium) sind schwer oxydierbar, können von Säuren kaum oder gar nicht angegriffen und aus ihren Salzen durch andere Metalle leicht gefällt werden.
562 *Oppenheimer* – Robert Oppenheimer (1904–1967), US-amerikanischer Physiker, während des 2. Weltkriegs Leiter des Manhattan-Projekts in Los Alamos, New Mexico, in dem die ersten Nuklearwaffen entwickelt wurden; »Vater der Atombombe«, verurteilte ihren weiteren Einsatz, nachdem er die Folgen des Abwurfs auf Hiroshima und Nagasaki erlebt hatte.
IG Farben – Die I. G. Farbenindustrie AG war seinerzeit das größte deutsche Chemieunternehmen, das 1926 aus einer Vielzahl von Firmen gebildet wurde. Nach dem 2. Weltkrieg auf Beschluß des Alliierten Kontrollrates wegen Verstrickungen mit dem NS-Regime aufgelöst.
563 *Radioastronomie* – Teilgebiet der Astronomie; astronomische Objekte werden mittels der Radiowellen, die sie aussenden, beobachtet und untersucht.
566 *Hundemarke* – ugs. Bezeichnung für einen Ausweis in Form einer Metallplakette.

570 *Waffenstillstandsverhandlungen in Korea* – Die Verhandlungen zogen sich über zwei Jahre hin. Am 27.7.1953 wurde ein Abkommen unterzeichnet. Ein formeller Friedensvertrag wurde nie abgeschlossen.

Martin Andersen Nexö spendet 20 000 Mark – Martin Andersen Nexø (1869–1954), dänischer Schriftsteller; bekanntestes Werk »Pelle, der Eroberer« (1910). Mitglied der dänischen KP, 1941 während der Besetzung Dänemarks durch Deutschland verhaftet; 1943 Flucht aus dem Gefängnis über Schweden in die Sowjetunion. Nach Kriegsende siedelte er in die DDR über und ließ sich 1952 in Dresden nieder. 1953 Ehrenbürger der Stadt Dresden.

Sitzung des Politbüros … und eine des Ministerrates – In einer Sondersitzung stimmte das Politbüro der SED am 9.6.1953 dem »Neuen Kurs« zu, gestand Fehler ein und nahm etliche Maßnahmen zurück, bis auf die Normerhöhungen. – Dem Ministerrat, der am 11.6. tagte, wurden Maßnahmen zur »Verbesserung der Lebenshaltung aller Teile der Bevölkerung und Stärkung der Rechtssicherheit« empfohlen.

572 *Addelhenner* – Mundartlicher Ausdruck für Depp.

Teddy – Spitzname für Ernst Thälmann (1886–1944, im KZ Buchenwald ermordet), Vorsitzender der KPD.

»Volksstimme« – 1890 gegr., seit 1952 Organ der SED-Bezirksleitung Magdeburg.

Werden die Beschränkungen … aufgehoben … nicht benachteiligt werden – Auszug aus den Beschlüssen der Tagung des Ministerrates vom 11.6.1953.

573 *Ausgabe von Interzonenpässen* – Ab 1947 mußten Reisende zwischen der SBZ und den Westzonen Interzonenpässe beantragen, die vorwiegend für dringende familiäre und geschäftliche Angelegenheiten ausgestellt wurden.

574 *»Tägliche Rundschau«* – Erste Nachkriegszeitung im besetzten Deutschland (ab 16.5.1945); Organ der sowjetischen Militäradministration.

wo damals der Unfall gewesen war – W. B. hatte geplant, ein Kapitel über ein Grubenunglück einzufügen. Nicht ausgeführt.

Haspel – Zur vertikalen Förderung eingesetzte Seilwinde, die durch Menschenkraft betrieben wird.

575 *VEB Geophysik* – VEB (Volkseigener Betrieb): Rechtsform der Industrie- und Dienstleistungsbetriebe in der DDR; Ergebnis der unter sowjetischer Besatzung durchgeführten Enteignung und Verstaatlichung von Privatunternehmen. – VEB Geophysik Leipzig: 1953 aus dem Geophysikalischen Dienst Leipzig hervorgegangen; geophysikalische Übersichtsvermessung im Rahmen der Rohstoff-

erkundung, Messungen zur Erforschung nutzbarer Lagerstätten. Damals größter Betrieb für geophysikalische Lagerstättenerkundung in Deutschland.

576 *Iswestija* – (russ.) Nachrichten. 1917 in Petrograd gegründetes sowjetisches Regierungsblatt.

Selbstretter – Atemschutzgerät, das unter Tage für die Sauerstoffzufuhr sorgt und unabhängig von der Umgebungsluft macht.

ITP – Ingenieurtechnisches Personal.

577 *Anton Günther ... auch Toler-Hans-Tonl* – (1876–1937), bekanntester Volksdichter und Sänger des Erzgebirges.

Christpäremäd – Weihnachtspyramide.

579 *nicht ein Schritt zurück* – Anspielung auf Lenins Schrift »Ein Schritt vorwärts, zwei Schritte zurück« (1904).

580 *Cervantes* – Miguel de Cervantes Saavedra (1547–1616), spanischer Schriftsteller. In seinem Roman »Don Quijote« hält sich der Titelheld, ein kleiner Landadliger, nach der Lektüre unzähliger Ritterromane selber für einen Ritter.

582 *Reißzeug* – Zusammenstellung von Zeichengeräten: u. a. ein Satz Reißfedern und Zirkel.

585 *Frohberg* – Fred Frohberg (1925–2000), Schlagersänger.

Arbeiter-Radiobund – Proletarische Organisation (gegr. 1924), die in der Weimarer Republik gegen das »kapitalistische Rundfunkmonopol« kämpfte und das Verständnis für die Rundfunktechnik förderte.

586 *damit er nichts sagen muß von wegen RIAS-Hören* – Gerade Genossen war das Hören westlicher Sender verboten.

WIRSPRECHENZURZONE – Name einer Sendung im RIAS.

Rotfrontkämpfer-Kluft – Der Rote Frontkämpferbund (gegr. 1924) war eine Wehrorganisation der KPD.

587 *Wem nützt es* – Nach »Cui bono?« von Cicero.

589 *es rettet uns kein höheres Wesen* – »Es rettet uns kein höh'res Wesen, kein Gott, kein Kaiser noch Tribun«, Beginn der zweiten Strophe der »Internationale« (Eugène Pottier, 1870).

590 *Denken ist die erste Bürgerpflicht* – Anspielung auf »Ruhe ist die erste Bürgerpflicht«, wie es auf der Bekanntmachung nach der Schlacht bei Jena in Berlin hieß (Graf von der Schulenburg, 17.10.1806).

591 *H3A* – Erster vom VEB Kraftfahrzeugwerk Horch Zwickau in der DDR entwickelter Lkw.

Wo du hingehst, ... da bleibe ich auch – Am Ende heißt es: »wo du weilst, da will auch ich weilen«. Altes Testament, Buch Ruth I,16.

Boas vom Geschlechte der Elimelechs ... welcher ist Davids Vater – Weitere Stellen aus dem Buch Ruth.

591 *es sei ein Streik ausgebrochen bei den Berliner Bauarbeitern* – Bereits am Abend des 15.6.1953 berichtete der RIAS über Streiks in der Ost-Berliner Stalinallee. Seit dem Mittag des 16.6. berichtete er ausführlich über Streiks und Proteste.

592 *unvorbereitet wie sie sich hatten* – Es gab Gerüchte, wonach der RIAS – im Auftrag der Bundesrepublik – den Aufstand gezielt ins Rollen gebracht hätte.

593 *die sich ein anderes Volk wünschen* – Anspielung auf das Gedicht »Die Lösung« (1953) von Bertolt Brecht, in dem es heißt: »Wäre es da / Nicht doch einfacher, die Regierung / Löste das Volk auf und / Wählte ein anderes?«

Einmal waren da Matrosen ... – Der Kieler Matrosenaufstand vom November 1918 entwickelte sich aus einer Meuterei auf einzelnen Schiffen der vor Wilhelmshaven ankernden kaiserlichen Kriegsmarine. Er weitete sich zur Novemberrevolution aus und führte zum Sturz der Monarchie.

595 *Zwei Speichen vorwärts, eine zurück* – Vgl. Anm. zu S. 579.

596 *Chemnitz, das nun freilich Karl-Marx-Stadt heißt* – Chemnitz war im Mai 1953 umbenannt worden.

wie einmal andere Arbeiter hier marschiert waren – Gemeint sind die Märzkämpfe in Mitteldeutschland von 1921, eine von der KPD unterstützte Arbeiterrevolte in der Industrieregion um Halle, Leuna, Merseburg und im Mansfelder Land, bei der Max Hoelz eine wichtige Rolle spielte.

hatten gekämpft mehr als zehn Tage lang – Anspielung auf die Reportage »Zehn Tage, die die Welt erschütterten« (1922) von John Reed über die ersten Tage der Oktoberrevolution.

598 *er hätte uns preisgegeben* – Auf der Grundlage der Note Stalins vom 10.3.1952 über einen Friedensvertrag mit Deutschland sprach sich Berija für die Etablierung einer bürgerlichen Regierung in der DDR als Voraussetzung für eine deutsche Wiedervereinigung auf Neutralitätsbasis aus. Für die UdSSR wären die wirtschaftlichen Rahmenbedingungen vorteilhaft gewesen wie z.B. die Verlängerung der Reparationsleistungen und die Verwirklichung eines Wiederaufbauprogramms für Rußland, die Ukraine, Weißrußland und das Baltikum, wozu Deutschland eine technische Hilfe in Höhe von zehn Milliarden Dollar zu erbringen gehabt hätte.

das Schwert Dserschinskis vergiftet – Feliks Edmundowitsch Dserschinski (1877–1926), polnischer Bolschewik, 1917–1922 Führer der Tscheka, 1922–1926 der GPU, der politischen Polizei. – Das »Schwert Dserschinskis« war der KGB, der sowjetische Geheimdienst, der unter Berija zum Instrument des stalinistischen Terrorsystems wurde.

599 *Berija war nicht durchgekommen* – Er wurde am 26.6.1953 bei
der Sitzung des ZK der KPdSU unter Vorsitz von Chruschtschow
verhaftet, von einem Sondertribunal des Obersten Gerichtshofs am
23.12.1953 zum Tode verurteilt und am selben Tag erschossen.

603 *das blaue Halstuch* – Das blaue Halstuch trugen die Pioniere. Die
Pionierorganisation »Ernst Thälmann« war der FDJ unterstellt. In
ihr waren Schulkinder von der 1. bis zur 7. Klasse organisiert.

604 *Ein Wal, ein Wolf, ... ein schwarzer Inselrest ...* – Aus dem Gedicht
»Chimärenjagd« (1962) von Christoph Meckel.

605 *Der Weg ist alles, und das Ziel ist nichts* – Nach einem Satz des sozialdemokratischen Politikers und Theoretikers Eduard Bernstein
leitete sich die Devise der Bernsteinianer ab: »Das Ziel ist nichts,
die Bewegung alles.« (1897/1898)

606 *das Ende von etwas* – Titel einer Kurzgeschichte von Ernest Hemingway (1925).

607 *Marsch der langen Messe*r – Evtl. Anspielung auf die von Hitler be-
fohlene Ermordung der SA-Führung einschließlich ihres Stabschefs
Ernst Röhm (1934), auch »Nacht der langen Messer« genannt.

608 *der Tag X* – Der 17. Juni 1953 wurde von der SED als »Tag X« bezeichnet, an dem der Westen versuchte, die DDR zu beseitigen.
Wir werden weitermarschieren, wenn alles in Scherben fällt – Aus dem
Lied »Es zittern die morschen Knochen« von Hans Baumann, 1932.
ein junges ... zum Sturm bereit – Lied von Werner Altendorf.
die Kommandeuse von Ravensbrück – Erna Dorn, mutmaßliche SS-
Aufseherin im KZ Ravensbrück, wurde am 17. Juni in Halle aus einer
Haftanstalt befreit, nach der Niederschlagung des Aufstands erneut
gefangengenommen, am 22.6. wegen Rädelsführerschaft zum Tode
verurteilt und am 1.10.1953 in Dresden mit dem Fallbeil hingerichtet. Ihre Geschichte diente der offiziellen DDR-Geschichtsschrei-
bung als Beleg, daß hinter dem Aufstand vom 17. Juni 1953 faschistische Putschisten und westliche Agenten standen. Vgl. auch »Die
Kommandeuse« von Stephan Hermlin.

609 *Deutschland, aber wo liegt es* – »Deutschland? aber wo liegt es?« Aus
der Xenie »Das deutsche Reich« von Johann Wolfgang Goethe/
Friedrich Schiller (1796).
die Steine schreien nicht – Anspielung auf »Denn auch die Steine in
der Mauer werden schreien«. Altes Testament, Habakuk 2,11.

610 *SSD* – Staatssicherheitsdienst.

612 *Die Revolution frißt ihre eigenen Kinder* – Nach dem Ausspruch »Die
Revolution ist wie Saturn, sie frißt ihre eigenen Kinder« von Pierre
Victurnien Vergniaud, einem Führer der Girondisten in der Franzö-
sischen Revolution.

615 *sie haben nichts zu verlieren. So kehren sich die Lehrsätze um* – Anspielung auf den Schluß des »Manifests der Kommunistischen Partei« (1848) »Die Proletarier haben nichts zu verlieren als ihre Ketten.« von Karl Marx/ Friedrich Engels.

der große Tonsetzer – Georg Friedrich Händel.

der Ettersberg ist weit, auch dort ein Denkmal – Auf dem Ettersberg bei Weimar befand sich das KZ Buchenwald. Das Buchenwald-Denkmal von Fritz Cremer entstand erst 1958.

616 *Baldur-von-Schirach-Reden* – Baldur von Schirach (1907–1974), 1928–1931 Führer des Nationalsozialistischen Deutschen Studentenbunds, ab 1931 Reichsjugendführer der NSDAP.

schwarzweißrote Fahne – Schwarz-Weiß-Rot waren bis Ende des 1. Weltkrieges die Farben des Deutschen Reiches. In der Weimarer Republik wurde Schwarz-Rot-Gold zu den Nationalfarben erklärt. Nach der Machtübernahme der Nationalsozialisten galten zunächst sowohl die schwarz-weiß-rote Fahne als auch die Hakenkreuzfahne als Reichsfahnen.

Marschiert im Geist in unsern Reihen mit – Im »Horst-Wessel-Lied« (um 1930) heißt es: »Kam'raden, die Rotfront und Reaktion erschossen, / Marschier'n im Geist / In unsern Reihen mit.«

617 *Teile und Herrsche* – »Divide et impera« (lat.); die Devise soll auf den französischen König Ludwig XI. zurückgehen.

da wird kein Pardon gegeben – Anspielung auf »Pardon wird nicht gegeben, Gefangene nicht gemacht« von Wilhelm II. in seiner berüchtigten »Hunnenrede« (1900).

618 *die, gelümmelt auf Wiesen … ferner genügt's nicht, achtzehn zu sein* – Aus: »Das Geheimnis der Jugend« (1928) von Wladimir Majakowski.

619 *geh, fall, kriech auf allen Vieren* – Aus dem Gedicht »Die Krücken« (1938) von Bertolt Brecht.

greif doch zur Kelle, nicht zum Messer – Aus dem Gedicht »An meine Landsleute« (1949) von Bertolt Brecht.

621 *Ende des ersten Bandes* – Werner Bräunig hat das Projekt nicht fortgesetzt.

Anmerkungen zu Zeitereignissen stützen sich außer auf die angegebenen Quellen auf Hartwig Bögeholz, »Die Deutschen nach dem Krieg. Eine Chronik«, Reinbek bei Hamburg 1995.

751

Lebensdaten Werner Bräunigs

1934	Am 12. Mai in Chemnitz geboren. Vater Kraftfahrer, Mutter Näherin.
1939–1947	Besuch der Volksschule. Schlosserlehre in Chemnitz, Erziehungsheim wegen Schwarzmarktgeschäften.
um 1950	Gelegenheitsarbeiter in Westdeutschland (Hannover, Celle, Hamburg).
um 1951	Schweißer in Chemnitz, dann Bergarbeiter.
1953	Kurz Fördermann unter Tage in der Wismut-AG Johanngeorgenstadt. Gefängnis wegen Schmuggelfahrten nach Westberlin.
1955	Papiermacher in Niederschlema. Volkskorrespondent für die »Volksstimme« Schneeberg.
1957	Heirat, Geburt der ersten Tochter. Heizer bei der Stadtwäscherei Schneeberg.
1958	Ab Februar Mitglied der Arbeitsgemeinschaft Junger Autoren der Wismut. Geburt der zweiten Tochter. Freier Journalist.
1958–1961	Student am Literaturinstitut »Johannes R. Becher« in Leipzig.
1959	Aufruf zur 1. Bitterfelder Konferenz »Greif zur Feder, Kumpel!«
1960	Geburt der dritten Tochter. Scheidung. Im November Aufnahme in den Schriftstellerverband. »In diesem Sommer« (Erzählungen).
1961	Wettbewerbspreis des FDGB. Heirat. Geburt des ersten Sohnes. Beginn der Arbeit an dem Roman »Der eiserne Vorhang« (Arbeitstitel).
1961–1967	Zunächst Assistent, später Oberassistent für das Prosaseminar am Literaturinstitut.
1962	Geburt des zweiten Sohnes.
1965	Der Vorabdruck des Kapitels »Rummelplatz« aus seinem Roman (NDL 10/1965) wird zuerst in einem Offenen Brief von Wismut-Kumpeln im ND und danach auf dem 11. Plenum des ZK der SED kritisiert.
seit 1967	Freiberuflicher Schriftsteller. Umzug nach Halle/Neustadt.

1968   »Prosa schreiben« (Essays). »Gewöhnliche Leute« (Erzäh-
           lungen, erweiterte Ausgabe 1971). Kunstpreis des FDGB;
           Kunstpreis Halle-Neustadt (im Kollektiv).
1976   Werner Bräunig stirbt am 14. August in Halle-Neustadt.
1981   »Ein Kranich am Himmel. Unbekanntes und Bekanntes«.

Editorische Notiz

Manuskriptüberlieferung

Werner Bräunig hat – neben Manuskriptfragmenten – auch zwei Fassungen seines Romans »Rummelplatz«, einige skizzenhafte Szenen und Notizzettel hinterlassen. Da die Söhne bei seinem Tod noch nicht volljährig waren, wurde der Nachlaß von einem Nachlaßverwalter in Obhut genommen und im Stadtarchiv Halle-Neustadt, Abteilung Inneres, gelagert. Als Heinz Sachs um 1980 für den Mitteldeutschen Verlag den Sammelband »Ein Kranich am Himmel« mit »Unbekanntem und Bekanntem« von Werner Bräunig zusammenstellte, entlieh er die letzte Manuskriptfassung aus dem Archiv. Er wählte etwa 170 Seiten aus dem I. und dem II. Teil aus, wobei er nur Kapitel, die in Ostdeutschland spielen, aufnahm, und veröffentlichte sie in der Auswahl unter dem Titel »Rummelplatz«. Ende 1990 wurde der Nachlaß vom Bürgermeister der Stadt Halle den Söhnen Werner Bräunigs übergeben, allerdings ohne das Originalmanuskript von »Rummelplatz«. Nach dem Tod von Heinz Sachs war das Originalmanuskript offensichtlich im Mitteldeutschen Verlag verblieben. Es galt als verschollen.

1991 tauchte es zur Verwunderung der Söhne in der Ausstellung »Zensur in der DDR« des Literaturhauses Berlin auf. Sie setzten sich mit dem »Leihgeber« in Verbindung und erhielten das Original im Februar 1993 zurück. Damals reifte die Idee, den Roman postum zu veröffentlichen. Mitte der neunziger Jahre nahmen sie erstmals mit einem Verlag Kontakt auf, aber Verlagsentscheidungen können sich lange hinziehen, besonders wenn es sich um ein so umfangreiches, kompliziertes und aufwendiges Projekt handelt.

Schließlich trat Claus Bräunig im Jahr 2005 während der Leipziger Buchmesse an den Aufbau-Verlag heran. Die Arbeit an dem Manuskript, die bald darauf begann, brachte unerwartete Entdeckungen und schwierige Entscheidungen mit sich, denn wie sich herausstellte, mußte eine behutsame, aber beherzte Rekonstruktion des Textes vorgenommen werden.

Das Originalmanuskript der letzten Romanfassung umfaßt vier Hefter mit 711 sauber abgeschriebenen Typoskriptseiten, auf denen es außer wenigen Bleistiftmarkierungen von fremder Hand keine handschriftlichen Korrekturen gibt. Alle Seiten sind fortlaufend paginiert, auch nach dem ersten VIII. Kapitel, das mitten im Satz auf S. 211 abbricht. Es gibt ein zweites VIII. Kapitel, das sich durch die Paginierung nach dem IX. Kapitel einordnet, danach ist die Zählung fortlaufend. Der Roman hat drei Teile, wobei der erste keinen Zwischentitel wie die beiden anderen trägt. Auch die Unterteilung mancher Kapitel in numerierte Abschnitte ist nicht konsequent. Das Manuskript ist undatiert, aber es trägt auf der ersten Seite den Titel »Rummelplatz«. Im folgenden wird es »letzte Fassung« genannt. Das erweiterte Inhaltsverzeichnis gibt die Seitenzahlen des Originals wieder und zitiert zur besseren Orientierung Kapitelanfänge und -schlüsse.

Letzte Fassung:
I. Teil *(S. 2–120)*

I.   Kapitel *(S. 3–34)* Die Nacht des zwölften … Oktober – Deutsche Demokratische Republik.

II. Kapitel *(S. 35–62)* Das Dorf war so – daß er etwas … hatte ganz für sich.

III. Kapitel *(S. 63–88)* Der Präsident stand auf der Tribüne – die sind schlimm.

IV. Kapitel *(S. 89–113)* Rummelplatz – das Licht schaukelte … die ganze Nacht.

[1.] *(S. 89–90)* RUMMELPLATZ – allenfalls weitab vom Schuß.

2. *(S. 91–113)* In der Frühschichtwoche – das Licht schaukelte … die ganze Nacht.

V. Kapitel *(S. 114–120)* Nach vier Wochen Arbeit – sagte Drushwili düster.

II. Teil *(S. 121–521)*
Die Freiheit der Gefangenen

VI. Kapitel *(S. 122–163)* Der Berg atmet – Aber sie hörte ihn nicht.

1. *(S. 123–126)* Nach vierzehn Tagen begann Christian – Christian ging allein.

2. *(S. 126–132)* Sonst hatten sie … am Werkzeug-Magazin – Da ging auch er los.

3. *(S. 132–144)* Sie bogen in den Querschlag ein – Nein, dachte Christian. Nein.

4. *(S. 144–146)* Der Winter stieg aus den Bergen – Fischer hatte auf einmal Zeit.

5. *(S. 146–153)* Er saß in der Fahrerkabine – Er war auf einmal sehr allein.

6. *(S. 153–163)* Sie stand am Eingang – Aber sie hörte ihn nicht.

VII. Kapitel *(S. 164–205)* Sie hatten vereinbart – mit … geöffneten Lippen, lächelnd.

1. *(S. 164–172)* Sie hatten vereinbart – was er sich dachte.

2. *(S. 173–193)* Der »Blaue Wellem« – nicht verstanden hatte.

3. *(S. 193–205)* Die Silvesternacht – mit … geöffneten Lippen, lächelnd.

VIII. Kapitel *(S. 206–211, bricht ab)* Peter Loose kam am späten Nachmittag – wo früher das

IX. Kapitel *(S. 212–249)* Der Neujahrsmorgen – Aber er blieb.

VIII. Kapitel *(S. 250–292)* Wenn sich der Mensch in Bewegung befindet – nach der Frühschicht fahre ich.

X. Kapitel *(S. 293–342)* Die Meteorologen – die ganze weite Welt.

XI. Kapitel *(S. 343–368)* Im Zimmer des Schachtleiters – Kleinschmidt, was nun?

XII. Kapitel *(S. 369–418)* Irene Hollenkamp – ein ganz kleines bißchen.

XIII. Kapitel *(S. 419–448)* Christian Kleinschmidt – nichts weiter, nichts?

XIV. Kapitel *(S. 449–495)* Die Nachricht – Sie spürte die Kraft …, die nötig war.

XV. Kapitel *(S. 496–521)* Anfang Mai – auf einem Hügel im Gebirg', in Deutschland.

III. Teil *(S. 522–711)*
Nänie auf den Tod eines Arbeiters

XVI. Kapitel *(S. 523–547)* Ende Juli gaben Hilmar – kommt einer von dort, findet nichts.
[1.] *(S. 523–528)* Ende Juli gaben Hilmar – Sie kam sich alt vor.
2. *(S. 529–544)* Martin Lewin erfuhr von Irenes Verlobung – »also dann.«
3. *(S. 545–547)* »Nein«, sagte der Staatssekretär – kommt einer von dort, findet nichts.

XVII. Kapitel *(S. 548–589)* Erst hielten sie es für einen Scherz – Polizisten beherrschten das Feld.

XVIII. Kapitel *(S. 590–636)* Zwei Tage darauf – war es … wirklich schon zu spät?

XIX. Kapitel *(S. 637–668)* Der Sommer – genug, wenn man es spürt.

XX. Kapitel *(S. 669–711)* Mittwoch, den 17. Juni – Der hatte keine Tränen.

Das zweite Manuskript besteht aus 722 Typoskriptseiten in fünf Schnellheftern. Sie weisen eine Vielzahl von Streichungen und Korrekturen mit verschiedenen Stiften auf, einzelne Blätter haben Notizen auf der Rückseite, es liegen handschriftliche Zettel und ein Zeitungsartikel bei. Das Manuskript ist zwar fortlaufend paginiert; es fehlen jedoch die Seiten 166 bis 189. Auch hier ist die Zählung und die Unterteilung nicht konsequent, es gibt zwei VII. und zwei VIII. Kapitel, und man kann handschriftlichen Korrekturen entnehmen, daß die Zählung der Kapitel verändert wurde. Die ersten Wörter eines Kapitels sind meist in Versalien geschrieben. Der Titel des I. Teils ist dick durchgestrichen. Der erste Hefter trägt den Titel »Rummelplatz«, wobei in der rechten unteren Ecke »Der eiserne Vorhang« zu lesen ist, obwohl es durchgestrichen wurde. Auch auf dem Deckblatt steht über einer vollständig und schwarz durchgestrichenen Zeile handschriftlich »Rummelplatz«.

Aus diesen Fakten sowie aus den Korrekturen läßt sich leicht schließen, daß es sich hierbei um die vorletzte Fassung handelt, die möglicherweise dem Mitteldeutschen Verlag im November 1965 übergeben wurde. Bei einzelnen Seiten muß es jedoch noch eine Zwischenfassung gegeben haben, denn die Korrekturen der vorletzten Fassung wurden nicht akkurat in die letzte übertragen. Hier ein erweitertes Inhaltsverzeichnis vom II. Teil der vorletzten Fassung, in dem sich deutliche Abweichungen zeigen; die Kapitelzahlen in Klammern deuten Korrekturen an:

Vorletzte Fassung:
II. Teil *(S. 127–529)*
Die Freiheit der Gefangenen

VI. [IV.] Kapitel *(S. 127–165/3)* DER Berg atmet – Aber sie hörte ihn nicht.

1. *(S. 128–131)* Nach vierzehn Tagen begann Christian – Christian ging allein.

2. *(S. 131–137)* Sonst hatten sie … am Werkzeug-Magazin – Da ging auch er los.

3. *(S. 137–149)* Sie bogen in den Querschlag ein – Nein, dachte Christian. Nein.

4. *(S. 150–151)* Der Winter stieg aus den Bergen – Fischer hatte auf einmal Zeit.

5. *(S. 151–159)* Er saß in der Fahrerkabine – Er war auf einmal sehr allein.

6. *(S. 159–165/3)* Sie stand am Eingang – Aber sie hörte ihn nicht.

VII [V.] Kapitel *(S. 190–232)* SIE HATTEN VEREINBART – mit … geöffneten Lippen, lächelnd.

[1.] *(S. 190–198)* SIE HATTEN VEREINBART – was er sich dachte.

2. *(S. 198–218)* Der »Blaue Wellem« – nicht verstanden hatte.

3. *(S. 218–232)* Die Silvesternacht – mit … geöffneten Lippen, lächelnd.

VII. [?] Kapitel *(S. 233–274)* DER NEUJAHRSMORGEN – Aber er blieb.

VIII. [VII.] Kapitel *(S. 275–314)* WENN sich der Mensch in Bewegung befindet – nach der Frühschicht fahre ich.

VIII. [IX.] Kapitel *(S. 315–333)* PETER LOOSE kam am späten Nachmittag – Warum …, dachte er. Warum?

X. [IX.] Kapitel *(S. 334–377)* DIE METEOROLOGEN – die ganze weite Welt.

XI. [X.] Kapitel *(S. 378–405)* IM ZIMMER DES SCHACHT-LEITERS – Kleinschmidt, was nun?

XII. [XI.] Kapitel *(S. 406–430/431)* Irene Hollenkamp – ein ganz kleines bißchen.

XIII. [XII.] Kapitel *(S. 432–458)* CHRISTIAN KLEINSCHMIDT – woraus er gemacht war?

XIV. [XIII.] Kapitel *(S. 459–503)* DIE NACHRICHT – Sie spürte die Kraft ..., die nötig war.

XV. Kapitel *(S. 504–529)* ANFANG MAI – auf einem Hügel im Gebirg', in Deutschland.

2. Manuskriptbearbeitung

Die größte Differenz zwischen beiden Fassungen gab es also in der Mitte des II. Teils. Werner Bräunig war sich offensichtlich unsicher, wie er die Kapitel anordnen sollte. Da er jedoch in Interviews erklärt hatte, seinen Roman chronologisch erzählen zu wollen und die Abweichung von der Chronologie keinen erzählerischen Gewinn bedeutete, wurde die Chronologie wiederhergestellt, indem das Peter-Loose-Kapitel wie in der vorletzten Fassung angeordnet wurde. Außerdem wurde der fehlende Text durch den aus der vorletzten Fassung ergänzt.

Die zweite grundsätzliche Frage warfen zwei Szenen auf, die doppelt erzählt wurden: 1. Die Szene mit Christian Kleinschmidt im Schacht, die im V. Kapitel des I. Teils stand und noch einmal leicht abgewandelt, aber stärker in die Handlung eingebunden zu Beginn des ursprünglich VI. Kapitels. 2. Die Szene, in der Ruth Fischer in der Versammlung spricht, gab es im III. Kapitel nach Nickels Abfahrt aus Berlin und noch einmal sehr ähnlich am Schluß des VI. Kapitels. Beide Szenen hatten zwar auch ihre Berechtigung im I. Teil, schienen ihn jedoch zu überlasten und ihm dramaturgisch nicht ganz zu entsprechen, da es in ihm um Aufbruch und Ankunft der männlichen Hauptfiguren geht, ohne sie bereits im Arbeitsmilieu zu zeigen. Daher wurden beide Szenen aus dem I. Teil herausgenommen. Sie sind im Anhang nachzulesen.

Die kurze Episode, in der Nickel nach der Versammlung zu seinem Zimmer geht, wurde wieder nach Ruths Auftritt ans Ende des nunmehr V. Kapitels gestellt.

Werner Bräunig hatte im November 1965 ein Rohmanuskript im Verlag abgegeben, das ohnehin stark hätte be- und umgearbeitet werden müssen. Die aggressive Kritik, die nach dem Vorabdruck am »Rummelplatz«-Kapitel geübt wurde und in der Erzählstrategien und Stil ebenso zum Gegenstand ideologischer Auseinandersetzung wurden wie der politische Gehalt, mußte die Überarbeitung verkomplizieren. Um so erstaunlicher ist es, daß die meisten Korrekturen, die Bräunig in der vorletzten Fassung vornahm, rein stilistischer Art sind. Er hat besonders die Kapitel des I. und II. Teils geschickt gekürzt und sprachlich bearbeitet. Es gab dort, wo man die gestrichenen Stellen noch lesen kann, nicht oft Anlaß, auf die frühere Fassung zurückzugehen.

Die Ausnahmen betreffen Stellen, die Bräunig offensichtlich oder vermutlich aus politischen Gründen geändert hat, vor allem wenn sie wie beim »Rummelplatz«-Kapitel direkt kritisiert wurden. Hier können nur einige Beispiele gegeben werden. Die gestrichenen und nun wieder eingefügten Stellen sind kursiv wiedergegeben.

1. Beschreibungen, bei denen man eine Herabsetzung der sowjetischen Schachtleitung oder der Sowjetunion vermuten könnte:
– »*In Polotnikows Arbeitszimmer roch es immer ein wenig nach Wodka […]. Jedenfalls brachte er es fertig, zwanzig Stunden am Tag zu arbeiten.*« (S. 13)
– »*Russen kamen, zogen ein auf Panjewagen und in ausgefransten Mänteln, sie paßten genau in die Landschaft, wie sie nun war: Hunger, Seuchen, Ruinen Flüchtlingstrecks.*« (S. 81)

2. Beschreibung der tristen Umgebung und des Milieus der Wismut:
– »*Das Zimmer war mit vier Betten […]. Christian betrachtete die Einrichtung, die durch […] die lose herabbaumelnde Glühbirne nicht freundlicher wurde.*« (S. 20)

– »Viele Häuser waren seit langem nicht getüncht; *warum auch*, die Kipper spritzten *den* Dreck *ja doch wieder* an die Wände ...« (S. 27)
– »*Die Wismut ist ein Staat im Staate und der Wodka ist ihr Nationalgetränk.*« (S. 76)
– »*Bermsthal aber war ein Ort, der von allen guten Geistern verlassen war;* hier besaß jeder nur sich selbst, und geschenkt wurde keinem. *Von wem auch. [...] So waren sie von Gott und der Welt verlassen*«. (S. 208 f.)
– »alle [...] schlugen die Zeit zwischen den Schichten tot, lebten. *Lebten?* Was unterschied die Zwanzigjährigen von den Fünfzigjährigen? *Glänzende Augen, wenn zwei sich prügeln; [...] lieblos-leblos, Meister der Empfängnisverhütung beiderlei Geschlechts*«. (S. 243)
– »›*verschandelte Landschaft*‹, sagten die Gebirgsbewohner«. (S. 311)

3. Kritik an Staat, Gesellschaft, Politik:
– »*Unser wertes Wohlbefinden interessiert im neuen Deutschland keinen Hund.*« (S. 80)
– »*HJ-Turnlehrer Grasselt wechselte zur Antifa-Jugend und kommandierte bau-auf-bau-auf*« (S. 81 f.)
– »*Ein bißchen Anpassungsfähigkeit fehlt dir [...] ein bißchen fortschrittsträchtige Skrupellosigkeit*« (S. 82)
– »*Sehen wirst du, wie sie emporkommen neben dir [...] da sind die Grenzen des Proletenvaterlands.*« (S. 82 f.)
– »eine Epidemie der Frömmigkeit war ausgebrochen über Nacht, *und die Impotenten freuten sich halbtot*« (S. 86)
– Die Diskussion zwischen Fischer und Kleinschmidt: »das ist keine Brigade schlechthin, *da kommt sofort die Politik ins Spiel.* [...] du weißt nicht genau, wer daran schuld ist – aber auf alle *Fälle gehören die Partei und die Regierung dazu* [...] *Er ärgerte sich sofort darüber.* Christian sagte: ›Sie wissen doch sowieso alles *besser*, wozu sollen wir uns da noch unterhalten?‹ Fischer dachte: Ich kann ihm doch jetzt keinen Vortrag

halten, *weshalb es notwendig ist* [...] *muß er das doch begreifen.* Soviel muß er doch gelernt haben [...] Christian sagte:
›Wer hat denn die Welt so eingerichtet, wie sie ist? *Ich vielleicht? Aber* jetzt will es natürlich keiner gewesen sein. [...]
Da brauch einer bloß in die BGL gewählt zu werden [...] *niemand hat überhaupt nur etwas gewußt.* Sie sind alle Patentengel gewesen, *und heute wollen sie wieder Patentengel sein, und
wehe, wer ihnen nicht glaubt!* Und [...] stelle! *In der Schule
war das genauso*«. (S. 313 f.)
– »*Wie es aussieht* [...] *die Wirtschaft hochzubuttern.*« (S. 337 f.)
– »freie deutsche *FDJ*-Jugend« (S. 382)
– »*Den Arbeiter-und-Bauern-Staat wollt ihr bescheißen* [...],
der ist gegen uns.« –»*Die Arbeiter-und-Bauern-Macht* [...],
aber prompt!« (S. 447)

4. Drastische Ausdrucksweise und deftige Schilderungen:
– Statt in der letzten Fassung: »ließ eine Zote los, die war jenseits aller Kritik, die kann nicht zugemutet werden erwachsenen Frauen und Töchtern etwa, die lassen wir aus.« (eine
deutliche Anspielung auf eine Stelle im Offenen Brief der
»Wismut-Kumpel«): *sagte:* ›*Das ist ganz einfach. Zuerst gehe
ich immer mit dem Tabakfinger ran. Wenn sie da zuckt, ist die
Fregatte leck.*‹« (S. 78)
– »*Paule Dextropur hatte einen bei der Hand: Brigade* ›*Scharfer Stoß*‹. *Aber die anderen grienten so lange, bis er seinen Vorschlag selber blöd fand.*« (S. 372)
  Außerdem wurde für die Druckfassung ab und an einer
Schilderung, einem Detail, einem Ausdruck der Vorzug gegeben, wenn sie aussagekräftiger, anschaulicher oder atmo-
sphärischer waren als die entsprechende Stelle in der letzten
Fassung oder wenn sie falsch abgeschrieben war:
– »das Dorf ist schmutzig am Tag und *schon* finster am Nachmittag« (S. 75)
– »ihre Hand in seinen Händen, *ihre Hand* [...] *den Hunger
in den Augen.*« (S. 90)

– »Redakteur am Kölner Sender, *er pumpte Semmler Geld,
aber Manuskripte von ihm nahm er nicht an.*« (S. 150)
– »Woher kam das alles? *Nur von diesem Mißerfolg?* Er hatte
eine Artikelserie geschrieben« (S. 262)
– »Sie fuhr gern mit ihm, *und gerade jetzt* [...] *öfter als sonst.*«
(S. 329)

Nach einem handschriftlichen Zettel, der der vorletzten
Fassung beilag, wurde ergänzt: »*Was habe ich verloren hier
[...] hast du verloren hier.*« (S. 472 f.) Szenenfragmente, die
sich im Nachlaß fanden, und Notizen wurden nicht berücksichtigt.

Da das Manuskript nicht abgeschlossen wurde, gibt es
einige widersprüchliche Szenen und Brüche in der Figuren-
logik: So wird ausführlich geschildert, wie Kleinschmidt zum
Brigadier der Jugendbrigade wird. Als jedoch Loose aus dem
Krankenhaus zurückkommt, heißt es plötzlich, Kleinschmidt
habe ihn inzwischen als Brigadier vertreten (XV. Kapitel).
Loose ist zunächst in Ingrid verliebt, im VIII. Kapitel jedoch
in Ruth, ohne daß er darauf zurückkommt. Ein kurzer Verweis im XIX. Kapitel und eine Notiz machen deutlich, daß
Bräunig vorhatte, ein Unglück im Schacht zu beschreiben.
Solche Ungereimtheiten und Lücken zeigen, daß der Autor
noch unterschiedliche Handlungsabläufe in Betracht zog.

Da Werner Bräunig die Abschrift der letzten Fassung nicht
selbst vorgenommen und sie auch nicht mehr korrigiert hat,
wurde das Manuskript behutsam nach den Regeln der alten
Rechtschreibung korrigiert und vereinheitlicht. Dabei wurden
einige Eigenheiten belassen, die besonders die Zeichensetzung
betreffen; Bräunig deutete mit Kommas oder durch ihr Fehlen oft einen bestimmten Sprachrhythmus oder Pausen an.

Flüchtigkeitsfehler wurden stillschweigend korrigiert,
ebenso geographische Namen oder die historischer Persön-
lichkeiten. Vereinheitlicht wurden auch die Figurennamen
(Jungandres wurde in einem Kapitel Jungandreas geschrie-

ben u. ä.). Fremdsprachige Textstellen werden original wiedergegeben und in den Anmerkungen berichtigt; das Russisch z. B., das Bräunig im Schacht gelernt hatte, war Wismut-Slang und charakterisiert auch die Figurensprache.

Stilistische Unkorrektheiten und mundartlich gefärbte Fügungen wurden belassen. Unterstrichene oder gesperrt geschriebene Textstellen sind kursiv wiedergegeben.

Danksagung

Ich danke allen, die das Zustandekommen dieser Ausgabe unterstützt haben, vor allem der Familie Werner Bräunigs, ganz besonders Claus und Michael Bräunig. Ich danke Christa und Gerhard Wolf für ihre Anteilnahme an diesem Projekt.

Ohne die kenntnisreiche und akribische Mitarbeit von Sebastian Horn, der demnächst eine Dissertation über Werner Bräunig vorlegen wird, hätte diese Ausgabe nicht so zügig herausgebracht werden können.

Für die Möglichkeit, die Archive zu nutzen und Materialien zitieren zu dürfen, danke ich den Literaturarchiven der Akademie der Künste, Berlin; der Bundesbeauftragten für die Unterlagen des Staatssicherheitsdienstes der ehemaligen Deutschen Demokratischen Republik, Berlin; dem Landeshauptarchiv Sachsen-Anhalt, Abt. Magdeburg (besonders Uta Thunemann); dem Archiv des Neuen Deutschland, Berlin; dem Sächsischen Staatsarchiv, Chemnitz; dem Sächsischen Staatsarchiv, Leipzig; der Stiftung Archiv der Parteien und Massenorganisationen der DDR im Bundesarchiv, Berlin, und der Wismut GmbH, Chemnitz (besonders Rainer Kohlisch). Freunde, Bekannte und Zeitgenossen Werner Bräunigs, Wissenschaftler und Kollegen antworteten mir geduldig auf Fragen oder stellten Material zur Verfügung, es seien nur genannt Jörg B. Bilke, Gotthard Bretschneider,

Heinz Czechowski, Horst Drescher, Peter Gosse, Klaus Höpcke, Rainer Karlsch, Rainer Kirsch, Gitta Lindemann, Joachim Nowotny, Helmut Richter, Achim Roscher, Klaus Steinhaußen, Hans-Jürgen Steinmann und Klaus Walther. Schließlich haben mich Sylvia Klötzer, Christian Löser, Jörg Beier, Gerd Püschel, Peter Schwarz und Nadine Hoffmann unterstützt.

A. D.

Inhalt

Christa Wolf Vorwort 5

Werner Bräunig Rummelplatz

I. Teil 7
  I. Kapitel 9
  II. Kapitel 38
  III. Kapitel 62
  IV. Kapitel 75

II. Teil Die Freiheit der Gefangenen 99
  V. Kapitel 101
  VI. Kapitel 139
  VII. Kapitel 176
  VIII. Kapitel 210
  IX. Kapitel 248
  X. Kapitel 262
  XI. Kapitel 306
  XII. Kapitel 329
  XIII. Kapitel 371
  XIV. Kapitel 396
  XV. Kapitel 436

III. Teil Nänie auf den Tod eines Arbeiters 459
  XVI. Kapitel 461
  XVII. Kapitel 482
  XVIII. Kapitel 518
  XIX. Kapitel 557
  XX. Kapitel 585

767

Anhang

Angela Drescher »Aber die Träume, die haben
doch Namen«. Der Fall Werner Bräunig 625

Textvarianten
  I Aus der letzten Fassung
  1 [Ruth Fischer] 675
  2 [Christian Kleinschmidt] 682
  II Szenenskizze und eine frühe Fassung
  1 [Der Präsident] 688
  2 [Die Mutter] 705

Anmerkungen 713
Lebensdaten Werner Bräunigs 752
Editorische Notiz 754
Danksagung 765

S. 461 - 481
GANZES XVI. KAPITEL SAGTE MIR NICHTS!
S. 491-92 SPRUTSACHE? WATERLOOS
S. 493 MARGIT
S. 499 LOOSE "TRIEB EINEM HORIZONT ZU"?
S. 502 GESUNDHEIT... HOFFNUNGSLOS BLUT
S. 502 ANFÄLLIG?
S. 514 BEOBACHTUNG?
S. 521 BOSSE PASSEN
S. 543 SEND IM BETRIEB
S. 549 ZACHARIAS: AUFBAU D. SOZIALISMY = BRÄUNIG?
S. 550 "ALLES VOM ZU ERREICHENDEN LEBT"
S. 570 WAS IST PASSIERT - ALLES VERÄNDERT?
XTIANS LETZTE TAG UNTER D. D. ARBSÄ
571 MAUER GEFALLEN - ANALOGIE FÜR?
579, 80 FISCHER, RUTH, MARG, XTIAN AM TISCH!
587 DAS HAUS IN DEM WIR WOHNEN

S. 280 FISCHER, SKEPTISCH ?
          PARANOID ?

S 282 WEST BERLIN LOOSE / XTIAN !
     "RUMMELPLATZ"

WAR IS GENOSSEN ITIST

KLUGSCHEISSER S. 281, 287

S. 288 ORDNUNG = WEST ? LOOSE

S. 270 ZUG FÄHRT → S. 294
S. 275 SCHWARZSEHEN
S. 297 PAPIERSORTE WECHSELN

S. 311 XTIAN — GLEICHMASS DER ZEIT

S. 313~315 XTIAN, FISCHER → ← BEIDE ABER
                                SYMPATISCH

S. 310 KONTROLLE ? PRÜFEN

S. 320 MESSE

S. 159 B II SPARTAKUS

S. 161 TÖDLICHE WIRKSAMKEIT

S. 283 GERÄTE U. CURVE ✓

―――――――――――――――――

S. 391 UNGEHEUERLICHES LEISTEN ?
S 334 EINWÄNDE VORZÜGE ?
S. 336 HOLLENKAMP — PAPIERFABRIK ?
S. 735 NIMMRODT
S. 338 PARTEI "HOCHZUBÜTTERN"

S. 339 + + KAPITALISMUS

S 347 "STRENGGENOMMEN" = MARTIN LEWIN

S. 369 RUTH, MCCLY, TURM, KUSS

ALLGEMEIN: GESCHÄFTSMANN, PHYSIKER, RUSSER
         HÄRLING ROLLE ?

S. 376 SOSONAJA NAME ?
S. 413 GESPEISEN, BEKOCHT
S. 416, 17 WAS JUNG AMMES GREEN NAZIS GEMACHT HAT
S. 440 GENAZINO   S. 445 STIL XTIAN
   441 KNORR   S. 450 XTIAN
S 442 HUNGER IN DEN AUGEN   NICKEL: FLUCHT
   445 LOOSE !   S. 402 MAJOR ?
S 447 SESSELFURZER

I TEIL

S.9 I FISCHER; KLONSCHMIDT, L, M, S ANKOMMEN
LOOSE TRIFFT INGRID

S.38 II ÜBERBLICK WISMUT. FISCHER U. KLONSCHMIDT
FISCHER U. TOCHTER RUTH
BIERJESUS "OBERLEHRER" HALTEN GESCHICHTE
HORRINGE

S.62 III NICKEL IN BERLIN
KUNDGEBUNG FREIHEIT, UTOPIE, ORDNUNG

S.75 IV 1. RUMMELPLATZ "HOWL"
S.77 2. RUMMELPLATZ: LOOSE UNTEN-GEFÜHL
SCHAUKELN
LOOSE U. INGRID BEI IHR Z. HAUSE

S.176 VII ZACHARIAS LEIPZIG
KLONSCHMIDT ZU HAUSE
194-202 KLONSCHMIDT ZU PINSELSTERN U. FREUNDE
KLONSCHMIDT BOHREN

S.210 VIII NICKEL
TREFFEN MIT JUNGANDRES RE: RUTH
S.221 RUTH AM MACHINE
S.228 RUTH SPORTPLATZ PROJEKT
S.233 LOOSE ÜBER RUTH
LOOSE AM BALL KARTEN, VERLIEREN
LOOSE UNTER KAHLWORT

S.5